イギリス文学案内地図

1. アーノルド　Laleham, Surrey.
2. イェイツ　b. Dublin, Ireland.
3. H.G.ウェルズ
   A) Petersfield, Hampshire;
   B) Folkestone, Kent.
4. E.ウォー　Castle Howard, Yorkshire.
5. V.ウルフ　Charleston, Sussex.
6. G.エリオット
   b. Chilvers Coton, Warwickshire.
7. T.S.エリオット
   A) East Coker, Somerset;
   B) Chipping Campden, Gloucestershire.
8. オーウェル
   A) Wigan, Greater Manchester;
   B) Jula, Argyllshire, Scotland.
9. オースティン
   A) b. Steventon, Hampshire;
   B) Chawton, Hampshire.
10. カーライル
    A) b. Ecclefechan, Dumfriesshire;
    B) Craigenputtock, Dumfriesshire.
11. キプリング　Burwash, East Sussex.
12. G.グリーン
    A) b. Berkhamsted, Hertfordshire;
    B) Brighton, East Sussex.
13. クローニン
    b. Cardross, West Dunbartonshire.
14. コウルリッジ
    A) b. Ottery St. Mary, Devonshire;
    B) Nether Stowey, Somerset.
15. ゴールズワージー
    b. Kingston Upon Thames, Surrey
16. ゴールディング
    A) b. St Columb Minor, Cornwall;
    B) Salisbury, Wiltshire.
17. シェイクスピア
    b. Stratdord-upon-Avon, Warwickshire.
18. P.シェファー　b. Liverpool, Merseyside.
19. シェレー
    A) b. Warnham, West Sussex;
    B) Marlow, Buckinghamshire;
    C) Bournemouth, Dorset.
20. ショー　A) b. Dublin, Ireland;
    B) Ayot St Lawrence, Hertfordshire.
21. ジョイス　b. Dublin, Ireland.
22. Dr ジョンソン　b. Lichfield, Staffordshire.
23. シング　b. Dublin, Ireland.
24. スウィフト　b. Dublin, Ireland.
25. スコット　A) b. Edinburgh, Midlothian;
    B)
    C)
    D)
    E) Kenilworth, Warwickshire.
26. スターン　b. Clonmel, Tipperary, Ireland.
27. スティーヴンソン
    A) b. Edinburgh, Midlothian;
    B) Bournemouth, Dorset.
28. ディケンズ　b. Portsmouth, Hampshire.
29. テニソン
    A) b. Somersby, Lincolnshire;
    B) Tintagel, Cornwall; C) Farringford,
    Isle of Wight.
30. D.トマス　b. Swansea, West Glamorgan.
31. A.E.ハウスマン　Clunton, Clunbury,
    Clungunford and Clun in Shropshire.
32. バイロン
    Newstead Abbey, Nottinghamshire.
33. ハックスレー　b. Godalming, Surrey.
34. ハーディ
    A) b. Higher Bockhampton, Dorset;
    B) Dorchester, Dorset.
35. バリイ　b. Kirriemuir, Angus (Tayside).
36. R.バーンズ　b. Alloway, Ayrshire.
37. ヒーニー　b. Castledawson, Derry,
    Northern Ireland.
38. ヒューズ
    b. Mytholmroyd, West Yorkshire.
39. フィールディング　b. Sharpham, Somerset.
40. プリーストリー
    b. Bradford, West Yorkshire.
41. ブロンテ姉妹
    A) b. Thornton, West Yorkshire;
    B) Haworth, West Yorkshire.
42. ベケット　b. Dublin, Ireland.
43. マードック　b. Dublin, Ireland.
44. マーロウ　b. Canterbery, Kent.
45. ミルトン
    Chalfont St Giles, Buckinghamshire.
46. メレディス　b. Portsmouth, Hampshire.
47. ラスキン　Brantwood, Cumbria.
48. D.H.ロレンス
    b. Eastwood, Nottinghamshire.
49. ワイルド
    A) b. Dublin, Ireland;
    B) Reading, Berkshire.
50. ワーズワース　b. Cockermouth, Cumbria.
    注：b.は作家の生誕地を表わし，文学ゆかりの
    地は市町村・州の順に示されている．

増補改訂

イギリス文学案内

野町 二
荒井良雄
　編著

広川 治
逢見明久
　増補

朝日出版社

世界文学シリーズについて

　あの作家はどういう人だろう，あの詩人はどういう人だろう，そして，どんな作品を書き，どの程度わが国に紹介されているのだろう――このような問いに，即座に，的確に，しかも簡明に答えてくれるのが，この世界文学シリーズです．これまでにも，世界文学関係の紹介書として，数多くのすぐれた文学史，文学案内，入門書，辞典などが出版されています．しかし，それらは，人や時代によって，詳しすぎたり，簡単すぎたり，あるいは，伝記的記述と作品解説が入りまじったりして，知りたいこと，調査したいことが，検索しにくいものも少なくありません．この世界文学シリーズは，この点を特に考慮し，なによりも利用しやすいことを主眼として編まれました．たとえば，このシリーズの最大の特色は，各国の主要作家が若干の例をのぞいて，すべて見開きに収められていることです．すなわち，左ページには，その生涯が簡潔にまとめられ，右ページには簡単な解説を付した主要作品の一覧が収録されています．そのほか，思潮や作家，そしてそのかかわりあいがひと目でわかる文学史年表など，さまざまな工夫がなされ，多面的，立体的に各国の文学を展望できるように構成され，さらに詳しい翻訳文献のための一項目を設けてあります．世界文学シリーズは，文学を愛好する人びとの教養書として，読書案内として，便利な作家・作品辞典として，また，学生の参考書として，さらに専門家の備忘録として，広くご利用いただけるものと確信しております．

　なお，このシリーズをより完璧で利用しやすいものにするために，みなさまのご批判をあおぎ，新しい資料もとり入れて，機会あるごとに改訂・増補していきたいと思っております．

朝 日 出 版 社

は　し　が　き

　□世界文学シリーズという構想は出版社の創案である．文学史というものは取扱いの面が多く，読者にも敬遠されがちだが，それを個々の面に分解しながら，なおかつ生きたものとして捕らえようという狙いなのである．

　□「史」としての流れについては年表を付して一目瞭然となるようにした．

　□第二部の作家解説Ⅰについては英文学の主要作家66人を選び，二，三の例外を除き，平均2ページずつ割当ててある．見開きの左側ページでは，その作家をよく表わす特色的な写真・肖像を入れ，史的事実や評価を正確に伝えると同時に，逸話の類も入れるようにした．第三部の作家解説Ⅱとは，本質的な差異よりはむしろ，叙述・説明上の便宜から分けただけのことも多い．現代の作家にウェイトを，という出版社側の希望もあって，ふつうの英文学講義での主要作家の拾い出し方とはかなりちがったところがある．

　□右側ページの主要作品の項では，作の長短によらず，有名なもの，真にその作者をよく表わすと判断されるものは，短いものでもとり上げた．

　□特に重要な作品は，◆のしるしをつけて第四部にまとめて，十分なスペースを割いて説明してある．

　□読者の標準としては大学の教養課程の学生くらいを目安にしたが，広い読者層のためにという出版社のはじめからの意図を酌んで，平易な説明を心がけ努力した．専門知識獲得のため社会人もどしどし大学へ聴講に出るという風潮が高まりつつある今日，「一般向図書」ということは，もはや知識内容のつまみ食い・平俗化を意味してはいない．「作家解説Ⅱ」の部では，読者の興味という点を考えて削った作家もあることは事実だが，「作家解説Ⅰ」と「重要作品」の部については，一年完結のたいていの英文学史講義よりははるかに豊富な内容が盛られていることは，一読してどなたも気づかれるであろう．

　□担当は，半分ずつというはじめの予定が都合で変更になり，7/10は荒井の執筆である．かなり扱い方に差のあるのを，わざと統一しなかったのは，かえって個性的な取扱いが読者の興味をそそるかもしれぬ，と考えたからである．たとえば「ダン」「スターン」は野町，「シェイクスピア」「ハーディ」「コンラッド」「クローニン」は荒井の筆である．また「ジョージ・エリオット」は荒井，「フロッス河畔の水車小屋」は野町というような例もある．ただご参考までに．

　□25年ぶりの改訂を期して，広川治氏と逢見明久氏に増補をお願いした．

著　　者

増補改定新版について

　二十一世紀を迎えたところで、四半世紀前に野町二博士との共著で出版した『イギリス文学案内』(初版の題名は『立体イギリス文学』)の増補改定を行なう機会が与えられた．これまでにも、二十世紀の作家たちが亡くなるたびに、何度か増補を提案したことがあったが、その時期が熟さないうちに、恩師の野町先生や編集担当の和久利氏が他界なさってしまった．そして新世紀、区切りのいいところで、増補改定のチャンスが巡って来た．

　増補に当たっては、主として二十世紀の作家に限り、初版このかた亡くなった作家たちの没年を加え、その間に評価が定まった作家は、「作家解説Ⅱ」から「作家解説Ⅰ」に移し、「作家解説Ⅰ」を最新の作家を中心に大幅に増補した．「重要作品」に関しても二十世紀の作品を増補したほか、イギリス文化の根底にあり、近代英語の原点でもある聖書を加えたのも、今回の増補の眼目の一つだった．

　つぎは付録の補充で、本書の特色である翻訳文献案内を、最新情報によって大幅に増補した．さらに主要作家の英文に少しでも触れていただくために、「ベーオウルフ」から二十世文学のエリオットやモームまでの名句を精選して収録した．また「作家解説Ⅱ」や「重要作品」の各ページの下に空欄がある場合は、その作家や作品の特徴となる名句を加えた．英語が国際語となった今日、こうした英語文化の底辺にある名句を記憶しておくことも、実用的な時事英語や英会話の基本として重要だと判断したからである．

　「文芸用語小事典」を加えたのは、作品の評論や研究書を読む場合、ここに取り上げた最小限の専門用語を知っておく必要があるからである．この小事典を手がかりに、さらに詳しく用語を調べ、具体的な用例や作品を知って、より深くイギリス文学に親しむための手引きにしていただきたい．

　最近の傾向として、イギリス文学を単に文学研究の対象として扱うばかりでなく、広く「カルチュアル・スタディーズ」の一環としてとらえ、「イギリス文化」の一部として、言葉のみでなく映像をも加えた研究が盛んになってきた．そこで「イギリス文学と音楽」と「イギリス文学と絵画」への招待をプロローグにして、イギリス文学映画化作品の世界に対する興味を喚起することにした．詳しいリストが参考になるであろう．

　今回の増補改訂では、学習院大学出身で駒澤大学大学院博士課程で学んだ広川治氏と、駒澤大学出身で同大学大学院博士課程で学んだ逢見明久氏に、二十世紀の作家や作品の増補と付録などを執筆していただき、稲穂氏が編集を担当なさった．

　どうぞ、お気付きの点は、忌憚なくお知らせいただき、「事実」(facts)と正確さ(accuracy)が生命の本書をよりよくするためのご協力をお願いしたい．

平成13年 (2001年) 秋　　　　　野町二先生の御命日が近い日に　　　荒井良雄

―― **謝　辞** ――

　作家の肖像画や写真に関してはナショナル・ポートレート・ギャラリー，英国大使館文化部，早川書房の御協力に感謝する．

総合もくじ

第一部　英文学とは……………………13
第二部　作家解説 I ……………………17
第三部　作家解説 II ……………………155
第四部　重要作品………………………211
第五部　英文学史と文学史年表…………339
第六部　英文学の周辺…………………357
参考書案内………………………………471
翻訳文献…………………………………473
索　　引…………………………………553

---- 凡　例 ----

1. 年代の表記
　本文および年表の年代表記の中には，60-65とか，69のように本書独特の省略法を使っている場合が多い．Chaucer（1340-1400）の場合では，60-65は1360-65，69は1369をあらわし，G. Greene (b. 1904)の場合の34が，1934をあらわすがごときである．

2. 書名・作品名の表記
　本書では印刷の体裁上，英文の書名および作品名を普通の字体で印刷してある．*Hamlet*, *The Waste Land* のごとくイタリック体で表記するのが普通なので，引用の際は注意していただきたい．作品名の下にアンダーラインを引いたり，"Hamlet"のごとく引用符でくくって表記するほか，全部大文字にして，HAMLETとも表記する．

もくじ

作家解説 I

- チョーサー ……………………………… 18
- スペンサー ……………………………… 20
- マーロウ ………………………………… 22
- シェイクスピア ………………………… 24
- ダン（ジョン） ………………………… 30
- ジョンソン（ベン） …………………… 32
- ミルトン ………………………………… 34
- スウィフト（ジョナサン） …………… 36
- フィールディング ……………………… 37
- ジョンソン（サミュエル） …………… 38
- スターン ………………………………… 40
- ブレイク ………………………………… 42
- バーンズ（ロバート） ………………… 44
- ワーズワース …………………………… 46
- スコット ………………………………… 48
- コウルリッジ …………………………… 52
- オースティン …………………………… 54
- バイロン ………………………………… 56
- シェリー ………………………………… 58
- キーツ …………………………………… 60
- カーライル ……………………………… 62
- テニソン ………………………………… 64
- サッカレー ……………………………… 66
- ディケンズ ……………………………… 68
- ブラウニング（ロバート） …………… 70
- ブロンテ姉妹 …………………………… 72
- エリオット（ジョージ） ……………… 74
- ラスキン ………………………………… 76
- アーノルド ……………………………… 78
- ロセッティ（ダンテ・ゲイブリエル） … 80
- メレディス ……………………………… 82
- ハーディ ………………………………… 84
- スティーヴンソン ……………………… 86
- ワイルド ………………………………… 88
- ショー …………………………………… 90
- コンラッド ……………………………… 92
- バリィ …………………………………… 94
- イェイツ ………………………………… 96
- ウェルズ ………………………………… 98
- ゴールズワージー ……………………… 100
- シング …………………………………… 102
- モーム …………………………………… 104
- フォースター …………………………… 106
- ジョイス ………………………………… 108
- ウルフ（ヴァージニア） ……………… 110
- ロレンス ………………………………… 112
- エリオット（トマス・スターンズ） … 114
- ハックスレー …………………………… 116
- プリーストリー ………………………… 118
- クローニン ……………………………… 120
- カワード ………………………………… 122
- オーウェル ……………………………… 124
- ウォー …………………………………… 126
- グリーン（グレアム） ………………… 128
- ベケット ………………………………… 130
- ラティガン ……………………………… 132
- ゴールディング ………………………… 134
- トマス（ディラン） …………………… 136
- マードック ……………………………… 138
- シェファー ……………………………… 140
- ピンター ………………………………… 142
- ヒューズ ………………………………… 144
- ストッパード …………………………… 146
- ヒーニー ………………………………… 148
- エイクボーン …………………………… 150
- イシグロ ………………………………… 152

作家解説 II

- ラングランド …………………………… 156
- ガワー …………………………………… 156
- ジェイムズ一世 ………………………… 156
- マロリー ………………………………… 156
- スケルトン ……………………………… 157
- ダンバー ………………………………… 157
- モア ……………………………………… 157
- シドニー ………………………………… 158
- リリー …………………………………… 158
- グリーン（ロバート） ………………… 158
- キッド …………………………………… 159
- ピール …………………………………… 159
- チャップマン …………………………… 159
- ベイコン ………………………………… 159
- ナッシュ ………………………………… 160
- デッカー ………………………………… 160
- ミドルトン ……………………………… 160
- ボーモント，フレッチャー …………… 160
- ウェブスター …………………………… 161
- フォード ………………………………… 161
- ヘリック ………………………………… 161
- ハーバート ……………………………… 162
- ウォルトン ……………………………… 162

ブラウン（サー・トマス）	162
カウレー	162
マーヴェル	163
ヴォーン	163
ドライデン	163
ウィチャリー	164
ベイン	164
デフォウ	164
「スペクテイター」	165
ポウプ	165
リチャードソン	165
トムソン（ジェイムズ）	166
グレイ（トマス）	166
コリンズ（ウィリアム）	166
スモレット	167
クーパー	167
マクファーソン	167
チャタトン	167
インチボールド	168
クラブ	168
ラドクリフ	168
サウジー	169
ラム	169
ランドー	169
ハズリット	170
ハント（リー）	170
デ・クウィンシー	170
マリアット	171
クレア	171
ブルワー＝リットン	171
ブラウニング夫人	172
フィッツジェラルド	172
ギャスケル夫人	172
キングズレー	173
ブシコー	173
コリンズ（ウィリアム・ウィルキー）	173
マクドナルド	173
ロセッティ（クリスティーナ）	174
キャロル（ルウィス）	174
トムソン（ジェイムズ、B. V.）	174
モリス	174
バトラー	175
ギルバート	175
スウィンバーン	176
ペイター	176
ハドソン	177
ホプキンズ	177
ブリッジズ	177
ハーン	178
グレゴリー	178

ピネロ	178
ギッシング	179
トムソン（フランシス）	179
ドイル（サー・アーサー・コナン）	179
ハウスマン	180
タゴーア	180
キプリング	180
シモンズ	181
ベネット	181
サキ	181
デイヴィス	181
ホジソン	182
デ・ラ・メア	182
チェスタトン	182
トマス（エドワード）	183
ダンセイニ卿	183
メイスフィールド	183
リンド	183
ミルン	184
ウォルポール（ヒュー）	184
オーケイシー	184
ルウィス（ウィンダム）	185
サスーン	185
ブルック（ルーパート）	185
シットウェル	186
マンスフィールド	186
ケアリ	186
クリスティ	186
リース	187
トールキン	187
ガーネット	187
モーガン	188
グレイヴズ	188
ブランデン	188
ルウィス（C. S.）	189
トラヴァース	189
ボウエン	189
ヒルトン	190
カートランド	190
ディ＝ルウィス	190
スノウ	191
ウィリアムズ	191
ベッチェマン	191
エンプソン	191
ヴァン・デル・ポスト	192
オーデン	192
フライ	192
スペンダー	193
ラウリー	193
ダレル	193

ウィルソン（アンガス）	194
トマス（R. S.）	194
ダール	194
バージェス	195
クラーク	195
スパーク	195
レッシング	196
ラーキン	196
キーズ	196
エイミス（キングズレー）	197
ボルト	197
ウェイン	197
ファウルズ	198
ニコルズ	198
シリトー	198
ブルックナー	199
オズボーン	199
フリール	199
ウェルドン	200
ウィルソン（コリン）	200
ウェスカー	200
オブライエン	201
ブラッドベリ	201
ヒル（ジェフリー）	201
オートン	202
ストーリー	202
フレイン	202
ボンド（エドワード）	202
ハーウッド	203
ロッジ	203
グレイ（サイモン）	203
バイアット	204
チャーチル	204
ドラブル	204
カーター	205
ヒル（スーザン）	205
ダン（ダグラス）	205
バーンズ（ジュリアン）	205
ヘア	206
ラシュディ	206
マキューアン	206
スウィフト（グレアム）	207
エイミス（マーティン）	207
アクロイド	207
マルドゥーン	208
モーション	208
ボイド	208
ベルニエール	208
ドイル（ロディ）	209
ウェルシュ	209

ウィンターソン	209
ロウリング	210

重要作品

ベーオウルフ	212
カンタベリー物語	213
バラッド（民謡）	214
聖史劇	215
万人	216
道徳劇	217
アーサー王の死	218
フォースタス博士	219
マルタ島のユダヤ人	220
エドワード二世	221
間違いの喜劇	222
ロミオとジュリエット	223
夏の夜の夢	224
ヴェニスの商人	225
人それぞれの気質で	226
ジュリアス・シーザー	227
十二夜	228
ハムレット	229
オセロー	230
リア王	231
マクベス	232
ヴォルポーネ	233
アントニーとクレオパトラ	234
錠定訳聖書（旧約）	235
錠定訳聖書（新約）	236
テンペスト	237
失楽園	238
天路歴程	239
世間道	240
ガリヴァー旅行記	241
乞食オペラ	242
トム・ジョーンズ	243
ウェイクフィールドの牧師	244
勝たんがために身をかがめ	245
悪評学校	246
分別と多感	247
高慢と偏見	248
エマ	249
フランケンシュタイン	250
エンディミオン	251
プロミシュース解縛	252
オリヴァー・トウィスト	253
クリスマス・キャロル	254
ジェーン・エア	255
嵐が丘	256
虚栄の市	257

デイヴィッド・コッパフィールド	258
ヘンリー・エズモンド	259
養老院長	260
リチャード・ファヴァレルの試練	261
国王牧歌	262
フロス河畔の水車小屋	263
大いなる遺産	264
不思議の国のアリス	265
指輪と本	266
ミドルマーチ市	267
帰郷	268
我意の人	269
宝島	270
ジーキル博士とハイド氏	271
少年誘拐	272
幸福な王子	273
ドリアン・グレイの画像	274
ダーバーヴィル家のテス	275
シャーロック・ホームズの冒険	276
日陰者ジュード	277
オールメイアの阿呆宮	278
まじめ第一	279
タイム・マシン	280
ドラキュラ	281
闇の奥	282
ロード・ジム	283
人と超人	284
覇者	285
銀の箱	286
西の世界のプレイボーイ	287
トーノ・バンゲイ	288
ハワーズ・エンド	289
ピグメーリオン	290
息子と愛人	291
人間の絆	292
虹	293
プルーフロック詩集	294
月と六ペンス	295
恋する女たち	296
雨	297
ユリッシーズ	298
荒地	299
フォーサイト・サーガ	300
園遊会	301
聖女ジョウン	302
インドへの道	303
ダロウェイ夫人	304
燈台めざして	305
恋愛対位法	306
チャタレイ夫人の恋人	307
私生活	308
大英行進曲	309
波	310
すばらしい新世界	311
ガザに盲いて	312
城砦	313
四つの四重奏	314
動物農場	315
ブライズヘッド再訪	316
警部の来訪	317
1984年	318
ねずみとり	319
蠅の王	320
指輪物語	321
ゴトーを待ちつつ	322
深く青い海	323
怒りを込めて振り返れ	324
土曜の夜と日曜の朝	325
時計じかけのオレンジ	326
コレクター	327
ローゼンクランツと
ギルデンスターンは死んだ	328
エクウス	329
交換教授	330
背信	331
真夜中の子供たち	332
湖畔のホテル	333
フロベールの鸚鵡	334
日の名残り	335
ルーナサの踊り	336
コペンハーゲン	337

英文学史と文学史年表

中世　英国ルネッサンスと
エリザベス一世女王時代	340
17世紀	342
18世紀	344
ロマン派運動時代	346
ヴィクトリア女王朝	348
19世紀末および20世紀初頭	350
現代（Ⅰ）	352
現代（Ⅱ）	354

英文学の周辺	357
参考書案内	470
翻訳文献	473
索　引	551

11

第一部

英文学とは

ユーモアと「おとなの文学」　寛大さ
風土と楽観思想　現実性
英国小説と「性格」　ひかえ目な表現と英詩

英文学とは

解　　説

英文学と英国国民性

ユーモアと「おとなの文学」　君にはユーモアのセンスがないよ，ときめつけられることは，英国人にとって何よりも手痛い侮辱だという．英語でいう「ヒューマー」とは，結局，余裕のある心を抱いて外の世界に応ずる態度である．いわば，ある距離をおいて，現実に直面するこうした人生態度は，そ知らぬ顔をした第三者の立場から自己のあり方を眺めてみる，という生きかたにも通ずる．自分の失敗を認めるのに英国人ほどいさぎよく喜んでする者はいないという評語もある．「エリア随筆集」で名高いチャールズ・ラムの，悲しみのどん底から生まれた好人物的な笑いが英国文学の精髄のようにいわれるのは，世の中と自己とを見るその角度が，このHumourの客観的な視角度と正確に一致しているからである．ところで，自分の悲しみ喜びのさまざまを笑いのまないたにのせて料理してみると，これは世の中に未経験・直情径行の青少年にはできることではない．英文学一般が「おとなの文学」だというふうな呼びかたをされるのは，ユーモアというこの要素を特に重んじての評価であることは知っておいてもよいであろう．

寛大さ　そうしたユーモアが英国人のものの考えかたを支える大きな柱として文学の中に姿を見せるとき，人生と世界に対する寛大さとなって現われるのは見易い道理であろう．詩聖シェイクスピア，特にその喜劇が最も強く観衆・読者に残す印象は，「何という暖かい心を持った作者だろう」ということではあるまいか．人間本来の愚かさや欠点を，人間のものであるが故にこそ喜んで赦すという態度は，ほとんどあり得ないまでの寛容心となって最後期の作に現われている．ショーペンハウアーの思想に影響され，その暗い人生観の故に，ノーベル文学賞からも外された大小説家トマス・ハーディにしても，人間運命の暗さ，悲しさは克明に描きながら，人間に対する終局の同情は失っていない．それぞれの作者の気質にもよるところであるが，ひとつにはそれが英国人好みの人生受容態度であるとも言い得るのである．絶対暗黒な悲観・厭世主義というようなものは，英文学ではきわめて稀な例外を除きほとんど見い出せない．

風土と楽観思想　英国の風土そのものは険悪な，気候もきびしい北の国である．極北の国ラブラドルと同緯度であるなどとは誰しもちょっと想像しないだろう．かつては，ホメロスの「オデュッセイア」に描かれた冥土の国の描写が，そのまま英国の気候・風土だ，など

といわれたこともあった．しかもメキシコ湾流や温暖で雨量の多い西風などの関係もあって，英国の冬は馴れさえすれば比較的過ごしやすいという定評であり，また石炭等の地下資源には豊富な国土である．つまり，外貌いかめしく心やさしい自然という外の世界の形がそのままそこに住む人々の心に入って，英国独特の，外見はゆううつ・排他的でありながら，根源においては楽観的な人生観を持った親切な心の国民を作り上げたのだと言ってよいだろう．「人の知らないところによいものが隠されてあるのだ」というものの考え方，やがてそれから導き出される，「結局のところ世界はありのままの姿がいちばんいいのだ」という思想は何度となくくり返し出る．詩人ブラウニングの頑強な楽観思想はじつはその端的なあらわれにすぎないものなのである．

現実性　現実的と呼ばれる英国人の性格は，砕いてみれば以上のようなのっぴきならぬ構えの要素をうしろにひかえている．現実をあるがままの姿で受けとる英国人は本能的にアモルフ（無定形性）への好みを持っている．気質的に人工的な整頓を好まないのである．判例のぼう大な累積であって，ドイツ法学ふうにいえば法観念もなければ原則のあり方もつかめない，と評される英国法──いわゆるCommon Law──が，社会制度上，英国人気質の見本なら，庭園を造成するに際しても，一部分には荒野の形をそのまま残せといったフランシス・ベイコンの庭園論は，趣味の面でいかんなくそれを示したものといえるであろう．シェイクスピアの劇作品にしても，これをたとえばフランスの古典劇と比較すれば，いかに雑然としたものであるかに人は驚くであろう．作者の定見に基づいての刈りこみなどしてない，人生の偶然は偶然のままに，という作風が英国人の心持にはぴったりするのである．英国人の伝記好みもここから説明してよいであろう．そして英国の読者が喜びを求めるのは，何よりも具体的な行動の叙述であり，逸話の豊富な記載なのである．古人の日記や書翰が広く読者を得ているというのも同じ理由によるといえる．

英国小説と　性格的な行動や逸話を好んで読む英国人にとって，小説とは人物の性格を描
「性　格」　くものである．スコットやサッカレーの歴史小説を除けば，英国の作品に仏・露作家の広大な規模や波瀾に満ちた筋立てを求めるのは見当ちがいというものであろう．性格と性格の接触・葛藤，それがすなわち英国小説の変らぬ伝統的なテーマなのである．巨大な世界観を背後に忍ばせたハーディの小説においてなら，扱われているのは外的には小さな田舎の世界，少数の人々の間の出来事にすぎない．小説が「性格」を描き出すものであるかぎり，変らぬ普遍の「人間」がここに描き出されるのだと，英国人は考えているのである．

ひかえ目な　ひかえ目なものいいを好む英国人の精神習慣は，英文学をして光輝あらしめる
表現と英詩　ものといわれる英詩の表現に大きな特色を与えている．10のうち1を表出して，あとの9はただ示唆により読者自らの想像力がこれを補うにまかせる，という独特の英語表現は，ある意味で日本の俳句などにも共通するものを持っている．ワーズワースやキーツ，シェレーなどの短詩が永遠の名作であるとされる理由は，言外に残した余韻の力によるところが多いのである．

第 二 部

作家解説 I

チョーサー〜イシグロ
作家解説
主要作品

チョーサー　ジェフレー
Geoffrey Chaucer（1340–1400）　　　詩人

社会人としての経歴　イギリス詩の父と称される中世第一の大詩人．彼のロンドン地方言はやがて支配的な立場を占めて文学上の標準英語を確立し，彼の作は北方スコットランドをも征服しつくした．ロンドンの酒商人の子で，宮廷つきの小姓となる．19歳のころ百年戦争に出てフランスの捕虜となるが，翌年ゆるされて帰国し，エドワード三世の宮廷に出仕した．外交上の任務を与えられてしばしばフランス，イタリアを訪れ，これら先進国の文化への直接的な接触が彼の作風に大きな影響を与えた．彼の妻は第4王子ジョンの妻の姉妹で，彼もこの王子からは長く恩顧を受けた．1374年にはロンドン港税関の監督官，1386年にはケント州選出の国会議員になった．カンタベリー巡礼に加わったのは1388年4月のことである．このころ，王家の土木関係事務官として，ウェストミンスター大寺院の造営をも含む諸種建造物の現場監督の任にたずさわり，大金を所持して旅行することが多かったので，1390年には数回にわたって追いはぎの襲撃を受けた．ウェストミンスター大寺院の詩人の墓所（Poets' Corner）に葬られた．

創作上の3期　彼の生涯は，各々フランス，イタリアの影響を受けた第1期（1359–72），第2期（1372–86），第3期の円熟時代，英国期（1386–1400）に分けられる．

フランス期　中世後期大流行であった，既婚の女性に若い騎士が忠誠を誓い，変らぬ愛情をささげるという，いわゆる「宮廷恋愛」（'courtly love'，フランス語でアムール・クルトワ amour courtois という）に心を引かれて，部分的ながら大作「バラ物語」の英訳（1360–65）を作った．また王子ジョンの夫人が黒死病のため没したとき，献げ作った「公爵夫人の書」（1369ごろ）も，フランスで流行の愛の夢物語の形式をとったアレゴリー（allegory，寓意詩）である．旧式の頭韻を捨て去って，新しいフランスの様式によるさまざまな脚韻形式を用いてこれを英語に定着させるという大功績をたてた．

イタリア期　国王の命による2度のイタリア訪問（1372, 78）以後，ダンテ，ボッカチオの影響が見られる．同じく愛の夢物語であるふたつの寓意詩「栄誉の宮殿」（1383–84），「万鳥のつどい」（1382ごろ）の他に，情意のあらわれと性格の深奥を写して優婉無比の詩とされる恋愛詩「トロイルスとクリセイデ」（1380–83）がこの時期の傑作である．

英国期　英文学独特のユーモア，また精細な観察と具体的な把握をもって人生を眺め叙述しながら，寛大な暖かい心をもって人の欠点をゆるすという基調はチョーサーの大特色である．雑多な集団の一人一人がそれぞれ物語をして旅の退屈をまぎらすという骨組の中で，勇武は勇武，がさつはがさつ，貪欲は貪欲，それぞれの性格をまる出しに自らを語り示す「カンタベリー物語」（主として1387–88）の手法は，後々の英文学の本流としてシェイクスピア以後の劇・小説にも流れ入る特色をそのままに備えたものである．

◇主 要 作 品◇

■「バラ物語」(The Romaunt of the Rose, 1360–65) 原作はフランス語の Le Roman de la Rose で，ギョーム・ド・ロリス (Guillaume de Lorris) の作にジャン・ド・マン (Jean de Meung) が書き加えた2万余行の大作．その自由な部分訳としてA, B, Cの3つの断片，計約7,700行があり，ふつうAだけがチョーサーの作として認められている．恋する若者 (L'Amant) が夢で歓楽の園 (the Garden of Mirth) を訪れ，「怠惰」の招くがままにその中に入り，愛の神をはじめとして「理性」，「喜悦」，「嫉妬」，「危険」その他の寓意的人物に会う．ナーシッサスの泉に映るバラの木を見てつぼみの花に恋し，さまざまの成行きの後，愛の神の指図に従ってそれを手に入れる．典型的な中世の寓意・夢物語で，豊醇な「宮廷恋愛」が若いチョーサーを魅し去ったと考えられるもの．後半は，宗教，女性，社会秩序に対する痛烈な風刺である．

■「公爵夫人の書」(The Book of the Duchesse, 1369ごろ) 彼のパトロンであった王子ジョンの最初の妻ランカスターのブランシュが黒死病のため死んだとき，王子を慰めるために書いた夢物語の詩．夢に皇帝の狩に参加し，黒衣の騎士に会う．騎士は亡き妻の徳や美しさや求愛の次第をしみじみと語る．詩人は，ギリシアの相愛夫婦として名高いシークスとハルサイアニの物語の書を手にして目ざめるのであった．

■「トロイルスとクリセイデ」(Troilus and Criseyde, 1380–83) 5巻8,200余行からなる中期第一の傑作．トロイ戦争の一挿話を扱うもので，直接にはボッカチオから話の筋を得ているが，創意によって大きく改変し，特にユーモアに富んだ生き生きとしたパンダルスと，女主人公クリセイデ（シェイクスピアの「クレッシダ」）の性格の展開は，近代の心理小説にも比すべきものと言われる．トロイの神官カルカスは敵方ギリシア軍に走るが，娘クリセイデはそのままトロイ市に残された．王子トロイルスが彼女に恋し，女の叔父パンダルス (Pandarus) の手引きで交際することになるが，両軍の捕虜交換のとき，女は父のもとに引きとられる．変らぬ愛情の約束もほごにして，女はギリシア武将ディオメデのものとなり，トロイルスは悲しみのうちに戦いに出て討死する．

■「万鳥のつどい」(The Parliament of Fowls, 1382ごろ) 約700行の夢物語詩．2月14日聖ヴァレンタインの日に，配偶を得ようと自然の女神の宮廷に集まった鳥の中で，3羽の鷹が1羽の雌鷹を争い，雌はきめられず，1年の猶予を乞う．何か実際のモデルによった寓意詩．

■「栄誉の宮殿」(The House of Fame, 1383–84) 1千余行の未完詩編．夢に詩人はヴィーナスの神殿から．鷲の背にのって「栄誉の宮殿」にいたり，栄誉を求めてうごめく人々や，そこに飾られた詩人・歴史家たちの像を眺め，女神が栄誉と醜聞とを配り分けているのを見る．

■「善女列伝」(The Legend of Good Women, 85–86) 夢に，愛の神から，「バラ物語」「トロイルスとクリセイデ」で女の裏切りを扱ったことを責められ，女性賛美の物語を書かされることとなり，クレオパトラ以下9人の女性を扱う．

◆「カンタベリー物語」(The Canterbury Tales, 主として1387–88) →213頁

スペンサー　エドマンド
Edmund Spenser（1552–99）　　　　　詩人

評価と特色　チョーサー以後第一の詩人．劇におけるシェイクスピアとともに，英国ルネッサンスの頂点を成す．優婉でなだらかな音楽美と感覚的なイメージの絵画美は，後世の詩人たちへの大きな影響となった．彼は好んで古風な言葉づかいをし，またひびきのなだらかさを尊ぶあまり，特にフランス語ふうな語尾をつけて彼独特の語形を作り上げたりしている．その理由から彼の作は，現代化しないままのスペリングで表示されることが多く注意が必要である．

前半生　チョーサーと同じくロンドンで生まれ育ち，ケンブリッジ大学時代フランス，イタリアの作にも親しんで，すでに詩の創作をはじめていた．大学卒業（1576）後，女王の寵臣レスター伯爵（Earl of Leicester）の知遇を受け，フィリップ・シドニーらとともに文学愛好クラブを作ったりした後，処女詩集「羊飼いの歌ごよみ」（1579）を出して人々の賞讃を得，詩人としての地位を確立した．レスター伯爵失脚の後，アイルランド総督秘書の職を得て，その地に渡り（1580），官吏として長くそこにとどまった．シドニーの死をいたむ「アストロフェル」（Astrophel, 1586；出版 1595）書いた後，1588年南アイルランド，コーク州のキルコルマン城（Kilcolman Castle）に移り住んで創作にいそしんだ．

後半生　比喩物語詩「神仙女王」は「歌ごよみ」と同じころすでに着筆されていたが，1590年最初の3巻をまとめて出版し，一世を驚かしてエリザベス女王から年金50ポンドを受けるまでになった．ウォルター・ローレーにも勧められた彼はその前年から上京して中央での官職を求めたが，その希望はかなえられず，1591年アイルランドに帰った．「コリン・クラウト（Colin Clout）の帰郷」（1595）はその心境を表現したものである．

結　婚　と最盛期の諸作　以後彼はアイルランドにとどまって創作に努め，1596年には「神仙女王」の次の3巻を発表するまでになった．それに先立ち1594年彼はエリザベス・ボイルと結婚するが，その求愛の心を歌うのがソネット（14行詩）88編を集めた「アモレッティ」（Amoretti,「恋愛小曲集」）であり，結婚の祝福を祈る433行の「祝婚歌」（Epithalamion）とともに1595年出版された，翌96年出版の，艶麗完璧の表現として推奨される「祝婚序歌」（Prothalamion）は，ロンドン滞在中行われたウスター伯爵令嬢ふたりの同時の結婚を二羽の白鳥にたぐえて慶祝したものである．

晩年と死　1596年はかくして作者としての彼の最盛期を示すものであるが，97年ごろから彼の健康は衰えはじめ，翌98年土民一揆によって彼の居城も焼かれ，彼は家族とともに命からがらコーク市に逃れ，やがて事情報告のため上京，滞在中翌99年1月ロンドンで病死した．遺骸は，英国文人最大の栄誉とされるウェストミンスター大寺院の中，彼が生涯崇拝をつづけた大先輩チョーサーのかたわらに葬られた．

◇主 要 作 品◇

■「羊飼いの歌ごよみ」(The Shepheardes Calender, 1579) 羊飼いたちの岡の上での対話という形で月々に関するそれぞれのもの思いを述べた12編の詩．古典のテオクリトス，ヴェルギリウスの型を踏む．1月と12月はコリン・クラウトの独演で，特に1月と6月とはロザリンドという女性への失恋を表明する．4月はエリザベス女王の賛歌になっている．

■「神仙女王」(The Faerie Queene, 1590) 全編の構成はローレーにあてた序の書翰によれば全12巻から成るはずのもので，神仙女王グロリアーナ (Gloriana, 栄光を意味し同時にエリザベス女王を表わす) は年に1度の大饗宴を張り，その12日の間に，12の美徳を表わす12人の騎士をひとりずつ送り出す．騎士たちは修行遍歴のうちにそれぞれ対抗する悪を表わす人や怪物を退治して勲功を立てる．その功業のあらましが各1巻の叙事詩の主題たるべきものであり，更にその大筋と平行して，王者としての徳，寛大 (Magnificence) を表わす王子アーサー (Prince Arthur) が，女王グロリアーナの幻を見，これを求めて遍歴し，その途上で上記12名の騎士に遭遇してその危難を救い功業の達成に力を貸すという別筋が縫い合わされて全体のまとめになるというものであった．作者はようやくそのうちの前半6巻を完成しただけで，その他には第7巻の断片が残っているだけである．それでもなおかつこの作，各巻各々12歌から成り，各歌はスペンサーが特別に創案した9行のスタンザ（連）平均50からできていて，総計3万4千行を超える超大作になっている．

第1巻は神聖 (Holiness) を代表する赤十字の騎士が真理の処女ユーナ (Una) のため種々辛苦をなめたあと悪竜を退治して結婚する物語．この the Knight of the Red Cross は同時に英国国教会を，また作中に出て彼らの行動を妨げる偽善の魔法使いアーキメーゴウ (Archimago) は同時にローマ法王を，虚偽の妖女デュエッサ (Duessa) はローマ・カトリック教会ならびにスコットランド女王メアリーを表わすとされる．／第2巻では節制 (Temperance) の騎士サー・ガイアン (Sir Guyon) が肉欲の魔女アクレージア (Acrasia) を捕え，その棲む「幸福の家」を破壊する．／第3巻は純潔 (Chastity) の女騎士ブリトマート (Britomart) がスカダモア (Sir Scudamour) のために，その愛人アモレット (Amoret) を魔法使いの手から救い出す話．それに触れてアモレットとふたごの姉妹でエリザベス女王を指しているという純潔の処女ベルフィービー (Belphoebe) の物語．／第4巻は堅い友情 (Friendship) を表わす二人の騎士トライアモンド (Triamond) とキャンベル (Cambell) の物語．そのわき筋にアモレットとスカダモアの恋物語がつづき，およびベルフィービーのこと，正義の騎士アーテガル (Sir Artegall) が戦いつつブリトマートの顔を見て恋に落ちる話などが織り込まれる．／第5巻ではそのアーテガルの戦と功業の数々を記す．そして術策によってアマゾンの女王ラディグンド (Radigund) に捕らえられた彼を女騎士ブリマートが救い出す．／第6巻では中傷・醜聞を象徴し百枚の舌を持つという怪獣 (Blatant Beast) が，一度は礼節 (Courtesy) の騎士キャリドーア (Sir Calidore) に捕らえられ口をしばられるが，鎖を外して逃げ去る．／第7巻は断片は恒久不変 (Constancy) に対立し，すべてに支配力をふるう万物流転 (Mutability) を主題とする．

マーロウ クリストファ
Christopher Marlowe (1564–93)   **劇作家・詩人**

その生い立ち マーロウは1564年2月23日に，靴職人の長男として南英カンタベリーに生まれ，王立学校で古典に対する深い知識の土台を築いた．ケンブリッジ大学時代の同窓ナッシュとの合作説がある「カルタゴの女王ダイドウ」(Dido, Queen of Carthage) は1586–7年頃に書かれた処女作とみられ，死後ナッシュの加筆訂正により，94年に出版された．

劇壇への登場 ロンドンへ出て劇界に身を投じたマーロウの出世作となったのは「タンバレイン大王」第1部 (87) であり，当時の名優エドワード・アレンが主人公の大王を演じてロンドンの人気をさらい，23歳の青年劇作家マーロウは一躍劇壇の花形になった．この第一部ではタンバレインの無限の征服欲と恋が，力強く美しい無韻詩で堂々と描かれている．第一部の成功に気をよくした提督劇団の座主ヘンズロウの依頼によって，当時その座付作者であったマーロウはただちに第二部 (88) を書き，征服と残虐を続ける不滅の大王が，王妃を失い自らも病いと死に直面する姿を描いた．そして次作「フォースタス博士」(88) では，中世以来の伝説として知られるファウストの魔術物語にもとづいて人間の知識力を追求した．これがのち，ゲーテの「ファウスト」の材料となった．次の「マルタ島のユダヤ人」(92) では，財産欲の化身でマキャヴェリ的悪役の典型とみられるユダヤ人バラバスの富に対する無限の欲望を描いた．続く「パリの虐殺」(92) は，1578年にフランスで起こった新教徒大虐殺の主役ギース公を中心にしたマキャヴェリ主義の傾向が強い劇である．そして最後には，材料を英国史に求めて史劇「エドワード二世」(92) を書き，シェイクスピアの一連の史劇への道を開いた．

悲劇的な最後 こうしてすばらしい才能と学識に恵まれ，ルネッサンスの若い劇作家にふさわしい創作意欲と精力に満ちていたマーロウは，やや放縦な生活を送っていたことがたたって，93年5月30日にロンドンの西方約3マイルのところにあるデットフォートの一料亭で3人の仲間と賭け遊びをしている最中に食事の勘定のことで口論になり，仲間のひとりと決闘の末に致命傷を受けてその場で死亡した．

むすび マーロウは神を恐れない無神論者として清教徒から攻撃され，同時代の劇作家のグリーンからもさんざんののしりの言葉をあびせられはしたが，多くの文人たちは彼を高く評価し，「イギリスの最も優れた悲劇作家」「イギリス悲劇の父・無韻詩の創始者」と呼んだ．マーロウの作品には人間の力の賛美とともに既存の制度に対する痛烈な批判や美への陶酔，古典への復帰の態度がみられ，のちにベン・ジョンソンが「壮麗な詩」とたたえた豪華流麗な無韻詩を駆使して高らかにうたいあげた人間の復興は，シェイクスピアによってさらに豊かな発展をみることになるのである．

◇主要作品◇

■「タンバレイン大王」第1部（Tamburlaine the Great, Part I：1587年頃上演，1590年出版）シジアの羊飼い出身の盗賊タンバレインは，ペルシア王マイセティースの弟であるコスロウの反逆に力を貸して王を倒し，さらにコスロウの軍勢と戦って王冠を奪い，ペルシア王となる．次いでトルコ皇帝バジャゼスとの戦いでも勝利を得て，バジャゼスとその妃であるゼビナを檻に入れてなぶりものにし二人を自殺させる．そしてアラビア王が許婚のゼノクレイトを奪ったタンバレインに復讐するため，ゼノクレイトの父であるエジプトのサルタンと力を合わせて攻めてきたとき，タンバレインはこの連合軍とダマスカスで戦ってアラビア王を破り，サルタンの命を助けて和解したのち，タンバレインとゼノクレイトの婚儀があげられる．アジアの征服者となり，世界の王を夢みるタンバレインの無限の征服欲が，大言壮語，美辞麗句を駆使し，雄大なスケールで描かれている．

■「タンバレイン大王」第2部（Tamburlaine the Great, Part II：1588年頃上演，1590年出版）タンバレインはエジプトとトルコの国境にあるラリッサ平原へ，妃のゼノクレイト，長男のキャリファス，次男のアミラス，3男のセレビナスをつれて登場し，さらに征服の戦争を続ける．妃のゼノクレイトが死ぬと，タンバレインは悲しみのあまりに狂乱状態となり，ラリッサの町を焼き払う．そして戦争を嫌う長男を刺し，捕虜にしたトルコの王者たちを馬がわりにして鞭をあて，自分の戦車を引かせて進軍し，暴虐行為を続ける．バビロンを攻略してペルシアに引きあげるとき，大王はマホメットの無力をののしり，その教典をことごとく焼き捨てる．その直後大王は病気にかかり，次男のアミラスに王位をゆずり，未征服の土地の名を息子に示しながら死んでいく．この第2部は第1部の好評に気をよくして，連続して書かれたものと推定されている．この第1部に見られたような至上の権力をほしいままにする不滅の大王の輝かしい勝利と栄光よりも，すさまじい残虐行為が目立ち，運命の神の絶対的な力が表面に出てきている．

◆「フォースタス博士」（The Tragical History of Dr.Faustus, 1588）→219頁
◆「マルタ島のユダヤ人」（The Jew of Malta, 1590）→220頁
■「パリの虐殺」（The Massacre at Paris, 1592年作，1594年初演）1572年から1589年まで約17年間にわたるフランスの歴史を圧縮したもので，第1場から第10場まではバーソロミュの虐殺事件を描き，以後はギーズ公対ヘンリー三世とナヴァール王の対立を中心に話が進められる．フランス王の甥で王位への野望にもえるギーズ公は皇太后を毒殺し，パリの新教徒大虐殺を実行し，チャールズ九世まで毒殺するが，結局は暗殺される．

◆「エドワード二世」（Edward II, 1592）→221頁
■「ヒアロウとリアンダー」（Hero and Leander, 1593年作，1598年出版）ヘレスポント海峡をへだてて，セストスに住むヒアロウとアバイドスに住むリアンダーの悲恋を扱った818行の未完の物語詩．後半はチャップマンが補った．

シェイクスピア　ウィリアム
William Shakespeare（1564–1616）　**劇作家・詩人**

世界最大の劇作家　エリザベス朝の英国が生んだ世界最大の劇作家で,「エイヴォンの白鳥」と呼ばれるシェイクスピアは，1564年4月26日に，イングランドの中央部ウォリックシアの小さな町ストラットフォード・アポン・エイヴォンの教会で洗礼を受けた．誕生日はその3日前の23日であろうと推定されている．

　シェイクスピアの伝記に関しては，資料が乏しいため正確にわからないことが多いが，学者の熱心な努力によって，エリザベス朝の他の作家にくらべると，今ではかなりよく知られるようになった．シェイクスピアの父であるジョンは農家の出で，ストラットフォードで商売をしていたらしい．1557年ごろ豪農の末娘メアリ・アーデンと結婚し，シェイクスピアはその3番目の子で長男であった．シェイクスピアの少年時代については，ほとんど記録が残っていないが，71年頃にストラットフォードの文法学校（Grammar School）で学んだことは確実であるとされている．シェイクスピアが「わずかなラテン語とそれ以下のギリシア語」（small Latin and less Greek）しか知らなかったという，劇作家ベン・ジョンソンの言葉は，彼の修学程度を示す言葉として有名である．1582年には，8歳年上の女アン・ハサウェイと結婚し，5ヶ月後に長女スザンナが生まれ，1585年には双生児である長男ハムネットと次女ジュディスが生まれた．これ以後約10年にわたる消息がとだえているので，シェイクスピアがいつロンドンに出て来て，どのような経過をたどって劇場人となったかは不明である．鹿園の鹿を盗んだのが発覚して故郷にいられなくなったという伝説や，ロンドンの劇場で観客の馬番をしていたという説などもある．

28歳で劇壇に登場　とにかく1592年，28歳のときに，ロンドン劇界の新星として登場し，俳優として，劇作家として先輩のねたみを買うまでになったのである．そして以後約20年間に37編の戯曲と2編の長詩，154編のソネット集の他数種の詩を書き，宮内大臣一座の座付作者兼俳優として成功し，劇団の幹部となり，1599年に創建されたグローブ座の株主として産をなし，故郷に大邸宅と耕地を購入し，晩年のロマンス劇を書いた頃から1616年4月23日に52年の生涯を閉じるまで，ストラットフォードに退いて住んだ．死後7年，1623年には友人たちの手によりフォーリオ（2つ折）版の全集が出版された．

創作活動　ダウデン（Edward Dowden, 1843–1913）が著書「シェイクスピア」（1877）において試みて以来，シェイクスピアの創作活動を人格的発展との関連において，大体4期に分けて考えるのが常識となっている．

第 1 期（1590–95）　この時期は，習作時代で，史劇をはじめ初期の喜劇や悲劇が書かれたが，主として喜劇に重点がおかれている．喜劇におけるリリー，悲劇におけるキッドの

◇主要作品◇

影響が強く主として先輩模倣の時代とされており，内容・形式ともに若々しく華やかであるが，まだ熟していない点もある．この時期の主な作品には，「間違いの喜劇」，「恋の骨折り損」，「ヴェローナの二紳士」，「じゃじゃ馬馴らし」などの喜劇，「タイタス・アンドロニカス」と「ロミオとジュリエット」の悲劇，「ヘンリー六世」3部作や「リチャード三世」，「リチャード二世」などの英国史劇がある．

第 2 期
(1596–1600) この時期は，作者の人間観察が一段と深まり，劇作の技術にも進境が示されて，ロンドンの劇壇で中心的地位を占めるようになった．「ヴェニスの商人」，「から騒ぎ」，「お気に召すまま」，「十二夜」といった愛と幸福をテーマにした円熟した喜劇の傑作が書かれたほか，「ジョン王」，「ヘンリー四世」2部作，「ヘンリー五世」などの史劇も書き，特にローマ史を劇化した悲劇「ジュリアス・シーザー」は次の悲劇時代の前ぶれとなった．

第 3 期
(1601–09) 悲劇時代と呼ばれ，「ハムレット」，「オセロー」，「マクベス」，「リア王」の4大悲劇をはじめとする重要な作品が書かれた時期で，人生の暗黒の深淵を凝視し，プロットよりも性格が，行為よりも思想が，劇的機能を発揮していて，人間精神の内面的葛藤が作者の興味の中心になっている．「コリオレイナス」，「アントニーとクレオパトラ」などの悲劇，「終わりよければすべてよし」や，「尺には尺を」の暗い喜劇も書かれた．

第 4 期
(1610–12) この時期は，ロマンス劇と呼ばれる作品が書かれた創作活動の最後の時期で，喜びも悲しみもきわめつくし，諦念と愛情をもって人生のすべてを赦している平静で老熟した心境がみられる．主な作品は，「ペリクリーズ」「シンベリン」，「冬物語」，「テンペスト」である．

劇作態度の特質 彼の劇作態度は「自然に鏡をかかげる」（to hold... the mirror up to nature）というハムレットの言葉に表われており，コウルリッジのいわゆる「万人の心をもった」（myriad-minded）この作者は多種多様な人間像が織りなす喜怒哀楽に満ちた人生の姿を，深い洞察力と詩的精神と見事な劇作術でもって舞台に写し出している．そして，初期の作品からロマンス劇に至るまで一貫して作者のあたたかい寛容の精神が基調になって，美しい調和の世界をつくりあげている．

1997年に再建されたグローブ座の内部

◇主 要 作 品◇

(E.K.Chambersの推定による創作・上演年代順)

▣「ヘンリー六世」3部作 (Henry VI, Part 1, 2, and 3, 1590–92) 第1部は名君五世の葬儀ではじまる。若年で即位した性格の弱いヘンリー六世の治世は，英仏戦争，バラ戦争，国内諸侯の権力争いに終始した。ジャンヌ・ダルクの活躍で優勢なフランス軍を，勇将トールボットなどの活躍で排撃する。第2部では諸侯の間の対立が激化するなかで，ヨークが頭角を現わし始める。ヨークに操られてケント州で蜂起したジャック・ケイドは勇将クリフォードに殺され，そのクリフォードはヨークに殺される。第3部ではヨーク家内部の権力争いが始まり，ヨークの息子リチャードはグロスター公爵に任じられて権力を増し，結末は『リチャード三世』へのプロローグとなっている。出世作となった歴史劇。

▣「リチャード三世」(Richard III, 92–3) 背むしで醜い姿の野心家グロスターは，残忍な手段と策略の限りをつくして，王冠獲得の邪魔になる身内や家来を手当たり次第に殺して，ついにリチャード三世となるが，ボズワースの戦場でリッチモンドの軍勢に敗れ，「馬をくれ，馬を！馬をくれれば王国をくれてやる！」(A horse! A horse! my kingdom for a horse!) と叫んで死ぬ。残酷な流血の歴史劇。

◆「間違いの喜劇」(The Comedy of Errors, 1592–93) 双子が二組登場するファースに近い喜劇→222頁

▣「タイタス・アンドロニカス」(Titus Andronicus, 93–94) ローマの皇帝サタナイナスは，高潔な武将タイタスの武勲と名声を妬み恐れ，タイタスの娘のラヴィニア (Lavinia) を辱めた上で舌と両手を切り，2人の息子を殺し，タイタスの片手を切り落とさせる。タイタスは狂気を装い，皇帝の2人の王子を殺し，その人肉でパイを作って皇帝や妃に食わして復讐するが，最後にはタイタスも皇帝も妃も横死する残酷極まりない流血悲劇。黒人の悪党エアロン (Aaron) は，イアゴーやエドマンドと並ぶ強烈な悪の象徴的存在になっている。

▣「じゃじゃ馬馴らし」(The Taming of the Shrew, 93–94) 酔いどれの鋳掛屋クリストファ・スライが寝ている間に殿様に祭り上げられ，その御前興業として演じられる劇中劇の形で，愉快な恋愛喜劇が展開する。婚期の遅れているじゃじゃ馬娘のカタリーナ (Katherina) が，ペトルーキオ (Petruchio) という元気のいいヴェロナの青年紳士に，荒っぽい方法で従順な妻に馴らされるまでを描いたファース風の喜劇。カタリーナとは逆に求婚者が殺到する従順そうな妹ビアンカ (Bianca) と，ルーセンショーという若者との間の恋のかけひきが平行して描かれる。上演効果のあがる人気狂言の一つである。

▣「ソネット集」(The Sonnets, 1609) 1593年から96年にかけて大部分が書かれ，残りも1600年頃までに完成していたと推定されるが，出版は1609年。若い美貌の貴公子への美しい友情と時の残酷さが主な主題で，後半には黒目黒髪の浮気女 (the Dark Lady) の登場で友情に陰りが生じる。154編の14行詩の連作で，特に「きみを夏の一日に喩えようか」(Shall I compare thee to a summer's day?) で始まる第18番は有名であり，しばしば引用される。詩人シェイクスピアの最高傑作詩集。

◇主要作品◇

■「ヴェローナの二紳士」(The Two Gentlemen of Verona, 94–96) 二人の若者プローティアス (Proteus) とヴァレンタイン (Valentine) の友情と, 美女シルヴィア (Sylvia) をめぐる対立を描き, 不実なプローティアスに対するジュリア (Julia) の純粋な思慕を対比した初期の喜劇で,「ソネット集」の主題に近い友情と愛の葛藤が描かれている.

■「恋の骨折り損」(Love's Labour's Lost, 94–95) 3年間は女人禁制で勉学することを誓ったナヴァール王と3人の貴族の前に, フランス王女や侍女たちが現われると, 男たちは禁制を破って4人とも密かに恋に落ちるが, フランス王死去の訃報で王女たちが突然帰国することになって, 恋は骨折り損になる. 修辞を駆使した華麗な台詞が多いのが特色の一つになっている初期の喜劇.

◆「ロミオとジュリエット」(Romeo and Juliet, 94–95) 純粋な愛の青春運命悲劇→223頁

■「リチャード二世」(Richard II, 95–96) 気まぐれな弱い王リチャードと, 策謀家ヘンリー・ボリングブルック (後のヘンリー四世) との,「空ろな王冠」(the hollow crown) をめぐる対立と葛藤を描いた歴史劇の秀作. 悲哀と憂愁が漂う詩人肌のリチャードにはハムレット的な一面も見られる.

◆「夏の夜の夢」(A Midsummer Night's Dream, 95–96) 妖精が出る幻想的喜劇. →224頁

■「ジョン王」(King John, 96–97) 英仏両国の争いやローマ法王庁との関係を背景に, ジョン王が毒殺されるまでの経緯を描いた歴史劇. 1899年に名優ビアボム・トゥリー主演で, 国王毒殺の短い場面をサイレント映画にしたのが最初のシェイクスピア映画となった.

◆「ヴェニスの商人」(The Merchant of Venice, 96–97) ロマンティックな喜劇. →225頁

■「ヘンリー四世」2部作 (Henry IV, Part 1 and Part 2) 第1部 ハル王子 (Prince Hal) と巨体の酒豪サー・ジョン・フォルスタフ (Sir John Falstaff) との羽目を外した愉快な行動と, 熱血漢ホットスパーの反乱が中心. 第2部は諸侯の反目およびヘンリー4世の病死後に王位を継いだハル王子が威儀を正して, 無頼漢の友人フォルスタフとの縁を切るまでを描く. この2部作に登場し,「ヘンリー五世」で死が報じられるフォルスタフは, ドン・キホーテと並ぶ世界文学最大の喜劇的人物像である.

■「から騒ぎ」(Much Ado about Nothing, 98–99) フローレンスの貴族クローディオとメッシナ市長の貞淑な娘ヒアローの婚礼の前夜, クローディオは結婚を妨害しようとするドン・ジョンの陰謀にかかって婚約者の貞操を疑ったために恋の空騒ぎを起こすが, 最後には悪質な企みがばれて, 目出度く結婚する円熟期の喜劇. 女嫌いのベネディック (Benedick) と男嫌いのビアトリス (Beatrice) の恋の駆け引きとウィット合戦が魅力の一つである.

■「ヘンリー五世」(Henry V, 98–99)「思慮分別が天使のごとく現れて, アダムの悪徳を体内から叩き出した」(Consideration like an angel came / And whipp'd th' offending Adam out of him.) とカンタベリー大司教が言うごとく, 理想の名君となったヘンリー五世は, 陣頭指揮をとってアジンコート (Agincourt) の戦いでフランス軍に大勝し, フランスの王女キャサリンを妃に迎える歴史劇の名作.

◆「ジュリアス・シーザー」(Julius Caesar, 99–1600) ローマ史による政治悲劇．→227頁

■「お気に召すまま」(As You Like It, 99–1600) アーデンの森を舞台に，宮廷を追われた青年オーランドー(Orlando)と，公爵領を弟に奪われて追放された公爵の娘ロザリンド(Rosalind)の恋を中心に展開する喜劇．皮肉屋で「全世界が舞台，人間男女は役者に過ぎない」(All the world's a stage / And all the men and women merely players.) で始まる名句をしゃべるジェイクイズ(Jaques)や道化のタッチストーン(Touchstone)も活躍する．

◆「十二夜」(Twelfth Night, 99–1600) 円熟期のロマンティックな喜劇の秀作．→228頁

◆「ハムレット」(Hamlet, 1600–01) 人間とは何かを描く悲劇の最高傑作．→229頁

■「ウインザーの陽気な女房たち」(The Merry Wives of Windsor, 1600–01) 恋に夢中になるフォルスタフを見たいというエリザベス女王のご所望に答えて書かれたという伝説がある，ファルスに近い愉快な喜劇．2人の女房が同時に冗談でラヴレターを書いたところ，それをまともに信じた肥満の老騎士が散々な目に遭う．何も知らずに嫉妬に狂う夫も滑稽だ．

■「トロイラスとクレシダ」(Troilus and Cressida, 01–02) 問題劇 (Problem Plays) あるいは「暗い喜劇」(Dark Comedies) とも呼ばれる喜劇の一つ．トロイ戦争に取材して，トロイラスとクレシダの戦時下の暗くて悲しい恋愛とその破綻を描く．狂言回し的存在のサーサイティーズ (Thersites) は「色欲，色欲！いつの世も色欲と戦争ばかりだ」(Lechery, lechery! Still wars and lechery!) という警句を吐く．

■「終わりよければすべてよし」(All's Well that Ends Well, 02–03) 純情で可憐な女主人公のヘレナ (Helena) が巡礼になって，結婚を拒否する若い伯爵バートラム (Bertram) の後を追っかけ，フランス王の難病を治すなどの難題を解決して，ついに意中の男性と結ばれるまでを描いた「暗い喜劇」(Dark Comedies) の一本．

■「尺には尺を」(Measure for Measure, 04–05) ウィーンの公爵の不在中に国政を預かった厳しい代官アンジェロー (Angelo) は，青年クローディオの処刑を許すかわりに，美貌の妹イザベラ (Isabella) の肉体を要求するが，公爵の計らいでアンジェローのかっての婚約者が暗闇にまぎれて身代わりになり，公爵の命令でアンジェローと結ばれる．罪と許しを主題にした因果応報の「暗い喜劇」．

◆「オセロー」(Othello, 04–05) イアゴーのハンカチをめぐる陰謀で最愛の妻を絞殺する黒人将軍の悲劇．→230頁

◆「リア王」(King Lear, 05–06) 短気な老王の激怒が発端で起こる壮大な悲劇．→231頁

◆「マクベス」(Macbeth, 05–06) 王位への野心が引き起こす血のイメージに満ちた直截的で緊密な悲劇の名作．→232頁

◆「アントニーとクレオパトラ」(Antony and Cleopatra, 06–07) 男を知り尽くした絶世の美女と，女を知り尽くしたローマ将軍の熟年の純粋な恋を描く悲劇の傑作．→234頁

■「コリオレイナス」(Coriolanus, 07–08) 紀元前5世紀，表題の武将はローマの危機を救って英雄視されるが，高慢な理想家なるがゆえに妥協を拒み，母ヴォラムニア (Volumnia)

◇主要作品◇

にだけ弱みを見せたために破滅する悲劇．
- 「アセンズのタイモン」(Timon of Athens, 07–08) 表題の大富豪は，有り余る財宝を求めて寄ってくる友人達にばら撒くが，いったん破産したときには冷酷になった友人達の忘恩を怒って極端な人間嫌いになり，洞窟に隠遁して世の中を呪いながら死ぬ悲劇．
- 「ペリクリーズ」(Pericles, 08–09) 中世の詩人ガワー (Gower) を序詞役として登場させて，ペリクリーズの波乱万丈の冒険遍歴の伝奇的物語に枠組みを与えた上で，アンティオケの王と娘の近親相姦を知ったために，想像を絶する苦難の人生行路をたどることになったタイア (Tyre) の王ペリクリーズが，長年の苦難に打ち勝ち，最後には報われるまでを描いた悲喜劇 (tragic-comedy)．
- 「シンベリン」(Cymbeline, 09–10) 表題の古代ブリテン王の前妻との間に生れた純真な娘イモジェン (Imogen) は，後妻の無能な連れ子との結婚を断わって，幼なじみ誠実な紳士ポスチュマスと結婚したため，後妻のいじめにあって不貞の嫌疑をかけられ監禁される．宮廷を逃げ出したイモジェンは少年の姿に変装してウェールズの山中に隠れ住み，そこで長年行方不明になっていた二人の王子と出会うが，三人が兄妹の関係にあることに誰も気付かない．やがて後妻の陰謀が明るみに出て，三人とも父王に迎えられ，イモジェンの嫌疑も解けて忠実な夫のもとへ戻るという悲喜劇．
- 「冬物語」(The Winter's Tale, 10–11) シシリア王レオンティーズ (Leontes) は，貞淑な妻ハーマイオニ (Hermione) と親友のボヘミア王ポリクセニーズ (Polixenes) との仲を邪推し，妻を獄中に閉じ込め，裁判にかけて有罪にする．アポロの神託で無罪になった妻は，侍女の計らいで16年間も死んだことにされていたが，後悔した王の前に彫像となって現われ，その彫像が動き出して，夫と再会し和解する．上演効果のあがる悲喜劇の名作．
- ◆「テンペスト」(The Tempest, 11–12)「魔法の杖を折って地下深く埋め，この書物を測量の鉛も届かぬ深海の底へ沈める」(I'll break my staff, / Bury it certain fathoms in the earth, / And deeper than did ever plummet sound / I'll drown my book―V, i, 54–57) という辞世の句とも思える名句があるシェイクスピア最後の「ロマンス劇」で，「ラスト・プレイズ」とも呼ばれる悲喜劇．→237頁
- 「ヘンリー八世」(Henry VIII, 12–13) 後輩の劇作家ジョン・フレッチャー (John Flecher 1579–1625) との合作．エリザベス一世の父である表題の王をめぐる忠臣クランマー (Cranmer) や野心家の枢機卿ウールジー (Wolsey) などの複雑な権力闘争を描き，エリザベスの誕生で終わる歴史劇の華麗な完結編．
- 「血縁の二公子」(The Two Noble Kinsmen, 1613) ジョン・フレッチャーとの合作．パラモン (Palamon) とアーサイト (Arcite) が，ほとんど同時に一目惚れをした美女エミリア (Emilia) をめぐる友情と愛情の葛藤に苦しみ，最後は親友同士が決闘で決着をつける壮烈な悲喜劇．この作を加えるとシェイクスピア劇は38編，「エドワード三世」(Edward III, 1592–93?) を加えると39編になる．

ダン　ジョン
John Donne（1572–1631）　　　　　**詩人・宗教家**

前半生　裕福な商人の子としてロンドンに生まれた．母方の系統はサー・トマス・モアの血筋を引き，頑固なまでのローマ・カトリック信者一家であった．父は早く死んだので，ダンは「鉄の意志を持った」母親ひとりの手で育てられたが，当時は大陸からのカトリック攻撃に加えて，幽閉されたスコットランド王女メアリを中心とした英国の王位に対する陰謀があり，カトリック信者は不信と反感の目をもって見られていたので，彼の一族には苦労の絶え間がなかった．母方の叔父二人は僧侶として信仰のため殉教し，ダンのただひとりの弟はジェズイットの僧をかくまったかどで投獄され，熱病にかかって牢死した．まだ十代の少年のころ，オックスフォードとケンブリッジで学んだ後，ロンドンのリンカンズ・イン法学校で法律を研修したが，放らつきわまる生活をしながらも，飽くことを知らぬ知識欲を満たすための烈しい勉学を怠らなかった．エセックス公爵に従ってカディス（Cadiz）やアゾーレス（Azores）群島の遠征（1596, 97）に加わった後，国璽（こくじ）尚書エジャートン（Sir Thomas Egerton）の秘書になって重く用いられた．初期の詩および散文は全部この時代の作と考えられる．

秘密結婚と受難時代　エジャートンの亡妻の姪アン・モア（Anne More）とダンは1601年12月秘密結婚をしてエジャートンの激怒を買い，将来有望な地位を失っただけでなく，一時は投獄までされた．援助はまったく絶たれ，以後十数年の間，人の情にすがって生活するなどみじめな暗黒時代を過ごした．陰うつのどん底に陥って，古往今来の所説をひろく引いた自殺論を書いたのもこのころである．（Biathanatos, 1608筆；出版1644）

僧職受任　王の要望に従って書いたカトリック攻撃の論文（「偽殉教者」Pseudo-Martyr, 1610；「イグナティウスの秘密会議」Ignatius his Conclave, 1611）を高く評価され，一方，宮廷での就職は全く拒否されたので，長い間の動揺を収めて，1615年，英国国教会の僧となった．その後は生活も安定し，万事が順調に進み，やがてロンドンのセント・ポール大聖堂の副監督（Dean）に就任，雄弁な説教者としてその名は一世を圧した．

後半生と説教者としてのダン　まさに唖然とするばかりの転身ぶりであったが，過去の罪という意識に心を動かされていた彼は，いくたびとなく人目から隠された自分自身の切実な問題を第三者として説教壇上に持ち出し，人目にさらし解剖して見せた．語りつつ聴衆とともに涙をほとばしらせ，幾たびとなく机上の砂時計を返す彼の演述の魔力に聴く者はただ呪縛された思いであったという．事物の二面性という考えは最若年以来，彼の心の奥底に潜んでいたものの考え方であり，善も美もその対抗要素を包摂してさらに豊かな善・美となり得る，という思想は，結局，彼をして，全宗派を包容する統一的な（当時としてはほとんど例外ともいうべき）寛大なキリスト教の観念を抱くにいたらしめた．

◇**主　要　作　品**◇

■「**詩歌集**」(Songs and Sonnets; 1590–1601 ごろ筆；出版 1633) 若年の詩篇を集めたもの. 難解きわまる思想詩数編の他，愛のよろこびや切々たる愛情をこめてうたう作(「夜あけ」「別れ：嘆くなかれとおしとどめつつ」など)のある一方，「行って流れ星をつかまえて来たまえ」のように不可能条件をならべ立てて誇張的に女の心の変りやすさを皮肉る作など，多種多様であるが，従わぬ女に向かって，蚤(のみ)の腹の中で二人の血は結婚しているのだという奇想天外の着想を持つ「蚤」の1編でも明かなように，全編を通ずる一つの特徴は 'conceit' と呼ばれる奇想的表現への好みであり，これはまた生涯を通じて変らぬダンの傾向でもあった. 彼は，若年の官能的な恋愛詩では無味乾燥な法律用語や神学・科学上のイメージを持ち出し，後年の厳粛な数々の説教では恋愛や官能や日常通俗な人事のたとえをもって表現するといわれた. なお，後半生に書いた宗教詩(出版 1633)の中では，「死よ奢(おご)るなかれ」の絶叫で有名な1編を含む19編の「神聖ソネット集」，感謝と帰依の心を示して辞世の詩とも受けとれる「父なる神への讃歌」が特に有名である.

■「**周年の詩**」(Anniversaries, 1611–12) は「世界の解剖体」(The Anatomy of the World, 1611)と続編「魂の遍歴につき」(Of the Progress of the Soul, 1612)の2部から成る作で，困窮時代，ダンは大資産家ドルアリ(Sir Robert Drury)が15歳で世を去った愛娘を嘆き悲しんでいるのに対し，この一面識もなかった少女を女性の理想像として描き出し，美しい言葉のあらんかぎりをつくして誉めたたえた. 第2部は翌年の記念日を期して書かれた. 非個人的な哀歌としても類まれな出来栄えのものである. この作が機縁となって，ドルアリはダンの寛大なパトロンとなり，大陸旅行(1611年11月–12年9月)へも伴ったりした.

■「**おりおりの祈り**」(Devotions upon Emergent Occasions, 1624) 1623年の冬，重病にかかって病臥していたとき書きとめた瞑想録で，翌年出版. 全23章から成り，各章「瞑想」「訴え」「祈り」の3節に分かれている. 「誰がために鐘は鳴る」は第17章1節に出る言葉.

■「**説教集**」(Sermons, 1640) この時代の説教者は，あらかじめ練りに練った説教を暗記し，ただ短い手びかえのnotesだけを持って説教壇にのぼるのが常であった. 今日残されている160編という大説教集も，あとで思い出しつつダンが書き直したもので，特に1625年，息子のためにと広範囲にわたって書き改めた. 長いもので2編に割ったものがある由も注記されている. その息子の手により1640年(80編)，1649年(50編)，1661年(26編)出版された. 自己の体験から引き出した，就中罪と死とに関する切実な瞑想と分析，巧妙精緻な表現，特に日常事から引いてきた瞬時にして聴手の心を打つ警抜な比喩，それを支える論理の堅固な外郭と説得力，これらの故に彼の説教集は第17世紀散文文学の第1位におかれるものとなっている. 中でも，神から永劫に忘れられる魂の苦痛を叫び出した「サイオンにて，カーライル伯爵のため」(1622年9月より後)，ジェイムス一世の葬礼説教(1625年4月26日)，彼自身自らの葬礼説教をしているのだとチャールズ一世につぶやかしめたという，「死との格闘」と副題をつけた最後の説教(1631年2月)等は特に有名である.

ジョンソン　ベン
Ben (Benjamin) Jonson (1572-1637)
劇作家・詩人

その生いたち　ジョンソンは，1572年に，ロンドンの郊外で生まれた．牧師であった父は彼が生まれる一ヶ月前に死んだので，母は数年後に彼をつれてウェストミンスターの煉瓦工と再婚した．この継父はジョンソンを職人にするつもりらしかったが，彼はウェストミンスター校に入って古典を学び，やがてフランダース派遣の英国義勇兵として出征し，戦場から帰った後はロンドンで暮らし，演劇関係の仕事にたずさわっていたらしい．

気質劇で劇壇へ　1597年に当時の興業界の実力者ヘンズロウに認められ，俳優としてよりは劇作家としての才能を買われて，ナッシュの未完の諷刺劇「犬の島」(The Isle of Dogs, 1597) を完成する仕事にたずさわり，これ以後ヘンズロウのために多くの劇を書いた．「人それぞれの気質で」(1598) は，ジョンソンが一躍新進の劇作家として世に認められた出世作で，カーテン座で上演されて大成功を収めた．この直後，彼はヘンズロウ一座の俳優スペンサーと決闘し，彼を殺して投獄されたが，かろうじて死刑を免れた．1599年に気質劇の第2作「みんな気質なし」が上演になったが，その強烈な諷刺のために人々を刺激し，マーストンやデッカーとの間に，劇作でもって応酬し合う「舞台喧嘩」(stage quarrel) がはじまった．ジョンソンは「月の女神の饗宴」(Cynthia's Revels, 1600) と「へぼ詩人」(The Poetaster, 01) の反撃作品を書いて両人をやっつけたが，諷刺が露骨すぎて大衆や演劇関係者まで敵にまわしてしまったため，喜劇をやめて悲劇に転じ，「セジェイナス」(1603) を発表したが，一般受けしなかった．その後しばらく田舎住いをしていたらしいが，1606年には傑作喜劇「ヴォルポーネ」を持って再び劇壇に現われ，1609年には笑劇「エピシーン」，1610年には「錬金術師」を書いて成功したが，11年に出た悲劇「キャティライン」(Catiline) は不評だった．1616年には，「人それぞれの気質で」から「キャティライン」までの諸作を収めた彼自身の校訂による作品集が出版された．後年「バーソロミューの市」以後の劇を収める第2集を準備したが，これは完成しなかった．

仮面劇の第一人者に　ジョンソンは喜劇や悲劇のほかに多くの仮面劇を書いたが，これがジェイムズ一世の気に入り，1605年の「黒の仮面劇」(The Masque of Blackness) 以後約20年間，一世の舞台装置家イニゴー・ジョーンズと提携して，毎年宮廷仮面劇の第一人者として重んじられ，また1616年に年金を受けて，事実上最初の桂冠詩人としての栄誉を担ったが，チャールズ一世の即位 (1625) 以後は宮廷を離れ，病苦と貧困に悩みつつ，1637年8月6日に死んだ．彼は古典の学殖豊かな劇作家で，物欲，色欲，金銭欲などを徹底的にえぐり出し，人間の愚かな姿をリアルに描いて鋭く諷刺し，気質喜劇 (Comedy of Humours) の伝統の確立者として，演劇史に不朽の位置を占めている．

◇主　要　作　品◇

◆「人それぞれの気質で」(Every Man in His Humour, 1598年上演) → 226頁.

■「みんな気質なし」(Every Man out of His Humour, 1599年上演) 諷刺喜劇. 序詞で「ヒューモア」(Humour) とは，人にある特殊な強い性癖がある場合，その人の感情や精神や能力はある一つの方向に流れ，極端になると人々にさまざまな愚行を演じさせるが，これが真のヒューモアであるとし，劇中ではさまざまな気質をもった登場人物たちの愚行を拡大して戯画化し，諷刺によって矯正しようとした作品で，ジョンソンのヒューモア論の実験とみられるが，前作ほど成功していない. 当時の実在人物が諷刺の対象となり物議をかもし出す導火線となった.

■「セジェイナス」(Sejanus, 1603年上演) 韻文悲劇. ローマの野心家セジェイナスは皇帝タイベリアスを巧みに操って天下をわがものにしようという野心をいだき，皇帝の長男トルウサスの妻リヴィアと通じて夫殺しの計画を成功させ，反対派をつぎつぎと片づけて計画を進行させるが，成功の一歩手前で忠臣マクロのために謀られ，得意の絶頂から没落して処刑される. セジェイナスは当時流行のマキャベリ的人間像に描かれている.

◆「ヴォルポーネ」(Volpone, 1606上演) → 233頁

■「エピシーン」(Epicoene, 1609上演) 財産相続にからむ物欲をテーマにして人間の愚行を描いた笑劇風の5幕喜劇. いつもナイト・キャップで耳をかくし，壁は二重で，天井は三重張りにした上に，窓の間にコルクをつめた防音の部屋に住む物音恐怖性のモロウスという変わり者が彼の財産を狙っている甥のドーフィンを後継ぎにするのを嫌うので，ドーフィンは仲間と計って沈黙の女エピシーンを連れて来て，モロウスとの沈黙の結婚式をあげさせるが，式が終わるとおしのはずの妻が猛烈にしゃべり始めて亭主を尻に敷くので，閉口したモロウスは離婚話をつけてもらうことを交換条件にして，甥のドーフィンが要求する財産譲渡の証書に署名する. するととたんにエピシーンは少年の変装であり，すべてがドーフィンの仕組んだ狂言であったと判明する.

■「錬金術師」(The Alchemist, 1610年上演) 黒死病が猛威を振るっていたロンドンを舞台に，当時の人々には親しみ深い錬金術をとり入れて，物欲や色欲を痛烈に諷刺した5幕喜劇. 主人のラヴウィットが黒死病が流行したために田舎へ避難したその留守中に，召使のフェイスは山師のサトルとその情婦のドルを家に入れ，サトルを錬金師に仕立てる. そしてこの三人組は錬金術を金儲けの手段として人々からさんざん金をまきあげるが，主人が突然帰ってきたので召使は仲間の二人を追出す. 主人は召使のおかげで幸運にありつき，召使を赦して終わる.

■「バーソロミューの市」(Bartholomew Fair, 1614年上演) 8月24日にロンドンで開かれる聖バーソロミューの大定期市を背景にして，売らんかな主義の商人やペテン師たちと，この悪の温床に引かれて集まる連中をにぎやかに描いたリアルな風俗画のような5幕喜劇.

【名句】Success hath made me wanton.—Volpone, II, ii
　　　　成功したおかげで性向が悪くなった.

ミルトン　ジョン
John Milton（1608–74）　　　　　　　詩人

詩人・思想家としての評価　シェイクスピアに次ぐ英国第2の作者として評価されているが，表現の典麗，完璧な彫琢，完成された大作としての均衡感，という点からは，「失楽園」は常に英文学史上第一に指を折られる作である．しかも若年の作から最晩年の作にいたるまで，彼のどの1作もこれに劣らぬ高い水準を示している．また国の将来と政治の改善にそそぐ烈しい情熱と孤高感の故に後々の思想家，特にワーズワスを感激させて改革者の理想像として祭り上げさせた．

その生いたちと初期の文学活動　ロンドンの富裕な公証人の子として生まれ，ケンブリッジに学び，容貌の端麗と心の純潔の故に「クライスツ学寮の淑女」とあだなされた．父から受けついだ清教徒的傾向が強まるにつれて牧師になる考えを打ち切り，32年修士の学位を得た後，ウィンザーのほとりにあるホートンの別荘に住むことになった．それまでにもすでに壮麗な「キリスト誕生の朝に」（29；出版45）の他に，「快活の人」「瞑想の人」（31年ごろ）の姉妹編をものしている．「シェイクスピアに寄せる」（30）はシェイクスピアの全集フォリオ第二版（32年）の巻頭に載せられた．「23歳になった日」（31）の14行詩は神への義務感，与えられた使命に向かって努力する誓いの心が明示されていることで有名．

ホートン隠棲および政治活動の時代　つづく6年間彼は，四囲の自然に親しみながら古典の研究に努めるのであるが，仮面劇「コーマス」（34），悲歌「リシダス」（37）はこの時代の作である．38年大陸旅行に出，多くの文人・学者と面会，イタリアではガリレイにも会った．チャールズ一世の失政のため動揺する故国を憂えて急ぎ帰国し，その後長く詩筆をとらず，多く論争的な散文パンフレットの執筆に没頭した．ミルトンの英語構文ははなはだラテン語的で明快とは言いがたいが，音楽的リズム美はその中にも感じとられる．宗教の自由，自己の苦い経験から出た離婚の自由を唱える諸論のあとで，出版物検閲法に反対して言論の自由を主張する「アレオパゴスへの訴え」（Areopagitica, 44）を世に出した．49年からはクロムウェルの共和政府のラテン語書記となり論争的な散文の著作をつづけたが，過労のため52年ついに失明した．

「失楽園」創作とそれ以後　60年王政復古の後，いろいろとりなす人があって，財産没収だけで命はゆるされたが，痛風に苦しみ，かつ同居の娘たちとの仲もよく行かなかった．「失楽園」は，その間にも娘たちに口授し書きとらせてようやく形をとるにいたったものである．「復楽園」は65–66年の作で，「失楽園」の刊行以前すでに完成されていたが，71年最後の大作「闘士サムソン」と同じ1巻として出版された．ミルトンは我の強い人物として知られているが，「失楽園」の副人物である大悪魔や盲目のサムソンには彼自身の沈んでいた逆境とそれに対する憤りの声が聞かれる．

◇主　要　作　品◇

■「キリスト生誕の朝に」(On the Morning of Christ's Nativity, 29) 伝統的な主題のとり方に従って，クリスマスの朝，自然は自らの醜さを恥じて雪でその素肌をおおい，異教の神々は恐れて姿を消す，という描き方をした頌詩 (Ode) であり，多少の少年らしさはあるにしても，表現と音楽美の壮麗はまさに若き天才の業であり，その主題と全編を貫く思想はそのまま後の大作「失楽園」にいたる大道の出発点を明示しているものといえる．

■「快活の人」(L'Allegro, 31年ごろ) および「瞑想の人」(Il Penseroso, 1631年ごろ) ケンブリッジ時代の終わり近く書かれたと推定される姉妹詩編．前者は憂鬱を追い払う言葉にはじまり，「美わしく自由な神，歓楽 (Mirth)」に呼びかけて，いつもともにいて欲しいと願う．後者は「うつろな，人の心を欺く喜びの数々」を追放する言葉にはじまり，賢明にして神聖なる「憂鬱」の女神の訪れを乞い求めるもの．古典風な思想の作．

■「コーマス」(Comus, 34) 仮面劇．邪神コーマスは魔法の酒を飲ませて顔を獣に変える術を使う．羊飼いに化けて貴婦人たちをたぶらかそうとするが，守護霊に教えられた兄弟たちがかけつけて一味を追い払い，セヴァーン河の精，サブリーナの助けでその呪縛は解かれる．

■「リシダス」(Lycidas, 38) ケンブリッジの級友エドワード・キングが難破溺死したのを弔う悲歌．格調高い詩で，シェレー，アーノルドの作とともに3大牧歌調悲歌と呼ばれる．

◆「失楽園」(Paradise Lost, 67) →238頁．

■「復楽園」(Paradise Regained, 71) 4巻の叙事詩で「失楽園」の続編．悪魔とキリストの対話応酬を中心に荒野の断食の場面を扱う．表現は枯れて飾りや比喩は少なく，筋立は新約聖書の物語を忠実にたどる．キリストがサタンの誘惑に打ち勝つことにより，アダムとイーヴが失った楽園が回復されるという構想で，(I) 大悪魔は老農夫の姿でキリストの前に現われ，石をパンに変えよと要求して却けられる．(II) 彼はまた豪華に調えた饗宴と次には富への誘いをもって心を動かそうとする．(III) つづいて名声と栄光をもってキリストを試み，山の頂に導いて富強を誇る地上の諸国を眺めさせ，囚われのユダヤ人10民族の解放をすすめる．(IV) 最後にギリシアのアテネをさし示してその学芸・哲学の魅力を語る．3日目の朝，エルサレムの高塔の頂から，真に神の子ならばとび下りてみよとそそのかす．しかし「主なる神を試むべからず」という答えとともに尖塔の頂に立ったキリストを見て悪魔は目がくらんで落ち，キリストは天使たちの翼に乗って人知れず母のもとに帰りつく．

■「闘士サムソン」(Samson Agonistes, 71) 旧約士師記第16章後半に記述された英雄サムソンの劇的な死の物語をギリシア悲劇の原型に基いて単純・荘重な対話劇として書き上げた1758行の詩．目をえぐられ奴隷としてペリシテ人の国につながれ労役に服している盲目のサムソンは，祭日の余興に力技を見せることを要求され，神意を感じて承諾，やがて大会場の2本の巨柱を両腕で引き倒して敵国の大会衆とともに命を終える，彼のことが待つ父のところに報告され，合唱隊 (コーラス役) の神意を讚える言葉をもって結ぶ．

【名句】Long is the way / And hard, that out of hell leads up to light.—Paradise Lost, bk.2, 432–3　地獄から光明にいたる道程は長くて険しい．

スウィフト ジョナサン
Jonathan Swift (1667-1745)　　　　**小説家**

その生いたち　スウィフトは，1667年11月30日に，ダブリンで生まれた．弁護士であった父が彼の生まれる前に死んだので，おじの世話になってダブリンのトリニティ・カレッジに学んだ．1689年，名誉革命の余波でダブリンが争乱の中心地となったため，イングランドに渡り，以後約10年ほど遠縁の元外交官サー・ウィリアム・テンプルの邸宅に住み，彼の秘書として働いた．その間に蔵書を読み，政治家と接し，後にステラと愛称した14歳年下のエスター・ジョンソンと知り合い，彼女との友情は死ぬまで続くこととなった．

「桶物語」と「書物合戦」で文壇に　スウィフトが諷刺家としての本領を発揮したのは「桶物語」と「書物合戦」 (The Battle of the Books) をまとめて1704年に匿名で出版したときであった．その後しばらくホイッグ党を支持するパンフレットを書いて政治論争に参加し，のちには反対党のトーリー党へ投じて機関紙「エグザミナー」 (The Examiner) を編集して活躍したが，アン女王の死去とともにトーリー党政府が没落するとアイルランドへ渡り，今度はアイルランド愛国者として，イングランドの抑圧政策を反撃するパンフレットを書いた．こうした活動の最中に傑作「ガリヴァー旅行記」が執筆され，1726年に出版されて大成功を収め，この作品によってスウィフトはイギリス最大の諷刺家となった．晩年の彼は心身が弱り，1742年頃から発狂状態となり，1745年10月19日に死去して，1728年に死んだステラの隣に埋葬された．

◇**主 要 作 品**◇

■「桶物語」(A Tale of a Tub, 1704) 父から改変すべからずという条件で遺産としてゆずられたそれぞれの上衣（キリスト教の教理）を，ピーター（カトリック教），マーティン（国教会派），ジャック（カルヴィン派のプロテスタント）の3人の息子が，最新の流行に合わせようとして上衣にいろいろ手を加えるという物語に託して，キリスト教の歴史とのその腐敗を諷刺した寓意物語．

◆「ガリヴァー旅行記」(Gulliver's Travels, 1726) →241頁

■「奴婢訓」(Directions to Servants in General, 1745) 死後出版された悪召使必携ともいうべき皮肉な教訓集．執事・コック・馬丁から乳母，女家庭教師にいたるまで，あらゆる召使の悪習とそれを使う主人の心理を徹底的に暴露している．逆説に満ちていて諷刺作家スウィフトの面目がよく発揮されている作品．

【名句】Every man desires to live long, but no man would be old.—Thoughts on Various Subjects
　　人はみんな長生きを望むが，だれでも年は取りたくないと思っている．

フィールディング　ヘンリー
Henry Fielding（1707–54）　　　　　　小説家

その生いたち
まず劇壇に登場
フィールディングは，1707年4月22日にサマセットシアで，貴族の血をひく小地主の家に生まれた．名門イートン校を卒業後劇作をはじめ，1728年に処女作「恋の種々相」（Love in Several Masques）を発表して演劇界に登場したのち，オランダのライデン大学に遊学，やがてロンドンに帰ると20編以上の喜劇や笑劇を書いて活躍したが，演劇史に残る傑作はほとんどなく，わずかに当時好評を博した彼の戯曲中の代表作「悲劇中の悲劇」（The Tragedy of Tragedies, 1730：別名Tom Thumb「トム・サム」）が記憶されているくらいである．1737年に彼自身の経営する劇場で上演した政治諷刺劇がウォルポール首相とする政府を刺激して，劇場弾圧政策を誘発したため，彼は劇作の筆を絶ち，以後は弁護士として身を立てながら，新聞を発行して文筆を続けた．

35歳で
文壇に進出
フィールディングが処女小説「ジョーゼフ・アンドルーズ」（1742）を書いたのは，35歳の春であった．これは当時評判になったリチャードソンの小説「パミラ」の感傷的偽善性が我慢できず，これに挑戦するパロディとして書いたもので，発表と同時にい大好評を博し，小説家としての地位を確立した．7年後には代表作「トム・ジョーンズ」（1749）が出て，18世紀イギリス小説中最も典型的な作品のひとつとなった．2年後には，治安判事としての公務に多忙をきわめながらまとめた最後の長編「アミーリア」（1751）を発表したが，その後健康を害し，保養のためリスボンに赴き，1754年10月8日にそこで客死した．彼の作品には喜劇的で諷刺的な発想がみられ，輪郭のはっきりした人間群像を建設的な作品構成で描き，雄大なパノラマ的社会風俗画をつくりあげている．

◇主　要　作　品◇
■「ジョーゼフ・アンドルーズ」（Joseph Andrews, 1742）ロンドンで下僕として奉公しているパミラに実弟のジョーゼフが，好色な女主人の誘惑を斥けたために解雇され，恋人ファニーのいる郷里へ帰る途中，ロンドンへ上京する牧師アダムズに出会い，ファニーにも出会って，この三人が冒険を重ねつつ道中を続け，最後に郷里で二人が結ばれる．
◆「トム・ジョーンズ」（The History of Tom Jones, a Foundling, 1749）→243頁．
■「アミーリア」（Amelia, 1751）だらしのないブース大尉とその貞淑な妻アミーリアが，色恋にまよい，生活にも困ってさまざまな苦労を重ね，のち，アミーリアの相続する遺産が手に入って夫婦ともに田園で幸福な生活に入るという筋．
【名句】Love and scandal are the best sweeteners of tea.—Love in Several Masques, IV, 11
　　　恋愛と醜聞はお茶の時間の最高に楽しい話題である．

ジョンソン　サミュエル

Samuel Johnson（1709–84）　　　　評論家

辛苦の生いたち　ジョンソンは1709年9月18日に，リッチフィールドという田舎町の本屋の息子として生まれた．19歳でオックスフォード大学に入学したが，学資が続かず中退し，故郷に帰ってしばらく学校の教師をしたのち，20歳も年上の未亡人と結婚し，妻の持参金で塾を開いた．しかし集まった生徒はわずか三人で，すぐにつぶれてしまった．そこで37年，弟子のひとりで後年の名優ディヴィッド・ギャリックを連れ，書きかけた悲劇「アイリーニ」の原稿を持ってロンドンへ出た．

雑文書きの貧乏文士から一躍文壇のホープに　彼はロンドンで長詩「ロンドン」(1738) を完成して匿名で出版し，当時のロンドンの秩序の混乱や政治の腐敗を鋭く諷刺して詩人ポープに認められた．この頃に書いた評論の中には，不運な友人の伝記「リチャード・サヴェジ伝」(The Life of Richard Savage, 1744) があり，これはサヴェジが死んだ翌年に書かれ，のちに「英国詩人列伝」の中に編入された．1749年には長詩「人間欲求の空しさ」を書いて，戦場の勝利や権力・学識・名声のむなしさを諷刺した．同年には悲劇「アイリーニ」がやっとギャリックの好意で上演されたが成功しなかった．

書籍商組合から英語辞典の編集を依頼されたのは47年であったが，ジョンソンはこの仕事をこつこつ続けつつ，「ラムブラー」(The Rambler) という週2回発行の随筆誌を20年に発行し，道徳的で教訓的な随筆を書いた．しかし52年に最愛の妻を失った悲しみのためにこの発行を中止した．55年には8年間にわたる苦心が実って「英語辞典」を完成して出版したが生活はいっこうに楽にならなかった．57年にはシェイクスピア全集の編集計画をたてて予約募集をはじめ，1759年には経済上の必要から唯一の小説「ラセラス」を書いた．

文学クラブの主宰者に　1762年にそれまでの功績がやっと報いられて，国王ジョージ三世から300ポンドの年金が与えられ，ようやく生活苦から解放され，1764年には，彼を中心とする文学クラブ（The Literary Club）が設立されて，当時の文人や歴史家や画家などが参加し，彼は文壇の大御所的存在となって座談を楽しんだ．そして1765年には「シェイクスピア全集」を完成し，1781年には最後にして最大の傑作「英国詩人列伝」を完成したのち，1784年12月13日に世を去り，ウェストミンスター寺院に葬られた．

むすび　ジョンソン博士の仕事は多量にして多彩であり，劇，詩，小説，随筆，文芸評論，伝記，紀行，辞書などの分野にわたっていて，18世紀はジョンソン博士の時代と呼ばれるほど彼は当時の文壇の中心的人物となり，代表的英国人と呼ばれるその人格の力で多くの文人に影響を与えた．ボズウェル（James Boswell, 1740–95）のすぐれた伝記「ジョンソン伝」(The Life of Samuel Johnson, 1791) は，ジョンソンの偉大な人間像を見事に描いている．

◇ 主 要 作 品 ◇

■「ロンドン」(London, 1738) 長編諷刺詩．サヴェジがモデルとなったセイリーズという人物が，悪徳の都ロンドンの生活に愛想をつかし，ウェールズの田舎に引退するにあたり，当時のロンドンの無秩序と堕落，貧乏人の呪うべき運命，フランス風の流行などを攻撃した詩で，ローマの詩人ユウェナリスの第3諷刺詩を模倣した作とみられている．

■「人間欲求の空しさ」(The Vanity of Human Wishes, 1749) 彼の詩作品中最も長い諷刺詩で，やはりユウェナリスの模倣作と考えられている．権力，学問，戦功，長寿，美貌などに対する人間の希望や野心の空しさを鋭くえぐり，諦観を尊ぶべきことを教えた作．

■「アイリーニ」(Irine, 1749) 五幕悲劇．1737年頃に書かれた．コンスタンチノープル陥落の時に捕虜になった美しいギリシアの乙女アイリーニが，マホメット二世の求めをしりぞけることができず，背教の罪を犯す物語で，道徳的論議が連続する退屈な詩劇．

■「英語辞典」(A Dictionary of the English Language, 1755) 部厚い2つ折版2巻．語句収集の範囲や語源の説明などは十分でないが，単語の意味を細かに分類し，シェイクスピア，ロック，ドライデン，スウィフトなど多くの作家の文章を引用して用例を出典を示しているのが特色で，辞典編集の原則を確立した功績は大きい．単語の定義に個性的解釈を与えている例も少々あるので有名である．例えば 'Patron' をひくと，「後援したり，援助したり，保護したりする人」という一般的説明のほかに，「普通は横柄な態度で援助し，おせじで報われるあわれな人」という個性的な説明を加えている．47年にこの辞典の編集計画を立てて，チェスターフィールド卿の後援を求めたが相手にされず，貧困に耐えて独力で完成したが，出版近くなって卿がパトロンになると申し出たので，ジョンソンは激怒して絶縁状を送ったというエピソードはよく知られている．

■「ラセラス」(The History of Rasselas, Prince of Abyssinia, 1759) アビシニアの王子ラセラスは，歓楽と平安の生活にあきて，老哲学者イムラックを案内者とし，妹をつれて真の幸福を求めつつ諸国を遍歴するが，どこへ行っても耐え忍ぶことのみ多くて楽しいことが少ない事を知り，再び故郷に帰るという教訓的な小説．

■「シェイクスピア全集」(The Plays of William Shakespeare, 1765) テクストに校訂をほどこし，注釈と批評を加えたもので，特にその序文はシェイクスピア批評として高く評価され，注釈はウォルター・ローリィが一冊にまとめた「ジョンソンのシェイクスピア論」(Johnson on Shakespeare, 1908) となって出版されている．

■「英国詩人列伝」(The Lives of the English Poets, 1779–81) 1777年，68歳の時，ロンドンの書籍組合から「英国詩人集」(The Works of the English Poets) の序文として名詩人の簡単な伝記を書く仕事を引受け，これが独立した10巻の代表作となった．最初の4巻は1779年に，後の6巻は81年に出版された．各詩人の伝記，人物評，作品批評の順で書かれており，特にカウレー，ミルトン，ドライデン，ポウプは力作で頁数も多い．

【名句】When two Englishmen meet, their first talk is of the weather.—The Idler, No.11
　　　イギリス人が二人寄ると，最初の話題は天気である．

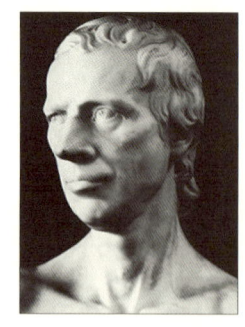

スターン　ロレンス
Laurence Sterne（1713–68）　　　散文作家

特　色　英文学史上第一の風変わりな作者，合理性一点ばりの18世紀式考え方に反発，情緒に身をまかせる事物の受けとり方に徹し，そこから表現様式も20世紀の「意識の流れ」の手法に近いものを発明・使用し，先覚者として考えられている．

結婚まで　軍人だった父はスターン17歳のとき病没．彼はケンブリッジ大学で三代前の祖先ヨークの大僧正リチャード・スターンが設けた奨学金を受けて学生生活をつづけてきた．もともと見栄を張る気質で，交友のため借金もこしらえた．生まれつき虚弱で1736年には大喀血をした．37年学士，40年修士となり，僧職につき，38年ヨーク州北部サトン・オン・ザ・フォレストの牧師になった．ヨーク市の社交界に入り浸るうち，牧師の娘で才気煥発のエリザベス・ラムレーと41年結婚し，59年までサトンにとどまった．

女性遍歴と狂える妻，最初の出版　妻は教養も高く洗練された興味の持ち主だったというが，高慢ちきで憎々しげな肖像画を見てホーソンが，よくこんな女と1週間でも同棲する気になったものだと嘆じた話が伝わっている．牧師らしくもない彼の女性交渉は結婚後も変わりなく，夫婦の間にも波風が多かった．気性の激しい妻は，1759年急激な発作のあとでついに精神異常者となった．ボヘミアの女王を気取る彼女にスターンは，いうがままにふさわしい礼式で機嫌をとり結んだという．その1759年すでに46歳のスターンははじめて創作の筆をとり，奇想天外の長編「トリストラム・シャンディ」（全9巻，1760–67）に着筆した．名優ギャリックの推奨があったりしてこの書はただちに高い評価を得，最初出版の2巻は同年中に4版を重ねた．まもなく「シャンディ・サラダ」だの，カルタ遊びや田舎踊り，さては競馬うまの名までこの作の名がつけられ，「欧州，トリストラム・シャンディ様」という宛名の手紙が田舎道を旅行中のスターンに届いたという話さえある．

フランス保養旅行とエライザ　61年大喀血のため大陸へ保養，翌年夏は南仏トゥールーズに住んだ．67年ロンドンで30歳も年下の人妻エリザベス・ドレイパーと恋仲になったが，4月彼女はインドに帰った．二人が交換する約束の日記が「エライザへの手記」（10年印刷）である．同年11月非常な苦作の後に「風流漂泊」の原稿を完成，68年2月の出版，死のわずか2週間前のことである．ゲーテもハイネもともに独訳で読んで賞讃したという．

死と伝説　3月中旬，すでに衰弱し切っていたスターンは流行性感冒におかされ，ロンドンの仮の宿でほとんど見とる人もなく最後の眼を閉じた．遺骸は葬儀の2日後無頼漢に掘り出されて解剖用に供された，という伝説がある．皮肉にも母校ケンブリッジ大学へ売られ，招かれて解剖に列席した人のうちに彼の旧友がいて，彼の顔貌を認め，思わずその場に卒倒したという．レッシングはハンブルグで彼の訃報を聞き，スターンの寿命を延ばすためなら，自分の命から10年を割いても惜しくないのに，と痛嘆したという．

◇主 要 作 品◇

■「トリストラム・シャンディ」(The Life and Opinions of Tristram Shandy, Gentleman, 1760–67) 主人公トリストラムは第3巻まで現われず，第6巻までは子供で意見などはなく，第8, 9巻では姿も現わさない．彼の父ウォルター・シャンディは好人物だが気むずかしく，いろんな矛盾した考えを抱きこんでは学識をひけらかしてそれを弁護する．叔父のトゥビィ (my Uncle Toby) はナミュールの攻囲戦で傷ついた退役陸軍大尉で，芝生の上に模型の城郭をこしらえ城市攻撃の戦術研究をするのが道楽．お人よしで，人なみはずれた内気遠慮が特色．それに従って，いっしょに子供っぽい戦術研究をし，苦情ひとつこぼさず，よくしゃべるが目上への尊敬の態度を忘れないのが，忠実な伍長トリム (Corporal Trim) である．この3人が中心人物だが，筋と名づけるべきものはほとんどなく，登場人物も行為よりは意見の吐きあいで終始する．牧師ヨリックは，あとでは生き返っているが，第1巻の中頃で死んだことになり，自分の心を示そうと作者はつづく1ページを真黒に塗りつぶす．逆に1ページを空白のままに残した個所もある．いたるところに罫（けい）線や星じるしの連続などで思わせぶりに叙述をはぶき，話の脱線ぶりを曲がりくねった線で図解してみせるなど，したいほうだいの書きなぐりである．が大づかみに言えば，第1巻から第3巻までは，階上でこれから生まれる赤ん坊を待つ人々のこと．第3巻では医者の腕がなまなため赤ん坊の鼻がぺしゃんこになったことと，つづいて第4巻では父親自慢のトリスメギストスという名が女中の間違いからトリストラムとつけられ，この2点は父親の悲しみの種となる．第5巻では長男ボビィが死に，父は「トリストラム教育法」の執筆を思い立つが，はかがゆかず，子供の成長に追いつかない．第6巻はトリストラムの成人式についての夫婦の閨中談議の他に，トゥビィが旅に病むレ・フィーヴァという中尉に親切にしてやる昔の挿話などがある．第7巻は作者のフランス旅行を記し，第8, 9巻は主としてトゥビィ叔父がウォドマン後家にうまく心をつかまれ，その後家をものにしようと攻撃をする話．第9巻には「風流漂泊」の終り近くに出る狂女マリーアのことが出ている．

■「風流漂泊」(A Sentimental Journey through France and Italy, 1768) 田舎牧師ヨリックの暇にまかせての大陸旅行という体裁になっている．「仏伊多感の旅」と題しながら第2巻の終りで中断されてイタリアはまったくなく，フランスもカレーとパリ附近のことが主で，リヨンまでの山路にいたってぽつんと筆が切れる．記されているのは行きずがりの人の心，またそれを機縁として心にわき起こる感慨ばかりで，叙景など薬にするほどもない．作者としては，これこそ真の風流・漂泊で，人間の，ことに彼が愛情をそそぐ女性たちの心の情味こそ彼の関心の的であり，旅ゆく場所はどこであってもさしつかえないものだったのである．「境遇に支配されてあちらこちらへと……めったに，はじめ意図したところへ行きつくことはない」という情緒たっぷりの多感な旅を，自由奔放な文章を通じ「意識の流れ」風な手法をもって描き出したのが，この空前の旅行記だったのである．

【名句】Writing, when properly managed, is but a different name for conversation.—Tristram Shandy, bk.2　書くことは，正しく行なえば，会話の別名にすぎない．

ブレイク　ウィリアム
William Blake（1757–1827）　　詩人・画家

ブレイクの特質　神秘思想家として古往今来独自の立場を占める人で、きわめて大胆な流線の彫版画を作製し、詩をその平行するテクストとして相互注釈せしめる形の創作をした．規矩・法律をもって縛るものをいみ嫌い、旧約聖書の神を世界の悪の根源であると考え、霊的叛逆の王者と呼ばれている．

若きブレイク失恋と結婚その妻　彼はロンドンの靴下商人の息子で、よく幻覚を見る少年であった．父の配慮で正規の学校へは行かず、母から読み書きを教わった後画塾に通い、彫版師バザイアの住込み弟子となった．父は神秘思想家スウェーデンボルグの信奉者で、この北欧の預言者が1757年を新エルサレム出現の年だと述べたことは、その年の生まれであるブレイクにもその両親のものの考え方にも、大きな影響を残した．24歳のとき、初期の詩に出る「黒い眼の少女」ポリーに失恋した．他の男との交際をとがめて「おばかさんね」とイナされ、ショックを受けて家を出、下宿したバウチャー家の娘キャサリン・ソファイアと知り合って翌年結婚、初出会いのとき女は、たまたま見かけたブレイクに強い予感を感じて、ほとんど卒倒するほどの激動を心に覚えたという．ブレイクからポリーの話を聞き、涙を流して同情し、ついに結婚までにいたった．無学で結婚登録のとき自分の名前も書けなかったが、素直で、すべて我の強い夫のいいなりだったという．

詩の創作と出版　結婚の翌1783年、友人ふたりが費用を担当して、彼の最初の「短編詩集」（Poetical Sketches）を出版してやった．形式も用語も18世紀式の伝統的な作品集だが、すでに詩の表現技巧は確実であり、「春に」「ミューズの神々に」などには、英国文壇の沈滞に対する強い不満が表われている．愛した末弟ロバート（1787年25歳で没）が夢で彼に教えたという「彩飾印刷」（Illuminated Printing）と命名した独得の薬品腐蝕版画法を案出し、1789年はじめて画・詩集としての「無邪気の歌」19編を出し、5年後「経験の歌」（1794）26編を加え合本とした．「セルの書」（1789）につづき90年には反逆精神の結晶ともいうべき散文集「天国と地獄の結婚」を書き終えており、権威に対する反抗の精神はさらに「フランス革命」（1791）や「アメリカ」（1793）、すべての束縛から解放された愛と性の自由を唱える「アルビオンの娘たちの幻」（Visions of the Daughters of Albion, 1793）などにも現われている．

後年の作とその混沌　後年の彼は独特の神話人物を作り出し、心に抱く宇宙観・宗教観・人間観を打ち出そうとした．しかし、描き出す物語の構図・体系が明確でなく、思想的な伝達内容がはなはだあいまいなのに加えて、彼はその背後にロンドンその他現実の土地や人物を無統制に入りこませているので、これらの後半生のいわゆる「予言書」（Prophetic Books）は注解者たちの努力にもかかわらず晦渋きわまるものとなっている．

◇主 要 作 品◇

■「セルの書」(The Book of Thel, 1789) 中編の詩・画・霊を象徴する少女セルが人生のうつろさを嘆いていると，鈴蘭，土くれ，その他が現われて，最小の存在も神の不滅の命を宿しているものであり，従って自己滅却の行為こそ結局は最もよく生かすものであるということを教える．初期の清純な詩風の作．

■「無邪気の歌」(Songs of Innocence, 1789) と「経験の歌」(Songs of Experience, 1794)「無邪気の歌」でブレイクははじめて，彼の心の神秘的傾向を明示した．人間に対する神の愛と同情はすべての事物に満ちわたって存在し，苦難・悲哀の中にあっても人を見捨てない，と考えた彼は，概念や因襲的なものの見方に煩わされない子供の眼を通じて，世の事物本来の姿を彼が受け取ったままに表現した．5年後の「経験の歌」では，その清潔・単純な見方からは遠くはなれた暗い影，恐怖させるもの，が人の心の中にもわだかまっていることを，前者とは対照的に表現したもので，意図的に対照するように選ばれた題材の編が両方にあることも特徴的である．柔和な「仔羊」の詩編は後者では威嚇的な「虎」の作となり，「幼児の喜び」(Infant Joy) は「幼児の悲しみ」(Infant Sorrow) となる．しかもこのふたつの相のいずれもが真実のものであり，正面切って人が見つめるべきものであることを作者は強調する．そして，喜びと感謝にみちあふれた「無邪気の歌」に対し，「経験の歌」のほうには，盲目の手が何の反省も悔恨もなく生命を潰滅させるという漠然たる恐怖的な意識が姿を現わす．人の命も，無心に追い払われる蠅（はえ）と同じではないか，という The Fly, 病的な情欲とその破壊の力を示す「病めるバラ」(The Sick Rose), 人生に倦怠しきった心を表わし，その最初の2行は後のシェレーを恐怖させたという「ひまわりの花」(Ah! Sun Flower), 心の中にはぐくみ育てた憎悪の恐ろしさを物語る「毒の木」(A Poison Tree) など，名高い詩編は数多い．

■「天国と地獄の結婚」(The Marriage of Heaven and Hell, 1790) 奔放逆説的な散文で人生の矛盾を鋭くつき，彼の二元思想，善と悪，神と悪魔，肉体と精神，愛と憎の対立を訴えようとするもの．本領は「地獄の格言」と名づけた70の逆説的表現にある．「過度の道は叡知の殿堂にいたる」「欲求しつつ行わぬ者は疫病をはぐくむものである」「ありあまる悲しみは笑い，ありあまる喜びは泣く」「ただひとつの思想が無限の広さを満たす」等．

■「四つのゾア」(The Four Zoas, 1797),「ミルトン」(1804[-8]),「エルサレム」(1804[-20]) 多量の難解きわまる「預言書」．「四つのゾア」とは束縛的な理性と掟をあらわすユリゼン (Urizen), こまやかな情緒のルーヴァ (Luvah), 原初的な力のアーソウナ (Urthona)〔もしくは詩的情熱の権化ロス (Los)〕, 盲目的な本能・欲望のサーマス (Tharmas) である．「エルサレム」は人類が帰ってゆくべき霊的な世界を顕示するものであるが，「ミルトン」では詩人ミルトンがかつて「失楽園」で説いた神観の誤りを悟り，それを訂正するため今ブレイクの体に宿ってブレイクは新しい預言者となる．

【名句】Eternity is in love with the productions of time.—The Marriage of Heaven and Hell, 'Proverbs of Hell'　永遠は時の造成と親密な関係にある．

バーンズ　ロバート
Robert Burns（1759–96）　　　**詩人・民謡作者**

作品の特徴　無教育ながら奔放な天分をもってスコットランドの地方言を駆使し，痛快に偽善を罵倒し，熱烈な恋愛感情，人間の平等と赤裸々の威厳を高らかに歌い上げて，スコット，ゲーテ，ベランジェを感動させた，恐らくは世界中でも一番広く歌われ人を感動させている歌謡諸編の作者．

その前半生　スコットランド南西地方のエア（Ayr）市に近い寒村アロウェイの貧しい農夫の長男．激しい労働のかたわら文学作品に読みふけったが，特に中世以来のスコットランド民謡や先輩ラムゼイ，ファーガソンの作に親しみ，やがて村の娘たちへの恋心を歌に書き記すようになった．古風な標準英語に多少のスコットランド方言を加えて現実感を出した．やや幼い恋歌「メアリー・モリソン」(80)が，初めのころのものである．酒の原料としての大麦を擬人化して物語に仕立てた「ジョン・バーレーコーン」(82)では，民謡体のととのった形式をすでに我がものとしていることがわかる．

詩集出版　弟と始めた新農場の仕事もうまく行かず，年来の恋人ジーン（Jean Armour）との結婚は女の父親に反対された．またべつの恋人で後年の思い出の名詩で今日にも伝わっているメアリ・キャンベルは急死して彼を悲嘆に陥れた（「天国のメアリーに」，88；「ハイランドのメアリー」，Highland Mary, 92）．彼はついにジャマイカへ働きに出ることを決心したが，その旅費を作るため，これまでの詩作中，比較的刺激的な諷刺を含まない編を選んで，「詩集，主としてスコットランドの方言による」（Poems, Chiefly in the Scottish Dialect, 86）をエア市の近くの町キルマーノックで出版した．これが有名な「キルマーノック版」で，増補された第2版（93）のエディンバラ版と区別される．この詩集により彼は母国を代表する新詩人として一躍有名になり，首都エディンバラ市の文人の仲間入りをし，招かれて社交界にも出入りした．が，エディンバラの世界がロンドンを讃美して心では固有のスコットランド文化を軽視していることを悟り，貧農出身の彼に対する根強い階級的偏見が抜きがたいことも思い知り，まもなく首都を去った．

恋愛出入りの数々と結婚　突然の死　彼が雅称で「クラリンダ」と呼び，別れの名編「心をこめたキスひとつ」(91)をささげたアグネス・マクルホーズとの交友は87年にはじまり，94年ごろまで続いた．このような恋愛出入りは諸処で数多く広げられたが，「あらゆる方角のうちで」(88)をささげたジーンと88年についに結婚して，南スコットランドのエリスランドに91年まで住んだ．しかし農場経営に失敗して，89年には収税吏になり，91年には州都ダンフリースに移って，多忙な職務の暇々に雑誌や詩華集に創作を投稿していたが，97年7月突然病死した．過労による心臓障害だというが，また，酔っ払っての帰り，雪の中に寝こんで風邪を引き，それがもとになったのだともいう．

◇主要作品◇

- 「はつかねずみに」(To a Mouse, 85) 掘り起こした巣から走り出たねずみを雇人が追うのをおしとどめ、その夜、こう考えれば野ねずみも憎くはないだろう、と作ったのを見せたという1編。野ねずみの生涯を背景において、じつは人間の生というものの無益さ悲しさをしみじみと歌い上げた作。スタインベックの小説の題 'Of Mice and Men' はこの詩から。
- 「小屋住みの人の土曜日の夜」(The Cotter's Saturday Night, 85) 貧しいながらも一家団欒の喜びを、スコットランド方言の少ない、かみしもを着た標準英語で述べる。
- 「陽気な乞食たち」(The Jolly Beggars, 85) のんきな乞食社会をユーモアで描く。
- 「あらゆる方角のうちで」(Of a'〔ɔː〕the airts〔ɛəts〕, 88) ジーンという好きな少女がそちらに住んでいるからこそ西の方向が一番好きだという、可憐な恋の心を表わす歌。
- 「とおい昔(オールド・ラング・サイン)」(Auld Lang Syne, 88) 世界中だれ知らぬ者のない別れの歌だが、「むかしの友を忘れはて思い出さずにいてよいのか」とはじまるこの歌は、実は旧友再会の歌で、スコットランドでは今もなお、12月31日の晩ウィスキーのびんを下げてこの歌をうたいつつ旧友を歴訪する習慣があるという。何も奇もない単純な民謡形式の中に、たとえば第2,3連の、子供時代の軽やかな足取りと打って変って人生に疲れはてた重い足をひきずり、子供のころ二人を遊びに夢中にさせた小川の流れはこと変わって、今は二人の間をへだててひろい大海がうなり高鳴っている、というくだりなどは、人生の苦難そのものの象徴として激しいペイソス(哀感)をたたえている。
- 「いとしいひとよ、ジョン・アンダーソン」(John Anderson, my jo, 88) 老妻が老いた夫を眺め、たのもしくまた楽しかった若いころを思い出しつつ、手に手をとって死ぬ日まで、と歌う。老醜の現実暴露であやうく滑稽になるぎりぎりの線まで追いつめて、なおかつ真心のペイソスを保ちえた、表現技術的にも離れわざと称すべき名作。
- 「シャンター村のタム」(Tam o' Shanter, 90) 物語詩。酒のつけ元気で冬の嵐の夜、魔女の出るという廃寺を馬で通りかかり、魔女たちの大舞踏会の乱ちき騒ぎを窓からのぞくうち、つい我を忘れて「うまいぞ」とどなると一瞬にして寺中のあかりは消え、つかまえようと魔女たちが追いかけて来る。命からがら逃げおおせるが、最後にとびついた魔女が馬のしっぽを引きぬいていった、という話。ぶきみさとユーモアをたくみに織りまぜ、ナレーションも構成もすきなくまとまった、バーンズ第1の傑作とされる作。
- 「心をこめたキスひとつ」(Ae〔ei〕Fond Kiss, 91) 別れの歌。「一目見ることは愛すること、ひとたび彼女を愛するのは未来永劫愛すること」という切々たる愛の告白で有名。
- 「人は人、そんなことにゃあ関係ない」(A Man's a Man for a' that, 94)「いくじなく頭を垂れて歩いたりするな。騎士でも公爵でも王様のおぼしめし。正直な人間こそ王の力以上のもの」という、いわばバーンズの人権宣言。独、仏でも非常な共鳴を巻き起こした。
- 「私の恋人は赤いバラ」(My Luve is like a red, red rose, 94ごろ)「海は干上り岩は陽の熱に溶けようとも、命のあらんかぎりわたしはお前を愛する」という有名な作。

ワーズワース ウィリアム

William Wordsworth（1770–1850）　　　　　　詩人

自然に親しんだ　ワーズワースは1770年4月7日に，カンバー
少 年 時 代　ランドのコカマスという小さな町に生まれ，9歳から17歳までをホークスヘッド・グラマー・スクールで過ごした．この間湖水地方の美しい自然に親しみ，あらゆるスポーツと遊びに打興じ，逍遥，スケート，木の実ひろい，魚釣りなどを好んだという．14歳頃から詩を書きはじめ，1787年にケンブリッジ大学に入学したが，大学生活の規約と義務が耐えきれず，自由な少年時代ほど幸福ではなかった．1790年に友人と大陸へ旅行し，1791年に大学を卒業すると再びフランスへ渡り，年上のフランス女性アネット・ヴァロン（Annette Vallon）と恋仲になり，カロラインという女の子が生まれた．革命時代のフランスに滞在した彼は，革命の自由の精神に心を奪われ，熱烈な共和政信奉者となって帰国したが，フランス革命の経過と恐怖政治に幻滅を感じ，英国の対仏戦争参加にショックを受け，激しい精神的苦悩を経験した．しかし，サマセットシアの美しい田園に住み，妹のドロシーの情愛と友人コウルリッジのはげましによって，彼の精神は健康をとりもどし，詩人としての天才が開花することになった．

叙情歌謡集　1798年，ワーズワースがコウルリッジと共著で出版した「叙情歌謡集」は，
の 出 版　英文学史上の画期的な詩集となった．同時に彼はコウルリッジにすすめられて，のちに「隠遁者——自然，人間，社会について」（The Recluse; or Views of Nature, Man and Society）と題して完成させる予定の野心的な哲学詩の遠大な計画をたてたが未完で，その第1部第1巻は死後，1888年に出版された．2年後の1800年にはワーズワースの詩観を表明する序文を加えた「叙情歌謡集」の増補再版が出たが，この序文はロマン主義文学の宣言書ともいわれる．1802年には幼な友達のメアリ・ハッチンソン（Mary Hutchinson）と結婚し，三男二女をもうけて，結婚生活は幸福であったという．

詩作と晩年　ワーズワースは1799年12月より，幼い頃からなじみ深い湖水地方のグラスミア湖畔の「鳩の家」（Dove Cottage）に住み，それ以後1850年4月23日に80歳で世を去るまで，このグラスミア地方に住みつき，簡素な生活のうちに自然に親しみ，活発な詩作活動をおこなった．1807年には「叙情歌謡集」以後の詩を集めた「二巻の詩集」が出版され，1814年には「隠遁者」の一部である「逍遥編」を完成した．1842年にはサウジー（R. Southey）のあとを受けて桂冠詩人となった．ワーズワースは自然の中に神を見出し，木の葉も草の花も，その他森羅万象が神の顕現であるとする汎神論（Pantheism）の考え方をとるようになったが，この自然観をとるに至った経験を語る一種の精神的自叙伝が，死後出版された長詩「序曲」である．

◇主 要 作 品◇

■「叙情歌謡集」(Lyrical Ballads, 1798) コールリッジとの共作の画期的詩集．ワーズワースは19編の詩をのせているが，この詩集の巻末を飾る名詩「ティンターン寺院の数マイル上流で書いた詩章」(Lines Composed a Few Miles above Tintern Abbey) は，ワイ (Wye) 河畔を訪れた時の感想をうたったもので，彼の円熟した自然観がうかがえる作として最も有名である．ほかに死を理解できない無邪気な童心をうたった「あたしたちは七人」(We are seven)，老いた狩人をうたった「サイモン・リー」(Simon Lee)，「白痴の少年」(The Idiot Boy)，「さんざし」(The Thorn)，「諫告と返答」(Expostulation and Reply) などが含まれ，いづれも単純素朴な言葉を使い，歌謡（バラッド）に範をとった詩形でうたわれている．

■「叙情歌謡集・再版」(Lyrical Ballads, 2nd Edition, 1800) 実際は1801年1月に出版された．彼独自の詩論を展開した「序文」(Preface) が有名で，詩歌は「力強い感情の自然的な流露」であり，その感情は「静かに思い起こされた情緒」から起こるという言葉はよく引用される．謎のイギリス人少女を主題にした「ルーシー詩編」(Lucy Poems) と呼ばれる4編の恋愛詩 ("Strange fits of passion have I known"; "She dwelt among the untrodden ways"; "A slumber did my spirit seal"; "Three years she grew") や「兄弟」(The Brothers)，「マイケル」(Michael)，それに吹雪に道を迷って死んだ少女に関する短い物語詩「ルーシー・グレイ」(Lucy Gray) などが加えられている．

■「序曲」(The Prelude, 1798–1805) 死後1850年に出版された．14巻からなる自伝的長詩で，未完の大哲学詩「隠遁者」の「序曲」として計画されたもので，幼年時代，少年時代，ケンブリッジ大学時代をへて，フランス革命を経験するまでの精神的成長の記録であるが，社会記録としても興味深く読める．

■「二巻の詩集」(Poems in Two Volumes, 1807)「叙情歌謡集」以後の作品を集めた重要な詩集で，彼の傑作が多く含まれている．「完全な女性」(Perfect Woman) の題で知られる "She was a Phantom of delight,"「ルーシー詩編」の1編として有名な "I travelled among unknown men," 思想的転回点を示す重要な作 "Ode to Duty," 1803年に妹やコウルリッジとスコットランドを旅した時の印象と感動をうたった名詩 "The Solitary Reaper,"「虹」の題で知られ，「子供は大人の父である」という詩句が入っていて "The Rainbow" の題で知られる "My heart leaps up," 1802年春アルズウォーター湖畔で黄水仙の大群を見た時の印象をうたった有名な詩 "I wandered lonely as a cloud," 郭公鳥によせた "To the Cuckoo," そして「ティンターン寺院詩章」とともにワーズワースの代表作の一つとみられる「霊魂不滅の頌」(Ode: Intimations of Immortality) などの傑作が集められている．

■「逍遥」(The Excursion, 1814)「序曲」とともに「隠遁者」3部作の一部として書かれたもので，これだけが完成して出版された．9巻からなる哲学詩．

【名句】The Child is father of the Man.—'My heart leaps up when I behold'
　　　　子供は大人の父である．

スコット サー・ウォルター
Sir Walter Scott (1771–1832) 　　詩人・小説家

法律家修行と
バラッドの収集　スコットは1771年8月15日,弁護士の子としてスコットランドのエディンバラで生まれたが,約一年半後に小児まひにかかって右脚の自由がきかなくなったので,実家から約40マイル離れた健康によい田園に住む祖父母の農場で幼少時代を過ごし,祖母からスコットランドの歴史や伝説の物語を聞かされて育った.エディンバラの高校で学んだのち,1784年には13歳でエディンバラ大学の古典科に入ったが,第二年目の中頃に健康を害して大学をやめた.彼は健康が回復すると父の法律事務所で徒弟修業をして,1792年に21歳で民法の試験に合格し,弁護士の資格を得た.この弁護士の試験勉強の間に,古蹟めぐりをしたり古い民謡の採集旅行に出かけたりして,彼の文学に対する興味は次第に高まっていった.

訳詩集の出版から
物語詩人へ　ドイツの詩人ビュルガーの「レノーレ」に感動したスコットは,この訳詩に同じ作者の「狩猟」の訳詩をそえて,「狩猟およびウィリアムとヘレン」(The Chase, and William and Helen)と題し,1796年に出版した.これがスコットの処女出版で,彼は当時25歳だった.1797年の夏,彼は湖水地方を旅行したときに知り合ったフランス人の娘シャーロット(Charlotte Carpenter)と恋愛し,同年12月に結婚した.そして翌年の夏,エディンバラ市の郊外の美しい田園ラスウエイドに小さな家を借り,法廷が休みになるとそこへ行って,古い民謡を整理したり彼自身も民謡を書きはじめた.こうして1802年から翌年にかけて「スコットランド辺境歌謡集」(The Minstrelsy of the Scottish Border)全3巻を出版した.1803年にはスコットランド地方を旅行中のワーズワースに会ったが,その頃から構想していた最初の物語詩「最後の吟遊詩人の歌」を1805年に出版して好評を博し,これを機会に法廷へ出勤する弁護士の仕事をやめることにしたが,翌年スコットランド最高裁判所の書記に任命されたので,法廷とはいっそう深い関係をもつことになった.スコットはこの頃からバランタイン印刷所と共同経営を始め,自作をすべてこの印刷所で印刷することにし,また各詩人の詩集を出版する計画をたて,ドライデン全集の編集校訂の仕事を進めて1808年に出版した.同年に出版された「マーミオン」の評判は高く,サウジーは絶讃の手紙を寄せ,詩人としてのスコットの名声は不動のものとなった.続いて「湖上の美人」(1810)や「ロウクビー」(Rokeby, 1813)の物語詩を出し,1813年9月には桂冠詩人に推されたが,当時不遇だった友人のサウジーにこの名誉をゆずった.

ウェイヴァリー
小 説 時 代　1814年,スコットは1805年頃から準備していた小説「ウェイヴァリー」を匿名で出版して大評判をとり,これを機会に小説家に転向して「ウェイヴァリーの作者」として30余編の長編を出版し,これらは「ウェイヴァリー小説集」(Waverley Novels)と総称される.スコットが小説家に転向した背景には人気詩人バイロ

◇主要作品◇

ンの台頭や，物語詩「ロウクビー」が前作「湖上の美人」ほど売れなかったという事情もあったが，彼の物語詩には小説の題材に適した要素も含まれてはいた．

スコットランド郷土小説の第2作「ガイ・マナリング」（Guy Mannering, 1815）や，愉快な好古家を描いた傑作「好古家」（1816）を続けて世に問い，いずれも大いに売れて「ウェイバリー」の作者がスコットであることは，ほとんど公然の秘密になるほど有名になった．そこで彼は次作「黒い小人」（The Black Dwarf, 1816）と「墓守老人」（Old Mortality, 1816）の2編を「宿屋主人の物語」（Tales of My Landlord）と名づけ，ジュディダイア・クリーシュボザムという学校教員の語る話にして，別の作者が書いたようにみせかけた．1817年には郷土小説「ロッブ・ロイ」（Rob Roy）が出たが，初版一万部は二週間で売切れるという空前の売れ行きだった．そのあと第二集として傑作「ミドロウジアンの中心獄」（1818）を出版してやはり好評を博し，第三集である「ラマムーアの花嫁」（1819）と「モントロウズ綺談」（A Legend of Montrose, 1819）を病床で仕上げた．第四集は最後の作「パリのロバート伯」（Count Robert of Paris, 1832）と「カースル危し」（Castle Dangerous, 1832）である．

中期の歴史小説時代 1819年の末に出版された「アイヴァンホー」は有名な歴史小説の代表作で，初版一万二千部はたちまち売り切れた．これ以後彼はイングランドの歴史小説を書きはじめ，「僧院」（The Monastery, 1820），「僧院長」（The Abbot, 1820），「ケニルワース」（1821），「海賊」（The Pirate, 1821），「ナイジェルの運命」（The Fortunes of Nigel, 1822），「ピークのペヴァリル」（Peveril of the Peak, 1823）を連作した．続いてフランス史に取材した「クエンティン・ダーワード」（Quentin Durward, 1823）を書いてフランスで歓迎され「聖ロウナンの泉」（St. Ronan's Well, 1824）はスコットランドで人気を博した．その後「許婚者（いいなづけ）」（The Betrothed, 1825）と「護符」（The Talisman, 1825）の2編からなる「十字軍物語」（Tales of the Crusaders）も出版された．

出版社の破産と晩年 1826年にスコットの小説を出版していたカンスタブル商会とバランタイン印刷所が破産し，良妻シャーロットが病死した．スコットはこの悲境の中で負債を筆一本で清算する決意をかため，小説や劇のほかに9巻の大作「ナポレオン・ボナパルト伝」（The Life of Napoleon Buonaparte, 1827）や「スコットランド史」（History of Scotland，一巻は1829年，二巻は1830年に出版）を書きまくって負債をほとんど返却したが，1830年に脳出血で倒れて最高裁判所書記を辞任し，翌年イタリアへ転地の旅に出たのち，1832年9月21日に死んだ．英国の全新聞は，まるで国王の死を報ずるように彼の死を伝え悲しんだといわれる．スコットは1821年以来準男爵（baronet）に叙せられていた．

彼はロマン主義の最も代表的な作家の一人で，物語詩においても，小説においても，はなやかな人物描写と魅力ある背景描写に特色があり，たくみなプロットで，多くの読者をつかんだ．

【名句】Time rolls his ceaseless course.—The Lady of the Lake, canto 3
　　　時は絶え間なくその軌道を動いていく．

◇主　要　作　品◇

■「最後の吟遊詩人の歌」(The Lay of the Last Minstrel, 1805) 出世作となった物語詩の第一作で6曲からなる．最後の老吟遊詩人がスコットランド辺境地方の16世紀初頭の伝説を歌う形式をとって，ブランクサム城主の美しい娘マーガレットと，敵軍の青年領主ヘンリー・クランストーンとの恋を中心に，中世の魔法と神秘の世界が展開する．コウルリッジの「クリスタベル」の影響がいちじるしい．叙情詩の美にあふれる個所も多いが，内容は小説的である．

■「マーミオン」(Marmion, 1808) 物語詩の第二作で，6曲からなる．各曲の前に物語とは関係なく6人の友人にあてて書かれた「エトリック森からの書簡詩」6編が序詩として置かれている．ヘンリー八世の家来である武将マーミオン卿は，彼を恋する美しい尼僧コンスタンスが背教者として処刑されかかったところを救い，男装させて彼の小姓としたが，やがて土地を所有するクレアと結婚する許可を得る．彼に捨てられたコンスタンスはクレアを毒殺しようとしたが未遂で発覚し，マーミオンを恨んで死ぬ．フロッデンの戦いで奮戦したマーミオンは致命傷を受けて死に，この戦いで武勲をたてたウィルトンはクレアと結ばれる．後年の歴史小説を思わせる変化に富む浪漫的な場面が多い．

■「湖上の美人」(The Lady of the Lake, 1810) 代表的な物語詩の傑作で，6曲よりなる．スコットランド王フィッツジェームズは家来たちと猟に出てカトリン湖に来たとき，湖上の美人エレンに心をひかれ，身分をかくしてスノウドンの騎士と名乗り，島の館で一泊する．エレンは王に反逆をたくらむダグラスの娘で，若い騎士マルカム・グレームと相愛の仲である．アルパイン族長ドゥー (Roderick Dhu) は反逆に加担するエレンを妻に欲しいとダグラスに申し出るが，ダグラスはこれを拒否して湖の小島を去り，娘と二人で山奥の妖精の洞穴に住む．そこへ例のスノウドンの騎士が現われ，エレンがすでにマルカムと相愛の仲であることを知り，王に見せれば願いの叶う指輪を与えた．その帰り道で，反逆者である族長と決闘した騎士は彼に致命傷を与え，やがて王宮を訪れたエレンに実はジェイムズ五世であることを明かし，ダグラスと和解して，マルカムとエレンの結婚を祝福する．第三曲にある美しい挽歌 (Coronach) は有名である．

■「ウェイヴァリー」(Waverley, 1814) 小説家に転向した第一作．英国騎兵大尉エドワード・ウェイヴァリーは，スコットランドへ休暇旅行をした時，貴族の娘ローズに愛され，またフローラという女性を恋して帰国が遅れたために免職になる．そのうちに，フランスから上陸した王子チャールズ・エドワードの反乱が起こり，彼はこの反乱軍に参加して活躍し，英国のトールボット大佐を捕虜にしたが，大佐夫人の病気の報を聞いて釈放したことから，反乱軍の敗北後にゆるされ，ローズと結婚する．郷土スコットランドを舞台にした絵巻物のような歴史小説．

■「好古家」(The Antiquary, 1816) 18世紀のスコットランドが舞台である．青年士官ネヴィル少佐は，乗合馬車で道づれになった好古家のジョナサン・オールバックに紹介されて，サー・アーサーの娘イザベラに会う．この二人は初対面でなく，かつてヨークシャーで彼女

に会った少佐は,結婚を断わられるとラヴェルと変名し,彼女のあとを追ってきたのだった.ラヴェルはイザベラや彼女の父をさまざまな事件から救い,やがて彼がグレンナラン伯爵家の嫡子であることが判明し,イザベラとめでたく結婚する.表題の好古家はモンクバーンズ屋敷の地主で,若い頃に失恋して以来独身で通している快活多弁な老人で,ネヴィル少佐に好意を持ってなにかと世話をする.

■「ミドロウジアンの中心獄」(The Heart of Midlothian, 1818) 題名は1815年に取壊されたエディンバラのトルブース監獄の通称である.1736年に群集がポーティアス大尉をこの監獄から引出して私刑にするという暴動事件があった頃,私生児殺しの嫌疑でこの監獄に入っていたエフィー・ディーンズに死刑の判決が下ると,姉のジェニーは妹の助命を乞いに単身徒歩でロンドンまで旅をして,アーガイル公や王妃キャロラインにあって嘆願し,ついにジョージ二世の特赦を得る.その後この姉妹はそれぞれの恋人と結婚したが,妹の夫ジョージは,生きていた実子に撃たれて死に,エフィーは尼となる.

■「ラマムーアの花嫁」(The Bride of Lammermoor, 1819) 作者が病床で口授したといわれる作で,密度が高く,最も悲劇的感情が高いとみられている.レイヴンズウッド家の長子エドガーは,野心家サー・ウイリアムに所領をだまし取られて無一物になるが,偶然復讐相手のサー・ウィリアムズとその娘ルーシーを危機から救い,ルーシーと愛し合い密かに婚約する.ルーシーの母は娘を別の青年に嫁がせようとしたので,ルーシーは結婚祝いの舞踏会で発狂して新夫を刺し,彼女も悶死する.エドガーも流砂に巻きこまれて死ぬ.

■「アイヴァンホー」(Ivanhoe, 1819) アイヴァンホーの騎士サー・ウィルフレッドは,父の意向に背いてサクソン系の美姫ロウエナを愛したために家を追われ,獅子心王リチャードに従って十字軍に参加する.留守中にリチャードの弟ジョンが王位を奪う陰謀を企てたが,二人は変装して帰国し,アイヴァンホーはジョン方の騎士を騎馬試合で倒し,最後の勝者となる.しかし負傷してユダヤ人の富豪とその娘レベッカに介抱されているところを敵方に捕らえられ,城に幽閉される.急を聞いた「黒い騎士」やロビン・フッドは城を攻め落し,アイヴェンホーはレベッカの命を救い,ロウエナと結婚.全員がリチャードに忠誠を誓う.

■「ケニルワース」(Kenilworth, 1821) レスター伯はサリー伯とエリザベス女王の寵愛を競い,サー・ヒューの美しい娘エイミーと結婚を秘密にして彼女をカムナーの屋敷に隠す.エイミーに恋するサリー伯の味方のトレシリアンは,このことを知らずに,レスター伯の家来リチャード・ヴァーネーが彼女を囲い者にしていると女王に訴える.ヴァーネーは女王にエイミーは自分の妻だと偽り,彼女をつれてレスター伯の居城ケニルワースへ行こうとするが拒絶される.レスター伯はエイミーの要求にしたがって彼女を妻として披露したが,女王の怒りを買う.ヴァーネーはエイミーがトレシリアンと関係しているとレスター伯に嘘をついたので,伯はヴァーネーに命じて彼女を殺させたあとで,真相が明るみに出る.エリザベス朝の有名人である詩人スペンサーやサー・ウォルター・ローレーなども登場して興味深い歴史小説の傑作である.

コウルリッジ　サミュエル・テイラー
Samuel Taylor Coleridge (1772–1834)　詩人

気ままな青春時代　コウルリッジは1772年10月21日に田舎牧師の子としてデヴォンシアに生まれた．幼い頃から読書を好みロマンスや冒険譚を愛読して奔放な想像力をかきたてられた．9歳の時に父を失い，叔父を頼ってロンドンへ出るとクライスツ・ホスピタルで学んだのちケンブリッジ大学に進んだが，乱読と談論に多くの時間を費やし，恋愛やアヘンの味を覚えたこともあって，気紛れな性格から在学二年で大学を去り，騎兵隊に入ったり，友人サウジーと「理想的平等社会」(Pantisocracy) と称する一種の共産主義社会を北アメリカに作るという運動を起こして失敗した．その同志の一人セアラ・フリッカーと1795年に結婚したが，この結婚生活はうまくいかなかった．

ワーズワースとの出会い　コウルリッジは15, 6歳頃から詩を書きはじめたが，処女詩集は1796年に出版した「雑詠集」(Poems on Various Subjects) であった．そして1795年にワーズワースに出会ったのが一大転機となり，彼と共著で1798年に出版した「叙情歌謡集」(Lyrical Ballads) には4編の詩を収めたが，特にこの詩集の巻頭を飾った「老水夫の歌」は，コウルリッジの代表作となり，超自然的要素や魔法的，神秘的なものをとり入れた彼の詩は，ロマン主義復興の金字塔として一時期を画した．つづいて彼は中世的雰囲気に富む物語詩「クリスタベル」の第1部と，アヘンをのんだあとの夢に見たという蒙古の大汗（かん）の宮居を描いた幻想的雰囲気に満ちた「忽必烈汗」を1797年に書き上げ，ワーズワースたちとドイツ旅行をしたのち，「クリスタベル」第2部を1800年に完成させた．この頃を頂点として彼の詩作は次第に衰え，興味は哲学研究や文芸評論の方面に移っていった．

文芸評論家としての活動　持病の神経痛が悪化したコウルリッジは，1804年からマルタ島やイタリアへ転地療養に出かけたが，1806年に帰英した時にはアヘン常用者となっていた．談話にすぐれていた彼は，この頃からしばしば文芸公演をおこない，また文学・道徳・政治の原理を論ずる目的で週刊雑誌「フレンド」(The Friend, 1809–1810, 27号で廃刊) を発行し，1811年から翌年にかけてはシェイクスピアについて講演するなど，文芸評論家としての活動は盛んであった．このシェイクスピア講演は，「シェイクスピア批評集」(1883) として一冊にまとめて死後出版された．1817年には「シビルの詩片」と，彼の評論中最もすぐれたものとされる「文学評伝」が出版された．しかし前年の1816年にギルマン医師夫妻の好意でその家に引き取られた時には廃人寸前の状態にあり，一時は健康を回復したものの，以後死ぬまではこの親切な医師の世話になり，1834年7月25日に世を去った．

◇主 要 作 品◇

■「老水夫の歌」(The Rime of the Ancient Mariner, 1798) ワーズワスと共著の画期的な詩集「叙情歌謡集」の巻頭に収められたコウルリッジの傑作で，1798年は公けにされた時のテクスト（全658行）と1817年出版の「シビルの詩片」に掲げられたテクスト（全625行）の間には詩句に改訂の個所が数多く見られ，現在広く世に行われているのは推敲された1817年版の方である．またこの版には作者自身による散文注がつけられている．内容は老水夫が婚礼の祝宴に招かれて行く途中で会った三人の若者の一人を引きとめて物語を始め，この老水夫の乗った船が嵐のために南極へ流されて氷に閉じ込められたとき，老水夫が一羽のあほう鳥を射落したために，船は呪いを受けて北へ流れ，赤道で停止して動かなくなり，幽霊船が現われ，他の乗組員は全員渇のために死ぬが，老水夫が月光の海にたわむれる海蛇の美に打たれて心の中で思わず祝福したとたん呪いが消え，老水夫は故国に帰る．そして各地を放浪して神の創造したものを愛し敬う精神を人びとに説いてまわる．頭韻を効果的に用いて音楽的にもすぐれたバラッド調の物語詩である．

■「クリスタベル」(Christabel, 1816) 神秘感ただよう2部からなる物語詩で，第1部は1797年に書かれ，第2部は1800年に書かれたが断片として残され，のち1816年に両方を合わせて未完のまま出版された．677行からなる．中世の魔女物語に取材し，斬新な韻律（1行4つのストレス）は後のスコットやバイロンに影響を与えたとみられている．

■「忽必烈汗」(Kubla Khan, 1816) 1798年に書かれ，1816年に「クリスタベル」と合わせて出版された．アヘンをのんで見た夢の中で数百行の詩を構想し，目覚めて直ちに筆をとったが，来客に妨げられて一時間のちに書き続けようとしたが，詩の幻想は再び帰らず，54行の断片で終わったという．元の世祖である忽必烈（1215-94）の壮麗な歓楽宮の光景を描き，音楽美と感覚美の極致を示すと評される夢幻詩．

■「文学評伝」(Biographia Literaria, 1817) 2巻からなる多少自伝的要素をまじえた哲学・宗教・政治・文学論で，彼の散文の最大の業績とみられる．主としてカント，フィヒテ，シェリングなどの哲学を論じたものであるが，「叙情歌謡集」の成立事情を述べた第14章や，ワーズワスの詩を批評した諸章（17, 18, 19, 20, 22）はロマン主義文学論として重要視されている．

■「シビルの詩片」(Sibylline Leaves, 17, 34) すでに発表した詩や未発表の詩の中から秀作を自選した詩集．コウルリッジの代表作はすべてこの一冊に収まっている．

■「シェイクスピア批評集」(Lectures and Notes on Shakespeare and Other English Poets, 1883) 死後出版の評論集．1811-12及び18年におこなった文学講演をもとにしたもので，彼のシェイクスピア批評は，ラムやハズリットの批評とともに主観的色彩の強いもので，ロマン的批評と呼ばれる．

【名句】Prose=words in their best order; —Poetry=the best words in the best order.—
　　　　Table Talk, 12 Jul.
　　　　散文とは最高の順序にある言葉．詩歌とは最高の順序にある最高の言葉．

オースティン　ジェーン
Jane Austen（1775–1817）
女流小説家

小説の習作時代　オースティンは1775年12月16日にイングランド東南部ハンプシアの静かな村スティーヴントンで，教養ある牧師の次女として生まれた．6男2女の幸福な家庭で教育を受け，20歳の頃から小説の創作をはじめ，「第一印象」(First Impressions)「分別と多感」「ノーザンガー・アベイ」の原形がすでに書かれた．25歳のとき，牧師の職を長男に譲って引退した父と共にバースに移り，父の死後は母や妹とともにサウスアンプトンに移ったが，この間に書簡体の小品「レディ・スーザン」(Lady Susan)と未完の断片「ウォトスン家の人びと」(The Watsons)が書かれた．

創作活動の最盛期　1809年から彼女は生まれ故郷に近いチョートンの村にある兄の家に住むようになり，20代前半に書いた小説の原稿に手を加え，「分別と多感」を1811年に処女出版した．次いで2年後には，やはり以前に書いた「第一印象」を「高慢と偏見」(1813)と改題して出版した．いずれも18世紀末のイギリス地方中流階級の生活を的確な手法で巧みに描写した名作だが，これらは書かれてから10年以上も作者の手もとにねむっていたことになる．この二作の出版がきっかけとなってオースティンの創作意欲は再燃し，「マンスフィールド・パーク」を完成して14年に出し，続いて「エマ」を16年に出版した．しかしこのころから健康が衰えはじめ，17年には姉につきそわれてウィンチェスターの名医の診察を受けに出かけ，そこで7月18日に客死し，わずか42歳の短い独身の生涯を閉じた．最後の小説となった「説得」は，初期の作品「ノーザンガー・アベイ」と共に，死後の18年に世に出た．

オースティンの特色　彼女の主要作品は長編小説6編だが，それらはすべて田舎の村の平凡な日常生活に取材されたものであるから，題材の範囲はきわめて狭い．しかし地方紳士階級の家族間の交流を，女主人公を中心とする人間関係に焦点を合わせてとらえ，そうした人びとの実生活と心理の細部を淡々と正確に描写することによって，永遠に変らない人間性を描いた点に特色があり，心理写実主義小説の先駆ともみられている．彼女の小説はどれも情熱と思想性に欠け，シャーロット・ブロンテの非難を浴びたが，統一ある構成や鮮明な性格描写にすぐれ，日常茶飯事の出来事の間に，人間の利己心や愚かさを巧みにとらえ，軽妙な機知とユーモアのある筆で描き出した点も比類がなく，イギリス最大の女流小説家とも称せられる．特に「高慢と偏見」と「エマ」は彼女の代表作で，全イギリス小説中でも屈指の傑作である．

　オースティンの小説は，社会的存在としての人間男女の生き方を，アイロニーやユーモアをともなう喜劇的視点から，静的に鋭く描写している点が，最大の魅力となっている．

◇主 要 作 品◇

◆「分別と多感」（Sense and Sensibility, 1811）→247頁．
◆「高慢と偏見」（Pride and Prejudice, 1813）→248頁．
■「マンスフィールド・パーク」（Mansfield Park, 1814）女主人公のファニー・プライスは，Tom, Edmund, Maria, Juliaの2男2女のある裕福なおばMrs. Norrisの家で養われ，このおばにいじめられるが，そのうちに次男のエドマンド・バートラムに思いを寄せるようになる．同家の娘マライアはヘンリーという軽薄な男と出奔し，その妹ジュリアも他の男と出奔してしまう．エドマンドは一時ヘンリーの妹のメアリーに迷わされたが，結局最後には弱々しくて消極的に見えるが実は誠実な女主人公のファニーと結婚する．
◆「エマ」（Emma, 1816）→249頁．
■「ノーサンガー・アベイ」（Northanger Abbey, 1818）1803年に書かれたが，出版は死後となった．18世紀末から19世紀の初頭にかけて流行したゴシック・ロマンス，主としてラドクリッフ夫人の「ユードルフォ城の神秘」のパロディを狙った小説．17歳でバースの社交界に出たキャサリンは，ゴシック・ロマンスに夢中になり，好青年の牧師ヘンリーの父親，ティルニー将軍から古い僧院を邸宅にしたノーサンガー・アベイに招待され，ゴシック・ロマンスのヒロインになった気分で胸をはずませる．屋敷に怪しいところがあると妄想をふくらませた彼女だったが，ヘンリーにその間違いを正され，現実の世界はロマンスとは違うことを認識する．遺産目当てだった将軍からキャサリンは屋敷を追い出されたりするものの，結局，彼を追いかけて来たヘンリーの結婚の申し出を受け，将軍も最後には2人の仲を認めることになる．
■「説得」（Persuasion, 1818）15年から16年にかけて書かれ，死後18年に出版された．美しくてやさしいアン・エリオットは，亡き母の親友レディ・ラッセルの忠告に説得されて，海軍士官フレデリック・ウェントワースとの婚約を破棄したのち，一族の男性から求婚されたりするが，8年間の失恋の苦しみを味わったのち，結局大佐に昇進したウェントワースと再会して結ばれる．

【名句】We do not look in great cities for best morality.—Mansfield Park, ch.9
　　　　大都会の中で最高の道徳を探しはしない．
　　　　"My idea of good company, Mr. Elliot, is the company of clever, well-informed people, who have a great deal of conversation; that is what I call good company" "You are mistaken," said he gently, "that is not good company, that is the best."—Persuasion, ch.16
　　　　「私の考えるいい仲間はですね，エリオットさん，大いに会話を楽しむ知的で情報の豊かな人たちです．それがいい仲間というものです」．「それは違う」と彼はやさしく言った．「それはいい仲間なんてものじゃない．最高の仲間です」．

バイロン　ジョージ・ゴードン
George Gordon, Lord Byron（1788–1824）　　詩人

美貌で跛足の貴公子　バイロンは放蕩無頼の貴族を父として1788年1月23日にロンドンで生まれ、幼い頃に父と死別し、ヒステリー型で無分別な母にスコットランド北部のアバディーンで育てられた。美貌で生まれながらえび足であった彼は、1798年に大伯父の第5代目バイロン男爵が死んだので、10歳にして6代目の男爵となり、ハロー校を経てケンブリッジ大学のトリニティ・カレッジに学んだ。在学中に処女出版した詩集「無為の時」（Hours of Idleness, 1807）は、1806年に学友に印刷してもらって友人に配った小詩集を改訂増補したものだった。この処女詩集は「エディンバラ評論」で酷評されたので、バイロンは早速「英詩人とスコットランド評論家」（English Bards and Scotch Reviewers, 1809）というポープ風の諷刺詩を書いて応戦した。

一夜目覚めて有名人　1809年7月から11月にかけて、バイロンはポルトガル、スペイン、ギリシア、トルコなどへ約2年間の放浪の旅に出かけ、帰国するとロンドンに居を構えて上院議員となり、この旅行記をスペンサー聯で書いた「チャイルド・ハロルドの遍歴」（1812）2巻を出版して一躍有名になり「ある朝目覚めてみると有名になっていた」（I awoke one morning and found myself famous.）と豪語した。そして続く4年間に東方の旅の収穫である物語詩「邪宗徒」（The Giaour, 13）、「アバイドスの花嫁」（The Bride of Abydos, 1813）、「海賊」（1814）、「ラーラ」（Lara, 1814）の4部作が次々に出版されて人気詩人となり、ロンドンの社交界の花形として、女性たちとの派手な愛欲生活にふけり、15年に恋愛結婚したアナベラ（Annabella）とも1年後に離別し、孤独のうちに1816年4月に永久にイギリスを去った。

流浪の旅と創作活動　スイス、イタリアへの放浪の旅に出かけたバイロンは、ジュネーヴでシェレーに会い、ヴェニス、ローマなどを旅し、1819年には伯爵夫人テレサと交渉をはじめた。その間「チャイルド・ハロルドの遍歴」の第3巻（1816）と第4巻（1818）を出版し、「シロンの囚人」（The Prisoner of Chillon, 1816）を書き、詩劇「マンフレッド」（1817）を完成させるなど、彼の詩作活動は黄金時代を迎えた。そして1818年からは最大傑作「ドン・ジュアン」を書き始め、第16巻までを出版したが、やがてシェレーが死に、テレサへの愛もさめると、彼は最後の情熱をギリシア独立運動にささげ、自ら義勇軍を組織してミソロンギに上陸したが、熱病にかかって1824年4月19日に当地で客死した。自由奔放で情熱的で自我に苦しんだバイロンの波瀾に富んだ生涯は、彼の詩作品のごとく浪漫的で、海外の多くの文人に大きな影響を与えた。

◇**主 要 作 品**◇

■「**チャイルド・ハロルドの遍歴**」(Childe Harold's Pilgrimage, 1812–18) チャイルド・ハロルドという名門の息子が，恋に破れ，歓楽の生活にいや気がさし，イギリスを離れて異国の地を旅行したときの見聞と感懐を記述した旅行風の物語詩で4巻からなる．12年に出版された第1巻と第2巻では，イギリスに別れを告げてポルトガルとスペインをおとずれ，地中海をへてギリシアへ行くまでが描かれる．16年に出版された第3巻では，ライン河の風光，アルプス山脈，スイスの湖水を讃え，ウォータールーの戦跡に立ってナポレオンを思う．第4巻は18年に出版され，イタリアを放浪した間に見た風物と旅愁を歌い，ローマの盛時や過去の大詩人たちを回想して嘆美している．

■「**海賊**」(The Corsair, 1814) 3巻からなる物語詩．主人公のコンラッドという海賊に，ひたすら純愛に生きるメドラと，主人を殺してまでも愛するコンラッドを救い出そうとする情熱の女グルナーレを配して，作者の恋愛観，女性観，人間観を示した作品．

■「**ヘブライ調**」(Hebrew Melodies, 1815) バイロンのすぐれた叙情詩を収めた短詩集で，「彼女は美しく歩む」(She Walks in Beauty) や「わが心は暗い」(My Soul is Dark) などの珠玉の叙情詩が入っている．

■「**マンフレッド**」(Manfred, 1817) 3幕詩劇．中世アルプス山中の若い城主マンフレッドが，罪の自意識に悩み，大自然の精霊たちに自己忘却を求めたが与えられず，敬虔な老狩人の言にも，悪魔の脅迫にも，聖僧の説得にも従わず，あくまで自我の孤独を守り通し，最後の時が来て地獄の悪魔に連れ去られる．この詩劇は自意識に悩む詩人の人間像を投影した作として注目される．

■「**ドン・ジュアン**」(Don Juan, 1819–24) 16巻15,000行の諷刺物語詩．第1巻と第2巻は1819年，第3巻から第5巻までは1821年，第6巻から第14巻までは1823年，第15巻と第16巻は1824年に，それぞれ出版された．死後第17巻の断片が発見され，これは1903年に世に出た．主人公のドン・ジュアンはバイロン自身を思わせる快男児で，伝説上の好色男とは関係がない．内容は16歳で恋愛事件を起こしたドン・ジュアンは国外に追われるが，彼の乗った船が嵐に会ってギリシアの島へ漂着し，海賊の娘に助けられて彼女と恋をしたり，その父に奴隷として売られたり，ロシア軍隊に入って武勲をたてたりする．ヨーロッパ全土をまたにかけた冒険とロマンスが描かれ，当時のイギリス社会に対する諷刺に満ちている．第3巻に収められた「ギリシアの島々」はかの国の昔の栄えをうたい，現在の無気力を嘆く情熱的な詩編でバイロン屈指の名作とされる．

【**名句**】I have not loved the world, nor the world me.—Childe Harold's Pilgrimage, canto 3

　　私は世間を愛さなかったし，世間も私を愛さなかった．

　　Pleasure's a sin and sometimes sin is a pleasure.—Don Juan, canto 1

　　快楽は罪だが，罪はときには快楽である．

シェレー　パーシー・ビッシュ
Percy Bysshe Shelley（1792–1822）　　　詩人

評価　詩的空想力の権化，英国ロマンティック精神の精髄のごとく考えられる詩人．「美しくも無力な天使」というアーノルドの言葉以来，T. S. エリオットなども表現の不完全を非難するが，熱狂的な理想主義と豊かな叙情味をもって，いつまでも若い読者の心をつかんで離さない詩人である．

大学追放，無思慮な結婚英国を離れるまで　南英サセックスの富裕な準貴族地主の長子．イートンでは伝統への反抗から「気ちがいシェレー」とあだ名された．オックスフォード大学でゴドウィンの自由思想にかぶれ，宗教批判の必要を論じたパンフレット「無神論の必要」（1811）を出版して退学処分を受けた．妹の学友で居酒屋の娘16歳の美少女ハリエットに父親や学友からの虐待を訴えられて同情し，スコットランドに駈落ちして結婚した．はじめての長詩「マブ女王」（Queen Mab, 1813）は人間悪の根源として社会機構の改革を唱える作である．ゴドウィン一家と親しくなり，1814年の夏および1816年の春から秋にかけ，ゴドウィンの娘二人メアリーとクレアをつれてフランス・スイスを旅行した．その間「アラストア」（1815），「知的美への讃歌」（1816）などを書いている．ロンドンに帰って，リイ・ハントとの交友を中心に当代の新しい文人・芸術家たちと交際した．1816年12月妻が2児を残して投身自殺し，彼はメアリーと正式の結婚が許されたが，祖父の遺産につき父との争いが起り，また遺児を引きとることを法廷で拒否され，1818年3月英国を去った．その間に自由と人類愛を謳歌する長編叙事詩「イスラム教徒の反乱」（The Revolt of Islam, 1818），自伝的断片「王子アサネーズ」（Prince Athanase, 1817）等を作った．

イタリアでの生活および死　ヴェネツィアではバイロンと再会，翌1819年はローマ，ついで海港市リヴォルノに移り住んだ．「チェンチー一家」「プロミシュース解縛」の他，名作「西風に寄せて」が完成．「アトラスの魔女」「ねむり草」「雲」「ひばりに」等は翌1820年ピザ時代の作である．1821年には「エピサイキディオン」「アドネイイス」が完成，インド帰りのウィリアムズ大尉，冒険家E.J.トレローニーなどと交際し，前妻ジェインには数編の名詩をささげた．1822年7月8日ヨットで嵐に会い，ウィリアムズとともに水死した．火葬の後，遺骨はローマ郊外の新教徒墓地，キーツの墓の近くに葬られた．

人と思想　彼はまれに見る高潔な心情の人で何びとにも援助を惜しまなかった．全く泳げないのにかかわらず水と船とが大好きで，よく紙で作った舟を折っては水に浮かべて喜んでいたという．また知識を追い求めるのに急で，食卓につく時間をも惜しんで水とパンだけで書物に読みふけることも多かったという．異常なほど神経過敏で，圧制的な力に対する嫌悪に満ちていた．幼少のとき以来神秘的なものに心を引かれる傾向を示し，「アドネイイス」でついに生命の彼方に対する確乎たる認識に達したと考えられる．

◇ 主 要 作 品 ◇

- ■「アラストア」(Alastor, 1815) 題名はギリシア語で復讐の霊の意．詩人は憧れる理想美を現実から遊離した孤独の魂の中に求めるが，得られず幻滅して死ぬ．最初の重要な作品．
- ■「知的美への讃歌」(Hymm to Intellectual Beauty, 1816) 彼が生涯追い求めてやまなかった知的美への格調高い讃歌で，彼のプラトニズム思想をよく表わす作．
- ■「オジマンディアス」(1817作) 永遠に残る，と勢威を張った王Ozymandiasの崩れた巨像が，砂漠の廃墟の中で旅人に現世の栄光の空しさを語っている，という内容の14行詩．
- ■「ジュリアンとマダロウ」(Julian and Maddalo, 1818) ヴェネツィアでバイロンを訪れたときの経験を材料に，人間の完成の可能性を信じて楽観的なジュリアン（シェレー自身）と信じ得ず悲観的なマダロウ（バイロン）とが対話議論し，翌日精神病院に行って，高い憧れを持ちながら途を誤り絶望して狂人となった人物（シェレーの一面）の独り言を聞く．
- ■「チェンチ一家」(The Cenci, 1819) 5幕の無韻詩劇．悲劇的緊迫感のゆえに傑作のひとつに数えられるが，上演には適さない．16世紀のローマに舞台をおいて，罪悪のあらんかぎりをつくしていた老伯爵が自らの家族を憎んで殺害・暴行を加えるので，末女ベアトリーチェが苦悶の末，父の名誉のためと信じ，父を暗殺させ自らは進んで死刑を受ける．
- ■「西風に寄せて」(Ode to the West Wind, 1819) 木の葉を散らし，雲を巻き起こし，海の波をざわめかす自由奔放な西風に詩的霊感の姿を見て，自分もその風に吹かれ導かれる木の葉，雲，波となって，無自覚に惰眠をむさぼる世界に向かって高らかに鳴る予言のラッパとなりたいという感慨を記す．彼の第一の傑作として推す人も多い．有名な「冬来たりなば春遠からじ」(If Winter comes, can Spring be far behind?) はこの作の最後の1行．
- ◆「プロミシュース解縛」(Prometheus Unbound, 1820) →252頁
- ■「ねむり草」(The Sensitive Plant, 1820)「美の精霊」を表わす美しい女性が，心をこめて庭園の手入れをし，万花は美しく咲き乱れる．孤独な「ねむり草」（詩人の心を象徴する）はその中にあってとりえもない身だが，愛に渇え美に憧れている．女性の死後庭園は荒廃するが，詩人はなおも，美と愛と喜びが永遠の生命を持つという信念を捨てない．
- ■「雲」(The Cloud, 1820) 千変万化を重ねてしかも死することのない，自由，融通無碍（むげ）な雲に詩人の運命をたぐえたもの．傑作のひとつとされる．
- ■「ひばりに」(To a Skylark, 1820) われを忘れてひたすらにうたいつづけるひばりの歌を数々のイメージにたぐえながら，詩人もその歓喜のせめて半ばを持ち得たならば，と嘆く作．
- ■「月に」(To the Moon, 1820) 短い断片詩ながら，彼の孤高，倦怠の心を歌い出す名作．
- ■「エピサイキディオン」(Epipsychidion, 1821)「魂の分身」の意のギリシア語．エミリア・ヴィヴィアーニというピサの美少女を理想美の化身に見立てて恋愛と美の経験を歌う．
- ■「アドネイイス」(Adonais, 1821) キーツを田園化したこの名で呼び，その死を嘆きいたみながら，後半一転して，死と生をはるかに超えた美の永遠と超絶的な存在世界への確信を歌い出す．彼のたどりついた思想の極点を示すもの．その意味で最重要作品のひとつ．

キーツ　ジョン
John Keats（1795–1821）　　　　　　　　　　詩人

評　価　わずか25歳で世を去りながら数々の完璧な名作を残し，一流中の一流としての力量を何びとにもうなずかしめる．世界文学・芸術史上にもたぐいまれな天才．短い創作年数ながら，前半の豊かなギリシア精神と官能の美，やがて厳粛の色を加え，全人類の苦しみを自己の苦しみとして切実に対処するものでなければ文学・芸術の高所には至れない，と絶叫する晩年のヒューマニズム，ともに人を動かす崇高さに満ちている．シェレーをけなしつけた批評家アーノルドすらも「彼はシェイクスピアとともにあるのだ」と絶賛した．近来その評価はますます高い．

その生涯　ロンドンの貸馬車屋の子．幼少のとき両親と死別した．医学を修め，1816年医師の試験には合格したが，友人から借りて読みふけっていた，特にスペンサーその他エリザベス朝詩人への情熱から，ついに文学に転向した．リイ・ハントの助力で雑誌に作が載るようになった．最初の詩集（1817）はシェレーの好意で出版になったが，経済的には失敗であった．その4月南英ワイト島を旅行中，「エンディミオン」を書きはじめた．翌18年の春出版になった生涯唯一のこの大作は，保守的な文学雑誌に酷評され，特に「クォータリー・リヴュー」の一文は彼の死を早めたと言われる．6月，アメリカに移住する弟夫婦を送ってリヴァプールまで行き，友人と一緒に湖畔地方からスコットランドを旅行して病にかかった．19年は彼の驚異の年で，幾多の名作が構想され完成された．その多くは20年出版の第三詩集（Lamia, Isabella, The Eve of St.Agnes, and other Poems）に収められているが，「夜鶯に寄す」「ギリシアの甕（かめ）に寄す」「秋に」の有名な3大頌詩の他，「ハイペリオン」も未完稿のままこれに収められている．詩集に入っていないものにも，「つれなきたおやめ」「ハイペリオンの没落」など同じく19年の創作である．この間，一時はハムステッドの隣家にも住んでいたブローン家の活発で社交好きな娘ファニー（Fanny Brawne）に切ない恋を持ちつづけ，毎日のように恋文を書いたり，また，そのおもかげを，あるときは天使のように，あるときは魔女のように，作品の中に織りこんだりした．19年4月には婚約したが，結婚はついに実現しなかった．第三詩集は比較的好評を受けたが，肺結核の症状がひどくなり，20年9月友人のセヴァーンとともに保養のためイタリアに向けてロンドンを出帆，11月はじめナポリにつき，ピザへというシェレーの招待を断わってローマに行ったが，翌年2月病没，ローマ郊外のプロテスタント墓地に葬られた．墓石には糸の切れた竪琴が描かれ，彼自身の選んだ「水にてその名を書きし者ここに眠る」（Here lies one whose name was writ in water）という絶望的な言葉が刻まれた．なお没後数回にわたって編纂出版された書簡集は，芸術観・人生観のみならず彼の創作過程にも光を投ずる点，きわめて重要な資料である．

◇主 要 作 品◇

▣「はじめてチャプマンのホーマーを読んで」(On First Looking into Chapman's Homer, 16) 人づての噂を聞くばかりで目にふれる機会のなかったホメロスの英訳をはじめて読んだときの感激を，空に新星を見出したときの観測者，はじめてパナマ地峡の険山にのぼって広漠たる太平洋を眺め見たときの探検隊長の心に比べる．20歳をすぎたばかりの作者とは信じられぬまでの措辞の完成だけでなく，新世界を眺め見ての驚嘆の心が驚くべきほど新鮮かつ適確な表現で捕らえられている．ロマン派時代の代表的作品の随一．

▣「眠りと詩」(Sleep and Poetry, 17) 第一詩集巻末の長詩．詩は感覚美だけのものではなく人間への深い同情を盛ったものだという，ギリシア神話の美々しい領域に別れを告げ，深いヒューマニズムを求める晩年の心がすでに決然と現わされている点で注目すべき詩．

◆「エンディミオン」(Endymion, 18) →251頁．

▣「聖アグネス祭の前夜」(The Eve of St.Agnes, 19) 敵同志の家に生まれた二人の恋物語で，未来の夫の幻を見るという聖アグネス祭（1月20日）の前夜，二人は相携えて女の居城を脱出する．色彩ゆたかな作で，特に棚からとり出すご馳走の件りは有名．

▣「夜鶯に寄す」(Ode to a Nightingale, 19) 自己の苦悩だけでなく人の世の避けられぬ苦しみを瞑想する詩人は，永劫変わらず人の心を魅しつくしてきた夜鶯の歌に引かれて森の中に分け入り，美の陶酔のうちに忘却を求める心情を披瀝する．ロマン派代表的名作の一つ．

▣「ギリシアの甕（かめ）に寄す」(Ode on a Grecian Urn, 19) 古壷の画を見て感慨を述べつつ，思いを美の永遠性に馳せる作．有名な「美は真にして，真は美」はこの作の末尾に出る．

▣「秋に」(To Autumn, 19)「夜鶯」が感性的，「ギリシアの甕に」が思索的であるのに対し，客観的に自然の姿を，比喩的な手法をまじえながら描き出す．落ちついた心境の名作．

▣「ハイペリオン」(Hyperion, 19) と「ハイペリオンの没落」(The Fall of Hyperion: a Dream, 19) 前者はギリシア神話にもとづく太陽神の物語詩で，ジュピターに追われた主神サターンがハイペリオンの助力を求めて王位回復を計る．後者では夢に詩人は美しい庭をとおり心理の神殿に近づくが，その祭壇は人間の苦悩に心からの同情をよせる者でなくては近よれない．女祭司モネタは詩人にハイペリオンをやがて襲う没落の運命を予言する．

▣「つれなきたおやめ」(La Belle Dame sans Merci, 19) 中世バラッド形式に従うこの作は，超自然の力に捕らえられて人間の世界に帰れぬ悲哀を，近代的な象徴の雰囲気を漂わせつつ描き歌いつくす．魔性の恋人に魅せられて顔面蒼白となり，葦（あし）も枯れはてた冬の湖のほとり，鳥も歌わぬ冷たい岡の辺をさまようこの騎士は，そのまま失恋に身も焼き細らせた詩人自らを描き出す．ロマンティシズム文学の精髄とまでいわれる哀傷切々たる作．

▣「イザベラ」(Isabella, or the Pot of Basil, 20) ボッカチオによる物語詩．フィレンツェの美少女イザベラは恋人を兄達に殺されるが，夢の知らせで死体を森の中から発見し，頭蓋骨をメボウキ（basil）の木の鉢に入れていとおしがる．怪しんだ兄たちがその鉢を盗み，頭蓋骨を掘り出して驚き逃亡し，妹も悲嘆のあまり死ぬ．

カーライル　トマス
Thomas Carlyle（1795–1881）
評論家

牧師志望から哲学と文学研究へ　カーライルは1795年12月4日にスコットランドのダムフリイスシアの寒村エクルフェハンの石工の長男に生まれた．1809年に牧師になるつもりでエディンバラ大学に入学したが，宗教的懐疑におちいり，大学を卒業すると最初の志望を捨てて，田舎教師をしながらドイツ文学やドイツ哲学を研究した．そしてドイツ文学の翻訳や紹介を中心とする文筆の仕事に従事するようになり，「シラー伝」（Life of Schiller）を「ロンドン・マガジン」に掲載し（1823–24）これをまとめて1825年に出版した．またゲーテの「ヴィルヘルム・マイスターの徒弟時代」（Wilhelm Meister's Apprenticeship）の翻訳を1824年に発表した．1826年にはジェーン・ウェルシュ（Jane Welsh）と結婚し，人里離れた妻の農場に住んで執筆活動に専念した．

「衣装哲学」で名声を確立　カントやフィヒテの理想主義哲学に共鳴して光明を得たカーライルは，彼自身の精神的発展を語る代表作「衣装哲学」を「フレイザーズ・マガジン」に1833年から34年にかけて載せ，1834年には妻とともにロンドンに出てチェルシーに住み，近代史の研究に没頭して「フランス革命」を書き上げ，1837年に出版して大成功を収めた．そしてこの年から1840年にかけておこなった公開連続講演によって，ますます名声を高めたが，そのうちの最も成功した講演は「英雄崇拝論」（1841）となって出版された．またこの頃出版された社会評論「チャーティズム」（Chartism, 39）と「過去と現在」（Past and Present, 43）では，当時の政治と労働問題を論じ，民主主義と功利主義を罵倒し，帝国主義をとなえ，独裁政治を予言し，警世の人となった．

伝記と歴史研究　1834年には，ロンドンのチェルシー（Chelsea）に移転して，「フランス革命」の執筆を開始．1835年に完成した第1巻は，焼失するという事故にあったが，再度執筆して1837年に完成した．「フランス革命」出版以来主として文学評論から歴史研究と社会批評の仕事に移ったカーライルは，大作「クロムウェルの書簡と演説集」（Oliver Cromwell's Letters and Speeches, 45）につづいて，コウルリッジの影響を受けた著述家ジョン・スターリング（1806–44）の伝記（Life of John Sterling）を1851年に出版したが，その中には老コウルリッジの姿を戯画的に描いた好文章がある．14年間を費やした苦心の力作「フリードリッヒ二世史伝」（The History of Friedrich II of Prussia Called Frederick the Great, 1858–65）6巻を完成後，1866年に妻を失い，それ以後はあまり重要な作を書かず，1881年2月5日に世を去った．彼の門下にはラスキンをはじめ，チャールズ・キングスレーなどがおり，その警世的で予言者的な発言はひろく内外に影響をおよぼした．

◇主 要 作 品◇

▣「衣装哲学」(Sartor Resartus〔sáːtɔː risáːtəs〕, 36) 1833年から翌1834年にかけて「フレイザーズ・マガジン」(Fraser's Magazine) に発表されたのち，1836年にボストンで出版され，1838年に英国でも出版になった．原題「サーター・リサータス」は「仕立て直された仕立屋」('tailor re-tailored') の意味で，架空の哲学者トイフェルスドレック（ドイツ語表記）というドイツの大学教授の原著を，カーライルが翻訳編集したというかたちで叙述されている．第1部序論では，このトイフェルスドレック教授の著書「衣服・その起源と影響」の解説で，社会，国家，宗教，道徳その他すべての文化や思想は人がその魂の上に着た衣服であり，衣服のごとく一時的ではかないものであると結論する．第2部伝記編では，教授の伝記に託してカーライル自身の青年時代の精神史を記したもので，「永遠の否定」(Everlasting No) から「無関心の中心」(Centre of Indifference) を経て「永遠の肯定」(Everlasting Yea) に至る文章は最も生彩があり，1822年夏にこの回心を体験して危機を克服した作者自身の精神生活史の描写とみられ，自伝的な興味もある．第3部は教授の宇宙論と社会観の紹介にあてられている．

▣「フランス革命」(The French Revolution, 37) 3巻からなる歴史．第1巻の原稿がJ.S.ミルの手もとにあったとき，誤って焼き捨てられるという事故があったが，作者は元気を出して書き直したという．1774年にルイ15世がベルサイユ宮殿に亡くなる時から書き出し，1795年にナポレオンが暴動を鎮圧するまでを，衣装交替の哲学で描いた叙事詩的大作．

▣「英雄崇拝論」(On Heroes, Hero-Worship, and the Heroic in History, 41) カーライルが1840年におこなった6つの講演を集めたもので，1841年に出版された．「衣装哲学」と共に彼の著作中最も人気のある作である．神，予言者，詩人，僧侶，文人，帝王としての英雄を，マホメット，ダンテ，シェイクスピア，ナポレオン，クロムウェルなどの歴代の具体的人物を引き合いに出して論じており，英雄とは真なるもの，聖なるもの，永遠なるものをもつ人間であるという独自のロマン的英雄観を表明している．詩人に関しては，万人にとって新しい予言者，新しい真理を伝える説教者でなければならないとしている．

▣「過去と現在」(Past and Present, 43) 社会批評論．12世紀の修道院長サムソンに仕える修道僧が語ったサムソンの事蹟を読んだのがきっかけになって，当時の社会的危機を過去との対照において指摘したもの．信仰の回復と英雄的政治の到来を熱望している．

【名句】 Man is a tool-using animal. Without tools he is nothing, with tools he is all.—Sartor Resartus, bk.1.
人間は道具を使っている動物である．道具が無ければ無に等しい．道具を持てば全能である．

Be not the slave of words.—Sartor Resartus, bk.1
言葉の奴隷になってはいけない．

History is philosophy teaching by experience.—Critical and Miscellaneous Essays, 'History' 歴史とは経験で教える哲学である．

テニソン　アルフレッド
Alfred Tennyson（1809–92）　　　　　　　詩人

詩作一途の詩人　ヴィクトリア朝の最も代表的な詩人テニソンは，1809年8月6日に，リンカンシアのサマスビィ教区牧師の12子中の第4子として生まれた．8歳頃から詩を作り，バイロンに感激して一つ違いの兄チャールズと共著で「兄弟詩集」（Poems by Two Brothers, 1827）を匿名で出版した．1828年にケンブリッジ大学に入学し，翌年「ティムバクトゥ」（Timbuctoo）と題する無韻詩を書いて大学総長牌を獲得した．これに自信を得た彼は翌1830年に「叙情詩集」をだしてリー・ハントに認められたが，1831年に父が死んだので学位を得ることなく故郷に帰り，翌1832年に「詩集」を出し，また大学時代の親友ハラムとヨーロッパ大陸旅行に出かけたが，翌1833年にハラムがウィーンで急逝したので，「追憶」の一部を書いて亡友を悼む哀切の情をあらわし，以後約十年間沈黙をまもった．

抒情詩の傑作を書き桂冠詩人となる　1842年に出た2巻の「詩集」は，10年間の努力を結集した傑作揃いで，一般の好評を博し流行詩人となった．つづく「王女」（1847）もよく売れ，亡友の追悼詩「追憶」（1850）も好評でたちまち3版を重ねた．1850年6月には長年の婚約を実現してエミリー（Emily Sellwood）と結婚し，11月にはワーズワースのあとを継いで桂冠詩人に任命され，翌年妻とフランス，イタリアを旅行した．1852年には長男ハラムが誕生し，1853年からはワイト島に住んだ．彼の詩は言葉の音楽美に秀で，詩の技法も確実で，美しい叙情味に富み，多くの人びとに愛読された．

物語詩創作の時代　1855年に出版した「モードとその他の詩」には「モード」のほかに「小川」という物語詩が入っていて，美しい叙情詩を各所にちりばめ，続いてアーサー王の伝説をうたう野心的大作「国王牧歌」12巻を1859年から85年にかけて出版して大詩人となった．牧歌的物語詩「イーノック・アーデン」（1864）は，短期間に六万部を売りつくして民衆に愛誦された．

詩劇創作の時代　1875年に「メアリ女王」を書いて以来，「ハロルド」（Harold, 1876），「カップ」（1881），「ベケット」（1884）などの6編の劇を無韻詩で書きまくり，「ハロルド」以外はすべて上演されてかなりの成績をあげたが，これは彼の名声と名優アーヴィングやエレン・テリーにおうところが多い．1884年にヴィクトリア女王から男爵位を授けられ，詩人として最高の栄誉をにない，1889年にヴィクトリア朝のもうひとりの代表的詩人ブラウニングが死ぬと，その年に自分も辞世の短詩「砂洲を越えて」（Crossing the Bar）を含む詩集を出版し，この詩を自分のすべての詩集の最終頁に載せることを希望して，1892年10月6日に83歳の生涯を閉じ，ウェストミンスター寺院に葬られた．

◇**主 要 作 品**◇

- ■「**叙情詩集**」(Poems, Chiefly Lyrical, 1830)「リリアン」(Lilian) や「クラリベル」(Claribel),「マリアーナ」(Mariana) のような叙情詩が収められている.
- ■「**詩集**」(Poems by Alfred Tennyson, 1832) 簡素な美しさにおいて初期の彼を代表する「シャロットの姫」(The Lady of Shalott),「芸術の宮」(The Palace of Art),「オデュッセイア」に主題を求めて悩ましくも人生の倦怠を歌う「蓮を食う人びと」(The Lotos-Eaters) などが入っている.
- ■「**詩集**」(Poems, 1842) テニソンの出世作で,「アーサー王の死」(Morte d'Arthur)「ドーラ」(Dora)「ユリシーズ」(Ulysses)「散れ散れ散れ」(Break, break, break) などの佳作が含まれている.
- ■「**王女**」(The Princess, 1847) 北国の王子と南国の王女アイダの恋物語を描く叙事詩. 1850年出版の第3版に加えられた「やさしく静かに」(Sweet and low) の子守唄が美しい.
- ■「**追憶**」(In Memoriam, 1850) ケンブリッジ時代の親友アーサー・ヘンリー・ハラム (Arthur Henry Hallam, 1811–33) の死を悼む追悼の長詩で, 友を失った暗い悲しみから, 再び希望を見出し平和と歓喜と理想主義の光明に至る「魂の道程」をうたった詩人の叙情的精神史で, プロローグとエピローグのついた4行連131連からなる.
- ■「**モード**」(Maud, 1855) 病的で精神異常の青年の劇的独白で, 一家を没落させた老富豪の娘モードに対する熱烈な求愛, 彼女の兄との決闘, 外国への逃亡, 絶望の末の発狂, そして祖国のためにつくす決意をするまでの心の遍歴を描く長編の叙情物語詩.
- ◆「**国王牧歌**」(Idylls of the King, 1859–85) →262頁
- ■「**イーノック・アーデン**」(Enoch Arden, 1864) 最も広く愛誦されている物語詩. 船乗りのイーノックは家族を幸福にするため, 最愛の妻子を故郷の漁村に残して遠洋航海に出る. 十数年たってもイーノックから何のたよりもこないので, 妻は夫が死んだものと思い, 幼い頃から彼女を愛していた親切な男フィリップと結婚し, 彼の子供を生んで幸福に暮らしている. そこへ突然イーノックが無人島から生きて帰るが, 妻が昔の親友と再婚して幸福に暮らしているのを見て, 帰郷を彼らに秘密にしてひそかに働き, 死ぬ悲話.
- ■「**メアリ女王**」(Queen Mary, 1875年出版, 1876年初演) 歴史劇. メアリ女王の治世を背景に, ワイアットの謀反から女王とフィリップの結婚をへて女王が死ぬまでを無韻詩で描き, 名優アーヴィングが主演した.
- ■「**カップ**」(The Cup, 1881) 1幕物悲劇でアーヴィングが舞台にかけた.
- ■「**ベケット**」(Becket, 1884) ベケットの殉教を扱った悲劇で,「メアリ女王」「ハロルド」(Harold, 1876) と歴史劇3部作をなす. テニソンの劇作品中一番評判がいい.

【**名句**】 Ring out the thousand wars of old, / Ring in the thousand years of peace.—In Memoriam, canto 106

鐘を鳴らして幾千もの過去の戦争を葬り, 鐘を鳴らして幾千年もの平和を迎えよう.

サッカレー　ウィリアム・メイクピース
William Makepeace Thackeray (1811–63)

小説家

生い立ち　サッカレーは1811年7月18日に，インドのカルカッタで生まれた．インドの税務官であった父が1815年に病死したため1817年に英本国に帰り，チャーターハウス校をへてケンブリッジ大学に学び，1830年に中退して大陸に遊んだ．翌年帰国すると一時は法律家になろうとしたがすぐにやめ，今度は画家を志望してパリに行き，そこで知り合ったイザベラ・ショウと1836年に結婚した．

「虚栄の市」の成功　サッカレーの文学活動は，当時小説界を風靡していたセンチメンタルな悪党物語に反発して書いた「馬丁粋語録」(1837–38) や「キャサリン」(Catherine, 1839–40) をフレイザー誌 (Frazer's Magazine) に連載することからはじまったが，なかなか世に認められなかった．1840年に妻が発狂したため入院させ，二人の幼女を親類にあずけ，苦難をしのびつつ執筆を続けて，アイルランド旅行の印象をつづった「アイルランド写生帳」(The Irish Sketch Book, 43) や，初期の代表作「バリー・リンドン」(44) を書いた．やがて諷刺の絵と文で有名なロンドンの雑誌「パンチ」(Punch) に寄稿するようになり，「イギリス俗物誌」(1846–47) を連載して好評を博した．続いて46年頃から書きためていた代表作「虚栄の市」を47年1月から48年7月にかけて月刊方式で毎月連載して文名を確立し，かつて美術修行をしていた頃，当時の人気作家ディケンズの小説の挿絵を描かせてもらおうとして断わられた経験のあるサッカレーは，この長編の成功によってディケンズと並ぶヴィクトリア朝の代表的作家となった．

旺盛な文学活動　次に書かれた「ペンデニス」(1848–50) は自伝的要素の濃い作であった．52年には歴史小説「ヘンリー・エズモンド」を完成し，つづいてやはり自伝的色彩の濃い長編「ニューカム家の人びと」(1853–55) を発表した．52年のアメリカ講演旅行の時の見聞を材料にして書かれた「ヴァージニア人」(1857–59) は「ヘンリー・エズモンド」の続編となる長編である．57年にオックスフォードから下院議員に立候補したが落選し，その後60年1月に創刊された「コーンヒル・マガジン」(Cornhill Magazine) の主筆となり，かたわら長編「フィリップ」(The Adventures of Philip, 1861–62) の執筆にとりかかり，これを完成させて63年12月24日に世を去った．

まとめ　サッカレーは18世紀のフィールディングにつながる小説家で，物語体 (narrative style) の手法を踏襲しており，ヴィクトリア朝の偶像破壊者として，諷刺とリアリズムとユーモアでもって人間や社会を批評し豊かな描写力をもつ小説家としてディケンズと並び称されている．特に「虚栄の市」は英文学史上の傑作としての評価が高く，初期の「バリー・リンドン」も評価が高まっている．

◇主 要 作 品◇

- ▪「馬丁粋語録」(The Yellowplush Correspondence, 1837–38) 従僕の黄色のブラシ天のおし着せの意味があるイエロウプラッシュという名前の馬丁が，転々と奉公先をかえ，その行くさきざきでのぞく主人の家の内幕を，面白おかしく語り，馬丁の目を通して当時のイギリス社会を諷刺した短編．
- ▪「床屋コックスの日記」(Barber Cox and the Cutting of His Comb, 1840：のちにCox's Diaryと改題) にわかに成金になった床屋一家が上流社会の仲間入りをして社交界にうって出るが，失敗の連続でわずか1年ののちにもとの床屋にもどって安心する物語で，にわか成金の俗物根性を面白く諷刺している．
- ▪「バリー・リンドン」(The Luck of Barry Lyndon, 1844) フィールディングの「ジョナサン・ワイルド」をふまえた初期の代表的悪漢小説．
- ▪「イギリス俗物誌」(The Snobs of England, 1846–47) パンチ誌に連載した風俗スケッチ随筆集で，1848年に1巻にまとめて出版し，題名もThe Book of Snobsと改題された．イギリス19世紀の中流階級以上，王族に至るまでのあらゆる種類の俗物たちの人間としてのあさましさを，ユーモアを交えて面白く諷刺している．
- ◆「虚栄の市」(Vanity Fair, 1847–48) →257頁．
- ▪「ペンデニス」(The History of Pendennis, 1848–50) 地方名家のひとり息子アーサー・ペンデニスの少年時代から，大学を出て文筆家になり，結婚するまでの半生を描いた．主人公の恋愛と精神的遍歴を中心に，フィールディングの「トム・ジョーンズ」にならい「新しいトム・ジョーンズ」として当時の青年の真実の姿を描こうとした．自伝的要素に富み，「ニューカム家の人びと」や「フィリップ」とともに3部作をなしている．
- ◆「ヘンリー・エズモンド」(The History of Henry Esmond, 52) →259頁．
- ▪「ニューカム家の人びと」(The Newcomes, 1853–55)「ペンデニス」の主人公アーサーが，ニューカム家一族について書いた回想録の形をとり，クライヴ・ニューカム青年とその父の善良な大佐トマスを中心とした一家の物語．クライヴは従妹にあたるエセルに恋をしたが，周囲の俗物たちの反対にあい，大陸に渡ってロザリンドという女と結婚するが，この結婚は不幸に終わり，クライヴはロザリンドの死後，結局エセルと結婚する．クライヴの性格や経験に自伝的要素が濃いとみられている．
- ▪「ヴァージニア人」(The Virginians, 1857–59)「ヘンリー・エズモンド」の続編で，アメリカのヴァージニア州に移住したヘンリー・エズモンドの孫にあたる双生児の兄弟ジョージとハリーの運命を中心にした物語で，アメリカの独立戦争を背景にジョージ・ワシントンの活躍を織り込み，英米の著名な人物たちも登場する．

【名句】Business first; pleasure afterwards.—The Rose and the Ring, ch.1
　　　　仕事が最初，遊びはあとから．

ディケンズ　チャールズ
Charles Dickens（1812–70）　　　　　　　　**小説家**

その生いたち　ディケンズは1812年2月7日に，イギリス南岸の軍港ポーツマスの近郊で生まれた．海軍経理部の書記をしていたのん気な父親は，後年，ディケンズの代表作「ディヴィッド・コッパフィールド」の中のミコーバー氏のモデルとなり，気立てのよい母親も「ニコラス・ニックルビー」の中のニックルビー夫人のモデルになったといわれる．少年時代のディケンズは病弱で主として読書にふけった．22年に父の転勤でロンドンへ出たが，家計が悪化したため靴墨工場へ働きに出た．

事務員から記者そして文壇に　27年に初等教育を終えたばかりで弁護士の事務員となったが，彼はこの職業を嫌い，やがて新聞記者をしながら文学作品の創作を試みるようになった．33年12月，作者20歳の時，「マンスリー・マガジン」に投稿した短編がはじめて活字になったのに感激して，続々と同じようなスケッチ風の作品を新聞雑誌に発表し，これらが集められて「ボズのスケッチ集」（Sketches by Boz）と題する最初の著作集として36年に処女出版されて一躍新進作家として認められ，その年にカサリンと結婚した．しかしこの結婚は必ずしも幸福ではなく，58年に二人は別居することになった．

「ピックウィック・ペイパーズ」（1836–37）は最初の本格的長編で，非常な評判をとった彼の出世作となった．これ以後のディケンズは，「オリヴァー・トウィスト」（1837–39），「ニコラス・ニックルビー」（1838–39），「骨董屋」（1840–41），「バーナビー・ラッジ」（1841）などの力作を驚異的な創作力でつぎつぎに発表し，あらゆる階層の読者に愛される真の意味の国民的大作家になった．

円熟期　42年にアメリカを旅行し，この収穫が「アメリカ覚書」（American Notes, 42）と長編「マーティン・チャズルウィット」（43–44）となって現われ，43年には名作「クリスマス・キャロル」を書いた．最大傑作で自伝的要素の強い「ディヴィッド・コッパフィールド」は49年5月から月間分冊で刊行され，50年11月には最後の分冊が出た．次ぎの長編「淋しい家」（Bleak House, 52–53）は暗い小説だったが，作家としての人気は高く，58年から始めた自作の公開朗読も好評を博して多額の収入を得た．59年には有名な歴史小説「二都物語」を書き，続いて後半期の代表作「大いなる遺産」（60–61）が出た．

むすび　しかし晩年は創作力が減退し，「相互の友」（Our Mutual Friend, 64–65）が最後のまとまった長編となった．67年にはアメリカ各地を公開朗読してまわったが，この公開朗読と週間雑誌の編集に精力を傾けたため健康が衰え，70年6月9日に世を去った．ディケンズの小説の特色は，すぐれた性格創造及び機智とユーモアと感傷に富んだ描写力にあり，イギリス最大の小説家として文学史に名を残した．

◇主 要 作 品◇

- ▣「ピックウィック・ペイパーズ」（The Posthumous Papers of the Pickwick Club, 1836–37）登場人物が約300名にものぼり，全編が多数のエピソードの連続からなっている長編．ピックウィック氏を中心にした一種の旅行記で，特にサム・ウェラー（Sam Weller）が登場すると一段と面白くなる．
- ◆「オリヴァー・トウィスト」（Oliver Twist, 1837–1839）→253頁．
- ▣「ニコラス・ニックルビー」（Nicholas Nickleby, 1838–39）ニコラスは生徒を虐待する校長を殴って学校を逃げ出し，旅役者の一座に入る．そして母や妹と共に世の不正や困難と戦いつつ生活していく様子を描く．
- ▣「骨董屋」（The Old Curiosity Shop, 1840–41）孤児の可愛い孫娘ネル（Nell）を幸福にしてやるため，祖父は骨董屋を経営し，一攫千金を夢見て賭博に手を出すが破産，悪質な高利貸クゥイルプ（Quilp）の差し押さえに遭い，二人は放浪の旅に出て，悲惨な死を遂げる．
- ▣「バーナビー・ラッジ」（Barnaby Rudge, 1841）1780年にロンドンで起こった反カトリック暴動事件であるゴードン事件に取材した歴史小説．
- ▣「マーティン・チャズルウィット」（Martin Chuzzlewit, 1843–44）主人公の青年マーティンは，祖父の育てている孤児メアリに恋して家を追われ，建築家の弟子になるが，そこからも追われてアメリカへ渡る．そして世間の荒波のもまれるうちに人間的に成長し，やがて祖父に許されて結婚する．
- ◆「クリスマス・キャロル」（A Christmas Carol, 1843）→254頁．
- ▣「ドンベイ父子」（Dombey and Son, 1848）お金がすべてだと考える実業家のドンビー氏は，後継者の息子ポール（Paul）に死なれ，妻や娘にも逃げられ，事業にも失敗したあげく，やっと高慢と富への執着から目覚め，娘と和解する．
- ◆「ディヴィッド・コッパフィールド」（David Copperfield, 1849–50）→258頁．
- ▣「荒涼館」（Bleak House, 1852–53）ロンドンの法曹界，官界，上流社会，中産社会，スラム街を舞台にした社会小説で，多彩な登場人物が織り成す人間ドラマでもある．
- ▣「リトル・ドリット」（Little Dorrit, 1855–57）権力欲，金銭欲，虚栄心が蔓延る監獄のように暗い社会のなかで，純真さを失わないエイミー（Amy）の愛と真実を探求する物語．
- ▣「二都物語」（A Tale of Two Cities, 1859）フランス革命を背景に，パリとロンドンを舞台にした歴史小説．ルーシーをひそかに愛していた弁護士シドニー・カートンは，彼女の夫ダーネーと顔が似ていたので，彼の身代わりとなって断頭台へのぼる．
- ◆「大いなる遺産」（Great Expectations, 1860–61）→264頁．
- ▣「我らが共通の友」（Our Mutual Friend, 1864–65）ゴミ処理業で莫大な資産を築いた父の遺産を継承するために帰国した息子が殺され，その遺産を相続した善良なボフィン氏（Boffin）は守銭奴と化していく．ヴィクトリア朝の縮図となる社会小説．
- ▣「エドウィン・ドゥルードの謎」（The Mystery of Edwin Drood, 1870）絶筆となった未完の小説で，表題の青年の謎の失踪をめぐる推理小説．

ブラウニング ロバート
Robert Browning（1812–89） 詩人

天才教育を受けた理智の詩人　ブラウニングは1812年5月7日に，教養ある銀行家の長男としてロンドンに生まれた．家庭で絵画や音楽を学び，12歳頃から詩作をはじめた．17歳のときロンドン大学に入ったが，すぐに退学してシェレーの詩に熱中し，21歳で処女詩集「ポウリーン」（Pauline, 1833）を父の出費で出版したが一冊も売れなかったという．次の「パラセルサス」（1835）は，一種の劇的物語詩で，当時の文壇や詩壇の大作家にその天才的詩才を認められた．

劇作時代　ブラウニングは当時の名優マクリーディのすすめで悲劇「ストラッフォード」（Straffod, 1837）を書き，マクリーディが主演したが不評だった．彼はこれ以後しばらく劇作に熱中し，1846年までに7編の詩劇を書いたが，「家名の汚れ」（A Blot in the 'Scutcheon, 1843）の上演をめぐってマクリーディと意見が対立して劇壇と縁を切った．長編「ソーデロ」（Sordello, 1840）は難解をもって有名である．この時期に書かれた詩劇と詩は「鈴とザクロ」という表題のもとに1841年から1846年にかけて，8分冊で出版された．その第一巻が有名な詩劇「ピパが通る」（1841）である．

エリザベスとの結婚　1846年に彼はその頃有名になっていた病床の女流詩人エリザベス・バレット（Elizabeth Barrett）と恋をして二人だけで結婚式をあげるとイタリアへ駈落ちして，以後約15年間主としてフィレンツェに住み，健康が回復した夫人は男の子を生んで，幸福な生活を送った．その間に劇的独白の形式で書いた傑作「男と女」（1855）2巻が出版され，ブラウニングは大詩人として認められるようになった．このイタリア滞在中に，後年の大作「指輪と本」の素材となった17世紀ローマ殺人事件の裁判記録を手に入れたのは大きな収穫だった．

ヴィクトリア朝を代表する大詩人　1861年に6歳年上の愛妻が病気のために55歳の生涯を閉じた．悲嘆のブラウニングは息子を連れてロンドンに帰り，孤独な生活を続けながら詩作に専念し，「登場人物」（1864）につづいて，68年には代表作「指輪と本」の最初の2巻を出し，翌年完成させた．そして名実ともにテニソンと並ぶヴィクトリア朝を代表する詩人となり，オックスフォードから名誉学位を受け，エディンバラ大学名誉博士となり，ロンドン大学の終生総長に推薦された．晩年まで創作活動は活発で，絶筆「アソランド」（1889）が出版された当日の1889年12月12日にヴェネツィアで客死し，遺骸はウエストミンスター寺院に埋葬された．彼の詩は色彩的にも強烈な作が多いが，電報用語を使って詩を書くと評されたことでも分かるようにごつごつとして難解であり一般読書階級はなかなか彼の作にはなじめなかった．しかし，ひ弱さ，生ぬるさをもって悪とするその積極的な人生観が理解されるようになってようやく彼への尊敬は高まり，生存中にブラウニング協会が設立された．

◇主 要 作 品◇

■「パラセルサス」(Paracelsus, 1835) 劇的物語詩．スイスの医者であり，魔法・錬金術・占星術なども学んだ放浪の学者の伝記を材料にした作品で，ワーズワース，マクリーディ，W.S.ランドーなどに認められた．

■「鈴とザクロ」(Bells and Pomegranates, 1841-46) 詩劇と叙情詩を集めて1841年から8分冊で刊行され，1846年には一冊本が出た．第1巻「ピパが通る」(Pippa Passes, 1841) は，ピパという織物女工が朝，昼，夕，夜に口ずさむ歌を聞いた4人の男の魂が救われる筋で，有名な短詩 'The year's at the spring' は第1部「朝」の中にあり，わが国では次ぎの上田敏の名訳で広く知られている．「時は春，／日は朝，／朝は七時，／片岡に露みちて，／あげひばりなのりいで，／かたつむり枝に這ひ，／神そらに知ろしめす，／すべて世は事もなし」第3巻「劇的叙情詩」(Dramatic Lyrics, 1842) と第7巻「劇的物語と叙情詩」にはすぐれた叙情詩が多く含まれており，有名な「郷愁」(Home Thoughts from Abroad) は第7巻に入っている．

■「男と女」(Men and Women, 1855) 第1巻27編，第2巻24編の作品からなり，愛，芸術，人生などをテーマに彼の創出した「劇的独白」の形式でうたった詩集．人の心の研究を生涯の目標とした彼を最もよく表わす集で，第1巻には厩川白村の「近代の恋愛観」に影響を与えたといわれる恋愛至上主義をうたった「廃墟の恋」(Love among the Ruins)，15世紀フィレンツェの画僧の芸術観を述べた劇的独白「リポ・リピ師」(Fra Lippo Lippi)，などが入っており，第2巻には牧童ダビデがハープをひいてイスラエルの王サウルを絶望から救う宗教詩「サウル」(Saul) や，新約聖書に出る詩人に取材した哲学的な詩「クリーオン」(Cleon) などのほかに，短い劇「バルコニーにて」(In a Balcony) が含まれている．

■「登場人物」(Dramatis Personae, 1864) 劇的独白で書かれた全18編の中には「アーブト・フォーグラ」(Abt Vogler)，「ベン・エズラ師」(Rabbi Ben Ezra)，「砂漠に死す」(A Death in the Desert) など，彼の芸術観や宗教観を示す有名な作がある．

◆「指輪と本」(The Ring and the Book, 1868-69) →266頁．

■「バロースチャンの冒険」(Balaustion's Adventure, 1871) ギリシアの悲劇作家ユウリピデスの「アルセスティス」(Alcestis) の翻案で，好評を博した．晩年のブラウニングはギリシア劇の研究に従事したが，1875年に出た Aristophanes' Apology はこの作の続編であり，1877年には Agamemnon の翻訳を出版している．

■「アソランド」(Asolando, 1889) 1889年12月12日に出版されたブラウニング最後の詩集．30編中有名な作は「至高善」(Summum Bonum) 及び死を超えて向上する人の魂への確信を力強く表明する「エピローグ」である．

【名句】Ignorance is not innocence but sin.—The Inn Album, canto 5
　　　無知は無垢でなくて罪悪である．

ブロンテ姉妹　The Brontës
　　Charlotte Brontë（1816–55）
　　Emily Brontë　　（1818–48）
　　Anne Brontë　　（1820–49）　　　　　　　女流小説家

　ヨークシアに住むアイルランド出身の牧師の家に生まれたシャーロット，エミリー，アンの3姉妹は1846年に仲良く共同で「合作詩集」（Poems by Currer, Ellis and Acton Bell）を自費出版し，また3人がそれぞれ長編小説も出版したので，英文学史ではブロンテ姉妹として広く知られている．

　シャーロットは1816年4月21日にヨークシアの片田舎ソーントンで生まれた．5女1男の3女で1820年にハワース（Haworth）の牧師に転じた父とともに同地に移り，一時近くの寄宿学校に入ったが，厳しい教育と粗食のために上の二人の姉が肺炎で死んだので家にひきとられ，ヒースの茂る荒野のある寒村で育ち，1831年からロウ・ヘッドの学校で学んで家庭教師になったのち，1842年に妹のエミリーとブリュッセルの学校に入り，おばの死で二人は帰国したが，翌年シャーロットは単身で再びブリュッセルへ出かけ，英語の教師をした．1864年に上記の詩集を出版し，小説「プロフェッサー」は出版を断わられたが，自伝的色彩の強い情熱的な恋愛小説「ジェーン・エア」（1847）はカラー・ベルという筆名で出版されると，当時の読書界に圧倒的な反響をまき起こした成功作となるに及んで妹たちの小説も続いて世に出ることになった．このあと「シャーリー」（1849）と「ヴィレット」（1853）を出版し，1854年には父の牧師補ニコルズと結婚したが，1年後の3月31日に妊娠の高熱が原因で死んだ．「プロフェッサー」は死後の1857年に出版された．

　エミリーは1818年7月30日に生まれ，姉と同じ寄宿学校やロウ・ヘッドの学校で学んだのち，1842年に姉シャーロットとブリュッセルに遊学し，帰国後3姉妹が共同して出版した詩集にはエリス・ベル（Ellis Bell）という筆名で作品をのせた．彼女は悪魔的性格を持ったヒースクリフと情熱的なキャサリンの烈しい恋愛を描く唯一の長編小説「嵐が丘」（1847）と若干のすぐれた叙情詩を書いただけで，英文学史上の驚異的な存在となっている．彼女はこの傑作小説を出版した翌年の12月19日に短い生涯を閉じた．

　アンは1820年1月17日に生まれた．エミリーの妹で，詩集の出版には，アクトン・ベル（Acton Bell）という筆名で参加し，姉たちに続いて写実的な長編小説「アグネス・グレイ」（1847）と「ワイルドフェル屋敷の人」（1848）を書いただけで，やはり29歳の若さで1849年5月28日に世を去った．

　評　価　　ブロンテ姉妹の作品は，世界中で愛読され，研究され，舞台や映画でも親しまれている．三姉妹が住んだヨークシアのハワースは，文学散歩の名所となり，毎年大勢のファンが訪れる観光地になった．

◇主　要　作　品◇

- ▪「カラー，エリス，アクトン・ベル詩集」(Poems by Currer, Ellis and Acton Bell, 1846) 三姉妹がペン・ネームを使用して自費出版したが，2冊しか売れなかったという．
- ◆「ジェーン・エア」(Jane Eyre, 1847) →255頁．
- ◆「嵐が丘」(Wuthering Heights, 1847) →256頁．
- ▪「アグネス・グレイ」(Agnes Grey, 1847) アンの長編小説．姉の「ジェーン・エア」の成功がきっかけとなって同年に陽の目をみることになった．彼女自身の家庭教師としての体験をもとにヴィクトリア時代の上層中産階級の人びとの生活を描いた写実的な作品で，牧師の娘アグネス・グレイが家庭教師として冷遇されて寂しい生活を送るうちに，牧師補のウェストンに恋し，彼と結ばれるまでを描く．アグネスが家庭教師（governess）としての目を通して観察したことを語る一人称の物語である．
- ▪「ワイルドフェル屋敷の人」(The Tenant of Wildfell Hall, 1848) アンの長編第2作で，彼女はこの小説を出版した翌年に死んだ．全体がワイルドフェル屋敷の住人ヘレン・グレイアムを愛する村の青年小地主ギルバート・カーカムの手紙からなる長編で，放蕩者の夫と別居しているヘレンは，家主のフレデリックと親しく交際して村人の悪評を買うが，実はこの家主は彼女の弟であることがわかり，彼女を愛するギルバートは彼女の夫が死んだのちにヘレンと結婚する．
- ▪「シャーリー」(Shirley, 1849) シャーロットの長編小説．女主人公のシャーリー・キールダーはヨークシアの富裕な家の才女で，村の工場主ロバートが工場機械化の資金を得るために求婚したのを拒絶し，のちにロバートの弟ルイスと結婚する．ナポレオン戦争と産業革命を背景にしており，新しい織物機械の打ち壊しをおこなった19世紀初頭のラダイト暴動（Luddite Riots）がとり入れられており，シャーリーはエミリーがモデルになった．
- ▪「ヴィレット」(Villette, 1853) シャーロットの長編小説で，ヴィレットという町は作者が遊学していたブリュッセルのことで，自伝的要素の濃い作品となっている．女主人公の孤児ルーシー・スノウは外国に渡り，ヴィレットの町で英語教師となり，幼なじみの医者にめぐり合うが失恋し，後に善良なフランス人の教師に愛されて結婚する．
- ▪「プロフェッサー」(The Professor, 1857) シャーロットの長編小説で「ジェーン・エア」より前に書かれたが，出版されたのは彼女の死後であった．「ヴィレット」と同様に作者の遊学時代の生活体験が織り込まれている．主人公のウィリアムはブリュッセルに渡って英語教師となり，教え子で手芸の教師をしている孤児アンリと結婚し，二人で学校経営に成功し，財産と愛児を得て帰国する物語．

【名句】Conventionality is not morality. Self-righteousness is not religion.—Jane Eyre (2nd edition), Preface
　　　慣習は道徳でない．独善は宗教でない．

　　　Liberty lends us her wings and Hope guides us by her star.—Villette, ch.6
　　　自由は私たちに翼を貸し，希望は星によって私たちを導く．

エリオット　ジョージ
George Eliot（1819–80）　　　女流小説家

生いたち　本名をメアリ・アン・エヴァンズ（Mary Ann Evans）といい，1819年11月22日にイングランド中部のウォリックシアで生まれた．父は大工でのちに農園管理人となり，祖父はウェールズ出身で溺死し，叔父夫婦は熱心なメソジスト信者だったが，こうした人びとはのちの彼女の小説の素材となった．1832年にコヴェントリーの学校に入ったが，この町も彼女の小説のモデルとなった．1836年に母を失い，翌年姉が結婚したので，彼女は一家の家政をつかさどりながら家庭教師について語学を勉強し，ドイツの神学者シュトラウスの革命的な「イエス伝」（The Life of Jesus）を翻訳して1846年に出版した．1849年にはジュネーヴに旅行し，帰国後はロンドンへ出て「ウェストミンスター・リヴュー」という雑誌を編集するうちに，妻子のあるジョージ・ヘンリー・ルイス（G. H. Lewes）と同棲するようになり，彼のよき助言を得て小説を書き出した．

女流小説家として認められる　彼女の最初の中編「エイモス・バートン」（Amos Barton）はジョージ・エリオットという男の筆名を使って1857年に「ブラックウッド雑誌」に掲載され，これが好評を博してからは小説を書きはじめた．この処女中編は他の2中編とともに「牧師生活の風景」（1858）と題する小説集に収められた．つづいて出世作となった長編「アダム・ビード」（1859）や，作者の幼少時代の自伝的要素の濃い「フロス河畔の水車小屋」（1860），そして有名な「サイラス・マーナー」（1861）といった名作を相次いで出版し，たちまち名声を博した．ここで彼女は歴史小説の創作を試み，15世紀のフロレンスの政界秘話を題材にして「ロモラ」（1862）を書き，1966年には若い過激派の改革家を主人公にした「フィーリックス・ホールト」を出版したのちスペインに遊び，次いで英国地方小都市の生活をいきいきと描き出した傑作「ミドルマーチ市」（1871–72）及び力作「ダニエル・デロンダ」（1876）を書いた．

晩年と小説の特色　1878年にルイスが死ぬと，その淋しさに耐えかねた彼女は自分より20歳以上も若い銀行家のクロス（J. W. Cross）と結婚したが，結婚してわずか半年後の80年12月22日に61歳で世を去った．広い教養をもっていた彼女の小説は，こまかい心理描写を特色とし，英国小説に思索的要素を加えた点が注目される．彼女の創作上の信条は，「アダム・ビード」の第17章に宣言されているように，「単純な話を語ることに満足し，事物を実際以上によく見せようとはしない」という写実主義の手法であった．

どれも力作揃いだが，特に「フロス河畔の水車小屋」と「ミドルマーチ市」は，英文学史上の名作としての評価が高い．

◇主要作品◇

- **「牧師生活の風景」**(Scenes of Clerical Life, 1858) 1857年1月から11月までの間に「ブラックウッド雑誌」(Blackwood's Magazine)に載った中編小説を一冊に集めたもので，処女作「エイモス・バートン」をはじめ「ギルフィル氏の恋物語」(Mr.Gilfil's Love-Story)と「ジャネットの悔悟」(Janet's Repentance)の3編が収められている．
- **「アダム・ビード」**(Adam Bede, 1859) 最初の長編小説．力強く男性的な大工のアダム・ビードは美貌の女性ヘティ・ソレルに恋するが，ヘティは地主の息子に誘惑されたあげく捨てられる．彼女はその後アダムとの結婚を承諾するが，すでに妊娠していたのでその子を遺棄し，私生児殺しの罪に問われるが，処刑の寸前に救われる．アダムは獄中のヘティを慰めたメソジスト派の女伝道師ダイナ・モリスと結ばれる．
- **「かかげられし帷」**(The Lifted Veil, 1859)「ブラックウッド雑誌」に掲載された中編怪奇小説で，エリオットの異色作．
- ◆**「フロッス河畔の水車小屋」**(The Mill on the Floss, 1860) →263頁．
- **「サイラス・マーナー」**(Silas Marner, 1861) 織工のサイラス・マーナーは，親友ウィリアムのために盗みの罪をきせられた上に，婚約中の女性までとられたので，失意のままそっと故郷の教区を去り，見知らぬ土地でリンネル織りに熱中し，15年間生活をきりつめて金をため，夜になると戸を閉めて金貨を数えることを楽しみに，孤独な生活を送る．ある夜その金が盗まれたのでサイラスは悲しみの毎日を過ごしていたが，雪の降る大晦日の晩に，女の子がまぎれこんできたので，黄金が金髪の子供に変わったのだと思って育てる．16年後，石坑の排水があったとき，地主の息子ダンスタンの骨と共に，盗まれた金がそっくり発見された．その頃，18歳の美しい娘に成長したエピーは，実は地主の長男ゴドフリーが秘密の結婚をして生ませた子であったので，別の女性と結婚したゴドフリーは子がないため，エピーを引き取りたいとサイラスに申し入れたが，エピーは育ての親のサイラスのもとを離れず，愛する青年エアロンと結婚して，年とったサイラスの面倒をみる．
- **「ロモラ」**(Romola, 1862) 15世紀末のフロレンスを舞台に，盲目の老学者の娘で聖女のようなロモラを描き，サヴォナローラやマキャヴェリなど史上の人物を登場させた歴史小説の力作．
- **「フィーリックス・ホールト」**(Felix Holt, the Radical, 1866) 極端な理想主義者で労働者の向上に一身を捧げる若い改革家を主人公にした長編．
- ◆**「ミドルマーチ市」**(Middlemarch, 1871-72) →267頁．
- **「ダニエル・デロンダ」**(Daniel Deronda, 1876) 最後の長編．ユダヤ民族解放運動の中心人物ダニエルの民族復興の物語と，気位が高く自己中心的な女性グウェンドレンの不幸な結婚生活を描く思想的内容のある力作．

【名句】In every parting there is an image of death.—Scenes of Clerical Life, 'Amos Barton,' ch.10

別れにはいつも死のイメージがある．

ラスキン　ジョン
John Ruskin (1819–1900)　　評論家

詩と絵と旅行を愛好　ラスキンは1819年2月8日に，ロンドンの裕福なブドウ酒商の一人息子として生まれ，幼少時代から商用で旅行する父について国内やヨーロッパ旅行をして風景美に親しみ，父の文学趣味によって古典やロマン派詩人の作品に接し，ロジャーズの詩「イタリア」の挿絵でターナーに感服したという．1837年にオックスフォード大学に入学し，建築に関する論文を雑誌に発表し，懸賞詩に応募して賞を受けたりしたが，卒業間近に胸を病んでフランスやイタリアへ転地療養に出かけた．

美術評論家として成功　1842年に大学を卒業したころからイギリスの風景画家ターナー (J. M. W. Turner) の美術を弁護する論文を書き始め，彼の風景画の自然美を素晴らしい筆力で論じた．「近代画家論」の第1巻を1843年出版して，一躍文名をとどろかせ，1860年に最後の第5巻を出版して完結させ，審美主義の主唱者となった．その間何度もイタリアを訪れて絵画・彫刻・建築を調査し，すぐれた古典建築は犠牲・真・力・美・生命・記憶・服従の7原則の燈としてつくられたことを力説した「建築の七燈」(1849) や，道徳の世界と芸術の世界は一致すべきものであることを強調した「ヴェニスの石」(1851) を出版して，美術評論家としての地位を確立した．1848年に彼は10歳年下のユーフィーミア (Euphemia C. Gray) と結婚したが，この結婚は結局不幸に終わり，1854年に妻は彼を捨ててある画家のもとに去った．

社会評論家としての活動と晩年　道徳的円満が真の美を生むと信じていた彼は，この理想からあまりにも遠い現実の改造を考え，道徳の規範を芸術から経済にも及ぼし，ベンタムやミルの功利主義思想に反対し，カーライルの後継者として徹底して警告を叫び続け，後半生は予言者的社会評論家として活躍し，ユートピア計画に私財を投じようとしたが，協力者が得られずに失敗したりした．読書論と女性教育を論じたマンチェスターにおける連続講演は「胡麻と百合」と題して1865年に出版されたが，この中には彼の社会改革に関する考えが述べられている．1869年にオックスフォード大学最初の美術教授となり，途中病気でしばらく辞任したこともあったが1884年まで続けた．この間オックスフォードに美術学校をつくり，美術館を創設し，大学における講義を出版し続けた．晩年は湖畔地方のブラントウッドに隠退し，70歳のときすぐれた自伝的作品「思い出の記」(1889) を出し，1900年1月21日に81歳で世を去った．

　ヴィクトリア女王と同年に生まれ，女王の死の一年前に世を去ったラスキンは，ヴィクトリア朝時代を代表する文人で，文学，美術，建築のみならず，経済思想，労働運動，芸術教育，自然保護運動などと深い関わりをもった19世紀の万能の天才であった．

◇主 要 作 品◇

- ▣「近代画家論」(Modern Painters, 1843–60) 43年に出版された第1巻は,オックスフォードの卒業生という匿名で発表された.「昔のあらゆる大家たちに対する近代の画家たちの風景画における優秀さを,近代の画家それも特に王立美術院会員J.M.W. ターナー氏の諸作より真・美・知なるものの実例をひいて証明したもの」という長い副題が示す通り,イギリス社会の芸術に対する無理解を憤り,ターナーの風景画を弁護している.この第1巻は美術界のみならず当時の文壇にも大きな反響をよんだ.1846年に出版された第2巻では,美の観念を「典型美」(Typical Beauty)と「生命美」(Vital Beauty)でとらえ,美と道徳とは不可分のものと考える.そして芸術的想像力を論じた章でも想像力を道徳的感情との関連で説明している.1856年には第3巻と第4巻が出たが,前者は冒頭で「グランド・スタイル」(grand style)の特色を論じ,またギリシア以来の風景画鑑賞の歴史を論じ,後者では近代画法の代表であるターナーの特色を論じ,ターナーの光と色彩と神秘について語っている.第5巻は1860年に出,この中で彼は風景画家を英雄的,古典的,牧歌的,瞑想的の4つに分類し,再びターナーを讃美し,最後に平和と題する章をおいて完成させた.
- ▣「建築の七燈」(The Seven Lamps of Architecture, 1849)「近代画論論」第3巻準備中の副産物で,ゴシックやロマネスク古建築の根本精神を,「犠牲の燈」,「真の燈」,「力の燈」,「美の燈」,「生命の燈」,「記憶の燈」,「従順の燈」の7原則になぞらえて論じたもの.「生命の燈」の中では芸術の創作と芸術家の精神を結びつけ,制作には歓喜が伴うべきだと説いている.
- ▣「黄金河の王様」(The King of the Golden River, 1851) 少女時代のユーフィーミアの求めに応じて書かれたという美しい童話で,英語教科書としても広く愛読されている.
- ▣「ヴェニスの石」(The Stones of Venice, 1851–53) 1851年に出版された第1巻は,「基石」(Foundation)という副題をもち,ヴェニス建築の根底を解剖した詳細な研究である.1853年には第2巻と第3巻が出版された.第2巻は「海の物語」(The Sea-Stories)という副題がついていて,ヴェニスがアドリア海の覇者であった時代の諸宮殿の研究であり,第3巻は「没落」(The Fall)と題され,ルネッサンス建築の堕落の経路を扱う.
- ▣「胡麻と百合」(Sesame and Lilies, 1865) 1864年におこなった読書論に関する「王者の宝庫」(Of King's Treasuries)と婦人教育論である「女王の花園」(Of Queen's Gardens)と題する講演を集めて1865年に出版し,1871年版には1868年にダブリンで行った講演「人生と芸術の神秘」(The Mystery of Life and its Arts)を加えた.
- ▣「思い出の記」(Praeterita, 1885–89) 半生を語った未完の自伝.

【名句】Life without industry is guilt, and industry without art is brutality.—Lectures on Art, Lecture 3: 'The Relation of Art to Morals', sect.95
勤勉なき人生は罪悪であり,芸術なき勤勉は野蛮である.

アーノルド　マシュウ
Matthew Arnold（1822–88）　　詩人・批評家

批評家としての信条と彼の英国批判　近代批評精神の権化と評される人．「詩は人生の批評（criticism of life）である」，「英国をして最も光栄あらしめるもの，それは詩をおいて他にはない」．口を開けば必ず同時代英国人の俗物根性（philistinism），富と物質生活と外面的な国力発展とに対する自己満足を完膚なきまでに罵倒してやまないアーノルドは，英国の詩が，人類の光栄である古ギリシア詩をつぐものと，心から信じていた．近代・現代の詩を批評・価値判定するに当り，彼はすぐれた昔の詩句を記憶の中から探り出し，それと比較断定する．自己の判断力とその背景になる広い教養に100パーセントの自信を持った，直観的な，ある程度まで印象主義的な批評方法である．ある意味ではきわめて英国的な方法でもある．

初期と後期異なる二面　彼の初期の詩は物悲しさと懐疑思想に充ち満ちたものである．これと対比して後半生の評論集の持つ教育者的・断定的な調子は，彼の人生の受け取り方が時とともにいかに変ったか，もしくは異なる二面がいかに時とともに展開されてきたか，を語るひとつの事実として受け取るべきものであろう．

生涯　詩人としての彼　ラグビー校の校長であり，英国パブリック・スクール精神の建設者として名高いトマス・アーノルド博士の長男として生まれ，ラグビー，およびオックスフォードで教育を受け，1851年以後はほとんど生涯督学官の職にあった．オックスフォード以来詩の創作をつづけていたが，「見捨てられた人魚の男」「ボカラの病める王」などの哀切な長詩を含む詩集「さまよい出た宴客，その他」（1849）および「追悼の詩」（1850）は，彼が結婚のための経済的な理由などから無味乾燥な公僕，督学官としての生涯に入るより前の作である．次集「エトナ山上のエンペドクリーズ」（1852）には「トリストラムとイズールト」，「『オーベルマン』の作者を記念して」の他に小品として「マルゲリート詩編」や「自己欺瞞」，「葬られた生涯」など暗澹たる心を告げる作がある．代表的な「詩集」（1853）には長編物語詩「ソーラブとラスタム」，北欧神話に材を求めた「死せるボールダー」の他に，学問と懐疑の間に漂う彼の心を示す名編「学者ジプシー」がある．1857–67年の間彼はオックスフォード大学詩学教授の任についたが，このころから彼の関心は文明批評・人生問題評論に移って行った．最後の「新詩集」（1867）には，「グランド・シャートルーズ詩編」や友の死を田園哀歌の形で悼む名歌「サーシス」の他，個人的な懐疑を物悲しく陰鬱に歌い出す「ドーヴァー海浜」や「老いゆくこと」などが含まれている．

散文　最も重要なのは「批評論集」2巻（1865, 88）で，広い視界と知識範囲を示すこの一書によって彼は文芸批評というものの地位を高めたといわれる．英国の社会・政治の論評として著名な「教養と無秩序」（1869）の後も，教養論，宗教論など数多い．

◇主　要　作　品◇

- **「見捨てられた人魚の男」**(The Forsaken Merman, 1849) 人間の女を愛して妻にした人魚の王が，人間界に去った妻を嘆き，陸に上がって呼びかけるが祈りに満ちた教会には入れない．若年の作中屈指のもので，自分の当然属する世界以外の者に心を奪われ，長く心の静寂を失ったという立場が，自伝的要素を含めた作者の言葉として悲しく読者の心を打つ．
- **「追悼の詩」**(Memorial Verses, 1850) バイロンが死に，ゲーテが去り，今最後の詩の声が沈黙した．月日がめぐるとともに他の詩人はまた生まれもしよう．しかし，今後の欧州に，ワーズワスの心癒すしらべが再び奏でられることがあるだろうか，という詩．哀切きわまりない瞑想のうちに，アーノルド自らの心がよく表わされている．
- **「エトナ山上のエンペドクリーズ」**(Empedocles on Etna, 1852) 真理の発見に絶望して噴火口に身を投じたこの哲学者を中心に，若い楽人および医者と3人の劇的対話詩．中に350行にわたる主人公の独白があり，人生を楽しむということにつき語る．
- **「マルゲリート詩編」**(Marguerite poems, 1852) スイス滞在中の詩といわれるものの中に，この名の女性を主題とした悲しい別れや再会の期待などを歌ったものが数編ある．いきさつをひた隠しにした様子があり，後の妻フランセス・ルーシーにあてた編などともごっちゃにされて対象の女性も不分明であるが，「マルゲリートに」と題した2編の中でも，「ああ，人生の海に島となって孤立し」とはじまる作は特に哀傷の調べに満ちている．
- **「ソーラブとラスタム」**(Sohrab and Rustum, 1853) 叙事詩人としての力量を発揮した長編．ペルシアの勇将ラスタムの子ソーラブはダッタンのペルシア侵入軍に加わっている．互いに父子とは知らず一騎打ちの揚句，ソーラブが倒され，事を知った父は嘆き，軍から離れ残る．
- **「学者ジプシー」**(The Scholar-Gipsy, 1853) 奇異な学問に憧れを感じてジプシーの群に身を投じ，今もなおオックスフォード附近をさまようという，17世紀の古書に見える伝説の学生をとり上げ，ただひとつの目的にすべてを投げうった果敢な精神を嘆賞し，微温的な半信の態度しかとれない自らの不徹底さを悲しむもの．自然描写も美しく，屈指の名作．
- **「グランド・シャートルーズ詩編」**(Stanzas from the Grande Chartreuse, 1867) 山間の僧院を訪れて，守られている信仰を顧み，自らの懐疑と弱い精神態度を悲しむもの．
- **「サーシス」**(Thyrsis, 1867) 親友クラフ（A. H. Clough）の死を伝統的な田園牧歌の形で嘆き葬うもの．ミルトン，シェレーの作と並んで3大 pastoral elegies といわれる傑作．
- **「ドーヴァー海浜」**(Dover Beach, 1867) 海の音を永遠に変らぬ悲哀のしらべと聞き，互いに真実を守り合おうと恋人に呼びかける．アーノルドの作中一番有名なもののひとつ．
- **「批評論集」**(Essays in Criticism, An, 1865, 88) 第1巻は巻頭の「現時における批評の職能」の他に，ハイネ，スピノザ，アウレリウス等外国の作者，思想を取り上げる．第2巻は巻頭の「詩の研究」に続いて，真価を再認識させようとして説くワーズワース論，時代に先んじてその本質的偉大さを認めたキーツ論やシェレー論，バイロン論の他にトルストイ，アミエルの論も含まれている．

ロセッティ　ダンテ・ゲイブリエル
Dante Gabriel Rossetti（1828–82）　詩人・画家

家系　亡命のイタリア愛国者と伊英混血夫人との間の第2子．姉マリアは修道院に入り，「神曲」の翻訳がある．弟ウィリアム・マイケルは健全な判断を持つ批評家として聞こえ，妹クリスティーナは宗教詩人・童謡作家として著名．

ラファエロ前派運動　当時の保守になずんだ画風に耐え切れず，ホルマン・ハント，ミレイ（J. E. Millais）らと計って，自然を直接に観察し，精細に描くことを主義とする結社（Pre-Raphaelite Brotherhood；略してP. R. B.）運動を起こし，機関紙「芽生え」（The Germ, 1850；4号で廃刊）を出した．この運動は激しい攻撃の的となったが，やがてラスキンの弁護を受け，彼自身も個人的にラスキンの後援を受けて，経済的にも安定した．

結婚・妻の死，および詩集出版まで　10年の婚約期間の後，リジィ（'Lizzy', E. E. Siddal）と1860年結婚したが，妻は1862年睡眠薬の飲みすぎで死亡した．「めぐまれし乙女」（1847筆，1850出版；後改訂），「ニネヴェの宿運」（1856）などの創作詩や，今日なお最上の翻訳といわれるダンテの「新生」を含む訳詩集「初期イタリア詩人集」（1861）ですでに詩人として認められていたが，妻の死に対する責任を痛感した彼は，葬儀の日，書き集めた詩の唯一の原稿を妻の棺に収めて埋葬した．7年後，友人たちの勧めもあって発掘し，1870年「詩集」として出版，大いに名声を高くした．売春の少女を主題として社会的に問題を起こした「ジェニイ」，大自然と人の渾然たる一致を歌い出す壮麗な「海のかぎり」，堕落してゆく恋人を激情に駆られて殺すイタリアの若者の話をブラウニング風の劇的独白として巧みにまとめた物語詩「最後の告白」，傑作「ヘレン姉さま」，甘美な「恋の夜曲」のほか著名な「すいかずら」，「たかとうだい」，ヴィヨンの詩の名訳などが含まれている．

後半生　テムズ河ぞいのチェルシーに住み，鳥獣の類を数多く集め飼った．晩年には不眠症に苦しんで新薬クローラル常用の習慣に陥り，気難しく猜疑心が激しくなり，古い友人たちや，詩人モリス，スウィンバーン，画家バーン・ジョーンズなど一時は彼の天才を神のごとく崇拝していた若い年代の人々も離れ去った．1881年の第2詩集（Ballads and Sonnets）には「生命の家」と3大物語詩「ローズ・メアリー」「白船」「王の悲劇」の他，短詩「雲は限る」，未完の大作「花嫁の序曲」第1部，などが収められている．

作品の特色と画　彼の詩には感覚的・絵画的な描写が目立つが，絵においても，特に後半生の絵は豊かな輝かしい色彩を用いて肉感的な美女を描くことが多かった．「扇の女」「愛せらるる者」など．妻の死をダンテのベアトリーチェの昇天とからませて描いた大傑作，神秘的な「めぐまれしベアトリーチェ」，運命のザクロを手にした「プロサパイン」，天使に導かれてベアトリーチェの死の場面を訪れるという構想の大作「ダンテの夢」が代表作．

◇**主　要　作　品**◇

■「手と魂」(Hand and Soul) 1850年発表の短編小説．13世紀前半のイタリアで，画家の魂が緑とグレイの服を着た婦人の姿で彼の前に現われ，自分をあるがままに写してみよという．はるか後，1847年の春，この小説の作者がまだ一部分は未完成のまま残された画を見て，他の誰も問題にしない画に，畏怖にも似た深い感銘を受ける，という物語．

■「めぐまれし乙女」(The Blessed Damozel, 1850出版) さきにこの世を去った少女が，天国のらんかんにもたれて，地上に残った恋人の青年がやがて昇天してともに暮らせるようになる日を空想し独白する．現実生活そのままの官能的表現と，これをとりかこむ超絶世界の描写に一世を驚かした．若冠18歳の作ながら彼の傑作の一つ．

■「ニネヴェの宿運」(The Burden of Nineveh, 1856) 最新の発掘である有翼の人面獣の石像がロンドンの博物館についたのを見て，この町の未来，人類の運命などに空想を走らせる．

■「閃光」(Sudden Light, 1863年発表) いつか遠い昔，恐らくは前世のある日，恋人と一緒の今のこの瞬間をかつて同じ情況のもとに経験した記憶が今よみがえる，という直観的・神秘的な恋愛感情を歌い出しつつ，死を超越した愛の確信を表明しようとする短詩．

■「ヘレン姉さま」(Sister Helen, 1870) 恋人に裏切られた女が，呪いの蠟（ろう）人形を作って炉の火で溶かす．死にかけた男の身内が風をつき月光を浴び門外に来て嘆願するが聞き入れない．人形が溶け終わるとともに男は死に，自分も地獄に落ちる定めの女の絶望の言葉で作は終わる．変型のバラッド形式で，全編窓から外を眺めて報告する幼い弟の言葉と女の対話になっており，折返し句は女の心中の絶望的感情を人知れず叫び出す形になっている．

■「たかとうだい」(The Woodspurge, 1870) 激しい苦悩の瞬間，ふと見た何の関係もない小さな事柄が，心に刻みつけられていつまでも記憶に残る，という微妙な心理を扱った作．

■「生命の家」(The House of Life, 1881) 'house' は天の星宿を表わす語とされる．恋愛経験を中核として自らの命の行路をたどる代表作のひとつであるが，物語の筋を細かくたどることは不可能である．神秘数の101編（削除1編を復元して102編）と序詩1編のソネット（14行詩）から成る．激しい恋愛感情とこれを阻む死・宿命との対決をうたう第4「愛のながめ」，夢幻のうち愛の完成をうたう4編連曲（第49-52）の「柳の森」，終曲の第101「ただひとつの望み」などが有名である．

■「ローズ・メアリー」(Rose Mary, 1881) 魔力を持つ緑柱石をのぞきこんだ娘は恋人の危難を予言する．が純潔を失っていた娘には幻のすべては透視されず，そのため手ちがいが起こって恋人の騎士は殺され，しかも彼が不実であったことを知って娘はその珠を砕いて死ぬ．

■「白船」(The White Ship, 1881) 第12世紀初頭，ヘンリー一世の王子・王女を乗せた船が難破したときのさまを，ただ一人の生存者が語る．2行連バラッド形式．苦難を前にしての人間味が浮き彫りにされて，この作者の人間観の奥にあるヒューマニズムを再認識させる．

■「王の悲劇」(The King's Tragedy, 1881) スコットランドの詩人王ジェイムズ一世が反徒に襲われたとき，腕をかんぬき代わりにして王を遁した侍女が後年昔語りをする形の物語詩．

メレディス　ジョージ

George Meredith（1828–1909）　　小説家・詩人

法律研究から
文　学　へ
メレディスは1828年2月12日に，イギリスの南海岸ポーツマスで生まれた．父はウェールズ出身の仕立て屋で，アイルランドの居酒屋の娘であった母はメレディスが5歳の時に死んだ．1842年，14歳の時，彼は母の残した遺産でドイツの田舎町ノイヴィートのモレイヴィアン学校に入って約2年間学んだのちロンドンで弁護士の見習いとなって法律の勉強をしたが，やがて文学に転向し，49年に最初の詩「チリアンウォラアの戦」(The Battle of Chillianwallah) をエディンバラ誌に発表した．

結婚の失敗
この年に小説家ピーコック（T. L. Peacock, 1785–1866）の娘で，6歳も年上の未亡人メアリと結婚したが，この結婚は破綻に終わり，妻は1858年に画家と海外へ駈落ちしたのち，61年に死んだ．この結婚の悲劇は，小説「リチャード・フェヴァレルの試練」や，詩「モダン・ラヴ」に描かれている．彼は，64年に，マリィと再婚したが，この2度目の妻には85年に先立たれた．

小説家として
大　　　成
メレディスの本格的な文学活動は，名作「谷間の恋」の第1稿を含む最初の「詩集」(51) を自費で出版し，キングズレーやテニソンに認められた頃にはじまり，56年には自由奔放で荒唐無稽な純空想物語「シャグパットの毛剃り」を書き，続いて中編ロマンス「ファリーナ」(Farina, a Legend of Cologne, 57) を発表した．初期の代表作「リチャード・フェヴァレルの試練」は父と子の悲劇で，59年に出版された．続いて自伝的興味に満ちた「エヴァン・ハリントン」(61) と「モダン・ラヴ」(62) を出版し，再婚の年には「サンドラ・ベローニ」(64)，さらに「ローダ・フレミング」(Rhoda Fleming, a Plain Story, 65) を書いた．しかし彼の作品の売れ行きは良くなく，新聞雑誌類への定期的な寄稿と出版社に持ち込まれてくる自薦，他薦の原稿に目を通す仕事によって収入を得ていた．

円熟期の
活　　動
76年に「ビーチャムの生涯」を発表した頃から円熟期に入り，77年にはロンドン・インスティテューションで「喜劇の理念及び喜劇精神の効用について」と題する講演を行い，これが後有名な「喜劇論」(97) として1冊になった．1879年には円熟期の代表作「我意の人」が書かれ，85年には「十字路館のダイアナ」が出た．この時期が創作の最盛期で，生活も安定し，92年にはテニソンの後任としてイギリス文芸家協会の会長になり，1905年に勲功賞を授与されたのち，1909年5月19日に81歳の生涯を閉じた．

　メレディスの小説の特徴は，機智と繊細な心理分析であり，知的な批評精神で上流社会を眺めた小説を書いて，心理小説の発達に貢献したが，作品は難解な表現に満ちているため広い読者層をつかむことができなかった．わが国では夏目漱石がその影響を受けた．

◇主　要　作　品◇

■「詩集」(Poems, 1851) 名作「谷間の恋」(Love in the Valley)の第1稿が含まれているが，この詩はのちに改作されて，1883年の詩集 (Poems and Lyrics of the Joy of Earth) に入った．素朴な牧歌的恋愛詩であるが，自然描写に絢爛たる色彩感がみられる．

■「シャグパットの毛剃り」(The Shaving of Shagpat, 1856) 長髪を尊敬するペルシアの町を舞台に，立派な長髪をしているがゆえに王や大臣を愚弄している呉服屋のシャグパットの頭に生えた一本の怪毛を，宮廷理髪師長の甥にあたるシブリ・バガラグという若者が，名剣アクリスを手に入れて剃り落すまでの，空想と寓喩と警句に富んだ冒険物語で，ジョージ・エリオットは「新アラビア夜話」と評した．

◆「リチャード・フェヴァレルの試練」(The Ordeal of Richard Feverel, 1859) →261頁．

■「エヴァン・ハリントン」(Evan Harrington, 1861) 題名の主人公は港町の仕立て屋の息子であるが，最後では彼の方が貴族よりずっと紳士であることを証明して，イギリスの上流社会を諷刺している作品．

■「モダン・ラヴ」(Modern Love and Poems of the English Roadside, 1862)「モダン・ラヴ」は妻に捨てられた悲痛な体験を題材にして，夫婦愛の破綻から妻の自殺までの悲劇的物語を，繊細な心理描写による独白の形で，16行の詩を50編つらねて描いた詩．

■「サンドラ・ベローニ」(Sandra Belloni, 1864) 1864年に出版の時は"Emilia in England"という題名であったが，1889年に改題された．ロンドンへ亡命したイタリアの革命家とイギリス婦人の間に生まれた美人歌手エミリア・サンドラ・ベローニが，富裕な商人の息子ウィルフリッドと恋仲になるが，これは不遇の恋に終わる．

■「ビーチャムの生涯」(Beauchamp's Career, 1876) 名門の出身で海軍に入ってクリミア戦争に従軍し，のちに急進派として総選挙に出馬したりするネヴィル・ビーチャムが，フランスの女性，イギリスの貴族令嬢，良妻賢母型の女という風に順々にほぐれていく過程を描く恋愛喜劇風の小説．

■「喜劇論」(An Essay on Comedy, 1877) 1877年に講演して雑誌に発表されたが，書物として出版されたのは1897年であった．各国の古今の喜劇を概観し，喜劇の成立条件を規定し，喜劇精神 (comic spirit) の社会的効用を説いている．笑いの考察としては画期的な文献となっている．(講演の題は 'On the Idea of Comedy of the Use of the Comic Spirit')

◆「我意の人」(The Egoist, 1879) →269頁．

■「十字路館のダイアナ」(Diana of the Crossways, 1885) 賢くて美しいアイルランド生まれの孤児ダイアナ・アントウニア・メリオンは15歳も年上の元弁護士ウォリックとの初婚に失敗するが，彼女をひそかに愛していたレッドワスと幸せな再婚をする物語．

【名句】Cynicism is intellectual dandyism.—The Egoist, ch.7
　　　　冷笑主義は知的なダンディズムである．

ハーディ　トマス
Thomas Hardy (1840–1928)　小説家・詩人

生いたち　ハーディは1840年6月2日に，ドーセットシアの小村ボックハンプトンで，石工の長男として生まれた．幼少の頃から読書を好み，ドーチェスター・グラマー・スクールを卒業後，1856年に父の仕事を継ぐため教会建築家の弟子となったが，余暇を文学の勉強に費やした．1862年にはロンドンへ出て，有名な建築家アーサー・ブルームフィールドの建築事務所に入り，建築懸賞論文に当選したりしたが，詩にも深い関心を示すようになり，仕事のかたわら詩作と読書に熱中した．そしてやがて建築の仕事から文筆の仕事に入り，詩を出版しようとしたが引き受け手がないので，小説の創作を始めるようになった．

小説家としての活動　ハーディの処女小説は「貧乏人と貴婦人」(The Poor Man and the Lady) で，1868年に出版社へ持ち込んでジョージ・メレディスの眼にふれたが，彼の忠告で出版を断念し原稿を破棄した．次作「荒療治」(Desperate Remedies) は匿名で1871年に自費出版されたが，評判はよくなかった．しかし，「緑の木陰」(1872)，「一対の青い眼」(1873)，「遥か狂乱の群を離れて」(1874) の長編を続けて出版して小説家として成功し，かつて1870年にコーンウォールの教会修理に出かけた時知り合ったエマ・ラヴィニア・ギフォードと1874年に結婚してロンドンの郊外に住み，1883年には田園生活を決意して郷里ドーチェスターに移り，1885年にマックス・ゲイト (Max Gate) と名付けた家を自分で設計して建て，そこを永住の地とした．そして彼がウェセックスと呼んだ故郷を舞台とする，一連の「ウェセックス小説」(Wessex Novels) を書き続け，それらの諸作で人間の力ではどうにもならない宇宙意志 (Immanent Will) の存在を示そうとしたが，「日陰者ジュード」(1895) が無理解な非難を受けたので小説の筆を折り，それ以後は詩作に専念した．

詩人としての活動と晩年　ハーディは文学活動を詩作で始めたのだが，詩集がはじめて出版されたのは1898年の「ウェセックス詩集」であり，以後「過去と現在の詩集」(Poems of the Past and the Present, 1902)，「時の笑い草」(Time's Laughingstocks, 1909)，「境遇の諷刺詩」(Satires of Circumstance, 1914)，「幻の瞬間」(Moments of Vision, 1917)，「人間の見世物」(Human Shows 1925) や死後出版の「冬の言葉」(Winter Words, 1928) などの詩集を出し，また3部からなる大作詩劇「覇者」(1903, 1906, 1908) を完成した．1911年に勲功賞を受け，また数々の名誉ある学位を贈られたのち，1928年1月11日に87歳で世を去り，ウェストミンスター寺院に葬られた．

　ハーディは，19世紀末を代表する大小説家で，特に「ダーバヴィル家のテス」は，英文学史上の傑作としての評価が高い．

◇主 要 作 品◇

- ■「緑の木陰」(Under the Greenwood Tree, 1872) 美しい女教師ファンシー・デイは運送屋の息子ディックと婚約後,一時牧師に心をひかれるが,結局ディックと結婚する田園恋愛長編小説.
- ■「一対の青い眼」(A Pair of Blue Eyes, 1873) 青い眼をした牧師の娘エルフリードは技師スティーブンに恋をするが父に反対され,スティーブンの友人ヘンリーを愛したが,潔癖な彼はこれを受け入れず,結局は後妻となって失意のうちに病死する.
- ■「遥か狂乱の群を離れて」(Far from the Madding Crowd, 1874) ウェセックスの田園を背景に,富裕な農家の娘で衝動的なバスシーバが,羊飼いのゲイブリエルの求婚を拒絶して恋人のある男と結婚したため混乱が起こるが,結局はもとの羊飼いと結ばれる.
- ■「エセルバータの手」(The Hand of Ethelberta, 1876) 社交界を扱った長編.
- ◆「帰郷」(The Return of the Native, 1878) →268頁.
- ■「ラッパ長」(The Trumpet-Major, 1880) ナポレオン戦争中のエピソードに取材した明朗な郷土物語で,のちの大作「覇者」の先駆をなす.
- ■「冷淡な人」(A Laodicean, 1881) ポーラという女性の名誉と恋のまよいを描く.
- ■「塔上の二人」(Two on a Tower, 1882) 青年天文学者と地主未亡人のロマンス.
- ■「カスターブリッジの市長」(The Mayor of Casterbridge, 1886) カスターブリッジ(実はハーディの生地ドーセットシアの首都ドーチェスター)を舞台に,主人公の農夫ヘンチャードが泥酔のあげく妻子を他の男に売るが,市長にまで出世した彼の前に妻子が戻ってくる.しかし妻は病死し,娘は他人の子であることがわかって,悲しみと逆境のうちにエグドン・ヒースで死んでいく.主人公の悲劇的性格描写に優れている傑作.
- ■「森林地の人びと」(The Woodlanders, 1887) ウェセックスの森林地帯を背景に,森で働くジャイルズと高等教育を受けて帰郷した材木商のひとり娘グレイスを中心に,さまざまな恋の葛藤が描かれる牧歌的ロマンス長編.
- ◆「ダーバーヴィル家のテス」(Tess of the D'Urbervilles, 1891) →275頁.
- ◆「日陰者ジュード」(Jude the Obscure, 1895) →277頁.
- ■「ウェセックス詩集」(Wessex Poems and Other Verses, 1898) 51編の詩を集めたもので,中には1860年代に書かれたごく初期の詩が含まれている.
- ◆「覇者」(The Dynasts, 第1部1903, 第2部1906, 第3部1908) →285頁.

【名句】A novel is an impression, not an argument.—Tess of the D'Urberville, Preface to 5th edition

　　　小説はある印象であって,議論ではない.

　　　War makes rattling good history; but Peace is poor reading.—The Dynasts, Pt. 1, II, 5

　　　戦争は喧騒で面白い歴史を生むが,平和は貧弱な読物だ.

スティーヴンソン　ロバート・ルイス
Robert Louis Stevenson（1850–94）

小説家・詩人

生いたち　スティーヴンソンは1850年11月13日に，燈台建築技師を父として，スコットランドの首都エディンバラで生まれた．裕福な家庭のひとり息子として育ったが，幼い時から病弱だったので，もっぱら読書にふけってロマンティックな精神を養った．1867年にエディンバラ大学に入学して，父の職業を継ぐために土木技師としての教育を受けたが，やがて法律に転じて弁護士の資格を得た．しかし，結核のため1873年にフランスの南岸リヴィエラに転地を命ぜられてからは，何度も欧州大陸などへ旅行を重ね，その頃から少しずつ雑誌にエッセイを発表するようになって，作家として文学に精進する決心を固めた．

旅行記出版と結婚　1878年に，友人と2隻のカヌーに分乗してベルギーに遊んだときの旅行記「奥地の旅」（An Inland Voyage）出版し，続いて一頭のロバに荷を負わせてフランスのセヴァンヌ山中を旅した紀行文「ロバとの旅」（1879）を出したのち，かつてフランス滞在中に恋をした，11歳年上の，別居中のアメリカ婦人ファニー・オズボーンのあとを追って移民船でアメリカに渡り，移民列車で大陸を横断してカリフォルニアへ行き，1880年に離婚の成立した夫人とアメリカで結婚した．この無理な旅行のため彼は全く健康を害し，生涯ついに完全に回復することができなかった．

ロマンス作家としての成功　1880年の夏，彼は結婚に反対だった父と和解し，夫人の連れ子ロイドをともなってイギリスに帰り，以後スイスやフランスに転地療養をしながら創作活動を続け，1883年に出版した海賊ロマンス「宝島」の成功によって作家として確固たる地位を築き，さらに二重人格を扱った短編の名作「ジーキル博士とハイド氏」や，長編の傑作「少年誘拐」などを書いて名声をほしいままにした．

航海と未完の長編　1888年には多年の憧れであった南洋航海の夢を実現させ，約3年間にわたって太平洋を縦横に航海し，東部中部の諸群島を歴訪したのち，南太平洋のサモア島の風光が気に入って，そこに土地を買って永住の計画を立てた．そして1891年には，大邸宅を造ってそこに住み，一時健康も回復して未完の長編「ハーミストンのウェア」（1896）の執筆を続けたが，1894年12月3日突然脳溢血で倒れ，44歳で世を去った．

まとめ　スティーヴンソンは不治の肺患になやまされながらも，常に若々しい希望と勇気を失わず，その短い生涯にロマンスの精神に貫かれた長編，短編，随筆，紀行，詩などを発表し，文体に苦心した名文家として，ロマンティックな物語作家として一世を風靡した．特に「ジーキル博士とハイド氏」は，二重人格者の代名詞となった永遠の名作である．

◇主要作品◇

■「ロバとの旅」(Travels with a Donkey in the Cévennes, 1879) スティーヴンソンが一頭のロバに荷物を背負わせて，フランスのセヴァンス地方を旅行したときの紀行文で，山地の自然と生活の魅力的な描写にあふれ，清新な空想と詩情もあり，旅行記として，自叙伝として楽しいエッセイである．

■「青年男女のために」(Virginibus Puerisque and Other Papers, 1881) 長短編の初期のエッセイを集めたスティーヴンソンの代表的随筆集．大部分は1876年から1879年にかけて書かれた．表題になっている「青年男女のために」は，その中でも最もすぐれた作品に属し，恋愛，友情，結婚などについて著者の人生論4章からなっていて，健康で明るいかずかずの真理が名文で語られている．

■「新アラビア夜話」(New Arabian Nights, 1882) 世界の人びとに親しまれている古いアラビアの口碑を，19世紀のイギリスとフランスを舞台に再現しようとした連作物語集で，伝奇文学の傑作とみられている．中でも冒険好きなボヘミアの王子フロリゼルとその家臣がロンドンの一隅で発見した「自殺クラブ」(The Suicide Club) の物語は最も有名であり，「一夜の宿」(A Lodging for the Night) などの好短編も含まれている．劇的に事件が展開し，伝奇趣味にあふれ，心理的興味もある短編集．

◆「宝島」(Treasure Island, 1883) →270頁．

■「子供の歌の園」(A Child's Garden of Verses, 1885) 著者の乳母カミーに献じた童謡詩集で，その乳母とともに過ごした幼少時代の追想をうたったやさしく美しい短詩を集めている．有名な「雨」(Rain) などが含まれ，広く愛読されている．

◆「ジーキル博士とハイド氏」(The Strange Case of Dr. Jekyll and Mr. Hyde, 1886) →271頁．

◆「少年誘拐」(Kidnapped, 1886) →272頁．

■「メリー・メン岩」(The Merry Men and other Tales and Fables, 1887) アルプスの山間に住む孤独な少年が平原の都市へおりて行く憧れを捨てるまでを描くロマンティックな名作「水車小屋のウィル」(Will o' the Mill, 1878) や好短編「マーカイム」(Markheim, 1885) などの6編の物語を集めた短編集．

■「ハーミストンのウェア」(Weir of Hermiston, 1896) 作者の没後に出版された未完成の長編で，19世紀初頭のスコットランドを舞台に，冷酷な裁判官である父に反抗して家を追われる息子との間の親子の憎しみと，その息子と美しい女性クリスティナとの恋愛などが描かれている．完成していたら作者の一大傑作となったばかりか，英国小説の名作となりえたであろうとさえいわれる．

【名句】Man is a creature who lives not upon bread alone, but principally by catch-words.—Virginibus Puerisque, pt. 2

人間はパンのみによって生活する生き物ではなくて，主としてスローガンによって生きている．

ワイルド　オスカー
Oscar Wilde（1854–1900）　詩人・小説家・劇作家

その生い立ち　ワイルドは1854年10月16日，有名な医師の父と文学好きな母のもとにダブリンに生まれた．同地のトリニティ・カレッジで学んだのち，1874年にオックスフォードのモードリン・カレッジに入学した．在学中から詩作に才人ぶりを発揮し，1878年に大学を卒業してからはロンドンに住み，ペイターの影響を受けて唯美主義運動の中心となった．そして社交界にも出入りして派手な生活を送り，機智と才気にあふれた一風変った言動で人びとを驚かせた．

1881年に「詩集」（Poems）を出版したのち，アメリカ講演旅行を試み，その収入でパリに遊び，一旦帰国したのち最初の劇「ヴェラ」（Vera, 1880）の上演のために再び渡米したが，この公演は失敗であった．帰国後は国内講演旅行をおこない，1884年にコンスタンス・ロイドと結婚した．

唯美主義文学の開花　この頃から創作活動が活発になり，童話集「幸福な王子」（1888），唯一の長編小説でワイルドの芸術論の実践とみられる「ドリアン・グレイの画像」（1891），芸術論集として有名な「インテンションズ」（1891），童話集「ざくろの家」（1891），耽美主義実践の頂点を示す一幕物「サロメ」（1892），詩集「スフィンクス」（The Sphinx, 1894）などが相次いで出版された．どれも出色の作品で，ワイルド一流の才気にあふれ，耽美思想が美しく絢爛と開花しており，いわゆる世紀末文学の代表作となった．

劇作家としてのワイルド　ワイルドはこれらの作品のほかに優れた喜劇を書いて演劇史に名を残した．1892年に初演された「ウィンダミア卿夫人の扇」は久しく沈滞していたイギリス劇壇に近代劇の先鞭をつけ，つづいて「とるにたらぬ女」（A Woman of No Importance, 1893），「理想の夫」（An Ideal Husband, 1895），「まじめ第一」（1895）を発表して，風習喜劇の正統をふむ一流の劇作家となった．巧妙な情況設定と，警句と逆説と皮肉とユーモアに満ちた対話を駆使したこれらの喜劇の成功によって，ワイルドは富と名声を得て輝かしい将来を約束されたかに見えた．

むすび　しかし，1891年に会った悪友アルフレッド・ダグラス卿との同性愛にからむ不名誉な事件の罪を問われて，1895年5月に投獄され，約2年間獄中生活を送った．その間に獄中記「深淵より」（出版1905）を書き，出獄後は北フランスの寒村に滞在，最後の詩「レディング牢獄の物語歌」を残して，1900年11月30日にパリのオテル・ダルザスで世を去った．ワイルドは芸術と実生活において唯美主義を実践した最も代表的な作家であり，作品の中では美しい童話や機智縦横の喜劇に対する評価が高い．

1995年2月にウェストミンスター寺院の詩人コーナーに入り，2000年の没後100年を期して，再評価の気運が高まった．

◇主　要　作　品◇

- ◆「幸福な王子」(The Happy Prince and Other Tales, 1888) →273頁.
- ◆「ドリアン・グレイの画像」(The Picture of Dorian Gray, 1891) →274頁.
- ■「インテンションズ」(Intentions, 1891) 対話形式でワイルドの芸術至上主義な立場を展開した芸術論集.「芸術自体が実は誇張の一形式である」「芸術を学ぶにふさわしい学校は, 人生ではなく芸術である」「芸術が人生を模倣するよりはるかに人生が芸術を模倣する」という最も有名な逆説的警句に満ちた「虚言の衰退」(The Decay of Lying) のほか,「芸術家としての批評家」(The Critic as Artist),「仮面の真理」(The Truth of Masks),「ペンと鉛筆と毒」(Pen, Pencil, and Poison) が含まれている.
- ■「ウィンダミア卿夫人の扇」(Lady Windermere's Fan, 1892) 3幕喜劇. ロンドンの社交界を舞台にして, 過去を持つがゆえにとかくうわさの多いアーリン夫人が, 実の娘であるウィンダミア卿夫人を男の誘惑から救おうとする母性愛を扱った喜劇で, 1本の華麗な扇を中心にして事件が展開する巧妙な構成が面白く, しゃれた会話に満ちている.
- ■「サロメ」(Salome, 1892) 1幕恋愛劇. フランスの名女優サラ・ベルナールのためにフランス語で書かれ, アルフレッド・ダグラスによる英語版は1894年に出版された. ビアズレー (Aubrey Beardsley, 1872-98) が描いた挿画16葉は一部修正して刊行されていたが, 1957年にビアズレー研究家ウォーカーが完全に復元した版を公刊した. フランスでの初演は1896年, イギリスでは1905年に初演された. 新約聖書マタイ伝第14章による. 美姫サロメは古井戸を利用した地下牢獄に幽閉されている予言者ヨカナーンを愛し, 国王の誕生日の祝宴で踊り, その賞としてヨカナーンの首を求め, その生首を抱いて接吻したのち, 予言者殺害の責任を負わされて殺されるまでを, 古典悲劇の場所・時間・事件の三一致の法則を守り, 絢爛たる文体で官能的に描いた世紀末的耽美主義の傾向が濃厚な1幕物.
- ◆「まじめ第一」(The Importance of Being Earnest, 1895) →279頁.
- ■「レディング牢獄の物語歌」(The Ballad of Reading Goal, 1898) 出獄後の1897年に書かれ, 1898年にC・3・3というワイルドの囚人番号からとった匿名で出版された. 素朴なバラッドの形をかりて, 愛するがゆえに不貞の妻を殺して死刑を宣告された元近衛将校の悲惨な牢獄生活をうたっている.
- ■「深淵より」(De Profundis, 1905) 1895年から1897年までの獄中生活で書かれ, 1905年に省略本が出版になり, 完本は1949年に出た. アルフレッド・ダグラス卿にあてた書簡の形で書かれ, 悔恨の叫びの中にワイルドの人生観, 芸術観, 宗教観がうかがえる.

【名句】Life imitates Art far more than Art imitates Life.—'The Decay of Lying'
　　　芸術が人生を模倣する以上に人生が芸術を模倣する.

　　　I can resist everything except temptation.—Lady Windermere's Fan
　　　私はなんでも我慢できる. 誘惑のほかは.

ショー　ジョージ・バーナード
George Bernard Shaw (1856–1950)　　**劇作家**

その生いたち
独学でロンドンへ
　ショーは1856年7月26日に，貧しい穀物商人を父としてダブリンで生まれた．少年時代から学校と教会を嫌い，小学校へ行っただけで，あとは独学で身を立てた．1871年に15歳で不動産屋の事務員になって5年間勤めたのち，1876年にはロンドンに出て，音楽・演劇の批評や書評を書き，小説もいくつか書いたが成功しなかった．こうしてロンドン生活の初めの9年間に得た文筆の収入は，わずか6ポンドにすぎなかったが，音楽の個人教授をしていた母の援助で奴隷にならずにすんだという．この頃マルクスの「資本論」を読んで社会主義に興味を覚え，1884年には社会の漸新的改良を目的とするフェイビアン協会（Fabian Society）の創立者の一人となり，パンフレットを書き，宣伝演説をして新思想を説いた．

近代喜劇
の　確　立
　彼の劇作家としての仕事は，まずイプセンの劇を研究した評論「イプセン主義の真髄」(The Quintessence of Ibsenism, 1891) で英国近代劇のたどるべき道を示し，その翌年，処女作「やもめの家」(1892) がロイアルティ劇場で初演された時にはじまり，以後自分の思想を宣伝して世を啓発するため53編の議論に富む思想劇を書き，沈滞していた英国劇壇に新風を送り込んで近代喜劇を確立し，劇場の言葉の魔術師となって演劇史ではシェイクスピアに次ぐ位置を占め，1925年にノーベル文学賞を受賞した．

幾多の傑作を
発　　表
　ショーの劇はほとんどが喜劇で，「女たらし」(The Philanderer, 1893) と「ウォレン夫人の職業」(Mrs. Warren's Profession, 1893) は，「やもめの家」と合わせてショー自身が「愉快でない喜劇」と名づけた．「武器と人」(1894)，「カンディダ」(1894)，「運命の人」(1895)，「わからんもんですよ」(You Never Can Tell, 1896) の4編は「愉快な劇」と呼ばれ，「悪魔の弟子」(1897)，「船長ブラスバウンドの改宗」(Captain Brassbound's Conversion, 1899)，「シーザーとクレオパトラ」(1898) は「ピューリタンのための三劇」と呼ばれる．代表作は「喜劇にして哲学」と称して恋愛問題，社会問題を機知と皮肉にあふれたセリフで論じた「人と超人」(1903) であり，「アンドロクリーズと獅子」(1913)，「ピグメーリオン」(1913)，「メトセラへ帰れ」(1921)，「聖女ジョウン」(1924)，「リンゴ馬車」(1929) などが名作として知られている．

ショー劇の
特　　色
　ショー劇の特色は百科全書的な知識を駆使し，独得の警句と逆説と機知で観客を笑わせながら物を考えさせる思想劇を書いた点にあり，また劇の長さにも匹敵するほどの長い序文（Preface）がついているのも特色の一つである．ショーは94歳という長寿を保ち，皮肉屋として一世を風靡したのち，1950年11月2日に世を去った．

　ショーの喜劇は，シェイクスピア，シェリダン，ワイルドなどの喜劇と同様，ロンドンの舞台でたえず再演されている．

◇主 要 作 品◇

- ■「やもめの家」(Widower's Houses, 1892) 85年にイプセンの翻訳家として知られるアーチャー (William Archer, 1856–1924) との合作ではじめられ，のちにショー独自の構想で完成して1892年に初演され，1893年に出版された．貧民窟を貸して貧民から搾取しているやもめの貸家業者サートリアスの娘ブランチと中産階級上層の青年ハリーとの結婚問題を描き，中産階級の偽善性を諷刺した3幕喜劇．
- ■「武器と人」(Arms and the Man, 1894) ブルガリアとセルビアが交戦中に，ヴァチカンの連山を見渡すペトコフ家を舞台に，戦争とか武勇よりもチョコレートの方が大切だといって，戦争につきものの英雄主義や愛国心を諷刺した3幕喜劇．オスカー・シュトラウス作曲のオペレッタ「チョコレート兵隊」(The Chocolate Soldier) として有名になった．
- ■「カンディダ」(Candida, 1894) キリスト教徒で社会主義者のモレルとその妻カンディダに，純真な青年詩人ユージンがからむ三角関係を扱った初期の作品．
- ■「運命の人」(The Man of Destiny, 1895) 一代の英雄ナポレオンを高貴な皇帝としてではなく，高貴と野卑の混合としてとらえ，若い女に散々愚弄される姿を描いた．女主人公に当時47歳の名女優エレン・テリーをあてて，十分に活躍させている．
- ■「悪魔の弟子」(The Devil's Disciple, 1897) アメリカ独立戦争を背景に，無頼漢でみずから悪魔の弟子と名乗るリチャードの高貴な行為を描いた3幕のメロドラマ．
- ■「シーザーとクレオパトラ」(Caesar and Cleopatra, 1898) 無知な少女クレオパトラを愛し，彼女を女王らしく仕上げるシーザーを描いた5幕史劇．
- ◆「人と超人」(Man and Superman, 1903) →284頁．
- ■「アンドロクリーズと獅子」(Androcles and the Lion, 1912) 傷ついたライオンを助けた奴隷のアンドロクリーズが，闘技場でその恩を覚えていたライオンに救われるというローマの古伝説に取材した喜劇．
- ◆「ピグメーリオン」(Pygmalion, 1913) →290頁．
- ■「メトセラへ帰れ」(Back to Methuselah, 1921)「形而上学的生物学5巻」という副題をもつこの劇は，エデンの園に始まり，第1次大戦（現代）を経て，2170年にいたり，さらに3000年をへて「思考力の届く限り」の3192年に及ぶ雄大な空想劇で，ショーの世界観，宇宙観，神秘主義思想が全編5部にわたって述べられている．
- ◆「聖女ジョウン」(Saint Joan, 1923) →302頁．
- ■「リンゴ馬車」(The Apple Cart, 1929) 政治的狂騒曲という副題をもち，イギリス国王マグナスと労働党内閣の首相プロウティアスの衝突を描く2幕の喜劇．幕間劇は有名で独立してとりあげられることもある．ショーが民主制を攻撃した作として非難をあびた．

【名句】 Liberty means responsibility. That is why most men dread it.—Man and Superman, 'Maxims'　自由は責任を意味する．それだから大抵の人は自由を恐れる．
He who can, does. He who cannot, teaches.—Man and Superman, 'Maxims'
出来る人はする．出来ない人が教える．

コンラッド　ジョウゼフ
Joseph Conrad（1857–1924）　　　　　　　　小説家

その生い立ち　コンラッドは1857年12月3日に，ポーランドで生まれ，幼い頃に両親を失って11歳で孤児となった．16歳の時に海にあこがれて放浪の旅に出かけ，フランス船の船員となり，1878年にはイギリス船に移って英語を覚え，ほとんど世界中の海を航海してまわり，1886年にイギリス船の船長の資格をとり，同年イギリスに帰化した．1890年にコンゴ河の汽船に乗り組んだ時熱病にかかり，あやうく死をまぬがれてヨーロッパに帰り，ジュネーヴの療養所で保養しながら処女小説を書き出し，やがてケント州に定住してから作家に転向し，豊富な海上生活の体験を生かした小説を発表して注目されるようになった．

体験を作品に　最初に出版した小説は，マライ群島で出会った実在の人物をモデルにして密林の中で破滅して行く失意の白人男の姿を，重厚な自然描写とともに描いた長編「オールメイアの阿呆宮」（1895）であり，つづいて前作の主人公オールメイアの若き時代の物語「島の流れ者」（An Outcast of the Islands, 1896）や海洋小説中の傑作「ナルシサス号の黒人」（1897），そして浪漫的要素と近代文学的心理描写が巧みに結びついた名作「ロード・ジム」（1900）を発表して作家として確固たる地位を築いた．

活発な創作活動　短編の代表作として知られる「青春」と「闇の奥」は1902年に出版された短編集に収められており，「台風」と「エイミー・フォスター」（Amy Foster）も同年出版された別の短編集にのせられた．

「ノストロモ」（1904）は南アフリカの架空の共和国を題材にした雄大な規模の政治小説で，コンラッドの長編中でも重要な作品の一つに数えられる．「密偵」（The Secret Agent, 1907）も政治小説で，ロンドンのアナーキスト革命家を描いている．

その晩年　「西欧人の眼に」（Under Western Eyes, 1911）は帝政ロシア革命の渦中にひとりの平凡な大学生が巻き込まれていく物語であり，「運命」（Chance, 1912）では偶然によってさまざまな関係を結ぶ人間の姿を描いて成功し，経済的にも楽になったが，この頃から次第に創作力は衰えていった．以後の作品には「勝利」（Victory, 1915），「黄金の矢」（The Arrow of Gold, 1919），「救助」（The Rescue, 1919）があり，ナポレオン時代の歴史小説「サスペンス」（Suspense, 1925）を未完の遺作として1924年8月3日にケント州の自宅で66歳の生涯を閉じた．

むすび　コンラッドは海洋，異国の密林，孤島，革命，政情不安といった，のっぴきならぬ極限状態に放り込まれた人間の苦闘を追求した長編や短編を書き，19世紀的リアリズムを内面化した手法と西欧合理主義文明の批判によって，近代小説への道を開いた重要な作家とみられている．

◇主要作品◇

◆「オールメイアの阿呆宮」(Almayer's Folly, 1895) →278頁.

■「ナルシサス号の黒人」(The Nigger of the 'Narcissus', 1897) ボムベイを出航したナルシサス号は，一人の黒人下級船員の存在のために船内に不和が起こり，嵐にあい，無風帯に入って船が動かなくなったりするが，この黒人が死んで水葬されると，再び風が吹きはじめて，無事にロンドン港に帰着する物語で，迫力ある自然描写と船員たちの心理と行動が見事に描かれている海洋小説の傑作.

■「文化の前哨線」(An Outpost of Progress, 1898) 1898年に出版された短編集 (Tales of Unrest) に収められている短編で，あるアメリカの開発会社の奥地の貿易所に，善良な小市民である二人の白人が，故国の法律や因習の制約を離れて，象牙を集める仕事の代理人として赴任し，次第に道徳的に転落し，人間としての醜さを暴露する物語で，「闇の奥」への前奏として興味深い.

◆「闇の奥」(Heart of Darkness, 1899) →282頁.

◆「ロード・ジム」(Lord Jim, 1899–1900) →283頁.

■「青春」(Youth, 1902) 若い水夫マーロウが東洋への初航海の時，おんぼろ船で暴風雨にあい，積荷の石炭から発火した船火事とたたかい，その船をあとにしてボートで逃れ東洋の港に着く物語を，マーロウ自身が語る．溌剌とした青年の活気に富んだ好短編.

■「台風」(Typhoon, 1902) 中国人のクーリーを乗せた小汽船が，南支那海で襲われた台風を切り抜けて無事に港に着く物語で，強暴な海の猛威と闘って，これに勝つ船長の姿が鮮やかに描き出されている短編小説である.

■「ノストロモ」(Nostromo, 1904) 南米北部のコスタグアナという架空の国の東部で反乱が起こり，西部にある中心都市スラコは危うくなる．スラコの主要産業は埋蔵量豊富なサン・トメ鉱山の銀鉱で，これを経営するのはイギリス人のチャールズ・グールドである．彼はスラコが反乱軍に占領される前に，銀塊を船で合衆国へ移そうと計画し，その船を土地の英雄ノストロモと地方新聞の編集者ドクーに任せる．反乱軍はこの計画を知って暗夜にこの船に別の船を衝突させたが，二人はボートに銀塊を積んで無人島に上陸し，これを土に埋める．ノストロモはドクーを島に残して，反乱軍の手中にあるスラコに戻り，援軍への密使の役目を見事に果たし，スラコは再び王党の手に戻った．しかし，ドクーは銀塊の一部を身につけたまま海に身を投げて自殺する．やがて銀塊を埋めた無人島に灯台が建ち，ノストロモは灯台守の娘と恋愛し，誤って灯台守に射たれ，ついに銀塊の所在を人に語らないまま死ぬ．この地方はやがて西欧風の共和国となり，銀鉱は栄え，土地は繁栄する．雄大な構想で，登場人物も多彩であり，コンラッドの傑作とされている.

【名句】 Words, as is well known, are the great foes of reality.—Under Western Eyes, prologue
　　　言葉は，周知のごとく，現実の大敵である．

バリィ　ジェイムズ・マシュウ
James Matthew Barrie (1860–1937)
劇作家・小説家

その生い立ち　バリィは1860年5月9日に，貧しい織物職工の息子として，スコットランドの田舎町キリミュアで生まれた．1882年にエディンバラ大学を卒業すると，地方新聞の記者となって社説や読物の批評を書いていたが，1885年にロンドンへ出て新聞雑誌に寄稿するようになり，本格的な文筆活動に入り，小説家として活動を開始した．

小説家として　バリィが最初に出版した本は，当時好評だったスティーブンソンの「自殺クラブ」の向こうを張って書いた1シリング本「死んだがまし」(Better Dead, 1887) であり，次の郷土の町をモデルにしたスケッチ風の12章からなる「旧光派牧歌」(Auld Licht Idylls, 1888) で認められ，「スラムズの窓」(A Window in Thrums, 1889) や評判の長編「小牧師」(1891) のようなスコットランドの郷土を取材した小説がよく売れる成功作となって，彼はキプリングと並び称される新進作家として脚光をあびた．

劇作家として　バリィは1891年に18世紀の詩人を主人公にした4幕劇「リチャード・サヴェジ」(Richard Savage) をウォトソン (Marriott Watson, 1863–1921) と合作し，続いて1幕物諷刺劇「イプセンの幽霊」(Ibsen's Ghost, 1891) を書いたのち，3幕物の笑劇「ウォーカー・ロンドン」(Walker, London, 1892) が1年以上のロングランを記録するに及んで劇壇で認められた．そして1894年にはこの劇で人気を博した女優のメアリ・アンセルと結婚した．1901年に初演されたロマンティックな喜劇「クオリティ街」と，翌年上演された代表作「天晴れクライトン」(1902) の成功でバリィは第一流の劇作家となり，1904年には世界中の子供たちに親しまれている名作「ピーター・パン」を書いた．さらに11年にはこの劇を物語に書き直し，「ピーター・パンとウェンディ」(Peter and Wendy) と題して出版し，さらに名声を高めた．ユーモアと皮肉に富んだ1幕物の傑作「12ポンドの目つき」(The Twelve Pound Look, 1910) や幻想的な幽霊劇「メアリ・ローズ」(1920) なども有名な作品である．1913年には国家に対する功労を認められて準男爵となり，1919年にはセント・アンドルーズ大学の学長に選ばれ，1922年には勲功章を授与されるなど社会的にも栄誉ある地位につき，1937年6月19日に77歳で世を去った．

バリィの劇作の特質　バリィの劇はリアリズムとユーモアが混交しており，感傷と空想豊かな童心の世界があり，ロマンティックな叙情とペーソスと諷刺と幻想は，イプセン的リアリズムの近代劇と対立する．技巧的にすぐれ，笑いと涙と空想を交ぜた彼の劇は今日でも舞台で歓迎されており，永遠の童心ピーター・パンの創造者として世界中の人びとにその名を知られている．ハイド・パークに隣接するケンジントン・ガーデンズには，ピーター・パンの立像がある．

◇主要作品◇

■「小牧師」(The Little Minister, 1891)「グッド・ワーズ」(Good Words) という雑誌に連載したものを1891年10月に3巻本の長編小説として出版した．教師の「私」を通して語られる私小説の形式をとっており，スコットランドのスラムズの町を舞台に，この町へ乗り込んできた新任教師が，伯爵邸で拾われて育った伯爵の許婚のジプシイ娘をかけて争奪戦を展開するが，結局，牧師がこの娘と結婚するロマンス．のちに作者自身が劇化して，1897年9月にニューヨークで初演，さらに11月にはロンドンで上演されて成功を収めた．

■「クオリティ街」(Quality Street, 1901) ナポレオン戦争当時の英国の田舎町を舞台に，礼儀と体面で固まったクオリティ街に住むオールドミスのスウザンは，妹のフィービーと若い医者ヴァレンタインの幸福な結婚を願っているが，医者は戦争に出征する．10年後に医者が士官となって帰ってくると，老いこんだ姉妹は私塾の教師をしながらわびしく暮らしている．妹は以前姉からもらった婚礼の晴着を着飾って若がえり，フィービーの姪だと称して医者と舞踏会で踊ったりして，結局ふたりはめでたく結ばれる．幻想的4幕喜劇．

■「天晴れクライトン」(The Admirable Crichton, 1902) ロンドンに住む伯爵ローム卿は，娘たちや友人とヨットに乗って遠洋航海に出たが，暴風雨にあい無人島に漂着する．無人島では貴族たちは無能で生活力がなく，一番よく働き実力もある召使のクライトンが酋長となり，主従関係が逆転する．数ヶ月後に英国船に救助されてロンドンに帰った貴族たちは，無人島で身につけた野性的な習慣がぬけず困る．クライトンは忠実な召使にもどり，無人島での出来事に関しては沈黙を守り，ローム家から暇をもらって貴族たちにまつわりつく無人島の悪夢を一掃してやるという筋で，英国の階級制度を諷刺した4幕喜劇．

■「ピーター・パン」(Peter Pan, 1904) ロンドンに住むダーリング夫婦の娘ウェンディと二人の息子が，人間と妖精のあいの子で大人になることを知らないピーター・パンに飛び方を習い，夢の国ネヴァー・ランドへ行って，強くてやさしいピーターとともに海賊や野獣やインディアンを相手にさまざまな冒険を経験したのち，ピーターに送られてロンドンの家へ帰るという筋の童話劇．1904年のクリスマス・シーズンに初演されて以来，世界の子供の人気をさらっており，ケンジントン公園にはピーターの銅像が立った．

■「メアリ・ローズ」(Mary Rose, 1920) モーランド夫妻の娘メアリ・ローズは，サイモンという青年と結婚し，ハリーという子供を生む．しかし，メアリは11歳の時両親に連れられて無人島に出かけた際に，20日間も姿を消したことがあったその同じ場所で再び姿を消す．20年後に昔のままの若い姿でメアリが現われ，彼女の生んだ赤ん坊を探しまわる．メアリは両親や夫が死んだ後も幽霊となって現われ，自分の子供を探し，ついに青年となった息子と巡り合うが，それをわが子と認めることができない．幻想と現実が交錯し，あやしさのただよう美しい3幕の幽霊劇で，1960年代にロンドンで再演された．

【名句】Every time a child says 'I don't believe in fairies' there is a little fairy somewhere that falls dead.—Peter Pan, Act 1 「妖精なんて信じない」と一人の子供が言うたびに，どこかで落ちて死ぬ可愛い妖精がいるのだ．

イェイツ ウィリアム・バトラー
William Butler Yeats（1865–1939） 詩人・劇作家

アイルランド
文芸復興の指導者 　イェイツは1865年6月13日に，画家を父としてダブリン市の近郊サンディマウントに生まれた．少年時代をロンドンで過ごし，1880年にダブリンへ戻って絵画を学んだが，やがて文学に情熱を傾け，世紀末の文人たちと交わって1891年ロンドンで新文学興隆の運動を起こし，翌年にはダブリンでアイルランド文芸協会をつくり，世紀末文学運動の中心となった．この運動の一部として1899年にはグレゴリー夫人らと共にアイルランド文芸劇場を創立し，1902年にはこれをアイルランド国民劇場と改称し，1904年からアベイ座を本拠として演劇運動を展開し，彼自身の劇を上演したほかシングなどの劇作家を育成した．以後イェイツは多くの劇や詩や散文を書いてアイルランド文芸復興の指導者となり，1923年にはノーベル賞を受賞し，1939年1月28日に南フランスの避寒地で世を去った．

詩人としての
活動 　イェイツは想像力豊かな叙情詩人であり，1889年にはアイルランド古伝説に取材した物語詩「アシーンの放浪」を出版した．有名な「イニスフリーの湖島」（1890）は1892年に出た作品集（The Countess Kathleen and Various Legends and Lyrics）や1895年の「詩集」（Poems）に収められている．象徴的で神秘的な詩集「葦間の風」は1899年に出版され，これで前世紀に発表された青年期の代表作は出そろったことになる．第1次大戦中に出版された後期の詩集「クール湖の野生白鳥」（1917）あたりから，浪漫的な夢と幻影に魅せられた初期の詩風を捨てて，具体的なイメージと象徴によって現代の矛盾と苦悩を的確に表現するようになり，「塔」（1928）と「廻り階段」（The Winding Stair and Other Poems, 1933）によって現代詩の始祖となった．

劇作家としての
活動 　イェイツは初期のケルト的薄明（Celtic Twilight）がただよう夢幻的な詩劇から，後期の冷厳な眼でむき出しの人間性を描く詩劇に至るまで，約30編の多種多様な劇を書いた．「カスリーン伯爵夫人」（1892），「心願の国」（1894），「影深き海」（1904）は初期の代表的詩劇であり，「カスリーン・ニ・フウリハン」（1902）と「スープの鍋」（The Pot of Broth, 1902）はグレゴリー夫人の協力を得て書いた写実的な散文1幕劇である．1920年に発表した「舞踊劇四編」には能楽の影響がみられ，後期の詩劇には「クーフーリンの死」（The Death of Cuchulain, 1938）や「煉獄」（Purgatory, 1939）がある．彼の劇は民間伝承，伝説などに取材し，詩的要素や神秘的要素が強く，象徴的であるが，劇的な動きや作劇技巧に乏しく，本質的には劇作家であるよりは詩人であったとみられていて，現在ではアイルランドを代表する国民的詩人としての評価は不動である．

◇主　要　作　品◇

- ■「アシーンの放浪」(The Wandering of Oisin, 1889) イェイツの出世作で，ロマン主義と愛国思想が結合している物語詩．アイルランド伝説のアシーン (Usheen, Ossian ともいう) が「常若の島」「恐怖の島」「忘却の島」を放浪して故国へ帰るまでを描く．
- ■「カスリーン伯爵夫人」(The Countess Kathleen, 1892年出版，1899年初演) 大飢饉のときに魂を悪魔に売って民衆を救う伯爵夫人を描いた4幕詩劇で，1903年に1幕物に改訂された．この詩劇と合わせて有名な叙事詩「イニスフリーの湖島」(The Lake Isle of Innisfree) も出版された．
- ■「ケルト的薄明」(The Celtic Twilight, 1893) 浪漫的な妖精と幻影に満ちた伝説・物語集で，表題はアイルランド文芸復興の別名として用いられ，またイェイツの初期の詩風を示す言葉としても用いられる．
- ■「心願の国」(The Land of Heart's Desire, 1894) 妖精譚に取材して不老不死の国へのあこがれを描いた象徴的詩劇．
- ■「葦間の風」(The Wind among the Reeds, 1899) 初期の代表的詩集．神秘的で象徴的な37編の詩からなる．
- ■「影深き海」(The Shadowy Waters, 1900) 叙情的な詩句を駆使して理想郷を探し求める海賊フォオゲイルを主人公にした妖夢と幻想と象徴の対話詩劇．
- ■「カスリーン・ニ・フウリハン」(Cathleen ni Houlihan, 1902) アイルランドのキララに近い農家を舞台に結婚式を明日にひかえた青年マイクルの愛国心を呼びさましたカスリーン・ニ・フウリハンと名乗る老婆を描く1幕物散文劇．
- ■「砂時計」(The Hour-Glass, 1903) 理性を象徴する賢人に対して直感を象徴する阿呆の優越を説いた道徳劇風の散文劇で，1912年に散文と韻文の混合体に改訂した．
- ■「クール湖の野生白鳥」(The Wild Swans at Coole, Other Verses and A Play in Verse, 1917) 後期の新しい詩風への展開を示す重要な詩集．伊藤道郎のために書いた詩劇「鷹の井にて」を含む．
- ■「舞踊劇四編」(Four Plays for Dancers, 1921)「鷹の井にて」(At the Hawk's Well)「骨の夢見」(The Dreaming of the Bones)「イーマの嫉妬」(The Only Jealousy of Emer)「カルヴァリ」(Calvary) の4編で，単純化された舞台，象徴的身振り，仮面の使用など能楽の影響がみられる．動きの少ない詩的表現と対話の詩劇である．
- ■「塔」(The Tower, 1928) 後期の代表的詩集．アイルランド元老院議員として政治と社会の現実に直面していた時期の作品で，1926年に書かれた長詩「塔」は最も荘厳で，独得の神秘思想と象徴主義がうかがえる．

【名句】The innocent and the beautiful / Have no enemy but time.—'In Memory of Eva Gore-Booth and Con Markiewicz'
　　　純真なものと美しいものには時のほかに敵はない．

ウェルズ　ハーバード・ジョージ
Herbert George Wells（1866–1946）

小説家・批評家

科学研究から小説家へ　ウェルズは1866年9月21日に，ケント州のブラムレイで生まれた．父は園丁で，のちに瀬戸物商となり職業クリケット選手をして副収入を得ていたという．8歳から13歳まで近所の私立商業学校で学んだのち，ウィンザーのラシャ商へ徒弟奉公に出たが2ヶ月で解職され，その後薬局に奉公したり助教師になったりしたが，1884年から南ケンジントンの科学師範学校に3年間在学して，生物学，物理学，天文学，地質学などを学び，多方面な自然科学的知識の基礎をきずいた．1887年からは理科の助教師となり，1891年にロンドン大学の学位試験に合格したが，やがてジャーナリズム方面で活躍するようになり，1895年に発表した科学小説「タイム・マシン」の成功によって一躍新進作家として認められた．

初期の科学小説　初期の作品は科学小説がその大半をしめており，未来における人類の位置を論じ，その没落を暗示し，社会批判や政治思想も織り込まれていて興味深い読物となっている．中でも科学の力によって全身を透明にすることに成功した男が道徳的意志を欠いたため悲劇に終わる「透明人間」（The Invisible Man, 1897），火星から来たミサイルの物語である「宇宙戦争」（1898），宇宙船による月世界旅行を描いた「月世界の最初の男」（1901）などが広く知られている科学空想小説である．

本格的小説　中期になると本格的小説に力を注ぎ，少年時代のウェルズ自身を思わせる主人公の登場する「キップス」（1905）は短いが，名作とされ，紳士階級の虚偽と俗物性をえぐり出した社会小説となっている．「現代のユートピア」（A Modern Utopia, 1905）は，彼の社会改造私案を小説の形式で発表した作品で，彼独得の恋愛論も含まれている．代表作「トーノ・バンゲイ」（1909）は自伝的傾向の強い長編で，インチキ強精剤トーノ・バンゲイを売出して巨大な富をつくる男の物語を通じて浅薄な新興階級の台頭を描き，資本主義のからくりを暴露してみせた．つづいて数編の思想・時事小説を書いたが，中でも英国の社会思想家が世界大戦の衝撃から自己の展望に自信を失ったのち，一歩進んだ楽天観をもつに至る過程を描いた「ブリトリング氏の洞察」（1916）が傑作とされる．

文明批評家として　ウェルズはこうした小説のほかに，全生涯にわたって多くの文明批評や民衆啓蒙の書を発表したが，「世界文化史大系」（The Outline of History, 1920）は力作とされ，その姉妹編に「生命の科学」（The Science of Life, 1929–30）がある．彼は1903年以来フェビアン協会に属して活動し，科学精神と社会主義の理念で，末期ヴィクトリア期の社会を批判することから出発して，ついには世界人類の幸福という広大な構想をもった世界国家建設の理想を主張するようになったが，第2次世界大戦後の作品は絶望的な暗さをおびている．

◇主　要　作　品◇

◆「タイム・マシン」(The Time Machine, 1895)　→280頁.

■「宇宙戦争」(The War of the Worlds, 1898) ある夜ロンドン郊外に直径20数メートルもある金属製の大円筒が大音響をたてて落下し地面に突きささる．これを第1弾として火星は地球に向かってつぎつぎにミサイルを発射し，ロンドン附近に多数の犠牲者がでたが，火星人は細菌に対する抵抗力を持たないため死滅する．

■「愛とルイシャム氏」(Love and Mr. Lewisham, 1900) 性の問題を扱った小説．学位も得られず就職に奔走する主人公のルイシャム氏に，作者自身に似た経歴がみられる．

■「月世界の最初の男」(The First Man in the Moon, 1901) ある科学者が重力を遮断する物質を発明し，これで宇宙船を作って月世界旅行に出かけ，月の表面の死火山の火口に着陸するが，月世界人に捕らわれて不思議な体験をしたのち，脱出して地球へ戻る物語．

■「キップス」(Kipps, 1905) 主人公のアーサー・キップスは貧しい呉服屋の番頭をしていたが，突然祖父の莫大な遺産がころがりこんで一躍上流階級に入る．やがて紳士たちの欺瞞と俗物性に愛想をつかし，幼なじみで今は女中をしている女と結婚する．

◆「トーノ・バンゲイ」(Tono-Bungay, 1909)　→288頁.

■「盲人の国」(The Country of the Blind and Other Stories, 1911) 短編小説集．

■「ブリトリング氏の洞察」(Mr. Britling Sees it Through, 1916) 英国の有名な社会思想家のブリトリング氏は，人類の将来に対して明るい見透しをもっていた．国際状勢は悪化したが，氏はドイツが世界を敵にまわして戦争を起こすほど愚かでないと信じていた．しかしドイツ軍はフランスに侵入し，英国もドイツに宣戦を布告した．ブリトリング氏の秘書をしていたテディは志願して兵役につき，氏の長男ヒューも志願し，氏自身は巡査となり，夫人は赤十字で働いた．こういう新事態に直面すると，氏が明るい希望をもって期待をかけていた現代文明人は，古い昔に戦争をした祖先をくらべて，同じように愚劣で残酷であるとしか思えない．やがて長男の戦死の知らせがあり，秘書も戦線で行方不明となり，片腕を失って帰ってくる．しかしブリトリング氏は今は絶望する時ではなく，新しい世界が生まれようとしているのだと考えて平静をとりもどす．

■「ウィリアム・クリッソールドの世界」(The World of William Clissold, 1926) ひとりの人間の社会的，歴史的，経済的，性的，宗教的考察が，この世界にどういう影響を与えるのかという包括的な問題を扱っており，自伝的体験をもりこみ，彼の思想を大いに宣伝した3巻の大規模な構想の作品．

■「未来の姿」(The Shape of Things to Come, 1933) ウェルズの未来社会像を述べた小説．第1次大戦をへた世界が，第2次大戦をへて，世界国家の再組織によって更生し，科学的で合理的な施設によってすべての人間が幸福になる2116年までを空想している．

【名句】Human history becomes more and more a race between education and catastrophe.—The Outline of History, vol.2, ch.41

　　　　人間の歴史はますます教育と破滅の間の競争になってきた．

ゴールズワージー　ジョン
John Galsworthy（1867–1933）　**小説家・劇作家**

その生い立ち　ゴールズワージーは1867年8月14日に，ロンドンの裕福な弁護士の子として，サリー州のキングストン・ヒルに生まれ，パブリック・スクールの名門ハロー校をへてオックスフォード大学に学び，法律を専攻して1890年に弁護士の資格をとったのち，世界旅行に出発した．南アフリカへ渡航する帆船で当時1等航海士をしていたコンラッドと知り合い，これ以後二人の親交は長く続き，助け合って文壇で確固たる地位を占めるようになった．

1895年頃から文筆生活に入り，1897年にかつてコンラッドが処女作を出版したアンウィン書店から処女短編集（From the Four Winds）を出版し，1906年に「資産家」を発表して小説界に認められ，同年最初の劇「銀の箱」が上演されて劇壇でも名を成し，以後多くの小説や劇を発表して20世紀前半における第一流の作家として活躍した．

小説家 ゴールズワージー　彼の代表作は，「フォーサイト家年代記」（The Forsyte Chronicles）と呼ばれる9編の長編と23編の短編からなる大河小説であろう．この連作は，まず「資産家」，「窮地」（In Chancery, 1920），「貸家」（To Let, 1921）の3長編に，「あるフォーサイトの小春日和」（The Indian Summer of a Forsyte, 1918）と「目ざめ」（Awakening, 1920）の2短編を合わせた「フォーサイト家物語」（1922）にはじまり，「白猿」（The White Monkey, 1924），「銀の匙」（The Silver Spoon, 1926），「白鳥の歌」（Swan Song, 1928）の3長編に「無言の求婚」（A Silent Wooing, 1927）と「通行者」（Passers By, 1927）の2編を加えた「現代喜劇」（A Modern Comedy, 1929），をへて，「待つ処女」（Maid in Waiting, 1931），「花咲く荒野」（Flowering Wilderness, 1932），「河を越えて」（Over the River, 1933）の3長編を収めた「終章」（End of the Chapter, 1935）で完結するが，これにフォーサイト一家の人物に関する挿話を扱った19の短編を集めた「フォーサイト情報交換局」（On Forsyte 'Change, 1930）を加えて考えるのが普通である．

劇作家 ゴールズワージー　また彼は社会悪をテーマとする多くの社会劇を，写実的な手法により，公平無私な態度で描いて演劇史に名を残した．「銀の箱」では階級的偏見によって裁判の公平がゆがめられる姿を描き，たいていの悪は人間個人より社会にあるという考えから，「争闘」（1909），「公正」（1910），「長男」（The Eldest Son, 1912）などを発表した．

むすび　1929年に勲功賞，1932年にノーベル賞を受けたが，この頃から第一線をしりぞいて文壇の大御所的存在となり，1933年1月31日に65歳で世を去った．大河小説「フォーサイト家年代記」は，文学史上で評価が高い．

◇主要作品◇

◆「資産家」(The Man of Property, 1906) →300頁.
◆「銀の箱」(The Silver Box, 1906) →286頁.
■「争闘」(Strife, 1909) あるブリキ工場で起こった数ヶ月にわたる烈しい労働争議によって，労働者の家族は困窮し，工場は倒産に近い状態になる．頑強な資本家と，譲歩より餓死を選ぶという争議指導者との対立を，作者は労使いずれにもとらわれない公正な立場から，争議のための争議の事実を写実的に描いた3幕劇．
■「兄弟愛」(Fraternity, 1909) この小説の題名は作中の著述者ストーン氏の社会評論の題でもある．人間関係に兄弟愛があるべきであるというこの観念論に対して，現実の世界では貧富両階級に真の友愛どころか，お互いの理解さえも欠けていることを描いた長編．
■「公正」(Justice, 1910) 法律事務所の若い書記が，夫に虐待されている人妻と恋をし，その女の苦境を救うために公金を盗んで捕らえられ，2年の刑を終えて出所後，職につこうとするが前科者であるために社会から排斥され，ついに自殺する4幕劇．3幕3場の独房の場面はまったくの無言劇だが，上演の際に観客に非常な感動を与え，当時の内相チャーチルを動かして監獄制度が改良されたという挿話がある．
■「リンゴの木」(The Apple Tree, 1916) 18年に出版された短編集 (Five Tales) に収められている．アシャーストという青年の若き恋愛を，回想形式で叙情味豊かに描いた短編中の傑作．
◆「フォーサイト・サーガ」(The Forsyte Saga, 1922) →300頁.
■「忠誠」(Loyalties, 1922) 競馬で有名なニューマーケットの近くの田舎屋敷に滞在していた金持ちのユダヤ人が，千ポンド近くの大金を盗まれる．ユダヤ人は新婚の退役大尉ダンシーが盗んだものときめつけ，法廷で対決することになる．ダンシー大尉の弁護士は大尉が結婚前にあるイタリア人の娘と関係し，その手切れ金に困って金を盗んだ事実をつかんだので，法律と自分の職業に対する忠誠からこの訴訟事件の弁護を中止し，大尉には警察が逮捕状を出す前に外国へ去るようにすすめる．大尉は自分の民族や友人や妻に対して，軍人として紳士として恥ずべき行為をしたことを悔い，そうした人々への忠誠から心臓をピストルでうちぬいて自殺する．舞台効果のすぐれた3幕劇である．
■「逃走」(Escape, 1926) マット・デナントという男が，競馬場から帰る途中，売春婦と間違えられた若い女をかばうために刑事と格闘し，その刑事は柵で頭を打って死ぬ．マットは逮捕され，ダートムア刑務所で服役するが，霧の深い日に脱走し，追いつ追われつの息をもつかせぬ逃走を展開したのち，ついに教会に逃げ込むが，牧師に迷惑がかかるのを恐れて自首するまでを迫力ある運びで描いたプロローグ及び2部9場からなるドラマ．

【名句】A man of action forced into a state of thought is unhappy until he can get out of it.—Maid in Waiting, ch.3
　　　思索の状態に押し込められた行動力のある人は，そこから逃げ出すことができるまでは不幸である．

シング　ジョン・ミリントン
John Millington Synge（1871–1909）　　**劇作家**

その生いたち
イェイツとの会見　シングは1871年4月16日に，ダブリンの郊外で生まれた．身体が弱かったため家庭教師について勉強し，1888年にトリニティ・カレッジに入学した．同大学を卒業後，自分の真の天分を発見するために大陸へ放浪の旅に出かけ，ドイツでは音楽を学び，パリではフランス文学を勉強し，イタリアへも旅をした．1896年，パリで会った同郷の詩人イェイツは，シングの隠れた天分を認め，アイルランド西端のアラン島へ行って，その土地のまだ表現されたことのない生活を描くように勧めたが，このふたりの出会いは，シング個人にとってもアイルランド新劇運動にとっても，特筆すべき出来事となった．

劇作家として
文壇に登場　シングはイェイツの忠告に従って，故郷の美しい自然と風物と伝説の中に帰って劇作を始め，1903年にはアラン島旅行で得た知識を土台にして，荒涼たる谷間に住む女が新しい生活を求めて故郷を去る1幕物「谷の陰」がダブリンのアベイ劇場で初演され，つづいて海と戦う人々の悲運を描く1幕物「海に騎りゆく者たち」（1904）や，盲人夫婦に空想と現実の隔たりを表象させた3幕劇「聖者の泉」（1905）も上演になった．1907年にはアイルランド人の空想好きな一面と現実との葛藤を描く代表作「西の世界のプレイボーイ」が初演されたが，非道徳的，非愛国的であるとして一般の観客の激しい反感を買った．この世評はシングの健康に打撃を与え，やがてガンにかかって入院し，病床で最後の3幕詩劇「悲しみのデアドレ」（1910）を書いたが，その完成を待たずに，1909年3月24日に，劇作家としてのすぐれた才能を惜しまれつつ，わずか38歳の短い生涯を閉じた．

　シングの劇は，全部で6編，1幕物ふたつ，2幕物ひとつ，3幕物3つであり，これらの作品は1903年から1909年までのきわめて短期間の劇作活動から生まれ，そのほとんどがダブリンのアベイ劇場で初演された．

その作品の特徴　シングはイェイツやグレゴリー夫人とともにアベイ劇場の経営にもたずさわり，アイルランド新劇運動の展開に大きな貢献をした．彼の劇は初演当時の観客の反感を買ったこともあったが，アイルランドの自然と土民の生活を，リアリズムに徹して，方言をまじえつつ，地方色豊かに，叙情詩的な美しさで描き，今では立派な古典として文学史に確固たる地位を保っている．シングの劇は技巧的完成度が高く，人物を浮き彫りにする技術はシェイクスピアにも比較される．彼は劇のほかに，アラン島の生活と風物をスケッチ風に描いた旅行見聞記「アラン島」（1907）や詩編を書き，これらの作品は古くはモーンセル（Maunsel）版の4巻もの，最近ではオックスフォード・ユニヴァーシティ・プレス版の5巻ものの全集に収められている．

◇主要作品◇

■「谷の陰」(In the Shadow of the Glen, 1903) シングがアラン島滞在中に聞いた話をもとにして書いた1幕物喜劇．ウィックロウの山中の一軒家に住む農夫で羊飼いの老人がノラという若い妻の貞節をためすために死んだふりをする．そして若い妻が老人の遺産を狙うマイケルという若者に口説かれているのを見て，突然寝床から起きあがり，妻を追出す．マイケルは遺産が手に入らないと知るとノラを相手にしない．ノラは老いた夫との愛のない生活に別れを告げ，食糧と宿を求めて一軒家に来た浮浪人と一緒に谷を出る．

■「海に騎りゆく者たち」(Riders to the Sea, 1904) 1幕物悲劇．絶海の孤島が舞台で，老女モーリャはこれまでに愛する夫や4人の息子たちを海に奪われたが，さらに5人目の息子マイケルも行方不明になって絶望視され，6人目の息子バートレイも悪天候をおかして馬市へ出す馬を乗せた船を出して海にのまれてしまう．身内の男たちのすべてを海のために失ってしまう老母のあきらめの姿を比類なく簡潔な手法で描き出した海の悲劇．全編が緊張したサスペンスに満ちて，格調の高い悲劇美をつくりあげている1幕物の名作．

■「聖者の泉」(The Well of the Saints, 1905) 盲人が目明きになった奇蹟を題材にした3幕喜劇．醜い盲人の夫婦マーティンとメアリが，人びとから世界一の美男美女だといわれたのを信じて，自分たちは現実以上に美しいものだと想像していたが，聖者の泉の霊験で眼があくと，とたんに自分たちの醜悪な顔に愛想がつきて，盲人として想像の世界に生きていたときの幸福を回顧するという筋．日本では坪内逍遙が「霊験」の題名で翻訳し，大正3年に帝劇で東儀鉄笛一座によって上演された．

◆「西の世界のプレイボーイ」(The Playboy of the Western World, 1907) →287頁．

■「アラン島」(The Aran Islands, 1907) シングは詩人イェイツにすすめられて，アイルランド西海岸のゴールウェイ湾の入り口に位置する3つの島からなるアラン島へ何度も旅行し，自然を観察したり住民と親しく交わって伝説や民話を集め，それらをスケッチ風にまとめた旅行見聞記．彼の劇作の題材となったエピソードがいくつか語られている．

■「いかけ屋の婚礼」(The Tinker's Wedding, 1909) 2幕喜劇．03年頃の作で，それ以後筆を加えて08年に出版された．この劇はシングの生前にアベイ劇場で上演されず，09年11月にロンドンで初演された．長い間アイルランドでは上演禁止になっていた．楽天的で愉快ないかけ屋たちの結婚式に，彼からすこしでも多く金をまきあげようとする悪がしこい牧師がからんで起こる騒動を描いている．全体の構成に難があり失敗作とされている．

■「悲しみのデアドレ」(Deirdre of the Sorrows, 1910) 3幕詩劇．作者が臨終の床で書いた未定稿をもとにして，1910年1月13日にアベイ劇場で上演された．アイルランドの伝説として有名な美貌の女性デアドレの悲話が題材になっている．

【名句】All art is a collaboration.—The Playboy of the Western World, Preface.
あらゆる芸術は協力である．

No man at all can be living for ever, and we must be satisfied.—Riders to the Sea.
誰だって永遠に生きることはできない．だから諦めが必要だ．

モーム　ウィリアム・サマセット
William Somerset Maugham (1874–1965)
小説家・劇作家

**その生涯　　**　モームは1874年1月25日に，英国大使館の
初め医師を志す　顧問弁護士を父としてパリで生まれた．幼い
時に父母を失い，叔父の世話になりながら医学を勉強したが，やがて志望を文学に変えて，23歳のとき医者としての見聞を題材にした処女作「ラムベスのライザ」を発表して世紀末の文壇に登場して以来創作に専念し，長編，短編，戯曲，随筆などの分野で息の長い旺盛な作家生活を続けた．その間に世界各地を旅行して数冊の旅行記を書き，名声と富を得たが，晩年は孤独で不幸だったという．1965年12月26日に91歳で世を去った．

長編作家としての　自伝的要素を多分にもつ代表作で，20世紀文学の古典の一つに数えら
**　モ　ー　ム　**　れる「人間の絆」(1915)と，天才画家の芸術に徹した生涯を描く名作「月と六ペンス」(1919)の2大長編をはじめとして，文壇の内幕話を軽いタッチで描いた円熟期の傑作「菓子とビール」(1930)，作者の宗教観を知る上で重要な「かみそりの刃」(1944)，人間の幸福を追求した作品で最後の長編となった「カタリーナ」(Catalina, 1948)などを書いた．

短編作家としての　1899年に最初の短編集を出版して以来，題材の面白さと構成の巧みさ
**　モ　ー　ム　**　で楽しく読ませる多くの短編を書き，ハイマネン版の3冊本の短編集（ペンギン版は5冊）に，ほとんど収録されている．短編の代表作は1921年に出した短編集(The Trembling of a Leaf)の中の「雨」で，「赤毛」(Red)とともに南海ものの双璧とされている．「コスモポリタンズ」(Cosmopolitans, 1936)は，雑誌に切切りで連載した非常に短い短編を集めたもので，多彩な内容で読者をあきさせない．

劇作家としての　1896年頃に1幕物を書いて劇作に筆をそめて以来，翻訳劇を含めてじ
**　モ　ー　ム　**　つに32編にのぼる戯曲を発表し，ワイルド流の風習喜劇作家として名をなした．モームの劇はたいてい上流社会の男女関係を喜劇的に扱い，機知に富む会話，気のきいた洒落や警句，波瀾に富む巧みな構成，適度のセンチメタリズムなど通俗劇としての要素をそなえており，大当たりとなった「フレデリック夫人」(Lady Frederick, 1907)をはじめ，「お歴々」(Our Betters, 1915)，「ひとめぐり」(1919)がこの種の喜劇の代表作であるが，1928年の「聖火」(The Sacred Flame)から，最後の劇「シェピー」(1933)までの4作は深刻な問題劇である．

モームの作品　みずからストーリー・テラーを以って任じ，「芸術は万人が楽しみ得る時に
**の　特　質　**　のみ偉大であり，深い意味を持つ」と主張するごとく，どれもが読んで面白いが，その底には常にモーム特有のシニカルな人生観がみられる．大衆小説家とみられがちだが，「人間の絆」は二十世紀を代表する小説の一つで，芸術的完成度の高い人生の書である．

◇主 要 作 品◇

- ■「ラムベスのライザ」(Liza of Lambeth, 1897) モームはロンドンの聖トマス病院附属学校で産科の助手をしている頃に，ロンドンの西南部にある貧民街ラムベスへしばしば出産に立会うために呼ばれた．その経験に取材し，モーパッサンの手法を学んで書いたのがこの長編第1作であり，ライザという18歳の娘が，妻子ある男と熱烈な恋愛をして，その男の子を流産して死ぬまでを劇的に描いている．
- ◆「人間の絆」(Of Human Bondage, 1915) →292頁．
- ◆「月と六ペンス」(The Moon and Sixpence, 1919) →295頁．
- ◆「雨」(Rain, 1921) →297頁．
- ■「ひとめぐり」(The Circle, 1919年作，1921年初演) 3幕喜劇．親子3代にわたって親切で将来性のある夫をすてて他の男とかけおちする上流階級の女性たちの愚行を，軽妙なセリフと奇抜な情況設定の面白さによって描いたモーム喜劇の代表作．
- ■「菓子とビール」(Cakes and Ale, 1930) 作者自身の分身とみられるアシェンデンという文士が，友人の大衆作家キアー氏と，文豪ドリフィールドについて語り合う場面から始まり，文名の確立した晩年だけしか知らないキアー氏と，文豪の自由奔放な私生活を知る「私」とのドリフィールド観の対立が興味深く描かれている．1928年に死んだ文豪ハーディがこの小説のモデルとなったとして問題にされたが，作者はこの説を否定した．
- ■「シェピー」(Sheppy, 1933) シェピーという中年の理髪師が，競馬の馬券が当たって大金をつかむが，聖書の言葉に強く心を動かされて，その大金を全部貧しい人びとに与える決心をして，周囲の人から狂人扱いを受け，ついには脳溢血で死ぬ物語で，作者が一般受けのすることを度外視して，書きたいことを思うままに書いた3幕の問題劇．
- ■「要約」(The Summing Up, 1938) 64歳の時に出版された随筆集で，功成り名遂げた作者が，生涯と作品をふりかえりつつ，人生観，芸術観を率直に語っている．モームは，20代では残忍 (brutal) だといわれ，30代には軽薄 (flippant)，40代には皮肉 (cynical)，50代では有能 (competent)，60代では皮相 (superficial) だと批評されたと書いている．
- ■「かみそりの刃」(The Razor's Edge, 1944) 戦場から帰って以来，人が変わって働こうとしないラリーというシカゴに住む青年が，パリに行って学問にうちこみ，人生の意義を求めてさまよいつつ，ドイツ，スペイン，イタリアなどを放浪し，インドで悟りをひらいてパリへもどり，人間の幸福は物質にあるのではなく精神にあると信じて，貨物船でアメリカへ帰り，運転手になる物語．作者は「私」として登場し物語の聞き手にまわっている．

【名句】Hypocrisy is the most difficult and nerve-racking vice that any man can pursue.
　　　—Cakes and Ale, ch.1
　　　偽善は人間が追求しうる悪徳のなかで最もやっかいで神経を逆撫でするものだ．
　　　No book is readable if you have neither curiosity nor fellow-feeling.—Books and You
　　　いかなる書物であれ，読者に好奇心や仲間意識がなければ，楽しく読めない．

フォースター　エドワード・モーガン
Edward Morgan Forster (1879–1970)　　**小説家**

生いたちと創作　フォースターは1879年1月1日に、ウェールズ出身の建築家を父として、ロンドンで生まれた。1897年にケンブリッジのキングズ・カレッジに入学し、そこで古典と歴史を学び、卒業後イタリアに移り住んで、地中海の美しい風景と半島の文化遺産に親しみつつ創作に専念し、イタリアを背景とした長編処女作「天使も恐れて立ち入らぬところ」(1905)を完成し、続いて「眺めのある部屋」(1908)を書きはじめた。

長編作家　長編作家として活動を開始したフォースターは、1907年にイギリスに帰り、ケンブリッジ時代の経験に取材した「最も長い旅路」(1907)を出版し、「眺めのある部屋」を完成させた。そして1910年には二人の姉妹と富豪を中心に人生の諸相を描く円熟した長編「ハワーズ・エンド」が出た。これら第1次世界大戦前に書かれた4長編は、いずれも完成に数年を費やすという慎重な創作態度で書かれており、そこには人間関係の精密な観察がみられ、本格的小説として高く買われた。

歴史研究家　第1次世界大戦中はアレキサンドリアで非戦闘員としての仕事に従いつつ、かたわらこの古代文化都市の歴史研究をすすめ、これがのちに「アレクサンドリア——歴史と案内」(Alexandria, A History and a Guide, 1922)や「ファロスとファリロン」(Pharos and Pharillon, 1923)の2冊の歴史書となって現われた。

良識と善意の作家　代表作「インドへの道」(1924)は、2度にわたるインド旅行の体験をもとにして書かれた大作で、英国の植民地であった頃のインドを舞台に、英国人とインド人の民族意識の問題がテーマになっている。この長編は発表当時から古典とみなされた傑作であり、フォースターはこの作品によって大家として認められた。1927年には母校キングズ・カレッジでおこなった講演をまとめた有名な小説論「小説の諸相」(Aspects of the Novel)を出版したが、これは評論界における大きな収穫のひとつとなった。1928年には短編集「永遠の瞬間」(The Eternal Moment and Other Stories)を出し、1936年には彼の居住地であったサリ州のアビンジャーという村の名をとったエッセイ集「アビンジャー・ハーヴェスト」(Abinger Harvest)を出版した。1946年には同地を去ってケンブリッジに移り、1951年にはエッセイ集「民主主義に二度喝采」がまとまり、1953年には、1912年と1921年の2度にわたるインド滞在の記録である「デーヴィの丘」(The Hill of Devi)を出版した。そして、1970年6月7日にコヴェントリーで亡くなった。

むすび　フォースターは随筆、評論などの出版を除けば、小説家としての作品の数はそう多くない。彼は良識と善意の作家で、作品では終始一貫して人間関係の困難さに関心を示し、人間はお互いに信頼し愛し合う必要があることを説いている。

◇主要作品◇

▫「天使も恐れて立ち入らぬところ」(Where Angels Fear to Tread, 1905) フォースターが26歳の時に出版した処女長編．イギリスのヘリトン一家によって代表される因襲的なソウストン (Sawston) の人びとと，イタリアの歯医者の息子であるジーノによって代表される自由で素朴なイタリア人とを対比させ，この二つの世界が合っては離れるさまを描きつつ，ソウストンのさまざまな俗物性を機知と諷刺でもって批判した小説．

▫「最も長い旅路」(The Longest Journey, 1907) ケンブリッジを舞台に，主人公のインテリ青年リッキーが，アグネスというソウストン出身の女と結婚して偽善に満ちた世界に落ち込んでいくが，ケンブリッジ時代の学友アンセルや，その片親兄弟であるスティーヴンによって救われる話が中心になっている．前作同様ふたつの対照的な世界からなる長編で，自伝的要素が強いとされている．

▫「眺めのある部屋」(A Room with a View, 1908) 1903年ごろに構想されたので，処女作に似たところがあり，舞台も前半はイタリアである．ルーシーという女性が，自惚の強いインテリ青年との婚約を解消して，ジョージという青年との結婚を望むようになるまでのいきさつを，機知に富んだ喜劇的表現で描いた作品．

◆「ハワーズ・エンド」(Howards End, 1910) →289頁．

◆「インドへの道」(A Passage to India, 1924) →303頁．

▫「民主主義に二度喝采」(Two Cheers for Democracy, 1951) フォースターは1903年から1934年までに英米の雑誌類に発表した約80編のエッセイを集め，「アビンジャー・ハーヴェスト」と題して1936年に出版したが，これはその続編で，それ以後のエッセイ，論説，放送文などを収めている．その中でも40年に書いた「私の信条」(What I Believe) は，作者自身の生活信条を率直に述べた好エッセイで，作者のものの考え方を知る上からも，ぜひ一読すべき文章であろう．

▫「モーリス」(Maurice, 1971) 1913年から14年に書かれ，死後に出版された．ケンブリッジ大学生モーリスを主人公にした自伝的色彩の濃い小説で，ホモセクシュアリティを主題にした問題作．映画化作品 (1987) も話題になった．

【名句】Think before you speak is criticism's motto; speak before you think creation's.—Two Cheers for Democracy

話す前に考えよとは批評のモットー，考える前に話せというのは創作のモットーである．

Two cheers for democracy: One because it admits variety and two because it permits criticism.—I Believe

民主主義に2度喝采．多様性を認めるがゆえに1度喝采．批判を許すがゆえにもう1度喝采．

ジョイス　ジェイムズ
James Joyce（1882–1941）　　　　　小説家

その生涯　ジョイスは1882年2月2日にダブリン市の郊外で生まれた．ジェズイット（Jesuit）宗派の厳格な学校で教育を受け，僧職につくつもりだったが，ダブリンのユニヴァーシティ・カレッジでは主として文学を研究し，イプセンの劇に関する批評を書き，イェイツなどのアイルランド劇の新運動を攻撃したパンフレットを自費出版したりした．1902年には医学を学ぶためパリへ行ったが，翌年母の危篤のために一時帰国し，1904年10月にノーラ・バーナクル（Nora Barnacle）と結婚し，再び大陸に渡ってトリエステのベルリッツ学校で英語を教えながら，かねてからの希望であった文学の道に専念することにした．これ以後ジョイスは，数回帰国したほかはとんど故郷の土を踏まず，常に外国にあって実験的な野心作を書き，「意識の流れ」(stream of consciousness) と呼ばれる内面描写の新手法や文体の上で，現代文学に大きな影響を与えた．彼は若い頃から視力が弱く，晩年には失明に近い状態になったが，音感は非常に鋭く，その文章は音楽的である．

その処女作　ジョイスの処女作は36編の短詩を集めた詩集「室内楽」(Chamber Music, 1907) で，アーサー・シモンズの世話で出版されたが，印税はほとんど入らなかったらしい．次作の写実的な短編小説集「ダブリンの人々」は，何度も出版社の削除要求や契約破棄などさまざまな障害に出会ったあげく，1914年にロンドンでようやく出版された．1915年からはチューリッヒに住み，自伝的な長編「若き芸術家の肖像」(1916) を発表し，1918年には自然主義的手法によるジョイス唯一の戯曲「追放された人々」(1914作) が出版され，1920年からはパリに移り，ほぼここに定住して大作と取り組んだ．

代表作「ユリッシーズ」(Ulysses, 22)　この作品は，ホメロスの「オデュッセイア」の構造を借りて，1904年のある日の朝から夜半までのダブリンを背景に，平凡なあるユダヤ人の生活を潜在意識にまで立ち入って徹底的に描写した大作で，アリストテレスの劇作法にしたがって時間と場所の統一がはかられている．ジョイスがこの長編で使用した内的独白（monologue intérieur）による「意識の流れ」の手法は文学に新しい進路を与え，彼はこのあとで彼の最後の大作「フィネガンの通夜」(1939) に着手し，部分的に雑誌に発表しながら1938年に完成し，翌年イギリスとアメリカで出版した．これは前作をさらに押し進めて，ほとんど全部が「意識の流れ」の手法で書かれており，4部にわかれ，ある男の一夜の睡眠中の意識を取扱っている野心作である．

むすび　1940年には第2次世界大戦のためパリを去って，スイスのチューリッヒに戻り，1941年1月13日にそこで世を去った．二十世紀を代表する最大の文学者の一人としての評価は不動である．

◇**主 要 作 品**◇

■「ダブリンの人々」(Dubliners, 1914) 主として1904年頃に書かれた15編の短編を集めたもの.死・愛・宗教・政治などのテーマによって,ダブリンの人々の生活を自然主義的リアリズムの手法で描いている.スケッチ風の諸編の中で,「イーヴリン」(Eveline)は男にさそわれるが,貧しい家を脱出して新生活に入っていく勇気のない弱い惨めな一少女の心理を描いたドラマティックな好短編で印象に残る.「死せるもの」(The Dead)は一番長く,また一番有名な作で,クリスマス舞踏会の主賓ゲイブリエルの心の動きを中心に描き,他の諸編と違って潜在意識の世界へ一歩踏み込んだ表現のはしりがみられ,最後の場面では自然主義と象徴主義が調和して美しい心理描写を提供している.

■「若き芸術家の肖像」(A Portrait of the Artist as a Young Man, 1916) 1904年から1914年にかけて完成された.この小説の原型は1904年頃から書き始めていた「スティーヴン・ヒアロウ」(Stephen Hero)という自伝的な未定稿で,この方は1944年に出版された.主人公のスティーブン・ディーダラスは,ジェズイット宗派の学校で教育を受け,神学校で僧職につく訓練を受けるが,やがて芸術家になる決心をしてダブリン大学に入学し,そこで自分の目ざす美学体系を樹立し,芸術を動的なものではなく静的なものであるとする芸術観に到達する.そしてカトリックの因襲的な生活に縛られ,ヨーロッパ文化との接触がない故郷ダブリンを去る決心をかため,家や祖国や教会を捨ててひたすら芸術の道に精進するため,パリへ,ひとり出発して行く.これは若い主人公が青春期に信仰と愛と芸術の葛藤に悩みつつ,芸術家になる決心をするまでの精神的発展を描いた自伝的長編で,主人公の心の動きを表現する文体は,「ダブリンの人々」の客観的描写から「ユリッシーズ」の内面的な描写に至る中間のスタイルで,過渡期を示している.

■「追放された人々」(Exiles, 1918) 3幕劇.1914年にトリエステで書かれた.作家のリチャードとその妻バーサとジャーナリストであるロバートの3人を中心人物として,未遂に終わった姦通をテーマとした,イプセン風の心理劇.

◆「ユリッシーズ」(Ulysses, 1922) →298頁参照.

■「フィネガンの通夜」(Finnegans Wake, 1939) 1922年から1939年までかかって書かれた問題作.ジョイス自身の造語をひんぱんに使い,複雑な象徴と百科全書的知識で書かれており,全般に「意識の流れ」の手法が使われている.この小説はイタリアの哲学者ヴィコ(Vico, 1668–1744)の歴史4時代輪環説を骨組にして4部にわかれている.第1部はダブリンに住んで居酒屋を経営するイアウィッカーという男の前歴をさまざまなエピソードで語り,第2部は彼のふたりの息子達の話,第3部は彼が妻のアンナと寝室にはいって夢みる未来図,第4部は朝が来て夢が破れ輪環が新しく始まる描写となっていて,人間は生まれ,たたかい,死に,また新たに復活するという破滅と回復が主題になっている.

【名句】 A man of genius makes no mistakes. His errors are volitional and are the portals of discovery.—Ulysses
　　　　天才は失敗をしない.その過失は意志にもとづいていて,発見の糸口になる.

ウルフ　ヴァージニア
Virginia Woolf (1882–1941) 　　　小説家

その生いたち　ウルフは1882年1月25日に19世紀後半の有名な文芸評論家レズリー・スティーブンの娘としてロンドンに生まれ，高い教養と文学的雰囲気のなかで育った．1912年に文明批評家のレナード・ウルフと結婚し，夫妻は協力してホガース出版社を経営し，自分たちの作品のほか，K. マンスフィールドや，E. M. フォースターなどの野心的な作品を出版し，かなり大きな出版社にまで発展した．

批評から創作へ　ウルフは最初タイムズ文芸付録などに文芸批判を書いていたが，ジェーン・オースティン風の小説「船出」(1915) を出版してから創作に転じ，次の長編「夜と昼」(1919) あたりからヘンリー・ジェイムズ流の心理分析がみられ，1921年には短編集「月曜日か火曜日」(Monday or Tuesday) を出版した．

「意識の流れ」の手法実践者　次の長編「ジェイコブの部屋」(1922) では主人公の青年の意識を通じてその一生を描き，「ダロウェイ夫人」(1925) に至って，「意識の流れ」の手法を実践に移して成功した最も代表的な作品として高く評価された．続いて数人の登場人物たちの意識の流れを追う手法を用い，幻想と現実が交錯する心理小説の傑作「燈台めざして」(1927) を発表して文名を高めた．

心理主義的小説技巧を駆使して　次の「オーランドー」(Orlando, 1928) では，エリザベス朝において，16歳であった少年が転性して現代では36歳の女性になるという5世紀にわたるオーランドーの生涯を描く幻想的な伝記小説の実験を試み，「波」(1931) では性格を異にする6人の男女の生涯を内的独白を通じて描き，心理主義的小説技巧の極致を示した．「フラッシュ」(Flush, 1933) は女流詩人ブラウニング夫人の伝記を彼女の愛犬の眼を通して描いた作品であり，長編「歳月」(1937) に至ると，今まで内面描写を主体とした小説を書いてきた作者が眼を外に向けて，1880年から約50年間にわたる時代の推移を背景にとって，ある中流階級一家の人々の運命を描き，最後の小説「幕間」(1941) を残したまま，第2次世界大戦がはじまって間もない1941年5月28日に突然自宅から姿を消し，入水自殺をして世を去った．

ウルフ文学の特質　女性らしい感受性に富み，詩的情操と知性に輝く心理小説を書いて注目されたウルフは小説理論家でもあった．彼女の文学論を知るためには「ベネット氏とブラウン夫人」(Mr. Bennett and Mrs. Brown, 1924) や「一般読者」(The Common Reader, 1925) などの評論を読む必要があるが，特に「現代小説」(Modern Fiction, 1919) ではジョイスの意識の流れの手法にふれて興味深い．彼女の死後，夫レナードが編集・出版した「作家の日記」(A Writer's Diary, 1953) は彼女の人と作品を知る上に役立つ．

◇主要作品◇

■「船出」(The Voyage Out, 1915) ウルフが31歳のときに出版した処女小説．レイチェルという音楽に専念していた24歳になる娘が，南米航路の貨物船に乗って，南米サンタ・マリナの避寒地に出かけ，海辺の丘の白い家に滞在し，丘の下のホテルに集まった人たちと交際する．そしてピクニックで知り合ったテレンスという青年と恋をし，恋を知ることによって人生の孤独な姿につきあたり，突然熱病にかかってテレンスに手をとられながら死んでいく．全編27章からなる単純な物語である．

■「夜と昼」(Night and Day, 1919) テムズ河畔に住むヒルベリー氏夫妻の一人娘キャサリンは，文学的な雰囲気の中で育った27歳になる女性だが，数学や科学の世界に愛着をもっていた．彼女はロドニーという文学青年に結婚を申し込まれて承諾するが，二人の間に真の愛情が存在しないことを知って婚約を解消し，弁護士のラルフという青年と結婚し，ロドニーはキャサリンの従姉妹のカサンドラと結ばれる．34章からなり，前作に続いて伝統的な小説形式で書かれている．

■「ジェイコブの部屋」(Jacob's Room, 1922)「現代小説論」などで主張した理論を実践した実験的長編．全編が断片の連続で，場所はコーンウォル，ケンブリッジ，ロンドン，アテネと変化し，この小説の連絡役であるジェイコブの幼少時代から成長して恋をしたのち第一次大戦で戦死するまでが，時の流れにそって周囲から描かれ，作者の人生論が展開される．

◆「ダロウェイ夫人」(Mrs. Dalloway, 1925) →304頁．

◆「燈台めざして」(To the Lighthouse, 1927) →305頁．

◆「波」(The Waves, 1931) →310頁．

■「歳月」(The Years, 1937) 外的世界に眼をむけた作者が，パージター家の平凡な人たちの生活を中心にして，1880年4月から1930年代の現代までの時代の推移を描いた長編で，11に分かれた各部は季節と天候の描写ではじまり，各部ではその年の一日をとりあげて，人物から人物へと作者の描写はめまぐるしく移っていく．パージター大佐の7人の子どもたちの中では，人の善意を信じて生きる健康で快活な長女のエリナの姿が印象に残る．

■「幕間」(Between the Acts, 1941) ウルフが自殺の約1ヶ月前に完成した最後の長編．第2次世界大戦が始まる直前の1939年6月のある1日を選び，イギリスの田園の古い屋敷に住むオリヴァー父子一家を中心にして，巨獣の住む太古から現在をへて未来へつづく時間の流れの中で，常に変らぬ人間の愛憎，孤独，美と秩序への志向などをテーマにし，散文の中に詩を混入し，詩劇を小説の中に溶かし込んで，外面描写を融合した象徴的寓意小説とみられている．

【名句】A woman must have money and a room of her own if she is to write fiction.—A Room of One's Own (1929), ch.1
　　女性が小説を書くつもりなら，お金と自分の部屋を持つべきです．

ロレンス　ディヴィッド・ハーバード
David Herbert Lawrence（1885–1930）

小説家・詩人

その生い立ち　ロレンスは1885年9月11日に，ノッティンガムシアの貧しい炭坑夫の子として生まれ，奨学金を得てノッティンガム高等学校に学んだ．1906年にノッティンガム大学の教員資格養成科に入学し，卒業後ロンドンの小学校の教師となったが，この頃に書いた小説の第1作「白孔雀」が11年にハイネマン社から出版されるに及んで，作家として出発した．

ロレンスとフリーダ　1912年の春，ロレンスはノッティンガム大学の教授夫人であるフリーダ（Frieda）というドイツ人女性と知り合って恋愛し，ドイツに駆落ちしたのち，イタリアに落ちいた．ここでロレンスは自伝的傾向の強い代表作「息子と愛人」（1913）を完成した．1913年にはイギリスに帰り，1914年にフリーダと教授の離婚問題が解決したので，二人は正式に結婚した．

第1次大戦中は，妻のフリーダがドイツ人であったため家宅捜索など種々の不愉快な出来事が重なった上，3代にわたる一家の愛欲と結婚を描いた「虹」（1915）が発禁処分にあったりしたので，大戦が終わるとロレンス夫妻は待ちかねたようにイギリスを離れ，1919年11月からイタリアとドイツの各地を旅行し，1922年にはセイロンをへてオーストラリアに行き，アメリカに渡ってニュー・メキシコに住み，1923年に一度ロンドンに帰ったが，すぐニュー・メキシコへ戻った．この旅行から「カンガルー」（Kangaroo, 1923）や「翼のある蛇」（1926）などの作品が生まれた．1925年9月末には，一時，イギリスへ帰ったが，すぐにイタリアへ行ってそこに定住し，大胆な性的描写で論争をまきおこした問題作「チャタレイ夫人の恋人」（1928年フローレンスで出版，イギリスにおける無削除出版は1960年）などを書き，喀血による気管支炎の悪化にもかかわらず活発な創作活動を続けたが，1930年3月2日，南フランスのヴァンスの山荘でフリーダに見守られながら世を去った．

ロレンスの作品とその特徴　人間と人間の連帯感による絶対的な孤独の解消を希求したロレンスは，常に性と自我と階級の問題をとりあげ，現代文明の害悪の原因を人間の自我と肉体の不当な軽視にあるとみて，彼独得の性の哲学によって人間性の回復を熱心に主張した作家であった．豊かな感受性と明敏な知性に恵まれたロレンスの著作は，詩・小説・評論・戯曲・紀行文など多方面にわたっているが，本質的には予言者的詩人ともみられている．詩集には「愛の詩集」（Love Poems and Others, 1913）をはじめ，「恋愛詩集」（Amores, 1916），「見よ，私たちは通りぬけた」（Look! We Have Come Through!, 1917），「新詩集」（New Poems, 1918），「鳥・獣・花」（1923），「三色すみれ」（Pansies, 1929）および「最後の詩集」（Last Poems, 1932）などがある．ロレンス文学が性の解放に与えた影響力は大きく，20世紀文学を代表する時代の寵児の一人であり異才でもある．

◇ 主 要 作 品 ◇

▣「白孔雀」(The White Peacock, 1911) ロレンスの処女長編．レティーとジョージは愛し合っていたが，レティーは貧しい農場の男と結婚することをこばむ．そして金持の息子と結婚したが，夫は政治に熱中して妻をかえりみない．しかしレティーは妻の座におさまってたくさんの子どもを生み自分の母性の中に安らぎを見出し，時々昔を思って感傷にひたる．一方，失意のジョージは反動的にメグという女と気の進まない結婚をして廃人同様になるが，メグはやはりたくさんの子を生んで夫の無気力に代わって家を支えていく．美しい自然の風物を背景に4人の青年男女を中心にした牧歌的物語である．

◆「息子と愛人」(Sons and Lovers, 1913) →291頁．

◆「虹」(The Rainbow, 1915) →293頁．

◆「恋する女たち」(Women in Love, 1920) →296頁．

▣「エアロンの杖」(Aaron's Rod, 1922) 12年間一緒に暮らした妻のロティとふたりの娘をすてて突然家を出て行くエアロンという男を主人公にして，男の自我の問題を描いた作．

▣「私のイングランド」(England, My England and Other Stories, 1922) 表題の短編や「盲目の男」(The Blind Man) など10編の短編を収録している．

▣「鳥・獣・花」(Birds, Beasts and Flowers, 1923) 自由詩形による48編の詩が収められており，転々と旅を続けながら異境の風土，植物，動物に接して，その感応を深化し，汎神論的神秘主義に押し進めている．生命感に満ちた自分の思想を力強く打ち出している．

▣「翼のある蛇」(The Plumed Serpent, 1926) メキシコに取材した象徴的ロマンス．機械文明の伝統の中で育った女性ケイトは結婚して2児を得たのち離婚し，再婚した夫も死亡したので従兄とメキシコの信仰に魅せられ，メキシコの将軍と結婚する過程を描き，行きづまった近代文明社会を批判している．

◆「チャタレイ夫人の恋人」(Lady Chatterley's Lover, 1928) →307頁．

▣「ポルノと猥褻」(Pornography and Obscenity, 1929) チャタレイ裁判に答えた評論で，激しい現代文明批判になっている．

▣「死んだ男」(The Man Who Died, 1931) 第1部は1927年頃，第2部は，死の直前に執筆された．キリストらしい男が蘇生し，エジプトの女神アイシスに奉仕する尼僧に会い，子を生むに至る物語で，神話か寓話に近い短編小説．

▣「アポカリプス」(Apocalypse, 1931) 死の直前に書かれたキリスト教批判であり，原始的生命の復帰を主張している．

【名句】 Be a good animal, true to your instincts.—The White Peacock, Part II, Ch.2
　　　よき動物であれ，自分の本能に忠実であれ．

　　　Pornography is the attempt to insult sex, to do dirt on it.—Phoenix (1936): 'Pornography and Obscenity'
　　　ポルノはセックスを侮辱し，汚そうとするものだ．

エリオット　トマス・スターンズ
Thomas Stearns Eliot（1888–1965）　　**詩人・評論家**

その生涯　エリオットは 1888 年 9 月 26 日に，ミズーリ州のセント・ルイスで生まれた．ハーバード大学時代には詩と哲学に深い関心をもち，卒業後に渡仏してソルボンヌ大学で仏文学と哲学を学ぶ．帰国後は再びハーバード大学にもどって哲学科の助手となり，1914 年に留学生としてドイツに行ったが，第 1 次大戦の戦火をさけてイギリスに渡り，オックスフォード大学で哲学を研究した．彼はこの時以後，ロンドンに定住し，イマジズムの詩人エズラ・パウンドに認められて詩壇に登場，現代詩に大きな影響を与えた詩を書いたほか，評論家としても重要な発言をして活躍した．1927 年には国教会の一員となってイギリスに帰化し，1928 年には評論集「ランスロット・アンドルーズのために」（For Lancelot Andrewes）の序文で「文学は古典主義者，政治では王党派，宗派ではアングロ・カトリック」という有名な自己規定をした．中年以後になって書き出した詩劇は 5 編を数え，1947 年には現代詩に対する功績が認められてノーベル賞を受賞し，同年勲功賞を授けられた．1965 年 1 月 4 日に呼吸器疾患のため 76 歳で死去し，2 年後にはウェストミンスター寺院の詩人の墓所に葬られて，詩人として最大の栄誉を与えられた．

多岐にわたる文学活動　エリオットの文学活動は詩作・評論・詩劇の分野にわたっているが，上記の略伝が示すとおり，現代最大の詩人として認められている．エリオットの処女詩集は「プルーフロック詩集」（1917）であり，自ら主筆となって発刊した「クライティーリオン」誌の創刊号に発表した「荒地」（1922）は第 1 次大戦後の混乱と不安を新しい形式でうたった長詩で非常な反響をよんだ．「聖灰水曜日」（1930）では宗教詩のスタイルを確立し，「四つの四重奏」（1943）はエリオットの詩の頂点を示す作品となった．

批評家エリオット　「批評は呼吸と同様に避けがたい」というエリオットに批評活動は，詩人論，詩劇論，文化論など多彩であるが，彼の文芸評論は，伝統と歴史観を批評の中軸にすえ，作品を作者から独立させて作品を作品として読む態度をとっている．主要評論集には「聖なる森」（1920）や「古今評論集」（Essays Ancient and Modern, 1936）などがある．

詩劇作家エリオット　エリオットはエリザベス朝劇作家の評論や「詩劇についての対話」（A Dialogue on Dramatic Poetry, 1928）において現代詩劇の可能性を探求し，その実践として断片的作品「スウィーニー・アゴニスティーズ」（Sweeney Agonistes, 1932）と「岩」（The Rock, 1934）を書いたのち，本格的詩劇「大寺院の殺人」（1935），「一族再会」（1939），「カクテル・パーティ」（1950），「秘書」（1954），「老政治家」（1959）の 5 編を発表して現代詩劇の復興に寄与した．

◇主 要 作 品◇

◆「プルーフロック詩集」(Prufrock and Other Observations, 1917) →294頁.

▣「聖なる森」(The Sacred Wood, 1920) 評論家としてのエリオットの出世作で,現代イギリス評論史上の画期的な作品「伝統と個人の才能」(Tradition and the Individual Talent, 1917) をはじめ「ハムレット論」(Hamlet, 1919) が含まれる.

◆「荒地」(The Waste Land, 1922) →299頁.

▣「聖灰水曜日」(Ash Wednesday, 1930) 第1部は1928年,第2部は1927年,第3部は1929年に発表され,1930年にまとまった形で出版された.過去の罪を悔い,現世から神の世界へふりむくために祈りをささげる過程におけるさまざまな困難や障害をうたった6部からなる浄罪の宗教詩であり,アングロ・カトリック教徒になったエリオットの最初の詩.

▣「大寺院の殺人」(Murder in the Cathedral, 1935) 1170年12月29日にキャンタベリー寺院で起こった大司教トマス・ベケットの有名な殉教を題材にした宗教詩劇で,冒頭からギリシア劇風のコーラスが効果的に用いられている.殉教が描かれる第2部の冒頭を中心に3度改訂(1936, 37, 38) され,1952年には映画化された.

▣「一族再会」(The Family Reunion, 1939) アイスキュロスの「エウメニデス」に構想を借りて,北イングランドのウィッシュウッドにある貴族モンチェンシー家を舞台に,未亡人エイシーの誕生日に家族が集まったとき,長男のハリーが妻を殺したことが判明する2幕の現代詩劇で,魂の救済がテーマになっている.

◆「四つの四重奏」(Four Quartets, 1943) →314頁.

▣「カクテル・パーティー」(The Cocktail Party, 1949) 1949年のエディンバラ祭で初演され,1950年にはロンドンとニューヨークで上演されて興業的にも成功を収めた.日常語に近い透明な文体で客間喜劇の手法を使って書かれた3幕詩劇.ロンドンに住む弁護士エドワード・チェインバレン家の応接間でカクテル・パーティーが開かれる日,女主人役のラヴィニアが突然別れるという書き置きを残して家出する.エドワードとラヴィニアはお互いに相手を理解しない結婚生活を続けてきたので妻の家出となったのだが,この夫妻は精神病医ライリー卿の助言でお互いに相手を理解していないことはわかっていても,お互いに許し合い堪えていくのが普通の人にとってはよい生き方だと理解し,もとの平凡な生活にもどる.しかしかつてエドワードを恋し,ピーターと交際していたシーリアという女性は,二人の男に捨てられて孤独になると,馴れ合いの生活より信仰生活を望んで殉教の道を選ぶ.

▣「秘書」(The Confidential Clerk, 1954) クロード・マラマー卿の秘書をしている青年コルビー・シンプキンズの出生の秘密をめぐる喜劇.

▣「老政治家」(The Elder Statesman, 1958) エリオット最後の詩劇.主人公のクラヴィアトン卿はかつて大臣までになった政治家だが,50歳で政界を引退して財界の大立物として活躍,健康を害して60歳で身を引き,父親思いの娘と暮らしている.この老政治家は学生時代の友人や昔の恋人によって人に知られたくない過去をあばかれるが,彼はそうした過去の事実を娘に語る勇気を持ち,心の平和を見出して死ぬ.

ハックスレー　オールダス
Aldous Huxley（1894–1963）　　　**小説家**

その生いたち　ハックスレーは1894年7月26日に，南英サレー州の古い町ゴダルミングで生まれた．父のレナードは有名な生物学者トマス・ハックスレーの長男で文人，母のジュリアは19世紀の有名な文芸評論家マシュー・アーノルドの娘，兄は生物学者として著名なジューリアン・ハックスレー，まさにハックスレーは，学問芸術の名門に育った知性人である．

科学研究から文学へ　イートン校に入学した頃は医者を志望し，生物学に興味を持ったが，角膜炎にかかってほとんど失明状態となって退学したのち，片眼はかなり回復したので，オックスフォード大学に入学して，英文学と言語学を学び，1915年に卒業した．1916年に詩集「燃える車輪」(The Burning Wheel) を出版し，青年詩人として出発し，ミドルトン・マリーが編集長をしていた文芸雑誌「アシニーアム」の編集を手伝いながら批評活動を行い，1920年には最初の短編集「リンボー」(Limbo) を出版した・

彼の出世作は，頭脳だけが極度に発達した現代人が肉体と本能の反逆に出会う有様を，機知やユーモアに富む対話と鋭い諷刺で描いた長編小説「クローム・イエロー」(1921)であり，つづいて1923年には2番目の長編「道化踊り」を発表し，この2編によって第1次大戦後の英国青年の知的虚無主義の代弁者として認められた．

創作活動の円熟期　さらに1923年には19年に結婚した夫人 (Maria Nys) と子供を連れてイタリアへ渡り，1930年頃まで滞在して盛んに創作活動を行い，代表作「恋愛対位法」(1928) を発表し，これが「絶望の10年間」(A Decade of Despair) と呼ばれる1920年代の最も代表的な小説となった．1925年から翌年にかけてインドなどを旅行し，1930年には南仏に家を買って，英国にいない時にはたいていそこで暮らした．1932年には科学の進歩によって非人間化された世界を諷刺的に描くユートピア小説「すばらしい新世界」を書いて多くの読者の興味を喚起した．

宗教的求道者ハックスレー　自伝的要素の濃い「ガザに盲いて」(1936) を転機として，それまでの諷刺家，懐疑的な傍観者の態度を変えて，真摯な宗教的求道者の姿勢をとるようになり，絶対平和主義，宗教的進歩主義の信奉者となった．このような彼の思想的立場は，評論「目的と手段」(1937) に最も包括的に述べられている．1938年以後は眼病の治療に好適なカリフォルニア南部に定住した．1945年には「永遠の哲学」(The Perennial Philosophy)，1948年には架空小説「猿と本質」を書き，1959年にはエッセイの形で「すばらしい新世界再訪記」(Brave New World Revisited) を発表したが，1920年代の諸作ほど一般の注目を集めなかった．1963年11月22日，ケネディ大統領が暗殺されたのと同じ日に，ハリウッドの自宅でガンのため69歳の生涯を閉じた．

◇主　要　作　品◇

■**「クローム・イエロー」**（Crome Yellow, 1921）イングランドの片田舎にあって今では富豪の別荘になっているクロームという古城に，夏の休暇を利用して集まった数人の有閑知識人のとりとめもない会話や行動を，軽妙なユーモアと鋭い諷刺で描いた作品で，登場人物の顔ぶれは青年詩人デニス，未来派の画家，ジャーナリスト，享楽的な女性，星占いに凝る中年夫人，文学少女，古城の歴史研究家，懐疑論者といったところであり，特にとりたてていうほどの筋があるわけでなく，いわば連続した挿話といってよく，人物はすべてスケッチ風に戯画化されて描かれている．この小説の基調となっているのは精神と肉体の問題であり，現代文明に対する深い懐疑がその底流をなしている．頭が大きく身体は小さいクローム城4代城主ハーキュリーズに関する挿話は特に興味深い．

■**「道化踊り」**（Antic Hay, 1923）戦後の幻滅と絶望の時代に，何の目的もなく生活している人たちは，道化踊りを踊っているにすぎないと見て，優柔不断な青年ガンブリルを中心に，戦争で愛する男を奪われて生きる意識を失い，情事にふけりつつ，現在を刹那的に生きるヴァイヴァッシュ夫人など，さまざまなタイプの知識人や有閑人を登場させて，第1次大戦の虚無的な雰囲気を諷刺的に描いた長編．

■**「くだらない本」**（Those Barren Leaves, 1925）イタリアにある金持ちの別荘のパーティに集まるいろいろな男女のエピソードを中心に，そこに展開される社交界の快楽や情事などを，第1次大戦後の社会的混乱を背景に，知的な諷刺的精神で描いた長編．

◆**「恋愛対位法」**（Point Counter Point, 1928）→306頁．

◆**「すばらしい新世界」**（Brave New World, 1932）→311頁．

◆**「ガザに盲いて」**（Eyeless in Gaza, 1936）→312頁．

■**「目的と手段」**（Ends and Means, 1937）小説「ガザに盲いて」の主題をくわしく述べた評論．ファシズムの台頭に接して，恒久平和の世界を現実すべき社会改造策を説き，自由，正義，友愛を重視し，暴力革命を排撃している．目的は手段を正当化するという思想を否定し，「無執着」（non-attachment）の徳を人間が到達すべき理想的境地として提出し，宗教的神秘主義への転向を示している．

■**「多くの夏を経て」**（After Many a Summer, 1939）不死の肉体に憧れるアメリカの大富豪を中心に，その周囲で快楽を追い求める人びとを戯画的に描き，いたずらに長命を願う人間の気持を諷刺した長編．

■**「猿と本質」**（Ape and Essence, 1949）原子兵器を使った第3次世界大戦後の人類の醜悪な姿を，アメリカを舞台にして，シナリオ形式で描いた諷刺的ユートピア小説で，前作「すばらしい新世界」と一対をなす．科学の進歩のために，人間が獣に近い状態に逆戻りする悲惨な物語で，作者はこの空想未来小説で，科学の盲信と全体主義的傾向に対して痛烈な抗議をしているかにみえる．

【名句】Parodies and caricatures are the most penetrating of criticism.—Point Counter Point, ch.28　パロディと戯画は批評の中でも最も鋭い洞察力である．

プリーストリー　ジョン・ボイントン
John Boynton Priestley (1894–1984)

小説家・劇作家・評論家

その生いたち
多岐にわたる文筆活動

プリーストリーは1894年9月13日に、ヨークシアのブラッドフォードで生まれ、そこで基礎教育を受け、すでに16歳の頃から新聞に寄稿していたという．第1次大戦が始まると同時に兵役に服し、負傷して故郷に帰り、大戦終結後はケンブリッジ大学で英文学、近代史、政治学などを学んだ．1922年に大学を卒業し、文筆で身をたてる決心をしてロンドンへ出ると、書評、随筆、批評などに健筆をふるって活躍し、「ジョージ・メレディス論」(George Meredith, 1926)、「英国小説」(The English Novel, 1927)、「英国のユーモア」(English Humour, 1928) などの評論をつぎつぎに発表した．

小説家としてのプリーストリー

彼が一躍有名になったのは、1929年に長編小説「友達座」を出版したときであり、翌年には第1次大戦後の不況を背景にロンドンに住む小市民の生活の哀愁を描いた「エンジェル舗道」(Angel Pavement, 1930) を書き、この2作の成功によって作家としての地位を確立し、それ以後10数編の小説を発表した．

劇作家としてのプリーストリー

また、彼は、まず名作「友達座」を劇作家エドワード・ノブロック (Edward Knoblock, 1874–1945) と共同脚色して1931年に上演し、翌年5月には戯曲第1作「危険な曲り角」がロンドンのリリック・シアターで初演された．この劇は時の流れをふたつに裂いて、そこから何が現れるかを示そうとした実験的な3幕劇で、推理的手法で観客を最後までひっぱっていく巧みな劇である．この「時の流れをふたつに裂く」という手法は「時とコンウェイ一家」(1937) でも、より一層発展させた形で使用している．1947年にラルフ・リチャードソンが警部を演じてニュー・シアターで初演された「警部の来訪」は、大衆性のあるスリラー劇の手法を使って、ある貧しい女性の自殺事件を中心に、裕福な人たちの過去における罪と社会的責任を追及し、偽善と虚栄の仮面をはぎとっていく密度の高いドラマで、世界各地で上演されて好評を博した．1952年には夫人ジャケッタ・ホークス (Jacquetta Hawkes, 1910–) との共作「ドラゴンの口」(Dragon's Mouth) を書いたのち、夫妻で来日した．アイリス・マードックの小説「切られた首」(1963年劇化上演) の脚色を手伝った．1984年8月14日に亡くなった．

むすび

多作家であるプリーストリーは、小説、劇作、評論、随筆などの分野で多くの著作を発表しているほか、文壇の大御所としてさまざまな役職につき、かつては国際演劇協会の名誉会長をつとめた．彼は小説家としてはディケンズの流れをくむ伝統派の作家のひとりであるが、劇作家としては大衆性のあるドラマのほかに、実験的で大胆な手法や表現主義的手法を駆使した問題劇も発表している．彼の作品には一貫して豊かなユーモアが流れ、健康的で明るく楽天的な雰囲気がただようのが特色となっている．

◇主要作品◇

■「友達座」(The Good Companions, 1929) ジェス・オークロイドはヨークシア生まれの指物師で，妻君や息子に圧迫されて家庭生活がいやになり，イギリス中を遍歴してみたいと思って家出する．彼はたまたま，婚期を逸したが，数百ポンドの大金を持ってイギリス中を旅行しようとしている35歳のトラント嬢，教師くずれの放浪者イニゴー，世界を股にかけて流していると自称するバンジョー弾きのモートンに出会う．この4人はイギリス中部の田舎町の喫茶店で，座頭に逃げられて困っている旅芸人の一座に会い，トラント嬢は大金を投げ出して一座の支配人となり，ジェスたちも仲間に加わって一座を再建，「友達座」と改称して地方巡業に出かける．この小説は，その間に，一座の中に起こるさまざまな出来事，各地の風俗や人情，人生のさまざまな喜びや悲しみとともに，一座の人びととの色とりどりの性格をユーモア豊かに描いた愉快な読み物である．

■「危険な曲り角」(Dangerous Corner, 1932) キャプラン家の居間を舞台に，夕食後のひとときをふたつに割って，この家の主人であるロバートの弟で一緒に出版社をやっていたマーティンが1年前に突然ピストル自殺をした原因をめぐる周囲の人びとの罪と情事と虚偽をあばき出し，人生にはいたるところに危険な曲り角が沢山あるということを暗示した推理風な実験的野心作．

■「時とコンウェイー家」(Time and the Conways, 1937) 第1幕では1919年のある秋の夜，工場町ニューリンガムの郊外にあるコンウェイ家の居間で，21歳になったケイの誕生祝いのパーティが催されている．この日のパーティには数年前に水死した父は欠けていたが，3男4女の一家に来客3名も加わって，コンウェイ夫人の歌に耳を傾けていた．第2幕ではそれから20数年後のケイの誕生日を見せるが，この時は落ちぶれたコンウェイ家の破産のあと始末に一家が集まっている．ケイは時というものはすべてを一層悪くする悪魔だというのに対して，長男のアランは時は夢のようなものにすぎぬと主張する．ここで舞台はふたたび20数年前の第1幕の誕生日パーティに逆もどりする．コンウェイ夫人は子どもたちのために将来を占い，みんな出世して幸福な生活を送るだろうというが，ケイにはそうした楽天的な見通しが不安になってくるというのが第3幕である．プリーストリー独特の時をテーマにした3幕劇である．

◆「警部の来訪」(An Inspector Calls, 1947) →317頁．

■「生きる喜び」(Delight, 1949) 1ページから4ページぐらいの長さのユーモアとウィットに満ちたエッセイ集．この作家らしい楽天的で健康的な身辺雑記であって，平易な文体で気軽に読めるのがいい．作者が取り上げている「生きる喜び」とは？ その幾つかを紹介する．「パイプを吹かしながら湯船に横になること」(Lying in a hot bath, smoking a pipe.)．「旅行計画を立てること」(Planning travel.)．「劇場，展覧会，競技場，鉄道などの無料パスをもらうこと」(Being given free passes for theatres, exhibitions, sports grounds, railways, etc.)．「よい演奏会のあと」(After a good concert.)．「本を買うこと」(Buying books.)．「すばらしい眺めを所有すること」(Possessing a wonderful view.)

クローニン アーチボルド・ジョーゼフ
Archibald Joseph Cronin (1896–1981)　　　**小説家**

その生いたち　クローニンは1896年7月19日スコットランドのグラスゴー市に近いカードロスという田舎町で生まれ，グラスゴー大学で医学を専攻し，第1次大戦中は海軍軍医中尉として従軍，復員後1919年に同大学の医学部を卒業し，インド航路汽船の臨時船医をふりだしに，さまざまな医業に従事し，1921年に大学で知り合った医学専攻の女性と結婚して，南ウェールズで開業し，やがて医学博士となり，内科，外科のほかに眼科にも手を出したが，過労がたたって健康を害し，スコットランドの高地で静養することになった．この時書いた長編「帽子屋の城」(1931)が出版されると大評判となり，各国語に翻訳され，劇化上演され，映画化されるにいたって，クローニンの名は一躍有名になった．彼はこれを機会に小説家に転向した．

医師で作家　医師と作家のふたつの分野で成功したクローニンの劇的な人生経験は，自伝「人生の途上にて」(Adventures in Two Worlds, 1952)の中で逸話化され，短編小説の連作形式で興味深く語られている．35歳で処女作を書いて文壇に登場したクローニンの小説には医師を主人公にした作品がつぎつぎと登場するが，その代表作が自伝的要素の強い「城砦」(1937)である．ほかに，ある精神病院内の一室で神経系統の新しい薬の研究に没頭する青年医師とメリーの愛情を，3幕5場に描いたクローニン唯一の戯曲「ジュピターは笑う」(Jupiter Laughs, 1941)や，第2次大戦の前後に書かれた2部作で，作者自身を思わせる医師ロバート・シャノンの少年期，青年期の苦悩を描いた「少年期」(The Green Years, 1944)と「青春の生きかた」(Shannon's Way, 1948)，そして天才的医師が虚名をすてて民衆の医師として生きるまでの物語「若き日の悩み」(1952)などがこの系統の作である．

1981年1月6日にスイスで亡くなった．

クローニンの作品のテーマ　クローニンは処女作以来しばしば父と子の関係をテーマにした小説を書いているが，この系統にはひとり息子に対する父親の偏執的愛情を描く「スペインの庭師」(The Spanish Gardener, 1950)があり，「地の果てまで」(Beyond This Place, 1953)では，父と子の問題を今度は殺人罪で終身刑になっている父の無実を信じた息子が老記者の助力をえて救うというかたちでとりあげている．傑作「天国の鍵」(1941)，モームの「月と六ペンス」と並び称される「美の十字架」(1956)，「人間社会」(1958)も力作である．クローニンの小説には，あるひとつのことに傾倒する力強い人間像が魅力的に描かれており，作品中に一貫して流れているのは愛と情熱とヒューマニズムの精神であり，息もつかせずに読者を引きずっていく巧みなストーリー・テラーとしての技術によって多くの読者をつかんだ小説家のひとりである．

◇主要作品◇

■「帽子屋の城」(Hatter's Castle, 1931) 主人公のジェームズ・ブローディは自尊心の強い頑固な父親で，長女のメリーの恋愛に反対して彼女を家から追い出す．善良な妻は暴君的な夫に酷使され，ガンで不幸な死をとげ，長男のマシューは堕落して父の後妻と出奔し，次女のネシーは奨学金の検定試験に失敗して首をつって自殺するというふうに，罪もない人物がつぎつぎと独裁的な父親のために破滅していく家庭の悲劇．クローニンの処女作．

■「星の眺める下で」(Stars Look Down) 1935年に発表された大作．1903年から1933年にいたる30年間の物語を，英国北部の炭坑町を舞台にして展開させた長編で，理想主義に生きて失敗する炭坑主の息子，労働運動に身を投じて失敗する炭坑夫の息子，出世のためには手段をえらばずに悪のかぎりをつくして世間的に成功する炭坑夫の息子という3人の主要人物の性格とさまざまな生き方を描いている．

◆「城砦」(The Citadel, 1937) →313頁．

■「天国の鍵」(The Keys of the Kingdom, 1941)「われ天国の鍵をなんじに与えん」というマタイ伝からの言葉を表題とするこの長編は，中国奥地に伝道の生涯を捧げた一神父の苦悩を描く感動編である．主人公のフランシス・チザムは漁師の息子に生まれ，幼年時代に両親を失い，また愛する女性も鉄道事故で変死したので，そうした不幸にうち勝つために全身全霊を神にささげて伝道生活に入る決心を固め，神学校を出ると中国に派遣される．黄河上流の奥地で神父を待ち受けていたのは，教会堂の残骸と貧弱なうまやだけだったが，彼は神の助力と自分の腕で無から伝道を始める決心をし，ペストと戦い，内乱を防ぎ，飢饉を切りぬけ，馬賊の迫害をうけつつも忍苦の伝道生活に涙ぐましい努力をする物語．

■「美の十字架」(A Thing of Beauty, 1956) 妥協をゆるさぬ芸術家のきびしい人生を描いた長編．画家志望の青年スティーヴン・デズモンドは，パリへ出て絵の勉強にうちこみ，周囲の無理解に耐えてヨーロッパ各地を転々と放浪し，金銭や名声を求めず，ひたすら画業に精進するが，長い間の貧困や苦闘の無理がたたって肺結核が悪化し，最大の大作の完成とともに苦難の生涯を閉じたあとで，この天才画家の不滅の作品が世に認められるという物語．ゴーガンをモデルにしたモームの「月と六ペンス」と似た内容の作．

■「人間社会」(The Northern Light, 1958) ヘンリー・ペイジというイギリスの地方新聞「ノーザンライト」の5代目社長で，主筆でもある善意と良識の新聞人を主人公にして，煽情的な記事を売りものにしているロンドンの大新聞からの買収に敢然と挑戦をいどみ，残酷な攻撃に耐え，一地方新聞の伝統を守り抜く姿を描いている．

■「ユダの樹」(The Judas Tree, 1961)

■「思春期前後」(A Song of Sixpence, 1964)

■「愛の嵐」(A Pocketful of Rye, 1969)

■「結婚の条件」(The Minstrel Boy, 1975)

カワード　ノエル
Noël Coward（1899–1973）　　　　　　　　　　　**劇作家**

多才な演劇人
カ　ワ　ー　ド
　カワードは1899年12月16日に，ロンドン近郊のテディトンで生まれた．11歳で少年俳優として初舞台をふみ，18歳で最初の劇を書いた．それ以後，俳優・劇作家・演出家・製作者として，舞台に，映画に縦横の活躍をしており，作詞・作曲までも手がけるという多才な演劇人であるが，ほかに自伝を書き，小説も出版している．

劇 作 家
カ ワ ー ド
　劇作面でのカワードは非常に多作家であるばかりでなく，作品の種類も喜劇・シーリアス劇・メロドラマ・ミュージカル・オペレッタなどと多種多様であるが，特に喜劇にすぐれた才能を示している．カワードの劇がはじめてロンドンの舞台で上演されたのは，1920年7月に3幕物の軽喜劇「おまかせしよう」（I'll Leave it to You）がニュー・シアターにかかった時であり，出世作は1924年の「渦巻」（The Vortex）で224回の上演を記録し，その翌年に上演された3幕劇「花粉熱」も337回連続上演をあげた成功作となったが，1927年の「家庭漫話」は技巧的にはすぐれていても，類型的な喜劇なので評判はあまりよくなかった．しかし1929年に上演された自信満々のオペレッタ「ビター・スウィート」（Bitter-Sweet）が2年近くのロングランを記録し，続く「私生活」（1930）もフェニックス座の初演で101回，アポロ座の再演で716回と前作をうわまわるロングランを続け，1931年には雄大な構想をめぐらした代表作「大英行進曲」がドルアリ・レイン劇場で上演されると，これまた405回にわたるロングランを記録し，これらのヒット作が相次いで映画化されるにおよんで，1920年代にすでに「おそるべき子ども」（enfant terrible）の異名でその才能を知られたカワードは，堂々たる流行劇作家としてロンドンの劇壇に君臨することとなった．

　1935年には「今夜八時半」（To-night at 8:30）と題して10編の1幕物を書いたが，中でも中年男女のしのび会いを5場に描いた「静物」は，現代1幕物の傑作で，映画化されて多くの観客をつかんだ．1941年7月にピカデリー劇場でふたをあけた「陽気な幽霊」は，カワードの喜劇作品中の最高傑作といわれており，1946年3月までの5年間に1997回という空前の連続上演記録を樹立した．このあたりがカワードの最盛期であるが，その後も依然として劇作を続け，「ヴァイオリンを持つヌード」（Nude with Violin, 1956）など書くかたわら，俳優として「ハバナの男」などの映画にも出演している．

カワードの
戯曲の特徴
　カワードの戯曲は，どれも巧みなセリフと場面構成の技術にすぐれ，少年時代から舞台で身につけた鋭い劇場感覚を生かして，そつなくまとめられている．彼の主要戯曲は自選の戯曲集「プレイ・パレイド」5巻に収められ，ハイネマン社から出版されている．1970年にナイト（Sir）に叙された．

◇主 要 作 品◇

■「花粉熱」(Hay Fever, 1925) 小説家である主人,もと女優であった妻のジュディス,息子のサイモンと妹のソレルというブリス一家の4人が,それぞれ勝手に自分たちの男女客を週末の同一日に招待したために,今までに成立していた男女関係が混乱して奇妙な恋愛さわぎが起こる3幕喜劇.題名の花粉熱は家畜の夏期用の草刈をするときに英国の百姓がかかる一種の風土病で,カワードは恋愛熱といった意味を含めて使っている.

■「家庭漫話」(Home Chat, 1927) 若い流行作家ポールの妻がパリから帰宅する途中で鉄道事故にあった.その時,寝台車の彼女の室にピーターという男友達が乗っていたことが新聞にでたので,夫のポールをはじめ両家の母親やピーターの恋人がこの二人の関係を邪推したことから波乱が起こる3幕喜劇.

◆「私生活」(Private Lives, 1930) →308頁.

◆「大英行進曲」(Cavalcade, 1931) →309頁.

■「静物」(Still Life, 1935) ある停車場の構内の食堂を舞台にして,イギリス中流階級の家庭の主婦ローラの目に入ったゴミを,中年の医師アレックがとってやったのが縁で,二人は親しくなり,春・夏・秋と週1回の逢引きを楽しむが,結局はそれぞれが元通りの静かな家庭生活にもどっていくという筋書で,中年男女の愛情生活を理想的なつつしみをもって描いた感銘深い小さなドラマとして定評のある1幕物の傑作.初演のときにはカワード自身が主役の医師を演じた.「逢びき」(Brief Encounter) の題で映画化された.

■「陽気な幽霊」(Blithe Spirit, 1941) ケント州に住む探偵小説家チャールズは,次に書く小説の殺人犯に霊媒を予定していたので,付近に住む霊媒を招いて面白半分に交霊実験を試みたところが,実験の最中に7年前に死んだはずのチャールズの先妻の声が聞こえだし,この幽霊の声や姿はチャールズにしか感じられないので大混乱が起こる話.カワードはこの作品に「荒唐無稽なる3幕劇」という副題をつけており,このとっぴな筋立てと機知に富んだセリフの中に,夫婦間の愛情の限界や,その底流をなす男女のエゴイズム,再婚者の家庭で厄介な存在となる先妻など,人生の諸問題の核心をえぐっている最もあかぬけしたカワードの傑作.

■「幸福な種族」(This Happy Breed, 1947) 「大英行進曲」の続編となる現代史を背景にしたイギリスの二家族の喜こびと悲しみのドラマ.第一次大戦の終結から第二次大戦が勃発するまで (1919–39) の約20年間にわたるロンドンの典型的な勤労者夫妻と息子や娘たちが苦難の時代を生き抜く姿を描いている.

【名句】I believe that since my life began / The most I've had is just / A talent to amuse.—'If Love Were All'
　　　私は信じている,生まれて以来,私が持っている最大のものは,人を楽しませる才能にすぎないことを.

オーウェル　ジョージ
George Orwell（1903–50）　　小説家・ルポライター

生い立ち　本名エリック・アーサー・ブレア（Eric Arthur Blair）．1903年6月25日，英国直轄領のインドで生まれ，17年から21年にかけて奨学金を得てイートンで学ぶ．22年にインド帝国警察の職に就きビルマに赴任するが，職場の帝国主義的体質に嫌気がさして，27年に健康上の理由で職を辞す．同年，英国に戻るとロンドンのイーストエンドの貧民窟を探訪し，28年にパリに移り住んで小説や短編集を書き始めるが，出版は思うに任せず，やがて蓄えが底をつくと，執筆活動を断続的に中断しなければならず，数年間は貧困のうちに過ごし，皿洗いから家庭教師まで様々な職業を渡り歩く．

人道主義の求道者　貧しい下積み生活のなか，30年から徐々に書き溜めた随筆は「パリ・ロンドン放浪記」(33) として出版，作家ジョージ・オーウェルが誕生する．その後は，最初の小説「ビルマの日々」(34) を皮切りに，30年代後半にかけて，「牧師の娘」(35)，「ハランをそよがせよ」(36)，「空気を求めて」(39) の3作の小説を相次いで著す．36年6月に結婚し，その年に，ランカシアの炭坑の町ウィガンで不況と失業に喘ぎながら生きる労働者たちの姿を描いた実録「ウィガン桟橋への道」(The Road to Wigan Pier, 37) をまとめる．36年12月，オーウェルは階級なき社会を目指す社会主義の理念に惹かれて義勇軍に加わり，スペイン内戦を経験し，記録文学の草分けといわれる「カタロニア讃歌」(Homage to Catalonia, 38) において，醜悪で不毛な戦争の実態を赤裸々に綴り，政治思想の分析に没頭して，これがのちに「動物農場」(45) と「1984年」(49) などの代表作へと結実する．オーウェルはこの内戦で喉に銃弾を受けて瀕死の重傷を負い，戦傷を癒すため38年に英国に帰還し，肺結核と診断される．その後41年から2年余りBBCに勤務，次いで43年から45年にかけて労働党系週刊誌「トリビューン」の文芸欄の編集を担当し，この間にスターリン体制を諷刺した政治的寓話「動物農場」に取り掛かる．44年にはリチャードを養子に迎えるが，45年に妻アイリーンに先立たれる．「動物農場」の出版により，オーウェルは一躍ときの人となるが，その後息子とともにスコットランド西海岸の僻遠のジュラ島に隠棲し，肺結核に苦しみながらも，反ユートピア小説「1984年」を書き，これが遺作となる．この作品は「動物農場」とともに，労働者を管理し抑圧する全体主義体制を糾弾した政治的啓蒙を目的とした作品である．オーウェルは随筆「なぜ私は書くか」(46) のなかで，芸術創作の欲求と政治思想の啓蒙の欲求は，自分にとって不可分であり，「動物農場」は政治的目的と芸術的目的とを1つにした最初の作品であると明かしている．貧しい労働者階級の人々を愛し，彼らを搾取する支配階級の欺瞞を告発し続けた人道主義者オーウェルは，50年1月21日，肺結核のため，47歳の若さで急逝した．

◇主要作品◇

■「パリ・ロンドン放浪記」(Down and Out in Paris and London, 33) オーウェルは「ウィガン桟橋への道」の第9章において虐げられた貧しい人々の生活を追体験することでしか真実に到達できないという信念を述べている．ビルマで帝国主義の手先である警察官に甘んじて貧しい労働者を抑圧した罪の贖いとして，オーウェルが選んだのは，貧しい人々の中で生きることであった．「放浪記」はビルマから欧州にもどったオーウェルがいかに自らの信念を実践したかを記録した随筆である．

■「ビルマの日々」(Burmese Days, 34) オーウェルが警察官だったころに植民地ビルマで目撃した英国人の帝国主義の実態を告発した半自伝的小説で，ビルマの若き白人官吏フローリーが原住民と白人社会のはざまで苦悩し，破滅する姿を描く．

■「牧師の娘」(A Clergyman's Daughter, 35) 牧師の娘ドロシーが記憶喪失と貧困に見舞われ，放浪の人生遍歴を経て，信仰の意味を見失いながらも，最終的に日々の労働に生きる悦びを見出す境地に至る教養小説．労働者の視点から生きることの意味を掴もうとして，宗教に多くを期待しないオーウェルの姿勢が看取できる作品といえる．

■「ハランをそよがせよ」(Keep the Aspidistra Flying, 36) 詩人を志すゴードン・カムストックは16歳の頃に拝金主義に対して密かに反旗を翻していたが，生活のために芸術を放棄し，金の世界に妥協し，結果として，金の綱領に従って生きながらも人間としての品位を辛うじて保っている庶民の生活，ハランのようにたくましく生きる労働者の姿を肯定するにいたる．労働者の力強い生き方を賛美する教養小説である．

■「空気を求めて」(Coming Up for Air, 39)「1984年」へ発展する作品と位置付けられる．旧きよき時代への郷愁と，現実への幻滅と，未来への危惧を描いた反ユートピア小説．

■「鯨の腹の中で」(Inside the Whales, 40) ヘンリー・ミラーや20年代30年代の文壇の動向を見据えて，現代文学における自らの立場を明らかにしている文芸評論．

◆「動物農場」(Animal Farm, 45) →315頁．

■「評論集」(Critical Essays, 46) ディケンズ，キプリング，イェイツなどに関する10編の評論を収録している．

■「英国人」(The English People, 47) 英国国民性論．

◆「1984年」(Nineteen Eighty-Four, 49) →318頁．

■「象を撃つ」(Shooting an Elephant, 50) 歿後出版の評論集．

■「愉しき想い出」(Such, Such Were Joys, 53) 進学準備校（preparatory school：8〜13歳の児童のための主として寄宿制の私立初等学校）での5年間の寄宿生活の回顧録．

■「英国，君の英国」(England, Your England, 53) 英国の帝国主義を批判した政治論．

【名句】All propaganda is lies, even when one is telling the truth.—Diary, 14 March 1942

　　　あらゆるプロパガンダは嘘である．真実が語られている時でさえ．

ウォー　イーヴリン
Evelyn Waugh（1903–66）　　　　　　**小説家**

生い立ち　1903年10月28日，ロンドンの中流家庭に生まれる．父アーサーは出版業者で文芸批評家，兄アレザンダーは人気作家．オックスフォードに進み近代史を専攻するが，学業怠慢で放埒の日々を送り中退．その後ロンドンで絵画を学び，北ウェールズの私立学校の教員になるが酒浸りで間もなく退職．画家ロセッティの評伝（28）の出版を皮切りに著作に専念する．

諷刺作家として　第1作「衰亡」（28）は上流社会を軽妙に諷刺した教養小説で，ウォーの出世作である．続く「汚れた肉体」（Vile Bodies, 30）は，妻が姦通を犯して1年余りの結婚生活が破局を迎えていた頃に執筆されたもので，上流社会の享楽主義を諷刺している．2作とも陰気なカトリックの神父を諷刺の対象としており，前者では教戒師が殺害される．30年にカトリックに改宗してからは，人肉を食べる場面が批判された滑稽な戯画「黒い悪戯」（Black Mischief, 32）や不条理で暗い結末を迎える辛辣で残酷な諷刺小説「一握の塵」（34）などを書くが，35年に出版された「エドマンド・キャンピオン」はエリザベス朝に実在したカトリック教殉教者の伝記で，宗教的偏向が明白なこの作品は，その翌年，ホーソーンデン賞を受賞している．

紀行本作家として　ウォーは初期の一連の小説の創作と並行して，28年より37年にかけて，地中海，近東，アフリカ，中南米を巡り，「貼り札」（Labels, 30）「遠方の人々」（Remote People, 31），「92日間」（Ninety-Two Days, 34），「アビシニアのウォー」（Waugh in Abyssinia, 36）などの旅行記を執筆し，36年にはイタリア軍のエチオピア侵攻を特派員として報じ，このときの経験から英国のマスコミの腐敗ぶりを描いた「スクープ」（Scoop, 38）が生まれる．私生活では，36年に最初の妻との離婚をカトリック教会に正式に認められ，翌年に再婚し，6人の子供をもうける．

不真面目からの脱皮　第2次大戦中は兵役の合間に，真面目な小説への転換点として位置付けられている「さらに多くの国旗を」（Put Out More Flags, 42）や，カトリックへの傾倒が顕著な代表作「ブライズヘッド再訪」（45）を著し，その後も米国の葬祭業の商業主義を皮肉った陰鬱な「仏さま」（The Loved One, 48），中年作家が薬と酒の飲み過ぎで幻聴に襲われ災難に遭う半自伝的「ギルバート・ピンフォールドの試練」（The Ordeal of Gilbert Pinfold, 57）などの諷刺小説のほか，従軍経験を綴った「名誉の剣」（65）と題した軍隊三部作や，少年時代の自伝「少しばかりの学問」（A Little Learning, 64）などを発表している．ウォーは偏屈もののポーズをとり，人生経験を素材として作品を書き続け，伝統美を愛し，現代文明社会を憎んで，66年4月10日に急逝した．享年62歳だった．

◇主 要 作 品◇

■「哀亡」(Decline and Fall, 28) オックスフォードで神学を学ぶ好青年ポール・ペニーフェザー (Paul Pennyfeather) は, 濡れ衣を着せられて放校処分になり, 正当な遺産の相続権を蹂躙され, 生活のために否応なく僻地の私立学校の教員になる. そのうち教え子の母親マーゴットと恋仲になり, 首尾よく婚約までこぎつけるものの, 結婚式を目前に控えて女衒として投獄される. が, やがてマーゴットが手配したポールの死亡を偽装する企てが成功し, ポールは別人としてオックスフォードに復帰して人生をやり直す. まさに風に弄ばれる羽毛のように翻弄される正直者の数奇な体験を綴った戯画的教養小説.

■「一握の塵」(A Handful of Dust, 34) 代々ヘットンの屋敷を維持するラースト一族の当主アントニーと妻ブレンダの家庭に起こる悲劇を辛辣に描く諷刺小説. ブレンダはある日ヘットンに訪れたビーヴァーという冴えない青年とロンドンで密会を重ねるようになる. アントニーは一人息子のジョンを落馬事故で亡くしてようやく妻の不義を知る. 一時は妻の言うなりに離婚に応じて浮気を偽装してまで慰謝料を与えようとしたアントニーであったが, ブレンダがビーヴァーとの社交生活のために慰謝料の増額を目論んでいることを知ると, ヘットンの屋敷への愛着を優先させて, 離婚を拒否する. 失意のアントニーは南米の幻の都を探す旅に出かけるが, 病で死にかけ, ディケンズ好きな白人入植者の末裔トッドに助けられたと思うのも束の間, 囚われの身となりディケンズの「リトル・ドリット」の朗読を強要されて一生を終える. 一方, ブレンダは遺産相続を断念してビーヴァーにも捨てられ, 以前の婚約者に身を任せ, 再婚する. あとにはアントニーの死を悼む慰霊碑とゴシック建築のヘットンが残る. 南米の密林で意識が混濁するアントニーの描写は「アーサー王伝説」の聖杯探求を思わせる.

■「エドマンド・キャンピオン」(Edmund Campion, 35) エリザベス朝に実在したカトリック教殉教者エドマンド・キャンピオンの伝記. オックスフォードで教壇に立ち, 学生の信望も篤いエドマンドは, 国策としてカトリック教徒の粛清が次第に強化される状況下, カトリック教徒であることを黙して語らず, やがて英国からフランス北部のドゥエーへ逃れ, 当地でカトリックの僧侶となり, ローマへ渡りイエズス会士となる. その後プラーグ大学で要職に就くが, いよいよ深刻になる英国でのカトリック弾圧の知らせを聞き及んで, 同志とともに密かに帰国してカトリック教徒の信仰を守るべく献身する. やがて密告により, エドマンドらは逮捕, 投獄され, エリザベス女王暗殺の主犯としての嫌疑が捏造される. エドマンドは信仰以外の罪状を否定するが, 公正さを欠いた裁判によって有罪になり, 殉教者として絞首台にのぼる.

◆「ブライズヘッド再訪」(Brideshead Revisited, 45) →316頁.

■「名誉の剣」(Sword of Honour, 65) 軍隊三部作「戦士」(Men at Arms, 52), 「士官と紳士」(Officers and Gentlemen, 55), 「無条件降伏」(Unconditional Surrender, 61). 代々カトリック教を篤く信奉する旧家の御曹司が, 惰性的な生活に厭いて, 愛国心に燃えて従軍するが, 見事に理想を裏切られて, 俗悪な現代文明社会に幻滅する.

グリーン　グレアム
Graham Greene（1904–91）　　　　　小説家

その生涯と創作活動　グリーンは1904年10月2日に、ロンドンの北西の小さな町バーカムステッドで生まれ、オックスフォード大学を卒業後、新聞記者となり、1926年にカトリック教に入り、1927年に彼と同じ大学の卒業生で熱心なカトリック信者のヴィヴィアン・ディレル・ブラウニングと結婚した。1929年に小説の第1作「内なる私」（The Man Within）を発表して、ジャーナリズムの道から作家生活に入り、以後長編小説、娯楽小説、短編小説、戯曲、旅行記などをつぎつぎに書き、20世紀後半の英国で最も広い世界的名声をもつ作家のひとりであった。

本格小説と娯楽小説　グリーンは自分の小説を本格小説（Novel）と娯楽小説（Entertainment）に分けている。彼は、スリラー映画的な要素を持ち、興味本位の通俗小説的傾向の強い作品を娯楽小説と名付けたのであるが、この分類は厳密なものではなく、本格的小説にもスリラー的手法や映画的手法がしばしば用いられている。

本格的小説には、出世作「内なる私」をはじめとして、社会正義の問題を扱った「ここは戦場だ」（It's a Battlefield, 1934）、ストックホルムを舞台にして本国の社会に受け入れられずに異国をさまよう人びとの悲劇を描いた「英国が私をつくった」（England Made Me, 1935）、カトリック的色彩の濃い「ブライトン・ロック」（Brighton Rock, 1938）、代表作「権力と栄光」（1940）、罪と救いのテーマを扱った問題作「事件の核心」（1948）、第2次大戦中のロンドンを舞台にして、情事にふける人妻が信仰に近づいていく姿を描く「情事の終わり」（The End of the Affair, 1951）、仏印戦乱の秘話「静かなアメリカ人」（1956）、アフリカの密林に引退する建築家を主人公にした「燃えつきた人間」（1961）などがある。

娯楽小説の系統には、「スタンブール特急」（Stamboul Train, 1932）、「拳銃売ります」（A Gun for Sale, 1936）、「密使」（The Confidential Agent, 1939）、「恐怖省」（The Ministry of Fear, 1943）、「第三の男」（1950）、「ハバナの男」（1958）などがある。

劇作家として　53年に信仰と因襲を超えた愛を描く戯曲第1作「居間」を発表し、さらに「植木鉢小屋」（The Potting Shed, 58）や「人のいい恋人」（The Complaisant Lover, 59）を書いた。1991年4月3日に亡くなった。

主題と特色　グリーンは1935年にアフリカのリベリアへ旅行して以来のたび重なる外国旅行の豊かな体験とカトリック的人生観を織り込んだ規模の大きい長編を発表しており、主題は常に、罪と悪、良心と神とに関連している。グリーン自身は罪の世界が人間の常に住む世界だと考えており、罪悪を描くことによって逆説的に神の愛を証明しようとしているところに特色がみられる。

◇主　要　作　品◇

■「地下室」(The Basement Room, 1936) 8編の短編を集めた短編集の表題となっているこの作品は，1948年にキャロル・リード監督が「落ちた偶像」(The Fallen Idol)の題名で映画化してからは，映画化題名の方で広く知られるようになり，1950年にはもうひとつの映画化作品「第三の男」と合わせて「娯楽小説」として再出版された．人生に対するフィリップ少年の恐怖と好奇心，大人の世界に対する直観と不信と反抗がテーマ．

■「権力と栄光」(The Power and the Glory, 1940) 革命があってカトリック教会が追放されたメキシコを舞台に，破戒僧と呼ばれるカトリックの司祭が，警察の眼をのがれてあちこちを逃げまわりながら，貧しい無知な人びとの願いに答えて，懺悔を聞いてやったり，ミサを行ったり，洗礼を授けたりするが，ついには逮捕されて射殺されるまでのいきさつを描いた代表作で，政治的な権力と神の栄光の問題が主として扱われている．スリラー的興味や映画的手法が随所にみられる．

■「事件の核心」(The Heart of the Matter, 1948) 第2次大戦中の西アフリカを舞台に，熱心なカトリック信者であるこの地の警官スコービーが，妻のルイーズと難破した船の若い未亡人の乗客ヘレンとの三角関係に苦しみ，ついには睡眠薬を飲んで自殺するまでを描いた問題作．1941年末から1943年2月まで西アフリカ滞在の体験が題材となった．

■「第三の男」(The Third Man, 1950) キャロル・リード監督による映画化を前提にして書き，1949年に映画化され，1950年に「落ちた偶像」と合わせて出版された．第2次大戦後，英米仏ソ4大国の分割占領下にあったウィーンを舞台に，死んだと見せかけて不良ペニシリンを秘密に売る闇取引のボスである謎の男ハリー・ライムが，親友のアメリカ作家ロロ・マーティンズに射殺されるまでを，混乱した世相を背景に描いたスリラー的中編小説．

■「居間」(The Living Room, 1953) 2幕4場の戯曲．ロンドンのポーランド・パークにある大邸宅の居間を舞台に，妻のある中年の心理学者を愛するようになった若い女性ローズの自殺事件を中心にして，それをとりまく老人たちや心理学者夫婦を登場させ，生死の問題や信仰や愛の問題などに対する思索をめぐらしたドラマ．

■「静かなアメリカ人」(The Quiet American, 1955) インドシナにおける政府軍と共産軍との戦闘を背景に，英国新聞記者と米国新聞記者の交渉を，現地娘フーオンとの関係を中心にしながら描いた長編．

■「ハバナの男」(Our Man in Havana, 1958) この小説はハバナを舞台とする5幕劇のような形をとって5部に分かれており，各幕間にはロンドンを舞台とする幕間劇が入れてある．原子力兵器の恐怖にさらされている現代の世界を戯画風に諷刺した小説で，作者は「未来における漠然とした時代を背景にした架空の物語」だといっている．

■「燃えつきた人間」(A Burnt-Out Case, 1961) アフリカの奥地を舞台にシュヴァイツアー博士に似た人物がハンセン病患者の治療に献身する．

■「ヒューマン・ファクター」(The Human Factor, 1978) 人間の裏切り行為を描く二重スパイ小説．

ベケット　サミュエル・バークレイ
Samuel Barclay Beckett（1906–89）
劇作家・小説家

生い立ち　ベケットは1906年4月13日，ダブリン郊外の英国系プロテスタントの裕福な家の次男として生まれる．少年時代から学問に秀でてスポーツ万能で，23年にはトリニティ・カレッジに進み仏語と伊語を専攻して古典から近代詩まで学び，ダンテに夢中になる．美術館にも足を運び，J. M. シングの芝居を観劇し，チャップリンやバスター・キートンの無声映画を楽しんだ．

習作期　28年にパリへ渡り高等師範学校の英語講師に着任したベケットは，同郷人ジェイムズ・ジョイスと出会い，パリの文人たちに刺激されて文筆活動を始める．30年に最初の詩編「ホロスコープ」が出版され，34年には短編集「蹴り損の棘もうけ」を著し，38年には小説「マーフィ」を発表する．ベケットは安定した収入源がないまま暫くヨーロッパを放浪するが，37年以降はパリに落着き，やがて生涯の伴侶シュザンヌと巡り会う．41年にパリがドイツ軍に占領されると，ベケットとシュザンヌはレジスタンスに加わり，ゲシュタポから逃れて南仏の農家に身を寄せる．ベケットは農作業を手伝う傍ら，パリで書き始めた小説「ワット」（53）を執筆し続け，ドイツ敗戦後に解放されたパリへ戻る．

円熟期　46年から50年にかけて，ベケットは主に仏語で精力的に作品を書く．「モロイ」（51）を初めとする小説3部作，不条理演劇の傑作「ゴドーを待ちつつ」（53）はこの時期の作品．53年1月にパリのバビロン劇場で「ゴドー」が初演されると，ベケットはフランス国内外で一躍気鋭の劇作家として評価される．50年代から60年代にかけては，「エンドゲーム」（57），「クラップの最後のテープ」（58），「しあわせな日々」（61）といった一連の傑作を書き，ラジオ劇やテレビ劇を手がけるようになる．さらに60年代半ばから欧州や米国を巡って自作の戯曲の演出を始める．69年にはアイルランド人としては3人目のノーベル文学賞受賞者となり世界的に評価される．70年代には，「わたしじゃない」（73），「あのとき」（76）などの削ぎ落としの美学を追求した実験劇風の小品を書いている．

晩年　80年代は後期小説3部作を発表するなど創作活動に勢いをみせるが，86年から肺気腫で苦しんだベケットは病床で最後の作品となる詩「なんと言えば」（89）を完成させたのち，自作の翻訳に情熱を傾ける．89年7月17日に妻シュザンヌに先立たれたベケットは同年の12月22日に亡くなる．ベケットの骸は現在パリのモンパルナスの墓所にてシュザンヌとともに永眠している．

作品の特色　ベケットは従来の演劇の伝統を無視した「何も起こらない」芝居を書き，不条理演劇の先駆者と認知されている．ベケットの真骨頂は，話の筋や背景，性格描写や役者の表情すらも極限まで削ぎ落として，死を意識し虚無感に喘ぎながら自己の存在のようすを手探りする現代人の哀れな姿を舞台上に滑稽に映し出すことにある．

◇**主 要 作 品**◇

■「マーフィ」(Murphy, 38) 許婚から逃れ精神病棟で看護士として黙想の人生を選ぶロンドンのアイルランド人の話．

■「モロイ」(Molloy, 51)，「マロウンは死ぬ」(Malone Dies, 51)，「名づけえぬもの」(The Unnamable, 53) 商業的にも成功し，パリの批評家から好意的な評価を得た3部作．それぞれの主人公が自意識の衰えとともに萎縮し，名前すら不明瞭になり，ついには消失する．

◆「ゴドーを待ちつつ」(Waiting for Godot, 53) →322頁．

■「エンドゲーム」(Endgame, 57) 1幕もの．シェルターと呼ばれる部屋に住む小説家のハム (Hamm) は王様を気取り，クロヴ (Clov) を従者として扱い，椅子ごと移動させ，食事を運ばせ，外の世界の様子をしきりに訊く．盲目のハムにとって，作品の創作は自らの声を通して語ることを意味し，クロヴは数少ない聴き手である．やがて，ドラム缶の中で食べ物を乞うハムの両親ナッグ (Nagg) とネル (Nell) が死にかける中，クロヴは外に子供がいると主張しシェルターを立ち去る身支度を整えるが，最後まで戸口に立ち尽くしてハムの様子を無表情に見つめる．ハムがハンカチで顔を隠すと，エンドゲームが終わっていないことが示唆される．

■「クラップの最後のテープ」(Krapp's Last Tape, 58) 1幕もの．クラップ (Krapp) は毎年誕生日に一年を顧みて録音テープに記録するという個人的な儀式を行う．69歳の誕生日を迎えたクラップはテープレコーダーを前に言葉に詰まり，過去の自分の声が記録されたテープを聴くと，壮年期と青年期の自分と向き合うことになる．相変わらずの性癖のまま徒に年を重ねたクラップの滑稽さが，やがて呆然と虚空を見つめるその姿をいっそう哀れにする．

■「しあわせな日々」(Happy Days, 61) 2幕もの．50歳のウィニー (Winnie) は腰まで土に埋もれて身動きがとれず，燃えるような陽光に晒されながらも，陽気に無駄話をする．やがてウィニーは首まで土に埋まってしまい，体の自由が尚もって利かなくなる．やがてシルクハットにモーニング姿の夫ウィリー (Willie) が四つん這いになって現れる．ウィニーの励ましにもかかわらず，ウィリーは妻のところまでたどり着くことができない．辛うじてウィニーの名前を"Win"と発するのみである．2人は互いに黙して見詰め合って幕となる．

■「息」(Breath, 69) 誕生と死を産声と息遣いで表現した30秒足らずの幻想的戯曲．

■「わたしじゃない」(Not I, 73) 1幕もの．暗闇にぼんやり浮かぶ口が奔流のような早口で語る．口の主は既に70歳で行き倒れて死んでおり，死後も持続する彼女の意識が自らの生前の記憶を三人称で語る．頭巾付のマントに身を隠した謎の「聴き手」がその声を聴く．

■「あのとき」(That Time, 76) デスマスクさながらに闇に浮かび上がる白髪の老いさらばえた白塗りの顔が，切れ間なく流れる三つ時点における自身の声に耳を澄ます．三つの声は少年時代の遊び場を訪れる中年男の声，恋する青年の声，郵便局や図書館を彷徨う老人の声を表わす．やがて沈黙が訪れると，聴き手の老人の顔は歯のない口で微笑する．

ラティガン　テレンス
Terence Rattigan（1911–77）　　　**劇作家**

20世紀イギリスの演劇文化外交官

ラティガンの人生は純粋に劇作一筋で、喜劇、シーリアス劇、歴史劇などの舞台劇から、映画シナリオ、ラジオ・ドラマ、テレビ・ドラマなど演劇のあらゆるジャンルで優れたヒット作を連打し、その大部分は映画化されて世界の人々を楽しませた．イギリス演劇文化外交官として演劇を世界に広めた功績は大きく、モームやカワードに続いて20世紀のイギリス演劇を代表する劇作家の一人である．

生涯と作品　ラティガンは、外交官を父として、1911年6月9日（10日とされていた）、ロンドンの高級住宅街ケンジントンで生まれた．紳士教育で有名なパブリック・スクールの名門ハロー・スクールからオックスフォード大学へと、父の希望通り外交官になる道を進みながらも、子どもの頃から演劇が大好きだったので劇場へ通い、戯曲や演劇書を片っ端から読破した．大学時代に劇作に熱中した結果、在学中に書いた「ファースト・エピソード」がロンドンとニューヨークで相次いで上演され、さらに1936年に初演された「フランス語入門」が1000回を越えるロングランを記録するに及んで、父も息子を外交官にするのを諦め、ラティガンがプロ劇作家になる道は定まった．それ以後は日の出の勢いで、「日の照る間に」も再び1000回以上のロングランを記録し、イギリス演劇史上稀に見るロングラン記録の保持者として注目を浴びた．ここまでは「上出来の」(well-made) 喜劇ばかりだったが、早熟な鬼才の成功に懐疑的だった劇評家の要望に答えて、シーリアス（真面目な）劇「ウィンズロー少年」を書いてエレン・テリー賞をとり、一流の劇作家としての地位を確立した．さらに一人の主演者が一幕物の喜劇と悲劇を前半と後半で演じ分けるダブル・ビル形式で「ハーリクイネイド」（笑劇）と「ブラウニング版」（悲劇）を書いてヒットさせ、「ブラウニング版」の主題である不幸な夫婦の不毛の愛と孤独を掘り下げた名作「深く青い海」で、正統派の劇作家としての地位を揺ぎ無いものにした．次の「別々のテーブル」では再びダブル・ビル形式で強気の男女の恋愛と弱気の男女の恋愛を描き、現代の孤独な人間群像にスポットライトを当てた．ほかに歴史劇の系譜では、アレクサンダー大王を描いた「冒険物語」、アラビアのロレンスを主人公にした「ロス」、イギリスの国民的英雄ネルソン提督の「国家の遺産」などがある．晩年はガンで苦しみながらも、イギリスの国民性である「強靭な忍耐力」(keep a stiff upper lip) で劇作を続け、死期の迫った小説家と妻の関係を「愛を称えて」で書き、さらに実話の殺人事件をヒントに「有名な事件」を発表、その初演を見届けた後、かつて自分の劇を上演した数々のウェスト・エンドの劇場をタクシーで回わってからバーミューダ島の別荘へ戻り、1977年11月30日に亡くなった．生前の1973年、ノエル・カワードに続いてサーになった．再演も多く声価はほぼ定まった感がある．

◇主要作品◇

■「ファースト・エピソード」(First Episode, 1933) Philip Heimannの協力で完成した幻の処女作で，ホモセクシュアルを暗示する「その名を言えぬ愛」(the love that dared not speak its name) が底流にあるファース風の喜劇．4巻の戯曲集 (The Collected Plays of Terence Rattigan, 1953–1978) には収録されていない．

■「フランス語入門」(French Without Tears, 1936) ラティガンの事実上の処女作で出世作．フランスを舞台にフランス語の講習を受けながら恋愛に夢中になる青年たちを描いたファース風の喜劇で，外交官か劇作家かで迷った作者の学生時代の面影が見え隠れする．

■「日の照る間に」(While the Sun Shines, 1943) 第二次大戦下のロンドンを舞台に，イギリスとフランスとアメリカの青年兵士が，それぞれの恋人を間違える恋愛騒動を描いたファース風喜劇．1949年にアンソニー・アスキス監督が映画化した．

■「ウィンズロー少年」(The Winslow Boy, 1946) スコットランドであった実話を元にしたシーリアス・プレイ（真面目な劇）の最初の成功作．一家を挙げて盗みの罪を着せられた純真な少年の汚名を挽回する感動のドラマ．1948年にアンソニー・アスキス監督が映画化．

■「ブラウニング版」(The Browning Version, 1949) ギリシア悲劇「アガメムノン」を下敷きにして，パブリック・スクールを舞台に，ギリシア・ラテン学者でありながら悪戯盛りの少年達に古典語を教えている病弱な老先生と欲求不満の妻と，妻の愛人の若い科学の教師の三角関係を描いた一幕物の傑作で，1951年にアンソニー・アスキス監督が映画化．

同時上演の「ハーリクイネイド」(Harlequinade) は地方巡業劇団が「ロミオとジュリエット」の舞台稽古で巻き起こす大騒動を描いた一幕物のファース風喜劇．

■「シルヴィアはだれ」(Who Is Sylvia?, 1950) 外交官である父の浮気と劇作家志望の息子の関係を描いた風習喜劇風の自伝的喜劇．1954年にハロルド・フレンチ監督が映画化．

◆「深く青い海」(The Deep Blue Sea, 1952) →323頁．

■「居眠り王子」(The Sleeping Prince, 1953) ローレンス・オリヴィエ演出・主演のエリザベス女王戴冠式祝典劇．1957年にオリヴィエ監督，マリリン・モンロー主演で映画化．

■「別々のテーブル」(Separate Tables, 1954) 海岸町ボーンマスのホテルを舞台に，結婚に失敗した気の強い中年男女の再会と恋の再燃を描く「窓辺のテーブル」と，悩み事のある気の弱い男女の孤独と共感を描く「七番テーブル」の一幕物二本立てのダブル・ビル．1958年にデルバート・マン監督がデボラ・カー他のオールスターキャストで映画化．

■「テーマの変奏」(Variation on a Theme, 1958) オペラの名作「椿姫」を下敷きにした強烈な恋愛悲劇．名優ジョン・ギールグッド演出，マーガレット・レイトン主演で初演．

■「有名な事件」(Cause Celebre, 1977) 実際に起こった殺人事件を基に書いたラティガン最後のシーリアス劇で，幕切れの台詞にしたのが「正義は無い」(There is no justice.)．ラティガンの芸術家としての人生を締めくくるに相応しい意味深長な言葉である．

【名句】For me the only purpose in life is to live it.—Miller's speech in The Deep Blue Sea, Act Ⅲ．　私にとって人生の目的はただ一つ，生き抜くことです．

ゴールディング　ウィリアム
William Golding (1911–93) 　　　小説家

生い立ち　ゴールディングは1911年9月19日，イギリスのコーンウォール地方に生まれた．グラマー・スクールの教師をしていた父親の意向に従い，オックスフォード大学に進学し，自然科学を専攻するが，英文学研究に転じた．在学中の35年には詩集を出版している．卒業後は小劇団のスタッフ，俳優として活動し，1930年から61年まではソールズベリーで教師をつとめ，英語と哲学を教えた．第2次大戦中は海軍に従軍しており，ロケット砲艇の艇長としてノルマンディ上陸作戦にも参加．その戦争体験は彼の人間観，世界観に大きな影響を与えた．小説家としての作家活動は，1954年，43歳の時に発表し，世界的に評価を得た「蠅の王」に始まる．このベストセラーにより，作家としての地位を第1作にして確立したゴールディングは以後，「後継者たち」(55)，「ピンチャー・マーティン」(56)，「自由な転落」(59) と次々に人間の本質を問いかける問題作を発表していった．60年代には，「尖塔」(64)，「ピラミッド」(67) を発表し，71年の中編集「蠍の神」(The Scorpion God) 以来，空白期間があったが，79年に「目に見える闇」でその健在ぶりを発揮．翌年の「通過儀礼」は権威あるブッカー賞を受賞した．長編小説の他には短編小説，児童劇「真ちゅうの蝶」(Brass Butterfly, 58) や，エッセイ・講演集「熱き門」(The Hot Gates, 65)，「動く標的」(A Moving Target, 82)，旅行記「エジプト日誌」(An Egyptian Journal, 85) などを出版している．

善と悪の寓意小説　代表作「蠅の王」は，孤島に漂着した少年たちの生存のための民主的な協力関係が崩壊していき，対立，争い，死へと発展していく過程を通して，人間の内に潜む獣性を描いているが，ゴールディングは，社会的に孤立した人間や，極限状況へと追いこまれた人々の心理や行動を描き，善と悪の寓意的な物語の書き手として，あるいは人間性と歴史，文明を鋭い視点で見つめ直した小説家として，独自の境地を切り開いていった．「通過儀礼」(80) に始まる「密集地域」(Close Quarters, 87)，「底の炎」(Fire Down Below, 89) の「地の果てまで」(To the Ends of the Earth) 三部作は，オーストラリアに向う19世紀初頭の帆船を舞台にした，英国という国家の状況の寓意小説となっている．

ノーベル賞受賞と晩年　1983年，ゴールディングは英国人としてT. S. エリオット以来35年ぶりにノーベル文学賞を受賞した．20世紀後半の英国作家としては唯一の受賞者である．受賞理由には「写実的な描写テクニックの明解さと，虚構の多様性と普遍性を持ち，今日の世界における人間の条件に光をあてた」とある．その後，老小説家の出版社の編集者との葛藤を描いた「紙人間」(The Paper Man, 84) などを発表．88年にはナイトの爵位を授与され，1993年にその82年の生涯を閉じた．未完の小説の遺稿「二枚舌」(The Double Tongue) が残されたが，95年に出版された．

◇主 要 作 品◇

◆「**蠅の王**」(Lord of the Flies, 1954) →320頁.

▪「**後継者たち**」(The Inheritors, 1955) 調和のとれた共同体で生活していたネアンデルタール人（小説内では the people）が残酷で利己的な新人類（the new people）と遭遇し，その無垢を失っていき，やがては滅ぼされていくまでを描いた作品．H. G. ウェルズの「世界文化史体系」を下敷きにしており，進化論に基づく合理主義的文明観が否定されており，前作に続き，人間の悪の本性が追求されている．

▪「**ピンチャー・マーティン**」(Pincher Martin, 1956) 第2次大戦中，ドイツの潜水艦によって艦船を撃破され，海中に放り出された通称ピンチャーことクリストファー・マーティンが，岩礁で救助を求めて苦闘する意識を過去へのフラッシュバックを織り交ぜて描いた作品で，強い自我を持った主人公の肉体と精神の破滅が語られている．

▪「**自由な転落**」(Free Fall, 1959) ナチスの収容所に捕虜として収容された画家の回想による，自由意志を喪失したことにより精神的に堕落していった人生の探求の物語で，私生児の主人公の少年時代や青春期の性愛，グラマー・スクールの宗教の女教師と男性科学教師からの精神的な影響などに，精神的自由を失った瞬間とその結果の人生が回顧される．

▪「**尖塔**」(The Spire, 1964) 周囲からは傲慢で無知と嘲笑されながらも，信仰行為としての尖塔建設に執念を燃やす中世の司祭ジョスリンを主人公とした作品で，人間的な欲望や孤独，周囲の犠牲，自己欺瞞の心などに揺らぎ，過ちを犯して行く信仰者の姿が描かれている．

▪「**ピラミッド**」(The Pyramid, 1967) 長編第6作のこの小説は，それまでの作に比べて寓話性は薄く，ピラミッド的階級意識に縛られた地方都市を舞台にした自伝的要素の多い写実的な物語で，オックスフォード大学受験を控えた18歳の主人公オリヴァーの恋愛と精神的発展を描いた教養小説的作品．

▪「**目に見える闇**」(Darkness Visible, 1979) 空襲で体の左半分に火傷を負い，醜い姿になってしまった孤児のマティは，愛を知らぬまま成長し，やがて霊を見るようになり，自分を預言者的存在と考えるようになっていく．彼を学校で受け持った教師のペディグリーは，同性愛の趣味が発覚し，解雇され，公園で少年に近づいては刑務所に収容される老人へと身を落とす．一方，マティが商店で働いていた頃に見かけた可愛い双子の姉妹の妹，ソフィは，無情な父親に育てられ，愛を拒絶されて成長し，自由奔放な性体験を繰り返し，社会への反逆心を育んでいく．これら3人の人物の運命が善と悪，光と闇の物語を織り成す現代の黙示録的傑作．

▪「**通過儀礼**」(Rites of Passage, 1980) オーストラリアへと向う輸送帆船を舞台にしており，英国貴族階級の青年の航海日誌の形で物語は綴られていき，専制的な船長の前に萎縮し，船員たちにも馬鹿にされ，精神的にも肉体的にも追い詰められていく英国国教会の牧師の破滅と乗客たちの人間模様が描かれていく．

【名句】Men can die of shame.―Rites of Passage
　　　　人間は恥ゆえ死にうるものである．

トマス ディラン

Dylan Thomas（1914–53） 詩人

生涯 トマスは1914年10月27日に，南ウェールズの港町スウォンジー（Swansea）で，英語教師を父として生まれた．父の勤めるグラマー・スクールに在学中，10歳で詩を書き始め，17歳で1年間ジャーナリストとして働いた後，ボヘミアン的な生活を始め，ロンドンへ出て雑誌に詩を発表，1934年に20歳で生と性と死を主題にした処女詩集「十八編の詩」を世に出して詩人として出発した．1936年に「二十五編の詩」を出版，翌年にキャットリン・マクナマラと結婚，スウォンジーの近くの村ラーンに移り住み，二男一女をもうけた．1939年には叔母への哀歌や結婚をテーマにした16編の詩と6編の幻想的な短編を収録した「愛の地図」を出版，翌年には「仔犬のような芸術家の肖像」と題する自伝的物語集も出版した．第二次大戦中は兵役を免れ，BBCの放送脚本や詩の朗読で有名になった．戦後1946年に出た「死と入口」で詩人としての名声を確立し，1949年にはラーン湾に臨む家に移って詩作を続け，1952年には処女作以来の詩作を集めた「全詩集1934–1952」を出版した．1953年には放送劇「ミルクウッドの下で」を書いた．1950年からの3回にわたるアメリカ講演旅行では，詩の朗読などでお金を稼いだが，アルコール中毒と時間の観念をまったく欠いた無謀な生活ぶりと浪費癖で身を持ち崩し，酒に溺れて1953年11月9日，ニューヨークで客死した．

特色 トマスは詩の朗唱に稀代の天分を持ち，眼と知的理解にだけ訴える傾きを強く持ってきた現代詩を，ふたたび耳に引き戻したと言われた．トマスの詩は難解だという評があり，残虐性と性的な示唆が多すぎるとも評されるが，都会的で博識をひけらかし，知的な論理を追うモダニズムの詩とは一線を画していて，ひとつのムード，もしくは一語に集中した印象を中心として，情感的に受容される形の作品として理解されるべきものであろう．豊穣な詩的イメージと独特のリズム感に富む作品が，作者の卓越した朗読術によって，聴衆を酔わせるカリスマ的効果を上げたのも，彼の特色の一つであろう．

評価 トマスの人間像はその自由奔放な生き方から伝説化している面もあり，霊感を受けて溢れ出る言葉を自由に駆使するロマン主義的詩人像の具現者と見なされて過大評価されたり，逆にそれが酷評されたりする．しかし，本質的には想像力豊かな詩人的天分に恵まれた人であることに間違いはなく，これまた伝説化されている抜群の朗読者としての才能は，吟遊詩人の伝統を現代詩に持ち込んだものとして高く評価されることもある．ウェールズを代表する詩人として，生地のスウォンジーの名物詩人として，その評価はますます高まるばかりである．ウェールズを代表する劇作家であり舞台と映画の名優でもあるエムリン・ウィリアムズは，1955年にトマスの生涯と詩に基づく朗読形式の一人芝居「少年の成長」（A Boy Growing Up）の自作自演で成功を収め，海外公演にも出かけた．

◇主要作品◇

■ **「十八編の詩」**（18 Poems, 1934）生きとし生ける者に必ず訪れる死と，生命を生む性，そして死をいかに克服するか，死を超えた永遠の世界にいかにして到達するかを「子宮」（womb）と「墓場」（tomb）のイメージを中心に歌うトマスの処女詩集．トマスが19歳のときに書いた「特に10月の風が」（Especially when the October wind）では厳しい自然の中で詩人として生きる決意と情熱か歌われている．

■ **「二十五編の詩」**（Twenty-Five Poems, 1936）特に「薄明かりに祭壇に向かって」（Altarwise by Owl-Light）は，自伝的で難解なソネットの連作．

■ **「愛の地図」**（The Map of Love, 1939）詩と散文から成り，難解な詩が多い中で，9行のシンプルな詩「24年の歳月が」（Twenty-four Years）では，永遠に向かって第一歩を踏み出すトマスの信念と決意が表明されている．

■ **「死と入口」**（Deaths and Entrances, 1946 ）比較的平明な表現で少年時代とウェールズの自然が歌われている．「ロンドンで焼死した子の哀悼の拒絶」（A Refusal to Mourn the Death, by Fire, of a Child in London）をはじめ，トマスの30歳の誕生日を歌った「十月の詩」（Poem in October），「公園のせむし男」（The Hunchback in the Park），「冬物語」（A Winter's Tale），「ヴィジョンと祈り」（Vision and Prayer），そして戦争の暗い時代にウェールズの農場で過ごした少年時代を回想した「シダの丘」（Fern Hill）などの有名な代表作が収録されている．

■ **「田園の眠りの中で」**（In Country Sleep, 1952）死という永遠の世界を目指す若者の決意を歌った「彼の誕生日の詩」（Poem on his Birthday）は，トマスの死の2年前に完成した作品で，35歳の誕生日から37歳にいたるまでの体験と思索を歌っている．

■ **「全詩集1934–1952」**（Collected Poems 1934–1952）処女詩集から最新作までトマスの詩作の集大成で，巻頭には序文が付いている．

■ **「ミルクウッドの下で」**（Under Milk Wood, 1953）ウェールズのラレギブ（Llareggub）という架空の町に住む人々の夢や追想を，ある春の日の夜中から夜中へと24時間が流れていく中で描写したトマスの代表作．放送劇のスタイルで書かれている作品で，1953年にアメリカで初演され，その2週間後にトマスはニューヨークの病院で亡くなった．自分の死を予感したような最後の作品で，詩人として一生涯歌いつづけてきた生と死，愛と神と祈り，そして時のテーマが集約されている．1971年にウェールズ出身の名優リチャード・バートン，その妻でハリウッドの大女優エリザベス・テーラー，舞台と映画で活躍したスターのピーター・オトゥール主演で映画化された．脚本・監督はアンドルー・シンクレア．

【名句】After the first death, there is no other.—'A Refusal to Mourn the Death, by Fire, of a Child in London'　最初の死のあとに，ほかの死などはない．

To begin at the beginning: It is spring, moonless night in the small town, Starless and bible-black.—Under Milk Wood
まず始めは春で，この小さな町は月の無い夜，星も無く，創世記のように暗黒だ．

マードック　アイリス
Iris Murdoch（1919–99）　　　　　　　　小説家

その生涯　マードックは1919年7月15日に，アイルランドの首都ダブリンで，プロテスタント系のアングロ・アイリッシュの子孫の家庭に生まれた．幼い頃に家族でイギリスに移住．オックスフォード大学のソマヴィル・カレッジに入学して古典哲学を専攻し，首席で卒業した．戦中から戦後にかけては国連の難民救済活動に従事していたが，実存主義の影響を受け，哲学の研究を志し，ケンブリッジ大学の奨学生を経て，48年から63年まで母校の哲学講師をつとめた．彼女の哲学者としての業績には，「サルトル——ロマン的合理主義者」（Sartre, Romantic Rationalist, 53），「善の至高性」（The Sovereignty of Good, 70）などがある．54年に「網の中」を発表して新進作家として認められ，続いて「魅惑する者から逃れて」（Flight from the Enchanter, 56），「砂の城」（The Sandcastle, 57），「鐘」（58）と現代における複雑で混沌とした愛の織りなす人間模様を描いた問題作で注目を集め，さらに60年代から晩年に至るまで意欲的に小説を発表し続け，文壇の中心的存在となっていった．

作品の特徴と評価　人間が日常生活の背後に抱いている孤独と満ち足りない生の感覚，他人の運命に支配される不安や，善を希求しながらも泥沼にはまっていく男女の心理などを，主に19世紀小説の伝統を受け継ぎ，緻密な構成で描いていった．無垢な存在，誠実な人柄と思っていた人物に意外な一面を見せられ，人間の弱さ，不完全さなどその多面性を再認識させられる作品も多く，一見自由な現代の日常社会の中で囚われの身になっている人間の本質を鋭く描いている．78年には「海よ，海」でブッカー賞を受賞したが，同賞の最終選考には，第1回69年の「善と良」（The Nice and the Good, 68）以来，「ブルーノの夢」（Bruno's Dream, 69），「黒衣の王子」（73），「善良な徒弟」（The Good Apprentice, 85），「本と仲間」（The Book and the Brotherhood, 87）と繰り返しノミネートされている．

結婚と晩年　56年，37歳の時に同じ文学部の教授で文芸評論家であるジョン・ベイリーと結婚．日本にも夫妻で69，75，93年と3回訪れ，各地でセミナー，講演を行った．87年にはデイム（Dame）の称号を授与され，90年代に入ってからも「緑の騎士」（The Green Knight, 93），「ジャクソンのジレンマ」（Jackson's Dilemma, 95）の2作の小説や哲学書などを発表していたが，97年にマードックがアルツハイマー病にかかっていることをベイリーが新聞に公表．彼はその闘病生活を綴って「アイリス」（Iris: A Memoir of Iris Murdoch）にまとめ，今世紀に入ってジュディ・デンチ主演で映画化された．代表作「鐘」では，主人公のドーラがロンドンのナショナル・ギャラリーでゲインズバラの絵を見て感動し，力を得て現実に立ち戻っていく章があるが，隣接したナショナル・ポートレート・ギャラリーの20世紀後半のコーナーには，1993年以来，マードックの肖像画が飾られている．

◇ 主 要 作 品 ◇

- ▣「網の中」(Under the Net, 1954) フランスの三文小説を翻訳しながら，作家になることを夢見ている主人公が，恋人に逃げられ，昔の恋人を訪ねることから始まる物語で，観念の網の中で人間や世界が見えていない主人公を描いている．
- ▣「鐘」(The Bell, 1958) 夫の支配的な存在に限界を感じて家を飛び出していたドーラは，思い直して歴史学者の夫が調査のため滞在中の田舎にあるインバー・コートというキリスト教のコミュニティを訪ねる．立派な館や修道院，湖などを敷地内に持つその共同体には，鐘の伝説があった．昔，修道女が村の青年と恋に落ちてしまった時に，礼拝堂の鐘がはずれて湖に落ち，修道女も身を投げたという言い伝えである．一方，ここで指導的な役割を果たしている牧師マイクルには，同性愛が発覚したためにパブリック・スクールを辞職した過去があったが，その時に彼が思いを寄せて近づいた学生ニックが，修道女志願の姉の後を追うように，この土地に送られてきて動揺していた．ここには新たにトビーという少年も滞在していて，ドーラはこの少年が湖で発見した伝説の鐘を二人でこっそり引き揚げて甦らせようと企む．理想的な場所であるはずの宗教共同体における倒錯した性や不倫の恋を描き，現代人のさまよえる心を描ききったマードックの代表作．
- ▣「切られた首」(A Severd Head, 1961) 妻と愛人との二重生活に満足していた主人公が，突然妻から意外な告白を受け，動揺していき，さらに主人公と読者は次々と思いもかけない人物同志の意外な関係を知ることになる．J. B. プリーストリーとの共作で戯曲化もされ，ロンドンでロングランした．
- ▣「一角獣」(The Unicorn, 1963) 海岸沿いの僻地にある屋敷に家庭教師としてやって来たマリアンは，自分がフランス語を教える女主人ハナが，隣りの屋敷の青年との不倫の罪の罰として，主人が留守中のその屋敷に7年間も幽閉同然の身であることを知り，驚かされる．マリアンは，この家に出入りしていた学者のエフィンハムを仲間にし，ハナを車に乗せて連れ出して自由を与えようという秘密の計画を企てるが，事態は意外な方向へと進んでいく．ゴシック小説的手法を利用して，人間の自我や愛について描いた作品．
- ▣「黒衣の王子」(The Black Prince, 1973) マードックの中期の代表作で，評論家に高く評価された．人気作家殺害の罪に問われた初老の無名作家の手記を通じて，若い娘との恋や事件までの経緯が描かれる．黒衣の王子とは，ハムレットの別称である．
- ▣「海よ，海」(The Sea, the Sea, 1978) 舞台俳優で演出家のチャールズ・アロビーは，引退後，余生を送ろうとして海岸沿いの家に移るが，彼の様々な知り合いが訪れ，その都度何か問題が起き，チャールズは過去を思いだし，人生を見つめ直していく．ブッカー賞を受賞した秀作で，作品はシェイクスピアの「テンペスト」が意識されている．

【名句】 Our actions are like ships which we may watch set out to sea, and not know when or with what cargo they will return to port.—The Bell

人間の行動は船のようなものだ．出港するのを眺めるばかりで，いつどんな積荷で港に戻ってくるか，我々にはわからない．

シェファー　ピーター
Peter Shaffer（1926–）　　　　　　　　　　**劇作家**

生い立ち　1926年5月15日に，イングランドのリヴァプールに生まれる．「スルース」の作者アンソニー・シェファーとは双子の兄弟である．一家は不動産業を営む父親の都合で，36年から6年間イングランド地方を移り住むが，42年以降ロンドンに定住する．44年から3年間，シェファーは炭鉱に動員され，47年には奨学金を得てケンブリッジのトリニティ・カレッジへ進み歴史を専攻し，アンソニーとともに雑誌を編集して文筆業に手応えを覚える．

習作期　50年にニューヨークへ渡り，書店や図書館に勤める傍ら，ピーター・アンソニーのペンネームで2編の推理小説をロンドンで出版する．54年にロンドンに舞い戻り，音楽出版社に勤めて1年目にテレビドラマ「塩の地」（55）が放映され好評を博し，自信をつけたシェファーは55年に三作目の推理小説を実名で出版する．その後56年から57年まで雑誌の文芸批評を担当したのち，ラジオ劇「放蕩親父」（57）がBBCラジオで放送される．「塩の地」と「放蕩親父」の成功により，シェファーに劇作家への野心が芽生える．

劇作家シェファー　劇作家としての処女作は「五重奏」で，初演は58年7月16日サー・ジョン・ギールグッド演出でウエストエンドのコメディ劇場において実現し，シリアス・プレイとしては異例の610回もの上演回数を記録，批評家にも賞賛されてシェファーの出世作となる．劇作家としての自信と名望を得たシェファーは，その4年後，2編の1幕もの喜劇「自分の耳」（62）と「他人の目」（62）を短期間に仕上げ，63年にはピーター・ブルックとともにゴールディングの「蠅の王」の映画版の脚本を完成する．この時の経験がのちに「他人の目」，「エクウス」，「アマデウス」の映画版で活かされることになる．64年にはスペイン人により征服され蹂躙されるインカ帝国の悲劇を描いたスペクタクル「太陽の国の征服」を発表し，65年の「ブラック・コメディ」は現代英国演劇最高のファルスと評されるが，思想的対話劇「シュライヴィングズの闘争」（70）でつまずく．しかし続く「エクウス」（73）と「アマデウス」（79）は，ともにブロードウェイで1000回以上もの上演記録を達成し，批評家からも絶賛されて，シェファーの代表作となる．以後80年代には，旧約聖書から題材をとった叙事詩的「ヨナダブ」（85）や，「ブラック・コメディ」以来シェファー喜劇の顔となったマギー・スミスを想定した喜劇の秀作「レティスとラヴェジ」（87）を書き，90年代には「ゴルゴンの贈り物」（92）を発表．2000年にナイト爵位に叙せられる．

特色　シェファーは芝居を工芸品に喩え，職人を自称しているが，伝統的な客間劇から壮大なスペクタクル，問題劇から笑劇まで，実に多彩な形式と手法で仕上げた作品はまるで音楽芸術を思わせる．人間の情念を見据え，ある時には哲学的に，あるいは陽気に，人間らしく生きることを問いかける劇作家である．

◇主 要 作 品◇

■「五重奏」(Five Finger Exercise, 58) 2幕もの．週末の別荘に訪れた英国の裕福な中流家庭ハリントン一家が，娘の家庭教師として迎えた若いドイツ人の存在によって，各々の抱える問題を徐々に明かす．伝統的な客間劇で，カワードやラティガンらのウェルメイド・プレイの系譜に属する．50年代から60年代にかけて「怒れる若者たち」の演劇と不条理演劇が主流であった英国演劇では異色の出世作といえる．62年に映画化されている．

■「自分の耳」(The Private Ear, 62) と「他人の目」(The Public Eye, 62)．「他人の目」は72年に，ミア・ファロー，トポル主演で映画化（「フォロー・ミー」）されて好評を博した．

■「太陽の国の征服」(The Royal Hunt of the Sun, 64) ウィリアム・プレスコットの著書「ペルー征服の歴史」から着想を得て書いた叙事詩的作品で，舞踏やマイム，音楽などの要素を取り込んだ総合舞台芸術．ヨーロッパの文明人ピサロが太陽を崇拝する異教徒のインカの王アタワルパに抱く共感を描く．人間の抱える心の闇と信仰の問題など，「エクウス」で扱われる主題を看取できる．69年に映画化されている．

■「ブラック・コメディ」(Black Comedy, 65) 1幕喜劇．幕が上がると暗闇の中で二つの声が聞こえ，しかもその闇の中を自在に動き回る様子が窺える．しばらくしてレコード・プレイヤーの音楽が途中で止まると，舞台は突然明るくなり停電騒ぎになる．この時初めて舞台上では明暗が逆転していることが解るという仕掛けである．この作品は，のちに真実と嘘を逆転した喜劇「善意の嘘」(White Lies, 67) と2本立てで上演された．

◆「エクウス」(Equus, 73) →329頁．

■「アマデウス」(Amadeus, 79) 2幕もの．1823年11月，ウィーン．鐘が午前3時を告げる暁闇のなか車椅子に座った70過ぎの老人の後姿が浮かび上がり，32年前のモーツアルトの暗殺を告白し，その御霊にひたすら赦しを乞う．やがて老人は観客席に向き直り，「モーツアルト死」の秘密を自身の最後の作品として観客に捧げる旨を申し述べて恭しく礼をすると，宮廷作曲家として活躍していた31歳の青年サリエリに戻り，モーツアルトが亡くなるまでの10年が再現され，神に愛され才能豊かなモーツアルトに対するサリエリの激しい嫉妬が吐露される．84年に映画化され脚色賞を含む8部門でアカデミー賞を受賞した．

■「レティスとラヴェジ」(Lettice and Lovage, 87) 3幕もの．文化財のガイドとして働くレティスはマニュアル通りに史実に従って案内することに物足りなさを覚え，旅回りのシェイクスピア役者だった母親譲りの表現力で架空の物語をつくり上げる．シェファーはレティスのガイドの場面を4つの連続するモンタージュとして提示して，レティスの解説が回を追う毎にいかに面白く誇張されてゆき観光客の評判となるか，その過程を映像的に見せてくれる．やがて，レティスの活動を噂に聞きつけた歴史保存委員会のロッテが視察に現われて，レティスを解雇してしまう．その後アパートで意気消沈しているレティスのもとをロッテが訪れて励まし，いつしか2人の間には友情が芽生える．人生の楽しみ方や老いの問題などを扱った心温まる喜劇である．

ピンター　ハロルド
Harold Pinter（1930–）　　　　　　　　　　**劇作家**

生い立ち　ピンターはロンドンのイーストエンド地区ハックニーに住む貧しいユダヤ系の仕立屋のもとに生まれた．戦時中の9歳から14歳までは空襲を逃れて集団疎開し，13歳頃より詩を書き始める．グラマースクール時代は，フットボールやクリケットに興じ，カフカやヘミングウェイに親しみ，ロミオやマクベスを演じた．48年に奨学金を得てロイヤル演劇アカデミーに進学するが，まもなく挫折し失意の日々を送る．49年には兵役を拒んで30ポンドの罰金を課せられている．

俳優として　50年にハロルド・ピンタ（Harold Pinta）の筆名で文芸誌「ポエトリー・ロンドン」に2編の詩を発表し，BBCのラジオ番組に端役で出演して職業俳優としての初仕事をこなす．同年セントラル演劇学校で演技術を見つめ直したのち，51年から59年にかけて役者として幾つかの劇団を渡り歩いて舞台生活を満喫する．54年からはデヴィッド・バロン（David Baron）の名で舞台に立ち，56年に共演した女優ヴィヴィアン・マーチャント（Vivien Merchant）と結婚する．ヴィヴィアンはピンターの芝居に度々主演している．

脅迫喜劇の確立　劇作家としての処女作は「部屋」（57）で，翌年ウエストエンドで上演された「誕生日」はカフカ的作風が理解されずに興行的にも失敗するが，59年に「かすかな痛み」（A Slight Ache, 61）を，60年には「小人たち」（The Dwarfs, 63）と相次いでBBCラジオに取り上げられ，「料理昇降機」（60）を発表して，「管理人」（60）で現代を代表する劇作家として認められる．その後，「コレクション」（The Collection, 62），「恋人」（63），「帰郷」（65），「昔の日々」（71），「誰もいない国」（75），写実的な「背信」（78）などを著す．「別々の場所」（Other Places, 82）という表題でまとめた3編の小品以後は，「景気づけに一杯」（One for the Road, 84）から「パーティ・タイム」（Party Time, 91）に至るまで4編の政治思想劇風の作品を執筆する．その後は，「月あかり」（93）や「灰は灰に」（96）などを書き，2000年には自ら演出し「部屋」と二本立てで上演した「祝宴」（Celebration）が好評を博している．

　ピンターはテレビやラジオ向けの芝居のほかに，映画の脚本家としても活躍し，「管理人」やカフカの「審理」，ファウルズの「フランス軍中尉の女」など十数本の作品に関わり，幾つかの映画に端役で出演している．演出家としても，1960年代から2000年の間に，30作以上の芝居の上演を手がけており，96年にはオリヴィエ特別賞を受賞している．

評価　ピンターの「脅迫喜劇」（Comedy of Menace）は，曖昧な認識に左右される人間の滑稽さを描きながらも，他者を自己の領域を脅かす存在とみなして孤立する人間の弱さを露にし，記憶という自己認識の最後のよすがですら，時の経過とともに次第に変質し，萎縮し，やがて忘却の闇に埋没して探し出せなくなる老いの哀しさを幻想的に綴る．

◇主 要 作 品◇

■「部屋」(The Room, 57) 無口な夫と二人暮らしのサンズ夫人 (Mrs. Sands) の部屋に, 謎めいた家主, 多弁な若夫婦, 盲目の黒人が何の脈絡もなく突然訪れる.

■「誕生日」(The Birthday Party, 58) 老婦人メグ (Meg) は夫の理解を得て下宿屋を片手間で営む. 唯一の泊客スタンリー (Stanley) は世界的ピアニストを自称し, メグ (Meg) のお気に入り. 2人組の客が訪れた嬉しさに, メグは気分に任せてその日をスタンリーの誕生日だと口走る. 奇妙な誕生会の果てにスタンリーは2人組に拉致される.

■「料理昇降機」(Dumb Waiter, 60) 夜, 殺し屋と思われる2人の男ベン (Ben) とガス (Gus) が窓一つない地下室で標的を待ち構えているうちに, 料理昇降機から注文伝票が届く. 通話管からの声で, 標的が部屋に向かっていることを知ったベンが, 乱暴に開かれた戸口に銃口を向けると, 便所に居たはずのガスが身包み剥がされた姿で現われる.

■「管理人」(The Caretaker, 60) 年老いた浮浪者デイヴィス (Davies) はアストン (Aston) に拾われ, アストンが居住している物置同然の部屋に招かれて滞在する. その後この部屋の持ち主であるミック (Mick) に闖入者と見なされ, ねじ伏せられる. やがてミックが兄のアストンに部屋の管理と修繕を任せていることや, アストンが精神病を患っていたことなどが明らかになる. デイヴィスは各々から管理人になるように話を持ちかけられて, ミックの話に乗ってアストンを部屋から追出すことを目論むが, 敢え無くも反対に追出される.

■「恋人」(The Lover, 63) 結婚して10年になるセアラ (Sarah) とリチャード (Richard) は寄宿舎に子供たちを預けて, 田舎の一軒家で二人だけの奇妙な夫婦生活を愉しんでいる. 二人は互いに別の人格になりすまし, 架空の不倫に夢中になり, 互いの愛を確認する.

■「帰郷」(The Homecoming, 65) 妻を亡くして以来, 二人の息子や弟とともに暮らしている頑固親父マックスのもとに, 長男テディが妻ルースを連れて6年ぶりに帰省する. ルースは夫との生活を棄ててマックスの家にとどまり, 娼婦性を発揮して男たちを支配する.

■「昔の日々」(Old Times, 71) 淡い光に浮かぶ三つの人影が, 20年前の出来事を巡り各々のかすかな記憶を辿り, 三人の意外な関係をあぶり出してゆく.

■「誰もいない国」(No Man's Land, 75) 文人ハースト (Hirst) は過去の人々を慈しみ, 思い出にしばしの安らぎを求めて, 詩人スプーナー (Spooner) と酒を酌み交わし, 部屋のカーテンを閉ざして現実と時の流れを遮断しようとするが, 否応なく老いと忘却に侵される.

◆「背信」(Betrayal, 78) →331頁.

■「月あかり」(Moonlight, 93) 臨終の床にあるアンディ (Andy) が自身の人生を妻ベル (Bel) と語り, 朦朧とする意識のなかに16歳で夭折した愛娘ブリゲット (Bridget) の幻影を見る. 傍らの妻は, 息子たちとの溝が埋まらないままに逝こうとしている孤独な夫を看護し, 愛娘が生きていると信じ込むことでしか救われない夫の狂気を哀憫する.

■「灰は灰に」(Ashes to Ashes, 96) レベッカ (Rebecca) は乱暴な前愛人についての断片的な記憶を夫デヴリン (Devlin) に語る. レベッカの脈絡のない不気味な暴力の告白は, やがてアウシュヴィッツの悲劇をはじめとする政治的暴虐行為の象徴にまで達する.

ヒューズ　テッド
Ted Hughes（1930–98）　　　　　　　詩人

荒野の自然に育つ　テッド（エドワード・ジェイムズ）・ヒューズは，1930年8月17日，西ヨークシアのミソルムロイド（Mytholmroyd）という谷間の小さな町で生まれた．荒れた高地の自然に囲まれて姉と兄と共に育ち，7歳の時に南ヨークシアに引越してからも自然と親しみ続け，動物や魚との交流が後の彼の詩作の核を形成する．15歳の頃から学校の雑誌に詩を書き始め，やがてケンブリッジ大学のペンブローク・カレッジに入学．大学では英文学を専攻していたが，アカデミックな研究に堅苦しさを感じ，専攻を考古学と神話学のコースに変える．ここで得た民話，神話等の知識は後の創作に大きな影響を与えた．卒業後2年間，バラ園の庭師，夜警，動物園の職員，教師のアルバイトなどをしながら詩作を続け，1956年に友人と同人誌を発刊する．この時の発刊パーティで出会ったのが，留学中のアメリカの女性詩人シルヴィア・プラス（Sylvia Plath, 1932–63）であった．

S.プラスとの結婚と詩集出版　ヒューズはこの繊細な女流詩人と意気投合し，4ヶ月後には結婚．彼女はW. H. オーデン，S. スペンダー，M. ムーアが審査員を務めるニューヨークの詩集コンテストに夫の詩を送る．これが第1位を獲得し，その結果，処女詩集「雨の中の鷹」(57) が出版され，破壊的な自然の生命力を謳った詩風が大きな反響を呼んだ．夫妻は57年から59年までアメリカに住むが，イギリスに帰国し，第2詩集の「ルパカル」(60) 出版以後は，デヴォンに住まいを定める．そこで一男一女に恵まれたヒューズは劇を書いたり，児童向けの詩集や童話を発表するようになった．62年，早くも夫婦は別れを迎え，シルヴィア・プラスは優れた詩の数々を残し，1963年に自殺してしまう．60年代の後半も，愛人だった女性の自殺や母親の死などの暗い出来事が続くが，71年には近隣の牧場での労働がきっかけとなり，牧場主の娘と再婚した．

様々な芸術家との共同作業　ヒューズは1975年には版画家レオナルド・バスキンと共同で文学祭に作品を展示したり，彼の版画を挿絵に用いたりするなど，他ジャンルの芸術家との活動は積極的に行った．セネカの「オイディプス」を脚色した台本や新作劇が，演出家ピーター・ブルックとの共同作業によって生まれ，写真家フェイ・ゴッドウィンのコールダーの谷の写真に寄せた「エルメットの址」(Remains of Elmet, 79) が書かれたりした．

桂冠詩人に任命　1984年，前任のジョン・ベッチェマン（John Betjeman）の死後，桂冠詩人（Poet Laureate）に任命された．その後も詩作の他に，シェイクスピア論 (92)，ギリシア神話物語の翻訳 (97) など，精力的に執筆．亡妻シルヴィアの思い出を綴った詩集「誕生日の手紙」(Birthday Letters) を98年春に発表するが，その年の10月28日に癌で68年の生涯を閉じた．奇しくもシルヴィアの誕生日翌日のことだった．

◇主 要 作 品◇

■「雨の中の鷹」(Hawk in the Rain, 57) 獲物として捕えられる「私」の視点から強暴な鷹を描いた表題作など,自然の営みと野性の力を凝視した作品が注目された第1詩集.「想像のきつね」(The Thought-Fox)では,空白の原稿用紙を前にした詩人の想像の森に現われたきつねを描写し,「ジャガー」(The Jaguar)では,動物園の檻の中を走り回る獰猛な眼光のジャガーを「大股で歩くその姿に荒野に自由がある」("His stride is wilderness of freedom")と表現した.他に自然を畏怖する心を忘れた固い頭を批判した「インテリ」(Egg-Head),ワーズワスの「らっぱ水仙」(Daffodils)を思わせる自然回顧の詩「馬」(The Horses)などが収録されている.

■「牧神ルパカルの祭」(Lupercal, 60) 古代ローマの不妊の女性のための儀式を扱った詩をタイトルにした第2詩集.代表作の一つ「木にとまる鷹」(Hawk Roosting)では,「望むままに殺す,すべては私のもの」("I kill where I please because it is all mine."),「私の作法は獲物の首をもぎ取ること」("My manners are tearing off heads")などと謳われた鷹が,虐殺を行う独裁者の象徴と批評家の一部に非難されたが,詩人本人はその誤解を否定した.他にも,死んで手押車に載せられた「豚の風景」(View of a Pig),獲物を追い,自分も追われる身の「川うそ」(An Otter),水中に静かに潜む「かます」(Pike)など,動物の死と生を透徹した眼でとらえた代表作を多く収録.

■「森の獣人」(Wodwo; Recklings, 67) ギリシア神話の半身半獣の語りである表題作,永遠不変の北の荒海を描写した「バグパイプの調べ」(Pibroch)などの詩作と5編の短編小説,放送劇1作を収めた第3詩集.

■「詩の創作」(Poetry in the Making, 67) 青少年のために書いた詩の入門書で,「動物を捕えること」「風と天候」「風景について」ほかの章から成る.エミリー・ディキンソン,D. H. ロレンス,T. S. エリオットなど,主要な現代英米詩や自作の詩が引用されており,解説付選集の趣もあると同時に,ヒューズの創作の秘密を知る手がかりにもなっている.

■「カラス」(Crow, 70;改訂72) 作者の口承文学の関心を反映した連作詩集.虚無の空を飛ぶ黒い混沌の主人公で,宇宙の根源的な生命力の象徴といえるカラスの誕生,成長,冒険を,聖書のパロディ表現,終末のイメージなどを用いて神話的に描いている.神話の創造という点では,ブレイクやイエイツの影響が見られる.

■「洞窟の鳥」(Cave Birds, 75, 改訂版, 78) 版画家レオナルド・バスキン(Leonard Baskin)による想像上の鳥の絵に添えられた象徴的な鳥と人間の21の詩が収められている.

■「喜べ」(Gaudete, 77) 映画シナリオとして発想された物語詩で,精霊によって下界に連れ去られた田舎の牧師と,彼に成りすます偽司祭を描いている.表題はラテン語.

■「ムーアタウン」(Moortown, 79) デヴォンのムーアタウン牧場で働いたヒューズが記した詩は,自然にあふれた牧場の日常であった.彼は71年に牧場主の娘と再婚している.

【名句】But who is stronger than death? / Me evidently.—'Examination at the Womb-door' 死よりも強いのはだれだ? 明らかに私だ.

ストッパード　トム
Tom Stoppard（1937–）　　　　　　　　　**劇作家**

生い立ち　1937年7月3日チェコスロバキアに生まれる．一家は独軍侵攻直前の39年にシンガポールへ移るが，41年に日本軍の侵攻に脅かされて，父ユージーン・シュトラウスナーは妻子をインドへ送り出し，帰らぬ人となる．母マーサは46年に英国陸軍将校ケネス・ストッパードと再婚し，一家は渡英してイングランドに移り住み，50年からブリストルに落ち着く．

ジャーナリストからの出発　グラマースクール卒業後，54年から60年まで地元の二つの新聞社を渡り歩き，58年に入社したイヴニング・ワールド社では映画評や劇評を担当する．フリー・ジャーナリストになる60年に，のちに「自由人登場」（Enter A Free Man, 68）と改題される習作「水上の散歩」（A Walk on the Water, 63）を書き，62年9月から63年4月まで，ロンドンの文芸誌「シーン」（Scene）の劇評を担当する．以後数年間は，唯一の小説「マルキースト卿とムーン氏」（Lord Malquist and Mr. Moon, 66）を書き始め，「Mといえば月」（"M" Is for Moon among Other Things, 64），「ギャンブラー」（The Gamblers, 65），「グラッドかい，フランクだよ」（If You're Glad I'll Be Frank, 66），「隔離された平和」（A Separate Peace, 66），「アルバートの橋」（Albert's Bridge, 67）などの一連の習作を，舞台やラジオやテレビで発表する．

哲学的喜劇の成立　64年に書いた一幕ものは「ローゼンクランツとギルデンスターンは死んだ」として書き改められて，66年にエジンバラ演劇祭で初演，翌年にNT（ナショナル・シアター）によってウエストエンドで上演され大成功を収める．こうしてストッパードは29歳にして劇作家として注目され，以後10年間に，「ジャンパーズ」（Jumpers, 72），「戯れ歌」（74），「内輪の恥と新大陸」（Dirty Linen, and New-Found-Land, 76）などを書き，77年までには人権問題に関心を持つようになり，アンドレ・プレヴィンの音楽伴奏による舞台劇「良い子のご褒美」（Every Good Boy Deserves Favour, 77）やテレビ劇「故意の反則」（Professional Foul, 77）などを執筆．その後の主な作品には，「夜も昼も」（78），「本当のこと」（82），「ハップグッド」（Hapgood, 88），「アルカディア」（93），「インディアン・インク」（95），そして最新作の「愛の発見」（97）がある．ストッパードは映画の脚本家としても70年代から活動しており，98年の映画「恋におちたシェイクスピア」（Shakespeare in Love）でオリジナル脚本部門アカデミー賞を受賞している．

作品の特質　ストッパードの作品は，機知に富んだ言葉で，人間の実存をめぐり，密林のように入り組んだ哲学的思索を綴ることから，「真面目な喜劇」（serious comedy）といわれる．虚構と現実の境界線を明示したうえで，観客を虚構の世界に誘い込む作品が主流．

◇主　要　作　品◇

◆「ローゼンクランツとギルデンスターンは死んだ」(Rosencrantz and Guildenstern Are Dead, 66) →328頁．

■「本当のハウンド警部」(The Real Inspector Hound, 70) 三流劇評家ムーン (Moon) と第一線の劇評家バードブード (Birdboot) は推理劇を観劇中，各々現実の境遇から逃れることを空想するうち，劇中劇の殺人事件に巻き込まれて死んでしまう．あたかも正面に鏡があるように舞台の背景に二人の劇作家の座る観客席を配置して，観客をも虚構の世界に誘う．

■「戯れ歌」(Travesties, 74) 1917年にチューリッヒの英国領事館員だったヘンリー・カー (Henry Carr) が革命家レーニンや文人ジョイスらとの出会いを巡り不確かな記憶を辿る．

■「夜も昼も」(Night and Day, 78) アフリカの独裁者と反乱軍の指揮官との抗争を追跡する三人のジャーナリストを登場させ，報道の自由の意味を問う作品．

■「本当のこと」(The Real Thing, 82) トランプのカードでピラミッドを作りながら妻の帰宅を待ち構えた男が，やがて妻の浮気を追求する．次の場は劇作家ヘンリーが不倫妻シャーロットの相手のような印象を与えながら，次第にシャーロットが実はヘンリーの妻で女優であり，1場の情景は「カードの家」という劇中劇であったことが判明するという仕掛けが用意されている．実生活で物事に動じないように見えた劇作家ヘンリーは，不倫相手の女優アニーと再婚してから，人間らしい弱みを見せる．妻の浮気に取り乱す無様なヘンリーの姿は，導入部の劇中劇「カードの家」に登場する寝取られ亭主の姿と重なる．

■「アルカディア」(Arcadia, 93) 庭園史研究家ハンナ (Hannah Jarvis) は調査のためにダービーシアの旧家カヴァリ家のマナーハウスに滞在する．同じ頃，バイロン研究家バナード (Bernard Nightingale) も屋敷を訪れ，奇遇にも，二人は1809年に当地で起きたことを各々の視点から探ることになる．やがて，無口で謎めいたガス (Gus) がトマシーナ (Thomasina Coverly) の描いたホッジ (Septimus Hodge) の肖像画を差し出してハンナの仮説を証明する．ハンナはようやく，17歳の誕生日の前夜に年上の数学教師ホッジに4年越しの恋を告白する少女トマシーナの境地に至る．ハンナはガスに誘われるままにワルツを舞い，時を越えて，トマシーナとホッジとともに二つの弧を描き，過去と現在が融和する．

■「インディアン・インク」(Indian Ink, 95) 1985年に没した女流詩人フローラ・クルー (Flora Crewe) が1930年にインドを旅した際に現地の絵描きに描いてもらった裸体画を巡って，若き女流詩人とインド人の絵描きとの恋と，英国の植民地にはびこる愚かしい英国贔屓の風潮が明らかになる．

■「愛の発見」(The Invention of Love, 97) 1936年，ついに死の時を迎えた77歳の詩人A. E. ハウスマンは，三途の川の渡し守カローンに冥府へと導かれ，一人の青年に遭い話しかけ，やがて，その若者がオックスフォードの新入生当時の自分自身であることを知る．ハウスマンはオックスフォード時代の自身の同性愛と，ヴィクトリア朝の偽善と，それに反旗を翻したワイルドに象徴される唯美主義運動に思いを馳せる．

ヒーニー　シェイマス

Seamus Heaney（1939–）　　　　　　　　　　詩人

**アルスター
に生まれて**　シェイマス・ヒーニーは、1939年4月13日に北アイルランド（アルスター地方）、デリー州の田舎モズボーンの農家に生まれた．ベルファーストのクィーンズ大学を卒業後、オックスフォード大学への進学を勧められるが、教職に就く道を選択し、聖ジョゼフ大へ進む．やがてこの母校の教壇に立つようになり、この時、詩人・批評家のフィリップ・ホブズボウムを中心とする詩のグループに参加した．このグループには、マイケル・ロングリー、デレク・マハンらがおり、後にヒーニーが中心となって、ポール・マルドゥーンなどさらに若い世代の詩人も参加し、北アイルランドの詩人の重要な交流、影響の場となった．66年に第1詩集「ナチュラリストの死」、69年には第2詩集「闇への入口」を出版し、北アイルランドの田舎の自然と生活を描いた詩を発表した．イエイツが古代アイルランドの民話を積極的に詩の世界に移入したのに対して、パトリック・カヴァナーのように田舎の自然を素朴に描いた詩人も過去におり、ヒーニーはカヴァナーの詩の延長上に出発し、伝統の回顧や政治状況に関する詩などを書いたジョン・モンタギューの影響も受けている．66年から72年まではクィーンズ大学で英文学を講じ、第3詩集「冬を生きぬく」が72年に出版されたが、この年は、13人の市民が虐殺された「血の日曜日」事件が起こった年であり、イギリスとアイルランドの対立が激化していった年であった．

**アイルランド
の歴史的背景**　アイルランドは16世紀、エリザベス1世の時代からカトリックが弾圧され、17世紀のジェイムズ1世の時代以来、プロテスタントが北アイルランドに入植し、その数と力を増大させて英国との連合に賛成の「ユニオニスト」（Unionists）となっていった．1801年、アイルランドは英国に併合され、以来、プロテスタントとカトリックの衝突が繰り返され、1916年の復活祭蜂起と処刑、20年のユニオニストによるカトリックの虐殺や内乱を経て、22年、南にアイルランド自由国が成立した．しかし、北では少数派のカトリックへの差別が続き、60年代後半になって差別撤廃の公民権運動となって、ユニオニストとの衝突が繰り返されていた中、「血の日曜日」事件は起きた．以後、両派の過激派による暗殺や爆破、特に1916年以来のIRA（アイルランド共和軍）は組織を分裂させ、過激派IRA（プロヴィジョニスト）が英国でテロ活動を行い、多くの犠牲者が生まれた．

**詩集「北」と
ノーベル賞受賞**　ヒーニーは、72年に大学を辞めて北を離れ、ダブリン郊外のグランモアへと移るが、75年の第4詩集「北」以降、北アイルランドの紛争を扱った詩を多く含むようになった．その後、劇作家ブライアン・フリール、詩人のトム・ポーリンらと北の問題を意識した「フィールド・デイ」の文学運動を行い、89年にはオックスフォード大学の詩学教授の職に就き、1995年にはノーベル文学賞を受賞した．

◇主　要　作　品◇

▪「ナチュラリストの死」（Death of a Naturalist, 66）第1詩集．農家の9人兄弟の長男として育ったヒーニーは，巻頭の詩「掘る」（Digging）において，じゃがいも畑を掘る父や祖父の姿を思い浮かべ，自分の手には鍬はないが，ペンで掘るのだと詩人としての立場を宣言する．少年時代の蛙の思い出を綴った表題作や，田舎の井戸の闇とこだまの記憶を語り，詩作の目的の比喩とした「僕の詩の源泉」（Personal Helicon）など，幼い頃の記憶を辿った自然や生活を，簡素で具体的で力強い言葉で表現した詩が中心となっている．

▪「闇への入口」（Door into the Dark, 69）アイルランドの地方色が強まった第2詩集．1916年の復活祭蜂起50周年の66年を契機として，ヒーニーはその蜂起の精神的な種を18世紀の農民抵抗軍の活躍と敗戦による死にあるとみて，農民兵士の声として「農民抵抗兵への鎮魂歌」（Requiem for the Croppies）で語った．「沼地」（Bogland）には，以後もヒーニーの詩にイメージとして登場する底無しの泥炭の地としてのアイルランドの象徴である沼地が描かれており，画家である友人のT. P. フラナガンに捧げられている．

▪「冬を生きぬく」（Wintering Out, 72）第3詩集．「アナホリッシュ」（Anahorish）では，故郷の「僕の清水のある場所」であり，「世界で最初の丘」であった土地への思いが描かれている．「トールンの男」（The Tollund Man）では，沼から発掘された古代の生贄の男のミイラの遠い過去における死と，現代の紛争による犠牲者の死が重ね合わされている．

▪「北」（North, 75）72年の「血の日曜日」事件と紛争の激化を経験した後のこの第4詩集は，「北」の政治状況に関する詩が数多く含まれている．アイルランドを16世紀のエリザベス1世に仕えた騎士ウォルター・ローリーによって征服され，捨てられた田舎娘だと見る「アイルランドに寄せる海の恋歌」（Ocean's Love to Ireland），アイルランドと英国の関係をやはり男と女の関係に喩えて，1800年に成立した合併法を扱った「合併法」（Act of Union），古代の若い女の死体と，現代の北アイルランドでスパイとして処刑される女の姿とが重ね合わされて謡われている「処刑」（Punishment）など，主に遠い過去への言及が基調の詩が第1部に収められている．第2部には，「何か言いたくても何も言うな」（Whatever You Say Say Nothing）や「歌の学校」（Singing School）など，詩人の北に関する複雑な感情が具体的に語られている．

▪「自然観察」（Field Work, 79）IRAの報復攻撃に遭い死亡した漁師を悼む「不慮の犠牲者」（Casualty）などの紛争関係の詩の他，ダブリン移住の意味を探った10編の連作のソネット（14行詩）である「グランモア・ソネット」（Glanmore Sonnets）などを収録．

▪「ステイション島」（Station Island, 84）巡礼の地でジェイムズ・ジョイスなど様々な死者の声を聞く表題作や，「アルスターの薄明」（An Ulster Twilight）を含む．この詩集の後には「サンザシの提灯」（The Haw Lantern, 87），「ものを見ること」（Seeing Things, 91），「水準器」（The Spirit Level, 96）の詩集や「ベーオウルフ」の現代語訳（00）等が続く．

【名句】The end of art is peace.—'The Harvest Bow' (Field Work)
　　　　芸術の目的は平和である

エイクボーン　アラン
Alan Ayckborne（1939–）　　　　　　　　　　**劇作家**

その生いたち　現代イギリスを代表する喜劇作家であるエイクボーンは，1939年4月12日，ロンドンに生まれた．彼が4歳の時に父親と離婚した母親は，婦人雑誌向けの恋愛小説家だった．パブリック・スクールで演劇好きの教師の影響を受け，卒業後，舞台監督助手兼俳優としてドナルド・ウォルフィットの劇団に参加．その後，いくつかの劇団，BBCのラジオドラマのプロデューサーなどを経て，本格的な劇作家への道を歩むようになるが，彼の才能を開花させたのが，スカーバラで演劇活動をしていたスティーヴン・ジョーゼフだった．

スカーバラの劇場　スティーヴン・ジョーゼフは，円形劇場での上演にこだわり，スカーバラにも，四方から観客に囲まれたスティーヴン・ジョーゼフ劇場を作って公演活動を行っていた．1957年にこの劇団にエイクボーンがスタッフ兼俳優として初参加．その後，ジョーゼフに勧められて劇作を始め，これが評判を呼び，作品を書くようにと奨励される．7作目の「父に会って」（Meet My Father, 65）は，「相対的に言うと」（Relatively Speaking）と改題されて，1967年にロンドンでも上演され，355回のロングランとなり，70年に「隣りの浮気」がリリック劇場で869回の上演を記録するに至って，彼は劇作家としての地位を確立した．1967年のジョーゼフの死後は，芸術監督，座付作家，演出家の立場を一手に引き受け，1年に約1本の割合で戯曲を上演，そのうち半数以上がロンドンでも上演されており，作品の数は50以上にのぼり，数々の演劇賞も受賞している．

特殊な舞台の構造や設定　エイクボーンの喜劇ほど，上演を見て初めて面白さがわかる芝居はないだろう．「階段を使って」（Taking Steps, 79）のように，一つの平面の舞台で三階建ての三つの階を表現したり，「上流へ」（Way Upstream, 81）や「時の人」（Man of the Moment, 88）のように，舞台上に本物の水を張ったりする視覚的な面白さの他に，「姉妹の気持ち」（Sisterly Feelings, 79）のように，1幕1場の終わりで二人の姉妹がコインを投げ，その表裏によって，異なる二つの1幕2場の台本が用意されており，さらに2幕1場も2種類の台本があり，組み合わせによって始まりと結末は同じだが四つの異なった筋ができる，というような趣向も用意される．「ハウス」（99）と「ガーデン」（99）は，隣接した劇場における同時刻での上演を前提に書かれており，役者はある一家の室内で起こった出来事と同時進行して庭で起こる人間模様を，舞台裏を往復して演じるが，それぞれの劇は独立した一つの物語としても楽しめ，両作品を見れば新たなつながりもわかるというように工夫されている．エイクボーンが描くのは，中流階級の一見，幸せに見えるが，実は多くの不幸を抱えた日常生活やこじれていく人間関係であるが，彼の見せ方の凝り様は，そうした行き詰まった人間の愚かさを笑い，諷刺するための高度な仕掛けなのである．

◇主 要 作 品◇

▪「隣りの浮気」(How the Other Half Loves, 69) 舞台上には社長の家とその社員の家の居間が左右に重なるように同一空間に設定されている．社長夫人と社員の浮気の口実に利用されたある夫妻が，木曜と金曜にそれぞれの家の夕食に招かれやって来るが，作者は時と場所を越え，回転椅子に夫妻を座らせ，素早い左右への場面転換で木曜と金曜の両家の夕食の模様を同時に見せて，観客を笑いの渦へと巻きこむ．

▪「おかしなひとりぼっち」(Absurd Person Singular, 72) 全3幕の各幕は，昨年のクリスマス，今年のクリスマス，来年のクリスマスと時間設定され，3組の夫婦の悲喜こもごもの物語が，皮肉と誤解の場面たっぷりに，各幕，3組の夫婦の家の台所で描かれる．

▪「ノーマンの征服」(The Norman Conquests, 73) ノーマンという男が，土曜の夕方から日曜の朝にかけて，孤独な女性たちの心を征服していく様を，田舎の屋敷のダイニングルーム，リヴィングルーム，庭の三つの場所で描き分け，それぞれの場所での同時進行の表裏の物語を「テーブルマナー」「居間で一緒に」「庭をまわって」の3本の芝居にしたもの．

▪「ここにいない友達」(Absent Friends, 74) 婚約者が水死してしまったコリンを慰めるために友人たちの手でパーティが開かれるが，コリンは少しも悲しんでなく，逆に慰める側の五人の様々な問題を抱えている慰め難い状況が明らかになっていくという暗い喜劇．

▪「大混乱」(Confusions, 74) 5本の一幕劇を一晩の芝居にした作品．そのうちの1本「食事の間に」(Between Mouthfuls) は，レストランで食事をしている二組のカップルのテーブルに給仕が近づくと会話が観客に聞こえるという手法を用いて，観客の笑いを呼ぶ作品．

▪「ベッドルームの笑劇」(Bedroom Farce, 75) 三つの家庭の三つの寝室が並置された装置で演じられる数組の夫婦の混乱模様を描いたこの劇は，ロンドンのナショナル・シアターのリトルトン劇場のこけら落しのため，作者とピーター・ホールとの共同で演出された．後にウエストエンド，さらにはニューヨークでも上演され，トニー賞の候補作にも選ばれた．

▪「ここだけの話」(Just Between Ourselves, 76) 夫の無理解のため，精神的に追いこまれていく主婦を主人公にした滑稽で悲しい劇で，チェーホフの劇世界と比較されたりした．

▪「不満のコーラス」(A Chorus of Disapproval, 84) 市民劇団の団員たちの私生活が，稽古中のジョン・ゲイの「乞食オペラ」の内容と交錯していく悲喜劇．

▪「女の心の中」(Woman in Mind, 85) 孤独な主婦が見る理想の家族の現実逃避的な幻想．作者は，似た主題で児童向けの「見えない友達」(Invisible Friends, 89) も書いている．

▪「小さな家族企業」(A Small Family Business, 87) どんな小さな不正行為も嫌っていた正直者の父親が，家族と親戚の過ちを容認して手助けしているうちに，最後には麻薬密売にまで手を貸さざるを得なくなるまでを描いた不条理な喜劇．

▪「喜劇の可能性」(Comic Potential, 98) 喜劇作家志望の青年が女性ロボットに喜劇の演技を教えるようになり，やがてロボットと恋の逃避行をする．近未来を舞台にした作品には他に，「これから先」(Henceforward..., 87) がある．

イシグロ　カズオ
Kazuo Ishiguro（1954–）　　　　　　　　**小説家**

その生いたち　イシグロは1954年11月8日，石黒家の長男，一雄として長崎に生まれた．1960年，5歳の時に海洋学者の父が英国政府に招かれたため，母，姉と共に家族4人で渡英した．当初は数年で帰国の予定だったが，結局滞在は延び，英国で教育を受けて成長した．日本語は上手でないと本人も公言しているが，英語は母国語の感覚で身につけていき，作品もすべて端正な英語によって発表されている．ケント大学に進み，英文学を専攻し，シャーロット・ブロンテや英文学以外ではドストエフスキー，チェーホフなどから影響を受けた．卒業後は難民救済活動に従事する一方で，ロック・ミュージシャンをめざしたりもしたが，イースト・アングリア大学大学院の創作科に入学．アメリカの作家，マルカム・ブラッドベリー教授の指導を受け，修士号を取得した．1981年にフェイバー社（Faber）の出した新人作家短編選集（Introduction, 第7巻）に3つの短編，「奇妙な時折の悲しみ」(A Strange and Sometimes Sadness)，「Jを待って」(Waiting for J)，「毒を盛られて」(Getting Poisoned) が掲載され，本格的な創作活動に入り，1983年には，ペンギン社からの短編集（Firebird, 第2巻）に「家族との夕食」(A Family Supper) を発表した．

文壇の評価　長編第1作の「丘の淡い眺め」は王立文学協会賞を受賞し，たちまち作家として注目を浴びた．第2作の「浮世の画家」は，英国最高の文学賞であるブッカー賞の最終候補に残った．惜しくも選には洩れたが，もう一つの主要な文学賞であるウイットブレッド賞を受賞し，3作目の「日の名残り」でついにブッカー賞を受賞した．第1作は現代の英国の田舎と戦後の長崎，2作目は戦後の日本，3作目は二つの大戦の頃と1956年の英国を舞台にした小説で，両文化における自らのアイデンティティーの模索を続けながら，伝統的なリアリズムにもとづく，回想と悔悟の静謐な物語の書き手として高い評価と人気を得てきた．

手法の変化　4作目の「満たされぬ人々」で作者の手法は変化を見せ，その超現実的な時間と空間の感覚に当惑した読者や批評家も多かったが，逆に高い評価も得ている．作者は雑誌のインタビュー（「来たるべき作家たち」新潮社，98）に答え，前作の成功で芸術的にリスクを伴う冒険が自由にできるようになり，前三作のような回想の手法に収まらない，もっと不可解な現実の人生を表現する方法を用いたと述べている．長編第5作の「私たちが孤児だった頃」は，ロンドンと1930年代の上海を舞台にした，孤児である探偵の追憶と探索の物語で，再びブッカー賞の候補にあがった．イシグロは，1983年に国籍もイギリスに移しており，86年に結婚したスコットランド出身の夫人と娘と共にロンドンに住んでいる．(Photo=©Hiroshi Hayakawa)

◇主　要　作　品◇

■「丘の淡い眺め」(A Pale View of Hills, 82)　イギリスの片田舎に住むサチコは，娘が自殺したことをきっかけに，戦後の長崎のある夏の日々を回想する．それは戦争中の焼跡で，自分の赤ん坊を殺している女性を見てしまったある母と娘との交流であった．過去と現在の往復の中に，戦争による深い傷，生きる苦しみと希望の物語が浮かび上がる作品．

■「浮世の画家」(An Artist of the Floating World, 86)　戦前，画家として多くの弟子を持ち，尊敬されていた小野は，戦中に軍国主義の宣伝となる絵を描いていたために，戦後，娘の縁談が破談になったのも，自分のせいではなかったかと自問する．老画家は，戦前から戦後の時代の様々な場面を静かな日常の中で回想していき，自分と周囲の世界を振り返る．戦争の協力者として道義的責任を背負った人物設定は，次作「日の名残り」で，主人公の執事が長年仕えた英国貴族に引き継がれる．

◆「日の名残り」(The Remains of the Day, 89)　→335頁．

■「満たされぬ人々」(The Unconsoled, 95)　世界的に有名なピアニストのライダーはヨーロッパのある町に招かれやって来る．この町は精神的な危機に瀕しており，その打開策として，木曜の夕べという演奏会が成功するようにと，彼に市民から期待が集まる．だが演奏会までの滞在の間，ライダーは次から次へと町の人々から様々な相談や依頼を持ちかけられる．彼に話しかけるのは，娘とのコミュニケーションの断絶に悩む年老いたポーター，両親からピアニストとして過度の期待をかけられている青年，別れた妻に思いをはせながら再起にかける酔いどれの老指揮者，それにライダー自身の妻と息子，さらには現われるはずのないような旧友たちまで街中でふいに顔を出し，彼は様々な人物に急がされるまま，不確かな記憶の中，町をさまよい続ける．作者が大胆な手法で新境地を開いた野心作で，物語が進むにつれて，町の悩める人々は主人公自身の苦悩や記憶の反映であり，彼が救おうとしている町の魂は，彼自身の魂であることが明らかになってくる．

■「私たちが孤児だった頃」(When We Were Orphans, 00)　私立探偵のクリストファー・バンクスが探偵という職業を選んだのは，彼が9歳の時に住んでいた上海の租界（外国人居住区）で両親が失踪したことがきっかけであった．孤児になった彼は，叔母を頼ってイギリスに渡り，大学を出た後，探偵として成功したのだった．物語の前半は，イギリスでのバンクスの生活と上海時代の回想で，同じ孤児の境遇のサラという女性との出会い，養女にした孤児の女の子のことや，失踪事件の頃の状況，日本人の少年アキラとの交友などが語られる．後半は，バンクスが日中戦争の戦火の強まる上海に戻り，念願の事件調査に乗り出し，砲火の飛び交う租界で必死に過去を求めてさまよい，苦闘していく．

【名句】It is by no means desirable that one be always instructing and pronouncing to one's pupils; there are many situations when it is preferable to remain silent so as to allow them the chance to debate and ponder.—An Artist of the Floating World　弟子に教えたり，指示したりすればいいとは限らない．沈黙を守ることによって，議論し熟考する機会を与えた方がいい場合も多い．

第 三 部

作 家 解 説 II

ラングランド～ロウリング
生涯と作品

◇作　家　解　説　II◇

ラングランド　ウィリアム　William Langland（1330?–1400?）　　　　詩人

　「農夫ピアーズの幻」の作者といわれる詩人．The Vision〔of William〕concerning Piers Plowman は旧来の頭韻法による長詩で，A, B, C, の3つの異テクストが伝わっており，それぞれ1362, 1377, 1395年ごろの創作と推定される．内容は中世風な夢物語の比喩詩で，真理を求める人々に対し，労働の神聖を説く農夫ピアーズがその困難な道案内をしてやる．特に後半においてはピアーズはキリストを表わしたものだとも受け取られている．

ガワー　サー・ジョン　Sir John Gower（1330?–1408?）　　　　詩人

　チョーサーの友人で，彼と並び称せられる中世の物語詩人．3つの長編の第1はフランス語で，「瞑想する者の鏡」（Speculum Meditantis；別名「人の鏡」Miroir de l' Omme, 1376年ごろの作．7つの美徳と悪徳が人間を奪いあう寓話詩）；第2はラテン語で「叫ぶ者の声」（Vox Clamantis, 1382年ごろ；前年の農民一揆をテーマとした社会批評詩）；第3は英語で「恋する者の懺悔」（Confessio Amantis, 1383–90ごろ）．恋する詩人がヴィーナス女神に訴え，その司祭に告白するという形で，古典・中世の数多くの恋物語をする．

スコットランド王　ジェイムズ一世
King James I of Scotland（1394–1437．在位1406–37）　　　　詩人

　スコットランドにおけるチョーサーの追随者中の第1人．フランスへの旅行途上捕らえられて，イングランドに監禁18年に及んだが，牢獄の窓から垣間見たイングランド王の姪ジェイン・ボウフォート（Jane Beaufort. 後の彼の妃）に対する愛を歌いつづったのが有名な「王の書」（The Kingis Quair〔kwaiə〕, 出版1783）で，自然に対するこまやかな愛情と神秘感がみなぎっている．きわめて教養の高い純潔な人であったが，失政の故に恨みを買い，叛徒のため弑（しい）された．死後原稿が発見されて350年の後はじめて日の目を見た．

マロリー　サー・トマス　Sir Thomas Malory（?–1471）　　　　散文作家

　アーサー王物語の集大成である「アーサー王の死」（Le Morte D'Arthur, 1470年ごろ完成；出版は1485年→218頁）の作者として後世に大きな影響を与えたが，その生涯については全く不明．英国中部ウォリックシアの旧家の出で，フランスへも出征後，騒擾罪で長く

投獄されていた同名の人物がそれだという説が有力．この書は獄中で書かれたものだろうともいう．

スケルトン　ジョン　John Skelton（1460?–1529）　　　　　　　　**諷刺詩人**

　古典の学問に秀で，オックスフォード，ケンブリッジ両大学から桂冠詩人（poet laureate）の称号を受け，王子時代のヘンリー八世の教育係も勤めた．奇行に富み，多くの逸話が伝わっている．後半生では牧師で，宮廷を諷刺する「宮廷の大盤振舞い」（The Bowge of Court, 1498）をはじめ多くの辛らつな詩を書いた．他に，すずめの死をテーマとした「フィリップ・スパロウ」（Phyllyp Sparowe, 1508），猥雑な酒場の情景を描く世相詩「エリナ・ラミングの酒づくり」（The Tunnying of Elynour Rummying, 1508）などがある．

ダンバー　ウィリアム　William Dunbar（1465?–1530）　　　　　　　　**詩人**

　中世スコットランド最大の詩人といわれる．チョーサー派のひとり．難解なスコットランド方言を用いたが，簡潔でユーモアに富む．国王ジェイムズ四世とイングランドから入嫁したマーガレット姫との婚儀を祝う「あざみとばら」（The Thrissil and the Rois, 1503年作），不気味な寓意詩「七大罪の踊り」（The Dance of Sevin Deadly Synnis, 1507年ごろ作），哀歌「詩人たちへの嘆き」（The Lament for the Makaris, 1508年作）などがある．

モア　サー・トマス　Sir Thomas More（1478–1535）
　　　　　　　　　　　　　　　　　　　　ヒューマニスト・政治家・散文作家

　ヘンリー八世の信任を得て大法官になったが，王を国教会の長と認めず，離婚にも賛成しなかったため，反逆罪の名目で死刑に処せられた．殉教者として1935年「聖者」の称号を贈られた．「ユートーピア」は "Nowhere Land" を意味する造語で，空想上の一島における共産主義的社会を描いて，当時の英国社会制度の欠陥を批判したもの．教育における男女の平等を説き，宗教上の寛容について論議する．1515年外交旅行中オランダで着筆，翌年帰国後完成出版した．原文はラテン語で，英訳は1551年に出た．たちまち欧州諸国語に翻訳され，Utopiaは理想郷の代名詞となった．

◇作家解説 II◇

シドニー　サー・フィリップ　Sir Philip Sidney（1554–86）　　　　　　　詩人

　はじめ少壮政治家として活躍．スペンサーと相知って詩を書き始めた．スペインに対する積極政策を女王に進言し，自ら出陣して，ネーデルランドのジュトフェン市攻防戦で斃れた．死を前に一杯の水を他の兵士に譲ったという美談は広く知られている．プラトン風な美と善の合致を体現する理想の人物として尊敬を受け，その死は深く惜しまれた．

　作品はいずれも没後の出版で，ソネット集「アストロフェルとステッラ」（Astrophel and Stella, 1580–84 年ごろの作）はエセックス伯爵令嬢ペネロピ・デヴルウに対するプラトニックな愛情をつづったもの．散文のロマンス物語「アーケーディア」（The Arcadia, 80）は妹ペンブルック伯夫人のために書いたもので，独，仏語にも翻訳されて広く影響を残した．「詩の弁護」（The Defence of Poesie, 95）は英国最初の本格的詩論である．

リリー　ジョン　John Lyly（1554–1606）　　　　　　　劇作家・小説家

　オックスフォードを出てケンブリッジにも学んだ．いわゆる大学才人連（University wits）と呼ばれる一団の劇作家のひとりで，ユーフュイズム（Euphuism）という美辞麗句をつらねた流暢で誇飾の多い文体で書いた教訓ロマンス「ユーフュイズ」2 部作（Euphues, The Anatomy of Wit, 1579; Euphues and his England, 1580）は一世を風靡したロマンスとして知られている．劇作品の中では古典の神話に主題を求めた「アレクサンダーとキャンパスピ」（Alexander and Campaspe, 1584），「エンディミオン」（Endimion, 1591）が有名である．

グリーン　ロバート　Robert Greene（1558–92）　　　　　　　劇作家・小説家

　オックスフォードとケンブリッジに学んだ大学才人のひとりで，在学中に書いた小説「マミリア」（Mamillia, 1583）の成功で名声があがり，つぎつぎにロマンティックな物語を世に出したが，戯曲の方が収入になるので劇作に転じて多くの作品を書いた．中でも史劇「ジェイムズ四世」（James the Fourth, 1590）と皇太子エドワードの恋物語に当時流行の魔術をからませて評判をとった「僧ベイコンと僧バンゲイ」（Friar Bacon and Friar Bungay, 1591）とが傑作とされている．

◇作 家 解 説 II◇

キッド　トマス　Thomas Kyd（1558–94）　　　　　　　　　　　　　劇作家

　セネカの悲劇の技巧をとり入れ，復讐の主題を展開させるとともに，亡霊を登場させて，殺人と流血のメロドラマ風の場面を舞台上にくりひろげ，「流血の悲劇」という一種の復讐劇流行のきっかけを作った「スペインの悲劇」(The Spanish Tragedy, 1589) を書いて有名になった．この劇はシェイクスピアの「ハムレット」と良く似た作だが，息子が殺されて父親が復讐する点が違っている．

ピール　ジョージ　George Peele（1558–96）　　　　　　　　　　　　劇作家

　オックスフォードに学んだ大学才人の一人で，叙情詩人として名声があったが，放浪癖から放らつな生活を送り，俳優をしながら，多種多様の劇を書いた．ギリシア神話に材をとった「パリスの告発」(The Arraignment of Paris, 1584)，諸国修行の騎士が魔物に誘拐された姫君を救出するロマンティックなバーレスク「老妻の物語」(The Old Wives' Tale, 1593) の2編は有名であり，ピールの成功作として知られている．彼の戯曲構成は粗雑だが想像力は豊かで，美しい詩句が点在し，叙情詩人としての本領が随所に見られる．

チャップマン　ジョージ　George Chapman（1559–1634）　　　　劇作家・詩人

　オックスフォードを出て，はじめは詩作に従事し，友人マーロウの未完の長詩「ヒアロウとリアンダー」(Hero and Leander, 1598) を完成させたが，のちに劇作に専念し，姦通をテーマにした恐怖の悲劇「ビュッシー・ダンボア」(Bussy D'Ambois, 1604) とその続編の復讐劇「ビュッシー・ダンボアの復讐」(The Revenge of Bussy D'Ambois, 1610) を書いた．またホーマーの「イリアッド」(Iliad, 1611) と「オディッシー」(Odyssey, 1615) は個性的な韻文訳で，後年若い詩人キーツを感激させた．

ベイコン　フランシス　Francis Bacon（1561–1626）　　　　　　　　　思想家

　裁判官としてらつ腕をふるい，大法官となり，貴族に列せられた．アリストテレス以来の演繹法の欠陥を指摘し，近代科学にふさわしい帰納法と実験の価値を主張して近世哲学の祖と呼ばれる．「学問の進歩につき」(1605) その他の著述に，鋭い洞察をもって聞こえる「エッセイ集」(1597〔10編〕, 1612〔38編〕, 1625〔58編〕), モアの「ユートピア」につづ

◇作　家　解　説　Ⅱ◇

く理想郷文学として高く評価されている「新アトランティス」(New Atlantis, 1626) 等の文学作品もある．

ナッシュ　トマス　Thomas Nash (*or* Nashe) (1567–1601)
物語作家・劇作家

　多くの諷刺文や論争のパンフレットを書いた．批評の中では当時の演劇にふれた「矛盾の解剖」(The Anatomie of Absurditie, 1589) や「文無しピアス」(Pierce Peniless, 1592) が知られており，物語の中では「不運な旅人」(The Unfortunate Traveller, 1594) がスペイン風の悪漢小説を模倣した最初の作として重要視される．ポールグレイヴ編の詩歌選集「ゴールデン・トレジャリー」の巻頭を飾る春の歌はナッシュの現存する唯一の劇「夏の遺言」(Summer's Last Will and Testament, 1600) からとられたものである．

デッカー　トマス　Thomas Dekker (1570–1632)
劇作家

　ほとんどの作品がエリザベス朝及びジャコビアン (Jacobean) 時代の劇作家たちとの合作であるが，単独で書いた劇の中では靴屋から一躍富をつかんでロンドン市長になるサイモン・エア (Simon Eyre) を中心に当時のロンドンの職人生活を写実的に描いた明るい喜劇「靴屋の祭日」(The Shoemaker's Holiday, 1599) が傑作とされる．

ミドルトン　トマス　Thomas Middleton (1570?–1627)
劇作家

　ロンドンに生まれ，オックスフォードに学んだのち劇作の道に入り，犯罪と流血の悲劇「女よ，女に用心」(Women Beware Women, 1621 上演，1657 出版) や，ロウリー (William Rowley, 1585?–1642?) と合作した家庭悲劇で，悪党デ・フローリーズ (De Flores) が登場する「取替児」(The Changeling, 1622) の作者として知られている．

ボーモントとフレッチャー
　　　Francis Beaumont (1584–1616)　　John Fletcher (1579–1625)　　**劇作家**

　ボーモントとフレッチャー (Beaumont-and-Fletcher) は多くの合作を発表したが，中で

◇作家解説 II◇

も悲喜劇「フィラスター」(Philaster, 1609)と「乙女の悲劇」(The Maid's Tragedy, 1611)が代表作とされている.ボーモントの単独作では「女嫌い」(The Woman-Hater, 1606)が知られており,フレッチャーは「ヘンリー八世」と「血縁の二公子」(The Two Noble Kinsmen, 1612–1613年作)をシェイクスピアと合作したとされている.

ウェブスター　ジョン　John Webster（1580?–1625?）　　　劇作家

　はじめはデッカーやミドルトンなどと合作劇を書いていたが,のちに単独で「白魔」(The White Devil, 1612)と「マルフィ公爵夫人」(The Duchess of Malfi, 1614)の迫力ある傑作悲劇を書いて,シェイクスピアに次ぐ悲劇作家として認められた.前者は「白魔」と呼ばれる淫婦ヴィットリア(Vittoria)を主人公とする暗黒の悲劇であり,後者は公爵の財産を狙う残忍な二人の兄によって非業の死をとげる美しい公爵未亡人を描いた陰惨な恐怖悲劇(horror tragedy)である.

フォード　ジョン　John Ford（1586–1640）　　　劇作家

　オックスフォードのエクセター・カレッジに学び,20歳頃から詩や散文を書きはじめ,1621年以後はウェブスターやデッカーと共作の劇を書き,単独作の中では兄妹相姦の悲劇を描いた「あわれ彼女は娼婦」('Tis Pity She's a Whore, 1627?；1633出版)と恐怖悲劇の傑作とされる「はり裂けた胸」(The Broken Heart, 1629?；1633出版)が代表作とされ,2作とも1960年代に再演されて再評価された.

ヘリック　ロバート　Robert Herrick（1591–1674）　　　詩人

　ケンブリッジを卒業後,デヴォンシアの片田舎の牧師として生涯を送った.ベン・ジョンソンの流れを酌む「王党派叙情詩人」(Cavalier lyrists)中の第1人.アンシーア,ジューリア等仮想の恋人を中心にした「今日を楽しめ」(Carpe diem)の思想をうたう田園的な恋愛詩に,音楽と言葉の調和を得た完璧な作品がある.華麗な「コリンナは五月の花摘みに」(Corinna's Going a-Maying)の他,「熟(う)れたさくらんぼ」(Cherry-Ripe),美しいものの命の短さを歌って余韻じょうじょうたる「水仙の花に」(To Daffodils)等,名高い短詩が多数ある.詩集は「ヘスペリディーズ」(Hesperides, 1648).

◇作　家　解　説　II◇

ハーバート　ジョージ　George Herbert（1593–1633）　　　　　　　　　　　**宗教詩人**

　ウェールズ名門の出身で男爵エドワード・ハーバート（外交官・詩人・哲学者）の弟．母マグダレンも教養高い婦人であった．ジョン・ダンの人物にひかれて僧職につき，1630年南英ソールズベリ近くの片田舎ベマトンの牧師として着任，短い生涯をそこで過ごした．静かな生活のうちに書いた165編の冥想的な短詩を集めたのが，没後出版の「神の宮」（The Temple）でつつましやかな敬虔さをもって，日常の小さな事物にも眼をくばり，教会の小さな儀式や器物にも愛着を示すこの詩集は，思考・用語の正確さと韻律技法に秀でたことを特色とする．広く賞讃を受け，後々の宗教詩人たちに甚大な影響を与えた．

ウォルトン　アイザック　Izaak Walton（1593–1683）　　　　　**随筆家・伝記作家**

　ロンドンの呉服商．ダンその他知名の士と親交を結び，1643年以後は引退して，内乱をよそに，悠悠自適の生活を送った．その落ちついた心境を対話編の形でしみじみと記しとめた随筆「釣魚大全」（The Compleat Angler, 1653）は自然描写にもすぐれた名作である．ダン，ハーバートら5人の友人の伝記（1640–78）は，集録した逸話を中心に人がらを生き生きと描いてみせるという英国伝記文学の伝統を確立したものとして著名．

ブラウン　サー・トマス　Sir Thomas Browne（1605–82）

　　　　　　　　　　　　　　　　　　　　　　　　　　　　　　　　　　好古家・散文作家

　イングランド東部のノリッヂ（Norwich）市で医業に従事した．ラテン風の特異な用語，独得の朗々たる文体をもって聞こえ，17世紀散文の代表的作家とされる．懐疑思想家たる彼の本領を示す大部な「迷信論」（Pseudodoxia Epidemica すなわち「伝染病的謬見」；別名 Vulgar Errors, 1646）の他に，冥想的な死生観を盛って修辞的散文の極致といわれる随筆「壺葬論」（Hydriotaphia, 別名 Urn-Burial, 1658）および信仰告白録「医師の宗教」（Religio Medici, 1643）が聞こえている．

カウレー　エイブラハム　Abraham Cowley（1618–67）　　　　　　　　**詩人・随筆家**

　ダン一派の「形而上派詩人」最後の人といわれる．15歳の時最初の詩集（Poetical Blossoms, 1633）を出版したほど早熟であり，4巻から成る長編「ダビデ物語」（Davideis,

1638–56）が彼の力作ではあるが，王政復古後も重くは用いられず，地方に隠棲して，静かな瞑想生活の喜びを親しみ深い詩と散文に表現した．没後出版の「詩文集」（Essays, in Verse and Prose, 1668）に載せられた「独居につき」「偉大性につき」「わたし自身につき」等は，C. ラムにおいて完成する英国随筆文学の先駆と考えられている．

マーヴェル　アンドルー　Andrew Marvell（1621–78）　　　　詩人・政治家

　ケンブリッジ大学出身．1657年クロムウェルの書記となってミルトンを援けた．1659年から死ぬまで故郷のハル（Hull, ヨークシア南部）選出の下院議員をつとめた．詩の大部分は1681年はじめて出版．初期の作は多く趣味の洗練を特色とする叙情詩・自然詩にダン一派の機知をきかせたものであるが，晩年には粗野な諷刺詩が多い．「はにかむ恋人に」「恋愛の定義」「庭園」「クロムウェルのアイルランドからの帰還を迎えて」等が有名．

ヴォーン　ヘンリー　Henry Vaughan（1621–95）　　　　詩人

　ウェールズの旧家の出で，内乱後は，その片田舎で医を業とした．「アスク河の白鳥」（Olor Iscanus, 1651）には自然や友情を讃美する詩が多い．後，ハーバートの影響を受けて宗教詩を書いた．その多くは「火花散る火打ち石」（Silex Scintillans, 第1部1650年，第2部1655年．約130編）に収録．彼の作はしばしば難解で均衡を失するが，深遠な宗教体験と神秘的な瞑想の飛翔は他に類のない詩境を作り出している．プラトン的な前世観を表現する「帰りゆき」や「われ先夜永遠を見き」とはじまる超絶経験的な「世界」，壮麗な「彼らはすべて光の世界に去りゆけり」の他に「材木」，「夜」，「滝」，「謎」などが有名である．

ドライデン　ジョン　John Dryden（1631–1700）　　　　詩人・劇作家

　17世紀後半の政治的波瀾に富んだ時代に活躍した代表的作家で，詩人としてはオランダ艦隊との海戦や，ロンドン大火などの大事件を叙事詩風に描いた長詩「驚異の年」，王位継承の政治事件を扱った諷刺詩の傑作「アブサロムとアキトフェル」（Absalom and Achitophel, 1681），動物の寓話形式でカトリック教会とイギリス国教会の対立を描いた諷刺詩「雌鹿と豹」（The Hind and the Panther, 1687），抒情詩の名作「アレクサンダーの饗宴」（Alexander's Feast, 1697）などを書き，1668年から1688年までは桂冠詩人であった．
　劇作家としては，散文喜劇「熱狂的恋人」（The Wild Gallant, 1663）で劇壇に登場し，

◇作　家　解　説　II◇

以後喜劇，悲喜劇，オペラ，韻文悲劇など27編の劇を発表したが，特にスペインにおけるムーア人宮廷と陣営を舞台にした「グラナダの征服」(The Conquest of Granada, 1670)とシェイクスピアの「アントニーとクレオパトラ」と同じ題材で書いた韻文悲劇「すべてを愛のために」(All for Love, 1677) が傑作とされている．評論の中では「劇詩論」(An Essay of Dramatic Poesy, 1664) が知られている．

ウィチャリー　ウィリアム　William Wycherley（1640–1716）　　　　**劇作家**

　しばらくフランスに滞在し，モリエール喜劇の影響を受けて劇作をはじめ，4編の風習喜劇を書いた．最初の作品「森の恋」(Love in a Wood, 1671) は幾組かの恋愛が混線する喜劇であり，次作「紳士舞踊教師」(The Gentleman Dancing Master, 1672) にはスペインの劇作家カルデロンの影響がみられる．代表作は「田舎の人妻」(The Country Wife, 1675) という色恋の喜劇で，王政復古期風習喜劇の代表的傑作とされている．ほかにモリエールの「人間嫌い」を下敷きにした「率直な男」(The Plain Dealer, 1676) を書いた．

ベイン　アフラ　Aphra Behn（1640–89）　　　　**劇作家・小説家**

　英文学史上，生活のために職業として執筆した最初の女性作家．その生涯は不明な点も多いが，20代の初めに西インド諸島で1年暮らし，スパイ活動や借金による投獄の経験もある．イギリス文学で最初に奴隷問題を扱った小説「オルノーコー」(Oroonoko, or the History of Royal Slave, 1688) は，17世紀のアフリカの王子オルノーコーが奴隷として南米に売られる波乱の人生を描いている．他にもチャールズ二世の廷臣の情事を描いた劇「流浪者」(The Rover, 1677)，短編「美しき浮気女」(The Fair Jilt, 88) などがある．

デフォウ　ダニエル　Daniel Defoe（1660?–1731）　　　　**小説家**

　週刊個人雑誌や時流を諷したパンフレットを出版，2度まで投獄された．60歳近くなって書いた「ロビンソン・クルーソウ」(The Life and Strange Surprising Adventures of Robinson Crusoe, 1719) で新しい写実小説の作者として出発した．この無人島漂着物語は，神を信じて苦難にうちひしがれず，現実をそのままに受け入れてゆくという人生態度のゆえに広く共鳴を呼び起こした．つづく海賊小説「シングルトン船長」(Captain Singleton, 1720)，あばずれ女の自伝小説として奇想天外でしかも写実的な「モール・フランダース」

(Moll Flanders, 1722),転変の生活を送る女を描くもう一つの作「ロクサナ」(Roxana, 1724) なども有名.

「スペクテイター」　The Spectator (1711–12；1714) 　　　文学新聞

　文人・政治家であったアディソン (Joseph Addison, 1672–1719) がスティール (Sir Richard Steele, 1672–1729) と共同で出版した日刊紙. 軽い随筆ふうの読物が多いが,時流に先んじた鋭い識見を示す評論もある. 1711年3月1日から12年12月6日まで555号；復刊は1714年6月18日から9月29日まで,創作は二人合作の,親切だがエキセントリックな田舎紳士カヴァレー (Sir Roger de Coverley) を中心人物とする連載物語が最も有名.

ポウプ　アレグザンダー　Alexander Pope (1688–1744) 　　　諷刺詩人

　特にいわゆる「英雄詩体二行連句」(heroic couplet. 各行10音節,2行ずつ行末で韻をふむもの) を中心とする18世紀詩法伝統の中心人物として考えられている. ロンドン育ち. 12歳のとき病気がもとで虚弱かつ奇形に近い体姿となり,そのひがみが生涯つきまとった. 伝統的な作詩法を詩にした「批評論」(An Essay on Criticism, 1711) がアディソンの激賞を受けて名声が高くなり,つづいて軽妙な擬英雄叙事詩 (mock-heroic) の形をとった「髪の毛盗み」(The Rape of the Lock, 1712) で,装飾的な詩表現技法の極をつくした. ホーマーの韻文訳 (「イリアッド」1715–20:「オディッシー」1725–26) は好評で経済的にも大成功であった. 気にくわぬ手合いを片っぱしから悪罵した長詩「愚物列伝」(The Dunciad, 1728；第4巻,1742) は敵を作ることも多かった彼の諷刺詩人としての本領を最もよく示すものである. 同じく詩の「人間論」(An Essay on Man, 1733；第4巻,1734) が大作としては最後のものである.

リチャードソン　サミュエル　Samuel Richardson (1689–1761) 　　　小説家

　ロンドンの印刷業者. 少年のころ近所の女たちの恋文を代筆し,女性心理についての知識を養った. 51歳のとき,書簡体の小説「パミラ」(Pamela, or Virtue Rewarded, 1740) で一躍作家として名を成した. 独・仏にも訳されて広く読まれたこの作は,美貌の小間使いが若主人の誘惑を退け,巧みに立ちまわってついにその正式の妻となる,という話であるが,ありそうにもない成りゆきや旧式な女性の幸福観・道徳観などがフィールディングの反感を

◇作　家　解　説　II◇

かき立て「ジョーゼフ・アンドルーズ」(1742) 創作のきっかけになった．傑作「クラリッサ」(Clarissa, or the History of a Young Lady, 1748) も同じく手紙の中で事件が物語られる小説で，遊蕩児ラヴレイス（Lovelace）にもてあそばれ悲惨な死をとげる才色兼備の女主人公（Clarissa Harlowe）の心理描写の精細なことで有名．

トムソン　ジェイムズ　James Thomson (1700–48)　詩人

スコットランド人で，国民歌「英国よ，海を支配せよ」(Rule, Britannia) の作者．長詩「四季」(Seasons, 1726–30) で新鮮な眼を通して見た自然の精細な描写で詩壇に新風をもたらした．死の3ヶ月前に出版された「怠惰の城」(The Castle of Indolence, 1748) はスペンサーふうな構想で，城に住む邪悪な魔法使い退治を物語るが，豊かな空想を持ち，後のロマン派詩人たちに愛読された．

グレイ　トマス　Thomas Gray (1716–71)　詩人

ゆうゆうとして生死と人の運命を冥想する「墓畔の悲歌」(An Elegy Written in a Country Churchyard, 1751) の作者として有名．生涯ケンブリッジ大学の研究員（後に教授）であった．女性的なまでに繊細な性格でジョンソン博士などにはきらわれたが，作品はつねに推敲を重ね，形式・用語ともに正確で完璧な表現をもつきわめて少ない量の作を残している．他に技巧の妙をつくした「金魚の鉢で溺死した愛猫によせて」(Ode on the Death of a Favourite Cat, 48) や「詩の発展」(The Progress of Poesy, 57)，「古詩人」(The Bard, 57) などと題した長詩がある．

コリンズ　ウィリアム　William Collins (1721–59)　詩人

オックスフォード大学出身．サセックス州チチェスター市長（で帽子屋）の息子．数々の名作を含む1747年の詩集も売行は悪く，3年後叔父の遺産が入ったとき，売れ残りの全部数を買いとって焼き捨てた．1751年以後憂うつ症，やがて狂人となり，姉に見とられて故郷で死んだ．夕暮の静かな風景を完璧な技巧で叙する「夕べへの頌歌」(Ode to Evening, 1747) や追悼歌「勇者らはいかに眠れるや」(How Sleep the Brave, 1747) などはロマン派の人々に熱愛された．

◇作家解説 II◇

スモレット　トバイアス　Tobias Smollett（1721–71）　　　小説家

　スコットランドに生まれ，外科医として従軍してから作家になり，当時流行の悪漢小説をまねた「ロデリック・ランダム」(The Adventures of Roderick Random, 1748) や「ペリグリン・ピックル」(The Adventures of Peregrine Pickle, 1751) を書いた．代表作は人間嫌いだが実は人情家の独身男が妹や甥や姪に女中とハンフリーという馬丁を加えて，イングランドからスコットランドへかけて旅行する道中記を手紙形式で描いた「ハンフリー・クリンカー」(The Expedition of Humphry Clinker, 1771) である．

クーパー　ウィリアム　William Cowper（1731–1800）　　　詩人

　教養高い人物であったが，生来憂うつ症で，失恋などが原因で狂気の発作に生涯つきまとわれるようになった．メアリ・アンウィン夫人などの献身的な看護の努力で小康のときには詩を書いた．好んで日常瑣細な事柄をとり上げた．(「今日食したひらめを記念して」〔1784年作〕という詩もある) が，その技巧は完璧で，思考・表現・用語ともに明快，一世を風靡した．自然の風物およびしみじみとした思い出を歌う詩に最もすぐれたものがある．「ポプラの野」(The Poplar-Field, 1784)，「ヤードレーの樫の木」(Yardley-Oak, 1791)，「メアリに」(To Mary, 1793) など．長いものには6巻から成る身辺詩「課業」(The Task, 1783–84作) がある．彼の手紙はいきいきとした身辺叙述で英国でも屈指．「イリアッド」「オディッシー」の韻文訳 (1791) もある．

マクファーソン　ジェイムズ　James Macpherson（1736–96）　　　詩人

　3世紀のケルトの勇者で吟遊詩人であったオッシアン (Ossian) の詩の半創作的散文訳を世に出した (「断片集」1760；「フィンガル」Fingal, 1762；「テモーラ」Temora, 1763)．簡勁な文体と空想をそそられる古英雄たちの事蹟は，新しい文学表現を求める人々によって熱狂的に迎え入れられた．ゲーテ，シラー，シャトーブリアンなどもその中に数えられる．

チャタトン　トマス　Thomas Chatterton（1752–70）　　　詩人

　わずか17歳で自殺し，後のワーズワースをして「奇蹟の少年」(the marvellous Boy) と嘆かせた．ブリストル市の大寺院で古文書を自由に見る機会があり，15世紀ごろの修道僧

◇作 家 解 説 Ⅱ◇

ロウレーの作を発見したものと称して，まねて作った古風な英語でいわゆるRowley Poems
を多数偽作した．文壇に期待をかけてロンドンに出たが，生活もできなくなって服毒した．
彼の作は擬古風のきわめて読みにくいものであるが，奔放なロマン情調の故に後々の詩人に
愛された．

インチボールド　エリザベス　Elizabeth Inchbald（1753–1821）　　　　　**劇作家**

　小説を2編書いているが，女優であり劇作家として演劇史に名を残している．代表作はI'll
Tell You What（1785），編著に25巻の「イギリス演劇」（The British Theatre, 1806–09）
がある．近年フェミニズムの波に乗って再評価が高まっている．

クラッブ　ジョージ　George Crabbe（1754–1832）　　　　　**詩人**

　南英サフォークの故郷の町で牧師職を務めるうち知った人々の生活を，飾らず写実的に描
く多くの物語詩を出した．特に農民・漁民の悲惨な生活や精神異常者などの生活・思考を
ぶきみなまでのリアルな筆で書く彼の作風は，伝統的な詩法を打破することに全力を注ぐ新し
い詩人たちにもこぞって賞讃され，冷嘲的なバイロンすらも絶讃を惜しまなかった．初期の
「村」（The Village, 1783）の後22年間沈黙がつづき，その間にクーパーの詩風の影響で詩
壇の好尚は大きく変化したが，彼の作は変わらず高く評価された．「教区の記録」（The
Parish Register, 1807），「サー・ユースタス・グレイ」（Sir Eustace Grey, 1807），「町」
（The Borough, 1810）など．

ラドクリフ　アン　Ann Radcliffe（1764–1823）　　　　　**怪奇小説家**

　18世紀後半から19世紀初頭にかけて大流行した，超自然・怪奇・幽霊物語を中心とする
「ゴシック風ロマンス物語」派の女王と呼ばれる作家．裕福な家庭婦人で，若年の作以来，
常に古城や深林を舞台とする怪奇趣味の主題を扱い，大作「ユードルフォ城の神秘」（The
Mysteries of Udolpho, 1794）は当代第一のベストセラー作である．神秘と恐怖の陰影の作
り上げだけでなく，風景描写や日常生活への詩的要素の導入は彼女が最初だとスコットは誉
めたたえた．しかし実は，彼女は南仏を訪れたことはなく，「ユードルフォ」の主要舞台の
深林・古城は，まったく想像上の創出であるという．宗教審問をテーマとする「イタリア人」
（The Italian, 1797）は一番の傑作といわれ，バイロンなどにも影響を与えた．

◇作家解説 II◇

サウジー　ロバート　Robert Southey (1774–1843)　　　　詩人・批評家

　ワーズワース，コウルリッジの僚友．叙事詩「ジャンヌ・ダルク」(Joan of Arc, 1796)，「マドック」(Madoc, 1805) の他に，現実と超自然のまざりあった擬東洋風の物語詩「征服者サラバー」(Thalaba the Destroyer, 1801；イスラム教の世界と海底が舞台)，「キハーマの呪詛」(The Curse of Kehama, 1810；ヒンドゥー教神話の世界を扱う) の2編が代表作．散文の「ネルソン伝」(The Life of Nelson, 1813) も有名．1813年以後王室桂冠詩人 (Poet Laureate)．霊感にはとぼしかったが良識の人であった．

ラム　チャールズ　Charles Lamb (1775–1834)　　　　随筆家

　コウルリッジ，ワーズワースの親友．東インド商会に長年勤続して，51歳のとき恩給を得て趣味と文筆の生活に入った．1796年姉のメアリー (1764–1847) が突然狂気の発作を起こして母を刺し殺すという悲惨事が起こり，彼自らも遺伝的な狂気の危険を感じたので，恋人も思い切り，生涯独身で通した．姉弟愛だけを頼りのともしびとして暗い生涯を送った彼の作は，謙遜なあきらめの眼で人生の明るい面を眺め，おだやかでユーモアをまじえてしみじみと過去をなつかしむ心が基調となっており，「エリア (Elia) 随筆集」2巻は何よりも英国的な作品であると評される．劇や詩の作では，友も恋人も捨て去って孤独の世界に入る境地を，苦渋に耐えぬ暗澹たる語調で歌った詩「なつかしい昔の人々」(Old Familiar Faces, 1798) が最も有名である．名高い「シェイクスピア物語」(Tales from Shakespeare, 1807) は姉との共作．世に忘れられていたエリザベス朝劇作家への関心を高めたのも彼である．謙虚・誠実な人がらに魅せられて彼の家に集まる文人・知識人も多かったが，その美しい心情を示す数多くの手紙は，英国に数多い書簡集の中でも珠玉の趣がある．

ランドー　ウォルター・サヴェジ　Walter Savage Landor (1775–1864)
詩人・散文作家

　頑固一徹で短気なため，大学も中退し，生涯争いや訴訟沙汰の連続で，大富豪の資産も使い果たした．長生きしてフィレンツェ郊外で死んだ．ギリシア・ラテン文学を愛好し，自作ラテン語の詩集もある．長編叙事詩「ジービア王」(Gebir, 1798) の他に，少女アイアンシ (Ianthe) を主題とした完璧な技巧を示す短詩のグループがあり，親しい女友達の客死を嘆く哀切人を打つ短詩「ローズ・エイルマー」(Rose Aylmer) はラムが愛唱おく能わざるものであった．(どちらも1806年の詩集で発表)．後半生になって筆をとりはじめた散文の

◇作家解説 II◇

「想像的対話集」は1824年以来数集あり，約150編，古今の著名人の対話を空想的に作り上げたもので，「アキレウスとヘレナ」「ダンテとベアトリーチェ」「ワシントンとフランクリン」など多種多様．作者の視界と理解力の広さを示すばかりでなく，その表現は明晰・的確，19世紀前半における散文文学中屈指のものとされる．

ハズリット　ウィリアム　William Hazlitt（1778–1830）　　批評家・随筆家

牧師の家に生まれ，はじめは聖職者を志したが，コウルリッジと親交を深めて文学に転じ，多くの批評や随筆を発表した．評論の中では「シェイクスピア劇人物論」（Characters of Shakespeare's Plays, 1817）や「イギリス詩人講義」（Lectures on the English Poets, 1818）が有名であり，随筆集では「円卓」（The Round Table, 1817）と「卓上談話」（Table Talk, 1821–22）が有名であり，随筆家として文学史に名を残した．「卓上談話」の中に収められている「旅について」（On Going Journey）や「死の恐怖について」（On the Fear of Death）は佳作で広く読まれている．

ハント　ジェイムズ・ヘンリー・リー　James Henry Leigh Hunt（1784–1859）
**　　　　　　　　　　　　　　　　　　　　　　　　　　　随筆家・評論家・詩人**

1808年に兄のジョン・ハントと週刊誌「エグザミナー」（The Examiner）を創刊，1821年まで編集を続け，この誌上に文学・演劇・政治などの評論を書きジャーナリストとして活躍した．1819年には週刊誌「インディケーター」（The Indicator）を創刊して21年まで続けた．著作としては詩論「想像と空想」（Imagination and Fancy, 1844）と物語詩「リミニ物語」（Story of Rimini, 1816）と「自叙伝」（The Autobiography, 1850）が主なものである．ハズリットやラムに随筆や評論を発表する舞台を与え，キーツの詩をはじめて活字にし，シェレーの詩作を鼓舞したハントの功績も見のがせない．

デ・クウィンシー　トマス　Thomas de Quincey（1785–1859）
**　　　　　　　　　　　　　　　　　　　　　　　　　　　散文作家・批評家**

放埒な生活のため大学も中退したが，ドイツ哲学への造詣はコウルリッジをもはるかにしのいだという．「アヘン常用者の告白」（Confessions of an English Opium Eater, 1822；雑誌発表1821）で一時に名声が挙がった．少年時の放浪癖とアヘンの習慣，それを絶つにい

たるまでの苦難を記しているが，アヘン飲用時の怪異な幻想を描くあたり，散文ながらほとんど詩的壮麗に近づいて読者を魅惑した．またドイツ哲学の影響を受けた精細な心理分析は「『マクベス』の門たたきについて」(On the Knocking on the Gate in "Macbeth", 1823) でその頂点に達している．

マリアット　フレデリック　Captain Frederick Marryat（1792–1848）
海洋小説家

　海軍大佐．その経験にもとづいて，いきいきとした海と船員の生活を小説に書きつづった．コンラッドが現われるまでの，最も人気のある海の作家である．「ピーター・シンプル」(1834)，一徹で奇行に富んだ「少尉候補生イージー」(Mr. Midshipman Easy, 1836)，難破と孤島の生活を描く少年海洋小説「マスターマン・レディ」(1841–42) など．

クレア　ジョン　John Clare（1793–1864）
自然詩人

　英国中部の農民の子．無教育であったが，トムソンの「四季」に刺激されて数多くの純粋な自然詩を書いた．「村の楽人」(1821)，「羊飼の暦歌」(1827)，「田園の詩神」(The Rural Muse, 1835) 等4冊の詩集を出版．経済的苦労のためうつ病から1837年ついに発狂し，生涯精神病院に監禁された．病院にあってなお初恋の女メアリー（Mary Joyce）を思う詩を書きつづけた．正気に返って，まだ命を保っている自分をいとおしむ短詩「我はあり」('I am', 1842年ごろ）などの感銘深い作もそうした後年のものである．

ブルワー゠リットン　エドワード・ジョージ・アール　Edward George Earle Bulwer-Lytton（1802–73）
政治家・小説家

　通俗小説を書いて生計を立てながら政界に打って出，やがて大臣にもなりその功労で男爵に叙せられた．実在の人物をモデルにした殺人事件「ユージーン・アラム」(Eugene Aram, 1832) は明治時代に早くも邦訳が出た．「ポンペイ最後の日」(The Last Days of Pompeii, 1834)，「リエンツィ」(Rienzi, the Last of the Roman Tribunes, 1835) などの歴史小説，地下に住む人類の未来物語である「来るべき種族」(The Coming Race, 1871) などの他，いくつかの超自然的物語があり，特に「幽霊屋敷と幽霊たち」(1857) は著名である．「お金」(Money, 1840) は19世紀演劇を代表する喜劇として有名．

◇作　家　解　説　II◇

ブラウニング夫人　旧エリザベス・バレット
Elizabeth Barrett Browning（1806–61）　　　　　　　　　　　　　　　　詩人

　8歳のときギリシア原語でホメロスを読むほどの早熟な天才であったが，15歳のとき落馬して脊椎を傷つけ，以後病弱でこもりきりの生活をつづけた．1845年ロバート・ブラウニングと会い，翌年父の反対をおしきって秘かに結婚し，イタリアに渡ってフィレンツェに定住し，そこに葬られた．個人感情を隠すためわざと「ポルトガル語よりのソネット訳詩集」（Sonnets from the Portuguese, 1847）と名づけた44編の集は，夫への愛情を美しく告白した連作で，最上の作といわれる．広く社会問題にも興味を持ち，「グウィディ館の窓」（Casa Guidi Windows, 1851）ではイタリアの独立への熱望が示され，9巻から成る大作「オーローラ・リー」（Aurora Leigh, 1857）は，「ジェーン・エア」によく似た筋立ての中に，むしろ主として社会問題・婦人問題を論じている．

フィッツジェラルド　エドワード　Edward FitzGerald（1809–83）　　　　詩人

　11世紀ペルシアの詩人オマールの4行詩集の半創作的翻訳「オウマー・カイヤームのルバイヤート」で著名，1859年（75連），1868年（110連），1872年，1879年（ともに101連）の4つの版が出た．売れず，夜店につみ上げられたものをD. G. ロセッティが発見してたちまち評判になった．近東風な，有為転変と人生のはかなさへの憂うつな沈思，それに対処するひそやかな耽美・快楽思想が，豊かな色彩と流麗な音楽のうちに歌い上げられている．

ギャスケル夫人　エリザベス・クレグホーン
Elizabeth Cleghorn Gaskell（1810–65）　　　　　　　　　　　　　　　　小説家

　牧師の妻となり，平和・幸福な家庭婦人としての一生を送った．1848年男の子を亡くした悲しみをまぎらすために小説の筆をとった．社会小説の要素が多いが，ヴィクトリア朝の社会因襲に捕らえられた未婚老嬢たちの小さな世界を，ユーモアたっぷりに，しかし温かみをこめて描いた「クランフォード」（Cranford, 1853）が，いきいきとした人物描写の故に傑作として今日でも広く読まれている．「シルヴィアの愛人たち」（Sylvia's Lovers, 1863），「従妹フィリス」（Cousin Phillis, 1864）などの恋愛小説の他に，「シャーロット・ブロンテ伝」（The Life of Charlotte Brontë, 1857）は名作の聞こえが高い．

◇作　家　解　説 II◇

キングズレー　チャールズ　Charles Kingsley（1819–75）　　　　　　小説家

　牧師を職としたが，社会問題を扱う小説「酵母」（Yeast, 1848），「オールトン・ロック」（Alton Locke, Tailor and Poet, 1850），女学者を中心にしてキリスト教とギリシア思想の争闘を取扱う歴史小説「ハイペシア」（Hypatia, or New Foes with an Old Face, 1853）など多くの作品を書いた．童話「水の子供たち」（The Water-Babies, 1863）も有名である．

ブシコー　ディオン　Dion Boucicault（1822?–90）　　　　　　　　劇作家

　アイルランド生まれの劇作家で，ロンドンとニューヨークで活躍し，100編以上の風習喜劇風の作品やメロドラマを書いた．代表作はロンドンと田舎を舞台に貴族の父と息子のかけ引きを滑稽に描いた喜劇「ロンドン・アシュアランス」（London Assurance, 1841）で，よく上演される．

コリンズ　ウィリアム・ウィルキー　William Wilkie Collins（1824–89）　小説家

　法律家であったが1851年にディケンズと出会って文学に転じ，「白衣の女」（The Woman in White, 1860）が好評を博し，「月長石」（The Moonstone, 1868）でアメリカのポーと並ぶイギリス最初の探偵小説家となった．ディケンズの助けを借りて「凍った海」（The Frozen Deep）と題する劇も書いている．近年ミステリー作家としての評価が高く，翻訳も多数出ている．

マクドナルド　ジョージ　George MacDonald（1824–1905）　　　　　小説家

　スコットランドのアバディーン州に生まれ，牧師になったが教会と意見が対立し，職を辞して作家生活に入った．C. S. ルゥイスに大きな影響を与えた「ファンタスティス」（Phantastes, 58）と「リリス」（Lilith, 95）の大人向けファンタジーと，「北風のうしろの国」（At the Back of the North Wind, 71），「王女とゴブリン」（The Princess and the Goblin, 70–71）など子供向けの妖精物語の古典となった作品によって知られている．

◇作　家　解　説 II◇

ロセッティ　クリスティーナ　Christina Rossetti（1830–94）　　　詩人

　初期の作に，妹が身を挺して魔の群に飛び入り，病みわずらう姉を救う手だてを持ち返ってくるという童話詩「妖魔の市」(Goblin Market, 1862)，旅の途上で誘惑されて時をうつし，到着してみると婚約の姫は死んで葬列が行くところだったという寓話的な「王子の旅路」(The Prince's Progress, 1866) がある．生涯独身で過ごし，後年は多く宗教詩を書いた．17世紀前半のG. ハーバート以後，英国国教会がはじめて持ったすぐれた宗教詩人だといわれる．童謡集「シング・ソング」(Sing-Song,「単調な歌」という意；1872) で英国童謡詩人中第一の地位を占めている．「1と1とでは2」「ピンク色のものはなあに」「風を見たのはだあれ」など．

キャロル　ルウィス　Lewis Carroll（本名　チャールズ・ラトウィジ・ドジソン　Charles Lutwidge Dodgson, 1832–98）　　　童話作家

　本職は数学者であるが，ふとしたきっかけで書いたおとぎ話．少女アリスがうさぎの穴からおとぎの国に入り，背が伸びたり縮んだり，また，姿が消えても笑いが空中に残るというチェシア猫をはじめ，へんてこきわまる数多くの存在に会い，最後にはトランプの国で審判を受けるという「不思議の国のアリス」(Alice's Adventures in Wonderland, 1865 →265頁) とその続編「鏡の国」(Through the Looking-Glass, 1871) が特にそのナンセンス性によって強く英国人のユーモア感覚に訴え，誰知らぬ者のない有名作となった．その他にも，同じナンセンス手法を用いた童話詩などがある．

トムソン　ジェイムス　James Thomson, B. V.（1834–82）　　　詩人

　18世紀の同名の詩人と区別するため，崇拝するシェレー (Bysshe) とノヴァーリス (Vanolis ← Novalis) の名から一字ずつをとったB. V. という略称を自らつけた．貧苦，飲酒などの原因から深い憂うつ症になった．長詩「恐ろしい夜の町」(The City of Dreadful Night, ロンドンのこと；1874) で英文学には稀な絶望的な思想を展開している．

モリス　ウィリアム　William Morris（1834–96）　　　詩人・工芸美術家

　D. G. ロセッティを崇拝し，そのいうなりに画を学び詩を書くようになった．異国的な風

貌をもったジェイン（Jane Burden）を妻としたのもロセッティの命令によった．建築・家具・織物等に深い関心を持ち，装飾美術工芸会社を設立して諸方の助力を仰いだこともあったが，その経営に関しついにロセッティとも衝突した．ロンドンの西郊にケルムスコット印刷所（Kelmscott Press）を作り，独得の古風肉太活字を鋳造して，チョーサーをはじめ自作の詩など，他に類を見ない豪華本50数冊を世に送った．後半生は社会主義思想に熱中して，実際的な運動にも加わった．詩の作品は，アーサー王物語に取材した初期の「女王ギネヴィアの弁明」（1858）以後，ギリシア神話の金羊毛探究物語の「ジェイソンの生涯と死」（The Life and Death of Jason, 1867），中世の理想郷を求めた人々の流浪を枠として24編の物語を集めた「地上楽園」（The Earthly Paradise, 1868–70），およびこれとならんで彼の傑作とされる，ドイツのニーベルンゲン物語の北方版であるアイスランドの史詩から取材した「ヴォルサング族のシガード王子」（Sigurd the Volsung, 1876）などを書いた．「ジョン・ボールの夢」（A Dream of John Ball, 1888；散文と詩）および「どこにもない国からの通信」（News from Nowhere, 1891；散文）は社会主義宣伝の理想郷物語である．

バトラー　サミュエル　Samuel Butler（1835–1902）　　　小説家

ケンブリッジに学び，聖職につくことを拒んでニュージーランドに渡り，牧羊業者として成功したのち帰国し，諷刺小説「エレホン」（Erewhon, 1872）と自伝的小説「万人の道」（The Way of All Flesh, 1903）を書いて文学史に名を残した．「エレホン」は"Nowhere"を逆に綴った新造語で，現代の社会と全く反対のことが正しいとされている理想郷の物語であり，「万人の道」は1872年から1885年にかけて書かれ，死の翌年に出版された長編で，新世代の青年が旧世代の父に反発して精神的に父子関係を断絶し，自由な自己の道を発見するまでの過程を描いている．

ギルバート　サー・ウィリアム・シュウェンク
Sir William Schwenck Gilbert（1836–1911）　　　劇作家

ロンドン大学を卒業後，滑稽新聞に寄稿していたが，劇作に転じて「ピグメーリオンとガラテア」（Pygmalion and Galatea, 1871）などの韻文喜劇を書き，さらに作曲家サー・アーサー・サリヴァン（Sir Arthur Sullivan, 1842–1900）と協力して多くの流麗で快活な喜歌劇の歌詞を書いた．ふたりの喜歌劇はロンドンのサヴォイ座で上演されたので，サヴォイ・オペラと呼ばれて一世の人気をさらった．ギルバートとサリヴァンの代表作には，仮想的な日本のミカドと吉原の生活を主題にした「ミカド」（The Mikado, 1885）などがある．

◇作家解説 II◇

スウィンバーン　アルジャノン・チャールズ
Algernon Charles Swinburne (1837-1909)　　　　　　　　　　　　　　　**詩人**

　英詩において空前絶後といわれる技巧家．名門の出で，父は海軍の提督．イートン時代，仏・伊語だけでなくすでにギリシア語を自由自在に駆使し，特にピンダロスの作に熱中した．構成原理が英詩とは異なる古ギリシアの典雅な詩型を英語で巧みに用い得たのもそのためである．ギリシア神話にもとづく「カリドンにおけるアタランタ」(Atalanta in Calydon, 1865) によって世の絶讃を博した．翌1866年の第1詩集 (Poems and Ballads) には共和主義者・虚無思想家としての彼が姿を現わし，タンホイザー伝説にもとづく「ヴィーナス礼讚」(Laus Veneris)，官能の悦楽と倦怠を歌う「ドローレス」(Dolores)，その他の大胆な異教精神讃仰の作が載せられ，攻撃集中して，ついにやむなく販売を中止したが，彼の最も代表的な著作であり，ギリシア的な「プロセルピナへの讃歌」「サッフォー風詩編」の他に，「W. S. ランドーをしのびて」が含まれている．もう少し落ちついた調子の第2集 (1878) には，「廃園」(1876) やボードレールをとむらう「さらば」(Ave atque Vale) などが入っている．「日の出前の歌」(Songs before Sunrise, 1871) には「バビロンの川のほとりにて」「多くを愛せしが故」「アメリカのウォールト・ホイットマンに」等の名吟がある．スコットランドのメアリー女王をテーマとした3部作 (1865, 1874, 1881) その他の無韻詩劇もあり，また，ブレイク (1868)，シェイクスピア (1880) をはじめとする，エリザベス朝劇作家，近代小説の数々に関する鋭い印象批評的な研究は今日なお熱心な読者を持っている．

ペイター　ウォルター・ホレイシオ　Walter Horatio Pater (1839-94) **批評家**

　オックスフォード大学の研究員 (fellow) として静かな独身の生涯を送った．女性的なまでに繊細な感受性の人で，その文章は苦心の末になる精緻を極めたものであり，従って著作もきわめて少ない．雑誌寄稿論文を集めた「ルネッサンス史研究」(Studies in the History of the Renaissance, 1873) は，印象主義批評の極致を示すもので，「芸術のための芸術」を主張してロセッティからワイルドに流れる唯美主義の道を作ったものである．同じ方向をたどる「鑑賞論集」(Appreciations, 1889) の巻頭には有名な文体論が載せられている．ギリシア思想研究に「プラトンとプラトニズム」(Plato and Platonism, 1893)，「ギリシア研究論集」(1895) がある．創作には，マルクス・アウレリウス帝時代のローマを舞台とした，作者の内面的自叙伝ともいうべき小説「快楽主義者メアリアス」(Marius the Epicurean, 1885) のあと，短編の「想像的肖像」(Imaginary Portraits, 1887)，「家庭における幼児」(The Child in the House, 1894) がある．いずれもこまやかな観察と分析を完璧ともいうべき文章で表現したものである．

◇作　家　解　説　II◇

ハドソン　ウィリアム・ヘンリー　William Henry Hudson（1841–1922）
小説家

　アメリカ人を父母として南米で生まれ，自然に親しんだのち，1869年にイギリスに渡り，1900年に帰化した．彼は鳥類を研究した博物学者として知られているが，小説家としては南米の自然を題材とする空想的な物語を書いて注目された．代表作は南米の奥地に住む民族の中に流れ込んだ若い革命家と森の娘の悲恋を描き，その底流として自然と人間の交流を配した異色のロマンス「緑の館」（Green Mansions, 1904）である．

ホプキンズ　ジェラード・マンレー　Gerard Manley Hopkins（1844–89）
詩人

　1866年カトリック教に改宗，1868年僧職についた．「跳躍リズム」（sprung rhythm）と命名した，シラブルの強勢を中心にして4つまでの弱音節の随伴を許す，柔軟で変化に富む新しい詩法を考案し，宗教に身をささげた者の憧れと苦悩とを激越な調子で歌い出す数多くの作を残した．次の時代に対して大きな影響力となり，親友ロバート・ブリッジェズ編の詩集が出版された1918年には20世紀新詩の出発点をなすと考えられている．「星光りの夜」「鷹」（The Windhover），「巫女の予言の木の葉を判読して」などが有名．

ブリッジェズ　ロバート　Robert Bridges（1844–1930）
詩人

　イートン，オックスフォード出身．はじめ医者．1882年詩人として立ち，1913年王室附の桂冠詩人（Poet Laureate）に任ぜられたが，命令を受けても霊感を得ねば書かず，「英国王の鳴かぬカナリヤ」などと呼ばれた．エリザベス朝時代人そのままといわれる豪放な性格で，文壇の尊敬を一身に集めていた．今なお尊称をつけて Dr. Bridges と呼びならわしている．テニスン以後並ぶ者のない言葉の音楽美の追求者で，「ミルトンの詩学」（Milton's Prosody, 1893），「キーツ」（John Keats, 1895）等の研究もある．帆船の壮麗な姿を歌った「過ぎゆく者」（A Passer-By），「われすべてうるわしきものを愛す」「夜鶯たち」などの名編を含む「短詩集」5巻（Shorter Poems, 1873–92）で名声はすでに定まり，他に「火をもたらす者プロメテウス」（Prometheus the Firegiver, 1883）以下8編の詩劇，ソネット集「愛の成長」（The Growth of Love, 1876；現形 1898），詩集「十月」（October and Other Poems, 1920），「新詩」（New Verse, 1925）等．死の半年前の出版である「美の遺言」（The Testament of Beauty, 1929）はプラトン哲学をふまえた，4巻からなる思想詩である．

◇作　家　解　説　Ⅱ◇

ハーン　ラフカディオ　Lafcadio Hearn（1850–1904）　　　　**小説家・随筆家**

　ギリシアに生まれ，アイルランドで教育を受け，アメリカに渡って新聞記者となり，特派員として西インド諸島に渡り，この地方に取材した小説や紀行文を書いて文名を確立した．1890年にハーパー社の通信員として来日し，日本に魅了されてそのまま滞在し，帰化して小泉八雲と名乗った．日本の古典や民話と伝説に素材を求め，抒情的表現美に富んだ流麗にして単純明快な文章で書いた「心」（Kokoro, 1896）や「怪談」（Kwaidan, 1904）は特に有名である．

グレゴリー　レイディ・イザベラ・オーガスタ
　　Lady Isabella Augusta Gregory（1852–1932）　　　　　　　　　**劇作家**

　アイルランドのゴルウェイに生まれ，1889年に芸術に造詣の深かった夫のサー・ウィリアム・グレゴリーと死別してから，イエイツの影響で劇作をはじめ，30編余りの劇を書いてアイルランドの演劇運動に尽力した．一幕物喜劇にすぐれた才能をあらわし，ちょっとした噂が人から人へ伝わるうちに思わぬ方向へ発展してしまう過程を描いた「噂のひろまり」（Spreading the News, 1904）と職務に対する義務と脱獄囚に対する同情や恐怖心の板ばさみになった巡査の心理を描いた「月の出」（The Rising of the Moon, 1907）が代表的一幕物として知られている．

ピネロ　サー・アーサー・ウィング　Sir Arthur Wing Pinero（1855–1934）
　　　　　　　　　　　　　　　　　　　　　　　　　　　　　　　　劇作家

　ロンドンに生まれ，1874年に俳優として初舞台をふんだが，やがてイプセンの影響をうけて問題劇の作者となり，イギリス近代劇の先駆者として演劇史に名を残した．まず「治安判事」（The Magistrate, 1885）のような巧妙な笑劇を書いて成功し，つづいて家庭悲劇に問題劇を交ぜたセンチメンタルな「二番目のタンカレー夫人」（The Second Mrs. Tanqueray, 1893）や「平和な家庭」（His House in Order, 1906）などを書いた．劇作活動は1877年に処女戯曲を発表して以来，1932年の最後の作品まで，50余年の長期にわたり，職人的な作劇技法を駆使して多くの劇を発表した．

◇作　家　解　説　II◇

ギッシング　ジョージ　George Gissing（1857-1903）　　　　　　　小説家

　マンチェスターのオウエンズ・カレッジで教育を受けた，高い教養を備えた作家で，代表作は，作者自身の自伝的体験を織り込んで三文文士のみじめさを描いた「新グラブ街」(New Grub Street, 1891) であるが，今日では小説よりも名著といわれる評論「チャールズ・ディケンズ」(Charles Dickens, 1898) や，作者が表題の架空の人物に託して春夏秋冬の感慨を名文で綴った随筆集「ヘンリー・ライクロフトの私記」(The Private Papers of Henry Ryecroft, 1903) がよく読まれている．死後出版の短編集「くもの巣の家」(The House of Cobwebs, 1906), 旅行記「イオニア海のほとり」(By the Ionian Sea, 1901) も名作として知られている．

トムソン　フランシス　Francis Thompson（1859-1907）　　　　　　　詩人

　神学，ついで医学を修めたが，極度のはにかみと神経質のため中退して1885年ロンドンに出，アヘンで病気の苦痛を抑えながらルンペン生活を送っていた．投稿した批評論文によって才能を認められ，文人ウィルフリッド・メネルに救われたが，肺患のためロンドンで死んだ．カトリシズムの神秘思想にひたりながら，近代人の激しい心の苦悩を詩に表現した．代表作「天の猟犬」(The Hound of Heaven, 1890) は，年月のアーチをくぐって走り下り，世界の縁（ふち）を横切って逃れ，空の星の群の中に身を埋め隠しても，なおかつ神の愛は人を追い求めて捕らえるという内容のもの．長詩「姉妹の歌」(1895) の他に，少女を主題とした「デイジー」(1890), 特に「けし」(The Poppy, 1891) には抑圧された恐るべき情熱と悲しみがしみじみと語り出されている．彼の表現は古語・廃語を縦横に駆使した，豊麗無比のしかし難解なものである．散文にも「シェレー論」その他すぐれたものがある．

ドイル　サー・アーサー・コーナン　Sir Arthur Conan Doyle（1859-1930）
小説家

　エディンバラ大学で医学を専攻し，卒業後船医をしたのち開業医となったが，退屈をまぎらすために大学の恩師をモデルにして書きはじめた探偵小説はやがて国民的英雄ともいうべき私立探偵シャーロック・ホームズの創作となり，5冊の短編集（1891-1927 → 276頁）と4冊の長編からなるシリーズは彼の名を世界的に有名にした．短編では初期の「赤毛同盟」「唇のねじれた男」「まだらの紐」，後の「六つのナポレオン」「金ぶち鼻眼鏡」などが有名であり，長編では「バスカヴィル家の犬」(The Hound of the Baskervilles, 1902) が傑作と

◇作　家　解　説　Ⅱ◇

して知られている．ほかに歴史小説や，心霊学の研究書なども書いた．

ハウスマン　アルフレッド・エドワード
　Alfred Edward Housman（1859–1936）　　　　　　　　　　　　　　　　　　　　詩人

　1892年ロンドン大学，1911年以後死ぬまでケンブリッジ大学の教授，近代第一のラテン語・文学の学者とされている．気むずかしく激しい性格で，近よりがたい人物として有名であった．1896年，世紀末の退廃風潮に反抗し，人として為すべき義務を思い，人生と世界に幻滅しつつなおも雄々しく現実に直面，より高きに向かう自らの理想を守りぬく決意を表明した「シュロプシアの若者」（A Shropshire Lad）が出た．自費出版のこの詩集は外面素朴な田舎青年の所感録であるが，じつは一言一句のぬきさしをも許さぬ，鍛えに鍛えた名工の腕の冴えを示すものであり，古往今来の名詩集のひとつとされる．若いアメリカの一詩人が感激の涙をこぼしつつ読みふけり，眠らぬ一夜を明かしたという挿話が伝えられたほどの強い感激を巻き起こした．その後「最後詩集」（Last Poems, 1922），没後の「追補詩集」（More Poems, 1936）が出，唯一の文学論として講演録「詩の名称と本質」（The Name and Nature of Poetry, 1933）がある．

タゴーア　サー・ラビンドラナート　Sir Rabindranath Tagore（1861–1941）
　　　　　　　　　　　　　　　　　　　　　　　　　　　　　　　　　　　　　詩人

　インドの詩人．ベンガル語で書き，自らそれを英訳した．1912年の叙情詩集「ギタンジャーリ」（Gitanjali,「歌集」の意）で広く認められ，翌年ノーベル文学賞を授けられた．他にも多く詩劇がある．東西文化の融合に努力した人として記憶される．

キプリング　ラドヤード　Rudyard Kipling（1865–1936）　　　　　　　小説家・詩人

　インドのボンベイに生まれ，そこで新聞記者をしたのち小説，詩，童話などを書き，1907年にノーベル賞を得た．短編集では「高原平話」（Plain Tales from the Hills, 1888），詩集では「兵営譚歌」（Barrack-Room Ballads and Other Verses, 1892）．童話では「ジャングル・ブック」第1，2集（Jungle Book, 1894 & 1895）が知られており，代表作は英軍秘密機関のために貢献する白人放浪児の冒険を描いた長編「キム」（Kim, 1901）である．

◇作家解説 II◇

シモンズ　アーサー・ウイリアム　Authur William Symons（1865–1945）
詩人・評論家

　ウェールズ生まれの詩人で評論家．フランスやイタリアで学び，象徴主義運動の先駆者として活躍した．詩集「昼と夜」（Days and Nights, 1889），「シルエット」（Silhouettes, 1892），「ロンドンの夜」（London Nights, 1895）などのほか，評論の代表作「象徴主義の文学運動」（The Symbolism Movement in Literature, 1899），「エスター・カーン」（Esther Kahn）ほかを収録した唯一の短編集「心の冒険」（Spiritual Adventures, 1905）などがある．

ベネット　アーノルド　Arnold Bennett（1867–1931）
小説家

　ロンドン大学を中退して法律事務所の書記をしながら文学を研究し，フランスに 8 年間滞在して自然主義文学を学び，モーパッサンの「女の一生」に比すべき大作の構想を得て発表した「老妻物語」（The Old Wives' Tale, 1908）で，洋服屋の二人の女性の波瀾に富んだ生涯を描いて文名を確立した．古本屋の守銭奴夫婦を中心にした「ライシマン坂」（Riceyman Steps, 1923）も傑作とされる．合作を含めて30編ほどの劇も書いており，中でも劇作家エドワード・ノブロック（Edward Knoblock, 1874–1945）と合作した結婚問題を主題とする三幕劇「一里塚」（Milestones, 1912）は600回以上の上演記録をあげた．

サキ　Saki（Hector Hugh Munro, 1870–1916）
短編小説家

　サキはペンネームで，本名はヘクター・ヒュー・マンロー．幻想的で諷刺の効いた短編を多数書いた．架空の都会青年を主人公にして「ウェストミンスター・ガゼット」に連載した小品を集めた短編集「レジナルド」（Reginald, 1904）や「ロシアのレジナルド」（Reginald in Russia, 1910）を書き，短編集「野獣と超野獣」（Beasts and Super-Beasts, 1914）に収録の「開いた窓」（The Open Window）が特に有名である．第一次大戦中にフランスで戦死．

デイヴィス　ウィリアム・ヘンリー　William Henry Davies（1871–1940）
詩人

ウェールズ人．放浪癖があり，英米各地を流浪するうち事故で片脚を失った．散文「超浮浪者の自叙伝」（The Autobiography of a Super-Tramp, 1908）の中でその経験が語られてい

◇作 家 解 説 II◇

る．自費出版して著名人たちに送りつけていた最初の詩集「魂の破壊者」(The Soul's Destroyer and Other Poems, 1905；自叙伝的な詩．ロンドンの町の陰うつな重圧を語る) でG. B. ショーに認められて文壇に出た．純粋な驚異の心をいつまでも失うことがなく，その作は20世紀まれに見るすなおな詩情を保っていた．短詩の中では，絢爛たる「かわせみ」(The Kingfisher)，素朴な人生受容の心を示す「閑暇」などが有名である．

ホジソン　ラーフ　Ralph Hodgson（1871–1962）　　　　　　　　　詩人

　東北大学教授として1924–38年滞日，その後オハイオ州の田舎で余生を送った．「最後のつぐみ」(The Last Blackbird and Other Poems, 1907)，「詩集」(Poems, 1917)，「ひばり」(The Skylark and Other Poems, 1959) の3詩集があり，1917年の集に収められた「栄誉の歌」(A Song of Honour) と「牡牛」(The Bull) とは集中的な手法によって広大な背景を暗示する雄編として知られる．その他にも情趣あふれる「イーヴ」(Eve)，「老ジプシー『時』よ」(Time, You Old Gipsy Man) などが聞こえている．

デ・ラ・メア　ウォルター　Walter de la Mare（1873–1956）　　　　　詩人

　フランスから亡命した新教徒名家の子孫で，夢幻的な情趣と象徴的表現が特色．初期の代表作「耳をすます者たち」(The Listeners, 1912) の他に，後年の作には，宗教的背景の上に書かれた比喩物語風な幻想詩「旅する者」(The Traveller, 1946)，時を主題にした瞑想詩「翼ある車」(Winged Chariot, 1951) の二長詩が有名．小説の作もあり，神秘的雰囲気を持つ短編も数多く書いている．

チェスタトン　ギルバート・キース　Gilbert Keith Chesterton（1874–1936）
　　　　　　　　　　　　　　　　　　　　　　　　　　　　　　　　　評論家

　ベロック (Hilaire Belloc, 1870–1953) とともにカトリック教と個人主義を堅持し，新教と社会主義を支持するショーやウェルズと論戦したほか，小説，劇，詩，評論，随筆などの分野で活躍した．評伝「ディケンズ」(Dickens, 1906) を書いたほか，小説では冒険物語の形で書いた宗教的寓話「木曜日役の男」(The Man who was Thursday, 1908) とカトリック司祭で素人名探偵の神父ブラウン (Father Brown) が活躍する連作探偵小説 (1911, 14, 26, 27, 35) が有名である．

◇作家解説 II◇

トマス　エドワード　Edward Thomas（1878–1917）　　**詩人・エッセイスト**

　ウェールズ人．第1次大戦に出，フランスで戦死した．30歳をかなり過ぎてから詩を書きはじめた．好んで田園の風物を主題とし，英国屈指の自然詩人として評価されている．エッセイも詩も死後まとめて出版された．評論もある．

ダンセイニ卿　Lord Dunsany
(18 th Baron; Edward John Moreton Plunkett)（1878–1957）　　**劇作家・小説家**

　貴族で本職は軍人．1909年1幕劇「輝く門」（The Glittering Gate）がダブリンで上演されてたちまち世界的作家となった．天国への門を開いてみるとその彼方は空々漠々何も存在しない，という含みのこの作には，メーテルリンク風な象徴がある．神罰を扱う「山の神々」（1911），「宿の一夜」（1916），敵王たちを謀計で一挙に滅ぼす「女王の敵たち」（1916），運命観を主題とする「もしもあの時」（If, 1921）など，いずれも空想と現実の交錯を扱う作であり，超自然主題の作の雰囲気を彩るのは，非人間的にぶきみな東洋風神秘感である．「怪異談集」（Tales of Wonder, 1916）をはじめ数多くの気の利いた短編を残している．

メイスフィールド　ジョン　John Masefield（1878–1967）　　**詩人**

　少年のとき水夫となり，1895年から3年間アメリカに住んで下層階級の生活の知識を得た．「海の譚詩集」（Salt-Water Ballads, 1902）などの海の生活と異国趣味に満ちた作品で世の注意を引いた．芸術家の自己完成の野心を扱う傑作「ペンキ職人」（Dauber, 1913）は海の物語詩でもあるが，そのころから社会問題を主題とする劇や物語詩を多く書いている．「永遠の慈悲」（The Everlasting Mercy, 1911），「水仙の野」（1913）は物語詩であるが，「忠実な人々」（The Faithful, 1915）は「忠臣蔵」に材料をとった散文劇である．30年以来王室附桂冠詩人であった．

リンド　ロバート　Robert Lynd（1879–1949）　　**エッセイスト**

　アイルランド出身の多作な随筆家で，機知と人情味にあふれ，C. ラム以後のエッセイ作家中第1に指を折られる人．「アイルランドとイギリスの人々」（1908）以後「耳に入る事など」（1945）まで数十冊の随筆および評論の著述がある．

◇作 家 解 説 II◇

ミルン　アラン・アレグザンダー　Alan Alexander Milne（1882–1956）
　　　　　　　　　　　　　　　　　　　　　　　　　　　　　　　　　童話作家

　イギリスの動物物語には，ケネス・グレハム（Kenneth Graham, 1859–1932）の「柳の風」（The Wind in the Willows, 1908）というモグラやネズミたちを描いた古典的名作があるが，ミルンも E. H. シェパードの可愛い挿絵の入った「クマのプーさん」（Winnie-the-Pooh, 1926）とそのシリーズを書き，世界中で愛読され続けている．プーさんがぬいぐるみで魔法の森の物語なのに対して，マイケル・ボンド（Michael Bond, 1926–）の「くまのパディントン」（A Bear Called Paddington, 58）は，人間世界に同化するクマの物語である．他にイギリスの動物物語としては，ビアトリクス・ポター（Beatrix Potter, 1866–1943）の「ピーターラビットのおはなし」（The Tale of Peter Rabbit, 1902）や，リチャード・アダムス（Richard Adams, 1920–）の「ウォーターシップ・ダウンのうさぎたち」（Watership Down, 1972）などの作品が有名である．

ウォルポール　サー・ヒュー・シーモア
　　Sir Hugh Seymour Walpole（1884–1941）　　　　　　　　　　　　　　　**小説家**

　牧師の子としてニュージーランドに生まれ，ケンブリッジ大学で学んだのち，教師をしたり，書評を書いたりしていたが，1909年から小説家に転向し，学校教師の生活に取材した「ペリン氏とトレール氏」（Mr. Perrin and Mr. Traill, 1911）で名声を確立し，続いて「不屈の魂」（Fortitude, 1913）を発表した．「ジェレミー」3部作（Jeremy, 1919; Jeremy and Hamlet, 1923; Jeremy at Cradle, 1927）は自伝的な長編であり，18世紀の放蕩者の一生を中心に二百年にわたる一家族の年代記を描く「ヘリズ」4部作（Rogue Herries, 1930; Judith Paris, 1931; The Fortress, 1933; Vanessa, 1933）は最大の作とされる．1937年にサーに叙せられた．

オーケイシー　ショーン　Sean O'Casey（1884–1964）　　　　　　　　　　**劇作家**

　ダブリンの貧民長屋に生まれ，労働者として働きながら独学でシェイクスピアの作劇術を学び，革命熱の犠牲になって命をおとす純情な少女を描いた2幕悲劇「義勇兵の影」（The Shadow of a Gunman, 1923）がアベイ座で上演されて認められ，つづいて労働者一家の喜びと悲しみを描いた傑作「ジューノーと孔雀」（Juno and the Peacock, 1924），1916年のダブリン市の市街戦を背景にした「鋤と星」（The Plough and the Stars, 1926），欧州大戦

◇作　家　解　説 II◇

の人間に与えた衝撃を描く「銀杯」(The Silver Tassie, 1928)，社会に潜伏する害悪をあばき出し社会改造の情熱をもりこんだ「僧正のかがり火」(The Bishop's Bonfire, 1955) などを発表し，シング以後のアイルランド最大の劇作家として活躍した．

ルウィス　ウィンダム　(Pescy) Wyndham Lewis（1886–1957）
小説家・評論家・画家

　アメリカ生まれ．画家としてはじめ立体派（キュービズム）に共鳴，やがて渦巻派（ヴォーティシズム）の主唱者となった．「爆風」(Blast, 1914–15) 以後，何回となく個人雑誌を発刊して，激烈な調子で文学・芸術における情緒的なもの，ロマン的なものを攻撃し，爆弾的存在であった．小説「ター」(Tarr〔主人公の名〕, 1918)，芸術家気どりを諷刺した小説「神の猿ども」(The Apes of God, 1930) などが有名．

サスーン　シーグフリード　Siegfried Sassoon（1886–1967）　　　詩人

　第1次大戦に従軍して理想とあまりにもかけはなれた現実の残虐を憎むようになり，戦争反対のパンフレットを書いて議会の問題にもなった．詩集「老猟人」(The Old Huntsman and Other Poems, 1917)，「反撃」(Counter Attack and Other Poems, 1918) 以後，幻滅の戦争詩人として知られた．2度にわたって戦傷を受け，1度は精神病院にも入った．終戦の日の心を歌う「すべての者は歌った」は1919年の詩集にある．傑作「心の旅路」(The Heart's Journey, 1928) ではようやく現実と憤激のむなしさを反省する心の余裕が見られ，自伝的回想録として名高いシャーストン3部作の第1部「狐猟人の思い出」(Memories of a Fox-Hunting Man) もこの年の出版である．晩年には中央文壇から遠くはなれて孤独な生活を送っていた．

ブルック　ルーパート　Rupert Brooke（1887–1915）　　　詩人

　第1次大戦に出征，ギリシアで病没した．アポロ神の再来といわれた美貌の青年であったが，戦争詩人たちの先駆となった詩集「1914年」(1914 and Other Poems, 1915) の中には，どんなスローガンにもまして人々の愛国心を燃え立たせたといわれる「兵士」(「もし私が死んだなら，ただこれだけを思い出して欲しい，どこか外国の野に，永遠に英国の一隅があるということを」とはじまる14行詩）が含まれている．

◇作　家　解　説　II◇

シットウェル　デイム・イーディス　Dame Edith Sitwell（1887–1964）　詩人

　名門貴族の出として早くから有名な三人姉弟の長姉（二人の弟はサー・オズバートおよびサシェヴァレル）．音楽美を重視した抽象詩に近い作風で，革新的な数々の試みを行った．既存文壇への反逆的態度でも著名な年刊詩華集「車輪」（Wheels, 1916–21）を創刊・主宰した．後年次第に象徴的色彩を深めたが，人類愛を基調とするその勇気ある言動はすべての人の尊敬を集めた．「薔薇の歌頌」（The Canticle of the Rose, 1949）は若年以来の詩の自選集であるが，その中には広島を主題とした「原爆三詩編」を含んでいる．

マンスフィールド　キャサリン　Katherine Mansfield (1888–1923)　短編小説家

　本名カスリーン・ビーチャム（Kathleen Beauchamp）．ニュージーランドに生まれ，ロンドンのクィーンズ・カレッジに学び，チェーホフの影響を受けたスケッチ風の短編小説を繊細な感覚と鋭い感受性で描き，文学史に名を残した．彼女の全作品は処女作品集「ドイツの宿にて」（In a German Pension, 1911），次に出版された短編集「幸福」（Bliss and Other Stories, 1920），代表作「園遊会」を含む短編集（The Garden Party and Other Stories, 1922 → 301頁），及び彼女の死後夫のJ. M. マリーによって編集されて世に出た「鳩の巣」（The Dove's Nest and Other Stories, 1923）と「子供的な」（Something Childish and Other Stories, 1924）に網羅されている．

ケアリ　ジョイス　Joyce Cary (1888–1957)　小説家

　アイルランドに生まれ，オックスフォードを卒業し，軍人や役人になったのち，1932年に処女小説「救われたアイサ」（Aissa Saved）を発表して小説家に転じ，性格描写と物語性を重んじる作品を書いて注目された．「ミスター・ジョンソン」（Mister Johnson, 1939）はナイジェリアを舞台にとってイギリス政府の官吏となった原住民の悲劇を描き，「馬の口」（The Horse's Mouth, 1944）では画家の奇行を喜劇的に描いた．死後出版の短編集「春のうた」（Spring Song and Other Stories, 1960）も読まれている．

クリスティ　アガサ　Agatha Christie (1890–1976)　ミステリー作家

　風光明媚な海岸保養地トーキー（Torquay）で生まれたアガサは，生涯に78編のミステ

◇作家解説 II◇

リー小説と19編の戯曲を書き，44ヶ国語に翻訳されて，聖書とシェイクスピアに次ぐ多数の読者と発行部数を誇っていると言われる．人気者の名探偵ポアロ（Poirot）やミス・マープル（Miss Marple）を創造して，「ミステリーの女王」（the Queen of Crime）と呼ばれている．小説では「オリエント急行殺人事件」（Murder on the Orient Express, 1934）や「そして誰もいなくなった」（And Then There Were None, 1939），戯曲では演劇史上最高のロングラン記録で知られる「ねずみとり」（The Mousetrap, 1952 → 319頁）が特に有名．1971年にデイムになった．

リース　ジーン　Jean Rhys（1890–1979）　　　　　　　　　小説家

　西インド諸島のイギリス領ドミニカに生まれ，16歳でイギリスに渡り，その後作家としてデビューするが，リースの存在を一躍有名にしたのは，76歳の時に発表した小説「広い藻の海」（Wide Sargasso Sea, 66）である．これはシャーロット・ブロンテの「ジェーン・エア」で屋根裏に閉じ込められていた狂女バーサの，少女時代からロチェスターとの出会い，結婚生活，やがて狂気に陥っていくまでを描いた作品で，後にフェミニズム，ポスト・コロニアリズムの観点からも高く評価された小説である．

トールキン　ジョン・ロナルド・リユーエル
John Ronald Reuel Tolkien（1892–1973）　　　　　　　　　小説家

　トールキンは，幼くして両親と死別し，カトリックの司祭の下で成長した．第1次大戦に参加したが，戦争中に結婚し，その後4人の子供に恵まれる．オックスフォード大学の教授として言語学を研究し，さらに古典文学や神話・伝説へと興味の対象を広げていった．オックスフォードでは，C. S. ルイスらと共に文芸仲間の集まりであるインクリングズ（Inklings）を結成し，作家や学者との交流の場とした．「ホビットの冒険」（The Hobbit, 37）と，その続編にあたり20世紀を代表する壮大な三部作の冒険ファンタジー「指輪物語」（The Lord of the Rings, 1954–55 → 321頁）を残し，死後に未完の「シリマリルの物語」（The Silmarillion, 1977）が出版された．

ガーネット　ディヴィッド　David Garnett（1892–1981）　　　　　　小説家

　狐に化身した妻と化身できなかった夫の奇妙なおとぎ話風の物語を，豊かな想像力と独創

◇作 家 解 説 II◇

的な着想によって書いた処女作「狐になった夫人」(Lady into Fox, 1922) で注目された.「動物園に入った男」(A Man in the Zoo, 1924) は,前作同様奇抜な着想で愛情問題を諷刺的に描き,「水夫の帰郷」(The Sailor's Return, 1925) は,アフリカの黒人女と結婚したイギリスの水夫が,故郷で居酒屋を開いて黒い妻子を愛しつつ村人の偏見と戦うが,ついに殺される物語で,諷刺と哀感がまざり合った傑作とされる.自伝的小説「愛なくして」(No Love, 1929) や「黄金のこだま」(The Golden Echo, 1953) をはじめとする3巻の回想録も書いた.

モーガン　チャールズ　ラングブリッジ
Charles Langbridge Morgan (1894–1958)　　　　　　　　　　　　　　　　　小説家

オックスフォード大学を卒業後タイム社に入って約4年劇評を担当し,1929年に発表した「鏡の中の肖像」(Portrait in a Mirror) で小説家として認められ,続いて第1次大戦を扱った戦争小説の佳作「泉」(The Fountain, 1932) を書いた.劇作家としては科学発明のために生命の危機に直面した現代人の不安を描いた問題作「太陽レンズ」(The Burning Glass, 1924) を書いて注目された.

グレイヴズ　ロバート　Robert Graves (1895–1985)　　　　　　　　　　　　詩人

父はアイルランドの詩人.現代文明から離れてスペイン領マジョルカ島に住んでいた.生活のため大部な歴史小説「私クラウディス」(I, Claudius, 1934) など数編書いているが,評論には特に詩論が多く,神話の研究書もいくつかある.詩には知的な主題の作が多く,改版のごとに,絶えず改訂・加筆をしている.闘争的な性格が禍して長く中央文壇から遠ざかっていたが,近来その力量を再認識されはじめている.1961–65年,オックスフォード大学詩学教授.「全詩集」(Collected Poems, 1975) で詩作を集大成した.

ブランデン　エドマンド　Edmund Blunden (1896–1974)　　　　　　　　　詩人

南英ケント州に育って田園に対する深い愛情を持ち,こまやかな観察と愛情を表わす数多くの自然詩を書き,また農民詩人ジョン・クレアの未発表の詩の発見などもしている.弱い者,貧しい者への同情がしみじみと歌い出された,つらい日常の生活を送る田舎の人々を主題とする「荷車の御者」「救貧院の女たち」などの名編は,初期詩集の「御者」(The

◇作家解説 II◇

Waggoner, 20）ですでに見られる．第 1 次大戦の記録文学である「大戦微韻」（Undertones of War, 1928）は彼の名を高くし，最初の「全詩集」（Collected Poems, 1930）を出版した．その後も「爆撃の後」（After the Bombing, 1949）や「長年の詩集」（Poems of Many Years, 1957）などの詩集，評論集等数多くの著作がある．数回にわたって日本を訪れて滞在し，講義・講演を通じて大きな影響を残した．

ルウィス　クライヴ・スティプルズ　Clive Staples Lewis（1898–1963）

批評家・小説家

　北アイルランドのベルファーストに生まれ，オックスフォード大学で中世・ルネサンス文学の研究をし，親友トールキンらの影響を受けながら，文学研究の著作，詩やファンタジー作品を発表した．中でも「ナルニア国年代記」（The Chronicles of Narnia, 50–56）は，7 巻からなる一大ファンタジーで，「ライオンと魔女」（The Lion, the Witch and the Wardrobe, 50）が最初に発表された作品だが，物語の中の年代記的には「魔術師のおい」（The Magician's Nephew, 55）が最初に読む順番の作品となる．1954 年以降はケンブリッジ大学の教授を勤めた．

トラヴァース　パメラ・リンドン　Pamela Lyndon Travers（1899–1996）

童話作家

　日常生活の中の魔法の物語（エヴリデイ・マジック）を確立したのは，イギリスでは「砂の妖精」（Five Children and It, 02）や「火の鳥と魔法のじゅうたん」（The Phoenix and the Carpet, 04）などのイーディス・ネズビット（Edith Nesbit, 1858–1924）であるが，トラヴァースはその流れを汲み，東風に乗って空からやってきた乳母と子供たちのロンドンの不思議な冒険物語「メアリー・ポピンズ」（Mary Poppins, 34）のシリーズを書いて好評を博し，64 年には，ディズニーの製作でミュージカル映画となった．

ボウエン　エリザベス　Elizabeth Bowen（1899–1973）

小説家

　ダブリンで生まれ，20 歳のころから創作に従事し，1923 年に短編集（Encounters）を出版して以来，長編「最後の九月」（The Last September, 1929）や「パリの家」（The House in Paris, 1935）を書いてヴァージニア・ウルフにつぐ女性作家としての地位を確立

◇作　家　解　説　Ⅱ◇

した．第2次大戦を背景にして中年女性とナチに共鳴している英国将校の恋愛を描いた「日ざかり」（The Heat of the Day, 1949）が代表作で，アイルランドを舞台にした「恋愛の世界」（A World of Love, 1958）も書いた．短編集には「悪魔の恋人」（The Demon Lover, 1945）や「暗い一日」（A Day in the Dark, 1965）などがある．

ヒルトン　ジェイムズ　James Hilton（1900–54）　　　　　　　　　　　　　　　**小説家**

　ケンブリッジ大学在学中に長編「キャサリン自身」（Catherine Herself, 1920）を出版して天才を認められ，シャングリラという平和と不老長寿の理想郷の物語「失われた地平線」（Lost Horizon, 1933）と，パブリック・スクールの教育に一生を捧げた老教師の心温まる物語「チップス先生さようなら」（Good-bye, Mr. Chips, 1934）の成功で流行作家となった．その他「よろいなき騎士」（Knight without Armour, 1933）や「ランダム・ハーヴェスト」（Random Harvest, 1941）などの名作を書き，晩年をハリウッドで過ごし，「今ふたたび」（Time and Time Again, 1953）を出版した翌年の12月にガンのためカリフォルニアのロング・ビーチで亡くなった．

カートランド　バーバラ　Barbara Cartland（1901–2000）　　　　　　　　　　　**小説家**

　長寿の小説家で，生涯に700冊以上の著作とロマンティックな小説（romantic fiction）を発表してギネス・ブックが空前の作品数および発行部数（1984年に6億部）と認定した．映画化された作品もある．1991年にデイム（Dame）に叙せられた．Love Has His Way（1979）やThe Romance of Food（1984）などが知られている．

ディ=ルウィス　セシル　Cecil Day-Lewis（1904–72）　　　　　　　　　　　　　　**詩人**

　政治的偏向を示した左翼的な「30年代詩人」の代表的なひとり．「過渡期の詩」（Transitional Poem, 1929）以後多くの詩集を発表．第2次大戦以後は政治的な興味を失い，落ちついた理知的な作に新しい詩境を見出している．「イタリア旅行」（An Italian Visit, 1953），「ペガサス」（Pegasus and Other Poems, 1957）など．1951–1955年オックスフォード大学詩学教授，ニコラス・ブレイク（Nicholas Blake）という名で20数冊の探偵小説の作者．「詩集　1925–1972」（The Poems of C. Day-Lewis, 1925–1972），自伝「埋もれた時代」（The Buried Day, 1960），詩論「詩的イメージ」（The Poetic Image, 1947）などが

ある．1968年に桂冠詩人になった．

スノウ　サー・チャールズ・パーシー　Sir Charles Percy Snow（1905–80）　　　　　小説家・評論家

物理学を専攻した科学者であったが，小説家に転向して「他人と兄弟」（Strangers and Brothers, 1940）にはじまるルウィス・エリオット（Lewis Eliot）という法律家を主人公とする野心的連作を発表している．評論家としてはケンブリッジでおこなった講演「ふたつの文化と科学革命」（The Two Cultures and the Scientific Revolution, 1959）において，自然科学の進歩した現在，科学と人文のふたつの文化が分離する危険性を説き，教育上の改革の必要性を提示して活発な論争を巻きおこし，続いて，科学者の責任を論じた「科学と政府」（A Science and Government, 1961）を書き，1964年にサーに叙せられた．

ウィリアムズ　エムリン　Emlyn Williams（1905–87）　　　　　劇作家・俳優

ウェールズ出身の劇作家で，代表作は映画化もされた自伝的な劇「小麦は緑」（The Corn Is Green, 1938）．ディケンズの自作朗読を再現した一人芝居を1951年に書いて成功し，1955年に試みた自作自演によるディラン・トマスの伝記と詩の朗読にもとづく一人芝居も評判になった．舞台や映画での主演俳優として活躍も目覚しかった．

ベッチェマン　ジョン　John Betjeman（1906–84）　　　　　詩人

C. デイ＝ルウィスの後を受けて，1972年に第17代桂冠詩人に任命された．デイ＝ルウィスはオックスフォード時代の指導教官でオーデンやマクニースは友人であった．評論もするほど建築に興味を持ち，英国の伝統的な建築物や郊外の風物，古き良き英国への郷愁を描写した詩や，都会風のユーモアと諷刺，憂愁の詩で知られ，英国では大衆に広く支持されていた．詩集に「古き良きロンドン」（Vintage London, 42），「英国の都市と小さな町」（English Cities and Small Towns, 43），自伝的な「鐘に呼ばれて」（Summoned by Bells, 60）などがある．ベッチェマンの死後，桂冠詩人の職はテッド・ヒューズ，アンドリュー・モーションへと引き継がれている．

◇作　家　解　説　II◇

エンプソン　ウィリアム　William Empson（1906–84）　　　　　　　　　　　批評家・詩人

　ケンブリッジ大学で数学，文学を学び，批評家 I. A. リチャーズ（I. A. Richards, 1893–79）の影響を受けた．言葉の重層性の分析で新批評（New Criticism）の教本となった「曖昧の七つの型」（Seven Types of Ambiguity, 30）や，文学と社会背景の関係に注目した「牧歌の諸変奏」（Some Versions of Pastral, 35）などの批評集があり，詩人としては知的で技巧的な詩集を発表した．1931年から34年まで，東京文理大（現・筑波大）で英文学を講じ，その後北京や母国のシェフィールドでも教壇に立った．

ヴァン・デル・ポスト　ロレンス・ヤン
Laurens Jan van der Post（1906–96）　　　　　　　　　　　　　　　　　　小説家

　南アフリカ出身の小説家で，記者を経て第二次大戦には陸軍士官として従軍し，日本軍捕虜収容所に入れられた．日本に対する愛情で知られる「種子と蒔く者」（The Seed and the Sower, 63）は「戦場のメリークリスマス」の題で映画化．1981年にナイトに叙せられた．

オーデン　ウィスタン・ヒュウ　Wystan Hugh Auden（1907–73）　　　　詩人

　左翼的な「30年代詩人」最尖鋭のひとり．1939年にアメリカに渡り，1946年帰化した．1956–1960年オックスフォード大学詩学教授として招聘されたときには，故国を捨てた者を，という激しい反対論もあった．1930年の「詩集」以来数多くの作品集が出版されている．劇は，「F6登頂」（1936）など，同時期に米国に帰化したクリストファー・イッシャーウッドとの合作が多い．野心的な宗教哲学詩「新年の手紙」（1941）のあと，対話詩の形をとった「不安の時代」（The Age of Anxiety, 1947）はピューリッツァー賞を受けた．その後も「第5時の祈祷」（Nones, 1952）「アキリーズの楯」（1955），「クライオー礼讚」（Homage to Clio, 1960）等すぐれた詩集を出した．「怒れる海」（The Enchafed Flood, 1950），「染物屋の手」（The Dyer's Hand, 1962），「副次的世界」（Secondary Worlds, 1968）などの評論集もある．1971年にオックスフォード大学から名誉博士号を授与された．

フライ　クリストファ　Christopher Fry（1907–）　　　　　　　　　　　劇作家

　ブリストルに生まれ，しばらく教職についたのち，1934年ごろから劇団活動を続けて数

◇作　家　解　説 II◇

編の詩劇を発表し，第2次世界大戦では軍隊生活を送った．フライが一躍有名になったのは戦後に1幕物の機知に富んだ喜劇「不死鳥」(A Phoenix Too Frequent, 1946) を詩劇として書いてからで，1948年には中世の都市に展開する除隊兵と魔女の恋物語「その女は火刑に値せず」(The Lady's Not for Burning) を発表し，名優ジョン・ギールグッドが主演して好評を博した．この春の喜劇に続いてローレンス・オリヴィエを主演にした秋の喜劇「金星観測」(Venus Observed, 1950)，冬の喜劇「闇もまた明るし」(The Dark Is Light Enough, 1954)，夏の喜劇「陽の当たる中庭」(A Yard of Sun, 1970) の4部作などの詩劇をつぎつぎに発表し，華麗な詩語を駆使して現代詩劇を創造した代表的な詩劇作家である．

スペンダー　スティーブン　Stephen Spender (1909-95)　　　　　　**詩人**

　左翼的な「30年代詩人」の代表的なひとり．「詩20編」(1930) 以後「静かな中心」(The Still Centre, 1939) その他の詩集．短編小説集「燃えるサボテン」(The Burning Cactus, 1936)，評論集「破壊的要素」(1935)，「創造的要素」(1953) 等があり，雑誌「出会い」(Encounter, 1953-1967) の創刊号から編集を手がけた．自伝「世界の中の世界」(World within World, 1951) も好評を博した．1970年にはロンドン大学教授に就任した．詩，評論，小説，戯曲，翻訳などの分野で多彩な活躍が目立つ文人である．

ラウリー　マルカム　Malcolm Lowry (1909-57)　　　　　　**小説家**

　イングランド西部のチェシャー州に生まれ，メルヴィルやコンラッドの影響を受け，貨物船で働き，アジアまで旅をした．その後もヨーロッパやアメリカを旅をして回り，36年から38年までメキシコに住み，その間に「火山の下で」(Under the Volcano, 47) を書いた．慢性のアルコール中毒だった作者の分身のようなジェフリー・ファーミン (Geoffrey Firmin) がメキシコの高地の町で，酒びたりの日々を送る孤独な姿を描いたこの作品は，現代という絶望の時代を苦悩する生を描いた作品として高く評価され，ラウリーはこの一作によって，文学史に名を残した．

ダレル　ロレンス　Lawrence Durrell (1912-90)　　　　　　**詩人・小説家**

　インド生まれで異国の生活を愛し，エジプト，アルゼンチン，その他世界のさまざまの土地での豊富な経験を持つ．その経験を生かしたのが，外交スパイ活動や民族独立運動を背景

◇作　家　解　説　Ⅱ◇

において官能的な恋愛のからみあいを主題とする小説「アレクサンドリア四重奏」(Alexandria Quartet: Justine, 1957; Balthazar, 1958; Mountolive, 1958; Clea, 1960, 題名はいずれも主要人物の名）で，ノーベル文学賞候補にも上がった．つづいて「アヴィニョン五重奏」(The Avignon Quintet, 1974–85) も書いた．小説や数多くの旅行印象記にも見られる絢爛たる独得の感覚的用語は，彼としてはもともと詩的表現のものであり，「怠惰の木」(1955) その他の個性的な詩集においてよく窺われる．「全詩集」(Collected Poems, 1931–74) や旅行記「プロスペローの岩窟」(Prospero's Cell, 1945), 詩劇「サッフォー」(Sappho, 1950) なども書いた．

ウィルソン　アンガス　Angus Wilson（1913–91）　　　　　　　　　　小説家

　大英博物館に勤務しつつ2冊の短編集を出版したのち，中年小説家の同性愛の悲劇を描いた長編「毒ニンジンとその後」(Hemlock and After, 1952) で認められ，続いて「アングロ・サクソンの態度」(Anglo-Saxon Attitudes, 1956) や「エリオット夫人の中年」(The Middle Age of Mrs. Eliot, 1958), 「動物園の老人たち」(The Old Men at the Zoo, 1961) などの野心作を発表して注目された．自伝的な年代記小説「笑いごとではない」(No Laughing Matter, 1967) ほか，伝記評論「チャールズ・ディケンズの世界」(The World of Charles Dickens, 1970) なども書いた．

トマス　ロナルド・ステュアート　Ronald Stuart Thomas（1913–2000）　　詩人

　カーディフに生まれ，ウェールズの田舎の牧師を務めながら，詩集を出版していった．しばしば彼の詩に登場する農夫イアゴ・プリザーフ（Iago Prytherch）を詠う「農夫」(A Peasant) や「ウェールズの風景」(Welsh Landscape, 55) など，ウェールズの自然，歴史，人々に対する苦渋と共感の混ざった詩を発表した．宗教的な主題の詩も次第に多くなり，78年に牧師の職を退いてからも，その精神的な探求は続いた．

ダール　ロアルド　Roald Dahl（1916–90）　　　　　　　　　　　　小説家

　日常に潜む狂気や恐怖，グロテスクを描いた短編で知られているほか，児童向けの物語の作者としても知られている．短編集に第2次大戦中の空軍での経験を生かした「飛行士たちの話」(Over to You, 45) や，「キス・キス」(Kiss Kiss, 59) などがある

◇作家解説 II◇

バージェス　アンソニー　Anthony Burgess（1917-93）　　　小説家

　マンチェスターに生まれ，マンチェスター大学を卒業し，陸軍に入隊．その後マレーシアやボルネオの植民地に教育官として赴任し，この時の経験が後に初期の小説「マレーシア三部作」となって生きた．英国に帰国して脳腫瘍で余命1年と診断され，1年に5作もの小説を最後と思って書くが，誤診とわかり，その後も執筆活動を続けた．62年に「時計じかけのオレンジ」（→326頁）を執筆し，大胆な言語遊戯と野心的な実験の作家としての地位を確立．その後米国の大学に招かれ，教壇に立ちながら，多彩な小説，伝記，戯曲，脚本，童話などを発表していった．他の小説に「その瞳は太陽にあらず」（Nothing Like the Sun, 64），「ナポレオン交響曲」（Napoleon Symphony, 74）などがある．

クラーク　アーサー・チャールズ　Arthur Charles Clarke（1917-）　　　小説家

　空軍での電波探知機の研究や大学での物理学の勉強などを経験し，豊富な科学知識と教養を基に，文明論的な壮大な未来小説を多数発表し，SF小説界の巨匠となった．代表作「幼年期の終わり」（Childhood's End, 53）は，地球に平和をもたらす宇宙人に人類が支配されるという物語に，文化や進化の主題が浮かび上がるSF小説の古典である．他に「ラマとのランデヴー」（A Rendezvous with Rama, 73），「遠き地球の歌」（The Songs of Distant Earth, 86）などの小説がある．スタンリー・キューブリック監督の壮大な哲学的映像詩「2001年宇宙の旅」（2001: A Space Odyssey, 68）の脚本も有名で，小説化されて出版もされた．

スパーク　ミュリエル　Muriel Spark（1918-）　　　小説家

　エディンバラに生まれ，結婚して中央アフリカに渡った後，離婚して帰国し，「ポエトリー・レビュー」誌の編集等を経て，51年のオブザーバー短編小説賞受賞を契機に作家生活に入る．代表作の一つ，「死を忘れるな」（Memento Mori, 59）では，老人への相次ぐ死を予告する脅迫電話の事件を通して，老人たちの過去や老いても衰えぬ欲望が描かれている．映画化され，主演のマギー・スミスがアカデミー賞主演女優賞を受賞した「ミス・ブロディの青春」（The Prime of Miss Jean Brodie, 61）は，40歳の女学校の教師と，彼女に魅せられて信奉者となった6人の女生徒のねじれた人間関係の物語で，他にも，「貧しい娘たち」（The Girls of Slender Means, 63）や「運転席」（The Driver's Seat, 70）など，日常に潜む欲望や悪，狂気などを中編とも呼べる短さで巧みに描いた小説の数々が注目を集めた．

◇作　家　解　説　II◇

レッシング　ドリス　Doris Lessing（1919–）　　　　　　　　　　　　　　　**小説家**

　ペルシャ（現イラン）に生まれ，英国の植民地だったアフリカのローデシア（現ジンバブエ）に育つ．20歳でイギリス官吏と結婚し，一男一女の母となるが，4年後に離婚．左翼運動家のドイツ人ゴットフリート・レッシングと再婚するが，6年後に再び離婚し，ロンドンに移住した．アフリカに住む英国人女性の悲劇的な人生を描いた「草は歌っている」（The Grass Is Singing, 50）で文壇にデビュー．「マーサ・クエスト」（Martha Quest, 52）に始まる「暴力の子供たち」5部作は，ヒロインの半生を教養小説的にたどった半自伝的連作小説である．代表作は，自立した女として人生を歩もうとする女流小説家アナ・ウルフを主人公にした大作「黄金のノート」（The Golden Notebook, 62）で，アナの作家としての自画像，政治活動，私生活から生まれた物語，日記をそれぞれ黒・赤・黄・青の4色のノートに綴り，全体像として黄金のノートを完成させようとする試みなど，女として自由な生き方を模索する生涯や心理が描かれていく．その他に「アルゴ座のカノープス星」シリーズ（Canopus in Argus Archives）のようなSFや，強暴な奇形児の誕生に崩壊していく家族を描いた寓話的な小説「五番目の子供」（The Fifth Child, 88）など，幅広い内容の長編や短編を発表し，人種，階級，性差（ジェンダー）など様々な現代の問題を扱い，人間の心理と存在を独自の手法で掘り下げていった．

ラーキン　フィリップ　Philip Larkin（1922–85）　　　　　　　　　　　　　　**詩人**

　コヴェントリー市に生まれ，オックスフォード大学を卒業．生涯独身で図書館員として働きながら，桂冠詩人の栄光も辞退し，ひたすら地味に都会や郊外の日常の平凡な事物を冷静な眼で観察し，深い思いを綴っていった．詩集「より少し騙されし者」（The Less Deceived, 54）によって，伝統的な形式や知性，皮肉を重んじるムーヴメント（The Movement）という1950年代の若い詩人たちの一派の代表的存在として認められた．他の詩集に，「聖霊降臨節の結婚式」（The Whitsun Weddings, 1964），「高窓」（High Window, 74）などがあり，「冬の少女」（A Girl in Winter, 74）などの小説や，ジャズの評論集なども出版している．

キーズ　シドニー　Sidney Keyes（1922–43）　　　　　　　　　　　　　　　**詩人**

　第2次大戦に参加，北アフリカで戦死して，その早逝を惜しまれた戦争詩人．40年代の新ロマン派と呼ばれる詩人のひとりで，詩集「鉄の月桂冠」（The Iron Laurel, 1942）や劇

と短編小説を集めた遺稿集「クレタのミノス」(Minos of Crete, 1948) がある.「残酷な冬至（とうじ）」(The Cruel Solstice),「鷹」(The Kestrels),「荒野」(The Wilderness) などの作品が聞こえている.

エイミス　キングズレー　Kingsley Amis（1922-95）　　　　　　　　　　　　　**小説家**

　オックスフォード大学に学び，ウェールズのスウォンジー大学の講師となって英文学を教えながら，1953年に詩集を出版し，1954年には反逆精神に富む地方大学の歴史の講師を主人公にして既成の社会を痛烈に諷刺した小説「ラッキー・ジム」(Lucky Jim) を書いて一躍有名になり，続いて「やはりここがいい」(I Like it Here, 1958) などを書いた．1961年にはケンブリッジ大学のフェローとなり教壇に立ちながら多彩な創作活動を続け，探偵小説「リヴァーサイドの殺人」(The Riverside Villas Murder, 1973) などを書き，「昔のやつら」(The Old Devils, 1986) でブッカー賞を受賞した．

ボルト　ロバート　Robert Bolt（1924-95）　　　　　　　　　　　　　**劇作家**

　平凡な保険会社のセールスマンの挫折を描いた「花咲くチェリー」(Flowering Cherry, 57初演) で劇壇に登場，自らの信念に生きたトマス・モアのヘンリー八世との確執を描いた「すべての季節の男」(A Man for All Seasons, 60) は英米の舞台が好評だっただけでなく映画化され，アカデミー賞作品賞を受賞した．映画の脚本，脚色の仕事も多く，ディヴィッド・リーン監督の「アラビアのロレンス」(Lawrence of Arabia, 62),「ドクトルジバゴ」(Dr Zhivago, 65),「ライアンの娘」(Ryan's Daughter, 71) などの脚本が知られている.

ウェイン　ジョン　John Wain（1925-94）　　　　　　　　　　　　　**小説家**

　オックスフォード大学を卒業後，レディング大学の講師となって英文学を講じながら創作活動を続け，のちにオックスフォード大学詩学教授になった．1953年に出世作となったピカレスク小説「急いでおりろ」(Hurry On Down) を発表し，大学は出たものの最低の職業を転々とする主人公の冒険を描きつつ，因襲的で停滞した社会を痛烈に諷刺して注目された．以後は大学を辞めて作家生活に専念し，1956年に詩集，1957年には評論集，1960年には短編集が出た．自伝に「元気に駆けて」(Sprightly Running, 1962) も書いた．

◇作家解説 II◇

ファウルズ ジョン John Fowles (1926–) 　　　小説家

　オックスフォード大学でフランス文学を専攻，フランス，ギリシア，ロンドンで英語教師をしながら小説修業した．63年に「コレクター」(The Collector, →327頁) の成功により，小説に専念するようになる．ギリシアの島における体験を基に，一人の若者が孤島で老魔術師に捕われの身となり，現実と虚構の境界を小説の語りが戯れる「魔術師」(The Magus, 66; 改訂版, 77) によって，さらに独自の小説世界を構築してみせた．3層の物語の時間構造と3種類の結末を持つ「フランス軍中尉の女」(French Lieutenant's Woman, 69) は，メタフィクション（小説についての小説）の代表的な作品として高く評価されている．他に，シナリオ・ライターのダニエルの精神的軌跡を実験的手法を交えて描いた「ダニエル・マーティン」(Daniel Martin, 77)，同じ空間に閉じ込められた一組の男女のファンタジー「添加」(Mantissa, 82) などがあり，イギリスのポストモダニズムを代表する作家の一人として評価されている．

ニコルズ ピーター Peter Nichols (1927–) 　　　劇作家

　身障者の娘を持つ夫妻を主人公にした「ジョー・エッグの一日」(A Day in the Death of Joe Egg, 67)，病院を舞台にした諷刺喜劇「国民健康保険」(The National Health, 69 初演)，主人公二人の分身役を舞台に登場させて語らせた「受難劇」(Passion Play, 80) などの作で知られ，舞台とテレビの世界で活躍した．

シリトー アラン Alan Sillitoe (1928–) 　　　小説家

　ノッティンガムの労働者階級の家庭に生まれ，14歳の時に自転車工場で働き始め，軍隊生活，結核による入院の後，ロバート・グレイヴズと知り合い，ノッティンガムの労働者の生活を小説に書くようすすめられる．既成の社会の枠組に反抗的な工場労働者の青年を主人公とした「土曜の夜と日曜の朝」(Saturday Night and Sunday Morning, 58 →325頁) は，同時期の文学によく見られた「怒れる若者たち」(Angry Young Men) の作品として絶賛され，短編の代表作「長距離走者の孤独」(The Loneliness of the Long Distance Runner, 59) と同様に，映画化の際に自らシナリオも書いた．以後も主に下層階級を描いた多くの小説やシナリオ，詩集などを発表し続けている．95年には，自伝「鎧なき人生」(Life without Armour) を出版した．

◇作　家　解　説　Ⅱ◇

ブルックナー　アニタ　Anita Brookner（1928–）　　　　小説家

　ロンドンに生まれ，ロンドン大学のコートールド美術研究所でフランス美術史を研究し，ケンブリッジ大学の講座や71年から88年まではコートールド美術研究所の教授を務めた．81年の「人生の旅立ち」（A Start in Life）で小説家としてデビューし，1～2年に1作のペースで，孤独な人々の心理や感情を硬質な文体で繊細に描いた作品を発表している．4作目の「湖畔のホテル」（Hotel du Lac，→333頁）でブッカー賞を受賞．他に「家族と友人」（Family and Friends, 85），「英国の友人」（A Friend from England, 87），イギリスに暮らすドイツ人の2つの家族の年代記「遅れてきた人々」（Latecomers, 88），母親の死後にいなくなった女性をめぐる「嘘」（Fraud, 92）などがある．

オズボーン　ジョン　John Osborne（1929–94）　　　　劇作家

　それまでのラティガンやカワードの劇のように，中流階級以上の人物を中心とした洗練された都会のドラマが全てと言えるほどだったイギリス演劇に，古い世代や社会に対する下層階級の焦燥感と怒りをリアルに語らせ，男女の激しい葛藤を描いたのが作者が20代後半に書いた「怒りを込めて振り返れ」（Look Back in Anger，→324頁）であった．この作品で鮮烈な劇作家としてのデビューを飾ったオズボーンは，ローレンス・オリビエ主演で上演された「芸人」（The Entertainer, 57），マーティン・ルターの生涯にもとづいた「ルター」（Luther, 61）の後に，平凡な弁護士の悲劇「認められぬ証拠」（Inadmissible Evidence, 64），同性愛の兵士の破滅を描いた「私のための愛国者」（A Patriot for Me, 65）などで孤立した人間の生き様を力強く描写していった．

フリール　ブライアン　Brian Friel（1929–）　　　　劇作家

　現代アイルランドを代表する劇作家の一人で，アイルランドのチェーホフと称される．プロテスタント信者の多い北アイルランドでカトリック教徒として生まれ育ち，「フィラデルフィアに到着！」（Philadelphia, Here I Come, 64）で注目され，「翻訳」（Translations, 80）や「ルーナサの踊り」（Dancing at Lughnasa, 90→336頁）が高く評価されている．

◇作家解説 II◇

ウェルドン　フェイ　Fay Weldon（1931–） 小説家

　少女時代をニュージーランドで過ごし，その後スコットランドのセント・アンドリューズ大学で経済学と心理学を学ぶ．フェミニストの視点から男性優位の社会における女性の苦しみや自立の物語を書いている．作品に「女友だち」（Female Friends, 75），現代社会における悲劇的な女の一生を描き，ブッカー賞の候補になった「プラクシス」（Praxis, 78），「女悪魔」と夫に罵られたことから，夫と愛人に復讐の鬼となって報復し，整形手術までして夫を見返そうとする主婦の物語「女悪魔の愛と人生」（The Life and Loves of a She-Devil, 84）などがある．

ウィルソン　コリン　Colin Wilson（1931–） 評論家・小説家

　靴屋の息子としてレスターに生まれ，16歳で学校をやめてからさまざまな職につき，1956年に出版した評論集「アウトサイダー」（The Outsider）で一躍有名になり，その続編である「宗教と反抗人」（Religion and the Rebel, 1957）や「アウトサイダーを越えて」（Beyond the Outsider, 1965）などを発表し，西欧文化の支柱であった宗教が役に立たなくなった現代において，人間が生きのび，繁栄するためには必要なものとして新実存主義を提唱し，活発な評論活動を展開している．小説家としては「暗黒のまつり」（Ritual in the Dark, 1960）などを書き，評論では「オカルト」（The Occult, 1971），文学論では「文学の可能性」（Eagle and Earning, 1965），「小説のために」（The Craft of Novel, 1975）などがある．

ウェスカー　アーノルド　Arnold Wesker（1932–） 劇作家

　ロンドンのイースト・エンドの貧民窟に生まれた労働者階級出身の劇作家で，大学教育は受けていない．兵役に服したのちさまざまな職業を転々としたが，やがてロンドンの映画技術学校の短期コースに入り，そこで処女作「大麦入りのチキンスープ」（Chicken Soup with Barley, 1958）を書きあげた．これはユダヤ人労働者一家の思想体験を描く3幕劇で，1958年7月にコヴェントリーのベルグラード劇場で初演され，1週間後にロイヤル・コート劇場に移されて成功をおさめた．以後，彼は未来の世代が育ちうる文化的土壌を作ることを願って，「根っ子」（Roots, 1959）と「僕はエルサレムのことを話しているのだ」（I'm Talking about Jerusalem, 1960）を書き，処女作と合わせてウェスカー3部作が成立し，1960年にロイヤル・コート劇場でこの3部作の連続上演が試みられ，観客と批評家に熱狂的に認めら

れて，ウェスカーの評価はほぼ決定的なものとなった．以後の作品に「みんなこまぎれ」(Chips with Everything, 1962)，「四季」(The Four Seasons, 1965)，「彼ら自身の黄金の都市」(Their Very Own and Golden City, 1972)，「結婚披露宴」(The Wedding Feast, 1974) のほか，「ヴェニスの商人」にもとづく「商人」(The Merchant, 1976) がある．

オブライエン　エドナ　Edna O'Brien (1932–)　　　　　小説家

アイルランドの西部，クレア州に生まれ，16歳でダブリンに出て薬科大学に通いながらも作家をめざし，52年に小説家のアーネスト・ゲブラーと結婚し，ロンドンに居を移す．アイルランドの片田舎の娘とその幼なじみの女性の成長と交流を，少女時代，首都ダブリンでの病気や孤独，そして恋愛と男性の裏切り等を通じて綴った処女作「田舎の娘たち」(The Country Girls, 60) とその続編「緑の瞳の娘」(The Lonely Girl, 62；後に Girl with Green Eyes と改題)，「娘たちの幸福な結婚」(Girls in their Married Bliss, 63) によって作家としての地位を確立し，以来，女性の性や罪，孤独を描いた作品を多く発表している．

ブラッドベリ　マルカム　Malcolm Bradbury (1932–2000)　　批評家・小説家

ヨークシアのシェフィールドに生まれ，レスター，ロンドン，マンチェスターの各大学で英文学を学び，留学，各地の教職を経て，最後はイースト・アングリア大学で教えていた．大学教授や講師を主人公に，大学の制度や生活を諷刺したいわゆるキャンパス・ノヴェルの作家として知られている．特に「ヒストリー・マン」(The History Man, 75) は，ディヴィッド・ロッジの「交換教授」とともに，このジャンルの代表作である．他に「カット」(Cuts, 87)，「超哲学者マンソンジェ」(Mensonge, 87) などの作品とともに，研究者，批評家としての多くの業績がある．

ヒル　ジェフリー　Geoffrey Hill (1932–)　　　　　詩人

オックスフォード大学を卒業後，リーズ大学，ケンブリッジ大学で英文学を教える．歴史上の事件や人物を主に題材とし，暴力や宗教をテーマとした圧縮，制限された表現の難解な詩が多い．詩集に「堕ちざる者のために」(For the Unfallen, 59)，「のらくら王」(King Log, 68)，「シャルル・ペギーの慈悲の奇蹟」(The Mystery of the Charity of Charles Peguy, 83) などがある．

◇作　家　解　説　II◇

オートン　ジョー　Joe Orton（1933–67）　　　　　　　　　　　　　　劇作家

　労働者階級の出身で，暴力，性，ブラックユーモア，諷刺にあふれた「スローン氏の歓待」（Entertaining Mr Sloane, 64），「戦利品」（Loot, 65）などが上演され，賛否両論の話題作となったが，67年，恋人に撲殺された．死後に遺稿「執事の見たもの」（What the Butler Saw, 69）が初演され，その破天荒な人生を描いた伝記がアラン・ベネットにより映画化（Prick Up Your Ears, 78）された．

ストーリー　デイヴィッド　David Storey（1933–）　　　　　　　　小説家・劇作家

　ヨークシアの炭坑夫の家庭に生まれ，プロのラグビー選手など様々な職業を経験．選手生活の経験を基にした小説「スポーツマンの生き方」（This Sporting Life, 60）で文壇にデビューし，「ラドクリフ」（Radcliff, 63），「仮の生活」（A Temporary Life, 73）など，労働者，元スポーツ選手などの人生を客観的に描き，「サヴィル」（Saville, 76）でブッカー賞を受賞した．「請負師」（The Contractor, 70），「ホーム」（Home, 70）などで劇作家としても注目を浴び，「更衣室」（The Changing Room, 71）では，ラグビー選手の更衣室の試合前と中，後をリアルに描いて話題となった．

フレイン　マイケル　Michael Frayn（1933–）　　　　　　　　　　　　　劇作家

　ウエストエンドの観客を笑いの渦に巻き込んだ傑作喜劇「舞台裏は大騒ぎ」（Noises Off, 82）が有名の他，第2次大戦中の核開発に関わった二人の物理学者の会話から成るシリアスな劇「コペンハーゲン」（Copenhagen, 98 → 337頁）が高く評価されており，様々な職業の人々の多様な人生模様を描き続けている．小説も書いている他，チェーホフ劇の英訳が高く評価されており，上演台本として繰り返し使われている．

ボンド　エドワード　Edward Bond（1934–）　　　　　　　　　　　　　劇作家

　労働者階級に生まれ，赤ん坊に不良青年たちが石を投げて殺す暴力描写が物議をかもした「救われて」（Saved, 65）のロイヤル・コート劇場での上演により，劇作家として注目を集めた．その後，松尾芭蕉を主人公に「奥の細道」（Narrow Road to the Deep North, 68），「リア王」の世界の現代的焼き直し「リア」（Lear, 71），シェイクスピアを主人公にした「ビ

ンゴ」(Bingo, 73) 等を発表した.

ハーウッド　ロナルド　Ronald Harwood（1934–）　　　　　　　　　**劇作家**

　俳優ドナルド・ウォルフィットの付き人として働いた経験をもとに，老俳優と付き人の関係を描いた「ドレッサー」(The Dresser, 83) によって知られている．南アフリカ出身で，南アフリカの出来事を題材とした劇，プリーストリーの「友達座」など小説のミュージカル化，歴史と個人の関係を追及した劇などを書いている．テレビ版世界演劇史として重要なBBCシリーズ「この世はすべて舞台」(All the World's a Stage, 84) の台本，案内役の仕事もし，演劇史の本としても出版している．

ロッジ　ディヴィッド　David Lodge（1935–）　　　　　　　　　**小説家・批評家**

　ロンドンのカトリックの家庭に生まれ，バーミンガム大学等で学び，「大英博物館落ちた」(The British Museum Is Falling Down, 65) がコミック小説として注目され，75年の「交換教授」(→330頁) が大学生活やアカデミズムを諷刺したキャンパス・ノヴェルとして高く評価された．その後も大学教授として文学研究，批評を行いつつ，ホイットブレッド賞を受賞した「どこまで行けるか」(How Far Can You Go?, 80) や「交換教授」の続編とも言える「小さな世界」(Small World, 84) など，諷刺と遊びにあふれた小説を発表し続けている．批評家としては，「小説の言語」(Language of Fiction, 66)，「小説の技巧」(The Art of Fiction, 96) など多数の小説論，文学論がある．

グレイ　サイモン　Simon Gray（1936–）　　　　　　　　　**劇作家**

　ロンドン大学などで教鞭をとる一方，小説を発表していたが，「賢い子供」(Wise Child, 67) で劇作家としてデビュー．結婚生活と同性愛の両方に疲れた大学の講師ベン・バトリーを主人公にした「バトリー」(Butley, 71) のヒットによって劇作家としての地位を確立した．グレイの劇はハロルド・ピンター演出，アラン・ベイツ主演で上演されて成功したものが多い．他のヒット作に「クォーターメインの学期」(Quartermain's Terms, 81)，「生命維持装置」(Life Support, 97) などがあり，中産階級の中年男の疲れた姿を描いた舞台が多く見られる．

◇作　家　解　説 II◇

バイアット　アントニア・スーザン　Antonia Susan Byatt（1936–）
小説家・批評家

　バイアットは，本名はドラブルで妹は小説家のマーガレット・ドラブルである．文芸批評家としての活動が目立っていたが，19世紀の架空の詩人の研究家の学問上の発見と私生活の物語が，その詩人の人生や作品の引用と平行して描かれていく「抱擁」(Possession, 90) がブッカー賞を受賞し，小説家として高い評価を得た．他に「ゲーム」(The Game, 67), 「マティス・ストーリーズ」(The Matisse Stories, 93) や，短編集「シュガー」(Sugar and Other Stories) がある．

チャーチル　キャリル　Caryl Churchill（1938–）　　　　　　　　　　　　劇作家

　フェミニストとしての精神や社会を冷静に観察する眼を持った革新的な劇を，70年代から主にロイヤル・コート劇場で発表し続けている．代表作に男・女，黒人・白人を逆転させて配役し，支配，被支配などの問題を考察した喜劇「クラウド・ナイン」(Cloud Nine, 79 初演)，古今東西の成功した女性陣が登場して発言する一方，主人公の女性の成功に至る前の悲しい過去が描かれる「トップガールズ」(Top Girls, 82)，株取引にまつわる諷刺劇「深刻な金」(Serious Money, 87) などがある．

ドラブル　マーガレット　Margaret Drabble（1939–）　　　　　　　　　　　小説家

　ヨークシアのシェフィールドに生まれ，ケンブリッジ大学で英文学を専攻．卒業後，俳優のクライブ・スウィフトと結婚し，3人の子供の妊娠，出産，育児の中，「夏の鳥かご」(A Summer Bird-Cage, 63)，「碾臼」(The Millstone, 65)，「黄金のエルサレム」(Jerusalem the Golden, 67) 等，現代のロンドンを舞台にした，若く知的なヒロインの精神的な葛藤と成長の物語を発表した．その後，伝統的リアリズムの手法を用いた小説の書き手として，子供の養育権を争う裁判を描いた「針の眼」(The Needle's Eye, 72) など，さらに社会的な広がりを持ち，アイロニーの効いた作品を発表していった．文学評論も多く，アーノルド・ベネット，アンガス・ウィルソンの評伝も書き，「オックスフォード英文学事典」(The Oxford Companion to English Literature) の編集にもあたった．姉は小説家・批評家のA. S. バイアットである．

◇作家解説 II◇

カーター アンジェラ・オリーヴ Angela Olive Carter（1940–92） 小説家

　サセックス州の海浜地イーストボーンで生まれた．本名はアンジェラ・オリーブ・ストーカー．ブリストル大学で中世文学を学び，1966年に小説第一作 Shadow Dance，1967年に「魔法の玩具店」（The Magic Toyshop）を発表し，1968年の Several Perceptions でサマセット・モーム賞を受賞，翌年来日した経験を活かした短編集 Fireworks を 1974年に出版した．1991年の小説第9作「ワイズ・チルドレン」（Wise Children）を最後に，1992年2月16日に肺ガンで死去．英米の大学で教え，幾人もの作家の育成に尽力した．

ヒル スーザン Susan Hill（1942–） 小説家

　ヨークシアのスカーバラに生まれ，ロンドン大学で英文学を学び，文芸批評の仕事を経験した後，孤独な主人公の不安や恐怖を精彩な心理描写でリアルに表現する小説家として注目を集めた．「ぼくはお城の王様だ」（I'm the King of the Castle, 70），「奇妙な出会い」（Strange Meeting, 71），「黒衣の女」（The Woman in Black, 83）などの小説の他，児童向けの物語も書いている．75年，著名なシェイクスピア学者スタンリー・ウエルズと結婚した．

ダン ダグラス Douglas Dunn（1942–） 詩人

　スコットランドの南西部の村インシナンに生まれ，ヨークシアのハル大学で英文学を学び，卒業後69年から71年まで同大学の図書館で働いた．この時同じ職場にフィリップ・ラーキンがいた．ラーキンのように都市の人間を描く詩を書き始め，「テリー・ストリート」（Terry Street, 69）で詩人として認められた．81年に癌で妻を亡くし，エレジーを書き，亡き妻に捧げた．84年にスコットランドに戻り，社会的に広い関心を示した自作の詩を書き続ける一方，スコットランドの詩や物語を集めたり，スコットランドの田舎の村を描いた短編集「ひそやかな村」（Secret Villages, 85）を出版したりしている．

バーンズ ジュリアン Julian Barns（1946–） 小説家

　オックスフォード大学で言語学を学び，批評家を経て，大胆な形式上の実験を行う小説家として注目されるようになった．「フロベールの鸚鵡」（Flaubert's Parrot, 84 → 334頁）は，ある医師が書いたフロベールの研究書の形式で，プロットのない実験的メタ・フィクション

◇作家解説 II◇

である.「10 1/2 章で書かれた世界の歴史」(A History of the World in 10 1/2 Chapters, 89) は,各章が小説,裁判の記録,評論,手紙など様々な形式で,ノアの箱舟の裏話や月面で神の声を聞く宇宙飛行士の話など,虚構の世界の歴史物語集となっている.他に英国の文化遺産を集めたテーマパークを作ろうとする男の物語「英国,英国」(England, England, 98) などがある.

ヘア　デイヴィッド　David Hare (1947–)　　　　　　　　　　　　　　　　　　劇作家

　個人と社会の関係を描いた劇を中心に70年代より活躍しており,女性主人公の挫折に戦後の英国という国家の衰退を重ね合わせた「プレンティ」(Plenty, 78) の他,ハワード・ブレントン (Howard Brenton) と共作の政治諷刺劇「プラウダ」(Pravda, 85 初演),英国国教会の牧師を描いた「悪魔の競争」(Racing Demon, 90) に始まる現代英国の宗教,司法,政治に関する三部作,老女優と娘の葛藤を描く「エイミーの考え」(Amy's View, 97),ある中年男と愛人の関係に現代英国の階級社会の問題点をあぶりだした「スカイライト」(Skylight, 98) など,ナショナル・シアターで上演された多くの社会劇が高く評価されている.

ラシュディ　サルマン　Ahmed Salman Rushdie (1947–)　　　　　　　　　　　小説家

　ボンベイのイスラム教徒のインド人の家に生まれ,教育はイギリスで受けた.ラグビー校からケンブリッジ大学へ入学し,最初の小説は北米インデアンの登場するファンタジー「グライマス」(Grimus, 75) で,次の「真夜中の子供たち」(Midnight's Children, 81 → 332頁) でブッカー賞を受賞して作家としての名声を確立した.マホメットに似た予言者が登場する問題作「悪魔の詩」(The Satanic Verses, 88) は,イスラム教徒から非難を浴び,イランの指導者ホメイニ師が処刑命令を出す事件になった.その後の作品には短編集「東と西」(East, West, 94) などがある.

マキューアン　イアン　Ian McEwan (1948–)　　　　　　　　　　　　　　　　小説家

　英国南部ハンプシアに生まれ,イースト・アングリア大学の大学院創作科でマルカム・ブラッドベリらの指導を受ける.最初の短編集「初恋,最後の儀式」(First Love, Last Rite, 75) がサマセット・モーム賞を受賞し,SMに傾倒する異常な夫婦の悪夢のような罠を描いた

2作目の長編「異邦人たちの慰め」(The Comfort of Strangers, 81) がブッカー賞の候補になるなど，若手作家として頭角を現わした．子供を持ち，親になる責任と不安の物語の中に時間の問題を考察した「時間の中の子供」(The Child in Time, 87) や，冷戦時代のスパイの恋愛と殺人の物語「イノセント」(Innocent, 90)，様々な愛のかたちを描いた「愛の持続」(Enduring Love, 97) などを経て，政治とジャーナリズムの世界を諷刺した「アムステルダム」(Amsterdam, 98) でブッカー賞を受賞した．

スウィフト　グレアム　Graham Swift (1949–)　　　　　　　　　　　小説家

　ロンドン出身でケンブリッジ大学卒業後，教員をしながら小説を書くようになった．主人公が家族の過去の歴史や秘密，謎を探究する物語が多く，「父の回顧録」(Shuttlecock, 82)，「沼地」(Waterland, 83)，「この世界を離れて」(Out of This World, 88) などでは，過去や伝統との葛藤と和解に至る繊細な心理描写が伝統的リアリズムの手法で描かれている．ブッカー賞を受賞した「最後の儀式」(Last Orders, 96) は，友人の遺灰を散骨しに集まった4人の老人による故人の回想的な物語で，ここでも過去をめぐる主題が追求されている．

エイミス　マーティン　Martin Amis (1949–)　　　　　　　　　　　小説家

　作家キングスリー・エイミスの息子で，オックスフォードを卒業後，現代の若者の焦燥感をブラック・ユーモアと諷刺で描いた小説で出発し，複雑なプロットや言葉遣いで現代社会を描き続けている．ナチ戦犯の医師に，死から誕生へと時間の逆の人生を歩ませて描いた実験小説「時の矢」(Time's Arrow, 91) などがある．

アクロイド　ピーター　Peter Ackroyd (1949–)　　　　　　　　小説家・伝記作家

　詩人，批評家でもあり，エズラ・パウンド，T. S. エリオット，ディケンズ，ブレイクなどの伝記の作者としても評価が高いが，ディケンズの「リトル・ドリット」の映画化をめぐる小説「ロンドン大火」(The Great Fire of London, 84) を発表して以来，ワイルドの伝記上の事実が，ワイルド自身の日記という実際には存在しない形式によって語られていく「オスカー・ワイルドの遺言」(The Last Testament of Oscar Wilde, 83) や，「チャタトン偽書」(Chatterton, 87)，「ディー博士の家」(The House of Doctor Dee, 93) など，過去の歴史的事実と虚構が交差する知的な楽しみを提供する小説家としても評価を得ている．

◇作　家　解　説　Ⅱ◇

マルドゥーン　ポール　Paul Muldoon（1951–）　　　　　　　　　　　　　　**詩人**

　北アイルランド，ベルファーストのクィーンズ大学でシェイマス・ヒーニーの指導を受け，ヒーニーら詩人たちのグループに参加し，マイケル・ロングリー（Michael Longley, 1939–）やデレク・マホン（Derek Mahon, 1941–）などの詩人たちと交流を持った．22歳の時，「新しい天気」（New Weather, 73）で詩人として出発し，BBC北アイルランド支局に勤め，86年からはアメリカに渡りプリンストン大学で教鞭をとっている．神話，歴史，哲学，政治，大衆文化など様々な題材を吸収し，独自の詩の世界を構築している．「なぜブラウンリーは離れたか」（Why Brownlee Left, 80），アメリカに渡ったウェールズの伝説の王子を題材とした「マドック」（Madoc, 90），T. S. エリオット賞を受賞した「チリ年代記」（The Annals of Chile, 94）などの詩集がある．

モーション　アンドリュー　Andrew Motion（1952–）　　　　　　　　　　　　**詩人**

　テッド・ヒューズの死を受けて，1999年に第19代桂冠詩人に任命された．フィリップ・ラーキンに影響を受けた抒情的な第1詩集「喜びの流れ」（Pleasure Streamers, 78）の他，最初の3冊の詩集からの選集に新作の詩と自伝的散文を付け加えた「危険な遊び」（Dangerous Play, 84），「全てのものの価値」（The Price of Everything, 94）などの詩集がある．小説も書き，伝記作家としてもラーキン，キーツ，ダイアナ妃の伝記を出版している．

ボイド　ウィリアム　William Boyd（1952–）　　　　　　　　　　　　　　　**小説家**

　アフリカのガーナに生まれ，グラスゴー大学やオックスフォード大学で英文学や哲学を学び，卒業後は英文学の講師やジャーナリストとして活動．キングスレー・エイミスの喜劇的諷刺小説「ラッキー・ジム」のようなアンチヒーロー的主人公にした軽妙な悲喜劇的小説で文壇の注目を集めた．代表作にホイットブレッド文学賞とサマセット・モーム賞を受賞した「アフリカの善人」（A Good Man in Africa, 81），ブッカー賞の候補にもなった「アイスクリーム戦争」（An Ice-Cream War, 82）がある．

ベルニエール　ルイ・ド　Louis de Bernieres（1954–）　　　　　　　　　　**小説家**

　ロンドンに在住し，The War of Don Emmanuel's Nether Parts（1991），Senor Vivo and the Coca Lord（1992），The Troublesome Offspring of Cardinal Guzman（1993）というマジック・リアリズム風の南米3部作を書いた．1994年に発表した長編4作目の「コレリ大尉のマンドリン」（Captain Corelli's Mandolin, 1994）でコモンウェルス作家賞を受賞，この小説がベストセラーとなり，26ヶ国で出版され，映画化にも成功した．ディケンズやイーヴリン・ウォーの流れをくむ小説家としての評価が高い．

ドイル　ロディ　Roddy Doyle（1958–）　　　　　　　　　　　　　小説家

アイルランドのダブリンに生まれ育ち，ダブリン郊外の一家の人々を主人公にした「コミットメンツ」（The Commitments, 87），「スナッパー」（The Snapper, 91），「バン」（The Van, 91）の三部作や，10歳の少年の眼から郊外の人々の日常を描き，ブッカー賞を受賞した「パディ・クラーク・ハハハ」（Paddy Clarke Ha Ha Ha, 93）など，人間への愛情深い眼差しを感じさせる庶民的な作品で主に知られている．

ウェルシュ　アーヴィン　Irvin Welsh（1958–）　　　　　　　　　　小説家

スコットランドのエディンバラに生まれ育ち，デビュー作「トレインスポッティング」（Trainspotting, 93）で，ヘロイン中毒のスコットランドの若者たちの現実を，コミカルに，時に辛辣に，エディンバラの地元の話し言葉と，猥褻とも批判される俗語を用いて描き，ベストセラーとなって若者の間でカルト的人気を集めた．舞台化の後に作られた96年の映画版も世界中で人気を集め，イギリス映画の新たな潮流の源の一つとなった．90年代中頃には，ロンドンやアムステルダムのクラブでDJとしての仕事もしている．他に短編集「アシッド・ハウス」（The Acid House, 94）などがある．

ウィンターソン　ジャネット　Jeanette Winterson（1959–）　　　　小説家

マンチェスターに生まれ，ペンテコスト派の福音伝道者の労働者の養女となるが，15歳の時，同性愛問題で養父母と対立し家出を敢行．様々な仕事をした後，オックスフォード大学で英文学を学び，レズビアンを認めない教会の態度への批判をこめた「オレンジだけがフルーツじゃない」（Oranges Are Not the Only Fruit, 85）を20代半ばにして発表し，ホイットブレッド賞を受賞した．以降，ナポレオンの料理人となった青年と男装したバイセクシャルの女性の恋と冒険を描いた「パッション」（The Passion, 87）や，清教徒革命時代と現代

◇作　家　解　説 II◇

を物語の時間が往復する「さくらんぼの性」(Sexing the Cherry, 90) などで，自由奔放な性愛と幻想的手法に満ちた世界を築いている．

ロウリング　ジョウアン・キャスリーン　Joanne Kathleen Rowling (1966–)
童話作家

10歳の少年の魔法の修行と冒険の物語「ハリー・ポッターと賢者の石」(Harry Potter and the Philosopher's Stone, 97) とそのシリーズが世界的なベストセラーとなって作家としての地位を得た．ブリストル郊外に生まれ，ウェールズ国境近くのディーンの森に育ち，幼いころから物語を書くのが好きな少女だった．エクスター大学を卒業し，90年代に結婚，出産，離婚を経験し，娘を育てながら執筆していたが，「ハリー・ポッター」の成功により，一躍，時の人となった．

第四部

重要作品

ベーオウルフ〜コペンハーゲン
作品解説

◇重要作品◇

ベーオウルフ　Beowulf

作者不明　長編叙事詩

来歴と内容　古英語（Old English）で書かれた3,182行の英雄叙事詩．8世紀前半の創作．唯一の現存写本は紀元1000年ごろのもので，当時の西サクソン方言が主体である．スカンディナビアの古伝説をもととして，悪鬼退治と火龍（ドラゴン）征伐のふたつの部分からなり，もとはまったく異教的な怪物征伐の英雄物語であったものが，現在の形に完成されてゆく途上で，僧侶の手を経てキリスト教的要素が附加されたのだと推定される．神への讃美や，沼の悪鬼母子は旧約聖書の弟殺しのカインの子孫で地獄の悪鬼だという説明の言葉と平行して，武士のほまれや復讐の義務を強調する古ゲルマン社会の道徳観がくり返され，また「運命（ウュルド Wyrd）はつねに定めのままに成りゆくものである」という有名な1行で示される異教的な宿命観が全編にみなぎっている．

表現様式　後代の詩とはちがい，各行は頭韻を中心として構成され，アクセントのある音綴4つとそれにともなう弱シラブルからなり，その行は必ず中央で2分される，という特異な詩型を用いている．また，ケニング（kenning）という独特の言いかえ表現法を持っていて，海のことを「水のうねり」，「白鳥の路」，「くじらの道」，船のことを「浪を旅する者」，太陽のことを「天のともしび」，人体のことを「骨の家」などという．

梗概（第1部）　デーン人の王フローズガール（Hrothgar）は大宮殿ヘオロット（Heorot）を建てて夜毎酒宴を張るが，沼に棲む巨怪グレンデル（Grendel）がこの宮殿を襲って勇者30人を殺した．夜毎の襲来に，さしもの宮殿も人気なくさびれて12年間を経た．南スウェーデンに住むゲーアタス（Geatas）族の王子ベーオウルフはその噂を聞き，14人の勇士と共に海を越えて来，夜，格闘の末，怪物の片腕をもぎとった．次の夜，グレンデルの母なる妖魔が復讐に訪れ，その片腕とともに貴族のひとりをさらってゆく．ベーオウルフはあとを追って怪物の棲む湖の底に泳ぎ入る．持った刀の刃が女怪の体にはとおらぬのを見て，その湖底の館に飾った巨大な古剣をとり上げ，これで相手を殺すが，剣は女怪の毒血のため溶けてしまう．彼はグレンデルの首をはねて陸上に持ちかえる．

（第2部）　故郷に帰ったベーオウルフは，やがて王位に登って50年の間善政を施す．山間の荒地に棲んで，石塚の中に隠された宝物を守護する火龍がいたが，すきを狙ってそこから宝を盗んだ者があり，竜は怒って火を吐いて家々を焼き，国土を荒らし，ついには王の館も火難を受けるにいたった．ベーオウルフは11人の勇士を引きつれて竜の棲処に向かい，若き日の功業を語りつつ自らの栄光と義務を痛感して，ただひとり戦いに出る．火焔にかこまれた王を見て10人までは森の中に逃げ隠れたが，ただひとりウィーグラーフ（Wiglaf）は救援にかけつけ，ふたりしてようやく竜を退治したが，王はそのため重傷を負うて死ぬ．作は人々の悲しみのうちに壮麗な火葬の行われるさまを叙述して終わる．

◇重要作品◇

カンタベリー物語　The Canterbury Tales
　　　　　　　　　（1387–1400 にかけて筆）**チョーサー作　物語詩**

内容と評価　チョーサー晩年の大作で彼の代表的傑作．ボッカチオの「デカメローネ」にならって，ふとした機会に集まった人びとがするさまざまな物語の集録という形であるが，豊富な人生経験と鋭い観察眼に加えて練達の描写力を持った晩年のチョーサーは，これを単なるおもしろい話集とせず，語るそのひとりひとりに自らの性格と人生観をわれ知らず露呈させ，心の奥底にひそむ我欲の動機をも正確にえぐり出してみせる．

その構成　南英カンタベリーの聖トマス・ア・ベケット寺院に参詣するため，ロンドンの郊外サザークの旅亭に集まった29名（後31名となる）の巡礼が，旅のつれづれを慰めるため，各自が往復4つずつの話をする約束をする．が作は，未完のものを入れて24編，まだカンタベリーへも行きつかないところで中断されている．うち2編は散文，あと22編の韻文は計約17,000行の大作となっている．

序詞と詩人の観察　序詞（Prologue）858行は，騎士，楯持ち，郷士，尼僧院長をはじめ，集る各人の姿を描いて傑作と評される．詩人の眼が鋭く何ひとつ見落としていないことは，たとえば，美しく，しとやかで敬虔な尼僧院長――その綺麗に剃り上げた広い顔も，世俗の文句をきざんだ金のブローチも，つれた小犬も，またこの院外への外出そのものも，じつは尼僧として禁令を破っての行動であることは今日では明らかにされている．そ知らぬ顔をしたチョーサーの筆は，世俗的なけばけばしい女であるこの尼僧院長をも，正確に，誇張なしに，ある程度までの同情をこめて描き上げているのである．

有名な諸編　第1の騎士はまじめに，いにしえのアテーネの話，パラモンとアーサイトのふたりの若い騎士が，王妃の妹イミーリアを争って恋敵となる悲劇物語をする．／第2と第3の粉屋と執達吏は互いをやりこめる態勢で，負けず劣らずの下品な，しかし太い線でまとめられた喜劇話をする．／第7．尼僧院長は，宗教的な反感からユダヤ人町で殺され，のどを切られてなお聖母の讃歌をうたいつづけたという7歳の少年の話をする．／第8と第9．チョーサー自身は指名されるままに（知らん顔して当代の遍歴騎士のロマンスを皮肉った）「騎士トパス」の話を紋切型の韻文ではじめ，亭主に中断されて，こんどはフランスのロマンスをそのまま訳した形の冗長退屈きわまりない散文物語，メリベウスとその妻の道徳談議を語る．／第13．免罪符売りの僧（Pardoner）は死神を探しに行った3人のよた者が木の下で黄金の山を見つけ，それを争って殺しあった話をする．／第14．バースの町のおかみは5人の亭主を持った経験を中心に，独身生活をけなしつけるあけっぴろげな長口舌の前おきをしたあとで，女が最も好むことは何か，という難題を首とひきかえに出されたアーサー王宮廷の騎士が，結婚の約束で醜い老婆（あとで若い美女に変わる）から「夫に対する絶対権力」だと正しい答えを教えてもらう話をする．

213

◇重要作品◇

バラッド（民謡）　The Ballad

作者不明　詩

史的意義　諸時代の「作者不明」（anonymous）の歌謡の中で，独得の一体系をなす素朴な形式の民謡で，飾らぬ情熱的表現や質実な物語様式を持ち，人為的に流れすぎた英詩に幾度となく新しい生命を注入した．特に18世紀中ごろのパーシー僧正（Bishop Thomas Percy）が民間に伝わる筆写本から編集して出版した『古英詩拾遺集』（Reliques of Ancient English Poetry, 1765）は，当代の型にはまった文学表現の形態に不満を感じていた人たちに大きな刺激を与え，つづくロマン派運動の先駆となった．

形　式　多く4行のスタンザ（stanza「連（れん）」）から成り，各連の終わりに毎回共通の折り返し句（リフレイン，refrain）を伴っていることも多い．これはもともと合唱舞踏の伴奏歌で，言葉に変化のないリフレインが合唱で歌われる間を縫って，独唱者がさまざまに物語をつづって聞かせるものだと理解される．

「サー・パトリック・スペンズ」　15世紀以降，集め残されたバラッドは約350編あるが，パーシーの集にも出る Sir Patrick Spens（スコットランド王の命令で，王女を送り返しに冬の荒れ狂う海をノルウェーまで行くが，帰途郷土の近くで沈没して全員滅び死んだという話）など，史実と伝説が混淆したものではあるが，船長スペンズの悲嘆の表現や，素朴な人びとが神秘をこめて自然を見る眼など，代表的な作とされている．

　上述からも分かるように古バラッドは言葉も場面も主にスコットランドのもので，また魔術や超自然を主題とする作に数も多く質的にもすぐれたものがある．「歌作りのトマス」（Thomas the Rhymer）は13世紀後半生存していたといわれるスコットランドの詩人が，妖精国の女王につれられて地下の国に行き，数年の楽しい暮しの後人間界に帰ってきて正確な予言で人々を驚かしたが，やがて森の中に姿を消したという話である．「騎士オウィン」（Kemp Owen，またはKempion）は継母の魔術で怪物に姿を変えられた少女が，勇敢な騎士のキスによってもとの形に返るという童話ふうな作．「いやな長虫」ではふたりのうち男の子は蛇に，女の子は魚に化せられる．「タム・リン」（Tam Lin，またはTamlane），「ヘンリー王」「アリソン・グロス」などの作では，呪縛や堕地獄の運命に縛られた者が，愛情の力によって現実の世界につれもどされる．「ヘンリー王」は幽霊の要求するままに何でも与え，そのかたわらに寝てやると現実の美女の姿に返った，という．特に有名な「ビノリー」（Binnorie〔地名〕）は4行連の第2，4行が毎連折り返し句になっている作であるが，嫉妬のために殺された妹姫の骨がハープに作られて父王の大広間におかれると，ひとりでに鳴りひびいて身の上を物語り，姉姫を責める，という話である．

　その他の物語として，身をやつした貴族の青少年が経験する恋物語を主題とするロマンスふうのものやロビン・フッド物語，「オッターバーンの戦い」その他，特に，スコットランドとイングランドの国境の争いを主題とする歴史ものなどが数多くある．

◇重要作品◇

聖史劇 Corpus Christi Play（14–16世紀）

作者不明　宗教劇

解説　イギリス演劇の起源は，中世カトリック教会の儀式の一部であったラテン語の歌唱による典礼劇（liturgical plays）で，「あなた方はどなたをお探しか？」（quem quaeritis〔ラテン語〕）と天使が三人のマリアに話しかけ，キリストの復活を告げるわずか4行の対話（9世紀）が最古のものとして現存している．典礼劇は12世紀にその最盛期を迎えたが，その後，聖書を題材とした劇の上演の場は，14世紀後半より教会から野外へと移り，民間の異教の祭である夏至祭と結びつき，主に職人の同業者組合の手により，英語で山車や広場などで演じられるようになった．それらの劇は旧約，新約聖書の様々なエピソードに基づいた壮大な聖史劇の集大成（cycle）で，キリストの犠牲と復活を祝う聖体節（Corpus Christi Feast〔6月初旬から7月初旬〕）に上演されたことからコーパス・クリスティ劇，あるいはサイクル劇，または職人たち（mystere〔フランス語〕）によって上演されたことからミステリー・プレイ（mystery play）とも呼ばれる．奇跡劇（miracle play）という言い方も使われることもあるが，厳密には聖書外の聖人の伝説を題材とした劇を指す．各地の民衆の共同体を基盤として祝祭的に上演された聖史劇のうち，ヨーク（York），チェスター（Chester），ウェイクフィールド（Wakefield），リンカン（Lincoln）のなど四都市のサイクル劇の台本や断片が現存し，それぞれのサイクル劇でエピソードの数や内容，描き方は様々であるが，厳かな宗教性だけでなく，生き生きとした人間群像や喜劇性が前面に出ているのが特徴である．20世紀後半よりヨークなどの都市では，中世からの民衆の遺産を復活上演させようと，数年に一度，町を挙げての上演に取り組んでいる．

悪魔や暴君の見せ場　この宗教性と喜劇性，聖と俗が混在する多種の劇の数々においては，神の言葉に従って箱舟を作り，洪水を生き延びたノア（Noah）や，生贄として自分の息子の命を捧げようと決意するアブラハム（Abraham）のような，神に忠実な人物だけが主人公ではない．神に反逆し天国から追放された天使であるルシファー（Lucifer）の劇や，イエスの誕生の知らせに怯えて幼児を大量虐殺した暴君ヘロデ王（King Herod）が「死」と悪魔によって「地獄の口」へと引きずりこまれていく場面などは，古今東西の演劇で悪役が場面をさらう例にもれず，観客の興味を強く惹く見せ場となっている．

羊飼いの劇　「羊飼いの劇Ⅱ」（The Second Shepherd's Play）では，泥棒マック（Mack）が盗んだ羊を赤ん坊と偽り，三人の羊飼いをだまそうとする話がイエスの降誕劇の喜劇的パロディとして描かれている．こうした滑稽で愚かな人物のエピソードが並置され，聖史劇は厳粛なキリストの受難，最後の審判へと昇華していく．

◇重要作品◇

万　　人（Everyman, 15世紀）

作者不明　道徳劇

解説　オランダの劇の翻訳で，イギリス中世の道徳劇の中で最もよく知られている．1901年の演出家ウイリアム・ポウル（William Poel）による上演や，オーストリアの劇作家ホフマンスタール（Hugo von Hofmannsthal）による1911年の翻案をきっかけとして現代においても広く知られるようになった．他の多くの道徳劇とは異なり，主人公が現世の快楽と戯れる場面はなく，愚行へと誘惑する役柄も登場しない．死への準備を主題とし，友情，財産から美や五感に至るまで，現世に存在するあらゆるものを象徴する人物にあの世への道連れを断られる「万人」（Everyman）の姿が描かれ，神を信じ，善行に生きる敬虔な心を持つ必要性が説かれている．

梗概　世俗の富に心を奪われ，信心を失った「万人」に怒った「神」（God）は，「死」（Death）を使いに出す．「死」は人生の決算書を持って今すぐ長旅に出なければならぬと告げるが，あわてた万人は泣いて猶予を願う．何とか知り合いを共に連れて行くことを許された「万人」は「友情」（Fellowship）に事情を話し，道連れになってくれるよう頼むが，それだけは何があっても御免だと断られてしまう．続いて万人は「親類」（Kindred）と「従兄弟」（Cousin）にも頼みこむが，同様に見捨てられる．さらに生涯愛してきた「財産」（Goods）にも相談するが，自分に執着したのだから地獄落ちは当然と言われ，またしてもきっぱりと道連れを拒否されてしまう．「万人」は「ああ，裏切られてから気づくようでは遅いのだ．／すべては私が時間を浪費してきたせいなのだ．」(Lo, now was I deceived ere[=before] I was ware[=aware], / And all I may wite[=blame on] my spending of time.) と嘆く．困った万人は「善行」（Good Deeds）のもとへ行き，助けを乞うが，今まで「万人」の犯した罪のせいで枷をはめられて大地に横たわっている「善行」は，助けたくても動くこともできない．しかし，「善行」は姉妹の「知識」（Knowledge）を紹介し，「知識」は救いの家にいる「告白」（Confession）のもとへ「万人」を連れて行く．「万人」は「告白」に悔悛の苦行を求められ，罪の許しを訴えて告白し，自らの肉体に罰の鞭を打つ．すると善行が歩けるようになり，巡礼の手助けとして，「美」（Beauty），「力」（Strength），「分別」（Discretion），「五感」（Five Wits）も呼ばれ，彼らに勧められて「万人」は司祭のもとへ向かい，贖罪のための聖餐と終油の秘跡を受けて戻る．「万人」は一同と共に墓へと向かうが，いざ墓の中へ入るとなった時に，「美」も「力」も，「分別」も「五感」も，同行を恐れ，逃げ去ってしまう．残された「万人」は，「善行」に付き添われ，「知識」に見守られて墓へと入っていく．「天使」（The Angel）による「万人」の霊魂を呼び寄せる台詞と「神学博士」（Doctor）が観客に向かって劇の教訓を説く言葉で劇は幕を閉じる．

◇重要作品◇

道　徳　劇（Morality, 15–16 世紀）

作者不明　宗教劇

解説　15世紀頃から、「良心」、「勤勉」、「愚行」、「高慢」などの人間の善行、諸悪を擬人化した寓意的な登場人物の間で揺れ動く人間を主人公にした劇が上演されるようになった。主人公の人間は悪の誘惑に負け、死へと追いやられるが、最終的には悔悛によってその魂が救われるという型の作品が多い。これらキリスト教の道徳的教化を目的とした道徳劇（morality または morality play）は、最も有名な「万人」（Everyman）のように、大抵は1000行（約1時間）程度の短い作品である。その多くは作者不明だが、聖職者か大学関係者ではないかと推測され、当時現われ始めた職業俳優たちによって王侯貴族の館でも上演された。マーロウの「フォースタス博士」やシェイクスピアの劇の登場人物、特に「悪徳」役の影響が強いリチャード三世やイアゴーも、道徳劇の伝統に位置づけることができる。20世紀初めの再上演や再評価も、バーナード・ショウ（「人と超人」）、イエイツ（「鷹の井にて」）、T. S. エリオット（「大寺院の殺人」）らの劇に大きな影響を与えた。

「堅忍の城」　現存する最古の道徳劇の一つに「堅忍の城」（The Castle of Perseverance, 1405–25頃）という3649行、登場人物も35名以上の大作がある。野外円形劇場で上演されたこの劇では、生まれたばかりの「人間」（Mankind）が彼のもとに神から使わされた「善天使」（Good Angel）と「悪天使」（Bad Angel）の間で迷い、後者の誘いにのって「現世」（World）、「快楽」（Lust-and-Liking）らと過ごして魂を罪で汚していく。一度は悔い改め、堅忍の城にこもる「人間」ではあったが、再び誘惑に負けて富を求め、年老いて「死」（Death）の投げ槍に突かれて命を落とす。しかし最後には、「人間」の「霊魂」（Soul）は神の慈悲を与えられて地獄落ちを免れ、天上の喜びを与えられることになる。他に「人間」（Mankind, 15世紀後半）、「現世と幼児」（Mundus et Infans, 1508）、「青年」（Youth, 1513）なども現世の誘惑に負ける人間の悔悛に至るまでが描かれている。

後期道徳劇　16世紀に入る頃から、「壮麗」（Magnificence, 1515頃, John Skelton作）のように君主を主人公とした政治劇的なもの、「知性と学問」（Wit and Science, 1540頃, John Redford作）のように人文主義的に学問の重要性を説く劇、「恋の劇」（The Play of Love, 1533印刷, John Heywood作）のように教訓より笑いの要素の強い劇など、世俗的要素の強い劇が次第に上演されるようになる。余興などの間に上演される短い劇という意味で、道徳劇は道徳的幕間劇（moral interlude）とも呼ばれるが、特に16世紀の世俗的、笑劇的要素の強い劇は、単に幕間劇（interlude）としてそれ以前の道徳劇と区別される場合が多い。

【名句】Prick not your felicities in things transitory! / Behold not the earth, but lift your eye up! —Mercy

はかない物に幸福を求めてはいけません。地上でなく天上に眼を向けなさい。

◇重要作品◇

アーサー王の死　Le Morte D'Arthur (1485)

サー・トマス・マロリー作

解説　エドワード四世王の治世の9年目(1469年3月4日から1470年3月3日の間)に完成し、1485年に英国最初の印刷業者ウイリアム・キャクストン(William Caxton, c.1422–91)が「アーサー王の死」の表題で21巻から成る一編の長編として刊行したが、1934年にウインチェスター・コレッジで発見された写本を根拠に8編の別個のロマンスとする説もある。史実上のアーサーは紀元500年頃に現われたケルト人の英雄的武将だが、のちに様々なケルトの説話と結びついて、イングランドはおろかローマ帝国をも倒し世界制覇を果たした大王伝説へと成長した。

アーサー王誕生　イングランドの王ユーサーとその宿敵ティンタジェル公の妃イグレーヌの間に生まれた乳飲児のアーサーは、魔法使いマーリンに連れ去られ、忠臣エクトルのもとで養育される。青年に成長したアーサーは石の鉄床より正統な王位継承者の証たる剣を引き抜くが、ロット王を筆頭に11名の王がアーサーを私生児と誹謗して反旗を翻す。若き王アーサーは反乱の平定に乗り出し、湖の精ニムエより聖剣エクスカリバーとその鞘を授かると、不死身の肉体と超人的な武勇を発揮して反乱軍を鎮圧する。その後アーサーは異父姉とは知らずに密使として訪れたロット王の妃モルゴースと交わり、不義の子モルドレッドをもうけたのち、グイネヴィアと巡り会って結婚し、諸国の勇者たちを円卓の騎士に迎えて、冒険と戦を重ね、ついにはローマ帝国をも下して世界制覇を成し遂げる。

円卓の騎士　異父姉モルガン・ル・フェの陰謀により、アーサーの不死身の肉体を支えるエクスカリバーの鞘が永遠に失われる話。兄弟と知らずに殺し合うベイリンとベイランの話。黒騎士の謎を解いて生涯の伴侶と巡り会うガウェインの話。王妃グイネヴィアの不興を買い苦悩するラーンスロットの話。武勇によって妻を得るガレスの話。トリストラムとイゾウドの悲恋話。そして、円卓の騎士ガラハッド誕生の経緯が語られるなど、各々の円卓の騎士たちを主人公とする挿話が続く。

聖盃探求　アーサーの命を受けて、ガウェイン、ラーンスロット、ボルス、パーシヴァル、ガラハッドの5人の円卓の騎士は聖盃探究に旅立つが、ガラハッドとそれに同行したボルス、パーシヴァルの3名がこの聖なる冒険を成就する。

アーサー王の死　聖盃探究後も、ラーンスロットはグイネヴィアへの愛を断ち切れず、二人の道ならぬ恋は、円卓の騎士を二分する内戦へと発展し、これに便乗して、アーサーの不義の子モルドレッドが謀反を起こし、多くの優れた騎士の命が露と消える。やがて、アーサはモルドレッドと相討ちになり倒れる。瀕死のアーサーはエクスカリバーを湖に沈めるように家来に命じ、傷を癒すためアヴァロンの島へ向かい帰らぬ人となる。ラーンスロットはアーサーの死を嘆き、尼になったグイネヴィアを探し出すが、ラーンスロットとグイネヴィアの恋は実を結ぶことなく、別々に生涯を閉じる。

◇重要作品◇

フォースタス博士　Doctor Faustus（1588）
クリストファ・マーロウ作 ［5幕］　悲劇

作品について　1588年頃初演され（1592年初演説もある），1604年に出版された．中世ドイツの放浪学者であり魔法使いとして有名だったヨーハン・ファウスト（1488年頃-1541年頃）の伝説を劇化した最初の作とみられている．無限の知識欲と完全美の探求のために魂を悪魔に売った学者を描いたマーロウの代表作である．

梗概　フォースタスはドイツのウィッテンバーグ大学で学んだ論理学・医学・法学・神学などの諸学問を放棄し，これからは魔法に専念しようとする．善天使と悪天使が現われ，前者は魔法を捨てろといい，後者は魔法に精進しろとすすめる．フォースタスは悪天使の誘惑に負け，森で呪文をとなえてメフィストフィリス（Mephistophilis）を呼び出し，24年間あらゆる官能の欲に浸ることを許してもらい，メフィストフィリスが家来となって彼を助けてくれることを条件に，彼の魂をメフィストフィリスの主人ルシファーに売り渡すことを申し出る．再び善天使と悪天使が登場して，それぞれフォースタスを説得しようとするが，彼は自分の腕を刺し，流れ出る血で魂を売る契約書を書く．そのあとで彼は自分の非を悔いてキリストに救いを求めるが，そこへルシファーが現われ，傲慢・貪欲・嫉妬・憤怒・大食・怠惰・好色の七大罪悪を舞台に呼び出してフォースタスに示し，地獄にはあらゆる快楽があるといって彼を誘惑したので，彼はその快楽を享受したい熱望に駆られて誘惑に負け，契約通り魔法と24年間の快楽を与えられる．

　魔法の力を得たフォースタスはメフィストフィリスをつれて竜のひく車に乗り，天文の秘密をさぐるべく宇宙を飛びまわり，世界地理を実地に検証するため，パリやフランスの国境をめぐってローマへやってくると地上最高の権威者ローマ法王をさんざん愚弄する．こうして世界中のめずらしいものを見てまわったフォースタスは，ドイツに戻るとチャールズ五世の宮殿で魔術を披露し，アレグザンダー大王とその愛人の姿を再現してみせたりして宮廷人を楽しませる．また学者たちの希望をいれてギリシアの美女ヘレンを魔法で呼び出すが，彼自身もその美しさに魅惑され，ヘレンを自分の愛人にしたい希望をメフィストフィリスに伝え，その望みはかなえられる．フォースタスはこうして快楽の限りをつくしたが，契約した24年間の期限が終わりに近づいたことを知って遺言状を書く．魔術のために自分の魂を悪魔に売り渡して「神の座である王国，祝福されたものの王座，喜びの王国」を失ったフォースタスの前に現われた善天使は，道を誤らなかったならば彼が得たであろう王座を示し，悪天使は彼がこれから行く地獄の絵図を示す．時計が11時を報ずると，彼は必死に神を呼んで救いを求めるが，12時になって彼の絶望と苦悶が絶頂に達したとき，彼は悪魔たちにつれ去られる．

◇重要作品◇

マルタ島のユダヤ人　The Jew of Malta（1590）
クリストファ・マーロウ作［5幕］　悲喜劇

作品について　1590年ごろ初演され，1633年に出版された．1594年6月にユダヤ系のポルトガル人ロデリゴ・ロペスというエリザベス女王の侍医が，女王暗殺計画の一味に加わった疑いで死刑になった事件があって，当時のロンドンに反ユダヤ人感情が高まり，そのため無限の富を求め，復讐のためあらゆる残忍な策略を使うが，最後には自分の仕掛けた熱湯の大釜に落ちて死ぬ強欲で残虐なマキャヴェリ的悪役のユダヤ人を主人公とするこの劇が，1594年から1596年にかけて何回も上演されて人気を博した．

梗概　トルコ艦隊がマルタ島に碇泊し，トルコ皇帝の息子カリマスはマルタ島の総督ファニーズに10年間未払いになっている貢税を要求する．ファニーズは支払いをしばらく猶予してもらい，島に住む全ユダヤ人を集めて，財産の半分を貢税として供出するか，キリスト教に改宗するか，どちらかの道を選ぶように命じ，もしこの命令を拒否すれば全財産を没収すると言い渡す．たいていのユダヤ人は財産を半分提供することにしたが，大金持のバラバスだけは提督の命令に応じなかったので，全財産を没収され，屋敷は尼寺に変えられる．

　バラバスは復讐のために策略をめぐらし，まず可愛いひとり娘のアビゲイルを尼として尼寺へ侵入させ，隠しておいた金貨袋を夜中に盗み出させて元のような大金持となり，トラキア生まれの奴隷イサモーを買って，これを悪事に利用することにした．そして娘を愛しているマサイアスと，これも娘に気のある総督の息子ロドウィックが，お互いに娘をかけて挑戦するように仕組み，ふたりを決闘させて殺し，総督に対するうらみを晴らす．しかし娘は父の残酷なやり方を知って悲しみ，今度は本当に尼寺に入る．バラバスは激怒し，悪事の秘密がもれるのを恐れて，毒入りのかゆを尼寺に寄進し，娘を他の尼たちと一緒に毒殺した．つづいて死ぬ間ぎわのアビゲイルからバラバスの悪事を聞いてバラバスをゆすったふたりの僧を巧みに殺す．ところが奴隷のイサモーが酒に酔って娼婦とピリア・ボーツァという男に主人の悪事をしゃべったので，バラバスは楽師に変装してこの3人に毒バラのにおいをかがせる．娼婦たちは総督にバラバスの悪事を報告したので，バラバスとイサモーは捕らえられるが，毒がきいてイサモーや娼婦は死亡し，バラバスの方は麻薬を飲んで死んだふりをし，城壁の外へ捨てられる．やがて息を吹きかえしたバラバスは，トルコ軍のカリマスに味方して，地下道からトルコ軍を町に入れてマルタ島を占領させ，総督を捕虜にし，この功績によってバラバスが総督に任命される．しかし彼は人民から嫌われているので生命が危ういとにらみ，今度は総督を助け，トルコ軍を尼寺へ入れて爆薬で全滅させ，カリマスを総督邸の宴に招き，床下に仕かけた熱湯の大釜に落として殺す計画をたてたが，成功の寸前に総督がバラバスの裏をかいて逆にバラバスを大釜に落して殺し，カリマスを捕虜にする．

◇重要作品◇

エドワード二世　Edward II（1592）
クリストファ・マーロウ作　[5幕]　歴史劇

作品について　1592年（あるいは1593年）頃に初演され，1594年に4つ折り版で出版された．ホリンシェッドの「年代記」（Chronicles, 1577）に取材し，優柔不断で気紛れなエドワード二世（在位1307-27）の悪政と悲惨な最後，及びマキャヴェリ的人物である貴族モーティマーと王妃イザベラの関係を描いている．シェイクスピアの歴史劇創作への道を開いた作としても重要視されている．マーロウ最後の劇作品とみられている．

梗概　エドワード一世が死去してエドワード二世が即位すると，追放の身であったガヴェストン（Gaveston）は呼び戻されて，高い地位を与えられた．貴族のモーティマー（Mortimer）はこの処置に反対し，ガヴェストンの再追放を強く主張したので，王はついに彼に屈してガヴェストンをコーンウォールへ追放することを承認する．

しかし，王は世界中のだれよりも自分を愛してくれるガヴェストンを側近として重用したいため，王妃のイザベラ（Isabella）にモーティマーをはじめ貴族たちを説得させ，ガヴェストンを召喚させ，王の姪であるグロスター伯爵の娘との結婚を発表する．その頃，スコットランド討伐におもむいていたモーティマーの叔父が，敵軍の捕虜となる．

モーティマーは王に叔父の身代金5000ポンドの支払いを請求するが，王がこれを拒絶したため反乱を起こす決心をする．モーティマーは反乱軍の先頭に立って王の軍を攻撃し，王は女王を残したまま陸路をスカーバラに落ちのび，ガヴェストンは海路を落ちのびようとして捕らえられ，絞首刑にされかかったとき，王の使者が到着して王がガヴェストンに一目会いたがっていることが伝えられる．貴族の一行がガヴェストンを王のもとへ送りとどける途中，ガヴェストンに反感を持つ貴族ウォリックはひそかに殺害計画を実行して，ガヴェストンを殺してしまう．王はガヴェストンが殺されたと報告を受けると激怒し，貴族側と一戦を交えるために軍を進めて勝ち，貴族たちは捕虜となる．王はウォリックの首をはね，モーティマーを塔内に監禁する．しかし，モーティマーは脱走するとフランスへ亡命し，王にしいたげられている女王と王子を援助し，軍勢をととのえて進撃してくる．王の一行は修道院に難を避けるが，追手に発見されてケニルワース城に運ばれ，そこに幽閉される．女王とモーティマーは王の殺害を計画し，王子を擁立してモーティマーがその後見人となり，権勢をほしいままにしようとたくらむ．モーティマーは王殺害の刺客を派遣し，自分は王子の即位式に出席する．土牢の中で水びたしになってやつれはてたエドワード王は刺客に殺され，その遺骸はモーティマーのもとへ運ばれる．こうしてモーティマーは野心を半ば成就して得意の絶頂にあったが，やがてその悪事が露見し，新王エドワード三世に弾劾（だんがい）されて，首をはねられる．新王は自分の母であるイザベラをモーティマーの共謀者として塔に幽閉し，父王エドワード二世の柩をモーティマーの首で飾る．

◇重要作品◇

間違いの喜劇　The Comedy of Errors（1592-93）

シェイクスピア作　[5幕]　喜劇

作品について　シェイクスピアの書いた最初の喜劇で，1592年から1593年頃の作と考えられており，1623年のフォリオ初版に収められた．ローマの喜劇作家プラウトスの「メナエクムス兄弟」及び「アムフィトリオン」によって筋を組み立て，賑やかな動きを主としたファースに近い作品だが，劇作家としての才能と特色がすでに現われており，シェイクスピア劇の基調となっている温かい寛容の精神が早くもこの作に見られるのも興味深い．シェイクスピア劇中で最も短い作（1,777行）である．

梗概　サイラキュースとエフェサス両国間の交商が禁じられ，エフェサスにはサイラキュース人が入国して発見されると，1000マルクの罰金を払わなければ死刑になるという法律がある．サイラキュースの老商人イージーオンは，この国法を破って入国し，捕らえられて領主公爵の前へ引き出される．彼は公爵にエフェサスに来た理由を問われたので，長い身の上話を始める．イージーオンと妻イーミリアの間には，アンティフォラスという名の互いによく似た双生児の兄弟があった．25年前に船が難破したとき，イージーオンは息子の弟の方と，将来息子の召使いにするつもりで育てていた貧しい双生児の兄弟ドローミオの弟の方を連れて妻と生き別れになり，サイラキュースへ行って暮していた．しかし弟のアンティフォラスが兄を探しに行くといって弟のドローミオを連れて国を出たまま5年も帰ってこないので，イージーオンも息子を探して諸国を旅行し，エフェサスにやってきたと説明した．この身の上に同情した公爵は，1000マルクを工面する余裕を与え，死刑執行を1日のばしてやることにした．

　一方，このエフェサスには兄のアンティフォラスが召使のドローミオ兄を連れて公爵に仕え，エードリエーナと結婚している．そこへ弟がドローミオ弟を連れて到着するので，町には大混乱がまき起こる．兄のアンティフォラスの妻エードリエーナやその妹のルーシエーナも，知り合いの市民たちも，召使いのドローミオ兄弟も，みんな互いに相手を間違える．商人アンジェローは兄のアンティフォラスが注文した金鎖を弟のアンティフォラスに渡して，その代金を兄のアンティフォラスに請求するので，鎖を受け取った，受け取らないの押問答のすえ，訴訟ざたになって兄のアンティフォラスは役人に捕らえられる．そこへ来たドローミオ弟に家へ保釈金を取りに行かせると，ドローミオ弟はその金を主人である弟のアンティフォラスに渡したので，ますます話は混乱するが，結局，罰金を払えないイージーオンが尼僧院の前を通って処刑場に連行される途中，ふたりのアンティフォラス，ふたりのドローミオが顔を合わせ，逃げ込んだ弟のアンティフォラスを保護した尼僧院長が母のイーミリアであったこともわかり，その日の間違いつづきもめでたく解決し，イージーオンの命も助かる．

【名句】How many fond fools serve mad jealousy! —Luciana. II, i, 116
　　　嫉妬に身を焼きながら苦しむ愚か者がなんて多いんでしょう．

◇重要作品◇

ロミオとジュリエット　Romeo and Juliet（1594–95）
シェイクスピア作［5幕］悲劇

作品について　1594年から1596年頃の作とみられ，1597年に出版された．イタリアのバンデロのロマンスをアーサー・ブルックがフランス語訳から英訳した「ロミアスとジュリエット」が原典であり，清純にして可憐なジュリエットとロミオの悲しい恋を描いたこの作品は，世界恋愛悲劇の代表作として知られている．特にふたりが月光の下で永遠の愛を誓う露台（バルコニー）の場は，最も甘美な恋愛描写ですぐれており，この2幕2場だけを独立して演じたりする．脇役でマキューシオや乳母がよく活躍する．

梗概　ヴェロナの町の名門であるモンタギュー家とキャピュレット家は，たがいに犬猿の間柄で長年不和を続けている．モンタギュー家のひとり息子ロミオは，ある日友人にさそわれてキャピュレット家の舞踏会に仮面をつけて忍び込む．そして美しい乙女に出会って一目で，たちまち激しい恋に落ちたが，それがキャピュレット家のひとり娘ジュリエットであると聞いて，不運な恋の誕生を嘆き悲しむ．

友人のマキューシオたちと別れたロミオは，ジュリエットの面影を忘れることができなくて，夜の闇のまぎれてキャピュレット家の庭園内をさまよい歩く．そして窓辺にひとりたたずんでロミオへの愛を誓うジュリエットを見つけ，この有名な露台の場面で熱烈な愛の告白をし，ふたりはひそかに結婚を誓い合う．

翌日ジュリエットの忠実な乳母の手引きによって，ふたりはロレンス神父の庵室で無事に式を挙げる．しかし帰り途でロミオはジュリエットの従兄のティボルトと親友マキューシオのけんかにまき込まれ，マキューシオを刺し殺したティボルトを殺したため，ヴェロナから追放される．ロミオはその夜ジュリエットの寝室を訪れて，悲しい別れを告げると，早朝マンチュアに向かって出発する．なにも知らないジュリエットの両親はパリス伯に嫁ぐことを娘に強いる．ジュリエットはこの結婚を表向きには承諾しておいてロレンス神父と相談し，神父の計らいで婚礼の前夜に花嫁衣裳を着たまま麻酔薬を飲み，仮死の状態で埋葬させて，目醒めた後にロミオを呼び寄せてもらって一緒に逃げる策略を用いたが，不運な出来事が重なってこの計略を知らせる書状がロミオの手に届く前に，ジュリエットの死を本当のものと早合点したロミオはキャピュレット家の墓へかけつけ，悲しみのあまり彼女のそばで毒を飲んで死ぬ．そのあとで麻酔からさめたジュリエットは，ロミオがそばで死んでいるので，ロミオの短剣で自殺し，恋人のあとを追う．若いふたりの悲しい犠牲が出てはじめて，両家の反目はやっと解け，長年憎み合っていたモンタギューとキャピュレットは手を握り合う．

【名句】What's in a name? That which we call a rose. / By any other name would smell as sweet.—Juliet. II, ii, 43–44
　　　名前ってなに？バラと呼んでいる花を別の名前にしてみても美しい香りはそのまま．

◇重要作品◇

夏の夜の夢　A Midsummer-Night's Dream（1595–96）
シェイクスピア作　[5幕]　喜劇

作品について　1595年から1596年ころに書かれ，1600年に4つ折り版で出版された．アセンズの宮殿と妖精の出没する月夜の森を舞台に，シーシアスとヒポリタの婚礼や若いふた組の男女の恋の葛藤を中心とする貴族の世界と超自然的な妖精の世界と婚礼祝いの愉快な素人芝居を演じる職人仲間の3つの世界が融合して展開する華やかな夢幻劇で，ある貴族の結婚祝賀のために書かれたという説もあるほど明るく楽しい雰囲気に満ちている．材源は「テンペスト」同様はっきりしない．上演に際してはメンデルスゾーン作曲の劇音楽がよく使用される．美しい歌や踊りもあって音楽スペクタクルの感じが濃い．

梗概　アセンズの大公シーシアスとアマゾンの女王ヒポリタの結婚式が真近に迫ったある日，老臣イジーアスの娘で背の低い美女ハーミアは，父の選ぶ結婚相手のディミートリアスを嫌い，愛する青年ライサンダーとの結婚を希望するが，大公は父親の命令を拒否すれば，死刑か尼寺行きだと言い渡す．ハーミアとライサンダーは厳しい法律を嘆き，近くの森で会って，国法のおよばないところへ駈落ちすることとなる．するとハーミアを思うディミートリアスはその後を追い，ディミートリアスを恋い慕う背の高い美女ヘレナも，泣きながらディミートリアスを追って森へ向かう．こうして4人の男女は森へまぎれ込む．妖精王のオベロンはヘレナをかわいそうに思い，ディミートリアスとの恋をうまくまとめようとして，ディミートリアスの目に恋の草汁を塗るようにパックに命じる．しかしいたずら者の妖精で矢よりも早く跳び走り，40分で地球に帯をかけてみせるというパックが，恋の草汁をライサンダーの目に塗りつけたために，恋人関係に大混乱が起こる．

そのころアセンズの職人たちは，同じ森の中で大公の結婚式を祝う芝居の稽古をしている．いたずら者のパックは織物屋のボトムにロバの頭をかぶせたので，他の職人たちは驚いて逃げ去り，ボトムは自分がロバに変えられたのに気づかず，歌をうたって歩きまわる．その歌声で妖精の女王ティターニアが目を覚ます．ティターニアはオベロンとけんかの最中であり，オベロンはティターニアの目に一目惚れの恋の草汁を塗っておいたので，彼女はロバになったボトムに惚れこんで口説き出す．しかしオベロンは女王の姿があわれになり，魔法をといて仲直りし，また4人の恋人たちも眠っている間にオベロンの力で正常の状態にもどされる．そしてシーシアス大公の許しを得て，ライサンダーとハーミア，ディミートリアスとヘレナは大公と一緒に結婚式をあげることになる．

結婚式の夜，ボトムたちは宮殿においてピラマスとシスビの世にもあわれな悲劇を失敗だらけで演じ大喝采をあびる．深夜12時の鐘を合図に，妖精たちが宮殿に現われ，歌と踊りで3組の結婚を祝福して終わる．

【名句】The course of true love never did run smooth.—Lysander. I, i, 134
　　　　まことの恋が平穏無事に進んだためしはなかった．

◇重要作品◇

ヴェニスの商人　The Merchant of Venice（1596–97）
シェイクスピア作［5幕］　喜劇

作品について　1596年から1597年頃に書かれたと推定され，1600年に4つ折り版で出版された．原話の一部は中世イタリアの物語「イル・ペコローネ」にある．金・銀・鉛の箱選びの話と，人肉裁判の話と，指輪を与えて男の忠実さを試す話を巧みにからみ合わせている．ユダヤ人の金貸しシャイロックと裁判官に男装したポーシャが対決する4幕1場の法廷の場は，しばしば独立した1幕劇として演じられ，シェイクスピア劇中で最も大衆的な場として人気がある．シャイロックは守銭奴の喜劇的な悪役として演じられていたが，19世紀の名優キーンやアーヴィングあたりから一種の悲劇的英雄として演じる解釈も出て議論の的になった．

梗　概　ヴェニスの商人アントーニオ（Antonio）は，友人のバッサーニオ（Bassanio）からベルモントに住む富裕で美しい女性ポーシャ（Portia）の許へ求婚の旅に出る費用を貸してほしいと頼まれたとき，持ち金を全部貿易に投資していたのでユダヤ人の高利貸しシャイロック（Shylock）から一時借りて用立てる．シャイロックは日頃侮蔑されている仕返しに，用立てた3,000ダカットの保証として期限内に借金を返さない場合は，アントーニオの胸の肉1ポンドを切りとるという証書を作らせる．

バッサーニオは友人のグラシアーノを連れてベルモントへ行き，ポーシャの父の遺言による婿選びの試練を受け，金・銀・鉛の3つの箱のうちから，外観や虚飾に迷わされずに，ポーシャの肖像が入っている鉛の箱を選び出し，ポーシャから結婚指輪を受け取る．グラシアーノもポーシャの侍女ネリッサに求婚して成功する．ところがヴェニスでは，アントーニオの商船が全部難破したため，期限までに借金を返せなくなったアントーニオは，証文通りに，自分の胸の肉1ポンドをシャイロックに与えなければならなくなっている．シャイロックは自分の娘のジェシカがキリスト教徒の青年ロレンゾーと駈落ちしたため，一層キリスト教徒に対する憎しみにもえ，ひたむきに復讐を追求し，法廷であくまで証文通りの人肉切り取りを主張する．そこへ裁判官に扮した男装のポーシャが登場し，シャイロックに慈悲を説く有名な訓戒を与えるが，シャイロックは聞き入れない．そこで人肉1ポンドを切り取る許可を与え，狂喜したシャイロックがアントーニオの胸めがけて突進すると，ポーシャはそれをさえぎって，証文では一滴の血も流すことは許されていないという名判決を下して形勢を逆転し，キリスト教徒の生命を狙ったユダヤ人の財産を没収する．

そのあとで指輪のもめごとも解決して，ベルモントのポーシャ邸で，バッサーニオとポーシャ，グラシアーノとネリッサ，ロレンゾーとジェシカが結ばれ，アントーニオの商船が無事帰港したという朗報も入って，万事めでたくおさまる．

【名句】All that glisters is not gold.—Ⅱ, vii, 65
　　　　輝くもの必ずしも金ならず．

◇重要作品◇

人それぞれの気質で　Every Man in His Humour（1598）
ベン・ジョンソン作［5幕］　喜劇

作品について　1598年にロンドンで初演され，1601年に出版されたときには舞台はヴェニスで人物もイタリア名だったが，1616年版の全集ではロンドンを舞台とし，人物も英国名に改訂された．ジョンソンの出世作で，気質喜劇（comedy of humours）流行の先駆をなした作品として注目される．ある強い性癖が極端に走って人間に演じさせるさまざまな愚行を諷刺によって矯正しようとしたもので，紳士気取りの伊達男や軍人上がりの法螺吹き男や嫉妬深い商人の愚行が痛烈に諷刺されている．序詞に「喜劇の好みそうな人物，時代の姿を示すと同時に，法にふれる悪事でなく，人間特有の愚行をからかって御覧にいれます」という短い喜劇論がある．

梗　概　オックスフォードとケンブリッジで学んだエドワード・ノーウェル（Edward Knowell）は，詩人になることを夢みている青年で，ある日ロンドンにいる友人のウェルブレッド（Wellbred）から，へぼ詩人や面白い連中を紹介するから遊びに出て来いという手紙を受け取る．息子と同姓同名の父親ノーウェルは，この手紙を息子に渡す前に読んでしまい，息子には自由な行動をとらせ，自分はそっとあとをつけて様子を探ることにした．エドワードは紳士ぶる田舎の従兄弟スティーブンを連れて，ロンドンの下町へ出かける．するとノーウェル家の召使いであるブレーンワーム（Brainworm）は，兵隊に変装してエドワードとスティーブンをだまし，スティーブンに安い刀を高く売りつける．そして同じ変装のまま今度はノーウェルをだまし，召使いにしてもらってロンドンへ向かう．

　ロンドンの居酒屋で，エドワードはウェルブレッドに会い，へぼ詩人のマシュー（Matthew）や，得意になって戦争の手柄話をする大法螺吹きのボバディル（Bobadill）に紹介される．そこへブレーンワームが現われ，兵隊の変装をとって，エドワードに父親のノーウェルがロンドンに来ており，クレメント判事（Justice Clement）のところにいると知らせ，今度は主人のノーウェルのところへ戻ると，エドワードが商家の娘と水汲み人夫コブの家で逢いびきしていると告げたので，ノーウェルはあわててそこへ行く．

　一方，嫉妬深い商人カイトリー（Kitely）は，彼の家に下宿しているウェルブレッドがよく仲間の伊達男たちを集めるので，新婚の美しい妻の貞操をあやぶみ，未婚の妹ブリジェットの身の上まで心配していたが，クレメント判事の手下に化けたブレーンワームに呼び出されると，妻を家へ残していくのが心配になり，番頭に見張りを言いつけ，その番頭も信用できないのでコブに監視を頼み出かける．カイトリーの妻はコブのところへ行った夫を怪しんであとを追う．こうしてノーウェルとカイトリー夫妻がコブの家で一緒になったとき，カイトリーは嫉妬深さからノーウェルを妻の情夫だと思い込んで，クレメント判事のところへ引き立てる．しかし判事のとりなしで，すべてはうまくおさまり，ノーウェルは実際にブリジェットと結婚した息子のエドワードを許し，一同は和解して宴会となる．

◇重 要 作 品◇

ジュリアス・シーザー　Julius Caesar（1599–1600）
シェイクスピア作［5幕］　悲劇

作品について　1599年か1600年頃に書かれたと推定され，1623年のフォリオ初版におさめられた．サー・トマス・ノース訳の「プルターク英雄伝」に取材してローマ史を劇化したもので，4大悲劇の先駆をなした問題作として注目される．シーザーの勢力が全体を支配しているが，悲劇の主人公はブルータスで，性格に対する興味も主としてブルータスにあり，やせていて陰性な叛逆者のひとりキャシアスの性格描写も興味深い．高潔な理想主義者ブルータスと情熱的で現実的野心家のアントニーの演説（3幕2場）が有名で，理性と感情に訴える二つのスピーチの典型となっている．

梗　概　ローマの英雄ジュリアス・シーザーは連戦連勝して華々しい武勲をたて，ローマへ凱旋（がいせん）すると市民の熱狂的な歓迎を受けた．そして，ローマ元老院は3月15日に議事堂においてシーザーに王冠をささげることを決定したといううわさが伝わった．シーザーの声望と勢力をねたみ，権力と野心を恐れるキャシアス（Cassius）らの過激な一派は，シーザーを暗殺する陰謀を企て，シーザーや民衆から信頼されている高潔なブルータス（Brutus）を首謀者に抱き込む．ブルータスは国家の自由を守るために意を決して暗殺の一派に加わる．

シーザーは「3月15日に気をつけよ」（Beware the ides of March.）という予言者の忠告や，不吉な夢をみた妻のカルパーニアが止めるのを無視して元老院へ登院する．これを待ち受けた叛逆者たちは次々にシーザーを刺し，最後にブルータスがとどめを刺す．シーザーは「ブルータス，お前もか」（Et tu, Brute!）と叫んで死ぬ．暗殺者たちは「自由」，「解放」を叫んで喜び合う．

ブルータスはシーザーを愛する気持ちよりもローマを愛する気持ちが強かったので，ローマの自由と幸福のために野心家シーザーを殺さざるを得なかった，と冷静に市民に説明する．続いてシーザーの追悼演説を許可されたアントニー（Antony）は，ブルータスの公明正大な人格を再三ほめたたえながらも，次第に市民の心をシーザーへの同情とブルータスに対する反感に導くことに成功し，この感情に訴えて人心を巧みに操る名演説によって形勢を逆転させる．市民は暴動を起こして暗殺者の家を焼き打ちし，ブルータスやキャシアスはローマから逃亡する．アントニーはオクティヴィアスおよびレピダスとともに3頭政治を組織し，暗殺者討伐に出兵する．

ローマを去ったブルータスは，妻ポーシャの自殺の報を受け取り，シーザーの亡霊に悩まされながらも，キャシアスとともに軍を起こすが，フィリッパイの決戦で，アントニーの軍勢に敗れ，2人とも自殺して果てる．アントニーやオクティヴィアスは，最も高潔なローマ人であったブルータスに礼をつくし，武人にふさわしい葬儀を行なう．

◇重要作品◇

十二夜　Twelfth Night（1599–1600）

シェイクスピア作［5幕］　喜劇

作品について　1601年に初演されたと推定されており，1623年にフォリオ初版に収められた．イタリアのチンティオやバンデロの物語を原典とし，オーシーノー公爵のオリヴィア姫に対する片思いの関係に，双生児であるヴァイオラとセバスチャンが加わった愛を主題とする人違いのロマンティックな主筋と，独善家の執事マルヴォーリオをにせの恋文でからかう愉快な副筋からなる円熟した喜劇の傑作である．「十二夜」とはクリスマスから数えて12日目の12日節（Twelfth-day）を迎える前夜祭をいう．

梗概　イリリアの公爵オーシーノーのオリヴィア姫に対する思いは毎日つのるばかりだが，オリヴィアは兄の喪に服して求婚を退ける．その頃イタリアの海岸へ，よく似た双生児の兄妹，セバスチャンとヴァイオラが難船して別々に漂着する．ヴァイオラは兄の安否を気づかいつつ，男装してシザリオと名乗り，小姓となってオーシーノー公爵に仕え，オーシーノーを恋い慕うようになるが，公爵は彼女の心も知らずに，シザリオを恋の使者としてオリヴィア邸へ送る．シザリオはオリヴィアに会って公爵の愛の言葉を伝えると，オリヴィアは男装の女とは知らずにシザリオが好きになってしまう．

一方，オリヴィア邸の執事でうぬぼれの強いマルヴォーリオは，オリヴィアのおじで酔っ払いのサー・トービー・ベルチや，オリヴィアに思いを寄せる頭の弱い騎士サー・アンドルー・エーギュチークが夜中に大騒ぎをしていたので注意を与えたところ，彼らはその腹いせに侍女のマライアの思いつきでオリヴィアの筆跡に似せて書いたラヴ・レターを庭に落しておく．拾ったマルヴォーリオは，恋文の指定通りに黄色の長靴下に十文字の靴下止めをして，にたにたと笑いながらオリヴィアの面前に登場して言い寄りはじめ，姫からきちがい扱いにされ，トービーたちにさんざん愚弄され，ついに地下の暗室に閉じこめられる．

ヴァイオラの兄セバスチャンは船長アントーニオに助けられて無事にイリリアへ着いたが，男装の妹とそっくりなため，オリヴィア姫はシザリオと間違えて邸内へ招き入れ，指輪を贈って求婚し，教会で結婚の誓いを交してしまう．そこへオーシーノー公爵がシザリオを連れてみずから結婚の申し込みに現われたので，オリヴィアはすでにシザリオと結婚したと答える．公爵もシザリオも驚いたところへ，シザリオそっくりのセバスチャンが姿を現わし，双生児の兄妹が顔を合わせてすべての間違いは解決し，オーシーノーはヴァイオラの愛を受け入れる．暗室から出されたマルヴォーリオは，にせの恋文でからかわれたことを知り，みんなに復讐してやるといって憤然と立ち去る．道化役フェステの「馬鹿げたこともことなくすんだ，来る日も来る日も雨が降る」という歌で幕となる．

【名句】If music be the food of love, play on.—Orsino. I, i, 1.
　　　　音楽が恋の糧であるなら，演奏を続けてくれ．

◇重要作品◇

ハムレット　Hamlet（1600–01）
シェイクスピア作［5幕］　悲劇

作品について　1600年から1601年頃の作と考えられる．出版は1603年の悪い版（Bad Quarto）が最初であった．1604年の版（Second Quarto）が貴重とされるが，1623年のフォリオ版（First Folio）にも異同がある．原話は12世紀のデンマーク伝説で，16世紀にフランスの物語集に取り入れられ，これにもとづいて恐らくトマス・キッドが「原ハムレット」（der Ur-Hamlet）を書き，現存しないこの作品をシェイクスピアが改作して，世界最大の悲劇を書き上げたと推定されている．主人公のハムレットはコールリッジやゲーテのような浪漫的批評家によって冥想的な青白い知性人とみる解釈がおこなわれていたが，20世紀以降の批評では行動的な面を重くみ，典型的なルネッサンスの人間像として再把握されている．英国はもとより世界各国で最大の上演回数を誇っている．

梗概　デンマークの王子ハムレットは，父王が急死したのち，母親のガートルードが叔父のクローディアスと再婚したので，いい知れぬ悲しみに沈んでいる．戴冠式をすませて王座についたクローディアスが王妃ガートルードの手をとって退席すると，ただひとり喪服姿でいるハムレットの口から，有名な「もろき者よ，なんじの名は女だ」（Frailty, thy name is woman.）という句を含む第1独白が，怒りと悲しみをともなってどっとあふれるように流れ出る．そこへ親友のホレイショーが来て，父王の亡霊を見たと告げる．不吉な予感がして夜警に立ったハムレットの前に父王の亡霊が現われ，クローディアスに毒殺されて王位も王妃もうばわれたと語り，ハムレットに復讐を誓わせる．ハムレットは復讐を成就するため狂気を装い，確かな証拠をつかむために宮廷へ来た旅役者に父王毒殺に似た場面をクローディアスの前で演じさせ，叔父の反応を観察することにした．

一方，ハムレットが狂気のふりをして，愛するオフィーリアの前に現われたのを，重臣ポローニアスは，娘に対する恋ゆえの狂気だと王に進言する．王はそれを確かめるためにオフィーリアとハムレットを会わせ，ふたりの対話を立ち聞きすることにした．そこへハムレットが登場し，「生きるか，死ぬか，それが問題だ」という冥想的な独白を語り，おとりに使われているオフィーリアに対して「尼寺へ行け」と何度もくりかえす．

やがて芝居が上演されると，クローディアスは毒殺の場面を見るにしのびず，席を立った．ハムレットは王妃の寝室で罪深い母を責め，幕のかげにかくれていたポローニアスを刺し殺した．身の危険を感じた王はハムレットを英国に送って殺そうと計ったが，ハムレットはそれを見抜いて帰国する．王は，気が狂って水死したオフィーリアの兄レアティーズに，毒をぬった剣を持たせてハムレットと戦わせる．ハムレットは傷つくが，計略を知って王を毒剣で刺して復讐をとげたのち，全身に毒がまわって死ぬ．

【名句】The readiness is all.—Hamlet. V, ii, 205.
　　　覚悟（準備）がすべてだ．

◇重要作品◇

オセロー　Othello（1604–05）

シェイクスピア作［5幕］　悲劇

作品について　1604年から1605年頃の作と考えられ，1622年に出版された．原典はイタリアの作家チンティオの「百物語」であるが，他の作品同様ほとんどが作者の創作である．4大悲劇中他の3作品は，主人公の悲劇が国家の命運にかかっているが，この悲劇の主人公である黒人将軍オセローの一身上の問題は，ヴェニスの運命を左右するものでなく，小規模な家庭悲劇となっている点に特色がある．登場人物中特に，悪の化身となって奸計でオセローをあやつる，冷静で鋭い知性の持主イアーゴーの行動が興味深い．

梗概　元老議官ブラバンショーの娘で可憐貞潔なデズデモーナ（Desdemona）は，ヴェニスきっての名将であるムーア人オセローの黒い顔の奥にある高潔素朴な心を深く愛し，勇ましい武勲や興味深い冒険談に感動し，父の反対をおしきってオセローと結婚する．そしてたまたまトルコ艦隊がサイプラス島を攻撃してきた危機に備えて総督に任命されたオセローのあとを追って，彼女もサイプラス島へ向かう．

嵐のためにトルコ艦隊が全滅し，オセローとデズデモーナはサイプラス島で再会を喜び合う．ところが恐るべき奸計の持主であるオセローの旗手イアーゴー（Iago）は，オセローが昇進の競争相手であるキャシオ（Cassio）を副官に起用したため，オセローに敵意を抱く．そしてまずロダリーゴーというデズデモーナに思いを寄せている男をあやつって，キャシオにけんか騒ぎを起こさせ，オセローのキャシオに対する信用を失わせ，キャシオを副官の地位から失脚させる．次にイアーゴーは，失意のキャシオにデズデモーナを通じてオセローに復職を嘆願させるようにしむけ，キャシオとデズデモーナの仲があやしいとオセローが疑うようにさせ，周到な計画をめぐらして次第にオセローの嫉妬（しっと）心をあおっていく．オセローは美男の副官の復職を嘆願する妻の熱心な態度を，イアーゴーの巧みな暗示によって悪い方に解釈し，最愛の妻に対する信頼は動揺する．

イアーゴーはオセローがデズデモーナに与えた結婚記念のハンカチを，妻のイミリアを通じて手に入れる．このハンカチはキャシオからキャシオの女ビアンカの手に渡る．オセローはイアーゴーの言う通り妻が大切なハンカチをなくしていることを知り，ビアンカがキャシオにそのハンカチを返す場面を目撃して，ついにイアーゴーの術中におちいり，妻の不貞を信じて殺そうと決心する．イアーゴーはロダリーゴーをそそのかして街上でキャシオに傷を負わせ，ロダリーゴーを暗殺する．オセローが寝室でデズデモーナを絞め殺したあとで，イアーゴーの妻からイアーゴーの陰謀が暴露されたが，時すでに遅く，オセローはイアーゴーを傷つけたのち，悔恨のあまり自ら剣を胸にさして生命を絶つ．

【名句】O monstrous world! Take note, take note, O world. / To be direct and honest is not safe.—Iago. III, iii, 281–2.　ああ，ひどい世のなかだ！　用心するんだな．世の中の人たちよ，率直にして忠実であることは身の危険を招くもとだ．

◇重要作品◇

リア王　King Lear（1605–06）

シェイクスピア作［5幕］　悲劇

作品について　1606年に初演されたと推定され，1608年に出版された．主としてホリンシェッドの「年代記」に取材し，短気な老王が忘恩の娘たちに追い出されて嵐の荒野をさまよい，気が狂って悶死する悲劇を壮大なスケールで描き，シェイクスピアの作品中最も深刻で痛ましく，悲劇的感情の最高点をきわめた作とみられている．チャールズ・ラムの上演不可能説をよそに，舞台では上演効果のあがる作として，よく上演される．

梗　概　ブリテンの老王リアは，高齢のため退位を望み，3人の娘に領土を分配する決心をする．長女のゴネリル（Goneril）と次女のリーガン（Regan）は言葉たくみに心にもないことを言って老王を喜ばせたが，リアが内心では最も愛していた末娘のコーディリア（Cordelia）は，ただ言葉少なに子としての義務から父を愛し尊敬していると率直に誇張なく述べたので，短気なリア王は激怒し，コーディリアには何も与えず，勘当を言い渡し，無一文でフランス王に嫁がせる．そして領土と王権を2分して姉たちふたりに譲ってしまう．ところがオルバニー公妃であるゴネリルも，コンウォール公妃であるリーガンも，ひと月交代でふたりのところで暮すことにした老王を，多勢の従者を引き連れて勝手なふるまいをするといって虐待し，非情な仕打ちで老父を追い出してしまう．

忘恩の娘たちに激怒したリアは，人を呪い，世を恨み，暴風雨の荒れ狂う荒野をさまよい，ついに気が狂ってしまう．このあわれなリアに付き添うものは，コーディリアをかばったために追放されたが，主君の身を案じて，変装して再びリアに仕えている忠臣ケント伯と道化（Fool）だけであった．リアは嵐をさけるために見つけた小屋で，乞食に変装しているエドガー（Edgar）にあう．エドガーはグロスター伯（Earl of Gloucester）の長男であるが，庶子エドマンドの術策に陥り，不当にも追放されてこの地方に身をかくしていたのだった．グロスターは狂ったリアに同情し，ふたりの王女がリアの命を狙っていることを知ってリアをドーヴァー方面へ逃がす．これを父の破滅をたくらむ妾腹のエドマンドが，リーガンの夫に中傷したためにグロスターは責められて両目をくりぬかれ，盲目にされたまま追い出され，ドーヴァーの崖から投身自殺をはかろうとしたとき，めぐりあったエドガーに救われたが，間もなく死ぬ．

一方，フランスにいたコーディリアは，老父の窮地を知ってフランス軍をひきいて救援にやってくるが，エドマンドの指揮するイギリス軍に敗れ，父とともに捕虜となる．ゴネリルとリーガンは，どちらもエドマンドと道ならぬ恋をし，嫉妬のもつれから共に倒れ，エドマンドも兄エドガーと決闘して果てる．この時すでにコーディリアは獄中で絞殺され，そのなきがらを抱いたリアも息をひきとる．

【名句】Ripeness is all.—Edgar. V, ii, 12.
　　　　成熟がすべてだ．

◇重 要 作 品◇

マクベス　Macbeth（1605–06）

シェイクスピア作［5幕］　悲劇

作品について　1605年か1606年頃の作と考えられ，1623年のフォリオ初版に収められた．シェイクスピアの悲劇中最も短く（2,106行），最も長い「ハムレット」(3,929)の約半分である．ホリンシェッドの「年代記」に取材して，魔女の予言をきっかけに野心から次々と殺人をおかして破滅する武将を描いた悲劇で，事件は劇的迫力をもって急速に展開し，作品の緊張度も高い．登場人物では野望に燃えるマクベスと男まさりのマクベス夫人の性格描写が巧妙であり，喜劇的息抜きの場面（2幕3場）に登場する門番の効果も興味深い．

梗　概　ダンカン王時代の11世紀のスコットランドが舞台である．ダンカン王に仕える勇将マクベスは，反乱を鎮圧して同僚のバンクォー（Banquo）と凱旋する途中，荒野を行くふたりの前に3人の魔女が現われ，現在グラーミスの領主であるマクベスは，やがてコーダの領主にも叙せられ，将来王になるであろうと予言される．3人の魔女が消え失せた直後，マクベスはダンカン王の使者に迎えられ，自分が事実コーダの領主になったことを知り，魔女の暗示から次に王冠への野望を抱くようになる．

　魔女の予言を報じる手紙を受け取ったマクベス夫人は，夫の野心を察して夫以上に野心を燃やし，たまたまダンカン王がマクベスの居城を訪問した夜，マクベス夫妻は力を合わせて睡眠中の王を殺害し，その血を宿直の従者の剣になすりつける．そして翌朝この惨事が発見されると，マクベスは無実の従者に罪をきせて殺し，亡命したふたりの王子に親殺しの嫌疑をかけ，自分は平然と王座について野望を果たす．そして子孫が国王になる，と魔女に予言されたバンクォーを，刺客を送って暗殺する．そのあと貴族を招いた夜の宴会の席で，マクベスはバンクォーの亡霊を見ておびえ，マクベス夫人は必死に鎮めようとしたが，宴会は混乱のうちに終わる．不安におびえたマクベスは魔女の洞窟へ出かけ，大釜の前で魔女たちの不吉な予言を聞く．魔女たちはファイフの領主マクダフに気をつけろといい，バーナムの森が動かぬかぎりマクベスは滅びないと告げる．

　マクベスは早速マクダフを殺す刺客を放つが，マクダフはすでにのがれており，その妻子が兇刃に倒れる．マクベスの残忍な行動によって人心は彼から離れていき，マクベスの非情な仕打ちを知ったマクダフと王子の一行は，イングランド王の援助を受けて軍勢を結集する．マクベス夫人は良心の呵責から夢遊病者となって真夜中の城中をさまよい，罪の恐怖にうめきながら死ぬ．やがてダンカン王の遺子マルカムの軍勢が，兵数を隠すためバーナムの森の木の枝をかざして攻め寄せたため，バーナムの森は魔女の予言通り動き出し，マクベスはマクダフの剣で殺され，王位はマルコムによって継がれる．

【名句】 Fair is foul, and foul is fair.—Three Witches. I, i, 10.
　　　　きれいは，きたない，きたないは，きれい．

◇重要作品◇

ヴォルポーネ　Volpone（1606）
ベン・ジョンソン作［5幕］喜劇

作品について　1606年のはじめにロンドンで上演され，翌1607年に出版された．ローマの諷刺作家が好んで取り上げた遺産あさりを材料にして，ヴェニスの大金持ちヴォルポーネの遺産目当てに集まる連中と，そのうわ手をいく強欲なヴォルポーネの物欲のあさましさを痛烈に諷刺したジョンソンの代表作で，主要人物にそれぞれ鳥獣の名前を与えて，けだものじみた欲望を鋭く浮き彫りにしている．

梗　概　ヴェニスの老貴族で大金持ちのヴォルポーネ（狐）という黄金に執着する強欲な古ぎつねは，居候のモスカ（Mosca「蠅」）と力を合わせて策略をめぐらし，彼が死にかけているという評判をたて，妻も子もないヴォルポーネの遺産目当てに集まる強欲な連中に，遺産の分け前をもらうために，どんどん贈り物をしてご機嫌をとれと触れこませ，逆にその連中から金銀財宝をまき上げようとたくらむ．

まず弁護士のヴォルトーレ（Voltore「はげ鷹」）が見舞いに来ると，ヴォルポーネは急いで仮病の床にもぐり込む．モスカは立派な大皿を献じたこの弁護士が遺産相続人にきまっているとおだてる．次に老紳士コルバッチオ（Corbaccio「大鴉」）がやってきて，モスカに相続人に指定されるだろうといわれたのでその気になる．続いて商人のコルヴィーノ（Corvino「烏」）が登場して真珠とダイアモンドを贈り，モスカにおだてられると，妻以外の彼の財産をモスカと山わけするといって帰る．ヴォルポーネはモスカの腕前をほめ，計略の成功を喜ぶ．そのあとでヴォルポーネはコルヴィーノの妻のシーリアが美人だと聞いて，薬屋に変装すると，コルヴィーノの家の前で弁舌巧みに万能の油薬を宣伝し，シーリアを窓へ誘い出すことに成功し，一目見ると彼女に対する色欲をもやすようになる．そこでモスカは，ヴォルポーネの病気は医薬でなおすことができないので，若い女を共寝させるのがいちばんいいと医者がいったことにして，そのことをコルヴィーノの伝えると，欲に目がくらんでいるこの男は，他人が女を提供する前に彼の妻を犠牲にして提供する．

ヴォルポーネはシーリアとふたりきりになると，寝台から起き出て，豪華な品をやるといって彼女に求愛するが，シーリアは受け入れず，かげにかくれていた老紳士の息子ボナリオに救われる．これでヴォルポーネとモスカの悪計は露見したかに見えたが，モスカが欲の亡者どもを巧みにあやつって，ボナリオとシーリアを姦通罪で訴えることに成功する．ヴォルポーネは突然死を発表し，モスカを遺産相続人に選んで，欲の亡者どもが残念がる様子をカーテンの背後から見て楽しむ計画にも成功するが，最後にモスカの裏切りにあい，裁判の結果，ヴォルポーネは全財産を没収された上に本当の病人となるまで牢屋へ入れられ，モスカは奴隷船で無期の労役に服し，他の強欲な連中にも重い刑がいい渡される．

【名句】Good morning to the day: and next, my gold.—Volpone. I, i, 1.
　　　朝日よ，こんにちは，その次はわしの黄金様よ！

◇重要作品◇

アントニーとクレオパトラ　Antony and Cleopatra（1606–07）
シェイクスピア作　[5幕]　悲劇

作品について　4大悲劇につづいて1606年か，1607年頃に書かれたと考えられており，1623年のフォリオ初版に収められた．ノース訳の「プルターク英雄伝」に取材したローマ史劇のひとつで，アントニーのクレオパトラに対する情熱的な溺愛を，42場の変化に富んだ場面に描いている．「大ナイル河畔の蛇」と呼ばれ，「年齢もその色香を衰えさせず」といわれて，不思議な魅力を発散する妖婦クレオパトラのすぐれた性格描写は，古今にその比を見ないと激賞されている．

梗概　フィリッパイの戦いが終わったのち，ローマ共和国ではアントニーとオクテイヴィアスとレピダスによる3頭政治がおこなわれていた．その一人，マーク・アントニーは，エジプトの女王クレオパトラの美貌に迷い，アレグザンドリアにおいて彼女とともに放縦な生活にふけっていたが，妻のファルヴィアが死に，ポンピー叛乱の報を受けると，エジプトに心を残しながらもローマへ帰り，オクテイヴィアスやレピダスと同盟し，オクテイヴィアスの姉オクテイヴィアと政略のため結婚し，ポンピーとの和解も成立する．

一方，アントニーとオクテイヴィアの結婚を知ったクレオパトラは動揺するが，使者にオクテイヴィアは背が低く丸顔の女性だと聞いて，そんな女はアントニーの心を長い間とらえることができないという確信をもつ．やがてアントニーはエジプトの柔らかい寝床が恋しくなり，オクテイヴィアを捨ててクレオパトラのもとに走り，耽溺の生活に戻る．

オクテイヴィアスはレピダスを獄に投じ，ポンピーを撃破して次第に勢力を増す．そして姉を捨てたアントニー問罪の軍を起こしてエジプトを攻める．アクティウムの海戦に出陣したクレオパトラの船は，交戦の真最中に何を思ってか突然戦場を離脱し，恥ずかしげもなくアントニーもそれにつづいて敗走，全軍はあえなく潰滅した．続くアレグザンドリア附近の陸戦では，将軍先頭に立っての奮戦に，最初はアントニー軍が断然優勢であったが，迷信に左右されてエジプト海軍は戦に加わらず，ついに敗走，アントニーは怒りをクレオパトラに向け，裏切り行為を疑って彼女を殺す決意をする．

クレオパトラは納骨堂に身をかくして，アントニーの愛情をためすため自らの死の虚報をさせる．敗戦の結果おのれの運命をあきらめていたアントニーは，彼女の死を聞くに及んで自害する．そこへクレオパトラが生きているという知らせが入ったので，アントニーは自ら傷つけた身体をクレオパトラの納骨堂に運ばせ，彼女と和解すると女王の腕に抱かれて死ぬ．オクテイヴィアスは女王を捕虜にして凱旋を飾ろうとするが，クレオパトラは最上の公式礼装に身を装い，毒蛇に胸をかまませて自殺する．

【名句】I am fire and air; my other elements I give to baser life.—Cleopatra. V, ii, 287–8.
　　いまの私は火と風，この五体を作る残りの土と水は卑しいこの世にくれてやる．

◇重要作品◇

欽定訳聖書　The Authorized Version of the Bible (1611)
旧約聖書　The Old Testament

解説　英国王ジェームズ一世の命によって選任された学者，聖職者によって英訳され，1611年に出版された英訳聖書の決定版で，その格調高い荘厳な表現や，優雅で簡潔な名句など，文学としての価値も高く，イギリスの文学と言語だけでなく，世界中の英語表現に大きな影響を与えた．旧約とは，神がモーセ（Moses）を通してイスラエルに与えた救いの約束のことで，旧約聖書は，天地創造，人類誕生に始まり，神に選ばれたイスラエルの民の苦難と信仰の物語が39の書に綴られている．

律法の書　最初の書「創世記」（Genesis）では，神が天と地を造り，闇に光をもたらし，光を昼，闇を夜と名づけ，六日間で陸地や草木，動物，そして人間の男女を造り，七日目を休みの日とする．最初の人間アダム（Adam）の妻イヴ（Eve）は，蛇の誘惑に負けて，禁断の知恵の木の実を取り，二人はこれを食べ，神の怒りを買ってしまう．これがキリスト教でいう「原罪」（original sin）で，罰として女は出産の苦労を与えられ，土から生まれた人間は死んでまた土に返る定めとなる．それまでエデンの園という楽園にいた二人は，楽園を追放され，やがて二人の男の子を産むが，成長した兄のカイン（Cain）は弟のアベル（Abel）を妬んで殺してしまう．やがて人間の子孫の数と悪い行いが増えていくのを見かねた神は，大洪水を起こすが，心清らかな老人ノア（Noah）とその家族だけは，神に箱舟を作って備えるように言われていたために生き延びることができた．このノアの子孫にあたるイスラエルの始祖アブラハム（Abraham）は，幼い息子イサク（Isaac）を生贄に捧げるように神に命じられ苦悩するが，子に手をかけようとした寸前に，天の声によってその揺るぎない神への忠誠心を認められて赦される．この他，モーセが，迫害されていたイスラエルの民を率いてエジプトを脱出し，海が割れて逃げ道ができる奇跡を経験し，シナイ山で「十戒」を含む律法（神の教え）を授かる歴史を語る「出エジプト記」（Exodus）など，初めの5つの書は「モーセの書」あるいは「律法」の書と呼ばれる．

歴史の書や諸書　次の12の書は，モーセ死後のイスラエルの歴史を扱っており，愛した女性に裏切られる剛力の士サムソン（Samson）や，少年時代に巨人ゴリアテ（Goliath）を倒した英雄ダビデ王（David）の話などが有名である．続く5編は，どんな神の試練にも耐え抜くヨブを描く「ヨブ記」（Job），賛美歌として歌われることも多い「詩篇」（Psalms），ソロモン王の格言を集めた「箴言」（Proverbs），神を認めない世界の空しさを説く「伝道の書」（Ecclesiastes），男女の愛の詩集「雅歌」（Song of Solomon）の諸書である．「イザヤ書」（Isaiah）に始まる残り19の書は，預言書と呼ばれ，イスラエルの国が分裂，滅亡の道を辿っていった中で，国と民を正しい信仰へ導こうとする預言者たちの話である．中でもイザヤは，苦悩と受難の時代の後に「救世主」が出現することを預言するが，この「救世主」は新約のイエスを想起させるものとなっている．

◇重要作品◇

欽定訳聖書　The Authorized Version of the Bible（1611）
新約聖書　The New Testament

解説　新約とは，イエス・キリスト（Jesus Christ）を通してすべての人に与えられた救いの契約のことで，新約聖書は，イエスの弟子であるマタイ（Matthew），マルコ（Mark），ルカ（Luke），ヨハネ（John）の四使徒による，イエスの生涯と教えを記した，四人それぞれの「福音書」（The Gospel），教会の発足や使徒の伝道旅行を記録した「使徒行伝」（The Acts），それに，使徒たちが教会や個人に宛てて信仰のあり方を書いた21の手紙形式の文書と，世界の終末の訪れ，最後の審判，その後の新世界を預言的に描いた「ヨハネの黙示録」（Revelation）の27巻から成る．各福音書の伝えるイエスの生涯や教えの内容は，重なる部分がある一方，異なる記述も多い．以下は，各書を総合したイエスの生涯の梗概である．

梗概　マリア（Maria）は大工のヨセフ（Joseph）と婚約していたが，まだ一緒にならない前から身重になり，天使から神の子を受胎したと告知される．ベツレヘムの馬小屋で生まれたイエスは，不思議な声に救世主の誕生だと知らされた羊飼いや，星の光に導かれて東方からやって来た三人の博士の訪問を受ける．救世主が生まれたことを聞きつけたヘロデ王（Herod）は，自分の王位を脅かすその幼な子を亡き者にするため，ベツレヘム中の2歳以下の男の子を殺させたが，天使によってその危険を知らされたヨセフは妻と子を連れてエジプトへ避難する．成長したイエスは，ヨルダン川のほとりで多くの人に洗礼を授けていたヨハネから洗礼を受け，その直後，自分をわが子と呼び，心にかなう者とする神の言葉を聞く．荒野で修行をするイエスを悪魔が誘惑するが，彼はこれをきっぱりと退け，救世主としての自覚を持って人々に教えを説き始める．イエスは各地で病人を治すなどの奇跡を起こし，彼に従う弟子も増えていき，特に選ばれた12人は十二使徒と呼ばれた．評判を聞いて集まってきた群衆を前に，イエスは自信と喜びにあふれた説教を行い，イエスの新しい教えに反感を持つ神殿の祭司やパリサイ派の人々がいるエルサレムの町に，民衆の歓迎を受けながら入っていく．自分が捕えられる日の近いことを感じ取ったイエスは，12人の弟子たちと最後の晩餐をとり，自らの体と血，そしてパンとぶどう酒を分け与えた．この時，弟子の一人のユダ（Judas）が自分を裏切ると予言し，実際，ユダはイエスをパリサイ派の人々に銀30枚で売り渡す．兵隊たちによって引き立てられ，祭司長によって死刑を宣告されたイエスは，頭には茨の冠をかぶせられ，重い木の十字架を背負わされ，処刑場のゴルゴダの丘まで歩かされた．イエスは手足には釘を打たれて十字架にかけられる．その頃ユダは首を吊って死ぬ．岩穴に葬られたイエスは三日後，復活してその姿をマグダラのマリアの前に現わし，自分は天の父の元へ昇っていくのだと告げ，弟子たちの前にも姿を現わし，迷った小羊の羊飼いとして，世界中の人々に神の教えを伝えるようにと話し，静かに天に昇る．

◇重要作品◇

テンペスト　The Tempest（1611–12）
シェイクスピア作［5幕］　ロマンス劇

作品について　1611年から1612年頃書かれ，1623年のフォリオ初版の巻頭に収められた．1609年西インドのバミューダ島に英国船が漂着した事件が構想の一部に関係があるともいわれるが，特定の原典はない．時・所・筋の三一致が守られており，老成円熟した作者の人生静観の態度と寛容の精神がみられ，最後を飾るにふさわしい夢幻劇の傑作である．終幕でプロスペローは魔法の杖を折って無人島から故郷へ帰るが，そこに長い劇作生活を閉じて故郷で平和に余生を送ろうという作者の願望が示されているとみる説もある．

梗概　ミランの正統の領主プロスペロー（Prospero）は，非道の弟に国を横領され，娘のミランダ（Miranda）とともに船に乗せられて絶海の孤島に流され，半獣半人のキャリバン（Caliban）とエアリエル（Ariel）という精霊を使役して，島の主となって暮していた．ある日，弟のアントーニオと彼の悪企みを助けたネープルズ王アロンゾーの一行を乗せた船が近くの海を通るので，プロスペローは12年間研究した魔法を駆使して嵐（tempest）を起こし，船を難破させて彼らを離れ離れに孤島に漂着させる．

ネープルズの王子ファーディナンド（Ferdinand）は，エアリエルの歌にひき寄せられてプロスペローの洞窟へたどりつき，そこで父親以外の人間を見たことがないミランダに会い，たちまちふたりは恋に落ちる．プロスペローはファーディナンドの愛の強さを試すために重労働を課して，奴隷の生活を忍ばせる．

一方，アントーニオは再び悪計を企み，アロンゾーの弟であるセバスチャンをそそのかして，眠っているアロンゾーの暗殺計画を実行しようとしたとき，エアリエルの力でアロンゾーは目を覚まし，息子ファーディナンドの行方を探しに出かける．またアロンゾーの家来ステファノーから酒をもらって味をしめたキャリバンは，その家来となって島を案内し，プロスペローを殺してミランダと結婚し島の王になれとステファノーにすすめるが，この陰謀もエアリエルにさまたげられる．

プロスペローは試練に耐えたファーディナンドとミランダの結婚を許す．そしてふたりに魔術の力をみせ，妖精たちがつぎつぎに登場してふたりを祝福する．そこへエアリエルに導かれたアロンゾーの一行がやってくる．ミラン公爵として彼らの前にその姿を現わしたプロスペローは，前非を悔いて涙を流し，息子を失って悲しむアロンゾーを洞窟に招き入れ，ファーディナンドとミランダの楽しそうな姿を見せ，仇敵アントーニオも許して和解し，魔法の杖を折って地下深く埋め，書物を海中深く沈め，エアリエルの任務を解いて自由にしてやると，再び自分の手にもどったミランへ帰る．

【名句】How beauteous mankind is! O brave new world. / That hath such people in't.— Miranda. V, i, 133–4.　人間がこうも美しいとは！ ああ，すばらしい新世界だわ．こういう人たちがいるとは！

◇重要作品◇

失楽園　Paradise Lost（1667）

ミルトン作　叙事詩

執筆環境と作品の意図　1658–63年ごろ，逆境のどん底で，同情を欠いた娘たちに書きとらせてようやく完成したのが全12巻（初版では10巻）1万行のこの大作である．第1巻はじめの宣言でみるとおり，人間の堕落という主題を中心に，神が人間の始祖夫婦に対してとった態度は正しいことをすべての人に明かにする（'justify the ways of God to men'）という厳粛な大目的がすなわちこの作の意図である．ミルトンは若年のころから一大作をものする野心を持っており，テーマ・形式についても，いくどか案を練り変更したが結局，神の摂理の高く仰ぐこの詩人にふさわしい創作のテーマに落ちついたのであった．

作者の思想投影と大悪魔の性格　執筆のときの逆境は，客観的叙述であるべき叙事詩の伝統に逆らって作者の感懐を作中の言葉ににじみ出させた（第3巻で盲目を嘆き，第7巻で逆境を訴える）が，特にそれが強烈なのは，大悪魔（Satan, セイタン）の性格においてである．栄光を求め，権威に抗して悲境につき落された，その成り行きが，ミルトンの心に我知らずの共鳴を引き起こしたのであろう．特に最初の2巻はまったくこの「落ちたる天使」を，何びととも心の悲しみを分かち得ない孤独な英雄の姿に仕立て上げており，その権威反抗の精神が後々の革命的な思想家たちを感激させたのであった．

梗　概　(I) 地獄に落ちた大悪魔は火の燃える湖の上で我に返り，一味をよびさまし集め万魔堂を建設する．(II) 会議の模様．神が新しく作った新世界への侵略の決議がなされ，セイタンは単身その役を買って出る．地獄の門をあずかる「罪」と「死」を甘言をもってだまして門外に出，渾沌界を飛翔してゆく．(III) 神は悪魔の計画を察知し，天使たちにその成功と人類の堕落を予言する．(IV) セイタンの，自己現在の悲境に対する嘆き．夜イーヴ（Eve）を夢の中で誘惑しようとして見張りの天使に咎められ逃げ去る．(V) 神は大天使ラファエルを送ってふたりに警告する．ラファエルはなおセイタン一味とそのかつての叛逆行為について語って聞かせる．(VI, VII) 話のつづき，神軍と魔軍との戦い，ついに魔軍が神の子によって地獄に追い落されたこと，神の天地創造のこと．(VIII) 知恵の木や妻イーヴにつきアダムが思い出を語る．(IX) セイタンは蛇となってひとりいるイーヴを誘惑し，イーヴはついに負けて知恵の木の実をとって食う．アダムはイーヴに対する愛情から，むしろふたりとも滅びるほうを選び，進んで木の実を食う．(X) 両人に対し，神が宣告を下す．一方セイタンは地獄に帰り，その遠征が成功して目的を果たしたことを一同に報告する．その得意の絶頂に，彼も一同も蛇身に化して言葉も発し得なくなる．(XI) 天使マイケルは神の使いとして訪れ，ノアの洪水までの人間の未来を幻でアダムに見せる．(XII) 天使は来るべきキリストと教会のことを説き聞かせ，ひとたび堕ちた人類の救済も望みなきことではないのを告げる．二人はしおしおとエデンの園を去る．

◇重要作品◇

天路歴程　The Pilgrim's Progress（1678；第二部，1684）
バニャン作　比喩寓意物語

作者について　ジョン・バニャン（John Bunyan, 1628–88）は，中英ベドフォードシアの片田舎に生まれ，早くから家業について鋳かけ屋になった．クロムウェル軍の兵卒として守備隊に入ったが，家業にもどった後，迎えた妻の感化で深い宗教心を起こした．熱烈な説教者ギフォードに影響され，1653年その教会に入って信仰の生活を送り，説教者としても名声を博した．1660年秘密集会禁止の国法に触れて逮捕され，公判の結果前後12年間の獄中生活を送った．彼の信仰につながる諸著書は獄中で書かれた．「聖なる町」（1665），「あふれる恩寵」（1666），「天路歴程」，「悪の人の生涯と死」（1680），「聖なる戦い」（1682）など．

「天路歴程」　フル・タイトルは「現世より，来るべき世界への巡礼の遍歴」であるが，上掲のような訳題名があてられている．作者が見た夢の物語という形をとっており，中に出る固有名はすべて普通名詞をそのままにおきかえたものである．

梗概　背に荷物を負ったクリスティアン（「キリスト教徒」）が手にした書物から，現在彼と家族の住む町が火のためほろびる運命であることを知る．エヴァンジェリスト（福音伝道者）の忠告に従って，彼は「ほろびの町」（The City of Destruction）から遁れ去る．物語の**第1部**は，それからはるかに彼の目ざす「天の町」（The Celestial City）に至りつくまでの苦難のさまざまを叙するもので，その路々の険難の場所場所は，「意気消沈の泥沼」（the Slough〔slau〕of Despond），「屈辱の谷」（the Valley of Humiliation），「死の影の谷」（the Valley of the Shadow of Death），「虚栄の市」（Vanity Fair），「愉快の山々」（the Delectable Mountains），「配偶の国」（the Country of Beulah）その他後人にもなじみ深いものが多数出る．その路すがら，彼は数かぎりない寓意人物に遭遇する．「忠実な人」（Faithful）は中途までクリスティアンと行をともにするが，「虚栄の市」で死に会い，「望を失わぬ人」（Hopeful）がそのあとを受けつぐ．また，「世俗の知恵」（Mr. Worldly Wiseman）のような人物の他に，「巨人絶望」（Giant Despair）や醜い悪魔であるアポリヨン（Apollyon「破壊者」）などが出る．

第2部ではクリスティアンの妻クリスティアナが幻の啓示を受けて，子供たちを伴い同じ巡礼に出立する．「臆病夫人」（Mrs. Timorous）その他大勢がその無謀な旅に反対するが，隣人「慈悲」が行をともにしてくれる．彼らは「心大いなる者」（Great-heart）に守られ，その力によって「巨人絶望」等にも打ち勝ってぶじ目的地に到着する．

評価　こうした，一見単純な構成の中に，この物語はキリスト信者として持つべき信仰の本質を説きつくした観があり，また欽定聖書（1611）を味読したバニャンの用語の単純・素朴な美しさと，登場人物のいきいきとした描き方の魅力とで，広く世の人びとに訴え，全世界で最も多くの人びとに読まれる書のひとつに数えられている．

◇重要作品◇

世間道　The Way of the World（1700）
ウィリアム・コングリーヴ作［5幕］　喜劇

解説　コングリーヴ（William Congreve, 1670–1729）は，同級のスウィフトと共にダブリンのトリニティ・カレッジで学び，1689年にイングランドへ行ってドライデンの指導を受けながら処女戯曲「独身老人」（The Old Bachelor, 1693）を完成し，名優ベタートンらによって上演されて大成功を収めた．続く「腹ぐろ男」（The Double-Dealer, 1694）と「愛には愛」（Love For Love, 1695）で喜劇作家としての人気が高まり，1697年には韻文悲劇「喪服の花嫁」（The Mourning Bride）を発表した．

　1700年にロンドンで初演された傑作喜劇「世間道」は，今では王政復古劇の代表作として認められているが，初演当時不評だったため，作者はこれを最後に30歳の若さで劇作家を廃業した．

梗概　エドワード・ミラベル（Edward Mirabell）は，55歳の未亡人ウィッシュフォート夫人（Lady Wishfort）の姪にあたる賢くて美しいミラマント（Millamant）という女性に恋をしているので，まずウィッシュフォート夫人に言い寄るふりをしてご機嫌をとり，ミラマントをものにしようとしたが，彼に思いを寄せているマーウッドという女がじゃまをしたので，この計画は失敗に終わり，ミラベルは逆にウィッシュフォート夫人の怒りをかう．そこでミラベルは彼の下男ウェイトウェルとウィッシュフォート夫人の下女フォイブルを秘密のうちに結婚させ，フォイブルを自分の味方につけて巧みに利用し，下男のウェイトウェルをミラベルのおじであるサー・ロウランドに変装させてウィッシュフォート夫人の宅へ行かせ，夫人に結婚を申し込ませて彼女に結婚契約書に署名させておいてから，すべてをたくらんだミラベルが登場して夫人を困らせ，ミラマントとの結婚を仕方なしに認めさせるようにしようと計画する．

　ウィッシュフォート夫人は胸をときめかせ，万事準備をととのえて，サー・ロウランドを迎えたので，この計画はうまく行くかに見えたが，またもやマーウッドが計画を盗み聞きして，手紙でウィッシュフォート夫人に知らせる．夫人はますます怒り，ミラマントと海外旅行を希望している甥のサー・ウィルフルを結婚させようとする．その間にミラベルはミラマントに会って，ふたりはお互いに結婚の条件を出し合い，完全に意見の一致をみたので，ミラベルは彼女の手に接吻して，お互いの結婚の意志をかためる．

　一方，フェイノールという男は，ウィッシュフォート夫人の娘が若くして夫に先立たれて未亡人になると，名誉と財産を狙って彼女と愛のない結婚をした上に，妻を裏切ってマーウッドと関係を結び，ミラマントの結婚をじゃまして，ウィッシュフォート夫人が娘や姪にゆずる財産までゆすろうとしたが，危いところでミラベルがこれを救う．ウィッシュフォート夫人はミラベルに感謝して機嫌がなおり，ミラベルとミラマントの結婚を認める．

◇重要作品◇

ガリヴァー旅行記　Gulliver's Travels（1726）
ジョナサン・スウィフト作　諷刺小説

作品について　1726年に出版された．スウィフトの代表作で，諷刺文学の傑作である．船医レミュエル・ガリヴァー（私）が，4度の航海で旅した奇妙な国々の見聞記というかたちで書かれ，政争の激しかった当時の英国社会を痛烈に諷刺した奇抜な着想の作品で，全編は4部からなっている．

『第1部小人国』（Lilliput）　レミュエル・ガリヴァーは海外旅行の夢をいだき，医学を勉強すると船医になって幾度も航海にでた．あるときガリヴァーの乗った南洋へ向かう船が暴風雨にあって難破し，仲間は全員死んだが，ガリヴァーだけが助かって，平均身長6インチ（15cm強）の小人が住むリリパット国に漂着する．その頃リリパット国ではふたつの国難で悩んでいた．ひとつは国内の2大政党間の激しい政争であり，もうひとつは隣国に侵略される危機があったことである．小人たちから「人間山」と呼ばれていたガリヴァーは敵国へ泳いで渡り，50隻（せき）近くの敵の艦隊をそっくりぶん取って帰り，皇帝や国民を喜ばせ，その手柄から最高の位をたまわったが，海軍大将や大蔵大臣はこれをねたみ，ガリヴァーが宮殿の出火を放尿で消した罪を理由に死刑にしようという陰謀をたくらむ．9ヶ月余り小人国に滞在していたガリヴァーは，腹黒い廷臣たちの策略を知ると，隣国へ脱出し，そこへ流れついたボートを見つけると，小さな羊や牛をおみやげにもらって帰途につき，英国の商船に助けられて英国に帰った．

『第2部大人国』（Brobdingnag）　再び航海に出たガリヴァーは，ブロブディンナッグという巨人の国へたどり着く．そして農夫に拾われてその娘にかわいがられる．農夫はガリヴァーを見世物にして懐を肥やすうちに国王の目にとまり，娘とともにガリヴァーをつれて宮廷入りする．ガリヴァーが国王に進講する英国の政治や学問の諸問題に，当時の腐敗した現状が諷刺されている．ある日，ガリヴァーを入れたおりが鳥にさらわれ，海上に落下したところを運よく船が通りかかって，無事に本国へ帰る．

『第3部空中の浮き島』（Laputa）　今度は空中の浮き島ラピュータへ行き，バルニバービ王国の首府ラガードゥの大学を見学し，科学者や哲学者や歴史家などを諷刺し，続いて過去の人物の亡霊を呼び出すことのできる酋長の住むグラブダブドリップや，不死の人間の住むラグナグ島などの奇妙な国々を訪れたのち，日本へ来て長崎からオランダ船で英国に帰る．

『第4部馬人国』（Houyhnhnm）　ガリヴァーは言語と理性をもつ馬の種族フウイヌムが，動物的な人間ヤフー族（Yahoos）を家畜にしている国を訪れ，最初に出会った馬を主人として暮すうち，虚偽や欺瞞のないフウイヌムの世界に永住を望むが，反対にあって帰国する．しかし，彼は馬の影響で人間嫌悪症となり，帰国してからも人間より馬の匂いをなつかしむ．

◇重要作品◇

乞食オペラ　The Beggar's Opera（1728）

ジョン・ゲイ作　[3幕]　音楽劇

解説　ジョン・ゲイ（John Gay, 1685-1732）はデヴォンシアで生まれ，ロンドンへ出ると詩人として出発したが，1712年頃から劇作をはじめ，友人のスウィフトにすすめられて代表作「乞食オペラ」をバラッド・オペラ形式で書き，名声を確立した．そしてその続編である「ポリー」（Polly）を書いたところ上演禁止にあって，1777年まで上演されなかったが，台本は1729年に出版されて大いに売れた．

バラッド・オペラ（Ballad Opera）は，イタリアの本格オペラに対する反動として18世紀の初頭にイギリスではやったもので，吟誦調（recitative）のかわりにセリフをしゃべり，歌はすべて流行歌や民謡の文句をかえて利用している．「乞食オペラ」の主人公マクヒースのモデルになったのは，1725年秋に処刑された盗賊ジャック・シェパードで，死刑当日には野次馬が出て騒いだという．

梗概　マクヒース（Macheath）は勇敢で計略にすぐれ，女にもてる大盗賊で，追いはぎ仲間では紳士として通っている男である．盗品買入屋の主人ピーチャムの美しい娘ポリー（Polly）はこのマクヒースを愛し，両親に秘密で彼と結婚してしまう．ピーチャムは怒り悲しむが，ポリーのところへやってくるマクヒースを密告して礼金をかせごうとたくらむ．この計画を盗み聞いたポリーは，マクヒースに知らせて彼を逃がしてやる．

ニューゲイト近くの酒場に姿を現わしたマクヒースは，仲間たちが駅馬車を襲うのに加わらず，ひとりで女たちと遊んでいると，ピーチャムが警吏をつれて現われる．マクヒースは捕らえられてニューゲイトの監獄へ入れられる．そこへマクヒースが結婚の約束をしているもう一人の女ルーシー（Lucy）が来て，ポリーを愛しているマクヒースをせめる．マクヒースは巧みに言いのがれ，牧師のところへ行ってルーシーと結婚しようとするが，牧師が不在だったのでふたりは戻ってくる．そこへポリーが現われてマクヒースの妻だと名乗るので，ルーシーは怒り，ポリーも，妻をふたり持ったマクヒースをののしるが，ピーチャムが来て娘を無理に引っ張って帰る．そのあとでマクヒースがルーシーに甘いことを言って，牢番人をしている彼女の父親の鍵を盗んでもらって逃走する．

ルーシーはマクヒースに愛されているポリーをねたんで，毒の入った酒を飲ませて彼女を毒殺しようとしたが，ポリーは感づいて一滴も飲まない．やがてルーシーの父とポリーの父のたくらみで再び捕らえられたマクヒースは，牢破りの罪で死刑を言い渡され，最後にポリーとルーシーに会って別れを惜しむと，護衛されて絞首台へ向かう．

役者と乞食が登場し，オペラはめでたしめでたしで終わるべきだといい，野次馬連中にマクヒースの無罪放免を叫ばせる．するとマクヒースが姿を現わし，ポリーを相手に選び，みんなと陽気に踊って幕となる．

◇重要作品◇

トム・ジョーンズ　The History of Tom Jones, a Foundling（1749）
ヘンリー・フィールディング作　長編小説

解説　フィールディングが「ジョーゼフ・アンドルーズ」に続いて書いた小説としての第2作「捨て子トム・ジョーンズ物語」（The History of Tom Jones, a Foundling）は，1749年に出版された．フィールディングの代表作であるばかりか，18世紀イギリス小説の最高傑作といわれる．好青年トム・ジョーンズの恋と冒険を中心に，総勢200人にも及ぶ登場人物が，それぞれ生き生きと描かれ，整然とした構成の中で入り乱れて活動する散文体の叙事詩のような長編小説である．

梗概　サマセットシアの地主オールワージー（Allworthy）が愛妻を失い，1年ほどロンドンに居て帰宅したとき，ベッドの中に捨子が眠っていた．情深いオールワージーは，この捨子を育てることにし，トム・ジョーンズと名付けた．その頃独身であったオールワージーの妹ブリジェット（Bridget）は，やがて一将校と結婚してブライフィル（Brifil）という男子を生むが，夫に先立たれて未亡人となり，ひとり息子のブライフィルと共に兄の家に同居する．こうしてトムとブライフィルは一緒に教育を受けることになったが，トムの方は純情で人情に厚く勇気のある明朗な好青年に成長する．しかしブライフェルの方は陰険で卑屈な偽善者となり，常に腕白者のトムを陥れようとする．

近所の地主ウェスタン（Western）は精力的で単純痛快な猟好きの野人で，その娘ソファイア（Sophia）は純情で明るく，しかもしっかりとしたところのある美人であった．トムはこのソファイアに好かれるようになったので，ブライフェルは嫉妬してトムの不行跡を誇張して中傷したため，トムは恩人オールワージーの誤解を受けて家から追い出される．トムを慕うソファイアも，父親からブライフェルとの結婚を迫られたので，侍女をつれてトムのあとを追う．トムはロンドンへ向かう途中，ある女の危険を救って一緒にいるところへ，偶然ソファイアが到着して激怒し，ふたりは離れ離れになってロンドンへ行く．トムはパートリッジ（Partridge）という愉快な床屋のおやじと道づれになってロンドンへ着く．

ロンドンにおいては，社交界の美貌の女性ベラストン（Lady Bellaston）がトムを誘惑し，ソファイアもこの女の企みで社交界の伊達男につきまとわれて苦労するが，そこへ娘を追ってロンドンへ来た父のウェスタンが現われ，娘を一室へ監禁してしまう．こうしてトムはソファイアを思いつつ彼女の近くにいながら，さまざまな条件が重なって容易に和解できずにいたし，焼きもちやきの男と，女のことで決闘して獄につながれたりするが，最後にはトムがブリジェットの結婚前の私生児であったことがわかり，オールワージーから財産と身分が与えられることになる．そしてブライフェルの陰険な中傷の悪計も明るみに出て，ソファイアはトムの若気の過失をゆるし，ふたりはめでたく結ばれる．

◇重　要　作　品◇

ウェイクフィールドの牧師　The Vicar of Wakefield（1766）
オリヴァ・ゴールドスミス作　長編小説

解　説　　ゴールドスミス（Oliver Goldsmith, 1728-74）はアイルランドの牧師の子に生まれ，ダブリンのトリニティ・カレッジで学び，欧州諸国を放浪したのちロンドンで医者になり，そのかたわら評論やエッセーを書いた．貧乏文士をしているうちに，ジョンソン博士と知り合い，1764年に始まった文学クラブに参加した．やがて才能が認められ，お人よしのプリムローズ牧師一家を描いた代表作「ウェイクフィールドの牧師」で文名を挙げた．喜劇「お人よし」（The Good-Natur'd Man, 1768）と「勝たんがために身をかがめ」（She Stoops to Conquer, 1773）の成功によって，シェリダンとともに18世紀の代表的な喜劇作家として名を知られている．

梗　概　　ヨークシアの片田舎に住むプリムローズ（Primrose）牧師夫婦には，結婚を間近にひかえた長男ジョージ（George），長女オリヴィア（Olivia），次女ソファイア（Sophia），次男モウゼス（Moses）と，さらにその下に幼児ふたりがいる．いずれもお人よしで単純な人びとであり，平和な暮しをしていたが，財産管理人が破産の通告をしてきたために無一文となり，長男のジョージの婚約は破談となる．ジョージは自活の道を求めて家を去り，牧師は負債を支払い，故郷をあとにしてもっとへんぴな新任地への転勤をよぎなくされた．途中でお人よしの一家はバーチェルという貧しい青年を救うと，彼は次女ソファイアに好意をよせるようになる．

新任地へ到着すると間もなく，未来は地主と結婚することになると運命判断のジプシーにうらなわれて気位が高くなった長女オリヴィアに，不品行で悪名の高い地主ソーンヒル（Squire Thornhill）が目をつける．突然オリヴィアが誘拐されたので，牧師は探しに出かけるが，その途中で旅役者の仲間に加わった長男を見つけ，軍隊に入るというその息子を見送ったのち，旅館で偶然長女を発見する．牧師はソーンヒルが娘を誘惑して捨てたことを知り，娘をつれて家へもどると，家は火事で炎上し，一家はまた無一文となる．そこへソーンヒルが現われ，娘との結婚を履行しないばかりか，貸した金を返せと迫る．牧師はその金が払えないために牢獄へ入れられる．牧師は獄中の囚人から，ソーンヒルの非道をサー・ウィリアム・ソーンヒル（Sir William Thornhill）に訴えるようにすすめられる．やがてオリヴィアは死亡し，次女ソファイアが誘拐されたという知らせが牧師のところに届いて悲嘆のどん底に沈むが，苦難の試練もこれが絶頂で，まもなくソファイアはバーチェルに救出され，死んだはずのオリヴィアも生きていることがわかり，財産も取りもどされて，すべてはめでたく解決される方向をたどる．地主の悪事は暴露され，牧師は釈放され，ジョージは意中の人，ミス・ウィルモット（Miss Wilmot）と結婚し，ソーンヒルはオリヴィアを妻に迎え，ソファイアはバーチェルと結ばれる．

◇重要作品◇

勝たんがために身をかがめ　She Stoops to Conquer（1773）
オリヴァ・ゴールドスミス作［5幕］　喜劇

解説　シェリダンの「悪評学校」と並んで，現在上演されてなお人気を失わない18世紀喜劇の最高傑作で，1771年頃に書き上げられ，その後推敲を重ね，1773年にコヴェント・ガーデンで初演されて大成功を収めた．主筋では，令嬢には内気だが侍女には大胆な行動をとる青年の「一夜の失策」を描き，脇筋ではマーロウの友人ヘイスティングズが，滑稽な喜劇的人物トニーの活躍でネヴィル嬢と結ばれるまでの恋愛事件が描かれている．

梗概　イギリスのある田舎の古風な家に住むハードカースルは友人のサー・チャールズ・マーロウの息子マーロウを自分の娘ケイトの相手に選んだので，世界一内気だという評判のマーロウ青年は，友人ヘイスティングズをともなって，この田舎へ求婚の訪問にやってくる．途中の居酒屋で酒を飲んでいたハードカースル夫人の連れ子トニーは，いたずら好きの若者で，この居酒屋に寄ったマーロウに，今晩中にとてもハードカースル家へは到着できないと嘘をつき，そのかわり田舎いちばんの旅館へ案内するといって，実際はハードカースル家へ案内した．マーロウはすっかりハードカースル家を宿屋だと思い込み，さんざん無礼な口をきいたので，この青年が内気だと聞いていたハードカースルは当惑する．そのあとでヘイスティングズの方は，以前から親しくしていたハードカースルの姪ネヴィルと出会って，ここが宿屋でないことを知った．しかし本当のことをマーロウに話すと，内気な彼はすぐに逃げ出すと思って黙っていることにした．そこへ散歩から帰ったケイトが登場し，マーロウはふたりきりになると，態度はがらりと変わり，相手の令嬢の顔を一度も見られないほどはずかしがって，言葉はどもりがちになる．

ケイトは夜は父との約束で召使いのような着物を着ることになっていた．彼女が召使いの衣装で出てくると，まだろくにケイトの顔を見ていないマーロウは，彼女を本当の召使いと間違えて，その美貌に魅了され，大胆な行動に出て，手をとったりキスをしようとしたりする．その様子を見ていたハードカースルは憤慨し，さらにマーロウの従者が酒に酔ってあばれ出したので，これ以上無礼は許せないといって彼を追い出そうとする．そこへケイトが来て，マーロウにここは宿屋ではなく，実はハードカースル家だと知らせたので今度はマーロウの方が当惑し，無礼な行動を恥じる．そこへ息子のあとを追ってサー・チャールズが到着し，ハードカースルと息子の間違いを大いに笑う．ハードカースルはすでにマーロウがケイトに言い寄っているところを見たというが，マーロウはその事実を否定する．そこで父親二人はかげにかくれ，マーロウがケイトに熱烈に求愛している現場を見て姿を現わす．マーロウは言い寄っていたのは召使いでなく，当家の令嬢だと知らされてまたまた恥をかくが，父親が実際に愛し合っている二人を結びつけて幕となる．

◇重要作品◇

悪評学校　The School for Scandal（1777）
　　　　　　　リチャード・ブリンズリー・シェリダン作［5幕］　喜劇

解説　シェリダン（Richard Brinsely Sheridan, 1751–1816）は俳優を父としてダブリンに生まれ，処女作「恋がたき」（The Rivals, 1775）の成功によってゴールドスミスと並ぶ18世紀の代表的な喜劇作家となった．リディア嬢をめぐって求婚者たちがお互いに競い合うこの喜劇に登場するリディアのおばのマラプロプ夫人（Mrs. Malaprop）は学者ぶって難しい言葉を間違って使い観客を笑わせる．"Malapropism" の原点である．

　偽善家の兄と正直者の弟を対照させつつ社交界の陰謀を巧みに描いた代表作「悪評学校」のほか，1779年に上演された「批評家」（The Critic）も傑作とされる．1780年に下院議員に選ばれ，政界で雄弁を振い，劇場経営にもたずさわったが，晩年は経済的にも困窮し，ホィッグ党の没落で政界の希望も絶え，重なる不幸に健康が衰えて65歳で世を去った．

梗概　スニアウェル夫人を中心にした社交界の口の悪い連中は，顔を合わせると，他人の悪評を口の締まる暇がないほどしゃべりまくっている．彼らの見方によると，ジョウゼフ・サーフェス（Joseph Surface）とチャールズ・サーフェス（Charles Surface）兄弟のうち，兄のジョウゼフは青年の手本というべき立派な人物だが，弟のチャールズは派手好みの放蕩者で友人も信用もないということになっていた．

　ある日，東インドに長く滞在していたこの兄弟のおじサー・オリヴァーが15年ぶりに突然ロンドンへ帰ってくると，変装してこの兄弟に対する世間の評判の真偽をたしかめることにし，まずユダヤ人の高利貸しに扮して弟のチャールズのところへ行く．

　チャールズは金に困って家財は売っても，サー・オリヴァーの肖像画だけは決して手ばなそうとしない純情な青年で，世評に反して慈悲深い正直者であることがわかる．一方，兄のジョウゼフは，この兄弟の後見人である老紳士サー・ピーター・ティーズルの若い夫人とチャールズの仲があやしいという悪評のかげにかくれて，ティーズル夫人に近づき，また，サー・ピーターが後見人をしているマライアにも心を寄せている．ある時，ジョウゼフが彼の家でティーズル夫人と会っていると，そこへ彼女の夫が訪ねてきたので，彼は夫人をついたてのかげへかくす．そしてサー・ピーターに，弟と夫人との間があやしいという悪評が本当なら，弟と兄弟の縁を切るといってしらばっくれる．そこへ弟のチャールズが来たので，兄はサー・ピーターを押し入れにかくす．こうして夫婦の立ち聞き者を背後に，兄弟が対面する場面がくりひろげられたのち，サー・ピーターに続いて夫人も姿を現わすに及んで，ジョウゼフが実は策略家の悪党であったことが露見する．その上サー・オリヴァーが貧しい親類の男に変装して，さらに兄の偽善者ぶりをあばいたので，社交界のチャールズに対する悪評が誤りであったことがわかり，相思の仲であったチャールズとマライアはめでたく結ばれ，サー・オリヴァーは財産をチャールズにゆずることになる．

◇重要作品◇

分別と多感　Sense and Sensibility（1811）
ジェーン・オースティン作　長編小説

解説　オースティンは最初「エリナーとマリアンヌ」（Elinor and Marianne）という題の書簡体小説の作品だったものに修正を加えて，1811年に出版した．理性的で分別に富んだ姉と多感な妹の二人を主人公に，姉妹の結婚に至るまでの期待と失望，誤解と和解の物語が語られる．エマ・トンプソンの脚色・主演による映画化（邦題「いつか晴れた日に」1995）も高く評価された．

梗概　サセックス州のノーランド・パークの主であるヘンリー・ダッシュウッドが亡くなり，ダッシュウッド夫人，年頃のエリナーとマリアンヌ，それに幼い末娘のマーガレットが残された．エリナーは理性的で分別に富み，妹のマリアンヌは多感で情熱的な性格だった．死んだヘンリーの先妻との間の息子ジョンが遺言により資産を受け継ぐことになっていたので，ジョンの一家がノーランドへと移ってきた．ジョンは父の最後の床で，妹達一家の経済的援助を頼まれていたが，妻ファニーの巧みな誘導によって結局援助は無用ということになってしまう．このファニーの弟であるエドワード・フェラーズは，エリナーと互いに好意を抱くが，エリナーたち一家は居ずらくなった屋敷を出て，デボンシアのバートン・コテージへと移る．ここで妹のマリアンヌは，ジョン・ウィロビーという青年と出会い，彼との仲は急速に接近した．そんな妹に姉のエリナーは節度ある交際をと忠告するが，情熱家のマリアンヌは耳を貸さない．マリアンヌに静かに思いを寄せるブランドン大佐という中年の紳士もいたが，まったく相手にされていなかった．だがウィロビーはある日突然，一人ロンドンへと理由も告げず出発してしまう．この頃，エドワードが再び姉妹を訪れるが，内気な彼とエリナーの仲は進展しないまま帰ってしまった．そしてエリナーは社交仲間に加わった利己的なルーシーという女性からエドワードと実は密かに婚約しているのだと打ち明けられ，ショックを受けるが，その動揺を表には決して出さない．その後姉妹にロンドンに行く機会が与えられ，マリアンヌはウィロビーとの再会を楽しみにするが，いざ再会できた彼はマリアンヌによそよそしく，ある資産家の娘と近く結婚するということが判明する．マリアンヌは悲しみを隠すことができず，悲しみの日々を送った．ロンドンから帰る途中，彼女は高熱を出し，一時は危篤状態になるが，姉の徹夜の看病の甲斐もあって回復した．やがてエドワードがエリナーを訪れ，ルーシーは財産を手にした自分の弟と結婚することになったと告げる．この時ばかりはさすがのエリナーも自分を押さえることができず，涙を流すのだった．エドワードは自分の過ちを詫び，エリナーに求婚し，二人は結ばれる．一方マリアンヌも姉のような分別ある態度の大切さを悟り始め，自分を見守り続けてくれたブランドン大佐と結婚し，姉妹そろって幸福が訪れたのだった．

◇重要作品◇

高慢と偏見　Pride and Prejudice（1813）

　　　　　　　　　　　　　　ジェーン・オースティン作　長編小説

解説　作者が21歳の頃,「第一印象」(First Impressions) という題で書かれ,彼女の父は出版をすすめて業者に手紙まで書いたが,1797年に出版をことわられ,それ以後修正を加えて「高慢と偏見」の題で1813年に出版し,作者の代表作となった.田舎の家庭生活を結婚問題を中心にとらえ,裕福な紳士淑女たちの性格がいきいきとした会話を通じて的確に描き出されている傑作である.

梗概　「独身で相当の財産を持っている男なら,きっといい奥さんをほしがっているにちがいないというのが,世間で一般に認められている真理である」(It is a truth universally acknowledged, that a single man in possession of a good fortune, must be in want of a wife.) という書き出しでこの小説は始まる.ハーフォドシアの田舎に住むベネット家には年頃の5人の姉妹がいる.美しくておとなしい長女のジェーンと,しっかりした次女のエリザベスは,近くの屋敷を借りたお金持ちの若い独身者ビングリーの主催する舞踏会に招かれた.ビングリー(Bingley)とジェーンは初対面でお互いに好意をもつようになり,エリザベスもこの席でビングリーの親友ダーシー(Darcy)と知り合う.しかしエリザベスは,気むずかしくて高慢なところのある財産家のダーシーに,第一印象で偏見をいだくようになった.

　後日ジェーンはビングリーの屋敷へ食事に呼ばれて行くが,途中で雨にぬれて風邪を引き,彼の屋敷で寝込んでしまった.姉の世話をするために屋敷に来たエリザベスは,再びダーシーに会ったが,彼の悪いうわさを聞いて,ますます彼に対する偏見がつのり,さらに彼が嫌いになる.そして彼女はダーシーの激しい愛の告白と求婚を一度は拒絶するが,高慢をくじかれた彼から誤解を解くための真実味にあふれた手紙を受け取り,それを冷静に読んでからは,次第にダーシーの真価を認めるようになり,「ダーシーさんとおつきあいしているうちに,だんだんよくなったといいましたのは,あの方の心や態度がよくなったという意味ではなく,あの方をよく知ると,あの方の性質がだんだんよくわかってきたということです」と語り,自分の偏見を恥じる.そしてダーシーに対する誤解も解けて,彼の人柄に尊敬を感じるようになる.その頃,末娘のリディアは士官ウイカムと駆け落ちして行方不明となり,両親は途方に暮れるが,ダーシーは二人の居所をつきとめ,ウイカムの借財を払ってリディアと正式に結婚させる.このダーシーの善意と努力から,エリザベスの彼に対する尊敬は愛情に変わり,二人の心は完全に結びついて結婚することになり,「私はほんとに世界一のしあわせ者です」と心からいうことができるようになる.そしてダーシーの配慮で姉のジェーンとビングリーの恋も,結局はめでたく結ばれ,ベネット夫人は1年のうちに3人の娘を結婚させるという幸福感を味わう.

◇重要作品◇

エ マ　Emma（1816）
ジェーン・オースティン作　長編小説

解説　作者の円熟を示す長編6作中の5作目で，「高慢と偏見」と並んで代表作とされている．人の恋の世話ばかり焼いている，少し自信過剰のヒロイン，エマの失敗や誤解，反省と精神的成長が，サリー州ハイベリー村を舞台に描かれる．「田舎の村の3つか4つの家族が小説の材料には最適」というオースティンの有名な言葉がまさにあてはまる作品で，落ちついた喜劇的味わいの名作である．

梗概　美人で，頭のよい21歳のエマ・ウッドハウスは，幼い頃に母親を亡くし，年老いた父親と二人で暮らしていた．家庭教師で母親代わりでもあったミス・テイラーが近くに住むウエストン氏の後妻となったため，エマは話し相手として17歳のハリエットという従順な娘を従えるようになった．ハリエットはロバート・マーティンという自作農の青年から求婚の手紙を受け取るが，エマはもっといい人がいると断りの手紙を出させてしまう．エマの義兄のナイトリー氏は，このエマのお節介な行為に対して忠告を与えるが，エマは耳を貸さない．それどころかエマは，ハリエットとエルトンという若い牧師とを縁組させようと目論み，ハリエットの肖像画を描いた．エルトンに見せるとその絵を気に入ったようだったが，実はエルトンはその絵の描き手，つまりエマのことが好きだったのである．馬車の中で突然告白されたエマは，自分の勘違いの結果を反省した．そんな頃，ウエストン氏の前妻との息子であるフランク・チャーチルという養子に出ていた青年が村を訪れた．エマは好青年の彼が自分に好意を持ってくれているように，最初は思っていたが，やがてハリエットの相手にふさわしいと思い始める．ハリエットもどうやら彼に好意を寄せているような口ぶりだった．この頃，ジェイン・フェアファクスという，美人で教養のある女性が村にある親戚の家を訪ねていたが，エマは何か打ち解けにくいものを感じていた．だがジェインは，実はフランクと秘密の婚約をしていたのである．これに驚いたエマはハリエットの気持ちを心配するが，これが勘違いで，ハリエットはナイトリー氏が好きだったのである．これを聞いて，エマは自分にもナイトリー氏に対する思いがあることに気づき，思い悩む．しかしナイトリー氏は，エマに愛を告白した．エマはうれしかったが，ハリエットが心配だった．だがハリエットは，結局ロバート・マーティンとよりを戻すことになり，ここに2組の夫婦が成立して，小説は終わる．脇役の配置やエピソードも絶妙で，年老いた母親のめんどうを見て暮らしている独身のおしゃべり女性，ミス・ベイツに対して，ピクニックの場でエマがつらい皮肉を言ってしまい，それを強くナイトリー氏に叱責され，深く反省する第43章などは，エマの成長を語るうえで，重要なエピソードとなっている．

【名句】One half of the world cannot understand the pleasure of the other.—ch.9
　　　　世間の人びとの半分は，他の半分の人びとの楽しみが理解できない．

◇重要作品◇

フランケンシュタイン　Frankenstein（1818）
メアリー・シェレー作　ゴシック・ロマンス

解説　1816年の夏，当時十代のメアリー・シェレー（Mary Shelley, 1797–1851）が将来の夫シェレーらとともに雄大な自然に抱かれたジュネーヴの郊外に滞在していたころ，当地で合流したバイロンの提案で執筆した怪奇小説．進化論などが象徴する科学的進歩と神秘主義的錬金術の根底にあるファウスト的な主題に沿って，神に反逆する人間の飽くなき知識欲がもたらす悲劇を描いた空想科学小説の先駆けと言える作品．

梗概　航海家ウォルトンは，北極海を航行中に，遭難していた科学者ヴィクター・フランケンシュタインを救助して，その話に耳を傾ける．ヴィクターは次第に自己の知識欲が生み出した忌まわしい過去を語り始める．

　生命の誕生に関心を寄せたヴィクターは，完全なる美の集合体としての人間の創造に憧れて，試行錯誤の末，2年越しで死者の体をつなぎ合わせて人間の形をした生命体を造ることに成功する．しかしそれは当初夢に想い描いた美の完成体からは程遠く，かろうじて人間の姿をとどめているだけの蠢（うごめ）く醜悪な肉の塊にすぎなかった．ヴィクターはこの研究の成果に幻滅し戦慄して，その醜い怪物を部屋に置き去りにしたまま精神症に倒れる．

　その後，末弟ウィリアムが何者かに絞殺されたことを知ったヴィクターは6年ぶりに帰省の途につく．その旅の途中に嵐に遭遇したヴィクターは，稲妻によって闇の中に照らし出された怪物の姿を目撃するとき，弟の死の真相を推察して，自らの罪深さに打ちひしがれる．さらに追い討ちをかけるように家族同様の召使ジュスティーヌが殺人の実行犯として検挙され，無実の罪で処罰される．ヴィクターは事件の真相を胸に秘め，愛するエリザベスにも告白できずに，慰めを求めて独りアルプスの谷間へ旅立つ．ところが，そこへ再び怪物が現われて，自身が殺人鬼と化すまでの経緯を語り，自分と同種族の伴侶となる人造人間を新たに造るようにヴィクターに迫る．初めは躊躇したヴィクターも，怪物の巧みな弁術によって情にほだされ，怪物の頼みを承諾する．

　こうして，ヴィクターは，怪物との約束を果たすために，英国の北の僻遠の小島に渡る．が，嫌悪感に苛まれて作業を半ばで断念する．期待を裏切られて怒り狂った怪物は，ヴィクターの結婚式の夜に来ると言い残して，その場を立ち去る．その後，親友クラーヴァルと新妻エリザベスが怪物に殺され，父親までも心労からこの世を去る．怪物に対する復讐に燃えるヴィクターは，怪物を追跡して極北の地に辿り着くが，ウォルトンの船の中でその波乱に富んだ人生を閉じる．怪物は創造主であるヴィクターの遺体を目の当たりにして悲嘆に暮れ，極北の地で自らの存在を封印し果てる決意を語ると，氷塊に乗って闇の彼方に消え去る．

「フランケンシュタイン」　臼田昭　国書刊行会　昭54
「フランケンシュタイン」　森下弓子　創元推理文庫　昭59

◇重要作品◇

エンディミオン　Endymion: a poetic romance（1818）
キーツ作　長編物語詩

彼の生涯における　この作品の意義　キーツのギリシア神話への傾倒の結晶が4巻4060行のこの大作である．1817年の旅行中に書きはじめ，11月に完成，翌年4月出版．キーツがこの作を自己天分の進展途上におけるひとつの踏石というくらいに考えていたことは明らかであるが，病弱であったためにこれ以上の長編を許されず，この「熱に浮かされたような試作」は唯一の完成大作として彼の長所と短所を同時に示すものとなっている．

梗概と内容　「美わしき事物は永遠の喜び」（A thing of beauty is a joy for ever）という有名な巻頭第1行は，名作「ギリシアの古甕に」の結びの言葉「美は真にして真は美」（'Beauty is truth, truth beauty.'）と相通ずる思想，唯美主義の根本主張の一線を明確に打ち出した，若い天才の決然たる宣言である．第1巻は小アジア西南部のカリアにあるラトモスの山森でのパァン神への感謝祭ではじまる．エンディミオンの憔悴（しょうすい）した姿を見て尋ねる妹ピオーナに答えて彼は，夢で月の光の中に見た幻の美女のことを話し，探し求めて得られぬ心の憔悴を語る．第2巻では，彼は翼に文字のある金色の蝶を追って谷間に出，洞窟の声に従って水をくぐり地下の世界に入って月女神を祭る神殿に出るが，心は地下世界の寂寞に耐え得ない．美少年アドーニスの挿話．ヴィーナス女神の励ましを受けてエンディミオンは大鷲に乗って地上にでる．疲れて眠る彼を月女神が訪れて去る．洞窟から洩れ聞こえる水の精アレシューザと河神アルフィーアスの話し声に，彼は彼らの悲恋に幸福あれと祈る．と，突然彼は海の中に出る．第3巻では月の光は海の底にとどいて，ここに眠るエンディミオンを見守っている．ここで，かつて海の女精シラに恋して拒絶され，助けを乞うた魔女サーシーの横恋慕のたくらみのため，シラの死後1000年を経，老い衰えて死ねない身を嘆くグローカスに会う．古い予言に従ってエンディミオンは，魔術によりグローカスを少年時代にもどし，シラその他の者たちを死から目ざめさせる．一同海王神ネプチューンの宮殿へ礼詣でに入ってその美しさに驚く．歓びの饗宴にも月女神の姿は見えず，エンディミオンはその失望のあまり輝かしさに意識を失うが，気がついてみると彼は，故郷の自然に包まれて地上にいた．第4巻は故郷のガンジズ河畔をあこがれるインドの少女の歌．エンディミオンはその少女にあわい恋をおぼえる．少女は悲しみの美しさをたたえる歌をうたい，彼の心を捕らえる．天上を歩む夢．二人は天から翼のある駿馬につれられてゆく．別れと絶望の経験の後，彼は故郷ラトモスに降り下ってインド少女と再会するが，結婚すれば二人は死ぬと言われて悲しみ，隠者として世を送ることを誓う．そのとき少女は姿を変え，彼女はじつは月および月の女神と同一のものであり，理想美の3つの姿にすぎぬことを明らかにし，二人の間の愛の完成のためにはエンディミオンの精霊化が必要であることを告げ，妹ピオーナを祝福しつつ，エンディミオンとともに天に昇ってゆく．

◇重要作品◇

プロミシュース解縛　Prometheus Unbound (1820)
　　　　　　　　　　　　　　　P. B. シェレー作 [4幕] 詩劇

解説　1818年3月にイタリアへ渡ったシェレーは，抒情詩劇（lyrical drama）の創作をはじめ，ギリシアの悲劇作家アイスキュロスの「縛られたプロミシュース」の続編として4幕詩劇の第1幕を秋に脱稿し，2幕と3幕を1819年春に完成させ，数ヶ月後に4幕を追加して，翌1820年に出版した．人類の擁護者であるプロミシュースの権力・支配・暴力に反抗する姿を描き，作者自らの愛と自由の理想をうたいこんだ自信に満ちた大作で，大半は無韻詩で書かれているが，多種多様な詩型も巧妙に使用されている．

梗概　（第1幕）プロミシュースは，人類に火を与えたため，暴君ジュピターの怒りを買い，彼の愛する美と愛の精エイシアから引き離されて，インディアン・コーカサスの氷の岩に3千年間縛りつけられている．この劇はまず永遠の苦痛にもだえるプロミシュースの長い独白にはじまる．そして母なる大地や，エイシアの妹でプロミシュースとエイシアの間の使いをしているパンシアとアイオーニになぐさめられて，プロミシュースは挑戦と憎悪と侮蔑の心境を捨てて，愛がなければすべての望みはむなしいという心境に達する．彼はジュピターが遣わすマーキュリーや，復讐の女神フュアリーズの脅迫や誘惑を退け，地獄から送られてくるあらゆる苦痛の試練をうけ，キリストの十字架の血とフランス革命の血の光景が示されるが，彼は絶望せず，人類に対する信頼と希望を失わない．

　（第2幕）一方，インディアン・コーカサスの美しい谷間にひとり住んでいるエイシアのところに，やがて春がおとずれる．パンシアが現われて，プロミシュース解放の夢を見たと話す．そして「ついてこい」という精霊たちの声に導かれて，この二人は森の中の感覚の世界や情緒の世界や理想の世界を遍歴したのち，朝には山中の岩の頂上に達し，こんどは「降りてゆけ」という歌声に導かれて，宇宙の根源の力を象徴するデモゴーゴンの洞穴へ下りる．そこでデモゴーゴンに生命の根源や悪の原因についての話を聞き，支配が悪の原因であることを学ぶ．やがて時の精は二人をコーカサスの山の頂上へ連れてゆく．

　（第3幕）天上では王座にすわったジュピターの権力が最高に達した時，デモゴーゴンの力で彼は深い淵に連れ去られ，ついに没落する．そしてコーカサス山上では，強力なハーキュリーズによって，プロミシュースの縛めは解かれ，エイシアたちとの再会を喜びあう．こうして自由と愛の精神に満ちた新世界がはじまる．

　第4幕では，人類の新しい世界を歓喜する精霊たちのコーラスがあり，愛の偉大な力が讃美される．そして最後に，「自由と永遠の法則」であるデモゴーゴンが，荘厳な態度で世界をつつむ愛を語り，愛と忍耐と希望の偉大さをたたえて，この詩劇は終わる．

【名句】Peace is in the grave.—I, 638.
　　　　平和は墓の中にあり．

◇重要作品◇

オリヴァー・トウィスト　Oliver Twist（1838）
ディケンズ作　長編小説

解説　1837年から1839年にかけて月刊分冊で刊行され，単行本は1838年に出版された．ディケンズ最初の本格的小説で，悪漢小説の形式を用いて孤児オリヴァーが盗賊団の仲間に入って悪事を働くが，やがて立派な人間になるまでを描いている．当時の新救貧法や養育院制度の非人道的な欠点を暴露し，社会改革家としての面目を示している点が注目される．筋の展開に不自然さはあるが，力強い迫力で読者を引っぱっていく．

梗概　オリヴァー・トウィストは両親を知らないかわいそうな孤児である．彼の母は道ばたで倒れていたところを養育院へかつぎこまれ，そこでオリヴァーを生むと名前も告げずに死んでしまった．オリヴァーは他の孤児たちと一緒に，この養育院を管理する教区の小役人バンブル（Bumble）に意地悪をされ，残酷な待遇を受ける．あるときクジで孤児の代表に選ばれたオリヴァーが，院長の方へ椀とスプーンを持って進み出ると「お願いです，もう少し下さい」（Please, sir, I want some more.）と粥をもう一杯哀願したので（第2章），恐るべき子供として葬儀屋の小僧にされたが，そこを逃げ出してロンドンへ行く．

ロンドンではユダヤ人のフェイギン（Fagin）を首領とする盗賊団の手に捕らえられ，フェイギンの相棒のビル・サイクス（Sikes）やその情婦ナンシー（Nancy）など，ロンドンの貧民街に巣食う悪党の仲間に引き込まれ，もっぱら悪事を仕込まれるが，オリヴァーはなかなか悪事にくみしない．そのうちに情け深い紳士ブラウンロウ（Brownlow）氏に救われて一時保護されるが，マンクス（Monks）という奇怪な男にそそのかされた盗賊団に再び誘拐され，また悪党の手先に使われるようになる．そしてビル・サイクスに夜の荒かせぎに連れ出され，一軒の家にしのび込んだ時，オリヴァーは負傷して捕らえられたが，その家に住むローズという若い養女に親切にされる．ところがマンクスという男は，フェイギンを買収し，オリヴァーを永久に盗賊仲間から浮かび上がらせないようにと頼み込む．かねてからオリヴァーに同情していたビル・サイクスの情婦ナンシーは，この陰謀をローズとブラウンロウ氏に告げ，悪党たちの隠れ家を教えたため，裏切り者としてビル・サイクスに無残に殺される．

しかしすでに警察の手がまわり，フェイギンが逮捕されて絞首刑，ビル・サイクスは逃げまわったのち，泥棒道具のナワで誤って自分の首をつって死ぬ．こうして悪党はすべて滅び，やがてオリヴァーの素性も判明した．マンクスという男は実はオリヴァーの異母兄で，父の遺産を独占しようとたくらんで，オリヴァーを出生のはっきりしない悪党にしておこうと企てたのだった．またローズはオリヴァーのおばであることもわかり，ブラウンロウ氏はそうした事情を最も良く知っているオリヴァーの父の親友なのであった．オリヴァーはブラウンロウ氏の養子となって幸福な生活に入る．

◇重要作品◇

クリスマス・キャロル　A Christmas Carol（1843）
ディケンズ作　中編小説

解説　ディケンズは「クリスマス物語」（Christmas Books）と呼ばれる一連の物語を書いたが、これはその第1作で1843年に出版された。これ以後ディケンズは毎年クリスマス物語を1編ずつ書くことにきめ、「鐘の音」（The Chimes, 1844）、「炉ばたのコオロギ」（The Cricket on the Hearth, 1845）、「人生の戦い」（The Battle of Life, 1846）、「幽霊に悩まされる男」（The Haunted Man, 1848）を次々に書いたが、老守銭奴スクルージに3人の精霊を配してクリスマス前夜に見た夢の話であるこの「クリスマス・キャロル」が最も広く愛読されており、ディケンズの名を世界的にした。

梗概　まずスクルージ・マーレイ合資会社の共同経営者だったマーレイ（Marley）老人は鋲釘のように、まったく死んだということを強調して物語は始まる。強欲で孤独な老人スクルージ（Scrooge）は、クリスマス・イヴが来て、甥に「クリスマスおめでとう」といわれても、おめでたがる理由がどこにあるんだ（Humbug!）と答え、帳簿の精算をしてその中のどの項目もまる損ということが12月の総締めでわかる時だといって相手にしない。

　霧が深くたちこめ寒さの厳しいその夜、7年前のクリスマス・イヴに死んだはずの共同経営者のマーレイの幽霊が、スクルージの前に現われた。この幽霊は慈善・寛容・博愛を忘れて金銭勘定をする狭い事務所の部屋以外のところへ出なかった生前の強欲がたたって、1年のこの時節に一番悩み苦しむのだと語り、スクルージが自分のような運命におちいることを免れる機会と望みがまだあることを教えるために現われたのだという。そして3人の精霊が現われて救済の道を示すだろうと告げると、窓から外へ消えていった。

　時計が1時を打つと、最初に過去のクリスマスの精霊が現われ、スクルージに遠い過去のさまざまな思い出や、希望や喜びや悲しみが結びついているさびしい少年時代や、金のために彼が捨てた恋人の姿を見せる。次に現在のクリスマスの精霊が現われ、スクルージの書記のボブ・クラチットの一家が、貧しいながらも楽しいクリスマスを祝っているところや、スクルージの甥の家の食後のパーティを見せる。最後に未来のクリスマスの精霊がやって来ると、ぼろぼろのシーツにおおわれ、付添者も嘆き悲しむものも、面倒を見る人もないままに死んで横たわっている彼自身の姿を見せた。スクルージは慈悲を乞い、祈りをささげた。こうして自分の頑固さや強欲を改めて他人に慈悲をほどこすなら、どんな幸福が自分に与えられるかを目の前に示されたスクルージは、翌日のクリスマスの朝にはすっかり人が変わり、こき使っていた書記の家にクリスマス・プレゼントとして七面鳥を贈り、昨日ことわった甥の家の晩餐に加わってみんなを喜ばせ、至るところで気まえのよい好々爺ぶりを発揮する。

【名句】'God bless us every one!' said Tiny Tim, the last of all.—stave 3.
　「みんなに神様の祝福がありますように！」とティム坊やが最後に言った。

◇重 要 作 品◇

ジェーン・エア　Jane Eyre（1847）
シャーロット・ブロンテ作　長編小説

解説　シャーロットの自伝的要素の強い出世作で，カラー・ベル（Currer Bell）という匿名を使ってスミス・アンド・エルダー社から出版されると大きな反響をよび，妹のエミリーやアンの小説出版への道を開いた．孤児ジェーンが家庭教師として住み込んだ家で，狂人を妻に持つロチェスターという男を愛し，ついに結ばれるまでを描いているが，みずから恋を相手に告白する女性の姿に，当時の社会的通念を打破した新しさがみられる．教養小説に怪奇小説の要素を加えたプロットは映画化の題材に適していて，サイレントから現在まで何回も映画化された．

梗概　ジェーン・エアは孤児で，おばの家で育てられていたが，このおばをはじめ子どもたちに虐待されて反抗的になり，ブロックルハースト氏を校長とするローウッド寄宿学校に入れられる．校長は狂信的で冷酷な人間であり，生徒の扱い方は非人道的であった．ジェーンはこの牢獄のような学校で6年間学び，つづいて2年間助教師を勤めたのち，広告で家庭教師の職を得て，任地のソーンフィールドに出かける．

ソーンフィールド邸は森を背景にした大きくて閑静な場所にあり，主人のエドワード・ロチェスター（Edward Rochester）は気むずかしい男で，数ヶ月も家を留守にして旅に出かけ，突然前ぶれもなく帰ってくるような生活を続けていた．ジェーンはロチェスターの昔の恋人の子であるアデールの家庭教師となってこの家に住み込むうちに，主人のロチェスターに思いを寄せるようになる．

ある夜，ジェーンはかん高い女の笑い声に目覚め，ロチェスターの寝室のカーテンに火がついて燃えあがっているのを発見したりして，幸福な生活を送りながらも不気味な恐怖におびえるようになる．ある夏の夕暮れに，ジェーンはついにロチェスターに彼女の気持ちを打ち明けると，ロチェスターも彼女を愛しており，求婚される．ところが結婚式の当日，式場に一人の男が現われ，ロチェスターには妻があり，この結婚は無効だと主張した．実はロチェスターには狂人の妻があり，彼は屋敷内に妻を隔離していることが暴露され，ジェーンはさきの夜のかん高い女の笑い声は，ロチェスターの妻だったことを知る．

ジェーンはこの家を逃げ出し，乗合馬車で所持金のつづく限り遠くへ落ちのび，放浪して倒れそうになったのち，やっと牧師に救われて学校教師の職を得る．ある日の夕方，ジェーンは助けを求めるロチェスターの声を聞いたような気がしてソーンフィールド邸へ駆けつけると，屋敷は狂った妻の放火であとかたもなく焼け落ち，妻は焼け死んでいた．そして妻を救おうとしたロチェスターは火で失明し，片手のない不具者になっていた．ジェーンはひっそりと別荘で暮しているロチェスターを訪ね，約1年ぶりで再会した二人は変らない愛情を告白し，心から愛し合って結婚する．

◇重要作品◇

嵐が丘 Wuthering Heights (1847)

エミリー・ブロンテ作　長編小説

解説　エミリーの書いた唯一の長編小説で，彼女はこの一作によって英文学史に不滅の名を残している．悪魔的性格をもつ主人公のヒースクリフの熱烈な愛と憎しみが，ヨークシアの自然を背景に描き出されている名作である．大部分の物語は，もと嵐が丘の家政婦であったネリーが，近くの屋敷を借りたロックウッドという男に語る形式で進められている．

梗概　ワザリング・ハイツ（嵐が丘）はヒースクリフ（Heathcliff）氏の住家の名である．「ワザリング」というのは，この地方で意味のある形容詞で，空が嵐になることをいうのだが，この家は嵐に吹きさらしになる位置にあった．

ヒースクリフは捨て子で，昔この家の主人であったアーンショウ氏に拾われて可愛がられた．彼は黒い顔をした強情な子で，この家の娘キャサリンと不思議に気が合ったが，息子のヒンドリーは彼を憎み，父の死後ヒースクリフを下僕扱いにして虐待する．やがてキャサリンは近くに住むリントン家の長男エドガーと親しくなる．キャサリンをひそかに愛していたヒースクリフは，彼女がエドガーと婚約したことを知ると，雷雨の夜に絶望して家出したきり消息を絶った．

3年後，ヒースクリフは富を得て帰って来るが，キャサリンはすでにエドガーの妻になっていた．ヒースクリフは復讐にとりかかり，かつて彼を虐待したヒンドリーの堕落に拍車をかけ，エドガーの妹イザベラを誘惑し，かけおちして結婚した上で彼女を虐待し，冷酷残忍な本性を発揮する．

キャサリンはエドガーと結婚後もヒースクリフが好きだったので，エドガーがヒースクリフを手荒く扱ったことが原因で部屋に閉じこもって絶食し，ついに正気を失う．死にかけているキャサリンの前にヒースクリフが現われ，彼女をしっかりとだきしめる．キャサリンが女の子を出産して死ぬと，ヒースクリフは木の幹に頭を打ちつけて悲しんだ．いよいよ復讐の念に燃えた彼は，ヒンドリーから屋敷をまきあげ，その子ヘアトンを虐待する．また，イザベラとの間に生まれたヒースクリフの息子リントンと，キャサリンの生んだ娘とを結婚させて，ついに二つの屋敷を自分の手中に収める計画に成功する．

だがヒースクリフは初恋の女キャサリンのことがいつまでも忘れられず，かつて彼女が死んだ時，その墓を掘りかえしたほどであったが，ついに彼女のまぼろしを夢みて恍惚となり，狂乱して断食する．そして死ぬ前に家政婦のネリーに「おれはもうすぐおれの天国に達するところだ．他人の天国なんておれにはまったく無価値だし，ほしくもない」といった．翌朝，ヒースクリフは窓から入るひどい雨にうたれたまま自室で死んでいた．

◇重要作品◇

虚栄の市　Vanity Fair（1847–48）

サッカレー作　長編小説

解説　ディケンズと並ぶヴィクトリア朝の代表的小説家サッカレーが，1847年から48年にかけて分冊で出版した代表作で，「主人公のいない小説」（a novel without a hero）という副題がついているように，上流社会の虚栄にみちた群像を描き，貧乏画家の娘ベッキーことレベッカ・シャープと，上流階級のおとなしい娘アミリア・セドリーのふたりの女性を中心にして筋が展開する．ナポレオン戦争が背景になっていて，舞台はロンドン，パリ，ブリュッセル，ライン河のほとりとはげしく移り変る．なお題名の「虚栄の市」はバニヤンの「天路歴程」の中に出てくる．

梗概　ベッキー（Becky）という愛称で親しまれているレベッカ・シャープ（Rebecca Sharp）は貧乏画家の父とフランス人のオペラ・ダンサーである母の間に生まれた利口で抜け目がなく勝気な娘であり，金持ちの商人の娘アミリア・セドリー（Amelia Sedley）は美しくて素直でしとやかな女性である．このふたりが一緒に学んだピンカートン女史の塾を去るところで，物語がはじまる．ベッキーは早く金持ちの夫と結婚してぜいたくな暮しをしたく思っているので，学友アミリアの兄ジョウゼフとの結婚を望むが，邪魔がはいって成功しない．貴族クローリー家へ家庭教師として住み込んだベッキーは，主人のピット卿に気に入られる．妻に死なれたピット卿がベッキーに結婚を申し込む前に，ベッキーは早まって卿の息子である賭博好きの騎兵隊将校ロードンと秘密の結婚をしてしまったため，ピット卿や富裕なロードンのおばを憤慨させる．

アミリアの方はジョージ・オズボーンという陸軍将校と結婚することになったが，父が投機の失敗で破産したため，強欲で頑固なオズボーンの父に反対されるが，ジョージの友人でひそかにアミリアを愛するドビン大尉が，うまくふたりを結ばせる．ウォータールーの戦いが起こって舞台はベルギーに移り，軍人である夫にともなってベッキーやアミリアもそこに集まる．ジョージは純情な妻のアミリアを愛さず，ベッキーに夢中になるが，戦死する．未亡人となったアミリアは，やがて生まれた息子と貧しい生活に入る．ドビン大尉はアミリアを援助し求婚するが，彼女は亡き夫を思って同意しない．一方，ベッキーは上流階級の紳士たちを巧みに操縦して，パリやロンドンの社交界をはなやかに泳ぎまわり，貴族スタイン卿と不倫の関係を結ぶ．それを知った夫のロードンは彼女をなぐりつけて離婚する．ベッキーはかつてアミリアの夫ジョージからもらった恋文を暴露して，ジョージが忠実な男でなかったことを示し，アミリアとドビンを結婚させる．このふたりは平和な家庭を持つが，ベッキーの方は最初に結婚を望んだ男ジョウゼフと同棲したりして，社交界をさまよい続ける．

【名句】Ah! Vanitas Vanitatum! (Ah! Vanity of vanities!)—ch.67
　　　ああ，虚栄の最たるもの．

◇重要作品◇

デイヴィッド・コッパフィールド　David Copperfield (1849–50)
ディケンズ作　長編小説

解説　ディケンズの最大傑作とみられるこの自伝的長編小説は、1849年5月から1850年11月にかけて月刊分冊で出版された。この大作の扉にかかげた序文で、ディケンズは「私の書いたすべての本の中で、私はこれが一番好きだ」といっている。作者の父親を思わせる貧乏だが快活な楽天家ミコーバ、善良で親切な女中のペゴティ、主人公のデイヴィッドと結婚する陽気で可愛い妖精のような女ドーラなどの登場人物が生き生きと描かれており、他の作品とくらべて著しく写実的であり、プロットも巧みである。

梗概　デイヴィッド・コッパフィールドは、イングランド東部の北海に臨む州サフォクのブランダストンで、父の死後6ヶ月して生まれた。母は忠実な女中クララ・ペゴティ (Clara Peggotty) に助けられ、わずかの遺産でデイヴィッドを育てたが、やがてエドワード・マードストンという残忍な男に言い寄られて再婚する。ところがこの男の妹まで乗り込んできて家政を独占し、デイヴィッドは家から追い出され、きびしい校長クリークルの経営するセイレム学寮に入れられて虐待されるが、美少年スティアフォースや愉快なトラッドルズと友達になる。母が死ぬと、この強欲な義父は、わずか10歳のデイヴィッドをロンドンの工場へ働きに出す。デイヴィッドは貧乏なのんき者のミコーバ (Micawber) の家に下宿したが、借金して牢獄に入れられてもきわめて陽気なこの主人は、このころのデイヴィッドにとっては唯一の慰めとなった。そのミコーバ氏が遠い所に引越すことになり、ロンドンの生活に耐えられなくなったデイヴィッドは、ドーヴァーに住むという伯母を頼って逃亡する。

伯母のベッツイ・トロットウッド (Betsey Trotwood) はデイヴィッドを引き取って、カンタベリーの弁護士ウィックフィールド家に寄宿させ、温好な紳士ストロング博士の学校に入れて教育する。デイヴィッドは弁護士の娘アグネス (Agnes) に親切にしてもらい、深い友情を結ぶ。卒業後、デイヴィッドはロンドンのスペンロウ・ジョーキンズ法律事務所の書記となり、スペンロウの娘ドーラ (Dora) と恋愛し、スペンロウに反対されるが、彼の死後遺産もないドーラと21歳で結婚する。そして速記術を学んで議会の速記者の仕事をしながら、次第に小説を書くようになる。まもなく妻のドーラは病死し、デイヴィッドは悲しみをまぎらすために約3年間ヨーロッパで生活する。その間にカンタベリー時代からひそかに彼を愛していたアグネスにやさしく慰められ、帰国した彼はアグネスと結婚する。ふたりの間には女の子が生まれ、老いた昔の女中ペゴティがその世話をした。そしてデイヴィッドは小説家として立派に成功する。

【名句】 My advice is, never do tomorrow what you can do today. Procrastination is the thief of time.—Mr. Micawber, ch.12
　　　今日できることを明日にのばすな。遅刻は時間泥棒。

◇重 要 作 品◇

ヘンリー・エズモンド　The History of Henry Esmond (1852)
サッカレー作　長編小説

解説　1852年に出版された歴史小説で,「虚栄の市」とともにサッカレーの代表作とみなされている.主人公ヘンリーの自伝の形で書かれており,18世紀初頭アン女王時代のイギリスの社会や風俗が,当時の文体を用いて巧みに描かれ,歴史的効果をあげている.独立戦争の頃のヴァージニア州を舞台にした「ヴァージニア人」は続編である.

梗概　「アン女王の軍隊勤務の大佐ヘンリー・エズモンドの自伝」という標題をもつこの小説は,ヘンリー・エズモンドが自分の子供のために書き残した自伝という形をとって物語が展開する.ヘンリー・エズモンドは貴族カースルウッド (Castlewood) 家に小姓として仕えている.彼は第3代カースルウッド卿の息子トマスが英仏戦争に従軍してブリュッセルに滞在中,身分の低い女に生ませた長子だったが,トマスはその女を棄てて英国に帰り,やがて従妹イザベラと結婚して第2代カースルウッド卿となり,イザベラの承諾を得てその子を小姓として引き取ったのであった.そのうちにカースルウッド卿は戦争で負傷して病没する.そこでカースルウッド卿のいとこにあたるフランシス・エズモンドがカースルウッド家を継いで第4代カースルウッド卿となり,妻レイチェル,娘ビアトリックス,幼い息子フランクを連れて移って来ると,当時12歳のヘンリー・エズモンドに初めて会った.

1694年に天然痘が大流行し,ヘンリーがこれにかかり,フランク夫人に感染し,夫人は美貌をそこねる.酒と賭博におぼれたカースルウッド卿は夫人に冷淡になり,それにつけこんで悪友モーハン卿が夫人を誘惑する.カースルウッド卿は怒ってモーハン卿に決闘を申し込み,ロンドンで決闘の結果,負傷して絶命する.臨終に際して,カースルウッド卿はヘンリーに彼の素性を明かし,ヘンリーが先代トマスの子で当家の正統な相続人である事実を打ち明けた.しかしヘンリーはこの秘密を他言せず,夫人とその息子フランクに対する義理を重んじ,相続権をすてて軍隊に身を投じ,1702年のイスパニア王位継承戦をはじめ多くの戦いに出征し,最後には大佐にまで昇進した.

戦いが終わって英国に帰ったヘンリーは,ビアトリックスに恋をするが,彼女はヘンリーを卑しんで相手にせず,ハミルトン公爵と婚約したが,公はのち決闘のため落命する.

ヘンリーはジェイムズ王党派に加わり,アン女王のあとつぎとしてフランスからジェイムズ3世と称する王子を連れてくるが,,好色な王子はビアトリックスとの恋に熱中したためにこの計画は失敗し,ヘンリーのビアトリックスに対する恋もさめる.ヘンリーはかねてから敬愛していた夫人レイチェルと結婚し,カースルウッド家の相続権をフランクに与えると,ふたりは大西洋を越え,アメリカのヴァージニア州へ農場開拓に出かけていく.

【名句】'Tis not the dying for a faith that's so hard; 'tis the living up to it that is difficult.—bk. 1, ch.6
　　　　むずかしいのは信念のために死ぬことではない.困難なのは信念を貫くことだ.

◇重 要 作 品◇

養老院長　The Warden（1855）

トロロップ作　長編小説

その作者　アントニー・トロロップ（Anthony Trollope, 1815–82）はロンドンで育ち，母フランセス（1780–1863）も多才な小説家であった．中央郵便局に勤め，1841年から59年まではアイルランドの郵便監督の事務に携わり，1867年身分の昇進につき不満を抱いて辞職するまで勤勉な官吏で，田舎の配達制度や郵便ポストの考案などもした．名誉欲のほかに収入を増すため小説の創作にはげんだこと，その具体的な所得金額などについて，彼は1883年没後出版の自叙伝の中で詳しく記している．小説には共通平凡な生活を描き，それをユーモアで生かしペーソスで甘くする，といった創作上の原則も見える．執筆能率を上げるために，彼は機械的な分量割当を作って完成予定までの日数を週ぎざみにし，書きながら語数を数えて完成予定には絶対に遅れず，分量も出版社注文どおりのものが書けたことを誇っている．毎朝5時半から朝食まで，時計を目の前において15分間に250語の割合の速筆で書き，汽車汽船の中でも書きつづけた．彼の作は広く歓迎を受けていたが，自叙伝で執筆内情が明るみに出て一般読者の反感を買い，とたんに売行はとまり評価もがた落ちになった．が，比較的最近になって，作者の主観をまじえぬ冷静な観察と平明な文章表現による正確な叙述が再認識され，再び高い評価を受けはじめている．

「バーセットシア」小説群　南英ソールズベリあたりを中心としてバーセットシア（Barsetshire）という架空の地方を設定し，第1作「養老院長」のハーディングが死ぬ時までを描いた6編の連作（第2は「バーチェスターの塔」，1857；第3「ソーン医師」，1858；第4「フラムレーの牧師館」，1861；第5「アリントンの小さな家」，1864；第6「バーセット最後の年代記」，1867）が60冊に及ぶ彼の著作中でも最優秀の定評がある．

「養老院長」　彼の出世作．おだやかで内気な主人公ハーディング（Septimus Harding）の愛すべき性格と複雑なシチュエーションが生む人情のからみあいが，読者に訴えたのである．ハーディングは教会の前唱者（precentor）であり，チェロ奏者で，中世教会音楽の研究を趣味としている．彼には亡妻の残した二人の娘があり，姉娘は国教会監督（Bishop）の息子の副監督グラントリ（Dr. Theophilus Grantly）の妻である．彼は慈善施設ハイラム養老院の院長として老人たちに敬愛され，施設所属資産の価額上昇による豊富な余剰金が彼の経済をうるおしている．改革心に燃える若い外科医ボールド（John Bold）がこの点を攻撃し，ロンドンの新聞もこれをとり上げ，収容老人たちの権利擁護のため訴訟が提起される．グランドリの強硬な介入にもかかわらず，悩んだハーディングは辞職し，妹娘エリナー（Eleanor）は恋仲のボールドに訴訟を取り下げさせ，二人は結婚する．監督は院長後任を任命せず，養老院は荒廃する．物語は第2編の「バーチェスターの塔」につづくが，ここではボールドはすでに死し，後家となったエリナーの愛を得ようとすることが主要人物の行動の背景要素のひとつになっている．

◇重要作品◇

リチャード・フェヴァレルの試練　The Ordeal of Richard Feverel（1859）
ジョージ・メレディス作　長編小説

解説　メレディス最初の本格的長編小説で，1859年に出版された．「我意の人」とともに，メレディスの小説中比較的一般に親しまれている作品である．父親の画一的な教育方針の対して，息子は自由を好み，我意を通し，そのため思わぬ苦難に遭遇して愛人を死なせてしまう悲劇を通して，ヴィクトリア朝上流社会の教育問題や道徳，常識，俗物主義を批判している．

梗概　サー・オースティン・フェヴァレル（Sir Austin Feverel）は，結婚後5年目に，親しくしていた詩人に妻を寝取られて以来，女嫌いの警句家となり，ひとり息子のリチャードを愛するばかりに後妻を迎えず，独自の規律で息子を教育することにした．彼は息子を育てる種々の規律（system）をノートに書きとめ，格式高い誇りに満ちた厳格なしつけをほどこすが，息子はかえって父の規則づくめの束縛を嫌い，自由に翼をのばしたがる．そして14歳のとき，リチャードは近くの農場経営者ブレイズの所有林で密猟をして鞭打たれた仕返しに，友人をそそのかして枯草に放火させ，その友人が投獄されるという事件を起こしてしまう．

父はリチャードを政治家にすることに決め，一緒に歴史や演説集を読み，詩を読んだり作ったりして空想にふけることを禁じた．そして25歳までは結婚させないことにし，それまでは一切の性的刺戟をリチャードから遠ざけようとした．ところが18歳になったリチャードは川でボートを漕いでいるとき，ブレイズの姪ルーシー（Lucy）という清純な少女に会って一目で恋に落ちる．父は例の放火事件の被害者である農夫ブレイズの姪に息子が接近したのを知って，ふたりの仲をひきはなす．フランスの学校へやられたルーシーがブレイズの息子と結婚するために帰省したのを聞いたリチャードは，ロンドンの下宿で彼女と秘密に結婚してワイト島へ蜜月旅行に出かけてしまう．父は息子を責め，この結婚を認めない．おじのエイドリアンにすすめられて単身ロンドンへ来たリチャードは，父との会見を待つ間に，貴族マウントフォルコンと別居中の妻マウントステュアート夫人に誘惑され，恥じと悔いのあまりに大陸に渡り，ライン地方をさまよい歩く．一方，ルーシーはワイト島でマウントフォルコン卿に誘惑されそうになるが，無事に逃れてロンドンで出産する．知らぬ間に子供ができて父となったリチャードは，嵐の山中で自然の霊感にうたれ，ルーシーのもとへ帰る決意をする．帰国したリチャードはマウントフォルコンの悪計と卑劣な行動を知って，フランスで決闘して重傷を負う．急を聞いた父のフェヴァレルはルーシーを連れて渡仏したが，ルーシーは心痛のあまり脳膜炎にかかり，リチャードが回復したときには，すでにこの世を去っていた．

【名句】Away with systems! Away with a corrupt world! —ch.9
　　　　規律はもうたくさん！ 腐敗した世の中もたくさんだ！

◇重要作品◇

国王牧歌　Idylls of the King（1859–85）
アルフレッド・テニソン作　長編叙事詩

解説　テニソンは1856年頃から本格的にアーサー王伝説に取材した生涯の大作にとりかかり，ヴィクトリア朝の倫理観にもとづく霊魂と感覚のたたかいを中心テーマにして，理想の必要性を説く長編叙事詩の連作を書きはじめ，59年に「イーニッド」「ヴィヴィアン」「エレイン」「グィニヴィア」の4編を合わせて「国王牧歌」と題して出版し，1万冊も売れた好評作となった．「イーニッド」はのちに「ジェレイントの結婚」と「ジェレイントとイーニッド」に分かれ，「ヴィヴィアン」は「マーリンとヴィヴィアン」と改題され，「エレイン」は「ランスロットとエレイン」となった．69年には「アーサー王出現」「聖杯」「ペレアスとエター」「アーサー王の死」の4編が加わり，72年には「ギャレスとリネット」「最後の馬上試合」の2編，85年には「ベイリンとベイラン」を加えて，全12巻は完結した．

梗概　「アーサー王出現」（The Coming of Arthur, 1869）では若きアーサーとグィニヴィアとの結婚が描かれる．「ギャレスとリネット」（Gareth and Lynette, 1872）は円卓の騎士になるため宮廷の下賤な仕事をしていたギャレスが，4人の騎士を倒し，幽閉の女を救い，彼を軽蔑していたその女の姉リネットに敬愛される物語．「ジェレイントの結婚」（The Marriage of Geraint, 1859）では，アーサー王に仕える騎士の一人ジェレイントが，イニオル伯の一人娘で貞淑なイーニッドの愛を疑いつつ結婚するまでを描き，「ジェレイントとイーニッド」（Geraint and Enid, 1859）では，疑い深いジェレイントは誤解から妻の貞操を疑うが，彼女は愛の力で夫を救って和解する．「ベイリンとベイラン」（Balin and Balan, 1885）は，兄弟の騎士ベイリンとベイランが，ヴィヴィアンにだまされて兄弟とは知らずに決闘し，ともに倒れる物語．「マーリンとヴィヴィアン」（Merlin and Vivian, 1859）は，老魔術師マーリンから魔術を習ったヴィヴィアンが，逆にマーリンを大木の中へ閉じ込める物語．「ラーンスロットとエレイン」（Lancelot and Elaine, 1859）では，ラーンスロットに純愛をささげて死ぬエレインと，ラーンスロットと女王グィニヴィアの道ならぬ恋が描かれる．「聖杯」（The Holy Grail, 1869）は，見えないものの実在性でもある聖杯を探し求めて失敗した円卓の騎士たちの物語．「ペリアスとエター」（Pelleas and Ettarre, 1869）は，青年騎士ペリアスがエターという女性に恋して裏切られ，友人の騎士にも裏切られて，円卓の騎士たちの腐敗ぶりを知る物語．「最後の馬上試合」（The Last Tournament, 1871）は宮廷最後の試合で賞の首飾りを得た騎士トリストラムが，コーンウォール王マークの妻にそれを与えるが，密会の場でマークに殺される．アーサー王は王妃や騎士たちに裏切られる．「グィニヴィア」（Guinevere, 1859）は，女王が騎士ラーンスロットとの不義の恋を断って，女子修道院に入り，王に罪を許されて，悔悟して死ぬ物語．「アーサー王の死」（The Passing of Arthur, 1869）は，大戦闘で円卓の騎士は全滅し，傷ついた王の最後を，生き残った騎士ペディヴィアが物語るエピローグ．

◇重要作品◇

フロッス河畔の水車小屋　The Mill on the Floss（1860）
ジョージ・エリオット作　長編小説

評価　エリオットの長編第2作で，「サイラス・マーナー」とともにもっとも人気のある作．女主人公のマギー（Maggie Tulliver）の情熱的でしかも知的な性格，特にその少女時代は作者の自叙伝だと評されている．激しい転変の中に浮かび上がる悲しくはかない恋，それに向ける世間の非難，そして結局は最後の勝利を占める兄への愛情，これが「古くからよく知っているもの；子供時代の愛着の思い出」が人の心に対し一番強い支配力を持つものだという作者の人生哲学の実証になっている．最後の場面で，大洪水という不慮の災難を持ち出してからみもつれたシチュエーションの解決としたのは，構成力の未熟を示すものだという批評はしばしばくり返された．しかし作者はそのフロッス河（現実には英国中部のトレント河）を，単なる背景や挿入的要素として扱わず，最初から作品全体を支配する不可抗の運命的な力を有する存在として描き出し印象づけている．

梗要と内容　水車場の所有者タリヴァー家の当主は，正直者だが頑固で教育がなく，用水権に関して訴訟を起こし，敗訴して破産する．息子のトムは，実際的な能力はあるが頭は鈍く支配欲が強い．彼は幼少時代から彼に深い愛着を持つ妹マギーに意地悪ばかりしている．彼は出世のためとて，大学出の牧師のところで実務には役に立たぬラテン語などをつめこまれる．寄宿学校に入っていた妹マギーと家に馳せ帰るが，父は失敗のショックを受けて落馬し，意識不明がつづいている．家財は競売に附せられ，親戚一同援助の手をさしのべようとしない．訴訟の相手方の弁護士ウェイケム（Wakem）は家屋敷を買いしめ，偽善的ないやがらせからタリヴァーを使用人として雇うことにする．

ウェイケムの溺愛する頭のよいせむしの息子フィリップは，マギーと幼い愛情を誓いあっているが，ウェイケムへの復讐を父に誓わされたトムはそれを許さない．

母方のいとこで繁栄しているディーン家のルーシー（Lucy Deane）を訪れたマギーは，ルーシーの婚約相手スティーブン（Stephen Guest）に紹介され，お互いに心を引かれる．スティーブンの駈落当てのたくらみから，二人が一つのボートで流される事件が起こり，マギーは町中の指弾を受け，トムは彼女を家から追い出す．フィリップとルーシー以外，マギーに理解を示してくれる人はいない．突然の大洪水が町を襲う．マギーの心にまず浮かんだのは水車小屋にいる兄のことであった．危険を冒してボートをあやつりながら兄を救い出すが，ボートは転覆し，和解し抱き合ったまま兄妹は溺れ死ぬ．作は後日物語として，二人の墓へのスティーブンとフィリップの別々の訪れを暗示的な美しい言葉で叙述して終わる．

副人物，特にマギーの母の生家ドドソン一家の低俗な思い上がった姉たち，その中でも負けずぎらいで意地の悪い長姉ジェイン，またトムの幼友達で，インチキ行商をやりながら没落した彼らへの愛情を忘れないボップなども，すぐれた描写として認められている．

◇重要作品◇

大いなる遺産　Great Expectations (1860–61)

ディケンズ作　長編小説

解説　少年が大人へと成長していく過程を，様々な出逢いと冒険を中心に，主人公ピップの語りの形式で描いたディケンズ第13番目の小説．ケントの田舎と大都会ロンドンを背景に，複雑なプロットとスリルに富む物語が最後には一つの流れとなって，幸せな結末にたどり着く．「デイヴィッド・コッパフィールド」と同類のディケンズ文学の秀作で，芸術的完成度も高く，世界中で広く愛読されている．

梗概　私の父の姓はピリップ (Pirrip)，私の名はフィリップ (Philip)，幼い私は両方ともピップ (Pip) としか発音できなかったので，自他ともにピップで通用している．

　ある寒い夕暮れ時，テムズ川下流の荒涼とした沼地の教会墓地で眠っている両親の墓へ行ったとき，足枷をはめられた恐ろしい囚人と出会った．飢えた囚人に乞われるまま，気の強い私の姉と結婚している鍛冶屋のジョー・ガージャリーの家から，ヤスリと食料を盗んできて，囚人に与えた．このマグウィッチ (Magwitch) という囚人は，兵士に追われて姿を消した．事業の共同経営者コンペンソンに裏切られて悪行に走り，刑を逃れて逃走中だった．

　鍛冶屋のジョーは，私より二十歳以上も年上で，力強くて優しい正直者だった．私はこの人間味豊かなジョーのもとで，鍛冶屋の弟子として修業しただけでなく，人生で大切なことを，いろいろ体得することができた．

　やがて私は，パンブルチュック叔父さんの紹介で，謎の隠遁生活を送っているミス・ハヴィシャム (Miss Havisham) の遊び相手として，陰気な大邸宅に住ませてもらうことになり，そこで美しくて高慢な養女のエステラ (Estella) という少女と出会って，一日で好きになった．それからしばらくして，ミス・ハヴィシャムの弁護士であるジャガーズ氏が来て，ある匿名の慈善家が，私に「大いなる遺産」を与えてくれることになったと告げた．その遺産のおかげで，私は鍛冶屋の仕事から解放され，ロンドンへ出て紳士修業をすることになり，ハーバート・ポケットという紳士と親しくなって，大都会の生活に馴染んだ．

　そんな私の前に，ある嵐の夜，例の脱獄囚のマグウィッチが姿を現わし，匿名の慈善家は自分だったという．さらにミス・ハヴィシャムは，死ぬ寸前にエステラがマグウィッチの娘であることを私に明かした．意外な真実を知って私は絶望し，偽善に満ちた紳士階級にも幻滅感を味わった．しかし，監獄にいるマグウィッチの臨終に立会って，この囚人の美しい心に触れると，あの純真な鍛冶屋のジョーが懐かしくなった．

　月日は流れ，友人のハーバートとエジプトへ行っていた私が故郷へ帰ると，荒れ果てた邸宅の跡で，愛のない結婚をして未亡人になったエステラと再会した．二人は「いつまでも友達でいる」ことを誓った．おりから夕霧が晴れて，明るい未来が見えるようだった．

【名句】I don't complain of none.—Magwitch. ch.56

　　　　わしは絶対ぐちを言わんよ．

◇重要作品◇

不思議の国のアリス　Alice's Adventures in Wonderland（1865）
ルイス・キャロル作　童話

解説　世界中の子どもたちに親しまれているばかりでなく，言葉遊び，ナンセンス，パロディなど，ユーモアあふれる言語表現と，様々な視点から解釈できる物語が，大人の知的好奇心をも刺激し続けているイギリス児童文学の古典．オックスフォード大学の数学者であったルイス・キャロルが30歳の1862年の夏，友人と学寮長の家族と共にテムズ川にピクニックへ出かけた際，学寮長の9歳の娘アリス・リデルにせがまれて，即興で聞かせてあげた物語がこの童話の原型である．半年後に文章にまとめられ，「アリスの地下の冒険」（Alice's Adventures in Underground）と題されたその物語はアリスに贈られたが，その後挿絵画家のジョン・テニエルの挿絵を入れ，加筆されて出版された．作者は1872年，再びアリスを主人公として，ハンプティ・ダンプティなどが登場する「鏡の国のアリス」（Through the Looking Glass）を発表している．

梗概　土手でお姉さんのそばでぼんやりとしていたアリスの目の前を，一匹の白うさぎが通り過ぎて行く．チョッキを着てポケットから時計を取り出して見たりする不思議なそのうさぎに興味を持って追っていったアリスは，うさぎが飛び込んだ穴の中に入ってしまう．その深い穴は落ちていくのにあまりにも時間がかかるので，アリスは落ちながら飼い猫のことなどを思い出したりしていると，ようやく無事に地面に落ち，また白うさぎを追ってある部屋へと入る．その部屋の小さなドアを何とか通って出ようとして，アリスは部屋にあった瓶の中味を飲んで，体が25センチほどに縮んでしまい，次にケーキを食べると頭が天井にぶつかるほど，体が大きくなってしまうのだった．再び小さくなったアリスは，大きくなった時に流した自分の涙の水たまりの中を泳ぎ，ねずみや鳥たちと岸へと上がる．再び目の前を通った白うさぎに手袋と扇を探してくるように命じられたアリスは，白うさぎの家に入りこむが，また小さな瓶の中味を好奇心から飲んでしまったために，腕や足が窓や煙突から飛び出るほど体が再び大きくなってしまう．何とか小さくなって家を脱け出したアリスがその後出会うのは，キノコの上の芋虫，くしゃみばかりしている公爵夫人と豚の赤ん坊，笑い顔だけ残して姿を消したり現われたりするチェシャ猫，止めどもないお茶会を開いている帽子屋や三月うさぎ，気を悪くしてすぐに首をはねたがるカードの姿をしたハートの女王や，えびのダンスをして見せるグリフォンと亀まがいなど，おかしな生き物ばかり．パイを盗んだ男を裁く裁判で証人として呼ばれたアリスが女王に反発して叫んだ時，法廷の面々はカードとなって舞い，気がつくとアリスは土手の上でお姉さんの膝に頭をのせて寝ていたのだった．

【名句】Everything's got a moral, if you can only find it.—The Duchess. ch.7
　　　　何にだって格言はあるものよ．見つけるかどうかですけどね．

◇重要作品◇

指輪と本 The Ring and the Book（1868–69）

ロバート・ブラウニング作　長詩

解説　1860年，当時イタリアに滞在していたブラウニングは，17世紀のローマで起こった殺人事件に関して検察官と弁護人が提出した裁判記録を古物商から手に入れた．彼はすぐにこの事件に興味をもったが，1861年に愛妻を失ったのでロンドンに帰り，しばらくたってから執筆にとりかかって，4年をかけて全12巻21,116行からなり，各巻がそれぞれ一人の語り手の劇的独白で進められる長詩を書きあげ，3巻ずつ1冊にして1868年に2冊，1869年に2冊を出版して完結させた．ある殺人事件をめぐって，作者を含めた10人の登場人物が，それぞれの視点から事件を語り，独白を通じて語り手の心理と性格がうかびあがってくる．芥川龍之介の短編「藪の中」（1922）に似た手法で描かれている．

梗概　第1巻は作者が語り手で，亡き愛妻の指輪を読者に示し，ローマの宝石商がこの指輪を純金と合金をまぜて巧みに作りあげたように，詩人はフローレンスの古物商で見つけた古い殺人事件の裁判記録である「この四角い古い黄色の本」を素材にして，想像力を加えてこの長詩を創作したいきさつを語り，事件のあらましをのべる．

　破産しかけた名門の初老のグィードー伯は，持参金目当てに13歳の美しいポンピリアという娘と結婚し，娘の養父母を居城に引き取る．しかし養父母はグィードー伯の貧しい生活に失望し，財産を相続させるのがおしくなってローマへ逃げ帰り，ポンピリアは実の娘でないと主張した．グィードー伯は身おもな妻を虐待したので，妻は青年僧に助けられて逃亡したが，追って来た夫に捕らえられて姦通罪で訴えられる．彼女は尼僧院へあずけられたのち，養父母のもとへ帰って男子を出産する．そこへグィードー伯が4人の部下を連れて現われ，一家を殺害する．グィードー伯は弁解するが死刑になった．

　第2巻では，自分の妻に疑いをいだく男が，ローマの半分を代表して，重傷をおったがまだ息のあるポンピリアを非難して，グィードー伯に同情的な意見をのべる．第3巻は独身の男が，ローマの他の半分を代表してポンピリアに同情的な意見を語る．第4巻では第三者的な立場から，どちらにも味方しない上流階級の代表的な意見がのべられ，第5巻では裁判官の訊問に答えて，新妻殺しの殺人，グィードー伯の自己弁護が展開される．第6巻に入ると姦通罪の疑いをかけられた青年僧が，ポンピリアを殉教者とみなす力強い弁護を展開する．第7巻は絶命するまで4日間生きのびたポンピリアが，尼僧たちに語る哀れな身の上話で，これだけでも独立した名編とされる．第8巻ではグィードー伯の弁護人が，名誉棄損に対する正統防衛の立場から弁護を展開し，第9巻では検事のきびしい論告があり，第10巻で法王が死刑の裁決を下し，第11巻では獄中で無罪を主張するグィードー伯の弁解があり，第12巻では，作者の立場にもどって，死刑の様子などが4つの報告書によって語られる．

◇重要作品◇

ミドルマーチ市　Middlemarch（1871–72）
ジョージ・エリオット作　長編小説

評　価　エリオット最大の長編であるばかりでなく，英国小説史上第1のランクにおかれる名作．特に第74章，過去に埋め隠した悪の故に審かれ苦悩する夫と悲しみを分かちあうブルストロウド夫人，無力な，教養も不足な，しかし忠実な魂を持つ女性をみごとに描き上げた場面などは，文学における最高の瞬間だとまで絶賛されている．

構成の広大と緻密さ　19世紀前半英国中部の一地方都市（ウォリックシアのコヴェントリー市がモデル）の，さまざまに人生態度を異にする男女を捕らえていきいきと描き出し，深奥にひそむものの考え方や心的習慣が，正確に最も明瞭な形で提示されうる場面場面を自然な形で導き出し組み立ててゆく．人生に対する広い知識を背景にして，性格分析における作者の比類ない天才はあますところなく示し出され，トルストイの「戦争と平和」（1864–69）にも比較される．主筋は4組の男女をめぐる物語であるが，4つの糸が互いに緊密な関係を保ちながらも，いささかも混雑を起こさず，明快に魅力的にまとめ上げられている．

梗　概　第1の中心人物は人生に対し高い理想を心に抱く純潔で熱烈な気質の女性ドロシーア（Dorothea Brooke）で作者は彼女を16世紀スペインの聖女テレサにたぐえている．孤児として妹とともに富裕な叔父に育てられた彼女は，慕いよる貴族の求愛をもしりぞけ，知的興味に動かされて，役にも立たぬ広範な宗教史研究に没頭する初老の牧師カソーボン（Casaubon）と結婚する．新婚旅行でローマへ行った彼らは，絵をたしなみカソーボンを軽蔑するラディスロー（Will Ladislaw；カソーボンの母方の伯母の孫）に再会する．不幸な結婚生活．カソーボンは二人の仲を疑い，もしラディスローと再婚すればすべてを失う意味の遺言補足をして間もなく死ぬ．第2の中心人物は，野心を持ち科学上の新発見や医学の改革の夢をみている若い外科医リドゲイト（Tertius Lydgate）で，町の同業者たちには反感を持たれている．彼の不運は，美貌だが俗っぽくうつろな生活ばかり夢みている贅沢でえこじなロザモンド（Rosamond Vincy）との不釣合いな結婚であった．ロザモンドの兄フレッド（Fred Vincy）は7人兄弟の長子で，父は市長もしている上流階級の家ながら，のらくらの無能者であるが，幼なじみのメアリ（Mary Garth）の熱意と愛情にささえられて幸福・着実な新生活に入る．幼いときつちかわれた愛情の力への信頼は，この作者の一人生観である．正義感に富むその父（Caleb Garth）は気骨ある伝統的な英国人のタイプである．市長ヴィンシーの妹の夫である富裕な銀行家ブルストロウド（Nicholas Bulstrode）は若いころ犯した罪が，たまたまその秘密にあずかった者との遭遇，恐喝，そしてその恐喝者の病死にブルストロウドの行動が関係あるらしいこと，とからんで世の表面に出，信心ぶかい態度も社会福祉につくす努力も，すべてはくわせものの仮面と判断され，これまでの繁栄のすべてを捨てて世から追われる者になったが，妻（Harriet）の誠実な愛情を力に，他の土地に移ってつましい余生を送ることになる．

◇重要作品◇

帰郷 The Return of the Native (1878)

トマス・ハーディ作　長編小説

解説　この長編はパリからエグドンへ帰郷した理想主義的な青年クリムと，情熱的で都会にあこがれる女ユーステイシアとの恋愛を中心に，5人の主要人物の愛情のもつれをウェセックスの荒野を背景に描いたハーディ中期の傑作で，1878年に3冊本で刊行された．自然描写にすぐれた劇的小説で，構成の密度も高い．

梗概　ウェセックスのエグドン・ヒースと呼ばれる淋しい荒野にすむユーステイシア・ヴァイ（Eustacia Vye）は，恋愛の夢想を追う若くて美しい女性で，いつかはこの荒野を出て，はなやかな都会で生活したいと思っている．彼女はもと技師で今は居酒屋を経営するワイルディーヴがトマシンという女と結婚しようとすると，他の女に負けまいとするその勝ち気と情熱的衝動から，ワイルディーヴを荒野にさそい出して逢いびきし，彼との昔のよりをもどそうとした．

　そのころ，トマシンのいとこに当たるヨーブライト家の青年クリム・ヨーブライト（Clym Yeobright）が，未亡人の母とクリスマスを過ごすためにパリから帰郷した．クリムはこのエグドン・ヒースに生まれ，パリへ出て宝石商となったが，「世界のどんな所よりこの丘に住みたい」ので，この際宝石商をやめてこの荒野で学校を開く考えで帰郷したのであった．村人たちはクリムとユーステイシアが結婚すれば，似合いの夫婦になるだろうと噂し合った．それを聞いたユーステイシアはクリムにあこがれるようになり，情熱を傾けて彼に近づいた．クリムは母親の反対をおしきってユーステイシアと結婚し，母親と別居した．

　クリムは猛烈に勉強したため眼を悪くして，もっぱらエニシダ刈りの仕事に専念する．パリへ行きたくてクリムと結婚したユーステイシアの夢は破れた．彼女はトマシンと結婚した昔の恋人ワイルディーヴと村祭で踊った．そのうちにクリムの母親はやっと息子夫婦を許す気持ちになり，仲直りするために荒野を横切って息子に会いに行った．ところが息子は百姓仕事に疲れて眠っており，ユーステイシアはワイルディーヴと逢いびき中だったので母親を閉め出した．母親は帰り道で蝮（まむし）にかまれて死ぬ．この事件がもとでクリムとユーステイシアは別居する．ユーステイシアは再びワイルディーヴを誘惑して，彼と都会へ駆落しようとしたが，さすがに自責の念にかられ，嵐の荒野をさまよい，川に身を投げて死ぬ．ワイルディーヴも彼女を救おうとしておぼれ死んだ．夫に死なれたトマシンは，やがて酪農場をはじめたヴェンという以前から彼女を恋していた親切な男と結婚する．母を失い，妻を失ったクリムは，独学で巡回説教師になる勉強をして，この道を天職として荒野で暮していくことになった．

◇重要作品◇

我意の人　The Egoist（1879）
　　　　　　　　　　　ジョージ・メレディス作　長編小説

解説　メレディスの最大傑作とみられているこの長編は1879年に出版された．エゴイストの一典型を批判的に描き，女性には知力を養い，人生に対する理解を深めることを要求しているが，作中人物の複雑な心理描写に大半が費やされており，事件は少なく，時間の経過も短い．「序章」（Prelude）で作者の主張する「喜劇精神」（Comic Spirit）というのは，うぬぼれ，気取り，偽善，愚かさ，感傷性など人間の笑うべき欠点を結合させた社会の叡智（our united social intelligence）を発見するたびに，憐みの感情がこもったあたたかい目で笑い，反省をうながす作用で，作中では登場人物を巧みに批評する警句家マウントスチュアート夫人に，この喜劇精神が最もよく現われている．

梗概　サー・ウイロビー・パターン（Sir Willoughby Patterne）は美男の若い金持ちの貴公子で，警句家のマウントスチュアート夫人が彼のことを「あの人には脚があるわね」と評したのは，精神的徳性よりも官能の著しい性格を暗示しているようである．屋敷裏に住む貧しい退役軍人の娘リティシア・デイル（Laetitia Dale）は，少女時代からサー・ウイロビーをひそかに愛し，彼の誕生日に詩を作って捧げたりしていたが，サー・ウイロビーは大地主の美しい娘コンスタンシア・ダラム（Constantia Durham）に心をひかれ，彼女が他の男に猛烈に求婚されている噂を聞くと，すぐに彼女と婚約してしまった．しかしコンスタンシアは，サー・ウイロビーが東洋の戦地で輝かしい武功をたてた貧しい親類の軍人を手紙で招いておきながら，いざ年取って風采のあがらないその男が彼の邸に現われると，取巻きの紳士淑女に紹介しかね，不在と称して会わずに追い帰した彼のエゴイズムに愛想をつかし，他の求婚者と結婚してしまった．サー・ウイロビーはふたたびリティシアに近づき，数ヶ月間内輪の求婚を続けたのち，突然世界旅行に出かけてしまう．3年の海外旅行から帰ったサー・ウイロビーは，リティシアと結婚するようなそぶりを見せて彼女に望みを甦らせておきながら，今度は名高い学者ミドルトン博士の才色兼備の令嬢クレアラ・ミドルトン（Clara Middleton）に魅了されて，彼女に結婚を申し込む．マウントスチュアート夫人が「磁器製の優美ないたずら娘」と批評するクレアラは，父とサー・ウイロビーの屋敷に起居するうちに，彼の冷酷で極端に身勝手な性格を見抜き，サー・ウイロビーのいとこのヴァーノン（Vernon）の温厚で詩と哲学がある点に共鳴して，彼と結婚してしまう．またもや相手の女性にふられたサー・ウイロビーは，幾度も純情を傷つけてきたリティシアに求婚する．リティシアはきっぱりとこの求婚を拒絶したが，結局このふたりは結婚することになる．

◇重要作品◇

宝島　Treasure Island（1883）

スティーヴンソン作　長編小説

解説　スティーヴンソンの名を世界的に有名にした冒険小説の傑作で，1883年に出版された．一本足の海賊シルヴァーと競争で宝探しをするジム少年の冒険を緊密な構成で描いた少年文学の古典で，読者に無限の夢を与えてくれる．時代は18世紀である．

梗概　ぼくの名前はジム・ホーキンズ（Jim Hawkins）といい，ブリストルの港に近い入江の宿屋「ベンボー提督屋」のひとり息子だ．ある日，顔にサーベルの傷がある老水夫が泊まりこんだ．この老水夫は毎日望遠鏡をもってあたりをうろつき，ぼくに一本足の船員が現われたらすぐに知らせてほしいといったが，やがてブラック・ドッグと呼ばれる3本指の男が，この老水夫を追って姿を現わし，ふたりは決闘し，ブラック・ドッグの方は傷を負って逃げ去った．

老水夫が卒中で死んだとき，ぼくと母は，この老水夫が大切に持っていた箱をあけ，母は未払いになっている勘定の分だけお金をとり，ぼくは油布の包をとった．ぼくたちが家を出ると間もなく，3人の男が戸をこわして家に侵入し，家中を探しまわったが，彼らの探しているものはどこにもなかった．ぼくは彼らの狙っているものが油布の包みであることを知っていたので，それを大地主や医者に立ち合ってもらって開くと，中から宝島の海図が出てきた．大地主は，早速ブリストルでヒスパニオラ号という船を買い，乗組員をやとって宝探しに出かける準備をととのえたが，乗組員の中に，ジョン・シルヴァー（John Silver）という一本足のコックがまぎれ込んでいた．

宝島へ近づいたある日，ぼくはリンゴが食べたくなって甲板へ出ると，シルヴァーたちが宝を横取りする相談をしていたので，ぼくはリンゴの樽の中へもぐりこんでその話を盗み聞いた．ぼくは船長や大地主や医者を呼んで海賊どもの計画を話し，彼らをやっつける相談をした．26人の乗組員中，敵は19人，味方は子どものぼくを別にすれば6人だった．宝島へ着くと，シルヴァーを先頭に海賊どもは上陸した．ぼくも一緒に上陸して海賊どもの行動を見張り，3年前にこの島へ置き去りにされた海賊ベン・ガンに会って味方にした．

やがて船長や大地主は船をすてて宝島へ上陸し，シルヴァーたちと対決した．ぼくは船長のもとをぬけ出して単独で船に乗り込み，船を占領して島へもどったが，シルヴァーにつかまってしまった．シルヴァーは宝島の地図を手に入れており，それをたよりに指定の場所に着くと，以前フリント船長が埋めた70万ポンドの宝はすでに掘り出されて，奪われたあとだった．宝は先にベン・ガンが見つけて，安全な別の場所に移してあったのだ．こうしてぼくたちは宝を手に入れ，改心したシルヴァーを連れ，生き残った3人の悪党を島に残して帰途についた．

◇重要作品◇

ジーキル博士とハイド氏　The Strang Case of Dr. Jekyll and Mr. Hyde（1886）
スティーヴンソン作　中編小説

解説　1886年に出版されて前作「宝島」をしのぐ爆発的な売れ行きをみせた．人の心の奥にひそむ善と悪との葛藤を，二重人格の悲劇というかたちでとりあげた寓話的中編小説の傑作で，二重人格といえばこの小説を思い出すほど世界中で有名になった．

梗概　弁護士アタソンは彼の遠縁に当たる青年エンフィールドが，ある暗い冬の朝，家へ帰る途中，異様な顔つきの小男が幼い少女と曲り角で衝突すると，まるで悪魔のしわざのようにその女の子を踏みつけて逃げようとしたのをつかまえ，ハイドというその若い男から百ポンドの慰謝料をとってやったという話を聞いて，友人のジーキル博士からあずかった遺言状のことを思い出す．その遺言状にはジーキル博士が全財産を彼の友人であるエドワード・ハイド氏に譲渡すると書かれてあったが，ハイドという人物の素性はだれにもわかっていなかった．そこでアタソンはエンフィールドから聞いたハイドが入っていったという2階建てのうす気味の悪い家の附近に張込み，やっとハイドという醜い姿をした小男を見ることができた．その足でアタソンはジーキル博士を訪ねたが，博士は不在だった．しかしハイドが入っていった家はジーキル博士の家の裏口であることを確かめることができたので，ジーキル博士に何か古い悪事があって，ハイドがそれを知って金をゆすり取ろうとしていると想像し，博士に同情してハイドの素性を調べることにした．

約1年後，ハイドは狂暴性を発揮して，何年か前にアタソンがジーキル博士に贈ったステッキを使って老代議士をなぐり殺し，踏みにじって逃亡するという残酷な事件が起こった．ジーキル博士は，以後この世に姿を現わさないと宣言したハイドからの手紙をアタソンに見せたが，その手紙の筆蹟とジーキル博士が友人に出した夕食の招待状の筆蹟が一致していることが判明する．続いてジーキル博士の親友であったラニヨン博士が病死した時，彼はアタソンにジーキル博士の死亡または失踪の時まで開封を禁じた手紙を残していた．

ジーキル博士はラニヨン博士の死後，実験室に閉じこもり，妙な薬をほしがり，声が変わって別人になった話や，ハイド氏が中にいるらしいという噂を聞いて，アタソンが実験室の扉をこわして中へ入ると，死んで間もないハイドの死体があったが，ジーキル博士の姿はなかった．しかしラニヨン博士の手記を読むように指示したジーキル博士の手紙が発見される．ラニヨン博士とジーキル博士の手記により，ジーキル博士とハイド氏は，実は同一人物であったことが判明する．才能があり善意に満ちた大柄なジーキル博士は，薬学方面に関心が深く，自分の醜悪な面をもうひとりの分身ハイドという小柄で醜い男に固定する薬を発明したが，悪事にふけるうちに，薬を使わないでもハイド氏の方の姿を常にとるようになって，破局がおとずれたのだった．ラニヨン博士の死は，この秘密を知ったためのショックだった．

◇重要作品◇

少年誘拐　Kidnapped（1886）

スティーヴンソン作　長編小説

解説　スティーヴンソンの最高傑作ともいわれ，作者自身も第1の傑作として自選していたこの冒険小説は1886年に出版された．「デイヴィッド・バルフォアの1751年の冒険の覚え書」という副題がついており，1893年に出版された「カトリアナ」（Catriona）は，この長編の続編である．巧みなプロットとすばらしい迫力で，主人公のデイヴィッドの海と陸での冒険が絵巻物のように展開し，自然描写もすぐれている．

梗概　私は自分の冒険談を，1751年6月のある朝から始めることにする．私はデイヴィッド・バルフォア（David Balfour）という18歳の少年で，スコットランドの片田舎の学校教師の息子として育った．母親に続いて父親も世を去ったので，村を出るとエディンバラ附近に住むおじを訪ねていくことにした．このおじは守銭奴の悪人で，近所の人びとに嫌われ，広い邸宅にひとりで住んでいたが，私と会っても喜ばず，私を殺して財産を横領しようとたくらんでいた．私は父の方が兄で，おじは弟でありながら財産を横領したことを知った．ところがおじは私を奴隷船の船長に誘拐させ，アメリカに奴隷として売らせようとした．私を乗せた船は難航を続け，スコットランドの北端ロース岬を越えて西海岸にまわったある夜，ボートと衝突し，そのボートのただひとりの生き残りであるアラン・ブレック・ステュアート（Alan Breck Stewart）というジェイムズ王党の闘士を救いあげた．船員たちはアランの持っていた金に目をつけ，奸計をめぐらして彼を殺害しようとしたが，私はそれを知ってアランを助け，多数のあらくれ船員を相手に戦った．ところが船は西海岸の魔の沖で沈没し，私は奇蹟的に助かって無人島に漂着し，島で3日間暮したのちに本土に渡ることができた．たまたま私は悪代官コーリン・キャンベルが暗殺された現場に居合わせ，暗殺者の姿を見かけたのでそのあとを追っていたところ，逆に陰謀加担の嫌疑をかけられ，虐殺の疑いで捕われようとしたが，附近に船が沈んだ時やはり生き残ったアランがいて，ふたりは危うく追跡の手をのがれ，スコットランドの高原を東に向かって苦しく危険な旅を続けなければならなかった．

それから約2ヶ月，さまざまな冒険を重ねつつ追手をのがれ，かろうじてエディンバラへたどり着くことができた．そしてアランや弁護士の助力を得て，みごとにおじの計略の裏をかき，さんざんとっちめて悪行の泥をはかせた．そして邸宅や地代はおじにまかせておくかわりに，年収の3分の2は私に支払うことでうまく話をつけることができたのだった．やがて私はアランと別れることになったが，長い間行動を共にした彼と別れると，ひどくさびしい気持になった．

◇重要作品◇

幸福な王子　The Happy Prince and Other Tales (1888)
オスカー・ワイルド作　童話集

解説　美しい文章で献身的な自己犠牲や愛，エゴイズム，残酷さなどを描いた傑作童話集．特に表題作の「幸福な王子」は絵本やアニメーションにもなり，世界中の子どもたちに親しまれている．ワイルドは第二童話集「ざくろの家」(The House of Pomegranates, 91) でも，「若い王」(The Young King)，「王女の誕生日」(The Birthday of the Infanta)，「漁師とその魂」(The Fisherman and His Soul)，「星の子」(The Star-Child) の4編を通じて，人間の美と醜を流麗に描いている．

「幸福な王子」(The Happy Prince)　生きていた間は幸福だった王子の像は，町の高い場所に立てられているので，貧しい人々の苦しい生活が見えてしまい悲しんでいる．王子はこの町に飛んできた一羽のつばめに，貧しい家の病気の男の子のところへ，自分の刀の柄についているルビーをはずして届けてくれないかと頼む．一晩だけならと使者の役目を果たしたつばめだったが，幸福な王子に頼まれ，像のサファイアでできた両眼や体を覆っていた純金の箔まではがし，貧しい人々の元へ次々に届けていく．やがて雪が降って寒くなっても，つばめは王子の元を去ろうとはせず，命つき，その瞬間，王子の鉛の心臓が音を立てて割れる．変わり果てた像を見た市長らの決定によって，幸福な王子の像は取り壊されてしまうが，天使の手によって，鉛の心臓と死んだつばめは天国に届けられる．

「ナイチンゲールとばら」(The Nightingale and the Rose)　赤いばらを持ってきてくれたら踊ってあげると言った令嬢を思い，自分の庭に赤いばらのないことを嘆く学生．その学生に恋をしたナイチンゲールは，ばらの枝の棘を胸に押し当てて，自分自身の胸の血で染めて赤いばらを作り，命絶える．しかしばらは，令嬢にあっさり拒否され，学生は失恋してしまう．

「わがままな大男」(The Selfish Giant)　わがままな大男が自分の庭で子どもたちが遊ぶことを禁じると，春が来ても彼の庭だけは冬のままで，夏も秋も訪れない．ある朝，春の空気を感じた大男は外を眺め，子どもたちが庭へ入りこんで楽しく遊んでいる光景を見るが，その中で小さな男の子が一人，木の枝に手が届かず泣いているのに気づく．その男の子を見ていた大男は心が和らぎ，その子を木に乗せてやり，庭も子供たちの遊び場として開放する．ある冬の朝，大男の心を和らげたその男の子が両手両足に愛の傷を負って現われ，大男を天国という庭へと連れて行く．キリスト教的な愛と象徴に満ちた寓話．この他に献身的な友と不誠実な男を描いた「忠実な友」(The Devoted Friend)，うぬぼれたロケットを主人公にした「すばらしいロケット」(The Remarkable Rocket) を収録．

【名句】 The children are the most beautiful flowers of all.—'The Selfish Giant'
　　　子どもたちこそ何よりも美しい花だ．

◇重 要 作 品◇

ドリアン・グレイの画像　The Picture of Dorian Gray（1891）
オスカー・ワイルド作　長編小説

解説　ワイルド唯一の長編小説で，芸術至上主義的な意図のもとに彼の芸術論を実践した作品．彼の代表作であるばかりか世紀末文学の特徴をよく表わした作とみられている．「芸術家とは美しいものを創造する人である」(The artist is the creator of beautiful things.) に始まるこの小説の序文の中で，「道徳的な書物とか不道徳な書物とかいうものは存在しない．書物はよく書けているか，まずく書けているかである．それだけのことだ」と書いて彼の立場を表明している．

梗概　ロード・ヘンリー・ウォットンは友人の画家バジル・ホールワードを訪ね，芸術的理想の権化ともいうべき20歳の美貌の青年ドリアン・グレイの肖像画が完成しているのを見る．やがてヘンリー卿はドリアンに紹介されたとき，ヘンリー卿は画像は不変の美を保つが，ドリアンの美貌は年とともに皺（しわ）がふえて醜くなっていくのだから，青春こそ最も価値のあるものだと説いてきかせた．そこでドリアンは永遠の青春を願うようになり，青春を享楽して生の一切を知ろうとする．そしてある劇場でジュリエットを演じているシビルという女優を恋するようになり，彼女に結婚を申しこむ．ところが演技が人生のすべてだったシビルは，恋を経験すると大根役者になり下がってしまい，ドリアンに捨てられて自殺した．するとドリアンの画像の口もとには残忍さが浮かんで，その表情は醜悪になったが，ドリアン自身の若さと美しさは少しも損なわれなかった．ヘンリー卿の快楽主義的人生観に影響されたドリアンは，サロンの花形となって退廃的な官能の快楽にふけるにつれて，画像はますます醜悪さを加え，子どもの頃，ドリアンにつらく当たった祖父そっくりの顔になったので，彼は画像を見るのを嫌い，眼にふれない場所に隠した．

ドリアンが38歳になったある霧の深い夜，自分をとりまくさまざまな醜聞の心配をしてくれる画家バジルをうるさく思い，また自分の不幸の原因となる画像を描いたこの画家に憎悪をいだき，ドリアンはついにバジルをナイフで刺し殺した．すると画像はさらに醜悪の度を加え，今やドリアンの周囲は不幸と悪徳だけになってしまった．ドリアンの命をつけ狙っていたシビルの弟は不慮の死をとげ，ドリアンに脅迫されてバジルの死体を処理した化学者は自殺する．壁の画像の容貌が醜悪さを増したのに耐えきれなくなったドリアンは，不幸の原因となった醜い画像を破りすてて新生を志す．そして自分の一切の過去を拭い去って自由と平安を得ようと，ナイフで画像を突き破った瞬間，叫び声が邸宅中に響きわたる．おびえた召使たちが恐る恐る主人の部屋に入ってみると，壁には最初に描かれたときのようにすばらしい青春と美にあふれ輝くドリアン・グレイの画像がかかっていた．だが床の上には，夜会服を着て，胸にナイフを突き刺したドリアン・グレイが死んで倒れていた．その風貌は見るからにいまわしく皺だらけの醜い老人であった．

【名句】The way of paradoxes is the way of truth.—ch.3　逆説への道は真理への道である．

◇重要作品◇

ダーバーヴィル家のテス　Tess of the D'Urbervilles（1891）
ハーディ作　長編小説

ハーディ作中での位置　ハーディの作中最も有名かつ広く愛好されている作品．可憐誠実な女主人公テスの運命が不当に暗澹たるものであることが，非難のたねとなった．その相手エンジェル・クレアは，精神的に一番作者ハーディに近い人物だと評されている．複雑ななり行きをたどるこの作は種々の批判を呼び起こし，特に社会制度や形式化して冷酷な宗教や過重な刑法に対する作者ハーディの批判だとか，野卑な新興商工階級のモラルのなさへの攻撃だとか，さまざまな憶測がなされたが，作者の考え方は序文にあるように，人生をリアルに描き出すことであり，諸種の社会批評は副次的要素として受けとるべきであろう．

梗概および内容　テス（Tess Durbeyfield）の父はブラックモアの谷間の寒村マーロット（Marlott）に住む貧しい運送屋であるが，地方史を研究している牧師から，お前は前々々このあたり一面を領していたダーバーヴィル家の直系の子孫で当主だと教えられてから，空想に耽って働かない．代わりに荷車を走らせたテスの不注意から車は衝突して，たった1匹の老馬は死んでしまう．両親のいいつけで東へ10数マイル離れた土地にいるダーバーヴィルという家を訪れたテスは，女中として働くうち，若主人で道徳観念を持たないアレック（Alec）に誘惑され，やがて妊娠して村に帰ってくる．子供は生まれてまもなく死ぬ．

やがてテスはまた，ずっと南方のトールボットヘイズの大きな農園に乳しぼりとして働きに出，そこでエンジェル・クレア（Angel Clare）――牧師の息子だが農業につこうと考え見習いに来ている――と会い親しくなる．テスは躊躇し，身の上を告げようと努力するが果さない．結婚の夜，エンジェルの女関係の告白につり出されてテスはアレックとの事件を告白する．因襲的な女性観にしばられていたエンジェルはテスを赦すことができず，夢遊病の発作まで起こすが，結局苦悩の揚句彼女を捨てて南米に行ってしまう．

冬の農場におけるテスの辛い労働．耐え切れなくなったテスは，救助を求めにエンジェルの父の牧師を訪ねるが会えず，帰る途中，説教師になったアレックを見かける．アレックのほうでも彼女を認め，その後穏やかな態度ながらも執拗に言いよってくる．母の病気に急ぎ帰ったテスは予期以上の貧窮に驚く．母は癒えるが父の急死．そして父の死後は住み慣れた家をも追い立てられる．道具類を積んで出たものの行くさきもなく，ダーバーヴィル家の古墓所で夜を明かす．家の苦難にテスもついにくずおれる．エンジェルはやがて自分の非を悟って帰ってくるが，テスはアレックの妻となり，つれられて海岸の町で贅沢な生活をしている．尋ねあてて会いに来たエンジェルを一度は追い帰したが，テスは耐えきれず，アレックを殺害してエンジェルのあとを追う．二人は森の中をさまよい，数日の後ストーンヘンジに出，次の朝捕り手に見出される．やがて審きを受けてテスは死刑を執行される．「『正義』は行われた．そして（イースキラスふうに言えば）不滅なる者たちの頭梁はようやくテスをなぶりものにすることをやめた」という著名な言葉とともに作は終わる．

275

◇重要作品◇

シャーロック・ホームズの冒険　The Adventure of Sherlock Homes（1892）
コナン・ドイル作　ミステリー短編集

解説　名探偵シャーロック・ホームズと相棒のワトスン医師が登場する第一短編集．1891年1月に創刊された「ストランド」誌に6月号から1年間連載して好評を博し，連載が終わるとすぐ，1892年に出版してミステリー作家としての名声を確立した記念すべき作品である．この短編集をはじめとする「ホームズ物語」は，世界中の言語に翻訳され，ラジオや映画やテレビで繰り返し取り上げられ，舞台化され，朗読テープやCDにもなって，イギリス文化を代表する存在になっている．

梗概　この短編集には，「ボヘミア醜聞」（A Scandal in Bohemia），「赤毛組合」（The Red-Headed League），「唇のねじれた男」（The Man with the Twisted Lip），「まだらの紐」（The Adventure of the Speckled Band），など12編の短編が収録されている．いずれも興味津々の名作揃いだが，中でも特に有名な三篇を選んで内容を紹介する．

「赤毛組合」　秋のある日，シャーロック・ホームズの相棒であり助手でもあるワトスン（Watson）がホームズの事務所を訪ねると，髪の毛が燃えるように赤い年配の肥った質屋の男が，世にも不思議な怪事件の相談に来ていた．その男の話によると，新聞広告で一ヶ月前に雇った店員が，新聞広告で見つけた「赤毛組合」の欠員募集に応募するように勧めた．ロンドン出身のアメリカの富豪が，遺言で21歳以上の赤髪の男に，週給4ポンドを支給することにしてあったと言うのだ．勤務時間は10時から2時まで，仕事といえば「大英百科事典」をペンで写し取るだけ．この年収200ポンドの又とない副業に飛びついたところ，8週間後に組合が解散してしまったので，ホームズに相談に来たのだと言う．ホームズは得意の推理で，この組合と大規模な銀行強盗計画の関係を探っていく．

「唇のねじれた男」　1899年6月のある晩，ワトスン医師が診察を終えて休んでいると，夫人と親しい女性が来て，夫がロンドン橋に近い阿片窟へ出かけて，二日も帰って来ないのが心配だと訴えた．ワトスンが探しに行くと，その阿片窟には，老人に変装したホームズがいて，一緒に馬車でケント州へ行こうと言った．そこに住むセントクレア夫人は，ワトスンが訪れたのと同じ阿片窟の三階の窓から，夫が顔を出していたのを見かけ，上がって行ったが夫の姿はなく，唇のよじれた赤毛の汚い乞食がいるだけだった．消えた夫は？　唇のよじれた乞食の男の正体は？　ホームズは事件の解決に，すでに動き出していた．

「まだらの紐」　ロンドンのウォタールー駅から鉄道と馬車を乗り継いで，サリー州の美しい田舎にある没落貴族の古い屋敷へ乗り込んだホームズとワトスンが，その屋敷の寝室で女の双生児の姉が先ず怪死し，続いて妹の身にも危険が迫っている世にも奇怪な事件を，姉が死ぬ直前に妹に叫んだ「まだらの紐」という言葉と，その夜，妹が聞いた口笛と金物の落ちる音を手がかりに，見事に解決する．「ホームズ物語」中の魅力ある傑作短編である．

◇重要作品◇

日陰者ジュード　Jude the Obscure（1895）

ハーディ作　長編小説

ハーディ作中におけるこの作品の特殊な位置　彼の最後の小説．この後ハーディは再び小説に筆をとらず，若いころから心ひそかに生涯の目標と思い定めていた詩の創作に全力を傾ける．時に55歳，作者として円熟の極にあった．彼は「テス」におけるシチュエーションを逆にして，こんどは，精神的と肉欲的と，二人の女に囲まれて決断しえない若い男を主人公にし，前作に劣らず悲惨な結末に持ちこんでいる．「テス」からわずか数年のへだたりではあるが，もうすでに筆は枯れ，「テス」にあった美しい叙情や心をこめた自然描写は見られない．主として精神的なものに集中して美しく描き出されたテスの苦悩は，「ジュード」ではしばしば読者の嫌悪をそそるものとおきかえられている．第1部の残忍な豚殺しの場面や，第6部，アラベラとの間の子供が自分の弟妹を殺して自分も死んでいる場面など，嫌悪感，ほとんど恐怖心さえ引き起こしかねない．

梗概と内容　北にクライストミンスター（オックスフォードの仮名）を望み見るメアリグリーン（Marygreen）の寒村で夜学校に通うみなし児ジュード（Jude Fawley）は，独力でラテン語を勉強している．石工の修行をするうち，「純然たる雌の動物」と作者が形容したアラベラ・ドン（Arabella Donn）の計略にかかって結婚させられる．だが男への失望と喧嘩からアラベラは彼を捨てて家を飛び出してしまう．

3年後，ジュード（22歳）はクライストミンスターに出，苦労して働き勉強する．活発で知的な従妹シュウ（Sue Bridehead）に会い，町を去ろうとするシュウをつれて旧師フィロットソンを訪れ，その無気力に落胆するが，シュウはちょうど空席になっている助教師の席につき，気に入られてやがて婚約する．ジュードは酒のために一度は職を失って故郷の大伯母のところに帰るが，シュウが師範学校の寮に入っているメルチェスター（実際はソールズベリー市）を訪れる．ジュードは新しい職のためクライストミンスターへ行くと，酒場で働いているアラベラに会う．彼女はオーストラリアで別の結婚をしたという．

不幸な結婚生活にシュウは夫から離れ去り，噂は拡がってフィロットソンの辞任要求にまで発展する．結局2組の結婚は解消して，ジュードとシュウは自由の身になるがシュウの決心がつかず，正式の登記をしないまま，ずるずるべったりの同居生活をつづける．

3年後アラベラは夫に死なれ，クライストミンスターへ引越す．どの宿も彼らをおいてくれず，留守の間に，シュウとのめいるような会話を子供心に受けとったアラベラの子供が弟妹をくびり殺して自分も首を吊っている．狂乱のように悲しむシュウはやがてフィロットソンのところへ帰って結婚しなおす．アラベラは憂うつに飲むジュードを泥酔させ，肉屋兼のみ屋の父親の家へつれこみ，結婚しなおしをする．ジュードは最後の望みとして，雨の中を故郷に帰ってシュウに会ってくるが，大学の儀式の日，見とる者もなくさびしく死ぬ．

◇重 要 作 品◇

オールメイアの阿呆宮　Almayer's Folly（1895）
ジョウゼフ・コンラッド作　長編小説

解説　船員から小説家に転向したコンラッドの処女作で，1895年に出版された．「東洋のある河のほとりの物語」（A Story of an Eastern River）という副題をもつ．ボルネオのサンバーというマレー人部落を舞台に，希望にもえたオランダ人の青年が成功を夢みてこの地へ来るが，事業や原地人の娘との結婚に失敗し，混血の自分の娘にも背かれて，失意の人として一生を終わる物語で，濃厚で生き生きとした自然描写にも魅力がある．主人公のオールメイアは，作者が船員をしていた頃，ボルネオの部落を訪れたときに会った実在の人物であるという．

梗概　ボルネオの南端パンタイ河の河口から数時間さかのぼったところにある，サンバーというマレー人部落に住みついた，オールメイアというオランダ人の青年は，その地でただひとりの白人だった．彼は原住民の豪商の養女と結婚して貿易商となったが，その念願はパンタイ河の上流の金鉱を発見して財産を作り，晩年をオランダで安楽に暮すことだった．

　オールメイアの妻は，夫をも含むあらゆる白人と文明に強い反感と不信の念をもっていた．やがて夫婦の間に混血の美しい娘ニーナ（Nina）が生まれた．オールメイアは，この娘を白人として育てようと考え，シンガポールの白人の学校へ入れたが，ニーナは白人の社会で混血児として軽蔑されるのを嫌い，学業なかばで両親のもとに帰って来た．

　事業に失敗したオールメイアは，金鉱の発見にすべての望みをかけた．そのうちにパンタイ河の支配がオランダ人の手からイギリス人の手に移るといううわさが流れたので，オールメイアはイギリス人を迎えるために新しい大邸宅を建てはじめた．しかし，そのうわさは実現しなかったので，新しい大邸宅の建築も途中で放棄され，オランダ人水夫たちはこれを「オールメイアの阿呆宮」と呼んであざ笑った．

　ある日，デインという若い原地人の貿易業者がオールメイアと取り引きの交渉にやって来たが，実はこの青年は火薬の密輸に来たバリー島の酋長の息子だった．デインとニーナは熱烈に愛し合うようになった．オールメイアは娘がデインと結婚することに反対し，デインの協力で金鉱を発見することに希望をかけたが，デインがオランダ人に追跡されており，ニーナをつれて逃げ出そうとしたので，オールメイアもついに折れて脱出を助け，ふたりを河口まで逃がしてやった．

　夢が破れたオールメイアは，古い家を焼き払って，余生を「オールメイアの阿呆宮」で過ごすことにしたが，やがてアヘンを吸って過去の苦悩を忘れようと努め，中毒患者として死んだが，その死に顔はすべてを忘れ去ったような安らかな表情であった．

◇重 要 作 品◇

まじめ第一　The Importance of Being Earnest（1895）
オスカー・ワイルド作 [3幕]　喜劇

解説　「サロメ」や「ウインダミア卿夫人の扇」とともにワイルドの代表作として知られている戯曲であり，巧みな状況設定と逆説を駆使した会話の面白さにあふれている風習喜劇の正統をいく作品で，1895年に初演されて好評を博し，現在でもしばしば上演される．かつて名優サー・ジョン・ギールグッドのジャックは当たり役であった．

梗概　ジャック・ワージングは29歳になる未婚の青年で，田舎に住むセシリイという18歳の女性の後見人であった．ジャックはアーネストという弟がいるといってセシリイをだまし，その弟に会いに行くのを口実にしてロンドンへ遊びに出かけ，町へ出ると今度はアーネストという名前を使っていた．ジャックは友人アルジャノンのいとこに当たるグェンドレンという女性に恋をしていたので，彼女に会ったとき思いをうちあけると，彼女のほうでもかねてから「まじめな」という意味のアーネストという名前の男性を愛したいという理想をもっており，ジャックの本名がアーネストだと信じて彼にひそかに思いを寄せていたことがわかる．これに驚いたジャックは，本名が知れる前にあわてて婚約し，名前の方は後で洗礼を受けて改名しようと思う．一方，グェンドレンの母はジャックの両親がはっきりしないという身の上を聞いて結婚に反対する．

ジャックの友人アルジャノンも未婚の青年で，田舎に万年病人のバンベリーという友人がいることにして，その友人を見舞うといってロンドンの社交界を抜け出していたが，ジャックが後見人をしているその女性に会ってみたくなり，ジャックが町にいると偽っている弟のアーネストになりすまして，ジャックの不在中にハーフォードシアの領主邸に住むセシリイのところへ乗り込んでくると，ひと眼で彼女が好きになり，結婚を申し込む．セシリイの方でもジャックにアーネストという弟がいると聞いた時から名前にあこがれていたので，その場で結婚の申し込みに応じる．しかしアルジャノンはセシリイがアーネストという名前の男性に絶対的な信頼をよせているのを知ると，やはり洗礼を受けて改名する決心をする．

ところがジャックは弟のアーネストが急死したことにして，その名前をとって洗礼を受けようと思い，喪服を着て突然田舎へ帰ってくると，そこには死んだことにした弟の名前を名乗るアルジャノンが来ているので困ってしまう．そこへグェンドレンが現われてセシリイにアーネストと婚約したというので，今しがたアーネストと婚約したばかりのセシリイとにらみ合う．だがそこへジャックに続いてアルジャノンも現われ，ジャックの弟のアーネストは実在しないことがばれてしまう．そのあとジャックがグェンドレンの母の妹にあたる女性の子で，28年前から行方不明になったままであることが判明し，従ってジャックはアルジャノンの兄で，しかも長男だったので父のアーネスト名をもらっていたから，最初からアーネストという名前だったこともわかって，すべてがめでたく解決する．

◇重要作品◇

タイム・マシン　The Time Machine（1895）

H. G. ウェルズ作　科学小説

解説　当時ジャーナリストとして活躍していたウェルズが，1895年に出版した出世作で，今では科学小説（Science Fiction）の古典となっている．タイム・マシン（航時機）という過去と未来の時間の中を自由に旅行できる機械が発明されたという科学空想物語だが，著者の人類未来記としても興味深い小説になっている．

梗概　ある日の夕食後，タイム・トラヴェラー（時間旅行者）の異名を持つ科学者は，自分の大発見を友人に発表する．彼によると，空間は3次元で出来ており，これに時間という1次元が加わり，世界は4次元から成っていることになる．人間は，縦と横の2次元を自由に動くことができるが，最近になって第3次元，つまり上下に動くことができるようになった．タイム・トラヴェラーの大発見とは，さらに第4次元，つまり時間の世界を過去へも未来へも自由に旅行できる機械の完成であった．「文明人は気球に乗って重力に逆行することができる．文明が進めば時間の次元に沿って進行を早めたり停止したりできるようになり，また過去にさかのぼるだけでなく，方向を変えて未来に向かうことだって可能になると期待していいではないか」とこの科学者は友人に説明した．

　次の週，タイム・トラヴェラーは家に招いた友人たちに驚くべき冒険を物語った．彼はタイム・マシンに乗って未来の世界を見て来たのだが，そこでは人間は小さくなって，わずか4フィート（1m20cm）ぐらいしかない．時代は802,701年であった．小人はエロイ人といい，彼らの言語は理解できなかった．他の動物は死滅したので，エロイ人は果実を主食にして，平和で安定した生活を送っており，この世界では体力や精神力の強じんさは必要とされなかった．タイム・トラヴェラーは眠っている間にタイム・マシンを盗まれたが，エロイ人の少女ウィーナが溺れかかっているのを救い出して以来，彼女と親しくなり，彼女の案内で地下に住む別の人種マーロック人を発見する．彼らは肉食人種で狂暴であり，タイム・トラヴェラーを攻撃した．彼はタイム・マシンを取り戻して，この国を脱出すると，さらに未来への道をたどり，数百万年を旅行する．そして地球の回転が停止し，ものさびしい海岸に白い蝶に似た大昆虫が舞い，カニに似た怪物がうごめいているのをみた．彼はさらにタイム・マシンに乗って3千万年後の時間で止まると，暗黒と寒さで呼吸困難になり，そこから逆戻りして現在の時間に飛び帰ったのだという．

　友人たちはタイム・トラヴェラーの物語を信じなかった．その次の日，ひとりの友人はタイム・トラヴェラーがタイム・マシンに乗ってどこかへ飛び去るのを目撃した．彼の消息はそのとき以来途絶え，彼の姿を再び見た者はなかった．

◇重 要 作 品◇

ドラキュラ　Dracula（1897）
ブラム・ストーカー作　ゴシック・ロマンス

その作者　ストーカー（'Bram' Stoker [Abraham Stoker], 1847–1912）はダブリンで生まれ育った．トリニティ・カレッジ在学当時から地元の大手新聞社「イヴニング・メイル」の劇評を担当し，大学卒業後に就いた官吏の仕事と兼務して，1876年に巡業で訪れた名優ヘンリー・アーヴィングとの会見が機縁で78年に渡英，以来，座長アーヴィングが没する1905年まで，その秘書として一座の興行の管理を任され，大衆作家としても活動し生涯多忙を極めた．ストーカーは，アーヴィングの紹介で知り合ったブダペスト大学の教授から訊いた東欧トランシルヴァニアの吸血鬼伝説に「ドラキュラ」の着想を得ている．ドラキュラは科学的に証明できない存在，不老長寿願望の所産，飽くなき人間の執着心の象徴といえる．ドラキュラの所有する夥しい数の蔵書はそのファウスト的な知識欲を物語る．

梗　概　ロンドンの弁護士ジョナサン・ハーカーは，トランシルヴァニアのドラキュラ伯爵のもとへ赴き不可思議な体験をする．やがてドラキュラは渡英の手筈を整えるとジョナサンを城に閉じこめ，密かに英国に上陸する．ある夜，夢遊病を再発したルーシーが何者かに襲われる．精神科医セワードはルーシーの容態を憂慮して，オランダから恩師ヘルシング教授を招く．ルーシーは原因不明の極度の貧血状態に陥り，輸血を繰り返し，予断を許さない様態が続く．一方ミナは異国へ赴き消息不明の夫ジョナサンとの再会を果たし，やがて夫から託された日誌を読み解き，夫に起こった忌まわしい出来事を知る．その頃，英国では，邪悪な影がとうとうルーシーとその母親の命を奪う．悲嘆に暮れる間もなく，ヘルシングはルーシーの幼友達ミナの存在を探り当て，帰国していたミナと接触．ミナはタイプライターで整理したジョナサンの日記の写しをヘルシングに手渡す．

　こうしてヘルシングが見えざる敵との戦いに備えていたころ，子供の首筋が傷つけられる事件が続発する．ヘルシングは愛弟子のセワードを連れてルーシーの墓をあばき，主犯が吸血鬼と化したルーシーであることを確認させ，この事実をルーシーの夫アーサーとルーシーを慕っていたキンシーに知らせ，4人力を合わせて，ルーシーの魂を吸血鬼の呪縛から解放する．このあとミナとジョナサンを味方に加えて，いよいよドラキュラ撲滅に乗り出そうとした矢先に，ミナがドラキュラの血に汚されてしまう．ヘルシングの一行はドラキュラを追い詰めながらも寸前で捕り逃がしてしまうが，ついにドラキュラ城近くで決戦の時を迎え，日没前にドラキュラの首を取る．不幸にも，この戦いでキンシーただ一人が致命傷を負って絶命する．やがて7年の歳月が流れて，ヘルシングをはじめとするドラキュラ討伐隊の面々が勢揃いしてトランシルヴァニアを再訪し，帰国して思い出話に花を咲かせる．物語は，セワードとアーサーが家族を持つ身になり，ジョナサンとミナが一児の親となり幸せを謳歌している旨を伝えるジョナサンの記録で結ばれる．

「吸血鬼ドラキュラ」　平井呈一　創元推理文庫　昭46

◇重要作品◇

闇の奥　Heart of Darkness（1899）

ジョウゼフ・コンラッド作　中編小説

解説　1899年に書かれ，1902年に出版された短編集「青春」の中に収められた．コンラッドの作品にしばしば登場して物語の語り手をつとめるマーロウ船長が，暗黒大陸の奥に病で倒れている象牙採取人を救いにゆく物語を，作者自身のコンゴにおける体験をもとにして描いた半ば自伝的な中編で，コンラッドの代表作のひとつに数えられる．1979年にフランシス・フォード・コッポラが監督したアメリカ映画「地獄の黙示録」（Apocalypse Now）にヒントを与えた．

梗概　夕闇のせまったテムズ河口に錨をおろしている遊覧船の上で，船乗りのマーロウ（Marlow）は4人の友人を相手に，例のごとく航海の経験談を始めた．今回はある船長がアフリカで殺されたので，その代理を求めていることを知ると，早速パリへ出かけ，雇主に面会してアフリカ行きがきまり，フランス船でそこに出かけた時のことを話し出したが，この航海は彼の長い船乗り生活の中でもひとつの頂点を示すものだった．

マーロウは一ヶ月余りの航海ののちアフリカへ着くと，小さな汽船に乗りかえてコンゴ河をさかのぼり，会社の出張所へ着く．そこでは黒人を酷使して鉄道敷設工事が進行していた．マーロウはここの出張所の会計主任から，暗黒大陸のいちばん奥にある象牙地帯の重要な出張所を預かっているカーツ（Kurtz）という男のうわさを聞いた．やがてマーロウは60人の隊商と共に，草原をよぎり，ジャングルを抜けて苦しい徒歩を続けたのち，奥地の中央出張所に着くが，彼の乗るはずの船は2日前に沈んでいた．この船をひき上げて修理をする間に，マーロウは象牙目あてに金と成功を求めてこの奥地にやってきた貿易所の白人たちが，カーツという男を英雄視しながらも，お互いに陰謀と中傷と憎み合いの生活を続けている様子を観察した．

船の修理がすむと，奥地出張所の主任カーツが病気にかかって音信を絶っているので，マーロウは彼を救うために闇の奥深く船を進めた．途中死と闇の恐怖を秘めた原始の大密林がマーロウの一行におおいかぶさり，白人たちの魂を圧倒する．このアフリカの奥地では文明化した人間が獲得した主義や思想は無力であり，原始の闇の力が人間を腐敗させ堕落させ変貌させてしまい，途中の河岸近くにある出張所にいる白人たちは，まるで熱病にうかされたように象牙のとりこになっている．マーロウたちが奥地に到着したとき，カーツはすでに重い病に冒されており，かつてはすばらしい音楽家で理想主義者であった彼が，今はやせ細った身体で，象牙を山ほど集めるためには手段を選ばない強欲な男に変貌していた．そして彼は帰りの船の中で「恐ろしいことだ，恐ろしいことだ」（The horror! The horror!）とつぶやき，美しい許婚者をこの世に残したまま死んでいったが，この最後の言葉はいつまでもマーロウの頭にこびりついて離れなかった．

◇重 要 作 品◇

ロード・ジム　Lord Jim（1899-1900）
ジョウゼフ・コンラッド作　長編小説

解説　コンラッドの代表作とみられているこの長編は1900年に出版された．やはり主人公を知るマーロウ船長が語る形式を用いて，自分の道徳的堅実さを過信していた若い船乗りが，自分の心の底に潜む無意識的な卑劣さを発見して苦悩する姿を描き，浪漫的要素と近代文学的心理描写が巧みに結びついている傑作である．

梗概　イギリスの牧師の息子であるジムは，青春の理想にもえてパトナ号の船員となる．800名のマレー人巡礼を船客として航海中の老朽船パトナ号は，ある夜，突然座礁して，いつ沈没するかわからない状態になった．船客たちはなにも知らずに眠っている．7隻の救命ボートでは800人の船客たちを救い出すことはできない．そこで無責任な白人高級船員たちは，乗客に危険を知らせず，自分たちだけでボートに乗って秘かに脱出しようとした．ジムはこの卑劣な行為に協力せず，船客と共に運命を決する覚悟でいたが，いよいよ船員たちがボートに乗り込み，本船を離れようとした瞬間，ジムはほとんど無意識に飛びこんでしまった．ジムはこの無意識の本能的な行為をとった自分自身を憎んだ．ところがパトナ号は奇蹟的に沈まず，漂流中をフランスの軍艦に助けられて無事に港へ着いた．白人船員たちの言語道断な行為は問題となり，裁判の結果，卑劣な船員たちは罰せられ，ジムも船員免許状を取り上げられてしまった．

マーロウ船長がジムを知ったのは，このパトナ号事件の裁判のときで，船員の資格を失ったジムを精米工場へ世話した．しかし，同じ工場へもとのパトナ号の同僚が流れ込んでくると，ジムは過去の卑劣な行為の思い出に悩まされ，そこを飛び出して放浪の旅に出る．そしてボンベイ，カルカッタ，ペナン，バタビアへと流れて行く．ジムはどの町で働いても人びとから愛されるが，パトナ号事件の思い出と自己嫌悪とが彼を苦しめ，一ヶ所に落ち着けない．マーロウ船長は南洋貿易で財を成したドイツ人の友人スタインに頼んでジムを救おうとする．スタインはパトゥアン島の酋長にジムの世話を頼み，彼をその島に送る．ジムは土人村で献身的につくし，勇敢に戦って難敵を退け，たちまち島の英雄として土民から尊敬されるようになり，トゥアン（領主）の尊称で呼ばれるようになる．そして以前のトゥアンであるコーニリアスの娘を愛するようになった．

ある日海賊ブラウンと称する白人の無法者が島を襲撃するため上陸した．ジムを快く思っていないコーニリアスはこの海賊に内通して襲撃の道を教えたため，ジムの平和交渉は失敗し，酋長の息子は戦死し，ジムは土民の尊敬を失って悪魔のようにみなされた．ジムは名誉や恋をすてて酋長に会いに行き，最後に臆病者の汚名を返上し，酋長に射殺される．

【名句】You shall judge a man by his foes as well as by his friends.—ch.34
　　　　人間はその友人だけでなく敵によって判断すべきである．

◇重要作品◇

人と超人　Man and Superman（1903）

バーナード・ショー作［4幕］　喜劇

解説　これは「喜劇にして哲学」という傍題がついているショーの代表作で，独特の「生の力」（life-force）の哲学を展開する．1903年に出版され，1905年に初演された．一般通念とは逆に恋愛においては女が猟師で男が獲物であるということを説いた痛快な喜劇で，いたるところに逆説と警句がちりばめられている．第3幕は長いため，上演に当たっては「地獄におけるドン・ジュアン」と題し，独立して別に上演されることが多い．

梗概　父を失って悲しみに沈んでいるアン・ホワイトフィールド（Ann Whitefield）は，小さいころからジョン・タナー（John Tanner）とオクティヴィアス・ロビンソン（Octavius Robinson）のふたりの青年と親しくしていた．芸術家肌の美青年オクティヴィアスは，アンに対してロマンティックな愛を捧げていたが，アンの方は「革命家必携」という本の著者で進歩思想の持主であるタナーの方を熱愛し，父の親友ラムズデンとともにタナーを彼女の後見人に指定してもらった．

　タナーはすぐれた雄弁家で，伝統的な道徳を無視する新しい思想をもっていて，古来から女のあとを追うのは男だとされ，伝説のドン・ジュアンがその代表であったが，それはむしろ逆で，女の方が母性本能に駆り立てられて男を餌として追いまわすのだと主張する．そうしてオクティヴィアスに向かって，アンは，彼らふたりのうち，オクティヴィアスの方を食おうとしているのであり，もうあの女獅子は彼を半分のみこんでいるといった．ところがタナーは，自分の運転手から，アンが追っているのはオクティヴィアスではなく自分の方だと知らされ，アンも積極的な態度に出るので大いに驚き，イギリスを逃げ出すと海を渡ってヨーロッパ大陸へ行くが，スペインのシエラ・ネヴァダ山中で山賊につかまる．

　その夜，タナーも山賊も地獄の夢を見る．夢の中ではドン・ジュアンや悪魔などが登場して夢幻的な劇中劇が展開され，作者ショーの警句に富む女性観や恋愛観などが思う存分に述べられて，一種の議論劇と呼ぶべきものになっている．やがて夜が明けると，アンが自動車で追ってきて，タナーをつかまえる．（これが独立して上演される第3幕である．）

　グラナダの別荘にみんなが集まったとき，オクティヴィアスはアンに結婚を申し込むが，彼女はそれを拒絶してタナーに迫る．タナーはアンの父の遺言状に彼がアンの後見人に指定されていたのも，実はアンの意志だったことを知り，彼をとりこにする罠が最初からかけられていたことを知る．アンは子どものころからふたりのために「生の力」がそのわなをかけたのだと説明する．かくて超人タナーも，たくましい女の「生の力」のとりこになって，結婚という自然の罠の中に陥ってしまう．

【名句】The more things a man is ashamed of, the more respectable he is.—Act I
　　　　人間は恥を知れば知るほど，尊敬される．

◇重 要 作 品◇

覇者　The Dynasts（1903, 06, 08）
トマス・ハーディ作［3部作］　詩劇

解説　ハーディはナポレオン戦争に興味をもち，資料を集めて十分に構想を練り，全生涯の業績の集大成ともいうべきこの叙事詩劇の執筆にかかり，1903年に第1部を完成し，続いて1906年と1908年に，それぞれ第2部と第3部を完成し，全3部19幕133場からなる大作を書きあげた．ナポレオン，ピット，ネルソン，ウェリントンなど当時の各国の指導者たちと，名もない陸海軍の兵士，農民，民衆などを対照させ，覇者の無益な権力闘争によって生命を奪われる民衆や踏みにじられる自然などについての作者の同情や憤慨を表現し，人間の歴史と運命に対する独特の人生観を明らかにしており，着想から完成までに32年を要したといわれる．

第一部　天上界では地球上の行為の超絶的な傍観者である歳月の霊，皮肉の霊，慈悲の霊など沢山の霊が登場して，地上ではナポレオンという風雲児が出現してフランス皇帝となり，その勢力は絶頂に達しているという記録天使の報告を聞く序曲があったのち，1805年ナポレオン侵入の報に対策を練るイギリス下院や，ミラノ大寺院でナポレオンがイタリアの王位につく戴冠式の様子をパノラマ式に見せ，続いてトラファルガーの大海戦とその後の状況を描く．ネルソンはヴィクトリア号の甲板で敵弾にあたって倒れ，作者の遠縁に当たる旗艦長ハーディに娘と愛人のことを託して死ぬ．ロシア大敗の報に衝撃を受けたイギリス首相ピットも死亡する．

第二部　イギリス外相フォックスは，ナポレオン暗殺を提案したフランス人を捕らえてナポレオンのもとに送り，公正な態度を表明して和平交渉によるヨーロッパの戦雲一掃を計画したが，ナポレオンはこの提議を拒否し，スペインを侵略して自分の親族を王位につける．ナポレオンは子のないことを理由にジョゼフィンと離婚し，次の皇后としてオーストリア皇女マリー・ルイーズを選定し，メッテルニヒに万事の進行を依頼し，ルーヴル宮殿で盛大な結婚式をあげ，待望の男子出生の喜びに敗報も気にしない．

第三部　ナポレオンはロシアへ遠征し，クレムリン宮殿へ着くと間もなく，市内の八方に火の手があがって戦況は一変し，寒さと雪のためにフランス軍はいためつけられる．ナポレオンは凍死する兵士を見すててパリへ帰る．戦況は次第に英軍に有利に展開し，ナポレオンは退位宣言書に署名し，自殺を企てたが未遂に終わる．ナポレオンはエルバ島を脱出して再挙をはかるが，ウエリントン将軍の軍略と幸運などがこれを阻止し，フランス軍はついに敗退する．天上の諸精霊は，地上の人間どもの悲喜劇を見物していたが，慈悲の精は宇宙意志が眼ざめて人間界を救済するであろうという明るい希望をもらして，この散文をまじえた大詩劇は終わる．

◇重 要 作 品◇

銀の箱　The Silver Box（1906）
ジョン・ゴールズワージー作［3幕］　社会劇

解説　ゴールズワージーが劇作家としての手腕を一挙に示した出世作で，1906年に発表され，翌1907年にロンドンのロイアル・コート劇場で初演された．階級的偏見のために裁判の公正がゆがめられる問題を，作者は公平無私な観察者の立場から，完璧に近い自然主義的技巧で描いた3幕6場からなる一種の社会劇である．

梗概　復活祭の夜，金持ちの政治家ジョン・バーズウィック（John Barthwick）の放蕩息子ジャックは，酒に酔って彼の関係している女とけんかし，腹立ちまぎれにその女の手さげ袋を盗んで帰宅し，通りがかりの失業労働者ジョーンズの助けをかりてやっと自宅へ入った．ジャックはお礼だといってジョーンズに酒をすすめ，なんでも好きなものを持って行けというと，横になって寝てしまった．ジョーンズはこのジャックの家で掃除婦として働く女の夫で，自分の貧しさと失業で気をくさらせていたので，ジャックが盗んできた女の財布と，テーブルの上にのっている銀の煙草箱を，酒に酔った勢いで持ち去った．

翌朝，ジャックの女が現われて，ジャックの父に手さげ袋の返却をせまった．探すと手さげ袋はあったが，財布は紛失していた．父は息子の悪事が世間に知れるのを恐れ，女に十分な金を渡して，この出来事を内密にする．同じ朝，召使頭は煙草箱が紛失していることに気づき，この家で掃除婦として働いているジョーンズの妻に盗みの疑いをかけた．

ジョーンズは，家主にたまっている部屋代を請求されたとき，ジャックの家から盗んで来た金で支払いをすませた．ジョーンズの妻は失業中の夫がそんな大金を持っていたので意外に思うが，そのあとで夫のポケットから銀の煙草箱が出て来たので全てを知り，早速その箱をもって主人の家へ行き，彼女の身にかけられた疑いを晴らして信用を回復したいと思うが，夫がなかなか渡そうとしない．そこへ探偵が現われて銀の煙草箱を見つけ，ジョーンズの妻を連行しようとする．ジョーンズは盗んだのは自分だといって暴力をふるい，職務執行妨害で妻と連行されていった．

その夜，バーズウィック家を訪れた探偵は，ジョーンズが，箱を盗んだのは妻ではなく自分だと主張しており，調べた結果かなりの金と女の財布を持っていたと告げる．バーズウィック親子は当惑する．父は銀の煙草箱盗難事件の裁判がきっかけになって，息子の不名誉が新聞に出ては困るので，告訴をとりさげようと思った．

1週間後，ロンドンの軽犯罪裁判所で公判が開かれた時，ジャックの父は弁護士と相談して告訴をとりさげる．その結果，ジョーンズの妻は放免され，ジョーンズは警官に暴行を働いたため1ヶ月間の懲役がいい渡される．彼は「これが正しい裁きか」（Justice!）と叫ぶ．

【名句】The evidence you give to the court shall be the truth, the whole truth, and nothing but the truth.—Swearing Clerk. Act.Ⅲ.
　　　あなたが法廷で行う証言は，一言一句すべて真実なるべきものなり．

◇重 要 作 品◇

西の世界のプレイボーイ　The Playboy of the Western World（1907）
J. M. シング作［3幕］　喜劇

解　説　1907年1月26日にダブリンのアベイ座で初演されると，アイルランド人を軽蔑する作だと憤慨され，いわゆるプレイボーイ騒動をまき起こして話題になったが，今では現実の醜さと空想の美しさを描くシングの代表作として認められている。作者はこの劇につけた序文で，幼いころから自分が口にし，またアイルランドの田舎の人たちから聞いた言葉で書いたと述べ，また「すぐれた戯曲においては，すべてのセリフがクルミやリンゴのように風味にあふれたものでなくてはならぬ」といい，舞台には現実と同時に喜びがなくてはならぬとし，「すべての芸術は協力の結果だ」（All art is a collaboration.）と劇作態度を表明した。

梗　概　ある秋の夕暮れ時，アイルランドの荒涼とした海岸を見おろす丘の上の居酒屋へクリスティ・マホーン（Christie Mahon）と名乗る青年が入ってくる。この若者は暴君的な農夫の息子で，父に年上の未亡人との結婚を強いられたので反抗し，父とけんかしたあげく，殺して来たのだといい，その時の様子を大風呂敷をひろげて得意げに話しはじめる。話の上だけならば，善悪を問わず大きなことを好む素朴で単純な村の人たちは，早速クリスティを英雄に祭りあげ，若い女や後家さんにもてはやされる。

ペギーン（Pegeen）という居酒屋の娘は評判の美人で，近く信心深い村の男と結婚することになっていたが，彼女はひと目でこの通りがかりの勇敢な若者に恋をし，父に頼んで彼を酒場のボーイに雇ってもらう。クリスティはこの思いがけない幸運を喜び，そんなことならもっと早く父を殺しておけばよかったと思う。

翌朝，ペギーンはここ数週間の新聞を調べてみたが，父親殺しの記事は発見できなかった。そこへ殺されたはずの父親が頭に繃帯をして息子のあとを追ってくる。その姿を見かけたクリスティは，父親の幽霊が現われたといって姿をくらます。父親はさんざん息子の悪口をいったあげく，山を越えて船着場の方へ息子を探しに行く。クリスティは村の競馬に出場して賞品をもらい，村娘たちにかこまれて意気揚々と居酒屋へ引きあげてくる。そこへ父親が現われて息子と大乱闘になるが，結局，父親は倒されてしまう。だが村人たちはもうクリスティを英雄とみなさなかった。その上，この人気者と結婚することを夢みていたペギーンも，話に聞き夢にみる英雄的な行為と，現実に目の前で見た親子の醜い争いの間に，大変なへだたりがあることに気づき，彼を相手にしなくなる。

村人たちはクリスティに縄をかけて巡査に引き渡そうとするが，親心から，父親の息子に対する憎しみは消え，縄をといてもらうと父子仲良く連れだって村へ帰っていく。ペギーンはたったひとりしかいない西の世界のプレイボーイがいなくなったといって悲しむ。

◇重要作品◇

トーノ・バンゲイ　Tono-Bungay（1909）

H. G. ウェルズ作　長編小説

解説　これは19世紀末から20世紀初頭にかけての社会相を描いたウェルズの傑作社会小説で，1909年に出版された．インチキ強精剤トーノ・バンゲイを売り出して巨大な富をつくる男の物語を，その男の甥にあたるジョージが回想する形をとっており，ジョージはウェルズ自身の代弁者でもあって，物語の中途で彼の科学的人生観や，社会批評を自由に語っている．また第1巻が作者の少年時代を思わせるようなジョージの生いたちから書きおこされているので，これはまた自伝的色彩の濃い作品ともなっている．

梗概　ジョージ・ポンデレヴォ（George Ponderevo）は，ケント州のある貴族の女中頭を母として生まれ，幼い頃から召使いの子としての階級意識をもっていた．14歳のころ，ジョージはお屋敷の令嬢ビアトリスと淡い恋をしたが，結局は令嬢のもっている貴族意識に幻滅を感じて夢は破れる．やがて，彼は母かたのおじのパン屋で働かされたが宗教について率直な意見を述べたために周囲の圧迫を受け，堪えられなくなって逃げだす．そして今度はサセックスで製薬工場を経営している父かたのおじ，エドワード・ポンデレヴォ（Edward Ponderevo）の世話になり，工場の手伝いをしながら学校に通って数学・物理・化学などを学ぶ．おじは投資に失敗して製薬工場を手ばなすとロンドンへ行ったが，ジョージは新しい持主のもとで徒弟として働き，19歳のとき理学博士の学位をとりにロンドンへ行った．そこで彼がおじに会うと，おじはトーノ・バンゲイという強精剤を調剤して売り出す計画を話し，金もうけをして社会に勢力をのばす野心をほのめかした．

ジョージはロンドン大学に入学したが，親友の感化や恋愛問題で，勉強が手につかず困っているころ，強精剤の企画に成功したおじから，年300ポンドの職を与えるから手伝いに来いという勧誘の電報が来る．ジョージは恋人と結婚するための金が欲しかったので，心ならずもこの製薬事業に参加し，インチキ薬の調剤や宣伝に協力する．トーノ・バンゲイは安くできて高く売れるので，おじはもちろん助手のジョージは巨万の富を得る．

トーノ・バンゲイは英国を代表するほどの有名薬となり，有力な出資者を得て事業を拡大したおじは豪華な邸宅に住む．ジョージは愛人メアリアン（Marion）と結婚したが，この結婚は失敗に終わり，年来の理想であった飛行機の研究に没頭し，ついにグライダーの製作を完成した．しかし試験飛行で負傷し，偶然，幼な友達ビアトリスに介抱されて愛し合うようになる．だがビアトリスは封建的な考えが抜けず召使いの息子の愛を受け入れない．そのうちにおじはまた投機に失敗し，会社は破産し，インチキがばれて投獄される寸前に，ジョージの発明した飛行機でフランスに脱出したが，そこで病気になって死ぬ．ジョージはイギリスへもどるとビアトリスに近づくが，彼女はやはり結婚にふみきれない．ジョージは人間社会の未来を考え，今度は新しい駆逐艦の設計に専念する．

◇重 要 作 品◇

ハワーズ・エンド　Howards End（1910）

E. M. フォースター作　長編小説

解説　長編4作目で，フォースターの代表作の一つに数えられる．分別型の姉と情熱型の妹の姉妹と，才知にたけた実業家を中心として，階級や価値観，性格の違いから生じる不和や誤解など，様々な人間関係のむずかしさを，細かく写実的に描いている．小説の裏表紙には，「ただ結びつけられれば…」（Only connect...）という小説の中でも語られる言葉が引用されており，困難な人間社会に対する作者の願いが込められている．

梗概　ロンドンに住むシュレーゲル家（Schlegel）姉妹の妹ヘレン（Helen）は，実業家ウィルコックス氏（Wilcox）の一家に招かれて，ウィルコックス夫人の所有するロンドン郊外にあるハワーズ・エンド邸に滞在していた．ヘレンは長男のポール（Paul）との間に愛情が芽生えていたが，一家の人々の反対にあって，結婚は成立しなかった．その後，姉のマーガレットとウィルコックス夫人の間に心のこもった友情関係が生まれるが，数ヶ月後ウィルコックス夫人は病気になって亡くなってしまう．その遺言書の覚え書きには，ハワーズ・エンドの邸宅をマーガレットに与えると書いてあったが，ウィルコックス家の人々は，これを無視することにする．

　シュレーゲル姉妹は音楽会の帰りに傘を間違えて持ち帰ったことをきっかけに，若く貧しい会社員バスト（Bast）と親しくしていた．姉のマーガレットは，妻に先立たれたウィルコックス氏に関心を持たれていたが，実業家の彼から，バストの勤めている会社は経営が危ないと聞かされ，バストに別の会社に移るように勧める．その情報は間違いで，結局バストはますます困窮するようになる．そんな中，マーガレットはウィルコックス氏の求婚に応じるが，妹のヘレンはバスト夫妻を連れて来て，ウィルコックス氏を責めるが相手にされない．しかもバスト夫人が，かつてウィルコックスの愛人だったことが判明し，マーガレットは動揺するが，結婚の意志はくずれない．ヘレンは不幸なバストへの同情が愛へと変わり，彼と一夜を共にして英国から去り，姉の結婚式にも姿を見せなかった．

　数ヶ月たってマーガレットは，ヘレンとハワーズ・エンド邸で再会し，妹がバストの子を宿している事を知る．姉妹に反感を持つウィルコックス家の長男チャールズ（Charles）は，金の相談に来ていたバストを壁にあった軍刀で叩き，バストは死に，チャールズは逮捕される．やがてウィルコックス氏と新しい妻，その妹のヘレンと生まれた子供はハワーズ・エンドに暮らすようになる．新しく作成された遺言状には，ハワーズ・エンドの邸宅はマーガレットに，彼女の死後はヘレンの私生児に与えることが記されていた．

【名句】 Only connect! ...Only connect the prose and the passion, and both will be exalted, and human love will be seen at its highest.—ch.22
　　ただ結びつけることができれば！…散文と情熱が結びつけば，両方が高められて人間の愛の最高の姿がみられるだろう．

◇重要作品◇

ピグメーリオン　Pygmalion（1913）

バーナード・ショー作［5幕］　喜劇

解説　サイプラス島の王で彫刻の名手だったピグメーリオンが，自作の婦人像にほれこみ，愛と美の女神アフロディテに願ってこの像に生命を与えてもらい，彼の妻にしたというギリシア伝説に取材した5幕のロマンス喜劇で，1913年にウィーンで初演され，ロンドンでは翌1914年にハーバート・ビアボム・トゥリーがヒギンズに扮して上演された．なおアラン・ジェイ・ラーナー台本，フレデリック・ロウ音楽によるミュージカル「マイ・フェア・レディ」（My Fair Lady, 1956年ニューヨーク初演，1958年ロンドン上演）はこの劇にもとづく作品である．ミュージカル映画は1964年に製作された．

梗概　ロンドンのコヴェント・ガーデンで夜の芝居が終わったころ，雨宿りをしている人びとにまじって，音声学者のヘンリー・ヒギンズ（Henry Higgins）が，下品な花売娘イライザ・ドゥーリトル（Eliza Doolittle）の話すなまりの多い言葉を，しきりに手帳に書きとめていた．彼は研究のかたわら，ひどくなまりのある人の話し方を正しくなおしてやる仕事をしており，この花売娘のひどい言葉をたしなめて「あんたの国語は，シェイクスピアやミルトンや聖書の言語ですよ」（Your native language is the language of Shakespeare and Milton and the Bible.）といい，3ヶ月もあれば彼女を貴婦人のような立派な言葉を話せるように教えてみせるといった．

　翌日，ヒギンズ教授の自宅の研究室へ，例の花売娘イライザが現われ，花屋の店先に立つようになりたいから上品な言葉使いを教えてほしいと頼みこむ．ヒギンズはもう花売娘に用はないといって一度はことわったが，彼をたずねてはるばるインドからやって来た東洋語の研究家ピカリング大佐（Colonel Pickering）が興味をもち，実験費と授業料まで出すというので，ヒギンズはこの花売娘を貴婦人に仕上げて社交界へつれ出す仕事を引受けた．そこへイライザの父でごみ掃除夫をしているアルフレッド・ドゥーリトル（Alfred Doolittle）が現われ，娘を誘拐したといってヒギンズから金をゆすり取る愉快な場面が展開する．

　ヒギンズはイライザを自分の家に住み込ませて，数ヶ月間熱心に指導し，花売娘のひどいなまりを見事に矯正し，上流階級の貴婦人と並んでも決してひけをとらないまでに教育することに成功する．イライザは園遊会や晩さん会やオペラの席で見事にふるまって人びとの注目を集めたが，ヒギンズの方は彼女を貴婦人に仕上げてしまうと，もう何の興味も示さなくなったので，イライザは怒って研究室を出て行く．そうなるとヒギンズは不自由を感じ淋しくもあるので彼女に自分のそばへ戻って来てほしく思う．しかし今ではヒギンズなしで立派に独立できるようになったイライザは，彼女を心から愛しているフレディという紳士と結婚することになる．

◇重要作品◇

息子と愛人　Sons and Lovers（1913）

D. H. ロレンス作　長編小説

解説　1910年から1911年にかけて第1稿が書かれ,最終稿は1912年11月に完成し,題名も「ポール・モレル」から現在の題に改められた.作者の生まれ故郷であるイギリス中部の炭坑町を背景に,作者の自画像でもある主人公のポール・モレルの父に対する憎悪,母に対する愛情,ミリアムとの恋愛を描いた自伝的長編で,1913年に出版と同時に好評を博し,作者の代表作の一つとなった.

梗概　造船技師の娘で教養のあるガートルード・コパード（Gertrude Coppard）は23歳のとき,貧しくて無教養な炭坑夫ウォルター・モレルと結婚して,ノッティンガムのベストウッド炭坑に近い坑夫町に住む.性格も教養もちがうこの夫婦は,やがてたがいに幻滅を感じるようになり,酒好きの夫は酔ってあばれ,不幸な生活がつづく.

二人の間には長男ウィリアムが生まれ,2年後には長女アニー,5年後には次男ポール（Paul Morel）,その数年後には3男アーサーが生まれる.ガートルードの心は次第に夫から離れ,子どもたちに献身的な愛情をささげたが,生まれつき病弱な次男ポールを特別にかわいがった.長男ウィリアムはロンドンの法律事務所で働くようになり,はでで浅薄な娘リリーと婚約し,その女を連れて故郷に帰ってきたりしたが,ロンドンの下宿先で肺炎にかかり,かけつけた母の介抱もむなしく死んでしまう.母は長い間この息子の死を悲しんでいたが,やがて次男ポールにこれまで以上の愛情を注ぐようになる.ポールは感受性の強い青年で,母を恋人のように慕い,酒を飲んであばれる父に対して激しい憎悪を感じる.15歳のときポールは医療器具製造工場の書記になるが,その頃母と共に知人の農園を訪れ,はじめて農園主の娘でひとつ年下のミリアムに出会い,純情なこの娘に愛情を持つようになるが,母の方はこの娘が愛する息子を自分から奪い取ってしまうように感じて好感がもてない.ポールもミリアムの精神的な愛情に不満をいだくようになり,同じ工場で働く別居中の年上の女クララに近づくが,鍛鉄工であるクララの夫はこの関係を知ってポールに乱暴をはたらく.ポールはミリアムに対する愛情が残っており,クララも夫を忘れることができないので,二人の間には完全な愛情が成立しない.

ポールが25歳になったクリスマス近くに,胃ガンにかかって苦しんでいた母は,ついに死んでしまう.ポールはこの母の死によって自分の生命も終わったように感じ,激しい孤独感に悩む.クララも夫のもとへ帰ってしまった.ポールは再びミリアムに会うが,彼女の愛は自己犠牲の愛で,彼が求めている愛ではなかった.ポールは母の名を呼びつつ,勇気をだして,騒音のきこえる明るい町の方へ,足速に歩き出した.

◇重要作品◇

人間の絆　Of Human Bondage（1915）

サマセット・モーム作　長編小説

解説　モームの最大傑作とみられている自伝的色彩の濃い長編小説で，1915年に出版された．身体的欠陥のために劣等感に悩まされていた作者自身の経験を，主人公のフィリップ・ケアリに託して克明に描き，人生の意味を探求して苦悶する青年の姿を浮き彫りにした傑作で，人生は無意味だという虚無的な人生観が，作品の基調となっている．

梗概　幼いフィリップ・ケアリ（Philip Carey）は半年前に父を失い，1885年1月に母をも失って孤児となり，牧師のおじのもとにひきとられた．フィリップは生まれつき足首が曲がっていたので，これをひけ目に感じ，成長するにしたがって性格もゆがんでいった．おじは鈍感で頑固な牧師だったが，おばは実の子をもたなかったせいか，フィリップをいたわり，わが子のようにかわいがった．

9歳で学校に入ったフィリップは，友だちに曲がった足のことをからかわれ，怒って相手をなぐり倒したこともあり，つらい経験を重ねた．聖職につくことと，オックスフォードへ進学するのを断念したフィリップは，おじと争って学校をやめ，18歳のときドイツのハイデルベルクへ留学し，完全に宗教やイギリス的島国根性からも脱却するが，結局イギリスへ帰国する．ロンドンで会計士になろうとしたが，やがてこれにも嫌気がさし，今度は画家を志望してパリへ行き，そこで会った中年の詩人クロンショー（Cronshaw）から，人生の意味が知りたいのなら，博物館へ行ってペルシアじゅうたんの複雑な模様を見ておくと，そのうちに自然と答えがでてくるだろうという，謎のような助言を受けた．

フィリップは2年ほど絵の勉強をしたが，自分にその才能がないことを知り，再び帰国すると今度は医者になる決心をして，かつて父親の学んだ聖ルカ医学校に入学したが，女給ミルドレットに恋をして医学の勉強を怠った．そして彼女に結婚を申し込んだが拒絶され，絶望したフィリップは別の女を愛してミルドレットを忘れようとした．そこへ他の男に捨てられた彼女が助けを求めてきたので，フィリップは彼女の世話をしたが，彼女はまた別の男とフィリップの金で遊ぶ．フィリップはこの不実な女を忘れるため猛勉強したが街の女となった彼女と再会すると，また彼女の子どもをひきとって世話をした．しかし，フィリップに昔の愛情がないことを知った彼女は，子どもを連れて去ってしまう．

フィリップは30歳のとき，おじの遺産を得て，ようやく医学の勉強を終え，開業医となる前に，船医となって世界一周をしてみようと思う．出発前に親友のソープを訪れたとき，その友人の娘サリー（Sally）と愛し合うようになる．そしてフィリップは，人間は生まれ，働き，結婚し，子どもをもち，そして死んでいくという単純な人生模様も，また完璧な図柄だということを知り，サリーと結婚して小さな漁村の開業医になる決心をかためる．

◇重要作品◇

虹　The Rainbow（1915）

D. H. ロレンス作　長編小説

解説　「息子と愛人」を完成したのち,「姉妹たち」の仮題で着手され,前半は途中で「結婚指輪」と改められ,さらに「虹」と改題して1915年に完成された.後半は「恋する女たち」と題して1916年に完成された.「虹」はイギリス中部の農場を背景に,父子3代にわたる愛欲と結婚の種々相を描いた長編で,出版と同時に愛欲描写が露骨であるとの理由で発禁になったが,今ではロレンスの代表作のひとつとみなされている.

梗概　トム・ブラングウェン（Tom Brangwen）は,ノッティンガムシアに農園をもつ小地主の家に生まれた.村の牧師の家に,ポーランド生まれの未亡人でアナというひとり娘を連れたリディア・レンスキー（Lydia Lensky）が家政婦としてやって来ると,この女に関心をもつようになり,やがて彼女と結婚し,二人の男子が生まれた.しかしこの夫婦にとっては,国籍,文化,言語の違いは越えがたい溝となり,本当の結合とはいいがたく,トムは連れ子のアナに愛情をそそぐ.アナが18歳になったとき,近くのレース工場で働くトムの兄の子ウィル（Will）と相思の仲になり,二人はトムに祝福されて盛大な結婚式をあげた.

ウィルとアナの間に長女アーシュラ（Ursula）が生まれると,アナは妻としてよりも母として生きることに専念し,つぎつぎと子どもを生む.ウィルは妻で満たされない気持を長女アーシュラに傾け,夫婦の愛情は次第に離れていく.アーシュラは高等学校に入るが,ポーランド系の英国陸軍中尉アントン（Anton）と愛し合うようになる.しかしある月夜にこの2人が抱擁したとき,アントンはアーシュラの愛情があまりにも独占的なのに恐れをなして彼女から遠ざかり,南阿戦争に従軍して二人の関係は中断する.

アーシュラは高等学校を卒業し,大学入学試験に合格する.そして学資を得るために田舎の学校で2年間教師を勤め,大学では植物学を専攻しようとした.そこへ突然むかしの愛人アントンから手紙がとどき,インドから帰国したので会いたいといってくる.6年ぶりに会った二人の間には激しい情熱がわき,アーシュラは刹那的な愛欲におぼれた.二人は夏休みに夫婦気取りでヨーロッパ旅行に出かけたりしたが,自我の強いアーシュラは結婚よりも学位を強く欲し,アントンが結婚して任地へ来てほしいと要望するのを拒絶したので,二人の仲は決裂し,アントンは連隊長の娘と結婚してインドへ向かった.

アーシュラはしばらくしてから自分が妊娠していることを知った.彼女はアントンが別の女と結婚したことを知らなかったので,結婚の意志を表明した手紙を書いた.その返事のこないうちに,雨の中へとび出して肺炎にかかり,死児を流産した.回復期にあるとき,空にかかった虹を見て,「虹の中に大地の新しい建築を見た」彼女は,自分の将来に明るい希望を感じた.

◇重 要 作 品◇

プルーフロック詩集　Prufrock and Other Observations（1917）
T. S. エリオット作　詩集

史的意義　処女詩集．フランスの象徴詩人ラフォルグ（Jules Laforgue）の強い影響を示す諷刺詩12編から成る．Observationsという表題でも理解されるように，ここにあるのは，人間生活に対し第3者の立場からする冷たい観察を気負うた表現である．過去の詩につきまとう叙情味や情緒的暗示性を最後のひとかけらまで削り落とし，徹頭徹尾知的な計算にもとづいて現代人の不決断と精神生活の不毛を皮肉るこれらの作は，現代英詩史における一大転回点を記録するものであった．第2詩集（Poems, 1920）では，彼は思想的には深遠を増し，題材も手広くなったが，同時にその表現は難渋さを加え，プルーフロック詩集に見る一刀両断の快い切れ味はすでに薄れている．

「J. A. プルーフロックの恋歌」　巻頭の（The Love Song of J. Alfred Prufrock）では髪の毛もうすれた中年の，生気も人生に対する興味も失せ，自信も持たぬまま，求婚に行くべきか行かざるべきかを，とつおいつ考えては迷う人物を主人公として出してくる．冒頭の「麻酔されて手術台にのった患者のように，空を背にして手足をひろげた夕べ」のようなイメージやそれにつづく，家を巻き囲んでは窓ガラスにからだをすりつけてくる黄色い霧を猫の媚態（びたい）として描いたくだりなどは，空前の新鮮なものとして読書人の心を打った．たかが女の心をたしかめにゆくという日常的な行為も，遅疑逡巡のかたまりのような，「人生をコーヒーさじで計ってきた」（I have measured out my life with coffee spoons.）と称するプルーフロックにとっては巨大な決心と敢行とを必要とする事がらであり，宇宙の秩序をかき乱すと感じられる行動である．そんなことをするくらいなら「沈黙の海の底を走りまわるカニにでもなったほうがましだ」（I should have been a pair of ragged claws, / Scuttering across the floors of silent seas.）と彼は絶望の言葉を放つ．想定する口説（くぜつ）の場面を何度となく描き組み立ててはまたご破算にする彼，この現代人の縮図は，ついに自分はハムレット王子の役どころではない，と悲しげな結論を出して万事をあきらめるのである．

「風の夜の狂詩曲」　（Rhapsody on a Windy Night）は，夜中から早朝までハシゴ酒をつづけて酔っ払ってゆく男の，だんだんもうろうとなる眼に映る外の世界の様子を「意識の流れ」的手法で描き出してみせる．やっとアパートにたどりついて寝につく最後の部分など意識の流れの手法の戯画としても才気縦横なものである．「ボストン・トランスクリプト夕刊紙」では画一的なアメリカ人の生活を，「従妹ナンシー」ではこわいもの知らずのアメリカの若い女の向こう見ずな行動を皮肉る．そして「艶っぽい会話」（Conversation Galante）では，月を見てもピアノの夜想曲が耳に漂ってきても，昔ふうなロマンスの雰囲気などわき出てくる由もない．孤立した空虚な二つの心の絶対に溶け合い得ない食いちがいを戯画ふうに，断片的な会話として描きだしてみせる．

◇重要作品◇

月と六ペンス　The Moon and Sixpence（1919）
サマセット・モーム作　長編小説

解説　フランス印象派の画家ポール・ゴーガン（1848–1903）をモデルにして書いた長編で，1919年に出版された．芸術至上主義的な態度ですべてを犠牲にして自分の道に突き進む主人公の天才画家の性格は，読者に強い印象を与えずにはおかない．発表と同時に注目をあび，モームの小説家としての地位を不動のものにした傑作である．なおモームは中年男が妻子を捨てて自分の道に生きる姿を描いた劇「かせぎ手」（The Bread-winner）でも，この長編とよく似たテーマを扱っている．

梗概　チャールズ・ストリックランド（Charles Strickland）は英国に住む平凡な40歳の株式仲買人で，模範的な女性である妻との間に一男一女がある．この一家が海岸へ1ヶ月ほど避暑に出かけたあとで，一足先に帰った夫から，別れたいという意外な手紙が，パリから妻のもとへ送られてきた．夫人の依頼で私（この小説の語り手で，モーム自身をあらわす）はチャールズを連れもどすためにパリへ行った．みずぼらしいホテルにひとり住んでいたチャールズは，妻子を捨てた不徳を認めたが，パリに滞在して絵を勉強し，画家になるのだといって，どうしても英国に帰ろうとしなかった．

5年後，チャールズの絵はパリで物笑いの種になっていたが，ただ一人オランダ人の画家ダーク・ストローヴ（Dirk Stroeve）だけは彼の画才を認めていた．ある冬，チャールズが重病で倒れたとき，ストローヴは英国人の妻のブランチ（Blanche）に，彼を自宅に引きとって看病するように頼んだが，妻はチャールズを嫌ってことわった．しかしブランチは夫の熱意に動かされて，チャールズを引きとると，今度は親切に看護し，そのおかげで死線をさまよっていたチャールズは回復した．ストローヴはチャールズに自分のアトリエを提供すると，チャールズはアトリエを独占し，ブランチの心をとらえてしまう．ストローヴがチャールズに退去を要求すると，ブランチも一緒に家を出るといい出したので，自分の持ち金の半分を妻に与え，ストローヴ自身が自分の家を出てしまう．

ストローヴはある日，妻が毒を飲んで自殺したことを知り，もとの自分のアトリエへ帰ってみると，そこにはチャールズの描いたブランチの裸体画があった．その絵の芸術的な偉大さに打たれたストローヴは，それをチャールズからもらい受けて，オランダへ帰る．

チャールズはブランチの死後，放浪のすえにタヒチ島にたどり着き，絵をかいて島民に与え，そのかわりに食物を得て暮し，17歳の土人娘アタと同棲するが，やがてハンセン病にかかる．彼は病をおかして大作を壁に描き続け，死後壁の絵を焼き払えとアタに命ずる．アタは命令を忠実に守った．チャールズの死後，彼の画才は世界に認められ，ロンドンに住む彼の先妻は，部屋に夫の絵の複製を飾って，有名画家の妻としてふるまっていた．

◇重要作品◇

恋する女たち　Women in Love（1920）

D. H. ロレンス作　長編小説

解説　前作「虹」に続いて1916年に書かれたが，「虹」の発禁問題などから英米の出版社は出す勇気がなく，1920年にやっとアメリカで限定出版され，翌1921年にイギリスでも出版された．「虹」の続編とみられているが，まったく趣きを異にした長編で，中心人物であるバーキンとアーシュラ，ジェラルドとグドルンというふた組の男女の関係を描いた代表作のひとつであり，バーキンは作者自身，アーシュラはフリーダを思わせる．

梗概　イギリス中部の炭坑町に住むブランゲン家の姉妹アーシュラ（Ursula）とグドルン（Gudrun）は，ある日，炭坑主クリッチ家の娘と海軍士官の結婚式を見物に出かける．そこでグドルンはクリッチ家の長男で美貌と精力的な体格をもつジェラルド（Gerald）を見て，発作的に魅力を感じた．アーシュラも，この結婚式で花婿の付添役をつとめた公立学校の視学官バーキン（Birkin）にひかれた．

バーキンはハーミオニという貴族の娘と付き合っていたが，アーシュラと何度か会ううちに，彼女に関心をもつようになり，彼女を自分の部屋へお茶に招待した．そのとき二人は愛について議論したが，情熱的なアーシュラは，独立した二つの個性の完全な結合を主張するバーキンの理想的な考え方についていけなかった．しかし二人は抱きあってお互いに愛していることを告白した．その後，バーキンは病気にかかり，南フランスへ出かけたが，突然帰国すると，アーシュラに結婚を申し込み，彼女をドライブにさそって，夜の森の中で二人は結ばれた．アーシュラはしだいにバーキンの考え方を理解し，両親の反対をおしきって二人は結婚した．

ジェラルドのほうは，土地の人びとを集めて開いた湖上のパーティの夜，グドルンと2人きりでカヌーに乗った時，お互いに愛情を感じたが，その直後ジェラルドの妹が溺死する事件が起こって，二人はしばらく会う機会がなかった．しかしジェラルドの父が末娘のためにアトリエを作り，グドルンを絵の家庭教師に招いたので，二人は再び会う機会が多くなった．ジェラルドは父の死後，共感し合う相手を求めてグドルンの家へ行き，彼女の寝室に侵入して，グドルンと関係を結んでしまった．

クリスマスが近づくと，この二組の男女はヨーロッパ旅行に出かけ，雪深いアルプス山中に滞在する．そこでグドルンは愛もなく彼女の肉体を求めて近づくジェラルドから離れ，彼女の芸術的才能を理解してくれるドイツ人彫刻家と共感し合い，ドレスデンにある彼のアトリエへ行くことにした．ジェラルドはこのドイツ人をなぐり倒し，グドルンを絞殺しようとしたが，途中で殺意をすてると，そのまま雪の中をさまよい，翌日死体となって発見された．彼と男同士の永遠の友情を結びたかったバーキンは，彼の死を悲しむ．

◇重　要　作　品◇

雨　Rain（1921）

サマセット・モーム作　短編小説

解説　「雨」は「赤毛」,「ホノルル」,「エピローグ」,「太平洋」,「マッキントッシュ」,「エドワード・バーナードの転落」,「淵」といった8編の南洋ものとともに，短編集「木の葉のそよぎ」(The Trembling of a Leaf, 1921) に収められている。この短編集は南太平洋の雄大な自然の中で生きる白人の生態を描いたものが主流で，中でも「雨」は短編小説史上の不朽の名作とみなされている。

「雨」
(Rain)　マクフェイル（Dr Macphail）は衛生兵として戦線に加わり負傷して復員したのち，静養のため妻と南洋を訪れ，その船旅でデイヴィドソン夫妻と知り合う。デイヴィドソン（Davidson）はサモアの北に点在する群島を管轄区とする宣教師で，細君と力を合わせて島民を教化する使命感に燃えている。一行は船の乗り換えに寄港したパゴパゴ島で，検疫のため2週間ほど留まることになる。上陸した島の町並みは，閑散としており一軒のホテルも無いので，島の総督の計らいで，マクフェイル夫妻とデイヴィドソン夫妻は海岸沿いの商人の館に滞在することになる。やがて館の主から，階下に同じ船に乗っていた2等客のトムソン（Miss Thompson）という若い独身女性が部屋を借りていることを知らされる。デイヴィドソンはトムソン嬢がホノルルの悪名高い色町の女と確信すると，改悛させようとして，ついには総督に働きかけて強制送還を仕向ける。こうして，雨季の只中でむせ返るような暑さと驟雨に悩まされながら島に逗留している間，館の中にいることの多いマクフェイルはデイヴィドソンのトムソン嬢に対する一連の執拗な教化活動を目の当たりにする。デイヴィドソンは自堕落な娼婦トムソン嬢を改悛させる使命を果たせたかに思えたが，土壇場で自己の情欲に負けてしまい自殺する。

「赤毛」
(Red)　ある帆船が，物資を届けるために，南洋の環礁に守られた島に寄港する。その船の船長は島に足を踏み入れて，変わり者と噂されるスウェーデン人のニールソン（Neilson）に偶然出会い，バンガローに招かれる。ニールソンは25年間の島での半生を船長に話す。ニールソンは，25歳の頃に医師に余命一年と告知されたことをきっかけに南洋の島を訪れて，美しい島の女と結婚していた。相手の裡にレッド（Red）という美しい白人男性への恋慕があるのを承知の上での結婚であった。以来25年の歳月が流れ，細君の美貌は失われている。細君に愛されることのなかった不毛な結婚生活を振り返ったニールソンは，目の前にいる船長こそ長年思い描いた恋敵のレッドであることに気づくと，美男の面影が微塵も無い醜く肥った中年男にすぎない現在のレッドの姿に幻滅し，まるで悪い夢から醒めたかのように，言い知れね虚しさに襲われて，島での結婚生活に終止符を打つことを決心する。

◇重要作品◇

ユリッシーズ　Ulysses（1922）

ジェイムズ・ジョイス作　長編小説

解説　「意識の流れ」の手法によって，特定の時と所における人生を完全にとらえようとしたジョイスの実験的野心作で，1914年に起稿し，アメリカの「リトル・レヴュー」誌とイギリスの「エゴイスト」誌に部分的に掲載し，1922年にパリで出版された．3部18挿話からなる．ユダヤ人で新聞の広告取りをしているレオポルド・ブルームは，ホーマーの「オデュッセイア」のユリッシーズに相当し，その妻で歌手のモリー・ブルームは妻ペネロピー，若いアイルランド人の教師兼作家スティーヴン・ディーダラスは息子テレマカスにそれぞれ照応する．ストーリーをもたず，潜在意識の世界を描写している．

第1部　22歳の詩人スティーヴン・ディーダラス（Stephen Dedalus）に関する3つの挿話からなる．1904年6月16日の朝，ダブリン市を見おろす古塔に住んでいる，クロンゴーズ・ウッド・カレッジを出たばかりの教師で詩人のディーダラスは，朝食をしたのち，私立学校へ歴史を教えに出かけ，ローマ史の授業をやり，校長から給料をもらってから，ひとりで海岸をぶらつく．そして文学のことや，自分のみじめな生活や，貧乏なくせに酒場に入りびたっている父親のことなどを，意識の流れにまかせて思いめぐらす．

第2部　主としてレオポルド・ブルーム（Leopold Bloom）に関する13の挿話からなる．同日の午前8時，フリーマン新聞の平凡な広告取りでフリーメーソン結社の一員でもある38歳のアイルランド系ユダヤ人ブルームは，妻と自分のために朝食を用意し，手紙に眼をとおしたのち，外出すると郵便局で手紙を受け取る．彼は別名でタイピストの女と文通し，局どめで手紙を受け取っている．その手紙を材木置場のかげで読んだのち，卒中で急死した友人の葬儀の列に加わり，死んだ自分の子のことや，自殺した父親のことなどを思い出す．

正午に新聞社へ行ったブルームは，同じ頃，校長に頼まれた原稿を届けに来たディーダラスとすれちがった．ディーダラスは給料が入ったので，主筆たちと酒場で一杯飲み，それから国民図書館へ行って文学仲間を相手にシェイクスピア論を元気よくやる（第9挿話）．ブルームも古新聞の広告を調べに図書館へ来るが，またしてもディーダラスとすれちがう．その後，ブルームはホテルで食事をとり，バーに入ったのち，知っている女が産院に入院しているのを見舞い，そこでディーダラスと会った．ディーダラスはインターンの友人と酒を飲んだのち，淫売宿へ行く．ブルームもあとから彼について行く．

第3部　主としてブルーム夫人に関する二つの挿話からなる．ブルームの家まで来たディーダラスと人生経験を話し合ったのち，ブルームは寝床にもぐり込む．そばで妻は愛人のことや人体の神秘などを考えながら夢の世界をさまよっている．この最後の第18挿話は全部句読点なしで続いている．

◇重 要 作 品◇

荒地　The Waste Land (1922)

T. S. エリオット作　長詩

史的意義　現代詩の展開に大きな影響を与えた記念碑的長詩「荒地」は，エリオット自身が1922年10月に創刊した季刊雑誌「クライティーリオン」(The Criterion) の第1号と翌年1923年1月に出た第2号に発表され，1922年に11月にはアメリカの文芸雑誌「ダイアル」(The Dial) 第73号に掲載された．単行本は1922年に米国で出版され，英国では翌1923年に出た．この詩の出版はロマン主義と訣別する現代英詩にとって，まさに画期的な事件となった．作者自身がつけた注釈で明らかなように，古典から多くの言葉を引用したり，それをもじって使用しながら，生・死・再生の原型が含まれている聖杯伝説や自然祭祀を骨組にして，第1次大戦後の荒廃したヨーロッパの精神風土を，象徴的手法でうたい，天国編を欠いたダンテの「神曲」にたとえられる．全433行．

第1部　「死者の埋葬」(The Burial of the Dead) 題は英国教会の祈祷書の中にある埋葬式からとられている．「四月はいちばん残酷な月／死んだら土からライラックの花を生み出し／記憶と欲望とを混ぜあわせ／春の雨で鈍重な草根をふるいおこす」という句ではじまり，不毛の荒地の様相を，回想をまじえた意識の流れの手法でうたい，「一つかみの骨灰で死の恐怖を見せてやろう」という句も出て，ボードレールの「悪の華」とダンテの「地獄篇」が言及されて終わる．死のテーマがくりかえし出る．

第2部　「チェス遊び」(A Game of Chess) 題はミドルトンの悲劇「女よ，女に用心」2幕2場でチェスをしている間に女が凌辱されるくだりから借用したもので，前半では子を生まない金持の廃頽的有閑夫人の空虚で退屈な生活が描写され，後半では対照的に，下町のおかみさん連中が酒場で不毛な結婚生活などを語り，その間に「お早く願います，時間ですから」という酒場のボーイの声がさしはさまれる．

第3部　「火の説教」(The Fire Sermon) 題は仏陀が人間の5欲を劫火にたとえた説教に由来する．「麗わしのテムズ河，静かに流れよ，わが歌の終わるまで」というスペンサーの有名な詩行をもじった繰り返しが冒頭にあり，河畔の秋の情景が描かれ，この編全体のまとめ役をするタイリーシアスの魚釣りの場面があり，タイピストの性的没落が語られ，情欲の劫火が燃え，それをいさめる聖アウグスティヌスの言葉が入る．

第4部　「水死」(Death by Water) 溺死したフェニキアの水夫フレバスの描写で，水死によって豊作神となり，また情欲の劫火も消されたものと考えられる．

第5部　「雷神の言葉」(What the Thunder said) まずキリストの復活とエマオへの旅がとりあげられ，現代ヨーロッパの頽廃が述べられ，雷鳴が聞こえ，最後にサンスクリット語で「平安」(Shantih) という言葉が繰返されて終わる．

◇重　要　作　品◇

フォーサイト・サーガ　The Forsyte Saga（1922）
ジョン・ゴールズワージー作　長編3部作

解説　ゴールズワージーの代表作で,「資産家」(1906),「窮地」(1920),「貸家」(1921)の長編3部作に,「あるフォーサイトの小春日和」(1918)と「目ざめ」(1920)の2つの短編を加えて,1922年に「フォーサイト・サーガ」と名づけて出版された．各編はそれぞれ独立して完結しているが,全体としては4代にわたるフォーサイト家一族の物語であり,のちの3長編に2短編を含む「現代喜劇」(A Modern Comedy)(1929)に続き,「終章」(The End of the Chapter)で完結する「フォーサイト年代記」(The Forsyte Chronicles)を形成している.

「資　産　家」
(The Man of Property)　1886年のこと,当時80歳に近いジョリオン老人は19歳の孫娘ジューンが青年建築家ボシニーと婚約したので,その披露のために一族の人びとを招待した．ジョリオン老人をはじめとするフォーサイト一家の人びとは所有本能がきわめて強く,実際的で常識的であり,感傷というものをほとんど持ち合わせていない．中でもジョリオン老人が「資産家」というあだ名を与えた甥のソームズは物欲の権化である．このソームズを愛していない妻のアイリーンは,婚約披露会で紹介されたボシニーに心を引かれた．そしてソームズがこの建築家に邸宅の新築を依頼したので,アイリーンとボシニーが会う機会は多くなり,お互いに愛し合うようになる．やがてアイリーンは夫に別居したいと申し出たが,ボシニーが霧の深いロンドンで車にひかれて死んだので,彼女は呆然として夫の家に戻ってきた．しかし,所有欲の強いソームズはアイリーンの心を所有することはできなかった．

あるフォーサイトの小春日和
(Indian Summer of a Forsyte)　すでに86歳になったジョリオン老人がアイリーンに心をよせ,孫に音楽を教えに来てもらって彼女と会うのを楽しみ,やがて彼女に遺産を分けることにして,幸福な夢をみながら死んでゆく．

窮　　　地
(In Chancery)　ソームズがアイリーンをあきらめてフランス人女性アネットと結婚するために,ジョリオン二世を介して離婚交渉をすすめる．ジョリオン二世はアイリーンと愛し合うようになり,離婚訴訟は成立して,ソームズとアネットは結婚して女子フラーが生まれ,ジョリオン二世とアイリーンの間には男子ジョンが生まれる.

目　ざ　め
(Awakening)　ジョリオンとアイリーンの息子ジョンが8歳のときに,母アイリーンを対象にして,美と愛とに目ざめるエピソードが描かれる．

貸　　　家
(To Let)　第1次大戦後の1920年からはじまり,ジョリオン家のジョンとソームズ家のフラーが相愛の仲になる．ジョンは父が心臓病で急死したので,母の立場を考えてフラーを思いきり,自邸に「貸家」の札をかけて母とアメリカに渡る．

◇重要作品◇

園遊会　The Garden Party and Other Stories（1922）
キャサリン・マンスフィールド作　短編小説集

解説　作者三番目の短編集で，生前作者自身の手によって選ばれた15の短編が収められている．収録短編中最も長い「入り江にて」（At the Bay）は，作者が少女時代に在住したニュージーランドの海岸の町を舞台にしており，夜明けから真夜中に至るまでの自然の情景と人々の生活や心象を断片的な挿話で綴っている．「声楽の授業」（The Singing Lesson）では，婚約を破棄された女性教師の授業中の心の揺れが細かく描写されている．他の作品も繊細な感受性と鋭い観察力でとらえた人生の悲哀が詩情豊かに綴られている．

「園遊会」　「園遊会」では，年に1度，家の庭で開かれるパーティの日の朝から夕方までの出来事が一家の末娘ローラ（Laura）を主人公として描かれる．ローラは庭にテントを張りに来た職人たちの素朴な善良さに心を打たれ，自分の住む世界と労働者の彼等を隔てるものがあることに漠然と疑問を感じる．家の門の近くに住む貧しい一家の主が落馬して死んだという知らせを聞いて，ローラは母親に園遊会の中止を訴えてみる．だが，母親に反対され，鏡でパーティ用の帽子をかぶった自分の美しい姿を見ているうちに思う，「園遊会を終えてからあの人たちのことを考えればいい」と．華やかな園遊会は盛会のうちに終了する．喪中の一家に残った食べ物と花を届けようと母親が言い出し，ローラが持って行くことになった．不安を感じながら彼女がその家を訪ねると，家の中へ招き入れられ，遺体と対面することになってしまう．園遊会の世界とは遠く離れたその存在にローラは未知の美を感じ，涙を流し外に出る．迎えに来た兄に，「人生って…」と言って泣きながら言葉を詰まらせるローラに対して，兄は「そうだね．」と理解を示すのだった．

女性の心理と人生の現実　マンスフィールドの短編では，女性が死や孤独など現実的な人生の相を知らされる物語が少なくない．「初めての舞踏会」（Her First Ball）では，いずれあなたも太った中年女になるのだ，と初舞踏会で太った中年男から言われた若く純粋な女の子の一瞬の途惑いが描かれる．「亡き大佐の娘たち」（The Daughters of the Late Colonel）は，父親を亡くした姉妹の空虚な日常を二人の意識の流れを追って描いた作品である．「ブリル女史」（Miss Brill）でも，公園のベンチで人々を観察して幸福な気持ちに浸っていた孤独な老婦人が残酷な現実を突きつけられる．しかし「船旅」（The Voyage）では，母親を失った少女と祖母の二人が祖父の元へ帰る一夜の船旅が描かれる．祖母は死を受け入れたような態度だが，少女は死を実感しておらず，作者の暖かい眼差しが感じられる短編になっている．

【名句】Oh, how quickly things changed! Why didn't happiness last for ever? For ever wasn't a bit too long.—Her First Ball
　　ああ，物事は何て早く変わっていくものなの！幸福はなぜ永遠に続かないのかしら．永遠だって全然長すぎることはないというのに．

◇重要作品◇

聖女ジョウン　Saint Joan（1923）

バーナード・ショー作［6場］　歴史劇

解説　従来の文学作品に天使や魔女として現われたジャンヌ・ダルク（1412-31）観を訂正，決算する目的で描いた6場とエピローグからなる歴史劇．1923年にニューヨークで初演され，翌1924年のロンドン公演では名女優シビル・ソーンダイクがヒロインに扮して大成功を収めた．ショーはジャンヌ・ダルクを中世の社会の中に忠実に生かし，同情をこめて悲劇の女主人公として描いている．この劇につけられた長い序文は作者の社会観を明らかにしているものとして興味深い．

梗概　1429年，田舎娘のジョウンは領主ロベールに面会を強要し，馬と武器と兵隊をくれれば，オルレアンの包囲を解いて，フランスからイギリス軍を追い出して見せるといい出す．最初は面会を拒絶したロベールや兵士たちも，やがて彼女が神から遣わされた指導者であると信じるようになる．大司教は皇太子にジョウンと会わないように忠告したが，皇太子は服装を変えて廷臣の中にまぎれこみ，別の青ひげ男を皇太子に仕立てて，ひそかにジョウンの本当の力をためそうとする．だがジョウンはたちまち本物の皇太子を見つけ出し，オルレアンの軍隊の指揮を彼女にまかすように説得する．

オルレアンに到着したジョウンは，フランス軍の指揮をまかされ，絶望とみられていた包囲を解く．イギリス軍の陣営では，一少女の指揮下にあるフランス軍のために敗れたのでジョウンを捕らえて殺すことが，政治的にも必要だと考える．またカトリックの司教は，当時広まりつつあった宗教上の異説を併せて考えると，悪魔がジョウンを利用して反カトリック思想を広めているのだと断定する．

皇太子はオルレアンの戦勝によって，シャルル七世として王位につく．ところが廷臣や兵士たちは次第にジョウンを疑い，憎みはじめる．皇太子は，彼女が捕らえられても身代金を払う誠意もなく，司教も彼女を見放している．

翌年ジョウンは捕らえられ，9ヶ月後に宗教裁判に付せられる．司祭たちは彼女に今までの言を取消し，すべては悪魔にとりつかれたための言であったという告白状に署名させようとした．これによって彼女は火刑を逃れて終身刑となると聞いて，ジョウンは取消書を破る．兵士たちは彼女を連行して，異端者として火刑に処する．

25年後，宗教裁判の裁判官たちは悪意と虚偽に満ちていたものと判定され，その判決は廃棄される．突然1920年代の衣装を着た牧師風の紳士が登場し，ジョウンを聖徒の列に加えるという法王庁の決定を発表する．さまざまな人物たちが彼女を賛美するが，彼女の復活は歓迎していないらしい．「この美しい大地をお造りになられた神様，いつになったら，この地上はあなたの聖者たちを迎える用意ができるのですか，いったいいつになったら」とジョウンは悲痛な声で神に訴える．

◇重要作品◇

インドへの道　A Passage to India（1924）

E. M. フォースター作　長編小説

解説　作者の1912年と21年の2度にわたるインド旅行から生まれた長編小説で，第1部「寺院」，第2部「洞窟」，第3部「神殿」からなる．英国植民地時代のインドを背景にして，支配民族である英国人，被支配民族であるインド人の民族的対立感情をとりあげて，人間関係における善意や友情の困難さを描いた代表作である．

梗概　インドがまだ英国の植民地であったころ，ガンジス河にのぞむチャンドラポアという町で治安判事をしている若いイギリス官吏ロニーのところへ，母親のムーア夫人が彼の婚約者アデラをつれてやってくる．町に着いたふたりの女性は，英人官吏たちが仕事以外にほとんど住民と交際せず，両民族の間に根強い感情的対立があることを知る．ふたりは民族を越えた友情で住民と接したいと思う．ある夜，ムーア夫人は静かな寺院の中で，英国人の下で働くインドの青年医師アジズと出会った．アジズは英国人の冷たい態度に反感をもっていたが，夫人の温かい寛容な態度にふれて人間としての親しみを感じた．

この町の大学で学長をしているフィールディング氏も良識をもった英国人で，世界の民族は善意プラス教養と知性の助けを借りてお互いに手を握り合うべきだという信念をもち，それを実践してアジズをお茶の席へ招待したので，アジズはこの好意を嬉しく思い，学長に尊敬と親しみの念を抱く．アジズはこの会でインドの真の姿を見たいというムーア夫人とアデラをマラバー洞窟へ案内しようと申し出たとき，ふたりの女性はこれに応じた．

洞窟見学に出かける朝，同行する予定だったフィールディングが汽車に乗り遅れたので英国女性の付添いはインド人だけになってしまう．汽車を降りて象に乗り，平原を横切ってマラバー洞窟へ到着すると，ふたりの女性はアジズの案内で洞窟内を見物してまわる．突然アデラは神秘的な反響音のために恐怖感にうたれて気をとり乱し，アジズに暴行をうけそうになったと思いこんでしまい，丘をかけ降りるとフィールディングの自動車に乗って先に帰ってしまう．アジズが町へ戻って来たとき，意外にも彼は駅で警官に逮捕される．アデラは洞窟内でアジズに辱かしめを受けたと訴えたのだが，アジズは全く身に覚えがないと主張し，ムーア夫人やフィールディングも彼をかばってやったが，その努力は無駄であった．住民たちはアジズの釈放を希望し，英人側は治安判事の婚約者に暴行が企てられたとして有罪を主張する．こうして町には異様な空気が流れ，民族間の緊迫した感情的対立は裁判の日を頂点にして険悪になっていく．ロニーはアジズに好意をもっている母親が不利な証言をすることを恐れて国へ帰すが，帰途で母親は他界する．

裁判の日，冷静に洞窟内での状況を反省したアデラは，受けたと思った乱暴が実は彼女のヒステリックな妄想のための錯覚であったと証言して告訴をとりさげる．英人たちは彼女を非難し，ロニーは婚約を解消する．その上インド人たちも彼女の勇気に感謝しない．こうして民族間の真の和解への道は遠くて険しい．

◇重　要　作　品◇

ダロウェイ夫人　Mrs. Dalloway（1925）

ヴァージニア・ウルフ作　長編小説

解説　ウルフが1925年に出版したこの長編は、国会議員リチャード・ダロウェイの妻で52歳になるクラリッサの人生から、第1次大戦が終わって5年後の1923年6月のある水曜日の午前10時ころから夜半近くまでの出来事をとり出し、意識の流れの手法によって、この感受性に富む中年女性の人生経験を内面的に描いた代表作のひとつで、文体は叙情詩のように美しい。

梗概　ある晴れた日、ロンドンのウェストミンスター区に住んでいるダロウェイ夫人は、今夜の宴会に飾る花を自分で買いに出かける。さわやかな朝の空気にふれながらロンドンの街を歩いているうちに、夫人はふと30数年前、まだ18歳の娘だったころのことを回想する。彼女はグロスタシアの別荘での生活や、ピーターの熱烈な求婚を拒絶したことを思い出す。途中で古い友人のヒュー・ウィットブレッドに出会ったりしながら花屋へ着くと、花をえらぶ。突然外で銃声に似た音が聞こえる。自動車のパンクした音で群集が附近をとりまく。夫人はスウィトピーの花をかかえ、群集をわけて帰路につく。

ダロウェイ夫人が家に着くと、夫は昼食会に招待されて不在である。夫人は淋しく2階へ上って行き、夫のことや年令のことなどを考え、前の夜会で踏まれて切れた夜会服をもって階下へおりる。応接間のソファに腰かけてその夜会服を修繕していると、ドアのベルが鳴り、昔の恋人ピーターが訪ねてくる。二人は30年前の思い出話をする。ピーターは昔クラリッサとの恋に破れるとインドへ渡り、途中船で会った女と結婚したが、現在はインドに駐在する軍人の妻で子どもの二人ある夫人と恋をしており、妻との離婚問題を解決するために5年ぶりにインドから帰国したのであった。ダロウェイ夫人はピーターの色恋を非難すると、彼は衝動的に涙を流す。ピーターをなぐさめながら、夫人はふと自分が彼と結婚していたら幸福だったろうかと考える。

同じ日、かつては文学青年であり、大戦に出征して神経系統を冒され、復員間際にイタリア娘と結婚したセプティマス・ウォレン・スミスは精神病医サー・ウィリアムの診察を受けに行き、重症と判断され、夕方、自殺してしまう。

夜会は盛大で、首相をはじめ、来賓が続々と到着する。ダロウェイ夫人の古い女友達もやってくる。その中に遅刻して来会した医師夫妻がいた。夫人はこの精神病医から自分の生命が不用になって自殺したという青年のことを聞く。夫人にはセプティマスという青年は未知の男だったが、この自殺をまるでわが身のことのように実感する。ピーターもこの夜会に招かれており、彼は自分の心が興奮するその原因は、夫人が彼の近くにいるせいだと思う。

◇重要作品◇

燈台めざして　To the Lighthouse（1927）
ヴァージニア・ウルフ作　長編小説

解説　1927年に出版されたウルフの代表作で，スコットランドのヘブリディーズ諸島の中の一つであるスカイ島を舞台に，ラムジー夫人を中心にした登場人物たちの意識の世界を描写し，幻想と現実が交錯した象徴的な名作である．この長編は3部にわかれ，第1部は第1次大戦前の9月のある午後から夜にかけて，第2部はその後の10年間，第3部では10年後の9月のある朝から正午までが描かれている．

梗概　第1部「**窓**」（The Window）．燈台がよく見える別荘の窓のそばで，ラムジー夫人（Mrs. Ramsay）は6歳になる末子のジェイムズに，明日天気がよければ燈台へつれていってもらえるだろうといったが，このころテラスを散歩していたラムジー教授は，天気がだめだといった．ラムジー教授は哲学者で，この夏，別荘には哲学を学んでいる学生タンズリー，画家ブリスコー嬢，子どもたちに人気のある老詩人カーマイクル，植物学者バンクス氏などが滞在していた．50歳になり8人の子どもがあるラムジー夫人は，親切な美しい女性で，滞在している人たちを心からもてなし，みんなに好感を与えていた．夫人は明日の燈台行きにそなえて，灯台守の子どもに贈る靴下をあんでいた．子どもたちは午後のひとときクリケットを楽しみ，教授は学生と語り合い，カーマイクルは居眠りをし，絵をかいていたブリスコー嬢はバンクス氏と散歩に出かけた．夫人は失敗者だという意識をもっている夫を尊敬しており，自信をもたせてやる．晩さんには一同が集まる．そのあとで夕食に遅れた別荘に泊まっている若い青年男女ポールとミンタが婚約したことを夫人は知った．夫はスコットの小説を読み，夫人は靴下を編んでいたが，夜がふけると外は暴風雨となり，二人は燈台行きをあきらめて寝についた．その夏は悪天候がつづいて，ついに燈台行きは実現しなかった．

第2部「**時は過ぎゆく**」（Time Passes）．その後数年間，ラムジー家はこの古い大きな別荘を訪れなかった．その間ラムジー夫人は世を去り，長女プルーは結婚後，出産のときに死んだ．長男アンドルーは第1次大戦に出征して戦死した．カーマイクルは詩集を出版して名声をえた．こうして10年が過ぎ，戦争が終わると，みんながやってくるというので，別荘の老管理人たちは，荒れた別荘を掃除して迎える準備をととのえた．

第3部「**燈台**」（The Lighthouse）．9月も終わりに近いある日，10年前と同じようにブリスコー嬢やカーマイクル氏など数人の滞在客がこの別荘に集まった．ラムジー教授は子どもたちを連れて，長年果たせなかった燈台行きを実現するため，急いで朝食をすませると海へ出かけた．数時間後，帆船は無事に燈台へ着く．一方別荘の芝生から帆船を眺めていたブリスコー嬢は，やっと絵の構図をとらえることに成功する．

◇重要作品◇

恋愛対位法　Point Counter Point（1928）

オールダス・ハックスレー作　長編小説

解説　多種多様な知識階級の人たちを登場させて，第1次大戦後の退廃した社会相を展開する代表作である．題名の対位法は音楽用語で，ふたつの旋律を同時に結合して効果を出す手法で，作中の小説家フィリップが音楽の作曲法を小説の構成法に応用する新説を唱えていることにもとづくが，作者自身もこの小説でロンドンの知性人たちの言動を，同時的に交錯させて読者の前に展開しようという実験をおこなっている．

梗概　芸術家気質の強い好色的な画家ジョン・ビドレークは，第1回目の結婚に失敗し，第2回目には理想的な女性を得たが2年で死別し，第3回目は世間的には幸福そうだったが実際には別居も同様だった．この小説の主調は，この老画家が3回目の妻によってもうけた息子ウォルターと娘エリナの，それぞれの恋愛である．

ウォルター（Walter）はオックスフォード大学で詩と哲学を学んだ感受性の強い知性人で，大学を出て間もないころ，酒飲みの夫から虐待されている人妻に同情して関係を結んでいたが，他方において貴族の娘で，30歳の美しい未亡人ルーシーとの恋愛もだんだん深くなる．夜会で会ったウォルターとルーシーは，そこを抜け出してレストランへ行くと，そこにはランピオン夫妻とスパンドレル青年が来ていて議論している．D. H. ロレンスがモデルになったといわれるランピオンは独特の文明観をもっていて，文明とは精神と肉体との完全な調和であり，野蛮とはその調和の破れたもので，キリスト教は人間を魂の野蛮人にしたと論じる．スパンドレルの方は極端な破壊論者でニヒリストであるが，この議論に強い刺激を求めて派手に振舞う近代女性のルーシーが加わったので大騒ぎになり，静けさを好むウォルターは堪えられなくなって家へ帰る．ウォルターはルーシーの魅力に屈したが，ルーシーの方は彼に興味を失い，新しい感覚を求めてフランスへ去る．

ウォルターの姉エリナ（Eleanor）は，小説家フィリップと結婚しているが，夫は知的には全能者であっても，行動の面ではきわめて消極的で冷たい傍観者にすぎないので，こうした夫の態度に不満を感じ，右翼結社の首領で行動的な政治家ウェブレーに接近し，夫の留守中にウェブレーを招いて関係を結ぶ決心をしたが，田舎にいるひとり息子が急病だという電報が来てロンドンを去る．そのあとへウェブレーがエリナを訪ねて来て何者かになぐり殺される．殺したのはウェブレーを敵視する青年で，これをけしかけたのは破壊主義者のスパンドレルだった．ウェブレー怪死事件が各方面に大きな反響を呼ぶと，スパンドレルは心の平静を失い，ランピオン夫妻を招いてベートーヴェンのレコードを聞き，人生問題を論じるが，やがて彼を拘引に来た警官の前で，みずから頭をピストルで射抜いて息が絶えようとするとき，レコード音楽も終わる．

◇重要作品◇

チャタレイ夫人の恋人　Lady Chatterley's Lover（1928）
D. H. ロレンス作　長編小説

解説　ロレンスの「性の哲学」を，最大限に展開してみせた20世紀最大の問題小説の一つである．1925年ころから執筆にかかり，何度も書き直した後，1828年にフィレンツェの出版社オリオーリから限定私家版として出版されて以来，その赤裸々な性描写のために物議をかもし，削除版ですら発禁本扱いにされ，完全無削除版が出版されたのは1960年だった．20世紀の知性偏重や機械文明や世界大戦の犠牲になった人間の悲劇が，詩的に昇華された瑞々しい性描写を伴って展開していく．貴族夫人と野性的な森番の不倫ドラマである．

梗概　「現代は本質的に悲劇的な時代である．（Ours is essentially a tragic age.）しかし私たちは，いかなる災害がふりかかろうと，生きなければならない」．これが，戦争で性的不能者になった夫を持つコンスタンス・チャタレイの境遇であった．

1917年，23歳のコンスタンス（Constance）は，29歳のクリフォード・チャタレイと結婚したが，半年もたたないうちに，夫は戦場で負傷して帰国，下半身は麻痺したままだった．

1920年，クリフォード（Cliford）は貴族の亡父が残してくれた18世紀の古風なラグビイ邸に戻った．クリフォードは車椅子に頼る従男爵であり，小説を書くことに熱中し，よくパーティを開いた．通称コニー（Cony）のコンスタンスは健康なからだをもてあましながらも，不具の夫を愛し，チャタレイ夫人として精力的に所帯を切り回していた．

そんなチャタレイ夫人の前に，招待客であるアイルランド人の劇作家マイクリスが現われた．夫と肉体関係のない生活を続けていたコニーは，30歳のマイクリスに身を任せた．

ある日コニーが，夫の車椅子を押して，広い庭園の先に広がる深い森の中へ入っていったとき，スパニエル犬を連れた新任の森番のメラーズ（Mellors）に出会った．夫はこの暗い陰のある孤独な森番をコニーに紹介した．コニーは結婚を迫るマイクリスよりも，野性的な元坑夫の森番の肉体的魅力に惹かれてしまう．精神生活に憎悪を感じたコニーは，何度も森番の小屋へ出かけたあげく，ついに森番と肉体関係を結んだ．不義の愛欲を重ねるコニーの気配に気付いたクリフォード卿は，「チャタレイ夫人の恋人」が誰だろうという疑問を抱く．やがて，コニーの不義の噂は夫クリフォード卿の耳に入り，森番メラーズは解雇されてしまう．

森番の子を身ごもったコニーのもとへ，農場の仕事に就いたメラーズから長い手紙が届く．「来年は一緒になれる．自分の一番良い点を本当に信じ，さらにそれ以上の力を信頼するほかに，未来のことは信じられない．僕には友人はいない．貴方だけだ．忍耐，つねに忍耐あるのみ」．その手紙は，クリフォード卿の離婚と二人の再会を望んで終わっている．

◇重要作品◇

私生活　Private Lives（1930）

ノエル・カワード作 [3幕] 喜劇

解説　機智に富んだ軽妙な会話と緻密な劇作術が結晶した1930年代の現代的ロマンスの傑作．カワードの戯曲の中で上演回数が多い作品の一つ．1929年の末，東京に滞在した折に，数日で書き上げたと言われる．初演は，1930年9月24日，ロンドンのフェニックス・シアターにおいて行われ，カワード（エリオット役）はローレンス・ガートルード（アマンダ役）と共演し，当時23歳のローレンス・オリヴィエがヴィクターを演じた．

梗概　エリオットとシビルは新婚旅行の初夜をフランスのリゾートホテルで迎えようとしていた．ところがシビルは夫に先妻のアマンダのことを執拗に尋ねて閉口させる．折しも隣のスイートルームには，アマンダがヴィクターとハネムーンに訪れている．アマンダもヴィクターに前夫エリオットとの結婚生活を詮索されて苛立つ．エリオットとアマンダが各々のテラスに出ていると，不意に二人の新婚旅行の思い出の曲が流れる．エリオットが口笛でそのメロディーをなぞると，アマンダはエリオットに気づく．一方，アマンダもハミングで応酬して，自己の存在をエリオットに知らせる．内心穏やかではないエリオットとアマンダは速やかにホテルを立ち去ろうとするが，互いの伴侶がそれを拒む．エリオットとアマンダは，再びテラスに姿を見せて，努力が報われないことを慰め合ううちに，二人の間に奇妙な友情が芽生え，恋が再燃して，一気に駆け落ちの相談へと発展する．一方，何も知らないシビルとヴィクターは，テラスに出て互いの伴侶を探しているうちに顔を合わせる．

　駆け落ちした二人が首尾よくパリのアマンダのマンションにたどり着いてから数日が経過する．その間，外出した形跡はなく，食糧をはじめとする生活必需品の調達はすべて使用人に任せている．アマンダとエリオットは，互いの結婚相手に見つかることを恐れて，部屋から一歩も出ていない．二人は離婚後のそれぞれの私生活について関心を示して，度々険悪な雰囲気になるが，寸でのところで仲直りする場面が続く．が，ついに酔った勢いで大喧嘩になり，再婚話は微塵と消える．2人は，興奮のあまり，ヴィクターとシビルが訪れたことさえ気づかずに，別々の部屋へ引きこもる．

　翌朝，シビルとヴィクターは駆け落ちした2人と話し合おうとするが，事態は更に混乱を極める．やがて，離婚を覚悟したはずのシビルとヴィクターは，互いの伴侶のために，喧嘩する．アマンダとエリオットは，この隙を見て，晴れやかに部屋を後にする．

【名句】I think very few people are completely normal really, deep down in their private lives. It all depends on a combination of circumstances.—Amanda, Act I
　　私生活の底の底まで完全に正常な人はほとんどいないと思うわ．何が正常で何が異常かなんて，そのときの状況次第．

◇重要作品◇

大英行進曲　Cavalcade（1931）
ノエル・カワード作［3部21場］　スペクタクル劇

解説　カワードの代表作のひとつに数えられる「大英行進曲」は，1899年12月31日から1929年12月31日までの30年間にわたる英国現代史上の大事件を劇にとり入れつつ，この波瀾に富んだ時代を生きぬいてきたマリオット一家を中心に描いた3部21場からなる大掛かりなスペクタクル劇である．6つのせり上げ設備をととのえ，400人に余る大一座を組織し，機関車，軍隊輸送船，霧の効果などを手配して，作者自身の演出で1931年10月13日にドルーリ・レイン劇場で初演され，405回の長期興行を記録した．ミュージカルや映画の手法をとり入れ，よくまとまった短い場面をつみ重ねた劇的密度の高い作品で，1932年にアメリカで映画化され，1955年にも同じくアメリカでテレビ版が製作された．

梗概　1899年12月31日の深夜，ロンドンに住むロバート・マリオットは，妻のジェーンや召使のブリッジス夫婦とともに，1900年を迎える歴史的瞬間を待っていた．12時になって外からサイレンやベルの音が聞こえてくると，彼らは新しい年1900年に乾杯した．しかし新しい年はボーア戦争のためにイギリス人にとっては暗い正月となった．ロバートは妻や二人の息子エドワードとジョーを家庭に残して，召使のブリッジスと共に船で戦地へ向かった．

1901年1月22日，ヴィクトリア女王が崩御され，全国民は悲嘆にくれ，戦地から帰ったロバートやブリッジスも喪に服した．エドワード七世の時代になると，派手な風潮が支配的となり，華やかな社交シーズンが来ると，サーの称号をもらったロバートは妻を連れて舞踏会に出かける．数年後妻のジェーンは，召使をやめて酒場ではたらきはじめたブリッジス夫婦を訪問したが，その頃では昔の女主人と使用人の間に階級意識からくる深いみぞができていた．ジェーンは「時はいろんなものを変えるけれど，昔ながらの友情は変えることができません」といった．その夜，ブリッジスは車にはねられて死ぬ．

1910年5月6日にエドワード七世が崩御され，つづいてジョージ五世の治世となる．ロバートの長男エドワードはイーディスという女性と結婚して新婚旅行に出かけるが，幸福の絶頂にある二人を乗せたタイタニック号は，1912年4月14日の夜，氷山と衝突して巨体を大西洋の波間に没した．1914年に第1次大戦がはじまる．ロバートの次男のジョーは召使夫婦の娘ファニーと恋仲になり，結婚の約束をして戦場へ出かけたが，1918年11月，休戦条約締結の寸前に戦死する．

月日はめぐって1929年の大晦日になる．ふたりの息子を失った悲しみに耐えて，困難な時代を生きぬいてきたロバートとジェーンの老夫婦は，30年前と同じロンドンの家で，新しい1930年を迎えようとしていた．やがて時計が12時を打つと，髪の白くなったジェーンはシャンペン・グラスを持って，夫と共に誠実でいつまでも変らぬ愛と，大英帝国の将来のために乾杯する．

◇重要作品◇

波　The Waves (1931)

ヴァージニア・ウルフ作　長編小説

解説　ウルフ独特の意識の流れの手法による心理小説の一つの頂点を示すこの長編は、全体が9つの部分からなり、各部分のはじめにイタリック体で印刷された短い海の風景描写がおかれている．この太陽の位置と海の変化の象徴的な描写は、まるで散文詩のように美しい．プロットはほとんどなく、6人の男女がそれぞれ少年時代から青年時代をへて中年に至るまでの人生を、モノローグ形式で語り、彼らの尊敬していた一人の友人の死が、生き残った人びとに与える影響が描かれている．この長編小説は、詩的であり、劇的であり、音楽的でもある．

梗概　「太陽はまだ昇っていなかった．あたかも布にしわがよったかのように、海にかすかに小波がたつ以外は、海と空は見分けがつかなかった」．バーナード、ネヴィル、ルイス、スーザン、ロウダ、ジニーの6人は、海辺の家で一緒に少年時代を過ごし、ともに勉強したり、遊んだり、探険に出かけたりする．

3人の少年たちはクレイン校長の学校へ入り、パーシヴァルと友達になる．3人の少女たちも学校へ入る．年月は過ぎ、18歳になった青年男女は、大学に、社会に、家庭に、思い思いの方向へ出発していく．

バーナードとネヴィルは文学を志望してケンブリッジ大学へ入り、ルイスは事務員となり、スーザンは田舎へ帰り、ジニーとロウダは、はなやかな社交界へ出る．

数年後のある夜、幼なじみの6人はロンドンのレストランに集まり、インドへ行く彼らの英雄パーシヴァルの送別会を開いた．パーシヴァルはスーザンのとなりの席に座った．

パーシヴァルが落馬して死んだ．結婚して父親となったバーナードにとって、この死はショックであった．ロウダはひそかに愛していたパーシヴァルのためにスミレの花束を買い、波の中にそれを投げる．

6人の中で最年少のルイスは、実業家として成功し、ロウダとときどき逢いびきをする．スーザンはリンカンシアの田舎で農夫の妻となり、子どもが生まれる．ジニーは社交界をおよぎまわり、ネヴィルは詩人となる．

バーナードは作家となって創作に専念する．スーザンは子どもと田園を歩きながら、昔恋をしたパーシヴァルのことを思う．ジニーは新しい男を求めてさまよう．

初夏のある夜、中年になった6人は、ハンプトン・コートに集まって食事を共にし、ふたたびみんなは別れていった．

太陽はもう沈んでいた．シャフツベリーのレストランで、バーナードはロウダの自殺を回想し、他の友人たちの人生を思い、孤独と死について考える．

◇重要作品◇

すばらしい新世界　Brave New World（1932）
オールダス・ハックスレー作　長編小説

解説　作者はこの長編で，第1次大戦後の世界を征服した大量生産による科学技術が，押し進められて到達する27世紀の世界を描き，これと大量生産時代以前の感情と道徳を対立させ，これによって20世紀の文明についての作者の批判的立場を明らかにしようとしている．ユートピア小説として注目されている問題作である．なお題名はシェイクスピアの「テンペスト」の5幕1場のミランダのセリフからとられている．

梗概　キリスト誕生以来の紀元は20世紀で打ち切りとなり，大量生産の代表者であるヘンリー・フォードにちなんで新世紀 A. F.（フォード紀元）が創始される．この新世紀 A.F.7世紀の頃，男性と女性が恋愛とか結婚とかくだらぬ大騒ぎをして子どもを作ったのはフォード自動車当時の原始時代の蛮風となり，今では女性から卵子を摘出して摂氏37度に保存し，男性から精子を摘出して35度に保存し，両者を試験管の中で結合して子どもを製造しており，最近では大量生産も可能になった．したがって父母もなければ夫婦もなく，父とか母とかの古語はすでにその使用を禁止されている．

昔の英京，今では世界国家の科学研究の中心地ロンドンに34階の建物「人間製造センター」がある．ここで働くバーナードは，人工授精のときに製造所員の操作にわずかな過失があったため，原始人的感受性を過剰に持って生を受けた小柄な男で，この社会には完全に順応できない異分子だった．彼は同僚の女性で彼に興味をもっているレニナと一緒にニュー・メキシコへ旅行する．この地方は科学研究の目的で原始時代の生活様式を保存してある特殊地域で，6万人ほどのインディアンと混血児が住んでいる．バーナードとレニナは，この地で前原始時代のシェイクスピアなどを読んでいよいよ蛮風が身についているジョンという白人の青年に会う．バーナードはロンドンの人間製造センターの所長が，若いころに女をつれてニュー・メキシコへ遊覧旅行に出かけ，女をおいて帰ってきたことを思い出し，ジョンが所長の子であることを知る．そしてレニナを見て，こういう人たちが住んでいるところは，どんなにすばらしい世界だろうというジョンと母のリンダをつれて，ロンドンへ戻る．人間製造センター所長は怒ってバーナードを解職しようとするが，自分の過去を恥じて辞職する．ジョンの母は過去を忘却するために薬を飲まされるが，それが過量であったために生命を失う．憤激したジョンは労働者を説得して反乱を起こそうとして捕えられる．そして原始的感情が身にしみこんでいて新時代に順応しないとわかると，ジョンはロンドン市外に移され，原始人の標本として観光客の見せ物となる．彼はレニナを愛していたが，古い道徳観念から自分の欲望を抑える．しかしレニナが彼を訪れた際彼女を殺し，その罪を感じて首をつって自殺する．また，バーナードも結局は島流しにされてしまう．

◇重要作品◇

ガザに盲いて　Eyeless in Gaza（1936）

オールダス・ハックスレー作　長編小説

解説　54章からなる長編小説で，1902年から1935年までの約33年間の時間の流れをばらばらに寸断して，過去から未来へ，未来から過去へと，自由に前後させてつなぎ合わせるという時間再構成の複雑な手法を使っているので，事件が各章ごとに前後し，読者は頭の中でこの時間や事件の前後関係を再整理し，つなぎ合わせつつ，創造の過程に参加することによって，主人公アントニーの生涯を鮮明な印象で立体的にとらえることになる．作者自身の思想転向の跡をたどった自伝的な教養小説で，後期の代表作とみられている．題名はミルトンの「闘士サムソン」（Samson Agonistes）41行からとられた．

梗概　第1章は1933年8月30日のことで，主人公のアントニー・ビーヴィス（Anthony Beavis）が昔のスナップ写真を数枚取り出し，死ぬ数ヶ月前の母の写真を眺めているところから始まり，第2章は1934年4月4日と5日のアントニーの日記であり，第3章は1933年8月30日に逆もどりして第1章につながるが，第4章ではこの小説中で最も古い日付けである1902年11月6日にさかのぼって，昔の出来事に話が戻るという具合で，最も新しい日付は，最終章である54章の1935年2月23日である．

アントニーはオックスフォード大学の言語学の教授を父として生まれ，少年時代に母を失った．孤独で人を愛することのできない，批判的，傍観的なこの少年は，やがて生の可能性の全面的な発揮を志す大学生に成長する．アンバレー夫人の娘ヘレンは，肉屋で牛の臓物を手づかみにしてみせるような衝動的で情熱的な女で，アントニーを愛していた．1933年8月30日の正午近く，このふたりは屋上で太陽の光をあびながら愛欲にふけっていると，頭上を飛んでいた飛行機から犬が落ちてきて屋上にぶつかり，ふたりは全身に犬の血をあびたとき，アントニーは彼女に愛情をもつが，ヘレンは彼のもとを去り，やがて共産主義者エッキーの情婦になってしまう．

オックスフォード時代，アントニーの友人のブライアンは情欲を軽蔑し，ジョウンという女性にプラトニックな愛情を捧げていたが，アントニーはヘレンの母で当時彼の愛人だったアンバレー夫人にそそのかされて，ただたわむれに「オセロー」を見た帰りにジョウンに接吻したため，彼女はアントニーを愛しはじめ，それを知った親友は自殺してしまう．このふたつの暗い過去を背負ったアントニーは，社会学者となり，メキシコ革命に身を投じる旧友マークについてメキシコへ行くが，マークが負傷してこの計画は挫折する．

そのうちにアントニーは絶対平和主義を信奉する医師ミラーや平和論者の牧師パーチャスに会って大きな影響を受け，暴力を否定し，人間愛を基礎とした平和主義の宗教的，神秘主義的人生観に到達し，人間の合一，全生命の合一という思想をいだく．

◇重要作品◇

城砦　The Citadel（1937）

A. J. クローニン作　長編小説

解説　「城砦」（じょうさい）は，医師としての純粋な立場と，世俗的な成功との板ばさみになって悩みながらも，真理の探求に情熱を傾けて自分の道を切り開いていく青年医師の魂の成長を描いたクローニンの代表作で，英国医学会の諸問題もとり入れてあり，医師としての体験にもとづく自伝的要素の濃い作品となっている．

梗概　医学校を出たばかりの青年医師アンドルー・マンスンは，南ウェールズの炭坑地方へ医師の代診として赴任したのち，鉱山町に移って小学校教師のクリスティンと結婚し，貧しいながらも楽しい家庭生活に入る．肩書の必要を感じた彼は，妻の協力を得て猛勉強をした結果，英国医学会会員の資格試験に合格する．やがて妻は妊娠するが，橋から落ちて流産してしまう．アンドルーはこの不幸に屈せず，炭坑夫の肺疾患を臨床調査にもとづいて研究した論文を完成して医学博士となる．ところが治療以外の研究にうちこんでいる彼に反感を持つ人がいたので，彼は多くの人に惜しまれつつ辞任し，ロンドンへ出て開業医となる．しかし立派な肩書をもつ彼には客がつかず，肩書も実力もない医師たちの方が巧みにお金をもうけて世間的には成功しているのを見て，アンドルーはこれまでの良心的態度を捨てて金もうけ主義にはしる．そして上流の客をつかみ，立派な病院に勤務する名誉ある医師となって，富と社会的地位を獲得する．

金に魂を奪われている夫の姿を見た妻は，夫が城砦を攻撃する勇ましい戦士のように，情熱を傾けて自分の研究や社会の不正に立ち向かっていた鉱山時代の生活の方が，貧しくてもずっと楽しかったという．こうしてふたりの考え方がくいちがい，愛情にひびが入る．ある時アンドルーは患者の手術を友人の外科医にまかせたところ，その友人は手術に失敗して患者を殺してしまった．この事件に責任を感じたアンドルーは再び正義感をとりもどし，自己反省をして妻と心から和解する．

アンドルーは信頼できる友人を集めて，各自の専門の分野を担当する新しい共同診療所をつくる理想をもち，いよいよ新しい仕事に着手しようとした時，彼のよき理解者であった妻は，バスにはねられて不慮の死をとげてしまう．その上，彼に反感をもつ医師たちは，彼が友人の娘の結核をなおそうとして，信頼のおける外国の無免許医と協力したことを訴えたので，危うく医学会会員の資格を奪われそうになるが，審議の席でアンドルーの誠意が認められ，資格は奪われずにすむ．

友人たちと新しい計画を実行するためにロンドンを去る日，アンドルーは妻の墓へ行った．やがて墓を去ろうとすると，空には城砦の胸壁の形をした雲が，彼の前途に希望を与えるかのように，明るく浮かんでいた．

◇重要作品◇

四つの四重奏　Four Quartets（1943）

T. S. エリオット作　長詩

史的意義　エリオットの詩作の総決算をなす傑作で，全887行からなる．1935年秋に「バーント・ノートン」が書かれ，1936年の詩集に収められた．他の3つは1939年から1942年にかけて書かれ，「イースト・コーカー」は1940年3月，「ドライ・サルヴェイジェス」は1941年2月，「リトル・ギディング」は1942年10月，それぞれ「ニュー・イングリッシュ・ウィークリー」誌上に発表された．「四つの四重奏」の題でこの4つの詩がまとめて出版されたのは，アメリカでは1943年，イギリスでは1944年であった．4つの詩はそれぞれ5楽章の形式をとっており，全体が時をテーマとする変奏曲とみられる．

「バーント・ノートン」（Burnt Norton）　題は英国グロスターシアの古い荘園の名で，今はバラ園となっているこの廃園がこの詩の場面となる．季節は夏のはじめで，4大元の空気が象徴されている．まず第1部の冒頭で「現在の時も過去の時も／おそらく共に未来の時の中に存在し／未来の時はまた過去の時の中に存在する」という時の観念が示される．第5部の前半は芸術論で，「言葉は動き，音楽は動く，／ただ時間の中だけで」と述べて詩や音楽を問題にし，後半では恋愛論が展開されている．

「イースト・コーカー」（East Coker）　題はエリオットの先祖が住んでいたサマセットシアの村の名で，象徴的には土を意味し，季節は夏の終わりである．「私の初めに私の終わりがある」（In my beginning is my end.）と第1部の冒頭で示され，幾代かにわたる人間の歴史と運命が，時の周期的，循環的な面との関連において描かれ，生と死の問題が考察され，「私の終わりに私の初めがある」という言葉でしめくくる．

「ドライ・サルヴェイジェス」（The Dry Salvages）　題は作者自身の注で明らかなように，マサチューセッツ州ケイプ・アンの海岸の沖にある岩礁群のことで，全体の象徴は水であり，季節は秋である．まず河と海の描写ではじまり「この河は私たちの中にあり，この海は私たちをとり囲む」と述べて，河と海を時の象徴に使い，海へ船を出す人間の旅が描かれる．そして海で死んだ人たちへの祈りがささげられ，最後に死ぬことによって生きる道が示される．

「リトル・ギディング」（Little Gidding）　題はクロムウェルの時代にニコラス・フェラーとその同志たちの宗団が不断の礼拝を続け，ついに解散を命ぜられたという有名な史跡からとられており，季節は冬で，火が象徴されている．この詩は今までの3つの詩の総まとめとして，これまでに出た主題やイメージが出そろう．「真冬の春は独自の季節だ」の1行ではじまり，「あらゆるものすべてよし」（All manner of things shall be well.）の思想に至り，神の愛がうたわれ，最後に「火とバラはひとつになる」（And the fire and the rose are one.）の句で，再び「バーント・ノートン」の出発点に戻ってこの長詩は終わる．

◇重要作品◇

動物農場　Animal Farm: A Fairy Story（1945）
ジョージ・オーウェル作　寓話小説

解説　戦争と革命に明け暮れた二十世紀の世界の一つの姿を，豚が動物界の指導者になるエピソードに託して諷刺した「新イソップ物語」で，政治的目的と芸術的目的の融合を試みた．ロシア革命が暗示されているようで，理想を追求しながら知らぬ間に理想と逆行してしまう人間の弱点と愚行を批判した中編寓話で，シンプルで読みやすい文体で書かれている．「1984年」(1949) と並んで広く愛読されているオーウェルの代表作である．

梗概　「荘園農場」の所有者ジョーンズ氏は，ある夜，酒に酔って納屋の戸を閉め忘れた．家畜の中でレーニンのような革命指導者の地位にある老豚メイジャーは，犬，鶏，馬，山羊，牛などを集めて演説をぶつ．「同士よ，人間は生産せずに消費する唯一の動物だ．牛は一年に何千ガロンも乳を出すが，みんな人間に搾取される．豚は肥ればただちに残忍な刃物で命を奪われる．牛も馬も鶏も運命は同じである．人間こそ我ら共通の敵である．人間さえ滅ぼせば，労働の産物は我らのものになる．人間打倒のためには，我らの協力が必要だ．人間を打倒しても，人間の真似は禁物だ．衣服，住宅，飲酒，禁煙，商売など，人間の悪習に染まるな」．

老豚の死後，その思想は家畜の中に急速に広まる．若い豚のスノーボール（Snowball）とナポレオン（Napoleon）が人間界のトロツキーとスターリンに相当するオルグで，この二人を指導者として人間打倒の革命運動が秘密のうちに進行する．反乱は6月24日聖ヨハネ祭の前夜，農場主が町で飲酒にふけり，作男が動物に餌をやるのを忘れて兎狩に出かけている間に実行される．革命派は人間と人間を思い出させる一切のものを破壊すると，農場を「動物農場」と改称し，第一条「二本足で歩くものは敵なり」に始まり，第7条「すべての動物は平等なり」に至る七戒を制定する．

荘園農場主のジョーンズ氏は，近隣農場の加勢を得て，農場の奪回を試みるが，革命軍の迎撃にあって敗北する．共同農場の経営は順調に進むかに見えたが，そのうちに革命指導者スノーボールとナポレオンの意見が対立し，やがてスノーボールが国外追放されて，ナポレオンの独裁制が確立する．動物農場の成功は，近隣の動物たちの思想に大きな影響を及ぼし，各地に人間打倒の反乱が起こる．──革命軍は反乱を援助するが，戦功を表彰する勲章を制定したことから序列が生じて平等の思想が崩壊し，支配者と被支配者の差別が生まれる．さらに人間の風習がいつの間にか動物農場の機構に入りこむ．ナポレオンは前足で鞭を持ち，後の二本足で立ち，妻は衣服を着るようになる．こうして動物農場が堕落すると，人間との妥協が成立する．そして名称も元の「荘園農場」にもどり，人間どもと馬鹿げた遊びや争いに終始するようになり，どっちが豚でどっちが人間か，その区別がつかなくなる．

【名句】All animals are equal but some animals are more equal than others.—Ch.10
　　　すべての動物は平等だが，ある動物は他の動物よりも遥かに平等である．

◇重要作品◇

ブライズヘッド再訪　Brideshead Revisited（1945）
イーヴリン・ウォー作　長編小説

解説　第2次世界大戦中の1944年2月から6月にかけて執筆され，翌年，終戦後に出版された．他の作品と同様に，作家自身の人生経験を素材にする傾向が顕著で，オックスフォードでの放埒に身を任せた酒浸りの日々，絵の才能や中米の旅，離婚や兵役など，語り手のチャールズ・ライダーには作者の姿が見え隠れする．上流階級を戯画的に諷刺する初期の作風と一線を画しており，ウォーのカトリックへの偏向が窺える．

梗概　第2次大戦の最中，兵役にも生きることにも厭きた39歳の陸軍歩兵大尉チャールズ・ライダーは，思いがけず青年時代の思い出の地ブライズヘッドに立ち寄り，過ぎし日に想いを馳せる．それは，この地の旧家フライト家の人々との交際の記憶である．

早くに母親を亡くしたチャールズは，父親の放任主義教育で失われた無邪気な子供時代をオックスフォードでの放埒の寮生活に回復しようとするうち，フライト家の当主マーチメイン侯の次男セバスチャンと知り会い親交を深め，やがてセバスチャンが酒に溺れ，家族を避けるのを不審に思う．

マーチメイン侯は，敬虔なカトリック信者の夫人を避けるように，ベニスで酒神バッコスのごとき放埒の日々を送り，両者の確執は家族を引き裂いていた．セバスチャンは父を慕う一方で，カトリック教徒としての信仰心から生じる罪の意識に苦しみ，余計に酒に堕するのだった．やがて，セバスチャンの放蕩に心労が重なってマーチメイン夫人が亡くなり，礼拝堂が封鎖されると，ブライズヘッドは急速に輝きを失い，一家は離散する．

時が移り変わり，次第に戦争の暗雲が垂れこめる．チャールズは画家として活動し，2児の父親になっていたが，セバスチャンの姉ジュリアと不倫関係になり，愛のない夫婦生活に終止符を打つ．マーチメイン侯はブライズヘッドの屋敷の相続問題を解消するために急遽帰国し，ジュリアとチャールズが結婚して屋敷を相続することを望む．生命力の塊だったマーチメイン侯は，今や年老いて重い病に冒されており，床に臥したまま日に日に衰弱する．父親の急の知らせを受けて帰省した末娘コーデリアは，セバスチャンが相変わらず酒に溺れながら異国の修道院で救いを求めて暮らしていることを告げる．やがて，マーチメイン侯の最期をどのように看取るかで，チャールズとジュリアは対立する．ジュリアはカトリック教徒としての信仰を貫き父親の秘蹟をすすめて，不可知論者チャールズとの結婚を断念し，ブライズヘッドを去る．ここで追憶は終わる．

チャールズは，現在，兵舎として使用されている主不在のブライズヘッドの屋敷を再訪し無常観を覚えるが，マーチメイン夫人の礼拝堂が再開され信仰の火が灯されていることに希望を見出す．

◇重要作品◇

警部の来訪　An Inspector Calls（1947）
J. B. プリーストリー作［3幕］　社会劇

解説　「警部の来訪」は，1944年，第2次世界大戦の最中に書かれた．時代背景を反映して，第1次大戦直前の1912年の英国を舞台としている．1945年8月，世界に先駆けてモスクワにて初演された．ロンドンでの初演は，1946年10月，ニュー・シアターにおいて，名優アレック・ギネスがエリック・バーリングを，ラルフ・リチャードソンがグール警部を演じたが，当時のロンドンでは興行は振るわなかった．しかし，以後，世界各国で再演され，プリーストリーの作品の中で最も上演回数が多い作品である．

梗概　ヨークシアの架空の産業都市ブラムリーの名家バーリング邸では，娘のシェイラの婚約を祝う晩餐会が開かれている．婚約相手のジェラルド・クロフトは地元の有力な実業家の御曹司で，二人の婚約は両家の更なる繁栄を約束する申し分のない縁組である．しかし，華やいだ宴の席は，一人の警部の訪問によって，息苦しい尋問の席へと一変する．警部は自らをグールと名乗り，エヴァ・スミスという若い女性が消毒剤を飲んで自殺を図り亡くなったことを告げて，バーリング家の人々各人から事情を聴取する．
　エヴァ・スミスは，2年前までバーリングの経営する工場で女工として働いていたが，賃上げ運動の中心人物と目され，バーリングに不当に解雇される．その後，婦人服の売り子として再就職するが，エヴァの美しさに嫉妬したシェイラの誹謗中傷により，職を追われる．行き場を無くしたエヴァは，生きてゆくために街の女に身を堕し，ジェラルドと知り合い経済的に支援されるが，しばらくすると手切れ金を渡される．そののち，慈善協会の責任者であったバーリング夫人に助けを求めるが，無慈悲にも門前払いされる．しかも，当時エヴァは，バーリング夫人の息子エリックの子供を身ごもって，生活に困窮していたという．エヴァはエリックの未熟さを考慮して結婚を躊躇していた良識のある女性であった．グール警部は，バーリング家の人々一人一人に，エヴァ・スミスという善良な市民を踏みつけにして死に追いやった責任を自覚させる．
　警部を名乗る男が立ち去ると，バーリング家の人々はその男の正体に疑問を抱き始める．ジェラルドがエヴァ・スミスが死んだとされる病院に電話で問い合わせて自殺者は存在しないことを確認すると，バーリングは地元の警察署に電話をかけてグールという名の警部すら存在しないことを確かめる．これを受けて，バーリング夫妻はすべての告発をすぐさま否定するが，シェイラとジェラルドは，自分たちの犯した傲慢な所業は消えないと主張する．こうした最中に電話が鳴り，病院に搬送される途中で亡くなった女性の自殺について取調べをするために，警部がバーリングの屋敷に向かっていることが明らかになる．

【名句】We don't live alone. We are members of one body. We are responsible for each other.—Inspector. Act Ⅲ　人間はたった一人では生きてゆけない．誰でも社会の一員なのです．互いに責任を持つべきなのです．

◇重要作品◇

1984年　Nineteen Eighty-Four（1949）
ジョージ・オーウェル作　未来小説

解説　この小説が発表された1949年から35年後に来る1984年の世界を，全体主義国家の世界に見立てて，強大な国家権力が生んだ悪夢の新世界を描くことで，現代に潜む危機を予知した二十世紀未来小説の名作の一本である．コンピューターによる人間管理，マインド・コントロールなども見え隠れする戦慄のSF小説として，広い読者層を掴んだ世界的超ベストセラーで，「動物農場」と共にオーウェルの代表作として知られている．

梗概　1984年の世界は，オセアニア国（Oceania）とユーラシア国（Eurasia）とイースタシア国（Eastasia）の三大全体主義国家に分かれ，戦争を繰り返していた．
　オセアニア国の真理省に勤める39歳のウィンストン・スミス（Winston Smith）は，大都会ロンドンのアパートに住んでいる．階段の踊り場には黒い口ひげの巨大な顔を描いたポスターが張ってあって，下には「偉大な兄弟（ビッグ・ブラザー）が貴方を見守っている」と書いてある．部屋へ入ると，壁の一部に組み込まれているテレスクリーンからは，鉄の生産と第9次3ヶ年計画の期限内達成をしゃべり続ける声が聞こえる．警察によるパトロールも厳しいが，恐ろしいのは思想警察だった．全体主義体制が徹底していて，国家権力が人間の行動から意識までを支配しているので，人民に自由はなかった．真理省は報道，娯楽，教育，美術を管理し，そのスローガンは，「戦争は平和．自由は屈従．無知は力」であった．ほかに戦争を担当する平和省，法と秩序を維持する愛情省，そして経済問題を扱う豊富省と称す三官庁があった．
　ウィンストンは1984年4月4日を期して，日記をつけ始め，自分の心の中に芽生えていた「偉大な兄弟」に対する憎悪の気持を告白して，「偉大な兄弟を打倒せよ」と繰り返し日記に書いた．思想犯罪を犯したのである．ウィンストンは「もし希望があるとすれば，それはプロレ階級の中にこそある」とも日記に書いた．人口の85パーセントがプロレと呼ぶ労働者だったからだ．　　　　　　　　　　　　　　　　　　　　　　　　　　　　（第1部）
　ある日，妻と別居中のウィンストンは，同じ職場の26歳の黒髪の女から，「貴方を愛しています」というメッセージを受け取った．当局のスパイかも知れないと疑いながらも，ジュリアというその女と郊外の田園でデートして，彼女を抱いた．二人のセックス生活はしばらく続くが，党に奉仕するために子供をつくる以外の結婚は禁止されているので，ウィンストンは女性関係でも党則に違反した反体制者になっていた．　　　　　　　　　　　　（第2部）
　テレスクリーンでは，オセアニア軍の人類史上最大の勝利を報じていた．ウィンストンは仲間や女に裏切られ，監禁されて洗脳されたあげく，いずれは射殺されることになった．40年近く生きてきたウィンストンは体制に抵抗するのが無駄なことを悟った．「何もかもこれで良かったのだ」．ウィンストンは「偉大な兄弟」を愛するようになっていた．　　（第3部）

◇重 要 作 品◇

ねずみとり　The Mousetrap（1952）
アガサ・クリスティ作　ミステリー劇2幕

解説　この劇は1952年11月25日，ロンドンのアンバサダーズ劇場で初演されて以来，出演者を交代したり，劇場を隣のセイント・マーティンズ劇場に移したりしながら，半世紀にわたって続演を続け，21世紀に入っても上演が続いていて，世界演劇史上稀に見るロングラン記録を塗り替えつつある．ロンドンの観光名物の一つになり，イギリス文化の一部となった．最初はBBCのラジオ・ドラマ「三匹のめくらのネズミ」（1947）として書き，1950年に同名の短編として発表，それを劇化した．題名は「ハムレット」3幕2場の劇中劇から．

梗概　ロンドンから50キロ，鉄道でわずか1時間のところの田舎で開業したばかりの民宿マンクスウェル山荘では，その日ロンドンで発生した殺人事件を報道するラジオの声が聞こえている．「ロンドン警視庁の発表によると，事件が起きたのはパディントンのカルヴァー通り24番地のアパートで，殺されたのはミセス・モーリン・ライアンという女性でした．……」．このニュースのあと，おりからの吹雪にもかかわらず，次々と滞在客が到着する．最初の客は，セント・ポール寺院を建てた有名な建築家と同名の青年建築家クリストファ・レン，次は小言が多い堂々たる体格のボイル夫人，それから中年の軍人メトカーフ少佐，さらに男性的な若い女性ミス・ケースウェル，そして最後にお馴染みの名探偵エルキュール・ポアロより少し背が高くて口ひげを生やした年配の外国人パラビチーニ氏が到着する．これら5人の客と，結婚して1年目に素人民宿を開業したばかりの若い夫婦ジャイルズ（Giles）とモリー（Molly）は，大雪で山荘に閉じ込められてしまう．　　　　（1幕1場）

翌日の午後，バークシア警察から電話があって，トロッター刑事（Constable Trotter）が来ると言う．緊張した一同の前に姿を現わしたのは，スキーをつけたロンドンなまりのある陽気で平凡な青年だった．そのトロッター刑事は，ロンドンで殺されたライアン夫人が，この山荘の近くのロングリッジ農場で起こった事件の関係者で，殺人現場の近くで発見された夫人の手帳には，マンクスウェル山荘の住所が書き込んであったと言った．ロングリッジ農場事件とは，農場主のスタニング夫妻が引き取って育てていた3人の孤児の中の一人が，夫妻の長期にわたる児童虐待で死亡した事件を指し，夫妻は禁固刑になったが，夫のジョンは獄中で死亡，妻は刑期を勤めて釈放になったのち，昨日絞殺されたのだった．トロッター刑事は，死体の上に，「三匹のめくらのネズミがかけてきた．ばあさん怒って包丁で，ネズミの尻尾をチョン切った」という「マザー・グース」の歌を書いた紙があったと言い，生き残った精神異常者の長男が復讐のために女を殺したと見て，犯人が泊り客の中にいると推定して，取り調べを開始した．すると間もなく電燈が消えて悲鳴が聞こえ，明りがつくと，ボイル夫人が絞殺されていた．　　　　（1幕2場）

これで二人殺された．「3匹のネズミ」の歌が流れる．3人目に誰が殺されるのか？

◇重要作品◇

蝿の王　Lord of the Flies（1954）
ウイリアム・ゴールディング作　長編小説

解説　ノーベル賞作家, ウイリアム・ゴールディングの代表作で, バランタイン（R. M. Ballantyne）の「珊瑚島」（The Coral Island, 1858）など19世紀の少年漂流物語の設定を借りて, 少年達の理性や無垢が内なる獣性に侵されていく過程を描いた, 現代イギリス小説の古典と言える一作である. 題名の蝿の王は聖書に登場する悪魔の首領ベルゼブブ（Beelzebub または Baalzebub）に由来し, 人間の心に潜む暗黒面を象徴している.

梗概　珊瑚礁の海辺に少年が二人, 攻撃されて海に落ちた飛行機から生き延びて漂着していた. ラーフ（Rarph）という12歳の金髪の少年とピギー（Piggy＝ブタちゃん）というあだ名の小太りの眼鏡をかけた男の子である. 他にも漂着した仲間がいないかと二人が砂浜で見つけたほら貝を吹いてみると, 同じ学校の少年たちが次々と砂浜に集まってくる. 合唱隊のリーダー, ジャック（Jack）は少年たちの隊長になると傲慢に言い出すが, 選挙でラーフが選ばれる. ジャックは自分の合唱隊を狩猟隊にして, その指揮者に留まるが, ことごとくラーフと対立する. 自分たちのいる所が無人島だと確認した少年たちは, 集会を開き, ラーフの提案で山頂で救助の合図となるように, 烽火を上げることにする. ピギーの眼鏡のレンズを使って火をおこし, その火を絶やさないように狩猟隊を当番にして見張り役にするが, ちょうど船が沖を通った時, 狩猟隊の誰もが豚を狩りに出てしまい, 火を絶やしてしまう. ジャックは狩りで豚を捕獲していたが, 火の事をラーフに非難され, ますます不満を募らせる. 再び開かれた集会で, この島には獣がいると言う小さな子供達の不安に満ちた発言が取り上げられ議論になるが, 少年の一人, サイモン（Simon）は, 獣は僕たちに過ぎないかしれないと発言する. このサイモンは一人で森の中を歩き, 思索にふけることが多く, 焼き残った豚の頭に群がる蝿の王と対話したりする.

次の集会で, 苛立ち興奮したジャックはラーフと訣別し, 狩りをして暮らすことを宣言し, 数人の少年と共に仲間を離れ, 肉を餌にラーフとピギーを除く少年達も仲間に引き入れてしまう. 雷雨の恐怖を振り払おうとして始まったジャック達のダンスが次第に熱狂の度合を増していったその時, 森にいたサイモンが浜辺へと出てくる. 暗闇と稲妻の中, 彼は興奮した少年達に殴られ, 噛みつかれ, 殺されてしまう. 今や蛮人の種族となったジャックの一味は, ピギーの眼鏡を奪い, 岩場の城砦を住み処とする. 眼鏡を取り戻そうとラーフと共に訪ねてきたピギーは, 大きな岩を上から転がされ, 海中の岩へと落ちて頭を割って死ぬ. 森へと逃れたラーフは, 彼を燻り出そうとした火が山火事となる中, 逃げ惑うが, 海辺に巡洋艦で辿り着いていた海軍士官に救われる. 少年達もこの士官を囲み, 涙を流すが, ラーフの涙は無垢の喪失と人間の心の暗黒を知った悲しみの涙であった.

【名句】We just got to go on, that's all. That's what grown-ups would do.—Piggy, ch.8
このままやっていくしかないよ. 大人ならそうするだろう.

◇重要作品◇

指輪物語　The Lord of the Rings（1954–55）
J. R. R. トールキン作　ファンタジー

解説　「旅の仲間」（The Fellowship of the Ring），「二つの塔」（The Two Towers），「王の帰還」（The Return of the King）の3部から成る壮大な物語で，20世紀を代表するファンタジーの一大傑作として高く評価されている．古代，中世の英文学やケルト，北欧の神話，伝説をふまえて築かれた，広くて奥の深い独自の神話世界は，ファンタジーが子供のためのものでないことを証明したと言える．トールキンは，1937年に「ホビットの冒険」という児童向けファンタジーを書いており，本書はその続編である．「ホビットの冒険」では，トールキンの創作した小人族ホビットのビルボ・バギンズ（Bilbo Baggins）が，魔法使いのガンダルフ（Gandalf）とドワーフ族の小人たちに誘われて冒険の旅に出る話で，その冒険の途中ビルボは，指にはめると姿が消える魔法の指輪を拾う．この魔法の指輪を使ってビルボは，地底の怪人を倒したり，仲間を救ったりと活躍する．この指輪をめぐる善と悪の新たな戦い，そしてより壮大な冒険が「指輪物語」である．

梗概　伯父のビルボから指輪を渡されたフロド・バギンズ（Frodo Baggins）とその仲間は，世界を支配するほどの力を秘めたその指輪を，モルドールからやって来た追手に狙われ，追跡を逃れて裂けた谷のエルロンド館へとたどり着く．そこで会議が開かれ，指輪を無に帰してしまうことのできるモルドールの火の山に捨てることが議決される．フロドが指輪を持っていくことになり，同行者と共に目的地へと向かった．旅の仲間には，フロドの忠実な部下のサムワイズ，灰色の魔法使いガンダルフ，人間の代表アラゴルン（Aragorn），ゴンドール大公の息子ボロミアなどがいた．旅の途中，山の内部を抜けようとした時，ガンダルフが地底の妖怪と戦って，深い穴の底へと落ちていった．しかしこの後，アラゴルンが一行を率いて旅を進める．ボロミアが裏切り，指輪を奪おうとするが失敗し，後に後悔して死に至る．モルドール冥王の部下とアイゼンガルドの裏切り者サルマンの部下によって編成されたオーク軍の奇襲によって一行は離散してしまった．第2部では離散した一行全員のその後の行動が描かれ，オーク軍をローハンの騎士軍が壊滅させたこと，アラゴルンとガンダルフが再会したことなどの話が続く．敵対するサルマンが塔に立てこもり，ガンダルフが会談に臨むが，話し合いは平行線をたどった．一方，フロドとサムワイズは独力でモルドールの地へと向かっていたが，途中で案内役のゴクリに裏切られ，フロドは倒れ，サムワイズは主に代わって指輪をとって旅を続けようとする．だが，フロドが仮死状態であったことを知り，オークたちによって塔へと運ばれる主を追うが，運び込まれて扉は閉ざされてしまった．第3部では，大規模な指輪戦争，ガンダルフ対サルマンの激しい対立と戦略が描かれ，物語は大団円を迎える．

◇重要作品◇

ゴドーを待ちつつ　Waiting for Godot（1952；'54英訳）
サミュエル・ベケット作［2幕］　不条理劇

解説　ベケットの代表作であり，不条理演劇の先駆けとなった記念碑的作品．1948年から49年にかけての冬，「モロイ」，「マロウン」，「名づけえぬもの」といった小説三部作を執筆中に，気晴らしに仏語で書いたといわれる．52年に出版，その翌年1月5日にパリで初演される．英語版が刊行されたのは54年で，ロンドンでの初演は55年8月3日，ピーター・ホール（Peter Hall）が演出を手掛けた．両公演とも批評家や観客たちの間で物議をかもしたが，興行は成功した．これに対して米国公演は失敗に終わった．言葉の論理性が解体され，会話がしばしば脈絡を失い断絶するこの作品は，役者泣かせの芝居としても知られている．ベケットは，この2幕からなる悲喜劇において，一切の物語性を排除し，何も起こらず結末を迎えない演劇を成立させた．

梗概　ある夕暮れどき，辺りは荒れ地で，1本の頼りなげな柳の枯れ木がそばにあるだけの寂しげな田舎道の傍らに，老いた浮浪者が2人．一方の名はウラジーミル，もう一方はエストラゴンといい，互いを「ゴゴ」，「ディディ」の愛称で呼び合う間柄．2人はゴドーという名の人物をひたすら待ち続けている．ところが肝心の待ち合わせの時と場所はおろか，待ち合わせの用件すら定かではない．待つことの動機が曖昧であるにもかかわらず，素性も顔すらも知らないに等しいゴドーを待ち続けて，徒に時間をやり過ごしている．そこへ地主のポッゾが使用人のラッキーを連れて通りかかる．ラッキーは主人の荷物の重みに喘ぎながら，首にかけた縄でポッゾに馬車馬のように操られている．ポッゾはウラジーミルとエストラゴンに気づくと歩みを止めて休息し，とりとめもなく2人に話しかけ，ラッキーに踊らせ，その思考を語らせる．難解で意味不明なラッキーの話に閉口した3人は，忍耐の限界に達して，全員で飛び掛かりラッキーを黙らせる．その後ポッゾは2人に暇乞いをし，ラッキーと立ち去る．間もなく，そこへ男の子が現われ，「今晩は来られないが，明日はきっとくる」というゴドーの伝言を2人に伝えて，足早に立ち去る．すると突如として夜が訪れる．2人は柳の木での首吊りを思いつくが，ひとまず立ち去るという．しかし結局は，その場に留まり第1幕が終わる．

　第2幕はその翌日で，第1幕と同じ場所でほぼ同じことが繰り返される．柳の木が若葉で覆われていることが僅かながら前日の風景と違う．他の4人の登場人物とは異なり，ウラジーミルだけが前日の出来事を覚えていて，前日との相違点を指摘する．再び2人の前に現われたポッゾは，前日の剛胆さは微塵もなく，唖のラッキーを頼みの綱とする弱々しい哀れな盲目の老人であり，時を意識することを過敏に嫌い，拒絶する．前日と同じように男の子が現われたので，ウラジーミルはゴドーの伝言を先取りして言い当てると，男の子は立ち去る．やがて日は沈み突然月夜となり，2人はまた柳の木で首吊りを考えるが，易々と諦めて立ち去ることにする．が，またしても言葉とは裏腹にその場に留まる．

◇重 要 作 品◇

深く青い海　The Deep Blue Sea（1954）

テレンス・ラティガン作　三幕劇

解説　1952年3月6日、ロンドンのダッチス劇場で、名女優マーガレット・レイトン主演で初演されてロングランを記録し、1955年には大スターのヴィヴィアン・リー主演で映画化もされたラティガンの代表作。第二次大戦後のロンドンの古風な邸宅を改造したアパートの一室を舞台に、愛情に飢え自立を求めて苦悩する孤独な女性ヘスターの生き方を緊密な構成と優れた性格描写で描き、劇作の職人性と芸術性が見事に調和した名作である。

梗概　ロンドンの北西にあるヴィクトリア朝風の大きなマンションを改造したフラットの一室で、9月のある朝、ヘスター・コリヤー（Hester Collyer）がガス自殺をはかったが、未遂に終わる。同棲していたフレディという男は行く先が不明、両親は既に死亡、親しい友人もいないので、アパートの管理人や住人は連絡先を探したあげく、別居中の夫がいること知って電話連絡する。事件を知って駆けつけたウィリアム・コリヤー卿は、久しぶりにヘスターと対面した。

牧師の娘に生まれたヘスターは、財産もあり地位もある判事のコリヤー卿と結婚して、何一つ不自由のない生活を送っていたのだが、職業柄理性的なコリヤー卿の愛情と、抑圧された性のはけ口を求める感性豊かなヘスターの間には、いつしか深い溝ができていた。そんなとき、ゴルフ場で知り合ったパイロットの青年フレディ（Freddie）の情熱的で肉体的な愛に、ヘスターはコリヤー卿にないものを感じ、10ヶ月前から同棲生活を始めたのだった。名誉と対面を重んじるコリヤー卿は離婚を避けたいと願って、ヘスターが戻って来ることを望んだが、ヘスターはフレディを溺愛し、卿の寛大な申し入れを受け入れなかった。

間もなく、何も知らずにフレディが帰宅する。テスト・パイロットを止めて以来、これという定職もなく、熱中しているゴルフに勝って上機嫌で帰ってきたが、煙草を切らしていたので、ヘスターの化粧着のポケットを探ると、書置きが出てくる。それを読んだフレディは初めて事件を知って愕然となる。　　　　　　　　　　　　　　　　　（第1幕）

実は昨夜がヘスターの誕生日だった。彼女はささやかな晩餐を用意して待ったが、フレディは帰ってこなかった。愛する彼に大切な誕生日を忘れられて動揺したヘスターは発作的にガス自殺を図ったのだった。情緒不安定になっているヘスターが不安になったフレディは、テスト・パイロットに戻る決意をして、南米へ旅発つことになった。　　　　（第2幕）

フレディに別れると言われて絶望したヘスターは、その夜、再びガス自殺をしようとすると、落ちぶれた元医師のミラー氏が来て、ヘスターが描いた壁の絵に画家しとての才能を見出し、希望と勇気をもって人生に直面しろと助言する。ヘスターはこれからの生きる道を絵に求め、専門学校へ入って初歩からやり直す決意をする。　　　　　　　　（第3幕）

【名句】To live without hope can mean to live without despair.—Miller. Act Ⅲ
　　　　希望も無く生きることは、絶望せずに生きることにもなりうる。

◇重要作品◇

怒りを込めて振り返れ　Look Back in Anger（1956）

ジョン・オズボーン作　[3幕]　劇

解説　ジョン・オズボーン（John Osborne, 1929-94）の出世作．この革新的な問題作が，新進劇作家の育成を目的とするイギリス舞台協会によって1956年5月8日にロンドンのロイアル・コート劇場で初演されると，オズボーンは一躍注目の的となり，「怒れる若者たち」（Angry Young Men）の呼び名で知られた一群の若手芸術家たちの旗手とみなされた．労働者階級の出身である主人公のジミー・ポーターは，第2次大戦後の保守的で因習的なイギリス社会を雄弁に批判し，社会的に大きな反響をよんだ．ベケットの不条理演劇とともに，ラティガンなどのお上品な伝統演劇に対する痛烈な批判となり，そのインパクトは一時代を画した．

梗概　ジミー・ポーター（Jimmy Porter）は貧しい下層階級に生まれ，大学を中退して年上の女と同棲し，悪友たちとひどい生活を続けていたが，やがてパーティで知り合った裕福な中産階級のひとり娘アリソンと，彼女の両親の反対を押し切って結婚した．そして現在は英国中部のある都会のきたない屋根裏部屋に住み，友人のクリフと小さな菓子屋を経営している．ジミーは古い世代や社会の腐敗を激しく怒り，不満のはけ口を妻に向け，毎日気違いじみた調子でトランペットを吹きまくり，同じ屋根の下に住むクリフと馬鹿騒ぎをくりかえしていたので，彼らには日曜日の平和はなかった．

4月のある日曜日の夕方，新聞を読むのにあきたジミーは不満をぶちまけてあたり散らし，クリフとあばれまわったあげく，妻の手にアイロンでやけどをさせてしまう．ひそかにアリソンを愛していたクリフは彼女に繃帯をしてやってなぐさめる．そこへアリソンに電話があって，彼女の友人で女優をしている美しいヘレナが訪ねてくる．

それから2週間後，この家の一室に滞在することになったヘレナは，よくアリソンの部屋に来るので，ここに4人の奇妙な共同生活が始まる．ヘレナは夫にいためつけられているアリソンに同情し，アリソンの父に電報を打って，夫の不在中に彼女を実家へ連れもどさせようとする．次の日の夜，アリソンの父が現われると，娘のみじめな生活を知り，説きふせて娘を実家へ連れて帰る．間もなく戻ってきたジミーは，ヘレナの企てを知って怒るが，ふたりはお互いの憎悪の底に情熱がくすぶっているのを知り，やがて同棲する．

数ヶ月後の日曜日の夜，クリフはジミーが妻のことを考えずにヘレナと同棲しているのを見て嫌気がさし，自分の生活をたてなおすためにこの家を去る．ヘレナは妻や友に去られて絶望的になっているジミーを愛し始めるが，そこへジミーの子を流産して病み疲れたアリソンが帰ってくる．ヘレナはアリソンの立場を考えてジミーをあきらめ，やがてこの家を去る．あとに残ったジミーと彼の苦悩を理解したアリソンは，いつ消えるとも知れない愛情をたよりに，ふたたび貧しい生活を続けていく．

◇重要作品◇

土曜の夜と日曜の朝　Saturday Night and Sunday Morning（1958）
アラン・シリトー作　長編小説

解説　シリトーが30歳の頃の作品で，英国文壇への出世作．シリトーの生まれ故郷ノッティンガムの下町が舞台になっており，シリトー自身の自転車工場で働いた経歴が作品に活かされている．2部構成になっており，第一部が「土曜の夜」，第二部が「日曜の朝」という題がついているが，初めは現代的悪漢小説の意図を反映して「アーサー・シートンの冒険」という表題だった．自転車工場で旋盤工として働くアーサーの目を通して，英国の労働者階級の窮状とジレンマ，そして人生の泥臭さを伝える．反体制派を気取り，人妻を誘惑する現代版バイロンのアーサーが結婚して家庭人として生きる覚悟を決めるまでの過程を綴る．

梗概　23歳の熟練旋盤工アーサーは，目敏く生きることを信条に，出来高制の給料の歩合を安く見積もられないように用心して生産高を一定に保つように細心の注意を払い，週給14ポンドに甘んじ，勤勉な労働者を装って集合住宅に家族とともに暮らしている．アーサーは，月曜から金曜まで，工場の壁の中で単純作業を惰性でこなし，土曜日の夜に憂さ晴らしに酒に浸り，人妻との火遊びを程々に愉しむ．
　アーサーは，そしらぬ顔で，同僚ジャック不在の家に上がりこみ，その妻ブレンダと一夜を明かし，翌日昼前にブレンダが作った遅めの朝食を食べて，ジャックが帰る寸前に立ち去る．ジャックの子供がアーサーになつくほど不倫の関係は常習化している．ほどなく不義の子を身ごもったことをブレンダに告白されたアーサーは無責任にも出産を勧めるが，結局はブレンダの堕胎の決断によって，従来通りの不倫関係が継続することになり，内心胸をなでおろす．アーサーは，ブレンダが堕胎のために熱い湯につかり強い酒をあおるのに立ち会った夜に，またしてもジャックと鉢合わせの事態を寸前で切り抜けると，再び調子づき，ブレンダの妹で人妻のウィーニーと意気投合して，以来二人の姉妹と恥知らずの情事を重ねる．そのことが原因で，のちにウィーニーの夫である軍人につけ狙われることになる．
　こうして，アーサーは情熱を傾けるものが見い出せずに，途方に暮れている自分自身との折り合いをつけるために，酒場での喧嘩や，人妻との不倫に明け暮れていたが，やがて酒場でドリーン・グレトンと知り合うころ，自分が生きることから逃避していたことに気づき始める．そして24歳を迎える春，ようやく，アーサーはドリーンと人並みの家庭を構えて本格的に人生という闘争に関わることに決める．日曜の朝，自転車で遠出して自然豊かな静かな運河に釣り糸を垂れ，夕暮れ時までじっくりと自分だけの時間を取り戻したアーサーは，生きることへの貪欲さを肯定し，人生を謳歌することを素直に受け入れる．

【名句】Once a rebel, always a rebel.—Part Ⅱ, ch.15
　　　　一度反抗した人間は，いつまでたっても反抗する．

◇重要作品◇

時計じかけのオレンジ　A Clockwork Orange（1962）
アンソニー・バージェス作　未来小説

解説　全体主義支配下の犯罪が蔓延する退廃的な未来社会を渡ってゆく少年アレックスが自らの物語を語る悪漢小説．暴力によって人の心が蝕まれ，愛が蹂躙され，芸術も，信仰も，本来の意味を顧みられない恐怖社会を諷刺する作品の背後には，オーウェルの「1984」に描かれる思想統制で国民の思考を無力化して従順な奴隷として管理する全体主義体制の存在が暗示される．悪人アレックスの復活は，不寛容と無関心を強要し，人間のエゴイズムを助長する全体主義国家の末路を象徴する結末であろう．

梗概　15歳の少年アレックスは，欲望の赴くままに，夜ごと不良仲間とつるんで乱暴と盗みを愉しむ札付きの非行少年．麻薬の入ったミルクを飲み，車で無造作に人を跳ね飛ばし，無抵抗の老人に危害を加え，言葉巧みに騙して民家に押し入り，破壊行為に没頭し，婦女暴行を繰り返す．アレックスは，ベートーベンの音楽を聴きながら無軌道な暴力の空想に耽り，恐怖で弱者を戦慄させ支配者を気取る悪人である．

　ある夜，アレックスは，老女の家に不法侵入して殺人を犯し，懲役14年の実刑判決を受ける．その後，アレックスは2年に及ぶ獄中生活で，さらに狡猾な悪人の処世術を身につけ，改心を装い，教誨師の差し出す聖書に描かれた暴力に慰めを求める．しかし，ある夜，同じ牢の囚人を殺してしまうと，深刻な犯罪対策の一環として国家が密かに着手していた悪人矯正計画の実験台の第一号になる．アレックスは自由の身に憧れて被験者になることを安易に承諾し，刑務所に隣接する秘密の施設に移り，2週間余り毎日映写室へ車椅子で運ばれては長時間に及ぶ残虐行為の記録映画を見続けることを強制され，それと並行してルドビコ剤という精神矯正薬を密かに投与される．アレックスはこれにより暴力行為を見たり，想像するだけでも肉体的苦痛を覚えるようになる．アレックスの矯正の成果は多くの政府関係者の前で実証され，マスコミを通じて国に大々的に報じられる．

　釈放されたアレックスは，ルドビコ剤の鞭に脅えながら暴力を避ける．出所後，実家に帰宅したアレックスは，下宿人に自分の部屋を占領され，両親からも無視されながら，家を出る．その後，公立図書館でかつて暴行を加えた老人から暴行を受け，駆けつけた警官はかつて顔馴染だった元不良少年たちで，被害者のアレックスを救助するどころか加害者として逮捕し，人気の無い郊外へと連れ出し簡易刑罰と称して暴行を加える．傷ついたアレックスは救いを求めて，自分の暴虐の犠牲となった作家アレグザンダー家を偶然訪れる．アレックスはアレグザンダーの携わる反体制運動に協力を迫られ，ある日，ルドビコ剤の作用に耐え切れず，発作的に飛び降り自殺を図る．やがて病院で意識を取り戻したアレックスは，国家によって再び元の状態に戻されたことを知る．こうして悪人アレックスは完全復活する．

◇重要作品◇

コレクター　The Collector（1963）

ジョン・ファウルズ作　長編小説

解説　監禁する者とされる者，双方の日誌を示すことによって，各々が何を感じ，どのような精神状態で同じ時を過ごしたかを二つの視点で描写する．誘拐犯フレデリックは自らをファーデナンドと名乗り，シェイクスピアの「テンペスト」のミランダと結ばれる恋人役を気取っているが，囚われの身のミランダ本人は日誌のなかでフレデリックを醜悪なエゴイストの象徴としてキャリバンと呼ぶ．強制的に社会から切り離されて明日をも知れない極限状態に置かれたミランダの美と愛の探求の主題と，気弱な誘拐犯フレデリックのキャリバン的な無知とエゴイズムに内在する暴力性とが巧妙に対比されている．

梗概　フレデリックは2年前に市役所に勤めていたころ，寄宿学校から帰省していた美大生ミランダの姿を職場の窓から見かけて気に入る．以来，名前も知らないミランダに憧れて観察日誌をつけるようになり，淡い空想に耽るようになる．やがてサッカーくじで大金を得たフレデリックは，妄想が次第に偏執狂的な暴走を始め，遠くからの密やかな写真撮影では飽き足らなくなり，ロンドン郊外に地下室のある別荘を購入し，誘拐の手筈を周到に整え，ついに，雨の降る秋の夜に映画館から出てきたミランダを拉致して，以後2ヶ月のあいだ地下室に監禁するに至る．フレデリックの誘拐の動機は，ミランダに対する恋愛感情でも，性的衝動でもなかった．それは美しいミランダを蝶の標本のように所有したいという幼稚な執着心からであり，所有こそが目的であった．

一方，ミランダは，監禁七日目から，フレデリックの目を盗んで日記をつけて，家族と知人への想い，とりわけ芸術家として尊敬し，恋慕する画家ジョージ・パストンとの想い出に耽り，生きる希望を喚起していた．フレデリックは度々解放を仄めかしては，ミランダを失望させる．ミランダは生き残るために，あらゆる手を尽くして脱出を試み，苦慮の挙句に自らの肉体をゆだねることを決意してフレデリックを誘惑するが，これが裏目に出てフレデリックに軽蔑され，冷酷に突き放されてしまう．その後不運にも肺病に冒されて，生死のあいだを彷徨いながら，不条理な孤独に怯え，やがて，日記も途絶える．

誘惑されて以来，不信感を露にし，健康状態の悪化を訴えるミランダを仮病扱いして冷遇したフレデリックであったが，一時ミランダの病状を心配して幾度か医者を呼びに車を走らせる．しかし臆病風に吹かれて易々と諦めて，結局は病み衰えたミランダを見殺しにする．フレデリックはミランダの死を一時的に嘆くものの，亡骸をりんごの木の下に埋葬してしまうと，ミランダの死を自然死と自分に言い聞かせて，再び平静を取り戻す．間もなく，フレデリックは新たなターゲットを探し出す．今度は，終始一貫して支配できそうな手頃な女性にねらいをつけている．

◇重要作品◇

ローゼンクランツとギルデンスターンは死んだ
Rosencrantz and Guildenstern Are Dead (1966)
トム・ストッパード作　　[3幕] 不条理劇

解説　シェイクスピアの「ハムレット」に登場する二人の端役ローゼンクランツ（ロズ）とギルデンスターン（ギル）を主役に据えて，ベケットの「ゴドーを待ちつつ」に見られる実存主義的な態度で「ハムレット」を再構築した作品といえる．ロズとギルは，エストラゴンとウラジーミルの如く，自分たちが何者で，何処から来て，何処へ行くのかといった疑問を抱えている．ストッパードは舞台と客席の境界線を観客に意識させるように工夫し，ロズとギルに自分たちの運命を暗示する劇中劇を見せて，舞台上の現実と虚構（劇中劇）の境界線を次第に曖昧にしてゆき，舞台上の主役としての自覚の無いロズとギルが劇中劇の必然性に従って端役におさまり，舞台上の現実が虚構に飲み込まれる過程を描いている．

梗概　ロズとギルは，デンマーク国王クローディアスに呼び出されてエルシノア城へ向う道中，使命を失念したかのように，惰性的にコイン投げを続けている．平然としたロズと対照的に，ギルは85回連続して「表」であることに胸騒ぎを覚える．そこに旅役者の一座が通りかかり二人に芝居を勧めているうちに，いつの間にか舞台はエルシノア城内へと切り換わる．ロズとギルは国王と王妃からハムレット王子の悩みの種を探るように命じられるが不首尾に終わる．そうしたなかロズとギルの前で道中に出会った旅回りの悲劇役者たちが或る二人の謀反人の死を演じる．ポローニアスがハムレットによって殺害されたあと，ロズとギルはハムレットに随行して英国へと向う．航行中に，ロズとギルは国王から託された親書を盗み見て，国王がハムレットを亡きものにすべく画策している事実を掴み，身の処し方を思案しているうちに，ハムレットに親書を書き換えられる．その直後に船は海賊に襲われて，ハムレットは樽に入って船外へ脱出する．ロズとギルが再び親書を開くと，英国で処刑されるのは自分たちであることに愕然とする．不可解なことに，旅回りの悲劇役者の一座も同船していて，座長がこの予断を許さない事態に際して，「我々の経験では，大抵は死で終わる」と発言するので，激昂したギルは座長の喉もとを短剣で刺し貫く．しばらくすると，死んだはずの座長が起き上がって，ナイフがバネ仕掛けの偽物であることを明かす．自分たちと同じマントを着た二人のスパイが処刑される黙劇を見つめながら，未だ興奮状態にあるギルは，「死は存在の不在」だと訴え，「はじめに断る機会はあったはずだ．しかし，どういうわけかその機会を逸してしまった」という言葉を遺し，ついに自由意志を発揮しないまま，ロズとギルは死の運命を甘受する．

【名句】We are actors—we're the opposite of people.—Player. Act II
　　　　我々は役者，観客あっての存在．

◇重 要 作 品◇

エクウス　Equus（1973）

ピーター・シェファー作　[2幕] 劇

解説　シェファーの代表作で，問題劇として位置づけられる．主な舞台は，現代のイングランド南部のロークビー精神病院．静寂に包まれた闇の中，ナゲットという1頭の馬を愛撫する17歳の細身の少年アラン・ストラングの姿が浮かび上がると，働き盛りの精神分析医マーティン・ダイサートがひとつの疑念を独白する．それは文明社会という厩舎の中で調教されてきた自身の生き方を巡る不安であり，精神科医という職業に対する懐疑である．そして，このような疑念をもたらしたひとつの切っ掛けとして，アランとの出会いの経緯が明かされてゆく．ダイサートの葛藤は，家裁判事ヘスター・ソロモンへの傍白，もしくは独白として観客に伝えられる．

梗概　厩舎で6頭もの馬の目を潰した問題児アランが，ダイサートの勤務する精神病院に入院する．初対面のアランは心を閉ざして，ダイサートの質問を無視する．その夜，ダイサートは古代ギリシアの神官の長として大勢の子供達の腹を切り裂く悪夢にうなされる．夢の中で生け贄にされる子供たちは皆アランの顔で，その目はダイサートのおぞましい所業を告発していた．最初の対面から2日後，悪夢にうなされ極度の興奮状態にあるアランが突然ダイサートのもとに現われて，家庭の事情を吐露する．ダイサートはストラング家を訪問し関係者からの事情を聴取するうちに，両親の不仲など，アランの人格形成に影響したと考えられる家庭環境や，ジルという若い女性がアランに厩舎の仕事を世話した事実が次第に明らかになる．その後ダイサートは催眠術により，アランが崇拝する神エクウスの全容を聞き出す．

第2幕は，暗闇にナゲットの蹄の前に跪くアランの姿が浮かび上がると，再びダイサートの独白で始まる．アランは催眠術にかかって話した内容を全面否定し，表面的にはダイサートの精神分析に非協力的な態度を装っているが，やがて自白剤として差し出されたアスピリンを服用して事件の全容を語る．ジルに誘われて同行したポルノ映画館で，父フランクの姿を見かけたこと，そのときの父親の怯えた表情に人間の弱さを発見し哀れみを感じたこと，自分の性的欲求を自覚したことを振り返る．そしてその後，厩舎でジルの裸体を触れる度に馬の肌を感じながら，神エクウスの声を聞いて，その結果として馬の目を潰した顛末を告白する．今やアランの心の支えは，エクウスからダイサートに移行する．一方，ダイサートは正常化と称してアランの信仰心や性的な情熱を奪う精神科医としての自らの罪を告発する．

【名句】Passion, you see, can be destroyed by a doctor. It cannot be created.—Dysart. II, xiv

　　　情熱，医者はこれを破壊できる．だが創り出すことはできないのです．

◇重要作品◇

交換教授 Changing Places（1975）

ディヴィッド・ロッジ作　長編小説

解説　作者の得意とするキャンパス・ノヴェルの代表作で、同じく大学教師が主人公であるキングズレー・エイミスの「ラッキー・ジム」以来のコミック・ノヴェルの傑作として批評家から高く評価された。イギリスとアメリカの英文学の教師が交換教授として互いの大学に派遣されることになるが、妻までも交換する結果となってしまう経緯が滑稽に描かれる。小説は6章からなり、その中には手紙を並べた書簡体形式の章や、地元の新聞の広告や記事を並べた章、そして最後はシナリオ形式という具合に、形式的にも主人公たちが滑稽に見えるような変化のある叙述で読者を楽しませてくれる。

梗概　1969年の元日、北極上空ですれ違った二機の旅客機に乗っている二人の交換教授の皮肉な説明付の描写から物語は始まる。ジュースを配ってくれるスチュワーデスに過度の感謝をしているフィリップ・スワローは、明らかに空の旅が不慣れだった。周りの乗客の落ち着いた態度が驚異的なほどで、人生においても自信に欠けた性格で、学者としては学内だけで有名だった彼は、イギリスからアメリカのユーフォリア（架空の西海岸の州）州立大学へ向かっていた。一方、ジェーン・オースティンの専門家として尖鋭なテクスト批評で有名なモリス・ザップは、自信家で野心があり、妻からは離婚を言い渡されていたが、イギリスのラミッジ大学へと向かっていた。彼は飛行機の乗客が自分以外は女性なのに気づく。この便は法のゆるい英国で堕胎をしに行くツアーのチャーター便なのだった！しかもツアーは手術後にストラットフォード・アポン・エイヴォンで芝居も見る日程だという。「終わりよければすべてよし」か、とモリス。一方、フィリップの方は、大学で問題学生だったチャールズ・ブーンという一番会いたくなかった学生と顔を合わせる。ブーンはユーフォリア大へ進学し、地元のラジオ番組のDJとして人気者になっていた。ユーフォリアに着いてからフィリップは二人の女性と知り合う。一人はモリスの毒舌な妻のデジレ。一人はモリスの前妻との間の娘だったことが後でわかるメラニーという学生。何とブーンの彼女でもあった。フィリップはこの二人と関係を持つ。モリスの方はラミッジ大学に到着してから、飛行機で隣席にいた若い女性のメアリー・メイクピースと偶然再会し、堕胎をやめたという彼女の世話をしてやる一方で、夫との夫婦生活に行き詰まりを感じていたフィリップの妻、ヒラリーに惹かれ、やがて関係を持つ。人の良いフィリップは学生紛争にも巻き込まれ、警官に逮捕されて保釈の手続きを「クレジット・カードでいいですか？」と尋ねる。最後の章はシナリオ形式で夫婦2組のニューヨークのホテルでの奇妙な話し合いが描写される。そのシナリオの最後で4人は自分たちの出ている小説の終わりが近いことに気づく。4人の関係に決着がつかぬまま、映画のストップ・モーションの形でジ・エンド。

◇重 要 作 品◇

背信　Betrayal（1978）

ハロルド・ピンター作　[1幕]　不条理劇

解説　ピンターは，主な登場人物に関して，名前や年齢など最小限の説明を提示するのみで，風貌や服装，人物造形や人間関係に至るまで，一切の前置きを極限まで差し控えている．登場人物に関することは，台詞によってあぶり出されてゆく仕掛けで，役者も演出家も，そして観客も，一種の謎解きと未知数の演出の可能性を楽しむことができる芝居である．友情・恋愛・家庭という縁が裏切りによって連鎖的に破綻してゆく過程が，当事者の記憶を辿るように時を遡って示され，孤独ゆえに愛を求め，孤独ゆえに愛を裏切る人間の哀しい性が浮き彫りにされてゆく．1979年にオリヴィエ賞を受賞した秀作である．

梗概　1977年現在．ある春の日に，一組の男女が昼どきにパブで会う．男の名はジェリー（Jerry），女の名はエマ（Emma）．二人は2年前に7年にも及ぶ不倫関係を清算した仲で，エマの亭主はジェリーの旧友ロバート（Robert）である．エマは離婚話を打ち明け，前日の夜にジェリーとの不倫の過去をロバートに話したと告白する（1場）．同日の夕方，ジェリーはロバートを自宅に招き，不倫を犯して友情を裏切った過去の過ちに対して許しを乞う．ところがロバートはエマとジェリーの不倫関係を4年前から知っていたと平然と語り，ジェリーを戦慄させる（2場）．時は2年前1975年冬に逆行し，ジェリーとエマが不倫に終止符を打つ場面になる（3場）．さらに1年前の1974年秋，ロバートは妻の不倫を知りながら，何事もなかったかのように不倫相手のジェリーを友人として家に入れる（4場）．1973年夏，ロバートは家族と共にエマとの想い出の地ヴェニスを訪れ，ジェリーがヴェニスのエマに宛てて書いた手紙から，妻と親友ジェリーの不倫を突き止める（5場）．ヴェニス旅行から帰ったエマはジェリーに不倫がロバートに露見していることを打ち明けられない．一方，ジェリーは現状の家庭生活を守ることに目覚め，不倫を続けることに罪悪感を抱き始めている（6場）．その後，ジェリーはロバートとイタリア料理店で食事をする．ロバートは既に来店していて，白ワインを呷って興奮状態にある．だが不可解なことに，寝取られ亭主ロバートはジェリーに妻との不倫を問い詰めようとはしない（7場）．1971年夏，ロンドン郊外の密会場所のフラットで，エマは昼時からウォッカを飲んでいる．エマはジェリーの妻ジュディス（Judith）の不倫を仄めかして，ジェリーに自分と新しい家庭を築く意志をそれとなく訊くが，ジェリーのジュディスに対する深い愛情を思い知る．その後エマの口からロバートの子供を身ごもっていることが告げられる（8場）．1968年冬，エマとロバートの結婚5周年を祝うホームパーティーの最中，ジェリーは寝室でエマに言い寄る（9場）．こうして，芝居は不倫の発端となる場面で終わる．

【名句】Love finds a way.—Jerry. Sc. 1
　　　愛があれば，道は見つかる．

◇重要作品◇

真夜中の子供たち　Midnight's Children（1981）
サルマン・ラシュディ作　長編小説

解説　インドで生まれ，イギリスで教育を受けた著者が，1981年に出版して大きな反響を呼び，ブッカー賞をはじめとする三つの賞に輝いた．自由奔放な想像力とマジック・リアリズムの手法で，人間とは何か，人間をどこまで理解できるかという文学の永遠のテーマに取り組んだ途方もない知的エンターテインメント小説でベストセラーともなった．英語で書かれた長編小説の異色作で，不思議な迫力と魅力を備えている．

梗概　1947年8月15日，インド独立の日の真夜中の時報と同時に生まれた主人公のサリーム・シナイ（Saleame Sinai）は，善悪の観念が混迷に陥っていた暗黒時代の申し子である．

「9本指で，突起したコメカミを持ち，禿げ頭で，顔は汚れ，ガニマタで，キュウリ鼻で，去勢されていて，年より早く老化した」31歳の主人公が，「良い方の耳と悪い方の耳で死の黒天使の足音」を聞く寸前に，同棲しているパドナ（Padna）という女に語るという形式で，インドの現代史を背景に，東西の文化を交錯させながら，3代にわたる一族の物語を，3巻30章の緊密な構成で描いていく．現代の千一夜物語である．

冒頭に置かれている「穴あきシーツ」は，祖父の結婚にまつわるエピソードで，この小説全体と主人公の人生を象徴的に支配している鮮烈なイメージである．主人公が，変身，予言，魔法などに加えて，「真の明知者の能力」を持つ真夜中の子供たちの一人であるだけに，著者は神話，伝説，叙事詩から意識の流れの文学まで，古今東西のありとあらゆる文学のテーマと手法を取り込み，映像的（映画用語の使用）で，臭覚的（特に後半）で，音感的（最後までの時の刻み）な描写を工夫していて，どのエピソードも物語の特異性で読者を引きつける力がある．特に性的不能者である主人公のさまざまな女性体験の描写は滑稽でもあり，ユーモアがあって面白い．

主人公は病院で生まれて間もなく，取り替え子となったので，貧富の差や敵味方など，物事を両面で体験する運命になるが，二面性の両面を体験し理解しても，さらに謎に満ちているのが人間というものであろう．

「私はあるがままの自分以外の何物にもなりたいとは思わない．私は誰で，何なのか．私の答えはこうだ．私の前に過ぎ去ったすべてのもの，私があり，見て，行なったすべてのもの，私に対してなされたすべてのものの総計である．私は私が去ったあとに起こる，しかも私が来なかったら起こらなかったであろうすべてのものである．……私を理解するためには，一つの世界を呑み込まなければならない」．一つの世界を呑み込むことは不可能に近いから，人間を理解することは，主人公の祖父が「穴あきシーツ」で部分的にしか女性の肉体を見ることができなかったように，その瞬間に見えたことしか人間は理解し得ず，あとは自分の想像力に頼るしかないということを全編を通して描いている．

◇重要作品◇

湖畔のホテル　Hotel du Lac (1984)

アニタ・ブルックナー作　長編小説

解説　秋のスイス．ジュネーブ湖畔のホテル・デュ・ラック（湖畔のホテル）に独りやって来た孤独な女流作家の観察と回想，出逢いの静かな物語が美しい抒情的な文体で綴られている．ブルックナーの代表作で，ブッカー賞受賞作品．

梗概　恋愛小説家のイーディス・ホープ（Edith Hope）は，湖畔のホテルで，愛するデイヴィッドに宛てて，到着するまでの模様と心境を手紙に書く．このホテルには，美しく優雅な母と娘，子犬を連れた美人などが宿泊していた（第1章）．出発前，代理人のハロルドとの昼食の会話で，読者，特に女性が好きなのは，兎と亀の話だと主張し，自分の小説では魅力的な女性でなく，おとなしい亀のような女の子が最後に幸せになると話す．もちろん，現実の人生では兎が勝つと付け加えて．イーディスは，ホテルのサロンでピュージー夫人とその娘ジェニファーと会話を交わすようになる（2章）．夫人は未亡人で，亡き夫への愛情を雄弁に語り，娘は母に常に仲良く寄り添っている．それに比べると自分の母親や伯母は悪口に満ちた老後だった（3章）．イーディスは食堂で，一人の男性に話しかけられる．突然の男性の出現にディヴィッドと話したいという欲求が目覚め，彼女の意識はパーティでの彼との出逢い，最初の抱擁，彼の奥さんや子供に思いを巡らせながらフラットにいた一人の時間へと及ぶ．涙がこぼれたが，彼に電話するのはやめておこうと思う（4章）．翌朝，イーディスは犬を連れていたモニカという女性と一緒に湖畔を散歩し，カフェに入り，昨日の男性，ネヴィル氏とも岸辺を散歩する（5章）．彼女は再度ディヴィッドに手紙を書く．モニカは面白い人だけど，ピュージー夫人とはどういうわけか仲が悪いなどと．それからあるパーティで，ジェフリーという男性と知り合った時のことを回想する（6章）．山の上のレストランで，イーディスは，愛がなくても生きていけるというネヴィル氏の意見に「私は愛なしには生きていけない」と反論する（7章）．サロンで行われたピュージー夫人の誕生会について報告．途中でペンを置き，イーディスは深夜の静寂の中，部屋でこのホテルへ来るまでの経緯を振り返り始める（8章）．それは彼女とジェフリーの結婚式の日のこと．イーディスは結局，式に行かずに結婚をやめて，ペネロピに送り出されてこの地に来たのだった（9章）．翌朝，ピュージー夫人が騒ぎを起こした．ホテルの若いボーイが娘と部屋にいたというのだ（10章）．イーディスはネヴィル氏と対岸のレストランに行き，そこでプロポーズを受ける．愛がなくても利益を共有するパートナーとして最適な相手という理由だった（11章）．ホテル・デュ・ラックもがらんとしてきた．イーディスに決断の時が訪れる（12章）．

【名句】 You can be self-centred, and that is a marvellous lesson to learn. To assume your own centrality may mean an entirely new life. ch.7
自分中心になればいい．これは大事なことです．自分が中心でいいんだと思えれば，人生はまったく新しく変わるでしょう．

◇重要作品◇

フロベールの鸚鵡　Flaubert's Parrot（1984）

ジュリアン・バーンズ作　長編小説

解説　19世紀フランス文学を代表する小説家フロベールに関するエッセイか研究ノートと思わせるような形式で、フロベールの年譜や事典の章まであり、さらにフロベールに関する試験問題の章まである破格の小説．フロベールが作品に登場させた鸚鵡を求めて、語り手は作家の実人生を調査し、あらゆる角度から考察する．その様々な記述のうちに、小説というものの特質、虚構と現実の関係、過去の真実の問題などが、アイロニーや諷刺と共にユーモラスに探られている．フロベールの恋人だった女性の一人称による語りの章があったり、主人公である医師の男性が自殺した妻について語る部分が織り込まれていたりと、あくまでもノンフィクションを装った知的なフィクションとなっている．

梗概　1. フロベールの鸚鵡——作品を読むとその作家について知りたくなるのはなぜなのかと自問自答しながら、「僕」の鸚鵡を探し求める旅が始まる．小説「純な心」でフロベールが登場させ、執筆中に机上に置いていたという鸚鵡の剥製は、ルーアンの市立病院に保存されているものが本物か、それともクロワッセにある元フロベール邸にあったもう一羽の方なのだろうか．2. 年譜——文字通り、フロベールの人生の年譜だが、三通りの異なった視点から三回作者の生涯を辿る．その三度目はフロベール自身の独白による年譜．3. 見つけた人のもの——フロベールの愛人だった女性の手紙を手に入れた研究者とのエピソード．「僕」、ジェフリー・ブレイスウエイトは、新事実発見を本にすることができると喜ぶのだが…．4. フロベール動物寓話集——フロベールが自分自身のイメージとして言及した熊などの動物や、彼の人生と作品に登場する様々な犬などについての研究ノート．5. パチン！——アイロニーに関する考察．6. エンマ・ボヴァリーの目——フロベールの書いたボヴァリー夫人の目の色が統一されていないという評論家に対して反発し、モデルとなった女性の目の色が角度によって違って見えたことを記した資料で反論のダメ押しをする．7. 海峡横断——執筆禁止としたい小説を10に分類．オックスフォードかケンブリッジを舞台にした小説は20年間禁止など．このあたりから私、ジェフリーの自分の妻の死に関する言及が多くなってくる．8. 鉄道ファンのためのフロベール案内——作者と鉄道の関わりをあらゆる角度から検討．この後、9.「フロベールの番外作品」を考察し、10.「反論」では、「人間を憎んだ罪」など、作家の罪を挙げた上、反論、弁護していく．11.「ルイーズ・コレの見解」、12.「ブレイスウェイトの常識事典」に続く13.「嘘偽りなき物語」では、私、ジェフリーが自殺した妻が浮気をしていたことなどを語る．14.「試験問題」の後の最終章15.「そして鸚鵡は…」では、ルーアン博物館には鸚鵡の剥製が50羽もあったことがわかり、結局問題にしていた二つの鸚鵡はどちらも本物ではない可能性が高くなるが、依然として真相は謎のままとなる．

【名句】　Isn't the most reliable form of pleasure,…the pleasure of anticipation?
　　　最も確かな快楽は期待することの快楽ではないだろうか．

◇重要作品◇

日の名残り　The Remains of the Day（1989）
カズオ・イシグロ作　長編小説

解説　人生の終わりに近づいた老執事の一人称で語られていく回想と迷いの物語。英国最高の文学賞であるブッカー賞を受賞し、ジェイムズ・アイヴォリー監督、アンソニー・ホプキンス、エマ・トンプソン主演で映画化されて、広く世界に知られるようになった。

梗概　ダーリントン邸の老執事スティーブンズ（Stevens）は、屋敷の新しい主であるアメリカ人のファラディ氏（Mr. Farraday）に、骨休めに旅行してくるように勧められた。彼は、20年前まで女中頭として屋敷に仕えていたミス・ケントン（Miss Kenton）から7年ぶりに手紙をもらい、人手が足りなくなった屋敷に彼女を呼び戻すことができればと考える。彼は、主人の厚意に甘え、彼女の住むコーンウォール地方への6日間の自動車旅行を計画する（プロローグ、1956年）。まずソールズベリーに着いたスティーブンズは、理想的な執事（butler）として品格（dignity）を備えていた亡き父を考え、偉大な執事に必要な感情の抑制について分析する（一日目――夜）。続く回想では、晩年に副執事として同じ屋敷で仕えるようになった父親の体の衰えを、率直に何でも発言するミス・ケントンに指摘され、気を悪くした思い出が語られる。さらに、彼が献身的に仕えていたダーリントン卿（Lord Darlington）が1923年、第1次大戦後の困窮したドイツを救おうと各国から政治家を集めて屋敷で開いた外交会議の模様、そしてその宴会の最中に卒中で倒れて亡くなった父親のことなどが思い出され、自分が仕事を優先し、父親の死に目にも会えなかったことに執事としての誇りを感じるのだった（二日目――朝）。ドーセット州で故障した車を直してもらったある屋敷の運転手に、ダーリントン卿に仕えていたのかと聞かれ、スティーブンズは否定するが、彼がそう聞かれて否定するのは、実はこの時が初めてではなかった（二日目――午後）。自分の敬愛していたダーリントン卿がナチス・ドイツへの協力者として語られることに我慢できず、話題をそらす意味で彼は否定したのだった（三日目――朝）。彼は当時、ユダヤ人の女中の解雇問題でも、自分の考えを述べることなく主人に従い、彼に親しみを感じていたミス・ケントンに対しても、必要以上に距離が接近することを恐れていた。彼はあの時ああでなかったらと二人の微妙な関係を振り返る（三日目――夜）。結婚して退職する相談を彼女から受けた時も、彼は祝いの言葉をそっけなく述べて、仕事に忙しく動き回っていた（四日目――午後）。結婚してミセス・ベンとなっていたミス・ケントンとホテルの喫茶室で再会したスティーブンズは、帰り際のバス停で、自分との別の人生の選択に思いをはせたこともあったと聞かされ動揺するが、お互いに笑って別れる。その後、彼は夕方、一人海辺で思い出にふけっていると、陽気な男に、後ろを振り返るのでなく、前を向いて生きるように諭され、人生の残りを楽しむ気持ちが湧いてくるのだった（六日目――夜）。

【名句】The evening's the best part of the day.―Sixth Day, Night
　　　　黄昏が一日で最良の時だ。

◇重要作品◇

ルーナサの踊り　Dancing at Lughnasa（1990）

ブライアン・フリール作　劇

解説　現代アイルランドを代表する劇作家ブライアン・フリールの代表作で，1990年アベイ劇場で初演された．ロンドン，ニューヨークでも上演され，英国のローレンス・オリビエ賞やアメリカのトニー賞など，演劇賞を総なめにした．アイルランドの五人姉妹の日常を追憶の中に描いた作品で，チェーホフの「三人姉妹」と比較されることが多い．題名の「ルーナサ」とは，ゲール語で8月を意味し，収穫の神に捧げる祭という語源で，劇中にこの祭の踊りを姉妹が夢中になって再現しようと踊る場面があり，日常からの解放の希求を表現している．

梗概　1936年8月上旬．マンディ家の五人姉妹の末娘クリスの当時7歳の息子マイケルが，成人した語り手として舞台に登場し，故郷を回顧し，人物や物語を説明していく．マイケルの少年役は舞台に登場せず，少年時代の彼の台詞は，成人したマイケルによって語られ，伯母たちは少年が近くにいるものとして台詞を言う．五人姉妹は20代後半から40代までの年齢だったが，全員独身だった．一家の収入は教師をしている長女のケイトに頼るのみで，彼女が村から持ってくる本，薬，タバコなども貴重な品だった．次女のマギーは家事を行なっており，昔の恋愛に思いをはせ，夢うつつになったりする．三女のアグネスと四女のローズは手袋編みの内職をしていた．ローズは純朴な女性で，妻子ある男性に好意を持っている．末の妹クリスは，未婚の母としてマイケルを生んでいた．その夏，一家に初めてラジオが持ちこまれ，伝統的なダンス音楽が流れ出すと，姉妹は夢中になって踊りだす．次にマイケルの父，ジェリーが突然家を訪れる．彼は職を転々としていたが，ラジオの音楽に合わせて庭で踊りながら，クリスに結婚を申し込んだ．ケイトは，このジェリーの無責任なやり方に怒り，自分の行き詰まった生活を嘆くのだった．一方，アフリカで神父として布教活動をしていた伯父のジャックは，異教に触れ，人柄が変わり，健康も損ねて帰国していたが，この伯父の存在や言葉はマイケルにとって忘れ難いものだった．第二幕で，ジェリーは国際義勇軍に参加してスペインへと旅立っていく．その後，アグネスとローズが家出し，ジェリーは年に一度，家を訪れていたが，39年の大戦の始まり以来，音信不通となってしまった．マイケルは，この父がウェールズの村で家庭を持ち，そこで死んだことを異母兄弟で同名のマイケルという青年からの手紙で後に知ったことを語る．残された姉妹は生きる張り合いがなくなり，マイケルも成長してからこの家を喜んで飛び出したのだった．ルーナサの祭は，懐かしさと悲しみにあふれたマイケルの思い出の中で，実在として，かつ幻想として生きているのだった．

◇重要作品◇

コペンハーゲン　Copenhagen（1998）
マイケル・フレイン作［2幕］劇

解説　第2次世界大戦中の1941年，ニールス・ボーアと，師弟関係にあったヴェルナー・ハイゼンベルグというノーベル物理学賞を受賞した二人の物理学者がナチス占領下のデンマークの首都，コペンハーゲンで行なった謎の会談を題材にした作品で，ボーアの妻マルグレーテを含む三人が死後に生前を回顧する形で進む三人だけの対話劇である。原爆開発の問題や人間の存在など，20世紀の科学，歴史，人間について考えさせられる議論が繰り広げられていく。98年にロンドンのナショナル・シアターのコッテスロー劇場で初演され，好評を博し，ウエストエンドの劇場に移ってのロングランとなった。イブニング・スタンダード賞や批評家賞などを受賞し，ブロードウエイでの上演も高く評価され，トニー賞の作品賞を受賞した。

梗概　1941年になぜハイゼンベルグはコペンハーゲンに赴き，ボーアと会見をしたのだろうか。すでに死者となっているボーアと妻のマルグレーテはその理由を改めて考えるために当時のことを回顧していく。同じく死者であるハイゼンベルグも登場し，彼も自らコペンハーゲン行きを説明し直そうと試み，ここに過去を再現しようとする三人の追憶の対話劇が始まる。1941年の9月，マルグレーテはドイツ人であるハイゼンベルグを家に招くことに懸念を示すが，ボーアは元教え子である彼を自宅へ迎え入れ，二人は学究生活の日々を懐かしく振り返る。しかし，ハイゼンベルグはナチスの下で研究している学者であり，ボーアはアメリカの原爆製造に通じ，後にはその製造計画に参加した物理学者である。二人は互いに相手の真意を計りかねて，会話の核心に到達することができない。さらに室内が盗聴されているという危惧から，二人は散歩に出る。そこで何が話されたのか。ハイゼンベルグが発表した不確定性原理のごとく，会見の目的と内容の真実は不確定なまま，劇は進む。ハイゼンベルグはヒトラーに核兵器を提供するため，必要な情報を得に来たのか，それともその行為の赦免を事前に得るかのごとく，ボーアに会いに来たのだろうか。ハイゼンベルグは，祖国のためにどんな選択をすればよかったのか，とドイツ人科学者としてのジレンマを語り，連合国の科学者は敵への恐怖心から開発を進めていったが，共にやめることができたのでは，とボーアに問う。そして原爆が投下されたと知った時の科学者としての衝撃が語られ，その核開発のチームに参加していたボーアの役割が問われることになる。第二幕では，二人が出会った1920年代の素晴らしい学究時代と互いの優れた業績が語られるが，この若き日々の輝きが実らせたのは，より効率よく人を殺す装置，とマルグレーテは鋭く指摘する。だが1941年の会見で，もしボーアが父親的役割からハイゼルベルグに原爆製造に関する助言を与えていたら，世界はどうなっていただろう。劇は暗黙の内に示された二人の人間としての良心の可能性を示して幕を閉じる。

第 五 部

英文学史と文学史年表

中世（7世紀）〜現代（21世紀）

中　世（古英語〔Old English〕および中英語〔Middle English〕時代）大約 650–1150 および 1150–1500

　古英語は複雑な格・語尾変化をもった，現代の英語よりはむしろドイツ語に近い言語で，怪異叙事詩「ベーオウルフ」の他，ケドモン（Cædmon, 670年頃の人），キネウルフ（Cynewulf, 750年頃の人）の両宗教詩人の作が伝わっている．

　中英語の時代にはフランス語が自由に流入してきた．ラングランドは旧来の頭韻詩法で一般民衆の用語である英語を用いて書いたが，ガワーの3大作の用語は順次フランス語，ラテン語，英語であった．チョーサーは外交的任務を帯びて，しばしばフランス，イタリアを訪れ，先進国の文化を十分に取り入れる機会を持ったが，今日の英語の基礎は彼によって築かれたと言いうるほど，その影響は広くかつ永続的であった．後継者中特にスコットランド王ジェイムズ一世，ヘンリソン（Robert Henryson），ダンバーなどは一括してスコットランドのチョーサー派（Scottish Chaucerians）と呼ばれている．

英国ルネッサンスとエリザベス一世女王時代（1558–1603）（The English Renaissance and the Elizabethan Age）

　いわゆる英国ルネッサンスの期間は，人によって解釈が異なるが，いずれの場合にも，エリザベス女王の治世はその中核におかれている．気まぐれの多い，態度を明確にすることをきらった女王の行き方は，欧州片隅の弱小国であったイングランドの自己保存のためには大いに役立ち，また国家と結婚したのだという女王の声明は群臣きそっての忠勤を呼び起こすことになり，この一代のうちにイングランドは強国の列に加わるまでになった．国運の隆盛とともに国民の意気も上がり，開放された精神は文学の世界，特に詩歌の方面において大いに見るべき業績を上げた．先駆者ワイアット（Sir Thomas Wyatt）のきびきびした男性的な叙情恋愛歌は今日なお最高の評価をほしいままにしている．スペンサーの詩の感覚的な優雅さは後代若い天才キーツの心をも魅了した．

劇　中世には教会の庭などで庶民の教化を目的として行われていた聖書物語にもとづく奇蹟劇（Miracle Plays）や道徳劇（Moralities）があった．後者からやがて合の手狂言（Interludes）が派生して娯楽向けの形をとり，エリザベスの時代になって十分営利的にも引きあうことから，はじめて専門の俳優や劇団が生ずるようになり，ことに大学才人連（University Wits）と呼ばれる高い教育を受けた者たちが，新聞のない当時，劇場は社会批評や諷刺の方法として最も手っとり早いというようなこともあって，きそって脚本を書き論争の場とするに及んで急激な発展をとげ，数多くの名作を生んだ．リリー，ピール，グリーンらがこれであるが，特にマーロウの手にあってそのかみサレー伯爵（Henry Howard, Earl of Surrey）が創始した無韻詩形（Blank Verse）の表現能力が拡大し，ついにシェイクスピアの出現を見て詩劇の形態が完成するのである．

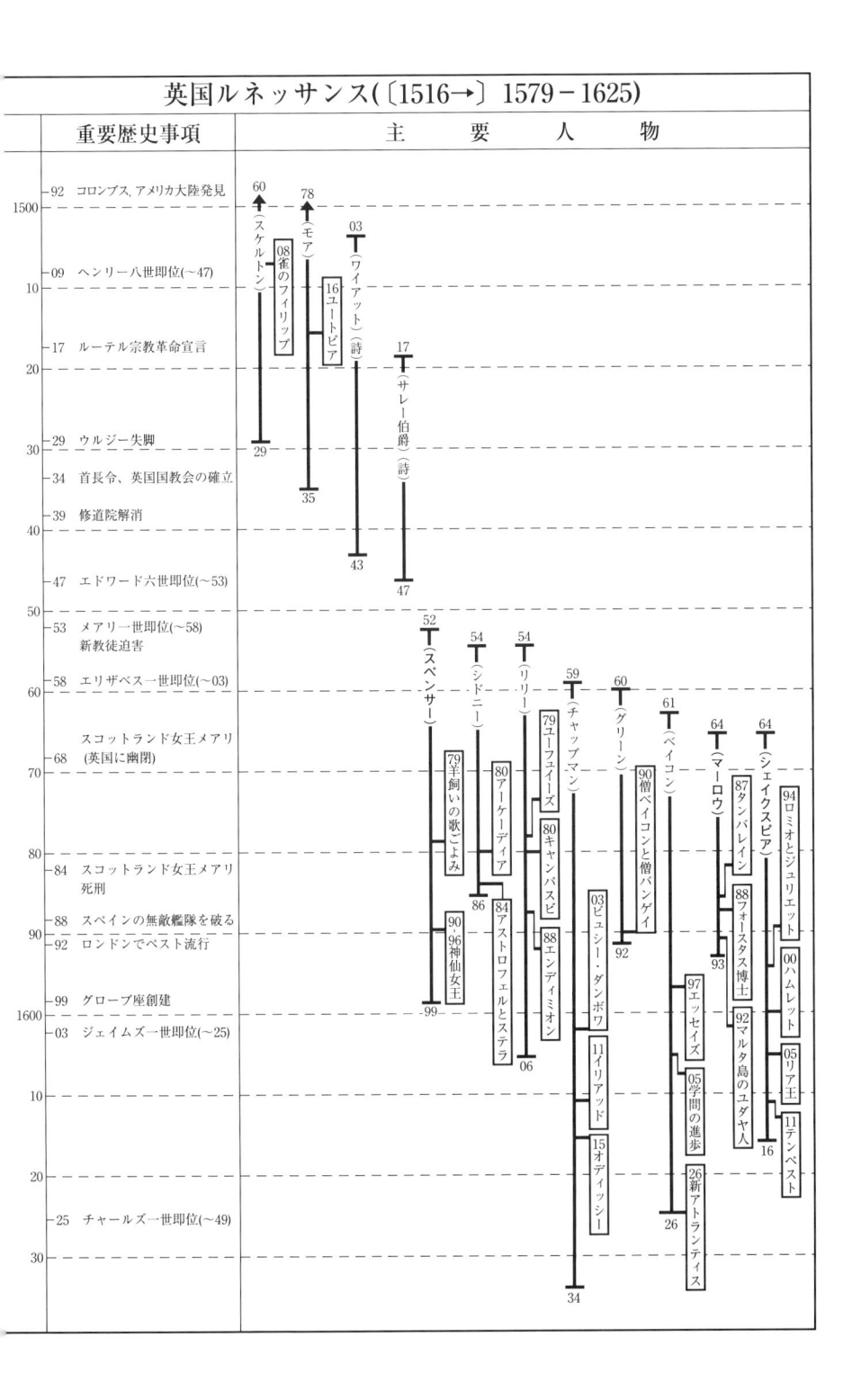

英国ルネッサンス（〔1516→〕1579-1625）

重要歴史事項	主要人物

重要歴史事項：

- 1500
- 92 コロンブス、アメリカ大陸発見
- 10
- 09 ヘンリー八世即位（～47）
- 17 ルーテル宗教革命宣言
- 20
- 29 ウルジー失脚
- 30
- 34 首長令、英国国教会の確立
- 39 修道院解消
- 40
- 47 エドワード六世即位（～53）
- 50
- 53 メアリ一世即位（～58）新教徒迫害
- 58 エリザベス一世即位（～03）
- 60
- 68 スコットランド女王メアリ（英国に幽閉）
- 70
- 80
- 84 スコットランド女王メアリ死刑
- 88 スペインの無敵艦隊を破る
- 90
- 92 ロンドンでペスト流行
- 99 グローブ座創建
- 1600
- 03 ジェイムズ一世即位（～25）
- 10
- 20
- 25 チャールズ一世即位（～49）
- 30

主要人物：

- 60↑（スケルトン）―29
- 78↑（モア）08 雀のフィリップ / 16 ユートピア ―35
- 03┬（ワイアット）（詩）―43
- 17┬（サレー伯爵）（詩）―47
- 52┬（スペンサー）79 羊飼いの歌ごよみ / 90・96 神仙女王 ―99
- 54┬（シドニー）84 アストロフェルとステラ / 80 アーケーディア ―86
- 54┬（リリー）79 ユーフュイーズ / 80 キャンパスピ / 88 エンディミオン ―06
- 59┬（チャップマン）03 ビュシー・ダンボワ / 11 イリアッド / 15 オディッシー ―34
- 60┬（グリーン）―92
- 61┬（ベイコン）90 僧ベイコンと僧バンゲイ / 97 エッセイズ / 05 学問の進歩 / 26 新アトランティス ―26
- 64┬（マーロウ）87 タンバレイン / 88 フォースタス博士 / 92 マルタ島のユダヤ人 ―93
- 64┬（シェイクスピア）94 ロミオとジュリエット / 00 ハムレット / 05 リア王 / 11 テンペスト ―16

17世紀（ジェイムズ，チャールズ一世時代より王政復古期〔the Restoration〕の終わりまで）1603–1700

ステュアート王家　国民とともに生活し，国の運命に自分のすべてを託した処女王エリザベスのあとをついだのは，（さきに処刑されたメアリ女王の息子），スコットランドから入ってきたジェイムズ六世，英国でのジェイムズ一世であった．そのステュアート（Stuart）家は王権神授（the divine right of kings）説を堅持する家柄で，この人民を王家からへだて，その苦難に対して何の同情も持たない考え方が，常に国民側からの期待を失望させ，ついには，個人的には清潔な生活の王チャールズ一世を，国民への裏切りという名目で断頭台に送ることになるのである．

王と時代の趣味　ジェイムズ一世は自己の学識を誇りとし，「全キリスト教国中，第一番の利巧ぶったあほう」とあだなされた王で，自分より才智すぐれた人物はねたんで宮廷には入れず，王の衒学的な趣味はエリザベスとはまったく異なった形で国の文化に影響を現わした．劇は上っつらだけのスペクタクル的要素を増して空想的なロマンス劇を流行させ，詩はコンシート（'conceit'）と称せられる奇想的表現を中心として作者の頭の切れ味をきそう形のものに堕っていった．散文だけはそうした諸要素をこなし得て，他時代には見られないきらびやかな比喩に満ちリズムゆたかな独特の文型を作り上げ，後代の批評家から大散文時代などと呼ばれてはいるが，今日の眼をもってすればきわめて人工的な，誇張の多い文章様式であることは否定できない．

自己反省と憂うつ，宗教文学　王党派の廷臣たちによる享楽的・現世的な詩は数多くあったものの，エリザベス時代の楽観・肯定・自己拡大の風潮に対する反動として，つづく17世紀前半には人間の宿命や死と真正面からとり組もうとする内省的な態度もいちじるしく，自己反省や陰うつな冥想を語り出す文学作品の多いことは特筆に値する．劇においてもウェブスターやターナー（Cyril Tourneur）の，死や狂気，超自然を織りこんだ陰惨で虚無的な人生観をも呈示する脚本は，一面においてこうした一般感情を反映しているといえよう．

共和制と王政復古　クロムウェル父子によるチャールズ王の死刑執行とこれにつづく10年余の清教徒の共和政体は，享楽を否定するきびしい主義・思想から生まれたもので，劇場は閉鎖され，文学活動にははなはだ不便な時代であった．共和制下の生活のきびしさに反発した一般人民からの歓呼を受けてフランスから帰国したチャールズ二世は，聡明な人物ではあったが，フランス宮廷の生活に染みきって放縦きわまりなく，数かぎりもない私生児のゆえに王室厩舎の種馬にたとえられる始末でさえあった．その風潮を反映して劇にも詩にも淫蕩猥雑な作が続出した．ただ，クロムウェル派に属して活発な政治活動もしていた詩人ミルトンは，奇しくも赦されて創作活動をつづけ，盲目ながら大作「失楽園」ばかりでなく，「復楽園」，「闘士サムソン」のような枯れた名作を完成してその晩年を飾ることができた．

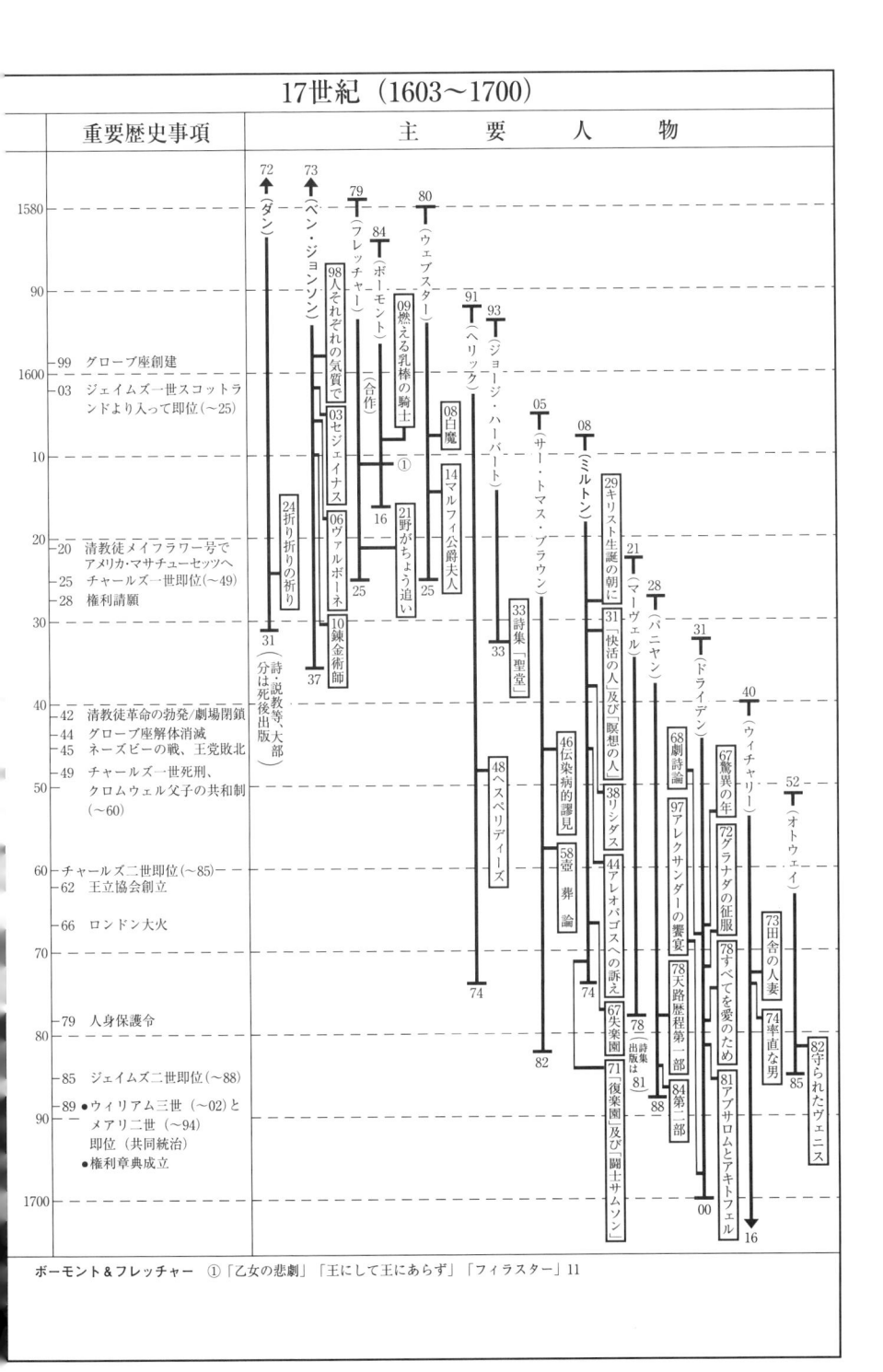

17世紀 (1603〜1700)

重要歴史事項

- 99 グローブ座創建
- 03 ジェイムズ一世スコットランドより入って即位 (〜25)
- 20 清教徒メイフラワー号でアメリカ・マサチューセッツへ
- 25 チャールズ一世即位 (〜49)
- 28 権利請願
- 42 清教徒革命の勃発/劇場閉鎖
- 44 グローブ座解体消滅
- 45 ネーズビーの戦、王党敗北
- 49 チャールズ一世死刑、クロムウェル父子の共和制 (〜60)
- 60 チャールズ二世即位 (〜85)
- 62 王立協会創立
- 66 ロンドン大火
- 79 人身保護令
- 85 ジェイムズ二世即位 (〜88)
- 89 ●ウィリアム三世 (〜02) とメアリ二世 (〜94) 即位 (共同統治)
  ●権利章典成立

主要人物

- 72 (ダン) — 31 詩・説教等、大部分は死後出版
- 73 (ベン・ジョンソン) — 98 人それぞれの気質で、03 セジェイナス、06 ヴァルポーネ、10 錬金術師、37
- 79 (フレッチャー) 84 (ボーモント) — 09 燃える乳棒の騎士、①合作、16、21 野がちょう追い、25
- 80 (ウェブスター) — 08 白魔、14 マルフィ公爵夫人、25
- 91 (ヘリック) 93 (ジョージ・ハーバート) — 33 詩集「聖堂」、33、48 ヘスペリディーズ、74
- 05 (サー・トマス・ブラウン) — 46 伝染病の謬見、58 壺葬論、82
- 08 (ミルトン) — 29 キリスト生誕の朝に、31 快活の人及び瞑想の人、38 リシダス、44 アレオパゴスへの訴え、67 失楽園、71 復楽園及び闘士サムソン、74
- 21 (マーヴェル) — 78 出版は81
- 28 (バニヤン) — 78 天路歴程第一部、84 第二部、88
- 31 (ドライデン) — 68 劇詩論、67 驚異の年、72 グラナダの征服、78 すべてを愛のため、81 アブサロムとアキトフェル、97 アレクサンダーの饗宴、00
- 40 (ウィチャリー) — 73 田舎の人妻、74 率直な男
- 52 (オトウェイ) — 82 守られたヴェニス、85
- 16

ボーモント＆フレッチャー ①「乙女の悲劇」「王にして王にあらず」「フィラスター」11

18世紀　古典主義（Classicism）時代および前ロマン派作家たち
（Pre-Romantic Writers）1700–1798

「黄金時代」（'the Augustan Age'）　アン（Anne）女王からジョージ一世治下の約25年間（1702–27）は文人が輩出し，ローマ皇帝アウグストスの文運隆盛期にたぐえてオーガスタス時代という名で自らを呼んだ．散文においては近代的な意味での批評的な要素がようやく濃くなって，文章も情緒を離脱し，知性的に明快な表現をとるようになった．

新しいジャーナリズムと「独裁者」たち　随筆ふうのよみものを中心とした新聞が発行され，時流批評や文学論を展開した．早くはデフォウや，アディソンとスティールが共同刊行した諸紙，特に「スペクテイター」が名高い．また17世紀はじめからあったコーヒー店（coffee-house）に人々が集まって文学・政治を談じあう風習がこのころから盛んになり，この世紀の文学的雰囲気の一大特色となった．前時代末のドライデンにつづいて，ポウプ，ジョンソン博士らがそうした文学社交グループを強力に支配する独裁者（dictators）として知られていた．ジョンソン博士の奇行・逸話はボズウェルの伝記につぶさに記されているが，強健な常識性にささえられたその文学判断は荒削りで温情のある言行と結びついて，英国の代表的人物のごとく考えられている．

型にはまった表現と自己満足　古典主義を旗印にかかげたこの時代，特に詩においては形式の整正と表現の簡潔・流麗が尊ばれ，従って一般に定められた法則を守ることが要求された．表現用語も日常のものから離れ，枠にはまって常套的ないわゆる詩語（'poetic diction'）の形がだんだん固定してきた．凡庸作者の安住に適したこの文学風土は，やがて個性的な天才の破格を圧迫しつくす強力な伝統・因襲を作り上げた．大御所ポウプのたくみな言いまわしに包まれた詩も，内容的にはじつは古人からの焼直しが多い，という一点からでも事の実相がうかがわれる．しかもこの時代の文人たちは彼らの文学が最上最高のものであることを信じきって疑わなかった．古典学者ベントレー（Richard Bentley）がミルトンの「失楽園」を徹底的に書き改めた（1723）のも，極端な例ながらそうした自己満足的な時代風潮のひとつの現われとして受けとることができる．

小説の誕生　前時代までの中世ふうなロマンス物語（例：シドニーの「アーケーディア」）や比喩譚（例：バニヤンの「天路歴程」）に代わって，この時代には新しく写実的な大規模の小説が登場した．デフォウの無味乾燥に近い事実描写も一面はなはだ英国的であるが，フィールディングは中世悪漢小説の形に，写実と英国人好みのユーモアを導入したのである．

世紀後半における情緒性　つづく，スターン，ゴールドスミス，詩では，グレイのあたりから纏綿（てんめん）たる情緒・感傷性が姿を現わしはじめ，民謡や怪奇譚を通って世紀末の前ロマン派作家たちと結びつく．

18世紀（古典主義時代および前ロマン派作家たち）1700〜1798

重要歴史事項

- 85　ジェイムズ二世（〜88）
- 89　ウィリアム三世（〜02）と
　　　メアリ二世の共同統治
- 02　アン女王即位（〜14）
- 04　ブレニムの戦
- 07　グレイト・ブリテン成立
　　　（イングランド・スコットランド・ウェールズの合併）
- 14　ジョージ一世ドイツより入って即位（〜27）
- 27　ジョージ二世即位（〜60）
- 51　新太陽暦採用
- 53　大英博物館設立
- 60　ジョージ三世即位（〜20）
- 65　印紙条令
- 76　アメリカ独立戦争（〜83）
- 88　「タイムズ」紙創刊
- 89　フランス革命勃発

主要人物

- 60↑（デフォウ）
- 67↑（スウィフト）
- 70（コングリーヴ）
- 72（アディソン）
- 19 ロビンソン・クルーソー ①
- 22 モール・フランダーズ
- 24 ロクサナ　31
- 94 腹ぐろ男
- 00 世間道
- 04 桶物語
- 26 ガリヴァー旅行記　29
- 09 タトラー
- 11 批評論
- 11 スペクテイター
- 12 髪の毛強奪
- 28 愚物列伝
- 33 人間論　44
- 19　45
- 88（ポウプ）
- 89（リチャードソン）
- 00（トムソン）
- 07（フィールディング）
- 09（サミュエル・ジョンソン）
- 13（スターン）
- 16（T・グレイ）
- 28（ゴールドスミス）
- 36（マクファーソン）
- 51（シェリダン）
- 40 パミラ
- 48 クラリッサ・ハーロウ　61
- 26 四季「冬」
- 48 怠惰城
- 48
- 42 ジョーゼフ・アンドルーズ
- 48 トム・ジョーンズ　54
- 55 英語辞典
- 65 シェイクスピア全集
- 79 詩人列伝　84
- 60/67 トリストラム・シャンディ
- 68 風流漂泊　71
- 51 墓畔悲歌
- 66 ウェイクフィールドの牧師
- 70 荒廃の村
- 73 勝たんがために身をかがめ　74
- 65 オッシアン作品集　96
- 75 恋がたき
- 77 悪評学校　1816

デフォウ　①「シングルトン船長」〜20

ロマン派運動時代（The Romantic Revival）1798–1832

特色 ロマン派運動の目的は，ひと口にいえば想像力の解放である．18世紀の枠にはまった規約ずくめの表現法に対して個性の発現を主張したのがロマン派であるといえる．英国人の心の傾きからすれば，形のととのった18世紀ぶりよりは，アモルフ（形体感喪失）に陥るのもいとわず，各作者の個性を伸長させたロマン運動時代のほうが，エリザベス一世時代とともにはるかに国民性に適合したものであったのである．

自然観察 人工的な表現の枠からまず人の心を解放した精細な自然観察と描写はトムソンの「四季」（1726–30）にはじまるが，世紀の後半になってホワイト（Gilbert White）の「セルボーン博物誌」やギルピン（William Gilpin）の「絵画美」に関しての諸著書によって人々の関心を高めた．伝説の世界へのあこがれはゲーテをも熱狂させたマクファーソンの半創作散文「オッシアン詩編」に代表される．虚飾を取り去った素朴な民謡ふう表現はパーシー（Thomas Percy）編の「古英詩拾遺集」（1765）で世人の目を引き，バーンズの方言詩で完成した．超自然派またはゴシック・ロマンス作家たちのいわゆる怪奇幽霊小説は，18世紀の節度と常識性に対する反逆として，ウォルポール（Horace Walpole）の「オトラント城」（1765）にはじまり，ラドクリフ夫人において流行の絶頂に達した．

スコットと伝説の世界 英国ロマン派時代は，ふつうワーズワスとコウルリッジ共著「叙情歌謡集」の1798年にはじまり，スコットの死んだ1832年に終わるとされている．スコットは多くスコットランドの伝説・歴史にもとづいて，はじめは物語詩，1814年以後は，十数年の間，匿名のままで勇壮また哀切な長編小説を書きつづけた．

前半期の詩人たち ワーズワス，コウルリッジ，サウジーらはフランス革命に刺激されて故国の状態を憤慨するが，やがて革命の実際を見て失望幻滅し，次第に保守性を強め現実と妥協する．特にワーズワスはしずかな英国の田園に隠棲し，冥想のうちに日々を送った．

後半期の詩人たち バイロン，シェレー，キーツは直接にはフランス革命には触れなかったが，反逆の精神に徹し，結局は3人とも故国を捨ててイタリアに移り住んだ．彼らの信念表明に強く表われた理想主義的傾向に対し，英国の社会はこれを危険思想として遇せざるを得なかったのである．

写実小説 ラドクリフ夫人の小説は，怪奇要素をはなれて，自然描写や人事・生活の陰影の細かな描写にスコットの激賞を得たが，エッジワーズ（Maria Edgeworth）はアイルランドの生活を写して名家オースティンの先駆となった．

随筆 エッセイという語は，すでにベイコンも使っているが，論説ふうな調子からはなれてしみじみと個人の心と生活を語る英国独特の文学形式となったのはラムの「エリア」以来である．デ・クウィンシーの悲痛な「アヘン常用者の告白」も長編のエッセイと言いうるものである．彼はまた精細な審美分析を含む研究論説でも名高い．

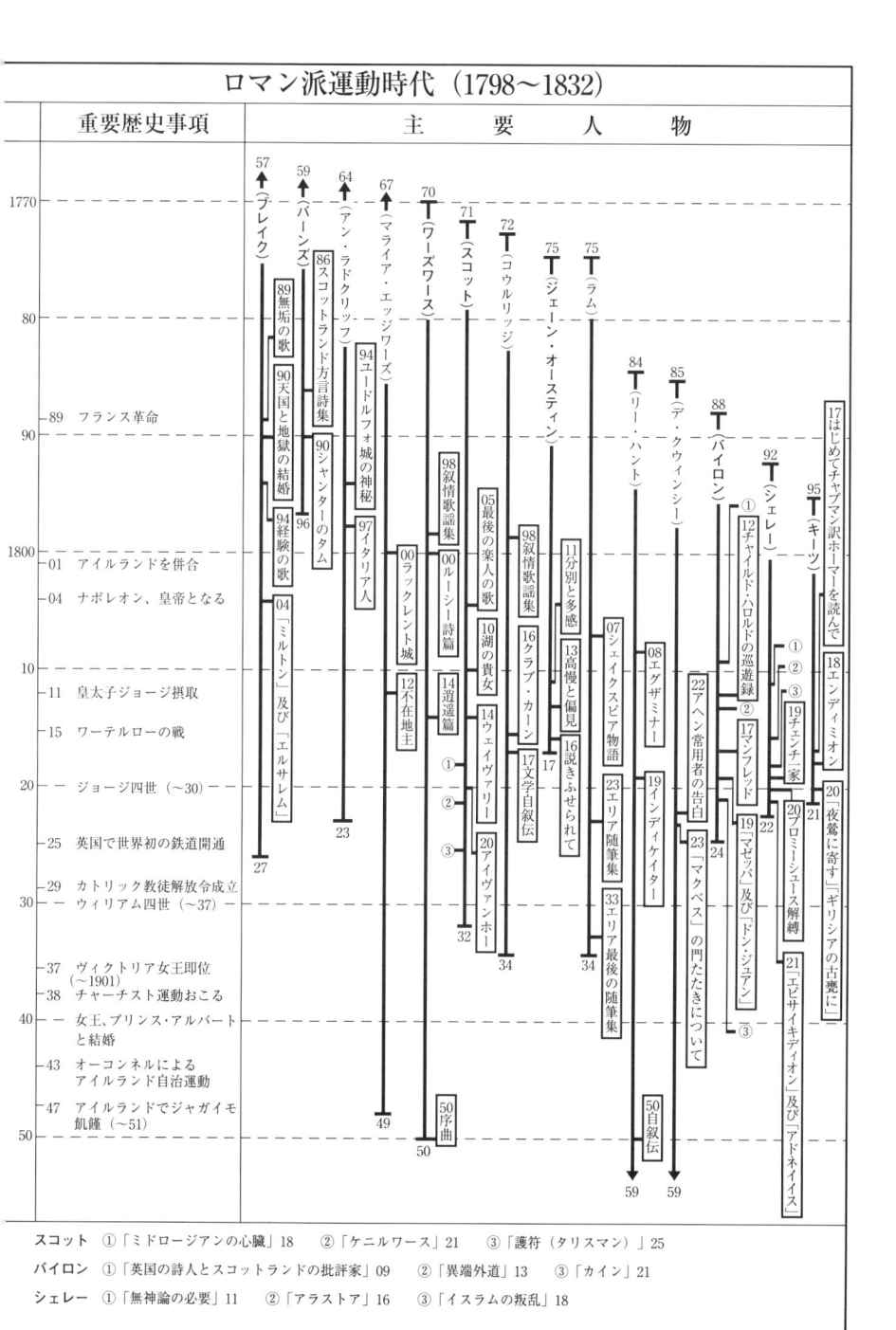

ロマン派運動時代（1798〜1832）

重要歴史事項

- 89 フランス革命
- 01 アイルランドを併合
- 04 ナポレオン、皇帝となる
- 11 皇太子ジョージ摂政
- 15 ワーテルローの戦
- 20 ジョージ四世（〜30）
- 25 英国で世界初の鉄道開通
- 29 カトリック教徒解放令成立
- 30 ウィリアム四世（〜37）
- 37 ヴィクトリア女王即位（〜1901）
- 38 チャーチスト運動おこる
- 40 女王、プリンス・アルバートと結婚
- 43 オーコンネルによるアイルランド自治運動
- 47 アイルランドでジャガイモ飢饉（〜51）

主要人物

- 57 ↑（ブレイク）
  - 89「無垢の歌」
  - 90「天国と地獄の結婚」
  - 94「経験の歌」
  - 04「ミルトン」及び「エルサレム」
  - 27
- 59 ↑（バーンズ）
  - 86 スコットランド方言詩集
  - 90 シャンターのタム
  - 96
- 64 ↑（アン・ラドクリフ）
  - 94 ユードルフォ城の神秘
  - 97 イタリア人
  - 23
- 67 ↑（マライア・エッジワース）
  - 00 ラックレント城
  - 12 不在地主
  - 49
- 70 T（ワーズワース）
  - 98 叙情歌謡集
  - 00 ルーシー詩篇
  - 14 逍遥篇
  - 50 序曲
  - 50
- 71 T（スコット）
  - 05 最後の楽人の歌
  - 10 湖の貴女
  - 14 ウェイヴァリー
  - 20 アイヴァンホー
  - 32
- 72 T（コウルリッジ）
  - 98 叙情歌謡集
  - 16 クラブ・カーン
  - 17 文学自叙伝
  - 34
- 75 T（ジェーン・オースティン）
  - 11 分別と多感
  - 13 高慢と偏見
  - 16 説きふせられて
  - 17
- 75 T（ラム）
  - 07 シェイクスピア物語
  - 23 エリア随筆集
  - 33 エリア最後の随筆集
  - 34
- 84 T（リー・ハント）
  - 08 エグザミナー
  - 19 インディケイター
  - 59
- 85 T（デ・クウィンシー）
  - 22 アヘン常用者の告白
  - 23「マクベス」の門たたきについて
  - 59 自叙伝
- 88 T（バイロン）
  - ① 12 チャイルド・ハロルドの巡遊録
  - ② 17 マンフレッド
  - 19「マゼッパ」及び「ドン・ジュアン」
  - 24
- 92 T（シェリー）
  - ①
  - ②
  - ③
  - 20 プロミシュース解縛
  - 21「エピサイキディオン」及び「アドネイス」
  - 22
- 95 T（キーツ）
  - 17 はじめてチャプマン訳ホーマーを読んで
  - 18 エンディミオン
  - 19「チェンチ一家」
  - 20 夜鶯に寄す「ギリシアの古甕に」
  - 21

スコット　①「ミドロージアンの心臓」18　②「ケニルワース」21　③「護符（タリスマン）」25
バイロン　①「英国の詩人とスコットランドの批評家」09　②「異端外道」13　③「カイン」21
シェリー　①「無神論の必要」11　②「アラストア」16　③「イスラムの叛乱」18

ヴィクトリア女王朝（The Victorian Age）1837–1901

宮廷と国民　エリザベス一世朝以来長く国民一般から疎隔していた宮廷は，ヴィクトリア女王の代になって国民との共通感情を持つようになった．中産階級的な清潔な家庭を重んずるドイツ系女性であった女王は，特に夫プリンス・アルバートの死後はその記憶を尊び，生前の賢明な指導を心に刻んで国務に精励した．国運の隆昌とともにその声価と尊敬は高まり，女王の生活様式は国民の模範とされるようになった．

自己満足　再婚女性は宮廷に入るのも許されないというほどの潔癖な生活雰囲気は，定着してやがて世間的な成功を尊ぶ風潮といっしょになって，小市民的な形式や体面を重んずる因襲と化してきた．国力の増大と物質文明の発展とは，世界第一の国民としての自負とともに安価な自己満足をも人々の心に植えつけるようになった．

時勢への順応と反発　こうした時代環境に即応したのは詩人テニソンである．はじめ繊細・憂うつな叙情詩を本領とした彼は，やがて社会思想をテーマにとる長詩を書きはじめ，機に応じては軍国的な愛国詩もものした．後年の代表的大作，アーサー王伝説による「国王牧歌」12巻は，作の基調がヴィクトリア朝の因襲的なモラルに捕らえられたため生彩を欠くと評されている．国家を挙げてのこうした自己満足的な風潮に反発したのが，評論家としてのカーライル，ラスキン，アーノルドであり，詩人ブラウニングであった．特にブラウニングは，成功と業績をたたえる世風を叱責し，人間を偉大ならしめるのはその心の中にあるもの，意志，意図であることを力説した．晩年には人々の尊敬を集めたけれども，思想・文体の難解さゆえに彼もカーライルも世に認められるのは遅かった．

小説と世相批判　小説の分野においても，ブロンテ姉妹の作は情熱をこめての反抗の文学であるといえる．彼女らの豊かな空想に対し反対の極点を占めるのは，架空の州バーセットシアを舞台として連作を書きつづけたトロロップの無味乾燥なまでの写実の筆である．ディケンズも，売らんがためのお涙頂戴要素はあるにしても，自己の辛苦の体験をもとにした細かい写実と社会批評は作中に充ちている．社会小説としての基盤にユーモアと涙の要素を豊かに盛ったという作風の点では，ギャスケル夫人もディケンズとならべて記憶される価値があろう．そしてサッカレー，ジョージ・エリオット，メレディスとつづく知的な分析と構想を持つ作家たちは，英国小説の本流として次のハーディに流れいたる大河を成すのである．

唯美思想の出発点　詩人・画家であったD. G. ロセッティは血統からは4分の3までイタリア人であり，官能的要素を豊かにそなえた人物であった．その異常な魅惑的な性格は一時は後輩たちの崇敬の中心となり，詩人スウィンバーンからペイターを経て，彼自身の意図とは別に世紀末のオスカー・ワイルドにいたる耽美思想・芸術至上主義の出発点となった．特にワイルドはこの一派の象徴的存在となった．

ヴィクトリア女王朝（1837～1901）

重要歴史事項

- 20 ジョージ四世即位（～30）
- 30 ウィリアム四世即位（～37）
- 32 選挙改正法案通過
- 37 ヴィクトリア女王即位（～1901）
- 40 女王、プリンス・アルバートと結婚
- 51 ハイド・パークの大博覧会
- 53 クリミア戦争（～56）
- 61 プリンス・アルバート死す
  （米）南北戦争（～65）
- 77 女王、インド皇帝の称号を得
- 88 オックスフォード大辞典刊行開始
- 01 エドワード七世即位（～10）

主要人物

- 95↑（カーライル）
  - 37 フランス革命
  - 36 衣装哲学
  - 41 英雄崇拝論
  - 55 モード
  - 81

- 09 T（テニソン）
  - 32 シャロットの姫
  - 42 アーサー王の死
  - 47 王女
  - 50 追憶の詩
  - 59 国王牧歌
  - 89
  - 92

- 11 T（サッカレー）
  - 37 ヘンリー・エズモンド
  - 48 虚栄の市
  - 52 ヘンリー・エズモンド
  - 63

- 12 T（ディケンズ）
  - 37 ピックウィック・ペイパーズ
  - 38 オリヴァ・トウィスト
  - 43 クリスマス・キャロル
  - 49 デイヴィッド・コッパフィールド
  - 70

- 12 T（ブラウニング）
  - 33 ポーリーン
  - 35 パラセルサス
  - 40 ソーデロ
  - 41 ピパが通る
  - 55 男と女
  - 64 登場人物
  - 68 指輪と本
  - 89

- 16 T（シャーロット・ブロンテ）
  - 46 ベル三姉妹詩集
  - 47 ジェイン・エア
  - 53 ヴィレット
  - 55

- 19 T（ジョージ・エリオット）
  - 59 アダム・ビード
  - 60 フロッス河畔の水車小屋
  - 71 ミドルマーチ市
  - 80

- 19 T（ラスキン）
  - 43 近代画家論
  - 51 ヴェニスの石
  - 60 この後の者にも
  - 62 教養と無秩序
  - 88

- 22 T（アーノルド）
  - 49 さまよい出の宴客
  - 53 学者ジプシー
  - 65 批評論第一集
  - 67 新詩集

- 28 T（D・G ロセッティ）
  - 50 雑誌「芽生え」
  - 56 シャグパッドの毛剃り
  - 70 詩集
  - 81 バラッズとソネッツ
  - 82

- 28 T（メレディス）
  - 51 谷間の恋
  - 59 リチャード・フェヴァレルの試練
  - 62 モダン・ラヴ
  - 71 日の出前の歌
  - 79 我意の人
  - 1909

- 37 T（スウィンバーン）
  - 65 カリドンのアタランタ
  - 66 詩と譚歌第一集
  - 80 シェイクスピア研究
  - 94
  - 1909

- 39 T（ペイター）
  - 73 ルネッサンス研究
  - 85 快楽主義者マリアス
  - 89 鑑賞論集

19世紀末 (fin de siècle) および20世紀初頭

現実の直視　練達の物語作家スティーヴンソンや技巧的な才人ワイルドがまったくの19世紀作家という印象を与えるのに対し、はるかに年長の小説家・詩人ハーディが憂うつな現実の直視という一点だけからも20世紀の作者と思わせるのは興味深い。すなわち、英国小説の本流にあるものとしての性格分析と作構成の正確さを時流への顧慮によって乱されないという面の他に、陰うつきわまる主題をもそれが人生というものであるならば、主観的な空想をもって飾らずあえて直視を避けない、という厳粛・真摯な態度は、退廃的なワイルド、ビアズレー (Aubrey Beardsley) 一派 ('Decadents') の「世紀末」的な人生の見方に対抗するものとして、ハーディやハウスマンの作には何度となく出ている (「よりよきものへの道は最悪への直視を強いる」というのは1895年6月ごろのハーディの詩に出る言葉である)。この科学的な客観性は、やがてゴールズワージーに代表的な観察眼を見い出すのであるが、これはまた新世紀のひとつの性格として、程度の多少はあれ同世代の他の作家たちによっても受けつがれている。

神秘思想と科学　ポーランドからの帰化人でありながら、海の国英国のどんな作家もついに及び得ないまで海洋に心を打ちこんだコンラッドの作では、自然が独特の神秘に包まれて呈示される。しかし人間が自然の動きに積極的に参与し、対立しながらもその一部分となりきるところに人間生活の豊富さが生まれると考えるコンラッドの自然は、人間以上に超現実的なものを本能で感得しているアイルランド作家たち——イエイツ、詩人エイ・イー (A. E.——本名 George Russell)、ダンセイニ卿など——とはかなり異なっている。シングの傑作の背景となっている海すらも、こうした神秘感をうしろにおいてはじめて理解できる。まったく知的な角度から主題に近づいているウェルズの科学小説がこれらにまさるとも劣らぬ神秘感を漂わせているのも、科学上の新しい諸発見が、世人の空想に強い刺激を与えていた、この時代においてのみありうる現象であったのだろう。

劇　シングはわずか6編の劇作品によってシェイクスピアにつぐ大作家という名をほしいままにしているが、長い間不振であった英劇壇は、この時代になってようやくショー、バリィらの輩出を見た (ちなみにショーはアイルランド人、バリィはスコットランド人である)。ショーには議論が多すぎ、バリィは甘ったれすぎるとも評されるが、舞台技巧だけからもこのふたりは、ワイルドやイエイツ、ゴールズワージーや、モームなどとともに水際立った腕前の持主である。

詩　兵営の生活をうたい、愛国歌を書いて一時は国民的大詩人の扱いを受けたキプリングに対し、メイスフィールドは英王室の桂冠詩人に任命されるまでは、むしろアウトサイダー的態度をとり、社会問題などの劇を書いていた。が海の生活をテーマとする彼の詩は、昔のバラッド (214頁参照) を復活するかのような力強い情熱にあふれたもので、小説におけるコンラッドと相呼応する。

世紀末および20世紀初頭

重要歴史事項

1850	
−54	英国クリミヤ戦争に加わる
−59	ダーウィン「種の起源」
60	
−61	プリンス・アルバート死す
70	
−70	イタリア王国の統一完成
−77	女王インド皇帝の称号を受く
80	
−83	フェビアン協会の成立
90	
−97	無線電信の発明
−99	南阿戦争（～1902）
1900	
−01	エドワード七世（～10）
−02	日英同盟（～21）
10	
−10	ジョージ五世即位（～36）
−13	アイルランド自治法下院通過
−14	第一次世界大戦（～18）
−18	婦人参政権認められる
20	
−20	国際連盟設立
−22	アイルランド自由共和国成立
−28	オックスフォード英語辞典完成
30	
−36	エドワード八世即位（12月退位）
−37	ジョージ六世即位（～52）アイルランド新憲法を制定（国名アイレ）
40	

主要人物

ハーディ（40–28）：74 狂乱の群を離れて／78 帰郷／86 カスタブリッジの市長／91 ダーバーヴィル家のテス／95 日陰者ジュード／03 諸君は君主／28 冬の言葉

スティーヴンソン（50–94）：82 新アラビヤ夜話／83 宝島／86 ジーキル博士とハイド氏／95 ①／86 ②／91 ③／95 少年誘拐

ワイルド（54–00）：90 ドリアン・グレイの画像／①／②／93 サロメ／95 運命の人／98 シーザとクレオパトラ（訂正）

ショー（56–50）：95 運命の人／98 シーザとクレオパトラ／12 アンドロクリーズと獅子／ピグメーリオン／23 聖女ジョウン

コンラッド（57–24）：95 オールメイアの阿呆宮／98 青春／99 暗黒大陸の奥／00 ロード・ジム／04 ノストロモ

バリィ（60–37）：01 クオリティ街／97 退場の歌／04 晴れクライトン／04 ピーター・パン／20 メアリ・ローズ

キプリング（65–36）：88 高原平話／92 兵営譚詩／94 ジャングル・ブック／01 キム／33 めぐるきざはし

イェイツ（65–39）：89 アシーンの放浪／93 ケルトの薄明／94 あこがれの国／95 キャスリーン・ニ・フーリハン／05 現代のユートピア／26 ウィリアム・クリソルドの世界／28 塔

ウェルズ（66–46）：95 タイム・マシーン／19 ブリトリング氏の洞察／①②③④⑤

ゴールズワージー（67–33）：00 愛とルイジャム氏／06 銀の箱／①②／22 忠誠

シング（71–09）：04 海に騎りゆく者たち／07 西の世界のプレイボーイ

モーム（74–65）：15 人間の絆／19 月と六ペンス／23 お菓子／30 菓子とビール／38 要約

メイスフィールド（78–67）：02 海の譚詩集／09 ナンの悲劇／13 ペンキ職人／15 忠臣たち

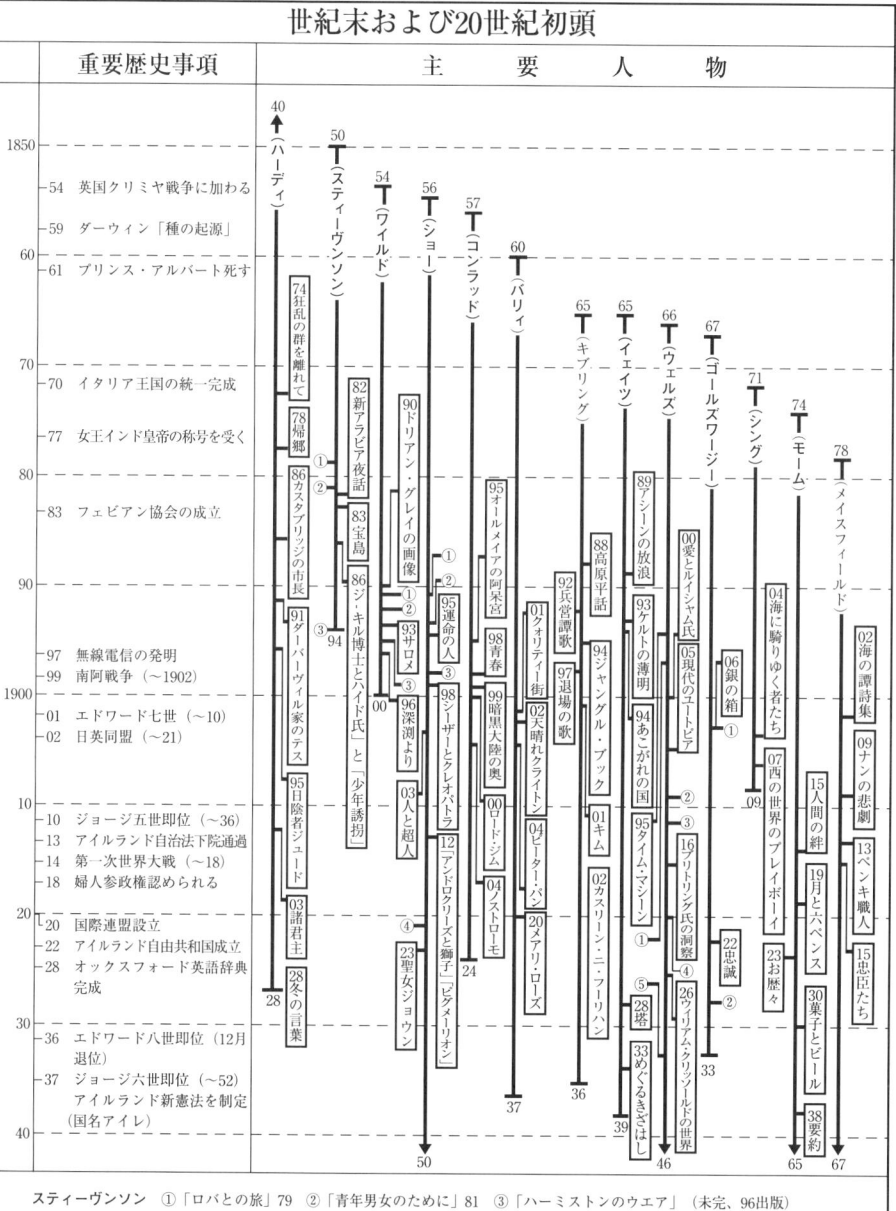

スティーヴンソン　①「ロバとの旅」79　②「青年男女のために」81　③「ハーミストンのウエア」（未完、96出版）

ワイルド　①「インテンションズ（意図の様々）」91　②「ウィンダミア卿夫人の扇」92　③「まじめ第一」95

ショー　①「イブセン主義の真髄」91　②「武器と人」94　③「悪魔の弟子」97　④「メトセラに帰れ」21

ウェルズ　①「透明人間（見えぬ人）」97　②「トーノ・バンゲイ」09　③「盲人の国」11　④「歴史大系」20
　　　　　⑤「未来の姿」33

ゴールズワージー　①「フォーサイト・サーガ」第一編「資産家」06（サーガの全編完結は21）
　　　　　②「現代の喜劇」第一編「白猿」24（全編完結は27）

現代（I）

情緒に溺れぬ
分析と知力
現代人のひとつの大きな共通特色として，合理性をあくまで追求するという性質がある．文学では創作面に現われた知力，情緒に溺れぬ分析が，これと平行して考えられる一つの顕著な性格である．その意味で，また広く世界に向かい全文明社会の反省をうながす大きなメッセージを持っていたという点で，右表のはじめの5人を英文学における「現代」の出発点と考えることは，あえて間違ってはいないだろう．

ロレンスと
性の解放
特にD. H. ロレンスは誰も知るように，因襲的なものの見方に閉鎖された性の観念を解放しようと烈しい努力をつづけた作家であるが，その対抗目標である旧弊な道徳意識が崩れ去り，彼の考え方がむしろ常識的なものとして受入れられるようになった今日なお熱心な多数の読者を持ち得ていることは彼の書いたのが単なる宣伝パンフレットではなく，その中に強い生命の火，文学としての本質的な価値を持っていることの証拠とされるであろう．

意識の流れの文学
現代の作者は人間心理の分析に科学的な背景，特に心理学を導き入れて強力な武器としている．中でも（アメリカのウィリアム・ジェイムズ教授が心理学の著書の中で唱導した）意識の流れ（stream of consciousness）という分析・表現様式は，特にウルフ，ジョイスのふたりによってみごとな文学創作上の結実を見せた．ウルフは女性らしいきめのこまやかな文章で繊細に心理の動きを捕え，一方，生来視力の弱かったジョイスは言葉の持つ音楽的要素を駆使し，最後の大作「フィネガンの通夜」では別々の語の部分をつなぎ合わせて直截的なイメージを読者に伝える方法を考案し，さながら新しい一国語を創出した感じをさえ与えた．

諷　刺　と
宗教的神秘要素
眼病に悩まされながらハックスレーは，ジョイスとは全くちがう啓示を得て晩年の作の神秘性に向かう道を踏み開いた．ハックスレーもT. S. エリオットもともに知性的な分析と現代への諷刺において共通しているが，そのエリオットも中年以後は宗教詩で同一テーマをくり返すようになる．いずれも，現代文明への不安がとったひとつの反動的方向だと考えてよい．

「三十年代」の
詩　人　たち
今世紀生まれの，デイ＝ルウィス，オーデン，スペンダーら1930年代詩人たちの左翼偏向は，「怒れる若者たち」の爆発的言動と同じく時代環境への激しい反発と考えるべきであろう．

言葉における新しい
音楽美の発見
ウェールズ出身のディラン・トマスは朗誦の名手で，詩文における聴覚要素の魅力を新しく世の人々に認識させた．詩文の絢爛たる美しさは，ダレルの小説「アレクサンドリア四重奏」の異国的な描写において特に認められるが，劇におけるフライ，ラティガンも，言葉の魔力を生かすことが人の心を捕える秘訣であることを悟って，シェイクスピア以来の英国劇の本流に合致しようとしているかに見られる．

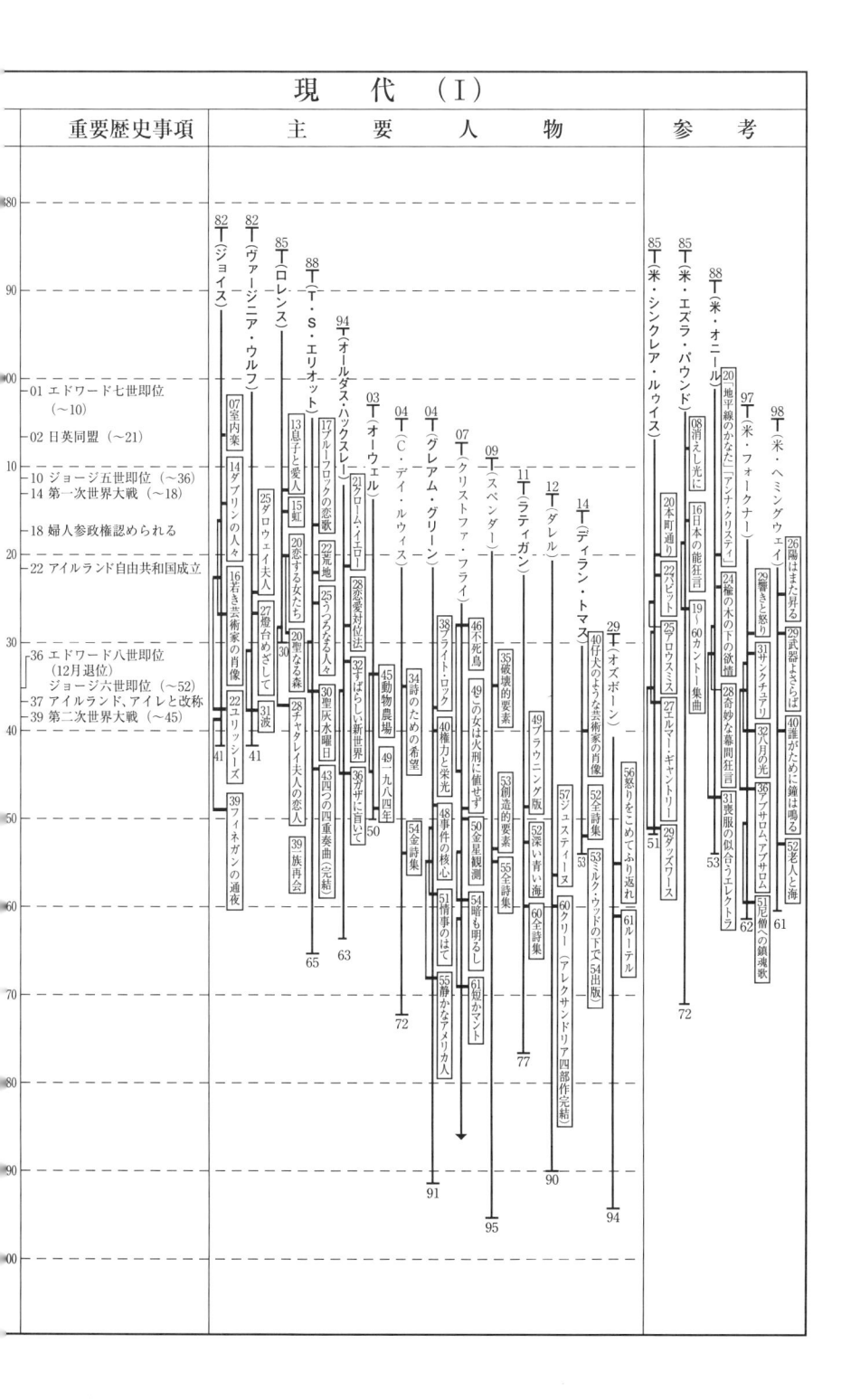

現代（Ⅰ）

重要歴史事項	主要人物	参考

重要歴史事項
- 01 エドワード七世即位（〜10）
- 02 日英同盟（〜21）
- 10 ジョージ五世即位（〜36）
- 14 第一次世界大戦（〜18）
- 18 婦人参政権認められる
- 22 アイルランド自由共和国成立
- 36 エドワード八世即位（12月退位）／ジョージ六世即位（〜52）
- 37 アイルランド、アイレと改称
- 39 第二次世界大戦（〜45）

主要人物（英）

- 82 T（ジョイス）
  - 07 室内楽
  - 14 ダブリンの人々
  - 16 若き芸術家の肖像
  - 22 ユリッシーズ
  - 39 フィネガンの通夜
- 82 T（ヴァージニア・ウルフ）
  - 25 ダロウェイ夫人
  - 27 燈台めざして
  - 31 波
  - 41
- 85 T（ロレンス）
  - 13 息子と愛人
  - 15 虹
  - 20 恋する女たち
  - 28 チャタレイ夫人の恋人
- 88 T（T・S・エリオット）
  - 17 プルーフロックの恋歌
  - 20 聖なる森
  - 22 荒地
  - 30 聖灰水曜日
  - 43 四つの四重奏曲（完結）
- 94 T（オールダス・ハックスレー）
  - 21 クローム・イエロー
  - 32 すばらしい新世界
  - 36 ガザに盲いて
  - 49 一九八四年
- 03 T（オーウェル）
  - 45 動物農場
- 04 T（C・デイ・ルイス）
  - 34 詩のための希望
  - 54 金詩集
- 04 T（グレアム・グリーン）
  - 38 ブライトン・ロック
  - 40 権力と栄光
  - 48 事件の核心
  - 51 情事のはて
- 07 T（クリストファ・フライ）
  - 46 不死鳥
  - 49 この女は火刑に値せず
  - 50 金星観測
  - 54 暗も明るし
  - 61 短かいマント
- 09 T（スペンダー）
  - 35 破壊的要素
  - 53 創造的要素
  - 55 深い海
- 11 T（ラティガン）
  - 49 ブラウニング版
  - 52 全詩集
  - 57 ジュスティーヌ
  - 60 全詩集
- 12 T（ダレル）
  - 60 クリー（アレクサンドリア四部作完結）
- 14 T（ディラン・トマス）
  - 53 ミルク・ウッドの下で
  - 54 出版
- 29 T（オズボーン）
  - 40 仔犬のような芸術家の肖像
  - 56 怒りをこめてふり返れ
  - 61 ルーテル

参考（米）

- 85 T（米・シンクレア・ルイス）
  - 20 本町通り
  - 22 バビット
  - 25 アロウスミス
  - 27 エルマー・ギャントリー
  - 51 ダッズワス
- 85 T（米・エズラ・パウンド）
  - 51
- 88 T（米・フォークナー）
  - 20 地平線のかなた／アンナ・クリスティ
  - 24 楡の木の下の欲情
  - 28 奇妙な幕間狂言
  - 31 喪服の似合うエレクトラ
  - 53
- 97 T（米・ヘミングウェイ）
  - 08 消えし光に
  - 16 日本の能狂言
  - 19 ー 60 カントー集曲
- 98 T（米・ヘミングウェイ）
  - 26 陽はまた昇る
  - 29 響きと怒り
  - 29 サンクチュアリ
  - 32 八月の光
  - 36 アブサロム、アブサロム
  - 40 誰がために鐘は鳴る
  - 51 僧侶への鎮魂歌
  - 52 老人と海
  - 61
  - 62

現　代（Ⅱ）

不条理演劇　オズボーンが「怒りを込めて振り返れ」で，中流階級以上の客間劇中心だった英国演劇に，労働者階級のドラマで新しい風を吹きこんだ年の前年，1955年にベケットの「ゴドーを待ちつつ」が英国で初演された．「ゴドー」のように，ドラマティックな展開や悲劇的カタルシスを持たず，人間が把握できない状況，世界の不可思議を描いた演劇は，オルビー（米），イヨネスコ（仏）等の劇と共に不条理劇（absurd drama）と呼ばれ，英国演劇でも50年代後半から60年代にかけて，顕著な傾向の一つとなった．

70年代以降の劇作家　ピンター，ストッパードなど不条理演劇から出発した劇作家も，70年代以降，多様な作品を発表し続けているが，喜劇作家エイクボーンは，30年以上にわたって第1級の喜劇を発表し，人間や人生の皮肉に鋭い視点を向け続けている．ピーター・シェファーも骨格のしっかりした上質の戯曲を発表し続けてきた．80～90年代にはマイケル・フレイン，ディヴィッド・ヘア，キャリル・チャーチルなどの才能が劇壇に開花した．

ポストモダンの潮流　50年代後半から60年代にかけて，シリトーら「怒れる若者たち」の小説が隆盛を見る一方で，ゴールディングは独自の寓意世界を築き，ノーベル賞を受賞した．60年代後半あたりからファウルズ，ロッジ等は，小説というジャンルの自意識を顕わにしたメタ・フィクションの手法などを用いて「知」を遊戯化し，ポスト・モダンの小説の潮流を作った．この流れのイギリス小説は，80年代には最も小説らしくない知的ノヴェルと言えるバーンズの「フロベールの鸚鵡」の登場を見るに至る．

女性作家の小説　20世紀後半は，マードックを筆頭にレッシング，スパーク，ドラブル，ブルックナー，カーターなど，女性作家の優れた小説が多く発表され，伝統的なリアリズムあるいは超現実的な魔術的リアリズムにもとづいた作品，女性の性，出産やフェミニズムの問題など現代的な主題を扱ったものなど，様々な小説が注目を集めてきた．

ポスト・コロニアリズムの時代の小説　主に70年代以降，イギリスの文壇を賑わしたのは，インド出身のラシュディや南アフリカのヴァン・デル・ポストのように，旧植民地出身の小説家が多い．こうしたポスト・コロニアリズム（post-colonialism＝植民地主義後）の時代の国際的な小説風土にあって，カズオ・イシグロも東西の様々な場所を舞台にした過去と現在の物語を発表し，注目されている．

桂冠詩人とノーベル賞受賞詩人　50年代以降，ラーキンは都市の生活を題材に多くの詩を発表し，高く評価された．対照的にヒューズは，野性的な自然詩が注目されて以来，神話的な詩や他の芸術家との共同作業など，幅広い活動を続け，ラーキンの辞退を受けて就任したベッチェマンの死後，桂冠詩人も勤めた．一方，北アイルランド出身のヒーニーは，アイルランドの自然，人間，政治などを詠み続け，イエイツ，ショー，ベケット以来のノーベル賞をアイルランドにもたらした．アイルランドの人と風土は，劇作家フリールの長年の題材でもあり，「ルーナサの踊り」のような叙情的な名作が生まれている．

現代 (Ⅱ)

重要歴史事項	主要人物	参考

重要歴史事項

- 14 第一次世界大戦（〜18）
- 16 アイルランドで内乱
- 22 アイルランド自由共和国成立
- 26 イギリス連邦の形成
- 28 男女平等普通選挙の実施
- 31 ウエストミンスター憲章の成立
- 39 第二次世界大戦（〜45）
- 45 広島と長崎に原爆投下
- 47 インド・パキスタンと分離独立
- 52 エリザベス二世即位
- 58 欧州共同市場（EEC）の正式発足
- 60 ビートルズ結成（〜70）
- 79 サッチャー首相就任
- 84 チャールズ王子ダイアナ妃結婚
- 97 ブレア首相就任
  グローブ座再建
  ダイアナ妃死去

主要人物

- 06 T（ベケット）〜89
- 11 T（ゴールディング）〜93
- 19 T（マードック）〜99
- 19 T（レッシング）
- 26 T（ファウルズ）
- 26 T（シェファー）
- 30 T（ピンター）
- 30 T（ヒューズ）
- 35 T（ロッジ）
- 37 T（ストッパード）
- 39 T（エイクボーン）
- 39 T（ヒーニー）
- 47 T（ラシュディ）
- 54 T（イシグロ）

作品：
- 53 ゴドーを待ちつつ
- 54 蠅の王
- 55 ピンチャー・マーティン
- 57 エンドゲーム
- 58 鐘
- 50 草は歌っている
- 62 黄金のノート
- 63 コレクター
- 66 魔術師
- 69 フランス軍中尉の女
- 60 管理人
- 65 帰郷
- 57 雨の中の鷹
- 70 カラス
- 75 洞窟の鳥
- 75 交換教授
- 66 ローゼンクランツとギルデンスターンは死んだ
- 73 ノーマンの征服
- 66 ナチュラリストの死
- 61 しあわせな日々
- 73 黒衣の王子
- 78 海よ、海
- 80 通過儀礼
- 73 エクウス
- 79 アマデウス
- 78 背信
- 82 本当のこと
- 84 小さな世界
- 75 北
- 81 真夜中の子供たち
- 87 小さな家族企業
- 84 スティション島
- 82 丘の淡い眺め
- 89 日の名残り
- 88 悪魔の詩
- 93 アルカディア

参考

- 11 T（米・テネシー・ウィリアムズ）〜83
- 15 T（米・アーサー・ミラー）
- 15 T（米・ソール・ベロー）
- 19 T（米・サリンジャー）
- 26 T（米・ギンズバーグ）
- 31 T（米・トニー・モリスン）

作品：
- 45 ガラスの動物園
- 49 セールスマンの死
- 44 宙ぶらりんの男
- 49 欲望という名の電車
- 51 ライ麦畑でつかまえて
- 53 るつぼ
- 56 この日をつかめ
- 55 吠える
- 61 フラニーとゾーイ
- 64 転落の後で
- 75 フンボルトの贈り物
- 69 青い瞳がほしい
- 72 アメリカの没落
- 77 ソロモンの歌
- 84 全詩集
- 87 ビラヴド
- 92 ジャズ

第 六 部

英文学の周辺

ギリシア・ローマ神話　ケルト文化
マザー・グースの唄　名句
文芸用語小事典　主要登場人物一覧
イギリス文学と音楽　イギリス文学と絵画
イギリス文学と映画　イギリス文学受賞記録

◇英文学の周辺◇

1. ギリシア・ローマ神話（The Myths of Greece and Rome）

　ギリシアの民は自然と共にたくましく生きた．彼らの探究心と旺盛な想像力は，自然の姿に人間の本質を重ね合わせ，人間の姿をした自然神を生みだした．主神ゼウスですら，オリンポスの神々の頂点に君臨する器とは到底思えないほど，喜怒哀楽や情念に支配される気まぐれで欠点だらけの浮気癖の直らない中年男といった印象を受ける．しかし，ギリシアの民は不完全であるが故にこうした神々を愛した．ギリシアの民が自身の内面を直視し洞察することを恐れず，生きることを愛した証である．やがて，ギリシア神話は実利的なローマ人によってローマ神話として生まれ変わった．

　機械文明が進んだ現代において，ギリシア・ローマ神話に触れる機会は，テレビや映画などのマスメディアが主流となっているだろう．しかし，ヘシオドス（Hesiod [híːsiəd, hésiəd], fl. c. 735 B. C.)）の「神統記」（Theogony [θiágəni]）に描かれた天地創造と神々の興亡の歴史を，オヴィッド（Ovid [ávəd], 43 B. C.-A. D. 17）の「転身物語」（Metamorphoses, A. D. 1-8）に描かれた神と人間の赤裸々な情念の片鱗を，ホメロス（Homer [hóumə(r)]）が「イリアッド」（Iliad）と「オデュッセイア」（Odyssey）でトロイ戦争に集約した人類興亡の歴史を読み解く時，過去の文人の書物は我々の想像力に働きかけて時空を超越した大自然に覆われた雄大な世界に誘う．ギリシア神話は壺絵や壁画のなかに塗り込められ，織物に編みこまれ，彫像として姿をとどめ，ルネサンスの時代を経て絵画や文芸作品のなかに再生している．

ギリシア・ローマ神話を主題にした主な英文学作品

Arnold, Matthew: The Strayed Reveller (1849)
Auden, Wystan Hugh: The Shield of Achilles (1955)
Bridges, Robert: Prometheus the Firegiver (1883); Eros and Psyche (1885)
Fletcher, John: Cupid's Revenge (1612)
Joyce, James: Ulysses (1922)
Keats, John: Hymn to Apollo (1815); Ode to Apollo (1815); Endymion (1818); Ode on a Grecian Urn (1819); Ode to Psyche (1819)
Lyly, John: Endimion (1591); Midas (1592); Cupid and My Campaspe Played (1632)
Marlowe, Christopher: Dido (1594); Hero and Leander (1598); Dr Faustus (1604)
Shakespeare, William: Venus and Adonis (1593), A Midsummer Night's Dream (1595); Troilus and Cressida (1602); The Two Noble Kinsmen (1613)
Shelley, Percy Bysshe: Prometheus Unbound (1820)
Wilde, Oscar: The Garden of Eros (1881); The Disciple (1893)

オリンポスの12神（The Olympic Council）

ギリシア名 / ローマ名 / 支配の領域 / シンボル
ゼウス (Zeus【zúːs; zjúːs】) /ユピテル (Jupiter【dʒúːpətər】= Jove【dʒóuv】) /神々の王，人類の支配者／ワシ，オークの木，雷電．
ポセイドン (Poseidon【pəsáɪdn, pɔ-】) /ネプチューン (Neptune【népt(j)ùːn】) /海・馬・地震を司る神／三叉のほこ (trident【tráɪdnt】)，イルカ，馬．
フィーバス (Phœbus【fíːbəs】)，またはアポロン (Apollo【əpálou】) /ギリシア名と同様の呼称／太陽・音楽・詩・予言・医術を司る神／竪琴 (lyre【láɪər】)，弓．
ヘルメス (Hermes【hə́ːrmiz】) /メルクリウス (Mercury【mə́ːrkjəri】) 神々の伝令，商業・科学・奸智・弁舌・窃盗・旅行などを司る神／翼のついた帽子とサンダル，2匹の蛇が巻きつき頂に双翼がある杖 (caduceus【kədjúːsiəs, -ʃəs】)．
アレス (Ares【ɛ́əriz, ǽr-】) /マルス (Mars【máːrz】) /戦の神／剣，盾，犬，ハゲワシ．
ヘパイストス (Hephæstus【hɪféstəs, -fíːs-】) /ヴァルカヌス (Vulcan【vʌ́lkən】) /冶金・工芸を司る火の神／鉄床，(鍛冶場の) 炉．
ヘラ (Hera【híərə】) /ユーノー (Juno【dʒúːnou】) /神の国の女王で，ゼウスの妻．光・誕生・女性・結婚の女神／ザクロ，孔雀，カッコウ．
デメテル (Demeter【dɪmíːtər】) /ケレス (Ceres【síəriz】) /農業・豊饒・結婚・社会秩序を司る女神／小麦の束，ケシの実，豊饒の角 (cornucopia【kɔ̀ːm(j)əkóupiə】)．
アルテミス (Artemis【áːrtəməs】) /ダイアナ (Diana【daɪǽnə】) /月の女神で処女性・狩猟の守護神／三日月，雄鹿，矢．
アテナ (Athena【əθíːnə】) =パラス (Pallas【pǽləs】) /ミネルヴァ (Minerva【mənə́ːrvə】) /知恵・発明・技芸・戦を司る女神／(ゼウスがアテナに与えた) 神の盾，フクロウ，オリーヴの樹木．
アフロディテ (Aphrodite【ǽfrədáɪti】) /ヴィーナス，ウェヌス (Venus【víːnəs】) /愛と美の女神／鳩，スズメ，鏡．
ヘスティア (Hestia【héstiə】) /ヴェスタ (Vesta【véstə】) /炉・かまどの女神／炉辺の火

◇英文学の周辺◇
その他の神々

クロノス (Cronus【króunəs, krán-】) ／サトゥルヌス (Saturn【sǽtərn】) ／ゼウスの父，ローマ神話では農耕の神／小鎌．
バッカス (Bacchus【bǽkəs】)，別称ディオニュソス (Dionysus【dàɪənáɪsəs, -níː-】) ／リーベル (Liber【láɪbə(r)】) ／酒の神／ツタ，葡萄の果実，豹や少年の姿をしたパンを従える．
ハデス (Hades【héɪdiz】)，別称プルートン (Pluto【plúːtou】) ／ディース (Dis【dís】) ／冥界の神／ケルベロス (Cerberus【sə́ːrb(ə)rəs】頭が3つで尾がヘビの地獄の番犬)，糸杉，二又の投槍．
エロス (Eros【éərás, íər-】) ／クピド (Cupid【kjúːpəd】) ／恋愛の神／弓矢を持ち翼の生えた裸の美少年，もしくは幼子の姿として描かれる．また，ライオンの毛皮の上でまどろむ幼子，松明を掲げる幼子，楽器を持つ幼子，ウサギなどを追う若者，ヘラクレスやアフロディテと戯れる無数の幼子として描かれることもある．
パン (Pan【pǽ(ː)n】) ／ファウヌス (Faunus【fɔ́ːnəs, fáː-】) ／森林・牧人・家畜の神／ヤギの角・耳・足を有し，音楽好きで笛を吹く．
プロメテウス (Prometheus【prəmíːθiəs, -θjùːs】) ／自ら創造した人類を愛し，ゼウスに背いて人類に火を与えたために罰せられる．やがてゼウスに送り込まれた美女パンドラが，人類の心を蝕む悪を詰め込んだ箱を開けてしまうが，プロメテウスが用心のためにその箱に入れておいた希望が人類に勇気を与える．
ペルセポネ (Persephone【pərséfəni】) ／プロセルピナ (Proserpina【prousə́ːrpənə】) ／ゼウスとデメテルの娘．冥界の王ハデスに連れ去られその妻にされるが，デメテルの願いで半年は地上で半年は冥界で過ごすことを許される．
美の3女神 (The three Graces) ／【ギ神】美と喜びと優雅の女神たち：アグライア (Aglaia【əgláɪə, əgléɪə】「輝き」の意) と，エウプロシュネ (Euphrosyne【jufrás(ə)nìː, -fróʒɪ-】「喜び」の意) と，タリア (Thalia【θeláɪə】「花の盛り」の意) の3人姉妹の女神．
ムーサ女神，ミューズ女神 (The Muses) ／【ギ神】人間の知的活動を司る9女神のこと．ゼウスとムネモシュネ (Mnemosyne【nɪmás(ə)nìː, -máz-】記憶を司る女神) が9夜交わって生んだ9姉妹：カリオペ (Calliope【kəláɪepi】叙事詩を司る女神；蝋板と尖筆を持った姿で描かれる)，クリオ (Clio【kláɪou, klíː-】歴史；羊皮紙の巻物を持ち，円筒状の巻物入れを傍らに置く)，エウテルペ (Euterpe【jutə́ːrpi】音楽・抒情詩；二重横笛を持つ)，タリア (Thalia【θeláɪə】喜劇・田園詩；喜劇の面・きづた・羊飼いの牧杖を持つ)，メルポメネ (Melpomene【mɛlpámənìː】悲劇；悲劇の仮面を持ち，時には役柄を表わす棍棒・剣を持つこともある)，テルプシコラー (Terpsichore【təːrpsíkəri】合唱・舞踊；竪琴を持つ)，エラトー (Erato【érətòu】恋愛詩；おおぶりの竪琴を持つ)，ポリヒュムニア (Polyhymnia【pálihímniə】聖歌・雄弁術；物思いに耽る姿で表わされる)，ウラニア (Urania【juəréɪniə】天文学；地球儀を傍らに置く)．

◇ギリシア・ローマ神話◇

その他の登場人物

ダフネ (Daphne【dǽfni】) 処女を誓った川の精霊．アポロンに見初められ追いかけられるが，それを拒み父なるペネイオス川の神に助けを求めて月桂樹に変身する．
アドニス (Adonis【ədánəs, -dóu-】) ヴィーナスが愛した美少年．狩で猪に脇腹を衝かれて命を落しヴィーナスを悲しませる．やがてアドニスの血がこぼれた土には春にアネモネが咲くようになる．
ナルキッソス (Narcissus【nɑːrsísəs】) 誰もが憧れた美青年．誰一人として愛そうとしないナルキッソスは泉に映った自分の姿に魅せられて水辺から離れられなくなり，その場で息果てる．やがてナルキッソスが倒れた場所に水仙が咲く．
プシケ (Psyche【sáɪki】) エロスは矢尻で自身を傷つけたために美女プシケに恋し，母ヴィーナスに背いてプシケを助けようと試みる．プシケは約束に背きエロスの顔を見ようとして，灯火の油でエロスに火傷を負わせる．プシケはその美しさに嫉妬したヴィーナスに様々な試練を課されるが，全ての困難を乗り越えてエロスとの愛を貫く．
ピラマス (Pyramus【pírəməs】) 親に反対されながらも隣家の娘シスビ (Thisbe【θízbi】) と愛し合うピラマスは，両家を隔てる塀越しにシスビに語りかけてニノス (Ninus【náɪnəs】) 王が眠る墓場の雪白の実をつけた桑の木の下で会う約束をする．約束の場を訪れたピラマスはシスビがライオンに殺されたと思い込んで自刃し，シスビはピラマスが死ぬ様を見て狂乱して刀に身を投げて死ぬ．
ミダス王 (Midas【máɪdəs】) 触れるもの全て黄金に変える力をバッカスに所望して飲食できなくなったり，アポロンの竪琴とパンの横笛の演奏の腕比べの審査役に選ばれて，パンを贔屓したのでアポロンの怒りを買い，愚か者の印として耳をロバの耳と取り替えられる．後者は「王様の耳はロバの耳」('King Midas has ass's ears.') の言葉で有名な話．
ピグマリオン (Pygmalion【pɪgméɪljən, -liən】) キプロス島の王であったが，彫刻の名匠でもあり，自作の象牙の女人像ガラテイア (Galatea【gælətíːə】) だけを愛した．
イーカロス (Icarus【íkərəs, áɪ-】) 父である名工ダイダロス (Daedalus【dɛ́d(ə)ləs, díː-】) の造った蝋づけの翼でクレタ島の迷路から脱出するが，父の懸命の忠告を聞かず太陽に近づきすぎたために蝋が溶けて海へ墜落する若者．
オルフェウス (Orpheus【ɔ́ːrfiəs, -fjùːs】) アポロンとミューズ女神カリオペの間に生まれた．父アポロンから貰った竪琴を奏で，人々ばかりでなく，野の獣や，草木，岩も息をのんでその調べに聞き入ったといわれる．冥界に行った妻エウリュディケ (Eurydice【juərídəsi】) を連れ帰ることをハデスに許されたが，禁を破って地上に出る寸前に妻を振り返って見たため，永遠に妻を喪う．

◇英文学の周辺◇
ギリシア神話の英雄たち

ペルセウス(Perseus【pə́ːrsiəs, -s(j)ùːs】) ゼウスの子でメドゥーサを退治した英雄.
ヘラクレス(Hercules【hə́ːrkjəlìːz】) ゼウスの子で不死を得るために12の功業を成した英雄.（12の功業：ネメアのライオン退治，レルネーの水蛇ヒュドラー退治，ケリュネイア鹿の生捕り，エリュマントスの猪の生捕り，アウゲイアースの家畜小屋掃除，ステュムパーリデスの鳥退治，クレタの雄牛の生捕り，ディオメーデースの牝馬の生捕り，アマゾネスの女王ヒポリタの帯の奪取，ゲーリュオーンの牛の誘拐，ヘスペリスの園の黄金のリンゴ奪取，地獄の番犬ケルベロスの連れ出し）
テーセウス(Theseus【θíːsiəs, -súːs】) 怪物ミノタウロス(Minotaur【mínətɔ̀ːr, máɪn-】)などを退治した英雄で，アテネの王．アマゾネスを破って女王ヒポリタと結婚し，アルゴー号(the Argo)に乗船して英雄ジェイソン(Jason【ʤéɪsn】)率いる金毛羊皮(the Golden Fleece)の捜索隊に参加する.
オイディプス王(Oedipus【éːdəpəs, íː-】) テーベの王．スフィンクスの謎を解いて，父母との関係を知らずに父(Laius【léɪəs, láɪes】)を殺し，母(Jocasta【dʒoukǽstə】)を妻として4人の子を持つが，事の真相を知ると自分の目を潰す.
オデュッセウス(Odysseus【oudísiəs, -sjəs】) トロイア戦争におけるギリシア側の大将．ローマ名は**ユリシーズ**(Ulysses【julísiz, júːləsìːz】)．妻のペネロペ(Penelope【pənéləpi】)は20年にも及ぶ夫の不在のあいだ貞節を守りぬいたことで知られている.

ギリシア・ローマの劇作家たち

ギリシア三大悲劇作家

アイスキュロス（Aeschylus, 525–456 B. C.）．*Oresteia* 三部作：*Agamemnon, Choëphoroe, Eumenides.*

ソポクレース（Sophocles, c. 496–406 B. C.）．*Oedipus Rex*

エウリピデス（Euripides, c. 484–406 B. C.）．*Media, Trojan Women, Electra*

ギリシア喜劇作家

アリストファネス（Aristophanes, c. 450–c. 388 B. C.）．*Birds, Frogs, Lysistrata*

ローマ喜劇作家

プラウトゥス（Plautus, c. 254–184 B. C.）．*Amphitruo, Captivi, Menaechmi*

テレンティウス（Terentius, Terence, c. 186 / 185–?159 B. C.）．*Andria, Adelphoe*

ローマ悲劇作家

セネカ（Seneca, 4 B. C.–A. D. 65）．*Hercules, Media, Oedipus, Agamemnon*

2. ケルト文化 (Celtic Culture)
1) ケルト人とケルト語
　　ケルト民族の言語は，インド・ヨーロッパ語族 (the Indo-European Family of Languages) と呼ばれる言語グループに属していた．紀元前2,000年頃，ドナウ川流域のどこかに存在していたと想像される印欧語族の一つがケルト語派 (Celtic) で，ケルト族の祖先は紀元前7世紀頃には，バイエルンやボヘミア地方から西方に移動して北上，ブリテンとアイルランドに定住したものと思われる．したがって，ケルト語はブリテンで話された最も早い時期の言語であった．紀元前55年にジュリアス・シーザーがローマ軍を指揮してブリテンに侵入するとラテン語が伝わり，ケルト族は北方へ，さらにアイルランドへと追いやられた．そして5世紀初期からはゲルマン民族の侵入が始まって，ブリテンの東方および南海岸に定住した．アングロ・サクソン族として知られている民族で，彼等の言語が英語と呼んでいる言語の形成に大きな役割をはたした．古英語の成立である．

　　今日のケルト語は，二種類に分類される．一つはゲール語 (Goidelic or Gaelic) で，アイルランド語 (Irish)，スコットランド語 (Scottish Gaelic)，マン島語 (Manx) が含まれる．もう一つはブリソニック語 (British or Brythonic) で，ウェールズ語 (Welsh)，コンウォール語 (Cornish)，ブルトン語 (Breton) が含まれる．ケルト語を母国語とする人々は，今日イギリス諸島やフランスのブルターニュ地方など，かなり広い領域にわたっている．特にアイルランドでは，主として北西部がおよそ30万から40万のケルト語人口をもっていて，純粋にケルト語を日常語として使用している人々は3万人以上いると言われている．

2) ケルト伝説と神話
　　ケルトの伝説や神話は，ドルイド (Druid) と呼ばれる権威ある聖職者にして予言者，知者であり，判事であり，天文学者でもあった神官が口承によって語り伝えた．ドルイドの「ドル」は「樫」，「イド」は「知識」のことなので，「樫の木の賢者」を意味した．樹木や聖なる森がケルト人の信仰生活にとって大切な存在であり，樫は神木とされていたことに由来するとされている．このドルイドによる口承伝説が，11世紀以降はキリスト教の写字僧の手で文書化されて伝わったのが，ケルトの神話や伝説である．

　　最も古い口承伝説の一つに「クーリーの牛争い」があって，それを12世紀初頭に修道士が赤い牛の皮の上に筆写したのが，「赤牛の書」として残った．「侵略の書」(12世紀)，「レンスターの書」(12世紀)，「バリモートの書」(15世紀) の一部で語られるのが，アイルランド最古の神々，大地の母である女神ダーナにまつわる神話群である．「レンスターの書」や「レカンの書」(14世紀) などには，北アイルランドの王国アルスターの「赤枝騎士団」と，その英雄クー・フーリンの武勇伝が語られる．そのほか歴史上の王たちの物語を中心にした歴史説話群，父フィン・マックール，子オシーン，孫オスカーの三代の物語「フィアナ騎士団」などがある．

　　クー・フーリンの伝説は，W. B. イェイツの戯曲「クーフリンの死」(The Death of

◇英文学の周辺◇

Cuchulain, 1939)で甦り,「フィアナ騎士団」のオシーンの伝説は,スコットランドの文学者マクファーソンが翻訳したケルト英雄叙事詩「オシアン」(Ossian)にその名が使われた.宿命的な恋人ニーシアとディーアドラの悲劇的な説話は,J. M. シングが劇化した.

3) ケルト美術

ケルトの造形遺品の特色は,抽象主義にある.つまりギリシア・ローマの自然再現の美術ではなくて,観念的に構築された幾何学的な形態の芸術である.その抽象性は,一種の模様のようであって,呪術的で宗教的でさえある.その特色を最もよく現わしているのは,腕輪,留金,首輪,鏡などの金属工芸品で,S字型を基本とする流動的な曲線美が見られる.建築が殆ど木造であったので石造の遺物は少ないが,最もケルト的な石彫の遺物は,ザンクト・ゴアールの石碑(紀元前3世紀頃,ボン州立美術館蔵)で,細長いピラミッド型の石柱の4面に,極度に単純化された人面とS字文などが彫り付けられている.

ケルト美術は,紀元前2世紀頃から急速に広まったヨーロッパのローマ化によって,次第に本性の特色を失っていったが,スコットランドやアイルランドはローマ化されることが少なく,ケルト美術の伝統が残った.

4) ケルト文学

ケルト文学の重要な作品は,古代および中世のゲール語で書かれたもので,アイルランドに残存している.最も古いものは,5世紀頃の「鹿の声」という呪文で,伝説ではアイルランドの守護神である聖パトリックの作だと言われているが,もっと以前からあった口承の叙事詩であるとされている.聖コロンバを称えた「アムラ」も最古の詩の一つで,大詩人ダラン・フォーゲルの作と言われている.

スコットランド最古の書は,12世紀の中頃に書かれた「デーアの書」であるが,スコットランドのゲール語文学として重要なのは,「リズモア主席司祭の書」であって,1512年から26年にかけて完成された.スコットランド人やアイルランド人による詩のアンソロジーで,「オシアン風」のバラッドも収められている.スコットランドのゲール語は,英語やその方言であるスコットランド語に取って代わられ,今日では全体の僅か2パーセント足らずが使用しているにすぎない.

ウェールズでも口承によって領主や神や聖者を称える詩が伝えられた.最も重要なのはウェールズの中世騎士物語集である「マビノーギオン」で,「リダークの白書」(1300年～25年頃)と「ハルゲストの赤書」(1375年～1425年頃)に収められて,今日に伝わっている.

ウェールズは民謡の宝庫で,ウェールズ語の詩は,イングランドやスコットランドのバラッドや叙情詩を模倣したものと合わさって,今日のウェールズ文学の基礎を築く役割を果たした.

5) ルーン文字の伝来

先住民族としてのケルト人は,ローマ軍の撤退後に侵入したゲルマン民族によって,コンウォール,北ウェールズ,スコットランド,そしてアイルランドへと追いやられた.アング

◇ケルト文化◇

ロ・サクソン人（Anglo-Saxon）がブリテン島にもたらしたのは，3世紀ごろからヨーロッパで用いられていた「ルーン文字」（Rune）と呼ばれるアルファベットであった．全部で31種の文字であって，それによって表記された碑文などが現存している．下記のルーン文字表は，ブルース・ディキンズ（Bruce Dickins）が提案した翻字で，古英語（Old English）の表記に多大の影響を与えた．597年に聖オーガスティン（St. Augustine）がキリスト教の布教で渡来すると，ラテン語が古英語に入った．その後8世紀末からはデーン人（Danes）のヴァイキングに代表されるスカンナヴィア人（Norse）が襲来し，彼らの「古ノルド語」（Old Norse）も古英語に影響を与えた．次は1066年のノルマン人（Norman-French）のブリテン島征服（Norman Conquest）で，彼らがもたらしたフランス語とフランス文化が中英語（Middle English）の成立に大きく寄与した．ケルト文化に関する参考書には，「図説ケルト」（サイモン・ジェームズ著，井村君江・監訳，東京書籍）や「図説ドルイド」（M. グリーン著・井村君江・監訳，東京書籍）．がある．そして「ケルト神話」（井村君江著，筑摩書房）や「ケルト事典」（マイヤー著，鶴岡真弓監修，創元社）が便利である．

ルーン文字

1	2	3	4	5	6	7	8:	9	10	11	12	13	14	15	16:
ᚠ	ᚢ	ᚦ	ᚩ	ᚱ	ᚳ	ᚷ	ᚹ	ᚺ	ᚾ	ᛁ	ᛃ	ᛇ	ᛈ	ᛉ	ᛋ
f	u	þ	o	r	c	g	w:	h	n	i	j	ȝ	p	(x)	s:

17	18	19	20	21	22	23	24:	25	26	27	28	29	30	31:
ᛏ	ᛒ	ᛖ	ᛗ	ᛚ	ᛝ	œ	d:	a	æ	y	ê	k	k̄	ḡ.
t	b	e	m	l	ŋ	œ	d:	a	æ	y	ê	k	k̄	ḡ.

Leeds Studies in English (1932) より

6) ケルト文化復興

1893年にゲール語同盟が結成されたのを期して，ゲール語とケルト文化復興運動が盛んになった．文学では18世紀末のスコットランド詩人ジェイムズ・マクファーソンがオシアンの詩を半創作的に散文詩に訳して出版したのが切っ掛けになり，19世紀末にはW. B. イェイツを中心に「アイルランド文芸復興」（Irish Renaissance）あるいは「ケルト復興」（Celtic Revival）と称する古代ケルト民族文化復活運動として開花した．アイルランドの劇作家の作品を上演するため，1904年にダブリンに創設されたアビー座（the Abbey Theatre）も，アイルランド文芸復興運動の本拠になった．

アイルランド出身の文学者が，イギリス文学の発展に寄与した功績は大きく，スウィフト，シェリダン，ブシコー，ワイルド，ショーから，イェイツ，シング，グレゴリー夫人，オーケーシー，さらにはジョイス，ベケット，ヒーニーなど，とりわけ20世紀はアイルランド文学花盛りの観を呈している．

◇英文学の周辺◇

3. マザー・グースの唄（Mother Goose's Nursery Rhymes）

　英国の口承童謡（nursery rhymes）のことで，創作年代はおろか，作者不詳の場合が多い．常識にとらわれない自由な発想で柔軟な子供の想像力を刺激する内容が主流である．擬声音を盛り込んだ言葉遊び，数え唄，早口言葉といった英語に備わる音楽性を純粋に楽しむ要素や，なぞなぞ，積み上げ唄，逆説的な唄，グロテスクな唄，格言風の唄といった様々な形式があり，物事の多面性を楽しむ様々な視点の宝庫で，英米人の言語感覚と精神風土に深く根付いている．

　英国で出版された最初の童謡集は「親指トムの唄の本」（Tom Thumb's Pretty Song Book, 1744）である．「マザー・グース」の呼び名の由来は，1729年に英国で出版され評判となったフランスの童話作家ペロー（Charles Perrault, 1628-1703）による童謡集（Histoires ou contes du tems passe, avec des moralitez: Contes de ma mere l'Oye, 1697）につけられた「マザー・グースの話」（Tales of Mother Goose）という副題に辿ることができる．「赤頭巾」（Little Red Riding Hood）や「シンデレラ」（Cinderella），「眠り姫」（The Sleeping Beauty）などを収めたペローの童話集の人気にあやかって，ジョン・ニューベリー（John Newbery, 1713-67）が1765年頃に編纂した童話集を「マザー・グースの唄」（Mother Goose's Melody）と題して出版して以来，「マザー・グース」が英国の童謡集の代名詞となった．それ以降，様々な童謡集の編纂が著されているが，現在のところ決定版はオーピー夫妻（Iona and Peter Opie）の「オックスフォード版・口承童謡辞典」（The Oxford Dictionary of Nursery Rhymes, 1951）とされている．

主要な唄

◇「ジャックとジル」（Jack and Jill）最も人気のある童謡の一つ．水を汲みに谷川へ行かずに山を登るという不可解な話．ジルを男性として扱う場合もある．

◇「ロンドン・ブリッジ」（London Bridge）英国式「通りゃんせ」の唄．

◇「パットケーキ，パットケーキ」（Pat-a-cake）子守唄や，遊戯の唄として親しまれる．

◆「ピーター・ハイパー」（Peter Piper）代表的早口唄．

◆「ハンプティ・ダンプティ」（Humpty Dumpty）なぞなぞ唄で，答はタマゴ．ルイス・キャロルの「鏡の国のアリス」に登場する．ジョイスの「フィネガンズ・ウェイク」のなかで泥酔して転落死するフィネガンはハンプティ・ダンプティのパロディともいえる．

◇「テン・リトル・ニガー・ボーイズ」（Ten Little Nigger Boys）アガサ・クリスティーが「そして誰もいなくなった」の着想を得た唄．

◇「きらきら星」（Twinkle, Twinkle, Little Star）モーツアルトの「きらきら星」はこの唄の変奏曲．「不思議の国のアリス」で替え唄になっている．

◆「くつのおうちのおばあさん」（There was an Old Woman Who Lived in a Shoe）靴に住む子沢山の老婆を扱ったユーモラスな詩．老婆もののなかで最も人気がある．

◇「ジャックの造った家」（The House that Jack Built）代表的な積み上げ唄．

◇マザー・グースの唄◇

Humpty Dumpty

Humpty Dumpty sat on the wall,
Humpty Dumpty had a great fall.
All the king's horses,
All the king's men,
Couldn't put Humpty together again.

ハンプティ・ダンプティ　へいのうえ
ハンプティ・ダンプティ　おっこちた
おうさまのうまたちと
おうさまのけらいたち
みんなきたのに　ハンプティもとにもどらない（逢見訳）

Peter Piper

Peter Piper picked a peck of pickled pepper;
A peck of pickled pepper Peter Piper picked;
If Peter Piper picked a peck of pickled pepper,
Where's the peck of pickled pepper Peter Piper picked?

ピーター・パイパー　ピーマンのピクルス１ペックとった
ピーマンのピクルス１ペック　ピーター・パイパーがとった
もしピーター・パイパーが　ピーマンのピクルス１ペックとったのなら
ピーター・パイパーのとった　ピーマンのピクルス１ペックどこにある（谷川俊太郎訳）

There was an old woman who lived in a shoe

There was an old woman who lived in a shoe,
She had so many children she didn't know what to do;
She gave them some broth without any bread;
She whipped them all soundly and put them to bed.

くつのおうちの　おばあさん
てんやわんやの　こだくさん
スープいっぱい　あげたきり
みんなベットへ　おいやった
むちでたたいて　おいやった（谷川俊太郎訳）

◇英文学の周辺◇

4. 名句（Quotations）
Quotations from English Literature 700–2000

英語で書かれた最初の偉大な叙事詩「ベーオウルフ」から，二十世紀のノーベル賞詩人T. S. エリオットまで，「イギリス文学案内」で紹介したイギリス文学を代表する作家達の作品から選んだ名句を，原文と訳文の対訳で時代順に収録してある．独自の魅力と文体を備えた原文の香りや味に，少しでも触れていただくための，原書への招待である．比較的長い名句の訳は，名訳として有名な翻訳を引用させていただき，翻訳文学への誘いとした．

Beowulf

Hwæt, wē Gār-Dena　in geārdagum,
þēodcyninga þrym　gefrūnon.
hū ðā æþlingas　ellen fremendon. (1–3)
(Listen! We have heard tell of the glory of the Spear-Danes,
of the kings of that people in former times,
how then the princes performed courageous deeds.)
聞け！我等は槍のデネ人の過去における
国王たちの栄光を伝え聞いた，
貴人等が武勇の諸行を為した次第を！

Gǣð ā wyrd swā hīo scel! (455)
(Fate always goes as she must! / Fate will take its course!)
運命は常になるようにしかならない．

　　　　　　　Dēað bið sēlla
eorla gehwylcum　þonne edwītlīf! (2890–2891)
(Death is better than an existence of disgrace!)
　　　　死ぬほうが
恥をかいて生きているよりましだ．

Cuckoo Song

Sumer is icumen in,
Lhude sing cuccu!
Groweth sed, and bloweth med,
And springth the wude nu—
Sing cuccu! (Anonymous)
(Summer has come,

◇名　句◇

Loud sing cuckoo,
Grows seed, and blows mead,
And springs the wood now.
Sing cuckoo!)
夏が来た，
高らかに歌え，カッコウ鳥，
種は育ち，牧場に花咲き，
木々は芽を吹く，
歌え，カッコウ鳥．

The Canterbury Tales by Geoffrey Chaucer
Whan that Aprill with his shoures soote
The droghte of March hath perced to the roote,
And bathed every veyne in swich licour
Of which vertu engendred is the flour. (General Prologue, 1–4)
(When April with its sweet showers
has pierced the drought of March to the root
And bathed every vein in such liquid
Of which strength the flower is engendered...)
四月が甘美な雨で
乾いた三月の根に染みとおり
水分でそれぞれの葉脈を潤すと
その力で花が咲くとき・・・．

The Canterbury Tales by Geoffrey Chaucer
And what is bettre than wisedoom? Womman.
And what is bettre than a good womman? Nothyng. (The Tale of Melibee, 1107)
知恵より良いものは何だ？　女．
それでは良い女より良いものは何だ？　何もない．

The Shepheardes Calender by Edmund Spenser
And he that strives to touch the stars,
Oft stumbles at a straw. (July, 99–100)
星に達しようとするものは，
しばしばワラにつまづく．

369

◇英文学の周辺◇

Prothalamion by Edmund Spenser
Sweet Thames, run softly, till I end my song. (Refrain)
美しいテムズ川よ、静かに流れよ、私の歌が終わるまで.

Doctor Faustus by Christopher Marlowe
Stand still, you ever-moving spheres of heaven,
That time may cease, and midnight never come. (Faustus. Act V, Sc. ii)
立ち止まれ、永遠に動く天体よ、
時が止まり、深夜が決して来ないように.

The Jew of Malta by Christopher Marlowe
I count religion but a childish toy,
And hold there is no sin but ignorance. (Prologue)
宗教は子どもの玩具だと見なし
無知以外の罪はないと思う.

The Holy Bible: The Old Testament
In the beginning God created the heaven and the earth.
And the earth was without form, and void; and darkness was upon the face of the deep. And the Spirit of God moved upon the face of the waters.
And God said, Let there be light : and there was light. (Genesis, 1: 1–3)
はじめに神 天地を造りたまえり. 地は形なく 空しくして、黒暗淵の面にあり. 神の霊 水の面を覆いたりき. 神 光あれと言いたまひければ、光ありき.

Dust thou art, and unto dust shalt thou return. (Genesis, 3: 19)
汝は塵なれば、塵に帰るべきなり.

Thou shalt not kill. (Exodus, 20: 13 / Deuteronomy, 5: 17)
【One of the Ten Commandments】
汝殺すなかれ. ──「旧約聖書」(日本聖書教会, 昭和26年版) より

The Lord is my shepherd; I shall not want.
He maketh me to lie down in green pastures: he leadeth me beside the still
　　　waters.
He restoreth my soul: he leadeth me in the paths of righteousness for his

name's sake.

Yea, though I walk through the valley of the shadow of death, I will fear no evil: for thou art with me; thy rod and thy staff they comfort me.

Thou preparest a table before me in the presence of mine enemies: thou anointest my head with oil; my cup runneth over.

Surely goodness and mercy shall follow me all the days of my life: and I will dwell in the house of the Lord for ever. (Psalms 23)

主はわたしの牧者であって，
わたしには乏しいことがない．
主はわたしを緑の牧場に伏させ，
いこいのみぎわに伴われる．
主はわたしの魂をいきかえらせ，
み名のためにわたしを正しい道に導かれる．
たといわたしは死の陰の谷を歩むとも，
わざわいを恐れません．
あなたがわたしと共におられるからです．
あなたのむちと，あなたのつえはわたしを慰めます．
あなたはわたしの敵の前で，わたしの前に宴を設け，
わたしのこうべに油をそそがれる．
わたしの杯はあふれます．
わたしの生きているかぎりは
必ず恵みといつくしみとが伴うでしょう．
わたしはとこしえに主の宮に住むでしょう．

The Holy Bible: The New Testament

Blessed are the poor in spirit: for theirs is the kingdom of heaven.

Blessed are they that mourn: for they shall be comforted.

Blessed are the meek: for they shall inherit the earth.

Blessed are they which do hunger and thirst after righteousness: for they shall be filled.

Blessed are the merciful: for they shall obtain mercy.

Blessed are the pure in heart: for they shall see God.

Blessed are the peacemakers: for they shall be called the children of God.

Blessed are they which are persecuted for righteousness' sake: for theirs is the kingdom of heaven. (St. Matthew, 5: 3–11)

◇英文学の周辺◇

こころの貧しい人たちは，さいわいである．天国は彼らのものである．
悲しんでいる人たちは，さいわいである．彼らは慰められるであろう．
柔和な人たちは，さいわいである．彼らは地を受けつぐであろう．
義に飢えかわいている人たちは，さいわいである．彼らは飽き足りるようになるであろう．
あわれみ深い人たちは，さいわいである．彼らはあわれみを受けるであろう．
心の清い人たちは，さいわいである．彼らは神を見るであろう．
平和をつくり出す人たちは，さいわいである．彼らは神の子と呼ばれるであろう．
義のために迫害されてきた人たちは，さいわいである．天国は彼らのものである．

Ask, and it shall be given you; seek, and ye shall find; knock, and it shall be opened unto you. (St. Matthew, 7: 7)
求めよ，そうすれば，与えられるであろう．捜せ，そうすれば，見いだすであろう．門をたたけ，そうすれば，あけてもらえるであろう．——「新約聖書」(日本聖書教会，1954年改訳版)

A Midsummer-Night's Dream by William Shakespeare
The lunatic, the lover, and the poet,
Are of imagination all compact. (Theseus. Act V, Sc. i, 7–8)
狂人と恋人と詩人の頭には
想像力が一杯詰まっている．

Sonnet No. 18 by William Shakespeare
Shall I compare thee to a summer's day?
Thou art more lovely and more temperate.
Rough winds do shake the darling buds of May,
And summer's lease hath all too short a date:
Sometime too hot the eye of heaven shines,
And often is his gold complexion dimm'd;
And every fair from fair some time declines,
By chance, or nature's changing course, untrimm'd;
But thy eternal summer shall not fade
Nor lose possession of that fair thou ow'st;
Nor shall Death brag thou wand'rest in his shade,
When in eternal lines to time thou grow'st.

◇名　句◇

So long as men can breathe or eyes can see,
So long lives this, and this gives life to thee.
君を夏の一日に喩えようか.
君は更に美しくて, 更に優しい.
心ない風は五月の蕾を散らし,
又, 夏の期限が余りにも短いのを何とすればいいのか.
太陽の熱気は時には堪え難くて,
その黄金の面を遮る雲もある.
そしてどんなに美しいものもいつもは美しくはなくて,
偶然の出来事や自然の変化に傷つけられる.
併し君の夏が過ぎることはなくて,
君の美しさが褪せることもない.
この数行によって君は永遠に生きて,
死はその暗い世界を君がさ迷っていると得意げに言うことは出来ない.
人間が地上にあって盲にならない間,
この数行は読まれて, 君に生命を与える.――吉田健一訳（池田書店, 昭和31年）

The Merchant of Venice by William Shakespeare
The quality of mercy is not strain'd;
It droppeth as the gentle rain from heaven
Upon the place beneath. It is twice blest:
It blesseth him that gives and him that takes. (Portia. Act IV, Sc. i, 179–182)
慈悲はよんどころなく施すべきものではない.
慈悲は, 春の小雨の自ずからにして地を潤すが如くに,
降るものぢゃ. 其の徳澤は二重である.
慈悲は, これを与ふるものに取っても幸福であれば, 受ける者にとっても幸福なのじゃ.――坪内逍遥訳（昭和8年, 中央公論社版）

As You Like It by William Shakespeare
All the world's a stage,
And all the men and women merely players;
They have their exits and their entrances;
And one man in his time plays many parts,
His acts being seven ages. At first the infant,
Mewling and puking in the nurse's arms;

◇英文学の周辺◇

Then the whining school-boy, with his satchel
And shining morning face, creeping like snail
Unwillingly to school. And then the lover,
Sighing like furnace, with a woeful ballad
Made to his mistress' eyebrow. Then a soldier,
Full of strange oaths, and bearded like the pard,
Jealous in honour, sudden and quick in quarrel,
Seeking the bubble reputation
Even in the cannon's mouth. And then the justice,
In fair round belly with good capon lin'd,
With eyes severe and beard of formal cut,
Full of wise saws and modern instances;
And so he plays his part. The sixth age shifts
Into the lean and slipper'd pantaloon,
With spectacles on nose and pouch on side,
His youthful hose, well sav'd, a world too wide
For his shrunk shank; and his big manly voice,
Turning again toward childish treble, pipes
And whistles in his sound. Last scene of all,
That ends this strange eventful history,
Is second childishness and mere oblivion;
Sans teeth, sans eyes, sans taste, sans every thing. (Jaques. Act Ⅱ, Sc. vii, 139–166)

　この世界はすべてこれ一つの舞台,
人間は男女を問わずすべてこれ役者に過ぎぬ,
それぞれ舞台に登場してはまた退場していく,
そしてそのあいだに一人一人がさまざまな役を演じる,
年齢によって七幕に分れているのだ．まず第一幕は
赤ん坊，乳母に抱かれて泣いたりもどしたり．
次は泣き虫小学生，カバンぶらさげ，輝く朝日を
顔に受け，歩く姿はカタツムリ，いやいやながらの
学校通い．さてその次は恋する若者，鉄をも溶かす
炉のように溜息ついて，悲しみこめて吐きだすは,
恋人の顔立ちたたえる歌．次に演ずるのは軍人,
あやしげな誓いの文句並べ立て，豹のような髭はやし,

◇　名　　　句◇

名誉欲に目の色変え，むやみやたらに喧嘩っ早く，
大砲の筒先向けられてもなんのその，求めるのは
あぶくのような功名のみ．それに続くは裁判官，
賄賂の去勢鶏つめこんで腹はみごとな太鼓腹，
目はいかめしい半白目，髭は型どおり八の字髭，
もっともらしい格言やごく月並みな判例さえ，
口に出せればはたせる役．さて第六幕ともなれば，
見る影もなくやせこけてスリッパはいた間抜けじじい，
鼻の上には鼻眼鏡，腰にはしっかり腰巾着，
若いころの長靴下は，大事にとっておいたのに，
しなびた脛には大きすぎ，男らしかった大声も
かん高い子供の声に逆もどり，ピーピーヒューヒュー
鳴るばかり．いよいよ最後の大詰めは，すなわちこの
波乱に富んだ奇々怪々の一代記をしめくくる終幕は，
第二の赤ん坊，闇に閉ざされたまったくの忘却，
歯もなく，目もなく，味もなく，なにもない．——小田島雄志訳（白水社版，1983 年）

Henry IV, Part 1 by William Shakespeare
What is honour? A word. What is in that word? Honour. What is that honour? Air. A trim reckoning! Who hath it? He that died o' Wednesday. Doth he feel it? No. Doth he hear it? No. 'Tis insensible, then? Yea, to the dead. But will it not live with the living? No. Why? Detraction will not suffer it. Therefore I'll none of it. Honour is a mere scutcheon. And so ends my catechism. (Falstaff. V, i, 130–140)
名誉ってなんだ？ ことばだ．その名誉ってことばになにがある？ その名誉ってやつに？ 空気だ．結構な損得勘定じゃないか！ その名誉をもってるのはだれだ？ こないだの水曜に死んだやつだ．やつはそれにさわっているか？ いるもんか．聞こえているか？ いるもんか．じゃあ名誉って感じられないものか？ そうだ，死んじまった人間にはな．じゃあ生きてる人間には名誉も生きてるのか？ いるもんか．なんでだ？ 世間の悪口屋が生かしておかんからだ．だからおれはそんなものはまっぴらだというんだ．名誉なんて墓石の紋章にすぎん．以上でおれの教義問答はおしまいだ．——小田島雄志訳

◇英文学の周辺◇

Julius Caesar by William Shakespeare
   How many ages hence
Shall this our lofty scene be acted over
In states unborn and accents yet unknown! (Cassius. Act Ⅲ, Sc. i, 112–114)
この高潔な流血の場面は，今後幾世代にもわたって，
まだ生れていない国や未知の国語によって，
繰り返し演じられていくことだろう．

Julius Caesar by William Shakespeare
Romans, countrymen, and lovers! hear me for my cause, and be silent, that you may hear. Believe me for mine honour, and have respect to mine honour, that you may believe. Censure me in your wisdom, and awake your senses, that you may the better judge. If there be any in this assembly, any dear friend of Caesar's, to him I say that Brutus' love to Caesar was no less than his. If then that friend demand why Brutus rose against Caesar, this is my answer: Not that I lov'd Caesar less, but that I lov'd Rome more. Had you rather Caesar were living, and die all slaves, than that Caesar were dead, to live all free men? As Caesar lov'd me, I weep for him; as he was fortunate, I rejoice at it; as he was valiant, I honour him; but — he was ambitious, I slew him. There is tears for his love; joy for his fortune; honour for his valour; and death for his ambition. Who is here so based that would be a bondman? If any, speak; for him have I offended. Who is here so rude that would not be a Roman? If any, speak; for him have I offended. Who is here so vile that will not love his country? If any, speak; for him have I offended. I pause for a reply. (Brutus. Act Ⅲ, Sc. ii, 13–33)
ローマ市民，わが同胞，愛する友人諸君！
私の話を聞いていただきたい，また聞くためには静かにしていただきたい．私の名誉にかけて私のことばを信じていただきたい，また信じるためには私の名誉を重んじていただきたい．諸君の賢明な知恵に照らして私を判断していただきたい，また判断するためには諸君の分別をいっそう働かせていただきたい．もしこの会衆のなかに，だれかシーザーの親友をもって任ぜられる人がおられるなら，私はその人に言おう，ブルータスのシーザーを愛する友情はその人にいささかも劣りはしなかったと．またもしその人が，ブルータスのシーザーを倒した理由を聞きたいと詰問されるなら，私はこう答えよう——それは私がシーザーを愛さなかったためではない，それ以上にローマを愛したためであると．どうだろう，諸君はシーザー一人生きて

◇名　句◇

すべての諸君が奴隷として死んでいくことを望むだろうか，シーザー一人死んですべての諸君が自由人として生きることよりも？　シーザーは私を愛してくれた，それを思うと私は泣かざるをえない。彼はしあわせであった，それを思うと私は喜ばざるをえない。彼は勇敢であった，それを思うと私は尊敬せざるをえない。だが彼は野心を抱いた，それを思うと私は刺さざるをえなかった。彼の愛には涙を，彼の幸福には喜びを，彼の勇気には敬意を，そして彼の野心には死をもって報いるほかないのだ。だれかここに，その性卑屈にしてみずから奴隷たらんと欲するものがいるか？　いたら，名乗り出てくれ。私はその人に罪を犯した。だれかここに，その性蒙昧にしてみずからローマ人たることを欲さないものがいるか？　いたら，名乗りでてくれ。私はその人に罪をおかした。だれかここに，その性卑劣にしてみずからの祖国を愛さないものがいるか？　いたら，名乗り出てくれ。私はその人に罪を犯した。さあ，答えを待とう。（小田島雄志訳，白水社版）

Friends, Romans, countrymen, lend me your ears;
I come to bury Caesar, not to praise him.
The evil that men do lives after them;
The good is oft interred with their bones;
So let it be with Caesar. The noble Brutus
Hath told you Caesar was ambitious.
If it were so, it was a grievous fault;
And grievously hath Caesar answer'd it.
Here, under leave of Brutus and the rest—
For Brutus is an honourable man;
So are they all, all honourable men—
Come I to speak in Caesar's funeral.
He was my friend, faithful and just to me;
But Brutus says he was ambitious,
And Brutus is an honourable man.
He hath brought many captives home to Rome,
Whose ransoms did the general coffers fill;
Did this in Caesar seem ambitious?
When that the poor have cried, Caesar hath wept;
Ambition should be made of sterner stuff.
Yet Brutus says he was ambitious;
And Brutus is an honourable man.

◇英文学の周辺◇

You all did see that on the Lupercal
I thrice presented him a kingly crown,
Which he did thrice refuse. Was this ambition?
Yet Brutus says he was ambitious;
And sure he is an honourable man.
I speak not to disprove what Brutus spoke,
But here I am to speak what I do know.
You all did love him once, not without cause;
What cause withholds you, then, to mourn for him?
O judgment, thou art fled to brutish beasts,
And men have lost their reason! Bear with me;
My heart is in the coffin there with Caesar,
And I must pause till it come back to me. (Antony. act Ⅲ, Sc. ii, 73–107)

わが友人,ローマ市民,同胞諸君,耳を貸してくれ.
私がきたのはシーザーを葬るためだ,称えるためではなく.
人間のなす悪事はその死後もなお生きのびるものであり,
善行はしばしばその骨とともに埋葬されるものである.
シーザーもそうあらしめよう.高潔なブルータスは
諸君に語った,シーザーが野心を抱いていたと.
そうであれば,それは嘆かわしい罪にほかならず,
嘆かわしくもシーザーはその報いを受けたのだ.
ここに私は,ブルータス,その他の諸君の許しをえて――
と言うのも,ブルータスは公明正大な人物であり,
その他の諸君も公明正大の士であればこそだが――
こうしてシーザー追悼の辞をのべることになった.
シーザーは私にとって誠実公正な友人であった,
だがブルータスは彼が野心を抱いていたと言う,
そしてそのブルータスは公明正大な人物だ.
シーザーは多くの捕虜をローマに連れ帰った,
その身代金はことごとく国庫に収められた,
このようなシーザーに野心の影が見えたろうか?
貧しいものが飢えに泣くときシーザーも涙を流した,
野心とはもっと冷酷なものでできているはずだ,
だがブルータスは彼が野心を抱いていたと言う,
そしてそのブルータスは公明正大な人物だ.

◇名　句◇

諸君はみな，ルペルクスの祭日に目撃したろう，
私はシーザーに三たび王冠を捧げた，それを
シーザーは三たび拒絶した．これが野心か？
だがブルータスは彼が野心を抱いていたと言う，
そして，もちろん，ブルータスは公明正大な人物だ．
私はブルータスのことばを否定すべく言うのではない，
ただ私が知っていることを言うべくここにいるのだ．
諸君もかつては彼を愛した，それも理由あってのことだ，
とすれば，いま彼の哀悼をためらうどんな理由がある？
ああ，分別よ！おまえは野獣の胸に逃げ去ったか，
人間が理性を失ったとは．いや，許してくれ，
私の心はシーザーとともにその柩のなかにある，
それがもどってくるまで，先を続けられないのだ．
(小田島雄志訳，白水社版)

There is a tide in the affairs of men
Which, taken at the flood, leads on to fortune;
Omitted, all the voyage of their life
Is bound in shallows and in miseries. (Brutus. Act IV, Sc.iii, 216–219)
人間の仕事には潮時があって，
満ち潮に乗れば幸運に向かうが，
乗り損なえば，人生行路はすべて
浅瀬に乗り上げて不幸になる．

Twelfth Night by William Shakespeare
For women are as roses, whose fair flow'r
Being once display'd doth fall that very hour. (Duke. Act II, Sc. iv, 37–38)
女性はバラのようで，綺麗な花は一度咲いたとたんに
すぐ散ってしまう．

Hamlet by William Shakespeare
What a piece of work is a man! How noble in reason! how infinite in faculties! in form and moving, how express and admirable! in action, how like an angel! in apprehension, how like a god! the beauty of the world! The paragon of animals! (Hamlet. Act II, Sc. ii, 305–311)

◇英文学の周辺◇

　この人間，まさに自然の傑作，智にはすぐれ，五体，五感の働きは精妙をきわめ，つりあいの美しさ，動きの敏活さ，天使のごとき直感，あっぱれ神さながら，天地をひきしめる美の中心，ありとあらゆる生物の師表．人間．──（福田恆存訳，新潮社版）

To be, or not to be—that is the question;
Whether 'tis nobler in the mind to suffer
The slings and arrows of outrageous fortune,
Or to take arms against a sea of troubles,
And by opposing end them? To die, to sleep—
No more; and by a sleep to say we end
The heart-ache and the thousand natural shocks
That flesh is heir to. 'Tis a consummation
Devoutly to be wish'd. To die, to sleep;
To sleep, perchance to dream. Ay, there's the rub;
For in that sleep of death what dreams may come,
When we have shuffled off this mortal coil,
Must give us pause. There's the respect
That makes calamity of so long life;
For who would bear the whips and scorns of time,
Th' oppressor's wrong, the proud man's contumely,
The pangs of despis'd love, the law's delay,
The insolence of office, and the spurns
That patient merit of th' unworthy takes,
When he himself might his quietus make
With a bare bodkin? Who would these fardels bear,
To grunt and sweat under a weary life,
But that the dread of something after death—
The undiscover'd country, from whose bourn
No traveler returns—puzzles the will,
And makes us rather bear those ills we have
Than fly to others that we know not of?
Thus conscience does make cowards of us all;
And thus the native hue of resolution
Is sicklied o'er with the pale cast of thought,

◇名　句◇

And enterprises of great pitch and moment,
With this regard, their currents turn awry
And lose the name of action. (Hamlet. Act Ⅲ, Sc. i, 56–88)
生か，死か，それが疑問だ，どちらが男らしい生き方か，じっと身を伏せ，
不法な運命の矢弾を耐え忍ぶのと，それとも剣をとって，押しよせる苦難に立ち向
かい，とどめを刺すまであとには引かぬのと，一体どちらが．
いっそ死んでしまったほうが．死は眠りにすぎぬ—それだけのことではないか．眠
りに落ちれば，その瞬間，一切が消えてなくなる，胸を痛める憂いも，
肉体につきまとう数々の苦しみも．願ってもないさいわいというもの．
死んで，眠って，ただそれだけなら！眠って，いや，眠れば，夢も見よう．
それがいやだ．この生の形骸から脱して，永遠の眠りについて，ああ，それからど
んな夢に悩まされるか，誰もそれを思うと—いつまでも執着が残る，
こんなみじめな人生にも．さもなければ，誰が世のとげとげしい避難の鞭に堪え，
権力者の横暴や奢れるものの蔑みを，黙って忍んでいるものか．
不実な恋の悩み，誠意のない裁判のまどろこしさ，小役人の横柄な人あしらい，
総じて相手の寛容をいいことに，のさばりかえる小人輩の傲慢無礼，
おお，誰が，好き好んで奴らの言いなりになっているものか．その気になれば，
短剣の一突きで，いつでもこの世におさらば出来るではないか．それでも，
この辛い人生の坂道を，不平たらたら，汗水たらしてのぼって行くのも，
なんのことはない，ただ死後に一抹の不安が残ればこそ．旅だちしものの，
一人としてもどってきたためしのない未知の世界，心の鈍るのも当然，
見たこともない他国で知らぬ苦労をするよりは，慣れたこの世の煩いに，
こづかれていたほうがまだましという気にもなろう．こうして反省というやつが，
いつも人を臆病にしてしまう．決意の生き生きした血の色が，憂鬱の青白い顔料で
硬く塗りつぶされてしまうのだ．乾坤一擲の大事業も，
その流れに乗りそこない，行動のきっかけを失うのが落ちか．——福田恆存訳

Suit the action to the word, the word to the action; with this special observance, that you o'erstep not the modesty of nature; for anything so o'erdone is from the purpose of playing, whose end, both at the first and now, was and is to hold, as 'twere, the mirror up to nature; to show virtue her own feature, scorn her own image, and the very age and body of the time his form and pressure. (Hamlet. Act Ⅲ, Sc. ii, 17–24)
要するに，せりふにうごきを合わせ，うごきに即してせりふを言う，ただそれだけ
のことだが，そのさい心すべきは，自然の節度を越えぬということ．何事につけ，

381

誇張は劇の本質に反するからな。もともと、いや、今日でも変わりはないが、劇というものは、いわば、自然に向かって鏡をかかげ、善は善なるままに、悪は悪なるままに、その真の姿を抉りだし、時代の様相を浮かびあがらせる・・・——福田恆存訳

We defy augury: there is a special providence in the fall of a sparrow. If it be now, 'tis not to come; if it be not to come, it will be now; if it be not now, yet it will come—the readiness is all. Since no man owes of aught he leaves, what is't to leave betimes? Let be. (Hamlet. Act V, Sc. ii, 211–217)
前兆などというものを気にかける手はない。一羽の雀が落ちるのも神の摂理。来るべきものは、いま来なくとも、かならず来る——いま来れば、あとには来ない——あとに来なければ、いま来るだけのこと——肝腎なのは覚悟だ。いつ死んだらいいか、そんなことは考えてみたところで、誰にもわかりはしない。所詮、あなたまかせさ。——福田恆存訳

King Lear by William Shakespeare
Nothing will come of nothing. (Lear. Act I, Sc. i, 89)
無から何も生れない。
I will be the pattern of all patience. (Lear. Act III, Sc. ii, 37)
私はあらゆる忍耐の手本になってやる。
When we are born, we cry that we are come
To this great stage of fools. (Lear. Act IV, Sc. vi, 183–184)
私たちが生れるときには、泣いてこの
馬鹿者どもの大舞台に出てくるのだ。
Ripeness is all. (Edgar. Act V, Sc. ii, 11)
成熟がすべて。

Macbeth by William Shakespeare
To-morrow, and to-morrow, and to-morrow,
Creeps in this petty pace from day to day
To the last syllable of recorded time,
And all our yesterdays have lighted fools
The way to dusty death. Out, out, brief candle!
Life's but a walking shadow, a poor player,
That struts and frets his hour upon the stage,

◇名　　句◇

And then is heard no more; it is a tale
Told by an idiot, full of sound and fury,
Signifying nothing. (Macbeth. Act V, Sc. v, 19–28)
明日が来り，明日が去り，また来り，また去って，
「時」は忍び足に，小刻みに，
記録に残る最後の一分まで経過してしまふ．
すべて昨日という日は，阿呆共が死んで土になり行く
道を照らしたのだ．消えろ，消えろ，束の間の燭火！
人生は歩いている影たるに過ぎん，ただ一時，
舞台の上で，ぎっくりばったりをやって，
やがてもう噂もされなくなる惨めな俳優だ，
ばかが話す話だ，騒ぎも意気込みもえらいが，
たわいもないものだ．──（坪内逍遥訳，中央公論社版）

Antony and Cleopatra by William Shakespeare
I am fire and air; my other elements
I give to baser life. (Cleopatra. Act V, Sc. ii, 287–8)
私は火と空気，ほかの要素は
賎しい人生にくれてやる．

The Tempest by William Shakespeare
Our revels now are ended. These our actors,
As I foretold you, were all spirits, and
Are melted into air, into thin air;
And, like the baseless fabric of this vision,
The cloud-capp'd towers, the gorgeous palaces,
The solemn temples, the great globe itself,
Yea, all which it inherit, shall dissolve,
And, like this insubstantial pageant faded,
Leave not a rack behind. We are such stuff
As dreams are made on; and our little life
Is rounded with a sleep. (Prospero. Act IV, Sc. i, 148–158)
余興はもう終わりだ．いまの役者たちは，
さっきも言ったように，みな妖精だ，そしてもう
空気に融けてしまった．希薄な空気に．

◇英文学の周辺◇

だが，礎を欠くいまの幻影と同じように，
雲をいただく高い塔，豪華な宮殿，
荘厳な寺院，巨大な地球そのものも，
そうとも，この地上のありとあらゆるものはやがて融け去り，
あの実体のない仮面劇がはかなく消えていったように，
あとにはひとすじの雲も残らない．我々は
夢と同じ糸で織り上げられている．ささやかな一生を
しめくくるのは眠りなのだ．——（松岡和子訳，ちくま文庫版）

To the Virgins by Robert Herrick
Gather ye rosebuds while ye may,
Old Time is still a-flying. ('To Make Much of Time,' 1–2)
バラの蕾は集められるときに集めなさい，
老人の姿をした時は常に飛び去るのだから．

Holy Sonnets No. 6 by John Donne
Death be not proud, though some have called thee
Mighty and dreadful, for thou art not so.
死よ威張るな，強力で脅威だと言うものがいても，
お前はそんなものではないのだから．

Devotions Upon Emergent Occasions by John Donne
Any man's death diminishes me, because I am
involved in mankind; and therefore never send to
know for whom the bell tolls; it tolls for thee. (Meditation no.17)
だれが死のうと私は変らない，
人類と連座しているのだから，
だから誰のために弔いの鐘が鳴るかを知ろうとするな，
それはお前のために鳴るのだから．

Paradise Lost by John Milton
Nor love thy life, nor hate; but what thou liv'st
Live well, how long or short permit to Heaven. (XI, 553–554)
自分の人生に執着せず，人生を厭わず，生きる限り
よく生きよ，寿命の長短は神にゆだねるのだ．

◇名　句◇

An Essay on Criticism by Alexander Pope
A little learning is a dangerous thing. (215)
浅学は危険である．

An Essay on Man by Alexander Pope
One truth is clear, 'Whatever is, is RIGHT.' (Epistle, 294)
明白な真理が一つある．「この世にあるものは全て正しい」
An honest man's the noblest work of God. (Epistle, 248)
正直者は神様の最高傑作である．

A Dictionary of the English Language by Samuel Johnson
Oats. 'A grain, which in England is generally given to horses, but in Scotland supports the people.'
「カラスムギ」——穀物，通常イングランドでは馬に与えるが，スコットランドでは国民を養っている．
Patron. 'Commonly a wretch who supports with insolence, and is paid with flattery.
「パトロン」——ふつうは横柄な態度で援助し，お世辞でお返しされる哀れな人．

Auguries of Innocence by William Blake
To see a World in a grain of sand,
And a Heaven in a wild flower,
Hold Infinity in the palm of your hand,
And Eternity in an hour. (1–4)
一粒の砂に世界を見，
一輪の野花に天国を見，
自分の掌中に無限を握り，
一刻のうちに永遠を掴む．

Elegy by Thomas Gray
The boast of heraldry, the pomp of pow'r,
　　And all that beauty, all that wealth e'er gave,
Awaits alike th' inevitable hour:
　　The paths of glory lead but to the grave.
('Elegy written in a Country Churchyard' 33–36)

◇英文学の周辺◇

紋章の誇りも権力の華麗さにも，
美や富が与えてくれたすべてにも，
避けられない死が平等に待っている．
栄光の道は墓場に至るのみだ．

The Rainbow by William Wordsworth
  My heart leaps up when I behold
  A rainbow in the sky:
So was it when my life began;
So was it now I am a man;
So be it when I shall grow old,
  Or let me die!
The Child is father of the Man;
And I could wish my days to be
Bound each to each by natural piety.
私の心は躍る
空に出た虹をみるとき．
私の人生の始まりがそうだった．
大人になった今もそうだ．
年をとってもそうでありたい．
そうでなければ死んでもいい！
子供は大人の父だ．
これからの日々ができれば
自然への愛で結ばれればいいと思う．

Immortality Ode by William Wordsworth
Though nothing can bring back the hour
  Of splendour in the glass, of glory in the flower;
  We will grieve not, rather find
  Strength in what remains behind.
('Intimation of Immortality from Recollections of Early Childhood' 181–184)
草原の輝きや花の栄光の時を
取り戻す術は何も無くとも，
嘆くことなく，むしろ
あとに残ったものに力を見出そう．

◇名　句◇

Ode to a Grecian Urn by John Keats
'Beauty is truth, truth beauty.'—that is all
Ye know on earth, and all ye need to know. (Last Stanza)
「美は真，真は美」，これこそ
此の世で知るべきすべて
知る必要のあるすべて．

David Copperfield by Charles Dickens
Annual income twenty pounds, annual expenditure nineteen
six, result happiness. Annual income twenty pounds, annual expenditure
twenty pounds ought and six, result misery. (Mr. Micawber, ch.12)
年収二十ポンド，いいか，年支出十九ポンド六ペンスというんなら，これは幸福ってことになる．ところがだ，年収二十ポンドでも，年支出二十ポンド，飛んで六ペンスとくるとだな，これは，逆に不幸ってことになる．──（中野好夫訳，新潮文庫版）

A Tale of Two Cities by Charles Dickens
It was the best of times, it was the worst of times,
it was the age of wisdom, it was the age of foolishness,
it was the epoch of belief, it was the epoch of incredulity,
it was the season of Light, it was the season of Darkness,
it was the spring of hope, it was the winter of despair,
we had everything before us, we had nothing before us,
we were all going direct to Heaven, we were all direct the other way—
in short, the period was so far like the present period, that some of its noisiest authorities insisted on its being received, for good or for evil, in the superlative degree of comparison only. (ch.1)
それはおよそ善き時代でもあれば，およそ悪しき時代でもあった．
知恵の時代であるとともに，愚痴の時代でもあった．
信念の時代でもあれば，不信の時代でもあった．
光明の時でもあれば，暗黒の時でもあった．
希望の春でもあれば，絶望の冬でもあった．
前途はすべて洋々たる希望にあふれているようでもあれば，
また前途はいっさい暗黒，虚無とも見えた．
人々は真一文字に天国を指しているかのようでもあれば，

◇英文学の周辺◇

また一路その逆を歩んでいるかのようにも見えた—
要するに，すべてはあまりにも現代に似ていたのだ．
すなわち，最も口やかましい権威者のある者によれば，
善きにせよ，悪しきにせよ，とにかく最大級の形容詞においてのみ
理解さるべき時代だというのだった．

It is a far, far better thing that I do, than I have ever done; it is a far, far better rest that I go to, than I have ever known. (Sydney Carton. bk 2, ch.15)
今，僕のしようとしている行動は，今まで僕のした何よりも，はるかに立派な行動であるはず．そしてやがて僕のかち得る憩いこそは，これまで僕の知るいかなる憩いよりも，はるかに美しいものであるはずだ．── （中野好夫訳，新潮文庫版）

Pippa's Song by Robert Browning
The year's at the spring,
And day's at the morn;
Morning's at seven;
The hill-side's dew-pearl'd;
The lark's on the wing;
The snail's on the thorn;
God's in His heaven—
All's right with the world!
時は春，
日は朝（あした），
朝は　七時，
片岡に露みちて，
揚雲雀なのりいで，
蝸牛枝に這ひ，
神，そらに知ろしめす．
すべて世は事も無し．── （上田敏訳「名詩名訳」，創元社版）

Preface to The Picture of Dorian Gray by Oscar Wilde
The artist is the creator of beautiful things.
To reveal art and conceal the artist is art's aim.
All art is at once surface and symbol.
All art is quite useless.

◇ 名　　句 ◇

芸術家とは美しいものの創造者である．
芸術を見せて芸術家を隠すのが芸術の目的である．
あらゆる芸術は同時に表層であり象徴である．
あらゆる芸術は無用のものである．

Lady Windermere's Fan by Oscar Wilde
I can resist everything except temptation. (Lord Darlington. Act I)
私は何でも我慢できる，誘惑以外は．

De Profundis by Oscar Wilde
Everything that is realised is right.
実現されているものすべては正しい．

Of Human Bondage by William Somerset Maugham
Philip remembered the story of the Eastern King who, desiring to know the history of man, was brought by a sage five hundred volumes; busy with affairs of state, he bade him go and condense it; in twenty years the sage returned and his history now was in no more than fifty volumes, but the king, too old then to read so many ponderous tomes, bade him go and shorten it once more; twenty years passed again and the sage, old and grey, brought a single book in which was the knowledge the King had sought; but the King lay on his death-bed, and he had no time to read even that; and then the sage gave him the history of man in a single line; it was this: he was born, he suffered, and he died. There was no meaning in life, and man by living served no end. It was immaterial whether he was born or not born, whether he lived or ceased to live. Life was insignificant and death without consequence. (CVI)
フィリップは，例の東方の王様の話を思い出した．彼は，人間の歴史を知ろうと願って，ある賢者から五百巻の書を与えられた．国事に忙しいので，彼は，もっと要約して来るようにと命じたのである．二十年後に，同じ賢者は，またやって来た．歴史は，わずか五十巻になっていた．だが，王は，すでに老齢で，とうていそんな浩瀚な書物を，たくさん読む時間はないので，ふたたびそれを，要約するように命じた．また二十年が過ぎた．そしていまでは，彼自身も年老い，白髪になった賢者は，こんどこそ国王所望の知識を，わずか一巻に盛った書物にして持参した．だが，そのとき，王はすでに，死の床に横たわっており，いまはその一巻をすら読む時間がなかった．結局，賢者は，人間の歴史を，わずか一行にして申しあげた．こ

◇英文学の周辺◇

うだった．人は，生まれ，苦しみ，そして死ぬ，と．人生の意味など，そんなものは，なにもない．そして人間の一生もまた，なんの役にも立たないのだ．彼が，生れて来ようと，来なかろうと，生きていようと，死んでしまおうと，そんなことは，いっさいなんの影響もない．生も無意味，死もまた無意味なのだ．——（中野好夫訳，新潮文庫）

Four Quartets by T. S. Eliot
Time present and time past
Are both perhaps present in time future,
And time future contains in time past.
If all time is eternally present
All time is unredeemable. ('Burnt Norton')
現在の時と過去の時は
両方ともたぶん未来の時の中にある．
そして未来の時は過去の時に内在する．
もしすべての時が永遠に現在ならば
すべての時はあがなうことができない．

In my beginning is my end. ('East Coker')
私の始まりに私の終りがある．

And all shall be well and
All manners of things shall be well. ('Little Gidding')
そしてすべてはうまくいく，
すべてのもののあり方は必ずうまくいく．

Fact and Fiction by Bertrand Russell
Truth is a shining goddess, always veiled, always distant, never wholly approachable, but worthy of all the devotion of which the human spirit is capable.—Bertrand Russell: 'University Education'
真理は輝く女神で，いつもベールにつつまれ，いつも遠くにあり，けっして完全には近づけないが，人間が精神の可能な限りをつくして献身するに値するものだ．

5. 文芸用語小事典
A List of Literary Terms

アイロニー（Irony）皮肉や反語のこと．自分の本心とは裏腹になる見せかけの言葉を冷やかに使う「ことばのアイロニー」と，運命的で不条理な自然環境に無自覚な人間の言動を生み出す「状況のアイロニー」に大別される．トマス・ハーディの小説など．

アヴァンギャルド（avant-garde）前衛的芸術．伝統や過去の芸術様式を破壊しようとする姿勢で，絵画ではキュービズムやシュールレアリスムなど．

悪漢小説 →ピカレスク小説

アナーキズム（anarchism）無政府主義．国家権力や社会制度を否定し，人間個人の絶対的自由を主張する思想．ワイルドの「ヴェラ」など．

アフォリズム（aphorism）警句，金言．人生や政治や道徳などについての理論や教義の本質を簡潔に格言風に，あるときは正面から，あるときは逆説を用いて，表現する．ラ・ロシュフコーやポープからバーナード・ショーやワイルドなど．

アール・ヌーヴォー（art nouveau）建築や絵画や彫刻などで自由奔放な曲線模様や多彩な装飾性を特色とする一派．詩人のスウィンバーン，画家のビアズレーなど主として19世紀末の芸術家に見られる．

アレゴリー（allegory）寓話，寓意物語．作中の人物や事件が隠れた象徴的意味を持つ作品．たとえばバニヤンの「天路歴程」．

アンチ・ヒーロー（anti-hero）英雄的主人公とは正反対の性格をもつ登場人物で，普通は無能で弱い社会的不適合者である．ローレンス・スターンのトリストラム・シャンディやベケットの作品の人物など．

異化効果（detachment）ブレヒトの演劇用語で，ドイツ語は"Verfremdungseffekt"．読者や観客が作品の世界や対象に同化するのを妨げる手法をいう．ベケットの作品など．

怒れる若者たち（Angry Young Men）1950年代のイギリスに登場した新人作家の呼称で，反抗的な若者を主人公にする．オズボーンの劇「怒りを込めて振り返れ」のジミーが代表的人物．

イッヒ・ロマン（Ich-Roman）「私」（Ich）が物語を語る長編小説のことで，イギリス文学では「ロビンソン・クルーソー」や「ガリヴァー旅行記」など．

イマジズム（Imagism）写象主義．情緒過多を排し，明確なイメージと簡潔な表現を重視する．エズラ・パウンドやT. E. ヒュームなどの詩．

イメージ／イメジャリー（image / imagery）心象．言葉によって心に喚起される形象のこと．キャロライン・スパージョンの「シェイクスピアのイメジャリー」が有名．

ウィット（wit）機智．分別や知性のある才気煥発な言葉のやり取りを言う．シェイクスピアでは「から騒ぎ」のベネディックとビアトリスの機智合戦（wit combat）やフォルスタフの言動が代表的．

◇英文学の周辺◇

ウェイヴァリー小説（Waverly Novels）ウォルター・スコットの小説群の総称で，1814年に出版した「ウェイヴァリー」から名づけられた．

SF小説（Science Fiction）空想科学小説．科学技術の進歩や未来社会の姿を扱う空想小説．「フランケンシュタイン」からA. C. クラークの小説など．

エピグラム（epigram）警句風の表現．墓石に刻まれた碑文を指したが，広く短詩や簡潔直截的な格言風の表現を言う．

エピローグ（epilogue）閉場詞．劇の終わりにある観客への呼びかけを指す演劇用語．「夏の夜の夢」のパックや「十二夜」のフェステの歌など．→プロローグ

エレジー（elegy）哀歌，挽歌．亡き人への哀悼の言葉や失われた愛の悲哀を歌う叙情的な詩をいう．トマス・グレイの「エレジー」やテニソンの「イン・メモリアム」など．

エンブレム（emblem）象徴的な寓意画や抽象概念を象徴する動植物の絵などをさす．平和の象徴としての鳩といった例がそうである．

王党派詩人（Cavalier Poets）チャールズ一世の在位（1625-49）に叙情詩を書いた詩人たち（Lyrists）の総称で，ベン・ジョンソン，ロバート・ヘリックなど．

オックスフォード運動（Oxford Movement）1930年代にオックスフォード大学を中心に起こったイギリス国教会刷新運動．J. H. ニューマンなどが中心人物．

オード（ode）古代ギリシアでは歌の意味．17世紀イギリスの詩人カウリーのオードからドライデンやコウルリッジ，ロマン派のキーツやシェレーなどの叙情詩や叙事詩にオードと称するものがある．例えばシェレーの「西風に寄せる歌」．頌賦（しょうふ）．

喜劇（Comedy）権力者の愚行を諷刺して笑い飛ばす自由な喜劇精神は，ローマの単純なファース風喜劇（Farcical Comedy）を，シェイクスピアが副筋を膨らませたり登場人物の性格を発展させたりして，男女の恋が紆余曲折を経て結婚で終わるロマンティック・コメディのパターンを確立し，シェリダンの風習喜劇を経てワイルドの社交喜劇，モーム，カワード，ラティガンなどの20世紀喜劇まで，イギリス演劇において様々な形で変奏されてきた．

桂冠詩人（Poet Laureate）国王が任命する王室付きの詩人で，終身職．王室や国家の慶事や葬祭などに詩を作るのが任務とされた．最初の桂冠詩人はBen Jonsonとされ，正式に任命されたのはJohn Dryden.

古英語（Old English）ブリテン島に侵入してきたアングロ・サクソン族（the Angle-Saxons）が450年頃から1100年頃まで使っていた言語で，代表的な文学は「ベーオウルフ」（Beowulf）である．

ゴシック小説（Gothic Novels）18世紀後半から19世紀始めにかけて，ヨーロッパのゴシック建築の古城を舞台に展開する怪奇小説や恐怖小説のことで，代表作は「ドラキュラ」．

古典主義（Classicism）ギリシアやローマの古典をはじめ伝統的な芸術を尊重し，整った様式や調和，均衡，簡素を尊重する．ベン・ジョンソンあたりから，ポープを経て，18世紀のジョンソン博士が代表的存在で，19世紀初頭にはその反動としてロマン派が出現した．

◇文芸用語小事典◇

コンシート（Conceit）奇想．奇をてらった比喩的表現で，例えばジョン・ダンの詩，恋する二人の心をコンパスの二本の脚に喩えるなど．

散文詩（Prose Poems）詩形や韻律にこだわらず，自由な形で書いた詩をいう．ワイルドなどが試みている．

自然主義（Naturalism）人生の現実を写真のように在りのままに描写する手法や理論．フランスのゾラ，イギリス文学ではハーディ文学がその代表．

写実主義（Realism）→リアリズム

自由詩（Free Verse）固定した韻律にこだわらない自由詩（vers libre）を指す．アメリカのホイットマンがその代表的存在である．

抒情詩（Lyrical Poems）詩人が個人的な体験や感情の普遍化を目指して書くリリシズムに溢れる詩を言う．英詩の殆どがこれに属し，ワーズワースとコウルリッジの共著「叙情歌謡集」（Lyrical Ballads）などが代表的な詩集である．

叙事詩（Epic Poems）歴史的事件や人生を雄大に荘重に物語る格調高い長詩のことで，古くはギリシア文学の「イリアッド」や「オデュッセイア」に始まり，英文学ではミルトンの「失楽園」が代表的な叙事詩である．

象徴主義（Symbolism）神話や聖書や動植物などの表象的な姿や記号に託して事象を間接的に表現する芸術的手法．例えばパンと葡萄酒にキリストの肉と血を間接的に象徴させる．

シンボリズム　→象徴主義

大学才人派（the University Wits）グラマー・スクールしか出ていないシェイクスピアと対比して，オックスフォードやケンブリッジを卒業したリリーやマーロウなどのエリザベス朝劇作家たちの総称．

中英語（Middle English）1066年の「ノルマン人の英国征服」（the Norman Conquest）から1500年頃までの英語のことで，代表的な文学作品はチョーサーの「カンタベリー物語」．

道徳劇（Morality Plays）15世紀頃に奇跡劇に続いて上演された．登場人物がアレゴリー化されているのが特色で，「美徳」とか「死」というように抽象化されて現われる．代表作は「忍苦の城」（The Castle of Perseverance）や「万人」（Everyman）．

パストラル（Pastoral）緑の田園や庭園や森を舞台や主題にした詩や劇や絵画を指す．「ハムレット」2幕2場のポローニアスの台詞にも出る．代表作は「お気に召すまま」，マーヴェルの詩「庭園」など．

ピカレスク小説（Picaresque Novels）愛すべきピカロ（悪漢）を主人公にした冒険小説のことで，代表作はデフォーの「モル・フランダース」やフィールディングの「トム・ジョーンズ」．

悲劇（Tragedy）運命が支配するギリシア悲劇がイギリス演劇に入るとキリスト教の「汝殺すべからず」の倫理観に基づく勧善懲悪が基盤になり，罪を犯した主人公の死で終わる劇を指す．代表作は「フォースタス博士」，「ハムレット」や「マクベス」など．ただし「神が死

◇英文学の周辺◇

んだ」(ニーチェ)と言われる時代になると,絶対者を欠き,王侯貴族を主人公にした悲劇も書きにくくなって,シーリアス劇,ストレート劇,あるいは単にドラマと呼ぶ演劇がこれに代わった.現代庶民悲劇の代表作はアーサー・ミラー(米)の「セールスマンの死」.

悲喜劇(Tragi-comedy)前半は悲劇調,後半喜劇調で,最後に寛容な心の和解の大団円が待っている劇を言う.代表作はシェイクスピアのラスト・プレイズ,特に「冬物語」.

諷刺(Satire)権力や社会的地位の高い貴族などの弱点を皮肉り諷刺する小説や詩や喜劇の一手法.「ガリバー旅行記」が好例.

風習喜劇(Comedy of Manners)上流社会の男女の恋愛騒動を諷刺する風俗喜劇で,18世紀のシェリダンの「悪口学校」が代表作.19世紀末のワイルドの社交喜劇,20世紀のモームやカワードやラティガンの喜劇はこの伝統を汲む喜劇である.

不条理演劇(Absurd Drama)人間の運命を機械や原子力や絶大な富と権力が支配する現代の不条理な条件のもとで生きる人々の絶望感と無気力を冷ややかに描いた現代劇で,代表作はベケットの「ゴドーを待ちつつ」.

無韻詩(Blank Verse)弱強5歩格で二行ずつ韻を踏まない詩形で書かれた劇または詩のことで,代表作はシェイクスピア劇やミルトンの叙事詩「失楽園」.

メロドラマ(Melodrama)勧善懲悪の感傷的な通俗劇の総称.ディオン・ブシコーの喜劇やジョン・コールズワージーの劇など.

モダニズム(Modernism)ダンの形而上詩(Metaphysical poems)のように奇想的で高度に知的な現代詩や文学を指す.エリオットの詩やジョイスの小説がその代表.

唯美主義(Aestheticism)耽美主義あるいは「芸術至上主義」(art for art's sake)とも呼ばれる.キーツの「美は真,真は美」(Beauty is truth, truth beauty)という名句を標語に,美の芸術における絶対性と永遠性を信奉する一派.イギリス19世紀末の芸術特にワイルドの文学がその代表で,「人生のための芸術」(art for life's sake)と対峙する.

リアリズム(Realism)写実主義.人生の現実を忠実に描写する手法や傾向.オースティンの小説から19世紀のディケンズやアーノルド・ベネットあたりの小説にも使われる.自然科学や実証主義の隆盛と共にフランスのフロベールやモーパッサンの小説がその手本を示した.

ロマン主義復興(the Romantic Revival)古典主義に反発して18世紀末から19世紀初頭にかけて起こった文学運動で,ワーズワースとコウルリッジの「叙情歌謡集」(1798)の出版あたりから,バイロン,シェリー,キーツなどの詩人の作品が代表的である.

ロマンス(Romance)伝説や史実や英雄伝などを基に騎士の恋愛や冒険を描く波乱万丈の物語で,代表作は「アーサー王物語」.空想的で荒唐無稽の物語を指すようになった.

ロマンティック・リヴァイヴァル(the Romantic Revival)→ロマン主義復興

◇主要登場人物一覧◇

6. 主要登場人物一覧（A List of Main Characters）

　ハムレットやトム・ジョーンズのように劇や小説の題名になっている代表的な人物から，フォルスタフやイアゴーのような強烈な脇役まで，イギリス文学に登場する主要人物を選んで，登場人物（Characters）をもとに作家と作品を想起する手かがりに利用できるようにした。主要登場人物から作品の世界が立ち上がってくれば，作品理解もより深くなる。

アーネスト（Ernest Worthing, John / Jack Worthing），「まじめ第一」
アーリン夫人（Mrs. Erlynne），「ウィンダミア夫人の扇」
アルジャノン（Algernon Moncrieff），「まじめ第一」
アンジェロー（Angelo），「尺には尺を」（シェイクスピア）
アントニー（Mark Antony），「ジュリアス・シーザー」，「アントニーとクレオパトラ」
アントーニオ（Antonio），「ヴェニスの商人」
イアーゴー（Iago），「オセロー」
イモージェン（Imogen），「シンベリン」
イライザ・ドゥリットル（Eliza Doolittle），「ピグメーリオン」
ヴァイオラ（Viola），「十二夜」
ウインストン・スミス（Winston Smith），「1984年」
ヴォルポーネ（Volpone），「ヴォルポーネ」
ウラジミール（Vladimir, Didi），「ゴドーを待ちつつ」
エアリエル（Ariel），「テンペスト」
エアロン（Aaron），「タイタス・アンドロニカス」（シェイクスピア）
エストラゴン（Estragon, Gogo），「ゴドーを待ちつつ」
エドガー（Edgar），「リア王」
エドマンド（Edmund），「リア王」
エドワード二世（Edward II），「エドワード二世」
エリザベス（Elizabeth），「高慢と偏見」
オーシーノー（Orsino），「十二夜」
オフィーリア（Ophelia），「ハムレット」
オベロン（Oberon），「夏の夜の夢」
オーランドー（Orlando），「お気に召すまま」
オリヴァー（Oliver Twist），「オリヴァー・トゥイスト」（ディケンズ）
オリヴィア（Olivia），「十二夜」
カタリーナ（Katherina, Kate），「じゃじゃ馬馴らし」
カーツ（Kurtz），「闇の奥」
ガートルード（Gertrude），「ハムレット」

395

◇英文学の周辺◇

カートン →シドニー・カートン
ガリヴァー（Lemuel Gulliver),「ガリヴァー旅行記」
ギルデンスターン（Guildenstern),「ハムレット」,「ローゼンクランツとギルデンスターンは死んだ」
キャサリン（Catherine),「嵐が丘」
キャシアス（Cassius),「ジュリアス・シーザー」
キャリバン（Caliban),「テンペスト」
クラリッサ・ハーロウ（Clarissa Harlowe),「クラリッサ」
クラリッサ・ダロウェイ（Clarissa Dalloway),「ダロウェイ夫人」
クリフォード（Lord Clifford),「チャタレイ夫人の恋人」
クリム・ヨーブライト（Clym Yeobright),「帰郷」
クルツ →カーツ
クレオパトラ（Cleopatra),「アントニーとクレオパトラ」
グロスター（Gloucester),「リア王」
クロンショー（Cronshow),「人間の絆」
ケイト（Kato) →カタリーナ
ケント（Kent),「リア王」
コーディリア（Cordelia),「リア王」
ゴネリル（Goneril),「リア王」
コリオレイナス（Coriolanus),「コリオレイナス」
コンスタンス（Constance, Cony),「チャタレイ夫人の恋人」
サイクス（Bill Sikes),「オリヴァー・トウィスト」
サロメ（Salome),「サロメ」（O. ワイルド作）
ジキル博士（Dr. Jekyll),（「ジキル博士とハイド氏」）
ジェイクイズ（Jaques),「お気に召すまま」
ジェイン・エア（Jane Eyre),「ジェイン・エア」
シーザー（Julius Caesar),「ジュリアス・シーザー」
シーシアス（Theseus),「夏の夜の夢」
シドニー・カートン（Sydney Carton),「二都物語」
ジミー・ポーター（Jimmy Porter),「怒りを込めて振り返れ」
ジム・ホーキンズ（Jim Hawkins),「宝島」
シャイロック（Shylock),「ヴェニスの商人」
シャーロック・ホームズ（Sherlock Holmes),「シャーロック・ホームズの冒険」
ジュード（Jude Fawley),「日陰者ジュード」
ジュリエット（Juliet),「ロミオとジュリエット」

◇主要登場人物一覧◇

ジョウン（Saint Joan, Joan of Arc, Jeanne d'Arc），「ヘンリー六世」第一部，「聖ジョウン」
ジョー（Joe Gargery），「大いなる遺産」
ジョン・シルヴァー（John Silver），「宝島」
ジョン・ターナー（John Tanner），「人と超人」
スティーブン・ディーダラス（Stephen Dedalus），「若き日の芸術家の肖像」，「ユリッシーズ」
スミス →ウインストン・スミス
セイタン（Satan），「失楽園」
セディ・トムソン（Sadie Thompson），「雨」（サマセット・モーム）
セバスチャン（Sebastian），「十二夜」
ダーシー（Fitzwilliam Darcy），「高慢と偏見」
タイターニア →ティターニア
ダンカン（Duncan），「マクベス」
チャールズ・ストリックランド（Charles Strickland），「月と六ペンス」
ティターニア（Titania），「夏の夜の夢」
ディヴィッド・コッパフィールド（David Copperfield），「ディヴィッド・コッパフィールド」
テス（Tess Durbeyfield），「ダーバーヴィル家のテス」
デズデモーナ（Desdemona），「オセロー」
ドリアン・グレイ（Dorian Gray），「ドリアン・グレイの画像」
ドン・ジュアン（Don Juan），「ドン・ジュアン」
ナポレオン（Napoleon Bonaparte），「覇者」
ナンシー（Nancy），「オリヴァー・トウィスト」
ネル（Nell），「骨董屋」（ディケンズ作）
ネルソン（Nelson, Horatio），「覇者」，「国家の遺産」（T. ラティガン）
ハイド氏（Mr. Hyde），「ジーキル博士とハイド氏」
ハヴィシャム（Miss Havisham），「大いなる遺産」
バースの女房（the Wife of Bath），「カンタベリー物語」
バーナード（Bernard），「すばらしき新世界」
バートラム（Bertram），「終わりよければすべてよし」
パック（Puck），「夏の夜の夢」
バッサーニオ（Bassanio），「ヴェニスの商人」
ハーマイオニ（Hermione），「冬物語」
ハムレット（Hamlet），「ハムレット」
バラバス（Barabas），「マルタ島のユダヤ人」
ハリー・ライム（Harry Lime），「第三の男」
ハル（Hal, Henry, Prince of Wales），「ヘンリー四世」第一部と第二部，「ヘンリー五世」

397

◇英文学の周辺◇

ビアトリス (Beatrice),「むだ騒ぎ」(シェイクスピア)
ピーター・パン (Peter Pan),「ピーター・パン」(J. バリィ)
ピクウィック (Pickwick),「ピクウィック・ペーパーズ」(ディケンズ)
ヒースクリフ (Heathcliff),「嵐が丘」
ピップ (Pip, Philip Pirrip),「大いなる遺産」
ファウスト →フォースタス
ファーディナンド (Ferdinand),「テンペスト」
フィリップ・ケアリ (Philip Carey),「人間の絆」
フェイギン (Fagin),「オリヴァー・トゥイスト」(ディケンズ)
フェステ (Feste),「十二夜」
フォースタス (Faustus),「フォースタス博士」
フォルスタフ (Falstaff),「ヘンリー四世」第1部他
ブルータス (Brutus),「ジュリアス・シーザー」
プルーフロック (Prufrock), T. S. エリオット「プルーフロック詩集」
ブラックネル夫人 (Lady Bracknell),「まじめ第一」
プロスペロー (Prospero),「テンペスト」
ベーオウルフ (Beowulf),「ベーオウルフ」
ベッキー (Becky, Rebecca Sharp),「虚栄の市」
ペトルーキオ (Petruchio),「じゃじゃ馬馴らし」
ベネディック (Benedick),「むだ騒ぎ」(シェイクスピア)
ヘンリー卿 (Lord Henry),「ドリアン・グレイの画像」
ヘンリー・ヒギンズ (Henry Higgins),「ピグメーリオン」
ポーシァ (Portia),「ヴェニスの商人」
ホットスパー (Hotspur, Henry Percy),「ヘンリー四世」第一部
ボブ・クラチット (Bob Cratchit),「クリスマス・キャロル」
ボトム (Bottom),「夏の夜の夢」
ポリクサニーズ (Polixenes),「冬物語」
ホレイショー (Horatio),「ハムレット」
ポローニアス (Polonius),「ハムレット」
ポワロ (Poirot, Hercule), アガサ・クリスティ作の探偵
マキューシオ (Mercutio),「ロミオとジュリエット」
マグウィッチ (Magwitch),「大いなる遺産」
マクヒース (Macheath),「乞食オペラ」
マクベス (Macbeth),「マクベス」
マクベス夫人 (Lady Macbeth),「マクベス」

◇主要登場人物一覧◇

マープル（Miss Marple），アガサ・クリスティ作の老女素人探偵
マラプロップ夫人（Mrs. Malaprop），「恋敵」（R. B. シェリダン）
マルヴォーリオ（Malvolio），「十二夜」
マーロウ（Marlow），「闇の奥」，「ロード・ジム」
ミコーバ（Mr. Micawber），「デイヴィッド・コッパフィールド」
ミランダ（Miranda），「テンペスト」
ミルドレッド（Mildred），「人間の絆」
メフィストフィリス（Mephistophilis），「フォースタス博士」
メラーズ（Mellors），「チャタレイ夫人の恋人」
モスカ（Mosca），「ヴォルポーネ」
モーティマー（Mortimer），「エドワード二世」
ユースティシア・ヴァイ（Eustacia Vye），「帰郷」
ライリー卿（Sir. Henry Harcourt-Reilly），「カクテル・パーティ」
ラムジー夫人（Mrs. Ramsay），「燈台めざして」
ランスロット（Lancelot），「アーサー王の死」，「国王牧歌」
リア（Lear），「リア王」
リオンティーズ→レオンティーズ
リーガン（Regan），「リア王」
リチャード三世（Richard Ⅲ），「リチャード三世」（シェイクスピア）
リチャード二世（Richard Ⅱ），「リチャード二世」（シェイクスピア）
レアティーズ（Laertes），「ハムレット」
レオンティーズ（Leontes），「冬物語」
レオポルド・ブルーム（Leopold Bloom），「ユリッシーズ」
ロザリンド（Rosalind），「お気に召すまま」
ロス（Ross, Lawrence of Arabia），「ロス」（テレンス・ラティガン）
ローゼンクランツ（Rosencrantz），「ハムレット」，「ローゼンクランツとギルデンスターンは死んだ」
ロチェスター（Edward Rochester），「ジェーン・エア」
ロビンソン・クルーソー（Robinson Crusoe），「ロビンソン・クルーソー」
ロミオ（Romeo），「ロミオとジュリエット」
ワージング（Jack Worthing），「まじめ第一」
ワトソン（Dr. Watson），「シャーロック・ホームズの冒険」

◇英文学の周辺◇

7. イギリス文学と音楽

イギリス文学と音楽の関係は,「聖書」の「詩編」などが歌になったり,賛美歌がしばしば文学作品に引用されている点を考えても,非常に深いことが分る.宗教的な歌ではなくて最も古くから歌われているのは,「春が来た」('Sumer is icumen in')であろう.楽譜が大英博物館に残っている.バラッドやマドリガルなど,作曲者が分っていない作品を含めて,イギリス文学と音楽の関係は親密である.ここでは英国を代表する作曲家パーセル以後の代表的な作曲家の作品を幾つか列挙して,この分野への興味を喚起したい.

パーセル Henry Purcell (1659–95)
　音楽劇「アーサー王」(King Arthur, 1691)【アーサー王伝説より】
　音楽劇「妖精の女王」(The Fairy Queen, 1695)【A Midsummer Night's Dream より】
　音楽劇「テンペスト」(The Tempest, 1695)
　音楽劇「アセンズのタイモン」(Timon of Athens, 1694)

シューベルト Franz Schubert (1797–1828)
　歌曲「聴け聴けヒバリ」(Hark, hark, the lark)【Cymbeline, Act II, Sc. 3 より】
　歌曲「シルヴィアは誰れ」(Who is Sylvia?)【The Two Gentlemen of Verona, Act IV, Sc. 2 より】

メンデルスゾーン Felix Mendelssohn (1809–47)
　劇音楽「夏の夜の夢」(A Midsummer Night's Dream, 1826)【序曲,スケルツォ,間奏曲,夜想曲,結婚行進曲,道化師たちの踊り他】

ヴェルディ Giuseppe Verdi (1813–1901)
　歌劇「マクベス」(Macbeth, 1847, 1865 改訂)
　歌劇「オテロ」(Otello, 1887)
　歌劇「ファルスタッフ」(Falstaff, 1893)【主として The Merry Wives of Windsor による】

チャイコフスキー Peter Tchaikovsky (1840–1893)
　幻想序曲「ロミオとジュリエット」(Overture-Fantasia Romeo and Juliet, 1869–1870)
　青春悲劇「ロミオとジュリエット」による格調高く暗い交響詩.

エルガー Edward Elgar (1857–1934)
　交響的習作「フォールスタッフ」(Falstaff, 1913)

ディーリアス Frederick Delius (1862–1934)
　歌曲「日没の歌」(Songs of Sunset, 1908)
　　アーネスト・ダウソンの詩をテキストにして旅先のノルウェイで作曲にかかり,パリ郊外の自宅で書き上げた.

シュトラウス Richard Strauss (1864–1949)

楽劇「サロメ」(Salome, 1905) ワイルドの1幕悲劇
「サロメ」のドイツ語訳によって1903年から1905年にかけて作曲し，1905年12月9日にドレスデンで初演．

シベリウス　Jean Sibelius (1865–1957)
付随音楽「テンペスト」(The Tempest, 1926)
The Royal Theatre, Copenhagenの上演のために書いた劇音楽．

ウィリアムズ　Ralph Vaughan Williams (1872–1958)
管弦楽曲「グリーンスリーヴズによる幻想曲」(Fantasia on Greensleeves, 1934)
シェイクスピアの「ウィンザーの陽気な女房たち」に言及がある16世紀の失恋歌をもとにした幻想曲で，イギリスの田園風景を想起させるメロディは，準国歌として扱われるぐらい有名になっている．
歌劇「天路歴程」(The Pilgrim's Progress, 1951)
1909年から1949年のまでの約40年間にわたって作曲しつづけたBunyanの代表作は，1950年にプロローグとエピローグの付いた4幕オペラとして完結した．

バタワース　George Butterworth (1885–1916)
歌曲「シロプシアの若者からの6曲」(Six Songs from A Shropshire Lad, 1911)
A. E. Housmanの詩集A Shropshire Lad (1896) の第2番 ('Loveliest of Trees') ほか6編の詩に作曲．
歌曲「ブリードンの丘その他の歌」(Bredon Hill and other Songs, 1912)
A Shropshire Ladの中の表題の詩ほか5編の詩に作曲．
ラプソディ「シロプシアの若者」(A Shropshire Lad, 1912)
歌曲「一番美しい花」('Loveliest of Trees') の主題を中心にして管弦楽曲に編曲．
歌曲「レクイエスカット」('Requiescat', 1912)
オスカー・ワイルドが8歳で病死した妹アイソラを悼んで書いた短詩に作曲．バタワース自身も短命で，1916年8月5日，第一次大戦の激戦地フランスで戦死した．

イベール　Jacques Ibert (1890–1962)
交響詩「レディング監獄の唄」(La Ballade de la Geole de Reading, 1922)
ワイルド最後の長詩の詩句をもとに作曲．

ブリテン　Benjamin Britten (1913–1976)
歌曲「アワ・ハンティング・ファーザーズ」(Our Hunting Fathers, 1936)
W. H. Audenの詩に作曲したSymphonic Song Cycle
歌曲「冬の言葉」(Winter Words, 1953)
トマス・ハーディの詩集Winter Words (死後出版1928) に作曲．
歌劇「夏の世の夢」(A Midsummer Night's Dream, 1960)
シェイクスピアの喜劇に作曲し，Aldeburgh Festivalで初演．

◇英文学の周辺◇

8. イギリス文学と絵画

　イギリス絵画の伝統は肖像画である．ロンドンのナショナル・ポートレイト・ギャラリーには，歴代の国王や女王をはじめとして，歴史的に有名な人物たちの肖像画が保存されているので，文学に登場する歴史上の人物達の容貌の原型を伺い知ることが出来る．写真術が発明されて以後は，写真のポートレイトも保存されてきた．このギャラリー所蔵の肖像画を知るには大部の総目録 (Complete Illustrated Catalogue, compiled by K. K. Yung, National Portrait Gallery, 1981) が便利である．「イギリス文学案内」第1部の作家の肖像は，このギャラリーに保存されているものが殆どである．

　シェイクスピア劇の題名になっているヘンリー八世の肖像は，Hans Holbein (1465?–1524) が1536–7年に描いた作品が最も代表的であり，数点残っているエリザベス一世の肖像画の中では，Marcus Cheeraerts the Younger が1592年ころに描いたとされる作品がよく知られている．ここでは，そうした肖像画ではなくて，文学作品からのインスピレーションによって生まれたイギリスの代表的名画や挿絵を紹介して，文学と絵画の関係への招待としたい．

ホガース　William Hogarth (1697–1764)
　Garrick as Richard Ⅲ (1745年作) 名優ギャリックのリチャード三世が5幕3場の戦場の場面で悪夢から目覚めたところを描いた舞台画．

ヘイマン　Francis Hayman (1708?–1776)
　Paradise Lost (1749年作)「失楽園」に12枚の挿絵を描いたほか，ミルトンの他の詩編の挿絵も描いた．

ボイデル　John Boydell (1719–1804)
　版画商人で，1789年にシェイクスピアの名場面を当時の代表的な画家に依頼して100点以上も描かせ，「シェイクスピア・ギャラリー」(Shakespeare Gallery) と称する一大コレクションを展示した．画家の中にはジョシュア・レイノルズ (1723–92) などの大物画家が含まれていた．

フューズリ　Johann Heinrich Fuseli (1741–1825)
　The Weird Sisters (1820年作)「マクベス」の1幕3場より．
　Titania and Bottom (1780–90作)「夏の夜の夢」の3幕1場より．

ホッジス　William Hodges (1744–97)
　Jaques and the Wounded Stag (1790)「お気に召すまま」2幕7場．

ストザート　Thomas Stothard (1755–1834)
　Robinson Crusoe (1790)「ロビンソン・クルーソウ」に40枚の挿絵を描いたほか，「天路歴程」や「失楽園」などの挿絵も描いた．

ブレイク　William Blake (1757–1827)
　Pity (1795年作) マクベスの1幕7場の独白 "Pity, like a new-born babe" から．

Illustrations of the Book of Job（1825）旧約聖書「ヨブ記」に取材した銅版画22点．
Comus（1801）ミルトンの仮面劇「コウマス」の挿絵6図．

ターナー　Joseph Mallord William Turner（1775–1851）
Scott's Poetical Works（1883–4）スコットの詩集に24枚の銅版画を描いた．
The Poetical Works of Lord Byron（1851）の口絵と扉絵．

ハント　William Holman Hunt（1827–1910）
Claudio and Isabela（1850年作）Shakespeare's Measure for Measure 3幕1場．
The Lady of Chalott（1857）Alfred Lord Tennysonの同名の詩（1832）より．

マーティン　John Martin（1789–1854）
Paradise Lost（1872）「失楽園」の挿絵24図．
Macbeth and the Witches「マクベス」1幕3場より．

クルクシャンク　George Cruikshank（1792–1878）
Sketches by Boz（1836–37）「ボズのスケッチ集」に銅版画40図のほか「オリヴァー・トウィスト」にも24図のエッチングを描いた．

ブラウン　Hablot Knight Browne（1815–1882）
Pickwick Papers（1837）の挿絵でディケンズとコンビを組んで以来，「リトル・ドリット」（1857）や「二都物語」（1859）など多くのディケンズ作品の挿絵を手掛けた．

テニェル　John Tenniel（1820–1914）
Alice's Adventures in Wonderland（1865）に口絵ともで43点の挿絵を描いた．

ミレー　John Everett Millais（1829–1896）
Ophelia（1851–52年作）「ハムレット」4幕7場の王妃の台詞から．この絵の情景はガートルードの言葉によって観客が想像するだけで，舞台では演じられない．

ワッツ　George Frederic Watts（1817–1904）
Portrait of Ellen Terry（1864–5）シェイクスピア劇の女主人公を多数演じた大女優の肖像画．
Ophelia（1864）エレン・テリーが演じたオフィーリアの舞台画．

ロセッティ　Dante Gabriel Rossetti（1828–82）
The First Madness of Ophelia（1864）「ハムレット」4幕4場より．

モリス　William Morris（1834–96）
The Works of Geoffrey Chaucer now newly imprinted（1896）に縁飾付挿絵87図を描いた．

ビアズリー　Aubrey Vincent Beardsley（1872–1898）
Salome（1893作）ワイルドの1幕悲劇に付けた黒白の刺戟的な版画．イギリス19世紀末を代表する美術の一つ．

◇英文学の周辺◇

9. イギリス文学と映画

　19世紀末に誕生した映画（Motion Pictures）は，原子力やコンピューターと並んで，20世紀を代表する文明の利器となった．サイレント映画は，文学や演劇から物語を借用することはあったが，その殆どは動く映像が中心で，小説や舞台の名場面の短編では，言葉は短い字幕に限られていて，文学作品の映画化と呼べるものは，「サロメ」のように原作劇が一幕物のような場合で，その数は非常に少なかった．

　1927年にアメリカ映画「ジャズ・シンガー」が部分トーキーとして封切られて以来，映画は音声を獲得し，さらにカラーからワイド・スクリーンへと，目覚しい発展を遂げた．そして絵画と音楽と文学と演劇の総合芸術としての地位を確立し，21世紀になるとテレビはもとより，DVDやコンピューターなどの新機種によって映像が自宅で鑑賞できる時代が到来した．

　このリストでは，トーキー以後の主要なイギリス文学の映画化作品を選んで，「文学から映画へ」，「映画から文学へ」という21世紀の新しいイギリス文学への招待の道しるべとした．

作家別映画化作品リスト

＊略記号（GB＝イギリス，US＝アメリカ）を一部用い，製作国を製作国での公開年と共に示した．リストは原則として，映画初期のサイレント（無声）映画は除いてある．
＊日本で劇場公開された作品については邦題を先に示した．
＊主要なテレビ映画作品もリストに加え，製作国の後に［TV］と記した．
＊映画界で最大の映画賞であるアメリカのアカデミー賞の受賞，ノミネート（候補），および他の主要映画祭，映画賞の受賞歴も付記し，日本で最も伝統のある映画雑誌「キネマ旬報」の年間ベストテンに選出された作品についても，その順位を日本での評価の参考として記した．
＊監督はdirected byの後に記し，with以下は出演俳優（カッコ内は役名）を示している．映画題名が原作の題名と異なる場合は，based onの後に原作を示した．
＊adapted fromとある場合は，その原作から，時代，場所，人物などの設定（および物語の筋や結末など）を大幅に脚色した翻案作品であることを示す．
＊loosely adapted fromとある場合は，一見原作とは関係がないように見えるが，人物設定や主題等に原作からの影響が見られる関連作品であることを示す．

Amis, Martin

　The Rachel Papers (GB, 1989), directed by Damian Harris, with Dexter Fletcher (Charles Highway) and Ione Skye (Rachel Noyce).
　Dead Babies (US, 2000), directed by William Marsh, with Paul Bettany (Queintin) and Kary Carmichael (Lucy Littlejoin).

◇イギリス文学と映画◇

Austen, Jane

Pride and Prejudice (US, 1940), directed by Robert Z. Leonard, with Laurence Olivier (Mr. Darcy) and Greer Garson (Elizabeth Bennett). ☆アカデミー賞室内装置賞受賞

Persuasion (GB [TV], 1971), directed by Howard Baker, with Anne Firbark (Anne).

Emma (GB [TV], 1972), directed by John Glenister, with Doran Godwin (Emma).

Pride and Prejudice (GB [TV], 1979), directed by Cyril Coke, with Elizabeth Garvie (Elizabeth).

Mansfield Park (GB [TV], 1983), directed by David Giles, with Sylvestra Le Touzel (Fanny Price).

Sense and Sensibility (GB [TV], 1985), directed by Rodney Bennett, with Irene Richard (Elinor) and Tracy Child (Marianne).

Northanger Abbey (GB [TV], 1986), directed by Giles Foster, with Katherine Schlesinger (Catherine Moreland).

「いつか晴れた日に」(Sense and Sensibility, US, 1995), directed by Ang Lee, with Emma Thompson (Elinor), Kate Winslet (Marianne), Hugh Grant (Edward), Alan Rickman (Colonel Brandon), and Greg Wise (Willoughby). ☆アカデミー賞脚色賞（Emma Thompson）受賞，作品・監督・主演女優（Thompson）・助演女優（Winslet）・撮影・衣装デザイン・作曲賞ノミネート，ベルリン国際映画祭グランプリ，キネマ旬報第10位

Persuasion (GB, 1995), directed by (GB-France, 1995), directed by Roger Mitchell, with Amanda Root (Anne) and Clairin Hinds (Captain Wentworth).

Pride and Prejudice (GB [TV], 1995), directed by Simon Langston, with Jennifer Ehle (Elizabeth) and Colin Firth (Mr. Darcy). ☆英国アカデミー賞テレビ部門女優賞（Ehle）受賞

「クルーレス」(Clueless, US, 1995), adapted from Emma, directed by Amy Heckerling, with Alicia Silverstone (Cher Horowitz).

「エマ」(Emma, GB-US, 1996), directed by Douglas McGrath, with Gwyneth Paltrow (Emma) and Jeremy Northam (Mr. Knightley). ☆アカデミー賞作曲賞受賞，衣装デザイン賞ノミネート

Emma (GB [TV], 1996), directed by Diarmuid Lawrence, with Kate Beckinsale (Emma) and Mark Strong (Mr. Knightley).

Mansfield Park (GB, 1999), directed by Patricia Rezema, with Frances O'Connor (Fanny Price) and Jonny Lee Miller (Edmund Bertram).

◇英文学の周辺◇

Ayckbourn, Alan

The Norman Conquests (GB [TV], 1978), directed by Herbert Wise, with Tom Conti (Norman) and Penelope Keith (Sarah).

A Chorus of Disapproval (GB, 1988), directed by Michael Winner, with Anthony Hopkins (Llewellyn), Jeremy Irons (Guy Jones) and Richard Briers (Ted).

Relatively Speaking (GB [TV], 1990), directed by Michael A. Simpson, with Nigel Hawthorne (Philip), Michael Maloney (Gregory) and Imogen Stubbs (Ginny).

Smoking / No Smoking (France, 1993), based on Intimate Exchanges, directed by Alain Renais, with Sabine Azema and Pierre Arditi. ☆ベルリン国際映画祭銀熊賞 (Renais) 受賞，セザール賞作品・監督・脚色・主演男優・美術賞受賞

The Revenger's Comedies (1998), directed by Malcolm Mowbray, with Sam Neil (Henry), Helena Bonham Carter (Karen), Kristin Scott Thomas (Imogen) and Rupert Graves (Oliver).

Barnes, Julian

Love, etc... (France, 1996), directed by Marion Vernoux, with Charlotte Gainsbourg (Marie)

Metroland (France / Spain / GB, 1997), directed by Philip Saville, with Christian Bale (Chris) and Emily Watson (Marion).

Barrie, James Mattew

「七日間の休暇」(Seven Days Leave, US, 1929), based on The Old Lady Shows Her Medals, directed by Richard Wallace, with Gary Cooper (Kenneth Downey) and Beryl Mercer (Sarah).

「小牧師」(The Little Minister, US, 1934), directed by Richard Wallace, with Katharine Hepburn (Babbie) and John Beal (Gavin).

What Every Woman Knows (US, 1934), directed by Gregory La Cava, with Helen Hayes (Maggie), Brian Aherne (John) and Donald Crisp (David).

「偽装の女」(Quality Street, US, 1937), directed by George Stevens, with Katharine Hepburn (Phoebe Throssel), Franchot Tone (Dr. Brown) and Joan Fontaine.

「女性よ永遠に」(Forever Female, US, 1953), based on Rosalind (1912), directed by Irving Rapper, with Ginger Rogers (Beatrice), William Holden (Stanley) and Paul Douglas.

「ピーター・パン」(Peter Pan, US, 1953), Walt Disney's cartoon version, directed by Wilfred Jackson.

The Admirable Crichton (GB, 1957), directed by Lewis Gilbert, with Kenneth More (Crichton) and Cecil Parker (Lord Loan).

Bennett, Arnold

His Double Life (US, 1933), based on Buried Alive, directed by Arthur Hopkins, with Ronald Young (Priam Farrel) and Lillian Gish (Alice).

Holy Matrimony (US, 1943), base on based on Buried Dead, directed by John M. Stahl with Monty Woolley (Priam Farrel) and Gracie Fields (Alice).

Dear Mr. Prohack (GB, 1949), based on Mr. Prohack (1922), directed by Thornton Freeland, with Cecil Parker (Arthur) and Dirk Bogarde (Charles).

The Card [The Prompter] (GB, 1952), directed by Ronald Neame, with Alec Guiness (Machin) and Glynis Johns (Ruth Earp).

Bolt, Robert

「わが命つきるとも」(A Man for All Seasons, GB, 1966), directed by Fred Zinnemann, with Paul Scofield(Sir Thomas More) and Robert Shaw (Henry VIII). ☆アカデミー賞作品・監督・主演男優・撮影・衣装デザイン賞受賞, 助演男優 (Shaw)・助演女優 (Wendy Hiller) 賞ノミネート, キネマ旬報第4位

A Man for All Seasons (US [TV],1988), directed by Charlton Heston, with Charlton Heston (Sir Thomas More), Vanessa Redgrave (Alice More) and John Gielgud (Cardinal Wolsey).

Boyd, William

Stars and Bars (US, 1988), directed by Pat O'Connor, with Daniel Day-Lewis (Henderson Dores) and Harry Dean Stanton (Loomis Gage).

「グッドマン・イン・アフリカ」(A Good Man in Africa, US, 1994), directed by Bruce Beresford, with Colin Friels (Morgan Leafy) and Sean Connery (Dr. Alex Murray).

Bridie, James（1888–1951, アイルランドの劇作家）

Flesh and Blood (GB, 1951), based on A Sleeping Clergyman (1933), directed by Anthony Kimmins, with Richard Todd, Glynis Johns, and Joan Greenwood.

Brontë, Anne

The Tenant of Windfell Hall (1996, GB [TV]), directed by Mike Barker, with Tara Fitzgerald (Helen Graham)

◇英文学の周辺◇

Brontë, Charlotte

Jane Eyre (US, 1934), directed by Christy Cabanne, with Virginia Bruce (Jane) and Colin Clive (Rochester).

「ジェーン・エア」(Jane Eyre, US, 1943), directed by Robert Stevenson, with Joan Fontaine (Jane) and Orson Wells (Rochester).

「ジェーン・エア」(Jane Eyre, GB, 1970), directed by Delbert Mann, with Susannah York (Jane) and George C. Scott (Rochester).

Jane Eyre (GB [TV], 1983), directed by Julian Amyes, with Zelah Clarke (Jane) and Timothy Dalton (Rochester).

「ジェイン・エア」(Jane Eyre, GB-France-UK, 1996), directed by Franco Zeffirelli, with Charlotte Gainsbourg (Jane) and William Hurt (Rochester).

Jane Eyre (GB [TV], 1997), directed by Robert Young, with Samantha Morton (Jane) and Clairin Hinds (Rochester).

Brontë, Emily

「嵐が丘」(Wuthering Heights, US, 1939), directed by William Wyler, with Laurence Olivier (Heathcliff) and Merle Oberon (Cathy). ☆アカデミー賞撮影賞受賞，監督・主演男優・脚色賞ほかノミネート

「嵐が丘」(Wuthering Heights, GB, 1970), directed by Robert Fuest, with Timothy Dalton (Heathcliff) and Anna Calder-Marshall (Cathy).

「嵐が丘」(Wuthering Heights, US, 1992), directed by Peter Kosminsky, with Ralph Fiennes (Heathcliff) and Juliette Binoche (Cathy).

Wuthering Heights (GB [TV], 1999), directed by David Skynner, with Robert Cavanah (Heathcliff) and Orla Brady (Cathy).

Brookner, Anita

Hotel du Lac (GB [TV], 1986), directed by Giles Forster, with Anna Massey (Edith Hope) and Denholm Elliott (Philip Neville). ☆英国アカデミー賞最優秀テレビドラマ賞受賞

Burgess, Anthony

「時計じかけのオレンジ」(A Clockwork Orange, GB, 1971), directed by Stanley Kubrick, with Malcolm McDowell (Alex) ☆アカデミー賞作品・監督・脚色・編集賞ノミネート，ニューヨーク批評家協会賞作品・監督賞受賞，キネマ旬報第4位

Butler, Samuel

「肉体の道」(The Way of All Flesh, US, 1928), directed by Victor Fleming, with Emil Jannings (August Schilling). ☆第1回 (1927～28) アカデミー賞男優賞受賞, 作品賞ノミネート, キネマ旬報第5位

The Way of All Flesh (US, 1940), directed by Louis King, with Akim Tamiroff (Paul) and Gladys George (Anna).

Carroll Lewis

Alice in Wonderland (US, 1933), directed by Norman Mcleod, with Charlotte Henry and W. C. Fields.

「不思議の国のアリス」(Alice in Wonderland, US, 1951), Disney's animated cartoon version, directed by Clyde Geromini.

Alice in Wonderland (US-France-GB, 1951), directed by Dallas Bower, with Carole Marsh and Pamela Brown.

Alice's Adventures in Wonderland (GB, 1972), directed by William Sterling, with Fiona Fullerton and Michael Crawford

Alice in Wonderland (US [TV], 1982), directed by John Clark Donahue and John Driver, with Annie Enneking (Alice).

Alice through the Looking Glass (US [TV], 1985), based on Alice in Wonderland and Through the Looking Glass, directed by Harry Harris, with Natalie Gregory (Alice), Sammy Davis Jr. (Caterpillar / Father William) and Ringo Star (Mock Turtle).

Alice in Wonderland (1999, US [TV]), directed by Nick Willing, with Tina Majorino (Alice), Whoopi Goldberg (Cheshire Cat) and Ben Kingsley (Major Caterpillar).

Carter, Angela

「狼の血族」(The Company of Wolves, GB / US, 1984), directed by Neil Jordan, with Sarah Patterson (Rosaleen) and Angela Lansbury (Granny).

The Magic Toyshop (GB, 1989), directed by David Wheatley, with Caroline Milmoe (Melanie) and Tom Bell (Uncle Philip).

Christie, Agatha

Alibi (GB, 1931), based on The Murder of Roger Ackroyd, directed by Leslie Hiscott, with Austin Trevor (Hercule Poirot).

Lord Edgware Dies (GB, 1934), directed by Henry Edwards, with Austin Trevor

◇英文学の周辺◇

(Hercule Poirot) and Jane Carr.

「そして誰もいなくなった」(And Then There Were None [Ten Little Niggers], US, 1945), directed by Rene Clair, with Walter Huston, Barry Fitzgerald and Louis Hayward.

「情婦」(Witness for the Prosecution, US, 1957), directed by Billy Wilder, with Charles Laughton (Sir Wilfrid Robarts), Tyrone Power, Marlene Dietrich and Elsa Lanchester ☆アカデミー賞作品・監督・主演男優・助演女優（Lanchester）・編集・音響賞ノミネート

The Spider's Web (GB, 1960), directed by Godfrey Grayson, with Glynis Johns and John Justin

Murder She Said (GB, 1961), base on 4.50 from Paddington, directed by George Pollack, with Margaret Rutherford (Miss Jane Marple)

Murder at the Gallop (GB, 1963), based on After the Funeral, directed by George Pollock, with Margaret Rutherford (Miss Jane Marple)

The Alphabet Murders (GB, 1965), based on The ABC Murders, directed by Frank Tashlin, with Tony Randall (Hercule Poirot) and Robert Morley.

「オリエント急行殺人事件」(Murder on the Orient Express, GB, 1974), directed by Sidney Lumet, with Albert Finney (Hercule Poirot), Ingrid Bergman, Lauren Bacall and John Gielgud. ☆アカデミー賞助演女優賞（Bergman）受賞，主演男優・脚色・撮影・衣装デザイン・作曲賞ノミネート

「ナイル殺人事件」(Death on the Nile, GB, 1978), directed by John Guillermin, with Peter Ustinov (Hercule Poirot), Mia Farrow and Bette Davis. ☆1978年アカデミー賞衣装デザイン賞受賞

「地中海殺人事件」(Evil under the Sun, GB, 1982), directed by Guy Hamilton, with Peter Ustinov (Hercule Poirot), James Mason and Diana Rigg.

「死海殺人事件」(Appointment with Death, GB, 1988), directed by Micheal Winner, with Peter Ustinov (Hercule Poirot), Lauren Bacall and John Gielgud.

Ten Little Indians (GB, 1989), base on And Then There Were None, directed by Alan Birkshaw, with Donald Plesance and Brenda Vaccaro.

Collins, Wilkie

The Moonstone (US, 1934), directed by Reginald Barker, with David Manners (Franklyn Blake) and Phyllis Barry (Anne Verinder)

Crimes at the Dark House (UK, 1940), based on The Woman in White, directed by George King, with Tod Slaughter and Sylvia Marriott

◇イギリス文学と映画◇

The Woman in White (US, 1948), directed by Peter Godfrey, with Eleanor Parker (Laurie / Ann)
The Moonstone (UK [TV], 1996), directed by Robert Bierman, with Greg Wise (Franklin Blake) and Keeley Hawes (Rachel Verinder)
The Woman in White (UK [TV], 1997), directed by Tim Fywell, with Tara Fitzgerald (Marian Fairlie) and Justine Waddell (Laura Fairlie)
Basil (UK, 1998), directed by Radha Bharadwaj, with Christian Slater (John Mannion) and Jared Leto (Basil).

Conrad, Joseph

「文化果つるところ」(An Outcast of the Islands, GB, 1951), directed by Carol Reed, with Trevor Howard (Tom Lingard), Ralph Richardson (Peter Willems) and Kermia. ☆キネマ旬報第7位
Face to Face (US, 1952), adapted from Heart of Darkness, directed by John Brahm, with James Mason and Gene Lockhart.
「ロード・ジム」(Lord Jim, US, 1964), directed by Richard Brooks, with Peter O'Toole (Jim) and James Mason (Brown).
「デュエリスト・決闘者」(The Duellists, GB, 1977), directed by Ridley Scott, with Keith Carradine (Armand d'Hubert) and Harvey Keitel (Gabriel Feraud).
「地獄の黙示録」(Apocalypse Now, US, 1979), based on Heart of Darkness, directed by Francis Coppola, with Martin Sheen, Robert Duvall and Marlon Brando. ☆アカデミー賞撮影・音響賞受賞，作品・監督・助演男優（Duvall）・脚色・美術・編集賞ノミネート，キネマ旬報第3位
「サボタージュ」(Sabotage [A Woman Alone], GB, 1936), based on The Secret Agent, directed by Alfred Hitchcock, with Sylvia Sidney (Mrs. Verloc) and Oscar Homolka (Mr. Verloc).
Victory (US, 1940), directed by John Cromwell, with Fredric March (Hendrick Heyst), Betty Field (Alma), and Cedric Hardwicke.
「嵐に叛く女」(Laughing Anne, GB, 1953), based on Within the Tides, directed by Herbert Wilcox, with Margaret Lockwood.
Heart of Darkness (US [TV], 1994), directed by Nicholas Roeg, Tim Roth (Marlow) and John Malkovich (Kurtz).
Victory (US, 1995), directed by Mark Peploe, with William Defoe (Axel Heyst) and Irene Jacob (Alma).
The Secret Agent (US, 1996), directed by Christopher Hampton, with Bob Hoskins

◇英文学の周辺◇

(Verloc), Patricia Arquette (Winnie), Gerald Depardieu (Ossipon).

「輝きの海」(Swept from the Sea, GB, 1997), based on Amy Foster, directed by Beeban Kidron, with Vincent Perez (Yanko Gooral), Rachel Weisz (Amy Foster) and Ian Mckellan (Dr. Kennedy).

Coward, Noel

「夫婦戦線」(Private Lives, US, 1931), directed by Sidney Franklin, with Norma Shearer (Amanda) and Robert Montgomery (Elyot).

「カヴァルケード」(Cavalcade, US, 1933), directed by Frank Lloyd, with Diana Wynyard (Jane), Herbert Mundin (Alfred), and Ursula Jeans (Fanny). ☆アカデミー賞作品・監督・室内装置賞受賞

「生活の設計」(Design for Living, US, 1933), directed by Ernst Lubitch, with Gary Cooper (George), Fredric March (Tom) and Miriam Hoppkins (Gilda).

Tonight is Ours [The Queen Was in the Parlor] (US, 1933), directed by Stuart Walker, with Fredric March (Sabien Pastal) and Claudette Colbert (Princess Nadya).

Bitter Sweet (US, 1933), directed by Herbert Wilcox, with Anna Neagle (Sarah) and Fernand Gravet (Carl).

Bitter Sweet (US, 1940), directed by W. S. Van Dyke II, with Jeanette MacDonald (Sarah) and Nelson Eddy (Carl).

We Were Dancing (US, 1942), partly based on Tonight at 8:30, directed by Robert Z. Leonard, with Norma Shearer (Vicki) and Melvyn Douglas (Nikki).

「逢びき」(Brief Encounter, GB, 1945), based on Still Life, directed by David Lean, with Celia Jonson (Laura) and Trevor Howard (Alec). ☆アカデミー賞監督・主演女優・脚色賞ノミネート，カンヌ国際映画祭グランプリ受賞，キネマ旬報第3位

「陽気な幽霊」(Blithe Spirit, GB, 1945), directed by David Lean, with Rex Harrison (Charles), Kay Kendall and Margatet Rutherford. ☆アカデミー賞特殊効果賞受賞

「幸福なる種族」(This Happy Breed, GB, 1947), directed by David Lean, with Robert Newton (Frank), Celia Jonson (Ethel) and John Mills (Billy).

The Astonished Heart (GB, 1949), directed by Terence Fisher and Anthony Darnborough, with Noel Coward (Dr. Faber), Celia Jonson (Barbara), Margaret Leighton (Leonora) and Joyce Carey (Susan).

Meet Me Tonight (GB, 1952), based on three one act plays, 'Red Peppers', 'Fumed Oak' and 'Ways and Means' from Tonight at 8:30, directed by Anthony Pelissier, with Ted Ray (George), Kay Walsh (Lily) and Stanley Holloway (Henry).

Pretty Polly [A Matter of Innocence] (GB, 1967), based on Coward's story, directed by Guy Green, with Hayley Mills (Polly) and Trevor Howard (Robert Hook).

Relative Values (GB, 2000), directed by Eric Styles, with Julie Andrews (Felicity), William Baldwin (Don Lucas)

Cronin, Archibald Joseph

Hatter's Castle (GB, 1941), directed by Lance Comfort, with Robert Newton (James Brodie) and Deborah Kerr (Mary).

「城砦」(The Citadel, GB, 1938), directed by King Vidor, with Robert Donat (Dr. Andrew Manson), Rosalind Russell (Christine) and Ralph Richardson (Dr. Denny). ☆アカデミー賞監督・脚色・主演男優賞ほかノミネート，ニューヨーク映画批評家賞作品賞受賞

The Stars Look Down (GB, 1939), directed by Carol Reed, with Michael Redgrave (Davey Fenwick) and Margaret Lockwood (Jenny Sunley).

「王国の鍵」(The Keys of the Kingdom, US, 1944), directed by John M. Sthal, with Gregory Peck (Father Chisholn) and Thomas Mitchcell (Dr. Tullock). ☆アカデミー賞主演男優・撮影・室内装置賞ほかノミネート

「育ち行く年」(The Green Years, US, 1946), directed by Victor Saville, with Charles Coburn (Alexander Gon) and Dean Stockwell (Robert).

The Spanish Gardener (GB, 1956), directed by Philip Leacock, with Dirk Bogarde (Jose) and Michael Hordern (Harrington Brande).

Dahl, Roald

36 Hours (US, 1964), directed by George Seaton, with James Garner (Major Jefferson Pike), Eva Marie Saint (Anna Hedler) and Rod Taylor (Major Walter Gerber)

Willy Wonka & the Chocolate Factory, directed by Mel Stuart, with Gene Wilder (Willy Wonka) and Jack Alderson (Grandpa Joe). ☆アカデミー賞歌曲編曲賞ノミネート

The Witches (GB, 1990), directed by Nicholas Roeg, with Angelica Huston (Miss Ernst / High Witch).

James and the Giant Peach (GB / US, 1996), directed by Henry Selick

Matilda (US, 1996), directed by Danny DeVito, with Mara Wilson (Matilda Wormwood) and Danny DeVito (Harry Wormwood).

◇英文学の周辺◇

Defoe, Daniel

The Adventures of Robinson Crusoe (Mexico, 1953), directed by Luis Bunuel, with Dan O'Herlihy (Crusoe) and Jaime Fernandez (Friday).

「モール・フランダースの愛の冒険」(The Amorous Adventures of Moll Flanders, GB, 1965), directed by Terence Young, with Kim Novak (Moll) and Richard Johnson (Jemmy).

Man Friday (GB, 1975), based on Robinson Crusoe directed by Jack Gold, with Peter O'Toole (Crusoe).

「モル・フランダース」(Moll Flanders, US, 1996), directed by Pen Densham, with Robin Wright (Moll) and Morgan Freeman (Hibble).

Delaney, Shelagh（1939-, 劇作家）

「蜜の味」(A Taste of Honey, GB, 1961), directed by Tony Richardson, with Rita Tushingham and Dora Bryan. ☆キネマ旬報第8位

Dickens, Charles

「鉄壁の男」(Rich Man's Folly, US, 1931), based on Dombey and Son, directed by John Cromwell, with George Bancroft (Brock Trumbull) and Frances Dee (Anne Trumbull).

Great Expectations (US, 1934), directed by Stuart Walker, with Phillips Holmes (Pip), Jane Wyatt (Estella), and Henry Hull (Magwitch).

Scrooge (GB, 1935), based on A Christmas Carol, directed by Henry Edwards, with Seymour Hicks (Scrooge) and Donald Calthrop (Fred).

The Mystery of Edwin Drood (US, 1935), directed by Stuart Walker, with Claude Rains (John Jasper) and Douglas Montgomery (Neville Landless).

「孤児ダビド物語」(David Copperfield, US, 1935), directed by George Cuker, with Freddie Bartholomew (David as boy), Frank Lawton (David as man) and W.C. Fields (Micawber).

「嵐の三色旗」(A Tale of Two Cities, US, 1935), directed by Jack Conway, with Ronald Colman (Sydney Carton), Elizabeth Allen (Lucie Manette) and Basil Rathbone (Marquis St. Evremonde).

A Christmas Carol (US, 1938), directed by Edwin L. Marin, with Reginald Owen (Scrooge) and Gene Lockhart (Bob Cratchit).

「大いなる遺産」(Great Expectations, GB, 1946), directed by David Lean, with John Mills (Pip), Alec Guiness (Herbert Pocket) and Jean Simmons (Estella as child).

◇イギリス文学と映画◇

☆1947年アカデミー賞撮影・美術賞受賞，作品・監督・脚色賞ノミネート
「悪魔と寵児」Nicholas Nickleby (GB, 1947), directed by Albert Cavalcanti, with Derek Bond (Nicholas Nickleby), Cedric Hardwicke (Ralph Nickleby) and Sybil Thorndike (Mrs. Squeers).

「オリバー・ツイスト」(Oliver Twist, GB, 1948), directed by David Lean, with Alec Guinness (Fagin) and John Howard Davis (John Howard Davis).

Scrooge (GB, 1948), directed by Brian Desmond Hurst, with Alastair Sim (Scrooge) and Melvyn Johns (Bob Cratchit).

The Pickwick Papers (GB, 1952), directed by Noel Lanley, with James Hayer (Samuel Pickwick), James Donald (Winkle) and Donald Wolfit (Serjeant Buzfuz).

「二都物語」(A Tale of Two Cities, GB, 1958), directed by Ralph Thomas, with Dirk Bogarde (Sydney Carton) and Dorothy Tutin (Lucie Manette).

「オリバー！」(Oliver!, GB, 1968), a musical version of Oliver Twist, directed by Carol Reed, with Ron Moody (Fagin), Mark Lester (Oliver Twist) and Artful Dodger (Jack Wild). ☆アカデミー賞作品・監督・美術・ミュージカル映画音楽・音響賞受賞，主演男優（Moody）・助演男優（Wild）・脚色・撮影・衣装デザイン・編集賞ノミネート

「クリスマス・キャロル」(Scrooge, GB, 1970), a musical version of A Christmas Carol, directed by Ronald Neame, with Albert Finney (Scrooge), Alec Guinness (Jacob Marley) and Edith Evans (Christmas Past). ☆アカデミー賞美術・衣装・作曲・主題歌賞ノミネート

David Copperfield (GB, 1970), directed by Delbert Mann, with Ralph Richardson (Mr. Micawber), Michael Redgrave (Mr. Peggotty) and Edith Evans (Betsey Trotwood).

The Life and Adventures of Nicholas Nickleby (GB [TV], 1982), based on Royal Shakespeare Company's production, directed by Trevor Nunn, John Caird and Jim Goddard, with Roger Rees (Nicholas Nickleby). ☆エミー賞ミニ・シリーズ賞受賞

A Christmas Carol (US-GB [TV], 1984), directed by Clive Donner, with George C. Scott (Scrooge), Susannah York (Mrs. Cratchit).

Oliver Twist (GB [TV], 1985), directed by Gareth Davies, with Ben Rodska (Oliver).

Bleak House (GB [TV], 1985), directed by Ross Devenish, with Chris Pitt (Jo).

Little Dorrit (GB, 1987), directed by Christ Edzard, with Derek Jacobi (Arthur Clennam), Joan Greenwood (Mrs. Clennam) and Alec Guinness (William Dorrit). ☆アカデミー賞助演男優（Guinness），脚色賞ノミネート

◇英文学の周辺◇

「三人のゴースト」(Scrooged, US, 1988), directed by Richard Donner, with Bill Murray (Scrooge).

A Tale of Two Cities (GB [TV], 1989), directed by Philippe Mounier, with James Wilby (Sydney Carton).

「マペットのクリスマス・キャロル」(The Muppet Christmas Carol, US, 1992), directed by Brian Henson, with Michael Caine (Scrooge).

The Mystery of Edwin Drood (GB, 1993), directed by Timothy Forder, with Robert Powell (Jasper), Finty Williams (Rosa) and Jonathan Phillips (Edwin Drood).

Martin Chuzzlewit (GB [TV], 1994), directed by Pedr James, with Paul Scofield (Old Martin Chuzzlewit).

The Old Curiosity Shop (GB [TV], 1994), directed by Kevin Connor, with Sally Walsh (Nell).

「大いなる遺産」(Great Expectations, US, 1998), directed by Alfonso Cuarón, with Ethan Hawke (Finn) and Gwyneth Paltraw (Estella)

Our Mutual Friend (GB [TV], 1998), directed by Julian Farino, with Steven Mackintosh (John Harmon). ☆英国アカデミー賞最優秀ドラマ・シリーズ賞ほか受賞

Great Expectation (GB [TV], 1999), directed by Julian Jarrold, with Ioan Gruffudd (Pip).

A Christmas Carol (GB [TV], 1999), directed by David Hugh Jones, with Patrick Stewart (Scrooge).

David Copperfield (GB [TV], 1999), directed by Simon Curtis, with Daniel Radcliffe (Young David).

Doyle, Arthur Conan

The Sign of Four (GB, 1932), directed by Rowland V. Lee, with Arthur Wantner (Sherlock Holmes).

A Study in Scarlet (US, 1933), directed by Edwin L. Martin, with Reginald Owen (Holmes) and Warburton Gamble (Watson).

The Hound of the Baskervilles (US, 1939), directed by Sidney Lanfield, with Basil Rathborne (Holmes).

The Adventures of Sherlock Holmes [Sherlock Holmes] (US, 1939), directed by Alfred Werker, with Basil Rathborne.

The Hound of the Baskervilles (GB, 1959), directed by Terence Fisher, with Peter Cushing (Holmes).

「シャーロック・ホームズの素敵な挑戦」(The Seven-Per-Cent Solution, US, 1976),

adapted from Sherlock Holmes' stories, directed by Herbert Ross, with Alan Airkin (Sigmund Freud) and William Nicholson (Holmes). ☆アカデミー賞脚色・衣装デザイン賞ノミネート

The Hound of the Baskervilles (GB, 1977), directed by Paul Morrissey, with Peter Cook (Holmes) and Dudley Moore (Watson).

The Adventures of Sherlock Holmes (GB [TV-series], 1984–85), with Jeremy Brett.

Doyle, Roddy

「ザ・コミットメント」(The Commitments, Ireland / GB / US, 1991), directed by Alan Parker, with Robert Arkins (Jeremy Rabbitte), Michael Aherne (Steve Clifford) and Angeline Ball (Imelda Quirke). ☆英国アカデミー賞作品・監督・脚色・編集賞受賞，東京国際映画祭監督賞受賞

「スナッパー」(The Snapper, GB [TV], 1993), directed by Stephen Frears, with Colm Meaney (Dessie Curley), Tina Kellegher (Sharon) and Ruth McCabe (Kay). ☆英国アカデミー賞テレビ部門編集・音響賞受賞，作品賞ノミネート

The Van (GB, 1996), directed by Stephen Frears, with Colm Meaney (Larry), Donal O'Kelly (Brendan Reeves) and Ger Ryan (Maggie).

Drabble, Margaret

A Touch of Love (GB, 1969), based on The Millstone, directed by Waris Hussein, with Sandy Dennis (Rosamund Stacey) and Ian Mckellen (George Matthews).

Durrell, Lawrence

「アレキサンドリア物語」(Justine, US, 1969), directed by George Cukor, with Anouk Aimée (Justine) and Dirk Bogarde (Pursewarden).

Eliot, George

The Mill on the Floss (GB, 1937), directed by Tim Whelan, with Geraldine Fitzgerald (Maggie Tulliver), Frank Lawton (Philip) and James Mason (Tom).

The Mill on the Floss (US, 1997), directed by Graham Theakston, with Emily Watson (Maggie) and Ifan Meredith (Tom).

Silas Marner (GB [TV], 1985), directed by Giles Foster, with Ben Kingsley (Silas) and Jenny Agutter (Nancy).

Middlemarch (GB [TV], 1994), directed by Anthony Page, with Juliet Aubrey (Dorothea Brooke) and Douglas Hodge (Tertius Lydgate). ☆英国アカデミー賞テレ

◇英文学の周辺◇

ビ部門女優賞（Aubrey），音楽賞受賞，作品賞ほかノミネート

Eliot, T. S.

Murder in the Cathedral (1951, GB), directed by George Hoellering, with Father John Grosner (Thomas a Becket) and Alexander Gauge (Henry Ⅱ).

「愛しすぎて／詩人の妻」(Tom & Viv, GB-US, 1994), directed by Brian Gilbert, based on Michael Hastings's play about T. S. Eliot and his wife, Vivienne, with William Dafoe (Tom Eliot), Miranda Richardson (Vivienne), and Rosemary Harris (Rose). ☆アカデミー賞主演女優賞（Richardson），助演女優賞（Harris）ノミネート

Fielding, Henry

「トム・ジョーンズの華麗な冒険」(Tom Jones, 1963, GB), directed by Tony Richardson, with Albert Finney (Tom Jones) and Hugh Griffith (Squire Western). ☆アカデミー賞作品・監督・脚色・作曲賞受賞，主演男優・助演男優（Griffith）・助演女優・美術賞ノミネート，ベネチア国際映画祭男優賞（Finney）受賞，キネマ旬報第8位

Joseph Andrews (GB, 1977), directed by Tony Richardson, with Peter Finch (Joseph), Ann Margret (Lady Boaby) and Michael Hordern (Parson Adams).

The History of Tom Jones, a Foundling (GB [TV], 1997), directed by Metin Huseyin, with Max Beesley (Tom Jones) and Samantha Morton (Sophia Western).

Forster, Edward Morgan

「インドへの道」(A Passage to India, GB, 1984), directed by David Lean, with Judy Davis (Adela Quested), Alec Guinness (Godbole) and Peggy Ashcroft (Mrs. Moore). ☆アカデミー賞助演女優賞（Ashcroft）・作曲賞受賞，作品・監督・主演女優・脚色（Lean）・撮影・美術・衣装・編集・音響賞ノミネート，キネマ旬報第9位

「眺めのいい部屋」(A Room with a View, GB, 1985), directed by James Ivory, with Helena Bonham Carter (Lucy) and Maggie Smith (Charlotte). ☆アカデミー賞脚色・美術・衣装デザイン賞受賞，作品・監督・助演男優（Denholm Elliott）・助演女優（Smith）・撮影賞ノミネート，キネマ旬報第4位

「モーリス」(Maurice, GB, 1987), directed by James Ivory, with James Wilby and Hugh Grant. ☆ベネチア映画祭男優賞（Wilby & Grant）受賞

Where Angels Fear to Tread (GB, 1991), directed by Charles Sturridge, with Helena Bonham Carter (Caroline Abbott) and Rupert Graves (Philip Herriton).

「ハワーズ・エンド」(Howards End, GB, 1992), directed by James Ivory, with

Anthony Hopkins (Henry), Emma Thompson (Margaret) and Helena Bonham Carter (Helen). ☆アカデミー賞脚色・美術賞受賞，作品・監督・主演女優・助演女優（Vanessa Redgrave），撮影・衣装・作曲賞ノミネート

Fowles, John

「コレクター」(The Collector, US / GB, 1965), directed by William Wyler, with Terence Stamp (Freddie Clegg) and Samantha Eggar (Miranda Grey). ☆アカデミー賞監督・主演女優・脚色賞ノミネート，カンヌ国際映画祭男優・女優賞受賞，キネマ旬報第6位

The Magus (GB, 1968), directed by Guy Green, with Michael Caine (Nicholas Urfe), Anthony Quinn (Maurice Conchis) and Candice Bergen (Lily).

「フランス軍中尉の女」(The French Lieutenant's Woman, GB, 1981), directed by Karel Reisz, written by Harold Pinter, with Meryl Streep (Sarah & Anna) and Jeremy Irons (Charles & Mike). ☆アカデミー賞主演女優・脚色(Harold Pinter)・美術・衣装・編集賞ノミネート，キネマ旬報第9位

Frayn, Michael

Noises Off, (US, 1992), directed by Peter Bogdanovich, with Carol Burnett (Dotty Otley / Mrs. Clackett) and Michael Caine (Lloyd Fellowes).

Fry, Christopher

The Lady's Not for Burning (GB [TV], 1987), directed by Julian Amyes, with Kenneth Branagh (Thomas Mendip).

Friel, Brian

Dancing at Lughnasa, (Ireland / GB / US, 1998), directed by Pat O'Connor, with Meryl Streep (Kate) and Michael Gambon (Jack).

Galsworthy, John

Escape (GB, 1930), directed by Basil Dean, with Gerald du Maurier (Captain Matt Denant) and Edna Best (Shingled Lady).

Old English (US, 1930), directed by Alfred E. Green, with George Arliss (Old English) and Leon Janney (John Larne).

The Skin Game (GB, 1931), directed by Alfred Hitchcock, with Edmund Gwenn (Mr. Hornblower) and Joan Longden (Charles).

◇英文学の周辺◇

　　Loyalties (GB, 1933), directed by Basil Dean, with Basil Rathborne (Ferdinand de Levis) and Heather Thatcher (Margaret Orme).
　　Twenty-One Days (GB, 1939), based on The First and the Last, directed by Basil Dean, with Laurence Olivier (Larry Durrant) and Vivien Leigh (Wanda).
　　Escape (GB, 1948), directed by Joseph L. Mankiewicz, with Rex Harrison (Matt Denant) and Peggy Cummings (Dora Winton).
　　「フォーサイト家の女」The Forsyte Woman [The Forsyte Saga] (US, 1949), based on The Man of Property, directed by Compton Bennett, with Greer Garson (Irene Forsyte) and Errol Flynn (Soames Forsyte).
　　「サマーストーリー」(A Summer Story, GB, 1988), based on The Apple Tree, directed by Pier Haggard, with James Wilby (Ashton) and Imogen Stubbs (Megan).

Gaskell, Elizabeth Cleghorn
　　Wives and Daughters (GB [TV], 1999), directed by Nicholas Renton, with Justine Waddell (Molly Gibson).

Gay, John
　　「三文オペラ」(The Beggar's Opera, GB, 1953), directed by Peter Brook, with Laurence Olivier (Captain Macheath) and Dorothy Tutin (Polly Peachum).
　　The Beggar's Opera (GB [TV], 1983), directed by Jonathan Miller, with Roger Daltry (Macheath).

Golding, William
　　Lord of the Flies (GB, 1963), directed by Peter Brook, with James Aubrey (Ralph) and Tom Chapin (Jack).
　　「蝿の王」(Lord of the Flies, US, 1990), directed by Harry Hook, with Balthazar Getty (Ralph) and Chris Furth (Jack).

Gray, Simon
　　Butley (GB, 1974), directed by Harold Pinter, with Alan Bates (Ben Butley) and Jesseca Tandy (Edna Shaft).

Greene, Graham
　　Orient Express (US, 1933), based on Stamboul Train (1932), directed by Paul Martin, with Heather Angel (Coral Musker) and Norman Forster (Carlton Myatt).

The Green Cockatoo (GB, 1940), directed by William Cameron Menzies, with John Mills (Jim Connor) and Robert Newton (Dave Connor).

With the Day Well? [Forty-Eight Hours] (GB, 1942), based on Green's short story, "The Lieutenant Died Last," directed by Alberto Cavalcanti, with Leslie Banks (Oliver Wilsford) and Basil Sydney (Major Hammond).

This Gun for Hire (US, 1942), based on A Gun for Sale (1936), directed by Frank Tuttle, with Alan Ladd (Philip Raven), Robert Preston (Lieut. Michael Crane) and Veronica Lake (Ellen Graham).

Ministry of Fear (US, 1943), directed by Fritz Lang, with Ray Milland (Stephen Neale) and Marjorie Reynolds (Carla Hife).

The Confidential Agent (US, 1945), directed by Herman Shumlin, with Charles Boyer (Denard) and Lauren Bacall (Rose Cullen).

Brighton Rock (GB, 1947), directed by John Boulting, with Richard Attenborough (Pinky Brown) and Hermione Baddeley (Ida Arnold).

「卑怯者」(The Man Within [The Smugglers], GB, 1947), directed by Bernard Knowles, with Richard Attenborough (Francis Andrews), Michael Redgrave (Richard Carlyon) and Joan Greenwood (Elizabeth).

「逃亡者」(The Fugitive, US, 1947), based on The Power and the Glory (1940), directed by John Ford, with Henry Fonda (A Fugitive).

「落ちた偶像」(The Fallen Ido!, GB, 1948), based on Greene's short story, "The Basement Room," directed by Carol Reed, with Ralph Richardson (Baines) and Michele Morgan (Julie). ☆アカデミー賞監督・脚色賞ノミネート，ニューヨーク映画批評家協会賞監督賞受賞，キネマ旬報第4位

「第三の男」(The Third Man, GB, 1949), based on Greene's original story, directed by Carol Reed, with Joseph Cotton (Holly Martins), Trevor Howard (Major Calloway), Alida Valli (Anna Schmidt) and Orson Wells (Harry Lime). ☆アカデミー賞撮影賞受賞，監督・編集賞ノミネート，カンヌ国際映画祭グランプリ受賞，キネマ旬報第2位

The Heart of the Matter (GB, 1953), directed by George More O'Ferrall, with Trevor Howard (Harry Scobie) and Alida Valli (Louise).

The Stranger's Hand (GB, 1954), directed by Mario Soldati, with Trevor Howard (Major Court) and Alida Valli (Roberta Glabri).

「情事の終り」(The End of the Affair, US, 1955), directed by Edward Dmytryk, with Deborah Kerr (Sarah Miles), Van Johnson (Maurice Bendrix) and John Mills (Albert Parkis).

◇英文学の周辺◇

Loser Takes All (GB, 1956), directed by Ken Annakin, with Glynis Johns (Cary), Rossano Brazzi (Bertrand) and Robert Morley (Dreuther).

Across the Bridge (GB, 1957), based on Greene's short story, directed by Ken Annakin, with Rod Steiger (Carl Schaffner) and Marla Landi (Mary).

「静かなアメリカ人」(The Quiet American, US, 1957), directed by Joseph L. Mankeiwicz, with Audie Murphy (The American) and Michael Redgrave (Thomas Fouler).

「地獄への近道」(Short Cut to Hell, US, 1957), based on A Gun for Sale, directed by James Cagney (Himself), with Robert Ivers (Kyle) and Georgann Johnson (Glory Hamilton).

「ハバナの男」Our Man in Havana (US, 1959), directed by Carol Reed, with Alec Guiness (Jim Wormold), Noel Coward (Hawthorne) and Maureen O'Hara (Beatrice Severn).

The Power and the Glory (US [TV], 1961), directed by Marc Daniels, with Laurence Olivier (Priest), Julie Harris (Maria) and, George C. Scott (Lieutenant).

The Comedians (US, 1967), directed by Peter Glenville, with Richard Burton (Brown), Elizabeth Taylor (Martha Pineda), Alec Guinness (Major Jones), Lillian Gish (Mrs. Smith) and Peter Ustinov (Ambassador Pineda).

Travels with My Aunt (US, 1972), directed by George Cukor, with Maggie Smith (Aunt Augusta) and Alec McCowen (Henry Pulling). ☆アカデミー賞衣装デザイン賞受賞，主演女優・撮影・美術賞ノミネート

England Made Me (GB, 1972), directed by Peter Duffell, with Peter Finch (Erich Krogh) and Michael York (Anthony Farrant).

The Human Factor (GB, 1980), directed by Otto Preminger, with Nicol Williamson (Maurice Castle).

Monsignor Quixote (GB [TV], 1985), directed by Rodney Bennett, with Alec Guinness (Father Quixote).

The Tenth Man (US [TV], 1988), directed by Jack Gold, with Anthony Hopkins (Chavel), Kristin Scott Thomas (Therese) and Derek Jacobi (The Imposter). ☆エミー賞助演男優賞（Jacobi）受賞

Strike It Rich (GB, 1990), based on Loser Takes All, directed by James Scott, with Robert Lindsay (Bertram) and Molly Ringwald (Cary).

「ことの終わり」(The End of the Affair, GB, 1999), directed by Neil Jordan, with Ralph Finnes (Maurice) and Julianne Moore (Sarah). ☆アカデミー賞主演女優・撮影賞ノミネート，英国アカデミー賞脚色賞受賞，作品・監督・主演男優・主演女優賞

◇イギリス文学と映画◇

ほかノミネート

Hardy, Thomas

「遥か群衆を離れて」(Far from the Madding Crowd, GB, 1967), directed by John Selesinger, with Julie Christie (Bathsheba), Peter Finch (William) and Alan Bates (Gabriel).

The Mayor of Casterbridge (GB [TV], 1978), directed by David Giles, with Alan Bates (Henchard).

「テス」(Tess, France-GB, 1979), directed by Roman Polanski, with Nastassia Kinski (Tess) and Peter Firth (Angel Clare). ☆アカデミー賞撮影・美術・衣装デザイン賞受賞, 作品・監督・作曲賞ノミネート, キネマ旬報第7位

The Return of the Native (GB [TV], 1994), directed by Jack Gold, with Catherine Zeta-Jones (Eustacia Vye) and Ray Stevenson (Clym Yeobright).

「日陰のふたり」(Jude, GB, 1996), directed by Michael Winterbottom, with Chrisotpher Eccleston (Jude) and Kate Winslet (Sue).

The Woodlanders (GB, 1998), directed by Phil Agland, with Emily Watson (Grace) and Rufas Sewell (Giles).

Tess of the D'Urbervilles (GB [TV], 1998), directed by Ian Sharp, with Justine Waddell (Tess) and Oliver Milburn (Angel).

Far from the Madding Crowd (GB [TV], 1998), directed by Nicholas Renton, with Paloma Baeza (Bathsheba) and Nathaniel Parker (Gabriel).

The Claim (GB, 2000), base on The Mayor of Casterbridge, directed by Michael Winterbottom, with Peter Mullan (Daniel Dillon) and Nastassia Kinski (Elena).

Hare, David

「プレンティ」(Plenty GB / US, 1985), directed by Fred Schepisi, with Meryl Streep (Susan), Sting (Mick) and John Gielgud (Sir Leonard Darwin). ☆ロサンゼルス批評家協会賞助演男優賞（Gielgud）受賞

The Secret Rapture (GB, 1993), directed by Howard Davis, with Juliet Stevenson (Isabel), Joanne Whalley (Katherine) and Penelop Wilton (Marion French).

Harwood, Ronald

「ドレッサー」(The Dresser, GB, 1983), directed by Peter Yates, with Albert Finney (Sir) and Tom Courtnay (Norman). ☆アカデミー賞作品・監督・主演男優（Finney & Courtnay）・脚色（Harwood）賞ノミネート, ベルリン国際映画祭主演男優賞

◇英文学の周辺◇

(Finney) 受賞，ゴールデングローブ賞主演男優賞 (Courtnay) 受賞，キネマ旬報第9位

Hearn, Lafcadio

「怪談」(Kwaidan, 1964, Japan), directed by Masaki Kobayashi, with Katsuo Nakamura (Hoichi) and Keiko Kishi (Yuki).

Hill, Susan

The Woman in Black (GB [TV], 1989), directed by Herbert Wise, with Adrian Rawlins (Arthur Kidd) and Bernard Hepton (Sam Toovey).

Hilton, James

「失はれた地平線」(Lost Horizon, US, 1937), directed by Frank Capra, with Ronald Colman (Robert Conway), H.B.Warner (Chang) and Thomas Mitchell (Henry Barnard). ☆アカデミー賞室内装置賞，編集賞受賞，作品・助演男優 (Warner) 賞ほかノミネート

Knight Without Armour (GB, 1937), directed by Jacques Feyder, with Robert Donat (A. J. Fothergill) and Marlene Dietrich (Alexandra).

Goodbye Mr. Chips (US, 1939), directed by Sam Wood, with Robert Donat (Mr. Chips), Greer Garson (Katherine) and Paul Henreid. ☆アカデミー賞主演男優賞受賞，作品・監督・主演女優・脚色・録音・編集賞ノミネート

「心の旅路」Random Harvest (US, 1942), directed by Mervyn Le Roy, with Ronald Colman (John Smith) and Greer Garson (Paula). ☆アカデミー賞作品・監督・主演男優 (Colman)，助演女優 (Susan Peters)・脚色賞ほかノミネート，キネマ旬報第3位

「チップス先生さようなら」(Goodbye Mr Chips, GB, 1969), a musical version, directed by Herbert Ross, with Peter O'Toole (Mr. Chips) and Petula Clark (Katherine). ☆アカデミー賞主演男優・ミュージカル映画音楽賞ノミネート

「失われた地平線」(Lost Horizon, US, 1972), directed by Charles Jarrott, with Peter Finch (Conway) and Liv Ullmann (Catherine).

Hudson, William Henry

「緑の館」(Green Mansions, US, 1959) directed by Mel Ferrer, with Audrey Hepburn (Rima).

Hughes, Ted

「アイアン・ジャイアント」(The Iron Giant, US, 1999) [Animation], based on Iron Man, directed by Brad Bird.

Ishiguro, Kazuo

「日の名残り」(The Ramains of the Day, GB / US, 1993), directed by James Ivory, with Anthony Hopkins (James Stevens) and Emma Thompson (Sally Kenton) ☆アカデミー賞作品・監督・主演男優・主演女優・脚色・美術・衣装・作曲賞ノミネート，キネマ旬報第7位

Jonson, Ben

Slyfox (US-GB, 1976), based on Volpone, directed by Arthur Penn, with George C. Scott.

Joyce, James

「ユリシーズ」Ulysses (GB, 1967), directed by Joseph Strick, with Maurice Roeves, Milo O'shea (Leopold Bloom) and Barbara Jefford (Molly Bloom). ☆アカデミー賞脚色賞ノミネート

Passages from Finnegans Wake (GB, 1965), directed by Mary Ellen Bute, with Martin Kelley (Finnegan) and Jane Reilly (Anna).

A Portrait of the Artist as a Young Man (GB, 1978), directed by Joseph Strick, with Bosco Hogan (Stephen Dedalus) and John Gielgud (The Preacher).

James Joyce's Women (US, 1985), directed by Michael Pearce, with Fionnula Flanagan who plays six roles, including Joyce's aging widow and central characters in Ulysses.

「ノーラ・ジョイス／或る小説家の妻」(Nora, Ireland-UK-Italy Germany, 2000), directed by Pat Murphy, with Ewan McGregor (James Joyce) and Susan Lynch (Nora Barnacle). ☆ジョイスの人生の映画化

「ザ・デッド」(The Dead, GB, 1987), directed by John Huston, with Anjelica Huston (Gretta), Donal McCann (Gabriel) and Rachel Dowling (Lily). ☆アカデミー賞脚色賞・衣装デザイン賞ノミネート，キネマ旬報第7位

Kipling, Rudyard

「カラナグ」(Elephant Boy, GB, 1937), directed by Zoltan Korda, with Sabu (Toomai), Walter Hudd (Petersen), Allan Jeayes (Machua Appa).

◇英文学の周辺◇

「テンプルの軍使」Wee Willie Winkie (US, 1937), directed by John Ford, with Shirley Temple (Private Winkie) and Victor McLaglen (Sergeant MacDuff).

「ジャングル・ブック」The Jungle Book (US, 1942), directed by Zoltan Korda, with Sabu (Mowgli), Joseph Calleia (Buldeo), and Joseph Qualen (The barber).

「インドの放蕩児」(Kim, US, 1950), directed by Victor Saville, with Errol Flynn (Mahbub Ali) and Dean Stockwell (Kim).

Soldiers Three (US, 1951), directed by Tay Garnett, with Stewart Granger (Private Ackroyd), David Niven (Captain Pindenny) and Robert Newton (Private Sykes).

「ジャングル・ブック」(The Jungle Book, US, 1966), Disney's cartoon version, directed by Wolfgang Reitherman.

「王になろうとした男」(The Man Who Would be King, US, 1975), directed by John Huston, with Sean Connery (Daniel Dravot), Michael Caine (Peachy Carnehan) and Christopher Plummer (Rudyard Kipling). ☆アカデミー賞脚色・美術・衣装・編集賞ノミネート

「ジャングル・ブック」(The Jungle Book, US, 1994), directed by Stephen Sommers, with Jason Scott Lee (Mowgli).

「ジャングル・ブック／少年モーグリーの大冒険」(The Second Jungle Book: Mowgli & Baloo, US, 1997), directed by Duncan McLachlan, with James Williams (Mowgli).

The Jungle Book: Mowgli's Story (US, 1998), with Brandon Baker (Mowgli).

Lawrence, David Herbert

The Rocking Horse Winner (GB, 1949), directed by Anthony Pelessier, with John Mills (Bassett) and Valerie Hobson (Hester).

Lady Chatterley's Lover (France, 1955), directed by Marc Allegret, with Danielle Darrieux (Constance) and Leo Genn (Clifford).

「息子と恋人」(Son and Lovers, GB, 1960), directed by Jack Cardiff, with Dean Stockwell (Paul Morel), Trevor Howard (Walter Morel) and Wendy Hiller (Gertrude). ☆アカデミー賞撮影賞受賞，作品・監督・主演男優 (Howard)・助演女優 (Mary Ure)・脚色・美術賞ノミネート，ニューヨーク映画批評家賞作品・監督賞受賞

「女狐」(The Fox, US-Canada, 1968), directed by Mark Rydell, with Anne Heywood (Ellen) and Sandy Dennis (Jill).

「恋する女たち」(Women in Love, GB, 1969), directed by Ken Russell, with Glenda Jackson (Gudrun Brangwen) and Alan Bates (Rupert Birkin). ☆アカデミー賞主演女優賞受賞，監督・脚色・撮影賞ノミネート

The Virgin and the Gypsy (GB, 1970), directed by Christopher Miles, with Joanna Shimkus (Yvette) and Franco Nero (Gypsy).

「チャタレイ夫人の恋人」(Lady Chatterley's Lover, GB-France, 1981), directed by Just Jaeckin, with Sylvia Kristel (Constance) and Nicholas Clay (Mellors).

「レインボウ」(The Rainbow, GB, 1988), directed by Ken Russell, with Sammi Davis (Ursula), Paul McGann (Anton) and Amanda Donohue (Winifred).

「チャタレイ夫人の恋人」(Ken Russell's "Lady Chatterley", GB, 1995) directed by Ken Russell, with Joely Richardson (Lady Chatterley) and James Wilby (Clifford).

Lessing, Doris

Memoirs of a Survivor (GB, 1981), directed by David Gladwell, with Julie Christie ('D'), Christopher Guard (Gerald) and Nigel Hawthorne (Victorian Father).

Lewis, C. S.

The Lion, the Witch and the Wardrobe (GB [TV], 1988), directed by Marily Fox, with Richard Dempsey (Peter), Sophie Cook (Susan), Jonathan R. Scott (Edmund) and Sophie Wilcox (Lucy).

Prince Caspian and the Voyage of the Dawn Treader (GB [TV], 1989), directed by Alex Kirby, with Richard Dempsey, Sophie Cook, Jonathan R. Scott and Sophie Wilcox.

The Silver Chair (GB [TV], 1990), directed by Alex Kirby, with David Thwaites (Eustace Clarence Scrubb), Camilla Power (Jill Pole) and Tom Baker (Puddleglum).

「永遠の愛に生きて」(Shadowlands, 1993), directed by Richard Attenborough, based on William Nicholson's play about C. S. Lewis's life, with Anthony Hopkins (C. S. Lewis) and Debra Winger (Joy Gresham). ☆アカデミー賞主演女優賞，脚色賞ノミネート

Shadowlands (GB [TV], 1985), directed by Norman Stone, with Joss Ackland (C. S. Lewis) and Claire Bloom (Joy Gresham).

Marlowe, Christopher

Doctor Faustus (GB, 1967), directed by Richard Burton and Nevill Coghill, with Richard Burton (Faustus) and Elizabeth Taylor (Helen of Toroy).

「エドワード二世」(Edward II, GB, 1991), directed by Derek Jarman, with Steven Waddington (Edward II), Nigel Terry (Mortimer) and Tilda Swinton (Isabella). ☆

◇英文学の周辺◇

ベネチア国際映画祭女優賞受賞

Maugham, William Somerset

「雨」(Rain, US, 1932), directed by Lewis Milestone, with Joan Crawford (Sadie Thompson) and Walter Huston (Alfred Davidson).

Our Betters (US, 1933), directed by George Cukor, with Constance Bennett (Lady Grayston) and Gilbert Roland (Pepi D'Costa).

「凡その人生」(The Narrow Corner, US, 1933), directed by Alfred E. Green, with Douglas Fairbanks Jr. (Fred Blake)

「痴人の愛」(Of Human Bondage, US, 1934), directed by John Cromwell, with Leslie Howard (Philip Carey) and Bette Davis (Mildred).

「彩られし女性」(The Painted Veil, US, 1934), directed by Richard Bolesslansky, with Greta Garbo (Katrin Koerber Fane) and Herbert Marshall (Dr. Walter Fane).

「間諜最後の日」(The Secret Agent, GB, 1936), based on Ashenden, directed by Alfred Hitchcock, with John Gielgud (Edgar Brodie), Robert Young (Robert Marvin) and Peter Lorre (The General).

Vessel of Wrath (GB, 1938), directed by Erich Pommer, with Charles Laughton (Wilson) and Elsa Lanchester (Martha).

「月光の女」(The Letter, US, 1940), directed by William Wyler, with Bette Davis (Leslie Crosbie) and James Stephenson (Howard Joyce). ☆アカデミー賞作品・監督・主演女優・助演男優 (Stephenson) ノミネート

The Moon and Sixpence (US, 1943), directed by Albert Lewin, with George Sanders (Charles Strickland).

「クリスマスの休暇」(Christmas Holiday, US, 1944), directed by Robert Siodmark, with Deanna Durbin (Jackie Lamont) and Gene Kelly (Robert Monette).

The Hour before the Dawn (US, 1944), directed by Frank Tuttle, with Franchot Tone (Jim Hetherton) and Veronica Lake (Dora Bruckman).

「人間の絆」(Of Human Bondage, US, 1946), directed by Edmund Goulding, with Paul Henreid (Philip Carey) and Eleanor Parker (Mildred Rogers).

「剃刀の刃」(The Razor's Edge, US, 1946), directed by Edmund Goulding, with Tyrone Power (Larry Darrell) and Gene Tierney (Isabel Bradley). ☆アカデミー賞助演女優賞 (Anne Baxter) 受賞，作品・助演男優賞 (Clifton Webb) ノミネート

「四重奏」(Quartet, GB, 1948), four short stories introduced by the author: 'The Facts of Life' directed by Ralph Smart with Basil Radford (Henry Garnet), 'The Alien Corn' directed by Harold French with Dirk Bogarde (George Bland), 'The

Kite' directed by Arthur Crabtree with George Cole (Herbert Surbury), and 'The Colonel's Lady' directed by Ken Annakin with Cecil Parker (Colonel Peregrine).

Trio (GB, 1950), based on 'The Verger', 'Mr. Knowall' and 'Sanatorium', directed by Ken Annakin and Harold French, with James Hayter (Albert Foreman in 'The Verger'), Kathleen Harrison (Emma Foreman in 'The Verger') and Michael Hordern (Vicar in 'The Verger').

Encore (GB, 1951), based on 'The Ant and the Grasshopper', 'Winter Cruise' and 'Gigolo and Gigolette', directed by Pat Jackson, Anthony Pelissier and Harold French, with Nigel Patrick (Tom Ramsay), Ronald Culver (George Ramsay) and Kay Walsh (Molly Reid).

「雨に濡れた欲情」(Miss Sadie Thompson, US, 1954), based on Rain, directed by Curtis Bernhardt, with Rita Hayworth (Sadie Thompson) and Jose Ferrer (Alfred Davidson).

The Seventh Sin (US, 1957), based on The Painted Veil, directed by Ronald Neame, with, Eleanor Parker (Carol Carwin) and Bill Travers (Dr. Walter Carwin).

「人間の絆」(Of Human Bondage, GB, 1964), directed by Ken Hughes, with Laurence Harvey (Philip Carey) and Kim Novak (Mildred Rogers).

「剃刀の刃」(The Razor's Edge, US, 1984), directed by John Byrum, with Bill Murray (Larry Darrell) and Denholm Elliott (Elliott Templeton).

Up at the Villa (US, 2000), directed by Philip Hass, with Kristin Scott Thomas (Mary), Sean Penn (Rowley).

McEwan, Ian

The Ploughman's Lunch (GB, 1983), directed by Richard Ere, with Tim Curry (Jeremy Hancock), Charlie Dore (Susan Barrington) and Rosemary Harris (Ann Barrington).

The Comfort of Strangers (Italy / UK, 1990), directed by Paul Schrader, with Christopher Walken (Robert), Rupert Everett (Colin), Natasha Richardson (Mary) and Helen Mirren (Caroline).

The Cement Garden (GB / France / Germany, 1993), directed by Andrew Birkin, with Andrew Robertson (Jack) and Charlotte Gainsbourg (Julie). ☆ベルリン国際映画祭銀熊賞（Birkin）受賞

「愛の果てに」(The Innocent, GB / Germany, 1993), directed by John Schlesinger, with Anthony Hopkins (Bob Glass) and Isabella Rossellini (Maria).

◇英文学の周辺◇

Moore, George(1852–1933, アイルランドの詩人・小説家)
Esther Waters (GB, 1947), directed by Ian Dalrymple and Peter Proud, with Kathleen Ryan (Esther) and Dirk Bogarde (William).

Murdoch, Iris
A Severed Head (GB, 1971), directed by Dick Clement, with Lee Remick (Antonia), Richard Attenborough (Palmer), Ian Holm (Martin), Claire Bloom (Honor Klein) and Jennie Linden (Georgie Hands)
「アイリス」(Iris, GB-US, 2000), based on John Bayley's memoir, directed by Richard Eyre, with Judi Dench (Iris), Jim Broadbent (John Bayley) and Kate Winslet (Young Iris). ☆アカデミー賞助演男優賞(Broadbent)受賞, 主演女優賞(Dench)・助演女優(Winslet)賞ノミネート, 英国アカデミー賞主演女優賞(Dench)受賞

Nichols, Peter
A Day in the Death of Joe Egg (GB, 1972), directed by Peter Medak, with Alan Bates (Bri) and Janet Suzman (Sheila).
The National Health (GB, 1973), directed by Jack Gold, with Neville Aurelius (Leyland / Monk) and Gillian Barge (Dr. Bird).

O'Brien, Edna
Girl with Green Eyes (GB, 1964), directed by Desmond Davis, with Rita Tushingham, Peter Firth (Eugene Gaillard) and Lynn Redgrave (Baba Brennan)
I Was Happy Here (GB, 1966), directed Desmond Davis, with Sarah Miles (Cass) and Cyril Cusack (Hogan).

O'Casey, Sean
Juno and the Paycock (GB, 1930), directed by Alfred Hitchcock, with Maire O'neill (Mrs. Madigan) and Barry Fitzerald (The Orator).

Orton, Joe
Loot (GB, 1971), directed by S. Narizzano, with Richard Attenborough (Truscott), Lee Remick (Fay) and Milo O'shea (Mr. McLeavy).
The Mind of Mr. Soames (GB, 1971), directed by Alan Cooke, with Terence Stamp (John Soames) and Robert Vaughn (Dr. Bergen).

「プリック・アップ」 (Prick Up Your Ears, GB, 1987), directed by Stephen Frears, with Gary Oldman (Joe Orton). ☆オートンの人生の映画化

Osborne, John

Look Back in Anger (GB, 1959), directed by Tony Richardson, with Richard Burton (Jimmy Porter), Claire Bloom (Helena) and Mary Ure (Alison).

The Entertainer (GB, 1960), directed by Tony Richardson, with Laurence Olivier (Archie Rice) and Joan Plowright (Jean). ☆アカデミー賞主演男優賞ノミネート

Inadmissible Evidence (GB, 1968), directed by Anthony Page, with Nicol Williamson (Bill) and Eleanow Fazan (Anna).

Luther (GB, 1973), directed by Guy Green, with Stacy Keach (Martin Luther).

Look Back in Anger (US, 1980), directed by Linsay Anderson and David Hugh Jones, with Malcolm McDowell (Jimmy Porter) and Lisa Banes (Allison).

Look Back in Anger (GB [TV], 1989), directed by Judi Dench, with Kenneth Branagh (Jimmy) and Emma Thompson (Allison).

Orwell, George

Animal Farm (GB, 1955), cartoon version, directed by John Halas.

1984 (GB, 1955), directed by Michael Anderson, with Michael Redgrave (General O'Connor) and Edmond O'Brien (Winston Smith).

「1984」 (Nineteen Eighty-Four, GB, 1984), directed by Michael Radford, with John Hunt (Winston Smith), Richard Burton (O'Brien), Suzanna Hamilton (Julia) and Cyril Cusack (Charrington).

Keep the Aspidistra Flying [A Merry War] (GB, 1997), directed by Robert Bierman, with Richard E. Grant (Gordon Comstock) and Helena Bonham Carter (Rosemary).

Animal Farm (US [TV], 1999), directed by John Stephenson.

Pinero, Arthur Wing

Those Were the Days (GB, 1933), based on The Magistrate, directed by Thomas Bentley, with Will Hay (Brutus Poskett).

The Enchanted Cottage (US, 1945), directed by John Cromwell, with Dorothy McGuire (Laura) and Robert Young (Oliver Bradford).

◇英文学の周辺◇

Pinter, Harold
 The Caretaker (GB, 1963), directed by Clive Donner, with Donald Pleasance (Mack / Bernard), Alan Bates (Mick) and Robert Shaw (Aston).
 The Birthday Party (GB, 1968), directed by William Friedkin, with Robert Shaw (Stanley Webber) and Patrick Magee (Shamus McCann).
 The Homecoming (GB, 1973), directed by Peter Hall, with Paul Rogers (Max) and Vivien Merchant (Ruth).
 The Collection (GB [TV], 1975), directed by Michael Apted, with Laurence Olivier (Harry), Alan Bates (James) and Malcolm McDowell (Bill).
 Betrayal (GB, 1983), directed by David Hugh Jones, with Jeremy Irons (Jerry), Ben Kingsley (Robert) and Patricia Hodge (Emma). ☆アカデミー賞脚色賞（Pinter）ノミネート
 Basements (Canada [TV], 1987), directed by Robert Altman, based on 'The Dumb Waiter' and 'The Room', with Tom Conti (Gus) and John Travolta (Ben).

Priestley, John Boynton
 The Good Companions (GB, 1933), directed by Victor Saville, with Edmund Gwenn (Jess Oakroyd), Mary Glynne (Elizabeth Trant) and John Gielgud (Inigo Jollifant).
 Dangerous Corner (US, 1934), directed by Phil Rosen, with Melvyn Douglas (Charles Stanton) and Conrad Nagel (Robert Chatfield).
 They Came to a City (GB, 1944), directed by Basil Dearden, with John Clements (Joe Dinmore) and A. E. Matthews (Sir George Gedney).
 「夜の来訪者」(An Inspector Calls, GB, 1954), directed by Guy Hamilton, with Alastair Sim (Inspector Goole), Jane Wenham (Eva Smith) and Arthur Young (Arthur Birling).
 The Good Companions (GB, 1956), directed by J. Lee Thompson, with Eric Portman (Jess Oakroyd) and Celia Jonson (Miss Trant).

Rattigan, Terence
 French Without Tears (GB, 1939), directed by Anthony Asquith, with Ray Milland (Alan Howard) and Ellen Drew (Diana Lake).
 While the Sun Shines (GB, 1946), directed by Anthony Asquith, with Brenda Bruce (Mabel Crum) and Ronald Howard (Earl of Harpenden).
 The Winslow Boy (GB, 1949), directed by Anthony Asquith, with Cedric Hardwicke,

Robert Donat (Sir Robert Morton) and Margaret Leighton (Catherine Winslow).

The Browning Version (GB, 1951), directed by Anthony Asquith, with Michael Redgrave (Andrew Crocker-Harris) and Jean Kent (Millie). ☆カンヌ国際映画祭男優賞(Redgrave)，脚本賞(Rattigan)受賞

「超音ジェット機」(The Sound Barrier [Breaking the Sound Barrier], GB,1952), directed by David Lean, with Ralph Richardson and Nigel Patrick. ☆アカデミー賞録音賞受賞，オリジナル脚本賞ノミネート，キネマ旬報第10位

「彩られし幻想曲」(The Man Who Loved Redhead, GB, 1954), based on Who is Sylvia?, directed by Harold French, with Moira Shearer (Sylvia), John Justin (Mark St. Neots) and Ronald Culver (Oscar).

「愛情は深い海の如く」(The Deep Blue Sea, GB, 1956), directed by Anatole Litvak, with Vivien Leigh (Hester Collyer), Kenneth More (Freddie Page) and Emlyn Williams (Sir William Collyer). ☆ベネチア国際映画祭男優賞(More)受賞

「王子と踊り子」(The Prince and the Showgirl, GB, 1957), based on The Sleeping Prince, directed by Laurence Olivier, with Laurence Olivier (The Regent), Marilyn Monroe (Elsie) and Sybil Thorndike (The Queen Dowager).

「旅路」(Separate Tables, US, 1958), directed by Delbert Mann, with Rita Hayworth (Ann Shankland), Deborah Kerr (Sibyl Railton-Bell), David Niven (Major Pollock), Burt Lancaster (John Malcolm) and Wendy Hiller (Pat Cooper). ☆アカデミー賞主演男優賞(Niven)・助演女優賞(Hiller)受賞，作品・主演女優(Deborah Kerr)・脚色(Terence Rattigan & John Gay)・撮影・音楽賞ノミネート

「予期せぬ出来事」(The VIP's, GB, 1963), directed by Anthony Asquith, with Richard Burton (Paul) and Elizabeth Taylor (Frances). ☆アカデミー賞助演女優賞(Margaret Rutherford)受賞

「黄色いロールスロイス」The Yellow Rolls Royce (GB, 1964), directed by Anthony Asquith, with Rex Harrison (The Marquess of Frinton) and Jeanne Moreau (The Marchioness).

Bequest to the Nation (GB, 1973), directed by James Cellan Jones, with Peter Finch (Admiral Nelson) and Glenda Jackson (Lady Hamilton).

Separate Tables (US [TV], 1983), directed by John Schlesinger, with Julie Christie (Mrs. Shankland / Miss Railton-Bell) and Alan Bates (John Malcolm / Major Pollock).

The Browning Version (GB, 1994), directed by Mike Figgis, with Albert Finney (Andrew Crocker-Harris) and Greta Scacchi (Laura).

The Winslow Boy (US, 1999), directed by David Mamet, with Nigel Hawthorne

◇英文学の周辺◇

(Arthur Winslow), Jeremy Northam (Sir Robert Morton) and Rebecca Pidgeon (Catherine).

Rhys, Jean

「カルテット」(Quartet, GB, 1981), directed by James Ivory, with Isabelle Adjani (Marya Zelli). ☆カンヌ映画祭女優賞 (Adjani) 受賞

Wide Sargasso Sea (Australia, 1993), directed by John Dulgan, with Karina Lombard (Antoinette Cosway), Nathaniel Parker (Edward Rochester) and Michael York (Paul Mason).

Rowley, Malcolm（1909–57, 小説家）

「火山のもとで」(Under the Volcano, Mexico / US, 1984), directed by John Huston, with Albert Finney (Geoffrey Firmin) and Jacqueline Bisset (Yvonne Firmin). ☆アカデミー賞主演男優賞・作曲賞ノミネート

Rowling J. K.

「ハリー・ポッターと賢者の石」(Harry Potter and the Philosopher's Stone, US, 2001), directed by Chris Columbus, with Daniel Radcliffe (Harry Potter), Maggie Smith (Professor McGonagall) and Alan Rickman (Professor Snape).

Scott, Sir Walter

「黒騎士」(Ivanhoe, GB, 1952), directed by Richard Thorpe, with Robert Taylor (Ivahoe), Joan Fontaine (Lady Rowena) and Elizabeth Taylor (Rebecca). ☆アカデミー賞作品・撮影・音楽賞ノミネート

「豪族の砦」Rob Roy the Highland Rogue (GB, 1953), directed by Harold Finch, with Richard Todd (Rob Roy) and Glynis Jones (Mary).

「獅子王リチャード」(King Richard and the Crusaders, US, 1954), based on The Talisman, directed by David Butler, with Rex Harrison (Saladin) and Virginia Mayo (Lady Edith).

「古城の剣豪」(Quentin Durward, GB, 1955), directed by Richard Thorpe with Robert Taylor (Quentin Durward), Kay Kendall (Isabelle) and Robert Morley (Louis XI).

「ロブ・ロイ」(Rob Roy, US, 1995), directed by Michael Caton-Jones, with Liam Neeson (MacGregor), Jessica Lange (Mary) and Tim Roth (Cunningham). ☆アカデミー賞助演男優賞 (Roth) ノミネート

Ivanhoe (GB [TV], 1997), directed by Stuart Orme, with Steven Waddington (Ivanhoe).

Shaffer, Peter

Five finger Exercise (US, 1962), directed by Daniel Mann, with Rosalind Russell (Louise) and Jack Hawkins (Stanley).

The Pad [and How to Use It] (US, 1966), based on The Private Ear, directed by Brian G. Hutton, with Brian Bedford (Bob Handman) and James Farentino (Ted).

The Royal Hunt of the Sun (GB, 1969), directed by Irving Lerner, with Robert Shaw (Pizarro) and Christopher Plummer (Atahualpa).

「フォロ・ミー」(Follow Me, GB, 1971), US title: The Public Eye, directed by Carol Reed, with Topol (Julian), Michael Jayston (Charles) and Mia Farrow (Belinda).

「エクウス」(Equus, GB, 1977), directed by Sidney Lumet, with Richard Burton (Dysart), Peter Firth (Alan) and Joan Plowright (Dora). ☆アカデミー賞脚色 (Peter Shaffer)・主演男優 (Burton)・助演男優 (Firth) 賞ノミネート

「アマデウス」(Amadeus, US, 1984), directed by Milos Forman, with Murray Abraham (Salieri) and Tom Hulce (Mozart). ☆アカデミー賞作品・監督・脚色 (Shaffer)・主演男優 (Abraham)・美術・衣装・音響・メイクアップ賞受賞，主演男優 (Hulse)，撮影・編集賞ノミネート，キネマ旬報第1位

Shaffer, Anthony

「探偵・スルース」(Sleuth, GB, 1972), directed by Joseph L. Mankiewicz, with Laurence Olivier (Andrew Wyke) and Michael Caine (Milo Tindle). ☆アカデミー賞監督・主演男優賞 (Olivier & Caine)・作曲賞ノミネート，キネマ旬報第7位

Shakespeare, William

King John (GB, 1899), silent film of King John's death scene, directed and played by Herbert Beerbohm Tree (King John).

Richard III (US, 1912), silent film directed by Frederick B. Warde, with M. B. Dudley (Richard III).

Hamlet (GB, 1921), silent film directed by Cecil Hepworth, with Forbes-Robertson (Hamlet).

Hamlet, The Drama of Vengeance (Germany, 1920), silent film directed by Svend Gade, with Asta Nielsen (Hamlet).

The Taming of the Shrew (US, 1929), directed by Sam Taylor, with Douglas

◇英文学の周辺◇

　　Fairbanks (Petruchio) and Mary Pickford (Katharina).

「真夏の夜の夢」(A Midsummer Night's Dream, US, 1935), directed by Max Reinhardt and William Dieterle, with Dick Powell (Lysander), Olivia de Havilland (Hermia), James Cagney (Bottom) and Michey Rooney (Puck). ☆アカデミー賞撮影・編集賞受賞

「ロミオとジュリエット」(Romeo and Juliet, US, 1936), directed by George Cukor, with Leslie Howard (Romeo) and Norma Shearer (Juliet). ☆アカデミー賞主演女優・室内装置賞ほかノミネート

As You Like It (GB, 1936), directed by Paul Czinner, with Laurence Olivier (Orlando) and Elizabeth Bergner (Rosalind).

「ヘンリー五世」(Henry V, GB, 1944), directed by Laurence Olivier, with Laurence Olivier (Henry V), Renee Asherson (Katharine) and George Robey (Falstaff). ☆アカデミー賞特別賞（Olivier）受賞，作品・主演男優・装置・音楽賞ノミネート，キネマ旬報第1位

「二重生活」(A Double Life, US, 1947), adapted from Othello, directed by George Cukor, with Ronald Colman (Anthony John). ☆アカデミー賞主演男優（Colman）・音楽賞受賞，監督・脚本賞ノミネート

「ハムレット」(Hamlet, GB, 1948), directed by Laurence Olivier, with Laurence Olivier (Hamlet), Eileen Herlie (Gertrude), Jean Simmons (Ophelia) and Basil Sydney (Claudius). ☆アカデミー賞作品・主演男優・美術・衣装デザイン賞受賞，監督・主演男優・助演女優（Simmons）・音楽賞ノミネート，ベネチア国際映画祭グランプリ・女優賞（Simmons）受賞，キネマ旬報第4位

「マクベス」(Macbeth, US, 1948), directed by Orson Welles, with Orson Welles (Macbeth) and Jeanette Nolan (Lady Macbeth).

「オーソン・ウエルズのオセロ」(Othello, Morocco-Italy, 1952), directed by Orson Welles, with Orson Wells (Othello), Suzanne Cloutier (Desdemona) and Michael MacLiammoir (Iago). ☆カンヌ国際映画祭グランプリ受賞

「ジュリアス・シーザー」(Julius Caesar, US, 1953), directed by Joseph L. Mankiewicz, with Louis Calhern (Caesar), Marlon Brando (Antony), James Mason (Brutus) and John Gielgud (Cassius). ☆アカデミー賞美術賞受賞，作品・主演男優（Brando）・撮影・音楽賞ノミネート

「キス・ミー・ケイト」(Kiss Me Kate, US, 1953), musical adapted from The Taming of the Threw, directed by George Sidney, with Kathryn Grayson (Lili Vanessi) and Howard Keel (Fred Graham).

「ロミオとジュリエット」(Romeo and Juliet, GB-Italy, 1954), directed by Renato

Castellani, with Laurence Harvey (Romeo) and Susan Shentall (Juliet). ☆ベネチア国際映画祭グランプリ,キネマ旬報第3位

「リチャード三世」(Richard III, GB, 1955), directed by Laurence Olivier, with Laurence Olivier (Richard III), Claire Bloom (Anne), John Gielgud (Clarence) and Ralph Richardson (Buckingham). ☆アカデミー賞主演男優賞ノミネート,英国アカデミー賞作品賞,英国男優賞(Olivier)ほか受賞,ベネチア国際映画祭銀熊賞受賞,キネマ旬報第4位

「オセロ」(Otello, USSR, 1955), directed by Sergei Yutkevich, with Yutkevich (Othello) and Irina Skobtseva (Desdemona). ☆カンヌ国際映画祭監督賞受賞

「次はお前だ」(Joe Macbeth, GB, 1955), adapted from Macbeth, directed by Ken Hughes, with Paul Douglas (Joe Macbeth) and Ruth Roman (Lily Macbeth).

「生きものの記録」(The Record of a Living Being, Japan, 1955), loosely adapted from King Lear, directed by Akira Kurosawa, with Toshiro Mifune and Takashi Shimura. ☆キネマ旬報第4位

「蜘蛛巣城」(The Throne of Blood, Japan, 1957), adapted from Macbeth, directed by Akira Kurosawa, with Toshiro Mifune (Washizu) and Isuzu Yamada (Asaji). ☆キネマ旬報第4位

「真夏の夜の夢」(A Midsummer Night's Dream, Czechoslovakia, 1959), puppet animation, directed by Jiri Trunka.

「ウエストサイド物語」(West Side Story, US, 1961), musical adapted from Romeo and Juliet, directed by Robert Wise and James Robbins, with Richard Beymer (Tony) and Natalie Wood (Maria). ☆アカデミー賞作品・監督・助演男優(George Chakiris)・助演女優(Rita Moreno)・撮影・美術・衣装・音楽・編集・音響賞受賞,脚色賞ノミネート

「悪い奴ほどよく眠る」(The Bad Sleeps Well, Japan, 1960), loosely adapted from Hamlet, directed by Akira Kurosawa, with Toshiro Mifune and Kyoko Kagawa. ☆キネマ旬報第3位

Macbeth (GB, 1960), directed by George Schaefer, with Maurice Evans (Macbeth) and Judith Anderson (Lady Macbeth).

「ハムレット」(USSR, 1964), directed by Grigori Kozintsev, with Innokenti Smoktunovsky (Hamlet) and Anastasia Vertinskaya (Ophelia). ☆キネマ旬報第10位

Hamlet (US, 1964), record of a Broadway performance, directed by John Gielgud and Bill Colleran, with Richard Burton (Hamlet).

「オーソン・ウエルズのフォルスタッフ」(Chimes at Midnight, Spain-Switzerland,

◇英文学の周辺◇

　　1965), based on Henry IV, Part 1 and 2, directed by Orson Welles, with Orson Welles (Falstaff), Keith Baxter (Hal) and John Gielgud (Henry IV). ☆カンヌ国際映画祭20周年記念賞受賞

「オセロ」(Othello, GB, 1965), directed by Stuart Burge, with Laurence Olivier (Othello), Maggie Smith (Desdemona) and Frank Finlay (Iago). ☆アカデミー賞主演男優・助演男優 (Finlay)・助演女優賞 (Smith) ノミネート

「じゃじゃ馬ならし」(The Taming of the Shrew, US-Italy, 1966), directed by Franco Zeffirelli, with Richard Burton (Petruchio) and Elizabeth Taylor (Katherina).

The Winter's Tale (GB, 1966), directed by Frank Dunlop, with Laurence Harvey (Leontes), Moira Redmond (Hermione) and Jim Dale (Autolycus).

「ロミオとジュリエット」(Romeo and Juliet, GB-Italy, 1968), directed by Franco Zeffirelli, with Leonard Whiting and Olivia Hussey. ☆アカデミー賞撮影・衣装デザイン賞受賞，作品・監督賞ノミネート，キネマ旬報第2位

「ジュリアス・シーザー」(Julius Caesar, GB, 1969), directed by Stuart Burge, with John Gielgud (Caesar), Charlton Heston (Antony), Jason Robards (Brutus) and Richard Johnson (Cassius).

A Midsummer Night's Dream (GB, 1969), directed by Peter Hall, with Ian Richardson (Oberon), Judi Dench (Titania), Paul Rogers (Bottom) and Ian Holm (Puck).

Hamlet (GB, 1969), directed by Tony Richardson, with Nicol Williamson (Hamlet), Anthony Hopkins (Claudius), Judy Parfitt (Gertrude) and Marianne Faithfull (Ophelia).

King Lear (Denmark, 1969–70), directed by Peter Brook, with Paul Scofield (Lear) and Irene Worth (Goneril).

「リア王」(King Lear, USSR, 1970), directed by Grigori Kozintsev, with Yuri Yarvet (Lear) and Valentina Chendrikova (Cordelia).

「マクベス」(Macbeth, GB, 1971), directed by Roman Polanski, with Jon Finch and Francesca Annis ☆キネマ旬報第6位

「アントニーとクレオパトラ」(Antony and Cleopatra, Switzerland-Spain-GB, 1972), directed by Charlton Heston, with Charlton Heston (Antony) and Hildegard Neil (Cleopatra).

The Merchant of Venice (GB [TV], 1973), directed by Jonathan Miller, with Laurence Olivier (Shylock) and Joan Plowright (Portia).

The Taming of the Shew (US [TV], 1976), directed by Kirk Browning, with Fredi Olster (Katherina) and Marc Singer (Petruchio).

◇イギリス文学と映画◇

The Complete Works of William Shakespeare [BBC Television Shakespeare series] (GB [TV], 1978–85), produced by Cedric Messina, Jonathan Miller and Shaun Sutton, with Derek Jacobi (Hamlet / Richard Ⅱ), Anthony Hopkins (Othello), Michael Hordern (King Lear / Prospero) and Nicol Williamson (Macbeth).

Macbeth (GB [TV], 1979), directed by Philip Casson, with Ian Mckellen (Macbeth) and Judi Dench (Lady Macbeth).

「テンペスト」(The Tempest, GB, 1980), directed by Derek Jarman, with Heathcote Williams (Prospero) and Karl Johnson (Ariel).

Tempest (US, 1982), directed by Paul Mazursky, with John Cassavetes (Philip Dimitrius) and Gena Rowlands (Antonia).

「真夏の夜の夢」(A Midsummer Night's Dream, GB-Spain,1984) directed by Celstino Colonado, with Lindsay Kemp (Puck).

King Lear (GB [TV], 1984), directed by Michael Elliot, with Laurence Olivier (Lear) and John Hurt (Fool).

「乱」(Ran, Japan, 1985), adapted from King Lear, directed by Akira Kurosawa, with Tatsuya Nakadai and Mieko Harada. ☆アカデミー賞衣装デザイン賞（和田エミ）受賞，監督・美術賞ノミネート

「ゴダールのリア王」(King Lear, US, 1987), adapted from King Lear, directed by Jean-Luc Godard, with Burgess Meredith (Don Learo), Molly Ringwald (Cordelia), Peter Sellars (William Shakespeare Jr. the Fifth) and Woody Allen (Mr. Alien).

Twelfth Night (GB [TV], 1988), based on Renaissance Theatre Company's production, directed by Kenneth Branagh, with Richard Briers (Malvolio).

「ヘンリー五世」(Henry V, GB, 1989), directed by Kenneth Branagh, with Kenneth Branagh (Henry V), Emma Thompson (Katharine), Derek Jacobi (Narrator) and Robbie Coltrane (Falstaff). ☆アカデミー賞衣装デザイン賞受賞，監督・主演男優賞ノミネート

The Wars of the Roses (GB [TV], 1989), video taping of English Shakespeare Company's stages, directed by Michael Bogdanov, with Michael Pennington (Richard Ⅱ / Henry V / Jack Cade / Buckingham) and Andrew Jarvis (Richard Ⅲ).

「マイ・プライベート・アイダホ」(My Own Private Idaho, US, 1991), adapted from Henry Ⅳ directed by Gus Van Sant, with River Phoenix (Mike Waters) and Keanu Reeves (Scott Favor). ☆ベネチア国際映画祭男優賞（Phoenix）受賞

「プロスペローの本」(Prospero's Books, Netherlands-France-Italy, 1991), based on The Tempest, directed by Peter Greenaway, with John Gielgud (Prospero).

「ハムレット」(Hamlet, US, 1991), directed by Franco Zeffirelli, with Mel Gibson

◇英文学の周辺◇

(Hamlet), Glenn Close (Gertrude), Helena Bonham Carter (Ophelia) and Alan Bates (Claudius).

「から騒ぎ」(Much Ado About Nothing, US, 1993), directed by Kenneth Branagh, with Kenneth Branagh (Benedick), Emma Thompson (Beatrice), Kate Beckinsale (Hero), Michael Keaton (Dogberry) and Keanu Reeves (Don John).

Romeo and Juliet (GB [TV], 1994), directed by Alan Horrox, with Geraldine Somerville (Juliet) and Jonathan Firth (Romeo).

「リチャード三世」(Richard Ⅲ, GB-US, 1995), directed by Richard Loncraine, with Ian Mckellan (Richard), Annette Bening (Elizabeth) and Kristin Scott Thomas (Anne). ☆ベルリン映画祭監督賞受賞

「オセロー」(Othello, US-UK, 1995), directed by Oliver Parker, with Laurence Fishburne (Othello), Irene Jacob (Desdemona) and Iago (Kenneth Branagh).

「世にも憂鬱なハムレットたち」(In the Bleak Midwinter, GB, 1995), adapted from Hamlet, directed by Kenneth Branagh, with Michael Maloney (Joe Harper).

「アル・パチーノのリチャードを探して」(Looking for Richard, US, 1996), interviews and rehearsals for Richard Ⅲ, directed by Al Pacino, with Al Pacino (Richard Ⅲ), Winona Ryder (Anne) and Kevin Spacy (Buckingham).

「十二夜」(Twelfth Night, GB-US-Ireland, 1996), directed by Trevor Nunn, with Imogen Stubbs (Viola), Helena Bonham Carter (Olivia) and Ben Kingsley (Feste).

「ロミオ&ジュリエット」(Romeo + Juliet, US, 1996), directed by Baz Luhrmann, with Leonard DiCaprio (Romeo), Claire Danes (Juliet) and Pete Postlethwaite (Father Lawrence). ☆ベルリン映画祭男優賞（DiCaprio）受賞

「夏の夜の夢」(A Midsummer Night's Dream, GB, 1996), directed by Adrian Noble, with Lindsay Duncan (Hippolyta / Titania) and Alex Jennings (Theseus / Oberon).

「ハムレット」(Hamlet, GB-US, 1996), directed by Kenneth Branagh, with Kenneth Branagh (Hamlet), Kate Winslet (Ophelia) Julie Christi (Gertrude) and Derek Jacobi (Claudius). ☆アカデミー賞脚色・美術・衣装デザイン・作曲賞ノミネート

King Lear (GB [TV], 1997), directed by Richard Eyre, with Ian Holm (Lear) and Timothy West (Gloucester).

Macbeth (GB, 1997), directed by Jeremy Freeston, with Jason Connery (Macbeth) and Helen Baxendale (Lady Macbeth).

Macbeth (GB [TV], 1998), directed by Michael Bogdanov, with Sean Pertwee (Macbeth) and Greta Scacchi (Lady Macbeth).

「恋におちたシェイクスピア」(Shakespeare in Love, GB-US, 1998), directed by John Madden, with Gwyneth Paltrow (Viola), Joseph Fiennes (Shakespeare) and Judi

Dench (Queen Elizabeth). ☆シェイクスピアを主人公とした作品，アカデミー賞作品・主演女優・助演女優（Dench）・脚本（Tom Stoppard）・美術・衣装・作曲賞受賞，監督・助演男優・撮影・編集・音響賞ノミネート，キネマ旬報第1位

「真夏の夜の夢」(A Midsummer Night's Dream, US, 1999), directed by Michael Hoffman, with Kevin Kline (Bottom), Michelle Pfeiffer (Titania) and Rupert Everett (Oberon).

「タイタス」(Titus, US, 1999), based on Titus Andronicus, directed by Julie Taymor, with Anthony Hopkins (Titus), Jessicca Lange (Tamora) and Alan Cumming (Saturninus).

「恋のからさわぎ」(10 Things I Hate About You, US, 1999), adapted from The Taming of the Threw, directed by Gil Junger, with Heath Ledger (Patrick) and Julia Stiles (Katarina).

Titus Andronicus (US, 1999), directed by Christopher Dunne, with Robert Reece (Titus).

「恋の骨折り損」(Love's Labour's Lost, UK-US-France, 2000), directed by Kenneth Branagh, with Kenneth Branagh (Berowne), Alicia Silverstone (Princess) and Nathan Lane (Costard).

「ハムレット」(Hamlet, US, 2000), directed by Michael Almereyda, with Ethan Hawke (Hamlet), Kyle MacLachlan (Claudius) and Sam Shepherd (Ghost).

「O」(O, US, 2001), adapted from Othello, directed by Tim Blake Nelson, with Mekhi Phifer (Odin James), Josh Hartnett (Hugo Goulding) and Julia Stiles (Desi Brable).

Othello (US-GB-Canada [TV], 2001), adapted from Othello, directed by Geoffrey Sax, with Eamonn Walker (John Othello), Keeley Hawes (Dessie Brabant) and Christopher Eccleston (Ben Jago).

Shaw, George Bernard

Cathedral Scene from Saint Joan (GB, 1927), directed by Widgey Newman, with Sybil Thorndike.

How He Lied to Her Husband (GB, 1931), directed by Cecil Lewis, with Robert Harris (Henry Apjoin), Vera Lennox (Aurora Bompas) and Edmund Gwenn (Teddu Bompas).

Arms and the Man (GB, 1932), directed by Cecil Lewis, with Barry Jones (Captain Bluntschli) and Anne Grey (Raina Petkoff).

「ピグマリオン」(Pygmalion, GB, 1938), directed by Anthony Asquith and Leslie

◇英文学の周辺◇

　　Howard, with Leslie Howard (Professor Higgins), Wendy Hiller (Eliza Doolittle) and Wilfred Lawson (Alfred Doolittle). ☆アカデミー賞脚色賞（Bernard Shaw）受賞，作品・主演男優・主演女優賞ノミネート

　Major Barbara (GB, 1941), directed by Gabriel Pascal, with Wendy Hiller (Barbara Undershaft), Rex Harrison (Adolphus Cusins) and Robert Morley (Andrew Undershaft).

　「シーザーとクレオパトラ」(Caesar and Cleopatra, GB, 1945), directed by Gabriel Pascal, with Claude Rains (Caesar) and Vivien Leigh (Cleopatra).

　「アンドロクレスと獅子」(Androcles and the Lion, US, 1953), directed by Chester Erskine, with Jean Simmons (Lavinia) and Victor Mature (Captain).

　Saint Joan (GB, 1957), directed by Otto Preminger, with Jean Seberg (Joan of Arc), Richard Widmark (The Dauphin), Anton Walbrook (Cauohon), and John Gielgud (Warwick).

　The Doctor's Dilemma (GB, 1958), directed by Anthony Asquith, with Leslie Caron (Jennifer Dubedat), Dirk Bogarde (Louis) and Alastair Sim (Cutler Walpole).

　「悪魔の弟子」(The Devil's Disciple, US-GB, 1959), directed by Guy Hamilton, with Burt Lancaster (The Rev, Anderson), Kirk Douglas (Dick Dudgeon) and Laurence Olivier (General Burgoyne).

　「求むハズ」(The Millionairess, GB, 1960), directed by Anthony Asquith, with Sophia Loren (Epifania Parerga) and Peter Sellers (Dr. Ahmed el Kabir).

　「マイ・フェア・レディ」(My Fair Lady, US, 1964), the American musical based on Pygmalion, directed by George Cukor, with Rex Harrison (Professor Higgins) and Audrey Hepburn (Eliza Doolittle). ☆アカデミー賞作品・監督・主演男優・撮影・美術・衣装・編曲・録音賞受賞，助演男優（Stanley Holloway）・助演女優（Gladys Cooper）・脚色・編集賞ノミネート

　「キャサリン大帝」(Great Catherine, GB, 1967), directed by Gordon Flemyng, with Jeanne Moreau (Catherine) and Peter O'Toole (Captain Edstaston).

　Heartbreak House (US [TV], 1986), directed by Anthony Page, with Rex Harrison (Captain Shotover) and Amy Irving (Ellie Dunn).

Shelley, Mary Wollstonecraft（1797–1851, 詩人・小説家）

　「フランケンシュタイン」(Frankenstein, US, 1931), directed by James Whale, with Boris Karloff (The Monster) and Colin Clive (Frankenstein).

　「フランケンシュタイン・逆襲」(The Curse of Frankenstein, GB, 1957), directed by Terence Fisher, with Peter Cushing (Frankenstein) and Christopher Lee (The

Creature).
「フランケンシュタイン」(Mary Shelley's Frankenstein, US, 1994), directed by Kenneth Branagh, with Robert de Niro (The Creature) and Kenneth Branagh (Frankenstein).

Sheridan, Richard Brinsley
The School for Scandal (GB, 1930), directed by Maurice Elvey, with Madeleine Carroll (Lady Teazle) and Basil Gill (Sir Peter Teazle).

Sherriff, Robert Cedric
「暁の総攻撃」(Journey's End, US, 1930), directed by James Whale, with Colin Clive and Ian MacLauren.
Home at Seven [Murder on Monday] (GB, 1952), directed by Vincente Minnelli, with Margaret Leighton and Ralph Richardson.

Silitoe, Alan
「土曜の夜と日曜の朝」(Saturday Night and Sunday Morning, GB, 1960), directed by Karel Reisz, with Albert Finney (Arthur Seaton), Shirley Ann Field (Doreen) and Rachel Roberts (Brenda). ☆キネマ旬報第3位
「長距離ランナーの孤独」(The Loneliness of the Long Distance Runner, GB, 1962), directed by Tony Richardson, with Michael Redgrave (Governor) and Tom Courtney (Colin Smith).

Spark, Muriel
「ミス・ブロディの青春」(The Prime of Miss Jean Brodie, US, 1969), directed by Ronald Neame, with Maggie Smith (Jean Brodie), Pamela Franklin (Sandy) and Celia Johnson (Miss Mackay). ☆アカデミー賞主演女優賞受賞，主題歌賞ノミネート

Synge, John Millington
The Playboy of the Western World (Ireland, 1962), directed by Brian Desmond Hurst, with Siobhan Mckenna (Pegeen) and Gary Raymond (The Playboy).

Stevenson, Robert Louis
Dr. Jekyll and Mr. Hyde (US, 1921), Silent film directed by John S. Robertson, with John Barrymore (Jekyll & Hyde).

◇英文学の周辺◇

「ジーキル博士とハイド氏」(Dr. Jekyll and Mr. Hyde, US, 1931), directed by Rouben Mamoulian, with Fredric March (Jekyll & Hide) and Miriam Hopkins (Ivy Pearson). ☆アカデミー賞主演男優賞受賞,脚色賞・撮影賞ノミネート,キネマ旬報第10位

「宝島」(Treasure Island, US, 1934), directed by Victor Fleming, with Wallace Beery (John Silver) and Jackie Cooper (Jim Hawkins).

Trouble For Two (US,1936), based on The Suicide Club, directed by J. Walter Ruben, with Robert Montgomery (Prince Florizel / Mr. Godall) and Rosalind Russell (Miss. Vandeleur / Princess Brenda).

「魔城脱走記」(Kidnapped, US, 1938), directed by Alfred M. Werker, with Warner Baxter (Alan Breck) and Freddie Bartholomew (David Balfour).

「ジキル博士とハイド氏」(Dr. Jekyll and Mr. Hyde, US, 1941), directed by Victor Fleming, with Spencer Tracy (Jekyll & Hyde) and Ingrid Bergman (Ivy Peterson).

The Body Snatcher (US, 1945), directed by Robert Wise, with Henry Daniell (Dr. MacFarlane) and Boris Karloff (Cabman John Gray / Grave Robber).

The Black Arrow (US, 1948), directed by Gordon Douglas, with Louis Hayward (Richard Shelton) and Janet Blair (Joanna Sedley).

「海賊船」(Kidnapped, US, 1948), directed by William Beaudine, with Roddy McDowall (David Balfour) and Sue England (Aileen Fairlie).

The Secret of St. Ives (US, 1949), based on St. Ives, directed by Phil Rosen, with Richard Ney (Anatole Keroual) and Vanessa Brown (Floria Gilchrist).

「宝島」(Treasure Island, GB, 1950), directed by Byron Haskin, with Robert Newton (John Silver) and Bobby Driscoll (Jim Hawkins).

The Strange Door (US, 1951), based on The Sire de Maletroit's Door, directed by Joseph Pevney, with Charles Laughton (Alain de Maletroit) and Boris Karloff (Voltan).

The Treasure of Lost Canyon (US, 1952), based on Treasure of Franchard, directed by Ted Tedzllaff, with William Powell (Homer Brown) and Julia Adams (Myra Wade).

「バラントレイ卿」(The Master of Ballantrae, GB, 1953), directed by William Keighley, with Errol Flynn (Jamie) and Anthony Steel (Henry).

Kidnapped (GB, 1959), directed by Robert Stevenson, with Peter Finch (Alan Breck Stewart) and James MacArthur (David Balfour).

Kidnapped (GB, 1971), directed by Delbert Mann, with Michael Caine (Alan Breck) and Trevor Howard (Lord Advocate Grant).

「宝島」(Treasure Island, GB-France-Germany-Spain, 1971), directed by John Hough, with Orson Welles (John Silver) and Kim Burfield (Jim Hawkins).

Treasure Island (US, 1990 [TV]), directed by Fraser C. Heston, with Charlton Heston (John Silver), Christian Bale (Jim Hawkins) and Oliver Reed (Captain Billy Bones).

Jekyll & Hyde (UK-US [TV], 1990), directed by David Wickes, with Michael Caine (Jekyll & Hyde) and Cheryl Ladd (Sara).

Kidnapped (US [TV], 1995), directed by Ivan Passer, with Armand Assante (Alan).

Muppet Treasure Island (US, 1996), directed by Brian Henson, with Tim Curry (John Silver).

St. Ives (GB, 1998), directed by Harry Hook, with Miranda Richardson (Miss Gilchrist).

The Suicide Culb (US, 2000), directed by Rachel Samuels, with Jonathan Pryce (Mr. Bourne).

Stoker, Bram（1847–1912, 小説家）

Dracula (US, 1931), directed by Tod Browning, with Bela Lugosi (Count Dracula) and Helen Chandler (Mina Seward).

「吸血鬼ドラキュラ」(Dracula [Horror of Dracula], GB, 1958), directed by Terence Fisher, with Peter Cushing (Doctor Helsing) and Christopher Lee (Dracula).

Blood from the Mummy's Tomb (GB, 1971), based on Jewel of the Seven Stars, directed by Seth Holt, with Andrew Keir and Valerie Leon.

Dracula (GB, 1979), directed by John Badham, with Frank Langella (Dracula) and Laurence Olivier (Prof. Helsing).

「ドラキュラ」(Bram Stoker's Dracula, US, 1992), directed by Francis Ford Coppola, with Gary Oldman (Dracula) and Winona Ryder (Mina), and Anthony Hopkins (Prof. Helsing). ☆アカデミー賞衣装デザイン賞（石岡瑛子), 音響効果編集賞, メイクアップ賞受賞, 美術賞ノミネート

Stoppard, Tom

「ローゼンクランツとギルデンスターンは死んだ」(Rosencrantz and Guildenstern Are Dead, GB / US, 1990), directed by Tom Stoppard, with Gary Oldman (Rosencrantz), and Tim Roth (Guildenstern). ☆ベネチア国際映画祭グランプリ受賞

◇英文学の周辺◇

Storey, David

「孤独の報酬」(This Sporting Life, GB, 1963), directed by Lindsay Anderson, with Richard Harris (Frank Machin) and Rachel Roberts (Mrs. Hammond). ☆アカデミー賞主演男優・主演女優賞ノミネート, カンヌ映画祭主演男優賞受賞

Swift, Graham

Waterland (GB, 1992), directed by Stephen Gyllenhaal, with Jeremy Irons (Tom Crick), Sinead Cusack (Mary Crick) and Ethan Hwake (Matthew Price).

Last Orders (GB / Germany, 2001), directed by Fred Schepisi, with Michael Caine (Jack) and Tom Courtenay (Vic).

Swift, Jonathan

「ガリヴァ旅行記」(Gulliver's Travels, US, 1939), animated cartoon version, directed by Dave Fleisher, with music by Victor Young.

The Three Worlds of Gulliver (US-Spain, 1960), directed by Jack Sher, with Kerwin Mathews and Basil Sydney.

Gulliver's Travels (GB, 1976), directed by Peter Hunt, with Richard Harris (Gulliver).

Gulliver's Travels (GB [TV], 1996), directed by Charles Sturridge, with Ted Danson (Gulliver) and Peter O'Toole (Emperor of Lilliput).

Symons, Arthur

「エスター・カーン めざめの時」(Esther Kahn, France / UK, 2000), directed by Arnaud Desplechin, with Summer Phoenix (Esther Kahn) and Ian Holm (Nathan Quellen)

Thackeray, William Makepeace

Vanity Fair (US, 1932), directed by Chester M. Franklin, with Myrna Loy (Becky Sharp) and Conway Tearle (Rawdon Crawley).

「虚栄の市」Becky Sharp (US, 1935), based on Vanity Fair, directed by Rouben Mamoulian, with Miriam Hopkins (Becky Sharp) and Cedric Hardwicke (Marquis of Steyne). ☆アカデミー賞女優賞（Hopkins）ノミネート

「バリー・リンドン」(Barry Lyndon, GB, 1975), directed by Stanley Kubrick, with Ryan O'Neal (Barry Lyndon), Marisa Berenson (Lady Lyndon) and Patrick Magee (The Chevalier de Balibari). ☆アカデミー賞撮影・美術・衣裳・歌曲編曲賞受賞,

作品・監督・脚色賞ノミネート，キネマ旬報第4位

Vanity Fair (UK-US [TV], 1998), directed by Marc Munden, with Natasha Little (Becky Sharp).

Thomas, Dylan

Under Milk Wood (GB, 1972) [Animation], directed by Andrew Sinclair, with Richard Burton, Elizabeth Taylor and Peter O'Toole.

Rebecca's Daughters (GB, 1992), Karl Francis, with Peter O'Toole (Lord Sarn).

Tolkien, J. R. R.

The Hobbit (US, 1978) [Animation], directed by Jules Bass and Arthur Rankin Jr.

The Lord of the Rings (US, 1978) [Animation], directed by Ralph Bakshi

The Return of the King (US, 1980) [Animation], directed by Jules Bass and Arthur Rankin Jr.

「ロード・オブ・ザ・リング」(The Lord of the Rings, US, 2001), directed by Peter Jackson, with Elijah Wood (Frodo Baggins), Ian Mckellan (Gandalf) and Cate Blanchett (Galadriel). ☆アカデミー賞撮影・メイクアップ・視覚効果・作曲賞受賞，作品・監督・助演男優（Mckellan）・脚色・美術・衣装・音響・主題歌賞ノミネート，英国アカデミー賞作品賞受賞

Travers, Pamela L.

「メリー・ポピンズ」(Mary Poppins, US, 1964), directed by Robert Stevenson, with Julie Andrews (Mary Poppins) and Dick Van Dike (Bert). ☆アカデミー賞主演女優・編集・作曲・主題歌・視覚効果賞受賞，作品・監督・脚色・撮影・美術・衣装・音響賞ノミネート，キネマ旬報第5位

Trollope, Anthony

The Barchester Chronicles (GB [TV], 1984) directed by David Giles, with Donald Pleasence (Septimus Harding) and Janet Maw (Eleanor).

Ustinov, Peter（1912–, 俳優・劇作家）

「びっくり大将」(Romanoff and Juliet, US, 1961), directed by Peter Ustinov, with Peter Ustinov and Sandra Dee.

◇英文学の周辺◇

Van der Post, Laurens

「戦場のメリークリスマス」(Merry Christmas, Mr. Lawrence, Japan / UK / New Zealand, 1983), directed by Nagisa Oshima, with David Bowie (Major Jack Celliers), Tom Conti (Colonel John Lawrence), Ryuichi Sakamoto (Captain Yonoi) and Takeshi Kitano (Sergeant Gengo Hara) ☆キネマ旬報第3位

A Far Off Place (US, 1993), based on 'A Story Like the Wind' and 'A Far Off Place' directed by Mikael Salomon, Reese Witherspoon (Nonnie Parker) and Ethan Embry (Harry Winslow)

Walpole, Hugh

Vanessa, Her Love Story (US, 1935), directed by William K. Howard, with Helen Hayes (Vanessa) and Robert Montgomery (Benjamin).

「三つの情熱」(Mr. Perrin and Mr. Traill, GB, 1948), directed by Lawrence Huntington, with Marius Goring (Vincent Perrin) and David Farrar (Mr. Traill).

Waugh, Evelyn

「ラブド・ワン」(The Loved One, US, 1965), directed by Tony Richardson, with Robert Morse (Dennis Barlow), John Gielgud (Sir Hinsley) and Rod Steiger (Mr. Joyboy).

Decline and Fall [Decline and Fall of a Birdwatcher] (GB, 1968), directed by John Krish, with Robin Philips (Paul) and Donald Wolfit (Dr. Fagan).

Brideshead Revisited (GB [TV], 1982), directed by Michael Lindsay-Hogg and Charles Sturridge, with Anthony Andrews (Sebastian Flyte) and Jeremy Irons (Charles Flyte). ☆英国アカデミー賞最優秀ドラマ・シリーズ賞・男優賞（Andrews）受賞，エミー賞助演男優賞（Laurence Olivier）受賞

「ハンドフル・オブ・ダスト」(A Handful of Dust, GB, 1988), directed by Charles Sturridge, with James Wilby (Tony Last), Kristin Scott Thomas (Brenda) and Rupert Graves (John Beaver).

Wells, Herbert George

The Island of Lost Souls (US, 1932), based on The Island of Dr. Moreau, directed by Erle C. Kenton, with Charles Laughton (Dr. Moreau) and Bela Lugosi (Sayer of the Law).

「透明人間」(The Invisible Man, US, 1933), directed by James Whale, with Claude Rains (The Invisible Man) and Gloris Stuart (Flora).

「来るべき世界」(Things to Come, GB, 1936) based on The Shape of Things to Come, directed by William Cameron Menzies, with Raymond Massey (John & Oswald Cabel) and Ralph Richardson (The Boss).

The Man Who Could Work Miracles (GB, 1936), directed by Lother Mendes, with Ronald Young (George McWhirter Fotheringay) and Ralph Richardson (Colonel Winstanley).

Kipps [The Remarkable Mr. Kipps] (GB, 1941), directed by Carol Reed, with Michael Redgrave (Arthur Kipps) and Phyllis Calvert (Ann Pornick).

「情熱の友」(The Passionate Friends, GB, 1949), directed by David Lean, with Ann Todd (Mary Justin), Trevor Howard (Steve Stratton) and Claude Rains (Howard Justin).

The History of Mr. Polly (GB, 1949), directed by Anthony Pelessier, with John Mills (Alfred Polly) and Sally Ann Howes (Christabel).

「宇宙戦争」(The War of the Worlds, US, 1953), directed by Byron Haskin, with Gene Barry (Dr. Forrester) and Ann Robinson (Silvia Van Buren). ☆アカデミー賞特殊視覚効果賞受賞，編集・録音賞ノミネート

The Door in the Wall (GB, 1956), directed by Glenn H. Alvet, Jr., with Steven Murray and Ian Hunter.

「タイムマシン」(The Time Machine, US, 1960), directed by George Pal, with Rod Taylor (George) and Yvette Mimieux (Weena). ☆アカデミー賞特殊視覚効果賞受賞

The First Men in the Moon (GB, 1964), directed by Nathan Juran, with Lionel Jeffries (Joseph Cavor) and Edward Judd (Arnold Bedford).

「心を繋ぐ六ペンス」(Half a Sixpence, GB, 1967), musical version of Kipps, directed by George Sidney, with Tommy Steele (Kipps) and Julia Foster (Ann).

「ドクター・モローの島」(The Island of Dr. Moreau US, 1977), directed by Don Taylor, with Burt Lancaster (Dr. Moreau) and Michael York (Andrew Braddock).

The Island of Dr. Moreau (US, 1996), directed by John Frankenheimer, with Marlon Brando (Dr. Moreau) and Val Kilmer (Montgomery).

Weldon, Fay

「シー・デビル」(She-Devil, US, 1989), directed by Susan Seidelman, with Meryl Streep (Mary Fisher), Roseanne (Ruth) and Ed Begley Jr. (Bob).

Welsh, Irvine

「トレインスポッティング」(Trainspotting, GB, 1996), with Danny Boyle, with Ewan

◇英文学の周辺◇

McGregor (Mark Renton), Ewen Bremner (Spud), Jonny Lee Miller (Sick Boy), Robert Carlyle (Begbie) and Kelly Macdonald (Diane). ☆アカデミー賞脚色賞ノミネート，ボストン映画批評家協会賞作品賞受賞

「アシッド・ハウス」(The Acid House, GB, 1998), with Paul McGuigan, with Stephen McCole (Boab).

Wilde, Oscar

Salome (US, 1923), silent film directed by Charles Bryant, with Alla Nazimova (Salome) and Mitchell Lewis.

「ウインダミア夫人の扇」(Lady Windermere's Fan, US, 1925), silent film directed by Ernst Lubitsch, with Ronald Colman (Lord Darlington), Mary McAvoy (Lady Windermere) and Irene Rich (Mrs. Erlynne).

「肉体と幻想」(Flesh and Fantasy [Obsession], US, 1943), based on Lord Arthur Savile's Crime, directed by Julian Duvivier, with Edward G. Robinson (Marshall Tyler), Charles Boyer and Thomas Mitchell (Septimus Podgers).

「幽霊は臆病者」(The Canterville Ghost, US, 1944), directed by Jules Dassin, with Charles Laughton (Sir Simonde Canterville), Robert Young (Cuffy Williams) and Margaret O'Brien (Jessica).

「ドリアン・グレイの肖像」(The Picture of Dorian Gray, US, 1945), directed by Albert Lewin, with George Sanders (Lord Henry Wotton), Hurd Hatfield (Dorian Gray) and Angela Lansbury (Siby Vane). ☆アカデミー賞撮影賞受賞，助演女優 (Lansbury)・室内装置賞ノミネート

An Ideal Husband (GB, 1948), directed by Alexander Korda, with Michael Wilding, Paulette Goddard (Mrs. Cheveley) and Diana Wynyard (Lady Chiltern).

The Fan [Lady Windermere's Fan] (US, 1949), directed by Otto Preminger, with Jeanne Crain (Lady Windermere), Madeleine Carroll (Mrs. Erlynne) and George Sanders (Lorrl Darlington).

The Importance of Being Earnest (GB, 1952), directed by Anthony Asquith, with Michael Denison (Algernon), Michael Redgrave (Jack Worthing), Dorothy Tutin (Cecily) and Edith Evans (Lady Bracknell).

Oscar Wilde (GB, 1959), directed by Gregory Ratoff, with Robert Morley (Oscar Wilde), John Neville (Lord Alfred Douglas) and Ralph Richardson (Sir Edward Carson). ☆ワイルドの人生の映画化

The Trial of Oscar Wilde [The Man with the Green Carnation] (GB, 1960), directed by Ken Hughes, with Peter Finch (Oscar Wilde), John Frazer (Alfred Douglas)

and James Mason (Sir Edward Carson). ☆ワイルドの人生の映画化

The Selfish Giant (Canada, 1971) [Animation], directed by Bengt Janus.

The Picture of Dorian Gray (US [TV], 1973), directed by Glenn Jordan, with Shane Briant (Dorian Gray) and Niqel Davenport (Lord Henny Wotton).

The Happy Prince (US, 1974) [Animation], narrated by Christopher Plummer.

The Importance of Being Earnest (GB [TV], 1986), directed by Stuart Burge, with Joan Plowright (Lady Bracknell) and Paul McGann (Jack Worthing).

The Canterville Ghost (GB-US [TV], 1986), directed by Paul Bogart with John Gielgud (Sir Simon de Canterville).

「サロメ」(Salome's Last Dance, GB, 1987), directed by Ken Russell, with Glenda Jackson (Herodias), Stratford Johns (Herod) and Nickolas Grace (Oscar Wilde), and Imogen Millais-Scott (Salome).

The Star-Child (US, 1988) [Clay Animation], directed by Teodor Berenson.

The Canterville Ghost (US [TV], 1996), directed by Sydney Macartney, with Patrick Stewart (Sir Simon de Canterville).

「オスカー・ワイルド」(Wilde, GB, 1997), directed by Brian Gilbert, with Stephen Fry (Oscar Wilde) and Jude Law (Lord Alfred Douglas), Jennifer Ehle (Constance) and Michael Sheen (Robert Ross). ☆ワイルドの人生の映画化

An Ideal Husband (GB, 1998), directed by William Cartlidge, with Jonathan Firth (Lord Goring), Sadie Frost (Mrs. Cheveley) and James Wilby (Robert Chiltern).

「理想の結婚」(An Ideal Husband, GB, 1999), directed by Oliver Parker, with Rupert Everett (Lord Goring), Julian Moore (Mrs. Cheveley) and Cate Blanchett (Gertrude).

Williams, Emlyn

「夜は必ず来る」(Night Must Fall, US, 1937), directed by Richard Thorpe, with Robert Montgomery (Danny Babyface), Rosalind Russell (Olivia Grayne) and May Whitty (Mrs. Bramson). ☆アカデミー賞主演男優(Montgomery)・助演女優(Whitty)賞受賞

「小麦は緑」(The Corn Is Green, US, 1945), directed by Irving Rapper, with Bette Davis (Lilly Moffat), John Dall (Morgan Evans) and Nigel Bruce (The Squire). ☆アカデミー賞助演男優(Dall)・助演女優(Joan Lorring)賞受賞

Life Begins at Eight-Thirty [The Light of Heart] (US, 1942), directed by Irving Pichel with Monty Wooley (Madden Thomas), Ida Lupino (Kathy) and Cornel Wilde (Robert Carter).

◇英文学の周辺◇

Time without Pity (GB, 1957), based on Somebody Waiting, directed by Joseph Losey, with Michael Redgrave (David Graham), Alec McCowen (Alec) and Leo McKern (Robert Stanford).

The Corn Is Green (US [TV], 1979), directed by George Cukor, with Katherine Hepburn (Lilly).

Winterson, Jeanette

Oranges Are Not the Only Fruit (GB [TV], 1990), directed by Beeban Kidron, with Charlotte Coleman (Jess) and Geraldine McEwan (Mother).

Woolf, Virginia

To the Lighthouse (GB [TV], 1983), directed by Colin Gregg, with Rosemary Harris (Mrs. Ramsay) and Michael Gough (Mr. Ramsay).

「オルランド」(Orlando, GB-Russia-France-Italy-Netherlands, 1992), directed by Sally Potter, with Tilda Swinton (Orlando), Billy Zane (Shelmerdine), Lothaire Bluteau (The Khan) and John Wood (Archduke Harry). ☆アカデミー賞美術・衣装デザイン賞ノミネート

「ダロウェイ夫人」(Mrs. Dalloway, GB, 1997), directed by Marleen Gorris, with Vanessa Redgrave (Clarrisa), Natascha McElhone (Young Clarissa) and Rupert Graves (Smith).

10. イギリス文学受賞記録
ローレンス・オリヴィエ賞（The Laurence Olivier Awards）

　1976年以来，毎年，ロンドン演劇協会（the Society of London Theatre）主催で，前年ロンドンにおいて上演された劇やミュージカル，舞踏などを対象として，最優秀作品や功労者に贈られる賞。選考委員は一般観客から劇部門（音楽や踊りを伴わない喜劇とドラマを対象）とミュージカル部門の審査員をそれぞれ4名公募し，演劇界の専門家5名を加えた計13名から構成される。選考委員にはミュージカル20作品を含んだ60本の上演作品を観劇することが要求される。

＊ここでは，喜劇の最優秀上演作（Comedy of the Year），ドラマの最優秀上演作（Play of the Year；86年よりBBC Award for the Play of the Year），喜劇とドラマを併せた最優秀再演作（Best Revival of a Play or Comedy）のみを紹介し，ミュージカル部門は割愛した。
＊受賞作（winner）は受賞候補作（Nominees）の筆頭に記し，作品毎に作品名・作者名（by以下），上演された劇場名（at以下）の順に示してある。

1976
Comedy of the Year
Nominees
Donkeys' Years by Michael Frayn, at the Globe (winner)
The Bed before Yesterday by Ben Travers, at the Lyric
Confusions by Alan Ayckbourn, at the Apollo
Funny Peculiar by Mike Stott, at the Garrick
Play of the Year
Nominees
Dear Daddy by Denis Cannan, at the Ambassadors (winner)
For King and Country by John Wilson, at the Mermaid
Funny Peculiar by Mike Stott, at the Garrick
Old World by Aleksei Arbuzov, adapted by Ariadne Nicolaeff, RSC at the Aldwych

1977
Comedy of the Year
Nominees
Privates on Parade by Peter Nichols, RSC at the Aldwych (winner)
Bedroom Farce by Alan Ayckbourn, at the National
Once a Catholic by Mary O'Malley, at the Royal Court and at Wyndham's
The Kingfisher by William Douglas Home, at the Lyric
Play of the Year
Nominees
The Fire That Consumes by Henry De Montherlant, at the Mermaid (winner)
Cause Celebre by Terence Rattigan, at Her Majesty's
Dusa, Fish, Stas and Vi by Pam Gems, at the Mayfair

◇英文学の周辺◇

State of Revolution by Robert Bolt, at the National

1978
Comedy of the Year
Nominees
Filumena by Eduardo De Filippo, adapted by Keith Waterhouse and Willis Hall, at the Lyric (winner)

Shut Your Eyes and Think of England by John Chapman and Anthony Marriott, at the Apollo

Ten Times Table by Alan Ayckbourn, at the Globe

Play of the Year
Nominees
Whose Life Is It Anyway? by Brian Clark, at the Mermaid and the Savoy (winner)

Half-Life by Julian Mitchell, at the National

Lark Rise by Flora Thompson, adapted by Keith Dewhurst, at the National

Plenty by David Hare, at the National

1979
Comedy of the Year
Nominees
Middle Age Spread by Roger Hall, at the Lyric (winner)

Clouds by Michael Frayn, at the Duke of York's

Outside Edge by Richard Harris, at the Queen's

Play of the Year
Nominees
Betrayal by Harold Pinter, at the National (winner)

Night and Day by Tom Stoppard, at the Phoenix

The Crucifer of Blood by Arthur Conan Doyle, adapted by Paul Giovanni, at the Theatre Royal Haymarket

Undiscovered Country by Arthur Schnitzler, adapted by Tom Stoppard, at the National

1980
Comedy of the Year
Nominees
Educating Rita by Willy Russell, at the Piccadilly (winner)

Born in the Gardens by Peter Nichols, at the Globe

Make and Break by Michael Frayn, at the Theatre Royal Haymarket

Sisterly Feelings by Alan Ayckbourn, at the London Coliseum

Play of the Year
Nominees
The Life and Adventures of Nicholas Nickleby by Charles Dickens, adapted by David Edgar, RSC at the Aldwych (winner)

A Lesson from Aloes by Athol Fugard, at the National

Duet for One by Tom Kempinski, at the Duke of York's

The Dresser by Ronald Harwood, at the Queen's

1981
Comedy of the Year
Nominees
Steaming by Nell Dunn, at the Comedy (winner)
Anyone for Denis? by John Wells, at the Whitehall
Can't Pay? Won't Pay! by Dario Fo, at the Criterion
On the Razzle by Tom Stoppard, at the NT Lyttelton

Play of the Year
Nominees
Children of a Lesser God by Mark Medoff, at the Albery (winner)
Passion Play by Peter Nichols, RSC at the Aldwych
Translations by Brian Friel, at the NT Lyttelton
Quartermaine's Terms by Simon Gray, at the Queen's

1982
Comedy of the Year
Nominees
Noises Off by Michael Frayn, at the Savoy (winner)
Key for Two by John Chapman and Dave Freeman, at the Vaudeville
Season's Greetings by Alan Ayckbourn, at the Apollo
Trafford Tanzi by Claire Luckham, at the Mermaid

Play of the Year
Nominees
Another Country by Julian Mitchell, at the Queen's (winner)
Insignificance by Terry Johnson, at the Royal Court
84 Charing Cross Road by Helene Hanff, adapted by James Roose-Evans, at the Ambassadors
Our Friends in the North by Peter Flannery, RSC at the Pit

1983
Comedy of the Year
Nominees
Daisy Pulls It Off by Denise Deegan, at the Globe (winner)
Beethoven's Tenth by Peter Ustinov, at the Vaudeville
Run for Your Wife by Ray Cooney, at the Shaftesbury
Woza Albert! by Barney Simon, Percy Mtwa and Mbongeni Ngema, at the Criterion

Play of the Year
Nominees
Glengarry Glen Ross by David Mamet, at the NT Cottesloe (winner)
Pack of Lies by Hugh Whitemore, at the Lyric
The Slab Boys Trilogy by John Byrne, at the Royal Court
Tales from Hollywood by Christopher Hampton, at the NT Olivier

1984
Comedy of the Year

◇英文学の周辺◇

Nominees
Up 'n' Under by John Godber, at the Donmar Warehouse (winner)
Gymslip Vicar by Cliffhanger, at the Donmar Warehouse
Intimate Exchanges by Alan Ayckbourn, at the Ambassadors
Two into One by Ray Cooney, at the Shaftesbury

Play of the Year
Nominees
Benefactors by Michael Frayn, at the Vaudeville (winner)
Master Harold and the Boys by Athol Fugard, at the NT Cottesloe
Poppie Nongena by Elsa Joubert and Sandra Kotze, based on a novel by Elsa Joubert and adapted by Hilary Blecher, at the Donmar Warehouse
Rat in the Skull by Ron Hutchinson, at the Royal Court

1985
Comedy of the Year
Nominees
A Chorus of Disapproval by Alan Ayckbourn, at the NT Olivier (winner)
Bouncers by John Godber, at the Donmar Warehouse
Love's Labours Lost by William Shakespeare, RSC at the Barbican
Pravda by Howard Brenton and David Hare, at the NT Olivier

Play of the Year
Nominees
Red Noses by Peter Barnes, RSC at the Barbican (winner)
Doomsday by Tony Harrison, at the NT Cottesloe
The Road to Mecca by Athol Fugard, at the NT Lyttelton
Torch Song Trilogy by Harvey Fierstein, at the Albery

1986
Comedy of the Year
Nominees
When We Are Married by J. B. Priestley, at the Whitehall (winner)
Lend Me a Tenor by Ken Ludwig, at the Globe
The Merry Wives of Windsor by William Shakespeare, RSC at the Barbican
A Midsummer Night's Dream by William Shakespeare, RSC at the Barbican

BBC Award for the Play of the Year
Nominees
Les Liaisons Dangereuses by Christopher Hampton, RSC at the Pit and the Ambassadors (winner)
The American Clock by Arthur Miller, at the NT Cottesloe
The Normal Heart by Larry Kramer, at the Royal Court
Ourselves Alone by Anne Devlin, at the Royal Court

1987
Comedy of the Year
Nominees

Three Men on a Horse by John Cecil
Holm and George Abbott, at the NT
Cottesloe (winner)
Groucho by Arthur Marx and Robert
Fisher, at the Comedy
A Midsummer Night's Dream by William
Shakespeare, at the Open Air
Twelfth Night by William Shakespeare, at
the Donmar Warehouse

BBC Award for the Play of the Year
Nominees
Serious Money by Caryl Churchill, at the
Royal Court (winner)
Lettice and Lovage by Peter Shaffer, at
the Globe
A Lie of the Mind by Sam Shepherd, at
the Royal Court
Sarcophagus by Vladimir Gubaryev, RSC
at the Pit

1988
Comedy of the Year
Nominees
Shirley Valentine by Willy Russell, at the
Vaudeville (winner)
Henceforward by Alan Ayckbourn, at the
Vaudeville
Separation by Tom Kempinski, at the
Comedy
The Common Pursuit by Simon Gray, at
the Phoenix

BBC Award for the Play of the Year
Nominees
Our Country's Good by Timberlake
Wertenbaker, at the Royal Court (winner)
A Walk in the Woods by Lee Blessing, at
the Comedy
Mrs Klein by Nicholas Wright, at the NT
Cottesloe and the Apollo
The Secret Rapture by David Hare, at the
NT Lyttelton

1989 / 90
Comedy of the Year
Nominees
Single Spies by Alan Bennett, at the NT
Lyttelton and the Queen's (winner)
Jeffrey Bernard Is Unwell by Keith
Waterhouse, at the Apollo
Some Americans Abroad by Richard
Nelson, RSC at the Pit
Steel Magnolias by Robert Harling, at the
Lyric

BBC Award for the Play of the Year
Nominees
Racing Demon by David Hare, at the NT
Cottesloe (winner)
Ghetto by Joshua Sobol, at the NT Olivier
Man of the Moment by Alan Ayckbourn,
at the Globe
Shadowlands by William Nicholson, at the
Queen's

1991
Best Comedy
Nominees
Out of Order by Ray Cooney, at the
Shaftesbury (winner)
Gasping by Ben Elton, at the Theatre

Royal Haymarket

Best Revival of a Play or Comedy
Nominees

Pericles by William Shakespeare, RSC at the Pit (winner)

Accidental Death of an Anarchist by Dario Fo, at the RNT Cottesloe

Kean by Jean Paul Sartre from a play by Alexandre Dumas Pere, translated by Frank Hauser, at the Old Vic

The Wild Duck by Henrik Ibsen, at the Phoenix

BBC Award for the Play of the Year
Nominees

Dancing at Lughnasa by Brian Friel, at the RNT Lyttelton (winner)

Singer by Peter Flannery, RSC at the Pit

The Trackers of Oxyrhynchus by Tony Harrison, at the RNT Olivier

White Chameleon by Christopher Hampton, at the RNT Cottesloe

1992

Best Comedy
Nominees

La Bete by David Hirson, at the Lyric Hammersmith (winner)

An Evening with Gary Lineker by Arthur Smith and Chris England, at the Duchess

It's Ralph by Hugh Whitemore, at the Comedy

Best Revival of a Play or Comedy
Nominees

Hedda Gabler by Henrik Ibsen, at the Playhouse (winner)

Faith Healer by Brian Friel, at the Royal Court

The Comedy of Errors by William Shakespeare, RSC at the Barbican

Uncle Vanya by Anton Chekhov, at the RNT Cottesloe

BBC Award for the Play of the Year
Nominees

Death and the Maiden by Ariel Dorfman, at the Royal Court and the Duke of York's (winner)

Angels in America by Tony Kushner, at the RNT Cottesloe

The Madness of George III by Alan Bennett, at the RNT Lyttelton

Three Birds Alighting on a Field by Timberlake Wertenbaker, at the Royal Court

1993

Best Comedy
Nominees

The Rise and Fall of Little Voice by Jim Cartwright, at the RNT Cottesloe and the Aldwych (winner)

Lost in Yonkers by Neil Simon, at the Strand

On the Piste by John Godber, at the Garrick

Best Revival of a Play or Comedy
Nominees

An Inspector Calls by J. B. Priestley, at the RNT Lyttelton (winner)

Heartbreak House by George Bernard

Shaw, at the Theatre Royal Haymarket
HENRY IV (parts 1 & 2) by William Shakespeare, RSC at the Barbican
No Man's Land by Harold Pinter, at the Comedy

BBC Award for the Play of the Year
Nominees

Six Degrees of Separation by John Guare, at the Royal Court and the Comedy (winner)
Someone Who'll Watch over Me by Frank McGuinness, at the Vaudeville
The Gift of the Gorgon by Peter Shaffer, RSC at the Pit and Wyndham's
The Street of Crocodiles based on stories by Bruno Schulz devised by Theatre de Complicite from an adaptation by Simon McBurney with Mark wheathy, at the RNT Cottesloe

1994
Best Comedy
Nominees

Hysteria by Terry Johnson, at the Royal Court (winner)
April in Paris by John Godber, at the Ambassadors
The Life of Stuff by Simon Donald, at the Donmar Warehouse
Time of My Life by Alan Ayckbourn, at the Vaudeville

Best Revival of a Play or Comedy
Nominees

Machinal by Sophie Treadwell, at the RNT Lyttelton (winner)

Medea by Euripides in a new translation by Alistair Elliot, at Wyndham's
The Deep Blue Sea by Terence Rattigan, at the Apollo
The Winter's Tale by William Shakespeare, RSC at the Barbican

BBC Award for the Play of the Year
Nominees

Arcadia by Tom Stoppard, at the RNT Lyttelton (winner)
Oleanna by David Mamet, at the Royal Court and the Duke of York's
Perestroika by Tony Kushner, at the RNT Cottesloe
The Last Yankee by Arthur Miller, at the Duke of York's

1995
Best Comedy
Nominees

My Night with Reg by Kevin Elyot, at the Royal Court and the Criterion (winner)
Beautiful Thing by Jonathan Harvey, at the Donmar Warehouse and the Duke of York's
Dead Funny by Terry Johnson, at the Vaudeville
Neville's Island by Tim Firth, at the Apollo

Best Revival of a Play or Comedy
Nominees

As You Like It by William Shakespeare, at the Albery (winner)
Le Cid by Pierre Corneille in a new translation by Ranjit Bolt, at the RNT

◇英文学の周辺◇

Cottesloe

Les Parents Terribles by Jean Cocteau in a new translation by Jeremy Sams, at the RNT Lyttelton

Sweet Bird of Youth by Tennessee Williams, at the RNT Lyttelton

BBC Award for the Play of the Year Nominees

Broken Glass by Arthur Miller, at the RNT Lyttelton and the Duke of York's (winner)

Dealer's Choice by Patrick Marber, at the RNT Cottesloe

900 Oneonta by David Beaird, at the Old Vic and the Ambassadors

Three Tall Women by Edward Albee, at Wyndham's

1996
Best Comedy
Nominees

Mojo by Jez Butterworth, at the Royal Court (winner)

Communicating Doors by Alan Ayckbourn, at the Gielgud and the Savoy

Funny Money by Ray Cooney, at the Playhouse

BBC Award for the Play of the Year Nominees

Skylight by David Hare, at the RNT Cottesloe and Wyndham's (winner)

Pentecost by David Edgar, RSC at the Young Vic

The Steward of Christendom by Sebastian Barry, at the Royal Court

Taking Sides by Ronald Harwood, at the Criterion

1997
Best Comedy
Nominees

Art by Yasmina Reza, at the Wyndham's (winner)

The Complete Works of William Shakespeare (abridged) by Adam Long, Daniel Singer and Jess Winfield, at the Criterion

Laughter on the 23rd Floor by Neil Simon, at the Queen's

BBC Award for the Play of the Year Nominees

Stanley by Pam Gems, at the RNT Cottesloe (winner)

The Beauty Queen of Leenane by Martin McDonagh, at the Royal Court

Blinded by the Sun by Stephen Poliakoff, at the RNT Cottesloe

The Herbal Bed by Peter Whelan, RSC at the Pit

1998
Best New Comedy
Nominees

Popcorn by Ben Elton, at the Apollo (winner)

East Is East by Ayub Khan-Din, at the Royal Court

A Skull in Connemara by Martin McDonagh, at the Royal Court

BBC Award for the Play of the Year Nominees
Closer by Patrick Marber, at the RNT Cottesloe and the RNT Lyttelton (winner)
Amy's View by David Hare, at the RNT Lyttelton and the Aldwych
Hurlyburly by David Rabe, at the Queen's
The Invention of Love by Tom Stoppard, at the RNT Cottesloe and the RNT Lyttelton
Tom & Clem by Stephen Churchett, at the Aldwych

1999
Best New Comedy Nominees
Cleo, Camping, Emmanuelle and Dick by Terry Johnson, at the RNT Lyttelton (winner)
Alarms & Excursions by Michael Frayn, at the Gielgud
Love upon the Throne by Patrick Barlow with additional material by Martin Duncan and John Ramm, at the Comedy
Things We Do for Love by Alan Ayckbourn, at the Gielgud and the Duchess

BBC Award for the Play of the Year Nominees
The Weir by Conor McPherson, at the Royal Court (winner)
The Blue Room by David Hare freely adapted from Arthur Schnitzler's La Ronde, at the Donmar Warehouse
Copenhagen by Michael Frayn, at the RNT Cottesloe and the Duchess
The Unexpected Man by Yasmina Reza, RSC at the Pit and the Duchess

2000
Best New Comedy Nominees
The Memory of Water by Shelagh Stephenson, at the Vaudeville (winner)
Comic Potential by Alan Ayckbourn, at the Lyric
Quartet by Ronald Harwood, at the Albery

BBC Award for the Play of the Year Nominees
Goodnight Children Everywhere by Richard Nelson, RSC at the Pit (winner)
Perfect Days by Liz Lochead, at the Vaudeville
Rose by Martin Sherman, at the RNT Cottesloe
The Lady in the Van by Alan Bennett, at the Queen's
Three Days of Rain by Richard Greenberg, at the Donmar Warehouse

2001
Best New Comedy Nominees
Stones in His Pockets by Marie Jones, at the New Ambassadors and the Duke of York's (winner)

◇英文学の周辺◇

Cooking with Elvis by Lee Hall, at the Whitehall
House and Garden by Alan Ayckbourn, at the RNT Lyttelton and the RNT Olivier
Peggy for You by Alan Plater, at the Comedy

BBC Award for Best New Play Nominees

Blue / Orange by Joe Penhall, at the RNT Cottesloe (winner)
Dolly West's Kitchen by Frank McGuinness, at the Old Vic
Life × 3 by Yasmina Reza, at the RNT Lyttelton
My Zinc Bed by David Hare, at the Royal Court

◇ブッカー賞◇

ブッカー賞（The Booker McConnell Prize for Fiction）

　1969年にブッカー・マコネル公開有限会社（Booker McConnell plc）が文芸振興の目的で出資し創設して以来，英国図書連盟（National Book League in the United Kingdom）が運営母体となり，英国・イギリス連邦（カナダ・オーストラリア・ニュージーランド・インド・スリランカ）・アイルランド・パキスタン・南アフリカなどの国に在住の作家が英語で書いたその年毎の最優秀作に贈られている．審査員を第一流の文芸批評家，作家，学識者でかためた信頼できる世界的な文学賞である．

最終選考対象作品（Shortlist）と選考審査員（Judges）

1969
Shortlist
Something to Answer for, P.H. Newby(winner)
Figures in a Landscape, Barry England
Impossible Object, Nicholas Mosley
The Nice and the Good, Iris Murdoch
The Public Image, Muriel Spark
From Scenes Like These, Gordon Williams

Judges
W. L. Webb (chair)
Dame Rebecca West
Stephen Spender
Frank Kermode
David Farrer

1970
Shortlist
The Elected Member, Bernice Rubens (winner)
John Brown's Body, A.L. Barker
Eva Trout, Elizabeth Bowen
Bruno's Dream, Iris Murdoch
Mrs Eckdorf in O'Neill's Hotel, William Trevor
The Conjunction, Terence Wheeler

Judges
David Holloway (chair)
Dame Rebecca West
Lady Antonia Fraser
Ross Higgins
Richard Hoggart

1971
Shortlist
In a Free State, V.S. Naipaul (winner)
The Big Chapel, Thomas Kilroy
Briefing for a Descent into Hell, Doris Lessing
St. Urbain's Horseman, Mordecai Richler
Goshawk Squadron, Derek Robinson
Mrs Palfrey at the Claremont, Elizabeth Taylor

Judges
John Gross (chair)
Saul Bellow
John Fowles
Lady Antonia Fraser
Philip Toynbee

463

◇英文学の周辺◇

1972
Shortlist
G, John Berger (winner)
Bird of Night, Susan Hill
The Chant of Jimmie Blacksmith, Thomas
　Keneally
Pasmore, David Storey
Judges
Cyril Connolly (chair)
Dr George Steiner
Elizabeth Bowen

1973
Shortlist
The Siege of Krishnapur, J.G. Farrell
　(winner)
The Dressmaker, Beryl Bainbridge
The Green Equinox, Elizabeth Mavor
The Black Prince, Iris Murdoch
Judges
Karl Miller (chair)
Edna O'Brien
Mary McCarthy

1974
Shortlist
The Conservationist, Nadine Gordimer
　(co-winner)
Holiday, Stanley Middleton (co-winner)
Ending Up, Kingsley Amis
The Bottle Factory Outing, Beryl
　Bainbridge
In Their Wisdom, C.P. Snow
Judges
Ion Trewin (chair)

A. S. Byatt Elizabeth
Jane Howard

1975
Shortlist
Heat and Dust, Ruth Prawer Jhabvala
　(winner)
Gossip from the Forest, Thomas Keneally
Judges
Angus Wilson (chair)
Peter Ackroyd
Susan Hill
Roy Fuller

1976
Shortlist
Saville, David Storey (winner)
An Instant in the Wind, Andre Brink
Rising, R.C. Hutchinson
The Doctor's Wife, Brian Moore
King Fisher Lives, Julian Rathbone
The Children of Dynmouth, William
　Trevor
Judges
Walter Allen (chair)
Mary Wilson
Francis King

1977
Shortlist
Staying On, Paul Scott (winner)
Peter Smart's Confessions, Paul Bailey
Great Granny Webster, Caroline
　Blackwood
Shadows on Our Skin, Jennifer Johnston

The Road to Lichfield, Penelope Lively
Quartet in Autumn, Barbara Pym
Judges
Philip Larkin (chair)
Beryl Bainbridge
Brendon Gill
David Hughes
Rubin Ray

1978
Shortlist
The Sea, the Sea, Iris Murdoch (winner)
Jake's Thing, Kingsley Amis
Rumours of Rain, Andre Brink
The Bookshop, Penelope Fitzgerald
God on the Rocks, Jane Gardam
A Five Year Sentence, Bernice Rubens
Judges
Sir Alfred Ayer (chair)
Derwent May
P. H. Newby
Angela Huth
Clare Boylan

1979
Shortlist
Offshore, Penelope Fitzgerald (winner)
Confederates, Thomas Keneally
A Bend in the River, V.S. Naipaul
Joseph, Julian Rathbone
Praxis, Fay Weldon
Judges
Lord (Asa) Briggs (chair)
Benny Green
Michael Ratcliffe
Hilary Spurling
Paul Theroux

1980
Shortlist
Rites of Passage, William Golding (winner)
A Month in the Country, J.L. Carr
Earthly Powers, Anthony Burgess
Clear Light of Day, Anita Desai
The Beggar Maid, Alice Munro
No Country for Young Men, Julia O'Faolain
Pascali's Island, Barry Unsworth
Judges
Professor David Daiches (chair)
Ronald Blythe
Margaret Forster
Claire Tomalin
Brian Wenham

1981
Shortlist
Midnight's Children, Salman Rushdie (winner)
The Sirian Experiments, Doris Lessing
The Comfort of Strangers, Ian McEwan
Good Behaviour, Molly Keane
Rhine Journey, Ann Schlee
Loitering with Intent, Muriel Spark
The White Hotel, D.M. Thomas
Judges
Professor Malcolm Bradbury (chair)
Brian Aldiss
Joan Bakewell

◇英文学の周辺◇

Samuel Hynes
Hermione Lee

1982
Shortlist
Schindler's Ark, Thomas Keneally (winner)
Silence Among the Weapons, John Arden
An Ice-Cream War, William Boyd
Sour Sweet, Timothy Mo
Constance or Solitary Practices, Lawrence Durrell
The 27th Kingdom, Alice Thomas Ellis
Judges
Professor John Carey (chair)
Paul Bailey
Frank Delaney
Janet Morgan
Lorna Sage

1983
Shortlist
Life and Times of Michael K, J. M. Coetzee (winner)
Rates of Exchange, Malcolm Bradbury
Flying to Nowhere, John Fuller
The Illusionist, Anita Mason
Shame, Salman Rushdie
Waterland, Graham Swift
Judges
Fay Weldon (chair)
Angela Carter
Terence Kilmartin
Peter Porter
Libby Purves

1984
Shortlist
Hotel du Lac, Anita Brookner (winner)
Empire of the Sun, J. G. Ballard
Flaubert's Parrot, Julian Barnes
In Custody, Anita Desai
According to Mark, Penelope Lively
Small World, David Lodge
Judges
Professor Richard Cobb (chair)
Anthony Curtis
Polly Devlin
John Fuller
Ted Rowlands

1985
Shortlist
The Bone People, Keri Hulme (winner)
Illywhacker, Peter Carey
The Battle of Pollocks Crossing, J. L. Carr
The Good Terrorist, Doris Lessing
Last Letters from Hav, Jan Morris
The Good Apprentice, Iris Murdoch
Judges
Norman St John-Stevas (chair)
Nina Bawden
J. W. Lambert
Joanna Lumley
Marina Warner

1986
Shortlist
The Old Devils, Kingsley Amis (winner)
The Handmaid's Tale, Margaret Atwood
Gabriel's Lament, Paul Bailey

What's Bred in the Bone, Robertson
　Davies
An Artist of the Floating World, Kazuo
　Ishiguro
An Insular Possession, Timothy Mo
Judges
Anthony Thwaite (chair)
Edna Healey
Isabel Quigley
Gillian Reynolds
Bernice Rubens

1987
Shortlist
Moon Tiger, Penelope Lively (winner)
Anthills of the Savannah, Chinua Achebe
Chatterton, Peter Ackroyd
Circles of Deceit, Nina Bawden
The Colour of Blood, Brian Moore
The Book and the Brotherhood, Iris
　Murdoch
Judges
P. D. James (Chair)
Lady Selina Hastings
Allan Massie
Trevor McDonald
John B. Thompson

1988
Shortlist
Oscar and Lucinda, Peter Carey (winner)
Utz, Bruce Chatwin
The Beginning of Spring, Penelope
　Fitzgerald

Nice Work, David Lodge
The Satanic Verses, Salman Rushdie
The Lost Father, Marina Warner
Judges
The Rt. Hon. Michael Foot (chair)
Sebastian Faulks
Philip French
Blake Morrison
Rose Tremain

1989
Shortlist
The Remains of the Day, Kazuo Ishiguro
　(winner)
Cat's Eye, Margaret Atwood
The Book of Evidence, John Banville
Jigsaw, Sybille Bedford
A Disaffection, James Kelman
Restoration, Rose Tremain
Judges
David Lodge (chair)
Maggie Gee
Helen McNeil
David Profumo
Edmund White

1990
Shortlist
Possession, A. S. Byatt (winner)
An Awfully Big Adventure, Beryl
　Bainbridge
The Gate of Angels, Penelope Fitzgerald
Amongst Women, John McGahern
Lies of Silence, Brian Moore
Solomon Gursky Was Here, Mordecai

◇英文学の周辺◇

Richler
Judges
Sir Denis Forman (chair)
Susannah Clapp
A. Walton Litz
Hilary Mantel
Kate Saunders

1991
Shortlist
The Famished Road, Ben Okri (winner)
Time's Arrow, Martin Amis
The Van, Roddy Doyle
Such a Long Journey, Rohinton Mistry
The Redundancy of Courage, Timothy Mo
Reading Turgenev (from Two Lives), William Trevor
Judges
Jeremy Treglown (chair)
Penelope Fitzgerald
Jonathan Keates
Nicholas Mosley
Ann Schlee

1992
Shortlist
The English Patient, Michael Ondaatje (co-winner)
Sacred Hunger, Barry Unsworth (co-winner)
Serenity House, Christopher Hope
The Butcher Boy, Patrick McCabe
Black Dogs, Ian McEwan
Daughters of the House, Michele Roberts
Judges

Victoria Glendinning (chair)
John Coldstream
Valentine Cunningham
Dr Harriet Harvey Wood
Mark Lawson

1993
Shortlist
Paddy Clark Ha Ha Ha, Roddy Doyle (winner)
Under the Frog, Tibor Fischer
Scar Tissue, Michael Ignatieff
Remembering Babylon, David Malouf
Crossing the River, Caryl Phillips
The Stone Diaries, Carol Shields
Judges
Lord Gowrie (chair)
Professor Gillian Beer
Anne Chisholm
Nicholas Clee
Olivier Todd

1994
Shortlist
How Late It Was, How Late, James Kelman (winner)
Beside the Ocean of Time, George MacKay Brown
Reef, Romesh Gunesekera
Paradise, Abdulrazak Gurnah
The Folding Star, Alan Hollinghurst
Knowledge of Angels, Jill Paton Walsh
Judges
Professor John Bayley (chair)
Rabbi Julia Neuberger

Dr Alastair Niven
Alan Taylor
James Wood

1995
Shortlist
The Ghost Road, Pat Barker (winner)
In Every Face I Meet, Justin Cartwright
The Moor's Last Sigh, Salman Rushdie
Morality Play, Barry Unsworth
The Riders, Tim Winton
Judges
George Walden MP (Chair)
Kate Kellaway
Peter Kemp
Adam Mars-Jones
Ruth Rendell

1996
Shortlist
Last Orders, Graham Swift (winner)
Alias Grace, Margaret Atwood
Every Man for Himself, Beryl Bainbridge
Reading in the Dark, Seamus Deane
The Orchard on Fire, Shena Mackay
A Fine Balance, Rohinton Mistry
Judges
Carmen Callil (chair)
Jonathan Coe
Ian Jack
A. L. Kennedy
A. N. Wilson

1997
Shortlist

◇ブッカー賞◇

The God of Small Things, Arundhati Roy (winner)
Quarantine, Jim Crace
The Underground Man, Mick Jackson
Grace Notes, Bernard MacLaverty
Europa, Tim Parks
The Essence of the Thing, Madeleine St. John
Judges
Professor Gillian Beer (Chair)
Rachel Billington
Jason Cowley
Jan Dalley
Professor Dan Jacobson

1998
Shortlist
Amsterdam, Ian McEwan (winner)
Master Georgie, Beryl Bainbridge
England, England, Julian Barnes
The Industry of Souls, Martin Booth
Breakfast on Pluto, Patrick McCabe
The Restraint of Beasts, Magnus Mills
Judges
Douglas Hurd (chair)
Valentine Cunningham
Penelope Fitzgerald
Miriam Gross
Nigella Lawson

1999
Shortlist
Disgrace, J.M. Coetzee (winner)
Fasting, Feasting, Anita Desai
Headlong, Michael Frayn

◇英文学の周辺◇

Our Fathers, Andrew O'Hagan
The Map of Love, Ahdaf Soueif
The Blackwater Lightship, Colm Tóibín
Judges
Gerald Kaufman (chair)
Shena Mackay
Boyd Tonkin
John Sutherland
Natasha Walter

Hotel World, Ali Smith
Judges
Kenneth Baker (chair)
Philip Hensher
Michèle Roberts
Kate Summerscale
Rory Watson

2000
Shortlist
The Blind Assassin, Margaret Atwood (winner)
The Hiding Place, Trezza Azzopardi
The Keepers of Truth, Michael Collins
When We Were Orphans, Kazuo Ishiguro
English Passengers, Matthew Kneale
The Deposition of Father McGreevy, Brian O'Doherty.
Judges
Simon Jenkins(chair)
Prof. Roy Foster
Mariella Frostrup
Rose Tremain
Caroline Gascoigne

2001
Shortlist
True History of the Kelly Gang, Peter Carey (winner)
Atonement, Ian McEwan
Oxygen, Andrew Miller
Number9dream, David Mitchell
The Dark Room, Rachel Seiffert

参　考　書　案　内

I.　辞　　典

(1) **英米文学辞典**　　　　　　　　斎藤勇・西川正身・平井正穂編　研究社（1985）
　　昭和12年に初版，60（1985）年に増訂第三版が出た．英米の作家・作品・作中人物・文芸用語の解説を中心に，年表，地図と多数の写真を付した全巻1655頁の大辞典で，座右机上の好伴侶となる．

(2) **集英社・世界文学大辞典**　　　　　　『世界文学大辞典』編集委員会（1996）
　　英米文学をはじめ，カナダやオーストラリアなど英語圏の文学者も収録し，作家と作品や文芸用語など6巻に編集してある．

(3) **Oxford Companion to English Literature,** edited by Margaret Drabble, Oxford University Press（2000）
　　1932年に初版，最近では2000年に第六版が出た．英国の作家・作品・作中人物・文芸用語の簡潔な解説を中心にした定評のある文芸辞典．演劇関係では Oxford Companion to the Theatre（1983）が便利である．

(4) **Twentieth Century Authors,** edited by S.J. Kunitz & H. Haycraft, The H.V. Wilson Company（1942）
　　現代作家の略伝，作品名などが要領よく紹介されている．First Supplement（1955）には，新進作家のほか，1942年版にのっている作家のその後の活動状況が加えられていて，便利な資料となっている．

(5) **Contemporary Poets,** edited by Tracy Chevalier, ST. James Press, 1991.

(6) **Contemporary Novelists,** edited by James Vinson, ST. James Press, 1972.

(7) **Contemporary Dramatists,** edited by James Vinson, ST. James Press, 1973.

II.　文　学　史

(1) **英米文学史講座**　　　　全12巻　別巻1冊　福原麟太郎・西川正身監修
　　　　　　　　　　　　　　　　　　　　　　　研究社（昭和35～37年）
　　各時代別の概観，詩歌・小説・演劇・批評などジャンル別の概説，代表的作家の関する小論に背景事情の解説を加え，約160人の英米文学者が分担執筆した網羅的な内容の講座で，別巻は「文学史の方法」，「作品研究の方法」に，英米文学年表と総索引（人名・作品・事項別）が加えられている．

(2) **講座・英米文学史**　　　　全13巻　加納秀夫・小津次郎・朱牟田夏雄・編集
　　　　　　　　　　　　　　　　　　　　　　　大修館書店（1971～2001）
　　詩4巻，劇3巻，小説4巻，批評・評論2巻に分けて編集したジャンル別の詳細で

内容の濃い文学史.

Ⅲ. 作家と作品

(1) **英米文学評伝叢書**　　　　　　　全100巻　別冊3巻　研究社（昭和8年〜11年）
チョーサーからT. S. エリオットまで89人の英国作家（米11人）をとりあげ，1作家に1冊をあてて伝記と作品を中心に紹介し，年表及び書目を加えた便利な作家案内シリーズ．

(2) **新英米文学評伝叢書**　　　　　　第1期24巻　研究社（昭和30〜33年）
英国作家17人（米7人）のうち，前項の評伝叢書に入らなかったモームとハックスレーを加え，執筆者をかえて構想を新たにし，参考書目を充実させたもの．

(3) **20世紀英米文学案内**　　　　　　全24巻　福原麟太郎・西川正身監修
　　　　　　　　　　　　　　　　　　　　　　研究社（昭和41年〜62年）
今世紀の英米作家中から，主要作家24人（英12人）をとりあげ，「人と生涯」「作品」「評価」「書誌・年表」によって各作家の全貌を客観的にうきぼりにしようとしたシリーズ．

(4) **18-19世紀英米文学ハンドブック**　　朱牟田夏雄・長谷川正平・斉藤光共編
　　　　　　　　　　　　　　　　　　　　　　　　　　　南雲堂（昭和41年）
各作家の簡単な伝記と問題点をかかげ，作品，翻訳文献，テクストおよび研究書をくわしく紹介している．

(5) **20世紀英米文学ハンドブック**　　上田勤・大橋健三郎・増田義郎共編
　　　　　　　　　　　　　　　　　　　　　　　　　　南雲堂（昭和37年）
現代イギリス文学概観につづいて，サミュエル・バトラーからディラン・トマスまで（41年の追補版では「補遺1960-1965」がついて，新進作家が加えられた．）略伝と問題点を中心に，各作家の作品と研究書の詳細な書誌がついている．

(6) **Writers and Their Work**　　　全29巻　金星堂（昭和43年〜44年）
1950年以来Longmans社を通じてThe British Councilが毎月1冊ずつ発行してきた英文学作家案内の小冊子は既に200冊を越えているが，そのうちの186冊を年代，傾向別に分類して全29巻に合本するもの．各作家の略伝と評価を，批評家・学者・作家が執筆し，肖像1枚と参考書目を加えた便利な入門書．このうち30冊は「英文学ハンドブック」（昭和31年〜32年）として研究社から邦訳で刊行されている．

(7) **British Writers**, 8 vols., Ian Scott-Kilvert (general editor), Charles Scribner's Sons, 1984.
詩人，小説家，劇作家などの詳細な紹介（略伝と評論と文献）．非常に便利な作家・作品入門．

第 七 部

翻訳文献

訳書名・訳者・版元・刊行年

◇翻 訳 文 献 Ⅰ◇

作者不明　長編叙事詩

Beowulf
「ベーオウルフ」　　厨川文夫　岩波文庫　昭16
「ベーオウルフ」(「世界名詩集大成」1, 古代・
　中世)　池上嘉彦・忍足欣四郎　平凡社　昭35
「ベーオウルフ」　　長埜盛　吾妻書房　昭41
「ベーオウルフ」　　大場啓蔵　篠崎書林　昭53
「ベーオウルフ」　　鈴木重威　グロリア出版　昭53
「ベーオウルフ」　　忍足欣四郎　岩波文庫　平02

聖史劇

「イギリス中世劇集・コーパス・クリスティ祝祭劇」
　　　　　石井美樹子　篠崎書林　昭58

道徳劇

「イギリス道徳劇集」
　　　　　鳥居忠信他　リーベル出版　平03

チョーサー

Troilus and Criseyde
「トロイルスとクリセイデ」(「世界文庫」)
　　　　　刈田元司　弘文堂　昭17
「恋のとりこ (トロイルスとクリセイデ)」
　(「英米名著叢書」)　刈田元司　新月社　昭24
「恋のとりこ　トロイルスとクリセイデ」
　　　　　　　新月社　刈田元司　昭23
「恋のとりこ」(復刻版)　伸光社　刈田元司　昭58
The Canterbury Tales
「カンタベリ物語」　東亜堂書房　金子健二　大06
「カンタベリ物語」　　金子健二　東京堂　大07
「カンタベリ物語」全2巻
　　　　　　国際文献社　金子健二　大15
「カンタベリ物語序歌」　巨野俊雄　尚文堂　昭08
「カンタベリ物語」　コギト社　小林智賀平　昭22
「カンタベリ物語」　　金子健二　ふもと社　昭23
「キャンタベリ物語」　吉田新吾　創元社　昭24
「カンタベリー物語」(「もだんらいぶらりい」)
　　　　　西脇順三郎　東亜出版社　昭24
「カンタベリー物語」(「世界文学全集」古典篇7)
　　　　　西脇順三郎　河出書房　昭26
「カンタベリ物語」(「世界文学大系」8)
　　　　　西脇順三郎　筑摩書房　昭36
「カンタベリ物語」(「世界文学大系」47)
　　　　　西脇順三郎　筑摩書房　昭39
「カンタベリ物語」　　金子健二　角川文庫　昭47

「カンタベリ物語」(「世界文学大系」)
　　　　　西脇順三郎　筑摩書房　昭47
「カンタベリー物語」　金子健二　角川文庫　昭48
「カンタベリ物語」全2巻
　　　　　　桝井廸夫　岩波文庫　昭48
「カンタベリ物語」全2巻
　　　　　西脇順三郎　ちくま文庫　昭62
「カンタベリ物語」全3巻
　　　桝井廸夫　岩波文庫　昭48 (上のみ)　平07
The Legend of Good Women
「善女物語」　宮田武志　甲南大学文学会　昭29
「善女物語」　宮田武志　甲南大学文学会　昭39
「チョーサーの恋愛詩」
　　　　　佐藤勉　高文堂出版社　昭51
「家扶の物語」　文化評論出版　武居正太郎　昭50

スペンサー

The Shepheardes Calender
「牧人の暦」(「世界名詩集大成」9)
　　　　　早乙女忠　平凡社　昭34
「羊飼の暦」　和田勇一他　文理書院　昭49
The Faerie Queene
「フェアリ・クヰイン」
　　　　　英語英文学講座　大和資雄　昭09
「仙女王」　　外山定男　不老閣書房　昭12
「妖精の女王」
　　　　熊本大学スペンサー研究会　文理書院　昭44
「妖精の女王」　和田勇一　文理書院　昭53
「仙女王」　　外山定男　成美堂　平02
「妖精の女王」
　　　　和田勇一・福田昇八　筑摩書房　平06
「スペンサー小曲集」
　　　　熊大スペンサー研究会　文理書院　昭54
「スペンサー小曲集」　和田勇一　文理書院　昭55
「シドニー詩集—アストロフェルとステラ」
　　　　　中田修　東京教学社　昭51
「スペンサー詩集」　福田昇八　筑摩書房　平12

マーロウ

Tamburlaine the Great
「タンバレーン大帝」
　　　　　永石憲吾　英潮社事業出版　昭52
「タムバレイン大王」全2巻
　　　　　千葉孝夫　中央書院　昭62
Massacre at Paris
「パリの虐殺・エドワードⅡ世」
　　　　　千葉孝夫　北星堂　昭55
「パリの虐殺・マルタ島のユダヤ人」

◇翻 訳 文 献 Ⅰ◇

永石憲吾　丸善大阪　昭57
The Tragical History of Dr. Faustus
「フォースタス博士の悲劇」
　　　　　松尾相　岩波文庫　昭04
「フォースタ博士の悲話」
　　　　　細川泉二郎　愛育社　昭23
「フォースタス博士の悲劇」
　　　　　細川泉二郎　愛育社　昭24
「フォースタス博士の悲劇」(「世界文学大系」
　14)　平井正穂　筑摩書房　昭36
「フォースタス博士」(「エリザベス朝演劇集」)
　　　　　平井正穂　筑摩書房　昭49
「カルタゴの女王ダイドウ・フォースタス博士」
　　　　　永石憲吾　英潮社新社　昭63
The Jew of Malta
「マルタ島のユダヤ人」　水田巌　新月社　昭23
「マルタ島のユダヤ人」(「エリザベス朝演劇集」)
　　　　　小津次郎　筑摩書房　昭49
「マルタ島のユダヤ人・フォースタス博士」
　　　　　千葉孝夫　中央書院　昭60
「マルタ島のユダヤ人・フォースタス博士」
　(「エリザベス朝演劇集 1」)
　　　　　小田島雄志　白水社　平07
「クリストファー・マーロー戯曲選—マルタ島
　のユダヤ人他」　熊崎久子　青山社　平11

シェイクスピア

「沙翁全集」全40巻
　　　坪内逍遥　早大出版部　大01-昭09
「沙翁警句集」　坪内士行　東京毎日新聞社　大05
「シェイクスピア名言警句集」
　　　　　坪内士行　京文社　昭34
「シェイクスピアの言葉」
　　　小津次郎・関本まや子　弥生書房　昭44
「新修シェイクスピア全集」全40巻
　　　　　坪内逍遥　中央公論社　昭08-10
「新修シェイクスピア全集」
　　　　　坪内逍遥　創元社　昭27
「シェイクスピア全集」全35巻
　　　　　坪内逍遥　新樹社　昭28-33
「シェイクスピア全集」全16巻
　　　　　福田恆存　河出書房　昭30-32
「シェイクスピア全集」全15巻
　　　　　福田恆存　新潮社　昭34-47
「シェイクスピア全集」全 8 巻
　　　福原麟太郎・中野好夫　筑摩書房　昭42-49
「シェイクスピア全集」全 7 巻
　　　　　小田島雄志　白水社　昭48-51
「新装版シェイクスピア全集」全 8 巻

小津次郎ほか　筑摩書房　昭49
「シェイクスピア選集」全10巻
　　　　　竹友藻風　大阪文庫　昭23
「シェイクスピア名作選」
　　　　　坪内逍遥　筑摩書房　昭23-24
「シェークスピア名作選」全 7 巻
　　　　　坪内逍遥　中央公論社　昭23-24
Richard Ⅲ
「リチャード三世」　坪内逍遥　早大出版部　大07
「リチャード三世」　坪内逍遥　中央公論社　昭09
「リチャード三世」
　　　　　福原麟太郎・大山俊一　角川文庫　昭31
「リチャード三世」　大山俊一　旺文社文庫　昭45
「リチャード三世」　福田恆存　新潮文庫　昭49
「リチャード三世」　松岡和子　ちくま文庫　平11
The Comedy of Errors
「行違ひ物語」　戸沢姑射　日本図書株式会社　明41
「間違つづき」　坪内逍遥　早大出版部　大10
「間違つづき」　坪内逍遥　中央公論社　昭10
「間違つづき」　坪内逍遥　新樹社　昭32
The Taming of the Shrew
「じゃじゃ馬馴らし」
　　　　　　　坪内逍遥　早大出版部　大09
「じゃじゃ馬馴らし」
　　　　　　　坪内逍遥　中央公論社　昭09
「じゃじゃ馬ならし」　大山敏子　篠崎書林　昭37
「じゃじゃ馬馴らし」　三神勲　角川文庫　昭46
「じゃじゃ馬馴らし, 空騒ぎ」
　　　　　　　福田恆存　新潮文庫　昭47
「じゃじゃ馬馴らし」
　　　　　　　大山敏子　旺文社文庫　昭49
Sonnets
「シェクスピア詩集」(「緑蔭叢書」)
　　　　　　　尾関岩二　緑蔭社　大15
「シェクスピア詩集」　尾関岩二　三水社　昭02
「詩篇 1～2 沙翁全集34, 39」
　　　　　　　坪内逍遥　早大出版会　昭02-03
「詩篇 1～2 新修シェークスピア全集38, 39」
　　　　　　　坪内逍遥　中央公論社　昭09
「シェイクスピア詩集」(「人生詩歌文庫」)
　　　　　　　尾関岩二　人生社　昭28
「シェクスピア詩集」　吉田健一　池田書院　昭31
「十四行詩」(「世界名詩集大成」9, イギリス篇)
　　　　　　　吉田健一　平凡社　昭34
「シェイクスピア詩集」吉田健一　垂水書房　昭38
「シェイクスピア名詩」
　　　　　本多顕彰　講談社現代文庫　昭40
「ソネット詩集」(「西脇順三郎全集」Ⅲ)
　　　　　　　筑摩書房　昭46

475

◇翻訳文献 I◇

「シェイクスピア詩集」(「シェイクスピア全集」8) 西脇順三郎 筑摩書房 昭46
「シェイクスピア詩集—ソネットとソング」
　　　　　　　中西信太郎　英宝社　昭48
「ソネット集」　中西信太郎　英宝社　昭51
「ソネット集」　高松雄一　岩波文庫　昭61

Romeo and Juliet
「露妙樹利春情浮世之夢」
　　　　　　　河島敬蔵　耕文堂　明19
「ロミオとジュリエット」(「泰西戯曲選集」)
　　　　　　　久米正雄　新潮社　大11
「ロミオとジュリエット」
　　　　　　　坪内逍遙　早大出版会　大13
「ロミオとジュリエット」
　　　　　　　坪内逍遙　中央公論社　昭08
「ロミオとジュリエット」
　　　　　　　本多顕彰　小山書店　昭08
「ロミオとジュリエットの悲劇」
　　　　　　　本多顕彰　岩波文庫　昭21, 51
「ロミオとヂュリエトの悲劇」
　　　　　　　本多顕彰　岩波書店　昭23, 25
「ロメオとヂュウリエット」
　　　　　　　沢村寅二郎　研究社　昭24
「ロミオとジュリエット」(「シェイクスピア選集」1) 竹友藻風　大阪文庫　昭24
「ロミオとジュリエット」
　　　　　　　中野好夫　新潮文庫　昭26
「ロミオとジュリエット」(「世界文学全集学生版」)
　　　　　　　三神勲　河出書房　昭27
「ロミオとジュリエット」(「世界名作文豪名作全集」1) 中野好夫・三神勲　河出書房　昭28
「ロミオとジュリエット」坪内逍遙　新樹社　昭32
「ロミオとジュリエット」福田恆存　新潮社　昭39
「ロミオとジュリエット」
　　　　　　　大山敏子　旺文社文庫　昭41
「ロミオとジュリエット」三神勲　角川文庫　昭42
「ロミオとジュリエット」(「世界文学全集」4)
　　　　　　　平井正穂　集英社　昭48
「ロミオとジュリエット」(「世界文学全集」17)
　　　　　　　中野好夫　筑摩書房　昭50
「ロミオとジューリエット」
　　　　　　　平井正穂　岩波文庫　昭63
「ロミオとジュリエット」
　　　　　　　松岡和子　ちくま文庫　平08

A Midsummer-Night's Dream
「真夏の夜の夢」　坪内逍遙　早大出版会　大04
「真夏の夜の夢」　坪内逍遙　中央公論社　昭09
「夏の夜の夢」　　土井光知　岩波文庫　昭15
「真夏の夜の夢」　沢村寅二郎　研究社　昭24
「真夏の夜の夢」　山崎英夫　青葉書房　昭25
「真夏の夜の夢」　野上豊一郎　新潮文庫　昭26
「真夏の夜の夢」　三神勲　河出文庫　昭28
「真夏の夜の夢」(「世界名作文豪名作全集」1)
　　　　　　　中野好夫・三神勲　河出書房　昭28
「真夏の夜の夢」(「市民文庫」)
　　　　　　　三神勲　河出書房　昭29
「真夏の夜の夢」　坪内逍遙　新樹社　昭32
「夏の夜の夢」　　福田恆存　新潮社　昭35
「真夏の夜の夢」　三神勲　角川文庫　昭44
「真夏の夜の夢」　大山敏子　旺文社文庫　昭45
「真夏の夜の夢」　福田恆存　新潮社　昭46
「真夏の夜の夢」(「世界文学全集」4)
　　　　　　　平井正穂　集英社　昭46
「真夏の夜の夢」(「世界文学大系」17)
　　　　　　　平井正穂　筑摩書房　昭50
「真夏の夜の夢, 間違いの喜劇」
　　　　　　　松岡和子　ちくま文庫　平09

The Merchant of Venice
「人肉質入裁判」　井上勤　今古堂　明16
「ヱニスの商人」　坪内逍遙　早大出版会　大03
「ヱニスの商人」(「シェイクスピア戯曲全集」)
　　　　　　　小山内薫　聚芳閣　大15
「ヱニスの商人」　坪内逍遙　中央公論社　昭08
「ヴェニスの商人」中野好夫　岩波文庫　昭14, 48
「ヱニスの商人」　市川三喜　研究社出版　昭24
「ヴェニスの商人」野上豊一郎　岩波文庫　昭26
「ヴェニスの商人」坪内逍遙　新樹社　昭32
「ヴェニスの商人」福田恆存　新潮社　昭35
「ヴェニスの商人」大山敏子　旺文社文庫　昭41
「ヴェニスの商人」福田恆存　新潮社　昭42
「ヴェニスの商人」三神勲　角川文庫　昭44
「ヴェニスの商人」小田島雄志　岩波文庫　昭48
「ヴェニスの商人」(「世界文学全集」4)
　　　　　　　小津次郎　集英社　昭48
「ヴェニスの商人」(「世界文学大系」17)
　　　　　　　菅泰男　筑摩書房　昭50
「ヴェニスの商人」松岡和子　ちくま文庫　平14

Henry IV
「ヘンリー四世」　坪内逍遙　早大出版会　大08
「ヘンリー四世」　坪内逍遙　中央公論社　昭09
「ヘンリー四世」　坪内逍遙　新樹社　昭43
「ヘンリー四世」全2巻
　　　　　　　中野好夫　岩波文庫　昭45–46
「ヘンリー四世, 1部2部」(「世界文学大系」17)
　　　　　　　中野好夫　筑摩書房　昭50

Much Ado about Nothing
「から騒ぎ」
　　　　　　　姑射馮霊　大日本図書沙翁全集　明40
「大騒ぎ」(「シェイクスピア選集」3)

476

◇翻 訳 文 献 Ⅰ◇

　　　　　　　　竹友藻風　大阪文庫　昭23
「空さわぎ」(「世界文学体系」16)
　　　　　　　小津次郎他　筑摩書房　昭47
「むだざわぎ」　大山敏子　旺文社文庫　昭49
Julius Caesar
「ジュリアス・シーザー」(「世界名作選集」)
　　　　　　坪内逍遙　早大出版会　大11
「ジュリヤス・シーザー」船越明　内外社　大13
　　　　　　坪内逍遙　中央公論社　昭09
「ヂュリアス・シーザー」　研究社出版　昭24
「ジュリアス・シーザー」
　　　　　　中野好夫　岩波文庫　昭26
「ジュリアス・シーザー」(「世界文学全集学
　生版」)　　　中野好夫　河出書房　昭27
「ジュリアス・シーザー」(「世界名作文豪名
作全集」1)　中野好夫・三神勲　河出書房　昭28
「ジューリアス・シーザー」
　　　　　　坪内逍遙　新樹社　昭32
「ジュリアス・シーザー」
　　　　　　福田恆存　新潮社　昭35, 43
　　　　　　大山敏子　旺文社文庫　昭43
「ジュリアス・シーザー」(「世界文学大系」16)
　　　　　　中野好夫　筑摩書房　昭47
「ジュリアス・シーザー」(「世界文学全集」4)
　　　　　　中野好夫　集英社　昭48
「ジュリアス・シーザー」平松秀雄　千城　昭51
As You Like It
「お気に召すまま」　坪内逍遙　早大出版会　大09
「お気に召すまま」　坪内逍遙　中央公論社　昭09
「お気に召すまま」　阿部知二　岩波文庫　昭14, 49
「御意のま、に」(「シェイクスピア選集」1)
　　　　　　竹友藻風　大阪文庫　昭23
「お気に召すまま」　大山敏子　旺文社文庫　昭47
Twelfth Night
「十二夜」　　坪内逍遙　早大出版会　大10
「十二夜」　　坪内逍遙　中央公論社　昭09
「十二夜」　　竹友藻風　大阪文庫　昭23
「十二夜」　　菅泰男　新潮文庫　昭32
「十二夜」　　坪内逍遙　新樹社　昭32
「十二夜」　　小津次郎　岩波文庫　昭35
「十二夜」
　　　福原麟太郎・大山敏子　角川文庫　昭35
「十二夜」(「シェイクスピア全集」補)
　　　　　　福田恆存　新潮社　昭47
「十二夜」　　大山敏子　旺文社文庫　昭47
「十二夜」(「世界文学大系」16)
　　　　　　小津次郎　筑摩書房　昭47
「十二夜」(「世界文学全集」7)

　　　　　　木下順二　講談社　昭49
「十二夜」　　松岡和子　ちくま文庫　平10
Hamlet
「ハムレット」　坪内逍遙　早大出版会　大12
「ハムレット」　坪内逍遙　中央公論社　昭08
「ハムレット」
　　　　市河三喜・松浦嘉一　岩波文庫　昭24, 32
「ハムレット」　横山有策　大泉書店　昭24
「ハムレット」　沢村寅二郎　研究社出版　昭24
「ハムレット」　本多顕彰　思索社　昭24
「ハムレット」(「シェイクスピア選集」4)
　　　　　　竹友藻風　大阪文庫　昭24
「ハムレット」　並河亮　建設社　昭25
「ハムレット」　本多顕彰　角川文庫　昭26
「ハムレット」　本多顕彰　新潮文庫　昭27
「ハムレット」(「世界文学全集学生版」)
　　　　　　三神勲　河出書房　昭27
「ハムレット」　三神勲　河出市民文庫　昭28
「ハムレット」　坪内逍遙　新樹社　昭33
「ハムレット」　福田恆存　新潮社　昭34
「ハムレット」　本多顕彰　角川文庫　昭41
「ハムレット」　大山俊一　旺文社文庫　昭42
「ハムレット・オセロ・マクベス」(「世界文学
　ライブラリー」)　木下順二　講談社　昭46
「ハムレット」　木下順二　講談社文庫　昭46
「ハムレット」　福田恆存　新潮社　昭46
「ハムレット」(「世界文学ライブラリー」1)
　　　　　　木下順二　講談社　昭46
「ハムレット」(「世界文学大系」16)
　　　　　　小津次郎　筑摩書房　昭47
「ハムレット」(「世界文学全集」4)
　　　　　　永川玲二　集英社　昭48
「ハムレット」　松岡和子　ちくま文庫　平08
「ハムレット」　野島秀勝　岩波文庫　平14
The Merry Wives of Windsor
「ウインザーの陽気な女房」
　　　　　　坪内逍遙　早大出版会　大15
「ウインザーの陽気な女房」
　　　　　　坪内逍遙　中央公論社　昭09
「ウインザーの陽気な女房」(「市民文庫」)
　　　　　三神勲・西川正身　河出書房　昭27
「ウインザーの陽気な女房」
　　　　　三神勲・西川正身　角川文庫　昭45
「ウインザーの陽気な女房たち」(「世界文学
　大系」16)　三神勲・西川正身　筑摩書房　昭47
「ウインザーの陽気な女房」
　　　　　　大山敏子　旺文社文庫　昭53
「ウインザーの陽気な女房たち」
　　　　　　松岡和子　ちくま文庫　平13
Troilus and Cressida

477

◇翻 訳 文 献 Ⅰ◇

「トロイラスとクレシダ」
　　　　　　　　　坪内逍遙　早大出版会　昭02
「トロイラスとクレシダ」
　　　　　　　　　坪内逍遙　中央公論社　昭09
「トロイラスとクレシダ」村岡勇　岩波文庫　昭24
Othello
「オセロー」　　　坪内逍遙　早大出版会　大11
「オセロー」　　　坪内逍遙　中央公論社　昭10
「オセロウ」(「英米名著叢書」)
　　　　　　　　　木下順二　新月社　　　昭22
「オセロウ」(「葡萄文庫」) 木下順二　新月社　昭24
「オセロウ」　　　木下順二　新潮文庫　　昭26
「オセロー」　　　坪内逍遙　新樹社　　　昭32
「オセロー」　　　菅泰男　　岩波文庫　　昭35
「オセロー」　　　福田恆存　新潮文庫　　昭35
「オセロー」　　　大山俊一　旺文社文庫　昭44
「オセロー」(「世界文学ライブラリー」1）
　　　　　　　　　木下順二　講談社　　　昭46
「オセロー」(「世界文学大系」16）
　　　　　　　　　小津次郎　筑摩書房　　昭47
「オセロー」　　　木下順二　講談社文庫　昭47
「オセロー」　　　三神勲　　角川文庫　　昭47
「オセロー」(「世界文学全集」4）
　　　　　　　　　木下順二　集英社　　　昭48
King Lear
「リヤ王」　　　　坪内逍遙　早大出版会　大05
「リヤ王」　　　　坪内逍遙　中央公論社　昭10
「リヤ王」　　　　野上豊一郎　岩波文庫　昭13
「リヤ王」　　　　斎藤勇　岩波文庫　昭23, 49
「リヤ王」　　　　福田恆存　新潮社　　　昭37
「リヤ王」　　　　福田恆存　新潮文庫　　昭42
「リヤ王」　　　　三神勲　　角川文庫　　昭43
「リヤ王」　　　　大山俊一　旺文社文庫　昭43
「リヤ王」　　　　福田恆存　新潮文庫　　昭44
「リア王」(「世界文学大系」16）
　　　　　　　　　小津次郎　筑摩書房　　昭47
「リヤ王」　　　　三神勲　　角川文庫　　昭48
「リヤ王」　　　　大山俊一　旺文社文庫　昭48
「リア王」(「世界文学全集」4）
　　　　　　　　　小津次郎　集英社　　　昭48
「リア王」(「世界文学全集」7）
　　　　　　　　　木下順二　講談社　　　昭49
「リア王」　　　　松岡和子　ちくま文庫　平09
「リア王」　　　　野島秀勝　岩波文庫　　平12
Macbeth
「マクベス」　　　森林太郎　警醒社　　　大02
「マクベス」野上豊一郎　岩波文庫　昭13, 24, 33
「マクベス」　　　沢村寅二郎　研究社　　昭23
「マクベス」　　　坪内逍遙　新樹社　　　昭32
「マクベス」　　　福田恆存　新潮文庫　　昭36

「マクベス」　　　三神勲　　角川文庫　　昭43
「マクベス」　　　大山俊一　旺文社文庫　昭43
「マクベス」　　　福田恆存　新潮文庫　　昭44
「マクベス」(「世界文学ライブラリー」1）
　　　　　　　　　木下順二　講談社　　　昭46
「マクベス」(「世界文学大系」16）
　　　　　　　　　小津次郎　筑摩書房　　昭47
　　　　　　　　　永川玲二　集英社　　　昭48
「マクベス」　　　大山俊一　旺文社文庫　昭48
「マクベス」　　　松岡和子　ちくま文庫　平08
Antony and Cleopatra
「アントニーとクレオパトラ」
　　　　　　　　　坪内逍遙　早大出版会　大11
「アントニーとクレオパトラ」
　　　　　　　　　坪内逍遙　中央公論社　昭10
「アントニーとクレオパトラ」
　　　　　　　　　坪内逍遙　新樹社　　　昭33
「アントニーとクレオパトラ」
　　　　　　　　　本多顕彰　岩波文庫　　昭33
「アントニーとクレオパトラ」
　　　　　　　　　福田恆存　新潮文庫　　昭35
「アントニーとクレオパトラ」
　　　　　　　　　福田恆存　新潮文庫　　昭47
「アントニーとクレオパトラ」(「世界文学大系」17）
　　　　　　　　　小津次郎　筑摩書房　　昭50
「アントニーとクレオパトラ」
　　　　　　　　　大山俊一　旺文社文庫　昭51
Coriolanus
「コレオレーナス」　坪内逍遙　早大出版会　大11
「コリオレイナス」　坪内逍遙　中央公論社　昭09
「コリオレイナス」　福田恆存　新潮文庫　昭46
The Tempest
「テムペスト」　　坪内逍遙　早大出版会　大04
「テムペスト」　　坪内逍遙　中央公論社　昭09
「あらし」　　　　豊田実　岩波文庫　昭25, 39
「テムペスト」　　坪内逍遙　新樹社　　　昭32
「あらし」　　　　福田恆存　新潮文庫　　昭40
「テムペスト」　　福田恆存　新潮文庫　　昭46
「あらし」(「世界文学大系」17）
　　　　　　　　　和田勇一　筑摩書房　　昭50
「あらし」　　　　大山敏一　旺文社文庫　昭54
「テンペスト」　　松岡和子　ちくま文庫　平12
The Two Noble Kinsmen
「二人の貴公子」　大井邦雄　早大出版部　平14

ダン

「ダン抒情詩選」　松浦嘉一　新月社　　　昭22
「唄とソネット」(「世界名詩集大成」9）

　　　　　　　　　篠田一士他　平凡社　　昭34
「ダン詩集」(「古典選書」3)
　　　　　　　　　星野徹　思潮社　　　　昭43
「エレジー・唄とソネット」(「古典文庫」36)
　　　　　　　　河村錠一郎　現代思潮社　昭45
「ジョン・ダン詩集」(「イギリス詩人選」2)
　　　　　　　　湯浅信之　岩波文庫　　　平07

ジョンソン (ベン)

Every Man in His Humour
「十人十色」(「世界戯曲全集」4)
　　　　　　　北村喜八　世界戯曲全集刊行会　昭05
「癖者ぞろい」(「ベン・ジョンソン戯曲選集」1)
　　　　　　　村上淑郎　国書刊行会　　平03
Volpone
「ヴォルポーネ」(「世界文学大系」18)
　　　　　　　三神勲　筑摩書房　　　昭38
「ヴォルポーネ」(「エリザベス朝演劇集」)
　　　　　　　三神勲　筑摩書房　　　昭49
「ヴォルポーネ」　大場建治　篠崎書林　昭54
「古ぎつね―ヴォルポーネ」(「ベン・ジョンソン
　戯曲選集」2)　大場建治　国書刊行会　平03
「ヴォルポーネ・錬金術師」(「エリザベス朝
　演劇集」2)　　小田島雄志　白水社　平08
Epicoene, or the Silent Woman
「エピシーンまたは名無口な妻」(「エリザベス
　朝喜劇10選」7)
　　　　　　　岡崎凉子　早稲田大学出版部　平02
「もの言わぬ女―エピシーン」(「ベン・ジョンソン
　戯曲選集」3)　柴田稔彦　国書刊行会　平03
The Alchemist
「錬金術師」　　　　大場建治　南雲堂　昭50
「錬金術師」(「ベン・ジョンソン戯曲選集」4)
　　　　　　　大場建治　国書刊行会　平03
Bartholomew Fair
「浮かれ縁日―バーソロミュー・フェア」
　(「ベン・ジョンソン戯曲選集」5)
　　　　　　　大場建治・井出新　国書刊行会　平04
The Staple of News
「新聞商会」　　　　上野精一　角川文庫　昭42

ミルトン

Comus
「仮面劇コーマス」　菱沼平治　丁未出版社　大05
「コーマス」　　　　菱沼東洲　丁未出版社　大08
「仮面劇コーマス」　才野重雄　南雲堂　　昭33
「仮面劇コーマス他」(「世界名詩集大成」9，
　イギリス篇1)　高橋康也　平凡社　　昭34

Lycidas
「リシダス」(「世界詩人全集」1)
　　　　　　　竹友藻風　河出書房　　昭30
「リシダス」(「世界名詩集大成」9，イギリス篇1)
　　　　　　　高橋康也　平凡社　　　昭34
The Doctrine and Discipline of Divorce
「離婚のすすめ」　　西山啓三郎　琉璃書房　昭34
Of Education
「教育について (離婚のすすめ)」
　　　　　　　西山哲三郎　琉璃書房　昭34
Areopagitica
「言論と自由 (アレオパヂティカ)」
　　　　　　　上野・石田・吉田　新月社　昭23
「言論の自由 (アレオパヂティカ)」
　　　　　　　上野・石田・吉田　岩波文庫　昭28
「出版の自由」(「世界大思想全集」哲学・文芸
　思想篇8)　梅崎光生・柴崎武夫　河出書房　昭30
Paradise Lost
「失楽園　第一巻」　内村達三郎　有楽社　明38
「失楽園　始祖夫婦純愛の巻」
　　　　　　　内村達三郎　健社　　　明41
「楽園喪失」　　　　藤井武　岩波書店　大15-昭02
「失楽園」全2巻
　　　　　　　帆足理一郎　新生堂　大15-昭02
「失楽園物語　附復楽園物語・コーマス物語」
　　　　　　　中山昌樹　婦人之友社　大15
「失楽園」(「世界文学全集」5)
　　　　　　　繁野天来　新潮社　　昭04
「失楽園　上」(「採日庵ミルトン叢書」)
　　　　　　　安尾金治　　　　　　昭04
「失楽園物語」　　　今井白楊　上方屋出版　昭10
「楽園喪失」　　　　藤井武　岩波文庫　　昭13
「失楽園」全3巻　　繁野天来　新潮文庫　昭13
「繪本失楽園物語」　繁野政瑠　冨山房百科　昭15
「失楽園」全2巻　　繁野天来　大泉書店　昭23
「失楽園物語」　　　繁野政瑠　冨山房　　昭36
「楽園の喪失」　　　新井明　大修館　　　昭53
「失楽園」　　　　　平井正穂　筑摩書房　昭54
「極楽浄土喪失」　　森谷峰雄　風間書房　昭55
「失楽園」全2巻　　平井正穂　岩波文庫　昭56
「失楽園」　　　　　島村盛助　あぼろん社　昭57
「失楽園」(「世界文学全集」10)
　　　　　　　平井正穂　講談社　　昭61
Paradise Regained
「復楽園」　　　　　畔上賢三　改造社　　昭11
「楽園の回復・闘技士サムソン」
　　　　　　　新井明　大修館書店　　昭57
Samson Agonistes
「サムソン」(「ミルトン叢書1篇」)
　　　　　　　安竹金治・志志誉弥　三一庵　大12

「闘技者サムソン」　　　　中村為治　岩波文庫　　昭09
「力者サムソン」　　　　　繁野天来　金星堂　　　昭53
「闘士サムソン」　　　　　小泉義男　弓書房　　　昭55
「力者サムソン」
　　　　　　　　小森禎司・知子　山田書店　　　平05
L' Allegro, Il Penseroso, Lycidas
「英文学の三大哀歌」　　　岡沢武　篠崎書林　　　昭48
「イングランド宗教改革論」
　　　　　　　　原田・新井・田中　未来社　　　昭51
「ミルトン詩集」　　　　　才野重雄　篠崎書林　　昭51
「ミルトン英詩全訳集」全2巻
　　　　　　　　　　　　宮西光雄　金星堂　　　昭58

スウィフト

Direction to Servants in General
「奴婢訓」　　　　　　　　深町弘三　岩波文庫　　昭25
「僕婢奉公訓」(「スウィフト考」含)
　　　　　　　　　　　　中野好夫　岩波新書　　昭44
A Tale of a Tab, The Battle of the Books
「桶物語」　　　　　　　　深町弘三　岩波文庫　　昭28
「書物合戦」(「古典文庫」)
　　　　　　　　　　　　山本和平　現代思潮社　昭43
「桶物語・書物戦争」　　　深町弘三　岩波文庫　　昭43
The Battle of the Books, Letters
「書物合戦：ドレイピア書簡」
　　　　　　　　　　　　山本和平　現代思潮社　昭43
Gulliver's Travels
「ガリバル回島記」　　　　片山平三郎　薔薇桜　　明13
「新訳ガリヴァー旅行記」
　　　　　　　　佐久間信恭　小川尚栄堂　　　　明44
「ガリヴァ旅行記」　　中村詳一　国民書院　　　大08
「ガリヴァ旅行記」　　平田禿木　冨山房　　　　大10
「ガリヴァ旅行記」(「世界名作大観」)
　　　　　　　　野上豊一郎　国民文庫刊行会　　昭02
「ガリバー旅行記」　　石井蓉年　ヨウネン社　　昭02
「ガリヴァ旅行記」全2巻(「世界文庫」)
　　　　　　　　　　　　中野好夫　弘文堂　　　昭15
「ガリバー旅行記」(「世界名作物語」)
　　　　　　　　　　　　斎藤公一　金の星社　　昭15
「ガリヴァの航海」全2巻
　　　　　　　　　　　　野上豊一郎　岩波文庫　昭16
「ガリヴァ旅行記」　　　　中野好夫　壮文社　　　昭22
「ガリヴァー旅行記」　　　百瀬一　家庭文化社　　昭23
「ガリバー旅行記」　　　　平田禿木　童話春秋社　昭23
「ガリヴァ旅行記」(「少年少女のための世界
　文学選集」)　　　　　　小沼丹　小峰書店　　　昭26
「ガリバー旅行記」　　　　中野好夫　新潮文庫　　昭26
「ガリバー旅行記」(「世界文学全集」古典篇)
　　　　　　　　　　　　中野好夫　河出書房　　昭26

「ガリヴァ旅行記」中野好夫　筑摩書房　昭26,53
「ガリヴァ旅行記」(「世界名作選」)
　　　　　　　　　　　　中野好夫　白水社　　　昭28
「ガリバー旅行記」　　富沢有為男　偕成社　　　昭29
「ガリヴァー旅行記」　中野好夫　新潮文庫　　　昭29
「ガリバー旅行記」(「世界文学大系」15)
　　　　　　　　　　　　中野好夫　筑摩書房　　昭34
「ガリヴァ旅行記」(「世界の文学」4)
　　　　　　　　　　　　斎藤正二　角川文庫　　昭39
「ガリヴァ旅行記」(「世界文学大系」20)
　　　　　　　　　　　　中野好夫　中央公論社　昭41
「ガリバー旅行記」　　江上照彦　社会思想社　　昭45
「ガリヴァ旅行記」(「世界文学全集」6)
　　　　　　　　　　　　中野好夫　筑摩書房　　昭49
「ガリバー旅行記」(「世界文学全集」6)
　　　　　　　　　　　　中野好夫　集英社　　　昭50
「ガリバー旅行記」
　　　　　　　　梅田昌志郎　旺文社文庫　　　　昭51
「ガリヴァ旅行記」(「世界文学全集」8)
　　　　　　　　　　　　工藤昭雄　学習研究社　昭54
「ガリヴァ旅行記　僕婢訓」(「世界文学全集」
　12)　　　　　　　　　中野好夫　講談社　　　昭54
「ガリヴァー旅行記」　平井正穂　岩波文庫　　　昭55
「ガリヴァ旅行記」(「世界文学全集」10)
　　　　　　　　　　　　中野好夫　集英社　　　昭56
「ガリヴァー旅行記」
　　　　　　　　平井正穂　岩波クラシックス　　昭57
「ガリヴァー旅行記」
　　　　　　　　平井正穂　ワイド版岩波文庫　　平05
「ガリヴァ旅行記」(「世界文学セレクション」36)
　　　　　　　　　　　　中野好夫　中央公論社　平06
「スイフト書翰集」　　西山哲三郎　琉璃会　　　昭35
「ドレイピア書簡」(「世界文学全集」12)
　　　　　　　　　　　　山本和平　講談社　　　昭54
「スウィフト政治・宗教論集」
　　　　中野好之・海保眞夫　法政大学出版局　　平01

ウィリアム・コングリーヴ

The Way of the World
「世間通」(「世界古典劇大系」6, イギリス篇2)
　　　　　　　　　　　福原麟太郎　近代社　　　大15
「世間通」(「世界戯曲全集」4)
　　　　　　　　福原麟太郎　世界戯曲刊行会　　昭05

ジョン・ゲイ

The Beggar's Opera
「三文オペラ」　　　　　中川竜一　早川書房　　　昭28
「乞食オペラ」　　　　　海保眞夫　法政大学出版局　平05

◇翻訳文献 Ⅰ◇

フィールディング

The History of the Adventures of Joseph Andrews, and of his Friend Mr. Abraham Adams
「ジョウゼフ・アンドルーズ道中記」
　　　　　　　朱牟田夏雄　新月社　昭23
「ジョウゼフ・アンドルーズ道中記」(「世界文学全集」古典篇22)　朱牟田夏雄　河出書房　昭29
「ジョウゼフ・アンドルーズ道中記」(「世界の文学」4)　朱牟田夏雄　中央公論社　昭41
「ジョウゼフ・アンドルーズ」(「世界の文学セレクション」36)　朱牟田夏雄　中央公論社　平06
The Life of Mr. Jonathan Wild the Great
「怪盗一代記―ジョナサン・ワイルド」
　　　　　村上至孝　京都世界文学社　昭24
「怪盗一代記―ジョナサン・ワイルド」
　　(「世界文学全集」6)　袖山栄真　集英社　昭54
The History of Tom Jones, a Foundling
「トム・ジョウンズ」
　　　　　前川俊一　京都世界文学社　昭24
「トム・ジョウンズ」全4巻
　　　　　　　朱牟田夏雄　岩波文庫　昭26-30

ジョンソン (サミュエル)

The History of Rasselas, Prince of Abyssinia
「王子羅西拉斯伝記」
　　　犬山居士 (草野宜隆)　奎文堂　明19
「ラセラス王子物語」
　　　　　坂本栄吉　内外出版協会　明42
「幸福の探求―アビシニアの王子ラセラスの物語」　朱牟田夏雄　思索社　昭23, 吾妻書房　昭37
An Edition of the Plays of Shakespeare
「シェイクスピア論」
　　　　吉田健一　思索社　昭23, 創樹社　昭50
「シェイクスピア序説」(「シェイクスピア論シリーズ5」)　中川誠　荒竹出版　昭53
「サヴェジ伝」(「審美文庫」)
　　　　　　　諏訪部仁　審美社　昭50

スターン

The Life and Opinions of Tristram Shandy, Gentleman
「紳士トリストラム・シャンディの生涯と意見」
　　　　　　　朱牟田夏雄　筑摩書房　昭43
「トリストラム・シャンディ」(「世界文学大系」76)　朱牟田夏雄　筑摩書房　昭41
「トリストラム・シャンディ」全3巻
　　　　　　　朱牟田夏雄　岩波文庫　昭44
「トリストラム・シャンデイの生涯と意見」(「世界文学大系」新21)　朱牟田夏雄　筑摩書房　昭47
「トリスタム・シャンディ氏の生活と意見」
　　　　　　　網島窈　八潮出版社　昭62
A Sentimental Journey through France and Italy, by Mr. Yorick
「感傷旅行」　　　　村松達雄　養徳社　昭22
「センチメンタル・ジャーニイ」
　　　　　　　村上至孝　弘文堂　昭22
「風流漂泊 (センチメンタル・ジャーニー)」
　　　　　　　織田正信　新月社　昭23
「センチメンタル・ジャーニー」
　　　　　　　松村達雄　岩波文庫　昭27
「センチメンタル・ジャーニー」
　　　　　　　山口・渡辺　新潮文庫　昭27
「センチメンタル・ジャーニイ」
　　　　　　　小林亨　朝日出版社　昭59

ゴールドスミス

The Citizen of the World
「世界市民 (抄)」(「世界人生論全集」5)
　　　　　　　岡本圭次郎　筑摩書房　昭38
The Vicar of Wakefield
「ヴィカー物語」　浅野和三郎　大日本図書　明36
「ヴィカーオブウェークフィールド詳解」
　　イーストレーキ」全刊　　　芳流堂　明37
「全訳ヴィカー物語」　若月保治　嶺光社　大14
「ウェイクフィールドの牧師」
　　　　　　　坂本栄吉　岩波文庫　昭12
「ウェイクフィールドの牧師」
　　　　　　鏡味國彦・大澤銀作　文化書房博文社　昭52
The Deserted Village
「見捨てられた村」(「世界名詩集大成」9)
　　　　　　　鈴木建三　平凡社　昭34
She Stoops to Conquer
「尺とり虫」(「古典劇大系」6, イギリス篇)
　　　　　　　福原麟太郎　近代社　大15
「尺とり虫」(「世界演劇全集」4, 英吉利古典劇集)　福原麟太郎　世界戯曲全集刊行会　昭05
「負けるが勝ち　または一度の取り違え」
　　　　　竹之内明子　日本教育センター　平04

シェリダン

The School for Scandal
「悪評学校」(「世界演劇全集」4, 英吉利古典劇集)
　　　　　福原麟太郎　世界戯曲全集刊行会　昭05
「悪口学校」　　　　管泰男　岩波文庫　昭56

◇翻訳文献 I◇

ブレイク

Poetical Sketches
「律語小品抄」(「アルス泰西名詩選」5)
　　　　　　　　　　　山宮允　アルス　大11
「ブレイク選集」(「泰西詩人叢書」)
　　　　　　　　渡辺正知　聚英閣　大12
「ブレイク詩集」　幡谷正雄　新潮社　昭02
「ブレイク詩集」(「世界名詩選」)　成光信　昭05
「無染の歌抄」(「ブレイク抒情詩集」1)
　　　　　　　　寿岳文章　岩波文庫　昭06
「ブレイク詩集」　入江直祐　新潮文庫　昭18
「エルサレムへの道―ブレイク詩人選」
　　　　　　　　寿岳文章　西村書店　昭22
「ブレイク詩選」(「英米名著叢書」)
　　　　　　　　土居光知　新月社　昭23
「無心の歌　ブレイク詩選」
　　　　　　　　土居光知　新月社　昭23
「ブレイク詩選」　土居光知　新月社　昭23
「ブレイク抒情詩抄」寿岳文章　岩波文庫　昭24
　　　　　　　　　　　　　　　改訳　昭34
「ブレイク詩集」(「詩人全書」)
　　　　　　　　寿岳文章　酣燈社　昭25
「ブレイク詩集」　土居光知　創元文庫　昭28
「ブレイク詩選」(「世界名詩集大成」9)
　　　　　　　　加納秀夫他　平凡社　昭34
「ブレイク抄」(「虚庵詩集」2)
　　　　　　　　山宮允　吾妻書房　昭40
「ブレイク詩集」(「世界の詩」55)
　　　　　　　　寿岳文章　彌生書房　昭43
「ダン・ブレイク」(「世界名詩集」1)
　　　　　　　　土居光知　平凡社　昭44
「ブレイク詩集」　池田正洋　葦書房　昭54
「ブレイク詩集」　土居光知　平凡社　平07
Songs of Innocence
「きよいこころのうた」
　　　　　　　　伊東好次郎　あぽろん社　昭40
「ブレイク詩選」(「世界名詩集」1,
「ダン・ブレイク」)　土居光知他　創元社　昭25
Songs of Experience
「ユリゼンの書」(「詩人全書」,「ブレイク詩集」)
　　　　　　　　土居光知　酣燈社　昭25
The Marriage of Heaven and Hell
「天国と地獄の結婚」
　　　　　　　　池下幹彦　近代文芸社　平04
「ブレーク選集」(「アルス泰西名詩選」5)
　　　　　　　　山宮允　アルス　昭11
「ブレイク全著作」
　　　　　　　　梅津済美　名古屋大学出版会　平01
「無染の歌・舞明の歌」全3巻
　　　　　　　　寿岳文章　集英社　平02
「無心の歌,有心の歌　ブレイク詩集」
　　　　　　　　寿岳文章　角川文庫　平11
「ブレイクの手紙」　梅津済美　八潮出版社　昭45
「唯神之書物」(「永遠之福音」)
　　　　　　　　寿岳文章　沖積舎　平01

バーンズ

Poems, Chiefly in the Scottish Dialect
「バーンズ詩集」　中村為治　岩波文庫　昭03
「バーンズ詩選」　阪田勝三　新月社　昭24
「スコットランド方言詩集(抄)」(「世界名詩集大成」9,イギリス篇9)　上田和夫　昭34
「バーンズ全訳詩集」全2巻
　　　　　　　　中村為治　角川書店　昭34
「ロバート・バーンズ全訳詩集」全2巻
　　　　　　　　吉田稔　吾妻書房　昭46

ワーズワース

「ウォルヅヲス詩集」
　　　　　　　　畔上賢造　聖書研究社　大04
「ワーズワース詩選」沢村寅二郎　研究社　昭04
「ワーズワース詩集」幡谷正雄　新潮文庫　昭10
「ワーズワース詩抄」佐藤清　新月社　昭22
「ワーズワース詩選」(「泰西詩選」)
　　　　　　　　小川二郎　創元社　昭23
「ワアヅワアス詩集」浅野晃　酣灯社　昭25
「ワーズワース詩集」小川二郎　創元社　昭27
「ワーズワース詩集」田部重治　岩波文庫　昭29
「ワーズワース詩抄」浅野晃　元々社　昭30
「ワーズワース詩集」(「世界の詩」34)
　　　　　　　　前川俊一　彌生書房　昭41
「抒情小曲集(抄)他」(「世界名詩集大成」9,
イギリス篇)　前川俊一　平凡社　昭34
「キーツ,シェリー,ワーズワス詩集」
　　　　安藤一郎・星谷剛一・加納秀夫　新潮社　昭44
「ワーズワース詩抄」(「世界詩人全集」4)
　　　　　　　　豊田實　北星堂　昭44
「ワーズワス詩抄」武井亮吉　池上書店　昭46
「抒情歌謡集　ワーズワース,コールリッジ」
　　　　　　　　宮下忠二　大修館　昭59
「対訳ワーズワース詩集」
　　　　　　　　山内久明　岩波文庫　平10
Lyrical Ballads
「リリカル・バラッ」　矢部禾積　宮川書店　昭23
「抒情民謡集序文」(「英米文芸論叢書」4)
　　　　　　　　前川俊一　研究社　昭42
The Prelude

「ワーズワス・序曲　詩人の魂の成長」
　　　　　　　　　　　　　　岡三郎　　国文社　　昭43
「プレリュード」　　武井亮吉　池上書店　　　　　昭46
「プレリュード」全8巻　野坂穣　地球社　　　　　昭46
「イギリス浪漫派詩集」
　　　　　　　　　　　　藤森秀夫　綜合出版社　　昭25
The Excursion
「逍遥」　　　　　　　　　田中宏　　成美堂　　　平01

スコット

The Lady of the Lake
「湖上の美人」　　　　　　塩井雨江　開進堂　　　明27
「湖上の美人」(「薔薇叢書」6)
　　　　　　　　　　　　　馬場睦夫　植竹書院　　大04
「湖上の美人」　　　　　　馬場睦夫　東光社出版部　大06
「湖上の美人」　　　　　　藤浪水処　洛陽堂　　　大10
「湖上の美人」　　　　　　幡谷正雄　交蘭社　　　大14
「湖の麗人」　　　　　　　入江直祐　岩波文庫　　昭11
「湖上の麗人」　　　　　　入江直祐　岩波文庫　　昭29
The Heart of Midlothian
「ミドロジアンの心臓」全3巻
　　　　　　　　　　　　　玉木次郎　岩波文庫　　昭31–32
「ミドロージャンの心臓」全2巻
　　　　　　　　　　　　　大榎茂行　京都修学社　平07–09
The Bride of Lammermoor
「春風情話」　　橘顕二　慶応義塾出版部　　　　　明13
Ivanhoe
「アイヴァンホー」　　小原無絃　東西出版社　　　明43
「アイヴァンホー」(「世界名著選集」2)
　　　　　　　　　　　　　大町桂月　　　　　　　大04
「アイヴァンホー」　　　　大町桂月　植竹書院　　大08
「アイヴァンホー」(「世界文学全集」)
　　　　　　　　　　　　　日高只一　新潮社　　　昭02
「アイヴァンホー」　　　　日高只一　新潮文庫　　昭10
「覆面の勇士（アイヴァンホー）」
　　　　　　　　　　　　　久米元一　講談社　　　昭24
「アイヴァンホー」(「世界文学全集」)
　　　　　　　　　　　　　日高只一　河出書房　　昭26
「アイヴァンホー」全2巻
　　　　　　　　　　菊池武一　岩波文庫　　　昭39,49
「アイヴァンホー」(「世界文学全集」Ⅲ－9)
　　　　　　　　　　　　　中野好夫　河出書房新社　昭41
「アイヴァンホー　愛と冒険の騎士物語」
全2巻（青い鳥文庫）　岡本浜江　講談社　　　平09
Kenilworth
「ケニルワースの城」(「世界文学全集」6)
　　　　　　　　　　　　朱牟田夏雄　集英社　　　昭45
「ケニスワースの城」全3巻(「世界文学全集」)
　　　　　　　　　　　　朱牟田夏雄　集英社　　　昭54

◇翻　訳　文　献　Ⅰ◇

The Talisman
「十字軍の騎士」(「世界名作全集」75)
　　　　　　　　　　　　　玉木次郎　講談社　　　昭29
「魔鏡物語」(「新世界文学全集」)
　　　　　　　　　　　　　安藤一郎　河出書房　　昭16
「春風情話」
　　　　　　　　橘顕三（坪内雄蔵）慶応義塾出版部　明13
「泰西活劇春窓綺話」　　　服部誠一　坂上半七　　明17
「政治小説梅蕾餘薫」　　　中山鶴堂　春陽堂　　　明19
「モントローズ綺譚」　　　島村明　　松柏社　　　昭54
Castle Dangerous
「スコット詩集」(「世界詩人全集」2)
　　　　　　　　　　　　　大和資雄　角川書店　　昭30

コウルリッジ

「コウルリヂ詩集」(「世界文庫」)
　　　　　　　　斎藤勇・大和資雄　弘文堂　　　昭15
「コウルリッヂ談話集」(「世界文庫」)
　　　　　　　　　　　　　岡本昌夫　弘文堂　　　昭18
「抒情歌謡集」　　　　　　宮下忠二　大修館書店　昭59
「夜の勝利　英国ゴシック詞華撰」
　　　　　　　　　　　　　高山宏　　国書刊行会　昭59
「リリカル・バラッズ」
　　　　　　　　　　　　　上島建吉　研究社出版　平06
「S. T. コールリッジ詩集」
　　　　　　　　　　　　　野上憲男　成美堂　　　平08
The Ancient Mariner
「老水夫」(「イギリス浪漫詩集」)
　　　　　　　　　　　　藤森秀夫　綜合出版社　　昭25
「老水夫の歌」(「世界名詩集大成」1)
　　　　　　　　　　　　　八木毅　　平凡社　　　昭34
「コウルリヂ詩選」
　　　　　　　　斎藤勇・大和資雄　岩波文庫　　　昭30
「シビルの詩片他」(「世界名詩集大成」9)
　　　　　　　　　　　　　八木毅　　平凡社　　　昭34
「対訳コウルリッジ詩集」
　　　　　　　　　　　　　上島建吉　岩波文庫　　平14
Biographia Literaria
「文学評伝」　　　　　　　桂田利吉　思索社　　　昭24
「文学評伝（抄）」(「世界大思想全集」)
　　　　　　　　文芸・思想篇24）桂田利吉　河出書房　昭35
「文学評伝（完訳）」
　　　　　　　　　　　　桂田利吉　法政大学出版局　昭51
Shakespearean Criticism
「シェイクスピア論」　　　桂田利吉　岩波文庫　　昭14
「シェイクスピア論」(「世界文学大系」96)
　　　　　　　　　　　　　高橋康也　筑摩書房　　昭40
「シエイクスピア批評」
　　　　　　　　　　　　　岡村由美子　こびあん書房　平03

483

◇翻訳文献 I◇

オースティン

Sense and Sensibility
「分別と多感　エリナとメアリアン」全2巻
　　（『英米名著叢書』）伊吹知勢　新月社　　昭22-23
「エリナとメアリアン（分別と多感）」
　　（『世界文学全集』10）伊吹知勢　河出書房　昭27
「いつか晴れた日に　分別と多感」
　　　　　　真野明裕　キネマ旬報社　平08

Pride and Prejudice
「高慢と偏見」全2巻（『世界名作大観』）
　　　　野上豊一郎・平田禿木　国民文庫刊行会　大15
「高慢と偏見」上（『世界文庫』）
　　　　　　海老沢俊治　弘文堂　昭15
「高慢と偏見」全2巻
　　　　　　富田彬　岩波文庫　昭25, 平06
「高慢と偏見」（『世界文学大系』28）
　　　　　　中野好夫　筑摩書房　昭35
「自負と偏見」　中野好夫　新潮社　昭38
「自負と偏見」全2巻
　　　　　　中野好夫　新潮文庫　昭38, 平09
「高慢と偏見」（『カラー版世界文学全集』9）
　　　　　　阿部知二　河出書房新社　昭41
「高慢と偏見」（『世界文学全集』14）
　　　　　　中野好夫　筑摩書房　昭42
「高慢と偏見」　伊吹知勢　講談社文庫　昭47
「自負と偏見」（『世界文学大系』33）
　　　　　　中野好夫　筑摩書房　昭47
「高慢と偏見」（『世界文学全集』21）
　　　　　　伊吹知勢　講談社　昭50
「高慢と偏見」　阿部知二　河出文庫　平08

Emma
「エマ」（『世界の文学』6）
　　　　　　阿部知二　中央公論社　昭40
「エマ」　阿部知二　中公文庫　昭49
「エマ」（『世界の文学セレクション』36）
　　　　　　阿部知二　中央公論社　平07
「エマ」　ハーディング祥子　青山出版社　平09
「エマ」　阿部知二　中央公論社　平09
「エマ」全2巻　工藤政司　岩波文庫　平12

Northanger Abbey
「ノーザンガー寺院」　富田彬　角川文庫　昭24
「ケアサリンの結婚」　富田彬　角川書店　昭25

Persuasion
「説きふせられて」富田彬　岩波文庫　昭17, 平10
「愛と友情」大久保忠utilisent利　実業之日本社　昭18
「説きふせられて」（『カラー版世界文学全集』
　　9）　阿部知二　河出書房　昭43
「説得」（『世界文学全集』21）
　　　　　　近藤いね子　講談社　昭50

「マンスフィールド・パーク」（『世界文学全
　　集』17）　　　　臼田昭　集英社　昭53
「マンスフィールド・パーク」
　　　　　　大島一彦　キネマ旬報社　平10
「美しきカサンドラ　ジェイン・オースティン
　　初期作品集」都留信夫　鷹書房弓プレス　平08
「ジェイン・オースティン著作集」全5巻
　　　　　　大久保忠利　文泉堂出版　平08
「サンディトン　ジェイン・オースティン作
　　品集」都留信夫　鷹書房弓プレス　平09

バイロン

Child Harold's Pilgrimage
「チャイルド・ハロウドの巡礼」
　　　　　　土井晩翠　二松堂　大13
「チャイルド・ハロルド世界歴程1－4」
　　（『バイロン全集2, 3』）
　　　　岡本成蹊・小林史郎　那須書房　昭11
「チャイルド・ハロウドの遍歴」（『英米名著叢書』）
　　　　　　土井晩翠　新月社　昭24
「チャイルド・ハロルドの巡礼　物語詩」
　　　　　　東中稜代　修学社　平06

The Corsair
「海賊」　木村鷹太郎　尚友館　明38
「海賊」（『バイロン傑作集』）
　　　　　　木村鷹太郎　後藤商店出版部　大07
「海賊」　岡本成蹊　新潮文庫　昭14
「海賊」　太田三郎　岩波文庫　昭27
「海賊，ションの囚人」岡本成蹊　角川文庫　昭27

Hebrew Melodies
「ヘブライ調（抄）」（『世界名詩集大成』9）
　　　　　　小川和夫　平凡社　昭34

Manfred
「マンフレッド」（『バイロン傑作集』）
　　　　　　木村鷹太郎　後藤商店出版部　大07
「マンフレッド」（『世界戯曲全集』5）
　　　　　　寺西武夫　世界戯曲全集刊行会　昭05
「マンフレッド：カイン」
　　　　　　岡本成蹊　改造社文庫　昭15
「自我の人―マンフレッド」（『世界古典文庫』）
　　　　　　小川和夫　日本評論社　昭24
「自我の人―マンフレッド」（『世界名詩大
　　成』9）　　　小川和夫　平凡社　昭34
「マンフレッド」　小川和夫　岩波文庫　昭35
「自我の人―マンフレッド」（『世界名詩集』2）
　　　　　　小川和夫　平凡社　昭43

Mazeppa
「汗血千里マゼッパ」
　　　　　　木村鷹太郎　真善美協会　明40

◇翻 訳 文 献 I◇

「汗血千里マゼッパ」(「バイロン傑作集」)
　　　　　　　　木村鷹太郎　後藤商店出版部　大07
Don Juan
「ドン・ジュアン」　　柴田治三郎　要書房　昭24
「ドン・ジュアン」　　林房雄　人文書院　昭28
「ドン・ジュアン」(「研究社選書」)
　　　　　　　　　　　　小川和夫　研究社　昭30
「ドン・ジュアン」全2巻
　　　　　　　　　　　　小川和夫　冨山房　平05
Cain
「天魔の怨」　木村鷹太郎　岡崎屋書店　明40
「カイン」(「バイロン傑作集」)
　　　　　　　　木村鷹太郎　後藤商店出版部　大07
「カイン」　　　岡本成蹊　改造社文庫　昭15
「神秘劇カイン」　　　中込鉄一郎　　　昭18
「カイン」　　　島田謹二　岩波文庫　　昭35
「パリシナ」　　木村鷹太郎　松栄社　　明36
「パリシナ」(「バイロン傑作集」)
　　　　　　　　木村鷹太郎　後藤商店出版部　大03
「フォスカーリ父子」(「村の本」15)
　　　　　　　古川芳三　日向新しき村出版部　大03
「天地観」(「バイロン傑作集」)
　　　　　　　　木村鷹太郎　後藤商店出版部　大07
「バイロン全集」全5巻
　　　　　　　岡本成蹊・丸山仁夫　那須書房　昭11
「世界詩人全集2」　阿部知二　新潮社　昭13
「世界名詩集2」　　小川和夫　平凡社　昭43
「バイロン詩集」　　児玉花外　大学館　明40
「バイロン詩集」　　中山充　越山堂　　大11
「バイロン詩集」(「泰西詩人叢書」8)
　　　　　　　　　　松山敏　聚英閣　大13
「バイロン詩集」　　幡谷正雄　新潮社　大13
「バイロン詩集」　　幡谷正雄　新潮文庫　昭08
「バイロンの詩」　　石躍信夫　巧人社　昭10
「バイロン詩集」　　阿知二　新潮社　昭13
「バイロン詩集」　　松山敏　萩原星文館　昭13
「バイロン詩集」　　土井晩翠　金竜堂書店　昭14
「バイロン詩集」　　阿部知二　新潮社　昭21
「バイロン詩集」全3巻
　　　　　　　日夏耿之介　三笠書房　昭24-25
「愛の詩集　バイロン」　　上野忍　晃文社　昭25
「イギリス浪漫詩集」
　　　　　　　　藤森秀夫　綜合出版社　昭25
「新訳バイロン詩集3」
　　　　　　　　日夏耿之介　三笠書房　昭26
「バイロン詩集」(「世界詩人文庫」)
　　　　　　　　　　松山敏　人生社　昭26, 28
「バイロン詩集」　阿部知二　新潮文庫　昭26
「バイロン詩集」　阿部知二　彌生書房　昭37
「バイロン新詩集」　三浦逸郎　日本文芸社　昭41

「バイロン詩集」　吉田新一　三笠書房　昭42
「バイロン詩集」　阿部瓊夫　金園社　昭42
「バイロン詩集」　斎藤正二　角川書店　昭42
「愛と孤独の遍歴—バイロンの手紙と日記」
　　　　　　中野好夫・小川和夫　角川文庫　昭43
「バイロン詩集」　宮崎孝一　旺文社文庫　昭44
「バイロン詩集」　小川和夫　角川文庫　昭44
「バイロン珠玉詩集」　吉田新一　三笠書房　昭45
「バイロン詩集」　小川和夫　白鳳社　昭50
「バイロン初期の諷刺詩」
　　　　　　　　　　東中稜代　山口書店　平01
「バイロン詩集」　阿部知二　小沢書店　平08
「バイロン全集」全5巻
　　　　　　　岡本隆也　日本図書センター　平07
「バイロン・シェリー二詩人詩集」
　　　　　　　　　正富汪洋　目黒書店　大10
「バイロンの手紙と日記」
　　　　　　中野好夫・小川和夫　青木書店　昭13
「バイロンの手紙と日記」
　　　　　　中野好夫・小川和夫　思索社　昭23
「愛, 孤独, 遍歴　日記と手紙」
　　　　　　中野好夫・小川和夫　思索社　昭24
「審判の夢」　　東中稜代　山口書店　昭59
「バイロン　手紙と日記」
　　　　　　　　　　中野・小川　青木書店　昭13
「叙事詩世界歴程篇」
　　　　　　　　山本正喜ほか　那須書房　昭11
「バイロン傑作集」
　　　　　　　木村鷹太郎　東雲通信社出版部　大07

シェレー

Queen Mab
「クィーン・マッブ—革命の哲学史」
　　　　　　　　高橋規炬　文化評論社　昭47
The Revolt of Islam
「イスラムの叛乱」　山口鉄雄　文理書院　昭47
The Cenci
「チェンチ家」　　小倉武雄　一橋書房　昭30
Prometheus Unbound
「縛を解かれたプロミーシュース」
　　　　　　　　　石川重俊　岩波文庫　昭32
「解き放たれたプロミーシュース」
　　　　　　田中宏・古我正和　大阪教育図書　平12
The Sensitive Planet
「含羞草」　　木村鷹太郎　武林堂　明40
Epipsychidion
「エピサイキディオン」(「英米名著シェリ詩選」)
　　　　　　　　　　星谷剛一　新月社　昭23
Adonais

485

◇翻訳文献 I◇

「アドネイス」(「英米名著シェリ詩選」)
　　　　　　　　　星谷剛一　新月社　昭23
「アドネイス」(「英文学の三大哀歌」)
　　　　　　　　岡沢武　篠崎書林　昭48
The Triumph of Life
「生の凱歌」(「英米名著シェリ詩選」)
　　　　　　　　　星谷剛一　新月社　昭23
「人生の凱歌」　高橋規矩　文化評論社　昭48
「バイロン・シェリー二詩人詩集」
　　　　　　　　正富汪洋　目黒分店　大10
「シェリー詩集」(「泰西詩人叢書」1)
　　　　　　　　　牛山克　聚英閣　大12
「シェリー詩集」(「泰西詩人叢書」)
　　　　　　　　　牛山克　東山堂　大12
「シェリーの詩集」　松山敏　崇文館　大13
「シェリ詩集」　　　松山敏　文英堂　大14
「シェリィの詩」　　松山敏　巧人社　昭4
「シェリー詩集」　入江直祐　新潮文庫　昭16
「シェリ詩選」　　星谷剛一　新月社　昭23
「シェリー詩集」　　松山敏　人世社　昭28
「シェリー詩集」　加瀬正治郎　昭森社　昭30
「シェリー詩集」(「世界名詩集大成」9)
　　　　　　　　　加納秀夫他　平凡社　昭34
「シェリー詩集」　佐藤清　アポロン社　昭37
「シェリー詩集」(「佐藤清全集」3)　詩声社　昭39
「世界詩人全集4」　星谷剛一　新潮社　昭44
「シェリー詩集」(「世界の詩」49)
　　　　　　　　上田和夫　彌生書房　昭42
「シェリー詩集」　上田和夫　新潮文庫　昭55
「シェリー詩集」　高橋規矩　渓水社　平04
「詩の弁護」(「世界大思想全集」哲学・文芸
　思想篇24)　瀬沼茂樹　河出書房新社　昭35
「詩の弁護」(「英米文芸論叢書」5)
　　　　　　　　　　森清　研究社　昭44
「詩の弁護」(「世界文学大系」96)
　　　　　　　　上田和夫　筑摩書房　昭40
「詩のために」
　　　織田正信・錦島能弘　東京堂　昭18
「詩と恋愛」　　　阿部知二　第一書房　昭11
「アラスターまたは孤独の霊」
　　　　　　　　佐藤・浦壁　創元社　昭51
「シェリー散文集　詩と愛と生命と」
　　　　　　　　　高橋規矩　渓水社　平03
「飛び立つ鶯　シェリー初期散文集」
　　　　　　　　　阿部美春　南雲堂　平06

キーツ

Endymion
「エンディミオン」　大和資雄　岩波文庫　昭24

Lamia, Isabella
「レイミア, イザベラ, その他の詩集」
　　(「世界名詩集大成」9)
　　　　　　　大和資雄・保夫　平凡社　昭34
「レイミア・イザベラその他の詩集」(「世界
　名詩集」2)　大和資雄・出口泰生　平凡社　昭43
「レイミア」(「世界名詩集大成」)
　　　　　　　　　大和資雄　平凡社　昭43
「レイミア」(「世界名詩集」2)
　　　　　　　　　大和資雄　平凡社　昭43
「イザベラ」(「世界名詩集」2)
　　　　　　　　　大和資雄　平凡社　昭43
「キイツ詩集」(「泰西詩人叢書」17)
　　　　　　　　　渡辺正知　聚英閣　大15
「譚詩：蛇女 (Lamia)」
　　　　　　今西信弥　大阪教育図書　昭43
The Eve of St. Agnes
「聖女アグネス祭の前夜」(「世界名詩集大成」9)
　　　　　　　　　大和資雄　平凡社　昭34
「聖女アグネス祭の前夜」(「世界名詩集」2)
　　　　　　　　　大和資雄　平凡社　昭43
「詩抄」(「全集」3)　佐藤清　詩声社　昭39
「キーツ詩集」　　　岡地嶺　文修堂　昭40
「キーツ詩集」　　出口泰生　彌生書房　昭41
「キーツ詩集」　　田村英之助　思潮社　昭43
「世界名詩集2」　　大和資雄　平凡社　昭43
「キーツ, シェリー, ワーズワス詩集」
　　　　　　　安藤・星谷・加納　新潮社　昭44
「世界詩人全集4」　安藤一郎　新潮社　昭44
「キーツ全集」全4巻　出口保夫　白鳳社　昭49
「キーツ詩集」　　出口保夫　白鳳社　昭50
「キーツ詩集」(新訳)　高島誠　彌生書房　昭50
「キーツ詩集」　　　岡地嶺　泰文堂　昭54
「キーツの手紙」(「文化叢書」8)
　　　　　　　　　中橋一夫　青木書店　昭15
「感覚より思索へ　キーツの手紙」
　　　　　　　　　川村良　養徳叢書　昭22
「キーツ書翰集」(「弘文選書」)
　　　　　　　　　梅原義一　弘文堂　昭24
「キーツ書簡集」　梅原義一　鈴村書店　昭26
「キーツ書簡集」　佐藤清　岩波文庫　昭27
「キーツの手紙」　松浦暢　吾妻書房　昭46
「詩人の手紙」(「冨山房百科文庫」5)
　　　　　　　　　　　　　田村英之助　昭52
「詩人の手紙」
　　　　　　田村英之助　冨山房百科文庫　昭52
「オットー大帝―悲劇」
　　　　　　　　　武田美代子　南雲堂　昭52
「愛について」　　中橋一夫　角川書店　昭23

カーライル

Sartor Resartus
「鬼具先生衣裳哲学」
　　　　　土井晩翠　大日本図書　明42
「衣装の哲学」　栗原古城　岩波書店　大06
「衣装の哲学」　高橋五郎　玄黄社　大06
「サータア・リザータス」柳田泉　春秋社　昭08
「衣装の哲学」　新渡戸稲造　研究社　昭13
「サータア・リザータス」
　　　　　柳田泉　春秋社思想選集　昭15
「サータア・リザータス」柳田泉　春秋社　昭15
「サータア・リザータス」
　　　　　柳田泉　清明文庫　春秋社　昭20–21
「衣服哲学」　石田憲次　岩波文庫　昭21
「カーライルの宗教的体験と思想」
　　　　　はとの家文庫編　平和舎　昭30
「サートー・リサータス」(「世界大思想全集」)
　　　　　宇山直亮　河出書房　昭34

On Heroes, Hero Worship, and the Heroic in History
「英雄崇拝論」　住谷天来　警醒社　明33
「英雄崇拝論」　栗原元吉　東亜堂書房　大02
「英雄及英雄崇拝論」　柳田泉　春秋社　大12
「英雄崇拝論」　住谷天来　警醒社　大15
「英雄崇拝論」(「世界大思想全集」19)
　　　　　柳田泉　春秋文庫　昭08
「英雄崇拝論」対訳
　　　　　増田藤之助　外国語研究室　昭12
「英雄崇拝論」　柳田泉　春秋社思想選書　昭16
「英雄崇拝論」　老田三郎　岩波文庫　昭24

Past and Present
「過去と現在」　石田憲次　弘文堂　大08
「過去と現在」全2巻
　　　　　石田憲次・石田英二　岩波文庫　昭16
「クロムエル伝」全3巻　畔上賢造　警醒社　大02
「オリヴァ・クロンウェル英傑伝」(「英傑伝叢書」4)　戸川秋骨　実業之日本社　大07
「妻と友へ」　入江勇起男　日本教文社　昭38
「カアライル論文選集」
　　　　　高橋五郎　阿蘭陀書房　大06
「カーライル論説集」　高橋五郎　有倫堂　大09
「ゲーテ＝カーライル往復書簡集」
　　　　　山崎八郎　岩波文庫　昭26
「カーライル全集」全9巻
　　　　　柳田泉　春秋社　大12–昭02
「カーライル選集」全6巻
　　　　　入江勇起男他　日本教文社　昭37

テニソン

Poems
「アーサー王物語」(「通俗泰西文芸名作集」)
　　　　　馬場直美　帝国講学会　大14
The Princess
「女子大学」　深江種明　東西社　明40
In Memoriam
「イン・メモリヤム　追憶の歌」(「英詩文研究2輯」)　片上伸　早稲田泰文社　大12
「イン・メモリアム」
　　　　　入江直祐　岩波文庫　昭09, 25
Maud and Other Poems
「モード」(「世界名詩集大成」9)
　　　　　酒井善孝　平凡社　昭34
「テニソンの詩」　片上天弦　隆文館　明38
Enoch Arden
「イノック・アーデン」　長谷川康　建文館　明44
「イノック・アーデン」　幡谷正雄　交蘭社　大13
「イノック・アーデン」幡谷正雄　笹川書店　大14
「イノック・アーデン」
　　　　　入江直祐　岩波文庫　昭08, 32
「イノック・アーデェン」
　　　　　竹村覚　デパート旭屋出版部　昭23
「イノック・アーデン　漁村哀詩」
　　　　　酒井賢　堀書店　昭24
「イノック・アーデン他三篇」
　　　　　田部重治　角川文庫　昭26
「イノック・アーデン」
　　　　　三浦逸雄　日本文芸社　昭42
「イノック・アーデン」
　　　　　市毛金太郎　朝日出版社　昭46
「英文学の三大哀歌」　岡沢武　篠崎書林　昭48
「イギリス牧歌集抄」(「世界名詩集大成」9)
　　　　　酒井善孝　平凡社　昭34
「テニソンの詩」　岡沢武　技人館　昭11
「テニスン小曲集」　幡谷正雄　交蘭社　大14
「テニスン詩選」(「英米名著叢書」)
　　　　　入江直祐　新月社　昭23
「テニソン新詩集」　三浦逸雄　日本文芸社　昭42

サッカレー

The Luck of Barry Lyndon
「バリー・リンドン」深町真理子　角川文庫　昭51
The Book of Snobs
「イギリス俗物誌」(「世界文学大系」40)
　　　　　斎藤美洲　筑摩書房　昭36
Vanity Fair
「虚栄の市」全2巻 (「泰西名著文庫」)

◇翻 訳 文 献 I◇

「虚栄の市」全2巻（「世界名作大観」）　平田禿木　国民文庫刊行会　大03-04
「虚栄の市」全6巻　平田禿木　国民文庫刊行会　大14-15
「虚栄の市」　三宅幾三郎　岩波文庫　昭14-15
「虚栄の市」　平井呈一　鎌倉書房　昭23
「虚栄の市」（「世界文学全集」）　三宅幾三郎　河出書房　昭26

The History of Henry Esmond
「恋の未亡人」全2巻　村上至孝　新月社　昭23
「恋の未亡人　ヘンリ・エズモンド」全3巻　村上至孝　本の友社　平10

The Rose and the Ring
「ばらと指輪」　鷲巣尚　世界社　昭22
「サッカレー童話　薔薇と指輪」　下島連　東京堂　昭24
「ばらと指輪」　刈田元司　岩波少年少女文庫　昭27
「バラと指輪　世界のファンタジー」　畠中康男　東洋文化社　昭55

Denis Duval
「おけら紳士録」　平井呈一　改造社　昭24
「歌姫物語」　平井呈一　森書房　昭24
「馬丁粋語録（床屋エックス、巡査行含む）」　平井呈一　岩波文庫　昭26

ディケンズ

Sketches by 'Boz'
「ワトキンズ・トトル氏の生涯の一こま」（「世界短篇文学全集」）　朱牟田夏雄　集英社　昭38

The Pickwick Papers
「ピックウィック倶楽部物語」　佐々木邦　内外出版協会　大02
「ピックウィック夜話」小幡操　外語研究社　昭09
「不思議な依頼人」（「新世界文学全集」21）　上田勤　河出書房　昭16
「ピクウィック・クラブ」全3巻　宮西豊逸　三笠書房　昭26
「ピクウィック・クラブ」　北川悌二　三笠書房　昭46
「ピクウィック・クラブ」全3巻　北川悌二　ちくま文庫　平02

Oliver Twist
「オリヴァー・ツウィスト」（「世界大衆文学全集」）　馬場孤鯨　改造社　昭05
「オリヴァー・ツウィスト」　鷲巣尚　角川文庫　昭28
「オリヴァ・ツイスト」中村能三　新潮社　昭28
「オリヴァ・ツイスト」全2巻　中村能三　新潮文庫　昭30
「オリバートウィスト」　本多季子　岩波文庫　昭31
「オリバートウィスト」　北川悌二　三笠書房　昭43
「オリヴァー・ツウィスト」（「世界文学全集」13）　小池滋　講談社　昭46
「オリヴァー・ツウィスト」　小池滋　講談社文庫　昭46
「オリヴァー・トゥイスト」（「世界文学全集」）　小池滋　学習研究社　昭52
「オリバー・ツウィスト」中山知子　春陽堂　昭55
「オリヴァー・トゥイスト」全2巻　小池滋　ちくま文庫　平02

Nicholas Nickleby
「開拓者」（「ヂッケンス物語全集」）　松本泰・恵子　中央公論社　昭11
「善神と魔神と―ニコラス・ニクルビー」　菊池武一　角川文庫　昭28

The Old Curiosity Shop
「少女瑠璃子」（「ヂッケンス物語全集」）　松本泰・恵子　昭12
「骨董屋」　北川悌二　三笠書房　昭48
「骨董屋」全2巻　北川悌二　ちくま文庫　平02

Barnaby Rudge
「バーナビー・ラッジ」（「世界文学全集」15）　小池滋　集英社　昭50

Martin Chuzzlewit
「マーティン・チャズルウィット」　北川悌二　三笠書房　昭49
「マーティン・チャズルウィット」全3巻　北川悌二　ちくま文庫　平05

A Christmas Carol
「クリスマス・カロル」　浅野和三郎　大日本図書　明35
「クリスマス・カロル」　草野柴二　尚文館　明35
「クリスマス・カロル」　矢口達　植竹書院　大04
「クリスマス・カロル」　中島孤島　家庭読物刊行会　大09
「クリスマス・カロル」　矢口達　三星社　大10
「クリスマス・カロル」　森田草平　尚文堂　大15
「クリスマス・カロル」　森田草平　岩波文庫　昭04, 11
「クリスマス物語」　猪俣礼二　共和出版社　昭23
「クリスマス・キャロル」　原島善衛　筑紫書房　昭23
「クリスマス・カロル」安藤一郎　角川文庫　昭25
「クリスマス・キャロル」刈田元司　思索社　昭25
「クリスマス・キャロル」　原島善衛　創元文庫　昭27
「クリスマス・カロル」村岡花子　新潮文庫　昭27

「クリスマス・キャロル」(「世界文学全集」)
　　　　　　　中野・皆河　河出書房新社　昭41
「クリスマス・カロル」
　　　　　　　神山妙子　旺文社文庫　昭44
「クリスマス・キャロル」
　　　　　　　北川悌二　三笠書房　昭46
「クリスマス・カロル」
　　　　　　　北川悌二　講談社文庫　昭47
「クリスマス・キャロル」(「世界文学全集」15)
　　　　　　　小池滋　集英社　昭50
「クリスマス・キャロル」(「世界文学全集」6)
　　　　　中野好夫・皆河宗一　河出書房新社　平01
「クリスマス・キャロル」
　　　　　　　中川敏　集英社文庫　平03
「クリスマス・ブックス」
　　　　　小池滋・松村昌家　ちくま文庫　平03
「クリスマス・キャロル」
　　　　　　　伊藤広里　近代文芸社　平08

The Chime
「鐘の精」　　　　松村昌家　三友社　昭48
「鐘の音」　　　　松村昌家　ちくま文庫　平03

The Cricket on the Hearth
「炉辺のこほろぎ」　本多顕彰　岩波文庫　昭10
「炉辺のこほろぎ」　刈田元司　角川文庫　昭27
「炉辺のこほろぎ」　村岡花子　新潮文庫　昭34

Dombey and Son
「鉄の扉」(「ヂッケンス物語全集」)
　　　　　　　松本泰・恵子　中央公論社　昭12
「ドンベイ父子」　小松原茂雄　三笠書房　昭49
「ドンビー父子」　田辺洋子　こびあん書房　平12

David Copperfield
「デェヴィッド・カッパフィルド」全4巻
　　　　　平田禿木　国民文庫刊行会　大14-昭03
「男の一生」(「ヂッケンス物語全集」9)
　　　　　　　松本泰・恵子　中央公論社　昭12
「デェヴィッド・カッパフィルド」全3巻
　　　　　　　平田禿木　日本評論社　昭24-25
「デイヴィッド・コッパフィールド」全6冊
　　　　　　　市川又彦　岩波文庫　昭25-27
「デェヴィド・カッパフィールド」
　(「世界文学全集Ⅰ」19世紀篇, 14, 15)
　　　　　　　猪又礼二　河出書房　昭26
「デェヴィッド・カッパフィルド」全2巻
　(「世界文学全集」)　猪俣禮二　河出書房　昭26
「ディヴェッド・カッパフィールド」全2巻
　(「世界文学全集学生版」)
　　　　　　　猪俣礼二　河出書房　昭27
「ディヴィッド・コッパフィールド」(「世界
　文学全集」12, 13, 14)　中野好夫　新潮社　昭38
「デイヴィッド・コッパーフィールド」

(「世界文学全集」)　中野好夫　集英社　昭45
「デイヴィッド・コッパーフィールド」全3巻
　　　　　　　猪又礼二　角川文庫　昭46
「デイヴィッド・コッパーフィールド」全4巻
　　　　　　　中野好夫　新潮文庫　昭42

Bleak House
「北溟館物語」(「ヂッケンス物語全集」2)
　　　　　　　松本泰・恵子　中央公論社　昭11
「荒涼館」(「世界文学大系」29)
　　　　　青木雄造・小池滋　筑摩書房　昭44
「荒涼館」　青木雄造・小池滋　ちくま文庫　平01

Hard Times
「世の中」(「世界文学全集」18)
　　　　　　　柳田泉　新潮社　昭03

Little Dorrit
「リトル・ドリット」(「世界文学全集」)
　　　　　　　小池滋　集英社　昭55

A Tale of Two Cities
「二都物語」(「世界文学全集」18)
　　　　　　　柳田泉　新潮社　昭03
「二都物語」全3巻
　　　　　　　佐々木直次郎　岩波文庫　昭11-12
「二都物語」全2巻　柳田泉　新潮社　昭12
「二都物語」　松本泰・恵子　不破書店　昭21
「二都物語」　　　柳田泉　大泉書店　昭22
「二都物語」　　　原百代　岡倉書房　昭25
「二都物語」　佐々木直次郎　新潮文庫　昭26-27
「二都物語」全3巻
　　　　　　　佐々木直次郎　新潮社　昭31
「二都物語」　　　朝倉弘　三笠書房　昭33
「二都物語」　　川崎・水口　表現社　昭33
「二都物語」(「世界文学全集」豪華版5)
　　　　　中野好夫・皆河宗一　河出書房新社　昭41
「二都物語」(「世界の名作」21)
　　　　　　　中野好夫　集英社　昭40
「二都物語」全3巻　本多顕彰　角川文庫　昭41
「二都物語」(「カラー版世界文学全集」10)
　　　　　中野好夫・皆河宗一　河出書房新社　昭42
「二都物語」全3巻　松本恵子　旺文社文庫　昭49
「二都物語」　　　本多顕彰　筑摩書房　昭52
「二都物語」(「世界文学全集」6)
　　　　　中野好夫・皆河宗一　河出書房新社　平01

Great Expectations
「謎の恩恵者」(「ヂッケンス物語全集」3)
　　　　　　　松本泰・恵子　中央公論社　昭11
「大いなる遺産」　大久保康雄　断流社　昭23
「大いなる遺産」全2巻　山西英一　改造社　昭23
「大いなる遺産」全2巻
　　　　　　　山西英一　新潮文庫　昭26
「大いなる遺産」全3巻

◇ 翻 訳 文 献 Ⅰ ◇

　　　　　　　　　　山本政喜　角川文庫　　昭30
「大いなる遺産」(「カラー版世界文学全集」10)
　　　　　　　　　　日高八郎　河出書房新社　昭42
「大いなる遺産」　　松本恵子　旺文社文庫　昭46
「大いなる遺産」(「世界の文学セレクション」
　　36)　　　　　　日高八郎　中央公論社　平05
Our Mutual Friend
「互いの友」　　　　田辺洋子　こびあん書房　平08
「我らが共通の友」　間二郎　ちくま文庫　　平09
The Mystery of Edwin Drood
「エドウィン・ドルードの謎」(「世界文学全
　集」29)　　　　　　　　　小池滋　講談社　昭52
The Life of Our Lord
「主イエス様の御生涯」　岩橋武雄　三省堂　昭09
「イエスの生涯」　　益村重雄　日曜世界社　昭09
「イエスの生涯」　　杉村武　国民図書刊行会　昭24
「ヂッケンス物語全集」全10巻
　　　　　　　松本泰・恵子　中央公論社　昭11-12
：1巻「漂泊の孤児」2巻「北溟館物語」3巻
「謎の恩恵者」4巻「少女瑠璃子」5巻「千鶴井
家の人々」6巻「二都物語」7巻「開拓者」8巻
「鉄の扉」9巻「男の一生」10巻「貧富の華」
「ディケンズ短編集」
　　　　　　　　小池滋・石塚裕子　岩波文庫　昭61

ブラウニング (ロバート)

Men and Women (Saul)
「サウル」　　　　　　斎藤勇　岩波書店　　大09
「サウル」　　　　　　薗川四郎　平野書房　大15
「サウル」　　　　　　斎藤勇　岩波書店　　大03
「男と女 (抄訳)」(「世界名詩集大成」9、
　　イギリス篇Ⅰ)　　小田切米作　平凡社　昭34
「男と女」　　　　　　大山毅　鷺の宮書房　昭41
「男と女」　　　　　　大庭千尋　国文社　昭50, 63
The Ring and the Book
「指環と書物」全5巻
　　　　　　　小田切米作　法政大学出版局　昭32
「指輪と本」(1巻のみ)　中島文雄　研究社　昭32
「ブラウニング詩集」(「泰西詩人叢書」)
　　　　　　　　　　木内打魚　聚英閣　　　大14
「ブラウニング詩集」
　　　　　　　　　　野口米次郎　第一書房　昭05
「ブラウニング詩選」(「世界詩人全集」3)
　　　　　　　　　　日夏耿之介　河出書房　昭30
「ブラウニング詩集」　大庭千尋　国文社　　昭52

ブロンテ姉妹

Jane Eyre

「ヂェイン・エア」全2巻
　　　　　　　　　　遠藤寿子　改造社　　　昭05
「ジェーン・エア」(「世界文学全集」)
　　　　　　　　　　十一谷義三郎　新潮社　昭06
「ジェーン・エア」
　　　　　　　　　　十一谷義三郎　新潮文庫　昭12
「ジェーン・エア」
　　　　　　　　　　十一谷義三郎　大泉書店　昭23
「ジェーン・エア」(「世界文学全集Ⅰ」
　　19世紀篇, 16)　十一谷義三郎　河出書房　昭25
「ジェーン・エア」(「世界文学全集学生版」
　　　　　　　　　　十一谷義三郎　河出書房　昭27
「ジェン・エア」　　大久保康雄　新潮社　　昭29
「ジェーン・エア」　大久保康雄　新潮文庫　昭29
「ジェーン・エア」全2巻
　　　　　　　　　　遠藤寿子　岩波文庫　　昭32
「ジェーン・エア」　田中西二郎　筑摩書房　昭35
「ジェーン・エア」全2巻
　　　　　　　　　　大久保康雄　新潮文庫　昭35
「ジェイン・エア」(「世界の名作全集」7)
　　　　　　　　　　田中西二郎　集英社　　昭41
「ジェーン・エア」(「世界文学全集」11)
　　　　　　　　　　阿部知二　河出書房新社　昭41
「ジェーン・エイア」全3巻
　　　　　　　　　　田部重治　角川文庫　　昭42
「ジェーン・エア」(「世界の文学」5)
　　　　　　　　　　阿部知二　河出書房新社　昭42
「ジェーン・エア」　神山妙子　旺文社文庫　昭42
「ジェーン・エア」(「新集世界文学」10)
　　　　　　　　　　河野一郎　中央公論社　昭43
「ジェーン・エア」　吉田健一　集英社　　　昭43
「ジェイン・エア他」(「世界文学全集」16)
　　　　　　　　　　吉田健一他　集英社　　昭47
「ジェーン・エア」　田中西二郎　筑摩書房　昭53
「ジェイン・エア」(「世界文学全集」35)
　　　　　　　　　　吉田健一　集英社　　　昭53
「ジェーン・エア」　吉田健一　集英社文庫　昭54
「ジェーン・エア」　岡上鈴江　春陽堂書店　平01
「ジェーン・エア」(「世界文学全集」8)
　　　　　　　　　　阿部知二　河出書房新社　平01
「ジェーン・エア」(「世界の文学セレクショ
　　ン」36)　　　　阿部一郎　中央公論社　平06
「ジェイン・エア」(「ブロンテ全集」2)
　　　　　　　　　　小池滋　みすず書房　　平07
Wuthering Heights
「嵐が丘」全2巻 (「世界名作文庫」)
　　　　　　　　　　大和資雄　春陽堂　　　昭07
「嵐が丘」全2巻　　三宅幾三郎　河出書房　昭16
「嵐が丘」全2巻　　三宅幾三郎　思索社　　昭24
「嵐が丘」全2巻　　三宅幾三郎　岩波文庫　昭24

◇翻 訳 文 献 I◇

「嵐が丘」(「世界文学全集」)
　　　　　　　三宅幾三郎　河出書房　昭25
「嵐が丘」全2巻　大和資雄　角川文庫　昭25
「嵐が丘」　　　大和資雄　岡倉書房　昭25
「嵐が丘」　　　田中西二郎　三笠文庫　昭28
「嵐が丘」　　　田中西二郎　新潮文庫　昭28
「嵐ヶ丘」　　　田中西二郎　新潮文庫　昭29
「嵐ヶ丘」　　　大和資雄　角川書店　昭29
「嵐が丘」　　　淀野隆三　河出書房　昭29
「嵐ヶ丘」　　　町野静雄　ダヴィッド社　昭29
「嵐ヶ丘」　　　三宅幾三郎　河出書房　昭30
「嵐ヶ丘」全2巻　阿部知二　岩波文庫　昭35
「嵐ヶ丘」(「世界の文学」12)
　　　　　　　河野一郎　中央公論社　昭38
「嵐ヶ丘」全2巻　田中西二郎　新潮文庫　昭39
「嵐が丘」(「世界の名作」7)
　　　　　　　　　荒正人　集英社　昭41
「嵐が丘」(「世界文学全集」11)
　　　　　　　三宅幾三郎　河出書房新社　昭42
「嵐が丘」(「カラー版世界文学全集」11)
　　　　　　　阿部知二　河出書房新社　昭42
「嵐が丘」　　　中村佐喜子　旺文社文庫　昭42
「嵐が丘」　　　高見幸郎　社会思想社　昭42
「嵐が丘」(ポケット版「世界の文学」8)
　　　　　　　三宅幾三郎　河出書房新社　昭42
「嵐が丘：詩」(「世界文学全集」12)
　　　　　　　　　　工藤昭雄　講談社　昭42
「嵐が丘」　　　岡田忠軒　潮文庫　昭46
「嵐ヶ丘」　　　工藤昭雄　講談社文庫　昭46
「嵐ヶ丘」全2巻(「世界文学ライブラリー」)
　　　　　　　　工藤昭雄　講談社文庫　昭46
「嵐が丘」(「筑摩世界文学大系」33)
　　　　　　　　中野好夫　筑摩書房　昭47
「嵐ヶ丘」(「世界文学全集」16)
　　　　　　　　吉田健一他　集英社　昭47
「嵐ヶ丘」　　　河野一郎　中公文庫　昭48
「嵐ヶ丘」　　　大和資雄　筑摩書房　昭52, 63
「嵐ヶ丘」(「世界文学全集」36)
　　　　　　　　永川玲二　集英社文庫　昭53
「嵐が丘」
　　　　　　　荒正人・植松みどり　学習研究社　昭54
「嵐ヶ丘」　　　永川玲二　集英社文庫　昭54
「嵐ヶ丘」(「世界文学全集」8)
　　　　　　　阿部知二　河出書房新社　平01
「嵐ヶ丘」(「世界の文学セレクション」36)
　　　　　　　河野一郎・安藤一郎　中央公論社　平05
「嵐ヶ丘」(「ブロンテ全集」7)
　　　　　　　　　中岡洋　みすず書房　平08
Shirley
「シャーリー・妹エミリーの肖像」全3巻
　　　　　　　　相良次郎　ダヴィッド社　昭29
「シャーリー」(「ブロンテ全集」3, 4)
　　　　　　　　都留信夫　みすず書房　平08
Villette
「ヴィレット―孤独なる魂の手記」全2巻
　　　　　　　　相良次郎　ダヴィッド社　昭27
「ヴィレット」(「ブロンテ全集」5, 6)
　　　　　　　　青山誠子　みすず書房　平07
The Professor
「教授」全2巻　相良次郎　ダヴィッド社　昭29
「教授」(「ブロンテ全集」1)
　　　　　　　海老根・武久・廣田　みすず書房　平07
「詩」(「世界の文学」12)
　　　　　　　　安藤一郎　中央公論社　昭38
「エミリ・ジェイン・ブロンテ全詩集」
　　　　　　　　　中岡洋　国文社　平03
「エミリ・ブロンテ全詩集」
　　　　　　　　藤木直子　大阪教育図書　平07
「エミリ・ブロンテ名詩選」
　　　　　　　　藤木直子　大阪教育図書　平09
「ブロンテ全集」全9巻
　　　　　　　相良次郎他　文泉堂出版　平05
「ブロンテ全集」全11巻
　　　　　　　都留信夫他　みすず書房　平07-09

エリオット（ジョージ）

Scenes of Clerical Life
「牧師館物語」全3巻
　　　　　　　工藤好美・淀川郁子　新月社　昭22-23
Adam Bede
「アダムビヂド」全2巻　松本雲舟　警醒社　明43
「アダム・ビード」　阿波保喬　開文社　昭54
The Mill on the Floss
「フロス河畔の水車場」
　（「世界文学全集I」19世紀篇, 18）
　　　　　　　工藤好美・淀川郁子　河出書房　昭25
「フロス河畔の水車場他」(「世界文学大系」85)
　　　　　　　工藤好美・淀川郁子　筑摩書房　昭40
Silas Marner
「サイラス・マアナー」　飯田敏雄　新潮社　大12
「サイラス・マアナー」　今泉浦治郎　警醒社　大12
「サイラス・マアナー」　飯田敏雄　新潮文庫　昭08
「サイラス・マアナー」
　　　　　　　豊田実・水之江有義　愛育社　昭21
「サイラス・マアナー」(「英米名著叢書」)
　　　　　　　　　　　　　　　　　　　　昭22
「サイラス・マーナー」吉田紘二郎　講談社　昭27
「サイラス・マアナー」
　　　　　　　　　　土井治　岩波文庫　昭27, 63

491

◇翻 訳 文 献 I◇

「サイラス・マーナー」(「世界文学全集Ⅱ」6)
　　　　　工藤好美・淀川郁子　河出書房　昭30
Romola
「ロモラ」(「世界大衆文学全集」33)
　　　　　　　　賀川豊彦　改造社　昭04
「ロモラ」(「世界文学全集」)　　工藤昭雄　昭40
Middlemarch
「ミドル・マーチ」(「世界文学全集」30, 31)
　　　　　工藤好美・淀川郁子　講談社　昭50
「ミドル・マーチ」全4巻
　　　　　工藤好美・淀川郁子　講談社文芸文庫　平10
Daniel Deronda
「ダニエル・デロンダ」全4巻
　　　　　竹之内明子　日本教育センター　昭62-63
「ダニエル・デロンダ」全3巻
　　　　　　　淀川郁子　松籟社　平05
「ジョージ・エリオット著作集」全5巻
　　　　　工藤好美・淀川郁子　文泉堂出版　平06

ラスキン

Modern Painters
「美術と文学」　　沢村寅二郎　有明堂　大02
「近世画家論」全4巻(「世界大思想全集」)
　　　　　　　御木本隆三　春秋社　昭07-08
「近世画家論」　　澤村寅二郎　第一書房　昭08
「近代画家論」(「世界文庫」)
　　　　　　　沢村寅二郎・石井正雄　弘文堂　昭15
The Seven Lamps of Architecture
「建築の七燈」　　高橋榮川　岩波文庫　昭05
「建築の七燈」　　杉山真紀子　鹿島出版会　平09
The Stones of Venice
「ヴェニスの石」全2巻(「世界大思想全集」62)
　　　　　　　賀川豊彦　春秋社　昭06-07
「ヴェネツィアの石」全3巻
　　　　　福田晴度　中央公論美術出版　平06-08
Unto This Last
「此の後の者にも」　　石田憲次　弘文堂　大13
「この後の者にも」　　西本正美　岩波文庫　昭03
「此の後の者にも」(「世界大思想全集」31)
　　　　　　　宮嶋新三郎　春秋社　昭04
「この最期の者にも他」　川津考四　春陽堂　昭06
「此の後の者にも」(「世界の名著」41)
　　　　　　　飯塚一郎　中央公論社　昭46
Sesame and Lilies
「胡麻と百合」　　栗原古城　玄黄社　大07
「胡麻と百合」　　栗原元吉　玄黄社　大08
「胡麻と百合」(「世界大思想全集」96)
　　　　　　　本間立也　松柏館書店　昭09
「胡麻と百合」
　　　　　　石田憲次・照山正順　岩波文庫　昭10
「ごまとゆり」(「世界大思想全集」)
　　　　　　　木村正身　河出書房　昭34
「胡麻と百合」(「世界の名著」41)
　　　　　　　木村正身　中央公論社　昭46
The Ethics of the Dust
「塵の倫理」(「ラスキン叢書」3)
　　　　　　　小林一郎　玄黄社　大07
The Crown of Wild Olive
「野にさく橄欖の冠」
　　　　　御木本隆三　東京ラスキン協会　昭06
The King of the Golden River
「黄金の河の王様」　　岸なみ　中央公論社　昭24
「黄金の川の王さま」　　岡田千陽　青土社　平11
Praeterita
「幼き日の思い出(抄)(フローレンスの朝)」
　　　　　　　岩倉具栄　明玄書房　昭35
「ラスキン叢書」全4巻
　　　　　栗原古城・小林一郎　玄黄社　大06-07
「芸術経済論」　　西本正美　岩波文庫　昭08
「建築と絵画」　　内田佐久郎　改造文庫　昭08
「芸術教育論」　　内藤史朗　明治図書　昭44
「芸術経済論　永遠の歓び」
　　　　　宇井壮之助・邦夫　巌松堂出版　平10
「ラスキン政治経済論集」
　　　　　　　宇井壮之助　史泉房　昭56
「ラスキンの芸術教育　描画への招待」
　　　　　　　内藤史朗　明治図書出版　平12

アーノルド

Essays in Criticism
「文学論」　　西山哲三郎　琉璃書店　昭33
「現代における批評の任務」(「世界大思想全集」哲学・文芸思篇24)
　　　　　　　青木雄造　河出書房新社　昭35
「現代における批評の任務」(「世界文学大系」96)
　　　　　　　青木雄造　筑摩書房　昭40
「詩の研究」(「英米文芸論叢書」7)
　　　　　　　成田成寿　研究社　昭48
Culture and Anarchy
「アーノルド論文集」(「世界大思想全集」31)
　　　　　　　中村詳一　春秋社　昭04
「文化と無垢」　　富田義介　培風社　昭11
「教養と無秩序」　　多田英次　岩波文庫　昭21
「教養と無秩序」(「世界大思想全集」哲学・文芸思想篇24)
　　　　　川田周雄・青木雄造　河出書房新社　昭35
「詩抄」(「世界名詩集大成」9)
　　　　　　　老田三郎　平凡社　昭34

「アーノルド詩集」　松村真一　北星堂　昭48
「文化批評の機能」　石田仁　思索社　昭23
「アメリカ文明論」(「西洋文芸思潮叢書」)
　　　　　　　松尾卯一　河原書店　昭24

ロセッティ（ダンテ・ゲイブリエル）

The Blessed Damozel
「恵まれし乙女」(「世界文学全集」37)
　　　　　　　竹友藻風　新潮社　昭05
「浄福の乙女」(「世界名詩集大成」9)
　　　　　　　前川俊一　平凡社　昭34
「イギリス抒情詩集」
　　　　　　　日夏耿之介　河出書房　昭27
「世界詩人全集」3　蒲原有明　河出書房　昭30
「ダンテ・ロセッティの死」
　　　　　　　中村君代　東峰出版　昭39

メレディス

The Shaving of Shagpat
「シャグパットの毛剃」
　　　　　　　皆川正禧　国民文庫刊行会　昭02
The Ordeal of Richard Feverel
「リチャード・フィーバレルの試練」
　　　　　　　多田稔・桂文子　英潮社　平05
「リチャード・フェヴェレルの試練
父と子の物語」　菊池勝也　松柏社　平11
Modern Love
「近代の恋」(「世界詩人全集」)
　　　　　　　大沢衛　河出書房　昭30
On the Idea of Comedy and of The Uses of The Comic Spirit
「喜劇の研究」　外山卯三郎　原始社　昭03
「喜劇論」　相良徳三　岩波文庫　昭10, 28
The Egoist
「我意の人」全3巻(「泰西近代名著文庫」)
　　　　　　　平田禿木　大06
「我意の人」全2巻
　　　　　　　平田禿木　国民文庫刊行会　大15
「エゴイスト(自我狂)」全2巻
　　　　　　　繁野天来　冨山房　昭13
「谷間に慕う・浮世の愛慾」
　　　　　　　浜四津文一郎　北星堂書店　昭33
「エゴイスト」全2巻
　　　　　　　朱牟田夏雄　岩波文庫　昭53
「エゴイスト」(「世界文学全集」62)
　　　　　　　朱牟田夏雄　講談社　昭55
Poems and Lyrics of the Joy of Earth
「大地の喜び」(抄)(「世界名詩集大成」9,

イギリス篇Ⅰ)　増谷外世嗣　平凡社　昭30

ハーディ

Under the Greenwood Tree
「緑の木陰」　阿部知二　岩波文庫　昭11
「緑樹の陰で」　藤井繁　千城　昭55
Far from The Madding Crowd
「遙かに狂乱の群を離れて」全2巻
　　　　　　　宮島新三郎　春陽堂　昭08
「遙か狂乱の群を離れて」
　　　　　　　高畠文夫　角川文庫　昭44
The Return of The Native
「帰郷」全2巻　大沢衛　三笠書房　昭27
「帰郷」全2巻　大沢衛　新潮文庫　昭29–30
「帰郷」(「世界文学全集第Ⅰ」11)
　　　　　　　大沢衛　河出書房　昭30
「帰郷」　小林清一・浅野万里子　千城　平03
The Trumpet Major
「らっぱ隊長」　藤井・川島　千城　昭54
The Mayor of Chesterbridge
「カスターブリッヂの市長」全2巻「世界名作文庫」
　　　　　　　宮島新三郎　春陽堂　昭09–10
「カスターブリッヂの市長」全2巻
　　　　　　　宮島新三郎　春陽堂文庫　昭15
「カスターブリッジの市長」
　　　　　　　上田和夫　潮文庫　昭44
「キャスターブリッジの市長」藤井繁　千城　昭60
The Woodlanders
「森に住む人々」(「新世界文学全集」10)
　　　　　　　織田正信　河出書房　昭15
「森に住む人たち」　瀧山季乃　千城　昭56
Tess of the D'Urbervilles
「運命小説テス」前編
　　　　　　　山田行潦　文盛堂書店　明45
「テス」　平田禿木　国民文庫刊行会　大14–15
「テス」(「世界文学全集」)
　　　　　　　宮島新三郎　新潮社　昭04
「テス」　広津和郎　改造社　昭05
「テス」全2巻　宮島新三郎　新潮文庫　昭08
「テス」　広津和郎　改造社　昭14
「テス」　竹内道之助　三笠書房　昭29
「テス」(「世界文学全集決定版Ⅰ」11)
　　　　　　　石川欣一　河出書房　昭30
「テス」全2巻　石川欣一　河出書房　昭30
「ダーバーヴィル家のテス」(「世界文学大系」)
　　　　　　　大沢衛　筑摩書房　昭30
「テス」(「カラー版世界文学全集」)石川欣一　昭31
「テス」　山内義雄　角川文庫　昭32
「テス」　井上宗次・石田英二　岩波文庫　昭35

◇翻 訳 文 献 Ⅰ◇

「テス」(「世界文学全集」30)
　　　　　　　　　大沢衛　筑摩書房　昭36
「テス」(豪華版「世界文学全集」Ⅱ-14)
　　　　　　　　河野一郎　河出書房新社　昭43
「テス」(「世界文学全集」)
　　　　　　　　　大沢衛　筑摩書房　昭42
「ダーバァヴィル家のテス」(「世界文学大系」66)
　　　　　　　　　大沢衛　筑摩書房　昭48
「テス」全2巻　中村佐喜子　旺文社文庫　昭49
「テス」　　　　　大沢衛　筑摩書房　昭53
「ダーヴァヴィル家のテス」(「世界文学全集」)
　　　　　　　　　井出弘之　集英社　昭55
「ダーバビル家のテス」　小林清一　千城　平01
A Group of Noble Dames
「貴女物語拾遺」　黒沢清　春陽堂文庫　昭12
「伯爵夫人の恋他」
　　　　　太田三郎・林信行　河出文庫　昭30
Jude the Obscure
「薄命のヂュード」　内田精一　改造社　大14
「薄命のヂュード」全3巻
　　　　　　内田精一　改造社文庫　昭14-15
「薄命のヂュード」
　　　　　　　伊東勇太郎　大同館書店　昭02
「日蔭者ヂュード」全3巻
　　　　　　　　　大沢衛　岩波文庫　昭30-45
「日陰者ジュード」　川本静子　国書刊行会　昭63
「日陰者ジュード」　小林清一　千城　昭63
Wessex Poems and Other Verses
「ウェセックス詩集(抄)」(「世界名詩集大成」9,
　イギリス篇Ⅰ)　　大沢衛　平凡社　昭34
The Dynasts
「ダイナスト(叙事詩劇)」
　　　　　　内館忠蔵　立命館大出版部　昭06
「諸王の賦」　　　長谷安生　成美堂　昭54
To Please His Wife, The Son's Veto
「妻ゆえに, 他」　宮嶋新三郎　春陽堂　昭07
「妻ゆえに・許されぬ願い」
　　　　　　　　田中三千稔　英宝社　昭29
An Imaginative Woman, Alicia's Diary
「幻想を追う女」　森村豊　岩波文庫　昭07, 15
「幻を追う女・アリシアの日記」
　　　　　　　　田中三千稔　英宝社　昭29
「幻想を追う女」
　　　　　太田三郎・八木隅夫　河出文庫　昭29
「幻想を追う女」　田中三千稔　角川文庫　昭35
What the Shepherd Saw
「月下の惨劇」　　森村豊　岩波文庫　昭10
The Three Strangers, The Distracted Preachers
「三人の男・牧師の悩み」　上田勤　英宝社　昭31
「当惑した牧師」　山本文之助　千城　昭53

A Tragedy of Two Ambitions, On the Western Circuit
「二つの野心の悲劇・みのらぬ恋」
　　　　　　　　朱牟田夏雄　英宝社　昭31
A Tradition of 1804
「1804年の伝説他」　鈴木富生　英宝社　昭32
「トマス・ハーディの詩」山本文之助　千城　昭42
「ハーディ詩集　鑑賞の言葉とともに」
　　　　　　　　秋山徹夫　八潮出版社　昭56
「トマス・ハーディ詩集」全2巻
　　　　　　　　古川隆夫　桐原書店　昭56, 60
「ハーディ詩選・愛と人生」
　　　　　　　　　前川俊一　英宝社　昭61
「トマス・ハーディ全詩集」全2巻
　　　　　　　森松健介　中央大学出版部　平07
「ハーディ詩集」　大貫三郎　思潮社　平09
「人間の競演　トマス・ハーディ第七詩集」
　　　　　　　　滝山季乃・橘智子　千城　平04
「魔女の呪い―ハーディ短篇集」
　　　　　　　　高島文夫　角川文庫　昭52
「ハーデイ傑作選」全5巻
　　　　　　　田中三千稔他　英宝社　昭26-27
「ハアディ短篇全集」
　　　　　　　　森村・大宮　森田書店　大15
「ハーディ短篇集」　河野一郎　新潮文庫　昭32
「ハーディ短篇集」　秋山徹夫　八潮出版　昭51
「人生の小さな皮肉　ハーディ短編集」
　　　　　　　　　小林清一　創元社　昭61
「人生の皮肉」　　藤井繁　千城　平03
「ハーディ傑作短篇集」　小林清一　創元社　昭59
「ハーディ短篇集」　井出弘之　岩波文庫　平12
「トマス・ハーディ随想集」上山泰　千城　平01
「トマス・ハーディ詩集」吉原重雄　素人社　平05

ダウデン

Shakespeare: A Critical Study of his Mind and Art
「シェイクスピア　精神と芸術の批評的研究」
　　　　　宮本和恵・宮本正和　こびあん書房　平06
「悲劇論」　　　　入江和生　荒竹出版　昭54

スティーヴンソン

Travels with a Donkey
「驢馬と旅して」
　　　　　　藤田千代吉　文化生活研究会　昭04
「驢馬騎行」　沢村・酒井　外語研究社　昭13
「驢馬と旅して」　藤田千代吉　文化教育社　昭23
「風流驢馬旅行」　吉田健一　文芸春秋新社　昭24

494

◇翻訳文献 I◇

「度は驢馬をつれて」　小沼丹　家城書房　昭25
「旅は驢馬をつれて」　吉田健一　岩波文庫　昭26
「旅は驢馬をつれて」　小沼丹　角川文庫　昭31

Virginibus Puerisque
「若き人々の為に」
　　　　谷島彦三郎・藤野滋　春秋社　昭02
「若き男女の為に，他」
　　　　清水起正　立命館大出版部　昭03
「若き人々の為に」
　　　　谷島彦三郎・藤野滋　春秋文庫　昭08
「若い人々のために」　岩田良吉　岩波文庫　昭12
「若き人々の為に」(「思想選書」)
　　　　谷島彦三郎　春秋社　昭23
「若き人々の為に」　橋本福夫　南北書園　昭23
「若き人々の為に」　寺沢芳隆　岡倉書房　昭26
「若き人々のために」
　　　　橋本福夫　角川文庫　昭28，43
「若い人々のために」　吉田健一　池田書店　昭29
「若き人々のために」(「世界教養全集」4)
　　　　橋本福夫　平凡社　昭38
「若い人々たのめに」(「世界人生論全集」)
　　　　酒井善孝　筑摩書房　昭38
「若き人々のために」
　　　　橋口稔　現代教養文庫　昭40
「若い人々のために」
　　　　守屋陽一　旺文社文庫　昭41

New Arabian Nights
「新亜刺比亜物語」　若月・帆引　三教書院　明43
「新訳絵入新アラビヤンナイト」
　　　　三上節造　阿蘭陀書房　大05
「アラビヤ夜話」
　　　　飯田敏雄　日本書院出版部　大13
「アラビヤ夜話」　飯田敏雄　大成社　昭03
「新アラビヤ夜話」　佐藤緑葉　岩波文庫　昭09
「臨海楼綺譚」(「英米名著叢書」)
　　　　島田謹二　新月社　昭22
「新版千一夜物語」　村上啓夫　鎌倉書房　昭23
「新アラビヤ夜話」　佐藤緑葉　青磁社　昭23
「新アラビヤ夜話」(「スティヴンソン小説全集」)
　　　　西村孝次　八雲書店　昭23
「南海千一夜物語」　中村徳三郎　岩波文庫　昭25
「新アラビヤ夜話」　西村孝次　角川文庫　昭27
「新アラビヤ夜話」　島田謹二　研究社　昭29
「新アラビヤ夜話」　中村徳三郎　岩波文庫　昭30
「新アラビヤ夜話」(「世界文学全集」41)
　　　　平井正穂他　筑摩書房　昭45

Treasure Island
「宝島」全2巻　　押川春浪　新潮社　大03
「宝島」　　野尻清彦(大仏次郎)　昭03
「宝島」　　押川春浪　新潮文庫　昭10

「宝島」　佐々木直次郎　岩波文庫　昭10
「宝島」　　野尻清彦　改造社　昭14
「宝島」　　平田禿木　アルス　昭15
「宝島探検物語」　　　金の星社　昭16
「宝島探検記」　澁澤青花　童話春秋社　昭18
「宝島」　　平田禿木　夏目書店　昭23
「宝島」　　西村孝次　八雲書店　昭23
「宝島」　　野尻抱影　英知文庫　昭24
「宝島」　　西村孝次　角川文庫　昭24
「宝島」　阿部知二　岩波少年少女文庫　昭25
「宝島」　　阿部知二　新潮文庫　昭26
「宝島」(「世界文学全集 I」36)
　　　　西村孝次　河出書房　昭26
「宝島」　　中村能三　三笠文庫　昭26
「宝島」
　　佐々木直次郎・稲沢秀夫　新潮文庫　昭26
「寶島」　佐々木直次郎　新潮文庫　昭26
「宝島」　　阿部知二　岩波文庫　昭38
「宝島」　　亀山竜樹他　講談社　昭41
「宝島」　　田中西二郎　旺文社文庫　昭44
「宝島」(「世界文学全集」41)
　　　　平井正穂　集英社　昭45
「宝島」(「世界文学全集」23)
　　　　上田和夫　集英社　昭50
「宝島」(「世界文学全集」11)
　　　　新庄哲夫　学習研究社　昭54
「宝島・ジーキル博士とハイド氏」
　　　　野尻抱影　ちくま文庫　平02
「宝島」　　金原瑞人　偕成社文庫　平06
「宝島」　　大佛次郎　恒文社　平09
「宝島完訳」　　増田義郎　中公文庫　平11
「宝島」　　海保眞夫　岩波少年文庫　平12

A Child's Garden of Verses
「子供の詩」　福原麟太郎・葛原繭　東光閣　大11
「童心詩集」　福原麟太郎　英光社　昭45
「子供の歌園」
　　　　塗木桂子　バードラトリー協会　昭57
「子どもの詩の園」
　　　　よしだみどり　光琳社出版　平10
「子どもの詩の園」よしだみどり　白石書店　平12

Prince Otto
「プリンス・オットー」　小川和夫　思索社　昭23
「プリンス・オットー」(「思索選書」84)
　　　　小川和夫　思索社　昭24
「プリンス・オットー」(「世界文学全集 I」
　　　19世紀篇36)　小川和夫　河出書房　昭26
「プリンス・オットー」小川和夫　岩波書店　昭27

Dr. Jekyll and Mr. Hyde
「ヂェキル博士奇談」　野尻抱影　改造社　昭03
「ヂーキル博士とハイド」

495

◇翻 訳 文 献 Ⅰ◇

　　　　　　　　桃井洋根雄　紅玉堂書店　昭04
「ヂキル博士とハイド氏との奇怪な事件」
　　　　　　　　　　　多田齋司　廣文堂　昭04
「ジーキル博士とハイド氏」
　　　　　　　　　　岩田良吉　岩波文庫　昭10
「ジーキル博士とハイド氏」
　　　　　　　　　田中宏明　改造社文庫　昭13
「ジーキル博士とハイド氏」
　　　　　　　佐々木直次郎　新潮文庫　昭15, 34
「ジーキル博士とハイド氏」
　　　　　　　　　佐藤緑葉　鳳文書林　昭23
「ヂーキル博士とハイド氏との奇譚」
　　　　　　　　　　　由良仁　青磁社　昭23
「ジーキル博士とハイド氏」
　　　　　　　　佐々木直次郎　大泉書店　昭24
「ヂキル博士とハイド氏」(「ロマンチック文庫」)
　　　　　　　　　　　由良仁　青磁社　昭24
「神性と獣性　ヂーキル博士とハイド氏」
　　　　　　　　　田中宏明　ジープ社　昭25
「ジーキル博士とハイド氏」
　　　　　　　　　佐藤利吉　角川文庫　昭26
「ジーキル博士とハイド氏」
　　　　　　　　　佐藤緑葉　角川文庫　昭26
「ジィキル博士とハイド氏」
　　　　　　　　田中西二郎　河出文庫　昭29
「ジーキル博士とハイド氏」
　　　　　　　　　大谷利彦　角川文庫　昭38
「ジーキル博士とハイド氏」
　　　　　　　　田中西二郎　新潮文庫　昭42
「ジーキル博士とハイド氏」
　　　　　　　　小沼孝志　講談社文庫　昭48
「ジーキル博士とハイド氏」
　　　　　　　　　日高八郎　旺文社文庫　昭50
「ジーキル博士とハイド氏」
　　　　　　　　田中西二郎　筑摩書房　昭53
「ジーキルとハイド」　小林のり子　扶桑社　平01
「ジーキル博士とハイド氏」
　　　　　　　　　海保眞夫　岩波文庫　平06
「ジキル博士とハイド氏」大佛次郎　恒文社　平09
「ジキル博士とハイド氏」(「青い鳥文庫」)
　　　　　　　　　　　　　海保眞夫　平11
「ジーキル博士とハイド氏」
　　　　　　　海保眞夫　岩波少年文庫　平14
Kidnapped
「誘拐」　中村詳一・涼木貞雄　開隆堂　大15
「誘拐されて」
　　　　大場正史・斎藤三夫　五元書房　昭24
「誘拐されて」　　大場正史　角川文庫　昭28
The Black Arrow
「黒矢物語」　宮原晃一郎　童話春秋社　昭15, 25

「二つの薔薇」　中村徳三郎　岩波文庫　昭25
「二つの薔薇」(「世界大衆小説全集」10)
　　　　　　　　　西村孝次　小山書店　昭30
The Master of Ballantrae
「バラントレイ家の世嗣」
　　　　　中野好夫・相良次郎　河出書房　昭15
「バラントレイ家の世嗣」(「スティヴンソン
　　小説全集」4)　西村孝次　八雲書店　昭23
「バラントレイ家の世嗣」(「世界文学全集Ⅰ」36)
　　　　　　　　　中野好夫　河出書房　昭26
「バラントレイ卿」　清水俊二　雄鶏社　昭28
「バラントレイ卿」　西村孝次　角川文庫　昭29
「バラントレーの若殿」海保真夫　岩波文庫　平08
「バラントレーの若殿」海保真夫　岩波文庫　平08
The Island Nights' Entertainments
「南海千一夜物語」　中村徳三郎　岩波文庫　昭25
St. Ives
「捕囚の恋」(「世界ロマン文庫」)
　　　　　工藤昭雄・小沼孝志　筑摩書房　昭45
「自殺倶楽部」(「世界名作文庫」)
　　　　　　　　　　原田正雄　春陽堂　昭08
「自殺倶楽部」　村上啓夫　日本出版協同　昭28
「自殺クラブ」　河田智雄　講談社文庫　昭53
「自殺クラブ」　河田智雄　福武文庫　平01
「水車小屋のウィル他三篇」
　　　　　　　　　守屋陽一　角川文庫　昭33
「水車小屋のウィル」有吉新吾　西田書店　平04
「水車小屋のウヰル」平川成夫　ふらんす堂　平10
「ねじけジャネット　スティーヴンスン短篇集」
　　　　　　　　　河田智雄　創土社　昭50
「スティブンスン小品集」全3巻
　　　　　　　　出水春三他　関書院　昭30
「スティーヴンソン怪奇短篇集」
　　　　　　　　　河田智雄　福武文庫　昭63
「スティーヴンソン作品集」全6巻
　　　　　　　工藤昭雄他　文泉堂出版　平11
「ステイブンソン小説全集」全4巻
　　　　　　　　　西村孝次　八雲書店　昭23
「日本におけるスティーヴンスン書誌」
　　　　　　　　田鍋信幸　朝日出版社　昭49

ワイルド

The Happy Prince and other Tales
「皇子と燕」　　　本間久雄　春陽堂　大05
「幸福な王子」　　倉田満　春陽堂　大10
「皇子と燕」　　　本間久雄　近代社　大15
「幸福な王子」　　山田昌司　岩波文庫　昭13
「幸福な王子」　　守屋陽一　角川文庫　昭25
「幸福な王子」(「世界文学全集」19)

◇翻 訳 文 献 Ⅰ◇

「幸福な王子・夜鶯と薔薇」　西村孝次　河出書房　昭25
「幸福な王子」　西村孝次　新潮文庫　昭28
「幸福な王子」　西村孝次　新潮文庫　昭41
「幸福な王子とその他の童話」(「世界文学全集」63)　富士川義之　講談社　昭53
「幸福の王子　オスカー＝ワイルド童話集」　井村君江　偕成社文庫　平01
「幸福な王子」　富山太佳夫・芳子　青土社　平11

The Picture of Dorian Gray
「ドーリアン・グレイの画像」(「ワイルド全集」)　矢口達　天佑社　大09, 11
「ドーリアン・グレイの画像」　平田禿木　国民文庫刊行会　大14
「ドリアン・グレイの画像」矢口達　有宏社　大15
「ドリアン・グレイの画像」　西村孝次　岩波文庫　昭11
「ドリアン・グレイの画像」(「世界文学全集」19)　西村孝次　河出書房　昭25
「ドリアン・グレイの画像」(「ワイルド選集」)　平井呈一　改造社　昭25
「ドリアン・グレイの画像」　菊池武一　家城書房　昭25
「ドリアン・グレイの画像」　菊池武一　角川文庫　昭26
「ドリアン・グレイの肖像」　福田恆存　新潮文庫　昭37
「ドリアン・グレイの肖像」　渡辺純　旺文社文庫　昭37
「ドリアン・グレイの画像」(「世界文学大系」96)　平井正穂　筑摩書房　昭39
「ドリアン・グレイの画像」(「世界文学全集」63)　富士川義之　講談社　昭53
「ドリアン・グレイの画像他」(「世界文学全集」63)　富士川義之　講談社　昭54

The House of Pomegranates
「柘榴の家」　本間久雄　春陽堂　大05
「柘榴の家」(「ワイルド全集」3)　矢口達　天佑社　大09
「柘榴の家」(「ワイルド童話集」)　本間久雄　春陽堂　大13
「柘榴の家」　守屋陽一　角川文庫　昭26

Load Arthur Savile's Crime and Other Stories
「アーサア・サヴィル卿の犯罪」(「ワイルド全集」1)　秋田雨雀　天佑社　大09
「アーサー・サヴィル卿の犯罪」　矢口達　新潮社　大13
「アーサー・サヴィル卿の犯罪」(「ワイルド選集」3)　平井呈一　改造社　昭26
「アーサー・サヴィル卿の犯罪」　坂本和男・来住正三　白帝社　昭32
「アーサー卿の犯罪」　福田恆存・逸　中公文庫　昭52

Intentions
「仮面の真理」(「ワイルド全集」5)　小山内薫　天佑社　大09
「芸術論」　西村孝次　筑摩書房　昭16
「芸術的意想」(「世界文学」)　中橋一夫　弘文堂書房　昭17
「芸術論」(「要選書」)　吉田健一　要書房　昭26
「芸術論」　吉田健一　新潮文庫　昭29
「芸術論」(「英米文芸論叢書」9)　吉田正俊　研究社　昭43

Lady Windermere's Fan
「ウキンダーミア夫人の扇」　谷崎潤一郎　天佑社　大08
「ウィンダーミア夫人の扇」(「近代劇全集」4)　谷崎潤一郎　第一書房　昭05
「ウィンダーミア夫人の扇」　谷崎潤一郎　春陽堂　大07
「ウィンダーミア夫人の扇」(「世界戯曲全集」5)　舟橋雄　近代社　昭02
「ウィンダーミア夫人の扇」(「世界文学全集」19)　西村孝次　河出書房　昭25
「ウィンダミア卿夫人の扇」　西村孝次　新潮文庫　昭28
「ウィンダミア卿夫人の扇」　厨川圭子　岩波文庫　昭29

Salomé
「サロメ」(「ワイルド全集」2)　中村吉蔵　南北社　大02
「サロメ」　中村吉蔵　天佑社　大09
「サロメ」(「近代劇選集」2)　楠山正雄　新潮社　大09
「サロメ」(「鴎外全集」13)　森鴎外　鴎外全集刊行会　大13
「サロメ」(「近代劇全集」)　内藤・宮原　白水社　大13
「サロメ」(「近代劇全集」)　日夏・谷崎　第一書房　昭03
「サロメ」(「近代劇全集」41)　日夏耿之介　第一書房　昭05
「サロメ・ウィンダミア夫人の扇」　葉河憲吉　春陽堂　昭06
「サロメ」　佐々木直次郎　岩波文庫　昭11
「サロメ」　日夏耿之介　蘭台山房　昭13
「サロメ」(「世界文学全集」19)　西村孝次　河出書房　昭25
「サロメほか」(「ワイルド選集」)　平井呈一　改造社　昭25
「サロメ」　西村孝次　新潮文庫　昭26

497

◇翻 訳 文 献 Ⅰ◇

「サロメ」　　　　　日夏耿之介　角川文庫　　　昭27
「サロメ」（『鷗外全集』翻訳篇10）岩波書店　　昭30
「サロメ」　　　　　福田恆存　　新潮社　　　　昭33
「サロメ」　　　　　福田恆存　岩波文庫　昭34, 平12
「サロメ」　　　　　日夏耿之介　東出版　　　　昭50
「院曲撒羅米（サロメ）」
　　　　　　　　　　日夏耿之介　東出版社　　　昭50
「サロメ」　　　　　日夏耿之介　奢灞都館　　　昭52
「サロメと名言集」
　　　　　　　　　川崎淳之助・荒井良雄　新樹社　平01
「サロメ」　　　　日夏耿之介　講談社文芸文庫　平07
The Importance of Being Earnest
「真面目なる事の必要」（『ワイルド全集』3）
　　　　　　　　　　谷崎精二　　天佑社　　　　大09
「まじめが肝心」　　厨川圭子　　角川文庫　　　昭28
「嘘から出た誠」　　岸本一郎　　岩波文庫　　　昭28
An Ideal Husband
「理想の夫」　　　　済田武夫　　新人社　　　　昭08
「理想の夫」　　　　厨川圭子　角川文庫　　昭10, 29
The Ballad of Reading Gaol
「レディング監獄の歌」　　辻潤　　越山堂　　　大08
「レディング監獄の歌」（『ワイルド全集』4）
　　　　　　　　　　日夏耿之介　天佑社　　　　大09
「ワイルド全詩」　　日夏耿之介　創元社　　　　昭25
「レディング監獄の歌」　島田謹二　平凡社　　　昭34
De Profundis
「獄中記」　　　　　本間久雄　　新潮社　　　　明45
「ド・プロフォンディス（獄中記）」
　　　　　　　　　　辻潤　　　　越山堂　　　　大08
「深き底より」（『ワイルド全集』5）
　　　　　　　　　　神近市子　　天佑社　　　　大09
「獄中より・ドリアングレエの画像」
　　　　　　　　　　平田禿木　国民文庫刊行会　大14
「獄中記」　　　　　阿部知二　岩波文庫　　昭10, 27
「獄中記」　　　　　田部重治　　新潮文庫　　　昭15
「獄中記」　　　　　田部重治　　角川文庫　　　昭26
「獄中記」　　　　　福田恆存　　新潮社　　　　昭29
「獄中記」（『キリスト教文学の世界』6）
　　　　　　　　　　　　　　　主婦の友社　　　昭52
「完本獄中記」（『ワイルド選集』）
　　　　　　　　　　西村孝次　　創元文庫
「ワイルド詩集」（『泰西名詩選』8）
　　　　　　　　　　日夏耿之介　新潮社　　大12, 15
「ワイルド警句集」　生方敏郎　　新潮社　　　　大02
「ワイルド選集」全5巻
　　　　　　　　　　平井呈一　改造社　　　昭25-26
「ワイルド選集」全5巻　西村孝次　創元社　　　昭28
「ワイルド全詩」　　日夏耿之介　創元社　　　　昭25
「ワイルド全詩」
　　　　　　　　　日夏耿之介　講談社文芸文庫　平07

「ワイルド童話集」
　　　　　　　　　平井呈一　冨山房百科文庫　　昭14
「ワイルド童話選」　寿岳文章　府中書院　　　　昭22
「ワイルド語録」　　福田恆存　池田書店　　　　昭30
「ワイルド全集」全5巻　知達也　天佑社　　　　大09
「ワイルド悲劇全集」荒井良雄他　新樹社　　　　昭50
「ワイルド全集」全10巻
　　　　　　　　　西村孝次・小野協一　出帆社　昭51
「オスカー・ワイルド全集」全9巻
　　　　　　　　　西村孝次　青土社　　　昭51-平01
「ワイルド全集」全5巻
　　　　　　　　　矢口達　日本図書センター　　平07
「ワイルド喜劇全集」荒井良雄他　新樹社　　　　昭51
「ワイルド詩集」　　日夏耿之介　新潮社　　　　大12
「ワイルド童話集」　平井呈一　冨山房　　　　　昭25
「オスカーワイルド童話集」
　　　　　　　　　　大野一郎　笠間書院　　　　昭42

ショー

Widowers' House
「鰥夫の家」　　　　市川又彦　岩波文庫　　　　昭04
「やもめの家」　　　市川又彦　岩波文庫　　　　昭27
Mrs. Warren's Profession
「ウォーレン夫人の職業」
　　　　　　　　　　坪内逍遙　早大出版部　　　大02
「ウォーレン夫人の職業」（『逍遙選集』5）
　　　　　　　　　　坪内逍遙　春陽堂　　　　　昭05
「ウォーレン夫人の職業」
　　　　　　　　　北村喜八　世界戯曲全集刊行会　昭04
「ウォーレン夫人の職業」
　　　　　　　　　　坪内逍遙　第一書房　　　　昭05
「ウォーレン夫人の職業」
　　　　　　　　　　市川又彦　岩波文庫　　　　昭16
「ウォーレン夫人の職業」（『世界文学全集』）
　　　　　　　　　　小津次郎　筑摩書房　　　　昭44
Arms and the Man
「人と武器」
　　　　　　　　坪内逍遙・市川又彦　早大出版部　大02
「軍人礼讃」　　　　島田青峰　アカギ叢書　　　大03
「軍人礼讃」　坪内逍遙・市川又彦　アルス　　　大13
「武器と人・運命の人」市川又彦　研究社　　　　昭07
Candida
「カンディダ」　　　河竹繁俊　早大出版部　　　大02
「カンディダ」
　　　　　　　　　河竹繁俊　近代劇大系刊行会　大13
「カンディダ」（『世界戯曲全集』6）
　　　　　　　　　北村喜八　世界戯曲全集刊行会　昭04
「カンディダ」　　　市川又彦　岩波文庫　　　　昭16
「カンディダ」（『ショー名作集』）

The Man of Destiny
「運命の人」(「近代劇選集」2)
　　　　　　　鳴海四郎　白水社　昭40
「運命の人」(「近代劇全集」39)
　　　　　　　楠山正雄　新潮社　大02
　　　　　　　松村みね子　第一書房　昭05
　　　　　　　市川又彦　外語研究社　昭09
You Never Can Tell
「二十世紀」　　松居松葉　春陽堂　大01
「分からぬもんですよ」市川又彦　岩波文庫　昭15
The Devil's Desciple
「悪魔の弟子」(「泰西戯曲選集」8)
　　　　　　　市川又彦　新潮社　大08
「悪魔の弟子」(「世界文学全集」33)
　　　　　　　市川又彦　新潮社　昭03
「悪魔の弟子」
　　　　中川龍一　世界戯曲全集刊行会　昭04
「悪魔の弟子」　中川龍一　弘文堂　昭15
「悪魔の弟子」(「ショー名作集」)
　　　　　　　中川龍一　白水社　昭40
Caesar and Cleopatra
「シーザーとクレオパトラ」
　　　　　　　楠山正雄　新潮社　大09
「シーザーとクレオパトラ」
　　　　　　　楠山正雄　春陽堂　昭07
「シーザーとクレオパトラ」
　　　　　　　山本修二　岩波文庫　昭28
Man and Superman
「人と超人」(「大正文庫」)
　　　　　　　堺利彦　丙午出版社　大02
「人と超人」　細田枯萍　敬文館　大02
「人と超人」市川又彦　近代劇大系刊行会　大12
「人と超人」(「世界文学全集」33)
　　　　　　　北村喜八　新潮社　昭03
「人と超人」　市川又彦　岩波文庫　昭14, 33
「人と超人」(「ショー名作集」)
　　　　　　　喜志哲雄　白水社　昭40, 平05
Major Barbara
「バーバラ少佐」(「世界戯曲全集」6)
　　　　中川龍一　世界戯曲全集刊行会　昭04
Androcles and the Lion
「アンドロクルスと獅子」渡平民　般坂書房　大11
「アンドロクルスと獅子」
　　　　松村みね子　近代劇全集刊行会　昭05
「アンドロクルスと獅子」
　　　　　　　市川又彦　角川文庫　昭29
Pygmalion
「ピグメリオン」(「世界戯曲全集」6)
　　　　中川龍一　世界戯曲全集刊行委員会　昭04
「ピグマリオン」(「ショー名作集」)

　　　　　　　倉橋健　白水社　昭40, 平05
Heartbreak House
「悲しみの家」(「ノーベル賞文学叢書」11)
　　　　　　　飯島小平　今日の問題社　昭16
「傷心の家　イギリスの主題をロシア風に扱
　った幻想像」　飯島小平　新書館　平01
Back to Methuselah
「思想の達し得る限り」
　　　　　　　相良徳三　岩波文庫　昭06
Saint Joan
「聖ジョン」　　北村喜八　原始社　大15
「聖ジョン」(「世界文学全集」33)
　　　　　　　市川又彦　新潮社　昭03
「聖ジョン」(「世界戯曲全集」6)
　　　　北村喜八　世界戯曲全集刊行会　昭04
「聖ジョン」　　野上豊一郎　第一書房　昭05
「聖女ヂョウン」野上豊一郎　岩波文庫　昭07
「聖女ジャンヌ・ダーク」
　　　　　　福田恆存・松原正　新潮社　昭38
「聖女ジャンヌ・ダーク」(「ショー名作集」)
　　　　中川龍一・小田島雄志　白水社　昭40
「聖女ジャンヌ・ダーク」(「ノーベル賞文学
　全集」20) 福田恆存・松原正　主婦の友社　昭47
The Apple Cart
「デモクラシー万歳！」(「ショー名作集」)
　　　　　　　升本匡彦　白水社　昭40
Geneva
「社会主義と資本主義」加藤朝鳥　春秋社　昭04
「社会主義と資本主義」全2巻 (「世界大思想
　全集」95)　　加藤朝鳥　松柏館書店　昭09
「資本主義・社会主義・ファシズム・共産主義」
　全2巻　　藤本良造　同光社磯部書房　昭28
「資本主義・社会主義・全体主義・共産主義」
　全3巻　　　藤本良造　角川文庫　昭29
「ショー集」(「世界戯曲全集」6)
　　　　　　北村喜八・中川龍一　近代社　昭04
「バーナード・ショー名作集」
　　　　　　　中川龍一他　白水社　昭40
「ショウ一幕物全集」(「世界文芸全集」)
　　　　　　　市川又彦　新潮社　大11
「ショウ警句集」荒畑寒村　泰平館　大03
「結婚論」　　　野上豊一郎　新潮社　大06

コンラッド

Almayer's Folly
「南の幻（アルメアス・フォレ）」
　　　　　　　加藤朝鳥　春秋社　大15
「蜥蜴の家」　　大沢衛　弘文堂　昭15
「南海の望桜」　加藤寿々子　三亜書房　昭18

499

◇翻 訳 文 献 Ⅰ◇

「東洋のある河のほとりの物語」
　　　　　　　渥美昭夫　鹿島研究所出版会　昭39
An Outcast of the Islands
「文化果つるところ」全2巻
　　　　　　　藤沢忠枝　角川文庫　昭28
「文化果つるところ」　本多顕彰　早川書房　昭28
The Nigger of the 'Narcissus'
「ナアシツサス号の黒奴」
　　　　　　　米窪満亮　高山書院　昭16
「ナーシサス号の黒人」(『世界文学大系』86)
　　　　　　　高見幸郎　筑摩書房　昭42
Lord Jim
「ロード・ジム」(『世界文学全集』2－6)
　　　　　　　谷崎精二　新潮社　昭06
「ロード・ジム」　小野協一　八潮出版社　昭40
「ロード・ジム」　藤沢忠枝　新潮文庫　昭40
「ロード・ジム」(『世界文学大系』86)
　　　　　　　矢島剛一　筑摩書房　昭42
「ロード・ジム」(『世界文学全集』63)
　　　　　　　鈴木建三　講談社　昭53
「ロード・ジム」全2巻
　　　　　　　鈴木建三　講談社文芸文庫　平12
Youth
「Youth」　　　平田禿木　アルス　大09
「青春」　　　　平田禿木　アルス　昭04
「青春」(『世界文学全集』29)
　　　　　　　宮島新三郎　新潮社　昭04
「青春」　　　　矢本貞幹　岩波文庫　昭15
「青春」　　　　田中西二郎　新潮文庫　昭29
「青春・黎明期」　木島平次郎　河出文庫　昭31
「青春」　　　　古西豊逸　角川文庫　昭40
「青春」(『世界文学大系』86)
　　　　　　　橋口稔　筑摩書房　昭42
「青春」(『世界文学全集』42)
　　　　　　　篠田一士　集英社　昭45
Heart of Darkness
「闇の奥」　　　中野好夫　河出書房　昭15
「闇の奥」　　　中野好夫　岩波文庫　昭33
「闇の奥」　　　岩清水由美子　近代文芸社　平13
Typhoon
「颱風」(『世界文学全集』29)〈明日・エミイ・
　フォスタア〉　宮島新三郎　新潮社　昭04
「颱風(タイフーン)」
　　　　　　　三宅幾三郎　岩波文庫　昭12
「颱風」　　　　三宅幾三郎　新潮文庫　昭26
Nostromo
「ノストローモ」(『世界文学大系』)
　　　　　　　上田勤・日高六郎　筑摩書房　昭41
The Mirror of the Sea
「海の鏡」　　　土屋巴　改造社　昭18

The Secret Agent
「スパイ」　　　井内雄四郎　思潮社　昭41
「密偵」(『エトランジュの文学』)
　　　　　　　井内雄四郎　河出書房　昭49
「密偵」　　　　土岐恒二　岩波文庫　平02
A Set of Six
「ガスパール・ルイス，密航者」
　　　　　　　柳生直行　やしま書房　昭40
「諜報員・武人の魂」(『英米名作全集』)
　　　　　　　白井俊隆・真杉貞　英宝社　昭43
Under Western Eyes
「西欧の眼のもとに」(『現代の芸術双書』25)
　　　　　　　水島正路　思潮社　昭42
「西欧の眼のもとに」(『世界文学全集』42)
　　　　　　　篠田一士　集英社　昭45
「西欧の眼の下に」(『世界文学全集』61)
　　　　　　　篠田一士　集英社　昭56
「西欧人の眼に」全2巻
　　　　　　　中島賢二　岩波文庫　平10, 11
Because of the Dollars
「あははのアンナ」　岡倉由三郎　研究社　大10
「ドルのために」　矢本貞幹　英宝社　昭15
Victory
「勝利」(『世界文学大系』86)
　　　　　　　野口啓祐・勝子　筑摩書房　昭42
「勝利」(『新修世界の文学』24)
　　　　　　　大沢衛・田辺宗一　中央公論社　昭46
The Shadow-Line
「陰影線」　　　木島平治郎　海洋文化社　昭17
「黎明期」(『新しい世界の文学』24)
　　　　　　　木島平治郎　河出書房　昭31
「黎明期」(『新しい世界の文学』24)
　　　　　　　朱牟田夏雄　中央公論社　昭46
The Lagoon
「潟」「エイミイ・フォスター」
　　　　　　　佐伯・増田　英宝社　昭31
「コンラッド中短篇小説Ⅰ」
　　　　　　　土岐恒二ほか　人文書院　昭58

バリィ

My Lady Nicotine
「マイ　レーディ　ニコティーン」
　　　　　　　石川欣一　春陽堂　大14
「妖姫ニコティン」　石川欣一　白水社　昭13
Quality Street
「屋敷小路」(『世界戯曲全集』7)
　　　　　　　沢村寅二郎　近代社　昭03
The Admirable Crichton
「アドミラブル・クライトン」
　　　　　　　坪内士行　天佑社　大09

「アドミラブル・クライトン」
     坪内士行　近代劇大系刊行会　大13
「あっぱれクライトン」
     福田・鳴海　河出書房　昭28
Peter Pan
「ピーターパン」　　　村上正雄　春秋社　昭02
「ピーター・パン」(「近代劇全集」42)
   沢村寅二郎　第一書房　昭05
「ピーターパン」　　　尾崎士郎　改造社　昭05
「ピーァ・パン」　　　本多顕彰　岩波文庫　昭08
「ピイタアパン物語」
     小川芳男　新小国民社　昭21
「ピーター・パン」　　本多顕彰　三笠書房　昭26
「ピーター・パン」　　本多顕彰　新潮文庫　昭28
「ピーター・パン」　　松下井知夫　河出文庫　昭29
「ピーター・パン」
   厨川圭子　岩波少年文庫　昭29, 平12
「ピーター・パンとウェンディ」
     石井桃子　岩波文庫　昭32
「ピーター・パンとウェンデー」
     秋田博　角川文庫　昭53
「ピーター・パン」(「子どものための世界名
 作文学」19)　　　大石真　集英社　昭54
「ピーター・パン」　高杉一郎　講談社文庫　昭59
「ピーター・パンの冒険」秋田博　角川文庫　昭63
「ピーター・パンとウェンディ」
     芹生一　偕成社文庫　平01
「ピーター・パン」(「少年少女希望図書館」
 13)　　谷川雁・高野睦　第三文明社　平01
「ピーター・パン」(「世界文学の玉手箱」14)
     中山知子　河出書房新社　平06
「ピーター・パン」　佐伯泰樹　中央公論社　平07
What Every Woman Knows
「妻は知る」　　　　沢村寅二郎　研究社　大15
The Twelve-Pound Look
「十二磅顔」　　　　坪内士行　天佑社　大09
「12ポンドの目つき」
     長沢英一郎　岩波文庫　昭13
Peter and Wendy
「ピーター・パンとウェンディ」
     石井桃子　岩波文庫　昭32
「ピーターパンとウェンディ」
     秋田博　角川文庫　昭53
Mary Rose
「メアリー・ロウズ」(「世界戯曲全集」7)
   井上思外雄・三浦道夫　近代社　昭03
「メアリー・ローズ」
   井上思外雄　弘文堂文庫　昭15

◇翻　訳　文　献　Ⅰ◇

イェイツ

The Celtic Twilight
「ケルト幻想童話集」全3巻
     井村君江　月刊ペン社　昭57
「ケルトの薄明」　井村君江　ちくま文庫　平05
The Land of Heart's Desire
「心願の国」(「近代劇選」1)
     楠山正雄　新潮社　大09
「欲求の国」(「愛蘭土戯曲集」)
     松村みね子　玄文社　大11
The Wind among The Reeds, The Tower
「葦間の風」「塔」(「世界名詩集大成」10)
     尾島庄太郎　平凡社　昭34
「葦間の風」(「世界名詩選」9)
     吉川則比古　文英堂　大14
「葦間の風」　　　　山宮允　岩波文庫　昭21
「葦間の風」(「世界名詩集大成」9)
     尾島庄太郎　平凡社　昭34, 44
The Shadowy Waters
「陰影水の上」(「泰西叙事詩選」2)
     福田正夫　聚芳閣　大14
Cathleen ni Houlihan
「ケアスリン・ニイ・フウリィハアン」
 (「近代劇十篇」)　細田枯萍　敬文館　大03
「カスリン・ニ・フウリハン他」(「近代劇
 全集」25)　　松村みね子　第一書房　昭02
「愛蘭劇集」(「世界戯曲全集」9)
   小山内薫　世界戯曲全集刊行会　昭03
Ideas of Good and Evil
「善悪の観念」　　　山宮允　東雲堂書店　大04
「善悪の観念」
   山宮允・鈴木弘　北星堂書店　昭49
The Hour-Glass
「砂時計」(「近代劇大系」9)
   小山内薫　現代劇大系刊行会　大13
「砂時計」　　　　　清水夏晨　聚芳閣　大14
「砂時計」(「世界戯曲全集」9)
   小山内薫　世界戯曲全集刊行会　昭03
Deirdre
「デヤドラ」(「近代劇大系」9)
     竹友藻風　近代劇大系刊行会　大13
「デアドラ」(「世界戯曲全集」9)
   竹友藻風　世界戯曲全集刊行会　昭03
「デアドラ」　　三宅忠明　大学教育出版　平11
At the Hawk's Well
「鷹の井戸他二篇」
     松村みね子　角川文庫　昭28, 平01
「煉獄・死者の夢他」(「ノーベル文学賞全集」20)
     出淵博・高杉雄一　主婦の友社　昭47

◇翻訳文献 I◇

「幻想詩」	島津彬	パシフィカ	昭53
「ヴィジョン」	鈴木弘	北星堂書店	昭53
「イェイツ,ロレンス詩集」			
	尾島・大浦・関口	新潮社	昭44
「イェイツ詩選」	山宮允	吾妻書房	昭30
「イェイツ詩集」 尾島庄太郎	北星堂書店	昭33
「詩抄,戯曲」(「ノーベル賞文学全集」20)			
	尾島庄太郎他	主婦の友社	昭47
「隊を組んで歩く妖精たち」			
	山宮允	岩波文庫	昭10
「詩抄」(「世界詩人全集」5)			
	安藤一郎・尾島庄太郎	河出書房	昭30
「詩抄」(「世界詩人全集」15)			
	尾島庄太郎他	新潮社	昭44
「イェイツ詩集」	山宮允	岩波文庫	昭21
「イェイツ・エリオット・オーデン」(「世界文学大系」71)			
	田村英之助他	筑摩書房	昭50
「イェーツ詩集」	吉川則比古	文英堂書店	大14
「イェーツ舞踊詩劇集」	南江二郎	厚生閣	昭03
「イェイツ詩集」	中村孝雄・良雄	松柏社	平02
「イエーツ詩集」	加島耕造	思潮社	平07
「薔薇 イェイツ詩集」			
	尾島庄太郎	角川文庫	平11
「まばらの鳥 自伝小説」			
	島津彬郎	人文書院	平09

ウェルズ

The Time Machine

「八十万年後の社会」	黒岩涙香	扶桑堂	大12
「百万年後の世界」(「ウェルズ科学小説叢書」1)			
	土屋光司	三邦出版社	昭16
「タイム・マシン」			
	宇野利泰	ハヤカワSFシリーズ	昭37
「タイム・マシン」	石川年	角川文庫	昭41
「タイム・マシーン,盲人国他」(「世界文学全集」84)			
	瀬尾裕・泰子	講談社	昭51
「タイム・マシン」	橋本槇矩	旺文社文庫	昭53
「タイム・マシン」(「SFロマン文庫」)			
	塩谷太郎	岩崎書店	昭61
「タイム・マシン」	橋本槇矩	岩波文庫	平03

The Island of Doctor Moreau

「モロオ博士の島」	木村信児	アルス	大13
「モロー博士の島」(「ウェルズ科学小説叢書」2)			
	土屋光司	三邦出版社	昭16
「モロー博士の島」			
	宇野利泰	ハヤカワSFシリーズ	昭37
「モロー博士の島」	野島武文	角川文庫	昭42
「モロー博士の島」	橋本槇矩	旺文社文庫	昭53
「モロー博士の島」			
	橋本槇矩・鈴木万里	岩波文庫	平05
「モロー博士の島」	中村融	創元SF文庫	平08
「モロー博士の島」	雨沢泰	偕成社文庫	平08

The Invisible Man

「?の人 (科学小説)」			
	堀口熊二	東亜堂書房	大02
「透明人間」(「ウェルズ科学小説叢書」3)			
	土屋光司	三邦出版社	昭16
「透明人間」	宇野利泰	創元社	昭31
「透明人間」	宇野利泰	創元推理文庫	昭39
「透明人間」	石川年	角川文庫	昭42
「透明人間」	橋本槇矩	旺文社文庫	昭52
「透明人間」	宇野利泰	ハヤカワ文庫SF	昭53
「透明人間」	橋本槇矩	岩波文庫	平04

The War of the Worlds

「宇宙戦争(科学小説)」	光用穆	秋田書院	大04
「宇宙戦争」	木村信児	改造社	昭04
「火星人との戦争」(「ウェルズ科学小説叢書」5)			
	土屋光司	三邦出版社	昭16
「宇宙戦争」	小野協一	小山書店	昭26
「宇宙戦争」	高木真太郎	日本出版協同	昭28
「宇宙戦争」			
	宇野利泰	ハヤカワSFシリーズ	昭38
「宇宙戦争」	中村能三	角川文庫	昭42
「宇宙戦争」	井上勇	創元推理文庫	昭44
「宇宙戦争」	福島正実	春陽堂書店	平01

The First Man in the Moon

「月世界の人間」(「ウェルズ科学小説叢書」4)			
	桜木康雄	三邦出版社	昭16
「月世界の人間」			
	白木茂	ハヤカワSFシリーズ	昭37
「月世界の人間」	赤坂長義	角川文庫	昭42

The Food of the Gods

「神々の食料」(「ウェルズ科学小説叢書」6)			
	山田浩一	三邦出版社	昭17
「神々の食料」小倉多加志			
		ハヤカワSFシリーズ	昭47
「神々の糧」	小倉多加志	ハヤカワ文庫	昭54

A Modern Utopia

「新ユウトピア」上	本山秀雄	天佑社	大09

Tono-Bungay

「トーノ・バンゲイ」(「世界文学全集」7)			
	宮島新三郎	新潮社	昭06
「トーノ・バンゲイ」全2巻			
	中西信太郎	岩波文庫	昭28-35

Ann Veronica

「恋愛新道」	山本政喜	第一書房	昭11

The Country of the Blind

「盲人国」	木村信児	アルス	大13
「盲人国」	石井真峰	新潮社	大13

Joan and Peter
「新エミール」　　　三浦関造　　隆文館　　大08
「黎明（ジャンとピイタア）」
　　　　　　　　　加藤朝鳥　　同文館　　大09
「黎明」　　　　　加藤朝鳥　　春秋社　　大09
The Outline of History
「世界文化史」全8巻　藤本良造　新潮文庫　昭33
「世界文化小史」　下田直春　角川文庫　昭46
Short History of the World
「世界文化史講話」　秋庭俊房　白揚社　大14
「世界文化史概観」全2巻
　　　　　　　　長谷部文雄　岩波書店　昭14
「世界文化小史」　　山本政喜　三笠書房　昭14
「世界文化小史」　藤本良造　独立書房　昭22–23
「世界小史」　　　　藤本良造　創元文庫　昭28
「世界文化史」全8巻　藤本良造　新潮文庫　昭33
「世界史概観」全2巻
　　　阿部知二・長谷部文雄　岩波新書　昭41
「世界文化小史」　下田直春　角川文庫　昭46
「世界文化小史」（「世界教養全集」16）
　　　　　　　　　藤本良造　平凡社　　昭49
The Shape of Things to Come
「世界はこうなる」　吉岡義二　新生社　　昭33
「世界はこうなる　最後の革命」全2巻
　　　　　　吉岡義二　明徳出版社　昭34, 平07
「H. G. ウェルズ短篇集」全3巻
　　　　　　　　　宇野利泰　早川書房　昭36–37
「ウェルズSF傑作集」全3巻
　　　　阿部知二　創元推理文庫　昭40–45
「世界SF全集, ウェルズ篇」
　　　　　　　　　阿部知二　早川書房　昭43
「ザ・ベスト・オブ・H. G. ウェルズ」
　　　　　　　浜野輝　サンリオSF文庫　昭56

ゴールズワージー

The Silver Box, Joy, Strife
「銀の箱」（「ゴオルスワージー社会劇全集」上）
　　　　　　　　　河竹繁俊　天佑社　　大10
「争闘」（「労文叢書」4）
　　　　　　　　和気律次郎　叢文閣　　大09
「銀の筐他」（「近代劇全集」40, イギリス篇）
　　　　　　　　沢村寅二郎　第一書房　昭03
「争闘」　　　　和気律次郎　改造社文庫　昭05
「争闘」　　　　　石田幸太郎　岩波文庫　昭09
「ジョイ」上（「ゴールズワージー社会劇全集」）
　　　　　　　　　河竹繁俊　天佑社　　大10
Justice
「法律の轍他」（「世界文学全集」33）
　　　　　　　　　菊池寛　　新潮社　　昭03

「法律の轍」　　　　菊池寛　　春陽堂　　大10
「公正」（「世界戯曲全集」7）
　　　　　　舟橋雄　世界戯曲全集刊行会　昭03
「公正」（「ゴオルスワージー社会劇全集」上）
　　　　　　　　　藤井真澂　　　　　　大10
The Inn of Tranquillity
「静寂の宿」　　　　本多顕彰　岩波文庫　昭08
The Eldest Son
「長男」（「ゴオルスワージー社会劇全集」下）
　　　　　　　　　楠山正雄　天佑社　　大10
The Dark Flower
「暗い花」　　　　　木蘇穀　　新潮社　　大12
A Knight, The Dark Flower
「騎士・黒い花」
　　　　井上宗次・西台美智雄　英宝社　昭41
The First and the Last
「勝利者と敗北者」　山田松太郎　新潮社　大13
「勝利者と敗北者」（「世界文学全集」33）
　　　　　　　　山田松太郎　新潮社　　昭03
「先なるものと後なるもの」（「ゴールズワージー短篇集」）
　　　　　　　　　増谷外世嗣　　　　　昭31
Saint's Progress
「或る女の半生」（「二十世紀文学選集」）
　　　　　　　　　小川和夫　河出書房　昭26
The Skin Game
「王手詰」（「ゴオルスワージー社会劇全集」下）
　　　　　　　　　坪内士行　　　　　　大10
「いがみあひ」　沢村寅二郎　第一書房　昭03
Loyalties
「色々の忠節」（「世界戯曲全集」7）
　　　　　　日高只一　世界戯曲全集刊行会　昭03
The Forsyte Saga
1. The Man of Property
「フォサイト家物語—物欲の人」
　　　小稲義男・小栗敬三・野崎孝　四条書房　昭10
「フォサイト家物語—物欲の人」
　　　小稲義男・小栗敬三・野崎孝　三学書房　昭15
「財産家」
　　　臼田昭・石田英二・井上宗次　角川文庫　昭36
「財産家　フォーサイト家の物語」
　　　　　　　　　臼田昭　国書刊行会　昭63
Indian Summer of a Forsyte
「人生の小春日和」　斎藤光　筑摩書房　昭39
「小春日和」　　　　守屋陽一　旺文社文庫　昭43
「人生の小春日和」　河野一郎　岩波文庫　昭61
「小春日和」　　　　大沢銀作　博文社　　昭52
2. In Chancery : Awakening
「フォサイト家物語　2部裁判沙汰」
　　　　　　　　　小稲義男他　三学書房　昭15
「窮地」　　　　　臼田昭他　角川文庫　昭36

◇翻 訳 文 献 Ⅰ◇

3. To Let
「フォサイト家物語　3部貸家」
　　　　　　　　小稲義男他　三学書房　　昭15
「貸家」　　　　臼ж昭他　角川文庫　　　昭36
Escape
「脱走」(「世界戯曲全集」7)
　　　　　北村喜八　世界戯曲全集刊行会　昭03
The Apple Tree
「林檎の木」(「世界文庫」)
　　　　　　　　井上義正　弘文堂書店　　昭15
「林檎の樹」　　渡辺万里　新潮文庫　　　昭28
「林檎の木」　　三浦新市　角川文庫　　　昭31
「林檎の木」　　守屋陽一　旺文社文庫　　昭43
「林檎の木」　　大沢銀作　博文社　　　　昭52
「りんごの木」　河野一郎　岩波文庫　　　昭61
「林檎の木」　　守屋陽一　集英社文庫　　平06
「サンタルチア・踊ってみせて」(「英米名作集」)
　　　　　　　　石井康一　英宝社　　　　昭32
「ゴールズワージー短篇集」
　　　　　　　　増谷外世嗣　新潮文庫　　昭31
「吾等がために踊れ」
　　　　　　　　竜口直太郎　岩波文庫　　昭12

シング

The Shadow of the Glen
「谷間の影」(「近代劇10篇」)
　　　　　　　　細田枯萍　敬文館　　　　大03
「谷間の影」(「愛蘭劇戯曲集」1)
　　　　　　　　松村みね子　玄文社　　　大11
「谷間の影」(「シング戯曲全集」)
　　　　　　　　松村みね子　新潮社　　　大12
「谷間の影」(「近代劇全集」25)
　　　　　　　　松村みね子　第一書房　　昭02
「谷間の影」(「世界戯曲全集」9)
　　　　　松村みね子　世界戯曲全集刊行会　昭03
Riders to the Sea
「海へ騎り行く人」(「近代劇10篇」)
　　　　　　　　細田枯萍　敬文館　　　　大03
「海へ騎り行く人」(「シング戯曲全集」)
　　　　　　　　松村みね子　新潮社　　　大12
「海へ騎り行く人」(「近代劇全集」25)
　　　　　　　　松村みね子　第一書房　　昭02
「海へ騎り行く人」(「世界戯曲全集」9)
　　　　　松村みね子　世界戯曲全集刊行会　昭03
「海へ騎り行く人」(「世界文学全集」33)
　　　　　　　　松村みね子　新潮社　　　昭03
「海に行く騎者他一篇」
　　　　　　　　松村みね子　角川文庫　　昭31
「海へ騎りゆく人々」　山本修二　岩波文庫　昭14

「海へ騎りゆく人」(「現代世界演劇全集」3)
　　　　　　　　小田島雄志　白水社　　　昭46
The Well of the Saints
「聖者の泉」(「シング戯曲全集」)
　　　　　　　　藤江勝　聚英閣　　　　　大12
「聖者の泉」(「シング戯曲全集」)
　　　　　　　　松村みね子　新潮社　　　大12
「聖者の泉」(「近代劇全集」25)
　　　　　　　　松村みね子　第一書房　　昭02
The Playboy of the Western World
「西海岸の鬼息子」(「シング戯曲全集」)
　　　　　　　　藤江勝　聚英閣　　　　　大12
「いたずらもの」　松村みね子　岡田三鈴　大06
「西の人気男」(「シング戯曲全集」)
　　　　　　　　松村みね子　新潮社　　　大12
「西の人気男」
　　　　　松村みね子　近代劇大系刊行会　　大13
「西の人気男」(「世界文学全集」33)
　　　　　　　　松村みね子　新潮社　　　昭03
「西国の伊達男」(「谷の蔭」「鋳掛屋の婚礼」含)
　　　　　　　　山本修二　岩波文庫　　　昭14
The Aran Island
「アラン島」　　姉崎正見　岩波文庫　　　昭12
「アラン島ほか」　甲斐萬里江　恒文社　　平12
The Tinker's Wedding
「シング戯曲全集」　松村みね子　新潮社　　大10
「鋳掛屋の結婚」(「シング戯曲全集」)
　　　　　　　　藤江勝　聚英閣　　　　　大12
「鋳掛屋の結婚」　山本修二　岩波文庫　　昭14
Deirdre of the Sorrows
「嘆きのデイアダア」(「シング戯曲全集」)
　　　　　　　　藤江勝　聚英閣　　　　　大12
「悲しみのデャドラ」(「シング戯曲全集」)
　　　　　　　　松村みね子　新潮社　　　大12
「シング戯曲全集」　松村みね子　沖積舎　　平12

モーム

Liza of Lambeth
「ラムベスのライザ」(「サマーセット・モーム全集」1)
　　　　　　　　田中西二郎　新潮社　　　昭30
「ラムベスのライザ」(「世界文学全集」Ⅱ)
　　　　　　　　田中西二郎　新潮社　　　昭43
Mrs. Craddock
「クラドック夫人」　増野正衛　新潮社　　昭33
The Magician
「魔術師」　　　　田中西二郎　新潮社　　昭33
「魔術師」(「世界幻想文学大系」)
　　　　　　　　田中西二郎　国書刊行会　昭50
「魔術師」　　　　田中西二郎　ちくま文庫　平07

翻訳文献 I

Of Human Bondage
「人間の絆」　　　　中野好夫　三笠書房　昭25
「人間の絆」(「モーム選集1」全3巻)
　　　　　　　　　中野好夫　三笠書房　昭25-27
「人間の絆」(「現代世界文学全集」10, 11)
　　　　　　　　　中野好夫　新潮社　　昭28
「人間の絆」全4巻
　　　　　　　　　中野好夫　新潮文庫　昭34-35
「人間の絆」(「世界文学全集37, 38」)
　　　　　　　　　中野好夫　新潮社　　昭35
「人間の絆」全4巻
　　　　　　　　　守屋陽一　角川文庫　昭37-41
「人間の絆」全2巻　守屋陽一　角川文庫　昭39
「人間の絆」(「世界の名作」26)
　　　　　　　　　中野好夫　集英社　　昭41
「人間の絆」(カラー版「世界文学全集」29,
　グリーン版「世界文学全集」2-7)
　　　　　　　　　大橋健三郎　河出書房　昭42
「人間の絆」　　　　中野好夫　新潮社　　昭43
「人間の絆」全2巻　北川悌二　講談社文庫　昭48
「人間の絆」全2巻　厨川圭子　旺文社文庫　昭50

The Moon and Sixpence
「月と六ペンス」　　中野好夫　中央公論社　昭15
「月と六ペンス」(「モーム選集」2)
　　　　　　　　　中野好夫　三笠書房　昭25
「月と六ペンス」(「現代世界文学」)
　　　　　　　　　中野好夫　三笠書房　昭26
「月と六ペンス」(「現代世界文学全集」14)
　　　　　中野好夫・上田勤　新潮社　　昭28
「月と六ペンス」　　厨川圭子　角川文庫　昭33
「月と六ペンス」　　中野好夫　新潮文庫　昭34
「月と六ペンス」　　龍口直太郎　旺文社文庫　昭35
「月と六ペンス」　　厨川圭子　平凡社　　昭35
「月と六ペンス」　　竜口直太郎　旺文社文庫　昭41
「月と六ペンス」　　阿部知二　岩波文庫　昭45
「月と六ペンス」(「世界文学ライブラリー」26)
　　　　　　　　　中野好夫　講談社　　昭46
「月と六ペンス」　　北川悌二　講談社文庫　昭47
「月と六ペンス」(「世界文学全集」29)
　　　　　　　　　中野好夫　集英社　　昭49
「月と六ペンス」(「世界文学全集」85)
　　　　　　　　　中野好夫　講談社　　昭50
「月と六ペンス」　　龍口直太郎　筑摩書房　昭52
「月と六ペンス」(「世界の文学セレクション」36)
　　　　　　　　　中野好夫　中央公論社　平06
「月と六ペンス」　　大岡玲　　小学館　　平07

The Circle
「施転」(《雑婚》)　山田松太郎　蘭城社　大13
「ひとめぐり」(「モーム選集」10)
　　　　　　　　　木下順二　三笠書房　昭27
「ひとめぐり」(「モーム全集」21)
　　　　　　　　　木下順二　新潮社　　昭31

Red, Rain (The Trembling of Leaf)
「雨他2篇」　　　　中野好夫　岩波文庫　昭15
「赤・南海の人々」　井上英三　人文書院　昭17
「赤・雨」　　　　　中野好夫　三笠文庫　昭26
「赤・雨」(「モーム選集」7)
　　　　中野好夫・龍口直太郎　三笠書房　昭26
「雨他1篇」　　　　西村孝次　角川文庫　昭31
「雨」　　　　　　　半崎辛　　虹書房　　昭32
「赤毛他六篇」　　　厨川圭子　角川文庫　昭32
「雨・赤毛」　　　　中野好夫　新潮社　　昭34
「雨・赤毛他1篇」　朱牟田夏雄　岩波文庫　昭37
「雨・赤毛」(「世界文学全集」29)
　　　　　　　　　中野好夫　集英社　　昭49
「雨・赤毛」　　　　北川悌二　講談社文庫　昭53
「赤毛他」　　　　　北川悌二　旺文社文庫　昭53
「赤毛・雨」(「世界文学全集」11)
　　　　　　　　　中野好夫　学習研究社　昭54
「雨・赤毛」(「世界の文学セレクション」36)
　　　　　　　　　中野好夫　中央公論社　平06

Our Betters
「おえら方」(「モーム選集」10)
　　　　　　　　　木下順二　三笠書房　昭27
「おえら方」(「モーム全集」21)
　　　　　　　　　木下順二　新潮社　　昭31

The Painted Veil
「彩られた女」　　　小林健治　月曜書房　昭26
「彩られた女」　　　小林健治　三笠文庫　昭28
「五彩のヴェール」(「モーム全集」6)
　　　　　　　　　上田勤　　新潮社　　昭30

The Sacred Flame
「聖火」(「現代戯曲選集」イギリス篇)
　　　　　　　　　菅原卓　　白水社　　昭29

Ashenden
「スパイ物語」全2巻
　　　　　　　　　日高八郎　月曜書房　昭25-26
「アシェンデン」(「モーム全集」17)
　　　　　　　　　河野一郎　新潮社　　昭30
「秘密諜報部員」(「世界推理小説全集」15)
　　　　　　　　　龍口直太郎　東京創元社　昭31
「秘密諜報部員」
　　　　　　　　　龍口直太郎　創元推理文庫　昭34
「アシェンデン」
　　　　　　　　　龍口直太郎　創元推理文庫　昭34
「アシェンデン」(「世界ミステリーシリーズ」)
　　　　　　　　　加島祥造　早川書房　昭36
「アシェンデン」　　篠原慎　　角川文庫　昭44
「アシェンデン」　　篠原慎　　角川文庫　昭44
「アシェンデン　英国秘密情報部員の手記」

◇翻訳文献 I◇

Cakes and Ale
「お菓子と麦酒」　　　河野一郎　ちくま文庫　平06
「お菓子と麦酒」　　　上田勤　三笠書房　昭25
「お菓子と麦酒」(「モーム選集」3)
　　　　　　　　　　　上田勤　三笠書房　昭25
「お菓子と麦酒」(「モーム全集」7)
　　　　　　　　　　　上田勤　新潮社　昭30
「お菓子と麦酒」　　　上田勤　新潮文庫　昭34
「お菓子と麦酒」(「世界文学全集」66)
　　　　　　　　　　　上田勤　新潮社　昭43
「お菓子とビール」　　厨川圭子　角川文庫　昭43
「お菓子とビール」
　　　　　　　　　　　龍口直太郎　旺文社文庫　昭46
「お菓子と麦酒」(「世界文学大系」31)
　　　　　　　　　　　上田勤　筑摩書房　昭48
「お菓子と麦酒」(「世界の文学セレクション」36)
　　　　　　　　　　　上田勤　中央公論社　平06

The Narrow Corner
「南海の情熱」　　　　鈴木良蔵　牧書房　昭18
「片隅の人生」　　　　増田義郎　三笠書房　昭29
「片隅の人生」(「モーム全集」8)
　　　　　　　　　　　増田義郎　新潮社　昭30

For Services Rendered
「むくいられたもの」(「モーム全集」22)
　　　　　　　　木下順二・瀬口丈一郎　新潮社　昭30

Sheppy
「シェピー」(「モーム全集」22)
　　　　　　　　木下順二・瀬口丈一郎　新潮社　昭30

Cosmopolitans
「コスモポリタン」(「モーム全集」20)
　　　　　　　　　　　龍口直太郎　新潮社　昭30
「コスモポリタン」全2巻
　　　　　　　　　　　龍口直太郎　新潮文庫　昭37
「コスモポリタンズ」
　　　　　　　　　　　龍口直太郎　ちくま文庫　平06

Theatre
「劇場」　　　　　　　龍口直太郎　三笠書房　昭25
「劇場」(「モーム選集」4)
　　　　　　　　　　　龍口直太郎　三笠書房　昭25
「劇場」(「普及版モーム選集」4)
　　　　　　　　　　　龍口直太郎　三笠書房　昭28
「劇場」全2巻　　　　龍口直太郎　三笠文庫　昭29
「劇場」(「モーム全集」9)
　　　　　　　　　　　龍口直太郎　新潮社　昭29
「劇場」　　　　　　　竜口直太郎　新潮文庫　昭35
「劇場」(「世界文学全集」31)
　　　　　　　　　　　龍口直太郎　新潮社　昭43
「劇場」(「世界文学全集」29)
　　　　　　　　　　　中野好夫　集英社　昭49
「劇場」(「世界文学全集」)
　　　　　　　　　　　中野好夫　集英社　昭53
「劇場」(「世界文学全集」71)
　　　　　　　　　　　中野好夫　集英社　昭55

The Summing Up
「要約すると」(「モーム全集」25)
　　　　　　　　　　　中村能三　新潮社　昭30
「要約すると」　　　　中村能三　新潮文庫　昭43

Christmas Holiday
「クリスマスの休暇」(「普及版モーム選集」3)
　　　　　　　　　　　中村能三　三笠書房　昭28
「クリスマスの休暇」(「モーム全集」10)
　　　　　　　　　　　中村能三　新潮社　昭29
「クリスマスの休暇」　中村能三　新潮文庫　昭39

The Razor's Edge
「剃刀の刃」全2巻(「モーム選集」5)
　　　　　　　　　　　斎藤三夫　三笠書房　昭26
「剃刀の刃」(「普及版モーム選集」5, 6)
　　　　　　　　　　　斎藤三夫　三笠書房　昭28
「剃刀の刃」(「モーム全集」11, 12)
　　　　　　　　　　　斎藤三夫　新潮社　昭29-30
「剃刀の刃」全2巻　　斎藤三夫　新潮文庫　昭40
「かみそりの刃」(「世界文学全集」85)
　　　　　　　　　　　中野好夫　講談社　昭50
「かみそりの刃」全2巻
　　　　　　　　　　　中野好夫　講談社文庫　昭53-54
「かみそりの刃」全2巻
　　　　　　　　　　　中野好夫　ちくま文庫　平07

Then and Now
「昔も今も」(「モーム選集」6)
　　　　　　　　　　　清水光　三笠書房　昭26
「昔も今も」(「モーム全集」13)
　　　　　　　　　　　清水光　新潮社　昭30
「昔も今も」　　　　　清水光　新潮文庫　昭38

Great Novelists and Their Novels
「世界の十大小説」全2巻
　　　　　　　　　　　西川正身　岩波新書　昭33-35
「世界の十大小説」全2巻
　　　　　　　　　　　西川正身　岩波文庫　平09

Catalina
「情熱」(「モーム選集」9)
　　　　　　　　　　　大久保康雄　三笠書房　昭27
「情熱」(「モーム全集」14)
　　　　　　　　　　　大久保康雄　新潮社　昭30

A Writer's Notebook
「作家の手帖」(「モーム全集」9)
　　　　　　　　　　　中村佐喜子　新潮社　昭30
「随筆集・作家の立場から」
　　　　　　　　　　　田中西二郎　新潮社　昭37
「作家の手帖」　　　　中村佐喜子　新潮文庫　昭44
「サマセット・モーム全集」全31巻、別巻2巻

◇翻 訳 文 献 I◇

中野好夫・龍口直太郎他　新潮社　昭29-35
「サマセット・モーム選集」全13巻
　　　　　中野好夫・上田勤　三笠書房　昭25-27
「普及版モーム選集」
　　　　　　中野好夫・上田勤他　三笠書房　昭28
「モーム傑作選」全5巻
　　　　　　　　小川和夫他　英宝社　昭26-31
「モーム短篇集」全14巻
　　　　　　　　中野好夫他　新潮文庫　昭34-38
「サマセット・モーム未公開短編集　11篇の
　忘れ物」サマセット・モームコレクション
　　研究会　　　　　　　　創造書房　平12

フォースター

Where Angels Fear to Tread
「天使も踏むを恐れるところ」
　　　　　　　　荒正人　中央公論社　昭45
「天使も踏むを恐れるところ」
　　　　　　　　中野康司　白水社　平05, 08
The Longest Journey
「果てしなき旅」全2巻
　　　　　　　高橋和久　岩波文庫　平07
Howards End
「ハワーズ・エンズ」(「世界文学全集」16)
　　　　　　　　吉田健一　集英社　昭40
「ハワーズ・エンド邸」
　　　　　　鈴木幸康　八潮出版社　昭42, 62
「ハワーズ・エンズ」(「新修世界の文学」28)
　　　　　　　小池滋　中央公論社　昭45
「ハワーズ・エンド」(「世界文学全集」71)
　　　　　　　　吉田健一　集英社　昭55
「ハワーズ・エンド」　吉田健一　集英社　平04
The Celestial Omnibus and Other Stories
「天国行き馬車・永遠の瞬間」
　　　　　　　　大沢実　南雲堂　昭32
「天国行の乗合馬車・永遠の瞬間」(「英米名作ライ
　ブラリー」) 村上至孝・米田一彦　英宝社　昭32
Passage to India
「インドへの道」　田中西二郎　新潮文庫　昭27
「インドへの道」(「世界文学大系」70)
　　　　　　　　瀬尾裕　筑摩書房　昭49
「インドへの道」　瀬尾裕　筑摩書房　昭60
「インドへの道」　瀬尾裕　ちくま文庫　平06
Aspects of the Novel
「小説の構成」(「文学論パンフレット」)
　　　　　　　　阿部知二　研究社　昭07
「小説とは何か」
　　　　　米田一彦　ダヴィッド社　昭29, 50
「小説の諸相」　田中西二郎　新潮文庫　昭33

The Eternal Moment and Other Stories
「天国行の乗合馬車・永遠の瞬間」
　　　　　村上至孝・米田一彦　英宝社　昭32
「天国行き馬車・永遠の瞬間」」
　　　　　　　　大沢実　南雲堂　昭32
「永遠の瞬間」　松村達雄　筑摩書房　昭39
「フォースター詩論集」　小野寺健　新潮社　平08
「E. M. フォースター短編選集」全3巻
　　　　　　　藤村公輝他　檸檬社　平05-12
「E. M. フォースター著作集」全12巻
　　　　　　小池滋他　みすず書房　平05-08

ジョイス

Chamber Music
「室楽」　　　左川ちか　椎の木社　昭07
「室内楽」(「ヂヨイス詩集」)
　　　　　　　　西脇順三郎　第一書房　昭08
「室内楽」(「世界詩人全集」5)
　　　　　　　安藤一郎　河出書房新社　昭30
「室内楽」(「世界名詩集大成」10)
　　　　　　　　福田陸太郎　平凡社　昭34
「室内楽」(「西脇順三郎全集」Ⅲ)
　　　　　　　　西脇順三郎　筑摩書房　昭46
「室内楽」　　　出口泰生　白鳳社　昭47
Dubliners
「ジョイス短篇集」　永松定　金星堂　昭07
「ダブリンの人々」　永松定　金星堂　昭08
「ダブリン市井事」全2巻(「世界文庫」)
　　　　　　　安藤一郎　弘文堂　昭15-16
「ダブリン市井事」(「二十世紀文学選集」)
　　　　　　　　安藤一郎　河出書房　昭27
「ダブリン市民」　安藤一郎　新潮文庫　昭28
「ダブリン市民」(「現代世界文学全集」13)
　　　　　　　　飯島淳秀　三笠書房　昭30
「ダブリン人」　飯島淳秀　角川文庫　昭33
「ダブリン市民」(「新修世界の文学」30)
　　　　　　　高松雄一　中央公論社　昭47
「ダブリン市井事」(「世界文学全集」)
　　　　　　　　安藤一郎　講談社　昭49
「ダブリンの人々」(「世界文学大系」67)
　　　　　　　　戸田基　筑摩書房　昭51
「ダブリンの市民」　高松雄一　福武文庫　昭62
「ダブリンの市民」　高松雄一　集英社　平11
A Portrait of the Artist as a Young Man
「若き日の芸術家の肖像」
　　　　　　小野松二・横堀富雄　創元社　昭07
「若き日の芸術家の自画像」
　　　　　　　　名原広三郎　岩波文庫　昭12
「若き日の芸術家の肖像」(「現代世界文学全

507

◇翻訳文献 I◇

集」13)　　　飯島淳秀　三笠書房　昭30
「若き日の芸術家の肖像」(『世界文学全集』)
　　　　　中橋・大沢他　河出書房　昭31
「若き芸術家の肖像」(『世界文学大系』57)
　　　　　　　　海老池俊治　筑摩書房　昭35
「若き芸術家の肖像」　飯島淳秀　角川文庫　昭40
「若き芸術家の肖像」(『新修世界の文学』30)
　　　　　　　永川玲二　中央公論社　昭47
「若き日の芸術家の肖像」(『世界文学全集』71)
　　　　　　　　丸谷才一　講談社　昭49
「若き日の芸術家の肖像」(『世界文学大系』67)
　　　　　　　　海老地俊治　筑摩書房　昭51
「若い芸術家の肖像」
　　　　　　　丸谷才一　講談社文庫　昭54
「若い芸術家の肖像」　丸谷才一　新潮文庫　平06
Exiles
「亡命者」　　　　　岩崎良三　白水社　昭29
「亡命者」　　　　　小田島雄志　筑摩書房　昭51
Ulysses
「ユリシイズ」全2巻
　　伊藤整・永松定・辻野久憲　第一書房　昭06-09
「ユリーズ」全5巻　森田・名原・竜口
　　　　　・小野・安藤・村山　岩波文庫　昭07-09
「ユリシイズ」全3巻　森田草平・名原広三郎
　　　　　　　・安藤一郎　三笠書房　昭27-28
「ユリシーズ」(『現代世界文学全集』10, 11)
　　　　　　伊藤整・永松定　新潮社　昭30
「ユリシーズ」全5巻　森田草平・名原広三郎
　　　　　　・安藤一郎他　岩波文庫　昭33
「ユリシーズ」(『世界文学全集Ⅱ』13, 14)　丸谷才一
　　　　　・永川玲二・高松雄一　河出書房新社　昭39
「ユリシーズ 14」　　小川美彦　五月書房　平05
「ユリシーズ 12」
　　　　　　　柳瀬尚紀　河出書房新社　平08
「ユリシーズ」全3巻
　　　　　　　丸谷・永川・高松　集英社　平08-09
「ユリシーズ 1-8」
　　　　　　　中林孝雄　近代文芸社　平09
Pomes Penyeach
「一片詩集」　　　　北村千秋　椎の木社　昭08
「一個一片の林檎」(『ヂオイス詩集』)
　　　　　　　　西脇順三郎　第一書房　昭08
「一個一片の林檎」(『西脇順三郎全集』Ⅲ)
　　　　　　　　　　　　　筑摩書房　昭46
「室内楽―ジョイス抒情詩集」
　　　　　　　　　　出口泰生　白鳳社　昭47
Anna Livia Plurabelle
「アナ・リヴィア」抄(『ヂオイス詩集』)
　　　　　　　　西脇順三郎　第一書房　昭08
「アナ・リヴィア」(『西脇順三郎全集Ⅲ』)

　　　　　　　　　　　　　筑摩書房　昭46
Finnegans Wake
「フィネガン徹夜祭」1
　　　　　鈴木幸夫・野中涼　都市出版社　昭46
「ジョイス1」(『世界文学大系』67)
　　　　　　　　海老池俊治他　筑摩書房　昭51
「ジョイス」(『世界の文学』1)
　　　　　　　　丸谷才一他　集英社　昭53
「フィネガンズ・ウェイク」全6巻
　　　　　　　柳瀬尚紀　河出書房新社　平03-09
「フィネガンズ・ウェイク」(『世界文学大系』68)
　　　　　　　　大澤正俊他　筑摩書房　平10

ウルフ

Mrs. Dalloway
「ダロウェイ夫人」(『現代世界文学全集』15)
　　　　　　　　大沢実　三笠書房　昭29
「ダロウェイ夫人」　富田彬　角川文庫　昭30
「ダロウェイ夫人」(『世界文学全集』)
　　　　　　　　安藤一郎　河出書房新社　昭31
「ダロウェイ夫人」　安藤一郎　新潮文庫　昭33
「ダロウェイ夫人」(『世界文学全集』)
　　　　　　　　大沢実　講談社　昭49
「ダロウェイ夫人」(『世界文学全集』71)
　　　　　　　　大沢章　講談社　昭49
「ダロウェイ夫人」　丹治愛　集英社　平10
「ダロウェイ夫人」　近藤いね子　みすず書房　平11
The Common Reader, 2 series
「ウルフ文学論」　　村岡達二　金星堂　昭08
「女性と文学」抄　大沢実　河出文庫　昭31
「若き詩人たちへの手紙」　大沢実　南雲堂　昭32
「文学論集」(『世界文学大系』96)
　　　　　　　　大沢実　筑摩書房　昭40
To the Lighthouse
「灯台へ」　　　　　大沢実　雄鶏社　昭24
「燈台へ」　　　　　大沢実　三笠文庫　昭28
「灯台へ」(『世界文学全集』)
　　　　　　　　大沢実　河出書房　昭31
「灯台へ」　　　　　中村佐喜子　新潮文庫　昭31
「灯台へ」(『世界文学大系』57)
　　　　　　　　大沢実　筑摩書房　昭35
「燈台へ」　　　　　伊東只正　開明書院　昭52
「燈台へ」　　　　　伊吹知勢　みすず書房　平11
Orlando
「オーランド」　　　織田正信　春陽堂　昭06
「オーランドー」(『世界幻想文学大系』39)
　　　　　　　　杉山洋子　国書刊行会　昭58
「オーランドー」　　杉山洋子　国書刊行会　平04
「オーランドー」　　杉山洋子　ちくま文庫　平10

「オーランドー　ある伝記」
　　　　　　　　川本静子　みすず書房　平12
The Room of One's Own
「私だけの部屋―女性と文学」
　　　　　西川正身・安藤一郎　新潮文庫　昭27
「私ひとりの部屋　女性と小説」
　　　　　　　　村松加代子　松香堂書店　昭59
「自分だけの部屋」　川本静子　みすず書房　昭63
「女性と文学」(「文化叢書」13)
　　　　　安藤一郎・西川正身　青木書店　昭15
「女性にとっての職業　エッセイ集」
　　　　　出淵敬子・川本静子　みすず書房　平06
The Waves
「波」　　　　　　　　鈴木幸夫　昭南書房　昭18
「波」(「市民文庫」)　大沢実　河出書房　昭28
「波」　　　　　　　　鈴木幸夫　角川文庫　昭29
「波」(「現代世界文学全集」15)
　　　　　　　　　　　大沢実　三笠書房　昭29
「波」　　　　　　　　川本静子　みすず書房　平11
Flush
　　　　　柴田徹士・吉田安雄　英宝社　昭31
「フラッシュ　或る伝記」
　　　　　　　　出淵敬子　みすず書房　平05
The Years
「歳月」　　　　　　　大沢実　三笠書房　昭33
Mr. Bennett and Mrs. Brown
「ベネット氏とブラウン夫人」
　　　　　　　　　　　大沢実　河出文庫　昭29
The Death of the Moth
「若き詩人への手紙」　大沢実　南雲堂　昭32
A Haunted House and Other Short Stories
「幽霊屋敷ほか」(「英米名作ライブラリー」)
　　　　　　　　　　　　　　　英宝社　昭31
The Moment and Other Essays
「若き詩人への手紙」抄　大沢実　南雲堂　昭32
A Writer's Diary
「ある作家の日記」
　　　　　　　　神谷美恵子　みすず書房　昭51
「ウルフ短篇集」　　　葛川篤　金星堂　昭07
「ウルフ短篇集」　　　葛川篤　大空社　平06
「ヴァージニア・ウルフ短篇集」
　　　　　　　　　　西崎憲　ちくま文庫　平11
「ウルフ文学論」　　　村岡達二　金星堂　昭08
「ウルフ文学論」　　　村岡達二　大空社　平06
「ヴァージニア・ウルフ著作集」全8巻
　　　　　　　　福原麟太郎　みすず書房　昭51-52

◇翻　訳　文　献　Ⅰ◇

ロレンス

The White Peacock
「白孔雀」(「新修世界の文学」34)
　　　　　　　　　　伊藤礼　中央公論社　昭41
The Trespasser
「侵入者」　　　　　西村孝次　八潮出版社　昭39
Love Poems and Others
「愛と死の詩集」　　安藤一郎　角川文庫　昭42
「イェイツ，ロレンス詩集」
　　　　　　　尾島・大浦・関口　新潮社　昭44
Sons and Lovers
「息子と恋人」(「ロレンス全集」1)
　　　　　三宅幾三郎・清野暢一郎　三笠書房　昭11
「息子たちと恋人たち」全3巻
　　　　　　　　本多顕彰　岩波文庫　昭14-16, 38
「息子と恋人」全3巻　吉田健一　新潮社　昭27
「息子と恋人」全3巻
　　　　　三宅幾三郎・清野暢一郎　角川文庫　昭28
「息子と恋人」(「世界文学全集」38)
　　　　　　　　　伊藤整　河出書房新社　昭35
「息子と恋人」(「世界文学全集」17)
　　　　　　　　　伊藤整　河出書房新社　昭40
「息子たちと恋人たち」(「世界の名著」)
　　　　　　　　　　本多顕彰　集英社　昭41
「息子たちと恋人たち」　本多顕彰　新潮社　昭45
The Prussian Officer
「プロシャ生まれの士官」
　　　　　　　　　　名原広三郎　三笠新書　昭30
「プロシャの士官」(「世界文学全集」55)
　　　　　　　　　　　伊藤礼　筑摩書房　昭43
The Rainbow
「虹」　　　宮島新三郎・柳田泉　新潮社　大13
「虹・盲目の人」(「英米近代文学叢書」)
　　　　　　　　　　　松本秀雄　春陽堂　昭06
「虹」(「ロレンス選集」上)
　　　　　　　　　　中野好夫　小山書店　昭26
「虹」(「世界文学全集」8)
　　　　　　　　　　　中野好夫　新潮社　昭29
「虹」全3巻　　　　中野好夫　新潮文庫　昭32
「虹」(「世界文学全集」40)
　　　　　　　　　　　中野好夫　新潮社　昭46
Twilight Italy
「チロルの谷間外三篇」抄
　　　　　　　　　　織田正信　改造文庫　昭12
「伊太利の薄明」　　外山定男　冨山房百科文庫　昭14
「伊太利の薄明」抄(「世界文学全集」2)
　　　　　　　　　　西脇順三郎　集英社　昭40
「伊太利の薄明(抄)」(「西脇順三郎全集」3)

◇翻訳文献 I◇

「伊太利の薄明」(「ロレンス紀行全集」4) 筑摩書房 昭46
　　　　　　　　鈴木新一郎　不死鳥社　昭50
Amores
「恋愛詩集」　　足立重　三笠書房　昭11
「愛の詩集」　　志賀勝　人文書院　昭30
Look! We Have Come Through!
「見よ、私たちは通り抜けた」(「世界名詩集大成」10)　志賀勝　平凡社　昭34
「どうだぼくらは生きぬいてきた！」
　(「D. H. ロレンス詩集Ⅲ」)
　　　　　上田保・海野厚志　国文社　昭35
「見よ、われらは来た」(「世界詩人全集」15)
　　　　　　　　関口篤　新潮社　昭44
Women in Love
「恋する女の群」全2巻　矢口達　天佑社　大12
「恋する女たち」(「ロレンス全集」1, 2)
　　　　　伊藤整・原百代　三笠書房　昭11-12
「恋する女たち」(「ロレンス選集」3)
　　　　　　　福田恆存　小山書店　昭25-26
「恋をする女たち」全3巻
　　　　　　　福田恆存　新潮文庫　昭27
「恋する女たち」全2巻
　　　　　　　中村佐喜子　角川文庫　昭39
Sea and Sardinia
「海とサルデーニャ」鈴木新一郎　不死鳥社　昭47
「海とサルデーニャ　紀行・イタリアの島」
　　　　　　　武藤浩史　晶文社　平05
Fantasia of the Unconscious
「無意識の幻想」
　　　　亀井常蔵・大石達馬　耕造社　昭11
「無意識の幻想」
　　　　　　　小川和夫　青木書店　昭15
　　　　　　　南雲堂　昭41　平凡社　昭48
Aaron's Rod
「アーロンの杖」(「ロレンス全集」7)
　　　　十一谷義三郎・崎山正毅　三笠書房　昭12
「アロンの杖」　吉村・北崎　八潮出版社　昭63
England My England
「お、英国・わが故国」
　　　　　　　織田正信　改造社文庫　昭12
「英国よ、わが国よ」
　　　　　村岡勇・日高八郎　英宝社　昭32
「英国よ、わが国よ」伊藤礼　中央公論社　昭44
Birds, Beasts and Flowers
「鳥・獣・花(抄)」(「世界名詩集大成」10)
　　　　　　　　安藤一郎　平凡社　昭43
「鳥とけものと花」
　　　　　羽矢謙一・虎岩正純　国文社　昭44
The Ladybird
「恋の紋章」　　宮西豊逸　牛山堂　昭10

「異性は招く」　菊池武一　改造社文庫　昭12
「てんとう虫」　福田恆存　新潮文庫　昭32
「てんとう虫」　福田恆存　新潮文庫　昭45
「てんとう虫」　丹羽良治　彩流社　平13
Studies in Classic American Literature
「アメリカ古典文学研究」
　　　　　　　後藤昭次　表現社　昭37
「アメリカ古典文学研究」(「アメリカ古典文庫」12)　酒本雅之　研究社　昭49
「アメリカ古典文学研究」
　　　　　　　大西直樹　講談社文芸文庫　平11
St. Mawr
「女とけもの」(「ロレンス全集」10)
　　　　　　　伊藤整　三笠書房　昭12
「セント・モア」(「世界文学全集」34)
　　　　　　　伊藤整　中央公論社　昭41
The Plumed Serpent
「翼のある蛇」全2巻
　　　　亀井常蔵・大石達馬　耕造社　昭11
「翼のある蛇」(「ロレンス全集」8)
　　　　　　　西村孝次　三笠書房　昭12
「翼のある蛇」全3巻 (「ロレンス選集」3－5)
　　　　　　　西村孝次　小山書店　昭25
「翼のある蛇」全3巻　西村孝次　新潮文庫　昭28
「翼のある蛇」全2巻　宮西豊逸　角川文庫　昭38
The Woman Who Rode Away and Other Stories
「島を愛した男」　宮西豊逸　健社　昭09
「馬で去った女」　宮西豊逸　牛山堂　昭10
「薔薇園に立つ影」岩倉具栄　三和書房　昭30
「二羽の青い鳥」　名原広三郎　三和書房　昭30
Collected Poems
「押韻詩集」全2巻 (「D. H. ロレンス詩集 I, Ⅱ」)　田中清太郎　国文社　昭35-39
Lady Chatterley's Lovers
「チャタレイ夫人の恋人」伊藤整　健社　昭10
「チャタレイ夫人の恋人」(「ロレンス全集」9)
　　　　　　　伊藤整　三笠書房　昭11
「チャタレイ夫人の恋人」(「ロレンス選集」1, 2)　伊藤整　小山書店　昭25
「チャタレイ夫人の恋人について・性の虚偽と真実」飯島淳秀　青木書店　昭26
「チャタレイ夫人の恋人」全2巻
　　　　　　　神西穣　作品社　昭28-29
「チャタレイ夫人の恋人」全2巻
　　　　　　　飯島淳秀　三笠新書　昭30
「チャタレー夫人の恋人」全2巻
　　　　　　　伊藤整　小山書店新社　昭32
「チャタレイ夫人の恋人」
　　　　　　　飯島淳秀　三笠書房　昭33
「チャタレー夫人の恋人」

◇翻 訳 文 献 Ⅰ◇

　　　　　　　　飯島淳秀　角川文庫　昭33, 37
「チャタレイ夫人の恋人」(「世界文学大系」46)
　　　　　　　　伊藤整　筑摩書房　昭34
「チャタレイ夫人の恋人」(「世界文学全集」20)
　　　　　　　　伊藤整　新潮社　昭35
　　　　　　　　斎藤英弥　創人社　昭37
「チャタレイ夫人の恋人」(「世界文学全集」33)
　　　　　　　　伊藤整　新潮社　昭39
「チャタレイ夫人の恋人」
　　　　　　　　伊藤整　新潮文庫　昭39
「チャタリー卿夫人の恋人」全2巻
　　　　　　　　西村孝次　八潮出版社　昭40
「チャタレー夫人の恋人」
　　　　　　　　世界翻訳研究会　速浪書房KK　昭42
「チャタリ夫人の恋人」(豪華版「世界文学
　全集」Ⅱ-16) 伊藤整・伊藤礼　河出書房　昭42
「チャタレイ夫人の恋人」(「世界文学全集」)
　　　　　　　　伊藤整他　筑摩書房　昭43
「チャタレイ夫人の恋人」　伊藤整　講談社　昭44
「チャタレー夫人の恋人」(「新しい世界の文
　学」29)　伊藤整　中央公論社　昭44
「チャタレイ夫人の恋人」
　　　　　　　　根岸達夫　浪速書房　昭44
「チャタレー夫人の恋人」(「新潮世界文学全
　集」40)　　　　伊藤整　新潮社　昭46
「チャタレー夫人の恋人」
　　　　　　　　羽矢謙一　講談社文庫　昭48
「チャタレイ夫人の恋人」(「世界文学全集愛
　蔵版」)　　　　伊藤整　集英社　昭49
「チャタリ卿夫人の恋人」(「世界文学全集」72)
　　　　　　　　羽矢謙一　講談社　昭50
「チャタレイ夫人の恋人」
　　　　　飯島淳秀　富士見ロマンス文庫　昭57
「新訳チャタレー夫人の恋人」
　　　　　　　　永峰勝男　彩流社　平11
Pansies
「三色すみれ・いらくさ」(「D. H. ロレンス
　詩集Ⅴ」) 福田陸太郎・倉橋三郎　国文社　昭44
The Virgin and the Gypsy
「処女とジプシー」　木下常太郎　健文社　昭10
「処女とジプシー」　木下常太郎　角川文庫　昭27
「処女とジプシー」　山崎進　大阪教育図書　昭48
「ロレンス短篇集」　岩倉具臭　新潮文庫　昭32
「D. H. ロレンス短篇集」
　　　　　山本栄一・安川昱　青山書店　昭41
「ロレンス短篇集」　梅田昌志　潮文庫　昭48
Apocalypse
「アポカリプス―黙示録」
　　　　　　　　荒川龍彦・塘稚男　昭和書房　昭09

「現代人は愛し得るか」　福田恆存　白水社　昭26
「現代人は愛し得るか」
　　　　　　　　福田恆存　筑摩叢書　昭40
「現代人は愛しうるか　黙示録論」
　　　　　　　　福田恆存　中公文庫　昭57
The Man Who Died
「死んだ男」　　　織田正信　昌久書房　昭11
「死んだ男」　　　織田正信　改造文庫　昭12
「死んだ男」(「ロレンス全集」10)
　　　　　　　　飯島小平　三笠書房　昭12
「死んだ男」　　　福田恆存　新潮文庫　昭45
「死んだ男」(「新潮世界文学全集」39)
　　　　　　　　福田恆存　新潮社　昭45
Last Poems
「最後詩集」(「D. H. ロレンス詩集Ⅵ」)
　　　　　　　　成田成寿　国文社　昭41
「最後の詩集」(「世界名詩集」3)
　　　　　　　　安藤一郎　平凡社　昭44
The Ship of Death
「死の船」(「ピポー叢書」15)
　　　　　　　　成田成寿　国文社　昭30
Modern Lover and Other Stories
「D. H. ロレンス短篇集」
　　　　　　山本栄一郎・安川昱　青山書店　昭41
「ヨーロッパの塊より」
　　　　　　　　山本・安川　全国書房　昭42
Sex, Literature and Censorship
「性・文字・検閲」　福田恆存　新潮社　昭31
The Symbolic Meaning
「象徴の意味 (アメリカ文学古典の研究) 異編」
　　　　　　海野厚志　慶応大学法学研究会　昭47
「エトルリア遺跡」　鈴木新一郎　不死鳥社　昭44
「エトルリアの遺跡」(「美術選書」)
　　　　　　　　土方定一他　美術出版社　昭48
John Thomas and Lady Jone
「ジョン・トマスとレディ・ジェイン」全2巻
　(「現代の世界文学」)　大沢正佳　集英社　昭50
「D. H. ロレンスの手紙」
　　　　　　　　伊藤整他　彌生書房　昭46
「D. H. ロレンス文学論集」
　　　　　　　　羽矢謙一　書肆パトリア　昭33
「アメリカ文学論」(「彌生書房」)
　　　　　　　　永松定　彌生書房　昭49, 平03
「ロレンス全集」全10巻
　　　　　　　　伊藤整他　三笠書房　昭11-12
「ロレンス選集」全8巻
　　　　　　　　伊藤整他　小山書店　昭25
「D. H. ロレンス詩集」全6巻
　　　　　　　　成田成寿他　国文社　昭41
「D. H. ロレンス詩集」

◇翻 訳 文 献　Ⅰ◇

　　　　　　　　　田中清太郎他　国文社　　昭35
「ロレンス紀行全集」全1巻
　　　　　　　　　鈴木新一郎　不死鳥社　　昭54
「ロレンス小説集」　　江畑亮馬　金星堂　　昭08
「ロレンス短篇集」　　梅田昌志郎　潮文庫　昭48
「愛と死の詩集」　　　安藤一郎　角川文庫　昭32
「ロレンス短篇集」　　羽矢謙一　八潮出版社　昭51
「ロレンス愛の手紙」　伊藤礼　筑摩書房　　昭51
「ロレンス短篇傑作集」
　　　　　　　　　　　奥村透　あぽろん社　昭52
「ロレンス短篇集」
　　　　　　　　　梅田昌志郎　旺文社文庫　昭52
「ロレンス短編集」　　上田和夫　新潮文庫　平12
「D. H. ロレンス名作集続」
　　　　　　　　内田深翠　文化書房博文社　平09
「D. H. ロレンス戯曲集」
　　　　　　　　　白井俊隆他　彩流社　　　平10

エリオット（トーマス・スターンズ）

Prufrock and Other Observations
「プルーフロックとその他の観察」（「世界名
　詩集大成」10）　　　上田保　平凡社　　昭23
「プルーフロックとその他の観察」
　　　　　　　　　　　深瀬基寛　筑摩書房　昭29
「プルーフロックとその他の観察」（「世界名
　詩集大成」10）　　　上田保　平凡社　　昭34
「プルーフロックとその他の観察」（「世界文学
　大系」57）　　　　　深瀬基寛　筑摩書房　昭35
Poems
「詩集　エリオット」　　深瀬基寛　　　　　昭29
「詩集」（「世界詩人全集」6）
　　　　　　　　　　　深瀬基寛　河出書房　昭30
「詩集」（「世界文学大系」57）
　　　　　　　　　　　深瀬基寛　中央公論社　昭35
「詩集」（「エリオット全集」1）
　　　　　　　　深瀬基寛　中央公論社　昭35,46
Ara Vos Prec.
「詩集一九二〇」（「世界名詩集大成」10）
　　　　　　　　　　　上田保　平凡社　　昭34
The Sacred Wood
「完全なる批評家・伝統と個人的才能」（「文学
　論パンフレット」1）　北村常夫　研究社　昭06
「完全なる批評家・伝統と個人的才能」（「世界
　文学大系」57）　　　深瀬基寛　筑摩書房　昭35
「完全なる批評家・伝統と個人的才能」（「エリ
　オット全集」5）　深瀬基寛　中央公論社　昭35
「伝統と個人の才能」（「英米文芸論叢書」12）
　　　　　　　　　　　安田章一郎　研究社　昭42
The Waste Land

「荒地」　　　　西脇順三郎　創元社　　昭27,30
「荒地」　　　　中桐雅夫　荒地出版社　　　昭28
「荒地」（「現代世界文学全集」26）
　　　　　　　　　　　吉田健一　新潮社　　昭29
「荒地」（「世界詩人全集」6）
　　　　　　　　　西脇順三郎　河出書房　　昭30
「荒地」（「世界文学大系」57）
　　　　　　　　　深瀬基寛　筑摩書房　　　昭35
「荒地」（「エリオット全集」1）
　　　　　　　　深瀬基寛　中央公論社　昭35,46
「荒地」　　福田陸太郎・森山泰夫　大修館　昭42
「荒地」（「世界名詩集」4）
　　　　　　　　　　　西脇順三郎　平凡社　昭43
Poems
「うつろな人々」エリオット　深瀬基寛　　　昭29
「うつろな人間」（「世界名詩集大成」10）
　　　　　　　　　　　上田保　平凡社　　昭34
「うつろな人々」（「世界文学大系」57）
　　　　　　　　　深瀬基寛　筑摩書房　　　昭35
「うつろな人々」（「エリオット全集」1）
　　　　　　　　深瀬基寛　中央公論社　昭35,46
Dante
「ダンテ」（「エリオット全集」5）
　　　　　　　　吉田健一　中央公論社　昭35,46
Ash-Wednesday
「聖灰水曜日」（「世界名詩集大成」10）
　　　　　　　　　　　上田保　平凡社　　昭34
「聖灰水曜日」（「エリオット全集」1）
　　　　　　　　　上田保　中央公論社　昭35,46
「聖灰水曜日」（「世界文学大系」57）
　　　　　　　　　安田章一郎　筑摩書房　　昭35
Thoughts after Lambeth
「ランベス会議の感想」
　　　　　　　　　大竹勝　荒地出版社　　　昭32
「ランベス会議の感想」（「エリオット全集」5）
　　　　　　　　　中村保男　中央公論社　　昭32
The Use of Poetry and the Use of Criticism
「詩の用と批評の用」　岡本昌夫　造進堂　　昭19
「詩の効用と批評の効用」
　　　　　　　　　鮎川信夫　荒地出版社　　昭29
「詩の効用と批評の効用」（「エリオット全集」3）
　　　　　　　　　　　上田保　中央公論社　昭35
After Strange Gods
「異神を追ひて」　中橋一夫　生活社　　　　昭18
「異神を求めて」　大竹勝　荒地出版社　　　昭32
The Rock
「岩の合唱」（「エリオット全集」1）
　　　　　　　　　上田保　中央公論社　昭35,46
Murder in the Cathedral
「寺院の殺人」（「現代世界文学全集」26）

512

◇ 翻 訳 文 献　Ⅰ ◇

「寺院の殺人」　　　　　福田恆存　新潮社　　昭29
「寺院の殺人」(「エリオット全集」2)
　　　　　　　　　福田恆存　中央公論社　昭35, 46
「寺院の殺人」(「ノーベル賞文学全集」24)
　　　　　　　　　　福田恆存　主婦の友社　昭47

The Family Reunion
「一族再会」(「現代世界文学全集」26)
　　　　　　　　　　福田恆存　新潮社　　　昭29
「一族再会」(「エリオット全集」2)
　　　　　　　　　福田恆存　中央公論社　昭35, 46

Old Possum's Book of Practical Cats
「おとぼけおじさんの猫行状記」(「エリオット
　全集」1)　二宮尊道　中央公論社　昭35, 46

The Idea of a Christian Society
「西欧社会の理念」　　　中橋一夫　新潮社　昭29
「西欧社会の理念」(「エリオット全集」5)
　　　　　　　　　中橋一夫　中央公論社　昭35, 46
「キリスト教社会の理念」(「現代キリスト教
　思想叢書」3)　安田章一郎　白水社　昭48

Four Quartets
「四つの四重奏」　　　　鍵谷幸信　紫星堂　昭30
「四つの四重奏」　　　　二宮尊道　南雲堂　昭33, 41
「四つの四重奏」(「エリオット全集」1)
　　　　　　　　二宮尊道　中央公論社　昭35, 46
「四つの四重奏」　　　池谷敏忠　宇宙時代社　昭38
「四つの四重奏」(「世界詩人全集」16)
　　　　　　　　　　　西脇順三郎　新潮社　昭43
「四つの四重奏」(「西脇順三郎全集」3)
　　　　　　　　　　　　　　筑摩書房　　昭46

Notes towards the Definition of Culture
「文化とは何か」　　　　深瀬基寛　弘文堂　昭26
「文化とは何か」(「エリオット全集」5)
　　　　　　　　　深瀬基寛　中央公論社　昭35, 46

The Cocktail Party
「カクテル・パーティ」福田恆存　小山書店　昭26
「カクテル・パーティ」福田恆存　創元文庫　昭27
「カクテル・パーティ」(「世界文学全集」26)
　　　　　　　　　　　福田恆存　新潮社　昭29
「カクテル・パーティ」(「エリオット全集」2)
　　　　　　　　　福田恆存　中央公論社　昭35, 46

The Three Voices of Poetry
「詩の三つの声」　　　　丸元淑生　国文社　昭31
「詩の三つの声」(「エリオット全集」3)
　　　　　　　　　網淵謙錠　中央公論社　昭35, 46

The Confidential Clerk
「秘書」(「エリオット全集」2)
　　　　　　　　　松原正　中央公論社　昭35, 46

The Elder Statesman
「老政治家」(「エリオット全集」2)
　　　　　　　　　松原正　中央公論社　昭35, 46

Tradition and the Individual Talent
「伝統と個人の才能」　安田章一郎　研究社　昭42
「エリオット詩集」(「世界詩人全集」6)
　　　　　　　　　　深瀬基寛　河出書房　昭13
「エリオット詩集」　　　上田保　白水社　　昭29
「エリオット詩集」　上田保他　思潮社　昭40, 50
「エリオット詩集」　　田村隆一　彌生書房　昭42
「エリオット詩集」(「世界詩人全集」16)
　　　　　　　西脇順三郎・上田保　新潮社　昭43
「エリオット詩集」(「カラー版世界の詩集」15)
　　　　　　　　　　　上田保　角川書店　　昭48
「エリオット選集」全5巻別巻1
　　　　　　　　　吉田健一他　彌生書房　昭34, 43
「エリオット全集」全5巻
　　　　　　　　深瀬基寛他　中央公論社　　昭35
「エリオット全集」(新装版)全5巻
　　　　　　　　深瀬基寛他　中央公論社　　昭46
「文芸批評論」　　　　矢本貞幹　岩波文庫　昭13, 37
「詩と批評」　　　　　鮎川信夫　荒地出版社　昭29
「詩劇論集」　　　　　網淵謙錠　緑書房　　昭31
「T. S. エリオット詩論集」
　　　　　　　　　星野徹・中岡洋　国文社　昭42
「T. S. エリオット文学批評選集　形而下
　詩人たちからドライデンまで」
　　　　　　　　　　松田俊一　松柏社　　　平04

ハックスレー(オルダス)

Limbo
「幸福家族」(「現代世界戯曲選集」)
　　　　　　　　　　加藤道夫　白水社　　　昭29

Crome Yellow
「クローム・イエロー」(「世界文学全集Ⅱ」6)
　　　　　　　　　　　森田草平　新潮社　　昭06

Mortal Coils
「チロッツオンの饗宴」　森本忠　金星堂　　昭07
　　　　　　　　　林正義　冨山房百科文庫　昭13
「ジオコンダの微笑」　　土井治　三笠書房　昭29

Antic Hay
「道化芝居」(「世界名作文庫」)
　　　　　　　　　　　村岡達二　春陽堂　　昭09

Little Mexican
「ヒューバートの初恋」
　　　　　　　　平田秀木　冨山房百科文庫　昭14
「スペンサー伯父さん・小アルキメデス」(「現代
　世界文学全集」14)　土井治　三笠書房　　昭29
「ラリーの死・リットルメキシカン」(「英米名作
　ライブラリー」)　瀬尾裕・矢島剛一　英宝社　昭33

Two or Three Graces

513

◇翻訳文献 I◇

「半休日」(「イギリス短篇集」)
　　　　　　　福原麟太郎　河出書房　昭28

Jasting Pilate
「東方紀行(抄)」林正義　冨山房百科文庫　昭13
「東方紀行」　上田保　生活社　昭16

Proper Studies
「社会と文化」
　　　橋口稔・前川祐一　社会思想研究会　昭37
「人間論」(「世界大思想全集」30)
　　　　　福田実・相原幸一　河出書房新社　昭25

Point Counter Point
「恋愛双曲線」　　　　永松定　春陽堂　昭07
「恋愛双曲線」　　　　永松定　三笠書房　昭11
「恋愛対位法」全2巻　永松定　新潮文庫　昭28
「恋愛対位法」(「世界文学全集」15)
　　　　　　　　　　三宅幾三郎　河出書房　昭29
「恋愛対位法」全2巻　永松定　新潮社　昭29
「恋愛対位法」　　朱牟田夏雄　河出文庫　昭30
「恋愛対位法」(「世界文学大系」56)
　　　　　　　　　　朱牟田夏雄　筑摩書房　昭34
「恋愛対位法」全2巻　朱牟田夏雄　岩波文庫　昭37
「恋愛対位法」(「世界文学大系」70)
　　　　　　　　　　朱牟田夏雄　筑摩書房　昭49

Do What You Will
「作家と読書」(「世界文庫」)上田勤　弘文堂　昭15
「文学に於ける卑俗性」(「不死鳥選書」)
　　　　　　　　　　上田勤　南雲堂　昭31
「文学と芸術」(「現代教養文庫」)
　　　橋口稔・前川祐一　社会思想研究会　昭36

Vulgarity in Literature
「作家と読書」　　　上田勤　弘文堂　昭15
「文学における卑俗性」上田勤　南雲堂　昭31

Music at Night
「目的と手段」　　　菊池亘　南雲堂　昭34

Brave New World
「みごとな新世界」　渡辺二三郎　改造社　昭08
「すばらしい新世界他3篇」(「現代世界文学全集」14)
　　　　　　　　松村達雄　三笠書房　昭29
「みごとな新世界」　松村達雄　講談社文庫　昭30
「みごとな新世界」　高畠文夫　新潮文庫　昭33
「すばらしい新世界」松村達雄　早川書房　昭43
「すばらしい新世界」高畠文夫　角川文庫　昭46
「すばらしい新世界」松村達雄　講談社文庫　昭49
「すばらしい世界」(「世界文学全集」84)
　　　　　　　　松村達雄　講談社　昭51

Eyeless in Gaza
「ガザに盲いて」　　西村孝次　新潮社　昭15
「ガザに盲いて」(「現代世界文学全集」)
　　　　　　　　本多顕彰　新潮社　昭30

「ガザに盲いて」全2巻
　　　　　　　　本多顕彰　新潮文庫　昭33

Ends and Means
「目的と手段(抄)」　菊池亘　南雲堂　昭34
「目的と手段」(「世界大思想全集」30)
　　　　　　　　　福田実　河出書房新社　昭34

Gray Eminence
「灰色の宰相」　　福島正光　フジ出版社　昭45

Time Must Have a Stop
「時は止まらねばならぬ」全2巻
　　　　　　　　　上田勤　角川文庫　昭28

The Perennial Philosophy
「久遠の真現」　　深沢正策　三笠書房　昭26

Science, Liberty and Peace
「科学・自由・平和」宇山直亮　河出書房　昭31

The Gioconda Smile
「ジオコンダの微笑」
　　　　　　　林正義　冨山房百科文庫　昭13
「ジオコンダの微笑」(「現代世界文学全集」14)
　　　　　　　　　土井治　三笠書房　昭29
「ジオコンダの微笑・尼僧の昼食」
　　　　　　　　　上田保他　英宝社　昭34

Ape and Essence
「猿と本質」　　　前田則三　早川書房　昭26
「猿とエッセンス」中西秀男　サンリオ文庫　昭54

The Genius and the Goddess
「天才と女神」　　　上田勤　新潮社　昭32

Brave New World Revisited
「文明の危機」　　谷崎隆昭　雄渾社　昭41

Literature and Science
「文学と科学」　　村岡玄一　興文社　昭45
「ハックスレー短篇集」太田稔　新潮社　昭36
「ハックスレイ・エッセイ集」全2巻
　　　　橋口稔・前川祐一　現代教養文庫　昭36-37
「思想の遍歴」　　西村孝次　創元文庫　昭27
「知覚の扉　天国と地獄」
　　　　　　　　今村光一　河出書房新社　昭51
「知覚の扉」(「エピスラーメー叢書」)
　　　　　　　　河村錠一郎　朝日出版社　昭53

プリーストリー

Figures in Modern Literature
「文学と人間像」　阿部知二他　筑摩書房　昭48

The English Novel
「英国の小説」　　織田正信　東京堂　昭14

English Humour
「英国のユーモア」小池滋・君島邦守
　　　　　　　　秀文インターナショナル　昭53

Dangerous Corner

「危険な曲り角」(「現代世界戯曲選集」5）
　　　　　　　　　　　内村直也　白水社　昭29
An Inspector Calls
「夜の来訪者」　　　内村直也　三笠新書　昭27
Dragon's Mouth
「ドラゴンの口」　伊藤あい子　朝日新聞社　昭27

カワード

Hay Fever
「花粉熱」(「現代世界戯曲選集」5）
　　　　　　　　　　　鳴海四郎　白水社　昭29
Home Chat
「家庭漫話」(「近代劇全集」43）
　　　　　　　　　　山本修二　第一書房　昭03
Private Lives
「私生活」(「現代世界戯曲選集」11）
　　　　　　　　　　　森本薫　白水社　昭29
Still Life
「静物」(「新劇・海外一幕物戯曲集」)
　　　　　　　　　　　内村直也　白水社　昭33
「あいびき」(「世界の演劇」)
　　　　　　　　　　　沼沢洽治　白水社　昭46
「若気のあやまち」　飯島正　西東書林　昭10
「ノエル・カワード戯曲集」全2巻
　　　　加藤恭平　ジャパン・パブリッシャーズ　昭51-52

クローニン

Hatter's Castle
「帽子屋の城」全3巻
　　　　　　　　竹内道之助　三笠書房　昭27-28
「帽子屋の城」(「現代世界文学全集」12）
　　　　　　　　　竹内道之助　三笠書房　昭30
「帽子屋の城」全3巻
　　　　　　　　　竹内道之助　新潮文庫　昭31-33
The Stars Look Down
「星は地球を見ている」全2巻
　　　　　　　　　　中村能三　三笠書房　昭26
「星は地上を見ている」全3巻
　　　　　　　　　　中村能三　新潮文庫　昭30
The Citadel
「城砦」全2巻　　中村能三　三笠書房　昭15,25
「城砦」全2巻　　中村能三　新潮文庫　昭30
「城砦」(「クローニン選集」)
　　　　　　　　　　竹内道之助　三笠書房　昭46
「城砦」　　　　　　竹内道之助　三笠書房　昭58
The Keys of the Kingdom
「天国の鍵」全2巻　竹内道之助　三笠書房　昭30
「天国の鍵」(「全集」10）

　　　　　　　　　竹内道之助　三笠書房　昭47
「天国の鍵」　　　　竹内道之助　三笠書房　昭51
Shannon's Way
「青春の生き方」全2巻
　　　　　　　　竹内道之助　三笠書房　昭31-32
The Spanish Gardener
「スペインの庭師」　竹内道之助　三笠書房　昭32
「スペインの庭師」(「全集」13)
　　　　　　　　　竹内道之助　三笠書房　昭47
Adventures in Two Worlds
「二つの世界に賭ける」
　　　　　　　　　竹内道之助　三笠書房　昭28
「人生の途上にて」　竹内道之助　三笠書房　昭47
Beyond This Place
「地の果てまで」全2巻
　　　　　　　　　竹内道之助　三笠書房　昭29
A Song of Sixpence
「青春以前」(「全集」22)
　　　　　　　　　竹内道之助　三笠書房　昭48
A Thing of Beauty
「美の十字架」全2巻
　　　　　　　　　竹内道之助　三笠書房　昭33
The Northern Light
「人間社会」　　　　中村能三　新潮社　昭30
「スイス高原療養所」
　　　　　　　　　竹内道之助　三笠書房　昭48
「愛しき背信者」　　竹内道之助　三笠書房　昭48
「ひとすじの道」　　竹内道之助　三笠書房　昭49
「クローニン全集」全22巻
　　　　　　　　竹内道之助　三笠書房　昭32-49

オーウェル

Down and Out in Paris and London
「パリ・ロンドン　どん底生活」
　　　　　　　　　　小林歳雄　朝日新聞社　昭44
「右であれ左であれ，わが祖国」
　　　　　　　　　　鶴見俊輔他　平凡社　昭46
「パリ・ロンドン放浪記」
　　　　　　　　　　小野寺健　岩波文庫　平01
Burmese Days
「ビルマの日日」
　　　　　　　宮本靖介・土井一宏　音羽書房　昭55
「ビルマの日々」大石健太郎　彩流社　昭63, 平09
A Clergyman's Daughter
「牧師の娘」　　三沢佳子　御茶の水書房　昭54
The Road to Wigan Pier
「ウィガン波止場への道」
　　　　　　高木郁朗・土屋宏之　ありえす書房　昭53, 57
「ウィガン波止場への道」

◇ 翻 訳 文 献 I ◇

　　　　土屋宏之・上野勇　ちくま学芸文庫　平08
Homage to Catalonia
「カタロニア讃歌」　高畠文夫　角川文庫　昭50
「カタロニア讃歌」
　　　　　　鈴木隆・山内明　現代思潮社　昭41
「カタロニア讃歌」　橋口稔　筑摩叢書　昭45
「カタロニア讃歌」
　　　　　　鈴木隆・山内明　現代思潮社　昭53
「カタロニア讃歌」　新庄哲夫　ハヤカワ文庫　昭59
「カタロニア讃歌」　都築忠七　岩波文庫　平04
Politics vs. Literature
「政治と文学」　　　　　　小野協一　南雲堂　昭33
Coming up for Air
「どん亀人生」　　　　　　小林歳雄　流動　昭47
Animal Farm
「アニマル・ファーム」
　　　　　　永島啓輔　大阪教育図書　昭24
「動物農場」　牧野力　国際文化研究所　昭32
「動物農場」（「世界文学全集」53）
　　　　　　　　　吉田健一　中央公論社　昭41
「アニマル・ファーム」高畠文夫　角川文庫　昭47
Nineteen Eighty-Four
「1984年」
　　　吉田健一・龍口直太郎　文芸春秋新社　昭25
「1984年」
　　　吉田健一・龍口直太郎　出版協同社　昭33
「1984年」　新庄哲夫　早川書房　昭44
「一九八四年」
　　　　　　新庄哲夫　ハヤカワNV文庫　昭47
「1984年」　　新庄哲夫　早川書房　昭50
「オーウェル著作集」全4巻
　　　　　　　　　鶴見俊輔他　平凡社　昭46
「オーウェル評論集」　川成洋他　政文堂　昭49
「オーウェル評論集」　小野寺健　岩波文庫　昭57
「オーウェル・小説コレクション」全5巻
　　　　　　　　　　　三沢佳子他　晶文社　昭59
「空気をもとめて」　大石健太郎　彩流社　平07
「気の向くままに」　小野協一　彩流社　平09

ウォー

Decline and Fall
「大転落」　　　　　　富山太佳夫　岩波文庫　平03
Black Mischief
「黒いいたずら」（「新しい世界の文学」17）
　　　　　　　　　吉田健一　白水社　昭39, 59
Ninety-Two Days
「ガイアナとブラジルの九十二日間」
　　　　　　　　　　　　由木礼　図書出版社　平04
A Handful of Dust

「ラースト夫人」（「現代イギリス文学叢書」）
　　　　　　　　　二宮・横尾　新潮社　昭29
「一握の塵」　　　小泉博　山口書店　平05
「一握の塵」　　　奥山康治　彩流社　平08
Edmund Campion
「夜霧と閃光—エドマンド・キャンピオン伝」
　　　　巽豊彦　中央出版社（サンパウロ）　昭54
Mr. Loveday's Little Outing and Other Stories
「ラヴディ氏の短い外出」　橘口稔　学生社　昭37
「ラヴディ氏のささやかな外出」（「ブラック
　　ユーモア選集」2）　吉田誠一　早川書房　昭45
Brideshead Revised
「ブライズヘッドふたたび」
　　　　　　　　　吉田健一　筑摩書房　昭38
「ブライズヘッドふたたび」（「世界文学大系」79）
　　　　　　　　　吉田健一　筑摩書房　昭46
「青春のブライズヘッド」（「世界文学全集」86）
　　　　　　　　　小野寺健　講談社　昭52
「ブライヅヘッドふたたび」
　　　　　　　　　吉田健一　ちくま文庫　平02
Scott-King's Modern Europe
「スコット・キングの現代ヨーロッパ」（「イギ
　　リス短篇」24）　吉田健一　集英社　昭47
The Loved One
「囁きの霊園」　　　吉田誠一　早川書房　昭45, 51
Helena
「十字架はこうして見つかった　聖女ヘレナ
　　の生涯」　　　岡本浜江　女子パウロ会　昭52
Love among the Ruins
「廃墟の恋」（「現代イギリス幻想小説」）
　　　　　　　　　小野寺健　白水社　昭46
The Ordeal of Gilbert Pinfold
「ギルバート，ピンフォード氏の試練」（「世
　　界文学全集」17）　吉田健一　集英社　昭42
「ピンフォールドの試練」（「世界の文学」15）
　　　　　　　　　吉田健一　集英社　昭52
「イヴリン・ウォー作品集」
　　　　　　　　　別宮貞徳　八潮出版社　昭53
「ポール・ペニフェザーの冒険」
　　　　　　　　　柴田稔彦　福武文庫　平03

グリーン（グレアム）

The Man Within
「内なる私」　　　　瀬尾裕　早川書房　昭28
「内部の男」　　　田中西二郎　新潮社　昭29
「内なる私」（「グリーン選集」1）
　　　　　　　　　　　瀬尾裕　早川書房　昭35
Stamboul Train
「スタンブール特急」　北村太郎　早川書房　昭28

◇ 翻 訳 文 献 Ⅰ ◇

「スタンブール特急」(『グリーン選集』2)
　　　　　　　　　　　　北村太郎　早川書房　昭35
It's a Battlefield
「ここは戦場だ」　丸谷才一　書肆パトリア　昭34
「ここは戦場だ」(『グリーン選集』3)
　　　　　　　　　　　　丸谷才一　早川書房　昭35
　　　　　　　　　　　　丸谷才一　早川書房　昭52
England Made Me
「私を作った英国」　　小稲義男　新潮社　昭31
「私を作った英国」(『グリーン選集』4)
　　　　　　　　　　　　野崎孝　早川書房　昭35
Journey Without Maps
「地図のない旅」　田中西二郎　新潮社　昭29
A Gun for Sale
「拳銃売ります」
　　　　　　飯島正・船田敬一　早川書房　昭28
「拳銃売ります」(『グリーン選集』5)
　　　　　　　　　　　　加島祥造　早川書房　昭34
Brighton Rock
「不良少年」　　　　　丸谷才一　筑摩書房　昭27
「ブライトン・ロック」(『グリーン選集』6)
　　　　　　　　　　　　丸谷才一　早川書房　昭34
「不良少年」(『世界文学全集』3)
　　　　　　　　　　　　丸谷才一　集英社　昭41
「不良少年」　　　　　丸谷才一　筑摩書房　昭41
「不良少年」(『世界文学全集』42)
　　　　　　　　　　　　丸谷才一　集英社　昭50
The Confidential Agent
「密使」　　北村太郎・伊藤尚志　早川書房　昭26
「密使」北村太郎・伊藤尚志
　　　　　　　　　　早川ポケットミステリ双書　昭29
「密使」(『グリーン選集』7)
　　　　　　　　　　　　青木雄造　早川書房　昭37
The Lawless Roads
「掟なき道」　　　　　　深田甫　創土社　昭46
The Power and the Glory
「逃亡者」　　　　　　本多顕彰　新潮社　昭26
「権力と栄光　逃亡者」本多顕彰　新潮社　昭29
「権力と栄光」　　　　本多顕彰　新潮文庫　昭34
The Ministry of Fear
「恐怖省」　小津次郎・野崎孝　早川書房　昭34
「恐怖省」(『グリーン選集』8)
　　　　　　　　　　　　野崎孝　早川書房　昭34
「恐怖省」(『世界ロマン文庫』)
　　　　　　　　小津次郎・野崎孝　筑摩書房　昭45
The Heart of the Matter
「事件の核心」　　　　　伊藤整　新潮社　昭34
「事件の核心」　　　　　伊藤整　新潮文庫　昭34
「事件の核心」(『世界文学大系』60)
　　　　　　　　　　　　伊藤整　筑摩書房　昭36

「事件の核心」(『世界文学大系』79)
　　　　　　　　　　　　伊藤整　筑摩書房　昭46
「事件の核心」(『キリスト教文学の世界』)
　　　　　　　　　　　伊藤整　主婦の友社　昭52
The Third Man, and The Fallen Idol
「落ちた偶像」「第三の男・落ちた偶像」(『世界
　傑作探偵シリーズ』)遠藤慎吾　早川書房　昭26
「第三の男」　　　　遠藤慎吾　早川書房　昭27
「第三の男・落ちた偶像」遠藤慎吾
　　　　　　　　　　ハヤカワ・ポケットブック　昭30
「第三の男・落ちた偶像」(『グリーン選集』9)
　　　　　　　小津次郎・青木雄造　早川書房　昭35
「第三の男」　小津次郎　ハヤカワepi文庫　平13
The End of the Affair
「愛の終り」　　　　　田中西二郎　新潮社　昭27
「愛の終り」　　　　　田中西二郎　新潮文庫　昭34
「情事の終り」(『グリーン選集』10)
　　　　　　　　　　　永川玲二　早川書房　昭36
「情事の終り」(『世界文学全集』50)
　　　　　　　　　　田中西二郎　中央公論社　昭40
The Lost Childhood and Other Essays
「失われた幼年時代」抄(『不死鳥選書』)
　　　　　　　　　　　　前川祐一　南雲堂　昭36
The Living Room
「居間」(『現代世界戯曲選集』11)
　　　　　　　　　　　　藤掛悦二　白水社　昭29
Loser Takes All
「負けたものがみな貰う」
　　　　　　　　　　　丸谷才一　筑摩書房　昭31
「負けたものがみな貰う」(『グリーン選集』9)
　　　　　　　　　　　　丸谷才一　早川書房　昭42
Twenty-One Stories (Nineteen Stories.,
　　The Basement Room and Other Stories)
「21の短篇」　青木雄造・瀬尾裕　早川書房　昭31
「二十一の短篇」(『グリーン選集』11)
　　　　　　　　青木雄造・瀬尾裕　早川書房　昭35
The Quiet American
「おとなしいアメリカ人」
　　　　　　　　　　田中西二郎　早川書房　昭31
「おとなしいアメリカ人」(『グリーン選集』12)
　　　　　　　　　　田中西二郎　早川書房　昭35
The Potting Shed
「鉢植之小屋」(『世界文学全集』3)
　　　　　　　　　　　　小津次郎　集英社　昭41
Our Man in Havana
「ハバナの男」(『グリーン選集』13)
　　　　　　　　　　田中西二郎　早川書房　昭34
A Burnt-Out Case
「燃えつきた人間」　　田中西二郎　早川書房　昭36
「燃えつきた人間」(『グリーン選集』14)

517

◇翻 訳 文 献 Ⅰ◇

田中西二郎　早川書房　昭36
The Sense of Reality
「現実的感覚」　高見幸郎　早川書房　昭44
The Comedians
「喜劇役者」　田中西二郎　早川書房　昭42
May We Borrow Your Husband?
「旦那さまを拝借―性生活喜劇十二篇」
　　　　田中西二郎他　早川書房　昭46
Travels with My Aunt
「叔母との旅」　小倉多加志　早川書房　昭45
A Short of Life
「グレアム・グリーン自伝」
　　　　田中西二郎　早川書房　昭49
The Honorary Consul
「名誉領事」　小田島雄志　早川書房　昭49
「掟なき道」　　　　深田甫　創土社　昭46
「ヒューマン・ファクター」
　　　　　　　　宇野利泰　早川書房　昭54
「グレアム・グリーン選集」全15巻
　　野崎孝・田中西二郎　早川書房　昭30
「グレアム・グリーン全集」全25巻
　　　　田中西二郎・丸谷才一他　早川書房　昭54-62

ベケット

Proust
「プルースト」大貫三郎　せりか選書　昭45,平05
More Pricks than Kicks
「蹴り損の棘もうけ」　川口喬一　白水社　昭47
Murphy
「マーフィ」　三輪秀彦　早川書房　昭45
「マーフィ」　三輪秀彦　ハヤカワNV文庫　昭47
「マーフィ」　　　　川口喬一　白水社　昭47
Molloy
「モロイ」　安堂信也　白水社　昭44,平04,07
「モロイ」(「世界文学全集」27)
　　　　　　　三輪秀彦　集英社　昭44
「モロイ」(「世界文学大系」82)
　　　　　　　安藤元雄　筑摩書房　昭57
Malone Dies
「マロウンは死ぬ」高橋康也　白水社　昭44,平07
「マロウンは死ぬ」
　　　永坂田津子・藤井かよ　太陽社　昭44
「マロウンは死ぬ」(「世界文学全集」99)
　　　　　　　高橋康也他　講談社　昭51
Waiting for Godot
「ゴドーを待ちながら」(「現代海外戯曲」)
　　　　　　　安堂信也　白水社　昭31
「ゴドーを待ちながら」(「ベケット戯曲全集」1)
　　　　　安堂信也・高橋康也　白水社　昭42

L'Innomable
「名づけえぬもの」安藤元雄　白水社　昭45,平07
「名づけえぬもの」(「新修世界の文学」43)
　　　　　　　岩崎力　中央公論社　昭45
Watt
「ワット」　　　　高橋康也　白水社　昭46
All That Fall
「すべて倒れんとする者」(「世界文学大系」95)
　　　　　　　渡辺守　筑摩書房　昭40
「すべて倒れんとする者」(「ベケット戯曲全
　集」1)　安堂信也・高橋康也　白水社　昭42
Fin de Partie, End game
「勝負の終り」(「現代フランス文学13人集」3)
　　　　　　　大久保輝臣　白水社　昭40
Comment C'Est
「事の次第」　　　　片山昇　白水社　昭47
Mercier et Camier
「メルシュとカミエ」　安堂信也　白水社　昭46
First Love
「初恋」　　　　　　安堂信也　白水社　昭46
「ベケット戯曲全集」全2巻
　　　　　安堂信也・高橋康也　白水社　昭42,61
「ベケット短篇集」
　　　　　片山昇・安堂信也　白水社　昭47
「ベケット作品集」全13巻　白水社　昭44
「ベスト・オブ・ベケット」全3巻
　　　　　安堂信也・高橋康也　白水社　平02-03
「詩評論小品」　　　高橋康也　白水社　昭47
「ジョイス論／プルースト論　ベケット詩・
　評論集」(「詩評論小品」の改題)
　　　　　　　　高橋康也他　白水社　平08
Compagne
「伴侶」　　　　　　宇野邦一　書肆山田　平02
Mal vu mal dit
「見ちがい言いちがい」宇野邦一　書肆山田　平03
Dream of Fair to Middling Women
「並には勝る女たちの夢」
　　　　　　　田尻芳樹　白水社　平07
Eleutheria
「エレウテリア(自由)」坂原眞里　白水社　平09
Pour finir encore et autres foirades
「また終われるために」
　　　高橋康也・宇野邦一　長肆山田　平09
「いざ最悪の方へ」　長島確　書肆山田　平11

ゴールディング

Lord of the Flies
「蠅の王」(「世界文学全集」16)
　　　　　　　平井正穂　集英社　昭40

「蠅の王」(「現代の世界文学」)
　　　　　　　　平井正穂　集英社　昭48
「蠅の王」　　　平井正穂　新潮文庫　昭50
「蠅の王」(「世界の文学」17)
　　　　　　　　平井正穂　集英社　昭52
「蠅の王」　　　平井正穂　集英社文庫　昭53
The Inheritors
「後継者たち」(「新世界文学全集」44)
　　　　　　　　小川和夫　中央公論社　昭46
「後継者たち」　小川和夫　中央公論社　昭58
Pincher Martin
「ピンチャー・マーティン」(「世界の文学」17)
　　　　　　　　井出弘之　集英社　昭52
「ピンチャー・マーティン（蠍の神様）」
　　　　　　　　井出弘之　集英社文庫　昭59
Free Fall
「自由な顚落」(「新世界文学全集」44)
　　　　　　　　小川和夫　中央公論社　昭46, 58
The Scorpion God
「蠍の神様」(「世界の文学」17)
　　　　　　　　井出弘之　集英社　昭52
The Pyramid
「我が町, ぼくを呼ぶ声」(「現代の世界文学」)
　　　　　　　　井出弘之　集英社　昭55
「我が町, ぼくを呼ぶ声」
　　　　　　　　井出弘之　集英社文庫　昭58
「我命使節」　　宇野利泰　ハヤカワ文庫　昭58
Darkness Visible
「可視の闇」
　　　福岡現代英国小説談話会（訳）　開文社　平12
Rites of Passage
「通過儀礼」　　伊藤豊治　開文社　平13

トマス（ディラン）

Eighteen Poems
「十八の詩(抄)」(「世界名詩集大成」10)
　　　　　　　　羽矢謙一　平凡社　昭34
「十八篇の詩」(「ディラン・トマス全詩集」)
　　　　　　　　田中清太郎　国文社　昭42
Portrait of the Artist as a Young Dog
「仔犬のような芸術家の肖像」
　　　　　　　　松浦直巳　昭森社　昭39
Deaths and Entrances
「死と入口」(「世界名詩集大成」10)
　　　　　　　　羽矢謙一　平凡社　昭34
「死と入口」(「ディラン・トマス全詩集」)
　　　　　　　　羽矢謙一　国文社　昭42
Under Milk Wood
「詩劇　ミルクの森で」
　　　　　　松浦直巳・青木庸効　国文社　昭42
「詩劇　ミルクの森で」
　　　　　　　　宇井英俊　池上書店　昭50
Adventures in the Skin Trade
「皮商売の冒険」(「文学のおくりもの」6)
　　　　　　　　北村太郎　晶文社　昭46
The Beach of Falesa
「塔の中の耳は聞く他」(「世界詩人全集」6)
　　　　　　　　安藤一郎他　河出書房新社　昭31
「塔のなかの耳　詩集」真辺博享　国文社　昭32
「トマス詩集」(「世界詩人全集」19)
　　　　　　　　松田幸雄　新潮社　昭44
「ディラン・トマス詩集」(「海外の詩人双書」8)
　　　　　　　　松浦直巳　書肆ユリイカ　昭35
「ディラン・トマス全詩集」
　　　　　　田中清太郎・羽矢謙一　国文社　昭42, 43
「ディラン・トマス詩集」(「世界の詩」63)
　　　　　　　　松浦直巳　彌生書房　昭47, 48
「詩と現実（詩論集）」松浦直巳　国文社　昭40
「ディラン・トマス全集」全6巻
　　　　　　　　羽矢謙一　国文社　昭50–57
「ディラン・トマス詩集」
　　　　　　　　松田幸雄　小沢書店　平06
「リベカの娘たち　映画のためのスクリプト」
　　　　　　　　羽矢謙一　晶文社　昭60

ラティガン

While the Sun Shines
「お日様の輝く間に」(「ラティガン戯曲集」)
　　　　　　　　加藤恭平　原書房　昭42
The Deep Blue Sea
「深く青い海」(「ラティガン戯曲集」)
　　　　　　　　加藤恭平　原書房　昭42
「深い青い海」(「今日の英米演劇」1)
　　　　　　　　小田島雄志　白水社　昭43
Separate Tables
「銘々のテーブル」小田島雄志　南雲堂　昭40
The Browning Version
「ブラウニング版」(「ラティガン戯曲集」)
　　　　　　　　加藤恭平　原書房　昭42
「ラティガン戯曲集」　加藤恭平　原書房　昭42

マードック

Sartre: Romantic Rationalist
「サルトル―ロマン的合理主義者」
　　　　　　田中清太郎・中岡洋　国文社　昭43
Under the Net
「網のなか」(「新しい世界の文学」28)

◇翻訳文献 I◇

　　　　　　　　　　　鈴木寧　白水社　昭40
The Flight from the Enchanter
「魔術師から逃れて」井内雄四郎　太陽社　昭44
「魅惑者から逃れて」
　　　　　　　井内雄四郎　集英社文庫　昭54
「魔に憑かれて」(「現代の世界文学」)
　　　　　　　　　中川敏　集英社　昭54
The Sand Castle
「砂の城」　　　　栗原行雄　太陽社　昭43
「砂の城」　　　栗原行雄　集英社文庫　昭53
The Bell
「鐘」(「世界文学全集」15)
　　　　　　　　　丸谷才一　集英社　昭44
「鐘」(「現代の世界文学」)
　　　　　　　　　丸谷才一　集英社　昭45
「鐘」(「世界の文学」18)
　　　　　　　　　丸谷才一　集英社　昭51
「鐘」　　　　　丸谷才一　集英社文庫　昭52
Something Special
「何か特別なもの」(「世界短篇小説全集」2)
　　　　　　　　　丸谷才一　集英社　昭37
The Severed Head
「切られた首」　　工藤昭雄　新潮社　昭38
The Unicorn
「ユニコーン」(「女のロマネスク」2)
　　　　　　　　　栗原行雄　晶文社　昭48
The Italian Girl
「イタリアの女」　中川敏　冬樹社　昭41
「イタリアの女」(「世界の文学」18)
　　　　　　　　　中川敏　集英社　昭51
The Red and the Green
「赤と緑」(「今日の海外小説」12)
　　　　　　　小野寺健　河出書房新社　昭45
The Time of the Angels
「天使たちの時」　石田幸太郎　筑摩書房　昭43
The Nice and the Good
「愛の軌跡」　　　石田幸太郎　創元社　昭47
Bruno's Dream
「ブルーノの夢」　中川敏　筑摩書房　昭45
A Fairly Honorable Defeat
「かなり名誉ある敗北」
　　　　　　　　　鈴木建三　筑摩書房　昭50
Black Prince
「ブラック・プリンス」全2巻
　　　　　　　　　鈴木寧　講談社　昭51
The Sacred & Profane Love Machine
「愛の機械」(「現代の世界文学」)
　　　　　　　　　鈴木寧　集英社　昭54
The Fire and the Sun
「火と太陽　なぜプラトンは芸術家を追放し
たのか」　　　　川西瑛子　公論社　昭55
「勇気さえあったなら」(「現代の世界文学」)
　　　　　　　　　栗原行雄　集英社　昭55
「海よ、海」(「現代の世界文学」)全2巻
　　　　　　　　　蛭川久康　集英社　昭57
「野ばら」　　　菅原時子　サンリオ　昭58
「本をめぐる輪舞の果てに」全2巻
　　　　　　　蛭川久康　みすず書房　平04

シェファー (ピーター)

Five Finger Exercise
「五重奏」(「今日の英米演劇」4)
　　　　　　　　　小田島雄志　白水社　昭43
Amadeus
「アマデウス」　　江守徹　劇書房　昭57, 59
The Royal Hunt of the Sun
「ザ・ロイヤル・ハント・オブ・ザ・サン」
　　　　　　　　　伊丹十三　劇書房　昭60
Black Comedy
「ブラック・コメディ」倉橋健　劇書房　昭57
Lettice and Lovage
「レティスとラベッジ」黒田絵美子　論創社　平01

ピンター (ハロルド)

The Caretaker
「管理人」(「現代世界演劇」7)
　　　　　　　　　喜志哲雄　白水社　昭45
The Homecoming
「帰郷」(「今日の英米演劇」4)
　　　　　　　　　杉山誠　白水社　昭43
「ピンター戯曲全集」
　　　　　　小田島雄志他　竹内書店　昭45
「ハロルド・ピンター全集」全3巻
　　　　　喜志・小田島・沼沢　新潮社　昭52

ヒューズ

「クロウ　鳥の生活と歌から」
　　　　　　　皆見昭　芙蓉社事業出版　昭53
「ネス湖のネッシー大あばれ」
　　　　　　　　　丸谷才一　小学館　昭55
「アイアン・マン　五つの夜の物語」
　　　　　　　　　橋本雄一　篠崎書林　昭55
「アイアン・マン　鉄の巨人」
　　　　　　　　　神宮輝夫　講談社　平08
「クジラがクジラになったわけ」
　　　　　　　　　河野一郎　旺文社　昭54
「クジラがクジラになったわけ」

　　　　　　　河野一郎　岩波少年文庫　平13
「そらとぶいぬ」
　　　　　　　長田弘　メディアファクトリー　平11
「テド・ヒューズ詩集」
　　　　　　　片瀬博子　土曜美術社　昭57
「詩の生まれるとき」
　　　　　　　沢崎順之助　南雲堂　昭58

ストッパード（トム）

Rosencrantz and Guildenstern Are Dead
「ローゼンクランツとギルデンスターンは死ん
　だ」（「今日の英米演劇」5）倉橋健　白水社　昭43
「ローゼンクランツとギルデンスターンは死
　んだ」　　　松岡和子　劇書房　昭60, 平06
The Real Inspector Hound
「ほんとうのハウンド警部」（「現代世界演劇
全集」7）　　　喜志哲雄　白水社　昭45
「自由人登場」　　黒川欣映　新水社　昭57
「リアルシング　ほんもの」
　　　　　　　吉田美枝　劇書房　昭61
Shakespeare in Love
「恋におちたシェイクスピア」
　　　　　中俣真知子　ビー・アール・サーカス　平11

ヒーニー

「シェイマス・ヒーニー全詩集 1966-1991」
　　　　　　　村田辰夫他　国文社　平07
「言葉の力」　　風呂本武敏他　国文社　平09
「水準器」　　　村田辰夫他　国文社　平11
「プリオキュペイションズ――散文選集
　1968〜1978」　室井光広他　国文社　平12
「創作の場所」　風呂本武敏他　国文社　平13

エイクボーン

「ベッドルーム・ファース」（「アラン・エイク
　ボーン戯曲集」）　水野義一　新水社　昭56
「アラン・エイクボーン戯曲集」
　　　　　　　出戸一幸　新水社　平13

イシグロ

An Artist of the Floating World
「浮世の画家」　飛田茂雄　中央公論社　昭63
「浮世の画家」　飛田茂雄　中公文庫　平04
The Pale View of Hills
「女たちの遠い夏」　小野寺健　筑摩書房　昭59
「女たちの遠い夏」　小野寺健　ちくま文庫　平06

「遠い山なみの光」
　　　　　　　小野寺健　ハヤカワepi文庫　平13
The Remains of the Day
「日の名残り」　土屋政雄　中央公論社　平02
「日の名残り」　　土屋政雄　中公文庫　平06
「日の名残り」土屋政雄　ハヤカワepi文庫　平13
The Unconsoled
「充たされざる者」全2巻
　　　　　　　古賀林幸　中央公論社　平09
「わたしたちが孤児だったころ」
　　　　　　　入江真佐子　早川書房　平13

◇翻 訳 文 献 Ⅱ◇

作家のⅡ

ラングランド

The Vision of Piers the Plowman
「ウィリアムの見た農夫ピアズの夢」
　　　　　　　　　生地竹朗　篠崎書林　昭49
「農夫ピアズの幻想」　池上忠弘　新泉社　昭49
「農夫ピアーズの夢」
　　　　　　　柴田忠作　東海大学出版会　昭56
「農夫ピアズの幻想」　池上忠弘　中公文庫　平03

マロリー

Le Morte d'Arthur
「アーサー王物語」　　課外読物刊行会　大14
「アーサー王物語」(「世界文学大系」66)
　　　　　　　厨川文夫・圭子　筑摩書房　昭41

モア

Utopia
「良政府談」　　　　井上勤　思誠堂　明15
「良政府談」(「世界大思想全集」50)
　　　　　　　　　　　　村山有三　　　昭04
「良政府談」　　村山有三　春秋文庫　昭08
「良政府談」　　本多顕彰　岩波文庫　昭09
「ユートピア」　平井正穂　新月社　昭22
「ユートピア」　本多顕彰　三笠書房　昭25
「ユートピア」　平井正穂　若月書店　昭26
「ユートピア」　平井正穂　岩波文庫　昭32
「ユートピア」沢田昭夫　中公文庫　昭53，平05
「ユートピア」平井正穂　ワイド版岩波文庫　平06

シドニー

An Apologie for Poetrie
(The Defence of Poesie)
「詞の弁護」(「英米文芸論双書」1)
　　　　　　　　富原芳彰　研究社　昭43
「シドニー詩集―アストロフェルとステラ―」
　　　　　　　　中田修　東京教学社　昭51
「アストロフェルとステラ」
　　　　　　　大塚定徳他　篠崎書林　昭54
「ニュー・アーケイディア」
　　　　　　村里好俊　大阪教育図書　平01
「アーケイディア」
　　　　　礒部初枝他　九州大学出版会　平11

グリーン（ロバート）

Friar Bacon and Friar Bungay
「ベイコンとバンゲイ」(「エリザベス朝演劇集」)
　　　　　　　　大場建治　筑摩書房　昭49
Pandosto
「パンドスト王・いかさま案内他」
　　　　　　　　多田幸蔵　北星堂　　昭47
「いかさま案内・パンドスト王」(「イギリス
　古典叢書」4)　多田幸蔵　筑摩書房　昭48

キッド

The Spanish Tragedy
「スペインの悲劇」
　　　　　斎藤国治　中央公論事業出版　昭43
「スペインの悲劇」(「エリザベス朝演劇集」)
　　　　　　　　村上淑郎　筑摩書房　昭49

ベイコン

Essays, or Counsels Civil and Morall
「ベーコン論説集」　高橋五郎　玄黄社　明41
「ベーコン随筆集」　神吉三郎　岩波文庫　昭10
「ベーコン随筆集（抄）」(「世界人生論全集」4)
　　　　　　　　成田成寿　筑摩書房　昭38
「ベーコン随筆集」　成田成寿　角川文庫　昭43
「ベーコン随筆集」(「世界の名著」20)
　　　　　　　　成田成寿　中央公論社　昭45
「ベーコン随想集」　渡辺義雄　岩波文庫　昭58
The Advancement of Learning
「学問の進歩」(「世界の大思想」6)
　　　　　服部英次郎・多田英次　河出書房新社　昭41
「学問の進歩」(「世界の名著」20)
　　　　　　　　成田成寿　中央公論社　昭45
「学問の進歩」
　　　　　服部英次郎・多田英次　岩波文庫　昭49
Novum Organum
「ノーブム・オルガヌム」(世界大思想全集7)
　　　　　　　　岡島亀次郎　春秋社　昭02
「ノーヴム・オルガヌム」(「世界の大思想」6)
　　　　　　　　服部英次郎　河出書房新社　昭41
「ノヴム・オルガヌム―新機関」
　　　　　　　　桂寿一　岩波文庫　昭53
The New Atlantis
「ニュー・アトランティス」(世界大思想全集50)
　　　　　　　　大戸徹誠　春秋社　昭04
「ニュー・アトランティス」
　　　　　　　　中野好夫　思索社　昭23
「ニュー・アトランチス」

　　　　　　中橋一夫　日本評論社　　昭24
「ニュー・アトランチス」(「世界の大思想」6)
　　　　　　中野好夫　河出書房新社　昭41
「ニュー・アトランチス」(「世界の名著」20)
　　　　　　成田成寿　中央公論社　　昭45

ナッシュ

Pierce Penniless, His Supplication to the Devils
「文なしピアズが悪魔への嘆願」
　　　　多田幸蔵・北川悌二　北星堂　昭45
The Unfortunate Traveller
「悲運の旅人」
　　　　北川悌二・多田幸蔵　北星堂　昭44
「不運な旅人」　小野協一　現代思潮社　昭45

デッカー

The Shoemaker's Holiday
「靴屋の祭日」(「世界文学大系」30)
　　　　　　三神勲　筑摩書房　　　昭38
「靴屋の祭日」(「エリザベス朝演劇集」)
　　　　　　三神勲　筑摩書房　　　昭49
The Wonderful Year
「驚異の年一六〇三年」　北川悌二　北星堂　昭44
The Gull's Hornbook, The Wonderful year
「しゃれ者いろは帳・驚異の年一六〇三年」
　　　　　　北川悌二　北星堂　　　昭44

ターナー (シリル)

(Cyril Tourneur, 1575?–1626, 劇作家)

The Revenger's Tragedy
「復讐者の悲劇」(「エリザベス朝戯曲選集」)
　　　　　　大場建治　悠久出版　　昭44
「復讐者の悲劇」(「エリザベス朝演劇集」)
　　　　　　大場建治　筑摩書房　　昭49

ボーモント，フレッチャー

The Maid's Tragedy
「乙女の悲劇」(「世界文学大系」30)
　　　　　　小津次郎　筑摩書房　　昭38
「乙女の悲劇」(「エリザベス朝演劇集」)
　　　　　　小津次郎　筑摩書房　　昭49

ミドルトン

The Changeling, Women Beware Women
「チェインジリング」(「世界文学大系」30)

　　　　　　笹山隆　筑摩書房　　　昭38
「チェインジリング　女よ，女に心せよ」
　(「エリザベス朝演劇集」)
　　　　　　笹山隆・小田島雄志　筑摩書房　昭49

ウェブスター

The White Devil
「白魔」　　　　八木毅　新月社　　昭24
「白い悪魔」(「エリザベス朝演劇集」)
　　　　　　川崎淳之助　筑摩書房　昭49
The Tragedy of The Duchess of Malfi
「マルフィ公夫人」(「世界名作文庫」)
　　　　　　荻谷健彦　春陽堂　　　昭08
「モルフィ公爵夫人」(「世界文学大系」30)
　　　　　　関本まや子　筑摩書房　昭38
「モルフィ公爵夫人」(「エリザベス朝演劇集」)
　　　　　　関本まや子　筑摩書房　昭49

フォード

The Broken Heart
「絶望」(「古典ı劇大系」6)　竹友藻風　近代社　大15
「絶望」(「古典ı劇大系」6)
　　　　　　竹友藻風　世界戯曲全集刊行会　昭05
「傷心」　　　　佐竹龍照　萩書房　　　昭42
'Tis Pity She's a Whore
「あわれ彼女は娼婦」(「世界文学大系」30)
　　　　　　小田島雄志　筑摩書房　昭38
「あわれ彼女は娼婦」(「エリザベス朝演劇集」)
　　　　　　小田島雄志　筑摩書房　昭49

ウォルトン

The Compleat Angler
「釣魚大全」　平田禿木　国民文庫刊行会　昭11
「釣魚大全―静思する人の行楽」
　　　　　　谷島彦三郎　春秋社　　昭11
「釣魚大全」　下島連　元々社　　　昭29
「釣魚百景―瞑想人の逸楽」
　　　　　　木下裕次・長谷川書店　昭33
「釣魚大全 (抄)」(「世界人生論全集」4)
　　　　　　小沢準作　筑摩書房　　昭38
「完訳　釣魚大全」　森秀人　虎見書房　　昭45
「完訳　釣魚大全」　森秀人　角川選書　　昭49
「釣魚大全」　杉瀬祐　関西のつり社　昭52

バニャン

John Bunyan 1628–88

◇翻訳文献 II

Grace Abounding to the Chief of Sinners
「恩寵溢るるの記」　松本雲舟　警醒社　明45
「恩恵溢る」　畔上賢造　向山堂書店　昭04
「恩恵溢る」　青野勝芳　基督教書類会社　昭05
「全訳悪人の生と死・恩寵溢るる記」
　　　　　　　益本重雄　太陽堂　昭06
「罪人等の首長に恩寵溢る」(「基督教文庫」)
　　　　　　　小野武雄　長崎書店　昭15
「罪人らの首長に恩寵溢る」
　　　　　　　小野武雄　新教社出版　昭26
「罪びとのかしらに溢るる恩寵」(「バニヤン著作集」1)　高村新一　山本書店　昭44

The Pilgrim's Progress
「天路歴程」　佐藤喜峰　基督教書類会社　明09
「天路歴程」　池享吉　基督教書類会社　明37
「天路歴程」　松本赳　警醒社　大02
「天路歴程」(全訳)　松本雲舟　警醒社　大07
「全訳天路歴程」　益本重雄　太陽堂　昭02
「巡禮の旅」　青芳勝久　基督教書類会社　昭06
「天路歴程」　布上荘衛　外国語研究社　昭07
「天路歴程」　池谷敏雄　新生社　昭13, 26
「天路歴程」　松本雲舟　警醒社　昭13
「天路歴程」全2巻　竹友藻風　西村書店　昭22-23
「天路歴程」　大久保康雄　風間書房　昭24
「天路歴程」(全訳正編)
　　　　　　　池谷敏雄　新教出版社　昭26, 51
「天路歴程」全2巻　竹友藻風　岩波文庫　昭26-28
「天路歴程　第1部」
　　　　　　　高村新一　現代文芸出版　昭34
「天路歴程」(「バニヤン著作集」2)
　　　　　　　高村新一　山本書店　昭44
「天路歴程　光を求める心の旅路」
　　　　　　　関根文之助　小学館　昭56
「天路歴程　続」
　　　　　高村新一　日本キリスト信仰会　昭62-63
「天路歴程　続編」池谷敏雄　新教出版社　昭60
「危険な旅　天路歴程物語」
　　　　　　　中村妙子　新教出版社　昭62

The Life and Death of Mr.Badman
「全訳悪人の生と死・恩寵溢るる記」
　　　　　　　益本重雄　太陽堂　昭05
「悪太郎の一生」　高村新一　新教出版社　昭30
「ミスター・バッドマンの生涯」(「バニヤン著作集」3)　高村新一　山本書店　昭44

The Holy War
「聖戦」　松本雲舟　警醒社　明44
「聖戦」　高村新一　新教出版社　昭32
「聖戦」(「バニヤン著作集」4)
　　　　　　　高村新一　山本書店　昭44
「聖戦」　高村新一　日本キリスト信仰会　昭58

「バニヤン著作集」5巻(I「獄中書簡他」,II「天路歴程」, III「ミスター・バッドマンの生涯」, IV「聖戦」)　高村新一　山本書店　昭44

ドライデン

Annus Mirabilis
「驚異の年」(「世界名詩集大成」9)
　　　　　　　加納秀夫　平凡社　昭34
An Essay of Dramatic Poesie
「劇詩論(抄)」(「世界文学大系」96)
　　　　　　　小津次郎　筑摩書房　昭40
「劇詩論」(「英米文芸論双書」2)
　　　　　　　小津次郎　研究社　昭48
A Song for St.Cecilia's Day
「聖セシリア祭の歌他」(「世界詩人全集」1)
　　　　　　　上田勤　河出書房新社　昭30

ベーン

「結婚歓喜譚　結婚十の歓び」
　　　　　　　大久保康雄　二見書房　昭23
「結婚十の悦び」　大久保康雄　操書房　昭24
Oroonoko
「オルノーコ・美しい浮気女」
　　　　　　　土井治　岩波文庫　昭63

デフォウ

The Life and Strange Surprising Adventures of Robinson Crusoe
「魯敏遜全伝」　斎藤了庵　鉄線書店　明05
「絶世奇談　魯敏孫漂流記」
　　　　　　　井上勤　博聞社　明16
「ロビンソン・クルーソー物語」
　　　　　　　成光館出版　昭02
「ロビンソン・クルーソー」
　　　　　　　小山東一　新潮文庫　昭14
「ロビンソン・クルーソー」
　　　　　　　小山東一　新潮社　昭16
「ロビンソン・クルーソー」全4巻
　　　　　　　野上豊一郎　岩波文庫　昭21-25
「ロビンソン・クルーソー物語」
　　　　　　　佐々木直二郎　主婦之友社　昭22
「ロビンソン漂流記」　平田禿木　冨山房　昭24
「ロビンソン漂流記」　吉田健一　新潮文庫　昭26
「ロビンソン・クルーソー他」(「世界文学全集I」15)　小山東一　河出書房　昭26
「ロビンソン・クルーソー」
　　　　　　　阿部知二　岩波少年少女文庫　昭27

「ロビンソン・クルーソーの生涯と冒険」(「世界
　文学大系」15)　　平井正穂　筑摩書房　昭34
「ロビンソン・クルーソー漂流記」
　(「世界名作全集」4)　荒・山川　平凡社　昭36
「ロビンソン・クルーソー」全2巻
　　　　　　　　　平井正穂　岩波文庫　昭41–42
「ロビンソン・クルーソー」
　　　　　　　　　能島武文　角川文庫　昭42
「ロビンソン・クルーソー」
　　　　　　　　　佐山栄太郎　旺文社文庫　昭42
「ロビンソン・クルーソー」(「新修世界の
　文学」2)　　平野敬一　中央公論社　昭46
The Fortunes and Misfortunes of the Famous
Moll Flanders
「モル・フランダース」(「世界文学全集Ⅰ」15)
　　　　　　　　　小山東一　河出書房　昭29
「モル・フランダース」全2巻
　　　　　　　　　伊沢龍雄　岩波文庫　昭43
A Journal of the Plague Year
「ペスト」(「世界文学大系」15)
　　　　　　　　　平井正穂　筑摩書房　昭34
「疫病流行記」　　泉谷治　現代思潮社　昭42
「ペスト」(「新修世界の文学」2)
　　　　　　　　　平井正穂　中央公論社　昭46
「ペスト」　　　　平井正穂　中公文庫　昭48

ポウプ

An Essay on Criticism
「批評」(「文学論パンフレット」18)
　　　　　　　　　阿部知二　研究社　昭08
「批評」(「英米文芸論叢書」3)
　　　　　　　　　矢本定幹　研究社　昭42
The Rape of the Loch
「髪の掠奪」　岩崎泰男　同志社大出版部　昭48
An Essay on Man
「人間論」　　　　上田勤　岩波文庫　昭25
「人間論(抄)」(「世界詩人全集」1)
　　　　　　　　　上田勤　河出書房新社　昭30
「人間論(抄)」(「世界各詩集大成」9)
　　　　　　　　　上田勤　平凡社　昭34
「人間論」　　　　上田勤　思索社　昭23
「愚物物語」　　　中川忠　あぽろん社　平01

リチャードソン

Pamela, or Virtue Rewarded
「パミラ」(「世界文学大系」76)
　　　　　　　　　海老池俊治　筑摩書房　昭41
「パミラ」(「筑摩世界文学大系」21)
　　　　　　　　　海老池俊治他　筑摩書房　昭47

グレイ

An Elegy Written in a Country Churchyard
「グレー氏墳上感懐の詩」(「新体詞抄」)
　　　　　　　　　矢田部良吉　丸屋　明15
「田舎の墓地にて詠める悲歌」
　　　　　　増田藤之助　日本英学新誌　明25–32
「墓畔の哀歌」　　福原麟太郎　岩波文庫　昭33
「墓畔の哀歌」(「世界名詩集大成」9)
　　　　　　　　　戸田基　平凡社　昭34
「田舎の墓地にて詠める悲歌」
　　　　　　　　　増田藤之助　研究社　昭36

ウォルポール

The Castle of Otranto
「おとらんと城綺譚」　平井呈一　思潮社　昭47
「オトラント城綺譚」　平井呈一　牧神社　昭49
「オトラント城奇譚」　井口濃　講談社文庫　昭53
「オトラントの城」　井出弘之　国書刊行会　昭58

スモレット

The Expedition of Humphry Clinker
「ハンフリー・クリンカー」(1, 2, 3巻,
　全2冊)　　　　　　　　長谷安生　昭47–48

サウジー

The Life of Nelson
「軍人必読 訥耳遜傳」　内田成道　明20
「ネルソン伝」　　亀井常蔵　冨山房　昭15
「ネルソン提督伝　ナポレオン戦争とロマンス」
　　　　　　　　　山本史郎　原書房　平04
「ワット・タイラー」　杉野徹　山口書店　昭58
「夜の勝利」(「英国ゴシック詞華撰」2)
　　　　　　　　　高山宏　国書刊行会　昭59

ラム

Blank Verse
「イギリス抒情詩集」
　　　　　　日夏耿之介・燕石猷　河出書房　昭27
A Tale of Rosamund Gray and Old Blind
Margaret
「愛と罪(ロザマンド・グレイ)」
　　　　　　　　　木村岬太　桜井書店　昭23
Tales from Shakespeare

◇翻訳文献 Ⅱ◇

「泰西奇談」	仁田桂次郎	同人	明19
「セキスピア物語」	品田太吉	同人	明19
「沙翁物語集」	小松武治	日高有倫堂	明37
「ラム沙翁物語集」	小松武治	大鎧閣	大11
「全訳シェイクスピア劇20篇」			
	塩見清他	文献書院	大14
「沙翁物語集」(「世界名作大観」)			
	平田禿木	国民文庫刊行会	昭02
「沙翁物語」	野上弥生子	岩波文庫	昭07
「シェイクスピア物語」全2巻			
	中村詳一	春秋社文庫	昭11
「シェイクスピア物語」	平田禿木	文寿堂	昭22
「シェークスピア物語」	谷本撰一	廣文堂	昭25
「シェイクスピア物語」	村岡勇	角川文庫	昭27
「シェイクスピア物語」	松本恵子	新潮文庫	昭27
「シェイクスピア物語」	坪内士行	冨山房	昭29
「シェイクスピア物語」全2巻			
	厨川圭子	白水社	昭38
「シェイクスピア物語」			
	本多顕彰	社会思想社	昭42
「シェイクスピア物語」			
	大場建治	旺文社文庫	昭52
「シェイクスピア物語」全2巻			
	厨川圭子	偕成社文庫	昭54
「シェークスピア物語」			
	岡上鈴江	春陽堂書店	昭54
「シェイクスピア物語」	乾侑美子	小学館	昭59

Mrs.Leicester's School
「レスター先生の学校」
　　　　　　西川正身　岩波少年少女文庫　昭27

Essays of Elia
「エリア随筆集」全2巻 (「世界名作大観」)
　　　　　　平田禿木　国民文庫刊行会　昭04
「全訳エリア随筆講義」　幡谷正雄　健文社　昭04
「エリア随筆」　　戸川秋骨　岩波文庫　昭15
「エリア随筆」全2巻
　　　　　　平田禿木　新潮文庫　昭27
「幻の子供たち―エリア随筆抄」
　　　　　　山内義雄　角川文庫　昭28
「イーリア随筆」　岡倉由三郎　帖面社　昭40
「エリア随筆」　　平井正穂　八潮出版社　昭53

The Last Essay of Elia
「続エリア随筆集講義」　幡谷正雄　健文社　昭09
「続エリア随筆」　　石田憲次　新月社　昭23

ハズリット

On Going Journey, On the Fear of Death
「旅, 死の恐怖」　　橋間石　関書院　昭27
The Spirit of the Age
「時代の精神」(「世界古典文庫」)
　　　　　　神吉三郎　日本評論社　昭24

Sketches and Essays
「日時計」　　　　橋間石　関書院　昭27

デ・クウィンシー

Confessions of an English Opium Eater
「阿片溺愛者の告白」　辻潤　三陽堂書店　大07
「阿片溺愛者の告白」　辻潤　春秋社　大14
「阿片溺愛者の告白」　辻潤　春秋文庫　昭04
「阿片溺愛者の告白」　辻潤　改造文庫　昭04
「阿片服用者の懺悔」
　　　　　　磯邊彌一郎　外国語研究社　昭08
「阿片好きな一英人の告白」
　　　　　　鈴木謙一郎　東邦書院　昭09
「阿片常用者の告白」　田部重治　岩波文庫　昭12
「阿片秘話」　　　　長沢英一郎　新月社　昭23
「阿片のみの告白」　田中宏明　新潮文庫　昭27
The Spanish Military Nun
「スペイン剣侠尼僧伝」　岩田一男　株凸版　昭24
「スペイン武勇尼僧伝」　岩田一男　評論社　昭40
「悪魔の骰子　ゴシック短篇集」(「ゴシック
　叢書」19)　　　　高山宏　国書刊行会　昭57
「トマス・クインシー著作集1－4」
　　　　　　野島秀勝他　国書刊行会　平07-14

マリアット

Peter Simple
「ピーター・シムプル」全3巻
　　　　　　伊藤俊男　岩波文庫　昭16-17
「マリアット選集」全2巻
　　　　　　中村経一　旺世社　昭23-24
「ピーター候補生」(「世界大ロマン全集」18)
　　　　　　伊藤俊男　創元社　昭32

ブルワー=リットン

Eugene Aram
「文学小説連理談」　服部誠一　同盟書院　明20
The Last Days of Pompeii
「欧州奇話奇想春史」全3巻
　　　　　　丹羽純一郎・山中市兵衛　明12
「ポンペイ最後の日」(「世界名著選」1)
　　　　　　大町桂月　植竹書院　大04
「ポンペイ最後の日」(「世界文芸全集」18)
　　　　　　中村祥一　新潮社　大12
「ポンペイ最後の日」(「世界大衆文学全集」45)
　　　　　　小池寛次　改造社　昭04

◇翻 訳 文 献 Ⅱ◇

「ポンペイ最後の日」 堀田正亮 三笠書房 昭28
Rienzi
「開港慎慨世士傳」 坪内逍遙 晩青堂 明18
Ernest Maltravers
「欧州奇事花柳春話 (抄)」
　　　　丹羽純一郎　阪本半七 明11
Night and Morning
「夜と朝」 益田克徳 速記法研究会 明22
Harold
「サクソン王の名残ハロールド物語」
　　　　　磯野徳三郎 文盛堂 明20
A Strange Story
「開港驚奇龍動奇談」 井上勤 世渡谷文吉 明13
Kenelm Chillingly
「調世嘲俗撃思説」
　　　　藤田茂吉・尾崎庸夫 報知社 明18

フィッツジェラルド

Rubáiyátá of Omar Khayyám
「ルバイヤート」 大佳嘯風 星文館 大02
「ルバイヤット」 片野文吉 開文館 大03
「ルバイヤット」(「アルス泰西名詩選」1)
　　　　　　竹友藻風 アルス 大10
「ルバイヤット」(「世界文学全集」37)
　　　　　　竹友藻風 新潮社 昭05
「ルバイヤット」 矢野峰人 日孝山房 昭13
「ルバイヤット」 矢野峰人 三省堂 昭10
「ルバイヤット」 森亮 ぐろりあ・そさえて 昭16
「ルバイヤート」 竹友藻風 西村書店 昭22
「ルバイヤット」 小川亮作 岩波文庫 昭23
「ルバイヤット」 矢野禾積 研究社 昭24
「ルバイヤット」 矢野峰人 吾妻書房 昭32
「ルバイヤット」 安斉七之介 東京出版社 昭36
「ルバイヤート」 森亮 槐書房 昭50

ギャスケル夫人

Mary Barton
「メアリー・バートン」
　　　　村山英太郎　英語英文学刊行会 昭09
「メアリー・バートン」全2巻
　　　　　　北沢孝一 日本評論社 昭23-24
Cranford
「クランファド」(「世界名作大観」)
　　　　　野上豊一郎 国民文庫刊行会 昭03
「女の町」 秋沢三郎 新裳社 昭22
「女の町」 秋沢三郎 新展社 昭23
「女だけの町—クランフォード—」
　　　　　川原信 角川文庫 昭28
「女だけの町」(「世界文学全集」14)
　　　　　小池滋 筑摩書房 昭42
「女だけの町」 小池滋 岩波文庫 昭61
The Life of Charlotte Brontë
「シャーロット・ブロンテ傳」
　　　　網野菊 実之日本社 昭17
Cousin Phillis; The Other Tales
「田園抒情歌」 海老池俊治 新月社 昭23
「ギャスケル夫人短篇集」
　　　　田部重治 改造文庫 昭17

キングズレー

Yeast
「農民の悶え」 高谷実太郎 早稲田泰文社 大12
Hypatia
「ハイペシア」全2巻 村山勇三 春秋社 大13
「処女哲学者ハイペシア」全2巻
　　　　　　村山勇三 春秋文庫 昭11
The Water-Babies
「水の赤ん坊」
　　　横山有策・胡桃正樹 同人社書店 大10
「ウォーターベビ」 阿部知二 改造社 昭06
「水の子」(「世界文庫」) 阿部知二 弘文堂 昭15
「ウォーター・ベビー」阿部知二 国立書院 昭22
「水の子」 阿部知二 岩波少年文庫 昭27

コリンズ

The Woman in White
「白衣の女」全3巻
　　　ゴシック叢書 中西敬一 国書刊行会 昭53
「白衣の女」全2巻 中西敬一 国書刊行会 平06
「白衣の女」全3巻 中島賢二 岩波文庫 平08
The Moonstone
「月長石」 森下雨村 雄鶏社 昭25
「月長石」全2巻 中村能三 創元推理文庫 昭37
「夢の魔女・黒い小屋」
　　　　鷲巣・才野・鈴木 英宝社 昭31
「呪われた宝石」 山口薫 新人社 昭23
「夢の女・恐怖のベッド　他六篇」
　　　　中島賢二 岩波文庫 平09
「コリンズ短編小説集」 松本憲尚 渓水社 平11
「ウィルキー・コリンズ傑作選」全10巻
　　　　　　北川・宮川他 平11-12

マクドナルド

Phantastes
「ファンタステス」(「世界幻想文学大系」22)

527

◇ 翻 訳 文 献 Ⅱ ◇

　　　　　　　　　蜂谷昭雄　国書刊行会　　昭56
「ファンタステス　成年男女のための妖精物語」
　　　　　　　　　蜂谷昭雄　ちくま文庫　　平11
Lilith
「リリス」　　　　荒俣宏　　月刊ペン社　　昭51
「リリス」　　　　荒俣宏　　ちくま文庫　　昭61
At the Back of the North Wind
「北風のうしろの国」(「マクドナルド童話全集」10)
　　　　　　　　　田谷多枝子　太平出版社　昭52
「北風のうしろの国」
　　　　　　　　　中村妙子　ハヤカワ文庫　昭56
The Princess and the Goblin
「王女とゴブリン」(「マクドナルド童話全集」1)
　　　　　　　　　村上光彦　太平出版社　　昭53

ロセッティ(クリスティーナ)

「ロゼッチ詩集」(「泰西詩人叢書」14)
　　　　　　　　　渡辺康夫　聚英閣　　　　大14
「クリスティナ・ロゼッティ詩集」
　　　　　　　　　中村千代　開隆堂　　　　大15
「ロゼッティ稿本抄」(「世界名詩選」)
　　　　　　　　　尾関岩二　成光館　　　　昭05
「信仰詩集」　　大原三八雄　日曜世界社　昭14
「クリスチナ・ロセッティ詩抄」
　　　　　　　　　入江直祐　岩波文庫　　　昭15
「イギリス叙情詩集」日夏耿之介　河出書房　昭27
「生命の家より」(「世界詩人全集」3)
　　　　　　　　　蒲原有明　河出書房　　　昭30
「信仰詩集」　　大原三八雄　三一書房　　昭30
「詩抄」(「世界名詩集大成」9)
　　　　　　　　　羽矢謙一　平凡社　　　　昭34
「浄福の乙女」(「世界名詩集大成」9)
　　　　　　　　　前川俊一　平凡社　　　　昭34

キャロル(ルウィス)

Alice's Adventure in Wonderland
「不思議の国」(「世界少年文庫名作集」9)
　　　　　　　　　楠山正雄　家庭読物刊行会　大09
「不思議の国のアリス」岩崎民平　研究社　昭24
「ふしぎの国のアリス」楠山正雄　小峰書店　昭24
「ふしぎの国のアリス」(梟文庫)
　　　　　　　　　吉田健一　小山書店　　昭25
「ふしぎの国のアリス」平塚武二　三十書房　昭26
「不思議の国のアリス」岩崎民平　角川文庫　昭27
「不思議の国のアリス」楠山正雄　創元社　　昭28
「ふしぎの国のアリス」吉田健一　創元社　　昭29
「不思議の国のアリス」
　　　　　　　　　田中俊夫　岩波少年少女文庫　昭30

「ふしぎの国のアリス」(「少年少女新世界文学全集」3)　白木茂他　講談社　　昭41
「ふしぎの国のアリス」(「少年少女世界の文学」5)　阿部知二　河出書房新社　昭41
「ふしぎの国のアリス」(「世界のどうわ」13)
　　　　　　　　　村岡花子　偕成社　　　昭41
「ふしぎの国のアリス」(「世界名作童話作品集」47)　横谷輝　ポプラ社　　昭41
「ふしぎの国のアリス」(「世界児童名作全集」)
　　　　　　　　　江間章子　偕成社　　　昭41
「ふしぎの国のアリス」(「なかよし絵文庫」)
　　　　　　　　　久米攘　偕成社　　　　昭42
「不思議のアリス」
　　　　　　　　　多田幸蔵　旺文社文庫　昭50
「ふしぎの国のアリス」
　　　　　　　　　本多顕彰　玉川大学出版部　昭51
「ふしぎの国のアリス」原昌　国土社　　　昭52
「ふしぎの国のアリス」
　　　　　　　　　足沢良子　春陽堂書店　昭52
「ふしぎの国のアリス」芹生一　偕成社文庫　昭55
「ふしぎの国のアリス」(「少年少女世界の名作」18)　福島正実　集英社　　昭57
「ふしぎの国のアリス」福島正実　立風書房　昭57
「ふしぎの国のアリス」立原えりか　小学館　昭58
「ふしぎの国のアリス」
　　　　　　　　　高杉一郎　講談社文庫　昭58
「ふしぎの国のアリス」
　　　　　　　　　高橋康也・高橋迪　新書館　昭60
「ふしぎの国のアリス」中山知子　岩崎書店　昭61
「不思議の国のアリス」(「青い鳥文庫」)
　　　　　　　　　高杉一郎　講談社　　　昭61
「ふしぎの国のアリス」北村太郎　王国社　昭62
「不思議の国のアリス」　楠悦郎　新樹社　昭62
「不思議の国のアリス」
　　　　　　　　　柳瀬尚紀　ちくま文庫　昭62
「ふしぎの国のアリス」立原えりか　小学館　昭63
「不思議の国のアリス」
　　　　　　　　　高橋康也・高橋迪　河出文庫　昭63
「ふしぎの国のアリス」
　　　　　　　　　柳瀬尚紀　第三文明社　昭63
「不思議の国のアリス」石川澄子　東京図書　平01
「ふしぎの国のアリス」
　　　　　　　　　きったかゆみえ　金の星社　平02
「不思議の国のアリス」矢川澄子　新潮社　平02
「ふしぎの国のアリス」末吉暁子　講談社　平03
「ふしぎの国のアリス」
　　　　　　　　　北村太郎　集英社文庫　平04
「ふしぎの国のアリス」
　　　　　　　　　宗方あゆむ　金の星社　平04
「不思議の国のアリス」

◇翻 訳 文 献 Ⅱ◇

　　　　　　　吉田健一　河出書房新社　平05
「不思議の国のアリス」矢川澄子　新潮文庫　平06
「ふしぎの国のアリス」
　　　　　　　まだらめ三保　集英社　平07
「不思議の国のアリス」酒寄進一　西村書店　平07
「ふしぎの国のアリス」北村太郎　王国社　平08
「不思議の国のアリス」脇明子　岩波書店　平10
「ふしぎの国のアリス」中村妙子　評論社　平12
「不思議の国のアリス」
　　　　　　　脇明子　岩波少年文庫　平12
「不思議の国のアリス」
　　　　　　　金子国義　メディアファクトリー　平12
Through the Looking-Glass
「鏡の国のアリス」岡田忠軒　角川書店　昭34
「鏡の国のアリス」多田幸蔵　旺文社文庫　昭50
「鏡の国のアリス」芹生一　偕成社文庫　昭55
「鏡の国のアリス」
　　　　　　　石川澄子　八紘社印刷出版局　昭57
「鏡の国のアリス」柳瀬尚紀　ちくま書房　昭63
「鏡の国のアリス」高杉一郎　講談社文庫　昭63
「鏡の国のアリス」石川澄子　東京図書　平01
「鏡の国のアリス」北村太郎　王国社　平02
「鏡の国のアリス」矢川澄子　新潮社　平03
「鏡の国のアリス」(「フォア文庫」)
　　　　　　　中山知子　岩崎書店　平04
「鏡の国のアリス」(「青い鳥文庫」)
　　　　　　　高杉一郎　講談社　平06
「鏡の国のアリス」矢川澄子　新潮文庫　平06
「鏡の国のアリス」脇明子　岩波書店　平10
「鏡の国のアリス」脇明子　岩波少年文庫　平12
「ルイス・キャロル詩集」
　　　　　　　高橋康也・沢崎順之助　ちくま書房　昭52
「ルイス・キャロル詩集」
　　　　　　　高橋康也・沢崎順之助　ちくま書房　平01

モリス

The Earthly Paradise
「地上楽園(抄)」矢口達　国際文献刊行会　大15
「地上楽園(抄)」矢口達　朝香屋書店　昭04
The Dream of John Ball
「ジョン・ボールの夢」生地竹朗　未来社　昭48
News from Nowhere
「理想郷」堺利彦　アルス　大09
「無可有郷だより」布施延雄　至上社　大14
「無可有郷通信記」(「世界大思想全集」50)
　　　　　　　村山勇三　春秋社　昭04
「無可有郷通信記」(「春秋文庫」)
　　　　　　　村山勇三　春秋社　昭08, 23
「ユートピア─無何有郷通信─」

　　　　　　　村山勇三　春秋文庫　昭23
「ユートピアだより」松村達雄　岩波文庫　昭43
「ユートピアだより」(「世界の名著」41)
　　　　　　　五島茂・飯塚一郎　中央公論社　昭46
Poem by the Way
「芸術論」佐藤清　日進堂　大11
「民衆の芸術」中橋一夫　岩波文庫　昭28
「民衆のための芸術教育」
　　　　　　　内藤史郎　明治図書出版　昭46

バトラー

Erewhon
「エレホン」山本政喜　岩波文庫　昭10
「エレホン」石原文雄　音羽書房　昭54
The Way of All Flesh
「万人の道」全2巻　今西基茂　岩波文庫　昭30
「万人の道」全2巻　北川悌二　旺文社文庫　昭52
「肉なるものの道」全2巻
　　　　　　　山本政喜　新潮文庫　昭33
「サミュエル・バトラ覚書抄」
　　　　　　　中柴光泰　古今書房　昭21

スウインバーン

Atalanta in Calydon
「劇詩カリドンに行ったアタランタ(抄)」(「世界詩人全集」4)　吉田健一　河出書房　昭30
Poems and Ballads
「詩人スウインバーン」
　　　　　　　正富汪洋　新進詩人社　昭02
「詩とバラッド第二集」(「世界名詩集大成」9)
　　　　　　　永田正男　平凡社　昭34
Songs before Sunrise
「日の出前の歌(抄)」(「世界名詩集大成」9)
　　　　　　　永田正男　平凡社　昭34

ペイター

Studies in the History of the Renaissance
「文芸復興」田部重治　北星堂　大04, 昭03
「ルネサンス」(杜翁全集刊行会)
　　　　　　　佐久間政一　春秋社　大10
「ルネサンス」佐久間政一　春秋社　大13
「ルネサンス」(「世界大思想全集」31)
　　　　　　　佐久間政一　春秋社　昭04
「ルネサンス」佐久間政一　春秋文庫　昭08
「文芸復興」田部重治　岩波文庫　昭12
「ルネサンス」佐久間政一　春秋社　昭17
「ルネッサンス」吉田健一　角川書店　昭23

◇翻訳文献 Ⅱ◇

「ルネッサンス（文芸復興）」
　　　　　　　西崎一郎　筑紫書房　昭23
「文芸復興」　　吉田健一　角川文庫　昭27
「文芸復興」　　田部重治　岩波文庫　昭28
「文芸復興（抄）」(「世界大思想全集」Ⅰ, 哲学・
　文芸思想篇24) 吉田健一　河出書房新社　昭35
「文芸復興」(「世界文学大系」96)
　　　　　　　吉田健一　筑摩書房　昭40
「ルネサンス」(「冨山房百科文庫」9)
　　　　　　　別宮貞徳　冨山房　昭52
「ルネサンス」　別宮貞徳　冨山房百科文庫　昭52
「ルネサンス――美術と詩の研究」
　　　　　富士川義之　白水社　昭61, 平05
Marius the Epicurean
「享楽主義者メイリアス」全2巻
　　　　　工藤好美　国民文庫刊行会　昭02
「マリウス」(「新世界文学全集」15)
　　　　　　　本多顕彰　河出書房　昭18
「享楽主義者マリウス」本多顕彰　三笠書房　昭25
「享楽主義者マリウス」　工藤好美　南雲堂　昭60
Imaginary Portraits
「ウォルタ・ペイタア短篇集」
　　　　　　　工藤好美　岩波書店　昭05
Appreciations
「ペーター論集」　田部重治　岩波文庫　昭06
Plato and Platonism
「プラトンとプラトン哲学」
　　　　　　　内館能蔵　理想社　昭06, 21
「プラトーとプラトー主義」(「世界大思想全
　集」80)　八太舟三　春秋社　昭08
The Child in the House
「家うちの子」(「ペイタア短篇集」)
　　　　　　　工藤好美　岩波書店　昭05
「生家にあり（子供）」(「ペーター論集」)
　　　　　　　田部重治　岩波文庫　昭06
Gaston de Latour
「ガストン・ド・ラトゥール」
　　　　　　　堀大司　新樹社　昭41
「ウォルター・ペイター短篇集」
　　　　　　　工藤好美　南雲堂　昭59
「ウォルター・ペイター全集」全3巻
　　　　　富士川義之編　筑摩書房　平14

ハドソン

The Purple Land
「美わしきかな草原」　柏倉俊三　英宝社　昭29
「パープル・ランド」　柏倉俊三　英宝社　昭46
The Naturalist in La Plata
「ラ・プラタの博物学者」

　　　　　　　岩田良吉　岩波文庫　昭09, 50
「ラ・プラタの博物学者」(「世界教養全集」34)
　　　　　　　寿岳しづ　平凡社　昭34
Idle Days in Patagonia
「野の鳥の生活」　木村幹　天人社　昭06
El Ombú
「エル・オンブ（眈野の生活風景）」
　　　　　　　柏倉俊三　昌久書房　昭11
「老木哀話・エル・オンブ」
　　　　　　　柏倉俊三　英宝社　昭31
Green Mansions
「緑の館」　　　村山勇三　岩波文庫　昭12
「緑の館」　　　守屋陽一　角川文庫　昭34
「緑の館」　　　青木枝朗　三笠書房　昭34
「緑の館」　　　蔭沢忠枝　新潮文庫　昭41
「緑の館」　　　永井比奈子　秋元書房　昭43
「緑の館」　　　柏倉俊三　岩波文庫　昭47
Far Away and Long Ago
「はるかな国とほい昔」
　　　　　　　寿岳しづ　岩波文庫　昭12, 50
Adventure among Birds
「小鳥を友として」　木村毅　改造文庫　昭12
「小鳥を友として」　木村毅　創元文庫　昭29

ホプキンズ

「詩抄」(「世界名詩集大成」9)
　　　　　　　増谷外世嗣　平凡社　昭34
「鷹他」(「世界詩人全集」3)
　　　　　　　平井正穂　河出書房新社　昭30
「ホプキンズ詩集」
　　　安田章一郎・織方登摩　春秋社　昭57, 平06
「ホプキンズ書簡選集」
　　　中村徹・高野実代　京都修学社　平09

ブリッジェズ

「詩抄」(「世界名詩集大成」9)
　　　　　　　大沢実　平凡社　昭34

ハーン

Glimpses of Unfamiliar Japan
「日本の面影」　田代三千稔　愛宕書房　昭18
「日本の面影」　田部隆次　講談社　昭24
「日本の面影」　田代三千稔　三笠書房　昭25
「日本の面影」　田代三千稔　角川文庫　昭33
「愛の物語」　　荒川龍彦　大東文化大出版センター　昭47
Kokoro

◇翻 訳 文 献 Ⅱ◇

「心」　　　　　　平井呈一　岩波文庫　昭26, 52
Gleanings from Buddha Fields
「仏の畠の落穂」田部隆次　第一書房　大15, 昭12
Kwaidan
「怪談」　　　　　戸川秋骨　アルス　大10, 昭03
「怪談」　　　　　田部隆次　北星堂　　　　大12
「怪談」(「小泉八雲全集」7)
　　　　　　　　　田部隆次　第一書房　大15, 昭12
「怪談」　　　　　荻原恭平　研究社　　　　昭05
「怪談」　　　　　平井呈一　岩波文庫　昭15, 40
「怪談」　　　　　平井呈一　みすず書房　　昭29
「怪談・奇談」　　田代三千稔　角川文庫　　昭31
「怪談」　　　　　繁尾久　旺文社文庫　　　昭47
「怪談」　　　　　小倉多加志　潮文庫　　　昭47
「怪談」　　　　　斎藤光　講談社文庫　　　昭51
Life and Literature
「人生と文学」(「市民文庫ハーン文学全集」)
　　　　　　　　　太田三郎　河出書房　　　昭27
「文学と人生」　　太田三郎　河出文庫　　　昭29
Kotto
「骨董」(「小泉八雲全集」7)
　　　　　　　大谷正信・田部隆次　第一書房　大15
「骨董」(「小泉八雲全集家庭版」8)
　　　　　　　大谷正信・田部隆次　第一書房　昭12
「骨董」　　　　　平井呈一　岩波文庫　　　大15
「骨董」　　　　　平井呈一　みすず書房　　昭29
「日本人の心」　　田部重治　新潮文庫　　　昭18
Out of East
「東の国から」(「小泉八雲全集」4)
　　　　　　　田部隆次・戸沢正保　第一書房　昭02
「東の国から」(「小泉八雲全集家庭版」5)
　　　　　　　田部隆次・戸沢正保　第一書房　昭12
「東の国から」全2巻　平井呈一　岩波文庫　昭27
「小泉八雲全集」全17巻, 別巻1
　　　　　　　　　田部隆次他　第一書房　大15-昭03
「小泉八雲随筆集」(「明治大正随筆選集」10)
　　　　　　　　　今東光　人文会　　　　　大15
「小泉八雲集」(「現代日本文学全集」57)
　　　　　　　　　田部隆次　改造社　　　　昭06
「小泉八雲全集(家庭版)」全11巻, 別巻1巻
　　　　　　　　　田部隆次他　第一書房　　昭11-12
「小泉八雲全集」全2巻
　　　　　　　　　田部隆次ほか　新潮文庫　昭25
「小泉八雲選」(「中学生全集」39)
　　　　　　　　　谷川徹三　筑摩書房　　　昭26
「小泉八雲全集」　平井呈一　みすず書房　　昭29
「小泉八雲作品集」全12巻
　　　　　　　　　平井呈一　筑摩書房　　　昭29
「小泉八雲集」全2巻　古谷綱武　新潮文庫　昭41
「小泉八雲集」　　上田和夫　新潮文庫　　　昭50

「東西文学評論」　三宅幾三郎　岩波文庫　　昭06
「ハーン文学論集」全2巻(「市民文庫」)
　　　　　　　　　太田三郎　河出書房　　　昭28
「ハーン文学論集」太田三郎　河出書房　　　昭29

グレゴリー

Seven Short Plays
「月の出」(「近代劇選集」1)
　　　　　　　　　楠山正雄　新潮社　　　　大09
「月の出」(「近代劇大系」9)
　　　　　　　　　楠山正雄　近代劇大系刊行会　大13
「月の出」(「世界戯曲全集」9)
　　　　　　　　　楠山正雄　世界戯曲全集刊行会　大03
「月の出」(「近代劇全集」26)
　　　　　　　　　灰野庄平　第一書房　　　昭05
「グレゴリイ夫人戯曲集」
　　　　　　　　　近藤孝太郎　新潮社　　　大13

ピネロ

The Second Mrs.Tanqueray
「二度目のタンカレ夫人」(「近代劇全集」40)
　　　　　　　　　沢村寅二郎　第一書房　　昭03
「タンカレの後ぞひ」(「世界戯曲全集」5)
　　　　　　　　　井上思外雄　近代社　　　昭05

ギッシング

New Grub Street
「詩人の旅行鞄他」水上斉　改造文庫　　　　昭16
「三文文士」　　　土井治　北沢図書出版　　昭44
By the Ionian Sea
「イオニア海のほとり」佐々木煇　新月社　　昭22
「南イタリア周遊記」小池滋　岩波文庫　　　平06
The Private Papers of Henry Ryecroft
「田園春秋　ヘンリー・ライクロフトの手記」
　　　　　　　　　栗原古城　玄黄社　　　　大13
「ヘンリ・ライクロフトの手記」(「芸術と人
　生叢書」)　　　藤野滋　春秋社　　　　　大13
「ヘンリ・ライクロフトの手記」
　　　　　　　　　藤野滋　春秋文庫　　　　昭04
「ヘンリ・ライクロフトの手記」
　　　　　　　　　谷崎精二　改造文庫　　　昭14
「ヘンリ・ライクロフトの私記」
　　　　　　　　　平井正穂　岩波文庫　　　昭21
「ヘンリ・ライクロフトの私記」
　　　　　　　　　中西信太郎　新潮文庫　　昭26
「ヘンリー・ライクロフトの手記」
　　　　　　　　　栗原元吉　角川文庫　　　昭31

◇翻訳文献 II◇

「ヘンリ・ライクロフトの私記」
　　　　　　　平井正穂　岩波文庫　昭36
「ヘンリー・ライクロフトの私記」(「世界人生論全集」6)　菊池重三郎　筑摩書房　昭38
「ヘンリ・ライクロフトの私記」
　　　　　　　佐野英一　大学書林　昭41
The House of Cobwebs
「蜘蛛の巣の家」　佐ör緑葉　尚文堂書店　昭05
「蜘蛛の巣の家」全2巻
　　　　　　　吉田甲子太郎　岩波文庫　昭22
「蜘蛛の巣の家」
　　　　　　　吉田甲子太郎　新潮文庫　昭26
「蜘蛛の巣の家」　佐藤利吉　角川文庫　昭28

ネスビット

Five Children and It
「砂の妖精」　石井桃子　角川文庫　昭38
The Phœnix and the Carpet
「火の鳥と魔法のじゅうたん」
　　　　　　　猪熊葉子　岩波少年文庫　昭58

トムソン

Paganism Old and New
「新旧異教主義他1篇」北村常夫　研究社　昭08
The Hound of Heaven (Poem)
「天上の猟狗」　日夏耿之介　アルス　大11
「天上の猟狗」(「世界文学全集」37)
　　　　　　　日夏耿之介　新潮社　昭05
「天上の猟狗」(「世界詩人全集」4)
　　　　　　　日夏耿之介　河出書房新社　昭30
The Poppy
「けし他」(「世界名詩集大成」9)
　　　　　　　羽矢謙一　平凡社　昭34

ドイル (サー・アーサー・コナン)

A Study in Scarlet
「深紅の一線」　黒田佐吉　紅玉堂書店　大12
「深紅の絲」(「世界大衆文学全集」21)
　　　　　　　延原謙　改造社　昭03
「緋色の研究」　延原謙　新潮文庫　昭28
「緋色の研究」　浅野秋平　芸術社　昭31
「緋色の研究」　阿部知二　角川文庫　昭34
「緋色の研究」　阿部知二　創元推理文庫　昭35
「緋色の研究」　田中純爾　旺文社文庫　昭50
「緋色の研究」　鮎川信夫　講談社文庫　昭52
「緋色の研究」　大久保康雄　早川書房　昭58
The Sign of the Four

「四つの署名」(「世界大衆文学全集」21)
　　　　　　　延原謙　改造社　昭03
「四つの暗号」　桃井津根雄　紅玉堂書店　昭04
「四つの署名」　延原謙　新潮文庫　昭28
「四つのサイン」浅野秋平　芸術社　昭31
「四つの署名」　阿部知二　角川文庫　昭35
「四つの署名」　阿部知二　創元推理文庫　昭35
「四つの署名」　鮎川信夫　講談社文庫　昭35
「四つの署名」　井上一夫　国土社　昭52
「四つの署名」　鮎川信夫　講談社文庫　昭54
「四つのサイン」阿部知二　ポプラ社　昭57
「四つの署名」　亀山龍樹　学習研究社　昭57
The Adventures of Sherlock Holmes
「シャーロック・ホームズの冒険」
　　　　　　　菊池武一　岩波文庫　昭11, 37
「シャーロック・ホームズの冒険」
　　　　　　　延原謙　月曜書房　昭26
「シャーロック・ホームズの冒険」
　　　　　　　延原謙　新潮文庫　昭28
「シャーロック・ホームズの冒険」
　　　　　　　延原謙　東京創元社　昭31
「シャーロック・ホームズの冒険」
　　　　　　　鈴木幸夫　角川文庫　昭34
「シャーロック・ホームズの冒険」
　　　　　　　阿部知二　創元推理文庫　昭35
「シャーロック・ホームズの冒険」
　　　　　　　鮎川信夫　講談社文庫　昭48
「シャーロック・ホームズの冒険」(「世界文学全集」23)　阿部知二　集英社　昭50
「シャーロック・ホームズの冒険」全3巻
　　　　　　　河田智雄　偕成社文庫　昭56
「シャーロック・ホームズの冒険」
　　　　　　　大久保康雄　早川書房　昭56
The Memories of Sherlock Holmes
「シャーロック・ホームズの記憶」(「世界探偵小説」3)　三上於菟吉　平凡社　昭05, 10
「シャーロック・ホームズの記憶」(「世界大衆文学全集」21)　延原謙　改造社　昭18
「シャーロック・ホームズの記憶」
　　　　　　　延原謙　新潮文庫　昭28
「シャーロック・ホームズの記憶(回想)」
　　　　　　　菊池武一　岩波文庫　昭12, 38
「シャーロック・ホームズの記憶」
　　　　　　　鈴木幸夫　角川文庫　昭30
「シャーロック・ホウムズの回想全訳」
　　　　　　　鈴木幸夫　角川文庫　昭31
「シャーロック・ホームズの記憶」
　　　　　　　阿部知二　創元推理文庫　昭35
「シャーロック・ホームズの記憶」
　　　　　　　鮎川信夫　講談社文庫　昭48

「シャーロック・ホウムズの回想」
　　　　　　田中純蔵　旺文社文庫　昭54
「シャーロック・ホームズの回想」
　　　　　　大久保康雄　早川書房　昭56

The Hound of Baskervilles
「バスカヴィル家の犬」延原謙　新潮文庫　昭29
「バスカヴィル家の犬」
　　　　　　鈴木幸夫　角川文庫　昭31
「バスカヴィル家の犬」延原謙　東京創元社　昭31
「バスカヴィル家の犬」
　　　　　　阿部知二　創元推理文庫　昭35
「バスカーヴィルの犬」
　　　　　　田中西二郎　中央公論社　昭38
「バスカビルの魔犬」白木茂　文研出版　昭52
「バスカーヴィル家の犬」
　　　　　　田中純蔵　旺文社文庫　昭52
「バスカビル家の犬」鮎川信夫　講談社文庫　昭55
「バスカービルの魔犬」阿部知二　ポプラ社　昭57

The Return of Sherlock Holmes
「シャーロック・ホームズの帰還」(「世界探
　偵小説全集」4)　江戸川乱歩　平凡社　昭04
「シャーロック・ホームズの帰還」
　　　　　　菊池武一　岩波文庫　昭13, 38
「シャーロック・ホームズの帰還」
　　　　　　菊池武一　岩波文庫　昭27
「シャーロック・ホームズの帰還」
　　　　　　延原謙　新潮文庫　昭28
「シャーロク・ホウムズの生還全訳」全2巻
　　　　　　鈴木幸夫　角川文庫　昭31
「シャーロック・ホームズの帰還」
　　　　　　阿部知二　創元推理文庫　昭35
「シャーロック・ホームズの帰還」
　　　　　　鈴木幸夫　角川文庫　昭37
「シャーロック・ホームズの帰還」
　　　　　　鮎川信夫　講談社文庫　昭50

The Case-Book of Sherlock Holmes
「シャーロック・ホームズの事件簿」(「世界
　探偵小説全集」6)　延原謙　平凡社　昭05, 10
「シャーロック・ホームズの事件簿」
　　　　　　延原謙　新潮文庫　昭28
「シャーロック・ホームズの事件簿」
　　　　　　大久保康雄　早川書房　昭33
「シャーロック・ホームズ最後の挨拶」
　　　　　　延原謙　新潮文庫　昭35
「ホームズの最後のあいさつ」
　　　　　　阿部知二　創元推理文庫　昭35
「シャーロック・ホームズ最後の挨拶」
　　　　　　鮎川信夫　講談社文庫　昭51
「シャーロック・ホームズ最後の挨拶」

　　　　　　大久保康雄　早川書房　昭56
「シャーロック・ホームズの叡智」
　　　　　　延原謙　新潮文庫　昭35

The Valley of Fear
「恐怖の谷」　　延原謙　新潮文庫　昭28
「恐怖の谷」　　阿部知二　角川書店　昭34
「恐怖の谷」　　阿部知二　創元推理文庫　昭35
「恐怖の谷」　　山中峯太郎　ポプラ社　昭51
「恐怖の谷」　　亀山龍樹　学習研究社　昭57
「恐怖の谷」　　阿部知二　ポプラ社　昭57
「ドイル傑作集」全3巻　延原謙　新潮文庫　昭35
「真夜中の客　コナン・ドイル未紹介作品集」
　全2巻　　　　小池滋　中央公論社　昭58
「霧の国」　　龍口直太郎　創元推理文庫　昭46
「毒ガス地帯」龍口直太郎　創元推理文庫　昭46
「勇将ジェラールの冒険」
　　　　　　上野景福　創元推理文庫　昭47
「勇将ジェラールの冒険」
　　　　　　上野景福　角川文庫　昭47
「ドイル傑作集」全8巻
　　　　　　延原謙　新潮文庫　昭32-36
「全訳シャアロック・ホウムズ」
　　　　　　中村・涼木　嶺光社開隆堂　大15
「全訳シャアロック・ホルムス」
　　　　　　加藤朝鳥　芳文堂出版部　昭04
「ドイル全集」全8巻(「世界文学大全集」)
　　　　　　延原謙　改造社　昭06-08
「冒険探偵シャーロック・ホームズ」全6巻
　　　　　　江戸川乱歩　平凡社　昭10
「シャーロック・ホームズ全集」全13巻
　　　　　　延原謙　月曜書房　昭26-27
「シャーロック・ホームズ全集」全6巻
　　　　　　延原謙　新潮社　昭31
「シャアロック・ホームズ全集」全3巻(「世界
　文学全集」)　阿部知二　河出書房　昭33
「シャーロック・ホームズ全集」全6巻、別巻1
　　　　　　阿部知二　パシフィカ　昭52-53
「シャーロック＝ホームズ全集」全8巻
　　　　　　中上守他　偕成社　昭57-58
「シャーロック・ホームズ全集」全21巻
　　　　　　小池滋他　東京図書　昭57-58

グレハム

The Wind in the Willows
「たのしい川べ」　石井桃子　岩波書店　昭38

ハウスマン

A Shropshire Lad

◇翻訳文献 II◇

「シロプシアの若人」(「世界文庫」)
　　　　　　　　　　土方辰三　弘文堂書店　昭15
「シロプシアの若人」(「世界詩人全集」5)
　　　　　　　　　　石井正之助　河出書房　昭30
「シロプシアの若人」(「世界名詩集大成」9)
　　　　　　　　　　石井正之助　平凡社　昭34
「シロプシアの若人」(「ハウスマン全詩集」)
　　　　　　　　　　星谷剛一　垂水書房　昭40
「シロプシアの若人」(「ハウスマン全詩集」)
　　　　　　　　　　星谷剛一　荒竹出版　昭51
Last Poems
「最後の詩集」(「世界文庫」)
　　　　　　　　　　土方辰三　弘文堂書店　昭15
「最後の詩集」(「ハウスマン全詩集」)
　　　　　　　　　　星谷剛一　垂水書房　昭40
「最後の詩集」(「ハウスマン全詩集」)
　　　　　　　　　　星谷剛一　荒竹出版　昭51
More Poems
「拾遺詩集」(「ハウスマン全詩集」)
　　　　　　　　　　星谷剛一　垂水書房　昭40
「拾遺詩集」(「ハウスマン全詩集」)
　　　　　　　　　　星谷剛一　荒竹出版　昭51
「ハウスマン全詩集」　星谷剛一　垂水書房　昭40
「ハウスマン全詩集」　星谷剛一　荒竹出版　昭51

タゴーア

「タゴール傑作全集」(「ギタンジャーリ」「新月」
「庭師」を含む)　蘇武緑郎他　文正社　大04
「タゴール詩集」　　山室静　河出書房　昭18
「タゴール詩集」　　山室静　角川文庫　昭32
「新編タゴール詩集」　山室静　弥生書房　昭41
「タゴール詩集　新月・ギタンジャリ」
　　　　　　　　　　高良とみ　アポロン社　昭42
「タゴール詩選　第3・4」全2巻
　　　　　　　片山敏彦・渡辺照宏　アポロン社　昭42
「若い世代に　詩人の宗教」
　　　　　　　市野安昌・三浦愛明　アポロン社　昭44
「タゴール詩集　ギーターンジャリ」
　　　　　　　　　　渡辺昭宏　岩波文庫　昭52
「ギタンジャリ」　森本達雄　第三文明社　平06
「東洋と西洋」　　宮本正清　臼井書房　昭17
「詩と人生」　　高良とみ他　アポロン社　昭42
「人間の宗教」　森本達雄　第三文明社　平08
「タゴール著作集」全8巻
　　　　　　　　宮本正清他　アポロン社　昭34-36
「タゴール著作集」全12巻
　　　　　　　　森本達雄他　第三文明社　昭56-平05

キプリング

Plain Tales from Hills
「印度物語」
　　　　　　　佐久間原・渡鶴一　今日の問題社　昭16
The Light that Failed
「消え行く灯」　　宮西豊逸　奥川書院　昭16
「消え行く灯」　　河西橘雄　昭和書房　昭16
Barrack Room Ballads
「キプリング詩集」　中村為治　梓書房　昭04
「キプリング詩集」　中村為治　岩波文庫　昭11
The Jungle Book
「ジャングル・ブック」中村為治　岩波文庫　昭12
「ジャングル・ブック」西村孝次　創元社　昭28
「ジャングル・ブック」
　　　　　　　　吉田甲子太郎　新潮文庫　昭32
「ジャングル・ブック」
　　　　　　　　中野好夫　岩波少年少女文庫　昭30
「ジャングル・ブック」西村孝次　角川文庫　昭41
「ジャングル・ブック」斎藤了一　ポプラ社　昭42
「ジャングル・ブック」大仏次郎　偕成社　昭42
「ジャングル・ブック　オオカミ少年モウグリ
の物語」全2巻　金原瑞人　偕成社文庫　平02
Kim
「印度の放浪児」　宮西豊逸　大元社　昭15
「キム―印度の放浪児」
　　　　　　　　宮西豊逸　三笠書房　昭27
「少年キム」　　斎藤兆史　晶文社　平07
Just So Stories
「Just so stories (なるほど物語)」
　　　　　　　　福田麟太郎　研究社　平05
「童話　どうしてそんなに物語」
　　　　　　　　石田外茂一　改造文庫　昭16
「キプリング短篇集」　橋本槙矩　岩波文庫　平07

シモンズ

Esther Kahn
「エスター・カーン他」　工藤好美　平凡社　平13

ベネット

The Grand Babylon Hotel
「グランド・バビロン・ホテル」
　　　　　　　　平田禿木　改造社　昭14
「グランド・バビロン・ホテル」(「世界大衆
文学全集」37)　平田禿木　改造社　平05
The Old Wive's Tale
「老妻物語」　富田彬　英語英文学研究会　昭08
「老妻物語」全3巻　小山東一　岩波文庫　昭16-17

「二人の女の物語」全3巻
　　　　　　　　小山東一　岩波文庫　　昭37-38
Literary Taste
「文学趣味─その養成法」　富田彬　健文社　大15
「文学趣味」　　　　山内義雄　岩波文庫　　昭18
「文学の味い方」　　藤本良造　河出書房　　昭30
Milestones
「一里塚」(『近代劇全集』41)
　　　　　　　　　灰野庄平　第一書房　　　昭03
The Great Adventure
「大冒険」(『世界戯曲全集』8)
　　　　　　　　　舟橋雄　近代社　　　　　昭04
Imperial Palace
「当世人気男」　　　吉田健一　筑摩書房　　昭44

ダウスン（アーネスト）

「ダウスン全詩集」　大島幹生　現代詩工房　昭42
「シナラ・別離」(『世界詩人全集』4)
　　　　　　　　　矢野峰人　河出書房　　　昭30
Decoration in Verse and Prose
「ブリタニに咲くリンゴの花他」
　　　　　岡田・阪本・来住　英宝社　　　　昭36
「ダウソン詩集」全2巻
　　　　　　　　　関川左木夫　大雅堂　　　昭50
Dilemma
「悲劇─ディレンマ」　小倉多加志　白帝社　昭29
「ディレムマその他短篇小説」
　　　　　　　　　平井呈一　思潮社　　　　昭47

サキ

「丘の音楽・宿命の犬」
　　　　　　山田昌司・和田勇一　英宝社　　昭33
「サキ短篇集」　　　中村能三　新潮文庫　　昭33
「サキ選集」　　　　中村能三　創土社　　　昭44
「ザ・ベスト・オブ・サキ」
　　　　　　　　中西秀男　サンリオSF文庫　昭53, 63
「サキ短編集」　　　田内初美　講談社文庫　昭54
「サキ傑作集」　　　河田智雄　岩波文庫　　昭56
「サキ傑作集」　　　大津栄一郎　ハルキ文庫　平11

デ・ラ・メア

The Listeners and Other Poems
「詩抄」(『世界名詩集大成』10)
　　　　　三井ふたばこ　平凡社　　　　　　昭34
The Veil and Other Poems
「マーサ・ふうりんそう他」(『世界詩人全集』
　　5)　　　　西条八十　河出書房新社　　　昭30

◇翻訳文献 II◇

「サル王子の冒険」　飯沢匡　岩波少年文庫　昭27
「死者の誘い」　　　田中西二郎　東京創元社　昭33
「死者の誘い」　　　田中西二郎　創元推理文庫　昭59
「アーモンドの樹」　脇明子　牧神社　　　　昭51
「まぼろしの顔」　　脇明子　牧神社　　　　昭51
「魔法のジャケット」　河野一郎　旺文社　　昭52
「ムルガーのはるかな旅」
　　　　　　　　　脇明子　ハヤカワ文庫　　昭54
「ムルガーのはるかな旅」
　　　　　　　　　脇明子　岩波少年文庫　　平09
「恋のお守り」　　　橋本槇矩　旺文社文庫　昭56
「恋のお守り」　　　橋本槇矩　ちくま文庫　平01
「九つの銅貨」　　　脇明子　福音館書店　　昭62
「妖精詩集」　　　　荒俣宏　ちくま文庫　　昭63
「なぞ物語」　　　　野上彰　フレア文庫　　平08
「孔雀のパイ」　　　岡崎ルリ子　瑞雲社　　平09
「旧約聖書物語」全2巻
　　　　　　　　　阿部知二　岩波少年文庫　平01

チェスタトン

The Man Who was Thursday
「木曜日の男」　　　橋本福夫　早川書房　昭26, 29
「木曜日の男」　　　吉田健一　東京創元社　昭31, 35
The Club of Queer Trades
「奇商クラブ」(『世界推理小説全集』35)
　　　　　　　　　福田恆存　創元社　　　　昭33
Orthodoxy
「正統への復帰」　　佐々木良晴　中央出版社　昭49
Father Brown's Series
「ブラウン神父の無知」　村崎敏郎　早川書房　昭30
「ブラウン神父の懐疑」　村崎敏郎　早川書房　昭31
「ブラウン神父の懐疑」　橋口稔　新潮文庫　昭39
「ブラウン神父の秘密」　村崎敏郎　早川書房　昭32
「ブラウン神父の智慧」　村崎敏郎　早川書房　昭32
「ブラウン神父の純知」　橋本福夫　新潮文庫　昭34
「ブラウン神父の秘密」　橋口稔　新潮文庫　昭35
「ブラウン神父の醜聞」　村崎敏郎　早川書房　昭32
「ブラウン神父シリーズ」
　　　　　福田恆存・中村保男　創元推理文庫　昭32-36
「G.K.チェスタートン著作集」全10巻
　　　　　　　　　別宮貞雄他　春秋社　　　昭48-54

トマス（エドワード）

「詩抄」(『世界名詩集大成』10)
　　　　　　　　　西崎一郎　平凡社　　　　昭34

◇翻 訳 文 献 Ⅱ◇

ダンセイニ卿

The Glittering Gate
「光の門」(「ダンセイニ戯曲全集」)
　　　　　片山広子　警醒社　大10
「光の門」(「近代戯曲全集」25)
　　　　　松村みね子　第一書房　昭02
「光の門」(「世界戯曲全集」9)
　　　　　松村みね子　世界戯曲全集刊行会　昭03
The Gods of the Mountain
「山の神々」(「ダンセニイ戯曲全集」)
　　　　　片山広子　警醒社　大10
「山の神々」(「近代劇大系」9)
　　　　　松村みね子　近代劇大系刊行会　大13
「山の神々他4篇」(「近代劇全集」25)
　　　　　松村みね子　第一書房　昭02
「山の神々」(「世界戯曲全集」9)
　　　　　松村みね子　世界戯曲全集刊行会　昭03
「山の神々他」(「世界文学全集」35)
　　　　　松村みね子　新潮社　昭04
A Night at an Inn
「旅宿の一夜」(「ダンセイニ戯曲全集」)
　　　　　片山広子　警醒社　大10
The Queen's Enemies
「女王の敵」(「ダンセイニ戯曲全集」)
　　　　　片山広子　警醒社　大10
「女王の敵」(「近代劇全集」25)
　　　　　松村みね子　第一書房　昭02
Tales of Wonder
「ダンセイニ幻想小説集」　荒俣宏　創土社　昭47
「ダンセイニ戯曲全集」　片山広子　警醒社　大10

メイスフィールド

Salt-Water Ballads
「海の幻」(「海洋文学名作叢書」1)
　　　　　須藤兼吉　海洋文化社　昭16
「海水民謡詩集(抄)」(「世界詩人全集」5)
　　　　　大和資雄　河出書房新社　昭30
「海水民謡詩集(抄)」(「世界名詩集大成」10)
　　　　　大和資雄　平凡社　昭34
The Tragedy of Nan
「ナンの悲劇」(「近代劇大系」8)
　　　　　坪内士行　近代劇大系刊行会　大12
「ナンの悲劇」(「世界戯曲全集」5)
　　　　　沢村寅二郎　近代社　昭03
The Faithful
「忠義」　　　　小山内薫　東亜堂　大10
「忠義」(「世界戯曲全集」5)
　　　　　小山内薫　近代社　昭03

リンド

「リンド傑作集」　　上野景福　金星堂　昭41
「リンド随筆集」　　長谷川正平　金星堂　昭41

ミルン

「クマのプーさん」
　　　石井桃子　岩波少年文庫　昭31,平12
「クマのプーさん」(「岩波世界児童文学集」2)
　　　　　石井桃子　岩波書店　平05
「クマのプーさん全集　おはなしと詩」石井桃子・
　　　小田島雄志・小田島若子　岩波書店　平09
「クマのプーさん・プー横丁にたった家」
　　　　　石井桃子　岩波書店　平05
「プー横丁にたった家」
　　　　　石井桃子　岩波少年文庫　平12
「ぼくたちは幸福だった　ミルン自伝」
　　　　　原昌・梅沢時子　研究社出版　昭50

ウォルポール (ヒュー)

Jeremy
「ジェレミー幼児の生ひ立ち」
　　　　　西田琴　岩波書店　昭12

オーケィシー

The Shadow of a Gunman
「銃士の影」(「新興文学全集」11)
　　　　　鎚田研一　平凡社　昭03
「狙撃兵の形」(「現代世界演劇全集」12)
　　　　　小田島雄志　白水社　昭46
Juno and the Peacock
「ジューノウと孔雀」(「世界戯曲全集」9)
　　　　　勝田孝興・三浦道夫　世界戯曲全集刊行会　昭03
Cock-a-Doodle Dandy
「にわとり」(「今日の英米演劇」1)
　　　　　菅原卓　白水社　昭43

ルウィス (ウィンダム)

Tarr
「ブジルショア・ボヘミアンたち」全2巻
　　　　　飯田隆昭　思潮社　昭41
Men without Art
「芸術を持たぬ人々」　工藤昭雄　南雲堂　昭34

◇翻 訳 文 献 Ⅱ◇

サスーン

War Poems
「戦争詩集（抄）」（「世界名詩集大成」10）
　　　　　　　成田成寿　平凡社　昭34
The Heart's Journey
「心の旅路（抄）」（「世界詩人全集」6）
　　　　　　　成田成寿　河出書房新社　昭30

ブルック（ルーパード）

Poems
「グラーンチェスタの古い牧師館」（「世界詩
　人全集」6）　岩崎良三　河出書房新社　昭30
1914 and Other Poems
「ブルック詩集（抄）」（「世界名詩集大成」10）
　　　　　　　福田陸太郎　平凡社　昭34

シットウェル

Façade
「正面」（「街のうた」「原子時代の三部作」含む）
　（「世界名詩集大成」10）
　　　　　　酒井・北村・鈴木　平凡社　昭34
Bucolic Comedies
「田園喜劇（詩抄）」　北村常夫　ボン書店　昭09
Song of the Gold
「歌，情と知他」（「世界詩人全集」6）
　　　　　　　成田成寿　河出書房新社　昭30
The Canticle of the Rose
「詩集　原子時代の三部作」
　　　　　　　鈴木燿之助　国文社　昭30
「詩集　原子時代の三部作」（「世界名詩集大
　成」10）　　鈴木燿之助　平凡社　昭34

ミュア

The Structure of the Novel
「過渡期の文学」　阿久見謙　金星堂　昭08
「小説の構造」　佐伯彰一　ダヴィッド選書　昭29
Variations on a Time
「時間の主題による変奏」（「世界名詩集大成」
　10）　　　　大沢実　平凡社　昭34
The Voyage and Other Poems
「像・対話他」（「世界詩人全集」6）
　　　　　　　成田成寿　河出書房新社　昭30
「世界詩人全集」21　関口篤　新潮社　昭45
「エドウィン・ミュア詩集」
　　　　　　　真辺博章　国文社　昭44

マンスフィールド

In a German Pension
「ドイツの宿にて」　黒沢茂　垂水書房　昭34
「ドイツの田舎宿で」
　　　　　菊川忠夫・内田深翠　文化書房博文社　平08
Prelude
「序曲・入江のほとり」
　　　　　　佐々木直次郎　冨山房百科文庫　昭14
「入江にて」　野崎孝　早川書房　昭28
「入江のほとり」
　　　　　加藤・大沢・柴田　文化書房博文社　昭51
Bliss and Other Stories
「彼女の幸福」（「世界文学全集」36）
　　　　　　　山本修三　新潮社　昭04
「幸福」　　　平田禿木　山本書店　昭11
「幸福」　　　黒沢茂　垂水書店　昭35
「幸福・園遊会」
　　　　　崎山正毅・伊沢竜雄　岩波文庫　昭44
The Garden Party and Other Stories
「鳩の夫婦」　崎山正毅　山本書店　昭05
「密月」（「世界大衆文学全集」37)
　　　　　　　平田禿木　改造社　昭11
「園遊会」　　崎山正毅　河出書房　昭11
「園遊会」　　安藤一郎　英宝社　昭27
「園遊会他」　江上照彦　角川文庫　昭35
「園遊会」　　黒沢茂　垂水書房　昭35
The Dove' Nest and Other Stories
「蜜月」（「世界大衆文学全集」)
　　　　　　　平田禿木　改造社　昭05
「鳩の巣」　　黒沢茂　垂水書房　昭35
Something Childish and Other Stories
「疲れたロザベル」海老池俊治　八潮出版社　昭39
「新調の着物」崎山正毅　モダン日本社　昭16
「子供的」　　黒沢茂　垂水書房　昭35
Journal
「マンスフィールドの手紙」
　　　　　　　橋本福夫　大観堂　昭16
「日記と感想」橋本福夫　大観堂　昭17
「文学する日記」佐野英一　建設社　昭18
「キャサリン・マンスフィールド日記抄」
　　　　　　　佐野英一　新潮文庫　昭29
「マンスフィールド短篇集」
　　　　　　　崎山正毅　岩波文庫　昭09, 27
「マンスフィールド短篇集」
　　　　　岩倉具栄　東京精神分析学研究所出版部　昭10
「マンスフィールド短篇集」
　　　　　　　海老池俊治　八潮出版社　昭39
「マンスフィールド傑作選」全3巻
　　　　　　　安藤一郎　英宝社　昭30

537

◇翻　訳　文　献　Ⅱ◇

「マンスフィールド全集」全5巻
　　　　　　　　　　　黒沢茂　垂水書房　昭36
「マンスフィールド全集」
　　　　　　　　大澤銀作他　新水社　平11
「マンスフィールド短篇集」全3巻
　　　　　　　　安藤一郎　新潮文庫　昭32
「幸福／園遊会　マンスフィールド短篇集」
　　　崎山正毅・伊沢竜雄　岩波文庫　昭44
「窓から見た夢　新編マンスフィールド詩集」
　　　　　　　　大八木敦彦　舷燈社　平12
「マンスフィールド作品集」
　　　　　　　　　　大沢銀作　博文社　昭50
「マンスフィールド選集」荻原恭平　春陽堂　昭08

クリスティ

Murder on the Orient Express
「オリエント急行の殺人」(「世界探偵小説全集」)
　　　　　　　　　延原謙　早川書房　昭29
「オリエント急行の殺人」
　　　　　　長沼弘毅　創元推理文庫　昭34
「オリエント急行の殺人」
　　　　　　蕗沢忠枝　新潮文庫　昭35, 50
「オリエント急行殺人事件」
　　　　　　　　古賀照一　角川文庫　昭37
「オリエント急行殺人事件」
　　　　　　　久万嘉寿恵　講談社文庫　昭50
And Then There Were None
「そして誰もいなくなった」(「世界探偵小説全集」)
　　　　　　　　清水俊二　早川書房　昭30
「そして誰もいなくなった」(「世界ミステリ全集」1)
　　　　　　　　清水俊二　早川書房　昭47
「そして誰もいなくなった」(「世界ミステリ
　　シリーズ」)　　清水俊二　早川書房　昭50
「ポアロ登場　エルキュール・ポアロ事件簿」
　　(「世界ミステリーシリーズ」)
　　　　　　　　小倉多加志　早川書房　昭34
「ポアロ登場」(「ハヤカワ・ミステリ文庫」)
　　　　　　　　小倉多加志　早川書房　昭53
「ポアロの事件簿」全2巻
　　　　　　　　小西宏　創元推理文庫　昭35
「ミス・マープル最初の事件」
　　　　　　　厚木淳　創元推理文庫　昭51
「ABC殺人事件」(「世界探偵小説全集」)
　　　　　　　　鮎川信夫　早川書房　昭32
「A. B. C. 殺人事件」(「世界推理小説全集」43)
　　　　　　　　堀田善衛　東京創元社　昭32
「ABC殺人事件」堀田善衛　創元推理文庫　昭34
「ABC殺人事件」　中村能三　新潮文庫　昭35, 50
「ABC殺人事件」　能島武文　角川文庫　昭37
「ABC殺人事件」　久万嘉寿枝　講談社文庫　昭49
「ABC殺人事件」　各務三郎　文研出版　昭52
「情婦」　　　　　松本恵子　角川書店　昭33
「情婦」　　　　　松本恵子　角川書店　昭44
「検察側の証人」　茅野美ど里　偕成社文庫　平09
「クリスティー傑作集」
　　　　　　　　深町真理子　番町書房　昭52
「クリスティ短編集」全2巻
　　　井上宗次・石田英二　新潮文庫　昭35-36
「クリスティ短編全集」全5巻
　　　厚木淳・宇野利泰　創元推理文庫　昭41-42
「クリスチー探偵小説集　ポワロ探偵シリーズ」
　　　全11巻　　　松本恵子　講談社　昭30-31

リース

Quartet
「カルテット」　岸本佐知子　早川書房　昭63
Wide Sargasso Sea
「広い藻の海　ジェイン・エア異聞」
　　　　　　　篠田綾子　河出書房新社　昭48
「サルガッソーの広い海」
　　　　　　　　小沢瑞穂　みすず書房　平10

トールキン

The Hobbit
「ホビットの冒険」
　　　　　　　瀬田貞二　岩波少年文庫　昭54, 平12
「ホビットの冒険」　瀬田貞二　岩波書店　昭58
「ホビットの冒険」(「世界児童文学集」6)
　　　　　　　　瀬田貞二　岩波書店　平05
「ホビットの冒険」全2巻(「物語コレクション」)
　　　　　　　　瀬田貞二　岩波書店　平11
The Annotated Hobbit
「ホビット　ゆきてかえりし物語」
　　　　　　　　山本史郎　原書房　平09
The Lord of the Rings
「指輪物語」全6巻　瀬田貞二　評論社　昭50-53
「指輪物語」全6巻　瀬田貞二　評論社文庫　昭52
「指輪物語」　瀬田貞二・田中明子　評論社　平04
「指輪物語」
　　　瀬田貞二・田中明子　日本ライトハウス　平04
The Silmarillion
「シルマリルの物語」全2巻
　　　　　　　　田中明子　評論社　昭57, 平08
「シルマリルの物語」全10巻
　　　　　　田中明子　日本ライトハウス　平08

ガーネット

Lady into Fox
「狐になった奥様」　　　　上田勤　新月社　　昭23
「狐になった夫人」　　井上宗次　新潮文庫　昭30
「狐になった夫人」(「世界文学大系」92)
　　　　　　　　　　　上田勤　筑摩書房　昭39
「狐になった夫人」　　　井上宗次　原書房　昭44
A Man in the Zoo
「動物園に入った男」　龍口直太郎　春陽堂　昭08
「動物園に入った男」龍口直太郎　角川文庫　昭28
「動物園に入った男」　井上宗次　新潮文庫　昭29
The Sailor's Return
「水夫の帰郷」(「世界名作文庫」)
　　　　　　　　　　　神谷次郎　春陽堂　昭09
「船乗亭」　　白山道成・窪田鎮夫　新月社　昭21
「水夫帰る」　　　　滝沢敏雄　新潮文庫　昭32
The Grosshoppers Come
「蝗」　　　　　　　里木悦郎　三学書房　昭17
「蝗の来襲」　　　　　　上田勤　新月社　昭23
Aspect of Love
「愛のさまざま」　　　　橋本福夫　新潮社　昭33

リード
(Sir Herbert Read 1893–1968)

Reason and Romanticism
「批評の属性」(「文学論パンフレット」28)
　　　　　　　　　　佐山栄太郎　研究社　昭10
English Prose Style
「散文論」　　　田中幸穂　みすず書房　昭33, 42
The Meaning of Art
「芸術の意味」　　　　足立重　伊藤書店　昭14
「芸術の意味」　　滝口修造　みすず書房　昭33
「芸術の意味」　　滝口修造　みすずぶっくす　昭34
Form in Modern Poetry
「現代詩と個性」　　　　御輿員三　南雲堂　昭36
The End of the War
「戦いの終り」(「世界名詩集大成」10)
　　　　　　　　　　　田中幸穂　平凡社　昭34
Green Child
「グリーン・チャイルド」
　　　　　　　　　増野正衛　みすずぶっくす　昭34
「グリーン・チャイルド」増野正衛　英宝社　昭43
「緑のこども」　　　前川祐一　河出書房　昭50
Art and Society
「美術と社会」　　　　　周郷博　潮書房　昭30
Poetry and Anarchism
「詩とアナキズム」
　　　　　　　　中橋一夫・大沢正道　創元社　昭27

Collected Essay in Literary Criticism
「文学批評論」　　　増野正衛　みすず書房　昭33
Education through Art
「芸術による教育」
　　　　　植村鷹千代・水沢孝策　美術出版社　昭28
Collected Poems
「夜の拒絶」　　　　　和田徹三　国文社　昭37
The Grass Roots of Art
「芸術の草の根」　増野正衛　岩波現代叢書　昭31
The Philosophy of Modern Art
「モダンアートの哲学」
　　　　　　　宇佐見英治・増野正衛　みすず書房　昭35
The Tenth Muse
「第十のミューズ」
　　　　　　　宇佐見英治・安川定男　みすず書房　昭35
The Letter to a Young Painter
「若い画家への手紙」
　　　　　　　　　増野正衛・多田稔　新潮社　昭46
The Origin of From in Art
「芸術形式の起源」
　　　　　　　　　　瀬戸慶久　紀伊国屋書店　昭46

モーガン

Portrait in a Mirror
「鏡に映る影」　矢本貞幹・笹山隆　南雲堂　昭33
The Fountain
「泉」(「新しい世界の文学」12)
　　　　　　　　　　　小佐井伸二　白水社　昭39
The Voyage
「扉開きぬ」全2巻　　高野弥一郎　蒼樹社　昭26
「扉開きぬ」　
　　　　　　　　　高野弥一郎　長島書店　昭32–33
The River Line
「脱出路　リヴァ・ライン」
　　　　　　　　　中橋一夫　岩波現代叢書　昭29
The Burning Glass
「太陽レンズ」(「現代海外戯曲」4)
　　　　　　　　　　　藤掛悦二　白水社　昭30

グレイヴス

Lawrence and the Arabs
「アラビアのロレンス」(「世界教養全集」24)
　　　　　　　　　　　　小野忍　平凡社　昭37
「アラビアのロレンス」(「東洋文庫」)
　　　　　　　　　　　　小野忍　平凡社　昭37
「アラビアのロレンス」　小野忍　角川文庫　昭45
The Greek Myths
「ギリシア神話」全2巻

◇翻 訳 文 献 Ⅱ◇

　　　　　　　　高杉一郎他　紀伊国屋書店　昭37-48
Poems Selected by Himself
「自選詩集」(「世界名詩集大成」10)
　　　　　　　　　　　成田成寿　平凡社　昭34
Mammon and the Black Goddess
「暗黒の女神」　　　味岡宇吉　興文社　昭43
「恋の獲物他」(「世界詩人全集」6)
　　　　　　　　成田成寿　河出書房新社　昭30
「時間・白い女神他」(「世界文学全集」35)
　　　　　　　　　篠田一士他　集英社　昭34
「ロロックス他」(「世界詩人選集」21)
　　　　　　　　　　　高島誠　新潮社　昭44

ブランデン

Postorals
「養老院の二老女」(「世界詩人全集」5)
　　　　　　　　大和資雄　河出書房新社　昭30
The Shepherd and Other Poems of Peace and
　　War
「羊飼(抄)他」(「世界名詩集大成」10)
　　　　　　　　　　西崎一郎　平凡社　昭34

ルウィス(クライヴ・スティプルズ)

The Lion, the Witch and the Wardrobe
「ライオンと魔女　ナルニア国ものがたり」
　　　　　　瀬田貞二　岩波少年文庫　昭60, 平12
The Magician's Nephew
「魔術師のおい　ナルニア国ものがたり」
　　　　　　瀬田貞二　岩波少年文庫　昭61, 平12
「魔術師のおい」(「世界児童文学集」5)
　　　　　　　　瀬田貞二　岩波書店　平05
The Horse and His Boy
「馬と少年　ナルニア国ものがたり」
　　　　　　瀬田貞二　岩波少年文庫　昭61, 平12
Prince Caspian
「カスピアン王子のつのぶえ　ナルニア国もの
　　がたり」瀬田貞二　岩波少年文庫　昭60, 平12
The Silver Chair
「銀のいす　ナルニア国ものがたり」
　　　　　　瀬田貞二　岩波少年文庫　昭61, 平12
The Last Battle
「さいごの戦い　ナルニア国ものがたり」
　　　　　　瀬田貞二　岩波少年文庫　昭61, 平12
「朝びらき東の海へ　ナルニア国ものがたり」
　　　　　　瀬田貞二　岩波少年文庫　昭61, 平12

トラヴァース

Mary Poppins
「メアリ・ポピンズ」　岸田衿子　サンリオ　昭51
「風にのってきたメアリー・ポピンズ」(「世界
　　児童文学集」7)　林容吉　岩波書店　平05
「メアリ・ポピンズ」(「世界文学の玉手箱」9)
　　　　　　　岸田衿子　河出書房新社　平05
「風にのってきたメアリー・ポピンズ」
　　　　　　　　林容吉　岩波少年文庫　平12
Mary Poppins Comes Back
「帰ってきたメアリー・ポピンズ」
　　　　　　　　林容吉　岩波少年文庫　平13
Mary Poppins and the House Next Door
「メアリー・ポピンズとお隣さん」
　　　　　　　　　荒このみ　篠崎書林　平01
「さくら通りのメアリー・ポピンズ」
　　　　　　　　　荒このみ　篠崎書林　昭59

ボウエン

The Cat Jamp
「最後の夜他」　松村達雄・土井治　英宝社　昭32
The House in Paris
「パリの家」(「世界文学全集」15)
　　　　　　　　　阿部良雄　集英社　昭43
「パリの家」
　　　　　阿部知二・阿部良雄　集英社文庫　昭52
The Heart of The Day
「日ざかり」　　　　　吉田健一　新潮社　昭27

ヒルトン

Lost Horizon
「失はれた地平線」　　渡辺久子　酣燈社　昭25
「失われた地平線」　　増野正衛　新潮文庫　昭34
「失われた地平線」　　安達昭雄　角川文庫　昭48
Knight Without Armour
「鎧なき騎士」　　　　山崎晴一　酣燈社　昭24
「鎧なき騎士」　　　龍口直太郎　小山書店　昭30
「鎧なき騎士」　　　　山崎晴一　創元推理文庫　昭45
「鎧なき騎士」(「世界ロマン文庫」)
　　　　　　　　　　小津次郎　筑摩書房　昭45
Goodbye, Mr.Chips
「チップス先生さようなら」
　　　　　　　　　　刈田元司　新月社　昭21
「チップス先生さようなら」
　　　　　　　　　菊池重三郎　新潮社　昭27
「チップス先生さようなら」
　　　　　　　　　菊池重三郎　新潮文庫　昭31

We are not Alone
「私たちは孤独ではない」
　　　　　　　　　村上啓夫　早川書房　昭29
「私たちは孤独ではない」
　　　　　　　　　村上啓夫　ハヤカワNY文庫　昭47
Random Harvest
「ランダム・ハーヴェスト」
　　　　　　　　　山崎晴一　朝日新聞社　昭24
「心の旅路」　　　安達昭雄　角川文庫　昭49
Time and Time Again
「めぐりくる時は再び」(「現代世界文学集」38)
　　　　　　　　　中橋一夫　新潮社　昭31

ルウィス (セシル・デイ)

From Feather to Iron
「羽根から鉄へ」(「世界名詩集大成」10)
　　　　　　　　　中桐雅夫　平凡社　昭34
A Hope for Poetry
「現代詩論」　　　深瀬基寛　創文社　昭30
「詩を読む若き人々のために」
　　　　　　　　　深瀬基寛　筑摩書房　昭30
「詩を読む若き人々のために」(「世界教養全集」13)　　　　深瀬基寛　平凡社　昭46
The Friendly Tree
「丘の上のカシの木」(「文学のおくりもの」
　10)　　　　　　栗原行夫　晶文社　昭50
「暗い出発・詩人」(「世界詩人全集」6)
　　　　　　　　　中桐雅夫　河出書房新社　昭31
「暗い出発・詩人」(「世界詩人全集」21)
　　　　　　　　　高島誠　新潮社　昭44
The Otterbury Incident
「オタバリの少年探偵たち」
　　　　　　　　　瀬田貞二　岩波少年少女文庫　昭32
(なおニコラス・ブレイク名の探偵小説は早川書房
から数冊訳出・刊行されている)

スノウ

Death Under the Sail
「ヨット上の殺人」　桜井益雄　弘文社　昭39
The New Men
「新しい人間たち」(「新しい世界の文学」6)
　　　　　　　　　工藤昭雄　白水社　昭38
The Two Cultures and Scientific Revolution
「二つの文化と科学革命」
　　　　　　　　　松井巻之助　みすず書房　昭35
Variety of Men
「人間この多用なるもの」
　　　　　　　　　植田敏郎・井上日雄　紀伊国屋書店　昭45

ベイツ (ハーバード・アーネスト)

The Modern Short Stories
「近代短篇小説」　中西秀男　開文社　昭33
When the Green Wood Laugh
「咲けよ美しきばら」大津栄一郎　音羽書房　昭42
The Beauty of the Dead
「象のなる木：死者の美」
　　　　　　　　　鷲巣尚・坂本幸児　英宝社　昭41
「ベイツ短篇集」　八木毅　八潮出版社　昭42

エンプソン

Seven Types of Amibiguity
「曖昧の七つの型」
　　　　　　　　　星野徹・武子和幸　思潮社　昭47
Some Versions of Pastoral
「牧歌の諸変奏」　柴田稔彦　研究社出版　昭57

ヴァン・デル・ポスト

Venture to the Interior
「奥地への旅, 中央アフリカ・ニヤサンド紀行」
　　　　　　　　　佐藤佐智子　筑摩書房　昭57
「内地への旅」　　富山太佳夫　思索社　昭58
Flamingo Feather
「フラミンゴの羽」伊藤欣二　思索社　昭55
The Lost World of the Kalahari
「カラハリの失われた世界」
　　　　　　　　　佐藤喬・佐藤佐智子　筑摩書房　昭45
「カラハリの失われた世界」(「現代世界ノンフィクション全集」)　佐藤喬　筑摩書房　昭41
The Heart of the Hunter
「狩猟民の心」　　秋山さと子　思索社　昭62
A Mantis Carol
「かまきりの讃歌」秋山さと子　思索社　昭62
The Seed and the Sower
「戦場のメリークリスマス」
　　　　　　　　　由良君美・富山太佳夫　思索社　昭58

オーデン

The Dance of Death
「死の舞踊」(詩劇)(「現代世界戯曲選集」11)
　　　　　　　　　中橋一夫　白水社　昭29
Collected Shorter Poems, 1930–1944.
Look, Stranger
「見よ, 旅人よ！」(「世界名詩集大成」10)
　　　　　　　　　加納秀夫　平凡社　昭34
「見よ旅人よ (全)」(「世界名詩訳」6)

◇翻訳文献 Ⅱ◇

　　　　　　　　　　　加納秀夫　平凡社　昭34
「オーデン詩集」　　深瀬基寛　筑摩書房　昭30
Spain
「スペイン」(「世界詩人全集」6)
　　　　　　　　中桐雅夫　河出書房新社　昭31
Journey to a War
「海と鏡他」(「世界文学大系」71)
　　　　　　　　工藤昭雄他　筑摩書房　昭50
Another Time
「別な折りに」(「世界名詩集大成」10)
　　　　　　　　　　　橋口稔　平凡社　昭34
The Enchaféd Flood
「怒れる海」　　沢崎順之助　南雲堂　昭37
The Dyers Hand and Other Essays
「染物屋の手」　　中桐雅夫　晶文社　昭48
Secondary Worlds
「第二の世界」　　中桐雅夫　晶文選書　昭45
「新年の手紙」　　風呂本武敏　国文社　昭56
The Age of Anxiety
「不安の時代　バロック風田園詩」
　　　　　　　　　　大橋勇他　国文社　平05
「オーデン詩集」　深瀬基寛　筑摩書房　昭30
「オーデン詩集」　深瀬基寛　せりか書房　昭43
「オーデン詩集」(「世界詩人全集」19)
　　　　　　　　　　中桐雅夫　新潮社　昭44
「オーデン詩集」　沢崎順之助　思潮社　平05
「オーデン詩集」　中桐雅夫　小沢書店　平05
「オーデン名詩評釈」
　　　　　　　　安田章一郎　大阪教育図書　昭56

デュ＝モーリェ（ダフネ）

The Loving Spirit
「愛はすべての上に」全2巻
　　　　　　　　大久保康雄　評論社　昭25-26
「愛はすべての上に」大久保康雄　三笠書房　昭45
I'll Never Be Young Again
「青春は再び来らず」大久保康雄　三笠書房　昭28
「青春は再び来らず」大久保康雄　新潮文庫　昭46
Rebecca
「レベッカ─若き娘の手記」全2巻
　　　　　　　　大久保康雄　三笠書房　昭14-15
「レベッカ─若き娘の手記」
　　　　　　　　大久保康雄　ダヴィッド社　昭24
「レベッカ─若き娘の手記」全2巻
　　　　　　　　大久保康雄　三笠書房　昭25
The Parasites
「パラサイト」　大久保康雄　三笠書房　昭25
Not After Midnight
「真夜中すぎでなく」　中山直子　三笠書房　昭47

The Birds
「鳥」　　　　　　　星新蔵　鷹書房　昭43
Julius
「ジュリアス」　御影森一郎　三笠書房　昭48
「デュ・モーリア名作シリーズ」全16巻
　　　　　　　　大久保康雄他　三笠書房　昭46-47

スペンダー

The Destructive Element
「破壊的要素」
　　　　　　大貫三郎・岡鈴雄　荒地出版社　昭31
The Still Centre
「静かなる中心」
　　　　　　田中清太郎・工藤昭雄　国文社　昭33
Poetry Since 1939
「1939年以後の英詩」　大沢実　北星堂　昭32
World Within World
「世界の中の世界」
　　　　　　高城・橋口・小松原　南雲堂　昭34
P.B.Shelly
「シェリー」(「英文学ハンドブック」)
　　　　　　　　　　　森清　研究社　昭31
The Creative Element
「夢を孕む単独者」
　　　　　　深瀬基寛・村上至孝　筑摩書房　昭31
「夢・絶望・正統」
　　　　　　深瀬基寛・村上至孝　筑摩書房　昭32
「創造的要素 (詩の一篇ができるまで含む)」
　　　　　　深瀬基寛・村上至孝　筑摩叢書　昭40
The Making of a Poem
「詩の一篇が出来るまで」
　　　　　　深瀬基寛・村上至孝　筑摩叢書　昭40
「一篇の詩ができるまで」
　　　　　　　　　徳永暢三　荒地出版社　昭45
The Struggle of the Modern
「現代的創造力」
　　　　　　岡崎康一・増田秀男　晶文選書　昭45
The Year of the Young Rebels
「叛逆者たちの年」　徳永暢三　晶文選書　昭45
Love-Hate Relations
「急行列車・夢幻他」(「世界詩人全集」6)
　　　　　　安藤一郎・中桐雅夫　河出書房新社　昭31
「詩集 (全)」(「世界名詩集大成」10)
　　　　　　　　　安藤一郎　平凡社　昭34
「スペンダー全詩集」　徳永暢三　思潮社　昭42
「スペンダー評論集」
　　　　　　福田陸太郎・徳永暢三　英紙社　昭43
「スペンダー詩集」(「世界詩人全集」19)
　　　　　　　　　徳永暢三　新潮社　昭45

◇翻訳文献 II◇

ラウリー

Under the Volcano
「活火山の下」　　　加納秀夫　白水社　昭41

ダレル

The Black Book
「ブラック・ブック」　福田陸太郎　新流社　昭36
「黒い本」　　　　　河野一郎　中央公論社　昭36
「黒い本」(「世界文学全集」50)
　　　　　　　　　　河野一郎　中央公論社　昭40
「黒い手帖」
　　　　福田陸太郎・山田良成　二見書房　昭42
「黒い本」(「現代人の思想」8)
　　　　　　　　　　河野一郎　平凡社　昭43
「黒い本」　　　　　河野一郎　中公文庫　昭49
「性の素描」　　　福田陸太郎　新流社　昭38
「黒い迷路」　　　　浜村灌　早川NY文庫　昭47
Key to Modern Poetry
「現代詩の鍵」　　　順原和男　牧神社　昭48
White Eagles over Serbia
「セルビアの白鷲」(「文学のおくりもの」4)
　　　　　　　　　　山崎勉　晶文社　昭46
Justine, Balthazar, Mountolive, Clea
「アレキサンドリア四部作」(「世界新文学双書」)
　　　　　　　　　　高松雄一　河出書房　昭37
「ジュスティーヌ」「バルタザール」「マウント
　オリーヴ」「クレア」(「世界文学全集Ⅱ」25)
　　　　　　　　　　高松雄一　河出書房新社　昭39
「アレキサンドリア四部作」(「モダンクラ
　シックス」)高松雄一　河出書房新社　昭45, 51
Lawrence Durrell and Henry Miller
「ミラーダレル往復書簡集」
　　　　　　　中川敏・田崎研三　筑摩書房　昭48
Tunc
「トゥンク」　　　　富士川義之　筑摩書房　昭48

ウィルソン (アンガス)

The Wrong Set
「悪い仲間ほか六篇」(「20世紀の珠玉」)
　　　　　　来住正三・阪本和男　南雲堂　昭34
「悪い仲間」(「新しい世界の短篇」7)
　　　　　　工藤昭雄・鈴木寧　白水社　昭43
Anglo-Saxon Attitudes
「アングロ・サクソンの姿勢」
　　　　　　　　　　永川玲二　集英社　昭42
「アングロ・サクソンの姿勢」(「世界文学全
　集」15)　　　　　永川玲二　集英社　昭52

No Laughing Matter
「笑いごとじゃない」　芹川和之　講談社　昭48
The World of Charles Dickens
「ディケンズの世界」　松村昌家　英宝社　昭54

トマス (R. S.)

「R. S. トーマス詩集」知光文・
　　　　　ロバート・ウィットマー　創映出版　昭48
「聖職者と詩人　R. S. トーマス詩集」
　　　　　　　　　　佐野博美　松柏社　平08

ダール

「あなたに似た人」　　田村隆一　早川書房　昭32
「大きな大きなワニのはなし」
　　　　　　　　　　田村隆一　評論社　昭53
「オズワルド叔父さん」田村隆一　早川書房　昭58
「オズワルド叔父さん」
　　　　　　田村隆一　ハヤカワ・ミステリ文庫　平03
「ジャイアントピーチ　ダールのおばけ桃の冒険」
　　　　　　　　　　小川仁央　評論社　平08
「チョコレート工場の秘密」
　　　　　　　　　　田村隆一　日本ライトハウス　昭55
「チョコレート工場の秘密」
　　　　　　　　　　田村隆一　評論社　昭63
「単独飛行」　　　　永井淳　早川書房　平01
「単独飛行」
　　　　　　永井淳　ハヤカワ・ミステリ文庫　平12
「飛行士たちの話」　　永井淳　早川書房　昭56
Kiss Kiss
「キス・キス」(「異色作家短篇集」)
　　　　　　　　　　開高健　早川書房　昭49

クラーク

Childhood's End
「幼年期の終り」
　　　　　　　福島正実　ハヤカワ・SF・シリーズ　昭37
「地球幼年期の終わり」
　　　　　　　　　　沼沢洽治　創元推理文庫　昭44
「幼年期の終り」
　　　　　　　　　　福島正実　ハヤカワ文庫SF　昭54
The Songs of Distant Earth
「天の向こう側」　　　山高昭　早川書房　昭44
「天の向こう側」
　　　　　　　　　　山高昭　ハヤカワ文庫SF　昭59
「遥かなる地球の歌」　山高昭　早川書房　昭62
「遥かなる地球の歌」
　　　　　　　　　　山高昭　ハヤカワ文庫SF　平08

543

◇翻訳文献 II◇

2001: A Space Odyssey
「宇宙のオデッセイ2001」
　　　　伊藤典夫　ハヤカワ・ノヴェルズ　昭43
「2010年宇宙の旅」
　　　　伊藤典夫　ハヤカワ文庫SF　昭52, 平05
「失われた宇宙の旅2001」
　　　　伊藤典夫　ハヤカワ文庫SF　平12
「2001年宇宙の旅」
　　　　伊藤典夫　早川書房　昭59, 平06
「2061年宇宙の旅」　山高昭　早川書房　昭63
「2061年宇宙の旅」
　　　　山高昭　ハヤカワ文庫SF　平07
「3001年終局への旅」伊藤典夫　早川書房　昭62
「3001年終局への旅」
　　　　伊藤典夫　ハヤカワ文庫SF　平13
「宇宙の探検」　　白井俊明　白揚社　昭29
「銀河帝国の崩壊」　井上勇　創元推理文庫　昭39
「宇宙文明論」
　　　　山高昭　ハヤカワ・ライブラリー　昭40
「宇宙への序曲」
　　　　山高昭　ハヤカワ・SF・シリーズ　昭47, 平04
「イルカの島」　　高橋泰邦　角川文庫　昭51
「イルカの島」　　小野田和子　創元SF文庫　平06

バージェス

A Clockwork Orange
「時計じかけのオレンジ」
　　　　乾信一郎　ハヤカワ・ノヴェルズ　昭46
「時計じかけのオレンジ」
　　　　乾信一郎　ハヤカワ文庫NV　昭52
「時計じかけのオレンジ」(「アントニイ・バージェス選集」2)　乾信一郎　早川書房　昭55
Nothing Like the Sun
「その晩は太陽に似ず」(「アントニイ・バージェス選集」4)　川崎淳之助　早川書房　昭54
Napoleon Symphony
「ナポレオン交響曲」(「アントニイ・バージェス選集」9)　大沢正佳　早川書房　平01
「アントニイ・バージェス選集」全9巻
　　　　乾・川崎・大沢他　早川書房　昭54–平01

スパーク

Memento Mori
「不思議な電話　メメント・モーリー」
　　　　今川憲次　東京新聞出版局　昭56
「死を忘れるな」　永川玲二　白水社　平02
The Prime of Miss Jean Brodie
「ミスブロウディの青春」岡照雄　筑摩書房　昭48

The Driver's Seat
「運転席」
　　　　深町真理子　ハヤカワ・ノヴェルズ　昭47
「ポートベロー通り」(「スパーク幻想短編集」)
　　　　小辻梅子　現代教養文庫　平02
「現代イギリス女流短篇集」
　　　　菅原・園部他　太陽社　昭49

レッシング

The Grass Is Singing
「草は歌っている」
　　　　山崎勉・酒井格　晶文社　昭45
The Golden Notebook
「黄金のノート　Free woman」
　　　　市川博彬　英雄社　昭58
Canopus in Argus Archives
「シカスタ　アルゴ座のカノープス」
　　　　大社淑子　サンリオ文庫　昭61
The Fifth Child
「破壊者ベンの誕生」　上田和夫　新潮文庫　平06
「ドリス・レッシングの珠玉短編集　男と女の世界」　羽多野正美　英宝社　平13

ラーキン

The Whitsun Weddings
「聖霊降臨節の結婚式　寺院を訪れる」(「世界文学全集」35)　沢崎順之助　集英社　昭43
「フィリップ・ラーキン詩集」
　　　　児玉実用他　国文社　昭63

キーズ

The Wilderness
「荒野」(「世界名詩集大成」10)
　　　　河野一郎　平凡社　昭34

エイミス (キングズレー)

Lucky Jim
「ラッキー・ジム」　福田陸太郎　三笠書房　昭34
A Case of Samples
「選択夜想曲他」(「世界名詩集大成」10)
　　　　福田陸太郎　平凡社　昭34
The Anti-Death League
「反死同盟」　　宇野輝雄　早川書房　昭43
The James Bond Dossier
「００７／ジェイムズ・ボンド白書」
　　　　永井淳　早川書房　昭41

The Green man
「グリーン・マン」　小倉多加志　早川書房　昭49
The Riverside Villas Murder
「リヴァーサイドの殺人」
　　　　　　　　　小倉多加志　早川書房　昭52
On Drink
「酒について」
　　　　　吉行淳之介・林節雄　講談社　昭51
「酒について」
　　　吉行淳之介・林節雄　講談社文庫　昭60
Every Day Drinking
「エヴリデイ・ドリンキング」
　　　　　　　　　　　山下博　講談社　昭60
How's your Glass?
「洋酒雑学百科Ｑ＆Ａ」山下博　講談社　昭61
「去勢」　　橋本宏　サンリオＳＦ文庫　昭58
「ジェイク先生の性的冒険」
　　　　　　　　　　　　林節雄　講談社　昭58
「地獄の新地図」　　　山高昭　早川書房　昭54

ボルト

Flowering Cherry
「花咲くチェリー」(「今日の英米演劇」3)
　　　　　　　　　　　木村光一　白水社　昭43
「花咲くチェリー　ロバート・ボルト戯曲集」
　　　　　　木村光一・小田島雄志　劇書房　昭56
The Mission
「ミッション」
　　　森村裕　ヘラルド・エンタープライズ　昭67

モーティマー

「心理探偵フィッツ」　嵯峨静江　二見文庫　平07
「告発者」　　　　　若島正　早川書房　平11

ベーハン (ブレンダン)

The Hostage
「人質」(「今日の英米演劇」3)
　　　　　　　　　　　菅原卓　白水社　昭43

ウェイン

Hurry on Down
「急いで下りろ」　　　北山克彦　晶文社　昭46
Strike the Father Dead
「親父を殴り殺せ」(「今日の文学」8)
　　　　　　　　　　　中川敏　晶文社　昭44
The Living World of Shakespeare
「シェイクスピアの世界」
　　　　　　　米田・斉藤・尾崎　英宝社　昭48
Samuel Johnson
「断片,曖昧の第八の型」(「世界名詩集大成」10)
　　　　　　　　　　　成田成寿　平凡社　昭34
「ジョン・ウェイン短篇集」
　　　　　　　　　園部明彦他　太陽社　昭49

ファウルズ

The Collector
「コレクター」　　小笠原豊樹　白水社　昭41
The Magus
「魔術師」全2巻
　　　　　　小笠原豊樹　河出書房新社　昭47, 54
「魔術師」全2巻　小笠原豊樹　河出文庫　平03
French Lieutenant's Woman
「フランス軍中尉の女」　沢村灌　サンリオ　昭57
Daniel Martin
「ダニエル・マーチン」全2巻
　　　　　　　　　　沢村灌　サンリオ　昭61

ニコルズ

A Day in the Death of Joe Egg
「ジョー・エッグの死の一日」(「今日の英米
　演劇」5)　　　　　喜志哲雄　白水社　昭43

シリトー (アラン)

Saturday Night and Sunday Morning
「土曜の夜と日曜の朝」(「今日の海外小説」2)
　　　　　　　　永川玲二　河出書房新社　昭43, 51
「土曜の夜と日曜の朝」
　　　　　　　　　　永川玲二　新潮文庫　昭54
「土曜の夜と日曜の朝」
　　　　　　　　永川玲二　河出書房新社　昭54
The Loneliness of the Long Distance Runner
「長距離走者の孤独」(「現代の世界文学」)
　　　　　　丸山才一・河野一郎　集英社　昭44
「長距離走者の孤独」
　　　　　　丸谷才一・河野一郎　新潮文庫　昭48
「長距離走者の孤独」(「世界の文学」19)
　　　　　　　　　　河野一郎　集英社　昭51
「長距離走者の孤独」
　　　　　丸山才一・河野一郎　集英社文庫　昭52
The General
「将軍」　　　　　　関口功　早川書房　昭45
Key to the Door
「ドアの鍵」(「現代の世界文学」)

◇翻訳文献 Ⅱ◇

　　　　　　　　　　　栗原行雄　集英社　昭48
「ドアの鍵」全2巻　栗原行雄　集英社文庫　昭53
The Ragman's Daughter
「屑屋の娘」(「現代の世界文学」)
　　　　　　　　河野一郎・橋口稔　集英社　昭40
「屑屋の娘」
　　　　　　河野一郎・橋口稔　集英社文庫　昭52
The Road to Volgogard
「ロシアの夜とソビエトの朝」
　　　　　　　　　　　鈴木建三　晶文社　昭48
The Death of William Posters
「ウイリアム・ポスターズの死」(「現代の世界文学」)
　　　　　　　　　　　橋口稔　集英社　昭44
「ウイリアム・ポスターズの死」
　　　　　　　　　　橋口稔　集英社文庫　昭54
A Tree on Fire
「燃える樹」(「現代の世界文学」)
　　　　　　　　　　　鈴木建三　集英社　昭47
Guzman Go Home
「グズマン帰れ」(「現代の世界文学」)
　　　　　　　　　　　橋口稔　集英社　昭45
「グズマン帰れ」　橋口稔　集英社文庫　昭53
A Start in Life
「華麗なる門出」全2巻 (「現代の世界文学」)
　　　　　　　　　　　河野一郎　集英社　昭49
「華麗なる門出」(「世界文学全集」19)
　　　　　　　　　　　河野一郎　集英社　昭51
Travels in Nihilon
「ニヒロンへの旅」　小野寺健　講談社　昭54
Raw Material
「素材」(「現代の世界文学」)
　　　　　　　　　　　栗原行雄　集英社　昭51
Men, Women and Children
「ノッティンガム物語」(「現代の世界文学」)
　　　　　　　橋口稔・阿波保喬　集英社　昭50
「ノッティンガム物語」
　　　　　　橋口稔・阿波保喬　集英社文庫　昭54
「私はどのようにして作家となったか」(「現
　代の世界文学」)　出口保夫　集英社　昭53
「悪魔の暦」(「現代の世界文学」)
　　　　　　　　　　　河野一郎　集英社　昭58
Out of the Whirlpool
「渦をのがれて」　山田順子　福武書店　平02
The Flame of Life
「生命の炎」　　橋口稔　集英社文庫　昭54
「アラン・シリトー選集」
　　　　　　丸谷才一・河野一郎　集英社　昭44-50

ブルックナー

Hotel du Lac
「秋のホテル」(「ブルックナー・コレクション」)
　　　　　　　　　　　小野寺健　晶文社　昭63
A Friend from England
「英国の友人」　　小野寺健　晶文社　平02
Fraud
「嘘」　　　　　　小野寺健　晶文社　平06
「ブルックナー・コレクション」全7巻
　　　　　　　　　　小野寺健　晶文社　昭63-平08

オズボーン

Look Back in Anger
「怒りをこめてふりかえれ」
　　　　　　　　　　　青木範夫　原書房　昭34
「怒りをこめてふりかえれ」(「世界文学大系」95)
　　　　　　　　　　　青木範夫　筑摩書房　昭40
Luther
「ルター」(「今日の英米演劇」3)
　　　　　　　　　　　小田島雄志　白水社　昭43
Time Present and The Hotel in Amsterdam
「アムステルダムのホテル」(「現代世界演劇
　全集」12)　　中野里皓史　白水社　昭46

フリール

「ブライアン・フリール」(「現代アイルランド
　演劇」2)　　清水重夫他　新水社　平06

ウェルドン

Female Friends
「女ともだち」　　堤和子　新水社　平03
The Life and Loves of a She-Devil
「魔女と呼ばれて」　森沢麻里　集英社　平02
「魔女と呼ばれて」　森沢麻里　集英社文庫　平05

アーデン (ジョン)

Sergeant Musgrave's Dance
「マスグレーヴ軍曹の踊り」(「今日の英米演
　劇」3)　　小田島雄志　白水社　昭43
Armstrong's Last Goodnight
「アームストロング氏の最後のおやすみ」(「現
　代世界演劇全集」8)小田島雄志　白水社　昭46

◇ 翻 訳 文 献 Ⅱ ◇

ウィルソン（コリン）

The Outsider
「アウト・サイダー」
　　福田恆存・中村保男　紀伊国屋書店　昭32
「アウトサイダー」中村保男　集英社文庫　昭63
「続アウトサイダー」
　　　　　　中村保男　紀伊国屋書店　昭33
Religion and the Rebel
「宗教と反抗人」中村保男　紀伊国屋書店　昭40
The Age of Defeat
「敗北の時代」丸谷才一　新潮社　昭34
「宗教とアウトサイダー」全2巻
　　　　　　中村保男　河出文庫　平04
Ritual in the Dark
「暗黒のまつり」中村保男　新潮社　昭35
An Encyclopedia of Murder
「殺人百科（抄）」
　　　大庭忠男　弥生書房　昭38, 平05
The Strength to Dream
「夢見る力」中村保男　竹内書店　昭43, 平03
「夢見る力　文学と想像力」
　　　中村保男　河出文庫　平06
Origins of the Sexual Impulse
「性の衝動」大竹勝　竹内書店　昭39
The Man without a Shadow
「ジェラード・ソーム氏の性の日記」
　　　磯村淳　二見書房　昭40
Rasputin and the Fall the Romanovs
「ラスプーチン」内山敏　読売新聞社　昭45
「ラスプーチン」
　　　大滝啓裕　サンリオSF文庫　昭56
「怪僧ラスプーチン　ロマノフ朝の最期」
　　　大滝啓裕　青土社　平03
Beyond the Outsider
「アウトサイダーを越えて」
　　　中村保男　竹内書店　昭41
The Glass Cage
「ガラスの檻」中村保男　新潮社　昭42
Sex and Intelligent Teenager
「性と知性」榊原晃三　二見書房　昭41
The Mind Parasites
「精神寄生体」小倉多加志　早川書房　昭44
Voyage to a Beginning
「発端への旅」飛田茂男　竹内書店　昭46, 平03
Bernard Shaw
「バーナード・ショウ」中村保男　新潮社　昭47
The Philosopher's Stone
「賢者の石」中村保男　創元推理文庫　昭46
A Casebook of Murder
「殺人の哲学」高儀進　竹内書店　昭45
「殺人の哲学」高儀進　角川文庫　昭48
「殺人ケースブック」高儀進　河出文庫　平04
The Black Room
「黒い部屋」中村保男　新潮社　昭49
The Occult: A History
「オカルト」全2巻　中村保男　新潮社　昭48
「オカルト」全2巻　中村保男　平河出版社　昭60
「オカルト」全2巻　中村保男　河出文庫　平07
New Pathways in Psychology
「至高体験　自己実現のための心理学」
　　由良君美・四方田剛己　河出書房新社　昭54
「至高体験　自己実現のための心理学」
　　　由良君美・四方田犬彦　河出文庫　平10
Order of Assassins
「純粋殺人者の世界」中村保男　新潮社　昭49
Strange Powers
「三人の超能力者の話」中村保男　新潮社　昭50
「超能力者　ストレンジ・パワーズ」
　　　中村保男　河出文庫　平04
The Schoolgirl Murder Case
「スクールガール殺人事件」高見浩　新潮社　昭50
「スクールガール殺人事件」
　　　高見浩　新潮文庫　昭53
「宇宙ヴァンパイアー」中村保男　新潮社　昭52
「わが酒の讃歌　文学・音楽・そしてワイン
　の旅」　田村隆一　徳間書店　昭53
「わが酒の讃歌　文学・音楽・そしてワイン
　の旅」　田村隆一　徳間文庫　平01

ウェスカー

Chicken Soup with Barley
「大麦入りのチキンスープ」(「ウェスカー全
　作品」1)　木村光一　晶文社　昭43
Roots
「根っこ」(「ウェスカー全作品」1)
　　　木村光一　晶文社　昭43
I'm Talking about Jerusalem
「僕はエルサレムのことを話しているのだ」
(「ウェスカー全作品」2)　木村光一　晶文社　昭43
The Kitchen
「調理場」(「ウェスカー全作品」1)
　　　木村光一　晶文社　昭43
「調理場」(「現代世界演劇全集」12)
　　　小田島雄志　白水社　昭50
Chips with Everything
「みんなチップつき」(「ウェスカー全作品」2)
　　　木村光一　晶文社　昭43
Their Very Own and Golden City

◇翻 訳 文 献 II◇

「彼ら自身の黄金の都市」(「ウェスカー全作品」3)
　　　　　　　　　小田島雄志　晶文社　昭43
The Four Seasons
「四季」(「ウェスカー全作品」3)
　　　　　　　　　小田島雄志　晶文社　昭43
The Friend
「友よ」　　　　　小田島雄志　晶文社　昭49
「ウェスカー全作品」全3巻
　　　　　　木村光一・小田島雄志　晶文社　昭39

オブライエン

The Country Girls
「カントリー・ガール」大久保康雄　集英社　昭41
「カントリー・ガール」
　　　　　　　　　　大久保康雄　集英社文庫　昭52
Girl with Green Eyes (The Lonely Girl)
「みどりの瞳」　　　生島治郎　集英社　昭41, 43
「みどりの瞳」　　　生島治郎　集英社文庫　昭52
Girls in Their Married Bliss
「愛の歓び」　　　　大久保康雄　集英社　昭43
「愛の歓び」　　　　大久保康雄　集英社文庫　昭52

ブラッドベリ

Cuts
「カット！」　　　　真野明裕　福武書店　平02
My Strange Quest for Mensonge
「超哲学者マンソンジュ氏」
　　　　　　　　　　柴田元幸　平凡社　平03

ストーリー

「救われざる者たち」
　　　　　　橋口稔・海老根宏　集英社　昭54
「サヴィルの青春」(「現代の世界文学」)
　　　　　　　　　　橋口稔　集英社　昭58
「ホーム／ファーム　デイヴィッド・ストーリー戯曲集」(「英米秀作戯曲シリーズ」5)
　　　　　　　　　　大場建治　新水社　昭61

フレイン

Coponhagen
「コペンハーゲン」　小田島恒志　劇書房　平13

ハーウッド

The Dresser
「ドレッサー」　　　松岡和子　劇書房　昭63

ロッジ

The British Museum Is Falling Down
「大英博物館が倒れる」
　　　　　　　　　　高儀進　白水社　昭57, 平04
Changing Places
「交換教授」(「世界の文学」)
　　　　　　　　　　高儀進　白水社　昭57
「交換教授」全2巻　高儀進　Uブックス　昭59
How Far Can You Go?
「どこまで行けるか」　高儀進　白水社　昭59
Small World
「小さな世界　アカデミック・ロマンス」
　　　　　　　　　　高儀進　白水社　昭61
After Bakhtin
「バフチン以後〈ポリフォニー〉としての小説」
　　　　　　　　　　伊藤誓　法政大学出版局　平04
Paradise News
「楽園ニュース」　　高儀進　白水社　平05
Therapy
「恋愛療法」　　　　高儀進　白水社　平09
Language of Fiction
「フィクションの言語　イギリス小説の言語分析批評」　　　笹江修他　松柏社　平11
Home Truths
「胸にこたえる真実」　高儀進　白水社　平12
Thinks……
「考える……」　　　高儀進　白水社　平13
Nice Work
「素敵な仕事」　　　高儀進　大和書房　平03
The Art of Fiction
「小説の技巧」
　　　　　　柴田元幸・斎藤兆史　白水社　平09

バイアット

Possession
「抱擁」全2巻　栗原行雄・太原千佳子　新潮社　平08
Game
「ゲーム」　　　　　鈴木建三　河出書房新社　昭52
Sugar and Other Stories
「シュガー」　　池田栄一・篠目清美　白水社　平05
The Matisse Stories
「マティス・ストーリーズ　残酷な愛の物語」
　　　　　　　　　　富士川義之　集英社　平07

チャーチル

Cloud Nine

「クラウド9」　　　松岡和子　劇書房　昭58
Top Girls
「トップガールズ」　　安達紫帆　劇書房　平04

オートン（ジョー）

Loot
「戦利品」（『今日の英米演劇』4）
　　　　　　　　　菅原卓　白水社　昭43

ドラブル

A Summer Bird-Cage
「夏の鳥かご」　　井内雄四郎　新潮社　昭48
The Garrick Year
「季節のない愛　ギャリックの年」
　　　　　　　　井内雄四郎　サンリオ　昭56
The Millstone
「碾臼」（『今日の海外文学』）
　　　　　　小野寺健　河出書房新社　昭46, 51
「碾臼」（『海外小説選』23）　小野寺健　昭54
「碾臼」　　　　　小野寺健　河出文庫　昭55
Jerusalem the Golden
「黄金のイェルサレム」（『今日の海外小説』）
　　　　　　小野寺健　河出書房新社　昭49, 57
The Waterfall
「滝」（『女のロマネスク』）鈴木建三　晶文社　昭49
The Needle's Eye
「針の眼」（『現代世界の文学』）
　　　　　　　　　伊藤礼　新潮社　昭63
The Realms of Gold
「黄金の王国」
　　　　浅沼昭子・大谷真理子　サンリオ　昭55
A Writer's Britain
「風景のイギリス文学」
　　　　　　奥原宇・丹羽隆子　研究社出版　平05
「氷河時代」　　斎藤数衛　早川書房　昭54

カーター

The Magic Toyshop
「魔法の玩具店」
　　　　　　　植松みどり　河出書房新社　昭63
The Bloody Chamber and Other Stories
「血染めの部屋　大人のための幻想童話」
　　　　　　　　富士川義之　筑摩書房　平04
「血染めの部屋　大人のための幻想童話」
　　　　　　　　富士川義之　ちくま文庫　平11
Nights at the Circus
「夜ごとのサーカス」

　　　　　　　　加藤光也　国書刊行会　平11
American Ghosts & Old World Wonders
「シンデレラあるいは母親の霊魂」
　　　　　富士川義之・兼武道子　筑摩書房　平12
Wise Children
「ワイズ・チルドレン」太田良子　早川書房　平07
「ワイズ・チルドレン」
　　　　　　　太田良子　ハヤカワepi文庫　平13
「ラブ」　　　　　伊藤欣二　講談社　昭49

ダン（ダグラス）

Secret Villages
「ひそやかな村」　中野康司　白水社　平04, 08

ヒル（スーザン）

I'm the King of the Castle
「ぼくはお城の王様だ」　高儀進　角川書店　昭51
「ぼくはお城の王様だ」　幸田敦子　講談社　平14
Strange Meeting
「奇妙な出会い」　　高儀進　角川書店　昭52
Through the Garden Gate
「庭の小道から」　　新倉せいこ　西村書店　平04
The Magic Apple Tree
「イングランド田園讃歌」
　　　　　　　　　幸田敦子　晶文社　平08
The Bird of Night
「君を守って」今泉瑞枝
　　　　　ヤマダメディカルシェアリング創流社　平11
Family
「私は産む　愛と喪失の四年間」
　　　　　　　幸田敦子　河出書房新社　平11
In the Spring Time of the Year
「その年の春に」近藤いね子
　　　　　ヤマダメディカルシェアリング創流社　平12
The Woman in Black
「黒衣の女」河野一郎　ハヤカワ文庫　昭62, 平07

バーンズ

Flaubert's Parrot
「フロベールの鸚鵡」　斎藤昌三　白水社　平01
A History of the World in 10 1/2 Chapters
「10 1/2 章で書かれた世界の歴史」
　　　　　　　　丹治愛・敏衛　白水社　平03, 07
Staring at the Sun
「太陽をみつめて」　加藤光也　白水社　平04
Talking It Over
「ここだけの話」　　斎藤兆史　白水社　平05

◇翻 訳 文 献 II◇

Crossing Channel
「海峡を越えて」　　　中野康司　白水社　平10

ラシュディ

Midnight's Children
「真夜中の子供たち」　寺門泰彦　早川書房　平01
The Satanic Verses
「悪魔の詩」全2巻
　　　五十嵐一　プロモーションズ・ジャンニ　平02
Shame
「恥」　　　　　　　栗原行雄　早川書房　平01
The Jaguar Smile
「ジャガーの微笑　ニカラグアの旅」
　　　　　　　飯島みどり　現代企画室　平07
East, West
「東と西」　　　　　寺門泰彦　平凡社　平09
Haroun and the Sea of Stories
「ハルーンとお話の海」青山南　国書刊行会　平14

マキューアン

First Love, Last Rite
「最初の恋，最後の儀式」
　　　　　　　　　　宮脇孝雄　早川書房　平11
The Confort of Strangers
「異邦人たちの慰め」　宮脇孝雄　早川書房　平06
The Child in Time
「時間のなかの子供」　真野泰　中央公論社　平07
The Innocent
「イノセント」　　　　宮脇孝雄　早川書房　平04
「イノセント」宮脇孝雄　ハヤカワ文庫NV　平06
Enduring Love
「愛の続き」　　　　　小山太一　新潮社　平12
Amsterdam
「アムステルダム」　　小山太一　新潮社　平11
Black Dogs
「黒い犬」　　　　　　宮脇孝雄　早川書房　平12
The Cement Garden
「セメント・ガーデン」宮脇孝雄　早川書房　平12
「ベッドのなかで」(「現代の世界文学」)
　　　　　　富士川義之・加藤光也　集英社　昭58
Day Dreamer
「夢見るピーターの七つの冒険」
　　　　　　　　　真野泰　中央公論新社　平13

スウィフト（グレアム）

Out of This World
「この世界を逃れて」　高橋和久　白水社　平04

Last Orders
「ラストオーダー」　　真野泰　中央公論社　平09

エイミス（マーティン）

Time's Arrow
「時の矢　あるいは罪の性質」
　　　　　　　　　　大熊栄　角川書店　平05
Success
「サクセス」　　　　　大熊栄　白水社　平05
The Moronic Inferno and Other Visits to America
「モロニック・インフェルノ」
　　　　　　　古屋美登里　筑摩書房　平05
Visiting Mrs. Nabokov and Other Excursions
「ナボコフ夫人を訪ねて　現代英米文化の旅」
　　　　　　大熊栄・西垣学　河出書房新社　平12
「二十歳への時間割」　藤井かよ　早川書房　昭57

アクロイド

The Last Testament of Oscar Wilde
「オスカー・ワイルドの遺言」
　　　　　　　　　　三国宣子　晶文社　平02
Chatterton
「チャタトン偽書」　　真野明裕　文藝春秋　平02
T. S. Eliot
「T. S. エリオット」
　　　　　　　武谷紀久雄　みすず書房　昭63
Hawksmoor
「魔の聖堂」　　　　　矢野浩三郎　新潮社　平09
First Light
「原初の光」　　　　　井手弘之　新潮社　平12

マルドゥーン

Selected Poems 1968-1983
「マルドゥーン詩選集　1968～1983」(「現代
　英米詩研究会」)　　　　　　　　国文社　平08

ボイド

A Good Man in Africa
「グッドマン・イン・アフリカ」
　　　　　　　菊地よしみ　ハヤカワ文庫NV　平06
An Ice-Cream War
「アイスクリーム戦争」
　　　　　　　　　　小野寺健　早稲田出版　平05
Stars and Bars
「スターズ・アンド・バーズ」

　　　　　　　　　　真野泰　中央公論社　平05

ベルニエール

Captain Corelli's Mandolin
「コレリ大尉のマンドリン」
　　　　　　　　太田良子　東京創元社　平13

ドイル (ロディ)

The Commitments
「おれたち，ザ・コミットメンツ」
　　　　　　　　　　関口和之　集英社　平03
The Snapper
「スナッパー」　　実川元子　キネマ旬報社　平06
The Van
「ヴァン」　　　　実川元子　キネマ旬報社　平06
Paddy Clark, ha-ha-ha
「パディ・クラークハハハ」
　　　　　　　　　　実川元子　キネマ旬報社　平06
The Woman Who Walked into Doors.
「ポーラ　ドアを開けた女」
　　　　　　　　　　実川元子　キネマ旬報社　平10

ウィンターソン

The Passion
「ヴェネツィア幻視行」
　　　　　　　　　　藤井かよ　早川書房　昭63
Sexing the Cherry
「さくらんぼの性は」
　　　　　　　　岸本佐知子　白水社　平03, 09
Written on the Body
「恋をする躰」　　　　野中柊　講談社　平09

ロウリング

Harry Potter and the Philosopher's Stone
「ハリー・ポッターと賢者の石」
　　　　　　　　　　松岡佑子　静山社　平11
Harry Potter and the Chamber of Secrets
「ハリー・ポッターと秘密の部屋」
　　　　　　　　　　松岡佑子　静山社　平12
Harry Potter and the Prisoner of Azkaban
「ハリー・ポッターとアズカバンの囚人」
　　　　　　　　　　松岡佑子　静山社　平13

第 八 部

索 引

WORKS
AUTHORS
作 品
作 家
ジャンル別目次

WORKS

A

Aaron's Rod ... 113
Abbot, The ... 49
Abinger Harvest ... 106
Absalom and Achitophel ... 163
Absent Friends ... 151
Absurd Person Singular ... 151
Abt Vogler ... 71
Acid House, A ... 209
Adam Bede ... 75
Admirable Crichton, The ... 95
Adonais ... 59
Advancement of Learning, The ... 159
Adventures in Two Worlds ... 120
Adventures of Oliver Twist ... 253
Adventures of Peregrine Pickle ... 167
Adventures of Philip ... 66
Adventures of Roderick Random ... 167
Adventures of Sherlock Homes, The ... 276
Ae Fond Kiss ... 45
After Many a Summer ... 117
After the Bambing ... 189
Age of Anxiety, The ... 192
Agnes Grey ... 73
Ah! Sun-Flower ... 43
Aissa Saved ... 186
Alastor ... 59
Albert's Bridge ... 146
Alchemist, The ... 33
Alexander and Campaspe ... 158
Alexander's Feast ... 163
Alexandria, A History and a Guide ... 106
Alexandria Quartet, The ... 194
Alice's Adventures in Wonderland ... 265
Alison Gross ... 214
All for Love ... 164
All's Well that Ends Well ... 28
All the World's a Stage ... 203

Almayer's Folly ... 278
Almswomen ... 188
Alton Locke, Tailor and Poet ... 173
Amadeus ... 141
Amelia ... 37
America (by Blake) ... 42
American Notes (by Dickens) ... 68
Amores ... 112
Amoretti ... 20
Amos Barton ... 74
Amsterdam ... 207
Amy Foster ... 92
Amy's View ... 206
Anatomie of Absurditie, The ... 160
Anatomy of the World, The ... 31
Androcles and the Lion ... 91
And Then There Were None ... 187
Angel Pavement ... 118
Anglo-Saxon Attitudes ... 194
Animal Farm ... 315
Annals of Chile, The ... 208
Anniversaries ... 31
Annus Mirabilis ... 163
Anthea Poems (by Herrick) ... 161
Antic Hay ... 117
Antiquary, The ... 50
Antony and Cleopatra ... 234
Ape and Essence ... 117
Apes of God, The ... 185
Apocalypse ... 113
Apologie for Poetrie, An (by Sidney) ... 158
Apple Cart, The ... 91
Apple Tree, The ... 101
Appreciations ... 176
Aran Island, The ... 103
Arcadia (Stoppard) ... 147
Arcadia, The (Sidney) ... 158
Areopagitica ... 34
Arms and the Man ... 91
Arraignment of Paris, The ... 159

(WORKS) ◇INDEX◇

Arrow of Gold, The 92
Artist of the Floating World, An 153
Art of Fiction, The 203
Ascent of F 6, The 192
Ashes to Ashes 143
Ash Wednesday 115
Asolando 71
Aspects of the Novel 106
Astrophel (by Spenser) 20
Astrophel and Stella 158
As You Like It 28
At the Back of the North Wind 174
At the Hawk's Well 97
Atalanta in Calydon 176
Auld Lang Syne 45
Auld Licht Idylls 94
Aurora Leigh 172
Authorized Version of the Bible,
  The (The Old Testament) 235
Authorized Version of the Bible,
  The (The New Testament) 236
Autobiography (by Leigh Hunt) 170
Autobiography (by Trollope) 260
Autobiography of a Super-Tramp, The
  181
Ave atque Vale 176
Avignon Quinted, The 194
Awakening 300

B

Back to Methuselah 91
Balaustion's Adventure 71
Balder Dead 78
Balin and Balan 262
Ballad, The 214
Ballad of Reading Gaol, The 89
Ballads and Sonnets 80
Balthazar 194
Barber Cox and the Cutting of
  His Comb 67
Barchester Towers 260
Bard, The 166
Barnaby Rudge 69
Barrack Room Ballads and
  Other Verses 180

Barry Lyndon, The Luck of 67
Bartholomew Fair 33
Basement Room, The 129
Battle of Chillianwallah, The 82
Battle of Life, The 254
Battle of Otterburn, The 214
Battle of the Books, The 36
Bear Called Paddington, A 184
Beasts and Super-Beasts 181
Beata Beatrix (painting) 80
Beauchamp's Career 83
Becket 65
Bedroom Farce 151
Beggar's Opera, The 242
Bell, The 139
Bells and Pomegranates 71
Beloved, The (painting) 80
Beowulf 212
Betrayal 331
Betrothed, The 49
Better Dead 94
Between the Acts 111
Beyond the Outsider 200
Beyond This Place 120
Biathanatos 30
Bingo 202
Binnorie 214
Biographia Literaria 53
Birds, Beasts and Flowers 113
Birthday Letters 144
Birthday Party, The 143
Bishop's Bonfire, The 185
Bitter-Sweet 122
Black Comedy 141
Black Dwarf, The 49
Black Mischief 126
Black Prince, The 139
Blast 185
Bleak House 69
Blessed Damozel, The 81
Blind Man, The 113
Bliss and Other Stories 186
Blithe Spirit 123
Book and the Brotherhood, The 138
Blot in the 'Scutcheon, A 70

555

◇INDEX◇ (WORKS)

Book of the Duchesse, The 19
Book of Snobs, The 67
Book of Thel, The 43
Borough, The 168
Boston Evening Transcript, The 291
Bowge of Court, The 157
Boy Growing Up, A 136
Brass Butterfly 134
Brave New World 311
Brave New World Revisited 116
Break, break, break 65
Breath 131
Bride of Abydos, The 56
Bride of Lammermoor, The 51
Bride's Prelude, The 80
Brideshead Revisited 317
Brief Encounter 123
Brighton Rock 128
British Museum Is Falling Down, The
.... 203
British Theatre 168
Broken Heart, The 161
Brook, The 64
Brothers, The (by Wordsworth) 47
Browning Version, The 133
Bruno's Dream 138
Bull, The 182
Burden of Nineveh, The 81
Buried Day, The 190
Buried Life, The 78
Burmese Day 125
Burning Cactus, The 193
Burning Glass, The 188
Burning Wheel, The 116
Burnt Norton 315
Burnt-Out Case, A 129
Bussy D'Ambois 159
Butley 203
By the Ionian Sea 179

C

Caesar and Cleoopatra 91
Cakes and Ale 105
Calvary 97
Candida 91
Canopus in Argus Archives 196
Canterbury Tales, The 213
Canticle of the Rose, The 186
Captain Brassbound's Conversation
.... 90
Captain Corelli's Mandolin 209
Captain Singleton 164
Caretaker, The 143
Casa Guidi Windows 172
Castle of Indolence, The 166
Castle of Otranto, The 345
Catalina 104
Catherine Herself 190
Cathleen ni Houlihan 97
Catiline 32
Catriona 272
Cause Celebre 133
Cavalcade 309
Cave Birds 145
Celebration 142
Celtic Twilight, The 97
Cenci, The 59
Chember Music (by Joyce) 108
Chance (by Conrad) 92
Changing Room, The 202
Changing Places 330
Changeling, The 160
Characters of Shakespeare's Plays
.... 170
Charles Dickens (by Chesterton) ... 182
Charles Dickens (by Gissing) 179
Charles Dickens (by Orwell) 125
Chartism 62
Chase, The, and William and Helen .. 48
Chatterton 207
Cherry-Ripe 161
Chicken Soup with Barley 200
Childe Harold's Pilgrimage 57
Childhood's End 195
Child in the House, The 176
Child in Time, The 207
Child's Garden of Verses, A 87
Chimes, The 254
Chips with Everything 200
Chocolate Solder, The 91

556

Christabel	53
Christmas Books	254
Christmas Carol, A	254
Chronicles of Narnia, The	189
Chorus of Disapproval, A	151
Circle, The	105
Citadel, The	313
City of Dreadful Night, The	174
Claribel	65
Clarissa, or the History of a Young Lady	166
Clea	194
Cleon	71
Clergyman's Daughter, A	125
Clockwork Orange, A	326
Close Quaters	134
Cloud Confines, The	80
Cloud Nine	204
Cloud, The	59
Cocktail Party, The	115
Colon Clout's Come Home Again	20
Collected Poems 1934–1952 (by D. Thomas)	137
Collected Poems (by Durrell)	194
Collected Poems (by Graves)	188
Collected Poems (by Blunden)	189
Collection, The	142
Collector, The	327
Comedy of Errors, The	222
Comedy of Menace	142
Comfort of Strangers, The	207
Comic Potential	151
Coming of Arthur, The	262
Coming Race, The	171
Coming Up for Air	125
Commitments, The	209
Common Reader, The	110
Complaisant Lover, The	128
Compleat Angler, The	162
Comus	35
Confessio Amantis	156
Confessions of an English Opium Eater	170
Confidential Agent, The	128
Confidential Clerk, The	115
Confusions	151
Conquest of Granada, The	164
Contractor, The	202
Conversation Galante	294
Copenhagen	337
Corinna's Going a-Maying	161
Coriolanus	28
Corn Is Green	191
Coronach (by Scott)	50
Corpus Christi Play	215
Corsair, The	57
Cosmopolitans	104
Cotter's Saturday Night, A	45
Counter-Attack and Other Poems	185
Countess Kathleen, The	97
Countess Kathleen, and Various Legends and Lyrics, The	96
Country Girls, The	201
Country of the Blind and Other Stories, The	99
Country Wife, The	164
Cousin Nancy	294
Cousin Phillis	172
Craft of Novel, The	200
Cranford	172
Creative Element, The	193
Cricket on the Hearth, The	254
Criterion, The	299
Critical Essays	125
Critic as Artist, The	89
Critic, The (by Sheridan)	246
Crome Yellow	117
Cromwell's Return from Ireland, An Horatian Ode upon	163
Crossing the Bar	64
Crow	145
Cruel Solstice, The	197
Culture and Anarchy	78
Cup, The	65
Curse of Kehama, The	169
Cuts	201
Cymbeline	29
Cynthia's Revels	32

◇INDEX◇ (WORKS)

D

Daffodil Fields, The ·························· 183
Daffodils (by Wordsworth) ······· 47, 145
Daisy (by F. Thompson) ················· 179
Dance of the Sevin Deadly Synnis,
 The ···································· 157
Dancing at Lughnasa ······················ 324
Dangerous Corner ·························· 119
Dangerous Play ····························· 208
Daniel Deronda ······························ 75
Daniel Martin ································· 198
Dante's Dream (by painting) ············ 80
Dark is Light Enough ····················· 193
Darkness Visible ···························· 135
Dauber ··· 183
David Copperfield ··························· 258
Davideis ······································· 162
Days and Nights ···························· 181
Day in the Dark, A ························· 190
Day in the Death of Joe Egg, A ······· 198
Dead, The (by Joyce) ····················· 109
Death, be not proud ························ 31
Death in the Desert, A ···················· 71
Death of a Naturalist ······················ 149
Death of Cuchulain, The ·················· 96
Deaths and Entrances ···················· 137
Death's Duel ·································· 31
Decay of Lying, The ······················· 89
Decline and Fall ···························· 127
Deep Blue Sea, The ······················· 133
Defence of Guinevere, The ············· 175
Defence of Poesie, The ··················· 158
Definition of Love, The ··················· 163
Deirdre of the Sorrows ··················· 103
Delight ·· 119
Demon Lover, The ························· 190
De Profundis ·································· 89
Desperate Remedies ························ 84
Destructive Element, The ··············· 193
Devil's Disciple, The ························ 91
Devotions upon Emergent Occasions
 ·· 31
Dial, The ······································ 299
Dialogue on Dramatic Poetry, A ····· 114

Diana of the Crossways ··················· 83
Dickens (by Chesterton) ················· 182
Dictionary of the English Language
 , A (by Johnson) ···················· 39
Dido, Queen of Carthage ·················· 22
Directions to Servants in General ····· 36
Dirty Linen and New-Found-Land ·· 146
Doctor Faustus ······························ 219
Doctor Thorne Grantly ··················· 260
Dolores ·· 176
Dombey and Son ····························· 69
Don Juan (by Byron) ······················· 57
Door into the Dark ························ 149
Dora ··· 65
Double Tongue, The ······················· 134
Dover Beach ··································· 79
Dove's Nest and Other Stories, The
 ··· 186
Down and Out in Paris and London
 ··· 125
Dracula ·· 280
Dragon's Mouth ···························· 118
Dramatic Lyrics ······························ 71
Dramatic Romances and Lyrics ······· 71
Dramatis Personae ·························· 71
Dream of John Ball, A ··················· 175
Dreaming of the Bones, The ············ 97
Dresser, The ································· 203
Driver's Seat, The ························· 195
Dr. Jekyll and Mr. Hyde ················· 271
Dry Salvages, The ························· 314
Dubliners ····································· 109
Duchess of Malfi, The ···················· 161
Dumb Waiter ································ 143
Dunciad, The ································ 165
Dwarfs, The ·································· 142
Dyer's Hand, The ·························· 192
Dynasts, The ································· 285

E

Eagle and Earning ························· 200
Early Italian Poets, The ·················· 80
Earthly Paradise, The ···················· 175
East Coker ··································· 314
East, West ··································· 206

Edmund Campion 127
Edward II (by Marlowe) 221
Egoist, The 269
Egyptian Journal, An 134
Eighteen Poems (by D. Thomas) 137
Elder Statesman, The 115
Eldest Son, The 100
Elegy Written in a Country
 Churchyard, An 166
Elia, Essays of 169
Elinor and Marianne 247
Emma 249
Empedcles on Etna 79
Enchafed Flood, The 192
Encounter 193
Encounters (by Bowen) 189
End of the Affair, The 128
End of the Chapter 100
Endgame 131
Endimion (by Lyly) 158
Ends and Means 117
Enduring Love 207
Endymion (by Keats) 251
England, England 206
England Made Me 128
England, My England
 and Other Stories 113
England, Your England 125
English Bards and
 Scottish Reviewers 56
English Cities and Small Towns 191
English Humour (by Priestley) 118
English Novel, The (by Priestley) ... 118
English People, The 125
Enoch Arden 65
Enter A Free Man 146
Entertainer, The 199
Entertaining Mr. Sloane 202
Epicoene 33
Epilogue to Asolando 71
Epipsychidion 59
Epithalamion 20
Equus 328
Erewhon 175
Errors, The Comedy of 222

Entertainer, The 323
Escape 101
Essay of Dramatic Poesy, An 164
Essay on Comedy, An 83
Essay on Criticism, An 165
Essay on Man, An 165
Essays Ancient And Modern 114
Essays in Criticism, An (by Arnold)
 79
Essays, in Verse and Prose
 (by Cowley) 163
Essays, or Counsels Civil and Morall,
 The 159
Esther Kahn 181
Eternal Moment and Other
 Stories, The 106
Eugene Aram 171
Euphues and his England 158
Euphues, The Anatomy of Wit 158
Evan Harrington 83
Eve (by Hodgson) 182
Eve of St. Agnes, The 61
Eveline (by Joyce) 109
Everlasting Mercy, The 183
Every Good Boy Deserves Favour .. 146
Everyman 216
Every Man in His Humour 226
Every Man Out of his Humour 33
Everyone suddenly burst out singing
 185
Examiner, The (ed. by Leigh Hunt)
 170
Examiner, The (ed. by Swift) 36
Excursion, The 47
Exiles (by Joyce) 109
Expendition of Humphry Clinker,
 The 167
Expostulation and Reply 47
Eyeless in Gaza 313

F

Faerie Queene, The 21
Fair Jilt, The 164
Faithful, The 183
Fall of Hyperion, The; a Dream 61

◇INDEX◇ (WORKS)

Fallen Idol, The 129
Family and Friends 199
Family Reunion The 115
Family Supper, A 152
Far from the Madding Crowd 85
Farina, a Legend of Cologne 82
Father Brown series 182
Felix Holt, the Radical 75
Fellowship of the Ring, The 321
Female Friends 200
Field Work 149
Fifth Child, The 196
Fingal 167
Finnegans Wake 109
Firebird 152
Fire Down Below 134
Fireworks 205
First Episode 133
First Impressions (by Austen) .. 54, 248
First Love, Last Rite 206
Five Children and It 189
Five Finger Exercise 141
First Man in the Moon, The 99
Flaubert's Parrot 332
Flea, The 31
Flight from the Enchanter, The 138
Flowering Cherry 197
Flowering Wilderness 100
Flush 110
Fly, The 43
For Lancelot Andrewes 114
For the Unfallen 201
'For whom the Bell tolls' 31
Forsaken Garden, A 176
Forsaken Merman, The 79
Forsyte Chronicles, the 100
Forsyte Saga, The 300
Fortitude 184
Fortress, The 184
Fortunes of Nigel, The 49
Fountain, The 188
Four Plays for Dancers 97
Four Quartets 314
Four Seasons, The 200
Four Zoas, The 43

Fragments of Ancient Poetry 167
Fra Lippo Lippi 71
Framley Parsonage 260
Frankenstein 250
Fraternity 101
Fraud 199
Free Fall 135
French Lieutenant's Woman 198
French Revolution, The (by Blake) .. 42
French Revolution, The (by Carlyle)
.... 63
French Without Tears 133
Friar Bacon and Friar Bungay 158
Friend from England, A 199
Friend, The (ed. by Coleridge) 52
From The Four Winds 100
Frozen Deep, The 173

G

Gamblers, The 146
Game, The 204
Garden, The 163
Garden Party and Other Stories, The
.... 301
Gareth and Lynette 262
Gaudete 145
Gebir 169
Gentleman Dancing Master, The 164
George Meredith (by Priestley) 118
Geraint and Enid 262
Getting Poisoned 152
Giaour 56
Girls in their Married Bliss 201
Girl in Winter, A 196
Girls of Slender Means, The 195
Girl with Green Eyes 201
Gitanjali 180
Glittering Gate The 183
Go and catch a falling star 31
Goblin Market 174
Gods of the Mountain, The 183
Golden Echo 188
Golden Notebook, The 196
Golden Pince-Nez, The 179
Good Apprentice, The 138

Good-bye, Mr. Chips	190
Good Companions, The	119
Good Man in Africa, A	208
Good Morrow, The (by Donne)	31
Good Natur'd Man, The	244
Grace Abounding to the Chief of Sinners	239
Grass Is Singing, The	196
Great Expectations	264
Great Fire of London, The	207
Greek Studies	176
Green Knight, The	138
Green Mansions	177
Green Years	120
Grimus	206
Growing Old	78
Growth of Love, The	177
Guinevere	262
Gulliver's Travel	241
Gun for Sale, A	128
Guy Mannering	49

H

Hamlet	229
Hamlet (by T. S. Eliot)	115
Hand and Soul	81
Hand of Ethelberta, The	85
Handful of Dust, A	127
Hapgood	146
Happy Days	131
Happy Prince and Other Tales, The	273
Harold	64
Harry Potter and the Philosopher's Stone	210
Hatter's Castle	121
Haunted and the Haunters, The	171
Haunted Man, The	254
Hawk in the Rain	145
Haw Lantern, The	149
Hay Fever	123
Heart of Darkness, The	282
Heart of Midlothian, The	51
Heart of the Matter, The	129
Heart's Journey, The	185

Heat of the Day, The	190
Hebrew Melodies	57
Hemlock and After	194
Henceforward	151
Henry VIII	29, 161
Henry Esmond	259
Henry V	27
Henry IV, Part I and II	27
Henry VI, Part 1, 2 and 3	26
Hero and Leander	23, 159
Herries Chronicles, The	184
Hesperides	161
Highland Mary	44
High Window	196
Hill of Devi, The	106
Hind and the Panther, The	163
His House in Order	178
History Man, The	201
History of Friedrich II of Prussia Called Frederick the Great	62
History of Henry Esmond	259
History of Pendennis, The	67
History of Scotland (by Scott)	49
History of the World in 10 ½ Capters, A	206
History of Tom Jones, The; a Foundling	37
Hobbit, The	187
Holy City or the New Jerusalem, The	239
Holy Grail, The	262
Holy Sonnets (by Donne)	31
Holy War, The	239
Homage to Catalonia	124
Homage to Clio	192
Home	202
Home Chat	123
Homecoming, The	143
Home Thoughts from Abroad	71
Honeysuckle, The	80
Horse's Mouth, The	186
Hotel du Lac	331
Hot Gates, The	134
Hound of Heaven, The	179
Hound of the Baskervilles, The	179

◇INDEX◇ (WORKS)

Hour-Glass, The	97
Hours of Idleness	56
House in Paris, The	189
House of Cobwebs, The	179
House of Doctor Dee, The	207
House of Fame, The	19
House of Life, The	81
House of Pomegrantes, The	273
Howards End	286
How Far Can You Go?	203
How Sleep the Brave	166
How the Other Half Loves	151
Human Factor, A	129
Human Shows	84
Humphry Clinker, The Expedition of	167
Hurry on Down	197
Hydriotaphia	162
Hymm to God the Father, A	31
Hymm to Intellectual Beauty	59
Hymm to Proserpine	176
Hyperion	61
Hypatia, or New Foes with an Old Face	173

I

I am (by Clare)	171
Ianthe Poems	169
Ibsen's Ghost	94
Ice-Cream War	208
I, Claudius	188
Ideal Husband, An	88
Idiot Boy, The	47
Idylls of the King	262
If	183
Ignatius his Conclave	30
If You're Glad, I'll Be Frank	146
Ignatus his Conclave	30
I Like it Here	197
I'll Leave it to You	122
I Love all beauteous things	176
I'm Talking about Jerusalem	200
I'm the King of the Castle	205
Inadmissible Evidence	199
In Country Sleep	137
Indian Ink	147
Inheritors, The	135
Innocent	207
Inside the Whales	125
Invention of Love, The	147
Iris: A Memoir of Iris Murdoch	138
Iron Man, The	144
I saw Eternity the other Night	163
I travelled among unknown men	47
I wondered lonely as a cloud	47
Il Penseroso	35
Iliad (tr. by Chapman)	159
Iliad (tr. by Cowper)	167
Iliad (tr. by Pope)	165
I'll Tell You What	168
Imaginary Conversasions	170
Imaginary Portraits	176
Imagination and Fancy	170
Importance of Being Earnest, The	279
In a Balcony	71
In a German Pension	186
In Chancery	300
Indian Summer of a Fortyte, The	300
Indicator, The	170
Infant Joy	43
Infant Sorrow	43
Inland Voyage, An	86
In Memoriam	65
In Memory of Walter Savage Landor	176
In the Shadow of the Glen	103
Inspector Calls, An	317
Intentions	89
Invisible Man, The	98
Irene	39
Iris: A Memoir of Iris Mudoch	138
Irish and English: Portraits and Impressions	183
Irish Sketch Book, The	66
Iron Laurel, The	196
Isabella, or the Pot of Basil	61
Isle of Dogs, The	32
Isles of Greece, The	57
Italian, The (by Radcliffe)	168
Italian Visit, An	190

It's a Battlefield	128	Kim	180
Ivanhoe	51	King Henry (a ballad)	214
		King John	27

J

		King Lear	231
Jackson's Dilemma	138	King Log	201
Jacob's Room	111	King of the Golden River, The	77
James the Fourth (by R.Greene)	158	King's Tragedy The	81
Jane Eyre	255	Kingfisher, The	182
Janet's Repentance	75	Kingis Quair, The	156
Jenny	80	Kipps	99
Jeremy	184	Kiss Kiss	194
Jeremy and Hamlet	184	Knight without Armour	190
Jeremy at Cradle	184	Knight's Tale of Palamon and Arcite, The	213
Jerusalem (by Blake)	43	Kokoro	178
Jerusalem the Golden	204	Krapp's Last Tape	131
Jew of Malta, The	23	Kubla Khan	53
Joan of Arc, an epic poem	169	Kwaidan	178
John Anderson, my jo	45		

L

John Barleycorn	44		
John Keats (by R. Bridges)	177	La Belle Dame sans Merci	61
Jolly Beggars, The	45	Labels	126
Joseph Andrews	37	Lady Chatterley's Lover	307
Jumpers	146	Lady Frederick	104
Judas Tree, The	121	Lady into Fox	188
Jude the Obscure	277	Lady of Shalott, The	65
Judith Paris	184	Lady of the Lake, The	50
Julia Poems (by Herrick)	161	Lady Susan	54
Julian and Maddalo	59	Lady Windermere's Fan	89
Julius Caesar	227	Lady with Carnations	121
Jungle Book	180	Lady's Not for Burning, The	192
Juno and the Paycock	184	Laily Worm, The	214
Jupiter Laughs	120	Lake Isle of Innisfree, The	97
Just Between Ourselves	151	L'Allegro	35
Justice	101	Lamb, The (by Blake)	43
Justine	194	Lament for the Makaris, The (by Dunbar)	157

K

		Lamia, Isabella, The Eve of St. Agnes, and other Poems	60
Kangaroo	112		
Keep the Aspidistra Flying	125	Lancelot and Elaine	262
Kemp Owen (or Kempion)	214	Land of Heart's Desire, The	97
Kenilworth	51	Language of Fiction	203
Kestrels, The	196	Laodicean, A	85
Keys of the Kingdom, The	121	Lara	56
Kidnapped	272	Last Blackbird and Other Poems,	
Kilmarnock Edition, The	44		

◇INDEX◇ (WORKS)

The 182
Last Chronicle of Barset, The 260
Last Confession, The 80
Last Days of Pompeii, The 171
Last Orders 207
Last Poems (by Housman) 180
Last Poems (by Lawrence) 112
Last September, The 189
Last Testament of Oscar Wild, The .. 207
Last Tournament, The 262
Latecomers 199
Laus Veneris 176
Lay of the Last Minstrel, The 50
Lear 202
Lectures and Notes on Shakespeare and Other English Poets 53
Lectures on the English Poets 170
Legend of Good Women, The 19
Legend of Montrose, A 49
Leisure (by Davies) 181
Le Morte d'Arthur 156
Le Morte Darthur 218
Lenore (by Bürger) 48
Less Deceived, The 196
Lettice and Lovage 141
Lewis Eliot sequence, The 191
Life and Adventures of Martin Chuzzlewit 69
Life and Adventures of Nicholas Nickleby, The 69
Life and Death of Jason, The 175
Life and Death of Mr. Badman, The 239
Life and Opinions of Tristram Shandy, Gentleman, The 41
Life and Strange Surprising Adventures of Robinson Crusoe ... 164
Life and Loves of a She-Devil 200
Life of Charlotte Brontë, The 172
Life of Jesus, The (tr. by G. Eliot) 74
Life of John Sterling 62
Life of Napoleon Buonaparte, The (by Scott) 49
Life of Nelson, The (by Southey) 169
Life of Richard Savage, The 38
Life of Samuel Johnson (by Boswell) 38
Life of Schiller, The 62
Life Support 203
Life without Armour 198
Lifted Veil, The 75
Lilian 65
Lilith 173
Limbo (by A. Huxley) 116
Lines Composed a Few Miles above Tintern Abbey 47
Lion, The Witch and the Wardrobe 189
Listeners, The 182
Little Gidding 314
Little Leaning, A 126
Little Minister, The 95
Lives of Donne, Wotton, Hooker, Herbert, and Sanderson (by Walton) 162
Lives of the English Poets, The 39
Living Room, The 129
Liza of Lambeth 105
Lodging for the Night, A 87
London (by Johnson) 39
London Assurance 173
London Nights 181
Loneliness of the Long Distance Runner, The 198
Lonely Girl, The 201
Longest Journey, The 107
Look Back in Anger 323
Look! We Have Come Through! 112
Lord Jim 283
Lost Horizon 190
Loot 202
Lord Malquist and Mr. Moon 146
Lord of the Flies 135
Lord of the Rings, The 320
Lotos-Eaters, The 65
Love among the Ruins 71
Love and Mr. Lewisham 99
Loved One, The 126
Love for Love 240
Love in a Wood 164

Love in Several Masques 37	Mariana 65
Love in the Valley 83	Marius the Epicurean 176
Love Poems and Others 112	Markheim 87
Love Song of J. Alfred Prufrock 294	Marmion 50
Lover, The 143	Marriage of Geraint, The 262
Love's Labour's Lost 26	Marriage of Heaven and Hell, The ... 43
Loyalties 101	Martha Quest 196
Luck of Barry Lyndon 67	Martin Chuzzlewit, The Life and
Lucky Jim 197	Adventures of 69
Lucy Gray 47	Mary Morison 44
Lucy Poems 47	Mary Poppins 189
Lupercal 145	Mary Queen of Scots Trilogy ... 176
Luther (by Osborne) 199	Mary Rose 95
Lycidas 35	Masque of Blackness, The 32
Lyrical Ballads 47, 52	Massacre at Paris, The 23
Lyrical Ballads, 2nd Edition 47	Masterman Ready 171
	Mattisse Stories, The 204
M	Maud 65
Macbeth 232	Maurice 107
Madoc (by Southey) 169	Mayor of Casterbridge, The 85
Madoc (by Muldoon) 208	Measure for Measure 28
Magician's Nephew, The 189	Meet My Father 150
Magic Toyshop, The 205	Memento Mori 195
Magistrate, The 178	Memorial Verses 79
Magnus, The 198	Memories of a Fox-Hunting Man 185
Maid in Waiting 100	Memories of George Sherston ... 185
Maid's Tragedy, The 161	Memorial Verses 79
Malone Dies 131	Men and Women 71
Mamillia 158	Men at Arms 127
Man and Superman 284	Mensonge 201
Man for All Seasons, A 197	Merchant, The 201
Man in the Zoo, A 188	Merchant of Venice, The 225
Man of Destiny, The 91	Merlin and Vivien 262
Man of Property, The 300	Merry Men and Other Tales and
Mantissa 198	Fables, The 87
Man of the Moment 150	Merry Wives of Windsor, The ... 28
Man who Died, The 113	Michael 47
Man who was Thursday, The ... 182	Middle Age of Mrs. Eliot, The ... 194
Man with the Twisted Lip, The ... 179	Middlemarch 267
Man Within, The 128	Midnight's Children 331
Manfred 57	Midsummer-Night's Dream, A ... 224
Man's a Man for a' that, A 45	Mikado, The 175
Mansfield Park 55	Milestones 181
Map of Love, The 137	Mill on the Floss, The 263
Marguerite poems 79	Millstone, The 204

◇INDEX◇ (WORKS)

Milton (by Blake) 43
Milton's Prosody 177
Ministry of Fear, The 128
Minos of Crete 197
Minstrelsy of the Scottish Border 48
Miracle Plays 339
Mirour de l'Omme 156
"M" Is For Moon among Other Things
 146
Minstrel Boy, The 121
Mister Johnson 186
Modern Comedy, A 100
Modern Fiction (by Woolf) 110
Modern Love and Poems of the
 English Roadside 83
Modern Painters 77
Modern Utopia, A 98
Moll Flanders 164
Molloy 131
Moments of Vision 84
Monastery, The 49
Monday or Tuesday 110
Money 171
Monna Vanna (painting) 80
Moon and Sixpence, The 295
Moonlight 143
Moonstone, The 173
Moortown 145
Moralities 217, 339
More Poems (by Housman) 180
Morte d'Arthur (by Tennyson) 65
Morte d'Arthur, Le (by Malory) 156
Mountolive 194
Mousetrap, The 319
Moving Target, A 134
Mr. Bennett and Mr. Brown 110
Mr.Britling Sees it Through 99
Mr. Gilfil's Love-Story 75
Mr. Midshipman Easy 171
Mr. Perrin and Mr. Traill 184
Mrs. Dalloway 304
Mrs. Warren's Profession 90
Much Ado about Nothing 27
Murder in the Cathedral 115
Murder on the Orient Express 187

Murphy 131
My Fair Lady 290
My heart leaps up 47
My Luve is like a red, red, Rose 45
My Soul is Dark 57
Mystery of Edwin Drood 69
Mysteries of Udolpho, The 168
Mystery of the Charity of Charles
 Peguy 201

N

Name and Nature of Poetry, The ... 180
Napoleon Symphony 195
Narrow Road to the Deep North ... 202
National Health, The 198
Natural History and Antiquities of
 Selborne 345
Needle's Eye, The 204
New Arabian Nights 87
New Atlantis, The 160
Newcomes, The 67
New Grub Street 179
New Poems (Lawrence) 112
News from Nowhere 175
New Verse (by R. Bridges) 177
New Weather 208
New Year Letter 192
Nice and the Good, The 138
Nicholas Nickleby, The life and
 Adventures of 69
Nigger of the Narcissus, The 93
Night, The (by Vaughan) 163
Night and Day (Woolf) 111
Night and Day (Stoppard) 147
Night at an Inn, A 183
Nightingale and the Rose, The 273
1914 and Other Poems 185
Nineteen Eighty-Four 318
Ninety-Two Days 126
Noises Off 202
No Laughing Matter 194
No Love 188
No Man's Land 143
Nones 192
Norman Conquests, The 151

North 149
Northanger Abbey 55
Northern Light, The 121
Nostromo 93
Nothing Like the Sun 195
Not I 131
Nude with Violin 122

O

Observations Relative chiefly to
    Picturesque Beauty 345
Occult, The 200
October and Other Poems 177
Ode: Intimations of Immortality 47
Ode on a Grecian Urn 61
Ode on the Death of a Favourite Cat
    166
Ode to a Nightingale 61
Ode to Duty 47
Ode to Evening 166
Ode to the West Wind 59
Odyssey (tr. by Chapman) 159
Odyssey (tr. by Cowper) 167
Odyssey (tr. by Pope) 165
Of a' the airts 45
Officers and Gentlemen 127
Of Greatness (by Cowley) 163
Of Human Bondage 292
Of Myself (by Cowley) 163
Of Solitude (by Cowley) 163
Of the Progress of the Soul 31
Old Bachelor, The 240
Old Curiosity Shop, The 69
Old Devils, The 197
Old Familiar Faces, The 169
Old Huntsman and Other Poems, The
    185
Old Men at the Zoo, The 194
Old Mortality 49
Old Times 143
Old Wives' Tale, The (by Bennett)
    181
Old Wives' Tale, The (by Peele) 159
Oliver Cromwell's Letters and
    Speeches 62

Oliver Twist 253
Olor Iscanus 163
One First Looking into Chapman's
    Homer 61
One for the Road 142
On Forsyte 'Change 100
On Going Journey 170
On Heroes, Hero-Worship, and the
    Heroic in History 63
On his being Arrived at the Age of
    Twenty-Three 34
On Shakespeare, 1630 (by Milton) ... 34
On the Fear of Death 170
On the Knocking at the Gate in
    'Macbeth' 171
On the Morning of Christ's Nativity .. 35
1 and 1 are 2 174
One Hope, The 81
Only Jealousy of Emer, The 97
Open Window, The 181
Oranges Are Not the Only Fruit 209
Ordeal of Gilbert Pinfold, The ... 126
Ordeal of Richard Feverel 261
Orlando 110
Oroonoko, or the History of
    Royal Slave 164
Ossianic Poems, The 167
Othello 230
Other Places 142
Our Betters 104
Our Man in Havana 129
Our Mutual Friend 69
Outcast of the Islands, An 92
Outline of History, The (by Wells) 98
Out of This World 207
Outpost of Progress, An 93
Outsider, The 200
Over the River 100
Over to You 194
Oxford Companion to English
    Literature, The 204
Ozymandias 59

P

Paddy Clarke Ha Ha Ha 209

◇INDEX◇ (WORKS)

Pair of Blue Eyes, A 85
Palace of Art, The 65
Pale View of Hills, A 153
Pamela, or Virtue Rewarded 37, 165
Pansies 112
Paper Man, The 134
Paracelsus 71
Paradise Lost 43, 238
Paradise Regained 35
Parish Register, The 168
Parliament of Fowls, The 19
Party Time 142
Passage to India, A 303
Passer-By, A 177
Passers By 100
Passing of Arthur, The 262
Passion, The 209
Passion Play 198
Past and Present 63
Patriot for Me 199
Paul Morel 291
Pauline 70
Peasant, A 194
Pegasus and Other Poems 190
Pelleas and Ettarre 262
Pen, Pencil and Poison 89
Peregrine Pickle, The Adventures of
.... 167
Perennial Philosophy, The 116
Perfect Woman 47
Pericles 29
Persuasion 55
Peter and Wendy 94
Peter Pan 95
Peter Simple 171
Peveril of the Peak 49
Phantastes 173
Pharos and Pharillon 106
Philanderer, The 90
Philadelphia, Here I Come 199
Philaster 161
Philip, The Adventures of 66
Phoenix and the Carpet, The 189
Phoenix Too Frequent, A 193
Phyllyp Sparowe, The Booke of

(by Skelton) 157
Pickwick Club, The Posthumous
Papers of 69
Pickwick Papers, The 69
Picture of Dorian Gray, The 274
Pierce Peniless 160
Pincher Martin 135
Pippa Passes 71
Pirate, The 49
Plain Dealer, The 164
Plain Tales from the Hills 180
Plato and Platonism 176
Playboy of the Western World, The
.... 287
Plays of William Shakespeare, The
(ed. by Johnson) 39
Plays: Pleasant and Unpleasant 90
Pleasure Streamers 208
Plenty 206
Plough and the Stars, The 184
Plumed Serpent, The 113
Pocketful of Rye, A 121
Poems, 1842 (by Tennyson) 65
Poems and Ballads (by Swinburne)
.... 176
Poems (by Meredith) 83
Poems (by Oscar Wilde) 88
Poems (by Yeats) 96
Poems (by Hodgson) 182
Poems and Lyrics of the Joy of Earth
.... 83
Poems by Alfred Tennyson 65
Poems by Currer, Ellis and Acton Bell
.... 73
Poems by Two Brothers 64
Poems, Chiefly in the Scottish Dialect
.... 44
Poems, Chiefly Lyrical 65
Poems in Two Volumes
(by Wordsworth) 47
Poems of C. Day-Lewis 190
Poems of Many Years 189
Poems of the Past and the Present ... 84
Poems on Various Subjects 52
Poetaster, The 32

Poetical Blossoms 162
Poetical Sketches (by Blake) 42
Poetic Image, The 190
Poetry in the Making 145
Point Counter Point 306
Poison Tree, A 43
Polly 242
Poor Man and the Lady, The 84
Poplar Field, The 167
Poppy, The 179
Pornography and Obscenity 113
Portrait in a Mirror 188
Portrait of the Artist as a Young Man, A 109
Possession 204
Posthumous Papers of the Pickwick Club, The 69
Pot of Broth, The 96
Potting Shed, The 128
Power and the Glory, The 129
Praeterita 77
Pravda 206
Praxis 200
Prefect to Lyrical Ballads, 2nd Edition, The 47
Prelude, The 47
Price of Everything 208
Pick Up Your Ears 202
Pride and Prejudice 248
Prime of Miss Jean Brodie, The 195
Prince Athanase 58
Prince's Progress, The 174
Princess, The 65
Princess and the Goblin, The 173
Prisoner of Chillon, The 56
Private Ear, The 141
Private Lives 308
Private Papers of Henry Ryecroft, The 179
Professional Foul 146
Professor, The 73
Progress of Poesy, The 166
Prometheus the Firegiver 177
Prometheus Unbound 252
Proserpine (painting) 80

Prospero's Cell 194
Prothalamion 20
Proverbs of Hell (by Blake) 43
Prufrock and Other Observations ... 294
Pseudodoxia Epidemica 162
Pseudo-Martyr 30
Public Eye 141
Purgatory (by Yeats) 96
Put Out More Flags 126
Pygmalion (by Shaw) 290
Pygmalion and Galatea 175
Pyramid, The 135

Q

Quality Street 95
Quarterly Review 60
Quartermain's Terms 203
Queen Mab 58
Queen Mary (by Tennyson) 65
Queen's Enemies, The 183
Queer, The (by Vaughan) 163
Quentin Durward 49
Quia Multum Amavit 176
Quiet American, The 129
Quintessence of Ibsenism, The 90

R

Rabbi Ben Ezra 71
Racing Demon 206
Radcliff 202
Rain (by Maugham) 297
Rainbow, The (by Lawrence) 293
Rainbow, The (by Wordsworth) 47
Rambler, The (ed. by Johnson) 38
Random Harvest 190
Rape of the Lock, The 165
Rasselas, Prince of Abyssinia, The History of 39
Razor's Edge, The 105
Real Inspector Hound 147
Real Thing, The 147
Recluse; or Views of Nature, Man and Society, The 46
Red (by Maugham) 104
Red-Headed League, The 179

Reginald ... 181
Reginald in Russia ... 181
Relatively Speaking ... 150
Religio Medici ... 162
Religion and the Rebel ... 200
Reliques of Ancient English Poetry ... 214
Remains of Elmet ... 144
Remains of the Day, The ... 334
Remote People ... 126
Rendezvous with Rama, A ... 195
Rescue, The ... 92
Retreat, The (by Vaughan) ... 163
Return of the King, The ... 321
Return of the Native, The ... 268
Revenge of Bussy D'Ambois, The ... 159
Revolt of Islam, The ... 58
Rhapsody on a Windy Night ... 294
Rhoda Fleming, a Plain Story ... 82
Riceyman Steps ... 181
Richard II ... 27
Richard III ... 26
Richard Savage (by Barrie) ... 94
Riders to the Sea ... 103
Rienzi ... 171
Rime of the Ancient Mariner, The ... 53
Rimini, The Story of ... 170
Ring and the Book, The ... 266
Rising of the Moon, The ... 178
Rites of Passage ... 135
Ritual in the Dark ... 200
Rivals, The ... 246
Riverside Villas Murder, The, ... 197
Road to Wigan Pier, The ... 124
Rob Roy ... 49
Robinson Crusoe ... 164
Rock, The ... 114
Roderick Random, The Adventures of ... 167
Rogue Herries ... 184
Rokeby ... 48
Romaunt of the Rose, The ... 19
Romeo and Juliet ... 223
Romola ... 75
Room, The ... 143
Room with a View, A ... 107
Roots ... 200
Rose Aylmer ... 169
Rose Mary ... 81
Rosencrantz and Guildenstern Are Dead ... 147
Rossetti: His Life and Works (by Waugh) ... 126
Round Table, The ... 170
Rover, The ... 164
Rowley Poems, The ... 168
Roxana ... 165
Royal Hunt of the Sun, The ... 141
Rule, Britania ... 166
Rubáiyát of Omar Khayyám ... 172
Rural Muse, The ... 171

S

Sacred Flame, The ... 104
Sacred Wood, The ... 115
Salome ... 89
Sailor's Return, The ... 188
Saint Joan ... 302
Salt-Water Ballads ... 183
Samson Agonistes ... 35
Sandcastle, The ... 138
Sandra Belloni ... 83
Sapphics ... 176
Sappho ... 194
Sartre, Romantic Rationalist ... 138
Satanic Verses, The ... 206
Sartor Resartus ... 63
Satires of Circumstance ... 84
Saturday Night and Sunday Morning ... 324
Saul ... 71
Saved ... 202
Saville ... 202
Scenes of Clerical Life ... 75
Scholar-Gipsy, The ... 79
School for Scandal, The ... 246
Science and Government, A ... 191
Science of Life, The ... 98
Scoop ... 126
Scorpion God, The ... 134

Sea-Limits, The	80
Seasons	166
Sea, the Sea, The	139
Secondary Worlds	192
Second Mrs. Tanqueray, The	178
Secret Agent, The	92
Secret Villages	205
Seed and the Sower, The	192
Seeing Things	149
Sejanus	33
Self-Deception	78
Selfish Giant, The	273
Senor Vivo and the Coca Lord	208
Sense and Sensibility	247
Sensitive Plant, The	59
Sentimental Journey, through France and Italy, A	41
Separate Peace, A	146
Separate Tables	133
Serious Money	204
Serverd Head, A	139
Sesame and Lilies	77
Seven Lamps of Architecture, The	77
Seven Types of Ambiguity	192
Several Perceptions	205
Severed Head, A	139
Sexing the Cherry	210
Shadow Dance	205
Shadow of a Gunman, The	184
Shadowy Waters, The	97
Shakespeare in Love	146
Shannon's Way	120
Shape of Things to Come	99
Shaving of Shagpat, The	83
She dwelt among the untrodden ways	47
She Stoops to Conquer	245
She Walks in Beauty	57
She was a Phantom of delight	47
Shelley (by F, Thompson)	180
Shepheardes Calender, The (by Spenser)	21
Shepherd's Calender, The (by Clare)	171
Sheppy	105
Sherlock Holmes series	179
Shield of Achilles, The	192
Shirley	73
Shoemaker's Holiday, The	160
Shooting an Elephant	125
Shorter Poems (by R, Bridges)	177
Shropshire Lad, A	180
Shuttlecock	207
Sibyline Leaves	53
Sick King in Bokhara, The	78
Sick Rose, The	43
Sigurd the Volsung, The Story of, and the Fall of the Nibelungs	175
Silas Marner	75
Silhouettes	181
Silent Wooing, A	100
Silex Scintillans	163
Silmarillion	187
Silver Box, The	286
Silver Spoon, The	100
Silver Tassie, The	185
Simon Lee	47
Sing-Song	174
Sir Eustace Grey	168
Sir Patrick Spens	214
Sir Roger de Coverley series	165
Sister Helen	81
Sisterly Feelings	150
Sister Songs	179
Six Napoleons, The	179
Sketches by Boz	68
Skylark and Other Poems, The	182
Skylight	206
Sleep and Poetry	61
Sleeping Prince, The	133
Slight Ache, A	142
Slumber did my spirit seal, A	47
Small Family Business, A	151
Small House at Allington, The	260
Small World	203
Snapper, The	209
Snobs of England, The	67
Sohrab and Rustum	79
Soldier, The (by R. Brooke)	185

◇INDEX◇ (WORKS)

Something Childish and Other Stories 186
Some Versions of Pastoral 192
Song of Honour, The 182
Song of Sixpence, A 121
Songs and Sonnets (by Donne) 31
Songs before Sunrise 176
Songs of Distant Earth, The 195
Songs of Experience 43
Songs of Innocence 43
Sonnets (by Shakespeare) 26
Sonnets from the Portuguese 172
Sons and Lovers 291
Sordello 70
Soul's Destroyer and Other Poems, The 182
Sovereignty of Good, The 138
Spanish Gardener, The 120
Spanish Tragedy, The 159
Speckled Band 179
Spectator, The 165
Speculum Meditantis 156
Spelt from Sibyl's Leaves 177
Sphinx, The 88
Spire, The 135
Spirit Level, The 149
Spiritual Adventures 181
Spreading the News 178
Sprightly Running 197
Spring Song and Other Stories 186
Stamboul Train 128
Stanzas from the Grande Chartreuse 79
Stanzas in Memory of the Author of 'Obermann' 78
Stars Look Down 121
Start in Life, A 199
Station Island 149
Stephen Hero 109
Still Centre, The 193
Still Life 123
Stones of Venice, The 77
Story of Rimini 170
Strafford 70
Strange and Sometimes Sadness, A 152
Strange Case of Dr. Jekill and Mr. Hyde, The 86
Strange fits of passion have I known 47
Strange Meeting 205
Strangers and Brothers 191
Starlight Night, The 177
Strayed Reveller, The, and Other Poems 78
Strife 101
St. Ronan's Well 49
Studies in the History of the Renaissance 176
Study of Poetry, The (by Arnold) 79
Study of Shakespeare, A (by Swinburne) 176
Style, Essay on (by Pater) 176
Such, Such Were Joys 125
Sudden Light 81
Suger and Other Stories 204
Suicide Club, The 87
Summer Bird-Cage, A 204
Summer's Last Will and Testament 160
Summing Up, The 105
Summoned by Bells 191
Summum Bonum 71
Super Flumina Babylonis 176
Suspense 92
Swan Song 100
Sweeney Agonistes 114
Sweet and low 65
Sword of Honour 127
Sylvia's Lovers 172
Symbolism Movement in Literature, The 181

T

Table Talk (by Hazlitt) 170
Talking Steps 150
Tale of a Tub, A 36
Tale of Peter Rabbit, The 184
Tale of Two Cities, A 69
Tales from Shakespeare 169

Title	Page
Tales of My Landlord	49
Tales of the Crusaders	49
Tales of Unrest	93
Tales of Wonder	183
Talisman, The	49
Tam Lin (or, Tamlane)	214
Tamburlaine the Great, Parts I and II	23
Taming of the Shrew, The	26
Tam o' Shanter	45
Tarr	185
Task, The	167
Temora	167
Tempest, The	237
Temple, The (by G. Herbert)	162
Temporary Life, A	202
Tenant of Wildfell Hall, The	73
Terry Street	205
Tess of the d'Urbervilles	275
Testament of Beauty, The	177
Thalaba the Destroyer	169
That Time	131
Their Very Own and Golden City	200
Thel, The Book of	43
They are all gone into the world of light!	163
Thing of Beauty, A	121
Things One Hears	183
Third Man, The	129
This Happy Breed	123
This Sporting Life	202
Thomas the Rhymer	214
Thorn, The	47
Those Barren Leaves	117
Three Plays for Puritans	90
Three Poems of the Atomic Bomb	186
Three years she grew	47
Thrissil and the Rois, The	157
Through the Looking Glass	174
Thyrsis	79
Tiger, The (by Blake)	43
Timber, The (by Vaughan)	163
Timbuctoo	64
Time and the Conways	119
Time and Time Again	190
Time Machine, The	281
Time's Arrow	207
Time's Laughingstocks	84
Time You Old Gipsy-Man	182
Timon of Athens	29
Tinker's Wedding, The	103
Tintern, Abbey Lines, The	47
'Tis Pity She's a Whore	161
Titus Andronicus	26
To a Mouse	45
To a Skylark	59
To Autumn	61
To Daffodils (by Herrick)	161
To his Coy Mistress	163
To Let	300
To Mary (by Cowper)	167
To Mary in Heaven (by Burns)	44
Top Girls	204
To Spring (by Blake)	42
To the Cuckoo	47
To the Ends of the Earth	134
To the Immortal Memory of the Halibut on which I Dined this Day	167
To the Lighthouse	305
To the Moon	59
To the Muses (by Blake)	42
To Walt Whitman in America	176
Tom Jones	243
Tom Thumb the Great, The Life and Death of	37
To-night at 8:30	122
Tono-Bungay	288
Tower, The	97
Tradition and the Individual Talent	115
Tragedy of Tragedies	37
Tragical History of Dr. Faustus, The	23
Trainspotting	209
Transitional Poem	190
Translations	199
Traveller, The (by de la Mare)	182
Travels with a Donkey in the Cévennes	87
Travesties	147

◇INDEX◇ (WORKS)

Treasure Island 270
Tree of Idleness, The, and Other
  Poems 194
Trembling of a Leaf, The 104
Tristram and Iseult 78
Tristram Shandy, the Life and
  Opinions of 41
Troilus and Cressida (by Shakespeare)
  28
Troilus and Criseyde (by Chaucer) .. 19
Troublesome Offspring of Cardinal
  Guzman, The 209
Trumpet-Major, The 85
Truth of Masks, The 89
Tunnying of Elynour Rummying, The
  157
Twelfth Night 228
Twelve Pound Look, The 94
Twenty-Five Poems 137
Two Cheers for Democracy 107
Two Cultures and the Scientific
  Revolution, The 191
Two Gentlemen of Verona, The 26
Two Noble Kinsmen, The 29, 161
Two on a Tower 85
Two Towers, The 321
2001: A Space Odyssey 195
Typhoon 93

U

Ulysses (by Joyce) 108, 298
Ulysses (by Tennyson) 65
Unconditional Surrender 127
Unconsoled, The 153
Under Milk Wood 137
Under the Greenwood Tree 85
Under the Net 139
Under the Volcano 193
Under Western Eyes 92
Undertones of War 189
Unfortunate Traveller, The 160
Unicorn, The 139
Unnamable, The 131
Urn-Burial 162
Utopia 157

V

Valediction: forbidding mourning, A
  31
Valorous Years 120
Van, The 209
Vanessa 184
Vanity Fair 257
Vanity of Human Wishes, The 39
Variation on a Theme 133
Venus Observed 193
Vera 88
Vicar of Wakefield, The 244
Victory 92
Vile Bodies 126
Village, The (by Crabbe) 168
Village Minstrel, The, and Other Poems
  171
Villette 73
Vintage London 191
Virginians, The 67
Virginibus Puerisque and Other Papers
  87
Vision of the Daughters of Albion 37
Vision [of William] concerning
  Piers Plowman, The 156
Volpone 233
Vortex, The 122
Vox Clamantis 156
Voyage Out, A 111
Vulgar Errors 162

W

Waggoner, The 188
Waiting for Godot 321
Waiting for J 152
Walker, London 94
Walk on the Water, A 146
Wandering of Oisin, The 97
War of Don Emmanuel's Nether Parts,
  The 208
War of the Worlds, The 99
Warden, The 260
Waste Land, The 299
Water Babies, The 173

Waterfall, The (by Vaughan) 163	Wind among the Reeds, The 97
Waterland 207	Windhover, The 177
Watership Down 184	Winding Stair, and Other Poems, The 96
Watsons, The 54	
Waugh in Abyssinia 126	Wind in the Willows, The 184
Waverley 50	Window in Thrums, A 94
Waves, The 310	Winged Chariot 182
Way of All Flesh, The 175	Winnie-the-Pooh 184
Way of the World, The 240	Winslow Boy, The 133
Way Upstream 150	Wintering Out 149
We are Seven 47	Winter Words 84
Wedding Feast, The 201	Winter's Tale, The 29
Weir of Hermiston 87	Wise Child 203
Well of the Saints, The 103	Wise Children 205
Welsh Landscape 194	Witch of Atlas, The 58
Wessex Novels 84	Wodwo; Recklings 145
Wessex Poems and Other Verses 85	Woman of No Importance, A 88
What I Believe (by Forster) 107	Woman-Hater. The 161
What is pink? 174	Woman in Black, The 205
What the Butler Saw 202	Woman in Mind 151
Wheels 186	Woman in White, The 173
When We Were Orphans 153	Women Beware Women 160
Where Angels Fear to Tread 107	Women in Love 296
While the Sun Shines 133	Woodlanders, The 85
White Devil, The 161	Woodspurge, The 81
White Lies 141	Works of the English Poets, The 39
White Monkey, The 100	World, The (by Vaughan) 163
White Peacock, The 113	World of Charles Dickens, The 194
White Ship, The 81	World of Love, A 190
Whitsun Weddings, The 196	World of William Clissold, The 99
Who has seen the wind? 174	World within World 194
Who is Sylvia? 133	Writer's Diary, A 110
Why Brownlee Left 208	Wuthering Heights 256
Wide Sargasso Sea 187	
Widower's Houses 91	**Y**
Wife of Bath's Prologue and Tale 213	Yardley Oak 167
Wild Gallant, The 163	Yard of Sun, A 193
Wild Swans at Coole, Other Verses and A Play in Verse, The 97	Year's at the spring, The 71
	Years, The 111
Wilderness, The 196	Yeast 173
Whilhelm Meister's Apprenticeship 62	Yellowplush Correspondence, The 67
Will o' the Mill 87	You Never Can Tell 90
William Blake, a critical essay (by Swinburne) 176	Youth (by Conrad) 93
Willowwood 81	

◇INDEX◇ (AUTHORS)

AUTHORS

A

Ackroyd, Peter 207
Adams, Richard 184
A. E. 350
Amis, Kingsley 197
Amis, Martin 207
Archer, William 91
Arnold, Matthew 78
Auden, Wystan Hugh 192
Austen, Jane 54
Ayckborne, Alan 150

B

Bacon, Francis 159
Ballantyne, R. M. 320
Barns, Julian 205
Barrie, James Matthew 94
Beardsley, Aubrey 350
Beaumont, Francis 160
Beckett, Samuel, Barclay 130
Behn, Aphra 164
Belloc, Hilaire 182
Bennett, Arnold 181
Bernieres, Louis de 208
Betjeman, John 191
Blake, William 42
Blunden, Edmund 188
Bolt, Robert 197
Bond, Michael 184
Bond, Edward 202
Boswell, James 38
Boucicault, Dion 173
Bowen, Elizabeth 189
Boyd, William 208
Bradbury, Malcolm 201
Brenton, Howard 206
Bridges, Robert 177
Brontë, Anne 72
Brontë, Charlotte 72
Brontë, Emily 72

Brooke, Rupert 185
Brookner, Anita 199
Browne, Sir Thomas 162
Browning, Elizabeth Barrett 172
Browning, Robert 70
Bulwer-Lytton, Edward G. E. 171
Bunyan, John 239
Burgess, Anthony 195
Burns, Robert 44
Butler, Samuel 175
Byatt, Antonia Susan 204
Byron, George Gordon, Lord 56

C

Cædmon 340
Carlyle, Thomas 62
Carroll, Lewis 174
Carter, Angela Olive 205
Cartland, Barbara 190
Cary, Joyce 186
Chapman, George 159
Chatterton, Thomas 167
Chaucer, Geoffrey 18
Chesterton, Gilbert Keith 182
Christie, Agatha 186
Churchill, Caryl 204
Clare, John 171
Clarke, Arthur Charles 195
Coleridge, Samuel Taylor 52
Collins, William 166
Collins, William Wilkie 173
Conrad, Joseph 92
Coward, Noel 122
Cowley, Abraham 162
Cowper, William 167
Crabbe, George 168
Cronin, Archibald Joseph 120
Cynewulf 340

D

Dahl, Roald 194

Davies, William Henry ... 181
Day-Lewis, Cecil ... 190
Defoe, Daniel ... 164
Dekker, Thomas ... 160
De la Mare, Walter ... 182
De Quincey, Thomas ... 170
Dickens, Charles ... 68
Dodgson, Charles Lutwidge ... 174
Donne, John ... 30
Dowden, Edward ... 24
Doyle, Sir Arthur Conan ... 179
Doyle, Roddy ... 209
Drabble, Margaret ... 204
Dryden, John ... 163
Dunbar, William ... 157
Dunn, Douglas ... 205
Dunsany, Lord ... 183
Durrell, Lawrence ... 193

E

Edgeworth, Maria ... 346
Eliot, George ... 74
Eliot, Thomas Stearns ... 114
Empson, William ... 192
Evans, Mary Ann (→Eliot, G) ... 74

F

Fielding, Henry ... 37
FitzGerald, Edward ... 172
Fletcher, John ... 160
Ford, John ... 161
Forster, Edward Morgan ... 106
Fowles, John ... 198
Frayn, Michael ... 202
Friel, Brian ... 199
Fry, Christopher ... 192

G

Galsworthy, John ... 100
Garnett, David ... 187
Gaskell, Elizabeth Cleghorn ... 172
Gay, John ... 242
Gilbert, Sir William Schwenck ... 175
Gilpin, William ... 346
Gissing, George ... 179

Golding, William ... 134
Goldsmith, Oliver ... 244, 245
Gongreve, William ... 240
Gower, Sir John ... 156
Graham, Kenneth ... 184
Graves, Robert ... 188
Gray, Simon ... 203
Gray, Thomas ... 166
Greene, Graham ... 128
Greene, Robert ... 158
Gregory, Lady Isabella Augusta ... 178

H

Hardy, Thomas ... 84
Hare, David ... 206
Harwood, Ronald ... 203
Hawkes, Jacquetta ... 118
Hazlitt, William ... 170
Heaney, Seamus ... 148
Hearn, Lafcadio ... 178
Henryson, Robert ... 340
Herbert, George ... 162
Herrick, Robert ... 161
Heywood, John ... 217
Hill, Geoffrey ... 201
Hill, Susan ... 205
Hilton, James ... 190
Hodgson, Ralph ... 182
Hopkins, Gerard Manley ... 177
Housman, Alfred Edward ... 180
Howard, Henry, Earl of Surrey ... 340
Hudson, William Henry ... 177
Hughes, Ted ... 144
Hunt, James Henry Leigh ... 170
Huxley, Aldous ... 116

I

Inchbald, Elizabeth ... 168
Ishiguro, Kazuo ... 152

J

James I, King of Scotland ... 156
Johnson, Samuel ... 38
Jonson, Ben ... 32
Joyce, James ... 108

◇INDEX◇ （AUTHORS）

K

Keats, John 60
Keyes, Sidney 196
Kingsley, Charles 173
Kipling, Rudyard 180
Knoblock, Edward 118
Kyd, Thomas 159

L

Lamb, Charles 169
Landor, Walter Savage 169
Langland, William 156
Larkin, Philip 196
Lawrence, David Herbert 112
Lessing, Doris 196
Lewis, Clive Staples 189
Lewis, Percy Wyndham 185
Lodge, David 203
Lowry, Malcolm 193
Lyly, John 158
Lynd, Robert 183

M

MacDonald, George 173
Macpherson, James 167
Malory, Sir Thomas 156
Mansfield, Katherine 186
Marlowe, Christopher 22
Marryat, Frederick 171
Marvell, Andrew 163
Masefield, John 183
Maugham, William Somerset 104
McEwan, Ian 206
Meredith, George 82
Middleton, Thomas 160
Milne, Alan Alexander 184
Milton, John 34, 43
More, Sir Thomas 157
Morgan, Charles Langbridge 188
Morris, William 174
Motion, Andrew 208
Muldoon, Paul 208
Murdoch, Iris 138

N

Nash (Nashe), Thomas 160
Nesbit, Edith 189
Nichols, Peter 198

O

O'Brien, Edna 201
O'Casey, Sean 184
Orton, Joe 202
Orwell, George 124
Osborne, John 199

P

Pater, Walter Horatio 176
Peele, George 159
Percy, Thomas 346
Pinero, Sir Arthur Wing 178
Pinter, Harold 142
Pope, Alexander 165
Potter, Beatrix 184
Priestley, John Boynton 118

R

Radcliffe, Ann 168
Rattigan, Terence 132
Redford, John 217
Rhys, Jean 187
Richardson, Samuel 165
Rossetti, Christina 174
Rossetti, Dante Gabriel 80
Rowley, William 160
Rowling, Joanne Kathleen 210
Rushdie, Ahmed Salman 206
Ruskin, John 76

S

Saki 181
Sassoon, Siegfried 185
Scott, Sir Walter 48
Shaffer, Peter 140
Shakespeare, William 24
Shaw, George Bernard 90
Shelley, Percy Bysshe 58
Shelley, Mary 250

Sidney, Sir Philip 158
Sillitoe, Alan 198
Sitwell, Dame Edith 186
Skelton, John 157, 217
Smollett, Tobias 167
Snow, Sir Charles Percy 191
Southey, Robert 169
Spark, Muriel 195
Spender, Stephen 193
Spenser, Edmund 20
Sterne, Laurence 40
Stevenson, Robert Louis 86
Stoker, Bram 281
Storey, David 202
Stoppard, Tom 146
Surrey, Earl of; Henry Howard 340
Swift, Graham 207
Swift, Jonathan 36
Swinburne, Algernon Charles 176
Symons, Authur William 181
Synge, John Millington 102

T

Tagore, Sir Rabindranath 180
Tennyson, Alfred 64
Thackeray, William Makepeace 66
Thomas, Dylan 136
Thomas, Edward 183
Thomas, Ronald Stuart 194
Thompson, Francis 179
Thomson, James
 (author of 'Seasons') 166
Thomson, James (B. V.) 174
Tolkien, John Ronald Reuel 187
Tourneur, Cyril 342
Travers, Pamela Lyndon 189
Trollope, Anthony 260

V

van der Post, Laurens 192
Vaughan, Henry 163

W

Wain, John 197
Walpole, Horace 346

Walpole, Sir Hugh Seymour 184
Walton, Izaak 162
Watson, Marriott 94
Waugh, Evelyn 126
Webster, John 161
Weldon, Fay 200
Wells, Herbert George 98
Welsh, Irvin 209
Wesker, Arnold 200
White, Gilbert 346
Wilde, Oscar 88
Williams, Emlyn 191
Wilson, Angus 194
Wilson, Colin 200
Winterson, Jeanette 209
Woolf, Virginia 110
Wordsworth, William 46
Wyatt, Sir Thomas 340
Wycherley, William 164

Y

Yeats, William Butler 96

◇索　引◇（作　品）

作　品

ア

- アイヴァンホー……………………………… 51
- 愛を称えて…………………………………… 132
- アイスクリーム戦争………………………… 208
- 愛せらるる者………………………………… 80
- 愛とルイシャム氏…………………………… 99
- 愛なくして…………………………………… 188
- 愛には愛……………………………………… 240
- 愛の嵐………………………………………… 121
- 愛の詩集……………………………………… 112
- 愛の接続……………………………………… 207
- 愛の成長……………………………………… 177
- 愛の地図……………………………………… 137
- 愛のながめ…………………………………… 81
- 愛の発見……………………………………… 147
- 曖昧の七つの型……………………………… 192
- アイリス……………………………………… 138
- アイリーニ…………………………………… 39
- アイルランドとイギリスの人々…………… 183
- アイルランド写生帳………………………… 66
- アヴィニョン五重奏………………………… 194
- アウトサイダー……………………………… 200
- アウトサイダーを越えて…………………… 200
- 赤毛…………………………………………… 104
- 赤毛同盟……………………………… 179, 276
- 秋に…………………………………………… 61
- アキリーズの楯……………………………… 192
- アグネス・グレイ…………………………… 73
- 悪の人の生涯と死…………………………… 239
- 悪評学校…………………………… 245, 246
- 悪魔の競争…………………………………… 206
- 悪魔の恋人…………………………………… 190
- 悪魔の詩……………………………………… 206
- 悪魔の弟子…………………………………… 91
- アーケーディア……………………… 158, 344
- アーサー王の死（テニスン）……………… 65
- アーサー王の死（マロリー）……………… 218
- あざみとばら………………………………… 157
- アシッド・ハウス…………………………… 209
- 葦間の風……………………………………… 97
- アシーンの放浪……………………………… 97
- アスク河の白鳥……………………………… 163
- アストロフェル……………………………… 20
- アストロフェルとステッラ………………… 158

- アセンズのタイモン………………………… 29
- アソランド…………………………………… 71
- あたしたちは七人…………………………… 47
- アダム・ビード……………………………… 75
- 新しい天気…………………………………… 208
- 熱き門………………………………………… 134
- 天晴れクライトン…………………………… 95
- アドネイス…………………………………… 59
- アトラスの魔女……………………………… 58
- あのとき……………………………………… 131
- アバイドスの花嫁…………………………… 56
- アビシニアのウォー………………………… 126
- アビンジャー・ハーヴェスト……………… 106
- アブサロムとアキトフェル………………… 163
- アープト・フォーグラ……………………… 71
- アフリカの善人……………………………… 208
- アヘン常用者の告白………………… 170, 346
- アポカリプス………………………………… 113
- アマデウス…………………………………… 141
- アミーリア…………………………………… 37
- 網の中………………………………………… 139
- 雨（スティーヴンソン）…………………… 87
- 雨（モーム）………………………………… 297
- 雨の中の鷹…………………………………… 145
- アムステルダム……………………………… 207
- アメリカ……………………………………… 42
- アメリカ覚書………………………………… 68
- アメリカのウォルト・ホイットマンに…… 176
- アモレッティ………………………………… 20
- 嵐が丘………………………………………… 256
- アラストア…………………………………… 59
- あらゆる方角のうちで……………………… 45
- 荒療治………………………………………… 84
- アラン島……………………………………… 103
- アルカディア………………………………… 147
- アルゴ座のカノープス星…………………… 196
- アルバートの橋……………………………… 146
- アルビオンの娘たちの幻…………………… 42
- あるフォーサイトの小春日和……………… 100
- アレオパゴスへの訴え……………………… 34
- アレクサンダーとキャンパスピ…………… 158
- アレクサンダーの饗宴……………………… 163
- アレクサンドリア四重奏…………………… 194
- アレクサンドリア──歴史と案内………… 106
- 荒地…………………………………………… 299

荒野	197
あわれ彼女は娼婦	161
アングロ・サクソンの態度	194
暗黒のまつり	200
アンシーア詩編(ヘリック)	161
アントニーとクレオパトラ	164, 234
アンドロクリーズと獅子	91

イ

許婚者(いいなづけ)	49
イーヴ	182
イーヴリン	109
イエス伝	74
イオニア海のほとり	179
一角獣	139
いかけ屋の婚礼	103
怒りをこめて振り返れ	324
怒れる海	192
息	131
イギリス詩人講義	170
イギリス俗物誌	67
生きる喜び	119
イグナティウスの秘密会議	30
イザベラ	61
医師の宗教	162
衣装哲学	63
泉	188
イスラム教徒の反乱	58
急いでおりろ	197
偉大性につき	163
イタリア人	168
イタリア旅行	190
一族再会	115
1と1とでは2	174
一夜の宿	87
一里塚	181
一対の青い眼	85
一握の塵	127
行って流れ星をつかまえて来たまえ	31
一般読者	110
従妹フィリス	172
いとしいひとよ,ジョン・アンダーソン	45
田舎紳士カヴァレー・シリーズ	165
田舎の人妻	164
田舎の娘たち	201
イニスフリーの湖島	97
居眠り王子	133
犬の島	32
イノセント	207
イーノック・アーデン	65

イプセン主義の真髄	90
イプセンの幽霊	94
異邦人たちの慰め	207
居間	129
イーマの嫉妬	97
居間で一緒に	151
今ふたたび	190
イリアッド(クーパー訳)	167
イリアッド(チャップマン訳)	159
イリアッド(ポウプ訳)	165
岩	114
インディアン・インク	147
インディケーター	170
インテンションズ	89
インドへの道	303
隠遁者——自然,人間,社会について	46

ウ

ヴァイオリンを持つヌード	122
ヴァージニア人	67
ヴィジョンと祈り	137
ウィガン桟橋への道	124
ヴィーナス礼讃	176
ウィリアム・クリッソールドの世界	99
ヴィルヘルム・マイスターの従弟時代(カーライル訳)	62
ヴィレット	73
ウィンザーの陽気な女房たち	28
ウィンズロー少年	133
ウィンダミア卿夫人の扇	89, 279
ウェイヴァリー	50
ウェイクフィールドの牧師	244
植木鉢小屋	128
ウェセックス詩集	85
ヴェニスの石	77
ヴェニスの商人	201, 225
ヴェラ	88
ウェールズの風景	194
ヴェローナの二紳士	27
ウォーカー・ロンドン	94
ウォーターシップ・ダウンのうさぎたち	184
ウォトソン家の人びと	54
ウォレン夫人の職業	90
ヴォルサング族のシガード王子	175
ヴォルポーネ	233
動く標的	134
浮世の画家	153
請負師	202
薄明かりに祭壇に向かって	137
失われた地平線	190

◇索　引◇（作　品）

渦巻	122
埋もれた時代	190
嘘	199
内なる私	128
宇宙戦争	99
内輪の恥と新大陸	146
美しき浮気女	164
馬の口	186
海に騎りゆく者たち	103
海のかぎり	80
海の譚詩集	183
海よ，海	139
熟れたさくらんぼ	161
噂のひろまり	178
運転席	195
運命	92
運命の人	91

エ

エアロンの杖	113
永遠の慈悲	183
永遠の瞬間	106
永遠の哲学	116
英国，英国	206
英国が私をつくった	128
英国，君の英国	125
英国詩人列伝	39
英国詩人集	39
英国小説	118
英国人	125
英国の都市と小さな町	191
英国の友人	199
英国のユーモア	118
英国よ，海を支配せよ	166
英語辞典（ジョンソン）	39
英詩人とスコットランド評論家	56
エイミーの考え	206
エイミー・フォスター	92
エイモス・バートン	74
英雄崇拝論	63
栄誉の歌	182
栄誉の宮殿	19
エヴァン・ハリントン	83
エクウス	329
エグザミナー	170
エジプト日誌	134
エスター・カーン	181
エセルバータの手	85
エッセイ集（ベイコン）	159
エドウィン・ドルードの謎	69

エトナ山上のエンペドクリーズ	79
エドマンド・キャンピオン	127
エドワード二世	221
エピサイキディオン	59
エピシーン	33
F6登頂	192
エマ	249
Mといえば月	146
エリア随筆集	169
エリオット夫人の中年	194
エリナーとマリアンヌ	247
エリナ・ラミングの酒づくり	157
エルメットの址	144
エルサレム（ブレイク）	43
エレホン	175
エンジェル舗道	118
円卓	170
エンディミオン（キーツ）	251
エンディミオン（リリー）	158
エンドゲーム	131
遠方の人々	126
園遊会	186, 301

オ

老いゆくこと	78
黄金河の王様	77
黄金のエルサレム	204
黄金のこだま	188
黄金のノート	196
黄金の矢	92
牡牛	182
王女	65
王女の誕生日	273
王子アサネーズ	58
王女とゴブリン	173
王子の旅路	174
オウマー・カイヤームのルバイヤート	172
王の書	156
王の悲劇	81
大いなる遺産	264
多くを愛せしが故	176
奥の細道	202
多くの夏を経て	117
「オーベルマン」の作者を記念して	78
大麦入りのチキンスープ	200
おかしなひとりぼっち	151
お金	171
丘の淡い眺め	153
オカルト	200
小川（テニソン）	64

(作品)◇索　引◇

お気に召すまま	28
奥地の旅	86
遅れてきた人々	199
桶物語	36
オジマンディアス	59
オスカー・ワイルドの遺言	207
オセロー	230
恐ろしい夜の町	174
堕ちざる者のために	201
オックスフォード英文学事典	204
オディッシー（クーパー訳）	167
オディッシー（チャップマン訳）	159
オディッシー（ポウプ訳）	165
男と女	71
乙女の悲劇	161
オトラント城（ウォルポール）	346
おまかせしよう（カワード）	122
思い出の記	77
オーランドー	110
オールトン・ロック	173
おりおりの祈り	31
オリヴァー・トウィスト	253
オリエント急行殺人事件	187
オルノーコ	164
オールメイアの阿呆宮	278
お歴々	104
オレンジだけがフルーツじゃない	209
オーローラ・リー	172
終わりよければすべてよし	28
女悪魔の愛と人生	200
女友だち	200
女嫌い	161
女たらし	90
女の心の中	151
女よ，女に用心	160, 299

カ

怪異談集	183
快活の人	35
海賊（スコット）	49
海賊（バイロン）	57
怪談	178
階段を使って	150
我意の人	261, 269
ガイ・マナリング	49
快楽主義者メアリアス	176
帰りゆき	163
かかげられし幟	75
科学と政府	191
鏡の国	174
鏡の中の肖像	188
輝く門	183
課業	167
学者ジプシー	79
カクテル・パーティー	115
学問の進歩につき	159
隔離された平和	146
影深き海	97
過去と現在	63
過去と現在の詩集	84
ガザに盲いて	312
火山の下で	193
賢い子供	203
貸家	100
菓子とビール	105
かすかな痛み	142
カスターブリッジの市長	85
カスリーン・ニ・フウリハン	97
カスリーン伯爵夫人	97
風を見たのはだあれ	174
家族との夕食	152
家族と友人	199
カタリーナ	104
カタロニア讃歌	124
勝たんがために身をかがめ	245
合作詩集（ブロンテ姉妹）	72
カット	201
カップ	65
家庭における幼児	176
家庭漫話	123
ガーデン	150
過渡期の詩（ディ＝ルウィス）	190
悲しみのデアドレ	103
鐘	139
鐘に呼ばれて	191
彼女は美しく歩む	57
花粉熱	123
かみそりの刃	105
紙人間	134
髪の毛盗み	165
神の猿ども	185
神の宮	162
家名の汚れ	70
仮面の真理	89
カラー，エリス，アクトン・ベル詩集	73
から騒ぎ	27
カラス	145
仮の生活	202
ガリヴァー旅行記	241
カリドンにおけるアタランタ	176

583

◇索　引◇（作　品）

カルヴァリ	97
カルタゴの女王ダイドウ	22
彼ら自身の黄金の都市	201
彼らはすべて光の世界に去りゆけり	163
彼の誕生日の詩	137
河を越えて	100
かわせみ	182
閑暇	182
カンガルー	112
諫告と返答	47
観賞論集	176
完全な女性	47
カンタベリー物語	213
カンディダ	91
管理人	143

キ

キーツ（ブリッジェズ）	177
帰郷（ハーディ）	268
帰郷（ピンター）	143
喜劇の可能性	151
危険な遊び	208
喜劇論	83
キス・キス	194
危険な曲り角	119
北	149
北風のうしろの国	173
来るべき種族	171
ギタンジャーリ	180
狐になった夫人	188
狐猟人の思い出	185
キップス	99
キハーマの呪詛	169
奇妙な出会い	205
奇妙な時折の悲しみ	152
キム	180
キャサリン	66
キャサリン自身	190
キャティライン	32
ギャンブラー	146
旧光派牧歌	94
92日間	126
救助	92
窮地	100
宮廷の大盤振舞い	157
救貧院の女たち	188
義勇兵の影	184
驚異の年	163
境遇の諷刺詩	84
教区の記録	168
郷愁	71
今日食したひらめを記念して	167
兄弟	47
兄弟愛	101
兄弟詩集（テニソン）	64
脅迫喜劇	142
恐怖省	128
教養と無秩序	78
虚栄の市	257
虚言の衰退	89
御者	188
切られた首	118, 139
ギリシア研究論集	176
ギリシアの甕に寄す	61
ギリシアの島々	57
キリスト生誕の朝に	35
ギルバート・ピンフォールドの試練	126
ギルフィル氏の恋物語	75
キルマーノック版	44
金魚の鉢で溺死した愛猫によせて	166
金星観測	193
近代画家論	77
欽定訳聖書（旧約）	235
欽定訳聖書（新約）	236
銀の箱	286
銀の匙	100
銀杯	185
金ぶち鼻眼鏡	179

ク

グウィディ館の窓	172
空気を求めて	125
クエンティン・ダーワード	49
クォーターメインの学期	203
クォータリー・リヴュー	60
クオリティ街	95
草は歌っている	196
鯨の腹の中で	125
くだらない本	117
唇のねじれた男	179
靴屋の祭日	160
愚物列伝	165
クーフーリンの死	96
くまのパディントン	184
クマのプーサン	184
雲	59
くもの巣の家	179
雲は限る	80
暗い一日	190
クライオー礼讃	192

(作 品) ◇索　　引◇

グライマス	206
グラッドかい，フランクだよ	146
クラウド・ナイン	204
クラップの最後のテープ	131
グラナダの征服	164
クラリッサ	166
クラリベル	65
グランド・シャートルーズ詩編	79
クランフォード	172
クリーオン	71
クリスタベル	50, 53
クリスマス・キャロル	254
クリスマス物語シリーズ（ディケンズ）	254
クール湖の野生白鳥	97
クレタのミノス	197
クローム・イエロー	117
黒い悪戯	126
黒い小人	49
黒の仮面劇	32
クロムウェルのアイルランドからの帰還を迎えて	163
クロムウェルの書簡と演説集	62

ケ

景気づけに一杯	142
経験の歌	43
芸術家としての批評家	89
芸術の宮	65
芸人	199
警部の来訪	317
劇詩論（ドライデン）	164
劇的叙情詩	71
劇的物語と叙情詩	71
けし	179
血縁の二公子	29, 161
結婚の条件	121
結婚披露宴	201
月長石	173
蹴り損の棘もうけ	130
月曜日か火曜日	110
ケニルワース	51
ゲーム	204
ケルト的薄明	97
元気に駆けて	197
拳銃売ります	128
現代喜劇	100
現代小説	110
現代のユートピア	98
建築の七燈	77
原爆三詩選	186

権力と栄光	129

コ

恋がたき	246
恋する女たち	296
恋する者の懺悔	156
恋におちたシェイクスピア	146
故意の反則	146
公園のせむし男	137
仔犬のような芸術家の肖像	136
恋の種々相	37
恋の夜曲	80
交換教授	201, 330
高原平話	180
恋の骨折り損	27
好古家	50
恋人	143
更衣室	202
公爵夫人の書	19
公正	101
幸福	186
幸福な王子	273
幸福な種族	123
酵母	173
後継者たち	135
高慢と偏見	248
荒野	197
荒涼館	69
古英詩拾遺集	346
凍った海	173
黒衣の王子	139
黒衣の女	205
国民健康保険	198
国王牧歌	262, 348
ここだけの話	151
ここにいない友達	151
ここは戦場だ	128
心	178
心をこめたキスをひとつ	45
心の旅路	185
心の冒険	181
古今評論集（エリオット）	114
乞食オペラ（ゲイ）	151, 242
古詩人	166
五重奏	141
湖上の美人	50
コスモポリタンズ	104
壺葬論	162
国家の遺産	132
骨董屋	69

585

◇索　引◇（作　品）

ゴドーを待ちつつ……………… 322, 328, 354
子供の歌の園 …………………………………… 87
子供的な ………………………………………… 186
この世界を離れて ……………………………… 207
この世はすべて舞台 …………………………… 203
五番目の子供 …………………………………… 196
湖畔のホテル …………………………………… 333
仔羊 ……………………………………………… 43
小人たち ………………………………………… 142
護符 ……………………………………………… 49
コペンハーゲン ………………………………… 337
コーマス ………………………………………… 35
胡麻と百合 ……………………………………… 77
コミットメンツ ………………………………… 209
小麦は緑 ………………………………………… 191
小屋住みの人の土曜日の夜 …………………… 45
コリオレイナス ………………………………… 28
コリン・クラウトの帰郷 ……………………… 20
コリンナは五月の花摘みに …………………… 161
ゴールデン・トレジャリー …………………… 160
これから先 ……………………………………… 151
コレクション …………………………………… 142
コレクター ……………………………………… 327
コレリー大尉のマンドリン …………………… 209
今夜八時半 ……………………………………… 122

サ

歳月 ……………………………………………… 111
最後詩集（ハウスマン） ……………………… 180
最後の儀式 ……………………………………… 207
最後の吟遊詩人の歌 …………………………… 50
最後の九月 ……………………………………… 189
最後の告白 ……………………………………… 80
最後の詩集（ロレンス） ……………………… 112
最後のつぐみ …………………………………… 182
材木 ……………………………………………… 163
サイモン・リー ………………………………… 47
サヴィル ………………………………………… 202
サウル …………………………………………… 71
サーシス ………………………………………… 79
サイラス・マーナー …………………… 75, 263
サスペンス ……………………………………… 92
砂洲を越えて …………………………………… 64
蠍の神 …………………………………………… 134
雑詠集 …………………………………………… 52
作家の日記（ウルフ） ………………………… 110
叫ぶ者の声 ……………………………………… 156
さくらんぼの性 ………………………………… 210
ざくろの家 ……………………………………… 273
サッフォー ……………………………………… 194

サッフォー風詩編 ……………………………… 176
砂漠に死す ……………………………………… 71
淋しい家 ………………………………………… 68
さまよい出た宴客，その他 …………………… 78
サー・ユースタス・グレイ …………………… 168
さらに多くの国旗を …………………………… 126
さらば …………………………………………… 176
猿と本質 ………………………………………… 117
サルトル——ロマン的合理主義者 …………… 138
戯れ歌 …………………………………………… 147
サロメ …………………………………… 89, 279
珊瑚島 …………………………………………… 320
残酷な冬至 ……………………………………… 197
さんざし ………………………………………… 47
サンザシの提灯 ………………………………… 149
三色すみれ ……………………………………… 112
サンドラ・ベローニ …………………………… 83

シ

しあわせな日々 ………………………………… 131
シェイクスピア劇人物論 ……………………… 170
シェイクスピア全集（ジョンソン） ………… 39
シェイクスピア批評集（コウルリッジ） …… 53
シェイクスピア（スウィンバーン） ………… 176
シェイクスピア（ダウデン） ………………… 24
シェイクスピアに寄せる ……………………… 34
シェイクスピア物語（ラム） ………………… 169
ジェイコブの部屋 ……………………………… 111
ジェイムズ四世 ………………………………… 158
Jを待って ……………………………………… 152
ジェイスンの生涯と死 ………………………… 175
シェビー ………………………………………… 105
ジェニイ ………………………………………… 80
ジェレミー ……………………………………… 184
シェレー論 ……………………………………… 179
死を忘れるな …………………………………… 195
塩の地 …………………………………………… 140
ジェーン・エア ………………………… 172, 187, 255
詩歌集（ダン） ………………………………… 31
時間の中の子供 ………………………………… 207
ジーキル博士とハイド氏 ……………………… 271
四季（トムソン） …………………… 166, 171, 346
四季（ウェスカー） …………………………… 201
詩劇についての対話 …………………………… 114
事件の核心 ……………………………………… 129
自己欺瞞 ………………………………………… 78
自殺クラブ ……………………………………… 87
シーザーとクレオパトラ ……………………… 91
資産家 …………………………………………… 300
詩集（スウィンバーン） ……………………… 176

586

(作　品)　◇索　　引◇

詩集（テニソン）……………………… 65
詩集（メレディス）…………………… 83
詩集（ホジソン）……………………… 182
詩集1925–72（ディ=ルウィス）……… 190
詩集（オーデン）……………………… 192
詩集（アーノルド）…………………… 78
詩集（ワイルド）……………………… 88
詩集，主としてスコットランドの方言による
　（バーンズ）………………………… 44
詩集（ロセッティ）…………………… 80
詩集（イェイツ）……………………… 96
思春期前後……………………………… 121
自叙伝（リー・ハント）……………… 170
自叙伝（トロロップ）………………… 260
詩人たちへの嘆き……………………… 157
静かなアメリカ人……………………… 129
静かな中心……………………………… 193
私生活…………………………………… 308
死せるボールダー……………………… 78
死せるもの……………………………… 109
自然観察………………………………… 149
七大罪の踊り…………………………… 157
シダの丘………………………………… 137
執事の見たもの………………………… 202
室内楽…………………………………… 108
失楽園……………………………43, 238, 342
詩的イメージ…………………………… 190
死と入口………………………………… 137
死との格闘……………………………… 31
詩20編（スペンダー）………………… 193
死の恐怖について……………………… 170
詩の研究（アーノルド）……………… 79
詩の創作………………………………… 145
詩の発展（グレイ）…………………… 166
詩の弁護………………………………… 158
詩の名称と本質………………………… 180
ジービア王……………………………… 169
シビルの詩片…………………………… 53
詩文集（カウレー）…………………… 163
自分の耳………………………………… 141
姉妹の歌………………………………… 179
姉妹の気持ち…………………………… 150
島の流れ者……………………………… 92
ジャクソンのジレンマ………………… 138
シャグパットの毛剃り………………… 83
尺には尺を……………………………… 28
じゃじゃ馬馴らし……………………… 26
邪宗徒…………………………………… 56
シャーストン…………………………… 185
ジャネットの悔悟……………………… 75

シャーリー……………………………… 73
車輪……………………………………… 186
シャルル・ペギーの慈悲の奇蹟……… 201
ジャンパーズ…………………………… 146
シャーロック・ホームズの冒険……… 276
シャロットの姫………………………… 65
シャーロット・ブロンテ伝（ギャスケル夫人）
　………………………………………… 172
ジャングル・ブック…………………… 180
シャンター村のタム…………………… 45
ジャンヌ・ダルク……………………… 169
十月（ブリッジェズ）………………… 177
十月の詩………………………………… 137
宗教と反抗人…………………………… 200
十字軍物語……………………………… 49
終章……………………………………… 100
十字路館のダイアナ…………………… 83
自由人登場……………………………… 146
自由な転落……………………………… 135
12ポンドの目つき……………………… 94
十二夜…………………………………… 228
周年の詩………………………………… 31
祝宴……………………………………… 142
十八編の詩（D.トマス）……………… 137
シュガー………………………………… 204
10½章で書かれた世界の歴史………… 206
種子と蒔く者…………………………… 192
受難劇…………………………………… 198
祝婚歌…………………………………… 20
祝婚序歌………………………………… 20
ジューノーと孔雀……………………… 184
ジュピターは笑う……………………… 120
シュライ・ヴィングズの闘争………… 140
ジューリア詩編（ヘリック）………… 161
ジュリアス・シーザー………………… 227
ジュリアンとマダロウ………………… 59
狩猟およびウィリアムとヘレン……… 48
シュロプシアの若者…………………… 180
少尉候補生イージー…………………… 171
小説の技巧……………………………… 203
小説の言語……………………………… 203
小説の諸相……………………………… 106
小説のために…………………………… 200
女王ギネヴィアの弁明………………… 175
女王の敵たち…………………………… 183
情事の終わり…………………………… 128
象徴主義の文学運動…………………… 181
少年期…………………………………… 120
少年誘拐………………………………… 272
少年の成長……………………………… 136

587

◇索　引◇（作　品）

上流へ 150
勝利 92
ジョー・エッグの一日 198
死よ奢るなかれ 31
初期イタリア詩人集 80
序曲（ワーズワース） 47
食事の間に 151
城砦 313
叙情歌謡集 47, 52, 346
叙情歌謡集・再版（序文） 47
叙情詩集 65
書物合戦 36
ジョージ・メレディス論（プリーストリー） 118
ジョーゼフ・アンドルーズ 37, 166
商人 201
小牧師 95
逍遥 47
ジョン王 27
ジョン・スターリング伝（カーライル） 62
ジョンソン伝（ボズウェル） 38
ジョン・バーレーコーン 44
ジョン・ボールの夢 175
シラー伝（カーライル） 62
シリマリルの物語 187
シルヴィアの愛人たち 172
シルエット 181
シルヴィアはだれ 133
白孔雀 113
白猿 100
白船 81
シロンの囚人 56
新アラビア夜話（メレディス） 83
新アラビア夜話（スティーヴンソン） 87
新アトランティス 160
深淵より 89
心願の国 97
シング・ソング 174
新グラブ街 179
シングルトン船長 164
深刻な金 204
新詩（ブリッジェズ） 177
新詩集（アーノルド） 78
新詩集（ロレンス） 112
新生（ロセッティ訳） 80
紳士舞踊教師 164
神聖ソネット集 31
人生の旅立ち 199
人生の途上にて 120
神仙女王 21
死んだ男 113

死んだがまし 94
真ちゅうの蝶 134
新年の手紙 192
神父ブラウン・シリーズ 182
シンベリン 29
森林地の人びと 85

ス

すいかずら 80
水車小屋のウィル 87
水準器 149
水上の散歩 146
水仙の野 183
水仙の花に 161
水夫の帰郷 188
衰亡 127
スウィーニー・アゴニスティーズ 114
スカイライト 206
鋤と星 184
過ぎゆく者 177
スクープ 126
救われたアイサ 186
救われて 202
少しばかりの学問 126
スコットランド史 49
スコットランドのメアリ女王の３部作
　（スウィンバーン） 176
スコットランド辺境歌謡集 48
鈴とザクロ 71
スタンブール特急 128
スティーヴン・ヒアロウ 109
ステイション島 149
ストラッフォード 70
砂時計 97
スナッパー 209
砂の城 138
砂の妖精 189
すばらしい新世界 311
すばらしい新世界再訪記 116
すばらしいロケット 273
スフィンクス 88
スープの鍋 96
スペインの悲劇 159
「スペクテイター」 165, 344
すべてを愛のために 164
すべての季節の男 197
全てのものの価値 208
すべての者は歌った 185
スポーツマンの生き方 202
スラムズの窓 94

(作品)◇索　引◇

スルース	140
スローン氏の歓待	202

セ

聖アグネス祭の前夜	61
西欧人の眼に	92
聖火	104
聖史劇	215
青春の生きかた	120
聖なる戦い	239
聖なる町	239
聖なる森	115
青年男女のために	87
聖者の泉	103
青春	93
聖女ジョウン	302
聖灰水曜日	115
征服者サラバー	169
静物	123
生命維持装置	203
生命の家	81
生命の科学	98
聖霊降臨節の結婚式	196
聖ロウナンの泉	49
世界	163
世間道	240
世界の解剖体	31
世界の中の世界	193
世界文化史大系	98, 135
セジェイナス	33
説教集（ダン）	31
説得（オースティン）	55
セルの書	43
セルボーン博物誌（ホワイト）	346
1914年	185
1984年	315, 318
閃光	81
全詩集（グレイヴズ）	188
全詩集（ブランデン）	189
全詩集1934–1952（D.トマス）	137
全詩集（ダレル）	194
戦場のメリークリスマス	192
善女列伝	19
船長ブラスバウンドの改宗	90
尖塔	135
善と良	138
善の至高性	138
戦利品	202
善良な徒弟	138

ソ

僧院	49
僧院長	49
相互の友	68
僧正のかがり火	185
想像的肖像	176
想像的対話集	170
創造的要素	193
想像と空想	170
相対的に言うと	150
底の炎	134
争闘	101
僧ベイコンと僧バンゲイ	158
象を撃つ	125
そして誰もいなくなった	187
率直な男	164
ソーデロ	70
ソネット集（シェイクスピア）	26
その女は火刑に値せず	193
その瞳は太陽にあらず	195
染物屋の手	192
ソーラブとラスタム	79

タ

ター	185
第一印象	54
大英行進曲	309
大英博物館落ちた	203
第5時の祈祷	192
大混乱	151
第三詩集（キーツ）	60
第三の男	129
大寺院の殺人	115, 217
大戦微韻	189
タイタス・アンドロニカス	26
怠惰の木	194
怠惰の城	166
第2詩集（ロセッティ）	80
台風	93
タイム・マシン	280
太陽の国の征服	141
太陽レンズ	188
たかとうだい	81
鷹（ホプキンズ）	177
鷹（キーズ）	197
鷹の井にて	97, 217
誰がために鐘は鳴る	31
高窓	196
宝島	270, 271

589

◇索　引◇（作　品）

滝	163
卓上談話	170
ただひとつの望み	81
ダニエル・デロンダ	75
ダニエル・マーティン	198
谷の陰	103
谷間の恋	83
他人と兄弟	191
愉しき想い出	125
ダーバーヴィル家のテス	275
他人の目	140
旅する者	182
ダビデ物語	162
旅について	170
W.S.ランドーをしのびて	176
ダブリンの人々	109
魂の破壊者	182
魂の遍歴につき	31
誰もいない国	143
ダロウェイ夫人	304
短詩集（ブリッジェズ）	177
誕生日	143
誕生日の手紙	144
ダンテの夢	80
タンバレイン大王	23
短編詩集（ブレイク）	42
断片集（マクファーソン）	167

チ

治安判事	178
小さな家族企業	151
小さな世界	203
チェンチー一家	59
地下室	129
地上楽園	175
父なる神への讃歌	31
父に会って	150
父の回顧録	207
チップス先生さようなら	190
知的美への讃歌	59
地の果てまで（クローニン）	120
地の果てまで（ゴールディング）	134
チャイルド・ハロルドの遍歴	57
チャタトン偽書	207
チャタレイ夫人の恋人	307
チャーティズム	62
チャールズ・ディケンズ（ギッシング）	179
チャールズ・ディケンズの世界（A.ウィルソン）	194
忠実な友	273
忠実な人々	183
忠誠	101
長距離走者の孤独	198
超哲学者マンソンジェ	201
長男	100
超浮浪者の自叙伝	181
チリアンウォラアの戦	82
チリ年代記	208
散れ散れ散れ	65

ツ

追憶（テニソン）	65
追悼の詩（アーノルド）	79
追放された人々	109
追補詩集（ハウスマン）	180
通過儀礼	135
通行者	100
月あかり	143
月世界の最初の男	99
月と六ペンス	120, 295
月に	59
月の出	178
月の女神の饗宴	32
翼ある車	182
翼のある蛇	113
釣漁大全	162
つれなきたおやめ	61

テ

出会い	193
デイヴィッド・コッパフィールド	258, 264
庭園	163
デイジー	179
ディケンズ（チェスタトン）	182
ティンターン寺院の数マイル上流で書いた詩章	47
ティムバクトウ	64
ディー博士の家	207
デーヴィの丘	106
鉄の月桂冠	196
テーブルマナー	151
手と魂	81
テーマの変奏	133
テモーラ	167
テリー・ストリート	205
添加	198
田園の詩神	171
田園の眠りの中で	137
伝記（ウォルトン）	162
天国と地獄の結婚	43

(作品) ◇索　引◇

天国の鍵	121
天国のメアリーに	44
天使も恐れて立ち入らぬところ	107
伝染病的謬見	162
伝統と個人の才能	115
天の猟犬	179
テンペスト	139, 237, 311, 327, 344
天路歴程	139, 239

ト

ドイツの宿にて	186
塔	97
洞窟の鳥	145
道化踊り	117
闘士サムソン	35, 312, 342
登場人物	71
塔上の二人	85
逃走	101
燈台めざして	305
道徳劇	217
とおい昔（オールド・ラング・サイン）	45
遠き地球の歌	195
ドーヴァー海浜	79
動物園に入った男	188
動物園の老人たち	194
動物農場	315, 318
透明人間	98, 318
時とコンウェイ一家	119
時の人	150
時の矢	207
時の笑い草	84
時は春（ブラウニング）	71
独身老人	240
毒を盛られて	152
特に10月の風が	137
毒ニンジンとその後	194
毒の木	43
時計じかけのオレンジ	326
どこにもない国からの通信	175
どこまで行けるか	203
独居につき	163
床屋コックスの日記	67
トップガールズ	204
隣りの浮気	151
トーノ・バンゲイ	288
トム・サム	37
トム・ジョーンズ	67, 243
友達座	119, 203
土曜の夜と日曜の朝	325
虎	43

ドーラ	65
ドラキュラ	281
ドラゴンの口	118
ドリアン・グレイの画像	274
取替児	160
鳥・獣・花	113
トリストラム・シャンディ	41
トリスタンとイズールト	78
とるにたらぬ女	88
トレインスポッティング	209
ドレッサー	203
トロイラスとクレシダ	28
トロイルスとクリセイデ	19
ドローレス	176
ドン・ジュアン	57
ドンベイ父子	69

ナ

ナイジェルの運命	49
ナイチンゲールとバラ	273
長年の詩集	189
眺めのある部屋	107
なぜブラウンリーは離れたか	208
なぜ私は書くか	124
謎	163
ナチュラリストの死	149
なつかしい昔の人々	169
名づけえぬもの	131
夏の鳥かご	204
夏の夜の夢	224
夏の遺言	160
ナポレオン交響曲	195
ナポレオン・ボナパルト伝	49
波	310
ナルシサス号の黒人	93
ナルニア国年代記	189
なんと言えば	130

ニ

二巻の詩集（ワーズワース）	47
荷車の御者	188
ニコラス・ニックルビー	69
虹（ワーズワース）	47
虹（ロレンス）	293, 296
西風に寄せて	59
西の世界のプレイボーイ	287
二十五編の詩	137
23歳になった日	34
24年の歳月が	137
偽殉教者	30

◇索　引◇（作　品）

二都物語 ……………………………………… 69
ニネヴェの宿運 …………………………… 81
二番目のタンカレー夫人 ……………… 178
二枚舌 ……………………………………… 134
ニューカム家の人びと …………………… 67
庭をまわって …………………………… 151
人間嫌い ………………………………… 164
人間社会 ………………………………… 121
人間の絆 ………………………………… 292
人間の見世物 ……………………………… 84
人間欲求の空しさ ………………………… 39
人間論 …………………………………… 165

ヌ

奴婢訓 ……………………………………… 36
沼地 ……………………………………… 207

ネ

ねずみとり ……………………………… 319
熱狂的恋人 ……………………………… 163
根っこ …………………………………… 200
ねむり草 …………………………………… 59
眠りと詩 …………………………………… 61
ネルソン伝（サウジー） ……………… 169

ノ

農夫 ……………………………………… 194
農夫ピアーズの幻 ……………………… 156
ノーサンガー・アベイ ………………… 55
ノストロモ ………………………………… 93
ノーマンの征服 ………………………… 151
蚤 …………………………………………… 31
のらくら王 ……………………………… 201

ハ

廃園 ……………………………………… 176
廃墟の恋 …………………………………… 71
背信 ……………………………………… 331
灰は灰に ………………………………… 143
ハイペシア ……………………………… 173
ハイペリオン ……………………………… 61
ハイペリオンの没落 ……………………… 60
ハイランドのメアリー …………………… 44
ハウス …………………………………… 150
蠅の王 …………………………… 140, 320
破壊的要素 ……………………………… 193
墓守老人 …………………………………… 49
白衣の女 ………………………………… 173
白痴の少年 ………………………………… 47
白鳥の歌 ………………………………… 100

白猿 ……………………………………… 100
爆撃の後 ………………………………… 189
爆風 ……………………………………… 185
白魔 ……………………………………… 161
はじめてチャプマンのホーマーを読んで … 61
覇者 ……………………………………… 285
蓮を食う人びと …………………………… 65
バスカヴィル家の犬 …………………… 179
バーセットシア小説群 ………………… 260
バーソロミューの市 ……………………… 33
はつかねずみに …………………………… 45
ハップグッド …………………………… 146
初恋, 最後の儀式 ……………………… 206
パッション ……………………………… 209
パディ・クラーク・ハハハ …………… 209
パーティ・タイム ……………………… 142
馬丁粋語録 ………………………………… 67
鳩の巣 …………………………………… 186
バトリー ………………………………… 203
花咲く荒野 ……………………………… 100
花咲くチェリー ………………………… 197
バーナビー・ラッジ ……………………… 69
花嫁の序曲 ………………………………… 80
はにかむ恋人に ………………………… 163
ハバナの男 ……………………………… 129
バビロンの川のほとりにて …………… 176
ハーミストンのウェア …………………… 87
パミラ …………………………… 37, 165
ハムレット ……………… 159, 229, 319, 328
ハムレット論（エリオット） ………… 115
腹ぐろ男 ………………………………… 240
パラセルサス ……………………………… 71
バラッド（民謡） ……………………… 214
薔薇の歌頌 ……………………………… 186
バラ物語 …………………………………… 19
ハランをそよがせよ …………………… 125
ハーリクイネイド ……………………… 132
はり裂けた胸 …………………………… 161
パリスの告発 …………………………… 159
パリの家 ………………………………… 189
パリの虐殺 ………………………………… 23
針の眼 …………………………………… 204
貼り札 …………………………………… 126
ハリー・ポッターと賢者の石 ………… 210
バリー・リンドン ………………………… 67
パリ・ロンドン放浪記 ………………… 125
遥か狂乱の群を離れて …………………… 85
バルコニーにて …………………………… 71
春に ………………………………………… 42
春のうた ………………………………… 186

(作品) ◇索　引◇

バロースチャンの冒険	71
ハロルド	64
ハワーズ・エンド	289
パン	209
挽歌	50
反撃	185
万鳥のつどい	19
万人	216
万人の道	175
ハンフリー・クリンカー	167

ヒ

ヒアロウとリアンダー（マーロウ）	23, 159
ヒアロウとリアンダー（チャップマン）	159
火をもたらす者プロメテウス	177
日陰者ジュード	277
東と西	206
碾臼	204
ピークのペヴァリル	49
ピグメーリオン（ショー）	290
ピグメーリオンとガラテア	175
悲劇中の悲劇	37
飛行士たちの話	194
日ざかり	190
秘書	115
ヒストリー・マン	201
ひそやかな村	205
ピーターパンとウェンディ	94
ビター・スウィート	122
ピーター・シンプル	171
ピーター・パン	95
ピーターラビットのおはなし	184
ビーチャムの生涯	83
ピックウィック・ペイパーズ	69
羊飼いの歌ごよみ	21
羊飼の暦歌	171
人それぞれの気質で	226
一握の塵	127
人と超人	217, 284
人のいい恋人	128
人の鏡	156
人は人、そんなことにゃあ関係ない	45
ひとめぐり	105
美の十字架	121
陽の当たる中庭	193
火の鳥と魔法のじゅうたん	189
日の照る間に	133
日の名残り	335
日の出前の歌	176
美の遺言	177

ピパが通る	71
火花散る火打ち石	163
ひばり（ホジソン）	182
ひばりに（シェレー）	59
批評家（シェリダン）	246
批評論（ポウプ）	165
批評論集（アーノルド）	79
評論集（オーウェル）	125
ひまわりの花	43
ビュッシー・ダンボア	159
ビュッシー・ダンボアの復讐	159
ヒューマン・ファクター	129
開いた窓	181
ピラミッド	135
昼と夜	181
広い藻の海	187
ピューリタンのための三劇	90
ビルマの日々	125
ピンク色のものはなあに	174
ビンゴ	202
ピンチャー・マーティン	135
貧乏人と貴婦人	84

フ

ファースト・エピソード	133
ファリーナ	82
ファロスとファリロン	106
ファンタスティス	173
不安の時代	192
フィネガンの通夜	109
フィラデルフィアに到着！	199
フィーリックス・ホールト	75
フィリップ	66
フィリップ・スパロウ	157
フィンガル	167
風流漂白	41
不運な旅人	160
フォーサイト・サーガ	300
フォーサイト家年代記	100
フォーサイト家物語	101
フォーサイト家情報交換局	100
フォースタス博士	217, 219
深く青い海	323
武器と人	91
副次的世界	192
不屈の魂	184
復楽園	35, 342
不思議の国のアリス	265
不死鳥	193
舞台裏は大騒ぎ	202

◇索　引◇（作　品）

ふたつの文化と科学革命	191
船出	111
忽必烈汗	53
不満のコーラス	151
冬の言葉	84
冬物語	29
冬を生きぬく	149
冬の少女	196
冬物語	137
舞踊劇四編	97
ブライズヘッド再訪	316
ブライトン・ロック	128
ブラウダ	206
ブラウニング版	133
ブラック・コメディ	141
ブラクシス	200
フラッシュ	110
プラトンとプラトニズム	176
フランケンシュタイン	250
フランス革命（カーライル）	63
フランス革命（ブレイク）	42
フランス語入門	133
フランス軍中尉の女	198
フリードリッヒ二世史伝（カーライル）	62
ブリトリング氏の洞察	99
古き良きロンドン	191
ブルーノの夢	138
プルーフロック詩集	294
ブレイク（スウィンバーン）	176
フレデリック夫人	104
プレンティ	206
プロサパイン	80
プロスペローの岩窟	194
プロセルピナへの讃歌	176
フロス河畔の水車小屋	263
プロフェッサー	73
フロベールの鸚鵡	334, 354
プロミシューズ解縛	252
文学の可能性	200
文学評伝（コウルリッジ）	53
文化の前哨戦	93
分別と多感	247

ヘ

兵営譚歌	180
兵士	185
平和な家庭	178
ベーオウルフ	149, 212
ペガサス	190
ベケット	65

ヘスペリディーズ	161
ベッドルームの笑劇	151
別々のテーブル	133
別々の場所	142
ベネット氏とブラウン夫人	110
ヘブライ調	57
へぼ詩人	32
部屋	143
ペリクリーズ	29
ペリグリン・ピックル	167
ヘリズ	184
ペリン氏とトレール氏	184
ヘレン姉さま	81
ベン・エズラ師	71
ペンキ職人	183
ペンデニス	67
ペンと鉛筆と毒	89
ヘンリー・エズモンド	259
ヘンリー四世	27
ヘンリー五世	27
ヘンリー六世	26
ヘンリー八世	29, 161
ヘンリー・ライクロフトの私記	179

ホ

冒険物語	132
帽子屋の城	121
放蕩親父	140
葬られた生涯	78
抱擁	204
ボウリーン	70
暴力の子供たち	196
ボカラの病める王	78
牧師生活の風景	75
牧師の娘	125
牧神ルパカルの祭	145
僕はエルサレムのことを話しているのだ	200
ぼくはお城の王様だ	205
星の子	273
星光りの夜	177
星の眺める下で	121
ボズのスケッチ集	68
牧歌の諸変奏	192
仏さま	126
骨の夢見	97
墓畔の悲歌	166
ホビットの冒険	187
ポプラの野	167
ホーム	202
ホロスコープ	130

(作品)◇索 引◇

ポリー（ゲイ）……………………………242
ポルトガル語よりのソネット訳詩集………172
ポルノと猥褻………………………………113
本当のこと…………………………………147
本当のハウンド警部………………………147
本と仲間……………………………………138
ポンペイ最後の日…………………………171
翻訳…………………………………………199

マ

マイケル……………………………………47
マーカイム…………………………………87
幕間…………………………………………111
マクベス……………………………………232
「マクベス」の門たたきについて…………171
マーサ・クエスト…………………………196
まじめ第……………………………………279
魔術師………………………………………198
魔術師のおい………………………………189
貧しい娘たち………………………………195
マスターマン・レディ……………………171
まだらの紐…………………………………179
町……………………………………………168
間違いの喜劇………………………………222
待つ処女……………………………………100
マティス・ストーリーズ…………………204
マーティン・チャズルウィット…………69
マドック（サウジー）……………………169
マドック（マルドゥーン）………………208
マーフィ……………………………………131
マブ女王……………………………………58
魔法の玩具店………………………………205
幻の瞬間……………………………………84
マーミオン…………………………………50
マミリア……………………………………158
真夜中の子供たち…………………………332
マリアーナ…………………………………65
マルキスト卿とムーン氏…………………146
マルフィ公爵夫人…………………………161
マルゲリート詩編…………………………79
マルタ島のユダヤ人………………………220
マレーシア三部作…………………………195
マロウンは死ぬ……………………………131
廻り階段……………………………………96
マンスフィールド・パーク………………55
マンフレッド………………………………57

ミ

見えない友達………………………………151
ミカド………………………………………175
巫女の予言の木の葉を判読して…………177
ミスター・ジョンソン……………………186
見捨てられた人魚の男……………………79
ミス・ブロディの青春……………………195
水の子供たち………………………………173
満たされぬ人々……………………………153
密使…………………………………………128
密集地域……………………………………134
密偵…………………………………………92
認められぬ証拠……………………………199
緑の木陰……………………………………85
緑の騎士……………………………………138
緑の瞳の娘…………………………………201
緑の館………………………………………177
ミドルマーチ市……………………………267
ミドロウジアンの中心獄…………………51
耳をすます者たち…………………………182
耳に入る事など……………………………183
ミューズの神々に…………………………42
見よ、私たちは通りぬけた………………112
未来の姿……………………………………99
ミルクウッドの下で………………………137
ミルトン（ブレイク）……………………43
ミルトンの詩学（ブリッジズ）…………177
魅惑するものから逃れて…………………138
民主主義に二度喝采………………………107
みんな気質なし……………………………33
みんなこまぎれ……………………………201

ム

ムーアタウン………………………………145
無為の時……………………………………56
昔の日々……………………………………143
昔のやつら…………………………………197
無言の求婚…………………………………100
無邪気の歌…………………………………43
矛盾の解剖…………………………………160
無神論の必要………………………………58
息子と愛人……………………………291, 293
娘たちの幸福な結婚………………………201
六つのナポレオン…………………………179
村……………………………………………168
村の楽人……………………………………171

メ

メアリ女王（テニソン）…………………65
メアリーに…………………………………167
メアリー・ポピンズ………………………189
メアリー・モリソン………………………44
メアリ・ローズ……………………………95

595

◇索　引◇（作　品）

迷信論 … 162
瞑想する者の鏡 … 156
瞑想の人 … 35
名誉の剣 … 127
めぐまれし乙女 … 81
めぐまれしベアトリーチェ … 80
目ざめ … 100
雌鹿と豹 … 163
メトセラへ帰れ … 91
目に見える闇 … 135
メリー・メン岩 … 87

モ

盲人の国 … 99
燃えつきた人間 … 129
燃えるサボテン … 193
燃える車輪 … 116
目的と手段 … 117
木曜日役の男 … 182
もしもあの時 … 183
モダン・ラヴ … 83
最も長い旅路 … 107
モード … 65
ものを見ること … 149
喪服の花嫁 … 240
モール・フランダース … 164
モーリス … 107
森の獣人 … 145
森の恋 … 164
モロイ … 131
モントロウズ綺談 … 49
文無しピアス … 160

ヤ

やさしく静かに … 65
野獣と超野獣 … 181
宿の一夜 … 183
宿屋主人の物語 … 49
ヤードレーの樫の木 … 167
柳の風 … 184
柳の森 … 81
やはりここがいい … 197
山の神々 … 183
病めるバラ … 43
闇の奥 … 282
闇への入口 … 149
闇もまた明るし … 193
やもめの家 … 91

ユ

勇者らはいかに眠れるや … 166
ユージーン・アラム … 171
ユートピア … 157, 159
ユーフイズ … 158
夕べへの頌歌 … 166
有名な事件 … 133
幽霊屋敷と幽霊たち … 171
ユダの樹 … 121
ユードルフォ城の神秘 … 168
指輪と本 … 266
指輪物語 … 321
ユリシーズ（テニスン）… 65
ユリッシーズ（ジョイス）… 298

ヨ

良い子のご褒美 … 146
陽気な乞食たち … 45
陽気な幽霊 … 123
夜鶯たち … 177
夜鶯に寄す … 61
幼児の悲しみ … 43
幼児の喜び … 43
幼年期の終わり … 195
妖魔の市 … 174
要約 … 105
養老院長 … 260
予言書 … 42
汚れた肉体 … 126
ヨナダブ … 140
四つのゾア … 43
四つの四重奏 … 314
より少し騙されし者 … 196
夜 … 163
夜と昼 … 111
夜も昼も … 147
よろいなき騎士 … 190
鎧なき人生 … 198
喜びの流れ … 208
喜べ … 145

ラ

ライオンと魔女 … 189
ライシマン坂 … 181
ラセラス … 39
ラッキー・ジム … 197, 208, 330
ラッパ長 … 85
ラドクリフ … 202
ラマとのランデヴー … 195

596

(作品)◇索 引◇

ラマムーアの花嫁 51
ラムベスのライザ 105
ラムブラー 38
ラーラ 56
ラーンスロット・アンドルーズのために 114
ランダム・ハーヴェスト 190

リ

リア 202
リア王 202, 231
リヴァーサイドの殺人 197
リエンツィ 171
リシダス 35
理想の夫 88
リチャード二世 27
リチャード三世 26
リチャード・サヴェジ 94
リチャード・サヴェジ伝（ジョンソン） 38
リチャード・フェヴァレルの試練 261
リトル・ドリット 69, 127, 207
リボ・リビ師 71
リミニ物語 170
料理昇降機 143
漁師とその魂 273
リリアン 65
リリス 173
リンゴの木 101
リンゴ馬車 91
リンボー 116

ル

ルイス・エリオット・シリーズ 191
ルーシー・グレイ 47
ルーシー詩編 47
ルーナサの踊り 336, 354
ルター 199
ルネッサンス史研究 176
流浪者 164

レ

霊魂不滅の頌 47
冷淡な人 85
レジナルド 181
レティスとラヴェジ 141
レディング牢獄の物語歌 89
レノーレ（ビュルガー） 48
恋愛詩集（ロレンス） 112
恋愛対位法 306
恋愛の世界 190
恋愛の定義 163

錬金術師 33
煉獄 96

ロ

老猟人 185
ロウクビー 48
老妻の物語（ピール） 159
老妻物語（ベネット） 181
老ジプシー「時」よ 182
老水夫の歌 53
ローズ・エイルマー 169
老政治家 115
ローズ・メアリー 81
ロウレー詩編（チャタトン） 168
ロクサナ 165
ロシアのレジナルド 181
ロス 132
ロセッティ評伝（ウォー） 126
ローゼンクランツとギルデンスターンは死んだ 328
ローダ・フレミング 82
ロード・ジム 283
ロップ・ロイ 49
ロデリック・ランダム 167
ロバとの旅 87
ロビンソン・クルーソウ 164
ロミオとジュリエット 223
ロモラ 75
ロンドン 39
ロンドン・アシュアランス 173
ロンドン大火 207
ロンドンで焼死した子の哀悼の拒絶 137
ロンドンの夜 181

ワ

ワイズ・チルドレン 205
ワイルドフェル屋敷の人 73
若い王 273
若き芸術家の肖像 109
若き日の悩み 120
わが心は暗い 57
わがままな大男 273
わからんもんですよ 90
私クラウディス 188
わたし自身につき 163
わたしじゃない 131
私たちが孤児だった頃 153
私のイングランド 113
私のための愛国者 199
わたしの恋人は赤いバラ 45

◇索　引◇（作　品）

私の信条 ……………………………………… 107
笑いごとではない …………………………… 194
ワット ………………………………………… 130
われすべてうるわしきものを愛す ………… 177
われ先夜永遠を見き ………………………… 163
我はあり ……………………………………… 171
我らが共通の友 ……………………………… 69

作　家

アクロイド	207
アダムス	184
アーチャー	91
アーノルド	60, 78, 348
イェイツ	96, 102, 103, 108, 125, 148, 350
イシグロ	152, 354
インチボールド	168
ヴァン・デル・ポスト	192, 354
ウィチャリー	164
ウィリアムズ	136, 191
ウィルソン（アンガス）	194, 204
ウィルソン（コリン）	200
ウィンターソン	209
ウェイン	197
ウェスカー	200
ウェブスター	161
ウェルシュ	209
ウェルズ	98, 135, 182, 350
ウェルドン	200
ウォー	126, 209
ウォトソン	94
ウォルトン	162
ウォルポール（サー・ヒュー・シーモア）	184
ウォルポール（ホレス）	346
ヴォーン	163
ウルフ（ヴァージニア）	110, 189, 350
ウルフ（レナード）	110
エイ・イー	350
エイクボーン	150, 354
エイミス（キングズレー）	197, 207, 208, 330
エイミス（マーティン）	207
エヴァンズ（メアリ・アン）	
→エリオット（ジョージ）	
エッジワース	346
エリオット（ジョージ）	74, 83, 348
エリオット（トマス・スターンズ）	
	114, 134, 207, 350
エンプソン	192
オースティン	54, 110, 346
オーウェル	124
オーケイシー	184
オズボーン	199, 354
オーデン	192, 350
オートン	202
オブライエン	201

カウレー	162
カーター	205, 354
カートランド	190
ガーネット（デイヴィド）	187
カーライル	62, 348
ガワー	156
カワード	122, 132, 141, 199, 354
キーズ	196
キーツ	58, 59, 60, 79, 159, 170, 208, 340, 346
ギッシング	179
キッド	159
キネウルフ	340
キプリング	94, 180, 125, 350
ギャスケル夫人	172, 348
キャロル（ルウィス）	174
ギルバート	175
ギルピン	346
キングズレー	62, 82, 173
クーパー	167, 168
クラーク	195
クラップ	168
クリスティ	186
グリーン（グレアム）	128
グリーン（ロバート）	158, 340
クレア	171
グレイ（トマス）	166, 344
グレイ（サイモン）	203
グレイヴズ	188
グレゴリー	178
グレハム	184
クローニン	120
ケアリー（ジョイス）	186
ゲイ	242
ケドモン	340
コウルリッジ	46, 47, 52, 62, 169, 170, 346
ゴールズワージー	100, 350
ゴールディング	134, 354
ゴールドスミス	244, 245, 344
コリンズ（ウィリアム）	166
コリンズ（ウィリアム・ウィルキー）	173
コングリーヴ	240
コンラッド	92, 100, 171, 193, 350
サウジー	48, 52, 169, 346
サキ	181
サスーン	185

◇索　引◇（作　家）

サッカレー	66, 348
サレー伯爵	340
シェイクスピア	24, 90, 102, 139, 161, 176, 184, 202, 311, 327, 328, 340, 350, 352
ジェイムズ一世（スコットランド王）	156, 340
シェファー	140, 354
シェリダン	90, 245, 246
シェレー，B. S.	56, 58, 60, 70, 79, 170, 174, 346
シェレー，メアリー	250
シットウェル	186
シドニー	158, 344
シモンズ	181
ショー（ジョージ・バーナード）	90, 182, 350, 354
ジョイス	108, 110, 130, 149, 344, 350
ジョンソン（サミュエル）	38, 166
ジョンソン（ベン）	32
シリトー	198, 354
シング	96, 102, 130, 185, 350
スウィフト（ジョナサン）	36, 240, 242
スウィフト（グレアム）	207
スウィンバーン	80, 176, 348
スケルトン	157
スコット（サー・ウォルター）	48, 168, 346
スターン	40, 344
スティーヴンソン	86, 94, 350
ストーカー	281
ストッパード	146, 354
ストーリー	202
スノウ（サー・チャールズ・パーシー）	191
スパーク	195, 354
スペンサー	20, 166, 340
スペンダー	193, 350
スモレット	167
ダウデン	24
タゴーア	180
ターナー（シリル）	342
ダール	194
ダレル（ロレンス）	193, 350
ダン（ジョン）	30, 162, 163
ダン（ダグラス）	205
ダンセイニ卿	183, 350
ダンバー	157, 340
チェスタトン	182
チャタトン	167
チャーチル	204, 354
チャップマン	159
チョーサー	18, 156, 175
デイヴィス	181
ディケンズ	66, 68, 118, 125, 127, 173, 191, 207, 209, 257, 348
ディルウィス	190, 191, 350
デ・クウィンシー	170, 346
テニソン（アルフレッド）	64, 70, 82, 177, 348
デッカー	32, 160, 161, 344
デフォウ	164
デ・ラ・メア	182
ドイル（サー・アーサー・コナン）	179
ドイル（ロディ）	209
ドジソン	174
トマス（ディラン）	136, 350
トマス（エドワード）	183
トマス（ロナルド・ステュアート）	194
トムソン（ジェイムズ）	166, 346
トムソン（ジェイムズ，B. V.）	174
トムソン（フランシス）	179
ドライデン	163, 240, 344
トラヴァース	189
ドラブル	204, 354
トールキン	187, 189
トロロップ	260, 348
ナッシュ	32, 160
ニコルズ	198
ネズビット	189
ノブロック	118, 181
バイアット	204
バイロン	48, 56, 58, 59, 79, 168, 250, 346
ハウスマン	180, 250
ハーウッド	203
パーシー	346
バージェス	195
ハズリット	170
ハックスレー	116, 350
ハーディ	84, 105, 348, 350
ハドソン	177
バトラー	175
バニヤン	239, 257, 344
ハーバート	162, 163, 174
バランライン	320
バリィ	94, 350
ハワード，ヘンリー（サレー伯爵）	340
ハーン	178
バーンズ（ロバート）	44
バーンズ（ジュリアン）	205, 354
ハント（リー）	170
ビアズレー	350
ピーニー	148, 208, 354
ピネロ	178
ヒューズ	144, 191, 208

(作　家）◇索　引◇

ピール	159, 340
ヒル（ジェフリー）	201
ヒル（スーザン）	205
ヒルトン	190
ピンター	142, 203, 354
ファウルズ	198, 354
フィールディング	37, 66, 67, 165, 344
フィッツジェラルド	172
フォースター	106, 110
フォード	161
ブシコー	173
フライ（クリストファ）	192, 350
ブラウニング	64, 70, 80, 348
ブラウニング夫人	110, 172
ブラウン（サー・トーマス）	162
ブラッドベリ	201, 206
ブランデン	188
プリーストリー	118, 139, 203
ブリッジェズ	177
フリール	148, 199, 354
ブルック, アーサー	223
ブルック, ルーパート	185
ブルックナー	199, 354
ブルワー＝リットン	171
ブレイク	42, 176, 207
フレイン	202, 354
フレッチャー	160
ブレントン	206
ブロンテ姉妹	54, 72, 187, 348
ヘア	206, 354
ベイコン	159, 346
ペイター	176, 348
ベイン	164
ベケット	130, 324, 354
ベッチェマン	144, 191, 354
ベネット（アーノルド）	181, 204
ヘリック	161
ベルニエール	208
ペロック	182
ヘンリソン	340
ボイド	208
ボウエン（エリザベス）	189
ポウプ	165, 344
ホジソン	182
ポター	184
ホプキンズ	177
ボーモント	160
ボルト	197
ホワイト（ギルバート）	346
ボンド（マイケル）	184
ボンド（エドワード）	202
マーヴェル	163
マキューアン	206
マクドナルド	173
マクファーソン	167
マーストン	32
マードック	118, 138, 354
マリアット	171
マルドゥーン	148, 208
マーロウ	22, 159, 340
マロリー	156
マンスフィールド	110, 186
ミドルトン	160, 161, 312
ミルトン	34, 79, 163, 342, 344
ミルン	184
メイスフィールド	183, 350
メレディス	82, 84, 348
モア	157, 159
モーガン	188
モーション	191, 208
モーム	104, 120, 132, 350
モリス	80, 174
ラウリー	203
ラーキン	196, 205, 208, 354
ラシュディ	206, 354
ラスキン	62, 76, 80, 348
ラティガン	132, 141, 199, 324, 346, 350
ラドクリフ	168
ラム	163, 169, 170, 183, 346
ラングランド	156
ランドー	71, 169
リース	187
リチャードソン	165
リリー	158, 340
リンド（ロバート）	183
ルイス（パーシー・ウィンダム）	185
ルイス（クライヴ・スティプルズ）	189
レッシング	196, 354
ロウリー	160
ロウリング	210
ロセッティ（クリスティーナ）	174
ロセッティ（ダンテ・ゲイブリエル）	80, 126, 172, 174, 175, 176, 348
ロッジ	201, 203, 354
ロレンス	112, 352
ワイアット	340
ワイルド	88, 90, 104, 147, 176, 207, 348, 350
ワーズワース	46, 52, 53, 64, 71, 79, 145, 167, 169, 346

601

◇ジャンル別目次◇

ジャンル別目次

詩人・詩
◇16世紀以前◇
「ベーオウルフ」……………………(212)
ラングランド………………………(156)
ガワー………………………………(156)
チョーサー…………………………(18)
──「カンタベリー物語」………(213)
ジェイムズ一世……………………(156)
マロリー……………………………(156)
「アーサー王の死」………………(218)
スケルトン…………………………(157)
ダンバー……………………………(157)
「バラッド(民謡)」………………(214)
◇16–17世紀◇
スペンサー…………………………(20)
シドニー……………………………(158)
チャップマン………………………(159)
マーロウ……………………………(22)
シェイクスピア……………………(24)
ダン(ジョン)………………………(30)
ジョンソン(ベン)…………………(32)
ヘリック……………………………(161)
ハーバート…………………………(162)
ミルトン……………………………(34)
──「失楽園」……………………(238)
カウレー……………………………(162)
マーヴェル…………………………(163)
ヴォーン……………………………(163)
ドライデン…………………………(163)
◇18世紀◇
ポウプ………………………………(165)
トムソン(ジェイムズ)……………(166)
グレイ(トマス)……………………(166)
コリンズ(ウィリアム)……………(166)
クーパー……………………………(167)
マクファーソン……………………(167)
チャタトン…………………………(167)
クラブ………………………………(168)
ブレイク……………………………(42)
バーンズ(ロバート)………………(44)
◇19世紀◇
ワーズワース………………………(46)
スコット……………………………(48)
コウルリッジ………………………(52)
サウジー……………………………(169)
ランドー……………………………(169)
ハント………………………………(170)
バイロン……………………………(56)
シェレー……………………………(58)
──「プロミシュース解縛」……(252)
クレア………………………………(171)
キーツ………………………………(60)
──「エンディミオン」…………(251)
ブラウニング夫人…………………(172)
フィッツジェラルド………………(172)
テニソン……………………………(64)
──「国王牧歌」…………………(262)
ブラウニング………………………(70)
──「指輪と本」…………………(266)
アーノルド…………………………(78)
ロセッティ(ダンテ・ゲイブリエル)……(80)
ロセッティ(クリスティーナ)……(174)
メレディス…………………………(82)
トムソン(ジェイムズ, B. V.)……(174)
モリス………………………………(174)
スウィンバーン……………………(176)
ハーディ……………………………(84)
──「覇者」………………………(285)
ホプキンズ…………………………(177)
ブリッジズ…………………………(177)
スティーブンソン…………………(86)
ワイルド……………………………(88)
トムソン(フランシス)……………(179)
ハウスマン…………………………(180)
◇20世紀前半◇
タゴーア……………………………(180)
イェイツ……………………………(96)
キプリング…………………………(180)
ディヴィス…………………………(181)
ホジソン……………………………(182)
デ・ラ・メア………………………(182)
トマス(エドワード)………………(183)
メイスフィールド…………………(183)
ロレンス……………………………(112)
サスーン……………………………(185)
ブルック……………………………(185)
シットウェル………………………(186)
エリオット(トマス・スターンズ)……(114)
──「プルーフロック詩集」……(294)
──「荒地」………………………(299)

◇ジャンル別目次◇

——「四つの四重奏」……(314)
グレイヴズ……(188)
ブランデン……(188)
デイ=ルウィス(セシル)……(190)
ベッチェマン……(191)
エンプソン……(192)
オーデン……(192)
スペンダー……(193)
ダレル……(193)
トマス(R. S.)……(194)
トマス(ディラン)……(136)
キーズ……(196)
ラーキン……(196)
ヒューズ……(144)
ヒル(ジェフリー)……(201)
ヒーニー……(148)
ダン(ダグラス)……(205)
マルドゥーン……(208)
モーション……(208)

劇作家・戯曲
◇15世紀以前◇
聖史劇……(215)
「万人」……(216)
道徳劇……(217)
◇16–17世紀◇
リリー……(158)
グリーン(ロバート)……(158)
キッド……(159)
ピール……(159)
チャップマン……(159)
マーロウ……(22)
——「フォースタス博士」……(219)
——「マルタ島のユダヤ人」……(220)
——「エドワード二世」……(221)
シェイクスピア……(24)
——「間違いの喜劇」……(222)
——「ロミオとジュリエット」……(223)
——「夏の夜の夢」……(224)
——「ヴェニスの商人」……(225)
——「ジュリアス・シーザー」……(227)
——「十二夜」……(228)
——「ハムレット」……(229)
——「オセロー」……(230)
——「リア王」……(231)
——「マクベス」……(232)
——「アントニーとクレオパトラ」……(234)
——「テンペスト」……(237)
ナッシュ……(160)
デッカー……(160)
ミドルトン……(160)
ボーモント, フレッチャー……(160)
ジョンソン(ベン)……(32)
——「人それぞれの気質で」……(226)
——「ヴォルポーネ」……(233)
ウェブスター……(161)
フォード……(161)
◇17–18世紀◇
ドライデン……(163)
ウィチャリー……(164)
「世間道」(コングリーヴ)……(240)
「乞食オペラ」(ゲイ)……(242)
「勝たんがために身をかがめ」(ゴールドスミス)
……(245)
「悪評学校」(シェリダン)……(246)
インチボールド……(168)
ブシコー……(173)
◇19世紀◇
ギルバート……(175)
ワイルド……(88)
——「まじめ第一」……(279)
グレゴリー……(178)
ピネロ……(178)
◇20世紀前半◇
ショー……(90)
——「人と超人」……(284)
——「ピグメーリオン」……(290)
——「聖女ジョウン」……(302)
バリィ……(94)
イェイツ……(96)
ゴールズワージー……(100)
——「銀の箱」……(286)
シング……(102)
——「西の世界のプレイボーイ」……(287)
モーム……(104)
ダンセイニ卿……(183)
オーケイシー……(184)
プリーストリー……(118)
——「警部の来訪」……(317)
カワード……(122)
——「私生活」……(308)
——「大英行進曲」……(309)
ウイリアムズ(エムリン)……(191)
◇第2次大戦後◇
「ねずみとり」(クリスティ)……(319)
ベケット……(130)
——「ゴドーを待ちつつ」……(322)
フライ……(192)
ラティガン……(132)
——「深く青い海」……(323)

603

◇ジャンル別目次◇

ボルト……………………………………(197)
シェファー………………………………(140)
──「エクウス」…………………………(329)
ニコルズ…………………………………(198)
オズボーン………………………………(199)
──「怒りを込めて振り返れ」…………(324)
フリール…………………………………(199)
──「ルーナサの踊り」…………………(336)
ピンター…………………………………(142)
──「背信」………………………………(331)
ウェスカー………………………………(200)
オートン…………………………………(202)
ストーリー………………………………(202)
フレイン…………………………………(202)
──「コペンハーゲン」…………………(337)
ボンド(エドワード)……………………(202)
ハーウッド………………………………(203)
グレイ(サイモン)………………………(203)
ストッパード……………………………(146)
──「ローゼンクランツとギルデンスターンは死んだ」…………………………(328)
チャーチル………………………………(204)
エイクボーン……………………………(150)
ヘア………………………………………(206)

散文(小説・童話など)と作家
◇18世紀以前◇
ナッシュ…………………………………(160)
「欽定訳聖書」(旧約聖書)………………(235)
「欽定訳聖書」(新約聖書)………………(236)
ベイン……………………………………(164)
デフォウ…………………………………(164)
スウィフト(ジョナサン)………………(36)
──「ガリヴァー旅行記」………………(241)
リチャードソン…………………………(165)
フィールディング…………………………(37)
──「トム・ジョーンズ」………………(243)
スターン……………………………………(40)
スモレット………………………………(167)
「ウェイクフィールドの牧師」(ゴールドスミス)…………………………………(244)
ラドクリッフ……………………………(168)
スコット……………………………………(48)
◇19世紀◇
オースティン………………………………(54)
──「分別と多感」………………………(247)
──「高慢と偏見」………………………(248)
──「エマ」………………………………(249)
マリアット………………………………(171)
「フランケンシュタイン」(メアリー・シェリー)

ブルワー=リットン………………………(250)
ギャスケル夫人…………………………(171)
サッカレー…………………………………(66)
──「虚栄の市」…………………………(257)
──「ヘンリー・エズモンド」…………(259)
ディケンズ…………………………………(68)
──「オリヴァー・トウィスト」………(253)
──「クリスマス・キャロル」…………(254)
──「ディヴィッド・コッパフィールド」…(258)
──「大いなる遺産」……………………(264)
「養老院長」(トロロップ)………………(260)
ブロンテ姉妹………………………………(72)
──「ジェーン・エア」…………………(255)
──「嵐が丘」……………………………(256)
エリオット(ジョージ)……………………(74)
──「フロッス河畔の水車小屋」………(263)
──「ミドルマーチ市」…………………(267)
キングズレー……………………………(173)
コリンズ(W. W.)………………………(173)
メレディス…………………………………(82)
──「リチャード・フェヴァレルの試練」…(261)
──「我意の人」…………………………(269)
マクドナルド……………………………(173)
キャロル…………………………………(174)
──「不思議の国のアリス」……………(265)
バトラー…………………………………(175)
ハーディ……………………………………(84)
──「帰郷」………………………………(268)
──「ダーバーヴィル家のテス」………(275)
──「日陰者ジュード」…………………(277)
ハドソン…………………………………(177)
「ドラキュラ」(ストーカー)……………(280)
スティーヴンソン…………………………(86)
──「宝島」………………………………(270)
──「ジーキル博士とハイド氏」………(271)
──「少年誘拐」…………………………(272)
ハーン……………………………………(178)
ワイルド……………………………………(88)
──「幸福な王子」………………………(273)
──「ドリアン・グレイの画像」………(274)
コンラッド…………………………………(92)
──「オールメイアの阿呆宮」…………(278)
──「闇の奥」……………………………(282)
──「ロード・ジム」……………………(283)
ギッシング………………………………(179)
ドイル(コナン)…………………………(179)
──「シャーロック・ホームズの冒険」…(276)
◇20世紀前半◇
バリィ………………………………………(94)

◇ジャンル別目次◇

キプリング	(180)
ウェルズ	(98)
──「タイム・マシン」	(281)
──「トーノ・バンゲイ」	(288)
ゴールズワージー	(100)
──「フォーサイト・サーガ」	(300)
ベネット	(181)
サキ	(181)
モーム	(104)
──「人間の絆」	(292)
──「月と六ペンス」	(295)
──「雨」	(297)
──「赤毛」	(297)
ダンセイニ卿	(183)
フォースター	(106)
──「ハワーズ・エンド」	(289)
──「インドへの道」	(303)
ジョイス	(108)
──「ユリッシーズ」	(298)
ウルフ（ヴァージニア）	(110)
──「ダロウェイ夫人」	(304)
──「燈台めざして」	(305)
──「波」	(310)
ミルン	(184)
ウォルポール（サー・ヒュー・シーモア）	(184)
ロレンス	(112)
──「息子と愛人」	(291)
──「虹」	(293)
──「恋する女たち」	(296)
──「チャタレイ夫人の恋人」	(307)
ルウィス（ウィンダム）	(185)
マンスフィールド	(186)
──「園遊会」	(301)
ケアリ	(186)
クリスティ	(186)
リース	(187)
ガーネット	(187)
トールキン	(187)
──「指輪物語」	(321)
モーガン	(188)
ハックスレー	(116)
──「恋愛対位法」	(306)
──「すばらしい新世界」	(311)
──「ガザに盲いて」	(312)
クローニン	(120)
──「城砦」	(313)
ルウィス（C.S.）	(189)
トラヴァース	(189)
ボウエン	(189)
ヒルトン	(190)

◇第2次大戦後◇	
カートランド	(190)
オーウェル	(124)
──「動物農場」	(315)
──「1984年」	(318)
ウォー	(126)
──「ブライズヘッド再訪」	(316)
グリーン（グレアム）	(128)
スノウ	(191)
ベケット	(130)
ヴァン・デル・ポスト	(192)
ゴールディング	(134)
──「蠅の王」	(320)
ダレル	(193)
ウィルソン（アンガス）	(194)
ダール	(194)
クラーク	(195)
バージェス	(195)
──「時計じかけのオレンジ」	(326)
スパーク	(195)
レッシング	(196)
マードック	(138)
エイミス（キングズレー）	(197)
ウェイン	(197)
ファウルズ	(198)
──「コレクター」	(327)
シリトー	(198)
──「土曜の夜と日曜の朝」	(325)
ブルックナー	(199)
──「湖畔のホテル」	(333)
ウィルソン（コリン）	(200)
ウェルドン	(200)
オブライアン	(201)
ブラッドベリ	(201)
ロッジ	(203)
──「交換教授」	(330)
バイアット	(204)
ドラブル	(204)
カーター	(205)
ヒル（スーザン）	(205)
バーンズ（ジュリアン）	(205)
──「フロベールの鸚鵡」	(334)
ラシュディ	(206)
──「真夜中の子供たち」	(332)
マキューアン	(206)
スウィフト（グレアム）	(207)
エイミス（マーティン）	(207)
アクロイド	(207)
ボイド	(208)
イシグロ	(152)

◇ジャンル別目次◇
――「日の名残り」……………………………(335)
ベルニエール……………………………(208)
ドイル(ロディ)…………………………(209)
ウェルシュ………………………………(209)
ウィンターソン…………………………(209)
ロウリング………………………………(210)

評論・批評・随筆等
◇16–17世紀◇
モア(トマス)……………………………(157)
ベイコン…………………………………(159)
ウォルトン………………………………(162)
ブラウン…………………………………(162)
カウレー…………………………………(162)
◇18世紀◇
「スペクテイター」………………………(165)
ジョンソン(サミュエル)………………(38)
サウジー…………………………………(169)
ラム………………………………………(169)
ランドー…………………………………(169)
ハズリット………………………………(170)
ハント……………………………………(170)
デ・クウィンシー………………………(170)
カーライル………………………………(62)
◇19世紀◇
ラスキン…………………………………(76)
アーノルド………………………………(78)
ペイター…………………………………(176)
ハーン……………………………………(178)
◇20世紀◇
ウェルズ…………………………………(98)
チェスタトン……………………………(182)
トマス(エドワード)……………………(183)
リンド……………………………………(183)
ルウィス(ウィンダム)…………………(185)
エリオット(T. S.)……………………(114)
プリーストリー…………………………(118)
スノウ……………………………………(191)
ウィルソン(コリン)……………………(200)

編著者略歴

野町　二（のまち　すすむ）
1911年高知県生まれ．東京帝国大学英文科大学院修了．文学博士．学習院大学名誉教授．主要著書は『英米文学ハンドブック』（開文社）、『神話の世界』（研究社）、『卒業論文のテーマと書き方』（研究社）ほか．シェイクスピアやダンに関する論文多数．1991年逝去．

荒井良雄（あらい　よしお）
1935年京都市生まれ．学習院大学大学院修士課程修了．学習院大学教授を経て駒澤大学教授．主要著書は『シェイクスピア劇上演論』（新樹社）、『イギリス演劇と映画』（新樹社）、『ブロードウェイ！ブロードウェイ！』（共著、朝日新聞社）、『英米文化手帳』（三陸書房）ほか．シェイクスピア、ディケンズ、ワイルドなどに関する論文多数．

広川　治（ひろかわ　おさむ）
1961年東京都生まれ．駒澤大学大学院博士課程満期退学．駒澤大学、都立大学ほかの講師．共著『英米文学映画化作品論』（新樹社）ほか．主要論文は「言葉・俳優・観客――新グローブ座の演劇空間」、「映像に見るA Christmas Carolの世界」、「ワイルドと映画」（『英語青年』）、'Shakespeare and the World of Kyogen'ほか多数．

逢見明久（おおみ　あきひさ）
1966年北海道生まれ．駒澤大学大学院博士課程満期退学．駒澤大学、日本大学ほかの講師．共著『シェイクスピアと狂言』（新樹社）ほか．『オスカー・ワイルド事典』（北星堂）にも執筆．主要論文は「シェイクスピアにおける友情――『二人の血縁の貴公子』を視界に入れて」ほか、シェイクスピアやオニール、インジなどに関する論文多数．

イギリス文学案内　増補改訂版

1977年4月30日　　第1版第1刷発行
2002年9月25日　　増補改訂版第1刷発行

編著者　　野町　二
　　　　　荒井良雄
増補　　　広川　治
　　　　　逢見明久
発行者　　原　雅久
発行所　　株式会社　朝日出版社

〒101-0065　東京都千代田区西神田3-3-5
電　話　(03) 3263-3321(代)
ＦＡＸ　(03) 3261-0532(代)
振替口座　00140-2-46008
印刷・製本　図書印刷株式会社

© Susumu Nomachi, Yoshio Arai, Osamu Hirokawa, Akihisa Ohmi,
printed in Japan, 2002
落丁・乱丁本の場合はお取り替えいたします．
ISBN4-255-00173-1 C0097

篠沢秀夫
フランス文学案内

作家解説Ⅰ（52名）
ヴィヨン～ブランショ
作家解説Ⅱ（226名）
クレチャン・ド・トロワ～デリダ
重要作品（64作品）

岡田朝雄　リンケ珠子
ドイツ文学案内

作家解説Ⅰ（39名）
レッスィング～グラス
作家解説Ⅱ（167名）
ハインリヒ・フォン・フェルデケ～ハントケ
重要作品（59作品）

田島俊雄　中島　斉　松本唯史
アメリカ文学案内

作家解説Ⅰ（34名）
アーヴィング～メイラー
作家解説Ⅱ（74名）
フランクリン～オーツ
重要作品（57作品）

ロンドン文学散歩地図

1. イェイツ　Bloomsbury: 5 Woburn Walk
2. H.G.ウェルズ　b. Bromley: 172 Bromley High St.*
3. H.G.ウェルズ　Marylebone: 13 Hanover Terrace
4. E.ウォー　b. Hampstead: 11 Hillfield Rd. *
5. E.ウォー　Islington: 17a Canonbury Sq. *
6. V.ウルフ　b. South Kensington: 22 Hyde Park Gate
7. V.ウルフ　Bloomsbury: 52 Tavistock Sq.
8. エイクボーン　b. Hampstead *
9. T.S.エリオット　Marylebone: 9 Clarence Gate Gdns., Glentworth St.
10. オーウェル　Islington: 27b Canonbury Sq. *
11. カフェ・ロワイヤル　Soho: 68 Regent St.
12. カーライルの家　Chelsea: 24 Cheyne Row
13. カワード　b. Twickenham: 5 Waldegrave Rd.*
14. キーツ　b. City: 85 Moorgate
15. キーツ・ハウス　Hampstead: Keats Grove *
16. グローブ座　Bankside: 21 New Globe Walk
17. 旧グローブ座跡地　Bankside: Park St.
18. コウルリッジ　Highgate: 3 The Grove *
19. コンラッド　Pimlico: 17 Gillingham St.
20. シェレー　Soho: 15 Poland St.
21. シャーロック・ホームズ博物館　Marylebone: 221B Baker St.
22. ショー　Fitzrovia: 29 Fitzroy Sq.
23. B.ジョンソン　b. possibly Westminster: Northumberland St.
24. Dr ジョンソンの家　City: 17 Gough Sq.
25. サッカレー　Kensington: 6 Young St.
26. スターン　Mayfair: 41 Old Bond St.
27. スティーヴンソン　Hampstead: 7 Mount Vernon *
28. スペンサー　b. Whitechapel: East Smithfield
29. J.ダン　b. City: Bread St.
30. チョーサー　b. City: 177 Upper Thames St.
31. チョーサー　City: 2 Aldgate High St.
32. ディケンズ・ハウス　Bloomsbury: 48 Doughty St.
33. テニソン　Twickenham: 15 Montpelier Row*
34. D.トマス　Camden: 54 Delancey St.
35. バイロン　b. Marylebone: 16 Holles St.
36. バイロン　St James's : 8 St James's St.
37. ハックスレー　Hampstead: 18 Hampstead Hill Gdns. *
38. バリー　Bayswater: 100 Bayswater Rd.
39. ピーターパンの像　Kensington Gdns.
40. ピンター　b. Hackney: 19 Thistlewaite Rd. *
41. E.M.フォースター　b. Marylebone: 6 Melcombe Pl.
42. E.M.フォースター Bloomsbury: Thistle Bloomsbury (formerly Kingsley Hotel), Bloomsbury Way
43. R.ブラウニング　b. Camberwell: Southampton St. ?
44. R.ブラウニング Camberwell: 179 Southampton Way
45. プリーストリー　Hampstead: 27 Well Walk *
46. プリーストリー　Highgate: 3 The Grove *
47. ブレイク　b. Soho: 72 Broadwick St.
48. ブレイク　Soho: 28 Poland St.
49. ブレイク　Covent Garden: 3 Fountain Court, 103-4 Strand ?
50. ミルトン　b. City: Bread St.
51. ミルトン　City: 125 Bunhill Row
52. メレディス　Chelsea: Queen's House, 16 Cheyne Walk
53. モーム　Mayfair: 6 Chesterfield St.
54. ラスキン　b. Bloomsbury: 54 Hunter St.
55. ラスキン　Camberwell: 163 Denmark Hill *
56. ラティガン　b. Kensington
57. ルールズ（レストラン）　Covent Garden: 35 Maiden Lane
58. ロセッティ　b. Marylebone: 110 Hallam St.
59. ロセッティ　Chelsea: Queen's House, 16 Cheyne Walk
60. D.H.ロレンス　Hampstead: 1 Byron Villas, Vale of Health *
61. ワイルド　Chelsea: 34 Tite St.

注： b. は作家の生誕地を表わし，文学ゆかりの地は地区・番地・通りの順に示されている．なお，*印は地図の圏外であることを示す．

ロンドン文学散歩地図

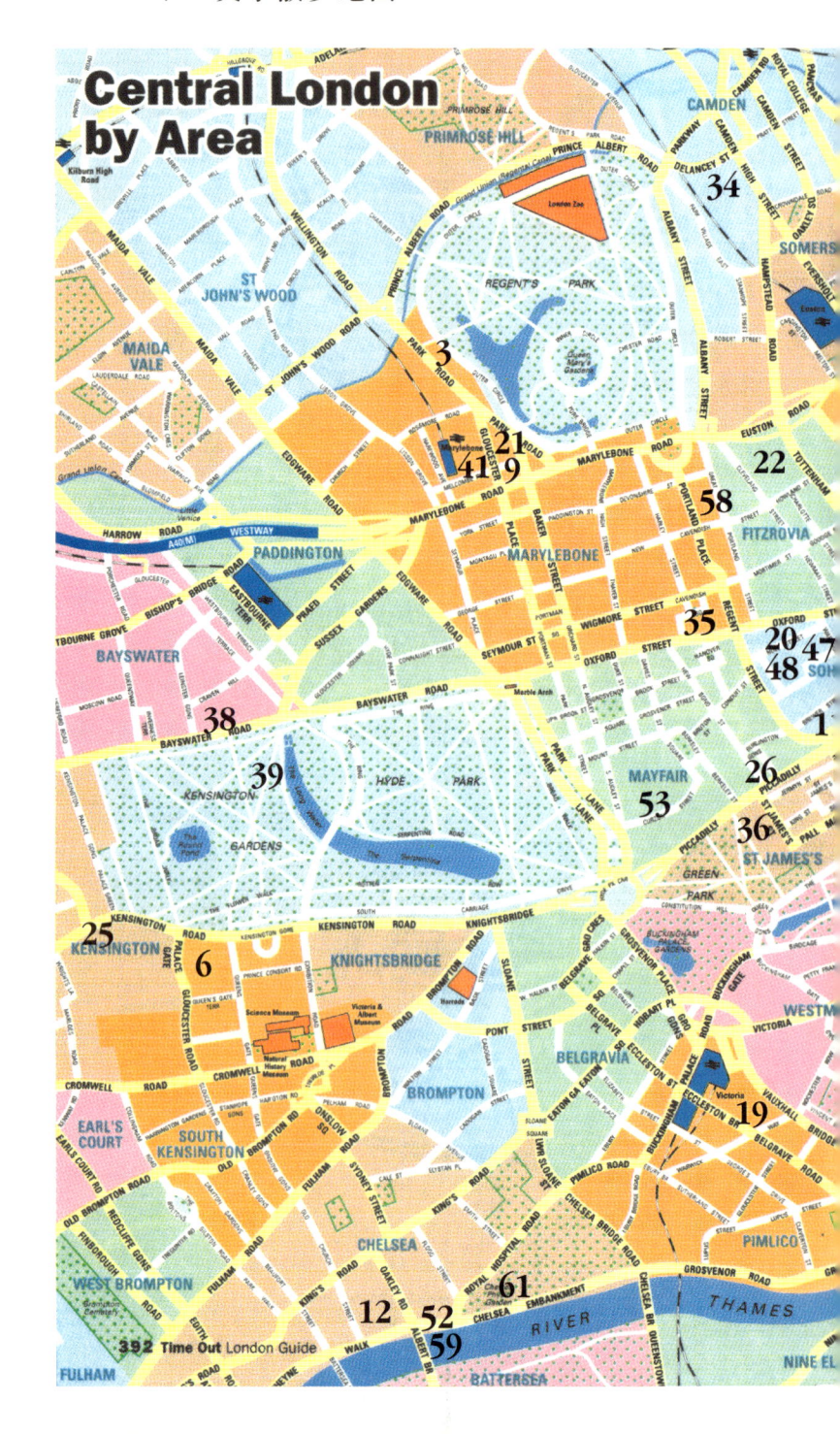